U0132513

袖珍葡漢詞典

PEQUENO DICIONÁRIO
PORTUGUÊS – CHINÊS

主　　編：洪　虹　趙　強　王華峰

參加編寫　李寶鈞　雷同立　王　峰
人　　員：熊利春　魏廷保

袖珍葡漢詞典

PEQUENO DICIONÁRIO
PORTUGUÊS – CHINÊS

主　編：洪虹　趙強　王華峰

參加編寫　李寶鈞　雷同立　王　峰
人　員．熊利春　魏廷保

商務印書館

袖珍葡漢詞典
PEQUENO DICIONÁRIO
PORTUGUÊS-CHINÊS

編　者：洪虹　趙強　王華峰等

責任編輯：劉秀英

出　版：商務印書館 (香港) 有限公司
　　　　香港筲箕灣耀興道 3 號東滙廣場 8 樓
　　　　http://www.commercialpress.com.hk

發　行：香港聯合書刊物流有限公司
　　　　香港新界大埔汀麗路 36 號中華商務印刷大廈 3 字樓

印　刷：中華商務彩色印刷有限公司
　　　　香港新界大埔汀麗路 36 號中華商務印刷大廈

版　次：2016 年 7 月第 11 次印刷
　　　　© 1996 商務印書館 (香港) 有限公司
　　　　ISBN 978 962 07 0160 3　(精裝本)
　　　　ISBN 978 962 07 0192 4　(平裝本)

Printed in Hong Kong

目　錄

前　言

本詞典以供讀者查閱葡語單詞詞義和基本用法爲主要目的。全書共收三萬餘條單詞，包括常用詞匯和一定數量的短語和詞組，並注意吸收已通用的新詞新義和葡語國家間的不同用法。詞匯條目内容和釋義力求簡潔扼要。

正文後面附有動詞變位圖表、葡語國家和世界部分地名、實用葡語圖説，方便讀者掌握語法和查找常用詞匯。

本詞典由曾在葡語國家和地區長期工作過的人員集體編纂完成。在編寫過程中，承蒙許多葡語界同仁大力協助，在此敬表謝意。因水平有限，本詞典難免掛一漏萬，存在許多缺點與不足，切望讀者批評指教，以便今後修改訂正。

編　者

一九九一年十一月於北京

體例說明

一．詞條按字母順序排列，用小寫黑印刷體印出。例：

    cabaça

    cabaço

    cabaia

二．詞條在釋義之前，以白斜體葡語略語註明詞類及詞性。例：

    combustibilidade *s. f.*

    combustível *adj.* 2 *gén.*

三．形容詞以陽性單數出現並附其陰性詞尾，中間用逗號分開。例：

    conectivo, va *adj.*

    confirmado, da *adj.*

四．如詞條含兩個以上單詞，其詞義相同，但拼寫不同且又分屬不同詞性，則分別註明，中間用分號分開。例：

    mortificante *adj.* 2 *gén.* ; **mortificativo, va** *adj.*

五．如同一詞條的釋義分屬不同詞類，則用平行號（‖）隔開。例：

    corrente *adj.* 2 *gén.* 跑的；流動的 ‖ *s. m.* 清楚，瞭解 ‖ *s. f.* (空氣，電或水的)流；行，列，排；…

    lisboeta *adj.* 2 *gén.* 里斯本的 ‖ *s.* 2 *gén.* 里斯本人

六．同一詞條的不同詞義用分號分開；同一詞義的不同說法用逗號隔開。例：

    cochicho *s. m.* 低語，耳語；雲雀；小房子；舊帽子

    contrafacção *s. f.* 偽造，假冒；贋品

七．對只用複數的詞義，釋義前用白斜體葡語略語標明。例：

linguagem　*s.f.* 語言；表達手段；*pl.* 動詞變位法

ter　*v.t.* 有；……‖ *s.m.pl.* 財產

八．外來語源用白斜體外語略語或全稱註明，放在尖括號（〈〉）
　　內。例：

fax 〈*ingl.*〉　*s.m.* 傳真；傳真件

karting 〈*ingl.*〉　*s.m.* 汽車比賽

九．專科術語用中文或其略語註明，放在詞義前的方括號（〔〕）
　　內。例：

estibordo　*s.m.* 〔海〕右舷

final　*s.m.* 〔體育〕決賽

helotropia　*s.f.* 〔植,生〕趨光性

十．詞條中需正音的字母，其正確發音標於該詞條後的括號內。
　　例：

canoa(ô)　*s.f.* 獨木舟；長浴缸

malaxação (cs)　*s.f.* 揉捏法,按摩法

十一．詞條中，某些詞義適用的國家或地區，用白斜體葡語略語
　　　或全稱標註，放在釋義之前。例：

capoeira　*s.f.* 閹雞籠……；‖ *s.m.bras.* 兇漢,令人
　　討厭者

machimbombo　*s.m.* (火車) 雙層車箱；*moçam.* 公
　　共汽車

十二．詞條中，如有詞義爲專有名詞或第一個字母需大寫者，用
　　　〈M〉符號標示之。例：

biblia　*s.f.* 〈M〉聖經

terra　*s.f.* ……；〈M〉地球

十三．短語、習語等放在全部釋義之後，由三角符號(△)引出，
　　　並用①②③……數碼分開。代字符號(～)替代其中出
　　　現的詞條原形。若詞尾有變化時，則在代字符號後加變

化的詞尾。例：

caracol　　*s. m.*〔動〕蝸牛，螺螄 △ ①escada de ～ 盤旋梯 ②andar como um ～ 蝸行牛步 ③não vale dois ～is 一錢不值

noite　　*s. f.* 夜晚，夜間…… △ ① alta ～ 深夜 ②passar a ～ em claro 失眠，通宵未睡

十四 . 適當註明常用的反義詞，放在該詞條之最後，用蔾形符號(◇)標示。例：

caro, ra　　*adj.* 貴的…… ◇ barato

juvenil　　*adj. 2 gén.* 青年的…… ◇senil

略 語 表

一. 外語略語:

abrev.	略語
açor.	亞速爾方言
adj.	形容詞
adv.	副詞
ang.	安哥拉方言
art.	冠詞
bras.	巴西方言
cab.	佛得角方言
⟨*chin.*⟩	漢語
conj.	連接詞
⟨*esp.*⟩	西班牙語
⟨*fran.*⟩	法語
2 *gén.*	兩性的
⟨*gr.*⟩	希臘語
guin.	幾內亞比紹方言
⟨*ingl.*⟩	英語
interj.	感嘆詞
interr.	疑問詞
⟨*jap.*⟩	日語
⟨*lat.*⟩	拉丁語
loc.	短語, 詞組
lus.	葡萄牙語
mad.	馬得拉方言

moçam.	莫桑比克方言
num.	數詞
num. card.(ord.)	基數詞(序數詞)
pl.	複數
prep.	前置詞
pron.	代詞
pron. indef.	不定代詞
pron. pess.	人稱代詞
pron. posses.	物主代詞
pron. relat.	關係代詞
sant.	聖多美和普林西比方言
sing.	單數
s.	名詞
s.f.	陰性名詞
s.m.	陽性名詞
v.	動詞
v.i.	不及物動詞
v.t.	及物動詞
v.r.	自覆動詞(反身動詞)

二．漢語略語(按拼音順序)：

〔貶〕	貶義
〔地〕	地理
〔電〕	電工、電訊、電學、電子
〔動〕	動物，動物學
〔法〕	法庭，法律
〔紡〕	紡織，印染
〔古〕	古詞，古義
〔海〕	船舶，航海

〔黑〕	黑話
〔化〕	化工、化學
〔集〕	集合名詞
〔機〕	機械
〔技〕	技術
〔幾〕	幾何
〔建〕	建築
〔解〕	解剖
〔劇〕	戲劇
〔軍〕	軍事
〔空〕	航空
〔口〕	口語,俗語
〔礦〕	礦業,礦物
〔理〕	物理學
〔邏〕	邏輯學
〔美〕	美術
〔木〕	木工
〔農〕	農業
〔商〕	商業,財貿
〔攝〕	攝影
〔神〕	神學,神話
〔生〕	生物
〔數〕	數學
〔天〕	天文
〔心〕	心理學
〔謔〕	戲謔,諷刺
〔醫〕	醫學,醫藥
〔冶〕	冶金

〔印〕	印刷
〔語〕	語法
〔樂〕	音樂
〔哲〕	哲學
〔植〕	植物
〔質〕	地質
〔轉〕	引伸,轉義
〔宗〕	宗教

說明: 有些專科術語採用全稱或近乎全稱,如:〔鐵路〕、〔氣象〕、〔生理〕等,意義自明,不再列入。

A

a *s.m.* 葡文字母表中第一個字母;〔電〕安培(ampério)、公畝(are)、氫(árgon)的縮略符號 ‖ 陰性單數定冠詞;此,這 ‖ *pron.* 她;它 ‖ *adj.* (序列中)第一的 ‖ *prep.* 向,對;至,到用;按照 △ ① chegar ~ Beijing 抵達北京 ② de Janeiro ~ Fevereiro 一至二月 ③ estar ~ oeste da cidade 在城西 ④ andar ~ galope 策馬而行 ⑤ ir ~ pé 徒步 ⑥ dia ~ dia 一天一天地,日復一日 ⑦ gota ~ gota 一點一滴地 ⑧ ~ meu ver 依我看 ⑨ ~ fim de 爲了 ⑩ ~ saber 就是,即,如下 ⑪ ~ seu pedido 應他要求

à 介詞(a)和定冠詞(a)的重疊形式 △ ① ~ vontade 隨意 ② ~s vezes 有時 ③ ir ~ cidade 到城裏去 ④ semelhante ~ minha caneta 同我的筆一樣

aba *s.f.* 衣服之邊,衣襟;物之邊沿;〔建〕檐 ‖ *pl.* 附近,周圍

abacate *s.m.* 〔植〕*bras.* 鱷梨

abacaxi *s.m.* 〔植〕一種菠蘿

ábaco *s.m.* 算盤;兒童寫畫之沙盤;〔建〕柱頂板;柱托

abade *s.m.* 修道院院長;〔轉〕胖子

abafado, da *adj.* 窒息的,透不過氣來的

abafar *v.t.* 使窒息,扼殺;抑制;平息

abainhar *v.t.* 使成鞘狀;使入鞘 ◇ desembainhar

abaixar *v.t.* 降,降下;下傾 ‖ *v.r.* 低首

abaixo *adv.* 向下;下面,在……之下,在……下面 ‖ *interj.* 打倒! 滾!

abaxio-assinado *s.m.* 聯名信 △ en-

tregar um ~ às autoridades 向當局遞交一封聯名信

abalado, da *adj.* 動搖的,不穩的;受感動的

abalar *v.t.* 使動搖;震動

abalizado, da *adj.* 設有標誌的;〔轉〕突出的,著名的;卓越的

abalizador *s.m.* 測量專家

abalizar *v.t.* 測量(土地);分派(兵等);設標誌 ‖ *v.r.* 出類拔萃,超群

abalo *s.m.* 震動;搖動;下墜;地震

abalroar *v.t.e i.* 〔海〕接舷,碰撞;撞船

abanador *s.m.* 扇;風扇;風箱,鼓風機

abana-moscas *s.f.* 蠅甩子,拂塵

abanar *v.t.* 搖,煽動,使通風;搖動,搖撼

abancar-se *v.r.* 坐於凳上;坐下

abandonar *v.t.* 捨棄,丟棄;離開

abarcador *s.m.* 獨佔者,壟斷者;囤積者

abarcar *v.t.* 包攬;壟斷;囤積

abarracamento *s.m.* 宿營,紮營;宿營地

abarrotado, da *adj.* 滿載的;吃飽的;擠滿的

abarrotar *v.t.* 充斥,擠滿;供應過剩

abastado, da *adj.* 富裕的;充足的

abastança *s.f.* 富裕,充裕,豐富

abastecer *v.t.* 供給,供應

abastecimento *s.m.* 供給,供應

abater *v.t.* 打倒,壓服 ‖ *v.r.* 屈服;氣餒

abatido, da *adj.* 失望的,受挫的,沮喪的;衰弱的

abatimento *s.m.* 失望,掃興,垂頭喪氣;〔商折扣〕減價

abc *s.m.* 字母表,基礎知識,入門;識字課本

abcesso *s.m.* 〔醫〕膿腫

abcisão *s.f.* 〔數〕截去,切除

abcissa *s.f.* 〔生〕橫坐標

abdicação *s.f.* 讓位,禪讓,退位;辭職;放棄,棄權

abdicar *v.t.e i.* 禪讓,退位;辭去(職務);放棄

abdicável *adj. 2 gén.* 可禪讓的,可放棄的

abdómen *s.m.* 腹部,下腹

abdominal *adj. 2 gén.* 腹的,腹部的

abdução *s.f.* 〔生〕外旋,外轉,外展

abdutor *s.m.* 〔生〕外展肌

abduzir *v.t.* 移開;分開

abeatar-se *v.r.* 盲從;虔誠

abecedário *s.m.* 字母表;基礎知識,入門;啟蒙課本

abegão *s.m.* 監工,工頭;農場總管;〔動〕雄蜂 ‖ *adj.* 粗鄙的

abegoaria *s.f.* 農具庫;牲口廄

abeirar *v.t.* 接近 ‖ *v.r.* 靠近,挨近

abelha *s.f.* 蜜蜂;好播弄是非之婦女;悍婦△~-mestra 蜂王

abelhão *s.m.* 〔動〕雄蜂;胡蜂

abelharuco *s.m.* 〔動〕蜂虎(食蜂鳥)

abelheira *s.f.* 蜂巢;〔植〕蜜蜂花

abelheiro *s.m.* 養蜂人;〔動〕蜂虎(食蜂鳥)

abelhudo, da *adj.* 魯莽的,輕率的;大膽的,勇敢的;好管閒事的

a-bel-prazer *loc.adv.* 任意地,隨意地

abemolar *v.t.* 〔樂〕降低半音;緩和,使柔和

abençoado, da *adj.* 受祝福的;幸福的

abençoar *v.t.* 祝福,祝願;使幸福

aberração *s.f.* 離正道,越軌;〔天〕光行差;〔物〕像差 △ ① ~ cromática 色像差,色差 ② ~ de esfericidade 球面像差

aberrar *v.i.* 偏離正道;失常;出偏差;越軌;犯錯誤,入歧途

aberto, ta *adj.* 公開的;敞開的;坦率的,坦白的;裂縫的,間隙的,開著口的

abertura *s.f.* 裂口,開口,孔;開幕;開場曲;坦白,率真,坦誠

abesoirar, abesourar *v.t.* (用不中聽的話或聲響)煩擾;使厭煩

abespinhar-se *v.r.* 發怒

abestruz *s.m.* 〔動〕鴕鳥

abetarda *s.f.* 〔動〕大鴇

abeto, abete *s.m.* 〔植〕樅樹,冷杉

abexim *adj.* 阿比西尼亞(即今埃塞俄比亞)的;阿比西尼亞人的;阿比西尼亞語的 ‖ *s.m.* 阿比西尼亞人;阿比西尼亞語言

abicar *v.i.* 到,泊 ‖ *v.t.* 靠近

ab-initio 〈*latim*〉 *loc. adv.* 自始,從頭;開創以來

abiótica *s.f.* 無生物學

abiótico, ca *adj.* 無生物學的;無生物條件的

abirritar *v.t.* 緩解,減輕,使鎮靜,使緩和

abiscoitado, da *adj.* 像餅乾一樣酥鬆的

abismado, da *adj.* 驚異的,受驚嚇的

abismar *v.t.* 使驚異,驚駭;使墜入深淵 ‖ *v.r.* 沉淪,陷於

abismo *s.m.* 深淵,深坑;地獄,任何深不可測之事物

abjecção *s.f.* 卑賤,下賤;落魄

abjecto, ta *adj.* 卑賤的,可恥的,不名譽的;落魄的

abjudicação *s.f.* 判爲不法;剝奪,使失去

abjudicar *v.t.* 判爲不法;依法剝奪,使失去

abjuração *s.f.* 背教;背棄

abjurar *v.t.* 背教;背棄

abjurgar *v.t.* 判交,判遣

ablação *s.f.* 攫取,奪取;〔醫〕(外科)切除;〔語〕頭字省略;〔地〕消融作用

ablegar *v.t.* 放逐,流放,發配

ablução *s.f.* 擦澡,沐浴;〔宗〕沐浴儀式;洗禮杯式;洗手禮

abnegação *s.f.* 自抑,克己;自我犧牲,獻身

abnegar *v.t.* 節制;克己;自我犧牲,獻身

à boa mente *loc.adv.* 好心好意地;熱心地

abóbada *s.f.* 〔建〕拱;拱形圓頂,穹窿;〔解〕頭蓋骨 △① ~ celeste 天空,蒼穹 ② ~ palatina 上顎

abobadar *v.t.* 作拱形圓頂,使成穹形

abobado, da *adj.* 愚蠢的,糊塗的;痴呆的

abóbora *s.f.* 南瓜;〔轉〕肥胖的女人;懶漢

abocanhar *v.t.* 咬,嚼;指責,誹謗 ‖ *v.i.* 雨過天晴

abocar *v.t.* 叼,咬,銜;容器口對口地傾倒

aboletar *v.t.* 紮營;駐屯,屯營

abolição *s.f.* 廢除,取消

abolicionismo *s.m.* 廢奴主義

abolir *v.t.* 廢除,取消,使無效;消滅

abolorecer *v.t.* 使霉;使生霉 ‖ *v.i.* 發霉;生鏽;因不用而呆滯(如記憶等)

abomaso *s.m.* 〔動〕皺胃

abominação *s.f.* 憎惡,嫌惡,憎恨;令人憎惡之事

abominar *v.t.* 憎惡,嫌惡,憎恨

abominável *adj.2 gén.* 討厭的,可憎的,可恨的

abonação *s.f.* 擔保;津貼,補貼

abonado, da *adj. bras.* 有信譽的;富有的,有錢的

abonador *s.m.* 保證人,擔保人

abonar *v.t.* 保證,擔保;預付 ‖ *v.i.* 自負,吹牛

abono *s.m.* 保證,信任,擔保;支持;墊款,預支款 △① falar em ~ de 讚揚 ② ~ familiar 子女或家屬津貼

abordagem *s.f.* 上船,登船;泊船;〔海〕接舷,相撞

abordar *v.t.* 上船,登船;泊船;〔海〕接舷,相撞;接近,靠近

aborígene *s.2 gén.* 本地人;土著人 ‖ *adj.* 土著居民的

aborrecedor *s.m.* 使人厭煩者,討人嫌者

aborrecer *v.t.* 厭煩,仇恨,憎恨

aborrecido, da *adj.* 討厭人的,令人心煩的,令人憎惡的

aborrecimento *s.m.* 厭煩,煩惱;令人憎恨之事物

aborregado, da *adj.* 〔氣象〕佈滿捲積雲的

abortar *v.i.* 墮胎,流產;(遭到)失敗,夭折

abortivo, va *adj.* 流產的,墮胎的 ‖ *s.m.* 墮胎藥

aborto *s.m.* 流產,墮胎;〔轉〕怪胎,怪物

abotoado, da *adj.* 扣上鈕扣的;〔植〕發芽的,萌芽的

abotoadura *s.f.* 衣服的一副鈕扣;扣鈕扣

abotoar *v.t.* 扣鈕扣 ‖ *v.i.* 發芽,萌芽;〔喻〕非法地獲得;發財致富,發家

abraçar *v.t.* 擁抱;包圍;採納,採用

abraço *s.m.* 擁抱,緊摟;〔喻〕捲鬚

abrandar *v.i.* 退減;緩和 ‖ *v.t.* 使溫和,軟(轉)減輕,減弱 ~ a ira 息怒

abranger *v.t.* 圍繞;包括,包含

abrasador, ra *adj.* 炎熱的;燃燒般的

abrasão *s.f.* 〔醫〕磨損,擦破;〔地〕自然風化,侵蝕

abrasar *v.t.* 燒,焚;激動;使(怒火,怒火)中燒

abre-cu *s.m.* 〔動〕歐洲螢

abre-ilhós *s.m.* 打孔器,衝孔器;錐子

abreviação *s.f.* 省略,簡略;縮減;概略,梗概

abreviar *v.t.* 簡化,縮略

abreviatura *s.f.* 節略,要略,概述

abricó, abricote *s.m. bras.* 〔植〕布拉斯李(類似杏)

abridor *s.m.* 開物器;錄音機

abrigar *v.t.* 庇護,收容,保護;掩蔽,遮蓋

abrigo *s.m.* 隱蔽(風,雨,寒之)物;外套,避難所;防寒用具;海灣,港口

abril *s.m.* 〔M〕四月;〔轉〕青春時期

abrir *v.t.* 開,打開,掘開;開創 ‖ *v.i.* 通往 ‖ *v.r.* 以誠相見 △① ~ o apetite 開胃 ②~ letras num sinete 刻圖章 ③~ os olhos a alguém 使覺悟 ④~ mão de 放棄 ⑤~-se com alguém 同某人開誠佈公 ⑥~ o bico 供認,自白 ⑦~ a sessão 開始開會 ⑧ a flor abre 花開了 ◇ fechar

abrochar *v.t.* 扣上,鈎結

ab-rogação *s.f.* 取消;廢除;廢止

ab-rogar *v.t.* 取消;廢除;廢止

abrolhar *v.i.* 發芽;〔轉〕開始,起步

abrolho *s.m.* 〔植〕蒺藜;鐵蒺藜;暗礁;〔轉〕艱難險阻

abronzeado, da *adj.* 成青銅色的,古銅色的

abrumar *v.t.* 蔽以雲霧,使霧氣沉沉;使暗 ‖ *v.r.* 愁雲慘霧,憂鬱

abrunheiro *s.m.* 〔植〕黑洋李樹

abrunho *s.m.* 黑洋李

abrupção *s.f.* 骨折

abruptamente *adv.* 突然地,猝然地;粗暴地

abrupto, ta *adj.* 陡峭的;粗暴的;意外的,突然的

abscesso *s.m.* 〔醫〕膿腫,膿疱

absconder *v.t.* 隱藏

abscondito, ta *adj.* 隱藏的

abside *s.f.* 〔建〕(教堂後部的)半圓屋頂,穹廬;祭壇後之祈禱室或通道;聖骨匣

absíntio *s.m.* 〔植〕苦艾;苦艾酒

absintismo *s.m.* 苦艾中毒

absolução *s.f.* 赦罪

absolutamente *adv.* 絕對地

absolutismo *s.m.* 專制政治;專制主義;專制制度;〔哲〕絕對論

absoluto, ta *adj.* 絕對的;專制的;純的 △① verdade ~a 絕對真理 ② álcool ~ 純酒精

absolver *v.t.* 赦免;宣告無罪;免除;解決 ◇condenar

absolvição *s.f.* 赦免;宣告無罪;解決

ábsono, na *adj.* 音調不合;刺耳的;粗糙的

absorção *s.f.* 吸收;專心

absorto, ta *adj.* 入神的,入迷的,專

注的

absorver *v.t.* 吸收;專心,使(精神)貫注

abstémio, mia *adj.* 不喝酒的,忌酒的 ‖ *s.m.* 不喝酒者

abstenção *s.f.* 戒絕;自制,節制;棄權(投票)

abster *v.t.* 戒,忌 ‖ *v.r.* 戒,止;不干預,不參與

abstergente *adj. 2 gén.* 洗滌的,去垢的

abstinência *s.f.* 吃齋,吃素;禁慾

abstracção *s.f.* 抽出;抽象認識,抽象觀念

abstracto, ta *adj.* 抽象的,形而上學的

abstrair *v.t.* 使抽象化 ‖ *v.r.* 凝思,聚精會神

abstruso, sa *adj.* 難理解的,深奧的,深不可測的

absurdidade *s.f.* 不合理,荒謬;荒唐言行

absurdo, da *adj.* 不合理的,荒謬的,無稽的

abulia *s.f.* 〔醫〕意志衰退,喪失意志

abundância *s.f.* 多,豐富,充足

abundante *adj. 2 gén.* 豐富的,大量的

abundar *v.i.* 豐盛,盛產

aburguesado, da *adj.* 資產階級化的;中產階級化的

aburguesar-se *v.r.* 資產階級化;中產階級化

abusão *s.f.* 濫用,浪費;欺騙

abusar *v.i.* 濫用,亂用;欺騙;强姦

abusivo, va *adj.* 濫用的,過份的;不合適的

abuso *s.m.* 過度,濫用;欺騙

abutre *s.m.* 〔動〕禿鷲;〔轉〕貪食兇殘

者

abuzinar *v.i.* 按喇叭 ‖ *v.t.* 使惶惑,慌亂

acabado, da *adj.* 完成的,結束的;磨損的;陳舊的;〔轉〕熟練的;巧妙的

acabamento *s.m.* 完成;結束;死亡

acabar *v.t.e i.* 結束;完成;完結;死亡 ‖ *v.r.* 消失,消亡;精疲力盡 △ ① ～ com 消滅;制止 ② ～ de 剛才,剛剛……

acabrunhar *v.t.* 壓服,壓制;折磨;使疲勞

açacalar *v.t.* 磨光,擦亮;〔轉〕使完善或完美

acácia *s.f.* 〔植〕槐樹

academia *s.f.* 學院;科學或藝術等學會,研究會;學術會議

académico, ca *adj.* 學院的;研究院的;學術性的 ‖ *s.m.* 中學生;大學生;會員

açafrão *s.m.* 〔植〕番紅花;橘黃色染料

açaimar *v.t.* 戴嚼子,按口套;〔轉〕使住口,使緘默;使屈服

acajú *s.m.* 〔植〕腰果樹

acalentar *v.t.* 輕搖……使之入睡;使平撫;使緩和;使穩定 ‖ *v.r.* 平靜,安靜;沉默不語;停止(叫喊或哭泣等)

acalmação *s.f.* 寧靜;鎮靜;安靜

acalmar *v.t.e i.* 使平靜;使緩和;使穩定

acalorado, da *adj.* 悶熱的;熱情的;熱烈的

acamar *v.t.* 使臥牀;使倒伏 ‖ *v.i.* 臥病 ‖ *v.r.* 沮喪;倒伏

açamar *v.t.* 戴嚼子,按口套;〔轉〕鉗制;使緘默

acamaradar *v.i.* 交友 ‖ *v.r.* 結交

açambarcamento *s.m.* 囤積;壟斷

açambarcar *v.t.* 壟斷;囤積

acampamento *s.m.* 野營,露宿;紮營

acampar *v.i.* 紮營,駐紮;敲鐘,撞鐘

acampsia *s.f.* 〔醫〕強固性,無撓屈性

acampto, ta *adj.* 無光澤的,不反光的

acanalar *v.t.* 開溝;開槽;挖渠

acanalhar *v.r.* 墮落

acanelado, da *adj.* 肉桂色的

acanhado, da *adj.* 怕羞的,膽怯的;狹窄的;吝嗇的;貧窮的;卑微的

acanhamento *s.m.* 膽小,怯懦,畏縮

acanhonear *v.t.* 炮擊,轟擊

acanónico, ca *adj.* 違背教規的

acantonamento *s.m.* 駐紮;營地,營地;駐軍

acantonar *v.t.* (給軍隊)劃定營區;使之分區駐軍駐紮

acanular *v.t.* 使成管形

acareação *s.f.* 對質,對證;核對

acarear *v.t.* 對質,對證;核對,比較;〔轉〕誘惑

acariciador, ra *adj.* 撫愛的

acariciar *v.t.* 撫愛,疼愛;〔轉〕珍視,珍愛

acaridar-se *v.r.* 憐憫,垂憐

acarinhar *v.t.* 憐憫,撫愛,疼愛

ácaro *s.m.* 〔動〕蟎蟲

acarrear *v.t.* 車運,車載;隨身攜帶;引起,造成

acarrejar *v.t.* 車運;運輸(多指運糧) ‖ *v.i.* 採購日用食品

acarretador *s.m.* 搬運工,腳夫

acarretar *v.t.* 運送,運輸;〔轉〕引起 △~ lágrimas 使傷心

acaso *s.m.* 機會;偶然之事 ‖ *adv.* 意外地,或許 △① por ~ 偶然 ② ao ~ 任意

acastanhado, da *adj.* 栗色的

acastelar *v.t.* 築城堡;加固 ‖ *v.r.* 固守;設防

acatalepsia *s.f.* 〔哲〕不可知論;懷疑主義;不可瞭解

acatamento *s.m.* 敬重,尊重,尊敬

acatar *v.t.* 遵守;尊敬,敬重 ‖ *v.i.* 小心謹慎

acatável *adj. 2 gén.* 值得尊重的;堪受敬重的

acautelado, da *adj.* 謹慎的,小心翼翼的

acautelar *v.t.* 預防,提防;謹慎

acção *s.f.* 行為;動作;作用;訴訟;股票 △① ~ química 化學作用 ② boa ~ 善行 ③ comprar acções 買股票

accionar *v.t.* 控告;推動;起動

accionista *s.m.* 股東

acedência *s.f.* 允許,同意

aceder *v.i.* 順從;允許;就任,即位

acédia *s.f.* 忽略,疏忽;怠惰;〔醫〕淡漠憂鬱症

acéfalo, la *adj.* 無頭的,缺首的;無首領的;愚笨痴呆的

aceitação *s.f.* 稱讚;滿意;接受;贊同

aceitar *v.t.* 接受;採納;讚賞;允付匯票

aceitável *adj. 2 gén.* 可接受的,可採納的

aceite *s.m.* 應允;接受;允付(匯票)

aceleração *s.f.* 加速,促進;〔物〕加速度

acelerador *s.m.* 加速器;〔解〕促進神經

acelerado *adj.* 加速的,促進的

acelerar *v.t.* 加速,加快;推進 ‖ *v.r.* 急忙,趕緊

aceleratriz *adj.* 加速的,促進的 (acelerador 的陰性形式) △ força ~

加速力

acelerómetro *s.m.* 加速表,加速計

acelga *s.f.* 〔植〕莙薘菜,甜菜

acenar *v.i.* 點頭(示意);招呼

acendalha *s.f.* 引火物;打火機;〔轉〕原因,根原

acendedor *s.m.* 打火機;點火的人,點火器

acender *v.t.* 點,燃,開(燈等);〔轉〕鼓動;激勵

aceno *s.m.* 手勢;示意的動作

acento *s.m.* 重調 △ ~ predo-minante(或 tónico)重音,重讀

acentuação *s.f.* 重讀;強調,着重

acepção *s.f.* 字義;意義,含義

acepilhar *v.t.* 鉋平;磨光,擦亮,使光滑

acepipe *s.m.* (正菜之外的)冷盤;美味佳肴

acerar *v.t.* 使具鋼性;使銳利;激勵

acerbar *v.t.* 令辛酸;激怒

acerbidade *s.f.* 澀,苦酸;苛刻,尖刻,嚴酷

acerbo, ba *adj.* 澀的,酸的;刻薄的,辛辣的,尖刻的

acerca de *loc.prep.* 關於,至於

acercar *v.t.et.r.* 靠近,接近,靠攏;包圍,圍繞

acertado, da *adj.* 明智的;確切的;慎重的,命中的,擊中的

acertar *v.t.* 打中,命中;猜中 ‖ *v.i.* 恰巧,碰巧

acerto *s.m.* 命中;猜中;達成,成功;謹慎,機智;運氣

acervo *s.m.* 一堆,一段;很多,大量,大批(多用於穀物,豆類等細小物類)

aceso, sa *adj.* 點着的;(電燈)亮了的;熱烈的;渴求的

acessível *adj. 2 gén.* 可接近的;可取

得的;易受影響的

acesso *s.m.* 接近;進入;通道,門徑;(精神病等疾病)發作

acessor *s.m.* 附件,附屬品;助手

acessório, ria *adj.* 次要的;附屬的;副的,備用的 ‖ *s.m.* 備用件

acético, ca *adj.* 醋的 △ fermentação ~a 醋酸發酵

acetificação *s.f.* 〔化〕醋化作用,成醋作用

acetificar *v.t.* 醋化;使變酸

acetileno *s.m.* 〔化〕乙炔

acetímetro *s.m.* 醋酸比重計

acetona *s.f.* 〔化〕丙酮

acetonúria *s.f.* 〔醫〕丙酮尿

acetoso, sa *adj.* 醋的,醋味的;酸的

acha *s.f.* 戰斧;碎木柴

achacadiço, ça *adj.* 多病的;身體不適的

achacado, da *adj.* 有宿疾的;患慢性病的;生病的

achacar *v.r.* 患癇疾;生病 ‖ *v.t.* 指控;誹謗

achacoso, sa *adj.* 患宿疾的;身體不舒服的

achaparrado, da *adj.* 矮胖的,短粗的

achaque *s.m.* 癇疾,慢性病;借口;不良嗜好,惡習

achar *v.t.* 發現;覓得;覺得,感到;調查

achatar *v.t.* 使扁平;〔轉〕侮辱

achega *s.f.* 補充;補助;薄利;*pl.* 材料

achegar *v.t.* 使挨近,靠近 ‖ *v.r.* 倚靠;借助

achinado, da *adj.* 像中國人的;中國式的

achinar *v.t.* 使中國化,使成中國式

achincalhação *s.f.* 戲弄，嘲弄，侮慢，嘲笑

achincalhar *v.t.* 譏訕，嘲笑

achinelar *v.t.* 使成拖鞋形;〔轉〕輕視

achinesar *v.t.* 使中國化

acicatar *v.t.* 刺激，激勵;用馬刺刺

acicate *s.m.* 馬刺;刺激，激勵

acíclico, ca *adj.* 非週期性的;〔植〕非輪列的

acícula *s.f.* (羅馬婦女用)髮卡;針;刺

acicular *adj.* 針狀的 ‖ *v.t.* 使成針狀

acidação *s.f.* 〔化〕酸化

acidar *v.t.* 酸化 ‖ *v.r.* 變酸

acidência *s.f.* 偶然性，意外性

acidentação *s.f.* 不平坦性

acidental *adj. 2 gén.* 偶然的，意外的;非主要的

acidente *s.m.* 意外，偶然事件;事故;災難;〔地〕起伏，高低;昏厥;〔樂〕變音符號

acidez *s.f.* 酸性，酸度

acídia *s.f.* 疏忽;懶散;憔悴不堪

acidificação *s.f.* 〔化〕酸化

acidificar *v.t.* 酸化

acidímetro *s.m.* 〔化〕酸比重計;酸定量器

ácido, da *adj.* 酸的,酸性的 △① ~ sulfúrio 硫酸 ② ~ carbónico 碳酸 ③ ironia ~a 反語

acidular *v.t.* 使有酸味，使微酸

acima *adv.* 在上,向上，往上 △ ~ de 在……之上

acinesia *s.f.* 〔醫〕癱瘓，運動不能;麻痹;脈動之間歇

acinésico, ca *adj.* 〔醫〕癱瘓的，麻痹的

acinético *s.m.* 鎮靜劑 ‖ *adj.* 鎮靜的

acinte *s.m.* 惡意;故意;固執 △de ~ 故意地,特意地

acintoso, sa *adj.* 有惡意的，居心不良的

acipreste *s.m.* 〔植〕柏樹,意大利柏

acirrar *v.t.* 煽動;激怒

aclamação *s.f.* 歡呼,喝彩,稱讚

aclamar *v.t.* 歡呼,喝彩,稱讚

aclimação *s.f.* 服水土,適應環境;習慣

aclimar *v.t.* 使適應氣候條件,使服水土 ‖ *v.r.* 習慣於,適應

aclimatar *v.t.* 使服水土

aclive *s.m.* 傾斜;斜面;斜坡 ‖ *adj.* 傾斜的

acme *s.m.* 〔醫〕極期,頂點;病發燒之最高點

acne *s.m.* 〔醫〕痤瘡,粉刺

aço *s.m.* 鋼;白刃武器 △coração de ~ 鐵石心腸

acobardar *v.t.* 恐嚇,使害怕 ‖ *v.r.* 怯懦

acocorar-se *v.r.* 蹲,蹲坐

açodado, da *adj.* 急進的,匆忙的

açodamento *s.m.* 急,匆促

açodar *v.t.* 匆促,急忙;加速

açôfra *s.m.* 黄銅

acogular *v.t.* 使滿溢;積聚

acoimar *v.t.* 科罰;控告 ‖ *v.r.* 報復,復仇

acoitamento *s.m.* 款待,收留

açoitamento *s.m.* 鞭撻,鞭笞;懲罰

acoitar *v.t.* 款待,收留 ‖ *v.r.* 避難

açoitar *v.t.* 鞭笞,鞭撻;懲罰;用竿子打落(果實)

açoite *s.m.* 鞭子 △o menino leva dois ~s 孩子屁股上挨了兩巴掌

acolá *adv.* 在彼處,較遠處

acolchetar　*v.t.*　扣住

acolchoado, da　*adj.*　填棉的,絮棉的

acolchoar　*v.t.*　(用棉花等)填塞,絮;
(用被子)覆蓋

acolher　*v.t.*　款待;歡迎‖*v.r.*　躲
避,退縮

acolhida　*s.f.*　款待;歡迎;躲避處,庇
護所

acolhimento　*s.m.*　見 acolhida

acolitar　*v.t.*　當侍僧,當輔祭;幫助,
輔助

acólito　*s.m.*　侍僧,輔祭;〔轉〕信徒,隨
從,助手;伙伴

acometer　*v.t.*　攻擊,襲擊;開始,着
手;突然發作;從事

acometimento　*s.m.*　攻擊,襲擊;着手

acometível　*adj. 2 gén.*　可發生的;可
攻擊的;可攻克的

acomia　*s.f.*　無髮,禿頂

acomodação　*s.f.*　適應;安頓,安置;
(人際關係)融洽;住宅的房間

acomodar　*v.t.*　安頓,安置;使合適

acompanhamento　*s.m.*　隨從,隨待;
〔樂〕伴奏

acompanhar　*v.t.*　隨從,陪伴;道隨;
伴奏,伴唱

aconchegar　*v.t.*　陪伴;使溫暖;移近

aconchego　*s.m.*　溫暖;舒適

acondicionamento　*s.m.*　裝置,包裝

acondicionar　*v.t.*　保存;使具備某種
條件;安排

acónito　*s.m.*　〔植〕烏頭

aconselhar　*v.t.*　忠告,勸告;指教

acontecer　*v.i.*　發生,出事

acontecimento　*s.m.*　事件

açor　*s.m.*　〔動〕蒼鷹,鴠

acórdão　*s.m.*　法庭判決

acordar　*v.t.*　喚醒;使同意;使一致;
和解‖*v.i.*　清醒,一致‖*v.r.*

記起,想起　◇ adormecer, discordar

acorde　*s.m.*　〔樂〕和弦,諧音;一致,協
調;協定‖*adj.*　協調的,和諧的

acordeão　*s.m.*　手風琴

acordeonista　*s. 2 gén.*　手風琴手

acordo　*s.m.*　和解;同意;協議,契約;
記憶,回憶;見解　△de ~ 同意

açorense　*adj. 2 gén.*　亞速爾群島的‖
s.m.　亞速爾群島人

acória　*s.f.*　不飽症,貪食

acorrentar　*v.t.*　以鏈鎖住,束縛

acorrer　*v.i.*　趕赴;馳援,救助‖*v.r.*
求助;躲避

acorro　*s.m.*　救助;救援物

acossar　*v.t.*　追踪,追趕

acostar　*v.i.*〔海〕泊靠‖*v.t.*　倚,靠‖
v.r.　就寢,睡下,躺下;傾向(某種意
見);躲避

acosto　*s.m.*　支撐;保護

acostumado, da　*adj.*　習慣於……的

acostumar　*v.t.*　使習慣,使適應

a cote　*loc.adv.*　每日地,每天地

açoteia　*s.f.*　屋頂平臺

acotiar　*v.t.*　常用

a cotio　*loc.adv.*　每天地

acotovelar　*v.t.*　以肘擊

açougada　*s.f.*　喊叫,喧嘩

açougue　*s.m.*　肉案,肉店,肉鋪;屠宰
場

acoutar　*v.t.*　掩蓋;保護

açoutar　*v.t.*　鞭笞

açoute　*s.m.*　鞭笞;災害

acovar　*v.t.*　挖洞,掘坑

acovardar-se　*v.r.*　膽怯

acovilhar　*v.t.*　保護

acracia　*s.f.*　無政府主義

acrasia　*s.f.*　無節制,放縱;放縱行爲

acrata　*s. 2 gén.*　無政府主義者‖*adj.*

2 *gén.* 無政府主義的

acrato, ta   *adj.* 無雜質的, 純的

acre   *adj. 2 gén.* 辛辣的, 苛刻的, 無情的 ‖ *s.m.* 英畝

acreditado, da   *adj.* 有信用的; 被委任的

acreditar   *v.t.* 相信; 保證; 擔保; 委任 ‖ *v.r.* 贏得聲譽, 出名

acrescentar   *v.t.* 增加; 加入, 合併; 增高, 增大

acrescer   *v.t.* 併發; 附加; 增加

acréscimo   *s.m.* 添加物; 增加物, 附加

acribologia   *s.f.* 語言純正癖, 字斟句酌, 用詞嚴謹

acridez   *s.f.* 辛辣性; 刺激性; 脆, 易碎性

acro, cra   *adj.* 易破的; 苛刻的; 辛辣的 ‖ *s.m.* 〔軍〕(監控城市之)要塞, 堡壘

acrobacia   *s.f.* 雜技

acrobata   *s.m.* 雜技演員

acrobático, ca   *adj.* 雜技的; 雜技演員的

acromatismo   *s.m.* 無色; 〔理〕消色差性

acromatopsia   *s.f.* 〔醫〕色盲(症)

acromia   *s.f.* 〔醫〕色素缺乏, 無色性 (皮膚)

acróstico   *s.m. e adj.* 離合詩句

acta   *s.f.* 議案; 記錄; 證書

actínia   *s.f.* 〔動〕海葵

actinómetro   *s.m.* 露光計, 感光計, 光綫強度計

activa   *s.f.* 能動態

activar   *v.t.* 推動, 推進, 促進

actividade   *s.f.* 活動; 活動性, 能動性; 精力, 活力; 動載

activo, va   *adj.* 活動的, 現行的; 有活力的, 積極的; 〔化〕活性的; 〔語〕主動

的 ‖ *s.m.* 資本, 資產; 債務, 欠款 △ ①*voz* ~a 主動語態 ②remédio ~ 特效藥 ③homem ~ 積極肯幹者

acto   *s.m.* 行爲; 幕; 畢業考試 △ ① uma peça de três ~s 三幕劇 ② ~ i-naugural 開幕式

actor   *s.m.* 演員, 藝員

actriz   *s.f.* 女演員, 女伶

actuação   *s.f.* 行動; 作用

actual   *adj. 2 gén.* 現在的, 目前的, 現行的; 當代的

actualidade   *s.f.* 現實; 現時; 目前, 當代

actuar   *v.i.* 行動; 起作用

açúcar   *s.m.* 糖, 白糖 △① ~ cândi 冰糖 ②~ de malte 麥芽糖 ③ cana de ~ 甘蔗

açucarado, da   *adj.* 放了糖的; 甜蜜

açucareiro   *s.m.* 糖盒子 ‖ *adj.* 糖的; 含糖的

açucena   *s.f.* 〔植〕百合花; 〔轉〕潔白純淨

açude   *s.m.* 水壩; 水閘; 堤; 堰

acudir   *v.i.* 援助, 救助, 幫助; 馳援, 趕往

açular   *v.t.* 嗾狗撲咬; 〔轉〕唆使, 煽動

acume   *s.m.* 尖, 刃; 鋒利, 銳利

acúmetro   *s.m.* 聽力計, 聽力測驗器

acumulação   *s.f.* 積蓄; 積聚; 堆積物

acumulador   *s.m.* 積蓄者; 蓄電池; 蓄力器 △~ térmico 蓄熱器

acumular   *v.t.* 積蓄; 兼職; 堆積

acumulativo, va   *adj.* 累積的, 累積的

acumulável   *adj. 2 gén.* 可堆積的, 能積累起來的

acupunctura   *s.f.* 針灸, 針刺療法

acurar   *v.t.* 小心處置; 改善, 修飾

acurado, da   *adj.* 正確的; 完善的, 完

美的

acusação *s.f.* 控告,指控

acusado *s.m.* 被告 ‖ *adj.* 被控告的

acusador *s.m.* 原告 ‖ *adj.* 原告的,指控的

acusa-pilatos *s. 2 gén.* 受告狀者;告密者

acusar *v.t.* 揭露;指控,指責;起訴 ‖ *v.r.* 坦白,承認

acusativo, va *adj.* 控告的 ‖ *s.m.* 目的格,賓格

acusatório, ria *adj.* 控告的,起訴的

acústica *s.f.* 〔物〕聲學;音響效果,傳聲性

acústico, ca *adj.* 聽覺的;聲學的 △ ①corneta ~a 助聽器 ②nervo ~ 聽神經

adaga *s.f.* 短劍

adágio *s.m.* 諺語,格言;〔樂〕柔板,(表現傷悲色彩的)慢板

adamado, da *adj.* 女人氣的,娘兒們氣的;(酒)度數不高的

adaptação *s.f.* 適合,改編

adaptar *v.t.* 使適合,改作,改編

adega *s.f.* 酒窖,地窖;儲藏室

adejar *v.i.* 擺動;拍翅

adelfa *s.f.* 〔植〕夾竹桃

adenite *s.f.* 〔醫〕腺炎

adenoma *s.m.* 〔醫〕腺瘤

adensar *v.t.* 使密,使黏濃;增多

adentrar *v.i.* 進入

adepto *s.m.* 黨徒,追隨者,信徒;球迷

adequar *v.t.* 使適當

adereço *s.m.* 裝飾,美化物

aderência *s.f.* 贊同,附著,忠誠

aderente *adj.* 黏住的;附著的,附屬的 ‖ *s. 2 gén.* 黨徒,信徒,追隨者

adergar *v.i.* 偶發

aderir *v.i.* 贊同;加入;黏連,粘連

adernar *v.i.* 〔海〕傾斜;降低

adesão *s.f.* 贊同;粘連

adesivo, va *adj.* 易粘的,有黏性的 ‖ *s.m.* 〔醫〕氧化鋅膠布,膏藥

adestramento *s.m.* 訓練

adestrar *v.t.* 教練,訓練,指導

adeus *interj.* 再見 ‖ *s.m.* 告別,分別,告辭

ad hoc 〈*latim*〉 *loc.* 專爲此的,特別的 △ representante ~ 特別代表

adiabático, ca *adj.* 〔理〕絕熱的

adiado, da *adj.* 延期的,推遲的

adiantado, da *adj.* 提前的,提早的;先進的;預先的;快的(錶)

adiantar *v.t.* 提前,使進步

adiante *adv.* 在前;向前

adiar *v.t.* 延期,推遲;使(考試)不及格

adiatérmico, ca *adj.* 〔理〕不透輻射熱的,不導熱的

adição *s.f.* 增加,添進;〔數〕加法;〔法〕接受(遺產)

adicional *adj. 2 gén.* 增加的,附加的,增補的 ‖ *s.m.* 附加物

adicionar *v.t.* 〔數〕加;合計;附加,增添

adido *s.m.* (外交)隨員;隨從;屬員 ‖ *adj.* 展期的,推後的 △ ~ militar 使館武官

ádipe *s.m.* (多指動物)脂肪

adipose *s.f.* 〔醫〕肥胖症

adiposo, sa *adj.* 脂肪多的;肥胖的

adipsia *s.f.* 〔醫〕不渴症

aditamento *s.m.* 增添,補充;附註,附錄;附加物

aditar *v.t.* 增添,補充;使幸福快樂

adivinhação *s.f.* 預言;猜測

adivinhador *s.m.* 占卜者;猜測者

adivinhar *v.t.* 預言;推測;猜;占卜

adivinho *s.m.* 算命者,占卜者

adjacência *s.f.* 鄰近,毗鄰;[幾]鄰角

adjacente *adj. 2 gén.* 鄰近的,毗鄰的

adjectivo *s.m.* 形容詞 ‖ *adj.* 形容詞的;從屬的

adjudicar *v.t.* 授獎;賜予;頒發;商量

adjunto, ta *adj.* 副的 ‖ *s.m.* 協助,助手,助理員

adjurar *v.t.* 驅魔;懇求,祈求

administração *s.f.* 管理,經營;行政 管轄

administrador *s.m.* 管理者,行政官,[法]遺產管理人

administrar *v.t.* 管理,料理,照料;執行

administrativo, va *adj.* 行政的;管理的

admiração *s.f.* 欽佩,羨慕,讚賞,欣賞,賞識;驚奇,驚訝

admirado, da *adj.* 敬佩的,羨慕的;詫異的;令人驚愕的

admirador *s.m.* 敬仰者,崇拜者;讚美者

admirar *v.t.* 欽佩,羨慕

admirável *adj.t.* 值得羨慕的,可敬的;奇妙的;令人驚奇的

admissão *s.f.* 准許,許可;接收,接納

admissível *adj. 2 gén.* 可接納的,可接受的,有權進入的

admitir *v.t.* 承認;准許;容納

admoestação *s.f.* 訓誡,忠告,警告;教堂結婚預告;譴責,諫言

admoestador *s.m.* 勸諭者,告誡者

admoestar *v.t.* 傲告;勸告,告誡

adoba *s.f.* 手銬,腳鐐;[轉]監獄

adoçar *v.t.* 使甜;使可愛,使柔和

adoecer *v.i.* 生病,患病

adoentado, da *adj.* 病的,不適的,患小疾的

adolescência *s.f.* 青春;青年(多指性萌動到性成熟期間的少年)

adolescente *adj.2 gén.* 青春期的;少年的 ‖ *s. 2 gén.* 少年,少女,姑娘,小伙子

adopção *s.f.* 採取,採納;納義子

adoptador, ra *s.m. e s.f.* 採用者;義父(母)

adoptar *v.t.* 採用,納為義子,收養

adoptativo, va *adj.* 採用的;納為義子的

adorador *s.m.* 敬仰者,崇拜者 ‖ *adj.* 熱烈追求的,崇拜的

adorar *v.t.* 崇拜,敬仰,熱烈追求

adorável *adj.2 gén.* 可崇拜的,可敬的

adormecer *v.i.* 瞌睡;入睡;安撫,使平靜

adornar *v.t.* 裝飾;修飾;傾斜

adorno *s.m.* 裝飾,點綴

adquirente *s. 2 gén.* 取得者,獲得者

adquirir *v.t.* 取得,獲得 ‖ *v.r.* 據為己有

adrede *adv.* 故意地,蓄意地,特意地

adstringente *adj. 2 gén.* 收斂性的,收縮性的 ‖ *s.m.* [醫]收斂藥

adstrito, ta *adj.* 附屬於……的

aduana *s.f.* 海關;關稅

adubador *s.m.* 調味者;施肥者;鞣革者

adubar *v.t.* 烹調;醃(肉);鞣(皮);施肥

adubo *s.m.* 肥料;香料;調味汁

aducir *v.t.* 使(金屬)變柔韌

adulação *s.f.* 諂媚;奉承,諂媚,吹捧

adulador *s.m.* 諂媚者,搖尾乞憐者

adular *v.t.* 巴結,諂媚,奉承

adúltera *s.f.* 淫婦

adulteração *s.f.* 通姦;偽造;掺假

adulterar *v.i.* 通姦 ‖ *v.t.* 偽造,假造,混,掺假

adulterino, na *adj.* 通姦所生的;掺假的;偽造的

adultério *s.m.* 通姦;掺假,偽造

adúltero *s.m.* 姦夫

adulto, ta *adj.* 壯年的,成年的 ‖ *s.m.* 成年人,壯年人

adunco, ca *adj.* 彎曲的,鈎狀的

adurente *s.m.* 〔醫〕苛性劑,腐蝕劑

aduzir *v.t.* 呈現出;引證,援引

adventício, cia *adj.* 外來的;偶發的;〔生〕偶生的;〔醫〕偶發病的

advento *s.m.* 到來;(耶穌)降臨節

adverbial *adj.* 2 *gén.* 副詞的

advérbio *s.m.* 副詞

adversamente *adv.* 不幸地

adversário *s.m.* 敵人,對手,仇敵

adversativo, va *adj.* 敵對的,相反的;〔語〕反意的△conjunção ~a 反意連接詞

adversidade *s.f.* 厄運;逆境,災禍

adverso, sa *adj.* 對立的,敵意的;不幸的,不利的,不順的;有害的;逆反的,相反的

advertência *s.f.* 諭,訓誡,忠告;批評;介紹;短評

advertir *v.t.* 徵戒,警告,訓誡;注意;提醒

advocacia *s.f.* 律師資格;律師業

advogado *s.m.* 律師;(轉)保護人

advogar *v.i.* 執律師業 ‖ *v.t.* 辯護;提倡,主張,建議

aeração *s.f.* 通氣,換氣

aéreo, rea *adj.* 空氣的,航空的,空中的 ①△via ~a 航空路綫 ②carta ~a 航空郵件 ③forças ~as 空軍

aeróbio, bia *adj.* 〔生〕需氧的,需氧的

aeróbus *s.m.* 空中公共汽車,空中巴士,大型客機

aerodinâmica *s.f.* 氣體力學,空氣動力學

aerodinâmico, ca *adj.* 空氣動力學的;流線型的

aeródromo *s.m.* 飛機場

aerofagia *s.f.* 〔醫〕吞氣症

aerofobia *s.f.* 〔醫〕恐氣症

aerofotografia *s.f.* 空中攝影術

aerograma *s.m.* 無綫電報;無綫通訊

aerólito *s.m.* 隕石

aeronauta *s.m.* 飛行員,航空者;太空人

aeronáutica *s.f.* 航空學,航空術

aeronave *s.f.* 飛行器;飛艇

aeroplano *s.m.* 飛機

aeroporto *s.m.* 飛機場,航空港

aerosfera *s.f.* 大氣層

aerostação *s.f.* 浮空;浮空學

aeróstato *s.m.* 浮空器,輕氣球

aeroterapêutica, aeroterapia *s.f.* 〔醫〕空氣療法

afã *s.m.* 謹慎;勤勉,努力;渴望

afabilidade *s.f.* 和藹可親,溫柔;慇懃

afadigar *v.t.* 使疲倦 ‖ *v.r.* 疲倦;辛勞

afagar *v.i.* 憮慰,憮愛;珍重;親熱;溫情

afago *s.m.* 撫愛,憐愛;款待;討好 △~ de fortuna 過眼煙雲

afamado, da *adj.* 出名的,馳名的

afanar *v.i.* 勤勉,孜孜不倦 ‖ *v.r.* 勤快,忙碌

afasia *s.f.* 失語症

afasta *interj.* 滾開!

afastado, da *adj.* 遠的；離開的；從前的

afastamento *s.m.* 分離；移開；撤除，去掉

afastar *v.t.* 移開；分離；隔開

afável *adj. 2 gén.* 和藹可親的，友善的，溫柔的

afazer *v.t.* 使習慣於

afazeres *s.m. pl.* 事情，工作，事務

afear *v.t.* 使醜醜，醜化 ‖ *v.r.* 變醜

afecção *s.f.* 病變；潮熱；情誼

afectação *s.f.* 驕矜造作；自滿；賣弄

afectar *v.t.* 驕矜；佯裝；損害；感動 ‖ *v.r.* 不自然 △～ muito no falar 説話時很不自然

afectivo, va *adj.* 有情感的，情深的 △pessoa ～a 多情之人

afecto, ta *adj.* 愿愿的；被委託的 ‖ *s.m.* 傾慕，愛情，友誼

afectuoso, sa *adj.* 愿愿的，多情的；溫柔的

afegã *adj. 2 gén.* 阿富汗的 ‖ *s. 2 gén.* 阿富汗人

afeição *s.f.* 友情；愛慕；愛好；鍾情

afeiçoamento *s.m.* 傾慕；形成(風格)

afeiçoar *v.t.* 使適合，改作 ‖ *v.r.* 愛慕

afeito, ta *adj.* 成習慣的，慣於……的

afélio *s.m.* 〔天〕遠日點，最高點

afemia *s.f.* 〔醫〕失語症

afeminado, da *adj.* 似女流的，無男子氣的

aferição *s.f.* 合標準；核對；比較

aferidor *s.m.* 度量衡校檢員；衡量器

aferimento *s.m.* 合標準

aferir *v.t.* 校正；檢定

aferrado, da *adj.* 固執的；用錨扣緊的△navio ～拋錨之船

aferrar *v.t.* 鈎住；緊握 ‖ *v.i.* 拋錨 ‖ *v.r.* 固執，堅持 △～ a uma opinião 固執己見

aferrenhar *v.t.* 使堅硬(如鐵) ‖ *v.r.* 固執

aferrolhar *v.t.* 閂閉；收藏 ◇desaferrolhar

aferventar *v.t.* 煮沸，燒開；(在開水中)變；使激動

afervorar *v.t.* 沸；使熱心，使激動

afestoar *v.t.* 飾以花環、花彩 ‖ *v.r.* 修飾，打扮

afiação *s.f.* 磨尖；磨快

afiado, da *adj.* 鋒利的；尖銳的；完善的；衣着考究的

afiambrar *v.t.* 準備冷餐 ‖ *v.r.* 考究衣着

afiançador *adj.* 保證的 ‖ 保證人，擔保人

afiançar *v.t.* 保證，信託，擔保；〔喻〕力證，力證△ ‖ *v.r.* 具保

afiar *v.t.* 磨礪；使銳利△～ uma faca 磨刀

afidalgar *v.t.* 使成貴族 ‖ *v.r.* 成爲貴族

afigurar *v.t.* 用形像表現；想像，假設 ‖ *v.r.* 相似

afigurativo, va *adj.* 形像的；象徵的，比喻的；想像的

afilado, da *adj.* 身材修長的，鋒利的

afilhado *s.m.* 〔宗〕教子；養子，義子；被保護者；寵兒

afiliar *v.t.* 納爲會員；納爲義子；立嗣

afim *adj.* 類同的，相似的；毗鄰的 ‖ *s.m.* 姻親

afinação *s.f.* 精細；調和，調整；〔喻〕念怒 △chegar à ～發怒

afinado, da *adj.* 協調的，完善的〔喻〕發怒的 ◇ desafinado

afinagem *s.f.* 精煉(金屬等)

afinal *adv.* 到底;終於;畢竟

afinar *v.t.* 〔樂〕調音,校音;提煉;精煉;磨研;嘲弄

afincar *v.i.* 堅持 ‖ *v.t.* 使穩定,固定

afinco *s.m.* 堅持,頑強 △ estudar com ~ 學習努力

afinidade *s.f.* 姻親;酷似;〔化〕化合力 ◇repulsão

a fio *loc.adv.* 連續地,不斷地

afirmação *s.f.* 斷言;誓言;證詞 ◇negação

afirmar *v.t.* 斷言,確認,肯定 ‖ *v.r.* 確認,證實 ◇negar

afirmativo, va *adj.* 肯定的,確認的

afitar *v.t.* 目不轉睛地盯視

afivelar *v.t.* 扣住;緊握

afixar *v.t.* 固定;緊貼;張貼,招貼 ‖ ~ uma proclamação 張貼宣言 ◇desafixar

afixo *s.m.* 〔語〕指詞的前綴或後綴

aflição *s.f.* 苦惱;苦難;悲傷;折磨

afligir *v.t.* 使苦惱;使傷心;折磨

aflito, ta *adj.* 痛苦的,傷心的,憂愁的;受壓抑的

aflogístico, ca *adj.* 無燄而燃的

afloramento *s.m.* 使成水平;〔礦〕露頭

aflorar *v.i.* 〔礦〕露出地面 ‖ *v.t.* 使成水平,取平

afluência *s.f.* 匯聚;富裕;合流

afluente *adj. 2 gén.* 匯聚的;富裕的;豐富的;合流的 ‖ *s.m.* 支流

afluir *v.i.* 流入;匯聚

a flux *loc.adv.* 豐富地

afluxo *s.m.* 匯流;湧?充血

afocinhar *v.i.* 嘴啃泥摔倒;〔海〕船頭下沉;仆倒 ‖ *v.t.* (豚等)以鼻搖

afofado, da *adj.* 鬆軟的,柔軟的;自滿的,虛榮的

afofar *v.t.* 使柔軟;使柔和;〔轉〕使自滿

afogadilho *s.m.* 倉猝,忽忙,急切 ‖ *loc.adv. de* ~ 倉猝地,刻不容緩地

afogado, da *adj.* 溺死的;窒息的;憋悶的 ‖ *s.m.* 溺斃者

afogar *v.t.* 使溺死;淹死;窒息 ‖ *v.r.* 投水自盡 △ ~-se em pouca água 因小事而自擾

afogo *s.m.* 窒息,苦惱;忽忙

afoguear *v.t.* 點燃;使發亮;使面紅;激勵 ‖ *v.r.* 熱心;面紅耳赤;活躍 ◇desafoguear

afoitar *v.t.* 鼓勵;使興奮 ◇desalentar

afoiteza *s.f.* 勇氣,膽量,大膽;自信

afoito, ta *adj.* 大膽的;大膽的

afolhamento *s.m.* 農場輪種法

afolhar *v.t.* 〔農〕輪種 ‖ *v.i.* 〔植〕長葉

afonia *s.f.* 〔醫〕失音症

áfono, na *adj.* 失音的

afonsinho, nha *adj.* 古老的 △na era dos ~s 在很久很久以前

afora *adv. e prep.* 除……之外

aforar *v.t.* 租 ‖ *v.r.* 自謝 △ ① ~ uma casa 租一間屋子 ② ~-se de entendido de música 自詡精通音樂

aforia *s.f.* 不孕

aforismo *s.m.* 格言,諺語,警句

aformoseado, da *adj.* 美化的,裝飾的

aformosear *v.t.* 使成名;美化,裝飾,佈置,修飾

aforquilhar *v.t.* 叉住;使成叉形

aforrado, da *adj.* 解放的;自由的

aforrar *v.t.* 解放,釋放;貯蓄,節約 ‖

v.r. 脱外衣

afortunado, da *adj.* 幸福的,幸運的,有福氣的

afoutar *v.t.* 鼓勵;使興奮 ◇desalentar

afouto, ta *adj.* 勇敢的;大膽的

afracar *v.t.e v.i.* (使)衰弱

afrancesar *v.t.* 法國化

afrentar *v.t.* 對抗;面對

afrescar *v.t.* 使涼,使清新

afretador *s.m.* 租賃者

afretar *v.t.* 租賃

áfrica *s.f.* 〈M〉非洲;〔口〕事業,功績 △①fez uma ~ 他取得了偉績豐功 ②meter uma lança em ~ 終於達到目的

africanismo *s.m.* 非洲事物的研究;非洲習俗

africanista *s.2 gén.* 非洲事物研究者;非洲通

africano, na *adj.* 非洲的 ‖ *s.m.* 非洲人

afro-asiático, ca *adj.* 亞非的 ‖ *s.m.* 亞非人

afrodisia *s.f.* 春情,性慾

afrodisíaco, ca *adj.* 刺激性慾的,春藥的

afroixamento *s.m.* 鬆弛,放鬆,放寬

afroixar *v.i.* 減弱,和緩 ‖ *v.t.* 鬆馳,放鬆

afronta *s.f.* 冒犯;疲憊;侮辱;〔古〕面對

afrontar *v.t.* 勇敢面對;使昏暈;使窒息 ‖ *v.r.* 羞愧;發怒 ◇desafrontar

afrontoso, sa *adj.* 侵害的,污辱的;窒息的

afrouxamento *s.m.* 減弱,放鬆

afrouxar *v.t.* 和緩,放寬,放鬆

afta *s.f.* 〔醫〕鵝口瘡

aftoso, sa *adj.* 鵝口瘡的

afugentar *v.t.* 逐,趕,驅逐

afumar *v.t.* 煙燻;燻製;燻黑

afundar *v.t.* 沉没,深入,沉入水中 ‖ *v.r.* 破產;〔轉〕探究

afundir *v.t.* 使沉陷 ‖ *v.r.* 沉没;陷落

afunilar *v.t.* 使成漏斗形,弄窄

afusado, da *adj.* 錠子形的;細長的 △ dedos ~s 細長的手指

afuzilar *v.t.* 發射;槍斃;〔喻〕發光

agabar *v.t.* 讚頌,讚揚 ‖ *v.r.* 自我炫耀,吹牛

agachar-se *v.r.* 蹲伏;〔轉〕自謙,自卑

agafanhar *v.t.* 抓;抓住;用鈎鈎住;〔轉〕偷盜

agafite *s.f.* 藍寶石,土耳其玉

agalaxia, agalactação *s.f.* 産後無乳

agalegar *v.t.* 使粗魯

agami *s.m.* 〔動〕美洲喇叭鳥

agamia *s.f.* 〔生〕無配子繁殖;無性生殖

agarotado, da *adj.* 頑童型的,淘氣的;游手好閒的

agarrar *v.t.* 抓住,抓緊 ‖ *v.r.* 緊握 ◇ desagarrar

agasalhar *v.t.* 寄宿;儲藏;招待;保暖

agasalho *s.m.* 款待;皮手套;披肩;寒衣

agastadiço, ça *adj.* 易怒的,愛發火的

agastado, da *adj.* 忿怒的;惱悶的

agastar *v.t.* 激怒,使發火 ‖ *v.r.* 愁悶,煩燥不安;發脾氣

ágata *s.f.* 瑪瑙

agatanhadura *s.f.* 抓傷;抓,撓

agavelar *v.t.* 紮成捆,束起

agência *s.f.* 代理店;代理業務;分行 △① ~ comercial 商業代理 ② ~ funerária 殯儀館

agenciar *v.t.* 料理,代辦,經營;乞求

agenciário *s.m.* 代理商

agencioso, sa *adj.* 勤勉的;積極的

agenda *s.f.* 記事簿;議事日程

agenesia *s.f.* 〔醫〕不孕;無生殖力

agente *s.m.* 代理人;代理店;媒介物; 動作者;原因 ‖ *adj.* 主動的;施動的; 經營的 △ ~ de câmbios 交易所經 紀人 ② ~ de leilão 拍賣者

agerasia *s.f.* 長生不老;老當益壯

agermanar *v.t.* 結成兄弟;結交,聯 合 ‖ *v.r.* 日耳曼化,德國化

agigantar *v.t.* 使成巨人;誇張,誇大

ágil *adj. 2 gén.* 敏捷的,靈活的

agilidade *s.f.* 敏捷;活潑

ágio *s.m.* 貼水;折扣,回扣;利息

agiota *adj. 2 gén.* 投機的 ‖ *s. 2 gén.* 投機者,放高利者

agir *v.i.* 行事,做事

agitação *s.f.* 動亂;動蕩;激動 ◇ cal-ma

agitado, da *adj.* 激動的;動蕩的;動 亂的

agitar *v.t.* 煽動,使動蕩;感動,激動 ‖ *v.r.* 不安

agitável *adj. 2 gén.* 可搖動的

aglomerar *v.t.* 凝聚;集合 ‖ *v.r.* 成 團,積聚

aglutinação *s.f.* 粘合,膠黏;〔醫〕凝 結,凝固

aglutinar *v.t.* 粘,粘合,黏合;〔醫〕凝 結,凝固

agma *s.f.* 破碎;骨折;折斷

agmatologia *s.f.* 骨折學

agnosia *s.f.* 愚昧;〔醫〕無辨覺能,認 識不能

agomar *v.i.* 萌芽

agonia *s.f.* 精力漸滅;垂死掙扎;瀕 亡;緊要關頭;痛苦

agoniar *v.t.* 使煩惱;折磨 ‖ *v.r.* 惱怒

agonizante *adj. 2 gén.* 臨死的,垂死 的 ‖ *s. 2 gén.* 垂死者,臨亡者

agonizar *v.t.* 使痛苦 ‖ *v.i.* 臨終, 垂死

agora *adv. e conj.* 目前,現在,此刻

àgora *interj.* 真的? 難以置信! 可能 嗎?

agosto *s.m.* 八月

agourar *v.t.* 預言,預感,預測

agoureiro, ra *adj.* 兆的,不吉的; 預卜吉兇的 ‖ *s.m.* 占卜者,算命先 生,看相者

agourentar *v.t.* 使不吉,預示不祥; 占卜

agouro *s.m.* 預兆,先兆

agra *s.f.* 耕地;荒地;沼澤地

agraciado, da *adj.* 受惠的 ‖ *s.m.* 受 惠者

agradar *v.i. e r.* 悅人意,喜歡,愉快 ‖ *v.t.* 〔農〕平整土地,耙(地)

agradável *adj. 2 gén.* 悅意的 ‖ *s. 2 gén.* 愉快之事物 ◇ desagradável

agradecer *v.t.* 感謝,致謝 ‖ *v.i.* 表 謝意 ◇ desagradecer

agradecido, da *adj.* 感謝的 ‖ *interj.* 多謝,謝謝

agradecimento *s.m.* 感謝,道謝; 〔口〕酬金

agradecível *adj. 2 gén.* 應被感謝的

agrado *s.m.* 喜悅,愉快;親切,親密

agrafia *s.f.* 〔醫〕提筆忘字症,無寫字 能力

agrafo *s.m.* 訂書釘

agrário, ria _adj._ 土地的, 農業的; 農村的; 粗鄙的△reforma ~a 土地改革

agravamento _s.m._ 加重, 加深, 加劇◇atenuação, melhora

agravar _v.t._ 激怒; 加劇, 使惡化‖ _v.r._ 變複雜難

agravo _s.m._ 病情加重; 開罪; 凌辱; 〔法〕上訴

agre _adj. 2 gén._ 酸的

agredir _v.t._ 攻擊, 侵犯; 侮辱; 冒犯

agregação _s.f._ 集合, 組合

agregado, da _adj._ 添加的, 加上的; 聚集的‖ _s.m._ 會員, 成員; 混合物, 集合體; 堆積; 佃農, 長工

agregar _v.t._ 集合, 集聚; 添加, 增加; 堆積; 接受, 接納

agremiação _s.f._ 聯合會; 結社

agremiar _v.t._ 聯合, 合夥, 結社

agressão _s.f._ 侵略, 進攻, 侵害

agressivo, va _adj._ 侵略性的; 進攻性的; 敵視的

agressor _s.m._ 侵略者; 挑釁者

agreste _adj._ 田野的; 粗野的, 粗暴的△dia 暴風雨的日子

agrícola _adj. 2 gén._ 農業的; 務農的‖ _s.m._ 農夫△povo ~農民

agricultar _v.t._ 耕種‖ _v.i._ 務農

agricultável _adj._ 可耕的

agricultor _s.m._ 農夫, 農民

agricultura _s.f._ 農業

agridoce _adj._ 酸甜的; 糖醋的; 喜憂參半的

agrilhoar _v.t._ 上腳鐐; 監禁; 〔轉〕奴役

agrimar-se _v.r._ 反感, 怒不可遏

agrimensar _v.t._ 丈量(土地), 測量(土地)

agrisalhar _v.t._ 使成灰白色

agro-doce _adj. 2 gén._ 酸甜的, 糖醋的

agrologia _s.f._ 農業土壤學

agronometria _s.f._ 土壤肥力學

agronomia _s.f._ 農藝學, 農學, 作物學

agronómico, ca _adj._ 農藝學的, 作物學的

agrupamento _s.m._ 集聚; 團, 組, 隊, 群, 派; 社團, 協會

agrupar _v.t._ 聚集; 組合, 結社

agrura _s.f._ 酸, 醉味; 澀; 〔轉〕辛酸, 悲哀; (生活中的)酸甜苦難

água _s.f._ 水; 潮; 尿; 汁; 露 △①~ canalizada 自來水 ②~ de cheiro 香水 ③~-de-colónia 花露水 ④~ doce 淡水 ⑤~ mole em pedra dura, tanto dá até que a fura 水滴石穿 ⑥~ pesada 重水 ⑦~s internacionais 公海 ⑧~s mortas 低(小)潮 ⑨~s do telhado 屋檐 ⑩~s termais 溫泉 ⑪~s vivas 大潮, 滿潮 ⑫à flor da ~ 在水面上 ⑬afogar-se num copo de ~ 因項事煩惱 ⑭com ~s passadas não mói o moinho 後悔莫及 ⑮crescer ~ na boca 垂涎欲滴 ⑯deitar ~ na fervura 調解糾紛 ⑰está caindo ~ 正下着傾盆大雨 ⑱está como o peixe na ~ 如魚得水 ⑲gato escaldado, da ~ fria tem medo 一遭被蛇咬, 十年怕井繩 ⑳ir por ~ abaixo 一敗塗地 ㉑levar ~ no bico 另有所圖 ㉒navegar em duas ~s 腳踩兩隻船 ㉓pescar nas ~s turvas 混水摸魚 ㉔verter ~s 小解

água-ardente _s.f._ 燒酒, 白酒

aguaça _s.f._ 暴雨之後的水流

aguaçal _s.m._ 沼地; 積存雨水的窪地

aguaceiro _s.m._ 驟雨; 逆境; 一連串惱人的事情

aguachado, da _adj._ 浸透水的; 肥胖的‖ _s.m._ 〔口〕大腹便便的胖子

aguado, da _adj._ 攙水的, 冲淡的; 不

完善的

água-forte *s.f.* 硝酸

água-furtada *s.f.* 頂室;閣樓

água-pé *s.f.* 劣酒;劣質葡萄酒

aguapé *s.m. bras.* 死水水面上所生的植物

aguar *v.t.* 灌溉;澆水 △ ~ vinho 摻水於酒中 ◇desaguar

aguardar *v.t.* 守候,等待;監視;遵守 △ ~ as leis 遵守法律

aguarela *s.f.* 水彩;水彩畫

aguarrás *s.f.* 松節油

água-vai *s.m. interj.* (倒髒水污物時提醒行人注意的用語)注意啦!

aguçamento *s.m.* 磨快,磨快

aguçar *v.t.* 使尖銳,磨尖,磨快

agudez *s.f.* 銳利;精明;敏銳

agudeza *s.f.* 銳利;精明;機靈,敏銳

agudo,da *adj.* 尖銳的;(數)銳角的;[樂]音尖的,機智的;劇烈的;[醫]急性的 △①vista ~a 望得遠,好眼力 ② acento ~ 重音符號

agueiro *s.m.* 水渠,水溝

aguentar *v.t.* 支持,支撐;[喻]忍受,承受

aguerrido,da *adj.* 好戰的,好鬥的,慣戰的

aguerrilhar *v.t.* 組織游擊隊

águia *s.f.* 鷹,鷲;[天]天鷹座;[喻]機敏聰明的人

aguilhão *s.m.* 鐵刺;蜇刺;某些植物的刺;[轉]激勵

agulha *s.f.* 針;針狀物 △ ① ~ de marear 羅盤 ② procurar ~s em palheiro 海底撈針

agulhar *v.t.* 以針刺;[轉]激勵,刺激

ah! *interj.* 呀!

ai *s.m.* 唉 || *interj.* 唉!

aí *adv.* 在那裏;此世;此處

aia *s.f.* 婢女,管家婆,保姆

ai-jesus *interj.* 天啊!

ailanto *s.m.* 〔植〕臭椿,樗

ainda *adv.* 尚,還,更,依然 △ ① ~ não 尚未 ② ~ agora 剛才 ③ ~ assim 不管,盡管 ④ ~ bem 僥倖地 ⑤ ~ mais 更多 ⑥ ~ que 就算 ⑦ ~ se 假如

aio *s.m.* (家庭)教師;侍從 △ ~ de elefante 馴象者

aipo *s.m.* 〔植〕芹菜

airado,da *adj.* 放蕩的;閒蕩的

airosidade *s.f.* 文雅,雅緻;脫俗

airoso,sa *adj.* 文雅的;脫俗的;英俊的

ajanotado,da *adj.* 如花花公子的

ajardinar *v.t.* 使之變成花園

ajeitar *v.t.* 適合;使舒適 || *v.i.* 致富;合適,適應;準備

ajoelhar *v.i.* 屈膝,跪下 || *v.t.* 使屈膝 || *v.r.* 卑躬屈節

ajornalar *v.t.* 雇用短工

ajuda *s.f.* 幫助,援助,救助;[口]灌腸,灌腸劑 △ ~ de custo 補貼;預付款;差旅費

ajudante *s. 2 gén.* 助手,助理 △ ① ~ de campo 副官 ② ~ de cozinha 廚房雜役

ajudar *v.t.* 援助;協助;救助;幫助

ajuizar *v.i.* 判斷;評價;推測 || *v.t.* 使有理智

ajuntamento *s.m.* 集合;聚集;集會

ajuntar *v.t.* 集合,集合 || *v.i.* 積財 △ não fez toda a vida senão ~ 一生只顧積財 ◇ desajuntar

ajuramentado,da *adj.* 發誓的

ajuramentar *v.t.* 發誓,宣誓

ajustado,da *adj.* 商定的,約定的 || *s.m.* 約定之事

ajustamento *s.m.* 協定;和解;調整;規定 △~ de contas 決算

ajustar *v.t.* 校正;整理;約定;配合

ajuste *s.m.* 協定;清理;結算 ◇ desajuste

ala *s.f.* 行,列;〔軍〕側翼 ‖ *interj.* 起來吧! 去吧! 加油!

alá *adv.* 在那裏 ‖ *s.m.* 〈M〉阿拉,真主(伊斯蘭教之主神)

alacaiado, da *adj.* 卑躬屈節的

álacre *adj. 2 gén.* 愉快的;聰明的;活潑的

aladroado, da *adj.* 愛偷竊的,手脚不乾淨的 △peso ~分量不足,缺斤少兩

alagar *v.t.* 使成沼地;淹没

alagoa *s.f.* 小湖,池塘

alalia *s.f.* 〔醫〕不能説話,失語症

alambazar-se *v.r.* 貪食;粗俗不堪

alambicar *v.t.* 蒸餾;詳察,推敲

alambique *s.m.* 蒸餾器

alameda *s.f.* 林蔭路

álamo *s.m.* 白楊樹

alancear *v.t.* 以槍或矛刺;刺傷,扎傷;(轉)折磨;激勵

alanhar *v.t.* (用刀)切,割,砍;(轉)欺負,凌辱

alantoideia, alántóide *s.f.* 〔動〕尿囊,膀胱

alapado, da *adj.* 隱匿的

alapar *v.t.* 藏,掩藏 ‖ *v.r.* 俯身,彎腰;躲藏

alapardar *v.r.* 蹲伏;伏地;躲藏

alar *adj.* 翼狀的,作翼用的 ‖ *v.r.* 升高 ‖ *v.t.* 排列成隊

alaranjado, da *adj.* 橙色的 ‖ *s.m.* 橙色

alarde *s.m.* 吹噓,炫耀;賣弄

alargamento *s.m.* 擴大,擴寬

alargar *v.i.* 擴大 ‖ *v.t.* 增加,發展

‖ *v.r.* 擴展 ◇ apertar

alarida *s.f.* 喧嘩;吵鬧;喊叫聲;哭聲,哀怨聲

alarmante *adj. 2 gén.* 使人不安的,令人驚慌的

alarmar *v.t.* 發警報;告急 ‖ *v.r.* 恐慌

alarme *s.m.* 警報;恐慌

alarve *adj.* 殘忍的;粗暴的;野蠻的

alastrado, da *adj.* 散開的

alastrar *v.i.* 蔓延 ‖ *v.t.* 使散開,撒;〔海〕裝壓艙物;壓住

aláude *s.m.* 琵琶;金槍魚船

alavanca *s.f.* 槓桿;(轉)方法;動機

alba *s.f.* 黎明,拂曉

albanês *adj.* 阿爾巴尼亞的 ‖ *s.m.* 阿爾巴尼亞人;阿爾巴尼亞語

albardar *v.t.* 備鞍;給油煎食品裹鷄蛋;毛手毛脚地做(事)

albedo *s.m.* 反射率

albente *adj. 2 gén.* 發白的

albergar *v.t.* 留宿 ‖ *v.r.* 投宿

albergaria *s.f.* 旅館;旅店

albergue *s.m.* 旅館;洞;收容所

albificar *v.t.* 使變白,使發白

albinismo *s.m.* 〔醫〕白癜症,白斑病,白化病

albino *s.m.* 患白癜風者,白化病患者

alboroque *s.m.* 〔商〕(交易成交之後)請客,宴請,招待會

alborque *s.m.* 交易,交換

albricoque *s.m.* 〔植〕杏

albugo *s.m.* 〔醫〕角膜白斑

álbum *s.m.* 集郵册;像集;薄册;留言册

albume *s.m.* 〔植〕胚乳

albumina *s.f.* 〔生〕蛋白;蛋白質

albuminado, da *adj.* 含白朊的,含蛋

白的

albuminato *s.m.* 白朊化物

albuminoso, sa *adj.* 含白朊的，白朊的

albuminúria *s.f.* 〔醫〕蛋白尿症

alburno *s.m.* 〔植〕白木質；邊材

alça *s.f.* 吊褲帶；〔軍〕表尺，標尺 ‖ *interj.* (命令牲畜)抬腿！

alcácer *s.m.* 城堡，堡壘；宮殿

alcáçova *s.f.* 古堡；(軍艦之)炮塔

alcaçuz *s.m.* 〔植〕甘草

alçada *s.f.* 權限，管轄權；〔法〕流動法庭

alçado *s.m.* 〔幾〕垂直投影；〔建〕正面圖，直視圖

alçador *s.m.* 舉起者

alcaide *s.m.* 城堡的行政長官；省長

álcali, alcali *s.m.* 鹼；含鹼海生植物

alcalímetro *s.m.* 〔化〕鹼量計，炭酸定量計

alcalino, na *adj.* 〔化〕鹼的，鹼性的，含鹼的

alcançado, da *adj.* 達到的；獲得的；盜用的，挪用的(錢)；虧空的，負債的

alcançar *v.t.* 達到(目的)；獲得；射程達到‖ *v.i.* 瞭解‖ *v.r.* 〔商〕虧空；盜用或挪用(公款)

alcance *s.m.* 獲得；達到；射程；虧空，赤字 △①ao ~ 可及的 ②fora do ~ 不可及的

alcandorado, da *adj.* 高聳的；屹立的

alcandorar-se *v.r.* 棲息於；〔轉〕自命不凡

alcantil *s.m.* 峭壁，懸崖

alcantilada *s.f.* 絕壁；深淵

alçapão *s.m.* 〔建〕地板活門；衣兜蓋 △~ falso 圈套，陷阱

alça-pé *s.m.* 羅網，圈套；〔喻〕詭計

alçaprema *s.f.* 槓桿；木墊，支柱；〔醫〕拔牙鉗

alçapremar *v.t.* 用槓桿撬，墊高，墊起；拉緊；〔轉〕壓迫

alçar *v.t.* 舉起，抬起，昇起；讚揚‖ *v.r.* 自高自大，出眾 ◇ baixar

alcárcova *s.f.* 井；水池；雨水潭

alcateia *s.f.* 狼群；賊群 △estar de ~ 戒備；窺伺;〔口〕小心翼翼

alcatifa *s.f.* 地氈，地毯

alcatira *s.f.* 黄蓍膠

alcatra *s.f.* 牛的後腿；〔口〕屁股，臀部

alcatrão *s.m.* 瀝青，焦油，柏油

alcatruz *s.m.* 水車之戽斗；吊桶；〔動〕鸕鶿

alcavaleiro *s.m.* 收稅吏

alce *s.m.* 〔動〕麋鹿

alcear *v.t.* 舉；排列書頁

alcião *s.m.* 〔動〕翠鳥，魚狗；〔天〕昴宿六

alcofa *s.f.* 籃，筐 ‖ *s. 2 gén.* 淫媒；拉皮條者

alcofeira *s.f.* 女淫媒

alcoice *s.m.* 妓院

alcoiceiro *s.m.* 姐主；嫖客

álcool *s.m.* 酒精；醇；烈酒

alcoolato *s.m.* 酒精鹽，乙醇化物

alcoólico, ca *adj.* 酒精的，含有酒精的，乙醇的‖ *s.m.* 酒精中毒者，嗜酒者，酒鬼

alcoolismo *s.m.* 酒精中毒；酗酒

alcoolização *s.f.* 醇化；加酒精；酒精中毒

alcoómetro *s.m.* 酒精比重計

alcorão *s.m.* 〈M〉可蘭經，古蘭經，回教經典

alcorca *s.f.* 水溝，排水溝

alcouce *s.m.* 妓院

alcova *s.f.* 寢室,卧室(多指套間的内間)

alcovista *s.m.* 好女色者

alcoviteirice *s.f.* 淫媒;搬弄是非;誘惑

alcunha *s.f.* 渾名,綽號,花名

alcunhar *v.t.* 起綽號,起渾名

aldeã *s.f.* 村婦,村女

aldeão *adj.* 鄉間的 ‖ *s.m.* 村民

aldeia *s.f.* 村落,鄉村

aldeola *s.f.* 小村落

aldraba, aldrava *s.f.* (敲門用之)門環,門鈸;門閂

aldrabada *s.f.* 敲門

aldrabice *s.f.* 偽言,謊言,欺騙

alegação *s.f.* 引證,援引

aleatório, ria *adj.* 沒有把握的,憑運氣的

alegante *adj.2 gén.* 援引的 ‖ *s. 2 gén.* 援引者,引證者

alegar *v.t.* 引證,援引;提出理由或托詞,辯護

alegoria *s.f.* 寓言;諷喻;譬喻,借喻

alegórico, ca *adj.* 諷喻的;寓言的;借喻的

alegorista *adj.* 諷喻的;寓意的 ‖ *s. 2 gén.* 諷喻家

alegorizar *v.t.* 諷喻,以諷喻解釋 ‖ *s. 2 gén.* 諷喻家

alegrar *v.t.* 悅(人),使高興 ‖ *v.r.* 悅,喜,樂 ◇ desalegrar

alegre *adj. 2 gén.* 喜悅的,快樂的;(色彩)鮮明的 ◇triste

alegria *s.f.* 喜悅,愉快,快樂

alegro *s.m.* 〔樂〕急速的節拍,快板 ‖ *adv.* 快速地

aleijado, da *adj.* 殘疾的,傷殘的 ‖ *s.m.* (四肢)殘疾者;殘疾人

aleijar *v.t.* 使成殘疾;致殘;傷害

aleitar *v.t.* 乳養,喂乳

aleivosia *s.f.* 背叛,叛逆;背信棄義

aleivoso, sa *adj.* 叛逆的,不忠的,背信棄義的

além *adv.* 那一邊;此外;甚至;更遠 ‖ *s.m.* 冥府,陰間; *pl.* 遠方 ‖ *loc.prep.* 除……以外 △① ~ de ……外;在……那一邊 ② ~ de tolo é mau 形容人愚蠢,而且心腸壞 ③ um pouco mais ~ 在更遠處 ④ uma coisa por aí ~ 言過其實

alemão, mã *adj.* 德國的 ‖ *s.m.* 德國人,德語

além-mar *adv.* 在海外 ‖ *s.m.* 海外

além-mundo *s.m.* 世外,冥世,陰間,黄泉

além-túmulo *s.m.* 逝世,去世

alentado, da *adj.* 強壯的,健壯的;膀大腰圓的 ◇ desalentado

alentar *v.t.* 壯膽,助勇 ◇desalentar

alento *s.m.* 氣力,力量;精神;勇氣 ◇ desalento

aleonado, da *adj.* 棕褐色的;獅子般的

alergia *s.f.* 〔醫〕變態性,變態反應

alérgico, ca *adj.* 過敏性的,變態反應的

alerta *adv.* 醒著;小心;警戒 ‖ *s.m.* 警戒信號 ‖ *interj.* 注意! 當心! 小心!

aletófilo, la *adj.* 實在的,喜講真話的

aletria *s.f.* 粉絲,粉條

aleucemia, aleucia *s.f.* 〔醫〕白血病

alexifármaco, ca *adj.* 預防傳染的;解毒的 ‖ *s.m.* 解毒藥

alfabetar *v.t.* 按字母順序排列

alfabético, ca *adj.* 字母的,按字母順序的

alfabeto *s.m.* 字母表；入門，基礎知識

alface *s.f.* 〔植〕生菜

alfado *s.m.* 〔植〕紅菌

alfafa *s.f.* 〔植〕野苜蓿

alfaia *s.f.* 用具；首飾；農具；家用器具

alfaiar *v.t.* 裝飾；添置傢具

alfaiatar *v.i.* 以縫衣為業 ‖ *v.t.* 縫製，縫紉

alfaiataria *s.f.* 成衣店，裁縫鋪

alfaiate *s.f.* 裁縫，成衣匠

alfândega *s.f.* 海關；關稅；嘈雜，混亂之地 △ ~ marítima 海關

alfandegário, ia *adj.* 海關的 ‖ *s.m.* 海關職員

alfaque *s.m.* 沙洲，沙灘；暗礁

alfarrabista *s. 2 gén.* 舊書商

alferes *s.m.* 少尉

alfinetada *s.f.* 用針刺；〔轉〕諷刺

alfinetar *v.t.* 用針刺；〔轉〕諷刺

alfinete *s.m.* 大頭針，扣針 *pl.* 夫貼妻的零用錢

alfinete-de-ama *s.m.* 別針

alforge *s.m.* 佩囊，褡褳

alforra *s.f.* 〔植〕黑穗病，黑斑病，銹病

alforrar *v.i.* 〔植〕患銹病，生黑斑病

alforria *s.f.* 解放（奴隸）；釋放

alforriar *v.t.* 解放（奴隸），釋放（奴隸）

alfoz *s.m.* 周圍，附近；平原；(包括幾個村莊的)地區

alfurja *s.f.* 豬欄，豬圈，糞堆；洞窟；天井

alga *s.f.* 〔植〕海帶；海藻

algara *s.f.* 〔軍〕討伐，侵入；遠征

algazarra *s.f.* 喧嘩，喊殺聲，衝殺聲

álgebra *s.f.* 代數學；〔醫〕正骨術

algébrico, ca *adj.* 代數學的

algebrista *s. 2 gén.* 代數學家；正骨師，骨科醫生

algedo *s.m.* 〔醫〕化膿性淋疤炎

algemar *v.t.* 上手銬，戴腳鐐；〔喻〕壓迫 ◇ desalgemar

algente *adj. 2 gén.* 冰冷的

algeroz *s.m.* 〔建〕屋頂排水溝（槽）；檐槽；輸水管道

algesia *s.f.* 疼痛感

algia *s.f.* 疼痛

algibe *s.m.* 水池，蓄水處，水窖

algibebe *s.m.* 成衣商

algibeira *s.f.* 衣袋，口袋 △①andar de mãos nas ~s 游手好閒 ②dicionário de ~ 袖珍字典

algidez *s.f.* 〔醫〕體溫異常低症；嚴寒；寒冷，冰冷

álgido, da *adj.* 冰冷的，寒冷的

algo *pron.ind.* 一些；多少 ‖ *adv.* 多少；一些 ‖ *s.m.* 財產、資產 △①possuir ~有點財產 ②trabalhando, ~ se consegue 只要工作，多少會有所收獲 ③filho de ~〔古〕貴族，紳士

algodão *s.m.* 棉花 △①as oliveiras 棉織物 ②~ pólvora 火棉 ③~ em rama 原棉 ④~ hidrófilo 脫脂棉

algodoal *s.m.* 棉田

algodoeiro *adj.* 棉花的 ‖ *s.m.* 〔植〕棉

algófobo, ba *adj.* 畏懼疼痛的 ‖ *s.m.* 畏懼疼痛者

algoz *s.m.* 劊子手，刑吏；〔喻〕殘酷之人

alguém *pron.ind.* 有人；某人 △ser ~成為重要人物

alguidar *s.m.* 食槽，水槽，槽形器皿

algum, ma　*adj.ind.*　少許, 有些 ‖ *pron.ind.*其中之一, 任何一個 △ ~ tanto 多多少少, 些少

algures　*s.m.* 某處 ‖ *adv.* 在某處

alhada　*s.f.* 蒜泥；〔轉〕糾紛, 棘手之事 △ não saber como sair desta ~ 不知如何擺脫這種糾紛

alhal　*s.m.* 大蒜田

alhanar　*v.t.* 使可親；使平坦, 平整

alhas　*s.f.pl.* 蒜葉；〔轉〕不值錢的小玩意

alheação　*s.f.* 讓與, 轉讓；疏忽, 不在意

alhear　*v.t.* 讓與, 轉讓；疏忽 △ ~ as simpatias 傷感情

alheável　*adj.2 gén.* 可讓與的

alheio, ia　*adj.* 別人的；外國的；無關的；茫然的 △① ~ do caminho recto 離開正路 ② andar ~ ao que se passa 對於日常之事不管不問 ③ assunto ~ ao debate 與辯論無關的問題 ④ viver em terra ~ a 身居異鄉

alheta　*s.f.* 船尾 △ir na ~ de alguém 跟踪某人

alho　*s.m.* 大蒜 △ ~-porro 韮菜 ② ser um ~ 一位機警的人 ③ misturar alhos com bugalhos 混淆；弄錯

alí　*adv.* 在彼處；那時, 當時

aliado, da　*adj.* 同盟的, 結盟的, 姻親的 ‖ *s.m.* 信徒, 追隨者；*pl.* 同盟國；協約國 ◇ adversário

aliança　*s.f.* 同盟, 盟約；婚約；結婚戒指 ◇desaliança

aliar　*v.t.* 聯合；結盟；連結 ‖ *v.r.* 聯姻；〔冶〕熔合, 合鑄；結盟 ◇ desaliar, desunir

aliás　*adv.* 不然；此外；否則, 若不

alicaído, da　*adj.* 耷拉翅膀的, 垂翅的；頹喪的

alicantina　*s.f.* 詭計, 奸策

alicate　*s.m.* 鉗子

alicerce　*s.m.* 基礎；牆基

aliciação　*s.f.* 誘惑, 勾引(婦女)；賄賂

aliciar　*v.t.* 誘惑；誘姦(婦女)；使入歧途；賄賂

alidada, alidade　*s.f.* 〔地〕照準儀

alienabilidade　*s.f.* 可讓與性, 可割讓性

alienação　*s.f.*(權利)讓與 △ ~ mental 神經錯亂

alienar　*v.t.* 讓與；〔轉〕使發狂 ‖ *v.r.* 神經錯亂 ◇ conservar

alienável　*adj.2 gén.* 可讓與的

alienígena　*adj.* 外來的, 外地的 ‖ *s. 2 gén.* 外國人

alienista　*s. 2 gén.* 〔醫〕精神病醫生 ‖ *adj.* 精神病學的

alífero, ra　*adj.* 有翅的(昆蟲)

aliforme　*adj.2 gén.* 翅狀的

aligeirado, da　*adj.* 輕快的

aligeirar　*v.t.* 使輕快；使迅速

alígero, ra　*adj.* 有翼的, 快速的

alijar　*v.t.* 扔, 拋；〔海〕卸船, 卸貨；減輕(船之負荷)‖ *v.r.* 輕鬆；(病)好轉

alimária　*s.f.* 禽獸, 牲畜；〔喻〕野蠻之人

alimentação　*s.f.* 食品, 食物；糧食 △ ~ de uma cidade 城市供應

alimentar　*adj. 2 gén.* 食物的，滋養品的 ‖ *v.t.* 供養；滋養；贍養；保持

alimentício, cia　*adj.* 滋養的, 滋補的, 有營養的

alimentista　*s. 2 gén.* 被撫養者

alimento　*s.m.* 食物, 滋養品, 糧食；*pl.* 生活費

alimpa　*s.f.* 剪枝, 修剪；穀糠

alimpar　*v.t.* 清潔；清理；篩選；剪或

刘(枝);(天空)發亮

alindar   *v.t.* 修飾,使美觀,美化

alínea   *s.f.* (文章)段;文内分段落

alinhado, da   *adj.* 排列成行的,〔轉〕衣冠楚楚的,衣着講究的 ◇ desalinhar

alinhar   *v.t.* 排列成行 ◇ desalinhar

alinhavado, da   *adj.* 針腳大的,疏縫的;〔轉〕潦草的

alinhavar   *v.t.* 疏縫;大針腳縫合;草擬

alinho   *s.m.* 排列;整齊;整理

aliocentrismo   *s.m.* 利他主義,博愛主義 ◇ egocentrismo

alipotente   *adj. 2 gén.* 翅翼矯健的,能高飛的

aliquanta   *adj. 2 gén.* 〔數〕不能整除的

alíquota   *adj. 2 gén.* 〔數〕可以整除的;成比例的

alisado, da   *adj.* 平滑的,平的;東風的 ‖ *s.m.* 東風

alisador, ra   *adj.* 使平滑的 ‖ *s.m.* 平滑器;内園拋光機

alisar   *v.t.* 使平滑,平整;梳理

aliseu, alísio   *adj.* 信風的

alistamento   *s.m.* 入伍

alistar   *v.t.* 登記;招募 ‖ *v.r.* 入伍

aliterante   *adj.* 〔語〕重韻的;犯疊音毛病的

aliviamento   *s.m.* 減輕;緩和;慰藉;〔口〕分娩

aliviar   *v.i.* (天)轉晴 ‖ *v.t.* 減輕;卸載;緩和 △ ~ luto 輕喪服

alívio   *s.m.* 減輕;緩和;安慰

alizares   *s.m. pl.* 〔建〕雕带;(木或瓷磚)護壁板,牆裙

aljava   *s.f.* 箭囊,箭筒

aljube   *s.m.* 監獄;地牢;禁閉室

alma   *s.f.* 靈魂,心情;性情;良心;人

口;關鍵;精神 △① ~ do outro mundo 鬼魂 ②cidade de 30000 ~s 三萬人的城市 ③os olhos são o espelho da ~ 眼睛是良心的鏡子 ④dar a ~ ao Criado 死亡 ⑤em corpo e ~ 徹底地 ⑥~ perdida 陰鬱孤獨者

almaço, ça   *adj.* 厚紙的 ‖ *s.m.* 厚紙 △① papel ~ 厚紙 ② papel ~ quadriculado 方格紙

almagra   *s.m.* 紅赭石

almanaque   *s.m.* 曆書;年鑒

almarge   *s.m.* 牧草;牧草場

almeida   *s.f.* 〔航〕舵桿孔;〔俗〕清道夫

almejar   *v.t.* 渴望,嚮往

almirantado   *s.m.* 海軍上將之職

almirante   *adj. 2 gén.* 海軍上將座駕(艦)的 ‖ *s.m.* 海軍上將

almíscar   *s.m.* 麝香

almiscareiro   *s.m.* 〔動〕麝,香獐

almo, ma   *adj.* 養育的;生產的;滋養的;可敬的

almoçar   *v.i.* 吃午餐 ‖ *v.t.* (午飯時)吃

almoço   *s.m.* 午餐 △ pequeno ~ 早餐,早點

almocouvar   *s.m.* 牧童

almocreve   *s.m.* 挑夫,腳夫

almoeda   *s.f.* 拍賣

almoedar   *v.t.* 拍賣,甩賣

almofada   *s.f.* 枕頭;墊子

almofadar   *v.t.* (用棉花等)填塞,爲……安上墊

almofariz   *s.m.* 研缽;臼

almojávena   *s.f.* 奶酪餅

almôndega   *s.f.* 大肉丸子;肉餅

almorreimas   *s.f. pl.* 〔醫〕痔瘡

almotacé, almotacel   *s.m.* 計量監察員;物價監察員

almotolia   *s.f.* 小油壺;醋瓶,醬油瓶

almoxarife *s.m.* 負責國王稅收的官員;公物保管人

almudar *v.t.* 用容器稱量,過斗

alno *s.m.* 〔植〕樫木樹;樺樹

aló *adv.* 迎風(地),逆風(地)

alô *interj.* 喂! 哈囉! (打電話或打招呼用語)

alôbrogo *s.m.* 粗魯的人

alocentrismo *s.m.* 利他主義,博愛主義

alocromático, ca *adj.* 變色的

alocução *s.f.* 簡短的講話;訓諭,面諭,指示

alodial *adj. 2 gén.* 免租賦的,免稅的

alódio *s.m.* (封建時代)免繳賦稅地;免稅產業

aloés, aloé *s.m.* 〔植〕蘆薈

aloeste *adv.* 朝東,向東;在東邊

alogamia *s.f.* 〔植〕異花授粉;雜交;〔動〕異體受精

alogramo, ma *adj.* 異花授粉的,雜交的;異體受精的

alógeno, na *adj.* 異族的 ‖ *s.m.* 異族人

alógico, ca *adj.* 背理的;缺乏邏輯的

aloirar *v.t.* 使成金黃色

alojamento *s.m.* 住宿;住宅;宿營地;客棧

alojar *v.t.e r.* 收留,留宿;住宿,宿營;倉儲◇ desalojar

alombar *v.t.* 彎曲,使成弓形;製書脊(書背)

alomorfia *s.f.* 變化;〔生〕變形,變質,變態

alongamento *s.m.* 伸長,延長;離開,遠離 ◇ abreviação

alongar *v.t.* 延期;伸長;擴展 ‖ *v.r.* 延長;遠離

alónimo, ma *adj.* 偽名的 ‖ *s.m.* 偽名,筆名

alopata *adj. 2 gén.* 施行對抗療法的 ‖ *s. 2 gén.* 施行對抗療法的醫生

alopatia *s.f.* 〔醫〕對抗療法

alopecia *s.f.* 禿髮症,脫髮

aloquete *s.m.* 掛鎖

alotador *s.m.bras.* 種公馬

alotar *v.t.* 分段,分批,分成份

alotropia *s.f.* 〔化〕同素異形體

alótropo *s.m.* 詞類相同的詞

aloucado, da *adj.* 愚呆的;發瘋的,不理智的

alourar *v.i.* 變成金黃色 ‖ *v.t.* 使成金黃色

alpaca *s.f.* 〔動〕(南美洲)羊駝;羊駝毛;鋅白銅(一種鎳鋅銅合金)

alparca, alparcata *s.f.* 草鞋,拖鞋

alpendre *s.m.* 閣房;門廊;棚子

alpense *adj. 2 gén.* 阿爾卑斯山的;高山的

alpinismo *s.m.* 登山運動

alpinista *s. 2 gén.* 登山運動員,登山者

alpista *s.f.*; **alpiste** *s.m.* 〔植〕稗子,蘺草;稗草種籽

alporca *s.f.* 〔醫〕(項)瘰癧;〔農〕壓條,壓枝

alporcar *v.t.* 〔農〕壓條(繁殖)

alquebrado, da *adj.* 衰頹的;孱弱的;精疲力竭的;被駁船拖着的(船)

alqueirar *v.t.* 用量器測量

alqueive *s.m.* 耕而不種的田地,休閒地

alquilar *v.t.* 租賃(運輸用車馬等);出租

alquime *s.m.* 假金;黃銅(銅與鋅之合金)

alquímico, ca *adj.* 煉金術的 ‖ *s.m.* 煉金術士,煉丹家

alta *s.f.* 漲價,出院通知;加入,參加;
參軍,入伍 ◇baixa

altabaixo *s.m.* 〔擊劍〕劈

altair *s.m.* 〔天〕牛郎星,河鼓二

altanado, da *adj.* 自大的,傲慢的,高
傲的

altaneiro, ra *adj.* 堂皇的,莊嚴的,
高飛的;傲慢的

altar *s.m.* 祭壇,供桌 △~-mor 正祭
臺

altaragem *s.f.* 香火錢

altarista *s.m.* 管理羅馬教廷大教堂
正祭臺的紅衣神父

alta-roda *s.f.* 上流社會,達官顯貴

altear *v.i.* 昇高 ‖ *v.t.* 使高,提
高

alteia *s.f.* 〔植〕蜀葵;木槿

alteração *s.f.* 改變,變質,腐敗;騷亂

alterar *v.t.* 改變,改動;歪曲,篡改;
腐敗變質; ‖ *v.r.* 生氣,惱怒

altercação *s.f.* 口角,爭論,吵架,不
和

altercar *v.i.* 爭吵,吵架,不和

alter-ego *s.m.* 知心朋友,知己

alternação *s.f.* 交替;輪流,交錯,輪
換

alternado, da *adj.* 更替的,輪換的;
間隔的;〔電〕交流的 △dias ～s 隔日

alternador *s.m.* 〔電〕交流發電機;交
流機

alternância *s.f.* 交替,交錯,輪換

alternante *adj. 2 gén.* 交替的,交錯
的,輪換的 △cultivos ～s〔農〕輪作,
種

alternativa *s.f.* (在二者間)選擇,
抉擇;輪流,輪換

alternativo, va *adj.* 交替的,交錯的,
輪流的 △ movimento ～往復運動

alterno, na *adj.* 輪流的,交替的;
〔植〕互生的;〔數〕交錯的 △① ângulos
～s internos 内錯角 ②ângulos ～s ex-
ternos 外錯角 ③corrente ～a 交流電
④folhas ～s 互生葉

alteza *s.f.* 高度;高峰;高處;高貴地
位 △Sua Alteza 殿下

altifalante *s.m.* 擴音器

altiloquência *s.f.* 高尚的文體,卓越
的辯才

altimetria *s.f.* 高度測量術,測高學

altímetro *s.m.* 高度測量器,高度計,
測高器

altipotente *adj.* 權高位重的

altíssimo, ma *adj.* 最高的 ‖ *s.m.* 天
主

altissonante *adj. 2 gén.* 響亮的;浮
誇的

altitonante *adj. 2 gén.* 雷鳴的,打雷
的

altitude *s.f.* 高,高度;〔地〕海拔高度

altivez *s.f.* 傲慢,傲氣,驕傲

altivo, va *adj.* 傲慢的,高傲的

alto, ta *adj.* 高的,高聲的,高大的;高
層的;響亮的;宏亮的;高級的;貴的 ‖
adv. 在高處;大聲地,高聲地 ‖
interj. 〔軍〕立定 △① homem ～身材
高大的人 ②uma montanha ～一座大
山 ③ falar em voz ～a 高聲講話 ④～a
tecnologia 高技術 ⑤uma ～a posição
高地位 ⑥～a noite 深夜 ⑦～ mar 公
海 ⑧fazer ～停止 ⑨～! *interj.* 站
住!;夠了! ⑩～ lá! 別再說了! (表示
不同意,不滿)

alto-relevo *s.m.* 高凸雕

altruísmo *s.m.* 利他主義

altura *s.f.* 高度;頂點,頂端,頂峰;深
度 △～ de um astro 〔天〕天體高度

alucinação *s.f.* 幻覺,昏迷

alucinar *v.t.* 使產生幻覺,使產生錯
覺;使昏迷;〔轉〕使迷惑,使迷住

alude *s.m.* 雪崩;〔轉〕衝擊, 壓下, 泰山壓頂

aludir *v.i.* 提及;暗示;旁敲側擊

alugado, da *adj.* 租賃的

alugador *s.m.* 出租人, 承租人

aluguel, aluguer *s.m.* 租金

alugar *v.t.* 出租;租賃;雇用

aluir *v.i.* 倒塌 ‖ *v.t.* 搖動, 潰散

alúmem *s.m.* 明礬, 白礬

aluminador *s.m.* 光照者

aluminar *v.t.* 照亮;啟迪, 開導;教化;使光明;容光煥發

alumina *s.f.* 〔化〕礬土, 氧化鋁

aluminato *s.m.* 〔化〕鋁酸鹽

alumínio *s.m.* 鋁

aluno, na *s.m.* 學生, 學員, 學徒

alusão *s.f.* 引述, 述說;提及;暗示, 提示

alusivo, va *adj.* 暗指的, 引喻的;典故的

aluvial *adj. 2 gén.* 淤積的;冲積的

aluvião *s.f.* 洪水, 泛濫, 水災;冲積土, 冲積層, 淤積土

alva *s.f.* 天剛亮, 曙光, 晨曦 △ ao romper da ~ 破曉, 東方發白

alvacento, ta *adj.* 稍白的, 微白的, 灰白的

alvadio, ia *adj.* 稍白的, 微白的

alvaiade *s.m.* 鉛粉

alvanel, alvanéu *s.m.* 水泥匠, 泥瓦匠

alvar *adj. 2 gén.* 白痴的, 愚呆的;稍白的

alvará *s.m.* 特許狀, 許可證;聖旨, 欽準, 敕許狀

alveário *s.m.* 蜂巢

alvejante *adj. 2 gén.* 發白的

alvejar *v.i.* 變白 ‖ *v.t.* 使白, 漂白;瞄準, 指向

alvenaria *s.f.* 石匠業;泥瓦工行業;磚石結構

álveo *s.m.* 河道, 河牀;溝

alveolite *s.f.* 〔醫〕牙槽炎

alvéolo *s.m.* 養;泡;窩;槽;牙槽;肺泡;蜂窩

alverca *s.f.* 池, 塘

alvião *s.m.* 鶴嘴鋤, 丁字鎬, 洋鎬

alvíssaras *s.f.pl.* (指賞給送還失物或帶來佳音者的)獎品、禮物或小費等

alvitrar *v.t.* 提議, 建議

alvitre *s.m.* 建議, 提議;意見

alvo, va *adj.* 白的, 白色的;純的 ‖ *s.m.* 目標, 對象, 靶子

alvor *s.m.* 晨光;破曉

alvorada *s.f.* 黎明, 天亮, 東方發白;起牀號

alvorar *v.i.* 天色微明, 拂曉

alvorecer *v.i.* 天曉, 拂曉, 天明 ‖ *v.t.* 變白

alvoroçado, da *adj.* 驚愕的;興奮的

alvoroçar *v.t.* 使驚愕;使興奮, 使激動 ‖ *v.r.* 興奮, 激動;震驚

alvoroço *s.m.* 興奮, 狂喜;驚慌;激昂, 喧鬧

alvorotado, da *adj.* 擾亂的, 煩惱的, 心神不安的

alvorotar *v.t.* 使驚愕, 使興奮

alvoroto *s.m.* 驚愕;騷動, 慌忙;急速;煩惱, 心神不安

alvura *s.f.* 潔白;純潔;〔植〕白木質

ama *s.f.* 奶娘;女僕;主婦 △ ① ~ de roupa 洗衣婦 ② ~ de chaves 女管家 ③ ~ seca 保姆

amábil *adj. 2 gén.* 可愛的;溫和的, 柔和的

amabilidade *s.f.* 親切, 殷勤, 和藹可親

amacacado, da *adj.* 像猴似的;猴子的

amaçador *s.m.* 按摩者,按摩師

amaçar *v.t.* 按摩

amachucar *v.t.* 捏,搓;使皺

amaciar *v.t.* 使柔軟;使鬆馳;消怒

amado, da *adj.* 熱愛的 ‖ *s.m.* 心愛的人,情人

amador, ra *adj.* 業餘的,愛好的,‖ *s.m.* 業餘愛好者;鍾情者,情人,愛人

amadurar *v.i.* 熟,成熟 ‖ *v.t.* 使成熟

amadurecer *v.i.* 成熟 ‖ *v.t.* 使成熟,使有經驗

amadurecimento *s.m.* 成熟

âmago *s.m.* 木髓,樹心;精粹,真髓

amainar *v.i.* 鬆弛,放鬆;減弱

amaldiçoar *v.t.* 咒罵,詛咒

amálgama *s.m.* 〔化〕汞合金;混合物

amalgamação *s.f.* (與汞)混合;〔轉〕混雜

amalgamar *v.t.* 〔化〕以汞混合;合併

amalhar *v.t.* 納入欄內

amalucado, da *adj.* 如痴如呆的

amamentar *v.t.* 哺乳,喂奶

amancebado, da *adj.* 姘居的

amancebar-se *v.r.* 姘居,同居

amaneirar-se *v.r.* 矯揉造作,裝腔作勢,偽裝

amanequinado, da *adj.* 如模型般的,仿照的

amanequinar *v.t.* 使成模型;仿照

amanhã *adv. e s.m.* 明天 △① ~ de manhã 明天上午 ②até ~ 明天見

amanhecer *v.i.* 拂曉,天剛明,黎明,東方發白;早晨醒來 ‖ *s.m.* 拂曉,天亮;〔轉〕初始,早期

amanho *s.m.* 培養;整理,收拾;耕耘;*pl.* 用具,用品

amansadela *s.f.* 馴服

amansar *v.i.* 馴養,馴服;調停;壓制

amante *adj. 2 gén.* 疼愛的 ‖ *s. 2 gén.* 情人,愛人;(海)粗吊纜

amanteigado, da *adj.* 如奶油的,如黃油的

amanteigar *v.t.* 使成奶油狀,使有奶油味

amanuense *s.m.* 書記員,文書,秘書

amar *v.t.* 愛,愛戀;喜愛;鍾意

amaragem *s.f.* 在水面降落

amarar *v.i.* 著水,在水面降落;出海

amarelado, da *adj.* 黃色的,呈黃色的;淺黃色的

amarelecer *v.i.* 發黃,呈黃色 ‖ *v.t.* 使變黃,使成黃色

amarelo, la *adj.* 黃色的,呈黃色的;蒼白的,無血色的 ‖ *s.m.* 黃色 △ riso ~ 苦笑;強顏歡笑

amarfalhar, amarfanhar *v.t.* 使皺,打褶

amargar *v.i.* 有苦味 ‖ *v.t.* 使痛苦

amargo, ga *adj.* 苦的,辛辣的;〔轉〕痛苦的,辛苦的

amargor *s.m.* 苦味;〔轉〕痛苦

amarra *s.f.* 〔航〕錨鏈;纜索

amarrar *v.t.* 碇泊,停泊;繫,拴,捆,綁

amarrilho *s.m.* 帶子;細繩

amarrotar *v.t.* 壓皺,打褶,弄皺

amartelar *v.t.* 錘擊

amásia *s.f.* 姘婦,情婦

amasiar-se *v.r.* 姘居

amassadeira *s.f.* 和麵盆,和麵機

amassadela *s.f.* 和麵

amassador *s.m.* 和麵機,揉麵的人 ‖ *s.m.* 麵包工人,麵包師

amassar *v.t.* 和(麵,泥等),揉(麵);〔醫〕按摩;塑造 △ comer o pão que o diabo amassou 日子艱辛

amastia s.f. 〔醫〕無乳房畸形

amatividade s.f. 愛慾

amatório, ria adj. 愛情的;色情的

amatular-se v.r. 與壞人結夥;與壞人爲伍

amaurose s.f. 〔醫〕黑矇,全盲

amável adj. 2 gén. 和藹的,可愛的;慈祥的

amavios s.m.pl. 春藥

amazona s.f. 女戰士;巾幗英雄;女騎手;巴西一種鳥

amazônico, ca adj. 亞馬遜河的

amazonite s.f. 〔礦〕天河石,微斜長石,碧玉

ambages s.m.pl. 迂曲;〔轉〕轉彎抹角的言辭,吞吞吐吐的言辭 △ falar sem ~ 直言不諱

âmbar s.m. 琥珀;好聞的氣味

ambarina s.f. 龍涎香素

ambição s.f. 野心,貪心;欲望 △ ~ de poder 權欲

ambicionar v.t. 渴望,希冀;貪求

ambicioso, sa adj. 貪婪的;野心勃勃的 ‖ s.m. 有抱負的人,野心家

ambidestro, ambidextro adj. 兩隻手同樣靈活的,能同時用兩隻手工作的

ambiência s.f. 環境

ambiente adj. 2 gén. 環境的,周圍的 ‖ s.m. 環境;〔轉〕氣氛

ambiguidade s.f. 模稜兩可;含糊不清

ambíguo, gua adj. 模稜兩可的;含糊不清的;曖昧的;雙關的

âmbito s.m. 範圍,領域

ambos, bas pron.pl. 兩,雙;兩個;雙方 △ ~as partes 雙方

ambrosia, ambrósia s.f. 神仙之食物;佳餚,美酒

ambulacrário, ria adj. 〔動〕(棘皮動物之)步帶的

ambulacro s.m. 〔動〕步帶;綠樹成行的地方

ambulância s.f. 救護車,急救車;巡回醫療站,野戰醫院

ambulante adj. 2 gén. 流動的,移動的,巡回的,野戰醫院 ‖ s. 2 gén. 巴西華僑之俗稱;流動商販,小販

ambulatório, ria adj. 行走的,能走的,動的;[法]可變更的,未確定的

ameaça s.f. 威脅;恐嚇

ameaçador, ra adj. 恐嚇的,恫嚇的,威脅性的

ameaçar v.t. 恐嚇,威脅 △ ~ ruína 危在旦夕

amealhar v.t. 儲藏(金錢,貨物等),聚積

ameba s.f. 變形蟲,阿米巴

amebíase s.f. 〔醫〕變形蟲病,阿米巴病

amedrontado, da adj. 受驚的,被嚇住的

amedrontador, ra adj. 恐嚇的 ‖ s.m. 恐嚇者

ameia s.f. 城堞

amêijoa s.f. 〔動〕海扇,扇貝

ameixa s.f. 〔植〕梅子,陳皮梅

ameixeira s.f. 梅樹

ameixial s.m. 梅林

ameixoeira s.f. 梅樹

amelaçar v.t. 加糖;使甜

ámem, amen s.m. 阿門(基督教祈禱的結束語,希伯來語原意爲"但願如此");應允,同意

amêndoa s.f. 〔植〕杏仁;果仁;pl. (葡)聖誕節贈送的禮物

amendoada s.f. 杏仁糊;有杏仁的糕

點或甜食

amendoeira *s.f.* 杏樹

amendoim *s.m.* 花生

amenidade *s.f.* 溫和,愉快,適意,快事

ameninar-se *v.r.* 小孩化,孩子氣

amenista *s. 2 gén.* 唯唯諾諾

amenizar *v.t.* 使溫和,使如意,使宜人

ameno,na *adj.* 愉快的,可喜的,可愛的,(風景)秀麗的,宜人的

amenorreia *s.f.* 〔醫〕閉經,無月經

amenta *s.f.* 回憶,記憶

amentar *v.t.* 回憶

amentilho *s.m.* 〔植〕葇荑花序

americanismo *s.m.* 美國化

americano,na *adj.* 美國的 ‖ *s.m.* 美國人

ameríndio *s.m.* (美洲)印第安人

amesquinhar *v.t.* 使成卑賤;輕視

amestrar *v.t.* 教導,訓導,指示,教育,教誨

ametista *s.f.* 〔礦〕紫水晶;紫晶

amianto *s.m.* 石棉;石絨 △papel ~ 石棉紙

amiba *s.f.* 變形蟲,阿米巴

amida *s.f.* 〔化〕硫胺

amido *s.m.* 澱粉,漿糊

amigado,da *adj.* 姘居的

amigável *adj. 2 gén.* 友好的,友誼的

amígdala *s.f.* 〔解〕扁桃腺,扁桃體

amigo,ga *adj.* 友好的 ‖ *s.m.* 朋友

amiláceo,cea *adj.* 澱粉的,含澱粉的

amimado,da *adj.* 愛撫的,鍾愛的

amimar *v.t.* 愛撫,撫摸

amina *s.f.* 〔化〕胺,碳氫基氨

amiserar *v.t.* 憐憫

amistoso,sa *adj.* 友好的,友誼的

amiúde *adv.* 時常地,一再地,經常地

amizade *s.f.* 友誼,情誼 △fazer ~ com alguém 與某人交好

amnésia *s.f.* 〔醫〕健忘症

âmnio *s.m.* 〔動〕羊膜;羊水

amnistia *s.f.* 大赦,赦免

amnistiar *v.t.* 赦免,原諒

amo *s.m.* 戶主,主人

amodorrar *v.t.* 使昏睡

amoedar *v.t.* 鑄幣

amofinação *s.f.* 苦悶,煩惱

amofinar *v.t.* 使煩惱;使煩燥

amolação *s.f.* 磨;〔轉〕騷擾

amolar *v.t.* 琢磨,研磨;打攪,煩擾

amoldar *v.t.* 造型,塑造,用模子做

amoldável *adj. 2 gén.* 可塑造的,可造模的

amolecer *v.i.* 軟化 ‖ *v.t.* 使變軟,使柔順;感動

amolecimento *s.m.* 溫柔

amolgadela, amolgadura *s.f.* 缺凹

amolgar *v.t.* 使凹陷

amónia *s.f.* 〔化〕氨,氨水

amoníaco *s.m.* 〔化〕氨,阿摩尼亞

amónio *s.m.* 〔化〕銨

amontar *v.t.* 積聚,堆起

amontoação *s.f.* 堆積

amontoar *v.t.* 堆起來,使成堆,使聚集

amor *s.m.* 愛,熱愛;愛情 △① por de 由於 ② ~ com ~ se paga 以愛還愛,投桃報李 ③ter ~ à pele 小心審慎 ④ ~-perfeito 〔植〕三色堇

amora *s.f.* 桑葚

amoralismo *s.m.* 〔哲〕非道德論,超道德論

amordaçar *v.t.* 戴口套,塞住口,堵住嘴

amoreira *s.f.* 桑樹
amorfia *s.f.* 無定形,畸形
amorfo, fa *adj.* 無定型的;畸形的
amornar *v.t.* 使微溫,使溫和
amoroso, sa *adj.* 可愛的,多情的,情深的
amorsegar *v.t.* 輕咬
amortalhar *v.t.* 給死人穿衣,穿上壽衣;裝殮
amortecedor *s.m.* 緩衝器,避震器
amortecer *v.i.* 鬆弛 ‖ *v.t.* 減緩;減輕;使緩和
amortecimento *s.m.* 減緩,減弱
amortização *s.f.* 分期償還,繳清(賦稅)
amortizar *v.t.* 分期償還(債務),償還貸款
amortizável *adj. 2 gén.* 可分期償還的
amostra *s.f.* 樣品,貨樣,樣本,範例
amostrar *v.t.* 指示,顯露,表明 ‖ *v.r.* 露出,露形
amotinação *s.f.* 兵變,嘩變,暴動,叛亂
amotinador, ra *adj.* 鼓勵造反的,挑起暴動的,背叛的 ‖ *s.m.* 暴動者,叛亂者
amotinar *v.t.* 造反,暴動,叛亂
amover *v.t.* 移開,移動
amovibilidade *s.f.* 可移性
amovível *adj. 2 gén.* 可移動的
amparador *s.m.* 保護者,支持者
amparar *v.t.* 支持;支撐;保護
amparo *s.m.* 支持,幫助
amperagem *s.f.*〔電〕安培數,電流強度
amperímetro *s.m.*〔電〕安培表,電流計
ampério *s.m.*〔電〕安培
ampério-hora *s.m.*〔電〕安培小時
amplexo *s.m.* 擁抱
ampliação *s.f.* 擴大,擴充
ampliador *s.m.* 擴大者,擴充者;放大機
ampliar *v.t.* 擴大,擴展,擴充,增加
ampliativo, va *adj.* 擴充的,擴展的
amplidão *s.f.* 廣大,寬闊
amplificação *s.f.* 擴大,擴充,放大
amplificador *s.m.*〔電〕放大器;擴音器
amplificar *v.t.* 放大,加大,擴大;誇大
amplificativo, va *adj.* 擴大的
amplificável *adj. 2 gén.* 可擴大的
amplitude *s.f.* 寬敞,寬廣,寬闊,遼闊;〔電〕振幅
amplo, la *adj.* 廣大的,寬闊的
ampulheta *s.f.* 沙時計,沙鐘,沙漏
amputação *s.f.*〔醫〕(肢體、器官等)截切,切除
amputado, da *adj.* 截斷的,切除的(肢體、器官等)
amputar *v.t.*〔醫〕截斷,切除(肢體器官);〔轉〕刪除,砍掉
amuar *v.t.* 使慍怒
amuleto *s.m.* 護身符
amulherar-se *v.r.* 女性化
amuo *s.m.* 噘嘴,生氣,厭煩
amurada *s.f.*〔海〕舷,船邊
anacarado, da *adj.* 淡紅色的
anacarar *v.i.* 面赧,紅臉 ‖ *v.t.* 染成淡紅色,使面紅耳赤
anaconda *s.f.*〔動〕蟒蛇
anacoreta *s.m.* 隱士,隱居修行的人
anacorético, ca *adj.* 隱士的,隱居的
anacoretismo *s.m.* 隱居
anacrónico, ca *adj.* 犯時代錯誤的;

不合時代潮流的

anacronismo *s.m.* 時代錯誤,不合時代潮流的事物

anaeróbio, bia *adj.* 無氧生活的,厭氧的

anafado, da *adj.* 肥胖的,長膘的

anafar *v.t.* 使肥胖,使長膘

anáfora *s.f.* 〔修〕重疊,排比;〔語〕重複

anafrodisia *s.f.* 性慾缺乏

anafrodisíaco, ca *adj.* 性慾缺乏的;禁慾的

anagrama *s.m.* 拆拼法,重組法;字謎

anais *s.m.pl.* 編年史,歷史記載,(學會的)年刊

analdia *s.f.* 營養缺乏

analecta *s.f.*;**analecto** *s.m.* 文選集

analepse, analepsia *s.f.* 復原,康復,痊愈

analfabetismo *s.m.* 文盲

analfabeto, ta *adj.* 文盲的 ‖ *s.m.* 文盲

analgesia *s.f.* 痛感缺乏(症)

analgésico *s.m.* 止痛劑

analisador *s.m.* 分析員,化驗員

analisar *v.t.* 分析;化驗

análise *s.f.* 分析;分解 △① ~ da água 水的分析 ②~ clinica 化驗 ③~ gramatical 語法分析 ④~ quimica 化學分析

analista *s.m.* 編年史家;分析員;化驗員

analogia *s.f.* 類似,相似;類推

analógico, ca; análogo, ga *adj.* 類似的,相似的

anamita *s.m.* 〔古〕安南語;安南人

ananás *s.m.* 〔植〕菠蘿

ananaseiro *s.m.* 〔植〕菠蘿

anão, nã *adj.* 矮小的 ‖ *s.m.* 侏儒

anaplasia, anaplastia *s.f.* 整容術

anarquia *s.f.* 無政府,混亂

anárquico, ca *adj.* 無政府的;無秩序的

anarquismo *s.m.* 無政府主義

anarquista *s. 2 gén.* 無政府主義者,作亂者

anastigmático, ca *adj.* 〔理〕去象散透的;無散光的

anastigmatismo *s.m.* 去象散透;無散光

anátema *s.m.* 〔宗〕革出教門

anatomia *s.f.* 解剖術,解剖學;〔轉〕剖析

anatómico, ca *adj.* 解剖的,解剖學的

anatomista *s. 2 gén.* 解剖學者;解剖家

anavalhar *v.t.* 以小刀傷害

anca *s.f.* 臀;股

ancestral *adj. 2 gén.* 祖先的

ancho *adj.* 寬敞的;自滿的,自負的

anciania, ancianidade *s.f.* 晚年,老年;老態

ancião *adj.* 年邁的,上了年紀的 ‖ *s.m.* 老年人,老人

ancilose *s.f.* 關節失靈

ancinho *s.m.* 杷

âncora *s.f.* 錨,T形鐵 △~ de salvação 〔海〕應急大錨

ancoradoiro, ancoradouro *s.m.* 停泊處,拋錨處

ancoragem *s.f.* 停泊,拋錨;停泊處

ancorar *v.i.* 拋錨,下錨

ancoreta *s.f.*;**ancorote** *s.m.* 小錨

andada *s.f.* 行程,足跡,路程

andado, da *adj.* 經過的

andadura *s.f.* 步法

andaimar *v.t.* 搭鷹架,搭建築架,搭
腳手架

andaime, andaimo *s.m.* 排棚,鷹
架,建築架,腳手架

andamento *s.m.* 步法;行動,進程

andança *s.f.* 步法;(轉)運氣 △ ①
boa ~ 好運 ② má ~ 惡運

andante *adj. 2 gén.* 行的,走動的;遊
蕩的 ‖ *s.m.* 〔樂〕慢板

andar *v.i.* 走,行 ‖ *v.t.* 感覺;處於
(某種情況) ‖ *s.m.* (樓房的)層 △ ①
~ a …… 正在…… ② ~ a cavalo 騎馬
③ ~ a pé 步行 ④ ~ de automóvel 坐
車 ⑤ ~ de avião 乘飛機 ⑥ ~ de mal
com alguém 與某人不和 ⑦ ~ de mal
para pior 每況愈下 ⑧ ~ de pé atrás 不
信任 ⑨ ~ na escola primária 上小學
⑩ ~ triste 感到悲傷,感到愁悶 ⑪ir
andando 平淡度日 ⑫ o negócio não
anda 事情沒有進展 ⑬ o relógio não ~
bem 這個錶走得不準

andarilho *s.m.* 遊歷世界者,旅行家
‖ *adj.* 捷足的

andas *s.f.pl.* 高腳,高蹺

andorinha *s.f.* 燕子

andorrano *adj.* 安道爾的 ‖ *s.m.* 安
道爾人

andrajo *s.m.* 襤褸;破布

andrajoso, sa *adj.* 衣衫襤褸的,衣服
破爛的

androceu *s.m.* 雄蕊

androfagia *s.f.* 食人現象,吃人肉習
性

androfobia *s.f.* 〔醫〕男性恐怖,畏男
病

andrógino *adj.* 〔醫〕兩性畸形的,半
男半女的

andróide *adj. 2 gén.* 似人的 ‖ *s.m.*
機器人

androlatria *s.f.* 男性崇拜

andrologia *s.f.* 〔醫〕男性醫學,男性病

anediado, da *adj.* 光滑的

anediar *v.t.* 使光滑

anedota *s.f.* 趣聞,軼事,笑話

anedótico, ca *adj.* 趣聞的,軼事的,
笑話的

anegrado, da *adj.* 發黑的;發暗的

aneiro, ra *adj.* 不定的

anel *s.m.* 戒指;環 △ ① ~ de casa-
mento 結婚戒指 ② ~ de saturno 土星
的光環

anelação *s.f.* 喘息,呼吸困難

anelado *adj.* 環狀的,環形的

anelante *adj.* 喘息的

anelar *adj. 2 gén.* 戒指形的,環狀的,
戒指的 ‖ *v.i.* 喘息 ‖ *v.t.* 渴望;使成
環狀

anelídeo *adj.* 有節肢的 ‖ *s.m.* 〔動〕
節肢動物

anelo *s.m.* 渴望

anemático, ca *adj.* 貧血的

anemia *s.f.* 貧血症

anémico, ca *adj.* 貧血的 ‖ *s.m.* 患
貧血症的人

anemografia *s.f.* 〔氣象〕測風學

anemógrafo *s.m.* 〔氣象〕風速計

anemómetro *s.m.* 〔氣象〕風速表,風
力計

anémona *s.f.* 〔植〕銀蓮花 △ ~ -de-
-mar 海葵

aneróide *adj. 2 gén.* 無液的,不用液
體的 △ barómetro ~ 無液氣壓計

anestesia *s.f.* 〔醫〕感覺缺失,麻木,
麻醉

anestesiar *v.t.* 麻醉;使失去感覺

anestésico, ca *adj.* 〔醫〕無感覺的,麻
木的 ‖ *s.m.* 麻醉劑

aneurisma *s.f.* 動脈瘤

anexação *s.f.* 併吞,兼併

anexar *v.t.* 使附屬於,使從屬於,併吞,兼併

anexim *s.m.* 格言,箴言

anexo, xa *adj.* 附加的,附件的,附錄的;合併的 ‖ *s.m.* 附加物,附件

anfíbio, bia *adj.* 兩棲類的(動物);水陸兩生的(植物);水陸兩用的;‖ *s.m.* 兩棲動物

anfibologia *s.f.* 雙關語;含糊其詞

anfíscio *s.m.* 熱帶居民

anfiteatro *s.m.* 圓形劇場,競技場

anfitrião *s.m.* 主人;東道主

ânfora *s.f.* 酒罈

anfractuosidade *s.f.* 起伏不平,崎嶇不平;凹凸不平

anfractuoso, sa *adj.* 起伏不平的,崎嶇不平的;凹凸不平的

angariar *v.t.* 引誘,誘惑,遊說

angelical, angélico, ca *adj.* 天使的,天使般的

angina *s.f.* 〔醫〕咽峽炎 △ ① ~ diftérica 白喉病 ② ~ pectoris 心絞痛症

angiospérmico, ca; angiospermo, ma *adj.* 被子植物的 ‖ *s.m.* 被子植物

anglicanismo *s.m.* 〔宗〕英格蘭教義,英國聖公會

anglicano *s.m.* 英格蘭教徒

anglicismo *s.m.* 英語特有的表達方式;英國特色,英國風格

anglizar *v.t.* 使英國化

anglo, gla *adj.* 英國的

anglofilia *s.f.* 親英;親英立場

anglófilo, la *adj.* 親英的 ‖ *s.m.* 英國的朋友

anglofobia *s.f.* 仇英;仇英立場;反英熱

anglófobo, ba *adj.* 仇英的;恐英的

anglomania *s.f.* 英國狂,崇英狂,英國迷

anglo-saxão *adj.* 盎格魯撒克遜的,英國的 ‖ *s.m.* 盎格魯撒遜人,英國人;盎格魯撒克遜語

angolano, na *adj.* 安哥拉的 ‖ *s.m.* 安哥拉人

angra *s.f.* 小海灣,小港

angular *adj. 2 gén.* 角的,有角的

ângulo *s.m.* 角 △① ~ agudo 銳角 ② ~ obtuso 鈍角 ③ ~ recto 直角 ④ ~ variável 變角

angústia *s.f.* 痛苦,苦惱

angustiado, da *adj.* 悲痛的,苦惱的

angustiar *v.t.* 使痛苦,使苦惱

angustioso, sa *adj.* 悲傷的,痛苦的

anho *s.m.* 羊羔

aniagem *s.f.* 麻布

anião *s.m.* 陰離子

anichar *v.t.* 安放在神龕內;放在好的地方

anídrico, ca *adj.* 無水的

anidrido *s.m.* 〔化〕無水酸,酸酐

anidrose *s.f.* 〔醫〕無汗症

anil *s.m.* 藍靛

anileira *s.f.* 藍靛樹

anilha *s.f.* 小環

anilina *s.f.* 〔化〕苯胺

animação *s.f.* 生氣勃勃,振奮;興奮;熙攘,熱鬧;活躍,活動;生動,絢麗;動畫片製作

animado, da *adj.* 有生命的;有生氣的;振奮的;歡快的,熱鬧的

animadversão *s.f.* 譴責;告誡

animadvertir *v.t.* 譴責;勸告

animal *s.m.* 動物,獸類,畜牲 ‖ *adj.* 動物的;〔轉〕蠢笨的(人),粗魯的(人)

animalão *s.m.* 巨獸;〔轉〕蠢貨

animalejo *s.m.* 小動物

animalidade *s.f.* 獸性

animalizar *v.t.* 動物化,使成動物

animar *v.t.* 賦予生命,使具生命;使有精神,使有生氣;使有力量;鼓勵

animismo *s.m.* 靈魂說

ânimo *s.m.* 精神,情緒,勇氣,精力

animosidade *s.f.* 勇氣,反感,敵意,仇視

animoso, sa *adj.* 勇敢的,果敢的

aninhar *v.t.* 放在巢中;〔轉〕庇護

aniónte *s.m.* 陰離子

aniquilação *s.f.* 消滅;滅絕

aniquilado, da *adj.* 被消滅的

aniquilador *s.m.* 消滅者

aniquilar *v.t.* 毀滅,消滅

anis *s.m.* 〔植〕茴芹,茴香

aniseira *s.f.* 大茴香樹

aniseta, anisete *s.f.* 大茴香酒

aniversário, ria *adj.* 週年的,週年紀念的 ‖ *s.m.* 週年紀念,週年紀念日,生日

anjinho *s.m.* 小天使,小天使

anjo *s.m.* 天神,天使

ano *s.m.* 年,歲 △①~ bissexo 閏年 ②~ civil 曆年 ③~ económico 財政年度 ④~ novo 新年 ⑤~ lectivo 學年 ⑥fazer ~s 過生日

anódino *s.m.* 止痛藥

anódio, ânodo *s.m.* 陽極,正極

anoitecer *v.i.* 日暮;入夜

anojado, da *adj.* 煩惱的

anomalia *s.f.* 異常;破格

anomalístico, ca *adj.* 異常的,反常的

anómalo, la *adj.* 異常的,破格的,違反常規的

anona *s.f.* 番荔枝;貯糧

anonimato *s.m.* 匿名

anónimo, ma *adj.* 無名的;匿名的 ‖ *s.m.* 無名氏

anormal *adj. 2 gén.* 反常的,異常的

anormalidade *s.f.* 反常,異常

anoso, sa *adj.* 老年的,年邁的

anotação *s.f.* 註釋,註解;評註

anotar *v.t.* 註釋;註解;作評註;登記

ansa *s.f.* 翼

anseio *s.m.* 渴望;熱望

ânsia *s.f.* 苦惱;渴望;掛慮,焦急

ansiedade *s.f.* 熱切;焦急,焦慮

ansioso *adj.* 焦慮的,憂慮的;急切的,渴望的

antagónico, ca *adj.* 敵對的;對抗的

antagonismo *s.m.* 對抗;敵對,對抗作用

antagonista *s. 2 gén.* 對抗者,對手;對立面;對抗物

antálgico *s.m.* 止痛劑

antanáclase *s.f.* 〔語〕轉義覆用法,覆辭

antanho *adv.* 昔日,從前;去年

antárctico, ca *adj.* 南極的 △pólo ~ 南極

ante *prep.* 在……之前

antebraço *s.m.* 前臂

antecâmara *s.f.* 前廳

antecedência *s.f.* 在先;首位;提前

antecedente *adj. 2 gén.* 前面的,先前的

anteceder *v.i.* 在前;在先;居先

antecessor *s.m.* 前任;先導;先行者;先驅者;先輩,祖先

antecipação *s.f.* 預先,提前

antecipado, da *adj.* 提前的

antecipar *v.t.* 提前

anteconhecimento s.m. 預知,預見

antediluviano, na adj. 〔聖經〕洪水之前的

antemão adv. 預先

antemover v.t. 預先移動

antena s.f. 觸角;天線

antenupcial adj. 2 gén. 婚前的

anteontem adv. 前天,前日

anteparo s.m. 提防,保護物

antepassado, da adj. 過去的;先前的,在前的 ‖ s.m. 祖先,前輩

antepenúltimo, ma adj. 倒數第三的

antepor v.t. 放在前面的;〔轉〕使優先;使重於

anteprojecto s.m. 草圖;草案,草稿

anterior adj. 2 gén. 先前的;在前的,前面的

antes adv. 早先,先前,從前 △①~que … 之先,在 …… 之前 ② quanto ~ 越早越好 ③ ~ de 在 …… 之前

antever v.t. 預見,先見

antevéspera s.f. 前兩天,兩天前

antevidência s.f. 預見,先見

antevidente adj. 2 gén. 預見的,有先見的

antevisao s.f. 預見,先覽

anti... pref. 反對,相反,對抗

antiaéreo, rea adj. 防空的 △①defe-sa ~a 防空 ②metralhadora ~a 高射機槍 ③canhao ~ 高射炮

antiabortivo s.m. 保胎藥

antiaristocrático, ca adj. 反對貴族政體的

antibiótico s.m. 抗生素

anticatólico, ca adj. 反天主教的

anticiclone s.m. 〔氣象〕反氣旋;高壓區

anticolérico, ca adj. 抗霍亂症的

anticonstitucional adj. 2 gén. 違反憲法的

anticristo s.m. 〔宗〕基督的死敵;假基督

antidiftérico, ca adj. 防止白喉症的

antídoto s.m. 〔醫〕解毒劑,解毒藥

antiestético, ca adj. 反對美學的;無美術性的;醜的

antifebril adj. 2 gén. 〔醫〕退熱的,解熱的 ‖ s.m. 退熱劑,解熱劑

antifilosófico, ca adj. 反哲學的

antífrase s.f. 反話法;詞義反用法

antigamente adv. 昔日,往昔,從前

antigo, ga adj. 古代的,古老的;昔日的,往日的,從前的

antigovernamental adj. 2 gén. 反政府的

antigramatical adj. 2 gén. 不符合語法規則的

antiguidade s.f. 古老,遠古時代;古物,古蹟

antiguo, gua adj. 古的,古老的,古代的;老的,舊的,過時的

anti-higiénico, ca adj. 不衛生的

antilegal adj. 2 gén. 違法的,非法的

antiliberal adj. 2 gén. 反自由主義的,不自由的

antilogaritmo s.m. 〔數〕反對數

antilogismo s.m. 不符合邏輯,違反邏輯

antílope s.m. 〔動〕羚羊

antimilitar adj. 2 gén. 反黷武主義的

antimilitarismo s.m. 反軍國主義,反黷武主義

antiministerial adj. 2 gén. 反內閣的;反政府的

antimonárquico, ca adj. 反對君主政體的

antimonial　*adj. 2 gén.*〔化〕銻的,含銻的

antimoniato　*s.m.*〔化〕銻酸鹽

antimónico, ca　*adj.* 銻酸的

antimónio　*s.m.* 銻

antinacional　*adj. 2 gén.* 反民族的,反國家的

antinatural　*adj. 2 gén.* 反自然的

antinomia　*s.f.* 自相矛盾;二律背反

antinomismo　*s.m.* 自相矛盾;二律背反論

antinupcial　*adj.* 反對婚姻的

antiodontálgico, ca　*adj.* 止牙痛的

antipapa　*s.m.* 偽羅馬教皇

antiparlamentar　*adj. 2 gén.* 違背議會慣例的;反對議會的

antipatia　*s.f.* 反感;厭惡,嫌棄

antipático, ca　*adj.* 令人反感的;厭惡人的

antipatizar　*v.i.* 反感;厭惡,嫌棄

antipatriota　*adj. 2 gén.* 不愛國的‖*s.m.* 不愛國家的人

antipatriotismo　*s.m.* 無愛國心主義

antiperistáltico, ca　*adj.*〔醫〕逆蠕動的(腸,胃等)

antipirético, ca　*adj.* 退熱的‖*s.m.* 退熱劑,解熱劑

antipirina　*s.f.*〔醫〕安替比林

antípoda　*adj.* 對蹠的;在地球相對反面的‖*s. 2 gén.* 對蹠之人

antipoético, ca　*adj.* 違反詩律的

antipolítico, ca　*adj.* 反對政治的

antipopular　*adj.* 反對人民的

antiquado, da　*adj.* 老朽的;舊的

antiqualha　*s.f.* 古風;古董

antiquário　*s.m.* 古物家;古董商

antiquíssimo, ma　*adj.* 極古的

anti-rábico, ca　*adj.*〔醫〕防治狂犬病的‖*s.m.* 防治狂犬病的藥

anti-racional　*adj. 2 gén.* 反唯理主義的

anti-religioso, sa　*adj.* 反宗教的

anti-semitismo　*s.m.* 反猶太主義,排猶主義

anti-sepsia　*s.f.*〔醫〕抗菌法,防腐作用

anti-séptico, ca　*adj.*〔醫〕防腐的,滅菌的‖*s.m.* 防腐劑,滅菌劑

anti-social　*adj. 2 gén.* 反社會的,有害社會的

anti-socialismo　*s.m.* 反社會主義

antítese　*s.f.* 對語;對偶;對句法

antitetânico, ca　*adj.* 抗破傷風的,防治破傷風的‖*s.m.* 防治破傷風的藥物

antitóxico, ca　*adj.* 抗毒素的

antitoxina　*s.f.* 抗毒素

antivariólico, ca　*adj.* 防治天花的

antivenenoso, sa　*adj.*〔醫〕解毒的;抗毒的

antojar　*v.t.* 幻想

antologia　*s.f.* 文選,選集;花集

antologista　*s.m.* 編纂文選者

antónimo, ma　*adj.* 反義的‖*s.m.* 反義詞,反義語

antonomásia　*s.f.*〔修辭〕換稱,代稱

antracina　*s.f.*〔化〕蒽,綠油腦

antracite　*s.f.* 無煙碳;無煙煤,白煤,硬煤

antracnose　*s.f.*〔葡萄〕黑斑病

antropofagia　*s.f.* 食人肉;食人肉的習性

antropografia　*s.f.* 人種學;人類誌

antropóide　*adj.* 像人的;有人的特徵的,‖*s.m.pl.* 類人猿

antropolatria　*s.f.* 對人的崇拜

antropologia　*s.f.* 人類學

antropologista *s. 2 gén.* 人類學家

antropometria *s.f.* 人體測量學

antropomorfo, fa *adj.* 擬人的;有人形的

antroponimia *s.f.* 人名學

antropónimo *s.m.* 人名

antropozóico, ca *adj.* 第四紀的

anual *adj. 2 gén.* 一年一度的,每年的,一年生的

anualidade *s.f.* 一年的期限;年俸

anuário *s.m.* 年鑑,年刊

anuência *s.f.* 默許;同意;贊同

anuir *v.i.* 同意;贊許;應允

anular *adj. 2 gén.* 環形的,無名指的 ‖ *v.t.* 取消,作廢

anulável *adj. 2 gén.* 可取消的

anunciação *s.f.* 告示;通告

anunciante *s. 2 gén.* 刊登廣告的人

anunciar *v.t.* 通知;預告;佈告;通報;宣傳;爲……作廣告

anúncio *s.m.* 通知,預告;佈告;廣告

anúria *s.f.* 〔醫〕尿閉

anuros *s.m.pl.* 〔動〕無尾目

ânus *s.m.* 肛門

anuviado, da *adj.* 有雲的;陰沉的

anuviar *v.t.* 烏雲遮蔽,佈滿烏雲

anverso *s.m.* 正面

anzol *s.m.* 魚鈎;〔轉〕陰謀 △cair no ～ 上當

aonde *adv.* (去)哪裏,(向)何處

aorta *s.f.* 大動脈

aortite *s.f.* 大動脈炎

apadrinhar *v.t.* 做教父;〔轉〕保護;贊助;支持

apagado, da *adj.* 熄滅的;消沉的;没有生氣的;缺乏熱情的;沉默寡言的

apagador *s.m.* 滅火器;黑板擦

apagar *v.t.* 熄滅;擦掉 △① ～ o fo-go 熄火 ② ～ a luz 熄燈 ③ ～ uma palavra 擦字

apaisanado, da *adj.* 有平民習氣的

apaisanar *v.t.* 養成平民習氣

apaixonado, da *adj.* 戀愛的;興奮的;熱情的;偏袒的 ‖ *s.m.* 愛人,情人 △estar ～ 熱戀

apaixonar *v.t.* 感動,刺激 ‖ *v.r.* 迷戀

apalaçado, da *adj.* 宮殿型的

apalaçar *v.t.* 使成宮殿型

apalancar *v.t.* 圍以栅欄

apalavrado, da *adj.* 口頭上約定的 △contrato ～ 口頭合約,君子協定

apalavrar *v.t.* 口頭上締約

apalear *v.t.* 棒打

apalmado, da *adj.* 掌形的

apalpadeira *s.f.* 女檢查員

apalpadela *s.f.* 手摸 △às ～s 摸索

apalpão *s.m.* 用力摸

apalpar *v.t.* 觸;摸;碰

apanágio *s.m.* 供俸,俸祿

apanha *s.f.* 收穫

apanhado, da *adj.* 捕獲的

apanhar *v.i.* 遭毆打 ‖ *v.t.* 拿,取,抓,捕;摘,獲得;拾起 △① ～ uma bengala do chão 從地上拾起手杖 ② ～ com uma bengala nas costas 背部挨了一手杖 ③ ～ uma febre tifóide 患傷寒 ④ ～ em fragrante 當場捕獲 ⑤ ～ frio 受涼 ⑥ ～ um bom emprego 得到一份好工作

apanhia *s.f.* 摘果;收穫

apanho *s.m.* 收穫

apaniguado *s.m.* 黨員

a par *adv.* 平行地

apara *s.f.* 刨屑,木屑

aparador *s.m.* 架;食物櫃

aparafusar *v.t.* 上螺絲釘

aparar *v.t.* 接着;接住;削;修飾

aparato *s.m.* 裝備;壯觀

aparatoso, sa *adj.* 壯觀的;壯麗的

aparecer *v.i.* 出現;顯露;出版

aparelhado, da *adj.* 佈置的;裝備的

aparelhar *v.t.* 設備,設置;裝修

aparelho *s.m.* 武器;設置;器械;器具 △~ digestivo 消化器官

aparência *s.f.* 外貌,外觀;表面;面子 △① na ~ 在表面上 ②salvar as ~s 掩飾外觀

aparentado, da *adj.* 親屬的,親戚的

aparentar *v.t.* 假裝,裝出;使成親屬

aparente *adj. 2 gén.* 外觀的,表面上的,外表的

aparição *s.f.* 顯現,出現;幻覺;顯靈

apartado, da *adj.* 分開的,遺棄的

apartamento *s.m.* 房間;隔離

apartar *v.t.* 隔離,隔開;分開

à parte *loc. adv.* 分開地 △amigos, amigos, negócio ~ 人情是人情,帳目要分清

aparvalhado, da *adj.* 迷糊的,傻里傻氣的

aparvoado, da *adj.* 愚笨的

apascentar *v.t.* 放牧

apatetado, da *adj.* 愚笨的

apatia *s.f.* 無情,冷漠,麻木

apático, ca *adj.* 冷漠的,無情的,麻木不仁的

apátrida *s. 2 gén.* 無國籍的人

apavorado, da *adj.* 恐慌的

apavorar *v.t.* 驚嚇;恐嚇

apaziguar *v.t.* 和解

apear *v.t.* (從高處)移下;拆卸;搬下

apedrejador *s.m.* 擲石者

apedrejar *v.t.* 擲石;侮辱

apegadiço, ça *adj.* 黏着的;貼住的

apegar *v.t.* 貼住;黏住;依戀;眷戀

apelação *s.f.* 上訴

apelado *s.m.* 被告,被上訴者

apelante *s. 2 gén.* 上訴者

apelar *v.t.* 控告,上訴,上告 △ para o Supremo Tribunal 向高等法院上訴

apelido *s.m.* 姓

apelo *s.m.* 呼籲;召喚;大聲呼喚;呼救

apenas *adv.* 只,單,僅僅

apêndice *s.m.* 附屬物,附加物;附錄;闌尾

apendicite *s.f.* 〔醫〕闌尾炎 △① ~ aguda 急性闌尾炎 ② ~ crónica 慢性闌尾炎

apensar *v.t.* 合併

apenso, sa *adj.* 附屬的 ‖ *s.m.* 附屬品

apepsia *s.f.* 不消化

apequenado, da *adj.* 稍小的

apequenar *v.t.* 縮小

aperaltado, da *adj.* 紈袴的

aperaltar, aperalvilhar *v.t.* 使穿着豪華;使專出風流;使成紈袴子弟

aperceber *v.t.* 遙見,辨別,認識

aperfeiçoado, da *adj.* 改善的

aperfeiçoar *v.t.* 改善

aperitivo *s.m.* 開胃物;開胃酒;開胃藥

aperolado, da *adj.* 像珍珠的,珍珠般的

apertado, da *adj.* 被迫的,窄的,狹窄的;嚴厲的

apertão *s.m.* 緊握;抓牢

apertar *v.t.* 使狹窄;脅迫;壓迫;節省 △① ~ as despesas 節省開支 ② ~ a mão 握手

aperto *s.m.* 吝嗇;壓迫;困難;難擠;

嚴厲

apesar de *loc.prep.* 雖然

apetecer *v.t.* 想望,渴望;希望;追求

apetecível *adj. 2 gén.* 令人羨慕的, 使人垂涎的

apetite *s.m.* 胃口

apetitivo, va *adj.* 開胃的

apetrechar *v.t.* 裝備;配備

apezinhar *v.t.* 輕視

apical *adj. 2 gen.* 頂點的

apicultor, ra *s.m.e.f.* 養蜂人

apicultura *s.f.* 養蜂業

apimentar *v.t.* 用胡椒調味

apinhado, da *adj.* 擁擠的;滿載的 △ multidão ～a 擁擠的人群

apinhar *v.t.* 聚集,堆積

apirético, ca *adj.* 退熱的

ápiro, ra *adj.* 防火的,耐火的

apitar *v.i.* 吹哨子

aplacação *s.f.* 平定;緩和

aplacar *v.i.* 平息;安撫;減緩;減輕

aplacável *adj. 2 gén.* 可平定的;緩和的

aplainamento *s.m.* 平整,鏟平,刨光

aplainar *v.t.* 弄平,使平坦,使光滑;刨

aplanação *s.f.* 弄平,平整

aplanamento *s.m.* 弄平, 平整

aplanar *v.t.* 使平坦;使方便

aplasia *s.f.* 發育不全;先天萎縮

aplaudido, da *adj.* 受歡掌的;受讚揚的

aplaudir *v.t.* 鼓掌,拍手;贊成,同意;讚揚,擁護

aplausível *adj.* 可喝彩的,可讚揚的

aplauso *s.m.* 鼓掌,掌聲;稱讚,讚揚

aplebeado *adj.* 有平民態度的

aplicabilidade *s.f.* 應用性,適用性

aplicação *s.f.* 應用,使用,採用,運用,用途,實行,執行

aplicar *v.t.* 放在……之上,敷上,塗上,貼上,配上;使用,應用,採用,運用;實行,執行

aplicável *adj. 2 gén.* 適用的,可以用的

apneia *s.f.* [醫] 呼吸暫停,無息狀態,絕息

apocalipse *s.f.* [聖經] 啟示錄;啟示

apocopado, da *adj.* 省略詞尾的;短尾的

apócope *s.f.* 詞尾省累,短尾形式

apócrifo, fa *adj.* 偽撰的,假冒的

apodado, da *adj.* 外號叫做……的

apodar *v.t.* 起綽號,起外號;恥笑

ápode *adj. 2 gen.* 無足的

apoderar-se *v.r.* 霸佔;佔領

apodia *s.f.* 無足畸形;先天性無足

apodíctico, ca *adj.* 必然的,絕對肯定的,無可爭辯的,無可置疑的;明顯的

apodo *s.m.* 綽號,外號,諢號;譏笑

apodrecer *v.i.* 爛,腐朽 ‖ *v.t.* 使腐爛

apodrecimento *s.m.* 腐朽;敗壞

apófise *s.f.* 骨突;骨凸

apogeu *s.m.* [天] 遠地點;最高點,頂點,極盛時期 ◇perigeu

apógrafo *s.m.* 抄本;副本

apoiado, da *adj.* 有支持的;受支撐的

apoiar *v.t.* 支持;支撐 ‖ *v.r.* 依靠;根據

apoio *s.m.* 支持;支撐

apojar *v.i* 充滿乳汁

apólice *s.f.* 證券,保險單

apolíneo, nea;apolínico, ca *adj.* 阿波羅神的;有男性美的,英俊的;太陽的

apolítico, ca *adj.* 不問政治的;非政治的

apologal *adj.2 gén.* 寓言的,有寓言的

apologética *s.f.* 辯解學

apologia *s.f.* 辯解;讚揚

apologista *s. 2 gén.* 辯護人;衛道士

apólogo *s.m.* 寓言;喻言

apomorfina *s.f.* 〔化〕阿樸嗎啡;去水嗎啡

aponeurose *s.f.* 腱膜

aponevrose *s.f.* 腱膜;筋膜

apontado, da *adj.* 銳利的,尖尾的;指出的;登記的

apontador *s.m.* 瞄準手;指示者;登記者

apontamento *s.m.* 登記;紀錄

apontar *v.i.* 下注;出現;‖ *v.t.* 削尖;瞄準;舉出;指示;指出;指着 △① ~ a aurora 破曉 ② ~ um exemplo 引用一例證 ③ ~ um lápis 削鉛筆 ④ ~ nomes na carteira 登記姓名

apontoar *v.t.* 用柱支撐;支持

apopléctico, ca *adj.* 中風的 △ataque ~ 中風‖ *s.m.* 中風病患者

apoplexia *s.f.* 中風,卒中

apoquentação *s.f.* 憂心;掛念,關懷;苦惱

apoquentar *v.t.* 使困擾;使不安;折磨

apor *v.t.* 貼,敷

aportar *v.i.* 進港;抵埠

aportuguesamento *s.m.* 葡國化;葡語化

aportuguesar *v.t.* 葡國化;葡語化

após *prep.* 在……之後‖ *adv.* 後來,以後

aposentação *s.f.* 退休

aposentado, da *adj.* 退休的

aposentadoria *s.f.* 退休;寄寓

aposentar-se *v.r.* 退休

aposento *s.m.* 房間;住宅;住宿

aposição *s.f.* 〔語〕同位語,同格

apositico, ca *adj.* 厭食的,食慾不振的

apositivo, va *adj.* 外敷的,外敷藥物的

apossar-se *v.r.* 佔領

aposta *s.f.* 打賭,下注

apostado, da *adj.* 打賭的,下注的

apostar *v.t.* 打賭,下注;競爭,較量

apostasia *s.f.* 放棄信仰;背教;改變觀點

apóstata *s.m.* 背教者;叛徒‖ *adj.* 反叛的

apostatar *v.i.* 放棄信仰;叛教;改變觀點;脫離

a posteriori *loc. adv.* 由結果來看,從事實上來看;逆推的

apostila *s.f.* 批註;批語,邊註

apostilar *v.t.* 加批註,加批語;加附註

aposto, ta *adj.* 附加的‖ *s.m.* 同位名詞

apostolado *s.m.* 傳教活動,使徒(基督十二弟子的總稱);使徒像

apostólico, ca *adj.* 使徒的,羅馬教皇的,來自教皇的,宗教的

apóstolo *s.m.* 使徒,傳教士;開教鼻祖

apóstrofe *s.f.* 〔語〕呼語;質詢;咒罵

apostura *s.f.* 儀表,風度

apotegma *s.m.* 警句,格言,箴言

apótema *s.m.* 〔幾〕邊心距

apoteose *s.f.* 奉若神明,神化;崇拜,敬仰;頌揚

apoteótico, ca *adj.* 奉若神明的,神

化的；尊敬的

apótese *s.f.* 接骨術，正骨術

apoucado, da *adj.* 不足的

apoucador *s.m.* 輕視者

apoucar *v.t.* 輕看，輕視；減少

aprazado, da *adj.* 指定的；約定的

aprazamento *s.m.* 約定；指定

aprazar *v.t.* 約定；指定

aprazibilidade *s.f.* 喜悅，快樂

aprazimento *s.m.* 愉快，快樂

aprazível *adj. 2 gén.* 喜悅的，快樂的

apre! *interj.* 走開！滾！

apreçador *s.m.* 定價者

apreciação *s.f.* 評價，鑑定；估價，測定；重視；欣賞

apreciável *adj. 2 gén.* 值得重視的

apreço *s.m.* 重視；讚賞，賞識，器重 △dar ～予以評價

apreendedor *s.m.* 沒收者，緝獲者，充公者

apreender *v.t.* 抓獲；奪得(戰利品)；緝獲(違禁品)；捕獲，捉住；沒收，充公

apreensão *s.f.* 抓獲，緝獲；沒收，充公

apregoado, da *adj.* 眾所周知的；宣佈的，公佈的

apregoar *v.t.* 宣佈；顯示，顯露

aprender *v.i.* 學，學習

aprendiz *s.m.* 學徒工；[轉] 生手

aprendizado *s.m.* 學習期，學徒期

aprendizagem *s.f.* 學徒，學藝；學習，實習；學徒期，實習期

apresar *v.t.* 緝獲俘

apresentação *s.f.* 提出；呈送；介紹；表演，演出

apresentador *s.m.* 介紹人；呈遞者

apresentar *v.t.* 提出；表示；介紹；呈遞 △① ～ armas 舉槍致敬 ② ～ os

cumprimentos a … 向 …… 致意 ③ ～ uma pessoa 介紹某人 ④ ～ provas 提出證據 ‖ *v.r.* ①～-se bem 儀表甚佳 ②～-se cedo 早到

apresentável *adj. 2 gén.* 值得提出的

apressado, da *adj.* 急促的，匆忙的；迅速的

apressar *v.t.* 催促；加快，加速；急忙，趕緊 △～ a marcha 加速步伐

apressurado, da *adj.* 加快的，加速的

apressurar *v.t.* 催促；趕快

aprestar *v.t.* 裝置，準備好

apresto *s.m.* 配備

aprimorado, da *adj.* 完備的；充分的

aprimorar *v.t.* 使完全，使完善 ‖ *v.r.* 力求完善

a priori *loc.v.lat.* 由原因推到結果地；先驗地；預先

aprisco *s.m.* 羊廄；畜群

aprisionado, da *adj.* 被俘的，被囚的

aprisionar *v.t.* 俘獲；囚禁，監禁，拘囚

aproar *v.t.* 駕駛；引導；取(道)

aprofundar *v.t.* 鑽研；深掘

apromado, da *adj.* 直的，直立的，垂直的

aprontar *v.t.* 準備，預備；裝備

apropositado, da *adj.* 適當的

apropositar *v.t.* 使適合，使適應

a propósito *loc. adv.* 適時地

apropriação *s.f.* 佔有

apropriado, da *adj.* 適合的，適當的，合適的

apropriar *v.t.* 使歸(某人)所有；使符合；使適應 ‖ *v.r.* 佔有；據爲己有

aprosexia *s.f.* 健忘

aprovação *s.f.* 贊成；允許；批准；合格

aprovado, da *adj.* 批准的；合格的

aprovar v.t. 贊成;讚揚;批准;准合格

aprovável adj. 2 gén. 可贊同的

aproveitador s.m. 受益者;利用者

aproveitamento s.m. 進步;成績;利用

aproveitar v.i. 有利 ‖ v.t. 利用;得益,得利

aprovisionado, da adj. 供給的;供應的

aprovisionamento s.m. 供給,供應

aprovisionar v.t. 供給,供應

aproximação s.f. 接近,臨近;近似;累計

aproximado, da adj. 接近的;大約的;大致的

aproximar v.t. 使靠近;接近;靠近

aproximativo, va adj. 大概的;大約的

apsiquia s.f. 暈厥;人事不省

apsitiria s.f. 失音

aptar v.t. 使適合,使適於

aptialia s.f. 唾液缺乏;無涎

aptidão s.f. 才幹;能力

apto, ta adj. 能幹的;熟練的;適合的;有資格的

apunhalar v.t. 刺傷;傷害

apupar v.t. 發噓噓聲(如鵝、蛇或蒸氣等發出聲);噓噓聲以表示憎惡或反對

apupo s.m. 叫罵聲;反對或輕蔑的叫聲

apuração s.f. 選擇;精來;研究;調查

apuramento s.m. 選擇

apurar v.t. 選擇;澄清;調查;研究

apuro s.m. 純,純正;困境;清算 △ver-se em ~s 處於困境

apurpurado, da adj. 紫色的

aquadrilhar v.t. 組織(一班人)結夥

‖ v.r. 入夥;結隊

aquarela s.f. 水彩顏料

aquário, ria adj. 水族的;在水中生長的 ‖ s.m. 水族館

aquartelado, da adj. 住在兵營的

aquartelamento s.m. 兵營

aquartelar v.i. 駐兵營 ‖ v.t. 使居住於兵營

aquartilhar v.t. 以半公升出售

aquecedela s.f. 炎熱;[口]毆打

aquecer v.i. 炎熱;變暖 △o dia ~ ceu 天氣炎熱 ‖ v.t. 使熱;烹;鼓動 △① ~ o chá 烹茶 ② ~ a comida 熱飯

aquecimento s.m. 炎熱;暖氣設備 △montar o ~ 安裝暖氣設備

aqueduto s.m. 水道;導水管;溝渠;水道橋

àquela contr. de prep. 那個;那些

aquele, la pron.dem. (用於指稱說話人和聽話人較遠的人或物)那個;那些

àquele contr. de prep. 那個;那些

aquém adv.e prep. 在……之下;在……之處

àqueo, a adj. 含水的;如水的

aquí adv. 在此;此地;這裏;現在,這個;那個

aquiescência s.f. 默認,默許;順從;同意,應允

aquiescer v.i. 默認,默許;同意,應允

aquietação s.f. 寧靜;安靜

aquietar v.t. 安靜 ‖ v.t. 使平靜,使安靜 △① ~ ânimos 使心情平靜 ② ~ discórdias 平息紛爭

aquífero, ra adj. 含水的,有水份的

aquilão s.m. 北風,朔風

aquilatar v.t. 檢定成色,鑑定,評定

aquilino, na adj. 鷹的;彎曲的;似鷹的 △①nariz ~ 鷹鈎鼻子 ②olhar ~ 慧眼

aquilo *pron.dem.* 那個;那人;那物

aquinhoar *v.t.* 分配

aquiria *s.f.* 缺乏

aquisição *s.f.* 獲得,取得

aquosidade *s.f.* 含水狀態;濕潤

aquoso, sa *adj.* 含水的;水的;似水的

ar *s.m.* 氣流;微風;態度;風采,風度;氣候;太空;氣;空氣;樣子 △①à prova de ~ 不漏氣的 ② ~ condicionado 冷氣 ③câmara de ~ 氣室 ④corrente de ~ 通風 ⑤ao ~ livre 在室外,露天裏 ⑥ dizer coisas no ~ 胡說八道 ⑦ castelos no ~ 空中樓閣;幻想 ⑧tomar ~ 散步,透透空氣

ara *s.f.* 祭壇

árabe *adj.* 阿拉伯的,‖ *s.m.* 阿拉伯語;阿拉伯人

arabesco, ca *adj.* 阿拉伯式的 ‖ *s.m.* 阿拉伯式的 △decorações ~ as 阿拉伯式建築裝飾,阿拉伯圖案

arábico, ca *adj.* 阿拉伯的;阿拉伯語的

arabizar *v.t.* 使阿拉伯化

aracnídeos *s.m. pl.* 蜘蛛類

aracnóide *s.f.* 蜘蛛膜

arado *s.m.* 犁;耕作;翻地

aradura *s.f.* 犁田

aragem *s.f.* 微風,柔風

arame *s.m.* 鐵絲,金屬線 △①andar por ~s 體質羸弱 ②ir aos ~s 發怒

arandela *s.m.* 燭盤;燭臺

araneiforme *adj.* 蜘蛛狀的

aranha *s.f.* 蜘蛛 △①andar às ~s 茫然不知所措 ②teias de ~ 蜘蛛網 ③~ceu 摩天大樓

aranzel *s.m.* 冗贅閑談

arar *v.t.* 耕作;犁;開溝;劃破(水面);破(浪) △~ as ondas 乘風破浪

a ratione *loc.adv.* 無證據的;推測的,假設的

aratório, ria *adj.* 耕耘的,犁田的 △instrumentos ~s 耕田之工具

araucária *s.f.* 〔植〕南美杉

arauto *s.m.* 使者;先鋒,前鋒;傳令官

arável *adj. 2 gén.* 可耕作的,適合耕種的

aravessa *s.f.* 活動單鐘型

arbitrado, da *adj.* 公斷的,仲裁的

arbitrador *s.m.* 公斷人,仲裁者

arbitragem *s.f.* 公斷,仲裁;調解,調停;裁斷,裁決

arbitral *adj. 2 gén.* 公斷人的,仲裁者的 △①sentença ~ 裁決 ② Tribunal ~ 仲裁法庭

arbitramento *s.m.* 公斷,仲裁;公斷權,仲裁權

arbitrar *v.t.* 公斷,仲裁;調解,調停

arbitrariedade *s.f.* 專橫,暴行,橫行霸道;隨心所欲

arbitrário, ria *adj.* 專斷的;隨心所欲的;不公正的

arbítrio *s.m.* 仲裁,任意,抉擇 △livre ~ 自行決定

árbitro, tra *s.m.e f.* 公斷人,仲裁者;裁判,球證

arbóreo, rea *adj.* 樹的 △vegetação ~a 木本植物

arborescer *v.i.* 成樹;(樹木)生長;長成

arboreto *s.m.* 樹林

arborícola *adj.* 棲於樹的;棲樹動物的

arboricultor *s.m.* 栽植樹木的人

arboricultura *s.f.* 樹木的培植;林學;林藝

arboriforme *adj. 2 gén.* 樹狀的

arborizado, da *adj.* 有樹枝狀紋的

arbúsculo *s.m.* 矮木

arbusto   *s.m.* 灌木

arca   *s.f.* 箱子,木箱;金庫 △①~ da aliança 〔聖經〕約櫃 ②~ de Noé 〔聖經〕諾亞方舟

arcabuz   *s.m.* 火槍;火槍手

arcabuzaria   *s.f.* 火槍隊;火槍射擊

arcabuzeiro   *s.m.* 火槍手;造火槍的人

arcada   *s.f.* 〔建〕拱廊,連拱廊

arcado,da   *adj.* 拱形的;彎曲的

arcaico,ca   *adj.* 古代的;陳舊的;仿古

arcaísmo   *s.m.* 古語;使用古語;仿古

arcaísta   *s. 2 gén.* 喜用古語之人;擬古之人

arcanjo   *s.m.* 天使長;(羅馬天主教九級天使中的)第八級天使

arcar   使成拱形;使彎曲

arcatura   *s.f.* 假拱廊

arcebispado   *s.m.* 大主教的職位;大主教之管轄區

arcebispo   *s.m.* 大主教

arcediagado   *s.m.* 副主教的職位;副主教之管轄區

arcediago   *s.m.* 副主教

archote   *s.m.* 火炬,火把

arcipreste   *s.m.* 主僧;大祭師

arco   *s.m.* 弓;彎弓;弧 △①~ de Deus 彩虹,天虹 ②~ de triunfo 凱旋門 ③~ voltaico 電弧燈 ④~ e flecha 弓與矢

arco-íris   *s.m.* 天虹;彩虹

aconte   *s.m.* 執政官

arctação   *s.f.* 小腸收縮症

arctar   *v.t.* 束緊;使之收縮

árctico,ca   *adj.* 北極的 △pólo ~ 北極

ardência   *s.f.* 熱烈;熱心

ardente   *adj. 2 gén.* 燃燒的;熱情的;狂熱的;灼熱的;熱心的;熱烈的

arder   *v.i.* 燃燒;渴望;流行 △① a casa está a ~ 房屋在燃燒 ②~ pela vitória 渴望勝利 ③a peste ~ na Índia 瘟疫在印度流行

ardil   *s.f.* 詭計;陰謀;欺騙敵人之計

ardiloso,sa   *adj.* 奸詐的;不誠實的

ardor   *s.m.* 熱,灼熱;熱心,熱情;渴望,渴望

árduo,dua   *adj.* 艱難的,艱巨的;費力的,辛勤的

are   *s.m.* 公畝

área   *s.f.* 面積;地域;範圍;平面

areal   *s.m.* 沙地;沙灘

areca   *s.f.* 〔植〕檳榔樹

areia   *s.f.* 沙

areísmo   *s.m.* 正常排水

arejado,da   *adj.* 通風的

arejar   *v.i.* 散放‖*v.t.* 使……通風;換空氣;晾

arejo   *s.m.* 通氣;通風

arena   *s.f.* 沙,沙土;砂,砂礫;鬥牛場;競技場

arenáceo,cea   *adj.* 沙的;沙質的

arenga   *s.f.* 演說;鼓動演說;動員報告

arengador,ra   *s.m.e.f.* 演說者;鼓動者

arenífero,ra   *adj.* 含沙的,有沙的

arenito   *s.m.* 砂巖

arenoso,sa   *adj.* 多沙的 △ terreno ~ 多沙的土地

arenque   *s.m.* 大西洋鯡;青魚

areografia   *s.f.* 火星表面學

aréola   *s.f.* 〔醫〕暈;紅暈;乳暈

areometria   *s.f.* 液體比重測定(法)

areométrico,ca   *adj.* 液體比重計的

areómetro   *s.m.* 液體比重計

areópago *s.m.* (古希臘雅典的)最高法院;法官會議

aresta *s.f.* 面角;芒

aresto *s.m.* 判決;解決難題 △~s do Supremo Tribunal 最高法院判決詞

aretologia *s.f.* 道德論

arfada, arfadura, arfagem *s.f.* 〔海〕前後顛簸

arfante *adj. 2 gén.* 前後顛簸的

arfar *v.i.* 喘息;〔海〕前後顛簸

arganaz *s.m.* 〔動〕睡鼠

argelino, na *adj.* 阿爾及利亞的 ‖ *s.m.* 阿爾及利亞人

argemona *s.f.* 〔醫〕角膜潰瘍

argentar *v.t.* 鍍銀

argentaria *s.f.* 銀餐具

argentário *s.m.* 大富翁

argentear *v.t.* 鍍銀

argênteo, tea *adj.* 如銀的;似銀的 △ ①lua ~ 月色如銀 ②voz ~ 一聲似銀鈴

argentino, na *adj.* 銀的;阿根廷的 ‖ *s.m.* 阿根廷人

argila *s.f.* 黏土;〔轉〕脆弱

argiláceo, cea *adj.* 黏土的

argilífero, ra *adj.* 黏土質的

árgio *s.m.* 〔化〕氫

argirismo *s.m.* 硝酸銀中毒

argola *s.f.* 圈;環

árgon *s.m.* 〔化〕氬

argonauta *s.m.* 〔動〕鸚鵡魚;〔轉〕勇敢之航海者

argos *s.m.* 神船員

argúcia *s.f.* 機警;伶俐

arguciar *v.i.* 取巧

argucioso, sa *adj.* 機警的;伶俐的

argueiro *s.m.* 稻;〔轉〕瑣物 △ver o ~ nos olhos alheios e não ver a tranca nos seus 只見他人小眼,不見己之大過

arguente *adj. 2 gén.* 辯論的 ‖ *s. 2 gén.* 對抗者;爭辯者

arguição *s.f.* 爭論;爭辯 ◇apologia

arguir *v.i.* 爭辯 ‖ *v.t.* 爭論,力駁

argumentação *s.f.* 立論;議論;辯論

argumento *s.m.* 惡習;綱要;摘要

arguto, ta *adj.* 敏銳的 △ ~ na discussão 能言善辯

ária *s.f.* 〔樂〕歌曲

aridez *s.f.* 乾燥;不毛之地 ◇fertilidade

aríete *s.m.* 攻城器;撞牆車

ário *s.m.* 雅利安人

aripo *s.m.* 海沙

arisco, ca *adj.* 多沙的;〔轉〕粗暴的

aristado, da *adj.* 有刺的

aristocracia *s.f.* 貴族社會;貴族階級 ◇ democracia

aristocrático, ca *adj.* 貴族的;貴族政治的 ◇democrático

aritmética *s.f.* 算術

aritmético, ca *adj.* 算術的 ‖ *s.m.* 算術家 △ ①complemento ~ 餘數 ②progressão ~a 等差級數

aritmógrafo, aritmómetro *s.m.* (四則)計算機

arlequim *s.m.* 丑角,小丑

arlequinada *s.f.* 滑稽;小丑之動作

arma *s.f.* 武器 △①~ branca 利劍,冷兵器 ②~ ofensiva 攻擊武器 ③praça de ~ 枚場 ④recorrer às ~s 訴諸武力 ⑤trocar as letras pelas ~s 投筆從戎 ⑥apresentar ~s 舉槍致敬 ⑦às ~s! 緊急集合! 拿起武器! ⑧colecção de ~s 一套兵器 ⑨ombro ~s! 槍上肩!

armação *s.f.* 武裝;裝備;骨骼;(動物的)角 ◇desarmação

armada *s.f.* 艦隊 △ ~ chinesa 中國

海軍

armadilha *s.f.* 陷阱;〔轉〕詭計

armado, da *adj.* 武裝的 △①à mão ~a 以武器威脅 ②igreja muito bem ~a 極華麗的教堂 ③projectos ~s no ar 虛構之計劃

armador *s.m.* 裝飾工匠;船東

armadura *s.f.* 甲冑,盔甲

armamento *s.m.* 軍力;軍備;武器 ◇ desarmamento

armar *v.i.* 準備作戰‖*v.t.* 動員,武裝;〔喻〕陷害‖*v.r.* 武裝起來 △① ~ ciladas 設陷阱 ②~ milhões de homens 動員數百萬人 ③~ intrigas 設陷阱 ◇desarmar

armaria *s.f.* 軍械庫

armarinho *s.m.* 雜貨店

armário *s.m.* 衣櫃

armazém *s.m.* 商店;倉庫;軍需庫

armazenado, da *adj.* 存庫的

armazenar *v.t.* 貯藏

armazenista *s. 2 gén.* 批發商;貨倉主

armeiro *s.m.* 軍器商,軍火商;武器製造者

armela *s.f.* 鐵環;手鐲

armelina *s.f.* 貂皮

armelino, na *adj.* 貂皮的‖*s.m.* 〔動〕貂

arménico, ca;arménio, nia *adj.* 亞美尼亞的‖*s.m.* 亞美尼亞人;亞美尼亞語

armentio, armento *s.m.* 牛群

armífero, ra; armígero, ra *adj.* 配帶武器的‖*s.m.* 士兵

armila *s.f.* 鐵環;手鐲

armilar *adj. 2 gén.* 環形的 △esfera ~ 渾天儀

arminho *s.m.* 〔動〕銀鼠;〔轉〕潔白

armipotente *adj. 2 gén.* 兵力强的

armista *s. 2 gén.* 紋章學家

armistício *s.m.* 休戰,停火

armorial *adj. 2 gén.* 紋章的‖*s.m.* 紋章之冊籍

arnal *s.m. 2 gén.* 沙中生長的‖*s.m.* 〔植〕一種金雀花

arneiro *s.m.* 多沙之地;不毛之地

arnela *s.f.*〔牙齒之後〕齶穴

arnês *s.m.* 甲冑;馬具;〔轉〕保護

arnica *s.f.*〔植〕山金車花

arnoso *s.m.* 多沙之地;不毛之地

aro *s.m.* 小圈;籐架;城郊

aroma *s.m.* 芳香,香氣,馨香

aromático, ca *adj.* 芳香的;香氣的

aromatizar *v.t.* 加香味;使芳香

arpar *v.i.* 起錨‖*v.t.* 抓(魚等)

arpejar *v.t.*〔樂〕急奏

arpejo *s.m.*〔樂〕急彈的音

arpoação *s.f.* 叉

arpoar *v.t.* 叉;〔轉〕勾引,誘惑

arqueação *s.f.* 製成弓形;彎曲;〔海〕船的容積

arquear *v.t.* 使成弓形;使彎曲;測量(船的容積)

arquejante *adj. 2 gén.* 喘息的

arquejar *v.i.* 喘息

arquejo *s.m.* 呼吸困難

arqueografia *s.f.* 古蹟誌

arqueolítico, ca *adj.* 舊石器時代的

arqueologia *s.f.* 考古學

arqueológico, ca *adj.* 考古的,考古學的

arqueólogo *s.m.* 考古學家

arqueta *s.f.* 小箱,小匣

arquétipo *s.m.* 模型;標準

arqui… *pref.* 首;大;主要之義(常冠於他字之首) △~-romântico 極浪漫

的

arquibanco *s.m.* 大型長椅

arquidiocese *s.f.* 總主教區

arquipélago *s.m.* 群島

arquitectar *v.t.* 建築;設計;〔轉〕計劃

arquitecto *s.m.* 建築師;設計者;計劃人;幻想者

arquitectura *s.f.* 建築學;構造;結構

arquivado, da *adj.* 紀錄的;已存檔的

arquivar *v.t.* 存入檔案;登記文件

arquivista *s.m.* 文件書記員;管檔案的人

arquivo *s.m.* 檔案室;檔案櫃

arquivologia *s.f.* 檔案學

arrabalde *s.m.* 郊外, 城郊

arrabujar-se *v.r.* 暴躁;使性子

arraçoar *v.t.* 分配(糧食) △① ~ cavalos 按日給馬配料 ②~ mantimentos 分派口糧

arraia *s.f.* 百姓, 民眾 △~-miuda 庶民

arraigado, da *adj.* 生根的;頑固的 △costume ~ 習慣難改

arraigar *v.i.* 生根 ‖ *v.t.* 使生根;固定

arrais *s.m.* 船長;舵手

arrancada *s.f.* 拔;突圍 △①de ~ 突然 ②partir numa ~ 突然離去

arrancar *v.i.* 突襲 ‖ *v.t.* 拔出;〔轉〕勒索, 榨取;選供△① ~ uma confissão 逼供 ② ~ o dinheiro 勒索金錢 ③ ~ a faca das mãos 從手中奪刀子 ④ ~ duma situação 脫離苦境 ⑤ ~ para o inimigo 突襲敵人

arranchar *v.i.* 結夥, 與人爲伍 ‖ *v.t.* 聚集;聚餐 ◇desarranchar

arranco *s.m.* 拔, 抽;突襲;〔轉〕最後的喘息

arranhadela *s.f.* ; **arranhadura** *s.f.* ; **arranhão** *s.m.* 搔, 抓

arranhar *v.i.* 粗俗待人 ‖ *v.t.* 抓傷

arranjado, da *adj.* 佈置的;整齊的;意外的;不測的 △Estás ~! 你將有不測 ◇desarranjado

arranjar *v.t.* 佈置, 收拾;獲得;解決 ‖ *v.r.* 養尊處優 △① ~ uma doença 染上疾病 ②~ um emprego 找到工作 ③~ como puderem 盡可能解決 ④~ o quarto 收拾房間 ◇desarranjar

arranjista *s. 2 gén.* 善鑽營者;精力充沛者

arranjo *s.m.* 整理;佈置;陳列;舒適;節儉 △①fazer ~ 適意 ②ter o seu ~ 生活有着落 ③viver com ~ 儉樸地度日 ◇desarranjo

arranque *s.m.* 拔;抽;開動 △① ~ das cebolas 拔蔥 ②motor de ~ 發動機

arrasado, da *adj.* 雞平的;充滿的;〔海〕順風的 △① ~ de doenças 滿身疾病 ② ~ em popa 一帆風順 ③olhos ~ s de lágrimas 滿眼淚花

arrasar *v.t.* 雞平, 使平坦;損害 △① ~ um castelo 摧毀一座城堡 ② ~ a saúde 損害健康

arrastado, da *adj.* 拖着的;可憐的 △①passos ~ s 緩步 ②vida ~ a 艱難的生活

arrastão *s.m.* 拖船;拖網(漁船)

arrastar *v.t.* 拖, 拉;勉強挨過 ‖ *v.r.* 爬行

arrasto *s.m.* 拖拉;困難

arrazoado, da *adj.* 有理由的;合情理的 ‖ *s.m.* 演說辭

arrazoar *v.i.* 辯論;談論 ‖ *v.t.* 辯解;譴責 ◇ desarrazoar

arre! *interj.* 叮! (吆喝牲口前進的

聲音)

arreamento *s.m.* 配備馬具

arrear *v.t.* 配備馬具;佈置 ‖ *v.r.* 自誇;自負

arreatar *v.t.* 捆,綁

arrebanhar *v.t.* 集合;聚集;〔轉〕糾集(黨羽)

arrebatado, da *adj.* 易怒的;憤怒的

arrebatador, ra *adj.* 迷人的 ‖ *s.m.* 迷人者

arrebatante *adj. 2 gén.* 迷人的;令人神往的

arrebatar *v.t.* 搶奪,強掠;使驚喜

arrebentar *v.i.* 闖入;萌芽;猝發;失敗 ‖ *v.t.* 爆炸;脹裂

arrebicado, da *adj.* 化妝的;奇裝異服的

arrebicar *v.t.* 化妝;打扮

arrebique *s.m.* 化妝品;裝腔作勢

arrebitado, da *adj.* 高翹的;〔轉〕大膽的

arrebitar *v.t.* 翹起 ‖ *v.r.* 起立;直立

arrebol *s.m.* 紅霞

arre-burrinho *s.m.* 蹺蹺板 △é o seu ~ 常被人當槍使

arrecada *s.f.* 耳環

arrecadação *s.f.* 貯藏室,保管室;倉庫

arrecadado, da *adj.* 貯藏的;保存的

arrecadar *v.t.* 貯藏,保管;收款;接收;使(思想)集中

arrecear *v.t.* 害怕,擔心 ‖ *v.r.* 感到恐懼

arreda! *interj.* 滾!滾開!

arredar *v.t.* 移開;脫離;避開

arredio, ia *adj.* 迷路的;走失的;誤入歧途的

arredondar *v.t.* 使成環形;使成球

狀;使(末尾)成零;使協調 △ ~ uma conta 湊成整數

arredores *s.m. pl.* 周圍;郊區 △ ~ de uma cidade 市郊

arrefecer *v.i.* 凍;冷卻 ‖ *v.t.* 使冷;緩和 △① o chá arrefeceu 茶涼了 ②o entusiasmo arrefeceu 熱情減退

arregaçada *s.f.* 滿襟;大量 △ ~ de fruta 水果滿襟

arregaçar *v.t.* 捲起,撩起(衣服等);疊起;摺起

arregalar *v.t.* 驚視;凝視

arreganhar *v.i.* 爆裂,裂口 ‖ *v.t.* 露齒

arregimentar *v.t.* 徵集,招募 △① ~ os homens válidos 徵集壯丁 ② ~ partidários 徵集黨員

arregoar *v.t.* 裂開 ‖ *v.t.* 掘溝;耕地

arreio *s.m.* 馬具;〔轉〕打扮,裝飾

arrelia *s.f.* 惱火;煩惱;不祥之兆

arreliador, ra *adj.* 討厭人的;煩惱的 ‖ *s.m.* 令人厭惡之人

arreliar *v.t.* 令人討厭,惹惱

arrelvado, da *adj.* 鋪草皮的;長滿青草的

arremangar *v.t.* 翻袖,捲袖 ‖ *v.r.* 〔轉〕下決心

arremansar-se *v.r.* 平靜,和緩

arrematação *s.f.* 拍賣;開投

arrematador *s.m.* 出價人,競買人

arrematar *v.t.* 完成;(在拍賣場中)出最高價

arremedar *v.t.* 模仿,仿效

arremedo *s.m.* 模仿

arremessar *v.t.* 投,拋,投射;推動 ‖ *v.r.* 冒險,進攻 △① ~ o cavalo 策馬 ② ~ -se contra o inimigo 攻擊敵人

arremesso *s.m.* 投;攻擊;威脅

arremeter *v.i.* 突襲 ‖ *v.t.* 唆使,鼓

動;煽動

arrendados *s.m. pl.* 帶花邊的手工藝品

arrendamento *s.m.* 租賃;租約;租金

arrendar *v.t.* 租賃;承租;鑲花邊

arrendatário *s.m.* 承租人;房客

arrendável *adj. 2 gén.* 可供出租的

arrenegação *s.f.* 背信棄義;叛教;憤怒

arrenegado, da *adj.* 背信棄義的;叛教的;憤怒的

arrenegar *v.i.* 厭惡 ‖ *v.t.* 背叛;憎恨,咒罵 ‖ *v.r.* 憤怒 △① ~ a sua religião 背叛所信的宗教 ② ~ de tal vida 厭惡這種生活

arrepanhar *v.t.* 打褶;吝嗇;搶奪 △ cara arrepanhada 面有皺紋

arrepelar *v.t.* 揪(頭髮)

arrepender-se *v.r.* 懊悔;悔恨;抱歉;遺憾 △ ~ do crime 自責其罪

arrependido, da *adj.* 懊悔的;遺憾的

arrepiado, da *adj.* 寒顫的,戰慄的

arrepiar *v.t.* 戰慄,顫抖 ‖ *v.r.* 毛髮豎立

arrepio *s.m.* 顫抖;反向 △andar ao ~ 言行反常

arrestar *v.t.* 〔法〕扣押;查封

arresto *s.m.* 〔法〕扣押;查封

arrevesar *v.t.* 使相反;使糊塗 △ ~ palavras 使字句成反意

arrevessado, da *adj.* 歪曲的;不直的;錯的 △não falemos do ~, o que lá vai, lá vai 既往不咎

arrevessar *v.t.* 嘔吐;憎恨;使相反

arrevesso, sa *adj.* 嘔吐的;困難的

arriar *v.i.* 疲憊 ‖ *v.t.* 放下,降下 △① ~ a bandeira 降旗 ② ~ as velas 落帆

arriba *s.f.* 岸,堤岸;*pl.* 峭壁 ‖ *interj.* 起來! △subir ~ 上升

arribada *s.f.* 到港,進港;〔轉〕復原期

arribar *v.i.* 抵埠,進港避風;〔轉〕復原

arrimar *v.t.* 靠;收拾,整理;打 ‖ *v.r.* 倚懸,依靠,依賴 △① ~ os pés à parede 固執 ② ~ -se aos parentes 倚靠親屬 ◇ desarrimar

arrimo *s.m.* 倚靠 ◇ desarrimo

arriosca *s.f.* 詭計;巧計;陷阱

arriscado, da *adj.* 危險的;冒險的

arriscar *v.t.* 使危險 ‖ *v.r.* 冒險

arritmia *s.f.* 無節奏;不規則;〔醫〕心律不齊

arrítmo, ma *adj.* 無節拍的;不協調的;心律不齊的

arrivista *s 2 gén.* 野心家;貪婪之人

arrochada *s.f.* 棒擊

arrocho *s.m.* 棒;〔轉〕壓迫

arrogância *s.f.* 傲慢;自大 ◇ afabilidade

arrogante *adj. 2 gén.* 傲慢的,自大的 ◇ modesto

arrogar *v.t. ev.r.* 僭越,僭取,霸佔;盜用 △ ~ a si direitos que não tem 僭權

arroio *s.m.* 小溪,流水

arrojado, da *adj.* 大膽的;勇敢的;輕率的

arrojar *v.t.* 拋 ‖ *v.r.* 突進;膽敢

arrojo *s.m.* 勇敢

arrolar *v.t.* 登記;捲起

arrolhar *v.t.* 塞瓶口,拴塞;限制;阻止;使沉默

arromba *s.f.* 一種歌曲 ‖ *loc.adv.* de ~ 異常地;卓著地

arrombada *s.f.* 撞開

arrombador *s.m.* 夜賊,竊賊

arrombar *v.t.* 闖進;侵入家宅;撞破 △① ~ uma porta 撞破門 ② ~ os haveres 破產

arrostar *v.t.* 對抗 ‖ *v.r.* 敵對;面臨

arrotar *v.i.* 打嗝,噯氣;〔轉〕自誇 ‖ *v.t.* 炫耀 △~ fidalguias 炫耀高貴

arrotear *v.t.* 開荒;〔轉〕教育 △~ as massas populares 教育民眾

arrote, arroto *s.m.* 噯氣,打嗝

arroubamento *s.m.* 銷魂;精神恍惚

arroubar *v.i.* 銷魂;精神恍惚 ‖ *v.t.* 使神魂顛倒

arroubo *s.m.* 銷魂;神魂顛倒

arroxado, da *adj.* 累帶紫色的,青紫色的

arroz *s.m.* 稻米;米飯 △① ~ cozido 米飯 ② ~ cru 生米 ③ rebento de ~ 稻秧

arrozal *s.m.* 稻田

arrozeiro, ra *adj.* 愛吃米飯的 ‖ *s.m.* 種稻人

arruaça *s.f.* 暴動;騷動

arruadeira *s.f.* 娼妓

arruador *s.m.* 流氓

arruar *v.i.* 散步

arruda *s.f.* 〔植〕蕓香

arrufadiço, ça *adj.* 易怒的;暴躁的

arrufar *v.t.* 使怒;使煩惱

arrufo *s.m.* 慍怒;賭氣 ◇desarrufo

arrugar *v.t.* 使皺 ◇desarrugar

arruído *s.m.* 喊叫聲;喧嘩;吵雜

arruinado, da *adj.* 荒廢的;崩潰的,破滅的;衰退的;破產的

arruinar *v.t.* 毀壞;破產

arruivado, da *adj.* 帶紅色的

arrulhar *v.i.* 鴿鳴;〔轉〕低聲說情話;唱催眠曲

arrumação *s.f.* 整理,收拾 ◇desarrumação

arrumar *v.t.* 整理,收拾;安置 △① ~ os filhos 安置子女 ② ~ pancada 毆打 ◇desarrumar

arsenal *s.m.* 兵工廠;軍械庫;造船廠,船塢

arseniado, da *adj.* 砷化的,砒化的

arseniato *s.m.* 砒酸鹽

arsenical *adj. 2 gén.* 含砷的,含砒霜的

arsenieto *s.m.* 砒化物,砷化物

arsénio *s.m.* 〔化〕砒,砷,砒霜

arte *s.f.* 技術;藝術;方法;詭計 △① ~s liberais 文理科 ② belas~s 美術 ③ dessa ~ 如此 ④ falar com ~ 巧言 ⑤ obra de ~ 名作 ⑥ ter ~s de… 有……之計

artefacto *s.m.* 人工製品;加工品

arteirice *s.f.* 奸計;狡猾

arteiro, ra *adj.* 狡猾的;精明的

artelho *s.m.* 踝骨;距骨;趾,趾狀物

arte-mágica *s.f.* 魔術

artemão *s.m.* 〔海〕後桅

artéria *s.f.* 〔解〕動脈,大動脈;〔轉〕交通要道,幹線;街道

arterial *adj. 2 gén.* 動脈的

arteriologia *s.f.* 動脈學

arterioesclerose *s.f.* 〔醫〕動脈硬化

arteriotomia *s.f.* 〔解〕動脈切開術

arterite *s.f.* 〔醫〕動脈炎

artesão *s.m.* 工匠,手藝人

artesiano, na *adj.* 自流的,自動流出的 △poço ~ 自流井

articulação *s.f.* 〔解〕關節;發音

articulado, da *adj.* 有關節的;發音的

articular *adj. 2 gén.* 有關節的 ‖ *v.t.* 接合關節;發音 △① ~ uma

palavra 發言 ②reumatismo ~ 關節風濕病 ◇ desarticular

articulísta *s. 2 gén.* 文章作者, 撰稿人

artículo *s.m.* 關節;指骨;短評;〔植〕節

artífice *s.m.* 發明家;技師;技工

artificial *adj. 2 gén.* 人爲的, 人造的;虛構的;不自然的 ◇ natural

artificialismo *s.m.* 虛構主義

artifício *s.m.* 製造法;技巧;詭計;策略 △recorrer a ~ 巧施妙計

artificioso, sa *adj.* 機智的, 巧妙的

artigo *s.m.* 論文;文章;條款;項目;〔法〕列舉事實;〔語〕冠詞 ‖ *pl.* 物品 △① ~ definido 定冠詞 ② ~ para escritório 文具 ③ ~ de fé 信條 ④ ~ de fundo 社論 ⑤ ~ indefinido 不定冠詞 ⑥em ~ de morte 彌留之際

artilharia *s.f.* 大砲;砲兵

artilheiro *s.m.* 砲兵

artimanha *s.f.* 欺騙;欺詐;騙術,詭計;手段;巧妙

artísta *adj. 2 gén.* 愛好美術的 ‖ *s.m.* 美術家,藝術家

artístico, ca *adj.* 美術的;藝術的;精巧的

artralgia *s.f.* 關節痛

artrite *s.f.* 關節炎 △ ~ aguda 急性關節炎

artrítico, ca *adj.* 關節的,關節炎的 ‖ *s.m.* 關節炎患者

artrópodes *s.m. pl.* 〔動〕節肢動物門

arval *adj. 2 gén.* 耕地的;田園的,農村的 ‖ *s.m.* 耕地

arvícola *s. 2 gén.* 農民,農夫;〔動〕田鼠

arvoar *v.t.* 使暈眩;使痴呆

arvorar *v.t.* 豎起;〔轉〕陞職 ‖ *v.r.* 冒認;自認 △ ~-se em crítico social 自封爲社會評論家

árvore *s.f.* 樹;樹林;〔機〕軸;〔海〕桅桿

arvorecer *v.i.* (樹木)生長

arvoredo *s.m.* 樹林;船桅

As 〔化〕元素砷(砒霜)的符號

ás *s.m.* 亞斯,冠軍;(骰子的么點;〔轉〕好手,明星 △ ~ do cinema 電影明星

asa *s.f.* 翼,翅膀;耳

asado, da *adj.* 有翼的 ‖ *s.m.* 有耳瓶

asbesto *s.m.* 石棉;石絨

asca *s.f.* 厭惡;嫌惡;惡心

ascáride *s.f.* 〔動〕蛔蟲

ascendência *s.f.* 上昇;優勢;祖先 ◇ descendência

ascendente *adj. 2 gén.* 上昇的,向上的 ‖ *s.m.* 祖先;勢力;佔上風

ascender *v.i.* 上,登高,晉升

ascensão *s.f.* 昇;〔宗〕耶穌昇天

ascensor *s.m.* 昇降機,電梯

ascese *s.f.* 苦修

asceta *s. 2 gén.* 苦修者;禁惡者

ascetério *s.m.* 苦修院;修道院

ascídia *s.f.* 〔動〕海鞘

áscio *adj.* 無影的 ‖ *s.m. pl.* 赤道地區的居民

ascite *s.f,* 〔醫〕腹水

asco *s.m.* 厭惡;惡心 △sentir ~ ao vinho 見酒生厭

ascórbico *adj.* 丙種維生素的;維他命 C 的

ascoroso, sa *adj.* 作嘔的;骯髒的;令人厭惡的

asfaltar *v.t.* 鋪瀝青

asfalto *s.m.* 瀝青

asfixia *s.f.* 窒息;悶死;氣絶

asfixiar *v.t.* 窒息,悶死 ‖ *v.i.* 使透不過氣來

Ásia *s.f.* 〈M〉亞洲

asiático, ca *adj.* 亞洲的 ‖ *s.m.* 亞洲人 △①estilo － 誇張 ②luxo － 奢侈

asilado, da *adj.* 被收容的 ‖ *s.m.* 被收容者

asilo *s.m.* 收容所;救濟院;養育院

asinino *adj.* 驢的;〔轉〕愚蠢的

asma *s.f.* 哮喘病 △a － é frequente nos velhos 氣喘乃老人之通病

asmático, ca *adj.* 氣喘的 ‖ *s.m.* 哮喘病患者

asna *s.f.* 母驢;〔建〕金字架

asnamento *s.m.* 連合金字架

asnático, ca *adj.* 似驢的

asneira *s.f.* 愚行;蠢事

asneirão *s.m.* 大笨蛋;蠢材

asnice, asnidade *s.f.* 蠢事,呆笨

asno, na *s.m.* 驢;愚蠢的;呆笨的;傲慢的 ‖ *s.f.* 〔動〕驢;〔轉〕笨蛋

aspas *s.f. pl.* 引號

aspecto *s.m.* 方面;外觀;形勢;〔轉〕狀況;商情 △① examinar a questão por todos os ～s 從各方面情況研究問題 ② ter ～ de saúde 身體健康

aspereza *s.f.* 粗糙;粗魯;苛刻 △ falar com ～ 言語粗魯

asperidade, asperidão *s.f.* 粗糙;苦澀;苛刻

aspermia *s.f.* 〔醫〕無精子;精液缺乏

áspero, ra *adj.* 粗糙的;粗魯的;苛刻的;崎嶇不平的 △① caminho ～崎嶇之路 ② castigo ～酷刑 ③ som ～刺耳尖聲

aspiração *s.f.* 吸,吸氣;抽氣;氣音;〔轉〕抱負,大志;希望 ◇expiração

aspirado, da *adj.* 吸氣的;氣音的 △ não existe em português o ⟨h⟩ ～ 葡文中無 H 之氣音 ◇expirado

aspirador *s.m.* 抽水機;抽氣機;吸塵器

aspirante *adj. 2 gén.* 抽的;抽氣的 ‖ *s. 2 gén.* 科員;准軍官

aspirar *v.i.* 希望,祈望 ‖ *v.t.* 吸;吸氣

asquerosidade *s.f.* 污穢;骯髒

assacadilha *s.f.* 誹謗,詆毀

assacar *v.t.* 誹謗,詆毀 △ ～ a alguém faltas que não cometera 誣某人以莫須有之罪

assado, da *adj.* 燒的,烤的 ‖ *s.m.* 燒肉,烤肉;〔轉〕難關 △ver-se ～ 進退維谷

assador *s.m.* 煨爐

assadura *s.f.* 燒烤 △ levar(或 ter) rasca na ～ 分沾利潤

assalariar *v.t.* 雇用;〔轉〕賄賂,收買 △ ～ caluniadores 收買誹謗者

assaloiado, da *adj.* 鄉村的,粗野的

assaltar, assaltear *v.t.* 攻擊;攔路搶劫;襲擊

assalto *s.m.* 襲擊;強盜;毆打

assanhadiço, ça *adj.* 易怒的

assanhamento *s.m.* 憤怒;暴怒

assanhar *v.t.* 使怒 ‖ *v.r.* 發怒

assar *v.t.* 燒,烤,炙,焙,烘

assarapantar *v.t.* 使恐懼;恐嚇

assassinar *v.t.* 暗殺,行刺;殺害

assassinato; assassínio *s.m.* 暗殺,行刺;殺害

assassino, na *adj.* 謀殺的,行刺的 ‖ *s.m.* 兇手,刺客

assaz *adv.* 足夠地;充分地

asseado, da *adj.* 清潔的;漂亮的;文雅的 ◇desasseado

assear *v.t.* 使清潔 ◇desassear

assediante *adj. 2 gén.* 圍攻的;攻城的 || *s. 2 gén.* 圍攻者

assediar *v.t.* 圍攻;攻城;[轉]騷擾

assédio *s.m.* 圍攻;攻城

assegurado, da *adj.* 鞏固的;穩定的;保險的

assegurar *v.t.* 肯定;確認;穩定的 || *v.r.* 確信

asseio *s.m.* 整潔;清潔

asselvajado, da *adj.* 野蠻的,蠻橫的

asselvajar *v.t.* 使野蠻

assembléia *s.f.* 集合;議會;國會;社團

assemelhar *v.t.* 使相似;模仿 || *v.r.* 相同 △ ~-se muito ao irmão mais velho 酷似其兄 ◇ desassemelhar

assenhorado, da *adj.* 無丈夫氣的;女性似的

assenhorear-se *v.r.* 佔有 △ ~ duma cidade 佔領一城市

assentada *s.f.* 固定不動 △ de uma ~ 一口氣(地)

assentamento *s.m.* 記錄;登記

assentar *v.i.* 沉澱;[轉]定性;調和;堅強;同意 || *v.t.* 放;登記;固定;確立;(建設)精於 || *v.r.* 坐;置於 △ ① ~ um apontamento 登記 ② ~ carris de ferro 敷設鐵軌 ③ ~ as cláusulas do contrato 規定合約之條款 ④ ~ numa decisão 同意某項決定 ⑤ ~ a mão 獲得技能 ⑥ ~ não ir 決定不去 ⑦ ~ a paz em bases seguras 確定和平於牢固的基礎之上 ⑧ ~ ao pé de si 讓他坐於身旁 ⑨ ~ praça 服兵役 ⑩ ~-se no chão 坐在地上 ⑪ o rapaz não quer ~ 青年未定性 ⑫ o verde ~-lhe muito bem 綠色對他非常合適

assente *adj. 2 gén.* 穩定的;協商好的 △ ① ficar ~ 已商定 ② ter a mão ~ 熟能生巧

assentimento *s.m.* 同意;贊成;允許

assentir *v.i.* 允許;同意;贊成

assento *s.m.* 座位;地方,寓所;記錄

assepsia *s.f.* 無菌法;防腐法

asséptico, ca *adj.* 滅菌的,消毒的

asserção *s.f.* 確定;斷言

assertoar *v.t.* 使(衣服)合身

assessor *s.m.* 助手,助理;顧問

assestar *v.t.* 瞄準 ◇ desassestar

asseveração *s.f.* 斷言;確言

asseverar *v.t.* 肯定,確認 △ ~ um facto 確認某一事實

assexo, xa; assexuado, da; assexual *adj.* 無性的,中性的 △ reprodução ~ 無性繁殖

assiduidade *s.f.* 刻苦,勤奮;專心 ◇ irregularidade

assíduo, dua *adj.* 勤奮的;努力的;孜孜不倦的 ◇ cábula

assim *adv.* 道樣;如此 △ ① ~ -~ 如此如此 ② ~ como 同樣 ③ ~-como-~ 既然如此 ④ ~ que 一俟 ⑤ coisa nunca se viu 此種事從未聽說過 ⑥ por seja ~ 也罷 ⑦ por ~ dizer 說起來 ⑧ ser ~ mesmo 正是道樣

assimetria *s.f.* 不對稱

assimilação *s.f.* 同化;同化作用;吸收 ◇ desassimilação

assimilar *v.t.* 同化;吸收

assimilável *adj. 2 gén.* 可同化的

assinado, da *adj.* 已簽署的 || *s.m.* 已簽署之文件

assinalado, da *adj.* 卓越的;顯赫的

assinalar *v.t.* 標明,指出;使著名 || *v.r.* 區別 △ ~-se pela sua eloquência 以口才見稱

assinante *s. 2 gén.* 簽名者;訂閱者

assinar *v.i.* 簽名 || *v.t.* 簽名;訂閱;指出 || *v.r.* 簽署,簽名

assinatura *s.f.* 簽名；訂閱

assisado, da *adj.* 聰明的；謹慎的 ◇ desassisado

assistência *s.f.* 出席；聽眾；救濟；援助

assistente *adj. 2 gén.* 在場的；助理的 ‖ *s. 2 gén.* 副手；助手

assistir *v.i.* 到場；參加；救濟 ‖ *v.t.* 助產；庇護 ◇desassistir, prejudicar

assistolia *s.f.* 〔醫〕心臟收縮不全,心力衰竭

assoalhar *v.t.* 曬,晾；鋪地板；〔轉〕洩漏 ‖ *v.r.* 炫耀

assoar *v.t.* 擤鼻涕 ‖ *v.r.* 擤鼻涕

assoberbado, da *adj.* 傲慢的；自滿的

assoberbar *v.t.* 蔑視,輕視 ‖ *v.r.* 傲慢

assobiar *v.i.* 吹口哨；鳴(笛) ‖ *v.t.* 吹,嘯；噓聲嘲罵 △~ um orador 對演講者喝倒彩

assobio *s.m.* 口哨

associação *s.f.* 協會；團體；聯合；結社 △① ~ comercial 商會 ② ~ desportiva 體育協會 ③ ~ de ideias 聯想 ④ ~ industrial 工業商會

associar *v.t.* 聯合；結交；結社 ‖ *v.r.* 加入 △ ~ alguém aos seus negócios 吸收某人入夥 ◇desassociar

assolação *s.f.* 蹂躪；摧殘

assolar *v.t.* 蹂躪；摧殘；搶掠

assoldadado, da *adj.* 受雇的

assoldadar *v.t.* 雇傭；招入伍

assoldado, da *adj.* 受雇的

assomada *s.f.* 上山；登高；山峰；〔轉〕暴怒

assomadiço, ça *adj.* 易怒的

assomado, da *adj.* 易怒的,暴躁的

assomar *v.i.* 登高；出現 ‖ *v.t.* 使

怒；使激動 ‖ *v.r.* 發怒 △① ~ à janela 出現在窗口 ② o sol ~ no oriente 太陽在東方昇起

assombro *s.m.* 驚訝,恐懼；怪異 ◇ desassombro

assombroso, sa *adj.* 驚人的 △ talento ~ 驚人之才

assopradela, assopradura *s.f.* 吹,噓氣,呵氣

assoprar *v.i.* 吹,喘氣；噴水 ‖ *v.t.* 吹；吹熄；〔轉〕使順利；提示；煽動

assopro *s.m.* 吹；〔轉〕煽動

assoreamento *s.m.* 沖積淤泥；淤塞 ◇desassoreamento

assossegar *v.t.* 使靜止；使安靜；使平和 ◇ desassossegar

assovelar *v.t.* 錐,鑽孔；〔轉〕刺激

assuar *v.t.* 喧嘩

assumir *v.t.* 承擔,承當；擔負；上任 △① ~ as funções 擔任職務 ② ~ as responsabilidades 承擔責任

assunção *s.f.* 承擔,擔當；〔宗〕聖母昇天節

assunto *s.m.* 事件；內容；問題

assustadiço, ça *adj.* 膽小的,易慌恐的

assustar *v.t.* 恐嚇,威脅 ‖ *v.r.* 受驚 ◇desassustar

assustoso, sa *adj.* 使驚駭的

astasia *s.f.* 〔醫〕站立不能

astático, ca *adj.* 無定位的,無定向的

astela *s.f.* 接骨夾板

astenia *s.f.* 〔醫〕無力,虛弱；衰弱

asténico, ca *adj.* 無力的；衰弱的

astenopia *s.f.* 〔醫〕眼疲勞,視力衰弱

asterisco *s.m.* 星標

asteróide *adj. 2 gén.* 星狀的 ‖ *s.m.* 小行星

astrágalo *s.m.* 〔解〕距骨

astral *adj. 2 gén.* 星的

astro *s.m.* 天體；[轉]明星；名人；美女

astrobiologia *s.f.* 天體生物學

astrodinâmica *s.f.* 航天動力學，星際航空動力學

astrofísica *s.f.* 天體物理，天體物理學

astrolábio *s.m.* 星盤；古代觀象儀

astrólatra *s. 2 gén.* 拜星者

astrologia *s.f.* 占星學，占星術

astronauta *s. 2 gén.* 宇航員；太空人

astronáutica *s.f.* 宇航學，航天學

astronave *s.f.* 宇宙飛船

astronomia *s.f.* 星學；天文學

astronómico, ca *adj.* 星學的；天文學的；巨大的

astrónomo *s.m.* 星學家；天文學家

astrostática *s.f.* 天體物理學

astúcia *s.f.* 狡猾，詭詐；敏銳，機智 ◇ franqueza, lealdade

astuto, ta *adj.* 狡猾的，奸詐的 ◇ franco, leal

ata *s.f.* [植]番荔枝

atabafar *v.i.* 窒息‖ *v.t.* 滅息；[轉]掩飾

ataca *s.f.* 紐帶；飾帶；皮帶；鞋帶

atacado, da *adj.* 縛住的,滿載的；被攻擊的；患病的‖ *s.m.* 批發 △ ① comércio de ~ 批發貿易 ② estudar por ~ 一氣研讀 ◇defendido, retalho

atacar *v.t.* 縛牢；裝滿；攻擊‖ *v.r.* 充滿 △ ① ~ as algibeiras de charutos 衣袋裝滿雪茄 ② o governo 非難政府 ③ ~ um metal 腐蝕金屬 ◇defender, desatacar

atado, da *adj.* 束,捆,紮；[轉]怕事者 △ ser um ~怕事

atadura *s.f.* 綳帶

atafular-se *v.r.* 盛裝；紈袴

atafulhar *v.t.* 充塞；飽食

atagantar *v.t.* 鞭打；[轉]壓迫

atalaia *s. 2 gén.* 瞭望臺；哨兵 ◇estar de ~ 警戒

atalhar *v.i.* 插嘴；走捷徑‖ *v.t.* 阻止,過止

atalho *s.m.* 小路；捷徑 △ andar por ~s 不走正路

atamancado, da *adj.* 粗劣的；草草做成的

atanar *v.i.* 鞣革

atapetar *v.t.* 鋪地氈；[轉]鋪

ataque *s.m.* 攻擊；(病)發作；一陣(咳嗽) ◇defesa

atar *v.t.* 縛,紮‖ *v.r.* 聯結；束手無策,受約束 △ ① ~ alguém de pés e mãos 綁束他人手腳 ② ~ os laços de amizade 連絡感情 ③ ~ um molho de ervas 紮一束草 ④ não ~ nem desatar 優柔寡斷 ◇ desatar, soltar

atarantação *s.f.* 困惑；迷亂

ataraxia *s.f.* 心平氣和；安逸

atardado, da *adj.* 遲緩的

atardar *v.t.* 遲緩；阻滯

atarefado, da *adj.* 忙碌的

atarefar *v.t.* 使忙碌‖ *v.r.* 忙碌；勞碌

ataroucado, da *adj.* 痴呆的,愚蠢的

atarracado, da *adj.* 矮胖的

atarraxar *v.t.* 用螺釘旋緊 ◇ desatarraxar

atascadeiro, atasqueiro *s.m.* 沼澤；泥塘

atassalhar *v.t.* 切塊；撕開；[轉]誹謗 △ ~ a reputação de alguém 誹謗他人名譽

ataúde *s.m.* 棺,棺木；柩車

ataviar *v.t.* 裝飾,打扮

atávico, ca *adj.* 返祖性的,隔代遺傳的

atavismo *s.m.* 返祖現象,隔代遺傳

ataxia *s.f.* 〔醫〕運動失調,共濟失調

atazanar *v.t.* 騷擾;妨礙

até *prep.* 直到,迄……之時;直到……程度;要等到 ‖ *adv.* 亦;即使;甚至,雖然 △① ~ à vista 再見 ② ~ agora 至今 ③ ~ logo 再見 ④ ~ meu filho me desatende 連我的兒子也不理我 ⑤ ~ onde? 到哪裏? ⑥ ~ quando? 到何時? ⑦ ~ que 直到……⑧ desde a China ~ o Brasil 由中國至巴西 ⑨ desde então ~ hoje 由那時至今

atear *v.t.* 放火;點燃;〔轉〕煽動 △ ~ ódios 挑撥仇恨

ateísmo *s.m.* 無神論 ◇ deismo

ateísta *adj. 2 gén.* 不信神的 ‖ *s. 2 gén.* 無神論者 ◇deista

atemorizar *v.t.* 使驚嚇,恐嚇 ‖ *v.r.* 受驚 ◇desatemorizar, sossegar

atenção *s.f.* 注意;尊重;留神 ‖ *interj.* ~! 注意 *pl.* 殷勤;尊敬 △① chamar a ~ 使注意 ② em ~ a …… 爲尊重…… ③ prestar ~ 留心 ④ ter ~ões 敬意 ◇desatenção, distracção

atencioso, sa *adj.* 留意的;專心的;殷勤的 ◇desatencioso

atender *v.t.* 照顧;考慮;注意

ateniense *adj. 2 gén.* 雅典的 ‖ *s. 2 gén.* 雅典人

atentado, da *s.m.* 企圖;謀害;欲得 △① ~ de homicidio 謀殺未遂 ② ~ ao pudor 非禮

atentar *v.t.* 注意,留心;企圖;謀害 ◇desatentar

atentatório, ria *adj.* 侵犯性的;有謀害意圖的

atento, ta *adj.* 留意的,注意的;殷勤的,全神貫注的

atenuação *s.f.* 減輕;稀釋 ◇ agravação

atenuar *v.t.* 減輕;緩和 ◇agravar

atérmano, na *adj.* 不透熱的 ◇ diatérmico

aterragem *s.f.* 着陸;降落

aterrar *v.i.* 驚恐;着陸 ‖ *v.t.* 使恐懼 ◇desaterrar

aterro *s.m.* 填土;用土填蓋 ◇desaterro

aterrorizar *v.t.* 使驚駭

ater-se *v.r.* 依靠;〔轉〕信賴 △~ à sua força 依靠自己的力量

atestação *s.f.* 證明

atestado *s.m.* 證明書;證言

atestante *adj. 2 gén.* 作證的 ‖ *s. 2 gén.* 證人

atestar *v.t.* 證明,證實;裝滿 △① a magreza ~ ou a sua doença 消瘦證明他有病 ② ~ uma vasilha 貯滿一桶(酒) ③ ~ ser verdade 證明屬實

atesto *s.m.* 補充;盛滿(酒)

ateu *adj. 2 gén.* 不信神的 ‖ *s.m.* 無神論者 ◇deista

atiçar *v.i.* 毆打 ‖ *v.t.* 煽風點火;〔轉〕刺激 △① ~ o fogo 撥火 ② ~ a inveja 激起嫉妒 ③ ~ com vontade 蓄意毆打

atilado, da *adj.* 敏捷的;聰明的;能幹的

atilar *v.t.* 小心進行;使能幹

atinar *v.i.* 謹慎從事;朝着 ‖ *v.t.* 找到;猜中 △① não ~ com a solução do problema 沒有找出解決問題的辦法 ② ~ para um lugar 向某處去 ◇desatinar

atinente *adj. 2 gén.* 有關的

atingir *v.t.* 達到;明白 △① ~ a ambição 其野心得逞 ② ~ o alvo 達到

目的 ③ ～ cem quilómetros por hora 每小時時速達 100 公里 ④ ～ o que se disse 明白所說

atingível *adj. 2 gén.* 可及的,可達的 ◇ inatingível

atiradiço, ça *adj.* 急躁的;好色的

atirar *v.i.* 射擊;擲;似乎 ‖ *v.t.* 抛 ‖ *v.r.* 衝上,撲向 △① ～ as coisas 抛東西 ② ～ para uma cor 似某種色 ③ ～ setas 射箭 ④ ～-se ao inimigo 衝向敵人

atitude *s.f.* 態度;姿勢;神情

atlântico, ca *adj.* 大西洋的 △① fauna ～a 大西洋之動物 ②litoral ～ 大西洋海岸 ③Oceano ～ 大西洋

atlas *s.m.* 地圖,地圖册;[解]第一脊骨

atleta *s.2 gén.* 田徑運動員

atlética *s.f.* 運動,體育

atlético, ca *adj.* 運動的;健美的;強壯的 △força ～a 運動的力量

atletismo *s.m.* 田徑運動

atmosfera *s.f.* 大氣;大氣層;空氣;環境

atmosférico, ca *adj.* 大氣層的,空氣的 △① fenómeno ～ 大氣現象 ② pressão ～a 氣壓

à toa *loc. adv.* 任意地;胡亂地

atoarda *s.f.* 謠言,流言

atochar *v.t.* 絞緊;轉牢;塞滿

atolado, da *adj.* 笨拙的;陷於泥淖的

atoleiro *s.m.* 沼澤地;泥塘

atombar *v.t.* 開列清單

atomicidade *s.f.* [化]原子價;原子數

atómico, ca *adj.* 原子的 △① bomba ～a 原子彈 ② energia ～a 原子能 ③ peso ～ 原子量 ④ teoria ～a 原子原理

átomo *s.m.* 原子;[轉]細微 △① ～

de hidrogénio 氫原子 ② os homens são ～s no Universo 人類在宇宙中極渺小

átomo-grama *s.m.* 原子序數

atonia *s.f.* 無力;屠弱

atónito, ta *adj.* 驚異的,驚慌的;迷惑的

atordoado, da *adj.* 眩暈的;不省人事的

atordoar *v.t.* 使暈迷 ◇desatordoar

atormentado, da *adj.* 受痛苦的;受虐待的

atormentar *v.t.* 使痛苦;虐待,折磨

atóxico, ca *adj.* 無毒的

atracação *s.f.* 泊;泊岸;停泊 ◇ desatracação

atracão *s.m.* 碰撞

atracar *v.i.e.t.* [海]泊,停泊;撞 ‖ *v.r.* 鬥毆 △ ～-se com alguém 與人鬥毆

atracção *s.f.* 牽引;[理]引力;[轉]同情 △ a lei da ～ universal 萬有引力 ◇ repulsão

atractivo, va *adj.* 有吸引力的 ‖ *s.m. e f.* 動人之處,姿色,誘惑力 ◇ repulsivo

atraente *adj. 2 gén.* 誘人的,動人的,有吸引力的 ◇repelente

atraiçoar *v.t.* 背叛,出賣 △① ～ um amigo 出賣朋友 ② ～ as promessas 違背諾言

atrair *v.t.* 吸引;[轉]引誘;迷人 △① ～ com a sua fisionomia 以貌迷惑人 ② ～ ódios 引人憎恨 ③ ～ os olhares 引人注目 ④ ～ simpatias 引人同情 ⑤o ímen atrai o ferro 磁吸鐵 ◇ repelir

atrancar *v.t.* 鬥門;抑制;[轉]阻礙 ◇ desatrancar

atrapalhação *s.f.* 困惑;畏怯

atrapalhar *v.i.* 混亂 ‖ *v.t.* 使驚惶 ‖ *v.r.* 狼狽

atrás *adv.* 後, 以前, 往昔 △① anos ～ 幾年前 ② ～ de 在……後面 ③ ～ das costas em背部 ④ ～ de tempo, tempo vem 機會再來 ⑤ conforme se disse ～ 如前所説 ⑥ esconder-se ～ da árvore 躲在樹後 ⑦ estar de pé ～ 懷疑 ⑧ ficar ～ de todos no concurso 競試中落衆人之後 ⑨ir ～ 隨後 ⑩ ir ～ de……頻追 ⑪ voltar com a palavra ～ 反悔前言 ⑫ volver alguns séculos ～ 回到數世紀之前 ◇ adiante

atrasado, da *adj.* 慢的, 落後的; 不發達的 ‖ *s.m.* 已授之課程 ◇adiantado

atrasar *v.t.* 延緩, 阻滯, 使……遲到 ‖ *v.r.* 落後 △① o comboio vem com atraso 火車遲到 ② ～ um negócio 延緩某事務 ③ ～ o país 妨礙國家發展 ④ ～ o relógio 撥慢時鐘

atraso *s.m.* 延緩, 落後 △ dum comboio 火車點點 ◇adiantamento

através *adv.* 貫通, 通過 △① ～ de 通過 ② ～ da multidão 通過人群 ③ ～ dos séculos 經過數世紀

atravessado, da *adj.* 横過的, 穿過的; 〔轉〕不忠實的 △ carácter ～ 靠不住的性格

atravessar *v.i.* 越過 ‖ *v.t.* 穿過, 横過; 〔轉〕忍受 ‖ *v.r.* 阻礙 △① ～ um campo 越過田野 ② ～ um pau na estrada 横置木條於道中 ③ ～-se diante de alguém 故礙他人

atremar *v.i.* 頭腦清醒; 做事精明 ◇ desatremar

atrepsia *s.f.* 〔醫〕營養不足

atrever-se 敢, 敢於; 冒險

atrevido, da *adj.* 大膽的, 勇敢的

atribuição *s.f.* 特權; 權力 △ ser das suas ～ões 屬他的權力

atribuir *v.t.* 給於, 授予 ‖ *v.r.* 僭取

atribulação *s.f.* 苦難, 痛苦; 苦惱

atribular *v.t.* 使爲難; 使煩惱

atributo *s.m.* 屬性; 品質; 特性; 象徵

atrito *s.m.* 磨擦; 磨損; *pl.* 障礙

atroar *v.i.* 轟鳴; 吼叫

atrocidade *s.f.* 慘酷; 暴行

atrofiar *v.t.* 使萎縮; 使衰弱 ‖ *v.r.* 萎縮; 枯萎; 消瘦

atropelar *v.t.* 踐踏; 蹂躪; 〔轉〕窺視 △① ～ a lei 蔑視法律 ② ～ um objecto 推倒一物 ③ ～ uma pessoa 壓倒一個人

atroz *adj. 2 gén.* 殘酷的; 過度的 △① crime ～ 兇殘的罪惡 ② dor ～ 過度的痛苦 ③ guerra ～ 殘酷的戰爭

atulhar *v.t.* 使溢; 填滿

atum *s.m.* 〔動〕金槍魚

atumultuador *s.m.* 暴動者

atumultuar *v.t.* 暴動; 叛亂

aturado, da *adj.* 無休止的, 不停的 △ trabalho ～ 不停的工作

aturar *v.t.* 忍受, 容忍

aturdido, da *adj.* 暈眩的; 使人發呆的; 〔轉〕令人吃驚的

aturdir *v.t.* 昏眩 ◇desaturdir

audácia *s.f.* 大膽, 勇敢 ◇cobardia, timidez

audacioso, sa *adj.* 大膽的, 勇敢的 ◇ timido

audaz *adj.* 大膽的, 勇敢的 ◇receoso, tímido

audição *s.f.* 聽, 聽聞 △sentido de ～ 聽覺

audiência *s.f.* 聽眾; 開庭; 聽取口供

auditoria *s.f.* 法官之職務; 會審處

auditório *s.m.* 聽眾; 會堂

audível *adj. 2 gén.* 聽得到的 ◇ inaudível

auferir *v.t.* 收穫，獲得

auge *s.m.* 頂點；最高處

augurar *v.t.* 占卜；預測；預言

áugure *s.m.* 占卜者，預言家

augúrio *s.m.* 預言；〔轉〕預兆

augusto, ta *adj.* 莊嚴的；威風的；令人敬畏的

aula *s.f.* 課室；課程 △① ~ de história 歷史課 ② dar ~講課 ③ ir à ~ 上課 ④ sala de ~ 課堂，教室

aumentação *s.f.* 增加 ◇diminuição，redução

aumentar *v.i.* 增加 ‖ *v.t.* 增大，增長 △① ~ a doença 加重病情 ② ~ em riqueza 增加財富 ◇diminuir，reduzir

aumentável *adj. 2 gén.* 可增加的

aumento *s.m.* 增加，增大 ◇redução

aura *s.f.* 微風，和風；〔轉〕聲望

auranciáceas *s.f. pl.* 〔植〕橘科

áureo, rea *adj.* 金的；金色的

auréola *s.f.* 光環；〔轉〕光榮

aureolar *adj.* 環狀的 ‖ *v.t.* 使成環狀；〔轉〕使光榮；磨亮

auricular *adj. 2 gén.* 耳朵的 ‖ *s.m.* 小指，尾指

auriculista *adj. 2 gén.* 耳科的 ‖ *s. 2 gén.* 耳科醫生

aurífero, ra *adj.* 含金的；産金的 △ terreno ~ 産金地區

aurífice *s.m.* 金匠

auriverde *adj. 2 gén.* 金綠色的

auroque *s.m.* 〔動〕野牛

aurora *s.f.* 曙光；黎明；〔轉〕開始 △① ~ austral 南極光 ② ~ boreal 北極光 ③ ~ da vida 初出茅廬 ④ regiões da ~旭日初昇之處

auscultação *s.f.* 聽診

auscultar *v.t.* 聽診；〔轉〕檢查

ausência *s.f.* 缺席；缺乏 △① ~ de

bom gosto 乏味 ② fazer boas ~s de alguém 背後說好話 ◇presença

ausentar-se *v.r.* 離去；缺席

ausente *adj. 2 gén.* 缺席的；不在場的 ‖ *s. 2 gén.* 缺席者 ◇ presente

auspício *s.m.* 預言；〔轉〕預兆 ‖ *pl.* 贊助 △sob os ~s de alguém 承某君贊助

auspicioso, sa *adj.* 吉祥的；美滿的 △① consórcio ~ 美滿之婚姻 ② dia ~ 吉日

austeridade *s.f.* 嚴肅；嚴格；〔轉〕苛刻

austral *adj. 2 gén.* 南方的 △ África ~南部非洲 ◇boreal

australiano, na *adj.* 澳洲的，澳大利亞的 ‖ *s.m. e f.* 澳洲人，澳大利亞人

austríaco, ca *adj.* 奧地利的 ‖ *s.m. e f.* 奧地利人

austro *s.m.* 南方；南風

autarca *s.m.* 獨裁者

autarcia *s.f.* 心靜；稱心如意；自治機構

autarquia *s.f.* 自治機關，獨立機構

autêntica *s.f.* 證明信，證件；〔宗〕證書

autenticar *v.t.* 證實；證明

autenticidade *s.f.* 可信；真實性 ◇falsidade

autêntico, ca *adj.* 可信的；真實的；確定的 △testamento ~ 合法遺囑 ◇falso

auto *prep.* 自身["自己"之義的複合用語]

auto *s.m.* 案 ‖ *pl.* 案件 △ levantar ~ 起訴

auto-admiração *s.f.* 自我讚賞

autobiografia *s.f.* 自傳

autoclave *s.m.* 消毒蒸鍋

autoclismo *s.m.* 冲洗器；水箱

autocracia *s.f.* 獨裁政治；專制政治

autocrata *s. 2 gén.* 獨裁君主；專制君主

autocrático, ca *adj.* 獨裁的；專制的

autocrítica *s.f.* 自我批評

autóctone *adj. 2 gén.* 本地人的；土生的，土著的 ‖ *s.m.* 土人，土番的

auto-de-fé *s.m.* 火刑；〔轉〕燒毀

autodidacta *s. 2 gén.* 自學者

autodidaxia *s.f.* 自學方法

autodinamia *s.f.* 自動

autodinâmico, ca *adj.* 自動的

autódromo *s.m.* 賽車跑道

auto-educação *s.f.* 自我教育

autogéneo, nea *adj.* 自生的，自發育的 △ soldadura ~a 焊接

autografar *v.t.* 簽名；自署

autografia *s.f.* 親筆；手迹

autográfico, ca *adj.* 親筆的

autógrafo *s.m.* 親筆 ◇ apógrafo

auto-hemoterapia *s.f.* 〔醫〕自血療法

autolatria *s.f.* 自我崇拜

automático, ca *adj.* 自動的；機械的；無意識的

autómato *s.m.* 自動器；機器人

auto-metralhadora *s.f.* 裝備機槍的裝甲車；衝鋒車

automóvel *s.m.* 自動車；汽車 △ ① ~ particular 私人車 ② ~ de praça 出賃車

autonomia *s.f.* 自治；自治權

autónomo, ma *adj.* 自治的，有自治權的

autopropulsão *s.f.* 自動推進力

autópsia *s.f.* 驗屍，屍體解剖

autor *s.m.* 作家；〔轉〕下手人，肇事者 △ ① ~ dum crime 罪犯 ② ~ do universo 上帝

autora *s.f.* 女作家

autoria *s.f.* 著作業；根源

autoridade *s.f.* 權威，權勢 ‖ *pl.* 當局

autoritário, ria *adj.* 威風的；專制的；霸道的

autorização *s.f.* 許可，准許

autorizado, da *adj.* 許可的，批准的

autorizar *v.t.* 認可，准許 ◇ proibir

auto-sugestão *s.f.* 自信，自我提示

autuação *s.f.* 訴答

autuar *v.t.* 起訴，告發 △ 偵訊

auxiliar *adj. 2 gén.* 補助的，輔助的 ◇ principal

auxiliar *v.t.* 幫助，扶助 ◇ prejudicar

auxílio *s.m.* 扶助；救助

aval *s.m.* 保證書

avalancha *s.f.* 雪崩

avaliação *s.f.* 估價；定價

avaliador *s.m.* 評價者；估價人

avaliar *v.t.* 定價；估價；重視 △ ① ~ por alto 定高價 ② ~ por baixo 定低價

avançada *s.f.* 攻擊；衝鋒；先遣隊，先頭部隊

avançado, da *adj.* 提前的；進步的；先進的 ◇ recuado

avançar *v.i.* 前進；進步；〔軍〕進攻

avance *s.m.* 預支；預先發放

avanço *s.m.* 進攻；前進 △ levar grande ~ 相距很大 ◇ recuo

avantajar *v.i.* 優於；勝過 ‖ *v.t.* 得利

avante *adv.* 前方；前面 ‖ *interj.* 前進! △ de ora ~ 由現在起

avarento, ta *adj.* 吝嗇的 ◇ generoso

avareza *s.f.* 吝嗇 ◇prodigalidade

avaria *s.f.* 損害;破損;損耗

avariado, da *adj.* 損害的;損壞的

avariar *v.t.* 損害;損壞;破損

avariose *s.f.* 〔醫〕梅毒

avaro, ra *adj.* 吝嗇的 ◇ generoso, pródigo

avassalar *v.t.* 克服;征服;使成爲奴隸

ave *s.f.* 雀;鳥;禽 △ ① ~ de arribação 候鳥 ② ~ canora 歌禽 ③ ~ doméstica 家禽 ④ ~ de rapina 猛禽 ⑤ ~ maria 聖母經

ave! *interj.* 萬福

aveado, da *adj.* 瘋狂的

aveal *s.m.* 燕麥地

aveia *s.f.* 〔植〕燕麥;麥片

avelã *s.f.* 〔植〕榛子

avelar *v.i.* 凋萎

aveleira *s.f.* 榛子樹

avelhacado, da *adj.* 無賴的

avelhado, da *adj.* 漸老的

avenca *s.f.* 〔植〕孔雀草

avença *s.f.* 同意;約定 ◇desavença

avençal *s.m.* 散工;臨時工

avenção *s.m.* 稗草

avençar *v.i.* 同意;約定;協商

avenida *s.f.* 大街 △ tomar as ~s 封鎖

avental *s.m.* 圍裙

aventar *v.t.* 通風;〔轉〕露出

aventura *s.f.* 探險;冒險

aventurar *v.t.* 探險;冒險

aventureiro, ra *adj.* 大膽的,勇敢的 ‖ *s.m.* 探險家

aventuroso, sa *adj.* 危險的,冒險的

averbar *v.t.* 記錄;註册;掛號 ◇desaverbar

avergoar *v.t.* 鞭打

averiguação *s.f.* 尋問;調查;審理

avermelhado, da *adj.* 稍有紅色的

avermelhar *v.t.* 染紅;使變紅

averno *s.m.* 地獄;黄泉

aversão *s.f.* 嫌惡;反感;反對 ◇ amor

avessas *loc.adv.* 掉頭;反轉 △① ler às ~ 掉轉來讀 ② tirar às ~ 反方向取出

avesso, sa *adj.* 掉轉的;逆轉的 ‖ *s.m.* 背面

avestruz *s.m.* 〔動〕鴕鳥

avezado, da *adj.* 習慣性的

aviação *s.f.* 飛行;航空

aviador *s.m.* 飛行員,飛機師

aviamento *s.m.* 照顧

avião *s.m.* 飛機 △① ~ de caça 殲擊機 ② ~ de combate 戰鬥機 ③ ~ a jacto 噴氣式飛機 ④ ~ de reconhecimento 偵察機 ⑤ por ~ 航空郵寄 ⑥ ~ para todo o tempo 全天候飛機

aviar *v.t.* 派遣;發送;速辦;解決

avicultor *s.m.* 養鳥者;飼養員

avicultura *s.f.* 養鳥術;家禽飼養業

avidez *s.f.* 貪婪;渴望

ávido, da *adj.* 貪吃的;熱望的

avigorar *v.t.* 使盛壯;使精神飽滿;加強

avilanar-se *v.r.* 降格;變得粗俗

aviltação *s.f.* 下墜;降格;墮落

aviltar *v.t.* 貶低,使屈辱;使降格;誹謗 ◇ nobilitar

avinagrado, da *adj.* 有醋味兒的;酸的

avinagrar *v.t.* 用醋調理;使有醋味

avindor, ra *adj.* 仲裁的 ‖ *s.m.* 仲裁人,調停者

avio *s.m.* 照顧

avioneta *s.f.* 小型飛機,輕型飛機

avir *v.t.* 和好,和解 ◇ desavir

avisado, da *adj.* 謹慎的,小心的◇被告知的

avisar *v.t.* 警告;通告 ◇ desavisar

aviso *s.m.* 忠告;警告;通告 △ andar de ~小心 ◇ desaviso

avistar *v.t.* 遠見;看見 ‖ *v.r.* 會見;謁見 ◇desavistar

avitaminose *s.f.* 〔醫〕缺乏維他命,維生素缺乏

avitualhar *v.t.* 供給食物

avivador, ra *adj.* 活潑的,有生氣的

avivar *v.t.* 使有生氣,使活潑;增加力量

aviventar *v.t.* 使復活,使蘇醒

avizinhar *v.t.* 接近,靠近

avo *s.m.* 分 △① dez ~s 十分,一角 ② sete quinze ~s 十五分之七

avô *s.m.* 祖父;外祖父 ‖ *pl.* 祖宗

avó *s.f.* 祖母;外祖母

avocação *s.f.* 訴訟轉移;吸引

avocar *v.t.* 訴訟轉移;吸引

avoengo, ga *adj.* 祖先的,祖宗的

avolumar *v.t.* 使膨脹;使變大

avonde, avondo *adv.* 富有;豐富地

à vontade *loc.adv.* 隨便,隨意 △ estar ~ 不必客氣

avozear *v.t.* 高聲召喚;高聲喝彩

avulso, sa *adj.* 個別的;單一的;零售的

avultar *v.t.* 增大;擴大;擴張 ◇ apoucar

avultoso, sa *adj.* 增大的,擴大的

axial *adj. 2 gén.* 軸心的

axila *s.f.* 腋下,胳肢窩

axioma *s.m.* 公理;原理

axiomático, ca *adj.* 公理的

axiónimo *s.m.* 尊稱

áxis *s.m.* 〔解〕第二脊骨

axóideo *adj. 2 gén.* 〔解〕樞椎的

axorca *s.f.* 手鐲

az *s.m.* 端;刀口;鋒;〔軍〕翼,側面部隊

azabumbado, da *adj.* 受驚的

azado, da *adj.* 順利的;吉祥的;適合的 ◇ desazado

azáfama *s.f.* 慌張;匆忙

azafamado, da *adj.* 慌張的;忙碌的,匆忙的

azagaia *s.f.* 箭,投槍

azagaiar *v.t.* 射殺,投刺

azálea *s.f.* 〔植〕杜鵑花

azamboar *v.t.* 使暈眩,使頭昏眼花

azambrado, da *adj.* 失禮的

azambujo *s.m.* 〔植〕酸橙樹

azar *s.m.* 厄運,倒霉,不幸 △① estou hoje com ~, tudo me corre mal 今天真倒霉,沒一件事順心 ② ter ~ com alguém 阻咒某人 ◇ sorte

azarola *s.f.* 山楂

azebre *s.m.* 銅綠;〔轉〕詭計

azedado, da *adj.* 變酸的;生氣的

azedia *s.f.* 酸味;酸性;〔轉〕不滿意

azedar *v.t.* 用油調拌;〔轉〕無誠意之求愛

azeite *s.m.* 橄欖油

azeitona *s.f.* 橄欖

azeitonado, da *adj.* 青色的

azenha *s.f.* 水車

azerar *v.t.* 磨尖

azeredo *s.m.* 樹林

azevichado, da *adj.* 黑玉色的,似黑玉色的

azeviche *s.m.* 黑玉 △ preto como ~ 其黑如漆

azevinho *s.m.* 〔植〕冬青樹

azevre *s.m.* 銅綠

azia *s.f.* 〔醫〕胃痛

aziago, ga *adj.* 不吉利的,不祥的

ázimo, ma *adj.* 不可能發酵的

azimutal *adj. 2 gén.* 方位的

azimute *s.m.* 方位

azinhaga *s.f.* 小路;小山路

azinheira *s.f.*; **azinheiro** *s.m.*; a-zinho *s.m.* 冬青樹

azo *s.m.* 機會;藉口 ◇desazo

azoatar *v.t.* 使人昏愚

azorragada *s.f.* 鞭打

azorrague *s.m.* 鞭子;〔轉〕懲罰

azotado, da *adj.* 含氮的

azotato *s.m.* 硝酸鹽

azote *s.m.* 〔化〕氮,氮氣

azótico, ca *adj.* 含氮的

azoto *s.m.* 〔化〕氮,氮氣

azougado, da *adj.* 好動的;聰明的

azougue *s.m.* 水銀 △ ser um ~ 敏捷之人

azul *adj. 2 gén.* 藍色的 ‖ *s.m.* 藍色 △ ① ~ celeste 天藍色 ② ~ da Prússia 普魯士藍 ③ ~ ferrete 深藍 ④ sangue ~ 貴族 ⑤ ver tudo ~ 樂觀之人

azulado, da *adj.* 有點發藍的;淺藍色的

azular *v.t.* 染藍

azulejo 瓦;花磚,瓷磚

azulina *s.f.* 〔化〕藍素

azulino, na *adj.* 藍色的

azulóio, ia *adj.* 紫藍色的

azumbrado, da *adj.* 彎曲的

azurracha *s.f.* 駁船

azurrar *v.i.* (驢)叫;吼聲

azurzir *v.t.* 鞭撻;責罰

B

b *s.m.* 葡文第二個字母;第一個輔音 ‖ *adj.* 第二的;二級的

baalita *s. 2 gén.* 信奉太陽神者

baba *s.f.* 口水;(一些動物的)唾液或分泌的粘液

babado, da *adj.* 流口水的;〔轉〕迷戀的 △ andar ~ por … 迷上了…… ‖ *s.m. bras.* (裙子等的)皺邊;裙襞

babadoiro; babador (ó) *bras.*; **babadouro; babeiro; babete** *s.m.* 圍涎,圍布

babão *adj* 流口水的;〔轉〕傻的 ‖ *s.m.* 傻子,白痴

babar *v.t.* 用口水濕潤 ‖ *v.r.* 流口水 △① ~ por alguém 熱戀某人 ②~ de gosto 樂傻了

babau *interj.* 沒辦法了! 無望了! 完了!

babel *s.f.* 語言混亂

babélico, ca *adj.* 混亂的,混雜的

babilónia *s.f.* 大都市;混亂之地;〈M〉巴比倫城

babilónico, ca *adj.* 巴比倫的;混亂的

babilónio, nia *adj.* 巴比倫的;混亂的 ‖ *s.m.* 巴比倫人

babirruça; babirussa s.f. 〔動〕(馬來西亞)野豬

baboseira; babosice s.f. 胡説;荒謬,無稽之談

baboso, sa adj. 流口水的;〔轉〕愚蠢的;痴情的

babucha s.f. 毛絨拖鞋,拖鞋

babugem s.f. 口水;泡沫;殘渣;瑣事

babujar v.t. 用口水弄髒;〔轉〕阿諛,諂媚

bacalhau s.m. 鱈魚;吉魚△ ficar em águas de ~ 停滯不前;毫無結果

bacalhoeiro, ra adj. 嗜食鱈魚的;粗魯的‖ s.m. 鱈魚販;捕鱈魚船

bacamarte s.m. 大口徑槍;胖而矗的人

bacanal s.f. 放蕩;淫蕩的小宴會; pl. 酒神節‖ adj.2 gén. 酒神的;亂的

bacante s.f. 酒神女祭司;淫婦

bacará s.m. 三公(一種紙牌賭博)

bacelo s.m. 葡萄嫩枝

bacento, ta adj. 暗的,無光澤的

bacharel s.m. 學士

bacharela s.f. 女學士;多嘴婆,長舌婦

bacharelado; bacharelato s.m. 學士學位

bacia s.f. 盆;托盤;(理髮用)鬍碴缽;〔解〕骨盆;〔地〕盆地

baciado, da adj. 暗晦的,無光澤的

bacilo s.m. 〔生〕桿菌△ ① ~ de Kochii(BK) 結核桿菌 ② ~ de tétano 破傷風桿菌

bacilose s.f. 結核病

baciloso, sa adj. 帶桿菌的

bacio s.m. 夜壺;溺器

baço, ça adj. 無光澤的;褐色的‖ s.m. 〔解〕脾◇ brilhante, reluzente

bacoco, ca adj. 愚笨的‖ s.m. 笨佬,愚人

baconiano, na adj. 培根派哲學的

baconismo s.m. 培根學説

bácora s.f. 雌乳豬;有壞習慣的女人

bacorejar v.i. 預想,猜測

bacorejo s.m. 預感,預覺

bácoro s.m. 小豬,乳豬

bactéria s.f. 〔生〕細菌

bacteriano, na adj. 細菌的

bactericida adj. 2 gén. 殺菌的‖ s.m. 殺菌劑

bacteriologia s.f. 細菌學

bacteriológico, ca adj. 細菌學的

bacteriologista s. 2 gén.; **bacteriólogo** s.m. 細菌學家

báculo s.m. 主教的權杖;法杖;長手杖

badalada s.f. 鐘響

badalar v.t. 泄露‖ v.i. 敲鐘;〔轉〕饒舌

badaleira s.f. 鐘舌環;〔轉〕多嘴婆

badaleiro s.m. 信口開河者;吹牛皮的人

badalejar v.i. 敲鐘;〔轉〕牙打戰

badalo s.m. 鐘舌;舌頭△ dar ao ~ 空談,嘮嘮不休

badameco s.m. 文書夾;〔轉〕無足輕重的人

badana s.f. (老而瘦的)母綿羊;老的母綿羊肉;牛脖子垂吊的皮

badanal s.m. 混亂;騷動

baderna s.f. 〔海〕短索; bras. 無賴

badiana s.f. 〔植〕八角樹,大茴香樹

badminton 〈ingl.〉s.m. 羽毛球

baeta (é) s.f. 毛絨;粗棉布

baetão (a-i) s.m. 粗毛絨;厚粗棉布

bafagem s.f. 微風;和風;〔轉〕撫愛

bafejar *v.t.* 輕吹;吐氣;疼愛;‖ *v.i.* 呼氣

bafiento, ta *adj.* 發霉的

bafio *s.m.* 潮氣味,霉氣

bafo *s.m.* 呼出之氣,輕柔地吹氣

baforada *s.f.* 臭氣;出大氣;虛張聲勢

bafurdar *v.i.* 在水中翻滾

baga *s.f.* 漿果;肉厚無核的果實;〔轉〕滴 △ o suor caía-lhe em ~s 他汗如雨下

bagaceira *s.f.* 堆積果渣的地方; *bras.* 廢物堆 ‖ *adj.* 葡萄渣釀的(烈性酒)

bagaço *s.m.* 果渣;財富

bagada *s.f.* 大滴淚水;大批果實

bagageira *s.f.* (火車的)行李車廂;公差行李補貼費

bagageiro, ra *adj.* 運行李的; *bras.* 最後到終點的(馬) ‖ *s.m.* 輜重人員

bagagem *s.f.* 行李;學識 △ carrinho de ~ns 行李車

bagalhoça *s.f.* 〔口〕很多錢

bagatela *s.f.* 小事;瑣事

bago *s.m.* (圓厚的)果實;〔口〕錢;〔宗〕主教之權杖

baguá, bagual *s.m. bras.* 白馬;烈馬

baía *s.f.* 小海灣

baia *s.f.* (馬房中的)隔馬板;馬廄

baiano, na *adj.* (巴西)巴伊亞州的 ‖ *s.m.* 巴伊亞州人

baila *s.f.* 舞會

bailadeira *s.f.* 跳舞的女人;印度舞娘;舞會

bailado *s.m.* 戲劇中的舞蹈,舞蹈

bailão *s.m.* 舞迷

bailar *v.t.e i.* 跳舞;飄動 △ bailavam-lhe lágrimas nos olhos 淚珠在眼裏滾動

bailarico *s.m.* 民間舞蹈

bailarina *s.f.* 女舞蹈演員,女舞蹈家

bailarino *s.m.* 男舞蹈演員,男舞蹈家

baile *s.m.* 舞蹈;舞會 △ ① corpo de ~ 舞蹈團 ② ~ de etiqueta(正式的)社交舞會 ③ ~ de máscaras 化裝舞會

bailete *s.m.* 芭蕾舞(無言的)舞蹈

bailéu *s.m.* 〔建〕腳手架

bailique *s.m. bras.* 囚室,牢房

bainha *s.f.* 劍鞘,刀鞘;(衣服、窗簾的)褶邊

bainharia *s.f.* 製鞘鋪;製鞘匠住的街

bainheiro *s.m.* 製鞘匠

baio, ia *adj.* 栗色的

baioneta *s.f.* 刺刀

baionetada *s.f.* 刺刀傷

bairrismo *s.m.* 地區主義,區域主義

bairrista *s. 2 gén.* 同鄉;老鄉 ‖ *adj.2 gén.* 同鄉人的

bairro *s.m.* 區域;城區,(城市的)行政區域

baiuca *s.f.* 小酒館;劣等飲食店;小房子

baiuqueiro, ra *adj.* 小酒館的 ‖ *s.m.* 小酒館的老板;小酒館的常客

baixa *s.f.* 降低,低下;衰落;低地;免負責任 △ ① ~ de dignidade 有失體面 ② ~ de preço 跌價 ③ ter ~ da culpa 判定無罪 ④ dar ~ 退伍 ⑤ dar ~ ao hospital 因住醫院而免服兵役 ◇ sl-ta, elevação

baixada *s.f. bras.* 盆地;坡地

baixa-mar *s.f.* 落潮,退潮

baixão *s.m.* 〔樂〕巴松管,大管

baixar *v.t.* 使之下降;落下 ‖ *v.i.* 降低;失去信任;價值減少;頒佈 △ ① a água ~á 水要退了 ② avião vai ~ 飛

機要俯衝 ③ ～ o corpo 彎腰④ ～ no conceito público 失信于民 ⑤ açúcar vai ～糖變降價 ⑥ ～ uma regra 宣佈一項規定 ◇ elevar, subir

baixela *s.f.* (一套)餐具 △ uma ～ de prata 一套銀餐具

baixeza (ê) *s.f.* 下賤；卑劣 △① ～ de sentimentos 自衛形穢 ② cometer ～ 幹卑鄙勾當 ✧ nobreza, grandeza

baixinho *adv.* 低聲地；悄悄地 △ falar ～ 低語

baixio *s.m.* 沙洲,沙灘

baixista *s.2 gén.* 〔商〕空頭,股票證券的投機家

baixo, xa *adj.* 矮的,低的；便宜的；普通的；衰落的；卑賤的；低沉的 △① rapaz ～ 矮子 ② classe ～a 低年級 ③ nuvens ～as 低雲 ④ preço ～ 低價 ⑤ estilo ～ 普通風格 ⑥ voz ～a 低音 ⑦ o ～ Império 衰落的帝國 ⑧ fazer mão ～ a 偷竊 ⑨ estar de orelha ～a 俯首帖耳 ⑩ Países ～s 荷蘭 ‖ *s.m.* 低處；〔樂〕低音部；男低音歌手；*bras.* 商業區 ‖ *adv.* 在下面；小聲地 △① em ～ 在下面 ② estar muito em ～ 身體不好 ③ dar para ～ 打～ alto

baixo-relevo *s.m.* 淺浮雕 ✧ alto-relevo

baixote *adj.2 gén.* 很矮的 ‖ *s.2 gén.* 矮子

baixura *s.f.* 低于海平面之處；低地；降價

bajó *s.m.* (印度和帝汶的)緊身胸衣

bajoujar *v.t.* 奉承△ ～ o chefe 拍上司馬屁

bajoujice *s.f.* 撫媚；阿諛奉承,諂媚

bajoujo, ja *adj.* 阿諛奉承的；呆的,痴的 ‖ *s.m.* 阿諛奉承者；痴呆之人

baju *s.m.* (舊式及腰的)短外套

bajulação *s.f.* 阿諛,諂媚

bajular *v.t.* 阿諛,諂媚 △ ～ os poderosos 給權貴溜鬚拍馬

bajulice *s.f.* 阿諛,諂媚

bala *s.f.* 子彈,炮彈；包；〔印〕(紙)捆，錠,金幣；*ang.* 乾木薯；*bras.* 糖果△① ～ de algodão 棉花包 ② ～ explosiva 開花彈 ③ ～ incendiária 燃燒彈 ④ ～ oca 手榴彈 ⑤ ～ de papel 用文字攻擊或譴責 ⑥ ～ perdida 流彈 ⑦ ～ rasa 實心彈

balaço *s.m.* 大子彈,大炮彈

balaio *s.m.* 盤筐草簍 *bras.* 旅行食品

balança *s.f.* 秤,天平,磅；平衡 △① ～ automática 自動秤 ② ～ de mola 彈簧秤 ③ ～ romana 桿秤 ④ ～ de precisão 天平秤 ⑤ ～ de força 均勢 ⑥ ～ de comércio 〔商〕貿易平衡 ⑦ ～ de pagamento 〔商〕支付平衡

balançar *v.t.* 使搖動；使平衡；比較；猶豫；〔商〕結帳 ‖ *v.i.* 擺動,顛簸 △① vento ～ as árvores 風吹樹動 ② jeep ～ muito 吉普車顛得很

balancé *s.m.* (搖擺的)舞步；鑄幣機；複印機；印名片機

balancete (ê) *s.m.* 結帳表,決算

balanço *s.m.* 搖動,動蕩；總結；〔商〕結算,收支平衡 ‖ *adv.* 猶豫地 △① os ～s da vida 人生無常 ② ～ dos trabalhos 工作總結 ③ em ～ 猶豫不決地

balão *s.m.* 氣球；燈籠,孔明燈；謠言 △① ～ cativo 繩繫着的氣球 ② ～ de ensaio 測風氣球

balão-sonda *s.m.* 探測氣球

balar *v.i.* (羊咩咩)叫

balasto *s.m.* ; **balastro** *s.m.* (鐵路的)道基;道碴

balastragem *s.f.*; **balastrar** *v.t.* 鋪路基

balaustrada (a-us) *s.f.* 欄杆

balaustrado, da (a-us) *adj.* 裝有欄杆的

balázio *s.m.* 大子彈,大炮彈

balbo, ba *adj.* 口吃的,結巴的

balbuciação *s.f.* 口齒不清;結巴

balbuciante *adj.2 gén.* 口齒不清的;開始的,新的 △ modelo ~ 新型號

balbuciar *v.t. e i.* (說話)含糊,口吃 △ ~ uma desculpa 含糊地說對不起

balbúcie *s.f.*; **balbuciência** *s.f.* 發音困難,口吃,結巴

balbuciente *adj. 2 gén.* 結巴的,發音含糊的

balbúrdia *s.f.* 喧鬧,吵鬧,混亂

balça *s.f.* 樹林;籬笆;珊瑚林

balcânico, ca *adj.* 巴爾幹半島的,巴爾幹人的 △ vestido ~ 巴爾幹式服裝

balcão *s.m.* 陽台,曬台;涼台;櫃台;(劇場的)包廂;室外樓梯;梯頂平台

balção *s.m.* 木漏斗

balcedo (ê) *s.m.* 樹林,密林

balda *s.f.* 缺點;毛病;惡習 △ ① ~ de mentir 說謊的惡習 ② dar na ~ de alguém 發現某人的弱點

baldada *s.f.* 〔量詞〕桶

baldado, da *adj.* 徒勞的,無用的 △ ① acção ~a 徒勞 ② esforço ~ 白費勁

baldão *s.m.* 逆境;徒勞;失敗;倒霉,厄運 △ andar aos ~ões 倒霉,晦氣

baldaquim *s.m.* (牀的)天蓋,帳頂;(寶座的)華蓋

baldaquinado, da *adj.* 華蓋狀的,罩篷狀的

baldaquino *s.m.* (牀)罩篷;華蓋

baldar *v.t.* 挫敗;使無用,使無好結果 ‖ *v.r.* 無用;出無用的牌

balde *s.m.* 桶,木桶,金屬桶

baldeação *s.f.* 用桶潑水;傾注

baldeadeira *s.f.* (大而深的)瓢羹,湯匙

baldeado, da *adj.* 被轉放的;被轉運的

baldear *v.t.* 轉放(貨物等);轉運(旅客);搖擺;登陸

baldio, ia *adj.* 無用的;荒涼的 △ campo ~ 荒地 ‖ *s.m.* 荒地,不毛之地

baldo, da *adj.* 缺乏的;無用的 △ estar ~ em naipe 身無分文

baldoar *v.t.* 侮辱;惡意相欺

baldroca *s.f.* 欺騙,欺詐 △ trocas e ~s 爾虞我詐

baldrocar *v.t.* 欺詐,詭騙 ‖ *v.i.* 行騙

baleato *s.m.* 小鯨魚,幼鯨

baleeira *s.f.* 捕鯨船

baleeiro, ra *adj.* 捕鯨的 ‖ *s.m.* 捕鯨者;捕鯨船 △ barco ~ 捕鯨船

baleia *s.f.* 〔動〕鯨;鯨類

balela *s.f.* 謠言,謠傳

balestra *s.f.* 弩礮,大弩

balha *s.f.* 僅用於下列兩句:① andar na ~ 供人討論 ② vir à ~ 被提及,被引用

balido *s.m.* (羊的)叫聲

balio *s.m.* (古時的)大法官

balir *v.i.* 羊叫

balistário *s.m.* 弩礮手

balística *s.f.* 射擊學;彈道學

balístico, ca *adj.* 射擊學的,彈道學的 △ ① mísseis ~s 彈道導彈 ② teoria ~a 射擊理論

baliza *s.f.* 標誌,信號,浮標;信號兵;信號標 △ ~s de porto 港口方位標

balizador *s.m.* 設標人;[海]航標船

balizar *v.t.* 設標誌 ◇desbalizar

ball-trap 〈*ingl.*〉 *s.m.* 射擊機

balnear *adj.2 gén.* 游泳的;洗浴的

△① época ～ 游泳季節 **②** estação ～ 浴場

balneário *s.m.* 浴場;澡堂

balneatório, ia *adj.* 游泳的

balneoterapia *s.f.* 〔醫〕浴療法

balofo(ô), fa *adj.* 鬆軟的;虛的,空的 △① cadeira ～a 軟椅 ② palavras ～as 空話,廢話 ◇ rijo, sólido

baloiçar *v.t.* 使搖動;使波動

baloiço *s.m.* 搖動,擺動;鞦韆 △ o navio dá grandes ～s 船顛得很

balona(ô) *s.f.* 照明彈;馬褲

balordo(ô), da *adj.* 邋遢的,髒的;笨的

balsa *s.f.* (釀葡萄酒用的)大桶;木排,木筏

balsameia *s.f.* 鳳仙花汁

balsâmeo, ea *adj.* 香脂的;香膠的

balsâmico, ca *adj.* 帶香脂的;芳香的

balsamina *s.f.* 〔植〕鳳仙花

balsamináceas *s.f.pl.* 〔植〕鳳仙花科

balsamizar *v.t.* 製成香脂;使芳香;安慰

bálsamo *s.m.* 〔化,醫〕香脂;〔轉〕安慰;葡萄酒 △ um ～ para alguém 對某人是安慰

balsão *s.m.* (古時的)大軍旗,旗子

balseiro, ra *adj.* 桶的 ‖ *s.m.* (壓榨萄的)桶;撐木筏的人

balselho *s.m.* 〔海〕(因強風或爲風慢駛而落下的)帆

baluarte *s.m.* 城堡;堡壘;碉堡 △ ～ de combate 戰鬥堡壘

bambaleante *adj. 2 gén.*; **bamboleante** *adj.2 gén.* 晃動的,蹣跚的,搖動的,不穩的

bambalear *v.i.*; **bambolear** *v.i. e r.* 搖擺,搖晃 △ saiu ～ndo-se 搖晃著走了

bambear *v.t.* 使之變鬆,使鬆弛;使之變弱

bambinela *s.f.pl.* 窗簾

bambo, ba *adj.* 鬆弛的,不緊的 △ dançar na corda ～ 如履薄冰

bambochata *s.f.* 飲宴圖;狂飲,豪飲

bambolim *s.m.* (門簾或窗簾上方的)裝飾布

bambu *s.m.* 竹子;竹竿

bambual *s.m.* 竹林

bamburral *s.m.* 牧場,草原

bamburrice *s.f.* 常有意外之財

bambúrrio *s.m.* 意外之財;意外的辦法(取勝) △ fazer por um ～ 沒想到……

bamburrista *s.2 gén.* 發橫財的人;幸運兒,總走運的人

banal *adj.2 gén.* 普通的,平凡的,平庸的 △① família ～ 普通家庭 ②conseguir êxitos distintos no posto ～ 在平凡崗位上取得不平凡的成就 ◇ distinto, original

banalidade *s.f.* 平凡,普通 △ não quer senão ～ 只求平凡

banana *s.f.* 香蕉 ‖ *s.m.* 窩囊廢;蠢材

bananal *s.m.* 香蕉園

bananeira *s.f.* 香蕉樹

banazola *s.2 gén.* 窩囊廢;傻瓜

banca *s.f.* 桌,寫字檯;律師;賭博;(莊家的)賭本 △ abrir ～ de advogado 開律師事務所

bancada *s.f.* 座位;(莊家的)贏餘

bancal *s.m.* 椅套,凳套;檯布

bancário, ia *adj.* 銀行的

bancarrota(ô) *s.f.* 倒閉,破產;停止支付

banco *s.m.* 長凳;長工作檯;櫃檯;沙洲;魚群;銀行;(醫院的)門診 △① ～

de carpinteiro 木工工作檯 ② ~ de circulação發行紙幣的銀行，中央銀行 ③ ~ de gelo 冰山 ④ ~ industrial 工業銀行 ⑤ ~ dos réus 被告席 ⑥ ~ de tubarões 鯊魚群 ⑦ ~ de urgência 急診室 ⑧ levantar o ~（挾帶別人的錢）逃跑

banda¹ *s.f.* 側，邊；寬腰帶；綬帶；軍樂隊 △① da ~ do rio 河的一側 ② a ~ de Santa Isabel 聖·伊莎貝爾綬帶 ③ pôr à ~ 斜戴着帽子 ④ chapéu à ~ 斜戴着帽子 ⑤ ficar com a cara à ~ 受羞辱

banda² *s.f.* 會議；群，幫

bandada *s.f.* 一大群

bandalheira *s.f.*；**bandalhice** *s.f.* 壞名聲；醜行；放蕩

bandalho *s.m.* 破布；衣衫襤褸的男子；〔轉〕厚顏無恥的人

bandarilha *s.f.*（鬥牛的）短扎槍

bandarilhar *v.t.*（鬥牛中）用短扎槍刺

bandarilheiro *s.m.*（鬥牛的）短扎槍手

bandarra *s.m.* 懶漢，游手好閒的人 ‖ *s.2 gén.* 經常參加節日活動的人 ‖ *s.f.* 節日聚會；一群人；妓女

bandear *v.t.* 使成群 ‖ *v.r.* 結社；組黨 △ ~-se com ~ 組織起來

bandeira *s.f.* 旗，軍旗，彩旗；燈罩；〔建〕（門窗的）亮子；*bras.* 武裝探險隊，遠征隊 △① arriar ~ 承認失敗 ② hastear ~ 宣佈勝利 ③ jurar ~ 對旗宣誓 ④ auriverde 巴西國旗 ⑤ ~ verde-rubra 葡萄牙國旗

bandeirante *s.m. bras.* 遠征隊員

bandeireiro *s.m.* 製旗者；賣旗者

bandeirinha *s.2 gén.* 拿不定主意的人

bandeirola *s.f.* 小旗；信號旗

bandeja *s.f.* 托盤；簸箕

bandejar *v.t.* 用簸箕揚麥

bandido *s.m.* 土匪，強盜；逃犯 △ ~ armado 武裝匪徒

bando *s.m.* 一群；一夥壞人，匪徒

bandoleira *s.f.*（武器）肩帶

bandoleiro *s.m.* 土匪，強盜；騙子

bandolim *s.m.* 〔樂〕曼陀鈴，洋琵琶

bandolina *s.f.* 髮膠，摩絲

bandulho *s.m.* 肚子；腸子

bango；bangue *s.m.* 印度大麻

bangué *s.m. bras.* 轎子；抬屍架

bângula *s.f.bras.* 漁船

banha *s.f.* 動物脂肪；髮乳

banhar *v.t.* 浸，濕；（河）流經；沐浴 ‖ *v.r.* 沐浴，洗澡 △① rosto banhado em lágrimas 淚流滿面 ② o rio ~ a cidade 河流縱貫該市 ③ o luar ~ o campo 月光灑滿了田野 ④ olhos banhados em alegria 眼裏洋溢着喜悅

banheira *s.f.* 浴缸，澡盆；浴室的女服務員

banheiro *s.m.* 浴池；浴室的男服務員；澡堂老板；浴場主

banhista *s.2 gén.* 將去海濱游泳的人；將洗溫泉浴的人

banho *s.m.* 沐浴；洗澡水 △① ~ -maria 蒸，煨 ② ~ de sol 日光浴 ③ ~s termais 溫泉浴 ④ ~ turco 土耳其蒸氣浴 ⑤ ~ de vapor 蒸氣浴 ⑥ tomar ~ 沖涼，洗澡 ⑦ casa de ~ 洗手間，衛生間

banhos *s.m.pl.* 浴場；溫泉或礦泉浴場；結婚通告

banir *v.t.* 驅逐，流放；刪除，取消

banível *adj. 2 gén.* 應驅逐的，該取消的

banjo *s.m.* 〔樂〕班卓琴

banqueiro *s.m.* 銀行家，銀行老板，

富翁;〔賭博〕莊家

banqueta *s.f.* 小板櫈;〔鐵路〕路基

banquete *s.m.* 宴會,(正式)酒宴,國宴 △ ① ~ de boas-vindas 歡迎宴會 ② ~ sagrado〔宗〕聖餐儀式

banquetear *v.t.* 宴請;舉行宴會 ‖ *v.r.* 出席宴會

banquisa *s.f.* 大浮冰

banto, ta *adj.* 班圖的 ‖ *s.m.* 班圖人(非洲蘇丹以南講班圖語系語言的人的統稱);班圖語

banzé *s.m.* 混亂;喧嘩

banzeiro, ra *adj.* 波浪平緩的(海) △ jogo ~ 輸贏不大的賭博

baobá *s.m.*〔植〕猴麵包樹

baptismal *adj.2 gén.* 洗禮的 △ pia ~ 洗禮水盆

baptismo *s.m.* (基督教)洗禮;慶祝洗禮的活動;命名禮;開始;摻了水的假酒或奶 △ ① o ~ duma criança 孩子的洗禮 ② ~ de um navio 給船命名 ③ ~ de sangue 血洗禮(成年教徒爲表示虔誠而舉行的洗禮) ④ nome de ~ 聖名,洗禮名 ⑤ receber o ~ de fogo 接受炮火的洗禮(指第一次參加戰鬥)

baptista *s.m.* 施洗禮者 ‖ *s.2 gén.* 浸禮會教徒(浸禮會主張只有成年人才可受洗禮,且要全身浸入水中)

baptistério *s.m.*〔宗〕洗禮間,慶祝洗禮的小禮堂

baptizado *s.m.* 洗禮;慶祝洗禮

baptizar *v.t.* 給……洗禮;命名,起名

baque *s.m.* 身體摔倒的聲音;跌倒;飛來橫禍;懷疑;*bras.* 即刻,立刻 △ deu-me um ~ o coração 讓我心神不寧

baquear *v.i.* 倒下,啪的一聲落地,突然墜落;崩潰;滅亡 △ ~ o Império 帝國滅亡了

baqueta *s.f.* 小鼓槌

baquetear *v.i.* 用小鼓槌敲鼓

báquico, ca *adj.* 巴克斯(Baco,酒神)的;狂飲的;豪飲的 △ ① canção ~ a 酒歌 ② festa ~a 狂飲

bar *s.m.* 酒吧;售酒的櫃台;〔理〕巴(壓強單位)

baraça *s.f.* 繩;索

baraço *s.m.* 索,細繩;絞刑架的繩索;繮韁 △ senhor de ~ e cutelo 掌握生殺大權的人

barafunda *s.f.* 混亂;喧嘩;吵鬧

barafustar *v.i.* 掙扎,擺脫(出困境)

baralha *s.f.* 餘牌;吵鬧;陰謀,是非 △ andar sempre metido em ~s 常惹是非

baralhada *s.f.* 混亂

baralhar *v.t.* 洗牌;弄亂,攪亂

baralho *s.m.* 洗牌;做牌

barão *s.m.* 男爵;(封建社會的)大貴族

barata *s.f.*〔動〕蟑螂

baratar *v.t.*; **baratear** *v.t.* 降價,削價;低價賣出;讓價 ◇encarecer

barataria *s.f.* (爲得到利益而)給與;〔法〕由於船長或船員的失職而造成的損害

barateamento *s.m.*; **barateio** *s.m.* 降價,減價;讓價

barateiro, ra *adj.* 便宜的,廉價的 ‖ *s.m.* 賣便宜貨的人;想買便宜貨的人;〔賭場上〕抽頭的人

barateza *s.f.* 便宜;廉價

barato, ta *adj.* 便宜的;容易得到的 ‖ *s.m.*〔賭博的〕抽頭 △ ① 便宜地 △ ① dar de ~ 無爭議地同意 ② pôr a ~ 降價 ③ tomar por ~ 認爲最好 ◇ caro

báratro *s.m.* 懸崖;深淵;地獄

barba *s.f.* 鬍子;(動物的)鬚;下巴 ‖ *pl.* 腮毛;〔植〕芒;絨毛;毛邊 △ ①

~s de baleia 鯨魚鬚 ② ~s honradas 正直的品格 ③ ~s de milho 玉米的柱頭 ④ ~ a ~ 面對面地 ⑤ comer à ~ longa 靠他人生活 ⑥ dar água pela ~ 陷於困境 ⑦ deitar as ~s de molho 準備應付危險 ⑧ fazer ~ 刮鬍子,修鬍子

barbaçana s.m. 大鬍子的人;尊敬的老人

barbaçudo,da adj. 大鬍子的,鬍子多的

barbada s.f. (馬的)下頷

barbado, da adj. 有鬍子的 ∥ s.m. (移栽用的)葡萄苗 △ pôr de ~ [農]帶根種栽 ◇ desbarbado

barbante s.m. 小繩,細索

barbar v.i. 開始長鬍子

barbaresco, ca adj. 野蠻人的

barbaria s.f.; **barbárie** s.f. 野蠻行為,未開化;殘忍 ◇civilização

barbárico, ca adj. 野蠻的;不文明的

barbaridade s.f. 野蠻行為;兇殘

barbarismo s.m. 野蠻;殘忍;[語]外來語語匯;不規範語匯

barbarizar v.t. 使變得野蠻 ∥ v.i. 亂用語匯

bárbaro,ra adj. 野蠻的,缺乏教養的;殘忍的;不規範的 ∥ s.m.pl. 野蠻人 △ ① termo ~ 不規範的用語 ② os ~s desta zona 這個地區的蠻子

barbarolexe s.f.; **barbarolexia** s.f. 外來語和本國語的混合

barbatana s.f. 鰭,魚翅

barbatão s.m. bras. 野牛

barbear v.t.e.r. 修鬍子,刮鬍子;刮臉

barbearia s.f. 理髮業;理髮店

barbechar v.t. 耕(地),犁(地)

barbeiro s.m. 理髮師

barbeta s.f.; **barbete** s.m. 砲座,砲塔

barbicacho s.m. 繮繩;阻礙;困難;bras. (繫在下巴底下的)帽帶

barbiforme adj.2 gén. 鬍子形狀的

barbilho s.m. (牲口的)籠嘴;阻礙

barbiloiro adj. 有金黃鬍子的

barbilongo adj. 鬍子長的

barbinegro adj. 黑鬍子的

barbirrostro adj. 開始長鬍子的

barbirruivo adj. 有紅鬍子的

barbiteso adj. 鬍子硬的;勇敢的

barbo s.m. [動]菱鮃(一種鮊魚)

barbote s.m.(頭盔的)護頷

barbudo adj. 鬍子多的

barca s.f. (寬而淺底的)駁船;三桅帆船 △ ① ~ de S.Pedro 天主教會 ② ~ do Norte [天]大熊星座

barcaça s.f. 大駁船,補給船

barcada s.f. (船上的)貨

barcarola s.f. (威尼斯的)船歌

barco s.m. 船,無蓬小舟 △ ① ~ de carga 貨船 ② ~ de guerra 軍艦 ③ deixar ~s e redes 放棄一切,蔑視一切

barda s.f. 籬笆;大柵欄;許多,大量 △ camarão em ~ 許多蝦

bardado,da adj. 有籬笆圍著的

bardar v.t. 用籬笆圍

bardino s.m. 無賴;流浪漢;守籬笆者;尋仇的惡徒 ∥ na adj. 襲擊籬笆的

bardo s.m. 民謠歌手;行吟詩人

bargantaria s.f. 放蕩的生活

bargante s.m. 放蕩的人,有不良習慣的人

bargantear v.i. 放蕩

baria s.f. [理]微巴(壓強單位)

baricentro s.f. [理]重心

bariencefalia   *s.f.* 白癡;愚蠢;無能

barifonia   *s.f.* (嗓子)沙啞;說話困難

bariglossia   *s.f.* (因舌頭缺陷而)說話困難;拙舌

bário   *s.m.* 〔化〕鋇

barítono   *s.m.* 〔樂〕男中音歌手;中音號

barjoleta   *s.f.* 皮背囊,皮旅行袋;麻質袋子

barlaventear   *v.i.* 逆風航行 ‖ *v.r.* 逆風

barlavento   *s.m.* (輪船)迎風行駛;逆風方向

barógrafo   *s.m.* 自動紀錄氣壓器

barómetro   *s.m.* 氣壓表;晴雨表 △ ~ aneróide 無液氣壓計

baronato   *s.m.* 男爵勳位

baronesa   *s.f.* 女男爵;男爵夫人

baronete   *s.m.* 准男爵;男爵

baronia   *s.f.* 男爵勳位;男爵領地

barquear   *v.i.* **barquejar**   *v.i.* 用駁船運載;乘船遊玩

barqueira   *s.f.* 撐船女;船夫之妻;排鈎(一種漁具)

barqueiro   *s.m.* 船夫;駁船船員

barquinha   *s.f.* 小舟

barra   *s.f.* 棒;條;大標;(港口的)狹窄入口;障礙;船桿 ‖ *s.m.* 健壯的男士 △ ① entrar a ~ 進港 ② ~ fixa 〔體育〕單杠 ③ ~s paralelas 雙杠

barraca   *s.f.* 小木屋;草棚;大雨傘

barracão   *s.m.* 大木屋;簡易棚;〔海〕帆布篷

barragem   *s.f.* 堤壩;水壩

barranco   *s.m.* 山澗;懸崖;溝壑;障礙 ‖ *adv.* 困難地 △ a trancos e ~s 艱難地

barrancoso,sa   *adj.* 山澗的;溝壑的

barraqueiro   *s.m.* 木屋主人;攤販

barrar   *v.t.* 使成條狀;鎖邊;塗;抹 △ ① ~ uma calça 鎖褲邊 ② ~ oiro 鑄金條 ③ ~ o pão com ... 在麵包上塗 ......

barreira   *s.f.* 黏土坑;壕溝;欄柵;柵卡 △ saltar ~s 克服困難

barrento,ta   *adj.* 多泥的,多土的 △ águas ~as 混水

barreta   *s.f.* 小棒,小棍

barretada   *s.f.* 脫帽禮 △uma grande ~大禮,深施一禮

barrete   *s.m.* 軟帽;無簷女帽

barreteiro   *s.m.* 軟帽匠

barrica   *s.f.* 小桶;小木杷桶

barricada   *s.f.* 路障;街壘

barricar   *v.t.* (依街壘堵)障壁;阻蔽

barriga   *s.f.* 肚子,腹;凸出部 △ ① ~ da perna 小腿肚 ② ~ razoável 啤酒肚,將軍肚 ③ fazer ~ 凸出

barrigada   *s.f.* 肚子飽;滿 △ ~ de riso 笑個夠

barriguda   *adj.* 妊娠的,懷孕的

barrigudo,da   *adj.* 肚子大的,大肚皮的

barril   *s.m.* 桶;量桶 △ o preço de petróleo atinge 30 $ USD / barril 油價每桶高 30 美元

barrilete   *s.m.* 小桶;固定它物之物(如夾鉗和鉤子)

barrir   *v.i.* 大象鳴叫

barrito   *s.m.* 大象的叫聲

barro   *s.m.* (製陶器的)陶土,黏土;無價值的東西 △deitar o ~ à parede 試驗

barroco,ca   *adj.* 巴羅克風格的(以追求新奇和浮華異效果) ‖ *s.m.* 巴羅克式;奇特;複雜 △ ① arte ~a 巴羅克藝術(歐洲十六、十七世紀一種表現奇特的藝術) ② pérola ~a 不圓的珍

珠

barroso, sa *adj.* 多土的,泥濘的;有
粉刺的; *bras.* 白色的(牛)

barrotar *v.t.* (用椽子)加固

barrote *s.m.* (加固用的)椽子

barruntar *v.t.* 預料,猜測;察覺

barulhada *s.f.* ‖ **barulheira** *s.f.*
大聲喧嘩,嘈雜

barulhar *v.t.* (置身於)喧鬧(之中),
喧嘩

barulhento, ta *adj.* 喧鬧的;混亂的

barulho *s.m.* 吵鬧;噪音;喧嘩;混亂

basbaque *s.m.* 傻瓜,呆子,蠢材

basbaquice *s.f.* 愚蠢的行為

báscula *s.f.* 磅秤,磅 △ ~
automática 自動磅秤

básculo *s.m.* 門閂

base *s.f.* 底部;基礎;基本原則;〔數〕
基數;〔化〕鹼;〔軍〕基地;〔樂〕主音 △
① ~ aérea 空軍基地 ② ~ industrial
工業基地 ③ ~ naval 海軍基地 ④ ~
de um prédio 大樓底部 ⑤ na ~ de 在
……基礎上 ◇ cimo, vértice

basear *v.t.e.* 基於……;以……為
根據 △ ~-se em 基於……

basebol *s.m.* 棒球;棒球運動

baselga *s.f.* 肚大的; ‖ *s.m.* 有啤酒
肚的男士

básico, ca *adj.* 基本的;主要的;根本
的;〔化〕鹼性的 △ ① construção ~
基本建設 ② principios ~s 基本原則

basilar *adj.2 gén.* 基本的;基礎的;
根本的

basquetebol *s.m.* 籃球

basta *s.f.* 細縷 ‖ *interj.* 夠了! 行
了! △ dar com o ~ 使停止

bastante *adj.2 gén.* 足夠的,充分的
‖ *adv.* 足夠地,相當多地,很 △ estar
~ nervoso 很緊張

bastão *s.m.* 棒;警棍;指揮棒;禮杖;
權威;醇厚紅葡萄酒

bastar *v.i.* 足夠,足以;滿足 △ ① ~
de falar 說夠了 ② ~ a alguém ter
tempo para … 某人有足夠的時間幹
…… ③ não lhe ~ todo que tem 他不
滿足現狀

bastardia *s.f.* 私生子地位;退化;變
化

bastardo, da *adj.* 私生的;退化的;
變化的,更改的 ‖ *s.m.* 私生子 △
cavalo ~ 雜種馬 ◇ legitimo

bastecer *v.t.* 使之變密;使之變濃;使
之變厚

bastião *s.m.* 稜堡;堡壘;防禦據點 ‖
bastiães *s.m.pl.* 有動物凸出浮雕的
金銀器

bastida *s.f.* 木柵欄;城垛

bastidão *s.f.* 濃;厚;密

bastidor *s.m.* 框,架;〔舞台兩側的〕
佈景;內幕;秘密 △ os ~es do
comércio 商業秘密

bastilha *s.f.* 〔古〕城堡;〈M〉法國的
巴士底獄

bastio *s.m.* 密林

basto, ta *adj.* 濃的;稠密的;厚的 △
cabelo ~ 濃髮

bastonada *s.f.* 棒擊,杖擊

bastonário *s.m.* 門房,校工;解差;律
師公會會長

bastonete *s.m.* 小棒,小杖

bata *s.f.* (女式)套服;長大褂,長外
衣;(男式)便裝

batalha *s.f.* 戰鬥,鬥爭;爭論,辯論,
論戰;〔轉〕競爭 △ as ~s da vida 生死
搏鬥

batalhação *s.f.* 堅持;爭取,力爭

batalhador, ra *adj.* 戰鬥的,奮鬥的
‖ *s.m.* 戰士,鬥士

batalhão *s.m.* 〔軍〕營;一大群人

batalhar *v.i.* 戰鬥,鬥爭;爭論;奮鬥 △ ① ~ com valentia 英勇戰鬥 ② ter de ~ para o conseguir 只有奮鬥才能得到

bataria *s.f.*; **bateria** *s.f.* 電池, 電池組;排砲;一組;(樂隊的)打擊樂器 △ ① ~ de cozinha 成套廚房用具 ② ~ de Jazz 爵士樂隊的打擊樂器(共8件) ③ ~ de pilhas 電池組 ④ ~ solar 太陽能電池

batata *s.f.* 馬鈴薯,土豆;大錯誤 △ ~ doce 番薯,紅薯

batatada *s.f.* 大量馬鈴薯;番薯製成的甜食

batatal *s.m.* (種馬鈴薯的)田地

batateira *s.f.* 〔植〕馬鈴薯,土豆

batatudo, da *adj.* 像土豆一樣粗的 △ nariz ~ 厚鼻子,大鼻子

bate-cu *s.m.* 臀部跌坐在地下,跌了個大屁蹾

batecum *s.m.bras.* (鼓掌跺腳發出的)噪聲

batedor *s.m.* 敲擊者;偵察兵;轟趕獵物的人;近衛騎兵;*bras.* 玉米脫粒機

batedura *s.f.* 打,敲打

bate-estacas *s.m.* 打樁機

bate-folha *s.m.* 金箔匠;錫匠;洋鐵匠

bátega *s.f.* 傾盆大雨

batel *s.m.* 小船;獨木舟

batelão *s.m.* (運重物的)大船; *bras.* (方頭淺平的)大船

bateleiro *s.m.* (小船的)船夫

batente *s.m.* 門柱;門扇;梗條

bate-orelha *s.m.* 葉蚤,俊瓜

bater *v.t.* 打,擊,敲;揮動;撞擊;砲擊;戰勝;通過 ‖ *v.i.* 打;鳴;碰到 ‖

v.r. 鬥爭,戰鬥;爭論 △ ① ~ a porta 敲門 ② ~ ovos 打鷄蛋 ③ ~ o inimigo 擊敗敵人 ④ ~ o quartel 砲擊兵營 ⑤ ~ mato 通過叢林 ⑥ ~ moeda 鑄幣 ⑦ ~ o pé 抵抗 ⑧ batia-lhe o coração 他心情激動 ⑨ ~ na mesa 碰到桌子 ⑩ ~ se a … 用……;決鬥 ⑪ ~ se na imprensa 在報刊上爭鬥 ⑫ Ai é que ~ o ponto 這就是困難所在 ⑬ Deve-se ~ o ferro enquanto está quente 要趁熱打鐵,要抓住時機

batida *s.f.* 打,擊;狩獵;猛烈攻擊 △ ① ~ a …… ② apanhar uma ~ nos jornais 在報上受到抨擊 ③ de ~ 急切地;輕率地

batido, da *adj.* 平凡的;普通的;通俗的

batimento *s.m.* 打,擊;顫動;跳動

batimetria *s.f.* 海深測量術

batímetro *s.m.* 海深測量器

batina *s.f.* (神父的)長黑袍;學生長服

batíscafo *s.m.* 深海潛水船

batocar *v.t.* 塞住;封閉

batologia *s.f.* 贅言;廢話

batoque *s.m.* 塞子,栓;孔;矮胖的人,胖墩

batota *s.f.* 賭博;博彩;賭賭;獲取(暴利)

batotear *v.i.* 賭;欺騙

batoteiro *s.m.* 賭徒;騙子

batuque *s.m.* 巴圖克舞(安哥拉黑人的一種舞)

batuta *s.f.* (樂隊的)指揮棒

bauleiro *s.m.* 製箱匠;賣箱商

bávaro, ra *adj.* (德國)巴伐利亞的 ‖ *s.m.* 巴伐利亞人

bazar *s.m.* 東方市場;集市;商場;大交易中心 △ ~ de caridade 義賣場所

bazófia *s.f.* 虛榮;誇張;剩飯
bazofiar *v.i.* 誇張,吹噓
bazófio *s.m.* 愛誇張的人;吹牛皮者
bazuca *s.f.* 反坦克火箭筒
beata *s.f.* 修女;信女;虔誠的女人;煙頭 △ chupar uma ~ 吸煙屁股
beateiro, ra *adj.* 和善男信女有來往的;撿煙頭的
beatério *s.m.*; **beatice** *s.f.* 假虔誠;虔誠的人;過於虔誠
beatificação *s.f.* 〔宗〕(教皇行的)宣福禮
beatificador *s.m.* 行宣福禮者
beatificar *v.t.* 行宣福禮;使幸福;極爲讚美
beatífico, ca *adj.* 幸福的 △ visão ~a 升天堂,永樂
beatilha *s.f.* 白頭帕;(做頭帕的)棉布
beatíssimo *adj.* 至虔的(用於對教皇的尊稱)
beatitude *s.f.* 〔宗〕至福,永福,永樂 △ Vossa ~ 教皇陛下
beato, ta *adj.* 幸福的,快樂的;假虔誠的 ‖ *s.m.* 特別虔誠的人;僞君子
bêbado *s.m.*; **bêbedo** *s.m.* 醉漢,醉鬼 ‖ **, da** *adj.* 喝醉的
bebé *s. 2 gén.* 嬰兒;小寶貝
bebedeira *s.f.* 醉酒狀;醉酒
bebedice *s.f.* 酗酒
bebedoiro *s.m.*; **bebedouro** *s.m.* (動物的)飲水處;水盆
beber *v.t.* 喝,飲;學到(知識) ‖ *v.i.* 喝,飲(酒) △ ① ~ à saúde de… 祝……身體健康 ② ~ conhecimentos 學到知識 ③ ~ as palavras de… 專心聽……的話 ④ ~ azeite 變得聰明 ⑤ ~ os ares por … 仰慕 ⑥ ~ do fino 瞭解國家上層的情況

beberagem *s.f.* 劣質飲料
beberete *s.m.* 小酌
bebericar *v.t. e i.*; **beberricar** *v.t. e i.* 經常啜飲
beberrão *adj.* 能喝酒的;酒量大的 ‖ *s.m.* 酒量大的人,酒鬼
bebes *s.m. pl.* 飲料
bebida *s.f.* 飲料;酒類 △ ~s brancas 白酒
beca *s.f.* (法院人員的)黑長衣;法官袍
beco *s.m.* 小巷,胡同,里弄 △ ~ sem saída 死胡同,絶境
bedel *s.m.* 校工;(法庭的)差役;(學校的)點名員
bedelho *s.m.* 門閂;(說話舉止像小孩的)成年人,老頑童 △ meter o ~ 不恰當地干涉
bege *adj.2 gén.* 淡灰褐色的,淺咖啡色的
begónia *s.f.* 〔植〕秋海棠
beicinho *s.m.* 小嘴唇 △ fazer ~ 努嘴,噘嘴
beiço *s.m.* 唇,嘴唇 △ ① fazer ~ 不高興 ② ficar pelo ~ 迷戀 ③ lamber os ~s 喜歡 ④ trazer pelo ~ 控制(某人),對某人很有影響力
beiçoca *s.f.* 厚嘴唇
beiçudo, da *adj.* 嘴唇厚的
beijado, da *adj.* 被吻的 △ de mão ~a 幫忙,無報酬地
beijador *s.m.* 吻者
beija-mão *s.m.* 吻手;吻手禮
beija-pé *s.m.* 親足;親足禮
beijar *v.t.* 吻;輕觸
beijinho *s.m.* 輕吻;飛吻
beijo *s.m.* 吻,接吻,親嘴 △ ① ~ de Judas 口密腹劍,表裏不一 ② ~ de paz 和解的吻

beijoca *s.f.* 響吻

beijocar *v.t.* 響吻；常吻

beira *s.f.* 邊,邊緣,邊際;端 △ ① chegar à ~ de 接近 ② estar à ~ de 瀕於

beira-mar *s.f.* 海邊,海灘 ○ à ~ 靠海海邊

beirão *s.m.*; **beiroa** *s.f.* 貝拉人 ‖ *adj.* 貝拉的

beirense *adj. 2 gén.* 貝拉的 ‖ *s.2 gén.* 貝拉人

bel *s.m.* 貝,貝耳(聲音單位) △ ① ~-prazer 隨意

bela *s.f.* 美女

belacíssimo, ma *adj.* 好戰的,好鬥的,驍武的

belatriz *s.f.* 女戰士,女鬥士

belchior *s.m. bras.* 舊貨商;舊書商

beldade *s.f.* 美麗;美女,佳麗

beleguim *s.m.* 聽差的,當差的(對官員和警察等的蔑稱)

beleza *s.f.* 美;華麗;美人 △ fealdade

belga *adj.2 gén.* 比利時的 ‖ *s.2 gén.* 比利時人

beliche *s.m.* (船的)客艙,船房

bélico, ca *adj.* 好戰的;戰時的

belicoso, sa *adj.* 好戰的,驍武的 △ ① canção ~ a 鼓動戰爭;戰爭叫囂 ② génio ~ 好戰

beligerância *s.f.* 戰爭狀態;交戰狀態

beligerante *adj. 2 gén.* 交戰的,戰鬥的;發動戰爭的 △ todos os países ~s 交戰各國

belinógrafo *s.m.* 傳真機

belinograma *s.m.* 傳真電報

beliscadura *s.f.*; **beliscão** *s.m.*; **belisco** *s.m.* 捏,掐;刺激

beliscar *v.t.* 捏,掐,擰;刺激

belo *s.m.* 美,華麗,絕妙 ‖, la *adj.* 好的,愜意的,美妙的;快樂的 △ ① num ~ dia 某一天 ② o ~ sexo 女性 ◇ feio, ordinário, reles

beluíno, na *adj.* 野蠻的,兇猛的,粗魯的

belver *s.m.*; **belvedere** *s.m.* (屋頂的)涼臺,望樓

belzebu *s.m.* ⟨M⟩魔鬼,撒旦

bem *s.m.* 好,善,幸福,利益;愛人 ‖ *s.m.pl.* 財產 ‖ *adv.* 適宜地,良好地;身體好;多!明瞭地;仔細地 △ ① a ~ 禮貌地 ② em ~ 令人滿意地 ③ fazer ~ 行善 ④ fazer ~ a …有益於 …… ⑤ ~ns imóveis 不動產 ② ~ns móveis 動產 ⑦ levar a ~ 贊同,認可 ⑧ e ~ assim 同樣地 ⑨ ~ como 以及 ⑩ se ~ que 雖然,盡管 ◇ mal

bem-afortunado, da *adj.* 幸運的;有福的

bem-amado, da *adj.* 鍾愛的

bem-aventurado, da *adj.* 幸福的,幸運的 ‖ *s.m.pl.* 聖人

bem-criado, da *adj.* 知禮的;有教養的,受過良好教育的

bem-dizente *adj.2 gén.* 稱讚的,讚美的

bem-dizer *v.t.* 稱讚,稱頌

bem-estar *s.m.* 福利;安逸;舒適

bem-falante *adj.2 gén.* 善言辭的;談吐文雅的

bem-fazer *v.i.* 施恩;行善 △ por ~ mal haver 好心沒好報

bem-humorado, da *adj.* 情緒好的,精神好的

bem-nado, da *adj.*; **bem-nascido, da** *adj.* 出身好的;出身名門的;貴族的

bem-parecido, da *adj.* 美觀的,外觀好的

bem-querente *adj.2 gén.* 慈善的，仁慈

bem-querer *v.t.* 對人仁慈；待人和藹 ‖ *s.m.* 慈善

bem-soante *adj.2 gén.* 和諧的；悅耳的

bem-vindo, da *adj.* 歡迎的；受歡迎的

bem-visto, ta *adj.* 被重視的，被尊重的

bênção *s.f.* 天恩；祝福；降福 ◇ maldição

bendito, ta *adj.* 享福的，受福的，幸運的

bendizer *v.t.* (上帝)賜福；祝福；讚美

beneficência *s.f.* 慈善；善舉；恩惠

beneficente *adj.2 gén.* 行善的；慈善的；施恩惠的

beneficiação *s.f.* 行善；有益；改善

beneficiado *s.m.* 受惠者；受益者

beneficiador *s.m.* 行善者，施捨者；慈善家

beneficial *adj.2 gén.* 慈善的；行善的

beneficiar *v.t.* 行善，改善；修理，修改 ◇ prejudicar

beneficiável *adj.2 gén.* 能受益的，可受惠的

benefício *s.m.* 恩惠；益處；好處；改善；義演 ◇ perda, dano

benéfico, ca *adj.* 慈善的，有益的 ◇ maléfico

benemerência *s.f.* 慈善；仁慈

benemérito, ta *adj.* 慈善的，有功的；顯赫的 ‖ 施主

beneplácito *s.m.* 認許，許可

benesse *s.f.* 祭品，香火錢

benevolência *s.f.* 仁愛；仁慈 ◇ malevolência, hostilidade

benevolente *adj.2 gén.* **benévolo,**

la *adj.* 有善心的，想行善的

benfazejo, ja *adj.* 仁慈的；仁愛的

benfeitoria *s.f.* 修繕；改善

benfeitorizar *v.t.* 改善，改良；修繕

bengala *s.f.* 手杖，拐棍

bengalada *s.f.* 杖打；棍擊

bengaleiro *s.m.* 製手杖匠；賣手杖者

bengali *s.m.* 孟加拉方言

benignidade *s.f.* 仁慈；溫和；〔醫〕良性 ◇ malignidade, malicia

benigno, na *adj.* 仁慈的；好的；無危險的 △ febre ~a 微燒 ◇ maligno

benjamim *s.m.* 最小的兒子；愛子

benquerença *s.f.* 慈善，仁慈

benquistar *v.t.* 珍視；撫慰;和解

benquisto, ta *adj.* 受尊重的；受歡迎的

benzedeira *s.f.* 女巫，巫婆

benzedeiro *s.m.* 男巫，巫師

benzedor *s.m.* 賜福者；男巫

benzedura *s.f.* 賜福；魔法

benzer *v.t.* 賜福，祝福；變得高興 ‖ *v.r.* 劃十字

béquico, ca *adj.* 止咳的；止咳有效的

berbequim *s.m.* 曲柄鑽

berço *s.m.* 搖籃；幼年；來源

bergantim *s.m.* 雙桅帆船

beribéri *s.m.* 〔醫〕腳氣病

berinjela *s.f.* 茄子

berlinda *s.f.* 四輪馬車 △ estar na ~ 成爲批評對象；作爲議事日程

berlinense *adj.2 gén.* (德國)柏林的 ‖ *s.2 gén.* 柏林人

berliques *s.m. pl.* 魔術 △ por arte de ~ e berloques 用魔術

berloque *s.m.* (錶鍊、手鐲上的)小裝飾物

berrante *adj.2 gén.* 色彩鮮艷的；華

麗的

berrar *v.i.* 大聲喊叫 △ ~ por …喊
……

berraria *s.f.*; **berreiro** *s.m.* (大
聲連續)喊叫,吼,嚷叫

berro *s.m.* (生畜的)叫聲;吼叫

bersalher *s.m.* 意大利步兵

berzabu *s.m.* 〈M〉; **berzabúm** *s.m.*
〈M〉魔鬼

bestiaga *s.2 gén.* 非常愚蠢的人

bestial *adj.2 gén.* 獸性的,獸類的;
〔轉〕愚蠢的

bestialidade *s.f.* 獸性;愚昧

bestificar *v.t.* 使之變得野蠻殘忍;使
迷惑;令人不解

besuntar *v.t.* 塗,抹,搽;沾污

betão *s.m.* 混凝土 △ ~ armado 鋼
筋混凝土

beterraba *s.f.* 〔植〕甜菜,蕃菜

betesga *s.f.* 狹窄的街道;死胡同

betonar *v.t.* 鋪混凝土

betoneira *s.f.* 混凝土機

bétula *s.f.* 〔植〕樺木

betumar *v.t.* 鋪瀝青,鋪柏油

betume *s.m.* 瀝青,柏油

betuminoso, sa *adj.* 含瀝青的;柏油
的

bexiga *s.f.* 〔解〕膀胱 ‖ *s.f. pl.* 天花;
(因天花留下的)痘痕

bexigoso, sa *adj.* 有天花痕迹的,有
天花遺迹的

bexigueiro, ra *adj.* 嘲笑的

bezoar *s.m.* 牛黃

biácido *s.m.* 〔化〕二元酸

biangulado, da *adj.*; **biangular**
adj. 2 gén. 二角的,雙角的

bibe *s.m.* 圍涎;圍兜

biberão *s.m.* 乳瓶,奶瓶

bíblia *s.f.* 〈M〉聖經

bíblico, ca *adj.* 聖經的

bibliófilo *s.m.* 藏書家;愛藏書的人

bibliografia *s.f.* 書目提要,書誌學

bibliográfico, ca *adj.* 書目的;書誌
學的

bibliógrafo *s.m.* 書誌學家

bibliologia *s.f.* 圖書學;書籍學

bibliomancia *s.f.* 書卜;占書卜

bibliomania *s.f.* 藏書狂;嗜書癖

bibliomaníaco, ca *adj*; **biblióma-
no, na** *adj.* 有藏書癖的;嗜書如命的

biblioteca *s.f.* 圖書館;藏書處 △ ~
viva 知識淵博的人

bibliotecário *s.m.* 圖書館管理員

biblioteconomia *s.f.* 圖書館學

bica *s.f.* 水管 △ em ~ 大量地 △
estar à ~ 將到位,將就位

bicada *s.f.* 啄

bicar *v.t.* 啄

bicarbonato *s.m.* 〔化〕酸式碳酸鹽;
碳酸氫鹽

bicéfalo, la *adj.* 雙頭的

bíceps *s.m.* 〔解〕二頭肌

bicha *s.f.* 長隊,長排,長串;悍婦 △
① ~ de sete cabeças 困難的事,複雜
之事 ② estar como uma ~ 生氣的,憤
怒的

bichano *s.m.* 小貓

bicharoco *s.m.* 大蟲;壯漢

bicho *s.m.* 蟲;醜人 △ ① ~-da-
-conta 蛀蟲 ② ~-da-cozinha 廚師 ③
~-do-mato 難相處的人 ④ matar o ~
飲前喝點酒; *bras.* 早點 ⑤ matar o
~-do-ouvido 打瞌睡 ⑥ ter ~-carpin-
teiro no rabo 不能安靜

bichoso, sa *adj.* 有蟲的;有蟲蛀的

bicicleta *s.f.* 自行車,單車

biciclista *s.2 gén.* 騎自行車者

biciclo *s.m.* (前輪驅動的)兩輪腳踏車

bicipital *adj.2 gén.* 雙頭的;二頭肌的

bicípite *s.m.* 雙頭;二頭肌

bico *s.m.* 〔動〕喙;嘴;頂端,尖 △ ① trazer água no ~ 胸有成竹 ② ~ do peito 乳頭 ③ ~ do pé 腳尖 ④ ~-de-asno 雙面刀 ⑤ ~-de-obra 難做之事 ⑥ melro de ~ amarelo 狡猾的人 ⑦ jogar com pau de dois ~ s 是非不分;模稜兩可

bicolor *adj.2 gén.* 雙色的

bicôncavo, va *adj.* 兩面凹的

biconvexo, xa *adj.* 兩面凸的

bicorne *adj.2 gén.*; **bicórneo, nea** *adj.* 雙角的

bicudo, da *adj.* 有嘴的;尖的;困難的 △ estarem os tempos ~s 無錢

bicúspide *adj.2 gén.* 雙尖的

bidé *s.m.* 坐浴盆

bienal *adj.2 gén.* 兩年的;每兩年一次的

biénio *s.m.* 兩年期,兩年間

bifar *v.t.* 偷,竊

bife *s.m.* 牛排

bífero, ra *adj.* 〔植〕一年兩熟的

bifloro, ra *adj.* 〔植〕開雙花的

biforme *adj.2 gén.* 有兩形的,兩式的

bifronte *adj.2 gén.* 兩種面孔的;假的;叛變的

bifurcação *s.f.* 叉叉點;分岔;分歧

bifurcar *v.t.* 分枝

biga *s.f.* 兩駕馬車

bigamia *s.f.* 重婚;重婚罪

bígamo, ma *adj.* 重婚的 ‖ *s.m.* 犯重婚罪的人

biglandular *adj.2 gén.*; **biglandu-loso, sa** *adj.* 雙腺的

bigode *s.m.* 髭;小鬍子

bigodear *v.t.* 欺騙;引誘

bigorna *s.f.* 鐵砧 △ entre a ~ e o martelo 處在兩種危險中,進退維谷

bigorrilha *s.m.*; **bigorrilhas** *s.m.* 卑鄙的人,小人

bigudí *s.m.* 捲髮夾子

bilabiado, da *adj.* 〔解,植〕雙唇的;有兩唇的

bilabial *adj.2 gén.* 〔語音〕雙唇的(音素)

bilateral *adj.2 gén.* 雙邊的;雙方的

bilha *s.f.* 水瓶 △ dar ~ de leite por ~ de azeite 做有利的交換

bilhão *s.m.*; **bilião** *s.m.* 十億

bilhar *s.m.* 台球,桌球;台球桌;台球房

bilharda *s.f.* 彈子棋

bilhardar *v.i.* 兩次擊球;一次擊中兩球

bilharista *s.2 gén.* 打台球的人

bilhete *s.m.* 票,票券;入場券;便條 △ ① ~ directo 通票,全程票 ② ~ de ida e volta 往返票 ③ ~ à ordem 〔商〕期票 ④ ~-postal 明信片 ⑤ ~ de tesouro 國庫券 ⑥ ~-de-visita 名片 ⑦ ~-de-visita 名片

bilheteira *s.f.* 名片盒,名片盤;售票房,售票處

bilheteiro *s.m.* 售票員

biliar *adj.2 gén.*; **biliário, ria** *adj.* 膽的;膽汁的 △ cálculos ~s 〔醫〕膽石

bilíngue *adj.2 gén.* 兩種語言的;講兩種語言的

bilioso, sa *adj.* 多膽汁的 △ homem ~ 易怒的人

bílis *s.f.* 膽汁

biltre *s.m.* 流氓;暴徒;搗蛋鬼

bímano, na *adj.* 〔醫〕兩手的 ‖

s.m.pl. 人類

bímare *adj.2 gén.* 兩海間的;幕兩海的

bimembre *adj. 2 gén.* 有兩部分的;有兩肢的

bimensal *adj.2 gén.*; **bimestral** *adj.2 gén.* 兩月間的;每兩月一次的

bimestre *adj.2 gén.* 兩個月的 ‖ *s.m.* 爲期兩個月的一段時間

bimetalismo *s.m.* (金銀)雙本位制

bimetalista *adj. 2 gén.* 雙本位制論的 ‖ *s.2 gén.* 雙本位制論者

binário, ia *adj.* 二的;雙的;二元的 △ compasso ~〔樂〕二拍

binocular *adj.2 gén.* 雙目的;用兩眼的

binóculo *s.m.* 雙筒望遠鏡

binómio *s.m.*〔數〕二項式

bínubo, ba *adj.* 二婚的,再婚的

bioco *s.m.* 面紗

biodinâmica *s.f.* 生物機能學

biofísica *s.f.* 生物物理學

biogeografia *s.f.* 生物地理學

biografar *v.t.* (給……)寫傳記

biografia *s.f.* 傳記;人生經歷;言行錄

biógrafo *s.m.* 傳記作者

biologia *s.f.* 生物學

biológico, ca *adj.* 生物學的

biologista *s.2 gén.*;**biólogo** *s.m.* 生物學家

biombo *s.m.* 屏風

biomecánica *s.f.* 生物力學

biometria *s.f.* 生物統計學;預測壽命

biopsia *s.f.*〔醫〕活體檢查,活組織檢查

bioquímica *s.f.* 生物化學

bióxido *s.m.*〔化〕二氧化物

bíparo, ra *adj.* 雙生的,學生的;生過二胎的

bipartição *s.f.* 一分爲二;分成兩部分

bipartidismo *s.m.* 兩黨制

bipartido, da *adj.* 分成兩部分的;從中間分開的

bípede *adj.2 gén.* 兩足的 ‖ *s.m.* 兩足動物

bipene *adj.2 gén.* 雙翼的

biplano *s.m.* 雙翼飛機

bipolar *adj.2 gén.* 兩極的

biquadrado, da *adj.*〔數〕四次的 △ equação ~a 四次方程式

biquíni *s.m.* 比基尼;三點式游泳衣

birmã; birmane *s. 2 gén.* 緬甸人的 ‖ *s.m.* 緬甸語

birra *s.f.* 固執,頑固

birreme *adj.2 gén.* 雙排槳的 ‖ *s.f.* 雙排槳船

birrento, ta *adj.* 固執的,頑固的;瘋狂的

bis *adv.* 再一次,重複一次 ‖ *s.m.* 再演一次

bisagra *s.f.* 鉸鏈;合頁

bisanual *adj.2 gén.* 兩年一次的

bisar *v.t.* 請求再演一次;重演

bisavô *s.m.* 曾祖父;外曾祖父

bisavó *s.f.* 曾祖母;外曾祖母

bisbilhotar *v.i.* 耍詭計;弄是非

bisbilhotice *s.f.* 是非

bisbórria; bisbórrias; bisbórrio *s.m.* 卑鄙的人;無賴;惡棍

biscate *s.m.* 無用的工作;零工

biscoitaria *s.f.* 餅乾鋪;賣餅乾的商店

biscoiteira *s.f.* 餅乾鋪;餅乾盒

biscoiteiro *s.m.* 餅乾商;做餅乾的人

biscoito *s.m.* 餅乾;甜點心

biscouto *s.m.* 餅乾;甜點心

bisel *s.m.* 斜面;斜角

bismuto *s.m.* 〔化〕鉍

bisnau *adj.2 gén.* 狡猾的;兇惡的 △
pássaro ~ 狡猾的人;惡徒

bisneta *s.f.* 曾孫女;外曾孫女

bisneto *s.m.* 曾孫;外曾孫

bisonhice *s.f.* 無經驗

bisonho, nha *adj.* 沒參過戰的;無經
驗的 △ soldado ~ 新兵

bisonte *s.m.* 〔動〕美洲野牛

bispado *s.m.* 主教的轄區;主教之職

bispar *v.t.* 遠眺 ‖ *v.i.* (主教)就職
‖ *v.r.* 逃避

bispo *s.m.* 主教 △ ① o arroz tem ~
飯燒焦了 ② trabalhar para o ~ 枉費
心機

bispote *s.m.* 尿盆,夜壺

bissecção *s.f.* 〔數〕二等分,平分

bissector, ra *adj.* 平分的,二等分的

bissectriz *s.f.* 平分線,二等分線

bissemanal *adj.2 gén.* 每週兩次的;
每週出版兩次的

bissexto *s.m.* 閏日 ‖ , **ta** *adj.* 閏年
的

bissexual *adj.2 gén.*; **bissexo, xa**
adj. 兩性的;〔植〕雌雄同株的

bistre *s.m.* 茶褐色顏料;深棕色

bisturi *s.m.* 手術刀;小刀

bitácula *s.f.*〔海〕羅經櫃,羅經箱

biter *s.m.* 苦味啤酒

bitola *s.f.* 標準量度;規範;模型 △
medir tudo pela mesma ~ 良莠不分

bivacar *v.i.* 露營,宿營

bivalve *adj.2 gén.* 雙殼的,兩瓣的

bivaque *s.m.* 露營,宿營;營地

bizantinice *s.f.*; **bizantinismo** *s.m.*
浮華;奢侈;華而不實

bizantino, na *adj.* 拜占庭的 ‖ *s.m.*
拜占庭風格;拜占庭人

bizarrear *v.i.* 慷慨,大方,豪爽

bizarria *s.f.* 豪俠;大方;慷慨

bizarro, ra *adj.* 紳士派的,大方的;
優雅的

black-out *s.m.* 〈ingl.〉燈火管制

blague *s.f.* 大話;笑話;嚎罵

blandícia *s.f.* 溫和;撫愛

blandicioso, sa *adj.* 溫和的;撫愛的

blasfemador *s.m.* 褻瀆神明的人

blasfemar *v.i.* 褻瀆;咒罵;誹謗 △
~ contra Deus 褻瀆上帝

blasfémia *s.f.* 瀆神的話;詛咒

blasfemo, ma *adj.* 褻瀆的;侮辱的 ‖
s.m. 褻瀆者;誹謗者

blasonar *v.i.* 誇張;吹噓;炫耀 △ ~
de valentão 充好漢

blastoderme *s.f.*〔生〕胚盤

blefarite *s.f.*〔醫〕眼瞼炎

blenda *s.f.*〔礦〕閃鋅礦

blenoftalmia *s.f.*〔醫〕膿性結膜炎

blenorragia *s.f.*〔醫〕淋病;白濁

blindado, da *adj.* 裝甲的 △ carro ~
裝甲車

blindagem *s.f.* 鐵甲,裝甲

blindar *v.t.* 裝鐵甲;安裝甲

bloco *s.m.* 集團;集合體;塊 △ ~ na-
cionalista 民族主義集團

bloquear *v.t.* 封鎖,包圍,阻礙

bloqueio *s.m.* 封鎖;包圍設施;切斷
對外聯繫

blue-jean *s.m.* 〈ingl.〉藍布工裝褲

blusa *s.f.* 罩衫;(寬鬆的)女衫

blusão *s.m.* 長女衫

boa *adj.* bom 的陰性 ‖ *s.f.*〔動〕蟒蛇
△ ① escapar de ~ 倖免於難 ② vir às

~s 適當

boá *s.f.* (女用)毛皮圍脖

boal *s.m.* 馬奶葡萄

boas-festas *s.f.pl.* 節日愉快

boas-noites *s.f.pl.* ; **boas-noutes** *s.f.pl.* 〔植〕夜來香

boas-vindas *s.f.pl.* 歡迎

boateiro *s.m.* 散佈謠言的人

boato *s.m.* 謠言;流言

bobear *v.i.* 說蠢話,作滑稽動作

bobice *s.f.* ; **bobagem** *s.f.* 滑稽樣子,詼諧動作

bobina *s.f.* 卷盤,繞圈 △ ~ de indução 感應繞圈

bobo *s.m.* 丑角,小丑

boca *s.f.* 口,嘴巴;入口處 △ ① à ~ cheia 坦率地 ② abrir a ~ 打呵欠 ③ amargos de ~ 不滿意,不高興 ④ andar de ~ em ~ 廣爲傳播 ⑤ andar nas ~s do mundo 受人誹謗 ⑥ ~ de favas 說話亂離的人 ⑦ ~-de-fogo 槍口,炮口 ⑧ ~ de noite 黃昏 ⑨ ~ de purpurina 嘴唇 ⑩ calar a ~ 住口 ⑪ ~ do céu 天頂 ⑫ ~ do estômago 心窩 ⑬ ~ do ~ 上顎 ⑭ com a ~ aberta 張口結舌 ⑮ com o credo na ~ 遇到大的危險 ⑯ de ~ 口頭地 ⑰ deusa das cem ~s 傳說 ⑱ fazer a ~ doce a alguém 向人諂媚 ⑲ fazer a ~ 吃下酒菜 ⑳ pela ~ morre o peixe 禍從口出 ㉑ ter má ~ 挑食 ㉒ ter sempre o ~ 反覆嘮叨

bocado *s.m.* 一些,少量;一會兒 △ ① bom~ 開胃物 ② ficar mais um ~ 再待一會兒

bocal *s.m.* 口,嘴

boçal *adj.2 gén.* 愚蠢的

bocejar *v.i.* 打呵欠

bocejo *s.m.* 呵欠

boceta *s.f.* 小圓箱 △ ~ de Pandora 潘朵拉之盒(比喻一切禍害之源)

bochecha *s.f.* 頰,顋

bochechar *v.t.e i.* 漱口

bochecho *s.m.* 漱口;打嘴巴子

bochorno *s.m.* 熱風

bócio *s.m.* 甲狀腺腫

boda *s.f.* 婚禮;慶婚宴 △ ① ~ de ouro 金婚 ② ~ de prata 銀婚

bode *s.m.* 公山羊;〔轉〕醜漢 △ ~ expiatório 替罪羊

bodega *s.f.* 地下儲藏室;酒店;粗劣的食物;垃圾

bodegão *s.m.* ; **bodegueiro** *s.m.* 酒店主;邋遢的人

bodeguice *s.f.* 污物

bodo *s.m.* 濟貧;贈款;贈物

bodum *s.m.* 山羊的膻氣;〔轉〕汗臭

boémia *s.f.* 放蕩的生活

boêmio *s.m.* 波希米亞人;常變換住處的人;遊蕩者

boer *s.m.* 布爾人(非洲南部荷蘭人後裔)

bofar *v.i.* 溢出,湧出;吐出

bofe *s.m.* 肺 △ deitar os ~s pela boca fora 筋疲力竭

bofetada *s.f.* 耳光;侮辱

bofetão *s.m.* 大耳光,(掮)大嘴巴

boi *s.m.* 牡牛 △ ① andar o carro adiante dos ~s 本末倒置 ② pé-de-~ 守舊的人

bóia *s.f.* 浮標;救生圈

boiada *s.f.* 牛草

boiante *adj.2 gén.* 浮的

boião *s.m.* 大口圓瓶,甕

boiar *v.i.* 浮;〔轉〕不理解

boicotagem *s.f.* 抵制 (商品)

boicotar *v.t.* ; **boicotear** *v.t.* 抵制(商品);拒絕(貿易);排斥

boieiro *s.m.* 牧人;放牛人

boina　*s.f.* 貝雷帽；無邊軟帽

bojador, ra　*adj.* 膨脹的 ‖ *s.m.* 增大

bojar　*v.i.* 增大 ‖ *v.t.* 使膨脹

bojo　*s.m.* 大肚子；凸突；能力 △ ter ~ para 有能力幹……

bojudo, da　*adj.* 大肚子的

bola　*s.f.* 球；頭；矮胖的人

bolacha　*s.f.* 餅乾

bolada　*s.f.* 用球擊中；巨款

bolandas　*s.f.pl.* 突變；停頓；顛簸

bolar　*v.t.* 擊球

bolas　*s.m.* 廢物，無能的人 ‖ *interj.* 呸!

bolbo　*s.m.* 〔植〕球莖

bolboso, sa　*adj.* 〔植〕球莖的，球狀的

bolçar　*v.t.* 吐出；嘔吐

bolchevique　*adj.2 gén.* 布爾什維克主義的 ‖ *s.2 gén.* 布爾什維克主義者；共產主義者

bolchevismo　*s.m.* 布爾什維克主義；共產主義

bolchevista　*adj.2 gén.* 共產主義的 ‖ *s.2 gén.* 共產黨員；馬克思主義者

boldrié　*s.m.* 肩帶

bolear　*v.t.* 使成球狀

boleia　*s.f.* (馬車的)橫軸；馬車夫的座位；*sant.* 搭便車，搭順風車

boleima　*s.f.* 粗餅 ‖ *s.2 gén.* 廢物，獃子

bolero　*s.m.* (西班牙)博萊羅舞；(女用小坎肩，坎肩

boletim　*s.m.* 報告；簡報；通報 △ ① ~ de informação 電訊稿 ② ~ meteorológico 氣象報告 ③ ~ oficial 政府公報

boletineiro　*s.m.* 分送報告者；拍發電報者

boléu　*s.m.* 震蕩

bolha　*s.f.* 水泡；氣泡

bolhoso, sa　*adj.* 有水泡的；有氣泡的

bólide　*s.m.* 〔天〕流星，隕石

bolinar　*v.t.e i.* 〔海〕搶風行駛

bolineiro, ra　*adj.* 〔海〕搶風行駛的(船)

boliviano, na　*adj.* 玻利維亞的 ‖ *s.m.* 玻利維亞人

bolo　*s.m.* 餅，糕點；彩票的頭獎

bolónio, a　*adj.* 蠢人，笨蛋

bolor　*s.m.* 發霉；腐爛；霉味

bolorecer　*v.i.* 發霉；長霉

bolorento, ta　*adj.* 發霉的；有霉味的

bolota　*s.f.* 〔植〕冬青實；橡樹果實

bolsa　*s.f.* 錢包；手袋；隨身帶的口袋；證券交易所 △ ① alargar os cordões à ~ 花錢 ② ~ de estudo 獎學金

bolsar　*v.i.* (衣服)起褶皺，出皺

bolseiro　*s.m.* 製袋者；獎學金獲得者

bolsinho　*s.m.* 零花錢

bolsista　*s.2 gén.* (股票或證券)經紀人

bolso　*s.m.* 小袋；手提包 △ do ~ de alguém 由某人出錢

bom, boa　*adj.* 好的；優良的；令人滿意的；有利的 ‖ *s.m.* 善；好人行品 △ ① ~ a mesa 盛餐 ② ~ empregado 勤奮的職員 ③ ~ negócio 有利的交易 ④ de ~ a vontade 善意的 ⑤ escapar de ~ 勉強脫險 ⑥ estar metido em ~ 陷入困境 ⑦ ver o ~ e o bonito 遇到重大困難 ◇ mau, malévolo

bomba　*s.f.* 泵，唧筒；炸彈；砲彈 △ ① à prova de ~ 防彈的 ② ~ aspirante 抽水機 ③ ~ atómica 原子彈 ④ ~ de hidrogénio 氫彈 ⑤ ~ de iluminação 照明彈 ⑥ ~ de incêndio 滅火機 ⑦ ~ de mão 手榴彈 ⑧ ~ nuclear 核彈 ⑨ ~ de tempo 定時炸彈

bombachas　*s.f.pl.* 燈籠褲

bombardear v.t. 砲轟;轟炸

bombardeamento s.m. 轟炸;砲轟

bombardeira s.f. 砲艇;砲艦

bombardeiro s.m. 轟炸機;砲手

bombardino s.m. 〔樂〕大號

bombástico, ca adj. 誇大的;誇張的;〔轉〕浮華的

bombeiro s.m. 消防隊員

bombice s.m.; **bômbix** s.m. 〔動〕蠶

bombista s.2 gén. 投彈手

bombo s.m. 大鼓 △ ser ~ de festa 被痛打

bombom s.m. 糖果;巧克力

bombordo s.m. 〔海〕(船的)左舷 ◇ estibordo

bonança s.f. 風平浪靜;溫和;安靜

bonançoso, sa adj. 安靜的;寧靜的

bondade s.f. 善良;美德;仁慈 ◇ maldade

bonde s.m. 公債,債券; bras. 電車

bondoso, sa adj. 善良的,好心的 ◇ maldoso

boné s.m. 無邊軟帽;便帽

boneca s.f. 洋囡囡,玩偶;〔轉〕傀儡 △ verdadeira ~ 冷面濃粧的女人

boneco s.m. 洋娃娃;高傲的男士;時裝模特兒

bonete s.m. 〔海〕輔助船帆

bonifrate s.m. 木偶;花花公子

bonina s.f. 〔植〕雛菊

bonito, ta adj. 美麗的,漂亮的;高尚的;重要的 ‖ s.m. 玩具 △ o bom e o ~ 意想不到的事

bonomia s.f. 天真;善良;樸實

bónus s.m. 花紅,獎金;津貼

bonzo s.m. 和尚;法師

boquear v.i. 喘,喘息

boqueirão s.m. 大嘴,大口

boquejar v.t.e i. 打呵欠 ‖ 用嘴觸;低語 △ ~ de alguém 說某人的壞話

boquejo s.m. 打呵欠;低語

boquiaberto, ta adj. 張着嘴的;張口結舌的

boquilha s.f. 煙嘴

boquim s.m. 〔樂器〕的哨嘴

boquinegro, ra adj. 黑嘴巴的

boquinha s.f. 小嘴 △ fazer ~ 噘嘴巴

boquitorto, ta adj. 嘴歪的

borato s.m. 〔化〕硼酸鹽

bórax s.m. 〔化〕硼砂

borboleta s.f. 〔動〕蝴蝶

borboletear v.i. 遊蕩;漂浮不定

borbónico, ca adj. 〔法國〕波旁家族的

borborigmo s.m.; **borborismo** s.m. 腹鳴,肚子咕嚕嚕響

borbotão s.m. (水)沸騰,湧出

borbotar v.i. 湧出

borbulha s.f. 顆粒;小膿皰

borbulhão s.f. 大膿皰;大水泡

borbulhar v.i. 起泡;(水)翻滾

borbulhoso, sa adj. 有小膿皰的

borco s.m. 僅用於 de ~ 僕倒在地

borda s.f. 邊,邊緣;岸邊

borda-d'água s.f. 海曆 ‖ s.m. 日曆

bordadeira s.f. 刺繡女;女裁縫

bordado s.m. 刺繡;刺繡品

bordador s.m. 刺繡工

bordadura s.f. 刺繡品

bordão s.m. (香客用的)手杖;低音絃

bordar v.t. 刺繡

bordejar v.i. 〔海〕搶風調向

bordel s.m. 妓院

bordéus s.m. 〔法國〕波爾多酒

bordo *s.m.* 〔海〕船舷;邊 △ ① estar a ~ 在船上,在飛機上 ② ir a ~ de … 乘……

bordoada *s.f.* (用手杖)打;棒擊;敲打

boreal *adj.2 gén.* 北方的 △ ① auro-ra ~ 北極光 ② pólo ~ 北極

bóreas *s.m.* 北風

borgonha *s.m.* ; **borgonhão** *s.m.* (法國)布爾戈尼葡萄酒

borla *s.f.* 流蘇;帽纓;白得 △ de ~ 免費

borne *s.m.* 〔電〕端子;接綫柱

boro *s.m.* 〔化〕硼

borra *s.f.* 絨絮;沉渣;便宜貨

borra-botas *s.m.* 賤人;下賤;流氓

borraceiro *s.m.* 毛毛雨

borracha *s.f.* 橡膠;橡皮;酒囊

borrachão *s.m.* 酒鬼;醉漢

borracheira *s.f.* 酒醉;醉態;(酒後)胡言

borracho, cha *adj.* 喝醉的 ‖ *s.m.* 醉漢;乳鴿

borradela *s.f.* 墨漬;污點

borrador *s.m.* 筆記簿;工作日誌;草稿

borralha *s.f.* (熱的)灰燼

borralheiro, ra *adj.* 不愛出家門的人

borralho *s.m.* 灰燼,餘燼

borrão *s.m.* 墨迹,污漬;瑕疵

borrar *v.t.* 染上墨迹;弄髒;亂塗

borrasca *s.f.* 暴風雨;翻臉

borrascoso,sa *adj.* 暴風雨的;激烈的

borrego *s.m.* 羔羊;温順的人

borregueiro *s.m.* 牧羊人

borrento, ta *adj.* 有沉渣的

borrifar *v.t.* 噴灑 ‖ *v.i.* 下小雨

bosque *s.m.* 樹林,森林

bosquejar *v.t.* 劃草圖;打輪廓;描畫

bosquejo *s.m.* 草圖;輪廓;概要

bosquete *s.m.* 小樹林

bossa *s.f.* 腫塊;隆起部分;駝背 △ as ~s do camelo 駝峰

bossagem *s.f.* 〔建〕凸雕飾;野面

bosta *s.f.* 牛糞

bostal *s.m.* 牛欄

bosteiro *s.m.* 糞堆,糞粗

bostela *s.f.* 膿疱;痘疱;惡瘡

bostelento, ta *adj.* 有膿疱的;丘疹的

bota *s.f.* 靴子;謊言;笨蛋;障礙

bota-fogo *s.m.* 點火棒

bota-fora *s.f.* 〔海〕下水;送別(宴會)

botânica *s.f.* 植物學

botânico,ca *adj.* 植物學的 ‖ *s.m.* 植物學家 △ jardim ~ 植物園

botão *s.m.* 鈕扣;(植物的)芽;(門等)圓形拉手 △ em ~ 要發展的

botar *v.t.* 放;抛;投

botaréu *s.m.* 〔建〕柱墩;橋砧

bote *s.m.* 小船,小艇 △ de um ~ 一次地,一下子

botelha *s.f.* 瓶子

botequim *s.m.* 酒吧;咖啡店

botequineiro *s.m.* 酒吧老板

botica *s.f.* 藥店,藥房 △ ter de tudo como na ~ 有求必應

boticão *s.m.* 拔牙鉗

boticário *s.m.* 藥店老板;藥劑師

botifarra *s.f.* 大靴子

botija *s.f.* (陶製)細口瓶;胖子

botim *s.m.* 短靴

botina *s.f.* 女靴;童靴

boto, ta *adj.* 鈍的,不鋒利的;遲鈍的

botoeira *s.f.* 鈕扣孔;製扣婦

botoeiro *s.m.* 製扣者

botulismo *s.m.* 食物中毒

bovino, na *adj.* 牛的 △ gado ~ 牛類

boxe *s.m.* 拳擊;拳術

braçada *s.f.* 一抱 △ o mal vem às ~s e sai às polegadas 惡習易染不易除

braçadeira *s.f.* 環;帶

braçado *s.m.* 一抱;大量

braçagem *s.f.* 手工

braçal *adj.2 gén.* 手臂的;手工的

braceagem *s.f.* 手工;鑄幣

braceiro, ra *adj.* 臂力大的;投擲的 ‖ *s.m.* 工人;幫助

bracejar *v.i.* 揮動手臂,搖手

bracejo *s.m.* 揮手,搖手

bracelete *s.m.* 手鐲,手鍊

braço *s.m.* 手臂;(椅子的)扶手;人力 △ ① a ~s com ……鬥爭 ② de ~s abertos 熱情地 ③ ~ direito 得力助手 ④ ~ da lei 法律的力量 ⑤ ~ de rio 支流 ⑥ de ~s cruzados 袖手旁觀 ⑦ de ~ dado 手挽手 ⑧ falta de ~s 缺少人手

bráctea *s.f.* 〔植〕苞

bracteal *adj.2 gén.* 〔植〕含苞的

braçudo, da *adj.* 手臂粗壯的,強壯的

bradar *v.i.* 呼叫,喊叫

bradipepsia *s.f.* 〔醫〕消化徐緩,消化困難

brado *s.m.* 喊叫;高聲呼叫

braga *s.f.* 腳鐐

bragado, da *adj.* 蹄子毛色與身體其他部位毛色不同的(動物) ‖ *s.m.* 做短褲的布

bragas *s.m.pl.* 短褲,肥大的褲子 △ não se pescam trutas a ~ enxutas 一分耕耘一分收穫

braille *s.m.* 盲文

brâmane *s.m.* 婆羅門(印度種姓制度的第一種姓);婆羅門教徒

bramânico, ca *adj.* 婆羅門的

bramanismo *s.m.* 婆羅門教

bramante *adj.2 gén.* 吼叫的;大聲呼叫的

bramar *v.i.* 吼,喊叫,咆哮 △ ~ contra 抨擊

bramido *s.m.* (動物的)嗥叫,吼叫

bramir *v.i.* 狂叫;咆哮

branca *s.f.* 白髮

branco, ca *adj.* 白的,白色的;純潔的 ‖ *s.m.* 白色;白種人 △ ① armas ~as 刀劍 ② carta ~a 全權 ③ de ponto em ~ 完美無缺地 ④ estar em ~ 根本不懂 ⑤ passar noite em ~ 整通宵 ⑥ pôr o preto no ~ 簽字,簽名 ◇ negro, sujo

brancura *s.f.* 白,白色 ◇ negrura

brandão *s.m.* 火炬,粗大的蠟燭

brandíloquo, qua *adj.* 慢慢說的;和善的

brandir *v.t.* 揮手;搖動 ‖ *v.i.* 揮舞

brando, da *adj.* 軟的;沉穩的;和善的 △ homem ~ 軟弱無力的人 ◇ duro, activo

brandura *s.f.* 柔軟;和善;溫和 ◇ dureza, actividade

branqueadura *s.f.*; **branqueamento** *s.m.* 漂白;塗白;清潔

branquear *v.t.* 使變白;塗白;清潔

branquearia *s.f.* 漂白布的地方

branquejar *v.i.* 呈白色;變白 ◇ negrejar

branquial *adj.2 gén.* 〔動〕鰓的

brânquias *s.f.pl.* 〔動〕鰓

branquir *v.t.* 擦光(金銀器)

braquial *adj.2 gén.* 手臂的

braquicéfalo, la *adj.* 〔解〕短頭的 ‖ *s.m.* 短頭的人

braquidáctilo, la *adj.* 手指短的

braquigrafia *s.f.* 速記;速記法

braquióide *adj.2 gén.* 手臂形狀的

braquipneia *s.f.* 喘氣;喘息

brasa *s.f.* 火炭;餘火未盡的煤炭 △
① chegar a ～ à sua sardinha 為全自己的利益 ② como gato por ～s 輕輕地 ③ estar em ～ 坐立不安的,急躁的

brasão *s.m.* 紋章;旗幟;榮譽

braseira *s.f.*; **braseiro** *s.m.* 火盆,炭盆

brasil *s.m.* 巴西木

brasileiro, ra *adj.* 巴西的 ‖ *s.m.* 巴西人;富人

brasilense *adj.2 gén.*; **brasílico, ca** *adj.* 巴西的

brasonar *v.t.* 用紋章裝飾 ‖ *v.i.* 誇口,吹牛

bravata *s.f.* 嚇唬;自負;虛張聲勢

bravatão *s.m.*; **bravateador** *s.m.* 說大話者;恫嚇者

bravatear *v.i.* 吹牛;嚇唬

bravear *v.i.*; **bravejar** *v.i.* 怒吼

braveza *s.f.* 勇氣;咆哮;憤怒

bravio, via *adj.* 野蠻的;原始的;難以馴服的

bravo, va *adj.* 勇敢的;野蠻的;原始的 ‖ *s.m.* 勇士 ‖ *interj.* 好極了! ◇ manso, poltrão

bravura *s.f.* 勇敢;勇氣;野蠻 ◇ mansidão, cobardia

brear *v.t.* 鋪瀝青

breca *s.f.* 痙攣,抽筋 △① com a ～! 老天啊! (指聽到疲憊後的反應) ② fazer coisas de ～ 做特別的事 ③ ir-se com a ～ 失蹤 ④ rapaz levado da ～ 頑皮的孩子

brecha *s.f.* 裂縫,缺口 △ estar sempre na ～ 不停地戰鬥

brejeirice *s.f.* 惡言;惡行;惡作劇

brejeiro *s.m.* 惡徒;小人

brejo *s.m.* 沼澤;濕冷之地;泥淖

brejoso, sa *adj.* 泥濘的;沼澤的

brenha *s.f.* 叢林,荊棘

brenhoso, sa *adj.* 佈滿荊棘的

breque *s.m.* 四輪大馬車

brequefesta *s.f.*; **brequefeste** *s.m.* 聚餐;大吃大喝的節日

bretanha *s.f.* 細亞麻布

bretão, tanha *adj.* 不列顛的,英國的 ‖ *s.m.* 英國人

brete *s.m.* (捕鳥的)羅網;陷阱

breu *s.m.* 柏油,瀝青

breve *adj.2 gén.* 短的,短時間的 ‖ *adv.* 很快,馬上 ‖ *s.m.* 教皇敕書 △ em ～ 一會兒,很快 ◇ longo, prolixo

breviário *s.m.* 〔宗〕日課經;常讀的書;概略

brevidade *s.f.* 簡要;短暫;迅速

brial *s.m.* 馬甲;(女用)網衫

bricabraque *s.m.* 古玩店;舊貨店

brida *s.f.* 馬籠頭,馬勒 △ a toda ～ 飛快地

bridar *v.t.* 上馬籠頭

brídege *s.m.* 橋牌

briga *s.f.* 爭鬥;打鬥;吵鬧

brigada *s.f.* 〔軍〕旅;隊列,組

brigadeiro *s.m.* 准將

brigador *s.m.* 吵鬧者;打鬥者

brigão *s.m.* 好爭鬥的人

brigar *v.i.* 吵架,爭鬥;不協調

brigue *s.m.* 方帆雙桅船

brilhante *adj.2 gén.* 發光的;閃爍的;燦爛的;突出的 ‖ *s.m.* 鑽石 ◇ obscuro, sombrio

brilhantina *s.f.* 磨光粉;髮油;潤髮脂

brilhantismo *s.m.* 光明,閃亮,輝煌

brilhar *v.i.* 發光,發亮;出眾 △ ~ em 在……方面出眾

brilho *s.m.* 光亮,光彩,輝煌 ◇ sombra, obscuridade

brim *s.m.* 帆布;麻布;粗布

brincadeira *s.f.* 笑話;玩笑

brincalhão *s.m.*; **brincão** *s.m.* 喜歡開玩笑的人,詼諧的人

brincar *v.i.* 說笑話;玩笑 △ ~ com 和……開玩笑

brinco *s.m.* 耳環;垂飾

brindar *v.t.* 供給,奉獻 ‖ *v.i.* 祝酒;祝賀;乾杯

brinde *s.m.* 禮物;祝酒;紀念品

brinquedo *s.m.* 玩具;玩笑;作樂

brio *s.m.* 勇氣;風度;自尊心

brioso, sa *adj.* 有風度的;勇敢的;健壯的 ◇ covarde

briófitos *s.m.pl.*; **briófitas** *s.f.pl.* 〔植〕苔蘚植物門

briozoários *s.m.pl.* 〔動〕苔蘚蟲

brisa *s.f.* 微風

brita *s.f.* 碎石

britânico, ca *adj.* 英國的 ‖ *s.m.* 英國人

britar *v.t.* 壓碎;碾碎;踩踏

broa *s.f.* 粟米包,玉米點心 ‖ *s.f.pl.* 聖誕禮物

broca *s.f.* 鑽頭;手鑽

brocado *s.m.* 錦緞

brocar *v.t.* 鑽孔;打洞

brocardo *s.m.* 格言

brocha *s.f.* 圖釘(固定貨物的)繩 △ estar (ver-se) à ~ 處於困境

brochadeira *s.f.* 裝釘書的女人

brochar *v.t.* 釘;裝釘(書)

broche *s.m.* 飾針;胸針;領針

brochura *s.f.* 裝釘(書);小册子

brócolos *s.m.pl.*; **brocos** *s.m.pl.* 〔植〕椰菜花

bródio *s.m.* 歡宴;(施捨的)飯

broeiro, ra *adj.* 愛吃粟(玉)米點心的 ‖ *s.m.* 賣玉米點心的人

broma *s.f.* 〔動〕船蛆;蠢人;惡作劇

bromar *v.t.* (蛆)蛀;破壞;腐蝕

bromato *s.m.* 〔化〕溴酸鹽

bromatologia *s.f.* 食物學;營養學

bromeliáceas *s.f.pl.* 〔植〕鳳梨科

bromo *s.m.* 〔化〕溴

bronco, ca *adj.* 愚蠢的;粗魯的;遲鈍的

broncopneumonia *s.f.* 〔醫〕支氣管肺炎

broncorreia *s.f.* 〔醫〕支氣管粘液溢出

broncoscopia *s.f.* 〔醫〕支氣管鏡檢查

bronquial *adj.2 gén.*; **brônquico, ca** *adj.* 支氣管的

brônquio *s.m.* 支氣管

bronquite *s.f.* 支氣管炎

bronze *s.m.* 青銅 △ coração de ~ 鐵石心腸

bronzeado, da *adj.* 青銅色的

broquel *s.m.* 盾牌;〔建〕固石灰板

brossa *s.f.* 刷子

brotar *v.t.* 生長;產生 ‖ *v.i.* 出現;湧出;發芽

bruços *s.m.* 僅用於 de ~ 趴着;僕臥

bruma *s.f.* 霧;模糊

brumal *adj.2 gén.* 霧的;悲慘的

brumário *s.m.* 霧月(法國共和曆第二月,即 10 月 23 日至 11 月 21 日)

brumoso, sa *adj.* 有霧的;煙霧迷漫的

brunidor *s.m.* 磨光器

brunidura *s.f.* 磨光,擦亮;光亮

brunir *v.t.* 磨光,擦亮,上光

bruno, na *adj.* 金黃色的;褐色的

brusco, ca *adj.* 粗的;急速的;暗的;易怒的

brutal *adj.2 gén.* 殘忍的;粗野的 ◇ cortês, amável, delicado

brutalidade *s.f.* 殘暴;野蠻 ◇ cortesia, delicadeza

brutalizar *v.t.* 使變得殘忍;使變得愚蠢

brutamontes *s.m.* 野蠻人;粗魯的人

brutesco, ca *adj.* 粗糙的;奇形的

bruteza *s.f.*; **brutidade** *s.f.* 獸性;殘忍

bruto, ta *adj.* 無教養的;野蠻的;原始的 ‖ *s.m.* 笨蛋 △ ① diamante ~ 天然鑽石 ② em ~ 原始地 ③ peso ~ 毛重 ④ receita ~a 總收入 ⑤ Produto Nacional Bruto (PNB) 國民總產值

bruxa *s.f.* 女巫,巫婆 △ ver uma ~ 遇到困難

bruxaria *s.f.*; **bruxedo** *s.m.* 巫術;妖術

bruxo *s.m.* 男巫,巫師

bruxulear *v.i.* (火光)閃爍;(星光)閃耀

buba *s.f.* 小瘤子;小腫塊

bubão *s.m.* 〔醫〕大膿瘤

bubónico, ca *adj.* 〔醫〕淋巴腺的 △ peste ~ 腺鼠疫

bubonocele *s.m.* 〔醫〕腹股溝管外疝

bucal *adj.2 gén.* 口的

bucentauro *s.m.* 〔神話〕牛身人面獸

bucha *s.f.* 塞子;襯墊;填料;煩擾 △ aturar a ~ 受到無禮的對待

bucho *s.m.* 胃;醜怪的女人

buço *s.m.* 乳酪,(上唇的)茸毛

bucólica *s.f.* 牧歌;田園詩

bucólico, ca *adj.* 田園的;鄉村的

bucolismo *s.m.* 田園詩

buda *s.m.* 〈M〉佛;菩薩

búdico, ca *adj.* 佛教的

budismo *s.m.* 佛教

budista *s.2 gén.* 佛教徒

buena-dicha *s.f.* 好運氣,福氣;命運

búfalo *s.m.* 〔動〕水牛

bufão *s.m.* 吹牛皮的人,說大話的人;小丑

bufar *v.i.* 吹;發怒

bufarinha *s.f.* (小販的)貨攤;貨擔

bufarinheiro *s.m.* 小販

bufete *s.m.* 碗櫥;酒台;餐櫃

bufo, fa *adj.* 滑稽的 △ ópera ~s 滑稽劇

bufonaria *s.f.* 滑稽;可笑

bufonear *v.i.* 扮小丑

bugalho *s.m.* 〔植〕蟲癭;〔藥〕桮子 △ misturar alhos com ~s 張冠李戴

bugia *s.f.* 蠟燭

bugiar *v.i.* 摹仿,學樣 △ mandar alguém ~ 攆走某人

bugiarias *s.f.pl.* 扮鬼臉;不值錢的東西

bugiganga *s.f.* 瑣事;虛禮

buir *v.t.* 磨光;擦亮

bula *s.f.* (教皇的)敕書;聖諭

bulário *s.m.* 抄聖諭者;聖諭集

bulbiforme *adj.2 gén.* 球莖狀的

bulboso, sa *adj.* 生鱗莖的

bulcão *s.m.* 濃霧;烏雲

buldogue *s.m.* 牛頭犬,大喇叭狗

bule *s.m.* 茶壺

bulevar *s.m.* 露天茶座

bule-bule *s.m.*; **bole-bole** *s.m.* (紙製)小風車(兒童玩具);好動

búlgaro, ra *adj.* 保加利亞的 ‖ *s.m.*

保加利亞人;保加利亞語

bulha s.f. 吵鬧;喧嘩 △ ① ~ suja
賣屬 ② fazer ~ 言過其實 ③ meter à
~ 刺激

bulhar v.i. 爭吵;爭鬥

bulhento adj. 愛爭吵者;愛抬杠的人

bulício s.m. 喧嘩;吵鬧

buliçoso,sa adj. 好動的;吵鬧的;騷
亂的;積極的

bulimia s.f.〔醫〕食慾過盛

bulímico,ca adj. 食慾過盛的

bulir v.i. 輕輕地移動;干涉 △ ~
com 打擾

bulldozer s.m. 推土機

bumba interj. 呼! 嘆的一聲

bur s.m. 南非農民 (荷蘭後裔)

buraca s.f. 大洞;穴

buraco s.m. 孔,隆 △ ① arranjar um
~ 找到工作 ② tapar ~s 還債

burato s.m. 粗呢

burburinho s.m. 人聲鼎沸;咕咕噥
噥的話語聲

burgo s.m. 城郊;村鎮 △ ~ podre
政府指定的候選人

burgomestre s.m. (瑞士、比利時、荷
蘭、德國等的)市長

burguês s.m. 中產階級分子;資産階
級分子

burguesia s.f. 資産階級 △ ① ~
burocrática 官僚資産階級 ② ~ com-
pradora 買辦資産階級 ③ ~ nacional
民族資産階級

buril s.m. 雕刻刀,鏤刀

burilar v.t. 雕刻

burjaca s.f. 工具袋

burla s.f. 愚弄;欺騙

burlão s.m. 騙子;愚弄者

burlar v.t. 欺騙;取笑

burlesco,ca adj. 嘲弄的;取笑的 ◇

sério,grave

burloso,sa adj. 欺騙的;不老實的;
嘲笑的

burocracia s.f. 官僚階層;官僚政治

burocrata s. 2 gén. 官僚;官僚主義
者

burocrático,ca adj. 官僚的;官僚主
義的

burocratismo s.m. 官僚主義

burra s.f. 母驢;保險櫃;帆布牀;水車
△ descer da ~ 屈服,妥協

burrego s.m. 愚人,笨蛋

burricada s.f. 驢群;胡說,蠢話

burrical adj.2 gén. 驢的;愚蠢的

burrico s.m. 小驢

burriqueiro s.m. 趕驢的人

burro s.m. 公驢;蠢人;固執的人 △
① cabeça de ~ 傻瓜 ② trabalhar co-
mo um ~ 拼命幹活 ③ vozes de ~
não chegam ao céu 蠢話不足信

búrsera s.f.〔植〕橄欖

burseráceas s.f. pl.〔植〕橄欖科

busca s.f. 尋找;調查;研究

buscar v.t. 尋找;發現;調查;研究

busca-vida s.m. 活潑的人

busílis s.m. 問題所在,症結;首要困
難

bússola s.f. 指南針,羅盤

busto s.m.〔美〕胸像,半身塑像

bustuário s.m. 胸像雕術家

butana s.f.; **butano** s.m.〔化〕
丁烷

butílico,ca adj.〔化〕丁烷的

butirada s.f. 奶油蛋糕

butiroso,sa adj. 奶油的

buxáceas s.f.pl.〔植〕黃楊科

buxo s.m.〔植〕黃楊

buzina s.f. 號角;發言人

buzinar *v.i.* 吹號;說話煩人;說廢話

búzio *s.m.* 〔動〕峨螺;潛水的人

byroniano, na *adj.* (英國詩人)拜倫的

C

c *s.m.* 葡文第三個字母;〈M〉(羅馬數字)百;〔化〕元素碳符號;〔電〕庫侖;〔氣象〕攝氏溫度 ‖ *adj.* (序列中)第三的

cá *adv.* 此處,在此處;向這裏,向着我(們);在我們之中 ◇ lá

cã *s.f.* 白髮 ‖ *s.m.* (蒙古或波斯)君主;汗,可汗

caaba *s.f.* 沙特阿拉伯麥加 Mahoma 清真寺天房中的聖石,有時也指天房本身

caba *s.f. bras.* 胡蜂

cabaça *s.f.* 牙牙葫蘆;瓢 ‖ *s.f. bras.* 雙胞胎中指老二 △qual cabaça! 根本不是那麼回事!

cabaço *s.m.* (多指橢圓形)葫蘆;〔口〕鵝嘴魚

cabaia *s.f.* (中國及東方人穿的)長衫;大掛兒,旗袍

cabal *adj.2 gén.* 完的;圓滿的;嚴謹的;滿意的

cabala *s.f.* (猶太教徒對舊約聖經的)解釋或神秘傳說;〔轉〕玄學,神秘哲學;陰謀

cabalista *s.2 gén.* 神秘哲學家

cabana *s.f.* 茅屋,茅舍

cabanagem *s.f.* 牛草,馬草;*bras.* (巴西爭取共和的)卡巴納達運動分子及活動

cabaneira *s.f.* 居茅屋之婦女

cabaneiro *s.m.* 居茅屋者;大藤條筐(籃)

cabano,na *adj.* 牛角水平向前或微向下彎的;馬耳下垂的 ‖ *s.m.* 大筐(籃);巴西卡巴納達運動分子

cabaré *s.m.* 夜總會

cabaz *s.m.* 籃子,筐;保溫飯盒;一種熱飲料

cabazada *s.f.* 滿籃子;〔轉〕大量,數量大

cabe *s.m.* (槌球遊戲中)兩球相碰,相撞;計謀;巧妙 △dar ~s 行動敏捷,巧妙

cabeça *s.f.* 頭,頭部;(物體的)頭,端;上部,上端;〔轉〕首領,頭目,元首;首都,首府 △① atirar-se a ~ 冒險 ② ~ de casal 一家之主 ③ ~ de turco 替罪羊;傀儡 ④ ~ de vento 喪失理智者;變化無常者 ⑤ cair a ~ aos pés 驚愕 ⑥ comer as papas na ~ de alguém 利用某人的幼稚 ⑦ dar com a ~ pelas paredes 絕望 ⑧ dos pés à ~ 全部地,徹頭徹尾地 ⑨ meter-se na ~ 掌握……技能 ⑩ não ter pés nem ~ 雜亂無章 ⑪ passar pela ~ 記起;回憶 ⑫ perder a ~ 失去理智 ⑬ pôr a ~ sobre ~ 保證 ⑭ quebrar a ~ 深思熟慮,絞盡腦汁(思考某個問題)

cabeçada *s.f.* 用頭碰撞;愚蠢無稽之舉;(牲口)絡頭,馬勒

cabeçal *s.m.* 枕頭;(包紮傷口之)敷料,紗布墊

cabeçalha *s.f.* 車轅;轅之前部

cabeçalho *s.m.* 車轅;題目,標題;報頭,刊頭

cabecear　*v.i.* 領首,點頭;打瞌睡,打盹兒

cabeceira　*s.f.* 枕頭;床頭;(橢圓桌子之)窄端;(名單,座次)居首位;(古)魁首,頭目; *pl.* 河流源頭地區

cabecilha　*s.m.* 領袖,魁首,頭目;首領

cabecinha　*s.f.* 小腦袋,小頭;粗麵粉 △cravo-de-～ 萬壽菊,石竹花

cabeço　*s.m.* 山頂,山尖;山丘,山崗

cabeçudo, da　*adj.* 大頭的,腦袋大的;(轉)頑固的,倔強的 ‖ *s.m.* 頑固的人

cabedal　*s.m.* 資本,資金,資產,財產;皮革;(轉)學識淵博; *pl.* (木匠用)搶917條

cabeleira　*s.f.* 長頭髮;假髮;彗核周圍霧狀星雲

cabeleireira　*s.f.* 女理髮師

cabeleireiro　*s.m.* 剃頭匠,理髮師

cabelo(ê)　*s.m.* 毛髮,頭髮;(鐘錶)遊絲 △① em ～ 免冠,不戴帽子 ② estar pelos ～s 不願意 ③ levar coiro e ～ 昂貴 ④ por um ～ 差一點,幾乎 ⑤ pôr-se os ～s em pé 毛骨悚然 ⑥ ter ～s no coração 心如蛇蠍

cabeludo, da　*adj.* 多髮的,頭髮濃密或長的 ‖ *s.m. bras.* 毛毛蟲 △coiro ～ 頭皮 ◇ calvo

caber　*v.i.* 容納;可描述;可行;可共存,可相容,不矛盾;輪到,該;恰巧,湊巧;佔有,歸於 △não ～ em si de contente 喜不自勝

cabide　*s.m.* 大衣架

cabinda　*s.m.* (安哥拉)卡奔達人及該地區方言

cabine　*s.f.* (船)艙、室;小房間 △～ telefónica 電話間

cabisbaixo, xa　*adj.* 低頭的,垂頭的;(轉)垂頭喪氣的,頹喪的

cabo　*s.m.* 首領,魁首;末,端;(軍)中士,班長;(地)海角;纜繩,鋼絲繩;(口)電報;海底或地下電纜 △① ao ～ de之後 ② ～ de faca 刀柄 ③ ～ de guerra 名將 ④ dar ～ de 拆毀,毀滅 ⑤ de ～ a rabo 從頭至尾,自始至終 ⑥ ir às do ～ 採取極端措施;大怒 ⑦ ir até o ～ do mundo 去往天涯海角 ⑧ levar ao ～ 實現,完成

cabograma　*s.m.* 海底電報

cabotagem　*s.f.* (國內)沿海航運;沿海航行

cabotino　*s.m.* 江湖俳優,賣唱者;拙劣演員

caboucar　*v.t.* 開溝,挖溝;把……放在溝內;(轉)奠基

cabouco　*s.m.* 溝,壕;開溝,挖溝;奠基

cabouqueiro　*s.m.* 挖溝者;挖掘者;礦工;(轉)奠基人;開拓者,開創者

cabo-verdiano, na　*adj.* 佛得角的 ‖ *s.m.* 佛得角人

cabra　*s.f.* 山羊;雌山羊;(港口)吊車;(轉)潑婦 ‖ *s.2 gén.bras.* 混血兒 △① pé de cabra 鐵撬杠 ②cabra-cega 捉迷藏遊戲

cabrada　*s.f.* 山羊羣

cabrão　*s.m.* 雄山羊;(粗話)王八;烏龜,戴綠帽子者

cabreiro, ra　*adj.* 牧羊人的 ‖ 牧羊人

cabrestante　*s.m.* (海)紋盤車,絞車;起錨機

cabriola　*s.f.* 山羊跳躍;騰躍,翻筋斗;(轉)主意多變,朝今夕改

cabriolar　*v.i.* 亂蹦亂跳;翻筋斗

cabrita　*s.f.* 小山羊;(古,軍)攻城石機,弩礮△às cabritas 扛在肩上的;騎在脖子上的

cabritar　*v.i.* 跳躍;戲鬧

cabrito　*s.m.* 小山羊

cábula *s.2 gén.* 懶惰的學生,不用功的學生

cábula *adj.2 gén.* 怠學的,不用功的,偷懶的 ◇estudioso, assiduo

caca *s.f.* 〔口〕屎,糞

caça *s.f.* 打獵,狩獵;獵物 △ ① andar à ~ 狩獵,打獵 ②dar ~ 追尋,追捕 ③ espantar a ~ 行動不適時 ④ levantar a ~ 引誘獵物

caçada *s.f.* 打獵;獵獲物

caçadeira *s.f.* 獵槍;獵服;獵水鳥小艇

caçador(ô) *adj.2 gén.* 狩獵的 ‖ *s.m.* 獵人,狩獵者;〔軍〕輕騎兵

caça-minas *s.m.* 〔軍〕掃雷艇

caçar *v.t.* 捕捉,獵捕 ‖ *v.i.* 打獵,狩獵;收帆,下帆;〔海〕漂流△ ~ empregos 覓職,找工作

cacaracá *s.f.* 〔雞〕咯咯叫聲 △〔口〕de ~ 無關緊要;無足輕重的事物

cacarejar *v.i.* 母雞咯咯叫;〔轉〕喋喋不休地吹噓

cacarejo *s.m.* 咯咯叫聲;〔轉〕多言,饒舌,喋喋不休

cacaréus, cacarecos *s.m. pl.* 陳舊物品;舊像具;毫無價值的東西;廢物

cacaria *s.f.* 舊傢具堆;廢物堆;*bras.* 匪幫;匪巢

caçarola *s.f.* 鍋;銅鍋;煎鍋

cacatua *s.f.* 〔動〕鸚鵡

cacau *s.m.* 可可豆;可可

cacaueiro, cacauzeiro *s.m.* 可可樹

cacear *v.i.*〔海〕漂流

caceia *s.f.*〔海〕漂流 △ir à ~ 漂流

cacetada *s.f.* 棒擊;棍打

cacete *s.m.* 大頭棍;粗棒;細長麵包;*bras.* 討人嫌者

cacetear *v.t.* 棒擊,棍打;打擾

caceteiro *s.m.* 使棍弄棒者;騷擾者;

bras. 討人嫌者

cacha *s.f.* 印度一種布;印度一種貨幣;〔口〕(指任何物品的)一半

cachaça *s.f.* (甘蔗渣釀製的)甘蔗燒酒

cachação *s.m.* 擊打頸背

cachaço *s.m.* 頸背;粗脖項;〔口〕傲慢,驕傲

cachada *s.f.* 荒地;休耕地;燒荒肥地

cachagens *s.f. pl.* 鼻腔骨

cachalote *s.m.* 抹香鯨

cachão *s.m.* 河水湍急,激流;水泡;沸騰

cachapuz! *interj.* 砰!

cachar *v.t.* 藏匿;掩蓋 ‖ *v.i.* 伏現,設陷阱;背叛,出賣

cachear *v.i.* 串串葡萄掛滿枝;(鳥)交尾

cacheiro *adj.* 藏匿的;〔口〕姦詐的;△ouriço-cacheiro 刺猬

cachené *s.m.* 頸巾,圍脖

cachimbo *s.m.* 煙斗;煙袋;煙筒

cachimónia *s.f.* 〔口〕腦袋;〔轉〕頭腦;智力;聰明

cachinar *v.i.* 哈哈大笑;嘲笑

cacho *s.m.* 串,一串(葡萄);一簇(花);〔古〕頸,脖子 △ ① ~ de uvas 一串葡萄 ②estar como um ~ 爛醉如泥

cachoeira *s.f.* 瀑布;激流;急灘

cachola *s.f.* 〔口〕腦袋,(動物)肝臟;(鳥)的內臟

cacholeta *s.f.* 〔口〕輕擊頭部;〔轉〕指責;冒犯

cachopa *s.f.* 〔口〕女孩;閨女;*mad.* 花束,花棻

cachopice *s.f.* 孩子的舉動;小孩子;淘氣,頑皮

cachopo *s.m.* 男孩;暗礁;〔轉〕危險,

障礙

cachorra *s.f.* 小雌狗；動物幼崽；
〔轉〕惡婦,不知廉恥的姑娘

cachorrada *s.f.* 小狗羣；〔轉〕流氓,
歹徒;惡劣行爲;〔建〕加固的支撐材

cachorro *s.m.* 小狗,狗崽;動物幼崽；
〔建〕支撐材,加固材;〔海〕(造船廠)舷
外支杆;〔口〕粗人,魯漢 △ ① ~ da
areia *bras.* 螻蛄 ② ~ quente 熱狗(夾
肉麵包)

cachu *s.f.* 〔醫〕兒茶(檳榔子提取物)

cacifo, cacifre, cacifro *s.m.* 保險
箱;箱子;抽屜;壁櫃

cacimba *s.f.* 濃霧;露珠,露水;〔海灘
上〕淡水坑;(沼澤地)集水坑

cacique *s.m.* 酋長;部落長;〔轉〕權
貴,豪門,政要

caco *pref.* 前綴,含"壞"、"惡"、"錯"之
意義

caco *s.m.* (陶瓷、玻璃)碎塊,碎片;無
用之物,廢物;〔轉〕聰明,智慧;患病老
人

caço *s.m.* 大杓

caçoada *s.f.* 嘲笑,戲弄,愚弄

caçoar *v.i.* 嘲笑,戲弄,愚弄

cacoépia *s.f.* 發音不準、不正

cacófago, ga *adj.* 吃穢物的

cacofonia *s.f.* 粗糙粗氣,雙語粗言;
〔樂〕不和諧 ◇eufonia, harmonia

cacofónico, ca *adj.* 粗聲粗氣的,雙
語粗言的

cacografia *s.f.* 書寫錯誤,筆誤

cacográfico, ca *adj.* 書寫錯誤的,筆
誤的

caçoila, caçoula *s.f.* 淺口瓦釜,陶
鍋;〔海〕滑輪

caçoilo, caçoulo *s.m.* 淺口瓦釜,陶
鍋

cacologia *s.f.* 文法錯誤;詞語誤用

cacológico, ca *adj.* 文法錯誤的

cacoquimia *s.f.* 〔醫〕體液不良;虛弱

cacoquímico, ca *adj.* 體液不良的,虛
弱的;〔轉〕體弱多病的

cacóquimo, ma *adj.* 身體十分虛弱
的

cacto *s.m.* 〔植〕仙人掌,仙人球

caçula *s.m. bras.* 最小的孩子 ‖ *s.f.*
晾乾或碾磨玉米等穀物

cacundé *s.m. bras.* 婦女裙子或衫裙
上的花邊刺繡或飾物

caçurreiro, ta *adj.* 骯髒的,髒的;衣
衫襤褸的

cada (ā) *pron.* 各,各個 △ ① cada
um (cada qual)每個人,各個,每個 ②
cada dia que passa 每天,天天 ③ cada
vez mais 越來越 …… ④ cada vez por
每次,每當

cadafalso *s.m.* 行刑台,絞台,斷頭
台;(廣場上)高台,壇

cadarço, cadaço *s.m.* 緞帶,帶子;流
蘇,總子

cadastral *adj.2 gén.* 人口普查的;記
錄在案的

cadastro *s.m.* 人口普查;記錄,記載;
登記

cadáver *s.m.* 屍體,屍首;〔轉〕行將就
木者,病入膏肓者

cadavérico, ca *adj.* 死屍般的;形容
枯槁的,行將就木的

cadeado *s.m.* 鎖,掛鎖,鈎鎖;鏈條

cadeia *s.f.* 鏈條,鎖鏈;監獄;〔轉〕束
縛,桎梏;鎖鏈;山脈;一系列、一連串
△ ① ~ de agrimensor (測量土地)測
鏈(十米長的鐵鏈) ② trabalho em ~
流水作業

cadeira *s.f.* 椅子,扶手椅;課目,課
程,學科;教師之職業,教書;*pl.* 臀,
屁股 △ ① ~ de balouço 搖椅 ② ~
eléctrica 電椅 ③ ~ facultativa 選修課

④ ~ obrigatória 必修課

cadeireiro *s.m.* 製造或售賣椅子者

cadeirinha *s.f.* 轎子,肩輿;兩人手交叉構成十字狀(用以抬人)

cadela *s.f.* 雌犬,母狗;[轉]浪女,淫婦

cadelo *s.m.* 小狗,幼犬,狗崽

cadência *s.f.* 韵律,節奏;音調和諧,有板有眼;[樂]樂章結尾或休止;[口]天資,天賦 ◇ desarmonia, irregularidade

cadenciado, da *adj.* 聲韵的,音調的;和諧的

cadencioso, sa *adj.* 聲韵的,音調的;和諧的

cadente *adj.2 gén.* 下落的,降落的,墜下的△ estrela ~ 流星,隕星

cadernal *s.m.* [海]轆轤;滑車,滑輪組

caderneta *s.f.* 筆記本;成績單(册);銀行存摺,存款簿;軍事日誌 △ ~ amarela 黃皮書

caderno *s.m.* 本子,册子;簿,摺;練習本,記錄本△ ~ de encargos (契約或合同的)規則,規定

cadete *s.m.* 軍校學員;士官生;[轉]注重衣着打扮者;趕時髦者

cadilho *s.m.* 流蘇,繐子

cadimo, ma *adj.* 熟練的,有經驗的;巧妙的

cadinhar *v.t.* (在坩堝中)熔煉

cadinho *s.m.* 坩鍋;爐膛,爐缸;熔罐,烤缽

cádmio *s.m.* [化]鎘

cadoz *s.m.* 洞,穴,孔;垃圾桶;[轉]疲力竭者,老朽不堪者;老嫗

caducante *adj.2 gén.* 衰弱的;老朽的;沒落的

caducar *v.i.* 衰弱;老朽;到期,期滿;

(合同、文件)失效;老態龍鍾

caducário, ria 屆滿的,到期的;失效的;老態龍鍾的

caducidade *s.f.* 衰朽;老朽;到期,屆滿;失效

caduco, ca *adj.* 衰弱的;年老的;到期的,失效的;萎謝的 ◇ moço, robusto, válido

café *s.m.* 咖啡樹;咖啡豆;咖啡;咖啡館 ‖ *adj.* 咖啡色的

cafeeiro, cafezeiro *s.m.* 咖啡樹

cafeína *s.f.* [醫、化]咖啡因,咖啡鹼

cafeísmo *s.m.* 咖啡因中毒症

cafeteira *s.f.* 咖啡壺

cafeteiro, ra *adj.* 咖啡的;愛喝咖啡的 ‖ *s.m.* 咖啡採收工;咖啡商;咖啡店老闆

cáfila *s.f.* 商隊,商旅;烏合之眾;羣,幫,夥

cafre *s.2 gén.* 非洲東南地區的居民或語言;黑種人,黑人 ‖ *adj.2 gén.* 黑人的;野蠻的,落後的,不開化的;愚昧的

cágado *s.m.* [動]龜,烏龜;[口]懶漢 ‖ *adj.* 狡猾的;懶惰的

caga-lume *s.m.* 螢火蟲

caga-na-saquinha *s.2 gén.* 膽小鬼;無足輕重者

cagar *v.i.* [口]大便,拉屎;[轉]弄髒,玷污

cagarola *s.2 gén.* [口]膽小鬼,膽小者

caiar *v.t.* 塗抹灰水使變白;塗化妝品使皮膚變白;假裝,戴假面

cãibra *s.f.* 抽搐;痙攣,抽筋兒(多指手腳)

caibro *s.m.* [建]椽子

caída *s.f.* 降,降下;下垂;變壞

caído, da *adj.* 下降的,落下的;垂頭喪氣的;悲傷的

caieira *s.f.* 石灰廠,石灰窖

caieiro *s.m.* 用石灰水將牆刷白的人；磚瓦匠的助手；石灰廠的工人

caim *s.m.* 〈M〉卡因(聖經中亞當與夏娃之長子,曾殺弟)；〔轉〕惡人,壞蛋

caimão *s.m.* 〔動〕鱷魚,凱門鱷

cair *v.i.* 降落,墜下；跌,跌倒；下垂,耷拉；倒塌,傾倒；陷落,失陷；倒台,垮台 △ ① ~ de cama 患病 ② ~ como a sopa no mel 適逢其時,正好趕到 ③ ~ como tordos 傷亡慘重 ④ ~ o coração nos pés 傷心 ⑤ ~ na desgraça 失寵 ⑥ ~ na graça 得寵,受青睞 ⑦ ~ a propósito 湊巧,正好 ⑧ ~ em si 深思,熟慮 ⑨ ~ a sorte 中獎,獲獎 ◇ erguer-se, levantar-se

cais *s.m.* 碼頭；(火車)站台,月台

caixa *s.f.* 箱子,匣子,盒子；錢櫃,保險櫃；收款處,收款台 ‖ *s.2 gén* 收款員,會計 ‖ *s.m.* 收支賬；數,擊數者 △ ① ~ de água 水箱,水塔 ② ~ de ar (~ de ressonância) (樂器)共鳴箱 ③ ~ craniana 顱匣,頭蓋骨 ④ ~ de lubrificação 潤油箱 ⑤ ~ de música 音匣,八音盒 ⑥ ~ de óculos 戴眼鏡盒 ⑦ a toque de ~ 被迫地,不得已地 ⑧ ~ torácica 胸腔

caixão *s.m.* 大箱子；棺材

caixeiro *s.m.* 製箱(盒)工人；售貨員;收款員,出納員

caixilho *s.m.* 框架；(門、窗)框(鏡)框

caixote *s.m.* 粗糙的小箱子(小盒子)

caixoteiro *s.m.* 製箱人

cajadada *s.f.* 杖擊,棍擊 △ matar dois coelhos duma ~ (一棍打死兩隻兔子)一箭雙鵰,一石兩鳥,一舉兩得

cajado *s.m.* 牧羊杖;手杖,拐杖 △ ~ -de-são-josé 〔植〕百合花

caju *s.m.* 腰果樹;腰果

cajuada *s.f. bras.* 腰果酒,腰果汁

cajueiro *s.m.* 〔植〕腰果樹

cal *s.f.* 石灰 △ ① de pedra e ~ 牢固地,穩固地 ② ~ apagada 熟石灰,消石灰 ③ ~ viva 生石灰

cala *s.f.* 安靜,無聲音;沉默,無語

calabaça *s.f.* 葫蘆；〔轉〕大頭,頭大者

calaboiço, calabouço *s.m.* 牢房；地牢

calacear, calaceirar *v.i.* 懶惰;寄生或依靠別人生活

calada *s.f.* 沉默;安靜 △pela ~ 悄悄地,秘密地

calado,da *adj.* 安靜的;沉默不語的;悄悄的 ‖ (海)吃水深度

calafetar *v.t.* 用麻絮等填堵船的縫隙;填補;堵塞

calafeto *s.m.* 填塞物

calafrio, calefrio *s.m.* 發抖,寒顫,寒噤;〔轉〕害怕,恐懼

calamidade *s.f.* 禍殃,災難,災害;不幸,苦難

calamitoso, sa *adj.* 災難的,禍害性的;不幸的,倒霉的 △ditoso, propício

cálamo *s.m.* (植物的)莖稈;〔植〕菖蒲;〔轉〕鋼筆

calandra *s.f.* 研光機,輾壓機

calandrar *v.t.* 使光滑,使研光

calão *s.m.* 吉普賽詞語;俚語;土語;黑話;好逸惡勞者

calar *v.t.* 不說出,保密,隱瞞;使安靜,使住口;穿透,扎穿,刺穿;(用刀)切割品質 ‖ *v.i.* 沉默,無聲,不言 ‖ *v.r.* 沉默,不講話;住口,停止出聲 △ ① ~ baioneta 上刺刀 ② ~ no ânimo 留下深刻印象 △quem cala, consente 沉默就是同意 ◇falar, manifestar

calaza *s.f.* 〔醫〕瞼腺腫

calazar *s.m.* 〔醫〕一種肝、脾傳染病

calça *s.f.* 褲子(多用複數)；(套在家禽腿上的金屬或布製)環(以示區別辨認) △ ① em ~s pardas 困難地 ②daur umas ~s a alguém 使……疲於奔命

calçada *s.f.* 碎石路；鋪成的石子路；陡峭的路

calçadeira *s.f.* 鞋拔子

calçado *s.m.* 鞋‖*adj.* 碎石砌成的

calcadouro *s.m.* 打穀場

calcadura *s.f.*；**calcamento** *s.m.* 踐，踏；〔機〕活塞

calçadura *s.f.* 穿(鞋、襪)

calcâneo *s.m.* 〔解〕跟骨

calcanhar *s.m.* 〔希神〕腳後跟；鞋後跟 △ ① ~ de Aquiles (希臘神話)阿基利斯的腳後跟．喻：致命弱點，唯一可乘之隙 ② ~ do mundo 天涯海角 ③ dar aos ~es 逃跑,逃竄 ④não chegar aos ~es de alguém 不可比擬,望塵莫及

calção *s.m.* 短褲

calcar *v.t.* 踩，踏，踐踏；壓迫；破壞，無視(法律) △ ~ aos pés 輕蔑

calçar *v.t.* 穿(鞋、褲子)；戴(手套)；著 ◇descalçar

calcário, ria *adj.* 鈣質的,石灰質的；石灰的,含石灰的

calce *s.m.* 楔子,楔形

calcedónia *s.f.* 〔礦〕玉髓

calceolária *s.f.* 〔植〕荷苞菜

calceta *s.f* 腳鐐；苦役,強制勞動‖ *s.m.* 苦役犯,勞改分子

calcetar *v.t.* 穿(鞋、褲子)；戴(手套)；鋪碎石

calcetaria *s.f.* 鋪路;鋪路業

calceteiro *s.m.* 鋪路工

cálcico, ca *adj.* 鈣的,含鈣的

calciferol *s.m.* 維生素 D_2(抗佝僂病),鈣化醇

calcificação *s.f.* 鈣化,沉鈣作用 △ ~ pulmonar 肺鈣化

calcificar *v.t.* 使鈣化;化成石灰

calcinação *s.f.* 〔化〕燒成石灰;焙燒

calcinar *v.t.* 煅燒成石灰;焙燒

cálcio *s.m.* 鈣

calco *s.m.* 壓印,描刻,描畫

calço, calce *s.m.* 楔子

calcografia *s.f.* 雕版術;雕銅術

calcográfico, ca *adj.* 雕刻的,銅版畫的,銅版雕刻的

calcógrafo *s.m.* 雕版工;銅版雕刻匠

calcopirite *s.f.* 〔礦〕黃銅礦,黃鐵礦

calcorrear *v.i.* 徒步而行;遠足,遠行

calculador *s.m.* 計算者;計算機;計算;一覽表

calculadora *s.f.* 計算機

calcular *v.t.* 計算,演算;核算;計劃,猜測,估計 △máquina de ~ 計算機

cálculo *s.m.* 計算,演算;推測,揣測;〔醫〕結石 △ ① ~ diferencial 微分學 ② ~ infinitesimal 微積分 ③ ~ integral 積分學 ④ ~ mental 心算 ⑤ cálculos nefríticos 腎結石 ⑥ cálculos urinários 尿結石 ⑦cálculos vesicais 膀胱結石

calda *s.f.* 糖漿;*pl.* 溫泉 △ caldas minerais 礦泉

caldear *v.t.* 燒紅;鍛接,熔接,焊接;混合,溶解

caldeira *s.f.* 鍋;鍋爐;(油鍋,水坑)凹處;坑坎

caldeirada *s.f.* 鍋滿容量;燉魚

caldeirão *s.m.* 大鍋爐,大鍋,大鏠

caldeirinha *s.f.* 小鍋;聖水器,聖水鉢 △estar entre a cruz e a ~ 處於危境,困境

caldeiro *s.m.* 小鍋;(帶提手的)小桶

caldo *s.m.* 湯;肉湯,魚湯;汁,羹;

〔醫〕細菌培養液 △ ① ~ de ervas 素菜湯 ② ~ entornado 不一致，不同意 ③ ~ de substância 濃湯 ④ ~ verde 清湯

calducha s.f. 難喝的湯，沒有內容的清湯

cale s.f. 溝；內河平底船

calear v.t. 塗白，用石灰抹白

calefacção s.f. 採暖，採暖設備；發熱，暖和

calefaciente adj.2 gén. 生熱的；加熱的

calefactor s.m. 水暖工；取暖設備，暖氣 | adj.2 gén. 可生熱的；散熱的

calefactório s.m. 教堂寺院之暖室

caleidófono s.m. 〔物〕測音振動儀

caleidoscópio s.m. 萬花筒

caleira s.f. 房頂泄水管(槽)；水溝

caleiro s.m. 同 caleira

calejado, da adj. 有繭的，生胼胝的；硬的；麻木的

calejar v.t. 起繭；生繭眼；皮膚變硬，變麻木

calembur s.m. 一種文字遊戲(通過拆字、拼讀諧音或斷字斷句改變原意的遊戲)

calemburista s.2 gén. 喜用諧音或雙關語者

calendário s.m. 曆，日曆，月曆，年曆 △ ① ~ eclesiástico 教曆 ② ~ de flora 植物誌 ③ ~ gregoriano 格列曆(即公曆) ④ ~ juliano 儒略曆(西洋舊曆) ⑤ ~ lunar 陰曆 ⑥ ~ de parede 掛曆 ⑦ ~ perpétuo 萬年曆 ⑧ ~ solar 陽曆

calendarista s.2 gén. 曆法家；製日曆者

calendas s.f. pl. (羅馬古曆)朔日，初一 △ficar para as ~ gregas 遙遙無期

calêndula s.f. 〔植〕金盞草，金盞花

calha s.f. 水溝，水槽，鐵軌，車轍

calhamaço s.m. 大而古舊的書；〔口〕又胖又醜的婦女

calhambeque s.m. 小船，小艇；舊車，破車，老爺車；破爛兒

calhandra s.f. 〔動〕鶏，雲雀，百靈

calhandreiro s.m. 清理便溺者，清潔工人

calhandro s.m. 溺器，便器

calhar v.i. 流入水槽；沿水槽流淌；〔口〕約定，及時；恰逢其時

calhau s.m. 小石頭；碎石

calheta s.f. 小海灣；小海港

calibeado, da adj. 藥中含鐵的；校準器

calibrador s.m. 測徑規(尺)；校準器 △ ① ~ de espessuras 厚度規 ② ~ de profundidades 深度游標卡尺 ③ ~ micrométrico 游標卡尺，千分尺

calibrar v.t. 測量(口徑)；〔轉〕衡量，權衡

calibre s.m. (槍砲)口徑；(子彈、鐵絲)直徑；(管道)內徑；(板材)厚度；體積，大小 △ ① ~ de peça 砲口徑 ② ~ de compasso 彎腳規，測徑器 ③ grosso ~ 大規模，大量

caliça s.f. 石灰岩，灰岩，石膏

cálice s.m. 〔宗〕聖盃；高腳酒盃；〔植〕花萼；〔轉〕精神痛苦；折磨

cálido, da adj. 熱的，炎熱的；熱烈的；熱情的，熱心的

califa s.m. 哈里發；回教國王(中世紀阿拉伯國家和奧斯曼帝國的君主稱號)

califado s.m. 哈里發職位；回教國王的職位；哈里發統治時期或其領域

caligem s.f. 朦朧；霧蒙蒙，昏暗；〔醫〕白內障，內障

caliginoso, sa adj. 有霧的；昏暗的

caligrafia s.f. 書法；筆法

calígrafo *s.m.* 書法家；書法教師

calinada *s.f.* 蠢言或蠢行；無知，愚昧

calino, na *adj.* 愚蠢的；無知的 ‖ *s.m.* 蠢人；蠢物

calista *s.2 gén.* 修脚師；脚病醫生

calistenia *s.f.* 健美操

calisto *s.m.* 看熱鬧者；不祥之人，喪門星

cálix *s.m.* 見 cálice

calma *s.f.* 安靜，平靜；風平浪靜；平心，平氣

calmante *adj.2 gén.* 安靜的，平靜的；風平浪靜的 ‖ *s.m.* 〔醫〕鎮靜藥，鎮靜劑

calmar *v.t.* 使安靜，使平靜 ‖ *v.i.* 安靜，平靜

calmaria *s.f.* 平靜，安靜；風平浪靜；平淡無奇；平安無事 ◇ agitação

calmo, ma *adj.* 安靜的，平靜的；天熱的 ◇ inquieto, excitado

calmoso, sa *adj.* 平靜的；熱的，炎熱的 △estação ~ 夏天

calo *s.m.* 鷄眼，胼胝；老繭；〔轉〕麻木 △criar ~ 積累經驗

caloiro, calouro *s.m.* 大學一年級學生；一年級學生；〔轉〕新手，缺乏經驗者

calombo *s.m.* 腫；腫瘤；疙瘩

calomelanos, calomel *s.m. pl.*〔化〕甘汞，氯化亞汞

calor *s.m.* 熱；溫度；〔轉〕熱情；活躍 △ ① ~ especifico 熱容量，比熱 ② ~ de fusão 熔化熱 ③ ~ latente 潛熱 ◇ frio

caloria *s.f.* (熱量單位)卡路里 △ ① ~ grande 大卡 ② ~ pequena 小卡

caloricidade *s.f.* 體溫

calorífero, ra *adj.* 傳熱的，發熱的 ‖ *s.m.* 暖氣

calorificação *s.f.* 發熱

calorífico, ca *adj.* 發熱的，散熱的 ‖ *s.m.* 發熱器 △ capacidade ~ 熱容量，吸熱量

calorimetria *s.f.* 測熱法

calorímetro *s.m.* 熱量計，測熱器

caloroso, sa *adj.* 炎熱的；熱情的，熱烈的 ◇ frio, glacial

calosidade *s.f.* 皮膚硬結；胼胝，老繭；鷄眼

caloso, sa *adj.* 生硬皮的，長老繭的

calota *s.f.* 半球；曲面

calote *s.m.* 賴賬；詐騙

calotear *v.i.* 欠債不還，賴賬；欺騙，詐騙

caloteiro *s.m.* 欠債者；賴賬者；詐騙者

calotismo, caloteirismo *s.m.* 欠債不還；欺騙成性

caluda! *interj.* 請安靜！別出聲！

calúnia *s.f.* 誹謗，中傷，污衊，誣衊

caluniador *s.m.* 誹謗中傷者 ‖ *adj.* 誹謗的，污衊的

caluniar *v.t.* 誹謗，誣衊，誣告

calunioso, sa *adj.* 誹謗的，誣衊性的

calva *s.f.* 禿，禿頂；(毛皮)掉毛部位，光板；(田地、樹林中的)空地 △ pôr a ~ à mostra 揭短；揭穿，攻訐

calvar, calvejar *v.t.e i* 使禿，砍樹拔苗；變禿

calvário *s.m.* 耶穌蒙難處；耶穌赴難途經之路；立有十字架的小山丘，〔轉〕苦難，折磨

calvície *s.f.* 〔醫〕禿頂，頂禿

calvinismo *s.m.* 喀爾文(João Calvino) 教派；喀爾文教義

calvinista *adj.2 gén.* 喀爾文教派的 ‖ *s.2 gén.* 喀爾文教徒的

calvo, va *adj.* 禿的，禿頂的；光秃秃

的,寸草不生的;〔轉〕顯而易見的,一
目瞭然的

cama s.f. 牀,寢牀,臥榻;(動物栖息
的) 窩;(醫院的) 牀位;bras. 河床 △
① cabeceira de ~ 牀頭 ② cair de ~
患病,生病 ③ estar de ~ 生病,臥病在
牀 ④ fazer a ~ 整理牀鋪 ⑤ fazer a ~
a alguém 報仇 ⑥ ir para a ~ 去睡覺 ⑦
preparar a ~ a alguém 報仇 ⑧ ter a ~
para trás 向後傾,向後斜

camada s.f. 層;階層;〔轉〕層,大
量 △ ① ~ de cimento 一層水泥 ②
~s atmosféricas 大氣層 ③ ~s sociais
社會階層 ④ pôr às ~s 一層疊一層

camaleão s.m. 變色龍,避役;〔轉〕無
定見者,反覆無常者

câmara s.f. 房間,廳,堂;寢室,臥室
;(船的) 艙,室;(動物體內的) 室,房,
腔;議院,公會;pl. 腹瀉 △ ① ~ alta
上議院 ② ~ de ar (車輛的) 內胎 ③
~ ardente 祭堂,靈堂 ④ ~ Baixa 下
議院 ⑤ ~ dos deputados 國民大會 ⑥
~ escura 暗室,暗匣,暗盒 ⑦ ~ de
filmar 電影攝影機 ⑧ ~ fotográfica 照
相機 ⑨ ~ frigorífica 冰箱 ⑩ ~ mu-
nicipal 市政府 ⑪ ~ de video 攝像機
⑫leal senado da ~ 市政廳

camarada s.2 gén. 同志;同學;同伴;
同仁,同事

camaradagem s.f. 同志、同伴之誼;
志同道合之情

camarão s.m. 蝦;懸吊燈的掛鈎

camarata s.f. 集體宿舍

camareira s.f. 宮女;侍女;(飯店酒
館)侍者;女服務員

camareiro, camarista s.m. 侍從;
高級神職人員;溺器,便壺

camarilha s.f. 君側奸黨,權臣;匪
幫;集團

camarim s.m. (船)艙室;化裝室;小

室

camarlengo s.m. 紅衣主教會議主席

camaroeiro s.m. 蝦網;風暴球

camarote s.m. (船的)客艙;(劇場,
影院)包箱

camartelo s.m. 大錘

cambada s.f. (人或物)串,排,隊;流
氓,無賴,暴徒

cambado, da adj. 羅圈腿的;八字腳的

cambaio, ia adj. 羅圈腿的;八字腳的

cambaleante adj.2 gén. 蹣跚的,搖
搖晃晃的,站立不穩的

cambalear v.i. 蹣跚,搖擺,不穩

cambaleio s.m. 蹣跚,搖擺,不穩

cambalhota, cambadela s.f. 翻筋
斗;〔轉〕改變意見等

cambapé s.m. 陷阱;圈套;羅網

cambar v.i. 腿彎曲,腿呈弧形

cambeta adj.2 gén. 羅圈腿的;八字
腳的

cambial adj.2 gén. 匯兌的,兌換的 ‖
s.m. 匯票

cambiante adj.2 gén. 變色的;閃光
的 ‖ s.m. 色澤,色彩;色度

cambiar v.t. 兌換外幣;換錢;找錢;
換,交換,替換 ‖ v.i. 變色;〔轉〕改變
主意(看法)

câmbio s.m. 比價,匯率,匯兌率;換
錢,找錢;改變,替換 △ ① ~ oficial 外
匯行情 ② casa de ~ 證券交易所 ③
letra de ~ 匯票,期票

cambista s.2 gén. 兌換錢幣者;交易
所或銀行主

cambojano, na adj. 柬埔寨的;柬埔
寨人的 ‖ s.m. 柬埔寨語;柬埔寨人

cambona(ô) s.f. 〔海〕迅速換轉帆向
‖ adj. 船偏傾的,斜向一邊的

cambraia s.f. 〔紡〕細薄布,麻紗;細

紡棉織物

cambriano, na *adj.* 〔質〕寒武紀的

camélia *s.f.* 〔植〕山茶；山茶花

camelice *s.f.* 愚蠢；笨拙

camelo(ê) *s.m.* 〔動〕駱駝，雙峰駝；〔轉〕蠢人；野蠻人

camelopárdale *s.m.* 〔動-古〕長頸鹿

camião *s.m.* 卡車；貨車；載重汽車

camilha *s.f.* (供人小睡休息的)小牀或長椅

caminhada *s.f.* 走足，遠行 △ dar uma ~ 遠足

caminhante *s.2 gén.* 步行者；走路者；行人

caminhar *v.i.* 步行，行走；旅行 ‖ *v.t.* 走……公里路 ◇ estacionar

caminheiro, ra *adj.* 徒步長行的 ‖ *s.m.* 徒步旅行者；旅行者

caminheta(ê) *s.f.* 小型貨車

caminho *s.m.* 路，道路，街道，馬路 △ ① ~ do 途中 ② abrir ~ 開道 ③ ~ de cabra 山徑，山路 ④ ~ de ferro 鐵路 ⑤ ~ de pé posto 蹊徑，羊腸小路 ⑥ ~ de ~ 順便；迅速地 ⑦ errar o ~ 迷路 ⑧ levar ~ 迷路 ⑨ tomar ~ 改邪歸正 ⑩ tomar mau ~ 染上不良習慣

camioneta *s.f.* 小型貨車；小客車(多指汽車)

camisa *s.f.* 襯衣，汗衫；果實的皮或殼；蛇蛻 ① ~ de força 拘束衣(給精神病患者穿的) ② ~ de onze varas 難以克服的困難 ③ ficar sem ~ 破產，損失殆盡 ④ tirar a ~ a alguém 使之一貧如洗

camisão *s.m.* 肥大的襯衣；黑人穿的一種長袍

camiseiro *s.m.* 襯衫製造者或男子服飾用品商

camiseta(ê) *s.f.* 女用薄罩衣

camisola *s.f.* 背心；內衣；睡衣

camomila, camomilha *s.f.* 〔植〕甘菊

campa *s.f.* 墓石；墓；教堂鐘

campainha *s.f.* 鈴；鐘；△ ① ~ de mão 手搖鈴 ② ~ eléctrica 電鈴 ③ ~ de porta 門鈴 ④ andar com uma ~ 洩露秘密

campainhada *s.f.* 鐘聲，鈴聲

campal *adj.2 gén.* 田野的，田地的，田圃的，田舍的 △ ① batalha ~ 野戰 ② missa ~ 露天彌撒

campana *s.f.* 鐘；鈴

campanado, da *adj.* 鐘形的

campanário *s.m.* 教堂之鐘樓；鐘塔；〔轉〕鄉土 △ ① interesses de ~ 當地利益 ②repicar o ~ 在議會中討論當地方權益問題

campanha *s.f.* 戰役；出征，出師；運動 △ ① artilharia de ~ 野戰砲兵 ② ~ de vacinação 防疫運動 ③ hospital de ~ 野戰醫院

campeador(ô) *adj.* 冠軍的；安營的 ‖ *s.m.* 冠軍

campar *v.i.* 安營；矜誇，自負

campeão *s.m.* 冠軍，第一名；鬥士，戰士；保衛者，捍衛者

campeche *s.m.* 〔植〕洋蘇木，血脈樹

campeonato *s.m.* 冠軍賽，錦標賽

campestre *adj.2 gén.* 田野的，田地的；田舍的，鄉村的，農家的；簡陋的，樸素的

campina *s.f.* (無樹的)曠野，原野

campino, na *adj.* 農村的，農人的 ‖ *s.m.* 農民，農夫

campismo *s.m.* 露營；營帳，營幕

campo *s.m.* 田野，田地；鄉村(區別於城市)；郊區；場地，廣場 △ ① assentar o ~ 安營，紮寨 ② ~ de batalha 戰場 ③ ~ de futebol 足球場 ④ ~ de corridas 賽馬場，跑馬場 ⑤ ~ de cultura 田地，莊稼地 ⑥ ~ eléctrico 電場 ⑦ ~ de honra 決鬥場 ⑧ ~ magnético 磁場 ⑨ ~ de visão 視野 ⑩ chamar a ~ 挑戰，挑鬥 ⑪ entrar em ~ 出陣，投入戰鬥 ⑫ levantar o ~ 拔營，撤營 ⑬ marchal de ~ 元帥 ⑭ pôr em ~ 想方設法

camponês *s.m.* 農民，農夫，鄉下人 ‖ *adj.* 農村的，鄉村的

campónio *s.m.* 〔貶〕鄉下佬，山野村夫；愚昧者

camundongo *s.m.bras.* 一種小鼠

camurça *s.f.* 〔動〕岩羚羊；獸皮(鞣製好的熟皮) △luvas de ~ 皮手套

cana *s.f.* (禾本科植物之)莖，稈；髓，骨體；燒酒，白酒 △ ① ~ de açúcar (或 ~ doce)甘蔗 ② ~ de leme (船的)舵柄 ③ ~ da Índia 竹子 ④ ~ de perna 脛骨 ⑤ ~ de pescar 釣魚竿 ⑥ duma ~ 一棵佳，很好 ⑦ meia ~ 半圓材；凹面，凹陷 ⑧ voz de ~ rachada 嗓音沙啞

canabiáceas *s.f.pl.*〔植〕大麻科植物

canabismo *s.m.* 大麻中毒

canada *s.f.* 量酒器，液體量具(等於2公升)；封锁河道的柵欄；車轍

canadiano,na *adj.* 加拿大的；加拿大人的 ‖ *s.m.* 加拿大人

canal *s.m.* 水渠，運河，水道；海峽；管道；(電視的)頻道；(無綫電)波段 △ ① ~ auditivo 外耳道 ② ~ digestivo 消化道 ③ ~ de irrigação 灌溉渠 ④ ~ de Moçambique 莫桑比克海峽 ⑤ ~ de Suez 蘇彝士運河

canalha *s.m.* 卑鄙下流者；歹徒，流氓

canalhice *s.f.* 卑鄙無恥之舉，卑劣行為

canalização *s.f.* 開挖運河；管道，管

系 △ ① ~ de água 水管設備 ② ~ de gás 煤氣管道

canalizar *v.t.* 開運河；挖溝渠；疏浚，疏通

canapé *s.m.* 長沙發椅(可坐多人)

canarim *s.m.* 前葡屬果阿的印度人；*bras.* 身大腿長者

canário *s.m.* (西班牙)加那利草島人；金絲雀；歌喉婉轉者

canastra *s.f.* 帶耳大籃；苹籃，蒲籃

canastreiro *s.m.* 製造(或出售)苹籃者

canastro *s.m.* 一種邊沿高的蒲籃；〔口〕身體；△ ① dar cabo do ~ 殺 ② ir ao ~ 打

canção *s.f.* 歌曲；(用來吟唱的)詩詞，歌謠 △ ① ~ em voga 流行歌曲 ② ~ popular 民歌

cancela *s.f.* 柵欄門；柵欄；畜欄

canceladura *s.f.*；**cancelamento** *s.m.* 取消，撤消；作廢，廢除，解除

cancelar *v.t.* 取消，撤消，作廢，廢除，解除

câncer *s.m.* 〔醫〕癌；〔天〕巨蟹星座 △ trópico de ~ 北回歸綫，夏至綫

cancerar *v.i.e r.* 生癌瘤，癌變

canceroso(ô),sa *adj.* 有癌的；惡性的癌病的 ‖ *s.m.* 癌病患者

cancioneiro *s.m.* 歌曲集；詩歌選集

cançoneta(ê) *s.f.* 短歌，小曲調令

cancro *s.m.* 〔醫〕惡性瘤，癌，毒瘤；〔轉〕不可救藥之事物

cancroso (ô),sa *adj.* 癌病的，有癌的，惡性的

candeeiro *s.m.* 油燈；氣燈 △ ~ público 街燈，路燈

candeia *s.f.* 燈；油燈(多篇壁燈)△ ① festa das ~s 聖燭節 ② estar de ~s às avessas 生氣，不悅，憤怒 ‖ *adj.2* *gén. bras.* 優雅的

candeio *s.m.* (狩獵或捕漁用)火把

candelabro *s.m.* 七星燈架;多燭台

candelária *s.f.* 〔宗〕聖燭節(2 月 2 日)

candência *s.f.* 白熱,熾熱

candente *adj.2 gén.* 燒紅的;熾熱的,白熱的 △ ferro ～ 熾熱的烙鐵(熨斗)

cândi, cande *adj.e.s.m.* 糖的;糖粒,糖的晶體,冰糖

candidato *s.m.* 候選人

candidatura *s.f.* 候選資格;候選人地位

candidez *s.f.* 天真;單純

cândido, da *adj.* 天真的,單純的;純潔的;白色的 ◇*impuro*

candonga *s.f.* 糧食或食品走私;*moçam.* 走後門,非正常途徑,走私;〔轉〕阿諛諂媚,獻殷勤

candor *s.m.* 天真,單純;正直

candura *s.f.* 天真,單純;正直,坦直 ◇*malícia, velhacaria*

caneca *s.f.* 有柄的盃,漱口盃

caneco *s.m* 大盃;大罐;大木桶 ‖ *adj.* 帶醉意的,微醺的

canela *s.f.* 桂皮,肉桂;〔解〕脛骨;(織布機)緯紗管,紆子;*pl.* 腿 △ dar às ～s 逃跑,撒鴨子 ②gastar-se como ～用于喜愛,受歡迎 ③ ir às ～s 跌打,毆打

canelada *s.f.* 腿部受擊;〔紡〕紆子上的紗或綫

canelado, da *adj.* 有槽的,有凹紋的

caneladura, canelura *s.f.* 半圓槽溝;坑;槽溝;條紋

canelar *v.t.* 開溝,製槽紋 ‖ *v.i.* 纏繞紆子

caneleira *s.f.* 〔植〕桂皮樹,肉桂;脛甲,護腿,護脚物

caneta(ê) *s.f.* 鋼筆;筆桿 △ ① ～ esfereográfica 圓珠筆 ② ～ permanente 墨水筆 ③ ～ tinteiro 自來水筆

cânfora *s.f.* 樟腦 △ ① ～ natural 天然樟腦 ② ～ sintética 合成樟腦

canforar *v.t.* 放樟腦;摻入樟腦

canforeira *s.f.*; **canforeiro** *s.m.* 樟樹

canga *s.f.* 牛軛,枷鎖;〔轉〕壓迫,暴政

cangalha *s.f.* 一頭牛拉的車;*pl.* 馱架,馱鞍;眼鏡;△ de ～s 顛倒,本末倒置地

cangalhada *s.f.* 舊傢具,一堆破爛

cangalheiro *s.m.* 馱夫;搬運工;殯葬服務者

cangalho *s.m.* 牛軛之一端;〔轉〕舊東西,廢物(指人或物)

cangar *v.t.*(給牛馬)上軛;〔轉〕統治;壓迫;奴役

cango, cangaço *s.m.* 葡萄殘渣

cangosta, congosta *s.f.* 小路,窄路;胡同,小巷

cangueiro, ra *adj.* 有軛的,戴軛的;懶惰的 ‖ *s.m.* 平底船

canguru *s.m.* 〔動〕大袋鼠

canha *s.f.* 左手 △às ～s 反着的,反方向的,相反的

cânhamo *s.m.* 〔植〕大麻;麻綫或麻製品 △ ① ～ de Manila 馬尼拉麻 ② ～ sisal 西沙爾麻,劍麻

canhão *s.m.* 大砲;袖口;衣服上的筒狀褶

canheiro *s.m.* 一種掃帚

canhenho *s.m.* 筆記本,記錄簿,日記本 ‖ *adj.* 左邊的,左的

canhonada *s.f.* 砲轟,砲擊

canhonar *v.t.* 裝袖口

canhonear *v.t.* 砲轟,砲擊;轟炸

canhoneio *s.m.* 砲轟,砲擊

canhoneira *s.f.* 砲艇,砲艦;檣艦;砲眼;射擊孔

canhoneiro *s.m.* 砲位;砲艦,砲艦

canhota *s.f.* 左手

canhoto *s.m.* 被砍斷的樹;魔鬼;被撒子 ‖ *adj.* 左的;左手的;沒經驗的

canibal *adj.2 gén.* 食人肉的;同類相食的;野蠻的 ‖ *s.2 gén.* 兇殘的人;食人者

canibalismo *s.m.* 嗜人肉,食人肉的習價;(轉)野蠻,兇殘

caniçada *s.f.* 蘆簾,葦箔;籬笆

caniçado *s.m.* 同 caniçada

caniçal, canavial *s.m.* 葦塘;蔗田

caniço *s.m.* 竹竿;釣竿

canícula *s.f.* 伏天,熱天,夏天;〔天〕〔M〕犬星,天狼星

canicular *adj.2 gén.* 伏天的,夏天的;熱的;天狼星的

cânidas, canídeos *s.m. pl.* 〔動〕犬科

canil *s.m.* 狗窩,狗窩

canilha *s.f.* (織布機)緯紗管,紆子

caninha-verde *s.f.* 民間歌舞

canino, na *adj.* 狗的,犬的;如犬的 △ ① dente ～ 犬牙,犬齒;獠牙 ② fome ～ 轆轆饑腸

canivete *s.m.* 小刀;削鉛筆刀,指甲刀 △ espirra-canivetes 易怒者,好爭吵者

canja *s.f.* 鷄湯大米粥

canjar *v.t.* 改變(顏色或方向);變換

canjirão *s.m.* 廣口酒瓶

cano *s.m.* 筒,管子,管道 ① ～ de água 水管 ② ～ de bota 靴靿(靴子的筒兒) ③ ～ de esgoto 下水道 ④ ～ de espingarda 槍管 ⑤ ～ de ventilação 通風道

canoa(ô) *s.f.* 獨木舟;長浴缸

canóculo *s.m.* 望遠鏡

cânon, cânone *s.m.* 法典,法規;宗規;教規;規則,原則;目錄

canónico, ca *adj.* 天主教法典的,教規的 △ ① direito ～ 天主教法典 ② hábitos ～s 神父教服,法衣 ③ horas ～as 神父每日定時的祈禱功 ④ Lei ～a 天主教法典

canonista *s.2 gén.* 精通法規立典者

canonizar *v.t.* 封爲聖者,尊封,尊崇;(轉)阿諛,奉承

canonizável *adj.2 gén.* 可被尊封的,應躋身聖者之列的

canoro, ra *adj.* 和諧悅耳的 △ aves ～as 鳴禽,歌鳥

cansaço *s.m.* 疲,疲倦,疲乏;*bras.* 浮腫

cansar *v.t.* 使疲倦,使疲勞 ‖ *v.i.e r.* 疲倦,倦乏 △ quem corre por gosto não cansa. 自願工作,不覺累;揹自己的孩子,不嫌沉 ◇descansar, repoisar

cansativo, va *adj.* 使疲倦的

cansável *adj.2 gén.* 易疲倦的

canseira *s.f.* 憂慮;疲倦,疲勞

cantabile *adj.2 gén.* 〔樂〕流暢的

cantadeira *s.f.* 女歌手,歌女

cantante *adj.2 gén.* 唱歌的,吟唱的

cantão *s.m.* 縣,郡,區;養路工負責的路段

cantar *v.t.e i.* 唱;(鳥、昆蟲)鳴;咏,吟;(轉)讚揚,頌揚 △～ vitória 宣佈勝利;歡慶勝利

cantaria *s.f.* (建築用)方石

cantárida *s.f.* 〔動〕斑蝥;西班牙蕉蓄

cantaridina *s.f.* 〔化〕斑蝥素,蕉菁素

cântaro *s.m.* 水罈,壇,罐,盛水器 △ ① chover a ～s 傾盆大雨 ② tanta vez vai o ～ à fonte até que lá fica 瓦罐不離井台,終有一天會破碎;將軍難免陣

中亡

cantarolar *v.t.e i.* 哼，低聲唱，哼唱

cantata *s.f.* 歌詞

cantável *adj.2 gén.* 可唱的，可吟的

canté, cantés *interj.* 但願如此!

canteira *s.f.* 採石場

canteiro *s.m.* 石工，石匠，採石工;〔種植花草的〕壇，坪

cântico *s.m.* 〔宗〕讚美詩;讚歌，頌歌

cantiga *s.f.* 歌;〔口〕花言巧語; *pl.* 欺騙

cantil *s.m.* （木工用）槽刨;軍用水壺，旅行水壺;曲尺，角尺

cantilena *s.f.* 民歌，民謠;詩歌;〔轉〕老調，老生常談

cantina *s.f.* 公共食堂，集體食堂，飯廳;簡易餐堂

canto *s.m.* 邊，緣，角，端;歌曲，音樂;章，篇 △ ① ～ do cisne 最後的言行，辭世之言 ② ～ em todos os ～s 到處，處處，普天之下 ③ olhar pelo ～ do olho 斜視，用眼角看 ④ pôr num ～ 抛棄 ⑤ ser posto a um ～ 受冷落

cantoeira *s.f.* （使建築物邊、角堅固的）鐵包角，護角

cantoneira *s.f.* 角櫃，角架(放在牆角的)

cantoneiro *s.m.* 養路工

cantonense *adj.* 廣州的 ‖ *s.m.* 廣州人;廣州話，粵語

cantor(ô) *s.m.* 歌唱家，歌手;〔轉〕詩人

canudo *s.m.* 細管，細筒 △ ver por um ～不能隨心所欲

cânula *s.f.* 〔醫〕套管，插管;注射針頭

canzarrão *s.m.* 大犬，大狗

cão *s.m.* 狗，犬;〔轉〕壞人，騙子 △ ① ～ de caça 獵狗 ② ～ de chaminé 爐邊之薪架 ③ ～ de espingarda 槍之扳機 ④ ～ de quinta 看家犬 ⑤ ～ que ladra não morde 咬人的狗不叫 ⑥ ～ sem préstimo 惡漢，無用之人 ⑦ pregar um ～ 賴帳，欠債不還 ⑧ vida de ～ 非人生活 ⑨ viver como ～ e gato 吵鬧不寧的生活

caos *s.m.* 渾沌;紛亂，亂糟糟，混亂

caótico, ca *adj.* 渾沌的;混亂的，亂糟糟的

caotizar *v.t.* 使混亂，使雜亂無章

capa *s.f.* 外套，斗篷，披風;層，包層，表層;階層;藉口，幌子;保護，保護者;帆;鬥牛用的紅布 △ ① ～ de asperges 主祭法袍 ② ～ de livro 書皮，封面 ③ ～ de santidade 偽善 ④ estar à ～, pôr-se de ～ 等待時機 ⑤ romance de ～ e espada 驚險小說 ⑥à sob ～ 偷偷地，悄悄地

capacete *s.m.* 頭盔 △ ～ de aço 鋼盔

capacho *s.m.* 墊子;鞋擦;〔轉〕諂媚者，卑躬屈膝者

capacidade *s.f.* 容積，容量;能力，才能;才幹，本領;〔電〕電容，負載容量;〔法〕權能，權益 ◇ ～ incapacidade, imperícia

capacitar *v.t.* 使有能力，使有資格，授權;說服，使覺悟 ‖ *v.r.* 醒悟;覺悟

capadeira *s.f.* 閹割刀

capado, da *adj.* 被閹的，去勢的 ‖ *s.m.* 騸羊，已被閹的羊

capador *s.m.* 爲牲者閹割的人，閹師

capadura *s.f.* 閹割，劁，去勢

capanga *s.m. bras.* 討人嫌者，兇漢 ‖ *s.f.* （旅行用）背包(也叫 mocó)

capão *s.m.* 騸雞

capar *v.t.* 閹割，劁，騸，去勢;修剪(枝，芽)，打杈

caparazão *s.m.* 一種馬鞍;馬衣，馬甲

caparrosa *s.f.* 〔化〕水綠礬，綠礬 △ ①~ azul 藍礬，硫酸銅 ② ~ branca 皓礬，硫酸鋅 ③ ~ verde 綠礬，硫酸亞鐵

capataz *s.m.* 工頭，領班；監工

capaz *adj.2 gén.* 有能力的，有資格的，有權的，有法定資格的，能幹的 △ ~ de tudo 甚麼事都幹得出來，甚麼都不怕

capcioso, sa *adj.* 狡猾的，詭詐的，陰險的

capear *v.t.* 用斗篷引逗牛；用斗篷遮蓋；掩蓋；欺騙 ‖ *v.i.* 搖晃 (旗等物打信號)

capela *s.f.* 小教堂，小祠堂，設祭壇的堂室；花圈，花環 △ ① ~ ardente 靈堂，祭堂 ② ~-mor 教堂主廳 ③ ~ do olho 眼瞼，眼皮 ④ loja de ~ 縫紉用品店 ⑤ mestre de ~ 教堂唱詩班指揮

capelão *s.m.* 主持彌撒的神父；隨軍神父

capelo(ê) *s.m.* (修道士的) 披肩，披巾；頭巾，頭帕 △ ① ~ de doutor 博士帽 ② cobra-capelo 眼鏡蛇 ③ tomar ~ em 取得博士學位

capenga *s.m. bras.* 跛子

capiango *s.m. bras.* 小偷，狡猾的賊

capicua *s.f.* (多米諾骨牌) 吉數；回讀數；回讀詞；回文

capilar *adj.2 gén.* 頭髮的，如毛的，細如毛髮的 △ vasos capilares 毛細血管

capilaridade *s.f.* 毛細管現象，毛細管作用

capilarímetro *s.m.* 毛細管測徑儀

capilé *s.m.* 孔雀草糖漿水

capim *s.m.* 草，茅草

capinar *v.t.* 割草，剪草

capina *s.f.* 割草，剪草，鋤草；莠草

capinzal *s.m.* 荒草地

capitação *s.f.* 人頭稅

capital *adj.2 gén.* 頭的，頭部的；首要的；基本的；根本的 ‖ *s.m.* 資本，資產，資金 ‖ *s.f.* 首都，首府 △ ① ~ autorizado 許可資本 ② ~ emitido 發行資本 ③ ~ empatado 已投入的資本 ④ ~ nominal 票面額資本 ⑤ ~ subscrito 注冊資本 ⑥ emprego de ~ ⑦pecado ~ 死罪 ⑧pena ~ 死刑，極刑 ⑨sentença ~ 死刑，極刑

capitalismo *s.m.* 資本主義

capitalista *adj.2 gén.* 資本的；資本主義的；資本家的 ‖ *s.2 gén.* 資本家

capitalizar *v.t.* 使變爲資本 ‖ *v.i.* 積蓄，攢錢

capitanear *v.t.* 指揮，領導，率領，統率

capitania *s.f.* 上尉之職；領導；指揮官之職；領海轄區 △ ~ dos portos 港務局

capitânia *s.f.* 〔海〕旗艦

capitão *s.m.* 上尉；船長；一些體育運動隊隊長；頭目，首領，頭子 △ ① ~ de fragata 海軍中校 ② ~ de mar e guerra 海軍上校，艦長 ③ ~ dos portos 港務局長 ④ ~-tenente 海軍少校

capitel *s.m.* 〔建〕柱頭，柱端，柱頂；塔尖

capitólio *s.m.* (古羅馬) 供奉朱庇特 (Júpiter) 的神殿；〔轉〕光輝，榮耀；雄偉，大廈

capitoso, sa *adj.* 任性的，頑固的，誇大的；令人沉醉的 △ vinho ~ 烈酒

capítula *s.f.* 聖經的段；禱告詞

capitulação *s.f.* 協定，協議；投降；投降書

capitular *adj.2 gén.* 章的，節的；教士會的；大寫的 ‖ *v.i.* 投降，讓步，退讓 ‖ *v.t.* 分段，分節；協商，磋商

控,彈劾‖ s.m. 教士團成員

capítulo s.m. (書籍、文件等的)章,節;(教士的)會議,委員會議;會址,會場;條文;彈劾詞;[植]花序 △ ① a-trapalhar os ~ s 產生混亂,② casa do ~ 牧師會,教士公所 ③ chamar a ~ 要求解釋;要求匯報 ④ ter voto no ~ 有影響,有勢力 ⑤ tocar a ~ 召集緊急會議

capoeira s.f. 閹雞籠(舍);禽籠,禽舍;養雞場;(軍)塹壕;bras. 一種鵪鶉‖ s.m. bras. 兇漢,令人討厭者

capota s.f. 齊肩頭巾,折疊式車篷

capotar v.i. 倒,覆,臥;翻車,覆舟

capote s.m. 披風,斗篷;罩用大衣,全勝 △ ① fazer ~ 大獲全勝 ② levar um ~ 一敗塗地

caprichar v.i. 無定見,反覆無常;任意,隨意,任性

capricho s.m. 反覆無常,無定見;固執,任性,隨意 △ a ~ 隨意地,隨心所欲地

caprichoso, sa adj. 反覆無常的,無定見的;任性的,任意的;沒恆心的,無常的;想象的,獨出心裁的

capricórnio s.m. 〔M〕〔天〕摩羯座,摩羯宮;(動)一種天牛 △trópico de ~ 冬至線,南回歸線

caprino, na adj. 山羊的;如山羊的;△questões de lana-caprina 無足輕重,區區小事

cápsula s.f. [植]蒴果外殼;(槍彈)底火;[解]被膜,被囊;金屬瓶蓋;膠囊,膠囊藥丸;[化]蒸發皿;字航密封艙

captação s.f. 獲得,贏得;得到;巧取豪奪;利用,奪取

captar v.t. 奪魂;贏得;巧取豪奪;利用

captor s.m. 捕捉者,捕捉者

captura s.f. 捕捉;抓獲,捕獲

capturar v.t. 捕捉;捕獲,捉拿 ◇ soltar

capucha s.f. 葡國婦女用的一種帶兜帽的圍巾 △a ~ 秘密地,不炫耀和聲張地

capucho s.m. 聖芳濟會的修道士

capulho s.m. 花蕾,花苞;棉桃

capuz s.m. 兜帽;頭巾;披肩

caquéctico, ca adj. 惡病質的,器官全面惡化的

caquexia s.f. [醫]惡病質;年老性虛弱症

caqui s.m. 柿樹;柿子;草黃色,草綠色;卡其布

cara s.f. 面孔,臉;相貌;神態,臉色;外觀的(臉)的正面,表面 △ ① à má ~ 強迫地,被逼地 ② ~ estanhada 嬉皮笑臉;厚顏無恥 ③ ~ de páscoa 笑容滿面 ④ ~ de poucos amigos 板起面孔 ⑤ dar com a porta na ~ 拒之門外,面拒 ⑥fazer boa ~ 有禮貌 ⑦fazer ~ s 面帶嘲弄之色,作鬼臉偷哭 ⑧ ficar com ~ à banda 侷促不安 ⑨ homem de duas ~ s 欺詐者;兩面派,偽善者 ⑩ir a ~ 一記耳光 ⑪na ~ 當面地,公開地 ⑫ não ter ~ para ~ 不敢 …… ⑬ perder ~ 丟臉,丟面子 ⑭ salvar a ~ 保全面子

carabina s.f. 卡賓槍

carabinada s.f. (卡賓槍的)射擊聲,射擊

carabineiro s.m. 卡賓槍手

cárabo s.m. 步行蟲

caraça s.f. 假面,面飾,面具

caracal s.m. 一種猞猁;野貓

caracol s.m. 〔動〕蝸牛,螺螄 △ ① escada de ~ 盤旋梯 ② andar como um ~ 蝸行牛步 ③ não vale dois ~ s 不值半文錢,一錢不值

caracolar, caracolear v.i. 作螺旋式

運動;(馬)半回轉行進

carácter *s.m.* 符號,記號;字母;火印,烙印;特點,特徵;性格,秉性;[印]鉛字;使命;身份 △ ① a ~ 有特色地 ② ~ agressivo 動物的保護色 ③ ~ chinês 漢字 ④ ~ cursivo 斜體字

característica *s.f.* 特點,特徵;本性,本質;[語]顯詞詞組最後一個字母;[數]特徵函數,示性函數,對數中的指數

característico, ca *adj.* 特有的,獨特的,本質的, ‖ *s.f.* 特點,特徵

caracterização *s.f.* 典型化,使突出;化妝,妝扮

caracterizar *v.t.* 使突出,典型化;化妝,妝扮,扮演 ‖ *v.r.* 具有特點

caracterologia *s.f.* [心]性格學

caracterológico, ca *adj.* [心]性格學的

caraíba *adj.2 gén.* 安的列斯羣島的;安的列斯羣島人的 ‖ *s.2 gén.* 安的列斯羣島人;安的列斯羣島語

caramanchão, caramanchel *s.m.* 園亭,亭閣,涼亭;頂樓,閣樓

caramba! *interj.* 好傢伙! 他媽的!;哎喲!

carambano *s.m.* 冰錐,冰柱

carambina *s.f.* 冰柱,垂冰;樹掛;霧淞

carambola *s.f.* 台球的連擊;[台球之紅球]圈套,騙局;五斂子,楊桃;五斂子樹,楊桃樹;一箭雙鵰,一舉兩得 △ por ~ 間接地,拐彎抹角地

carambolar *v.i.* (台球)連擊,連撞兩球;設圈套,玩弄,搞鬼

caramboleiro *s.m.* [植]五斂子樹,楊桃樹 ‖ *adj.* 騙人的,設圈套的,陰謀的

caramelo *s.m.* 糖果,糖塊;冰柱,冰塊

caraminguás *s.m. pl. bras.* 旅行中攜帶的無關緊要之物;家中的破爛像具

caramono *s.m.* 醜陋滑稽的樣子;醜陋滑稽之物

caramujo *s.m.* [動]馬蹄螺,玉黍螺,濱螺;[轉]内向者,感情不外露的人;一種捲心菜

caramunha *s.f.* 小孩啼哭;啜泣,哭泝

caramunhar *v.i.* 小孩啼哭;啜泣,哭泝

caramuru *s.m.* 巴西土著對第一批定居巴西的歐洲人的稱謂;美洲肺魚

caranguejo *s.m.* 蟹,螃蟹;[M]〔天〕巨蟹座

carantonha *s.f.* 醜面孔;相貌醜陋者;難看醜陋的假面具;*pl.* 鬼臉,怪相

carão *s.m.* 又大又醜的臉孔;臉皮;*bras.* 當衆斥責孩子

carapau *s.m.* [動]竹夾魚,一種鯵

carapela *s.f.* 玉米皮;痂皮,痂

carapeta(ē) *s.f.* 陀螺;[轉]玩笑,笑話

carapetão *s.m.* 彌天大謊

carapetar *v.i.* 欺騙;説謊

carapim *s.m.* 童鞋,軟底鞋

carapinha *s.f.* (黑人式)捲曲的頭髮

carapuça *s.f.* 尖帽;[轉]諷刺,辛辣,反語 △ ① qual ~! *interj.* 一派胡言! ②talhar ~ 指責,譴責

carate, quilate *s.m.* 克拉(珠寶重量單位,合 205 毫克);開(黃金純度單位,24 開爲純金)

caravana *s.f.* (行人,商買,香客或車馬)隊,羣,幫;商旅

caravaneiro *s.m.* (人羣,商旅的)領頭人

caravansará, caravansarai, cara-

vanseralho *s.m.* (中、近東專供商旅的)客棧
caravela *s.f.* 三桅帆船;小費;古銀幣
caraveleiro *s.m.* 三桅帆船之水手
cáravo *s.m.* 亞洲式三角帆帆船
carbamida *s.f.* 〔化〕尿素
cárbaso *s.m.* 製船帆用的亞蔴布;船帆
carbonado, da *adj.* 含碳的,含碳酸的
carbonar *v.t.* 使碳化,使變成碳
carbonário *s.m.* 燒炭黨人(意大利十九世紀初政治組織)
carbonarismo *s.m.* 燒炭黨;該黨之主張
carbonatar *v.t.* 〔化〕碳化;使與碳酸化合
carbonato *s.m.* 〔化〕碳酸鹽
carbone *s.m.* 〔化〕碳 △ ① bióxido de ~ 二氧化碳 ② monóxido de ~ 一氧化碳
carboneto(ê), carbureto *s.m.* 〔化〕碳化物△ ~ de silício 碳化硅,金鋼砂
carbónico, ca *adj.* 〔化〕碳的 △ ácido ~ 碳酸
carbonífero, ra *adj.* 含碳的;石炭紀的 △período ~ 石炭紀
carbonização *s.f.* 碳化;碳化作用
carbonizar *v.t. e i.* 碳化;燒成炭,燒焦
carbono, carbónio *s.m.* 碳
carbonoso, sa *adj.* 碳的,含碳的
carborundo *s.m.* 〔化〕碳化硅,金剛砂
carboxilo *s.m.* 〔化〕羧基
carbuncular *adj.2 gén.* 〔醫〕炭疽性的;癰狀的
carbúnculo *s.m.* 〔醫〕炭疽病;癰;紅玉,紅寶石
carburação *s.f.* 碳化,滲碳;汽化
carburador *s.m.* 汽化器
carburar *v.t.* 碳化,增碳;汽化
carbureto *s.m.* 〔化〕碳化物
carcaça *s.f.* 屍,屍體;遺體殘骸;骷髏;舊船殼;鐵籠彈;又瘦又醜的老嫗
carcalhota *s.f.* 〔動〕鵪鶉
carcão *s.m.* 礦石;矸石
carcás *s.m.* 箭囊
cárcava *s.f.* 廣場周圍的壕溝
carcel *s.m.* 卡索(光度單位,合 6.9 燭光)
carcela *s.f.* (男褲的)襟門;扣鉤
cárcere *s.m.* 監獄,牢獄
carcereiro *s.m.* 監獄看守;獄卒
carcinologia *s.f.* 甲殼動物學;癌學
carcinoma *s.m.* 〔醫〕癌,惡性腫瘤
carcinomatoso, sa *adj.* 癌的,像癌的
carcinose *s.f.* 〔醫〕癌病,癌性惡病質
carcoma *s.f.* 〔動〕竊蠹;蛀蝕出的木屑;腐蝕,侵蝕;腐朽;蛀孔
carcomer *v.t.* 蛀,腐蝕;破壞
carcomido, da *adj.* 蛀蝕的;破壞的
carcunda, corcunda *s.f.* 駝背;鷄胸
carda *s.f.* 梳,刷;梳理機;梳理器具;皮膚上的泥污
cardada *s.f.* 一次梳理的羊毛數量
cardador *s.m.* 梳理工;梳毛之人
cardadura, cardagem *s.f.* 梳理
cardan *s.m.* 〔機〕萬向節
cardar *v.t.* 梳理;〔轉〕敲詐;搶奪乾淨
cardeal *s.m.* 〔宗〕紅衣主教,樞機主教;〔動〕鰩魚 ‖ *adj.2 gén.* 主要的,基本的 △ ① números ~is 基數,純數 ② pontos ~is 基點(東、西、南、北點)
cárdia *s.f.* 賁門
cardíaco, ca *adj.* 賁門的;心臟的 ‖

s.m. 心臟病患者

cardial *adj.2 gén.* 賁門的

cardialgia *s.f.* 胃痛；心痛

cardiálgico, ca *adj.* 胃痛的；心痛的

cardiectasia *s.f.* 心臟脹大

cardinal *adj.2 gén.* 主要的，重要的，根本的 △ números ~is 基數

cardinalato, cardinalado *s.m.* 紅衣主教之職，樞機主教的職務

cardioangiologia *s.f.* 〔醫〕心血管學

cardiocirurgia *s.f.* 〔醫〕心外科

cardiocirurgião *s.m* 〔醫〕心外科醫生

cardiografia *s.f.* 心臟學；心動描記法

cardiógrafo *s.m.* 心動描記儀

cardiograma *s.m.* 心電圖

cardiologia *s.f.* 〔醫〕心臟病學

cardiologista *s.2 gén.* 心臟病學家，心臟病科醫生

cardiómetro, cardómetro *s.m.* 脈搏計

cardiopata *s.2 gén.* 心臟病患者

cardiopatia *s.f.* 心臟病

cardioplastia *s.f.* 賁門成形術

cardiotónico, ca *adj.* 強心的 ‖ *s.m.* 強心劑

cardite *s.f.* 〔醫〕心炎，心臟炎

cardítico, ca *adj.* 心臟炎的

cardo *s.m.* 〔植〕大薊，薊，刺菜；*bras.* 一種仙人掌 △ ① ～ asneiro 蘇格蘭刺薊 ② ～ leiteiro 歐洲紅花 ③ ～ de Santa Maria 歐洲紅花

carduça *s.f.* 大鐵刷，大鐵梳

carduçar *v.t.* 梳理

cardume *s.m.* 魚羣；(人、畜的)羣；大量

carear *v.t.* 使和貳，使當面對證；對照，核對；獲得

careca *s.f.* 禿頭，禿頂，光頭 ‖ *s.2 gén.* 禿頭的人，禿子 ‖ *adj.2 gén.* 禿頭的，光禿禿的 △ pôr a ~ à mostra 揭露，揭瘡疤

carecer *v.i.* 欠缺，缺乏，缺少

carecimento *s.m.* 缺乏，缺少，欠缺

careiro, ra *adj.* 索高價的；昂貴的

carena(ê) *s.f.* 〔海〕龍骨，船的水下部分 △ dar ~ 毀壞，破壞

carência *s.f.* 缺乏，缺少，欠缺

carepa *s.f.* 皮屑；某些水果上的茸毛；纖薄的皮；疥瘡

carestia *s.f.* 缺乏，匱乏，缺少；物以稀爲貴

careta *s.f.* 怪樣，鬼臉；假面，面具 △ ① bicho ~ 任何人 ② viver de ~s 畫餅充饑

caretear *v.i.* 出怪樣，作鬼臉

careza *s.f.* 缺乏，匱乏；昂貴

carga *s.f.* 負載，負擔；貨物；裝(車、船)，裝貨；(貨物的)包、捆；大量；職責，責任；彈藥一次充填量；控告，譴責；〔軍〕衝鋒，進攻；〔電、機、建〕負荷，負載；〔電〕充電 △ ① à ~ cerrada 一股腦兒，一下子，一擧 ② besta de ~ 馱畜 ③ burro de ~ 代勞者 ④ ~ de água 暴雨，傾盆大雨 ⑤ ~ cerrada 密集衝鋒，密集火力 ⑥ ~ a granel 散貨，散賠貨 ⑦ ~ limite 破壞應力 ⑧ ~ de ruptura 最大負荷 ⑨ por que ~ de água? 爲何種原因? ⑩ transporte de ~ 貨運 ⑪ voltar à ~ 再做一次，堅持

cargo *s.m.* 職務，職位；責任 △ a ~ de 由⋯⋯負責(管理)

cargueiro *s.m.* 貨船；馱夫 ‖ *adj.* 貨運的，運載的，搬運的

cariado, da *adj.* 蛀的；帶齲的；害骨瘍的

cariar *v.t.* 使牙蛀蝕 ‖ *v.i.* 牙蛀，生齲

cariátide *s.f.* 〔建〕女(或男)雕像柱

caribe *s.m.* 加勒比人

caricato, ta *adj.* 滑稽的;諷刺畫的

caricatura *s.f.* 漫畫,諷刺畫;諷刺文章

caricaturista *s.2 gén.* 漫畫家,漫畫作者

carícia *s.f.* 愛撫,撫摸,親熱,溫存;擁抱

caricioso, sa *adj.* 愛撫的,親熱的

caridade *s.f.* 慈悲,仁愛,樂善好施 △① casa de ~ 養育院 ② fazer as ~s 清算;斥責 ③Irmãs de Caridade 女慈惠會 ◇desumanidade, egoísmo

caridoso, sa *adj.* 慈悲的,慈善的

cárie *s.f.*〔醫〕齲;骨瘍;蛀孔;小麥黑穗病;〔轉〕腐蝕

caril *s.m.* 咖喱粉;咖喱醬

carimbar *v.i.* 蓋章,打烙印

carimbo *s.m.* 圖章,印章,印璽

carinho *s.m.* 親熱,親昵;撫愛;關懷

carioca *s.2 gén.bras.* 里約熱內盧人

cariocinese *s.f.*〔生〕核分裂,有絲分裂

cariopse *s.f.*〔植〕穎果

carioso(ô), sa *adj.* 易齲的

caritativo, va *adj.* 慈愛的;慈善的;慈悲的

cariz *s.m.* 外表,外觀;面容,容貌;天色;〔植〕賈蓋 △~ do céu 天氣

carlina *s.f.*〔植〕圓當歸;絆權之橫木

carlinga *s.f.*〔海〕桅座;〔海〕內龍骨;(飛機)客艙或駕駛艙

carlota *s.f.*〔植〕橄欖樹;橄欖果

carlovíngio, gia *adj.* 加洛林王朝的;查理大帝(Carlomagno)的

carmanhola *s.f.* 法國 1793 年革命時期的歌舞

carme *s.m.* 詩

carmear *v.t.* 整理羊毛;梳理;〔轉〕擊打

carmelita *s.2 gén.* 卡門教派;聖衣會;苦修士;苦修女

carmesim *s.m* 洋紅,大紅,胭脂紅 ‖ *adj.* 洋紅的,大紅的,胭脂紅的

carmim *s.m.* 洋紅,大紅;唇膏

carminar *v.t.* 染皂;梳理

carminativo, va *adj.*〔醫〕驅氣的,通氣的,除氣脹的 ‖ *s.m.* 通氣劑,祛脹藥

carmona *s.f.*〔門、窗〕插銷,插頭;女式短上衣

carnação *s.f.* 肉色

carnadura *s.f.* 肌肉;膚色;面色 △~ rija 強健發達的肌肉

carnagem *s.f.* 屠宰(牲畜);肉案;賣肉;屠殺,殺戮,慘殺

carnal *adj.2 gén.* 肉的,肉體的;肉感的,肉慾的;親緣的,親的,直系的;△①〔prazeres〕~is 淫慾 ② tio ~ 親叔叔,親伯父

carnalidade *s.f.* 肉慾,淫慾

carnaval *s.m.* (四旬齋前的)狂歡節,謝肉節,嘉年華會

carnavalesco(ê), ca *adj.* 狂歡節的;奇形怪狀的,怪誕的

carnaz *s.m.* (皮革的)裏側,裏面;背面,反面

carne *s.f.* 肉;果肉;肉體;肉慾 △①~ de canhão 砲灰 ②~ esponjosa〔醫〕海綿腫,肉芽腫 ③~ morta 腐肉 ④~ picada 肉膾;肉末 ⑤~ viva (傷口痛合後長出的)新肉 ⑥ em ~ e osso 親身 ⑦ em ~ viva 十分敏感的;記憶猶新的 ⑧ nem peixe nem ~ 非驢非馬,不三不四 ⑨ prato de ~ 肉菜(對魚肉而言) ⑩ tomar ~s 長肉 ⑪ unha com ~ 骨肉情;心腹之交

carneiro *s.m.* 綿羊;羊肉;〔轉〕溫順

的人;〔天〕白羊座,白羊宮;墓穴,墓室 △① ~ de cabo 〔動〕信天翁 ② ~ hidráulico (一種借用水流提水的)水車 ③cova 一墓室

carnição *s.m.* 癤瘤的硬核部分,癤瘤核

carniçaria *s.f.* 屠宰場;肉鋪,肉店;殺戮,屠殺

carniceiro, ra *adj.* 〔動〕食肉的,殘忍的,嗜殺的 ‖ *s.m.* 屠户,屠夫; *pl.* 〔動〕食肉目

carnificação *s.f.* 〔醫〕肉質性變

carnificina *s.f.* 屠殺,殺戮

carnívoro, ra *adj.* 食肉的 ‖ *s.pl.* 〔動〕食肉目

carnosidade *s.f.* 肉瘤;贅肉

carnoso, sa *adj.* 肉的;多肉的;〔植〕果實肉多的,肉厚的

caro, ra *adj.* 貴的;生活費用高的;代價高的;親愛的,尊敬的 ‖ *s.m.* 〔醫〕昏睡 ‖ *adv.* 貴,昂貴 △① ~ amigo 親愛的朋友 ②custar ~ 代價昂貴,後果嚴重 ③meu ~ 先生 ④vender ~ a vida 壯烈犧牲 ⑤ ~ vida 一 生活費用高 ◇barato

caroável *adj.2 gén.* 熱情的,親熱的;豐饒的,多產的 ◇terra ~ 肥沃的土地

caroca *s.f.* 胡說,胡比;謊言;虛構,幻想;微薄之力

carocha *s.f.* (被宗教裁判所判執火刑囚犯戴的一種)滑稽帽子;學生挨懲罰時戴的紙高帽;〔動〕甲蟲(屎殼螂,七星瓢蟲等);魔術,巫術;面具;煙囪

carochinha *s.f.* 幼稚的言行或想法 △histórias de ~ 童話

carocho *s.m.* 〔動〕小甲蟲;黑炭;魔鬼

caroço(ê) *s.m.* 〔植〕(玉蜀黍的)穗軸,玉米核;〔口〕錢;〔醫〕淋巴結腫大

carola *adj.2 gén.* 狂熱的,入迷的 ‖ *s.m.* 信徒;〔宗〕削髮僧;削髮式;神

甫,祭司 △em ~不戴帽子,免冠

carolice *s.f.* 崇信;迷戀

carolo *s.m.* 玉蜀黍核(芯);用棍棒擊頭;玉米麵

caronada *s.f.* 身短口徑大之砲

carotena, carotina *s.f.* 胡蘿蔔素,葉紅素

carótida, carótide *s.f.* 頸動脈

carpa *s.f.* 〔動〕鯉魚

carpela *s.f.* 〔植〕心皮

carpelo *s.m.* 〔植〕心皮,單雌蕊

carpideira *s.f.* (殯葬中雇來哭喪的)哭喪婦,嚎口婆;怨天尤人者;鋤草機

carpido *s.m.* 哭泣;喧嘩 ‖ *adj.* 哀痛的,悲哀的,哀悼的

carpidor, ra *s.m.* 哭泣者,佛山孝子

carpintaria *s.f.* 木工,木匠(職業);木匠鋪,木工作坊

carpinteiro *s.m.* 木工,木匠;蛀蟲 △ ter bichos ~s 不得安寧;身體不適

carpir *v.i.* 哭,泣,(扯髮)慟哭 ‖ *v.t.* 收割;拔

carpo *s.m.* 〔解〕腕,腕關節;拳頭;〔植〕果實

carpófago, ga *adj.* 〔動〕食果的,以果爲食的

carpologia *s.f.* 〔植〕果實學

carpomorfo, fa *adj.* 果形的,像果狀的

carpósporo *s.m.* 〔植〕一些海藻的孢子

carqueja *s.f.* 〔植〕金雀花

carquejar *v.i.* 結痂;瘡合;長皮

carquilha *s.f.* 皺紋;褶子,折痕

carraca *s.f.* 〔海〕(古)大貨船

carraço *s.m.* 〔動〕蝨,毛蝨;〔轉〕傲慢令人生厭者

carrada *s.f.* 一車的運載量;一車

às ～s 大批, 大量

carranca *s.f.* 敘容蹙額, 慍怒之色;
(建築物或船頭之)飾像;

carrancudo,da *adj.* 皺眉的, 臉色陰
沉的, 滿臉怒氣的

carrapata *s.f.* 惡瘡; 久治不癒的傷
口; [轉]困擾, 困惑, 不安; [口]蝨子

carrapato *s.m.* 蝨子, 毛蝨; 蓖蔴籽;
菜豆, 菜豆莢; [口]矮胖子

carrapito *s.m.* 角; 觸角; 頭頂梳的髮
髻 △ ① pôr alguém nos ～s da lua 恭
維, 奉承 ② pôr os ～s ao marido 通姦,
給丈夫戴綠帽子

carrasca *s.f.* 一種橄欖樹

carrascão *s.m.* 劣酒; 攙水的酒 ‖
adj. 粗糙的;(酒)酸的

carrasco *s.m* 劊子手, 行刑者; [轉]野
蠻殘酷的人

carraspana *s.f.* [口]酒醉, 酩酊; 麻
醉

carreadoiro *s.m. bras.* 公路

carrear *v.t.* 車載, 運輸; 拖 ‖ *v.i.* 趕
車

carregação *s.f.* 裝貨, 載貨; [轉]大
量

carregadeira *s.f.* [海]捲帆索; 女搬
運工; [口]打

carregado,da *adj.* 滿載的; 充滿的;
子彈上了膛的; 覆重着的; 受壓迫的;
△ ① barco ～滿載的船 ② ～ de tra-
balho 工作繁忙 ③ cor ～a 色彩濃重 ④
rosto ～臉色陰沉 ⑤ sono ～酣睡

carregador *s.m.* 搬運工, 脚夫, 挑夫;
[商]託運人

carregamento *s.m.* 載貨; 裝貨; 貨
物; [轉]壓艙 △ ～ de fornalha 燃料,
柴薪

carregar *v.t.* 載貨, 裝貨; 使變陰沉;
裝彈藥; 充電; 攻擊; 指責, 歸罪; 誇張,
誇大; 壓迫 △ ① ～ uma espingarda 裝

子彈 ② ～ sobre o inimigo 猛攻敵人
③～a mão 過量 ④～ nos calos 代價
昂貴 ⑤～ os papéis 誇張 ⑥～a res-
ponsabilidade 指責, 歸罪 ⑦～ as so-
brancelhas 蹙眉 ⑧～ as velas 揚帆

carregoso,sa *adj.* 沉重的; 不適的

carreira *s.f.* 公路; 小徑, 窄路; 排,
列, 行; 捷徑; [天]軌道; 頭髮縫, 分頭
縫; 職業; 學科, 課程; [海]航線; *bras.*
小溪布 △ ① ～ das armas 軍界 ② ～
de barco 航綫 ③～ de formigas 一隊
螞蟻 ④～ de tiro 射擊場 ⑤ em ～ 一
個接一個, 魚貫而行 ⑥ fazer ～ 生活欣
欣向榮

carreirão *s.m.* 小路, 捷徑

carreiro *s.m.* 小路, 車夫, 車把式, 趕車人;
(植物)行距; 小路; 蟻路 △～ de Santi-
ago [天]銀河

carreta(ê) *s.f.* 篷車; 砲車; [天]大熊
星座

carretada *s.f.* 裝載量, 一車(量詞);
大量

carretagem *s.f.* 運載; 運費

carretar *v.t.* 裝載; 挑, 擔; 拖; 駕駛

carrete(ê) *s.m.* 綫軸; 捲軸; 小車; 小
齒輪

carreteiro *s.m.* 車夫; 製車匠

carretel *s.m.* 綫軸, 捲軸; 小車; 絞盤,
捲揚機; 滾杠, 滾木; 小齒輪

carreto(ê) *s.m.* 運費; 運價

carriagem *s.f.* 一串車; 車隊

carril *s.m.* 車轍, 車跡; 鐵軌

carrilar *v.t.* 上軌道, [轉]步人正軌;
進入坦途; 變得順當

carrilhão *s.m.* 鐘琴; 鐘樂

carrilho *s.m.* 玉蜀黍芯; *pl.* 下頜;
下巴 △～ comer a dois ～s 左右逢源, 兩
面受益

carrinho *s.m.* 小推車; 童車; [古]脚
鐐 △～ de mão 獨輪推車

carripana *s.f.* 舊車;老爺車

carro *s.m.* (古代稱戰車等為)雙輪車;(今泛指所有載人或物的)車;古葡萄牙和巴西測液體或穀物的量具(1 carro = 40 alqueives) △ □andar o ~ adiante dos bois 前後倒置②~ blindado 裝甲車③~ de fúnebre 靈車④~ maior (menor)大(小)熊星座⑤untar o ~行賄⑥~ de praça 出租車⑦ir no ~ de San Fernando[□]步行

carroça *s.f.* (一般指有簡陋圍板或護欄的)貨車;[轉]慢性子者,行動遲緩者

carroceiro *s.m.* 車夫 △linguagem de ~ 粗聲粗氣的話

carrocel *s.m.* 旋轉木馬

carruagem *s.f.* [鐵路]客車箱;(載人)馬車 △ □~-cama 卧鋪車②~-restaurante (bufete)餐車

carta *s.f.* 書信,函件;證書,證件,文件;執照,文憑;地圖;紙牌,撲克 △ □ baralho de ~s 一副牌—副撲克②~ aberta 公開信③~ anónima 匿名信④~ branca 空白授權書,全權⑤~ circular 通告,佈告,通啓⑥~ constitucional 憲法⑦~s credenciais 國書⑧~ da Organização das Nações Unidas 聯合國憲章⑨~ de apresentação 介紹信,引薦函⑩~ de crédito 信用狀⑪~ de fretamento 雇船證明書⑫~ de identidade 身份證⑬~ de jogar 紙牌,撲克⑭~ de parabéns 賀信,賀函⑮~ de pêsames 卜告,唁函⑯~ de porte 出庫憑單⑰~ de prego 封緘命令⑱~ de saúde 健康證明⑲~ devolvida 退回的信件,死信⑳~ geográfica 地圖㉑~ não franquiada 欠資信㉒dar ~s 算命,算卦㉓deitar ~s 算命,算卦㉔jogar ~s 玩牌,玩撲克㉕última ~ 最後機會

cartada *s.f.* (遊戲,賭博中的)一局,一盤,一擲,投 △ □ sair bem da ~ 取得成功②última ~ 孤注一擲

cartalogia *s.f.* 地圖集,地圖冊

cartaginês *adj.* 迦太基的 ‖ *s.2 gén.* 迦太基人

cartão *s.m.* 紙板 △ □ ~ de identidade 身份證②~ postal 明信片③~ de visita 名片

cartapácio, cartapaço *s.m.* 舊而無用的書;冗長的信;文件匯編

cartar *v.t.* 把一副牌分成兩份;把一副牌分成多份

cartaz *s.m.* 廣告,招貼;通告,佈告;路牌,路標 △ter ~ 頗有名氣

cartazeiro *s.m.* 張貼廣告者

cartazista *s.m.* 廣告製作者,廣告師

cartear *v.t.* 玩牌,打撲克 ‖ *v.r.* 通信,書信往來 ‖ *v.r.* [海]在海圖上標示航艦所在位置

carteira *s.f.* 皮包;公文包,文件夾;錢包;筆記本;寫字檯

carteirista *s.2 gén.* 扒手;小偷

carteiro *s.m.* 郵遞員,郵差;生產皮包或紙牌者

cartel *s.m.* 挑戰書,戰表;(對聯)上下聯;(詩)上下句;廣告;張貼;卡特爾;聯盟

cartelizar *v.t.* 組成卡特爾,組成行業聯盟

cárter *s.m.* (自行車的)鏈套;[機]齒輪箱;曲柄軸箱

cartilagem *s.f.* [解]軟骨

cartilaginoso, sa *adj.* 軟骨的,軟骨質的

cartilha *s.f.* 識字課本;初級讀本;入門書;教義問答 △ ler pela ~ de alguém 事仿某人,仿效某人

cartografia *s.f.* 地圖繪製法

cartógrafo *s.m.* 地圖繪製員

cartola *s.f.* 高帽, 禮帽; 烴帽; 醉酒, 酩酊 ‖ *s.m.* 〔口〕重要人物, 要人

cartomancia *s.f.* 用紙牌算命, 卜卦

cartomante *s.2 gén.* 用紙牌算命者 ‖ *adj.2 gén.* 用紙牌算命的

cartonar *v.t.* 用紙板裝訂; 用紙板包裝

cartório *s.m.* 寫字樓, 辦公樓; 辦公室; 登記處; 檔案室 △ ter culpas no ~ 尚未究處之罪行或罪責

cartucheira *s.f.* 子彈盒, 子彈帶, 彈藥盒

cartucho *s.m.* 子彈, 槍彈; (包糖等散裝商品用的)圓雜形或尖角角紙袋, 紙包 △queimar o último ~ 採取最後措施, 最後一著

cartuláfio *s.m.* (教堂, 寺院等)特權, 財產登記簿

caruja *s.f.* 濃霧; 牛毛細雨, 毛毛雨

caruma, carumba *s.f.* 松葉, 松針

carunchar *v.i.* 生蛀蟲; 被蛀蝕

caruncho *s.m.* 〔動〕蠹蟲; 蛀厲; 蛀孔; 〔轉〕枯朽 △ter ~ 老朽或生病

carunchoso, sa *adj.* 蛀蝕的; 枯朽的; 老朽的, 老邁的

carúncula *s.f.* 〔動〕肉冠; 垂肉; 肉阜, 阜

carunculoso, sa *adj.* 有肉冠的; 有垂肉的; 有肉阜的

carunha *s.f.*; **carunho** *s.m.* 果核

carvalho *s.m.* 〔植〕橡樹; 桝樹; 橡樹; 櫟木, 柞木

carvão *s.m.* 煤; 炭; 〔化〕碳; 炭筆畫 △ ① ~ animal 骨炭 ② ~ de lenha 木炭 ③ ~ de pedra 煤 ④ ~ mineral 煤, 石炭⑤ ~ vegetal 木炭

carvoaria *s.f.* 炭鋪; 煤鋪; 煤廠

carvoeira *s.f.* 煤炭堆放處; 女炭商, 燒炭婦

carvoeiro *s.m.* 燒炭工; 炭商 ‖ *adj.* 炭的, 煤炭的; 黑色的 △maré do ~ 佳時, 良機

cãs *s.f. pl.* 白髮; 〔轉〕老年, 年老, 晚期

casa *s.f.* 房舍, 住房; 家, 家庭; 店鋪, 商號; 單位, 機構; 家, 家具; 房間; 王朝; 隙, 孔 △ ① arruinar a ~ 破產 ② ~ alugada 寄居室 ③~ consistorial 市府, 市政廳 ④ ~ bancária 銀行 ⑤ ~ da moeda 造幣廠, 印幣廠 ⑥ ~ da sorte 彩券(彩票)發行處 ⑦ ~ de banho 盥洗室; 浴室 ⑧ ~ de botão 鈕孔 ⑨ ~ de Bourbons 波旁王朝 ⑩ ~ de caldeiras 鍋爐房 ⑪ ~ de campo 別墅 ⑫ ~ de caridade 慈善機構 ⑬ ~ de comissões 代辦店, 代辦處 ⑭ ~ de Deus 教堂 ⑮ ~ de correcção (關押未成年罪犯的)教養院, 懲治處 ⑯ ~ de fados 音樂酒巴 ⑰ ~ de jogo 賭場 ⑱ ~ de máquinas 機房 ⑲ ~ de orates 精神病醫院, 瘋人院 ⑳ ~ de pasto 飯館, 酒肆 ㉑ ~ de prego 當鋪 ㉒ ~ dos Vinte e Quatro 中世紀葡萄牙十二種行業的代表委員會 ㉓ ~ forte 保險箱 ㉔ ~ roubada tranca à porta 過後興兵; 亡羊補牢 ㉕ ~ militar(或 civil)(國家或政府首腦的)副官, 侍從, 隨員 ㉖de ~ e pucarinho 在親友或知己之間; 私下裏 ㉗fazer ~ 購置財產 ㉘governo da ~ 家政, 家事, 家務 ㉙ir para a ~ 回家 ㉚ter ~ independente 離羣索居

casaca *s.f.* 燕尾服, 禮服; 〔轉〕注意整潔者 △ ① ~ amarela 大黃蜂, 大胡蜂 ②cortar na ~ 背後讒人 ③virar a ~ 改變觀點; 改換黨派

casacão *s.m.* 大衣; 外套; 女式短大衣, 中襖

casaco *s.m.* 男式西服上衣; 外套, 外衣; 制服

casado, da *adj.* 已婚的 ‖ *s.m. pl.* 夫婦, 夫妻

casadoiro, casadouro *adj.* 婚齡的, 及笄的, 成丁的, 可嫁娶的

casal *s.m.* 小村莊; 夫妻, 夫婦; 一對男女

casamata *s.f.* 暗砲台; 機槍掩體

casamenteiro, ra *adj.* 婚姻的; 說媒的 ‖ *s.m.* 婚姻介紹人, 媒人

casamento *s.m.* 婚姻, 結婚; 婚禮; 〔轉〕聯合, 結合 △ ① ~ aniversário de ~ 結婚紀念日 ② ~ civil 民政登記結婚 ③ ~ religioso 教堂登記結婚 ④ convite de ~ 婚禮請柬 ⑤dote de ~ 嫁妝 ◆divórcio, descasamento

casão *s.m.* 華屋高堂, 豪宅; 軍隊被服廠

casaquinha *s.f.* 女式短外套; 短護服

casar *v.i.e r.* 嫁; 娶; 結婚; 結合; 配合, 協調 ‖ *v.t.* 凋婚, 主婚; 使結婚, 使協調 ◆divorciar

casca *s.f.* 皮, 殼(樹皮, 果皮, 蛋殼, 甲殼等) △ ① ~ grossa 粗鄙之人, 缺教養者 ② ~ de carvalho 一種甜瓜 ③ dar a ~ 死, 去世 ④dar ~ 憤怒, 惱怒

cascabulho *s.m.* 橡子殼; 一堆殼兒; 〔口〕小男孩

cascalho *s.m.* 碎石, 卵石, 礫石; 瓦礫, 鐵屑, 廢渣

cascar *v.t.* 剝; 削; 〔轉〕打; 指責

cáscara *s.f.* 〔植〕洋鼠李樹皮 △ ~ sagrada 有輕瀉通便功效的樹皮; 加州鼠李樹皮

cascarra *s.f.* 〔動〕鮫, 鯊魚

cascata *s.f.* 瀑布; 〔轉〕騙局

cascavel *s.m.* 鈴鐺; 響尾蛇; 小事, 瑣事 ‖ *adj.2 gén.* 易變的, 不穩定的 △ trazer ~ 心直口快

casco *s.m.* 殼; 頭蓋骨; 聰明, 機智; 船體; (建築物)主體結構; 頭盔; 蹄甲 △

~s de rolha 天涯海角, 遠不可及之處

casear *v.t.* 開鈕孔, 做扣兒

casebre *s.m.* 破舊不堪的房子; 窩棚; 茅舍

caseificar *v.t.* 用奶製奶酪

caseína *s.f.* 〔化〕酪朊, 酪素

caseiro, ra *adj.* 自用的, 家用的; 自製的, 不出家門的; 簡單自用的, 隨便的 ‖ *s.m.* ... *s.f.* 房主, 房東; 管家

caserna *s.f.* 兵營

caserneiro *s.m.* 〔軍〕值日兵, 值班員; 值星

casimira *s.f.* 〔紡〕精紡毛織物; 開士米布

casinha *s.f.* 小房子, 小屋; 〔口〕廁所; 檢查站

casino *s.m.* 娛樂場, 遊藝場; 俱樂部; 賭場

casmurrar *v.i.* 頑固堅持, 固執

casmurrice *s.f.* 頑固; 倔強

casmurro, ra *adj.* 頑固的; 倔強的; 難相處的

caso *s.m.* 事情, 事件; 情況, 情形; 經過; 場合; 境遇, 病例; 案例; 事例; 案件; 〔語〕格 △ ① ~ cara de ~ 擔心的 ② ~ de cólera 霍亂症病例 ③ ~ de consciência 道德問題 ④ ~ extraordinário 奇事, 怪事 ⑤ ~ de força maior 迫不得已情況 ⑥ ~ fortuito 意外事件; 〔法〕不可抗力⑦ ~ particular 特例 ⑨dado o ~ 假使, 若 ⑩ ~ pensado 有意地, 蓄意地 ⑪em ~ de ...如果 ...⑫em todo ~ 無論如何, 不管怎樣 ⑬fazer ~ 重視, 尊重; 理睬 ⑭ fazer ~ omisso 忽視, 不重視 ⑮fazer ao ~ 施加影響 ⑯vir ao ~ 恰逢其會

caspa *s.f.* 皮屑; 頭皮屑

caspento, ta *adj.* 長頭皮屑的

cáspite! *interj*. 嘩! 好傢伙! (表示驚異,多含譏諷之意)

casposo, sa *adj*. 長頭皮屑的

casqueiro *s.m*. 木材初加工廠;魚網浸染池;麵包皮,麵包屑

casquejar *v.i*. 傷口癒合;結疤

casquilhar *v.i*. 穿着入時,穿著奢華

casquilho, lha *adj*. 趕時髦的;紈絝子弟的;注重打扮修飾的 ‖ *s.m*. 好修飾的人;執絝子弟,花花公子

casquinada *s.f*. 童稚的笑聲;嘲笑;苦笑

casquinar *v.i*. 大笑,哈哈大笑

casquinha *s.f*. 薄殼;薄板;鍍層△~ de noz 單薄易壞的舟船

casquinheiro *s.m*. 鍍件,電鍍件

cassa *s.f*. 紗布,薄紗;醫用紗布

cassar *v.t*. 〔法〕廢除,取消,撤回;没收;〔海〕降帆

cassette *s.f*. 盒式錄音帶 △video-~ 盒式錄像帶

cassear *v.i*. 〔海〕改變航向

cássia, cásia, cassiafistula *s.f*. 〔植〕野肉桂,野桂皮

cassina *s.f*. 〔植〕一種冬青樹

cassineta *s.f*. 一種廉價開士米

cassiopeia *s.f*. 〔天〕仙后星座

cassiterite *s.f*. 〔礦〕錫石

casso, sa *adj*. 〔法〕被廢除的;被撤回的;無效的

casta *s.f*. 〔動、植〕種類;血統,宗族,門第;(社會的)等級,階級;(印度的)種姓;民族,種族;人種

castanha *s.f*. 栗子,板栗;腰果仁;髮髻,婦女梳在頭後的髻兒;〔口〕驢(馬)糞蛋兒 △ ① ~ do maranhão, ~ de caju 腰果,腰果仁 ②~ pilada 乾栗子 ③estalar a ~ na boca 驚恐,受驚;吃虧

castanheiro *s.m*. 〔植〕栗樹;泛指殼斗類樹 △~ da Índia 歐洲七葉樹

castanheta *s.f*. 〔動〕一種魚;*pl*. 響板,竹板

castanho, nha *adj*. 深褐色的,栗色的 ‖ *s.m*. 栗木;栗樹

castanholas *s.f. pl*. 響板;竹板

castelã *s.f*. 女城堡主;城堡主夫人

castelania *s.f*. 城堡轄區,自治區

castelão *s.m*. 城堡主,城堡長官

castelhano, na *adj*. (中世紀西班牙中部的王國)卡斯蒂利亞的;西班牙的;西班牙語的 ‖ *s.m*. 卡斯蒂利亞方言;西班牙語;卡斯蒂利亞人

castelo *s.m*. 城堡,要塞;〔海〕望樓;(國際象棋中的)車 △ ① ~ de água 水庫 ②~ de cartas 華而不實 ③~ de popa 〔海〕艉樓,後甲板 ④~ de proa 〔海〕艏樓,艏樓甲板 ⑤~s no ar 空中樓閣;幻想

castiçal *s.m*. 燭台;燭盤

castiçar *v.t*. (動物)交配;使純正,使純潔

castiço, ça *adj*. 品種優良的;良種的;純正的,地道的,不混雜的 ◇viciado

castidade *s.f*. 貞潔;純潔;正派,貞節 ◇sensualidade, impureza

castificar *v.t*. 使純潔,無瑕

castigação *s.f*. 懲罰,懲辦;修改,更正

castigado, da *adj*. 被懲罰的,被告誡的,受折磨的

castigador *adj.2 gén*. 懲罰的 ‖ *s.m*. 懲罰者

castigar *v.t*. 懲戒;處罰;折磨;修正,修改;〔鬥牛〕扎(刺)牛 ◇ premiar

castigável *adj.2 gén*. 應懲罰的,可懲罰的

castigo *s.m*. 懲罰,懲處,處罰;折磨,

苦惱;修改,删改;〔鬥牛〕扎(刺)牛 △
①~ exemplar 懲戒 ② levar ao ~ 勾
引婦女

castina *s.f.* 〔冶〕灰石助熔劑,灰石溶劑

casto, ta *adj.* 貞潔的,有貞操的;純潔的,天真的,無瑕的 ◇ sensual, desonesto

castor *s.m.* 〔動〕海狸,河狸;河狸毛;河狸皮帽

cástor *s.m.* 〈M〉〔天〕北河二(雙子座,雙子宮)

castração *s.f.* 閹,騸,刮,去勢

castrado, da *adj.* 閹過的,騸過的 ‖ *s.m.* 太監

castrador *s.m.* 閹割匠,閹割者

castramento *s.m.* 閹,騸,刮,閹割,去勢

castrametação *s.f.* 〔軍〕安營法,佈陣法

castrametar *v.t.* 〔軍〕安營;設防;佈陣

castrar *v.t.* 閹,騸,刮,閹割,去勢;閹苗;(果樹等)修剪打杈

castrense *adj.2 gén.* 軍營的;軍隊的,軍旅的,軍事的

castro *s.m.* (古羅馬)城堡;軍營,軍陣

casual *adj.2 gén.* 偶然的,意外的,碰巧的 ◇ combinado, concertado

casualidade *s.f.* 偶然,意外,湊巧,巧合

casuar *s.m.* 〔動〕食火雞;鶴鶌

casuáridas, casuarídeos *s.m. pl.* 〔動〕鶴鴕科

casuarina *s.f.* 〔植〕木麻黄

casuarináceas *s.f. pl.* 〔植〕木麻黄科

casuísta *adj.2 gén.* 〔神〕決疑的;詭

辯的 ‖ *s.2 gén.* 〔神〕決疑者;詭辯家

casuística *s.f.* 〔神〕決疑學;詭辯學

casuístico, ca *adj.* 〔神〕決疑的;〔哲〕詭辯的

casula *s.f.* 十字褡(神父穿的法衣);〔口〕菜豆角

casulo *s.m.* 蠶繭,蠶繭;〔植〕(包著種子的)莢,皮,殼

casuloso (ô), sa *adj.* 繭的;皮的,殼的,莢的

cata *s.f.* 探查,尋找;調查,研究;藥用樹木;bras. 挖金坑 △ ① andar à ~搜索,尋找 ②~-vento 風向標;沒有主見者

catabaptista *s.2 gén.* 認爲洗禮沒有必要者

catabático, ca *adj* 〔氣象〕氣流下降產生風的

catabolismo *s.m.* 代謝,新陳代謝,分解作用

catacáustica *s.f.* 〔理〕焦散而回光綫,反射焦綫

catacego, ga *adj.* 近視的;眼睛不好的

cataclismo *s.m.* (洪水、地震、地陷等)災難;天災;(社會)動亂,變動

catacrese *s.f.* 〔修辭〕轉義法,借用法,借喻法

catacumbas *s.f. pl.* 羅馬基督徒藏身和安葬死人的地下設施;地下墓穴,陵寢

catacústica *s.f.* 〔理〕回聲學

catadióptrica *s.f.* 〔理〕光反射折射學

catadupa *s.f.* 瀑布;急流,急瀧

catadura *s.f.* 面貌,容貌;神色;外觀,樣子;脾氣

catafalco *s.m.* (隆重殯儀放棺、柩的)靈台

catafasia　s.f.　心理紊亂

catafracta　s.f.　鱗甲胄

catafractário, ria　adj.　有鱗甲的, 皮厚的

cataglóssio, cataglosso　s.m.　〔醫〕壓舌板

cataléctico, ca　adj.　韵脚或句尾闕字不全詩的(多指希臘、拉丁詩)

catalepsia　s.f.　〔醫〕癇, 厥, 强直性昏厥, 倔强症, 僵住狀

catalisador　s.m.　〔化〕催化劑

catalisar　v.t.　〔化〕催化

catálise　s.f.　〔化〕催化作用

catalítico, ca　adj.　〔化〕催化的

catalogar　v.t.　編目, 編寫目錄

catálogo　s.m.　目錄; 清單, 清册; 樣本

catamênio　s.m.　〔生理〕月經, 經水

catamento　s.m.　尋求, 探索, 檢查

catana　s.f.　彎刀; 馬刀; 短劍; 〔轉〕好進讒言的人, 誹謗者

catanada　s.f.　刀砍, 刀擊; 刀口, 刀傷; 〔轉〕嚴斥, 痛斥

catano　s.m.　〔口〕屌, 陽具, 雞巴 ‖ interj.　表示反對或驚奇

cataplasma　s.m.　糊劑, 泥敷劑; 膏藥; 〔轉〕體弱多病者, 虛弱生病者

cataplasmar　v.t.　糊藥, 貼膏藥

cataplexia (cs)　s.f.　〔醫〕猝倒, 中風

catapulta　s.f.　〔軍〕弩砲, 擲彈器, 石弩; 導彈發射架

catar　v.t.　尋求, 探索; 檢查, 觀察; 嘗試

catarata　s.f.　瀑布, 激流; 〔醫〕白内障

catarina　s.f.　(鐘錶的)擺輪, 平衡輪; 一種葡萄; pl.　婦女的雙胸

catarômetro　s.m.　〔化〕導熱析氣計

catarral　adj.2 gén.　〔醫〕黏膜炎的, 感冒的 ‖ s.f.　急性支氣管炎

catarreira　s.f.　〔醫〕重傷風; 感冒

catarro　s.m.　〔醫〕卡他, 黏膜炎; 支氣管炎; 傷風, 感冒

catarroso, sa　adj.　易患感冒的

catarse, catarsia　s.f.　導瀉, 瀉法; 〔轉、哲〕藝術對感情的淨化作用

catártico, ca　adj.　〔醫〕導瀉的 ‖ s.m.　瀉藥

catarto　s.m.　〔動〕禿鷲

catástrofe　s.f.　災難, 災禍, 大難; 悲慘結局

catastrófico, ca　adj.　災難性的; 毀滅性的

catatraz!　interj.　〔象聲詞〕(東西跌落時的聲音)撲通! 啪嗒!

catatua　s.m.　〔動〕鸚鵡

catecismo　s.m.　教義概要; 摘要, 要點; 基礎問答

catecumenato, catecumenado　s.m.　(尚未施洗禮的)新教徒; 洗禮前時期

catecúmeno　s.m.　准備接受洗禮的新教徒

cátedra　s.f.　教授座椅; 教皇職位, 主教職位; 主教居住地; 講堂, 講台; 科目 △ ① ex~~ 權威的 ②falar de ~ 權威性講話

catedral　s.f.　主教教堂, 大教堂 ‖ adj.2 gén.　主教教堂的

catedralesco, ca　adj.　宏偉的, 壯觀的; 不朽的

catedrático　s.m.　教授; 主教酬金(津貼) ‖ adj.　教授的

categorema　s.m.　〔邏〕(事物)特性

categoria　s.f.　類別, 種類; 級别, 等級; 〔哲〕範疇

categorial　adj.2 gén.　概念的; 抽象的, 深奧的

categórico, ca　adj.　斷然的, 決然的; 清楚明瞭的, 毫不含糊的; 肯定的, 確實的◇equívoco, evasivo

categorizar *v.t.* 分類,劃分等級;分門別類

categute *s.m.* 〔醫〕手術綫,腸綫

catenária *s.f.* 〔數〕懸鏈綫

catenífero, ra *adj.* 有鏈條的,鏈條的

catequese *s.f.*, **catequismo** *s.m.* 教義問答;問答教授法

catequético, ca *adj.* 問答式的,問答教學法的

catequista *s.2 gén.* 用問答方法教授兒童基督教義的人;從事問答教學者

catequização *s.f.* 宗教教育,傳教;說服

catequizar *v.t.* 宣講基督教教義;傳教,宣傳;勸說,說服

catérese *s.f.* 〔醫〕自然通便;自然出血

caterético, ca *adj.* 苛性的,腐蝕性的 ‖ *s.m.* 腐蝕性藥物,苛性劑

caterva *s.f.* 羣,幫,伙;歹徒;大批軍隊

catete *s.m.* 一種玉米

cateter *s.m.* 〔醫〕導管,導尿管,導液管;探針

cateterismo *s.m.* 〔醫〕導管插入術

cateto *s.m.* 〔幾〕垂直綫;(直角三角形的)直角邊;勾股

catetómetro *s.m.* 〔理〕高差計

catião *s.m.* 〔理〕陽離子,正離子

catilinária *s.f.* 犀利的諷刺;猛烈抨擊;長篇的攻擊演說;壓制,鎮壓

catimbau *s.m.* 小丑,滑稽可笑者; *bras.* 煙斗

catinga *s.f.* (人或動物身上散發出的)汗臭味,體臭;〔口〕*s.m.* 吝嗇人,小氣鬼

catingoso, sa *adj. bras.* 汗臭味的,臭味的

catingueiro, ra *adj.* 汗臭味的,有臭味的 ‖ *s.m.* 吝嗇鬼,小氣鬼;巴西的一種鹿

catita *adj.2 gén.* 賣弄風情的;喜修飾的;花花公子的 ‖ *s.2 gén.* 花花公子,紈絝子弟,喜修飾者 ‖ *s.f. bras.* 監獄

catitismo *s.m.* 豪華;奢侈

cativante *adj.2 gén.* 引誘的,誘惑的;吸引的

cativar *v.t.* 捕,獲,擒,捉,俘虜;引誘,誘惑 △ ~ um prédio 抵押房產

cativeiro *s.m.* 俘虜期;囚犯;囚禁處;征服;控制

cativo, va *adj.* 被俘虜的,被擒的;囚禁的,關押的;被征服的;受誘惑的;易褪色的 ‖ *s.m.* 囚犯 △ ① balão ~ 拴着繩子的氣球 ②bens ~s 抵押財產 ◇ livre

catixa! *interj.* 真棒! 真嘔心!

catódico, ca *adj.* 〔理〕陰極的,負極的

catódio, cátodo *s.m.* 〔理〕陰極,負極

catolicidade *s.f.* 天主教教粹,天主教特性;天主教教民,信奉天主教

catolicismo *s.m.* 天主教教義;天主教

católico, ca *adj.* 羅馬教的;天主教的;〔口〕好的 ‖ *s.m.* 天主教徒;羅馬教徒

catóptrica *s.f.* 〔理〕反射光學

catóptrico, ca *adj.* 〔理〕反射的,反射光學的

catorze (ê) *num.* 十四 (尤指玩 piquet 牌的十四分)

catorzeno(ô), na *adj.* 第十四的

catracego, ga *adj.* 半瞎的,部分失明的

catraeiro *s.m.* 船夫

catrafilar *v.t.* 〔口〕逮住,抓住

catraia *s.f.* 小船;獨木舟;小屋,小棚;〔口〕小閨女,小丫頭

catraio *s.m.* 小船;〔口〕小男孩,小小子

catrâmbias *s.f. pl.* 摔跟頭,筋斗;*interj.* 糟糕!

catrapós, catrapuz *interj.* (象聲詞,東西跌落的聲響)撲通! 嘭!

catre *s.m.* 單人輕便牀;行軍牀;折叠牀

caturra *s.2 gén.* 守舊派,遺老遺少;頑固不化者 ‖ *adj.* 固執的;留戀舊物的

caturrar *v.i.* 固執,頑固,堅持;〔海〕(船隻)顛簸,搖晃

caturreira, caturrice *s.f.* 頑固不化,固執

caução *s.f.* 小心,謹慎,預防;〔法〕擔保,保證

caucásico, caucasiano *adj.* 高加索的

caucho, cauchu *s.m. bras.* 橡膠樹;橡膠;橡皮

caucionante *s.2 gén.* 保釋者 ‖ *adj.2 gén.* 保釋的

caucionar *v.t.* 擔保;保證

cauda *s.f.* 尾,尾巴;尾部,末端;衣服後擺,(燕尾服)尾尖;〔天〕彗尾 △ ① na ~ 在末尾,最後的 ②piano de ~ 三角鋼琴

caudal *adj.2 gén.* 尾的;有尾巴的;水量大的,流量大的;急流的;大量的 ‖ *s.m.* 激流;急流;瀑布 △ barbata ~ 尾鰭

caudaloso(ô), **sa** *adj.* 水量大的;水流急湍的;豐富的;大量的

caudatário *s.m.* 爲達官顯貴撩提禮服長後襬的人;侍從,僕人,傭人

cáudice *s.f.* 〔植〕樹幹,樹樁

caudilhar *v.t.* 統領,帶領,統率

caudilheiro, ra *adj.* 統領的;專制的

caudilhismo *s.m.* 專制主義;專制制度

caudilho *s.m.* 頭領,頭目,領袖;軍閥;諸侯

caudímano, na *adj.* 〔動〕尾手動物的

caule *s.m.* 〔植〕莖,幹,梗

caulim *s.m.* 高嶺土,瓷土

caulino, na *adj.* 〔植〕莖生的 ‖ *s.m.* 高嶺土,瓷土

caurinar *v.t.* 欺騙,詐騙

causa *s.f.* 原因,起因,緣由;理由;動機,目標;理想;事業;訴訟 △ ① ~ civil 民事案件 ② ~ crime 刑事案件 ③ ~ ilícita 非法行爲 ④com conhecimento de ~ 瞭如指掌地,十分熟悉地 ⑤por ~ de 爲了…… ⑥por minha ~ 看在我的面上

causador *s.m.* 引起人,肇事者 ‖ *adj.* 引起的

causal *adj.2 gén.* 起因的,原因的 ‖ *s.f.* 原因,緣由;目的,目標

causalidade *s.f.* 誘發性,原因性,根源

causante *adj.2 gén.* 引起的,導致的 ‖ *s.2 gén.* 肇事者,引起人;緣由,起因

causar *v.t.* 造成,引起,致使;產生 △ ① ~ alegria 使高興 ② ~ enfado 令人討厭 ③ ~ escândalo 曝成醜聞 ④ ~ medo 驚駭,恐懼 ⑤ ~ piedade 令可憐 ⑥ ~ prejuízo 造成損失

causativo, va *adj.* 原因的,原因性的

causídico *s.m.* 律師;法律學家

cáustica *s.f.* 〔理〕焦散曲綫;焦散面

causticação *s.f.* 騷擾,煩擾

causticante *adj.2 gén.* 腐蝕性的,苛性的;嘲弄的,譏諷的

causticar _v.t._ 腐蝕; 諷刺, 挖苦

causticidade _s.f._〔化〕苛性, 腐蝕性; 〔轉〕譏諷, 挖苦

cáustico, ca _adj._〔化〕苛性的, 腐蝕的; 諷刺的, 譏諷的 ‖ _s.m._ 苛性劑; 起疱劑, 腐蝕劑

cautechu _s.m._ 橡皮

cautela _s.f._ 小心, 謹慎, 慎重, 注意; 彩票; 存根, 收據; 當票 △ ① a ~ 謹慎小心 ② ~ de penhores 當票 ③ ~ e caldo de galinha não fazem mal aos doentes 小心無大錯

cautelar _adj.2 gén._ 預防性的

cauteleiro _s.m._ 發售彩票 (獎券) 者

cauteloso, sa _adj._ 小心的, 謹慎的

cautério _s.m._〔醫〕燒灼療法, 燒灼療法, 腐蝕療法; 燒灼器, 變燒器

cauterização _s.f._〔醫〕燒灼, 烙; 腐蝕

cauterizar _v.t_〔醫〕燒灼, 烙; 腐蝕; 治療

cauto, ta _adj._ 小心的, 留神的, 慎重的

cava _s.f._ 挖, 掘; 溝, 壕, 坑; 地窖, 地下室

cavaca _s.f._ 小木塊, 劈柴, 柴薪; 裹糖餅乾

cavação _s.m._ 爭吵, 爭鬥, 不快, 不適

cavação _s.f._ 挖, 掘; 洞, 坑

cavacar, escavacar _v.t._ 使成碎片, 使成碎屑, 碎裂; 削木

cavaco _s.m._ 小木塊, 木屑;(松樹的) 落葉; 親密交談 △ ① dar ~ 因同玩笑生氣 ② dar o ~ por...醋憂...... ③ não dar ~ 一言未發, 隻字未吐

cavada _s.f._ 挖, 掘; 壕溝

cavadeira _s.f. bras._ 掘土機; 收草機

cavadela _s.f._ 挖, 掘; 刨, 鋤

cavado, da _adj._ 挖開的, 被挖掘的; 凹的, 凹陷的; 起伏的; 挖出的 ‖ _s.m._ 坑, 洞, 溝

cavador _s.m._ 翻地人, 挖掘工 ‖ _adj._ 勤奮的

cavadora _s.f._〔農〕翻土平地機

cavadura _s.f._ 挖, 掘, 刨, 鋤

cavala _s.f._〔動〕鯖魚

cavalada _s.f._ 粗暴愚蠢的言行; 獸行

cavalagem _s.f._ 騎術;(馬) 交配, 爬跨動作; 配種費

cavalar _adj.2 gén._ 馬的; 像馬的

cavalaria _s.f._〔軍〕騎兵, 機械化部隊; 騎術, 馬術; 騎隊; 英勇; 英雄業績 △ ① ~ ligeira 輕騎兵 ② ~ pesada 重騎兵 ③ meter-se em ~s altas 做力所難及之事

cavalariça _s.f._ 馬廄, 馬圈; 車庫, 停車房

cavalariço _s.m._ 馬夫, 馬倌;(宮廷) 車馬監 (estribeiro-mor)

cavaleira _s.f._ 女騎手; 巾幗英雄 △ às ~s 扛着, 挎着; 騎着

cavaleiro _s.m._ 騎手, 騎士, 騎兵; 男士, 先生; 紳士, 貴族 ‖ _adj._ 勇敢的, 尊貴的 △ ① a ~ 顯著, 突出 ② ~ andante 遊俠騎士

cavaleiroso (ô), **sa** _adj._ 勇敢的; 高貴的; 有武俠氣的

cavalete _s.m._ 畫架; 樂譜架; 刑椅, 刑架; 黑板架; 支架 △ ① ~ de telhado 〔建〕金字樑 ② nariz de ~ 鷹鉤鼻

cavalgada _s.f._ 騎兵隊; 騎馬漫步; 冒險之舉; 冒險進攻

cavalgante _s.2 gén._ 騎馬者 ‖ _adj.2 gén._ 騎馬的, 乘馬的

cavalgar _v.i._ 騎馬; 騎馬而行 ‖ _v.t._ 騎, 騎跨; 越過

cavalheiresco, ca _adj._ 紳士的; 騎士的; 紳士風度的, 彬彬有禮的; 高貴的, 高尚的; 豪爽的

cavalheirismo *s.m.* 紳士派頭;君子風度;豪爽,慷慨;溫文有禮,文雅

cavalheiro, ra *adj.* 勇敢的;高尚的;斯文的 ‖ *s.m.* 品德高尚者;彬彬有禮者;文雅斯文者 △ ~ de indústria 道貌岸然的騙子

cavalheiroso, sa *adj.* 紳士的,彬彬有禮的;高尚的;慷慨的

cavalinho *s.m.* 小馬;[賭話]英鎊

cavalo *s.m.* 馬;騎兵;製桶工作台;[植](嫁接的)砧木;[棋]馬 △ ① a ~ 騎馬;騎 ② a mata ~s 高速地;急忙地 ③ ~ de batalha 戰馬;專長,擅長,拿手好戲 ④ ~ de carga 馱馬,役馬 ⑤ ~ de corrida 賽馬 ⑥ ~ dado não se olha a dentes (禮馬不能挑牙口)要來的飯不能嫌餿 ⑦ ~ de estado 跳躍馬 ⑧ ~ de frisa 木柵,馬杆(封鎖要道帶鐵刺的木杆) ⑨ ~ marinho 海馬;海馬皮 ⑩ ~ rebelão 未馴服的馬 ⑪ ~ -rinchão 咬人的馬 ⑫ ~ de sela 鞍馬 ⑬ ~ sobressalente 備用馬 ⑭ ~ de tiro 役馬,駕轅拉套之馬 ⑮ ~ -vapor [機]匹馬力 ⑯ ~ de xadrez [棋]馬 ⑰ de ~ a burro 每況愈下

cavaqueador *s.m.* 愛閒扯者;饒舌的人

cavaquear *v.i.* 談話;聊天;閒談

cavaqueira *s.f.* 談話;聊天,閒談,饒舌

cavaquinho *s.m.* 一種小型吉他 △ dar o ~ por 十分喜歡……

cavar *v.t.* 挖,掘;弄深;[轉]調查,琢磨,思索 ‖ *v.i.* 勞動,工作 △ ① mandar ~ batatas 滾吧! 見鬼去吧! ② pôr-se a ~ 逃跑

cavaterra *s.f.* 一種海蟹

cava-terra *s.m.* [動]鼴鼠

cavatina *s.f.* [樂]獨唱短曲

cave *s.f.* 地窖,地下室

cávea *s.f.* (古羅馬的)鳥籠,獸籠;野獸的洞穴或巢穴;(古羅馬)戲劇場或角鬥場圓形觀眾席

caveira *s.f.* 頭骨,顱骨;瘦長臉 △ ~ de burro 倒楣,晦氣

caverna *s.f.* 洞穴,岩洞;坑洞;地下室;[醫]孔,洞,腔;[海]船的肋骨,骨架;胸腔

cavername *s.m.* [海]船的骨架,框架

cavernoso, sa *adj.* 多洞穴的,有洞穴的;像洞穴的;(聲音)低沉的 △ voz ~ 聲音低沉,空谷之聲

caviar *s.m.* (俄式)魚子醬

cavidade *s.f.* 空洞,腔;窩,穴;孔,洞,洞眼;凹處 △ ~ torácica 胸腔 ◇ saliência, protuberância

cavilação *s.f.* 空話諾,口惠實不至;詭辯,狡辯;狡猾;明明;玩笑;嘲諷

cavilar *v.i.* 吹虛;許空諾;狡辯,詭辯,強辯;嘲弄;嘲辱

cavilha *s.f.* 銷釘,銷子;釘子;螺栓;繞繩子的拉緊器

cavilhar *v.t.* (用螺栓等)連接,固定

cavo, va *adj.* 中凹的,凹形的;中空的;通心的;深的;沙啞的 △ ① veia ~ inferior 下腔靜脈 ② veia ~ a superior 上腔靜脈

cavoucar *v.t.* 挖,掘;[轉]緊張勞動

cavouqueiro *s.m.* 挖掘工;礦工

caxa *s.f.* 印度古錢幣

caxemira *s.f.* [紡]開士米;精紡毛織物

cear *v.i.* 吃夜宵,吃夜點心,睡前小食;吃聖晚餐

cebo *s.m.* 糧食;巴西一種長尾猴

cebola *s.f.* 洋蔥,玉蔥;洋蔥頭;[植]鱗莖;[口]舊時的銀懷錶;弱而嬌的△ chorar pelas ~s do Egipto 嘆好事不再來

cebolinho *s.m.* 洋蔥幼苗;葱籽;小蔥

cebolório! *interj.* 〔口〕表示藐視或惱怒

ceca *s.f.* 〔口〕〈M〉△correr de ～ em Meca, andar de ～ em Meca 周遊列國;奔波, 奔走

cecal *adj.2 gén.* 盲腸的

cecé *s.f.* 萃萃蠅(tsé-tsé);舌蠅

cecear *v.i.* 發音不清,吐音含糊

cecém *s.〔植〕*白花香百合

ceco *s.m.* 〔醫〕盲腸

cecografia *s.f.* 盲文

cecógrafo *s.m.* 盲人書寫用具;盲文教師

cedência *s.f.* 讓與, 讓步;轉讓

cedente *adj.* 讓與的;轉讓的;割讓的,退讓的 ‖ *s.2 gén.* 讓步者,退讓者

ceder *v.t.* 讓與;准許;放棄‖*v.i.* 退讓, 讓步;屈服;減弱,下降;折斷

cediço, ça *adj.* 停滯不動的;腐敗的

cedível *adj.2 gén.* 可讓與的,可讓步的

cedo *adv.* 早;很快;迅速地 ‖ *s.m.* 早,提早,過早△com～ 提前

cedrela *s.f.* 〔植〕一種楝樹;此種樹的木材(色紅味芬芳)

cedro *s.m.* 〔植〕雪松;雪松木

cédula *s.f.* 證明,憑據,字據;紙幣;公債券;澄券;便條;筆記△～ pessoal 身份證

cefalado, da *adj.* 頭痛的,頭感不適的

cefalalgia *s.f.* 〔醫〕頭痛

cefalálgico, ca *adj.* 〔醫〕頭痛的

cefálico, ca *adj.* 頭的;腦的

cefalite *s.f.* 〔醫〕腦炎△～ epidémica 流行性腦炎

cefalóide *adj.2 gén.* 頭狀的,頭形的

cefalómetro *s.m.* 顱容測量器

cefalotórax *s.m.* 〔動〕胸頭部

cefo *s.m.* 〔動〕髭猴

cega *s.f.* 盲女△a～s 盲目地,盲目地

cegada *s.f.* 一羣盲人;狂歡節帶假面像盲人般沿街乞行的人羣

cegamente *adv.* 盲目地,盲從地

cegar *v.t.* 使 失明;使眼花目眩 ‖ *v.i.* 失明,瞎眼 ‖ *v.r.* 生氣,發怒

cego, ga *adj.* 失明的,盲的,瞎的;神智恍惚的;麻木不仁的 ‖ *s.m.* 盲腸△① baixo ～〔海〕暗沙洲,沙灘 ② na terra dos cegos quem tem um olho é rei 海中無魚,蝦爲大;山中無虎,猴子稱王 ③ nó ～死結,死纏扣,死纏結

cegonha *s.f.* 〔動〕白鸛;(從井基提水之)吊竿;〔轉〕又高又瘦的女人

cegueira *s.f.* 瞎,失明;眼炎;糊塗;失去理智;輕率,盲目

cegueta *s.2 gén.* 眼神不好者;近視眼

ceguidade *s.f.* 瞎,盲,失明

ceia *s.f.* 夜點心,夜宵;聖晚餐△～ do Senhor 聖晚餐

ceifa *s.f.* 收割;收割的莊稼;大屠殺;大量死亡

ceifar *v.t.* 收割,收獲;〔轉〕奪去生命;破壞

ceifeira *s.f.* 收割女;收割機

ceifeiro *s.m.* 收割工 ‖ *adj.* 收獲的,收割的

ceitil *s.m.* 葡萄牙面值最小的古幣;〔轉〕價值不大的東西,小玩藝兒,無足輕重之物

ceivar *v.i.* (從軛上)卸下牛,放開牛

ceive *adj.2 gén.* 自由的,放開的

cela *s.f.* 小室,密室;禪房;卧室,寢室;蜂房,蜂巢

celacanto *s.m.* 〔動〕空棘魚

celebração *s.f.* 慶祝,慶賀;稱讚,讚揚;舉行;紀念

celebrante *adj.2 gén.* 慶祝的,紀念的;稱讚的,讚揚的 ‖ *s.2 gén.* 慶祝者;舉行者;主持彌撒的神父

celebrar *v.t.* 慶祝,慶賀;讚揚,讚頌;舉行;紀念

celebrável *adj.2 gén.* 可慶祝的;值得紀念的,值得慶賀的

célebre *adj.2 gén.* 著名的,有名的;〔口〕古怪離奇的;異常非凡的

celebridade *s.f.* 名聲,名氣,名望;著名人士,名人;名物

celebrizar *v.t.* 使名,使出名;慶祝;紀念

celeiro *s.m.* 糧倉,穀倉,糧庫

celenterados *s.m. pl.* 〔動〕腔腸動物門

celerado, da *adj.* 暴徒的;邪惡的;腐敗的

célere *adj.2 gén.* 敏捷的;迅速的

celeridade *s.f.* 輕快,敏捷,迅速

celeste *adj.2 gén.* 天空的,天上的;神奇的,超自然的,完美的;天朝的 ‖ *s.m. pl* 對中國人嘲諷的稱謂 △ ① Celeste Império 天朝(指封建時代的中國) ② corpos ~s 天體

celestial *adj.2 gén.* 天空的,天上的;天堂的;神奇的,完美的;天藍色的

celestima *s.f.* 〔礦〕天青石

celestino, na *adj.* 天藍色的

celeuma *s.f.* 吵鬧,喧嚷;驚慌,告急

celeumar, celeumear *v.i.* 喧嘩;喊叫;鼓噪

celha *s.f.* ; **celhas** *s.f. pl.* 眼睫毛;〔植〕細毛,細毛;眉毛

celibatário *s.m.* 獨身者,未婚者;光棍兒,單身漢 ‖ *adj.* 未婚的,獨身的

celibato *s.m.* 獨身,未婚

celideia *s.f.* 〔植〕銀蓮花

celidografia *s.f.* 〔天〕恒星黑子學

celidónia *s.f.* 〔植〕白屈菜

celsitude *s.f.* 高貴,高尚,尊貴

celso, sa *adj.* 至高的,崇高的,高大的,高尚的

celta *s.2 gén.* 凱爾特人(古歐洲的一個民族);凱爾特語 ‖ *adj.* 凱爾特人的

célula *s.f.* 〔生〕細胞;小孔,囊;小室,蜂房;(黨派的)基層組織,支部 △ ① ~ do partido 黨支部 ② ~ fotoeléctrica 光電管 ③ ~ pigmentária 色素細胞

celular *adj. 2 gén.* 〔生〕細胞的,細胞質的;小室的,囊的;監獄的;隔離的 △ ① carro ~ 囚車 ② prisão ~ 單人牢房 ③ tecido ~ 細胞組織

celulóide *s.f.* 〔化〕賽璐珞

celulose *s.f.* 〔植〕纖維;〔化〕纖維素

celulósico, ca *adj.* 纖維的;纖維素的

celuloso, sa *adj.* 由細胞構成的,多細胞的

cem *num.* 百

cementação *s.f.* 〔冶〕燒結;滲碳

cementar *v.t.* 〔冶〕滲碳;燒結

cementite *s.f.* 〔冶〕滲碳體,碳化鐵

cemento *s.m.* 黏結劑,膠合劑;水泥;〔動〕牙骨質 △ ~ armado 鋼筋水泥

cemitério *s.m.* 墓地,墳地;公墓

cena *s.f.* 舞台;佈景;(劇的)場,幕;場面;舞台藝術;事件發生處,筆事地;情況;景色,風景 △ ① aparecer em ~ 嶄露頭角,出名 ② entrar em ~ 參加 ③ fazer uma ~ a alguém 猛烈譴責 ④ pôr uma obra em ~ 上演

cenáculo *s.m.* (耶穌和使徒們最後晚餐的)晚餐室,和睦相處;志同道合者

cenagoso, sa *adj.* 髒的;泥濘的

cenário *s.m.* 舞台佈景,舞台道具 ‖ *adj.* 舞台的,佈景的

cendal *s.m.* 薄紗

cenho *s.m.* 皺眉;怒容,怒氣衝衝的樣子 △franzir o ～皺眉

cenhoso, sa *adj.* 皺眉頭的;滿臉不高興的,臉色陰沉的

cénico, ca *adj.* 舞台的;戲劇的

cenismo *s.m.* 使用多種語言的演講或作品

ceno *s.m.* 泥潭,泥塘

cenóbio *s.m.* 寺院,修道院

cenobiose *s.f.* 共同生活;集體生活

cenobita *s.2 gén.* 修士;隱士;離群索居者

cenografia *s.f.* 舞台設計;[美]透視法

cenógrafo *s.m.* 舞台設計師

cenoira, cenoura *s.f.* 紅蘿蔔

cenologia *s.f.* 〔理〕真空學

cenopégia *s.f.* (猶太人的)結茅節(紀念其祖先走出沙漠)

cenotáfio *s.m.* 衣冠塚;紀念碑

cenozóico, ca *adj.* 〔質〕新生代的,新生界的

censo *s.m.* (古羅馬)人口財產登記冊;人頭稅;人口普查;賦稅,地租

censor *s.m.* (古羅馬)監察官;(新聞、電影、書籍刊物等的)審查官,檢查官;學監;監察員,督察員;批判者,批評者,非難者

censura *s.f.* 監察官之職,(對新聞、電影、書籍刊物等的)審查、檢查;稽查;檢查機關;批判,批評,非難,譴責

censurar *v.t.* 審查,監察,檢查;批評譴責,批判,非難;糾察;更改,刪改,刪除 ◇ aprovar, elogiar

censurável *adj. 2 gén.* 應檢查的;應受譴責的,應受批評的,應受非難的

centão *s.m.* 百衲被;破砲衣;詩文摘錄匯編

centáurea *s.f.* 〔植〕矢車菊 △①～ maior 傘形矢車菊 ②～ menor 傘形埃蕾

centáureo, centáurico *adj.* (希臘神話)半人半馬怪物的

centauro *s.m.* 半人半馬怪物;〈M〉〔天〕人馬座

centavo, va *adj.* 百分之一的 ‖ *s.m.* (葡幣)一分

centeio *s.m.* 元麥,裸麥,青稞 △ bater como em ～ verde 痛打,毒打

centelha *s.f.* 火花,火星;閃電,放電;閃亮,閃光;(轉)短暫或轉瞬即逝的事物 △ ～ divina 靈魂

centelhante *adj.2 gén.* 冒火花的,迸火星的;閃亮的,閃爍的

centelhar *v.i.* 冒火花,迸火星;閃亮,閃爍

centena *s.f.*;**centenar** *s.m.* 百,一百

centenário *s.m.* 百歲老人;百年紀念 ‖ *adj.* 百歲的,百年的

centesimal *adj. 2 gén.* 百分的;百分之一的;百進位的 △ escala～ 百進位制

centésimo, ma *num. ord.* 第一百的;百分之一的 ‖ *s.m.* 百分之一;第一百個

centiare *s.m.* 百分之一公畝;一平方公尺

centibar *s.m.* 〔氣象〕厘巴(壓強單位)

centicular *adj. 2 gén.* 百年的;歷時百年的

centígrado, da *adj.* 百分度的;攝氏溫度的 △ termómetro ～ 攝氏溫度計(寒暑表)

centigrama *s.m.* 厘克(重量單位)

centilitro *s.m.* 厘升(容量單位)

centímetro *s.m.* 公分;厘米(長度單位)

cêntimo *s.m.* 分(葡幣) ‖ *adj.* 百分之一的

cento *s.m. e num.* 百，一百 △ ① ~ e 一百分之百，全部;許多 ② 40 por ~ 百分之四十，四成

centopeia *s.f.* 〔動〕赤蜈蚣;〔轉〕令人討厭的老嫗

central *adj.2 gén.* 中間的;中央的;中心的;主要的 ‖ *s.f.* 總部;電話總機 △ ① ~ eléctrica 發電站 ② ~ hidroeléctrica 水力發電站 ③ ~ térmica 火力發電站 ④ Comité ~ do Partido Comunista da China 中國共產黨中央委員會 ⑤ fogo ~ 岩漿

centralismo *s.m.* 集中制;中央集權的 △ ~ democrático 民主集中制

centralista *s.2 gén.* 主張集中制者;主張中央集權者 ‖ *adj.2 gén.* 集中制的;中央集權的

centralização *s.f.* 集中;集權;聚集

centralizar *v.t.* 集中;集權;聚集

centrar *v.t.* 確定(平面或物體的)中心;放在正中，放在中間,放在中央;放中,聚集

centrífuga *s.f.* 離心機

centrifugador, ra *adj.* 離心的;離心作用的 ‖ *s.f.* 離心機

centrífugo, ga *adj.* 離心的 ‖ *s.f.* 離心機 △ força ~ a 離心力

centrípeto, ta *adj.* 向心的 △ força ~ a 向心力

centrista *s.2 gén.* 中間派,中間分子

centro *s.m.* 中心;中央,中間,正中;〔幾〕圓心;機構,單位;核心 △ ① ~ de atracção，~ de gravitação 〔理〕引力中心 ② ~ docente 學校 ③ ~ de gravidade〔理〕重心 ④ ~ dos negócios

商業區,熱鬧地區 ⑤ ~ nervoso 神經中樞 ⑥ ~ da praça 廣場中心 ⑦ ~ da Terra 地心 ⑧ ~ de simetria 對稱中心

centunvirado, centunvirato *s.m.* (古羅馬)百人法庭

centúnviro *s.m.* (古羅馬)百人法庭成員

centuplicadamente *adv.* 百倍地,大量地

centuplicar *v.t.* 增加(增大)一百倍;〔轉〕大大增加

cêntuplo, pla *adj.* 百倍的 ‖ *s.m.* 百倍

centúria *s.f.* 百年,世紀;(古羅馬的)百人組(行政管理單位);百人隊(軍事組織)

centurião, centúrio *s.m.* (古羅馬)百人隊之首,指揮一百名士兵的軍官

cepa *s.f.* 葡萄樹,葡萄樹主幹;花草樹木之主根,地下莖;家世,家族,宗族;洋蔥頭 △não passar de ~ torta 沒有長進,沒有好轉

cepilho *s.m.* 〔木〕刨子;鐵銼

cepo *s.m.* 樹墩子,原木;帶根之樹樁;捕捉動物之夾子;器皿,盆子;刷子,馬防走失綁在家畜腿上的木塊;琴桿與音箱御接部分;〔轉〕又蠢又懶者 △ ~ de cabeleiras 製假髮之木架

cepticismo *s.m.* 〔哲〕懷疑論,懷疑主義;疑惑,懷疑,不相信

céptico, ca *adj.* 〔哲〕懷疑論的,懷疑主義的;疑惑的,懷疑的,不相信的 ‖ *s.m.* 懷疑主義派,懷疑主義者;疑惑者

ceptrífero, ceptrígero *adj.* 持權杖者的,持權杖的

ceptro *s.m.* 王杖,王節;權杖;法杖;皇位,王位;統治

cera *s.f.* 蠟,蠟燭;蜂蠟;〔動〕鳥類的喙根膜;耳屎,耳垢;〔轉〕軟弱無能者

△ ① ~ dos ouvidos 耳屎,耳垢 ②fazer~ 息工;怠惰 ③gastar ~ com ruins defuntos 無謂犧牲,浪費

ceráceo, cea *adj.* 似蠟的,蠟色的,蠟質的

cerâmica *s.f.* 陶瓷術;陶瓷器,陶器

cerâmico, ca *adj.* 陶瓷的;製陶瓷術的

ceramista *s.2 gén.* 陶工,陶瓷器工人

cerar *v.t.* (用火漆或蠟)密封信函等

cerasta *s.f.* 神話傳說中的巨獸;〔動〕角蝰,埃及一種毒蛇

ceratina *s.f.* 角質,角質層

ceratite *s.f.* 角膜炎

cerato *s.m.* 〔醫〕蠟膏

ceráunia *s.f.* 〔礦〕火石,燧石

ceraunite *s.f.* 隕石

ceraunógrafo *s.m.* 雷電計

ceraunómetro *s.m.* 〔氣象〕閃電強度儀

cérbero *s.m.* 神話中守地獄門的三頭犬;〔轉〕兇惡的看門人

cerca (ê) *s.f.* 圍籬,圍欄;有圍牆之處,院落,院子 ‖ *adv.* 大約,靠近;大約;幾乎 △ ① a ~ de 關於……②de ~ 大約

cercado *s.m.* 有圍栅、圍籬的地方;院子;園子;公園;牲畜欄 ‖ *adj.* 被包圍的,圍着的

cercadura *s.f.* 圍牆,圍欄;邊飾,飾邊;邊緣,邊沿;圍治方面

cercanias *s.f. pl.* 附近;四周;近郊;鄰區

cercão *adj.* 近鄰的;附近的;靠近的

cercar *v.t.* 圍住,圍起來;包圍,圍困;築圍籬(欄等) ‖ *v.r.* 接近,靠近;使處於……圍困之中

cerce *adv.* 從根拔地,徹底地,完全地△cortar ~ 從根上切除

cércea *s.f.* 繪畫用角尺;鐵路貨車限界架

cerceadura *s.f.*；**cerceamento** *s.m.* 根除;削減;削弱;節省;切除部分;切痕

cercear *v.t.* 截斷;削減,減少;切割

cerceio *s.m.* 同 cerceadura

cérceo *adv.* 連根拔地,徹底地

cerco(ê) *s.m.* 圍攻,圍;包圍圈;圈,環;圍籬,圍欄 △ ① levantar ~ 解圍 ②pôr ~ 圍攻

cercopiteco *s.m.* 〔動〕長尾猴

cerda(ê) *s.f.* (動物的)鬃毛;豬鬃

cerdo(ê) *s.m.* 〔動〕豬;〔轉〕骯髒邋遢者

cerdoso(ô), sa *adj.* 多鬃的;像鬃的,毛髮粗硬的

cereal *s.m.* 穀類,禾類;穀物,糧食;*pl.* 穀神節 ‖ *adj.* 穀神節的

cerealífero, ra *adj.* 穀物的,糧食的

cerebelo *s.m.* 小腦

cerebração *s.f.* 大腦活動,思維活動

cerebral *adj.2 gén.* 腦的,大腦的 △ congestão ~ 腦溢血

cerebrina *s.f.* 〔醫〕腦素

cerebrino, na *adj.* 大腦的;想像的

cerebrite, cerebelite *s.f.* 〔醫〕腦炎,大腦炎

cérebro *s.m.* 〔醫〕腦,大腦;〔轉〕頭腦,智慧;理智 △ ~ electrónico 電腦(電子計算機)

cereja *s.f.* 櫻桃 ‖ *adj.* 櫻桃紅的,暗紅的

cerejeira *s.f.* 櫻桃樹

cerimónia *s.f.* 典禮,禮儀,儀式;禮貌,禮節,禮教;壯觀;盛大 △ ① fato de ~ 禮服 ②fazer ~s 客氣 ③sem ~ 不客氣,請隨意

cerimonial *adj. 2 gén.* 禮儀的,儀式的;嚴格的;嚴肅的 ‖ *s.m.* 儀式,禮

儀;儀式程序單;禮儀規矩

cerimoniático, ca *adj.* 禮數周全的;太客氣的

cerimonioso, sa *adj.* 注重禮儀的;彬彬有禮的,客氣的,儀的

cério *s.m.* 〔化〕鈰

cerita, cerite *s.f.* 〔礦〕鈰硅石

cerne *s.m.* 樹幹的堅硬部分;樹輪,年輪;[轉]支柱

ceroilas, ceroulas *s.f. pl.* 男內褲,男襯褲

ceromel *s.m.* 〔醫〕蠟蜜膏

ceroplástica *s.f.* 蠟塑藝術,蠟塑術

ceroso, sa,; céreo, rea *adj.* 蠟質的,像蠟的,蠟色的

cerqueiro,ra *adj.* 圍繞的,包圍的; ‖ *s.m.* 園丁

cerração *s.f.* 濃霧;昏暗;愁悶 △ ~ da fala 聲音沙啞,講話困難

cerrado, da *adj.* 關閉的;(顏色)深的;濃的,密的,費解的 ‖ *s.m.* (有圍牆的)院子,圈子 ① bosque ~ 密林 ②cavalo ~ 老馬 ③carga ~ a 密集衝鋒;密集火力 ④cor ~ a 深色 ⑤falava apleas ~ 他說的英語很難懂 ⑥noite ~ a 深夜 ⑦porta ~ a 緊閉的門 ⑧à carga ~ a 不加區別地;全部地,一股腦兒地

cerradoiro, cerradouro *s.m.* 繫閉提包或口袋的帶子或繩子

cerra-fila *s.m.* 排尾,隊尾,末尾,斷後者

cerramento *s.m.* 關閉,封閉

cerrar *v.t.* 關閉,封閉;封鎖;結束,完成 ‖ *v.i.* (馬或牛)長齊牙齒 ‖ *v.r.* (天空)佈滿烏雲,天陰;(談話或文章)結束,完結;(傷口)瘉合,結疤

註:把開者的東西關閉時多用 fechar

cerro(ê) *s.m.* 小山,山丘

certa *s.f.* 準確,正確

certame, certâmen *s.m.* 爭門;比武;挑戰;比賽,辯論,討論;學術比賽,比賽會

certamente *adv.* 準確地,當然地

certar *v.i.* 爭門;辯論;比賽

certeiro,ra *adj.* 準確的;正確的;命中目標的 △tiro ~ 命中的子彈

certeza(ê) *s.f.* 證明,證實;確信,明瞭;確信無疑;把握;恆久不變 △com ~ 必定;當然 ◇ dúvida, incerteza

certidão *s.f.* 證明,證書,證件 △ ① ~ de exame 畢業證書 ② ~ de idade 出生證

certificado *s.m.* 證明,證書,證件,憑單 ‖ *adj.* 確實的,不容置疑的,唯信的 △ ① ~ de origem 出生地證明 ② ~ de registo criminal 刑事記錄證明 ③ ~ de vacina 疫苗證書,預防接種證明

certificar *v.t.* 證明,確証,認證 ‖ *v.r.* 信服

certificativo , va ; certificatório, ria *adj.* 證明性的,證明的

certo, ta *adj.* 真實的,確實的;正確的,準確的;確信無疑的 ‖ *pron.indef.* (置名詞前)某個,某件,某種 △ ① ao ~ 當然,必定 ② de ~ 必定 ③ estar ~ de que 確信 ④fazer ~ 校正 ⑤mão ~ a 穩妥手段 ⑥por ~ 必定

cérulo, la; cerúleo, lea *adj.* 蔚藍的,天藍色的

cerume *s.m.* 耳屎,耳垢;耳蠟

cerva *s.f.* 〔動〕母鹿

cerval *adj.2 gén.* 鹿的,似鹿的;[轉]膽怯的,極度膽小的

cerveja *s.f.* 啤酒 △ ~ preta 黑啤酒

cervejada *s.f.* 啤酒杯

cervejaria *s.f.* 啤酒廠;啤酒店

cervical *adj.2 gén.* 脖頸的, 後頸部的

cerviz *s.f.* 後頸, 頸部, 頸項, 脖子; 〔轉〕頭, 頂部, 尖端 △ ① curvar (dobrar) a ~ 屈服, 低頭 ② levantar a ~ 趾高氣揚

cervo *s.m.* 〔動〕鹿

cerzidura *s.f.* 縫補, 縫綴(用暗針脚)

cerzir *v.t.* 縫補, 縫綴(用暗針脚); 〔轉〕接合, 連接

césar *s.m.* 〈M〉(羅馬皇帝)凱撒; 〔轉〕皇帝, 帝王

cesariano, na *adj.* 凱撒的; 專制皇帝的; 專制的; 剖腹產的 △ operação ~ a 剖腹產手術

cesarismo *s.m.* 專制制度; 專制主義

cesarista *s.2 gén.* 專制主義者 ‖ *adj.* 專制的, 專制主義的

césio *s.m.* 〔化〕銫

céspede *s.m.* 草坪, 草地

cespitoso, sa *adj.* 〔植〕簇生的, 叢生的

cessação *s.f.*; **cessamento** *s.m.* 中止, 中斷; 停止; 斷絕

cessão *s.f.* 割讓; 讓與, 轉讓

cessar *v.i.* 停止, 中止, 中斷; 斷絕 ‖ *v.t.* 放棄 △ sem ~ 不停地 ◇ continuar

cessibilidade *s.f.* 可轉讓性

cessionário *s.m.* 受讓人, 轉讓接受人

cessionista *s.2 gén.* 轉讓者, 讓與人

cessível *adj.2 gén.* 〔法〕可轉讓的

cesta (è) *s.f.* 提籃; 提筐 △ ~ rota 嘴不嚴的人

cestão *s.m.* 大籃子, 大筐

cesteiro *s.m.* 編籃(筐)匠; 籃(筐)商 △ ~ que faz um cesto, faz um cento, o caso é ter verga e tempo 一次失信, 終身受疑

cesto(ê) *s.m.* 帶蓋小籃筐 △ ~ da gavea 〔海〕檣樓瞭望籃

cesto *s.m.* (角鬥士的)護手, 護腕; 拳擊, 拳鬥

cestodes *s.m. pl.* 〔動〕絛蟲目, 絛蟲綱

cesura *s.f.* 割, 切; 裂口, 裂縫, 疤痕; (詩中之)停頓

cesurar *v.t.* 切, 割, 削

cetáceos *s.m. pl.* 〔動〕鯨目 ‖ *adj.* 鯨目的 (cetáceo *s.m.* 鯨魚)

cetim *s.m.* 〔紡〕綢緞, 綢緞, 緞子

cetina *s.f.* 〔化〕鯨蠟素

cetinoso, sa *adj.* 柔軟的; 有光澤的, 像錦緞的

ceto *s.m.* 〔動〕鯨

cetologia *s.f.* 鯨目學

cetona(ô) *s.f.* 〔化〕丙酮

cetonemia *s.f.* 〔醫〕丙酮血症

cetónia *s.f.* 〔動〕金花龜(昆蟲)

cetonúria *s.f.* 〔醫〕丙酮尿

céu *s.m.* 天, 天空; 天色; 天氣; 天堂; 上帝, 老天爺; 天花板 △ ① ~ da boca 〔醫〕硬顎, 上顎, 上膛 ② ~ sereno 天氣好, 好天 ③ ~ velho 萬里無雲 ④ céus! 噯呀! (表示驚奇或憤怒) ⑤ filho do ~ 天子(中國封建皇帝) ⑥ fogo do ~ 雷電 ⑦ um ~ aberto 奇跡; 令人嘖嘖的妙事

ceva *s.f.* 飼料, 精飼料

cevada *s.f.* 〔植〕大麥

cevadeira *s.f.* (牲口的)草料袋; 〔海〕船首斜桅帆; (貶)肥差, 肥缺

cevadilha *s.f.* 〔植〕鼠大麥

cevado, da *adj.* 育肥的; 吃飽的 ‖ *s.m.* 肥豬; 又胖又笨的人

cevadoiro, cevadouro *s.m.* 養畜場, 育肥場; 捕鳥放餌處

cevadura *s.f.* 喂養, 養肥; 育肥飼料,

（捕捉動物的）放餌處；斬殺，殺戮

cevar *v.t.* 育肥，喂養；放餌；引誘；使滿意，使滿足 ‖ *v.r.* 滿懷；充滿 △pe-dra de ~ 磁石

cevo(ê) *s.m.* 誘餌

chá *s.m.* 茶樹；茶葉；茶水；〔醫〕湯劑；茶話會，茶會；〔轉〕斥責，指責 △ ① casa de ~ 茶館 ② ~ de jasmim 花茶 ③ ~ de parreira 酒 ④ ~ preto 紅茶 ⑤ ~ verde 綠茶 ⑥ erba do ~（~ inglês）錦葵科植物 ⑦tomar ~ 喝茶 ⑧tomar ~ em pequeno 有教養，有家教

chã *s.f.* 平原，平地；大腿肉

chabouqueiro, ra *adj.* 粗製濫造的；五大三粗的

chaça *s.f.* 截球；截球綫；爭吵，爭鬥

chacal *s.m.* 〔動〕胡狼；〔轉〕高利貸者；乘人之危者

chácara *s.f.* bras. 小莊園；小農場

chacina *s.f.* 屠殺，殺戮；豬肉塊；鹹乾肉

chacinar *v.t.* 屠殺，殺戮；殺害，暗殺

chacineiro *s.m.* 賣豬肉者

chacota *s.f.* 嘲笑，愚弄；詼諧；古時以歌伴唱的民間舞蹈；諷刺詩 △ ① fazer ~s 愚弄，嘲弄 ②loiça de ~ 粗瓷具

chacotear *v.t.* 嘲笑；戲弄；愚弄

chafundar *v.t.* 使沉入水中 ‖ *v.r.* 潛水

chafurda *s.f.* 豬圈，畜欄；骯髒處；泥潭，沼澤地

chafurdar *v.i.* 潛水；在泥地上打滾；變髒；沉溺（惡習）

chaga *s.f.* 創傷，潰瘍，糜爛；樹皮裂口；不速之客；痛苦，傷心 △ ① ~ viva 極大不幸；不快；不幸 ② pôr o dedo na ~ 擊中要害

chagar *v.t.* 使潰爛，潰瘍；使受傷；折

磨；打擾 ‖ *v.r.* 潰爛，潰瘍；變爛

chaguento, ta *adj.* 潰爛的，潰瘍的；易爛的

chalaça *s.f.* 玩笑；嘲笑，嘲弄；詼諧；粗俗下流的笑話

chalaçar *v.i.* 嘲笑，嘲弄；開玩笑，詼諧

chalaceador *s.m.* 詼諧者，好開玩笑者 ‖ *adj.* 詼諧的，開玩笑的

chalacear *v.i.* 開玩笑，說笑話；嘲笑

chalado, da *adj.* 呆傻的，痴呆的

chalé *s.m.* 小別墅；（休假居住的）小木屋

chaleira *s.f.* 茶壺

chalet *s.m.* 小別墅；小木屋

chaliço *s.m.* 〔動〕狼鱸魚

chalrar, chalrear *v.i.* 聊天，閒談；〔鳥〕鳴叫

chalreada *s.f.* 叫喊聲，照攘聲

chalupa *s.f.* 獨桅小船；小船

chama *s.f.* 火焰，火舌，火苗；〔轉〕熱情；火刑 △as ~s eternas 地獄之火

chamada *s.f.* 呼喚，喊叫；號召；（軍隊）集合號；〔印〕注意符號，參見符號

chamado, da *adj.* 所謂的，被稱之為……的 ‖ *s.m.* 號召；請求

chamamento *s.m.* 號召；召集；感召

chamar *v.t.* 呼喚，叫；召喚，傳喚；召集；指定，任命；命名，稱呼；呼救；吸引，使迷上 ‖ *v.r.* 姓……名……；喚作…… △ ① ~ a contas 要求作出說明（解釋）② ~ nomes 罵人

chamarela *s.f.* 火舌，火苗；〔口〕火災

chamariz *s.m.* 誘餌，餌；囮子，圈子；〔動〕黃雀

chá-mate *s.m.* 巴拉圭茶（馬黛茶）

chambão *s.m.* 次肉，質量不高的肉 ‖ *adj.* 粗俗的

chamboíce *s.f.* 粗糙；粗製濫造之物

chambre *s.f.* 寬鬆的便服

chamejante *adj.2 gén.* 燃燒的；極熱的；極亮的；閃光的

chamejar *v.i.* 燃燒；冒火苗；激怒,生氣 ‖ *v.t.* 烤

chaminé *s.f.* 煙囪；爐子,爐竈；

chamorro,ra *adj.* 剃光了的 ‖ *s.m.* 光頭,西班牙人對葡萄牙人的貶稱

champanha, champanhe 香檳酒

champu *s.m.* 洗髮膏,洗髮香波

chamusca, chamuscadura *s.f.* 燎,微烤

chamuscar *v.t.* 燎,微烤,灼；燒毛

chamusco *s.m.* 燎,微烤；焦昧,糊昧 △cheirar a ～ 危險迫在眉睫

chancela *s.f.* 印,印章,圖章；蓋章

chancelar *v.t.* 蓋章,加印；花押；簽字

chancelaria *s.f.* (古代)最高法院；外交部;外事機構;外事機構的辦事處；總理職務；外交部長職務

chanceler *s.m.* 掌璽大臣；司印官；(德國、奧地利)政府總理；外交部長

chanfana *s.f.* 豬碎;豬頭肉的劣質

chanfaneiro *s.m.* 賣豬碎的人;賣豬頭肉者

chanfrado, da *adj.* 有斜角的

chanfradura *s.f.* ; **chanfro** *s.m.* 斜面,削角面；斜削角；斜截面；斜角

chanfrar *v.t.* 削角,斜切,斜截,使成斜面

chanqueta *s.f.* 拖鞋

chanta *s.f.* 〔農〕架子；(扦插用的)枝條,插枝

chantagem *s.f.* 訛詐;敲詐錢財

chantajar *v.i.* 訛詐;敲詐

chantar *v.t.* 樹樁子,立椿子；搭架子

chão *s.m.* 地；地面,地板 ‖ *adj.* 平坦的；平攤的；坦白的,坦誠的；簡單的,單純的；習慣的 △ ① ～ que deu uvas 力減色衰,今非昔比 ②cair no ～ 倒下 ③deitar ao ～ 推倒,投下 ④ não cair no ～ a palavra 言而有信,說話算數

chapa *s.f.* 薄板,金屬薄板,薄片；〔攝〕底板,底片；牌子,標牌；徽章 ① de ～ 當面,正面；全部,全體地 ② homen de ～ 文雅之士 ③lista de ～ 有候選人名單的選票 ④notícia de ～ 雷同之報道

chapada *s.f.* 平原,平川；林間空地；耳光；〔口〕五顏六色的補釘

chapado, da *adj.* 相同的,一樣的,全部的,完整的,完全的 △ doido ～地地道道的瘋子

chapar *v.t.* 貼面,鑲面；沖壓；印 ‖ *v.r.* 四仰八叉躺在地上

——— *s.m.* 撲通! (重物落水或落地的聲音)

chapear *v.t.* 包面,鑲面,貼面；沖壓；印；標示,做標記；屬實,說話算數

chapelada *s.f.* 帽兜(量詞)；脫帽致敬；選票箱內廢票的比例

chapelaria *s.f.* 帽廠,帽店

chapeleira *s.f.* 製帽女工;帽盒

chapeleiro *s.m.* 製帽商或售帽者

chapeleta *s.f.* 小草帽；(面頰之)紅暈；(水面之)圈圈波紋,漣漪

chapéu *s.m.* 帽,帽子；草帽,草蓋 ① ～ alto 大禮帽；高帽 ② ～ de chuva 雨傘；紅衣主教帽 ③ ～ de palha 草帽 ④ ～ de sol 陽傘 ⑤ ～ de três bicos 三角帽 ⑥molde para ～ 帽型,帽楦 ⑦pôr o ～ à banda 歪戴帽子 ⑧tirar o ～ 脫帽；脫帽致意

chapiçada *s.f.* 濺,灑,撒 ‖ *pl.* 水跡

chapiçar *v.t.* 濺,灑,撒 ‖ *v.i.* 撒嬌

水

chapim *s.m.* 一種古式高底坤鞋；冰鞋；拖鞋；(連接鐵軌與枕木之)底板；墩，座；[動]白頰鳥

chapinar, chapinhar *v.t.* 浸濕，濕潤；浸入水中‖ *v.i.* 使水花四濺；拍水，濺濺

chapodar, chapotar *v.t.* 剪枝

chapuz *s.m.* 木楔子；橛子；塞子(嵌入水泥漿，以便在上面釘釘子) △ de ~ 突然地

charada *s.f.* 字謎；[轉]黑話，隱語 △matar a ~ 猜，猜謎

charadista *s.2 gén.* 猜字謎者

charamela *s.f.* 六孔堅笛；管樂隊

charanga *s.f.* 小樂隊；軍樂隊；銅管樂隊

charão *s.f.* (中國、日本的一種)漆；漆器

charavasca *s.f.* 貧瘠的土地

charca *s.f.*；**charco** *s.m.* 沼澤；泥潭，污水坑；水塘

charcoso,sa *adj.* 沼澤的，水潭多的

charivari *s.m.* 混亂，雜亂；喧鬧；雜物堆

charla *s.f.* 談話，聊天，閒扯；流言蜚語

charlar *v.i.* 聊天，閒扯

charlatanaria *s.f.* 饒舌，廢話，不可信的話；欺騙，哄騙

charlatanear *v.i.* 饒舌，閒扯，閒聊；欺騙；哄騙

charlatanice *s.f.*；**charlatanismo** *s.m.* 饒舌，廢話，不可信的話；信口雌黃，信口胡言；欺騙

charlatão *s.m.* 廢話連篇者；騙子；庸醫，江湖郎中；販賣假藥者

charló *s.m.* 羅圈腿；八字腳者 △à ~八字鬚

charlota *s.f.* 奶油餅乾

charneca *s.f.* 荒地，灌木叢生的荒野；沙礦；澤地

charneira *s.f.* 鉸鏈；合頁；貝殼的接合處；縫皮帶卡子處

charpa *s.f.* 武裝帶；[醫]吊帶，三角綳帶

charque *s.m. bras.* 醃肉；鹹肉乾

charro,ra *adj.* 粗野的，粗魯的

charrua *s.f.* 犁；耕地，翻地

charruar *v.t.* 犁地；耕地

charutaria *s.f. bras.* 雪茄煙廠(店)；煙草商店

charuteira *s.f.* 雪茄煙盒

charuto *s.m.* 雪茄煙，呂宋煙；雪茄型餅乾；棒糖；一種獨木舟

chasca *s.f.* 輕浮的姑娘

chasco *s.m.* 嘲笑，哄笑；嘲弄，愚弄，戲弄

chasquear *v.t. e i.* 嘲笑，愚弄，戲弄，揶揄

chata *s.f.* [海]平底船，駁船；*bras.* 雙層船；基督教徒葬禮日晚餐

chatear *v.t.* 使煩惱，打擾，使討厭

chatice *s.f.* 打攪；卑賤 △que ~! 真討厭！真倒霉！

chato,ta *adj.* 平的，扁平的；愛說閒話的；令人討厭的‖ *s.m.* [口]毛蝨，陰部毛蝨；煩惱

chau! *interj.* 噓，別出聲‖ *s.m.* 中國紙幣(鈔)

chave *s.f.* 鑰匙；(鐘錶上弦之)鑰匙；板子，板手，板鉗；秘訣，訣竅；(多指開啟物品的)器具；原則，根本，基礎，關鍵；(樂器者)的鍵 △① ~ de abóbada 拱心石 ② ~ falsa 假鑰匙 ③ ~ inglesa 活扳手；管鉗子 ④ ~ de parafusos 螺絲刀(鑽)，改錐 (擰木螺絲用)

chaveira *s.f.* [醫]養尾蚴病

chaveiro *s.m.* 管鑰匙者;牢監看守人;鑰匙環,鑰匙鏈,鑰匙包

chaveiroso, sa *adj.* 瘦小枯乾的

chavelha *s.f.* 銷釘;釘子;木釘

chavelhal *s.m.* 銷座,銷口,銷眼

chavelho *s.m.* 特角,角;(昆蟲)觸角,觸鬚

chávena *s.f.* 茶杯;帶耳杯

chaveta *s.f.* (防止車輛滑脱之)車軸銷;開口銷;扁銷

chavo *s.m.* 值小之古銅幣;無價值之物 △ não ter ~ 不名一文,一貧如洗

checo, ca *adj.* 捷克人的;捷克克的 ‖ *s.m.* 捷克人;捷克語

checoslovaco, ca *adj.* 捷克(斯洛伐克)人的;捷克(斯洛伐克)的 ‖ 捷克(斯洛伐克)人,捷克(斯洛伐克)語

chede, chedre, cheide *s.m.* 〔動〕鶵鶏

chefatura *s.f.* 領袖,首腦,首長,官長等的職位;領導

chefe *s.2 gén.* 長,官長,首長,領袖;首腦;頭目 △ ① ~ de Estado 國家元首 ② ~ de Governo 政府首腦 ③ ~ de oficina 工頭 ④ comandante em ~ 統帥;總司令

chefia *s.f.* 長官;領導之職位

chefiar *v.t.* 統帥,統率,統領,領導

chega! *interj.* 夠了!住嘴!住手!行了(表示訓斥,不耐煩之情緒)!

chegado, da *adj.* 接近的,鄰近的;親密的,親近的;有親威或關係的

chegar *v.i.* 到,到達,抵達;來到,來;到達;〔轉〕抱怨,埋怨,表示不滿

chiar *v.i.* 作吱吱聲;〔轉〕抱怨,埋怨,表示不滿

chiba *s.f.* 〔動〕山羊羔;(手上磨之)水泡;酩酊大醉到了;達到;來到,到來;來了;到;達到;滿足;足夠;充足 ‖ *v.i.* 靠近,接近 ‖ *v.t.* 使接近,使靠近 △ ① ~ às boas 讓給 ② ~ a brasa para a sua sardinha 爲自己打算,打自己的算盤 ③ ~ a mostar-da ao nariz 失去耐性 ④ ~ a roupa ao pêlo 打,打架,爭吵 ⑤ ~-se à razão 同意;順從 ⑥ não ~ aos calcanhares 不及 ⑦ uma desgraça nunca chega só 禍不單行 ◇ partir

chego *s.m.* 四分之一克拉重的珍珠

cheia *s.f.* 洪水,水災;滿溢,泛濫;增多,過量,大批

cheio, ia *adj.* 滿的,充滿的;飽的;豐裕的,豐富的 △ ① à boca ~a 扯着嗓子 ② dar em ~ 如願以償 ③ em ~ 完全 ④ lua ~a 滿月 ⑤ rosto ~ 胖臉,圓臉 ⑥ um dia ~ 快活的一天 ⑦ voz ~a 嘹亮的聲音 ◇ vazio

cheirar *v.t.* 聞,嗅;〔轉〕打探,刺探;似,像 ‖ *v.i.* 散發氣味

cheiro *s.m.* 味,氣味;芳香;臭氣;〔轉〕名聲,聲譽 △ ① bom ~ 香味 ② mau ~ 臭味

cheiroso, sa *adj.* 香味的,芳香的,馥鬱的

cheirum *s.m.* 臭味,臭氣衝天

chelpa *s.f.* 〔口〕錢

chenopódeas *s.f.* 〔植〕土荊芥

cheque *s.m.* 支票;〔棋〕將軍;波希米亞人;波希米亞語 △ ① ~ em branco 空白支票 ② ~ de viagem 旅行支票 ③ ~ sem valor 假支票 ④ livro de ~s 支票本 ⑤ passar um ~ 開支票

cherne *s.m.* 〔動〕一種石斑魚

cheviote *s.m.* 蘇格蘭一種毛料布

chi *s.m.* 〔口〕擁抱

chiada, chiadeira *s.f.* 吱吱聲

chibante *adj. 2 gén.* 愛打扮的;好吹嘘的,愛炫耀的 ‖ *s.2 gén.* 喜吹嘘炫耀者

chibantear *v.i.* 吹嘘,誇耀,説大話

打扮,裝飾

chibar *v.i.* 吹噓,吹牛,說大話;虛張聲勢

chibata *s.f.* (打人用的)細長棍子;皮鞭;樹枝條

chibatada *s.f.* 棍擊,竿打,鞭打

chibatar *v.i.* 棍打,鞭打,抽打

chibato, chibarro, chibo *s.m.* 小雄山羊

chica *s.f.* 一種黑人淫蕩舞蹈,一種南美洲酒 △~ marica 人妖

chiça! *interj.* 表示反感、厭惡或蔑視

chicana *s.f.* 詭辯,狡辯,強詞奪理;陰謀;騙局;謊話

chicanar *v.i.* 詭辯,狡辯,強詞奪理;搞陰謀;欺騙

chícara *s.f.* 有柄之杯,茶杯

chichar *v.t.* 註解,註解;評註

chicharavelho *s.m.* 淘氣的孩子

chícharos *s.m. pl.* 〔植〕豌豆

chicharro *s.m.* 〔動〕一種鯵

chichi *s.m.* 〔口〕尿;撒尿 △fazer ~ (使嬰兒)撒尿,把尿

chico, ca *adj.* 小的;風平浪靜的 ‖ *s.m.* 〈M〉Francisco 的簡寫;〔口〕豬

chicória *s.f.* 〔植〕菊苣;〔口〕貪心自私貪

chicotada *s.f.* 鞭打,鞭笞

chicotar, chicotear *v.t.* 鞭打,鞭打

chicote *s.m.* 鞭子;〔海〕繩頭 △a um favor, mil favores; a piparote, ~ 投我一桃,報之以李;動我一指,報之以牙

chifra *s.f.* 刮皮革之薄刀

chifre, chavelho *s.m.* 角 △pôr os ~s 對丈夫不忠

chileno, na *adj.* 智利的;智利人的 ‖ *s.m.* 智利人;智利語

chilido *s.m.* 啾啾(鳴禽的叫聲)

chilindró *s.m.* 警察局;牢房,監獄

chilique *s.m.* 昏暈,昏迷,昏厥

chilrão *s.m.* 捕蝦網

chilreada *s.f.* (車輪、門樞)吱吱嘎嘎聲;(鳥的)嘰嘰喳喳聲

chimpanzé *s.m.* 〔動〕黑猩猩;〔轉〕其貌不揚者

china *s.f.* 〈M〉中國人,華人;*bras.* 混血兒;獨身女人;小石頭

chinar *v.t.* (用石頭等)堵牆窟窿

chincar *v.t.* 享有,擁有;獲得,取得;嘗試,試

chincha *s.f.* 漁船;漁網,拖網

chinche *s.m.* 〔動〕臭蟲

chinchila *s.f.* 〔動〕(秘魯)毛絲鼠;毛絲鼠皮

chinela *s.f.* 拖鞋;便鞋

chinelo *s.m.* 拖鞋 △meter num ~ 使羞愧,使惶懼

chinês, sa *adj.* 中國的,中國人的;中國式的 ‖ *s.m.* 中國人,華人;漢語

chinesada, chinesice *s.f.* 中國式的,中國風格;中國式製品;繁文縟節

chinfrão *s.m.* 葡萄牙古錢幣

chinfrim *s.m.* 喧鬧,喧囂;混亂;騷亂,騷動 △fazer ~ 喧嘩;爭吵 ‖ *adj.* 無足輕重的,微不足道的;嘈雜的

chinfrinada, chinfrineira *s.f.* 喧嘩;爲瑣不足道之事爭吵

chinfrinar *v.i.* 喧嘩,喧囂;爭吵

chinfrineiro, ra *adj.* 喧嘩的,喧囂的,爭吵的

chinó *s.m.* 假髮

chio *s.m.* 尖叫聲;刺耳的聲音

chique *adj. 2 gén.* 喜修飾的,標新立異的,花花公子的 ‖ *s.m.* 花花公子 △nem ~ nem mique 一無所有

chiqueiro *s.m.* 豬圈;牲畜欄;〔轉〕骯

髒之地

chiquel   *s.m.* （盛油、水等之）皮袋，皮囊；雨靴，雨鞋

chiquismo   *s.m.* 優雅，優美；時髦

chisca   *s.f.*; **chisco**   *s.m.* 少許，少量

chiscar   *v.t.* 嘗，品嘗；爭吵；爭論

chispa   *s.f.* 火花，火星；餘燼；〔轉〕聰明，智慧；敏銳，機敏

chispar   *v.i.* 冒火星；*bras.* 快如火；激怒，生氣

chispe   *s.m.* 豬蹄，豬爪，豬腳

chiste   *s.m.* 笑話；玩笑，詼諧

chistoso,sa   *adj.* 開玩笑的，詼諧的

chita   *s.f.* 印花布

chitão, chitom!   *interj.* 噓，安靜！別出聲！

choca   *s.f.* 曲棍球棍；曲棍球；衣服上之泥點；大牛鈴；領頭母牛 ‖ *adj.* 孵蛋的，抱窩的

choça   *s.f.* 茅屋，陋舍

chocadeira   *s.f.* 孵卵器；早產嬰兒保育箱

chocalhar   *v.t.* 搖攪，搖動 ‖ *v.i.* 叮噹響，吱吱響；〔轉〕哈哈大笑；散佈流言；揭露

chocalheiro, ra   *adj.* 搖撼的，搖提的；叮噹響的，吱吱響的；愛散佈流言蜚語的，愛說閒話的 ‖ *s.m.* 播弄是非者；說話多而不慎者

chocalhice   *s.f.* 愛講閒話，好說流言蜚語

chocalho   *s.m.* 牛鈴（掛在動物脖子上之）鈴鐺，響鈴；〔轉〕流言蜚語；閒話 △andar com o ～ 散佈流言

chocar   *v.i.* 碰撞；發酵；腐敗；孵蛋，抱窩 ‖ *v.t.* 孵（蛋）；冒犯；〔轉〕計劃，深思熟慮；秘密策劃

chocarrear   *v.i.* 講粗俗的笑話

chocarreiro   *s.m.* 愛說粗俗笑話者 ‖ *adj.* 粗俗可笑的

chocarrice   *s.f.* 玩笑；嘲笑；詼諧；粗俗下流的笑話

chocho, cha   *adj.* 乾的；空的；乾癟的（多指水果、蛋類等）；〔轉〕乏味的；無意義的；平淡無奇的；虛弱的，有病的

choco, ca   *adj.* 孵卵的，抱窩的；空的；腐敗的；腐爛的 ‖ *s.m.* 孵蛋，抱窩；孵化期；烏賊，烏賊，墨斗魚 △ ① estar de ～ 生病卧牀 ②estar no ～ 正在準備中

chocolate   *s.m.* 巧克力（朱古力）

chocolateira   *s.f.* 巧克力壺

chofrar   *v.t.* 突然打擊；意外致傷 ‖ *v.i.* 激怒，不快；*bras.* 傳說，流傳

chofre   *s.m.* 突然打擊；碰撞，撞擊 △de ～ 突然，突其其來地

choque   *s.m.* 碰撞，撞擊；〔轉〕爭論，爭吵；震驚；感動

choqueiro   *s.m.* 母雞抱窩處

choradeira   *s.f.* 喋喋大哭；哭喪婦；哀求

chorador   *s.m.* 哭泣者；‖ *adj.* 愛哭的，動輒哭泣的

chorão   *s.m.* 〔植〕垂柳，慟哭者 ‖ *adj.* 愛哭的

chorar   *v.t. e i.* 哭泣，流淚；慟哭 ‖ *v.r.* 抱怨自己，自責 ◇rir

choro   *s.m.* 哭泣，淚水 ◇riso

choroso,sa   *adj.* 哭泣的；流淚的；悲傷的 ◇risonho

chorrilho   *s.m.* 串，系列；批，套；一連胡言亂語 △ ～ de asneiras 一系列胡說八道

chorudo, da,   *adj.* 胖的，肥胖的；多汁的；營養豐富的；有好處的 △emprego ～ 肥缺

chorume   *s.m.* 黃油，奶油；脂肪

choupal *s.m.* 〔植〕歐洲白楊林

choupana *s.f.* 茅舍,廄舍

choupo *s.m.* 〔植〕白楊樹

choura *s.f.* (漁夫挑着的)漁簍

chouriça *s.f.* 細臘腸,細香腸,細肉腸

chouriço *s.m.* 臘腸,香腸,肉腸

chousal *s.m.* (牲畜)欄,圈

chover *v.i.* 下雨;像雨點般而來(言量大) △ ① ~ a cântaros 傾盆大雨 ② ~ no molhado 毫無結果;白白浪費時間

chuçada *s.f.* 槍刺;矛扎;劍刺

chucha *s.f.* 吸,吮吸;(兒語)吃奶 ① dà ~ calada 暗中地,悄悄地 ② ~-mel 〔動〕蜂雀

chuchadeira *s.f.* 吸,吮吸;奶嘴;〔轉〕肥缺,美差;收穫頗豐;玩笑,嘲笑

chuchar *v.t.* 吸,吮,嘬;得到,獲取(多指令人不快之物),開玩笑,嘲笑 △ ficar a ~ no dedo 受騙;失望

chuço *s.m.* 矛,長槍,狼牙棒;大雨傘

chufa *s.f.* 笑話,嘲笑;欺詐

chufar *v.t.e i.* 嘲笑;嘲弄

chulé *s.m.* 臭昧,腳臭昧 △ fazer ~ 喧鬧,吵鬧

chulice *s.f.* 粗俗的言行;粗俗的笑話

chulo,la *adj.* 粗俗的,粗野的;下流的,低級的

chumaçada *s.f.* 支,墊;填塞

chumaceira *s.f.* 軸承;〔海〕槳槽

chumaço *s.m.* 小枕頭,充填物,填塞物;〔醫〕壓布,敷布

chumbada *s.f.* 鉛錘,鉛墜(漁網上的);霰彈射擊;霰彈傷;霰彈,鉛彈;(考試)不及格

chumbar *v.t.* 用鉛包;用鉛皮塗,用鉛條固定;打鉛封;填補牙穴;灌醉;索債,討錢 △~ um aluno 使學生留級

chumbo *s.m.* 鉛;霰彈;(漁網)鉛墜;

留級,(考試)不及格;很沉之物

chupadela *s.f.* 吮吸,嘬

chupado,da *adj.* 精瘦的,瘦弱的;乾瘠的

chupadura *s.f.* 吮吸,嘬

chupa-flor *s.m.* 〔動〕蜂鳥

chupa-mel *s.m.* 〔動〕蜂鳥;〔植〕金銀花,忍冬

chupar *v.t.* 吸,吮,嘬,啜;〔轉〕食;獲益,獲利,獲得;消耗

chupa-tinta *s.m.* 吸墨紙

chupeta *s.f.* 〔化〕吸墨管,吸管,球管;奶嘴 △de ~〔口〕極好,稱心如意

churrasco *s.m. bras.* 燒肉塊;烤肉

churreça *s.f.* 〔動〕銀鷗

chusma *s.f.* 全體船工,船員;羣,幫

chuta! *interj.* 安靜! 肅靜!

chutar *v.t. e i.* 踢球;射門

chute *s.m.*; **chuto** *s.m.* (足球)踢球;射門

chuva *s.f.* 雨;下雨;〔轉〕大量 △ ① apanhar ~ 被雨淋濕 ②banho de ~ 淋浴 ③~ de pedra 降雹子 ④~ de ouro 巨富 ⑤ficar a pedir ~ 陷於窮困之地 ⑥quer o sol na eira e ~ no nabal 既要馬兒跑,又要馬兒不吃草

chuvada *s.f.* 暴雨,驟雨

chuveiro *s.m.* 暴雨,驟雨;大量;淋浴;淋浴設備;噴頭

chuviscar *v.i.* 下毛毛細雨

chuvisco *s.m.* 牛毛細雨,連綿細雨

chuviscoso,sa *adj.* 多雨的,陰雨的

chuvoso,sa *adj.* 多雨的,下雨的

cianeto *s.m.* 〔化〕氰化物 △ ~ patássio 氰化鉀

ciânico,ca *adj.* 氰的,含氰的

cianogénio *s.m.* 〔化〕氰,乙二腈

ciar *v.i.* 〔海〕倒划,倒退

ciática *s.f.* 〔醫〕坐骨神經痛;髖骨神

經痛

ciático, ca *adj.* 〔醫〕髋骨的；坐骨的

cibernética *s.f.* 〔理〕控制學，控制論

cibo *s.m.* (鳥)飼料，食物

cibório *s.m.* 聖餐盃，聖餅盒；聖壇華蓋

cicatriz *s.f.* 疤，傷疤；疤痕；精神創傷

cicatrização *s.f.* 結疤

cicatrizante *adj. 2 gén.* 使結疤的，使瘡合的；結疤的

cicatrizar *v.t. e i.* 使結疤，使瘡合；使留下傷疤

cicatrizável *adj. 2 gén.* 可結疤的，可瘡合的

cicerone *s.m.* 外國人的導遊

ciceroniano, na *adj.* 西塞羅(古羅馬政治思想家及演說家)的，西塞羅式的；雄辯的

ciciar *v.i.* 竊竊私語，低語，耳語

cicio *s.m.* 低語，耳語；發音不清

cíclico, ca *adj.* 週期的；循環的

ciclismo *s.m.* 自行車運動

ciclista *s.2 gén.* 自行車運動員；騎自行車者

ciclo *s.m.* 週期；循環；天體旋轉一周

cicloidal *adj.* 〔數〕圓滾綫的，旋輪綫的，擺綫的

ciclóide *s.f.* 〔數〕圓滾綫，旋輪綫，擺綫

ciclómetro *s.m.* 圓弧測定器

ciclomotor *s.m.* 摩托車，機動脚踏兩用車

ciclone *s.m.* 〔氣象〕旋颱，氣旋；颱風

ciclónico, ca *adj.* 〔氣象〕颱風的，旋風的，氣旋的

cíclope *s.m.* 〈M〉〔希臘神話〕獨眼巨人

ciclópico, ca *adj.* 獨眼巨人的；巨大的；粗野的

ciclose *s.f.* 〔生〕環流；胞質環流

ciclóstomos *s.m. pl.* 〔動〕環口亞目(如鰻魚等)

ciclotimia *s.f.* 循環性神經病

ciclotrão *s.m.* 〔理〕(原子能)回旋加速器

cicuta *s.f.* 〔植〕芹葉鈎吻；毒芹

cicutina *s.f.* 〔化〕毒芹鹼

cid *s.m.* 英武者；首領，頭目，親王

cidadão *s.m.* 市民；公民；平民

cidade *s.f.* 都市，城市；城市居民

cidadela *s.f.* 城堡，衛城；庇護所

cidra *s.f.* 〔植〕枸櫞，香櫞果

cidreira *s.f.* 〔植〕枸櫞樹，香櫞樹

cieiro *s.m.* 龜裂，皸裂

ciência *s.f.* 科學，學問，知識

ciente *adj. 2 gén.* 聰明的；英明的；有學問的；明智的；博學的

científico, ca *adj.* 科學的；學術的

cientista *s.2 gén.* 科學家；博學者

cifose *s.f.* 駝背

cifótico, ca *adj.* 駝背的

cifra *s.f.* 數字，數碼；密碼，暗號；交織字母，花押字；*pl.* 會計學，計算

cifrado, da *adj.* 用密碼寫的，密碼的

cifrante *adj.* 密碼

cifrão *s.m.* 銀碼($)

cifrar *v.t.* 用密碼寫；摘要；概括；演算 ‖ *v.r.* 算出

cigalho *s.m.* 一點點兒，少許，幾乎沒有

ciganice *s.f.* 吉普賽人之言行；坑蒙拐騙；阿諛；欺詐

cigano *s.m.* 吉普賽人，茨岡人 ‖ *adj.* 狡猾的；精明的

cigarra *s.f.* 〔動〕蟬

cigarreira *s.f.* 香煙盒；煙廠女工

cigarreiro *s.m.* 煙廠工人，製煙工

cigarrilha *s.f.* 小雪茄煙;香煙

cigarro *s.m.* 雪茄煙;香煙 △ não valer um ~ fumado 一錢不值

cilada *s.f.* 埋伏;圈套,羅網,陷阱;謊言

ciladear *v.t.* 設埋伏;設圈套

cilha *s.f.* (馬的)肚帶

ciliado,da *adj.* 有纖毛的 ‖ *s.m. pl.* 纖毛微生物

ciliar *adj. 2 gén.* 眉毛的;睫毛的;纖毛的

cilindrada *s.f.* 〔機〕汽缸容量

cilindragem *s.f.*; **cilindramento** *s.m.* 壓;碾

cilindrar *v.t.* 壓;碾

cilíndrico,ca *adj.* 圓柱的,圓柱體的;圓柱形的,圓筒形的

cilindro *s.m.* 〔幾〕圓柱,圓柱體;〔機〕汽缸;輥,輾軋輥;碾路機,壓路機 △ ① ~ de revolução 旋轉汽缸 ② ~ recto 正圓柱

cilindro-eixo *s.m.* 〔動〕軸突,軸索

cílio *s.m.* 〔生〕纖毛;睫毛,眉毛

cima *s.f.* 頂,頂點;山頂,山尖,頂峰;〔植〕聚傘花序 △ ① ainda em ~, ainda por ~ 除此之外,猶有甚者 ② em ~ de, por ~ de 在……之上 ◇ baixo

cimácio *s.m.* 〔建〕飛檐(挑檐)花邊

címbalo *s.m.* 〔樂〕繞鈸,鐃

cimbre *s f.* 〔建〕拱模

cimeira *s.f.* 盔,頭盔;盔頂,盔飾;頂,頂點,尖端;〔植〕聚傘花序

cimentação *s.f.* 鋪水泥;打基礎;建立

cimentar *v.t.* 鋪水泥;給……打基礎,奠基,建立;加固,使牢固

cimento *s.m.* 水泥;粘結劑,膠合劑;基礎 △ ① ~ armado 鋼筋水泥 ② ~ hidráulico 水硬水泥

cimitarra *s.m.* 彎刀,大刀

cimo *s.m.* 頂,絕頂;山峰;山尖;頂端 ◇ base

cimógrafo *s.m.* 脈搏儀

cinabre,cinábrio *s.m.* 〔化〕硃砂,辰砂

cinamomo *s.m.* 〔植〕肉桂樹;肉桂香味

cinca *s.f.* (擊柱遊戲中)犯規,違例

cinco *num.* 五

cindir *v.t.* 切斷,分割,分開

cine,cinema *s.m.* 電影;電影院 △ ① ~ falado 有聲電影 ② ~ mudo 無聲電影,默片

cineasta *s.2 gén.* 電影工作者;電影演員

cinematografar *v.t.* 攝製電影,拍電影

cinematografia *s.f.* 電影技術

cinematógrafo *s.m.* 電影放映機

cinemoscópio,cinemascópio,cinematoscópio *s.m.* 寬銀幕電影,立體電影

cinerária *s.m.* 〔植〕瓜葉菊

cinerário,ria *adj.* 灰燼的,灰的;裝骨灰的 ◇ urna ~a 骨灰盒

cinescópio *s.m.* 電視顯像管

cingalês *s.m.* 斯里蘭卡(錫蘭)人;僧伽羅語 ‖ *adj.* 斯里蘭卡的

cingir *v.t.* 纏,繞,圍;紮,束,繫;圍繞;(轉)限制,約束

cíngulo *s.m.* (神甫白道袍之)腰帶

cínico,ca *adj.* 犬儒主義的;恬不知恥的,厚顏無恥的,無恥的

cinismo *s.m.* 犬儒主義;恬不知恥,厚顏無恥

cinocéfalo *s.m.* 〔動〕狒狒

cinquenta *num.* 五十

cinta *s.f.* 帶子,帶狀物;腰;腰帶;捆

郵件的帶子;〔建〕(屋頂)騎縫條;〔海〕外部腰板

cintar *v.t.* 縛紮,捆;包捲

cintila *s.f.* 火花,火星;閃電,放電;閃光;電火花

cintilação *s.f.* 冒火星,冒火花;閃亮,閃爍

cintilante *adj. 2 gén.* 进火星的,冒火花的;閃亮的,閃爍的

cintilar *v.i.* 冒火星;閃光,閃爍;放光

cinto *s.m.* 腰帶;地帶,區域;圍牆,圍籬

cintura *s.f.* 腰部,腰圍;地帶;圍牆,圍籬

cinturão *s.m.* 皮帶;武裝帶

cinza *s.f.* 灰燼;骨灰;〔轉〕悼念 △① quarta-feira de ~ s 聖灰星期三 ②reduzir a ~ s 使化爲灰燼,使灰飛煙滅

cinzeiro *s.m.* 煙灰缸,煙灰碟;爐底,坑灰,裝灰之處

cinzel *s.m.* 彫刻刀,鏨刀

cinzelar *v.t.* 彫刻,鏨;精彫細刻

cinzento, ta *adj.* 灰色的

cio *s.m.* 〔動物〕發情期,發情;嫉妒;醋意;熱情

cioso,sa *adj.* 發情的;懷春的;嫉妒的,醋意的,熱情的

cipaio *s.m.* 〔歐洲軍隊中之〕印度兵

cipo *s.m.* 〔建〕石柱;石碑;有銘爲之石柱;界標,界碑

cipó *s.m.* 〔植〕藤蔓植物,美洲莧絲子;藤,藤繩,藤索

cipreste *s.m.* 〔植〕柏樹,意大利柏;〔轉〕哀愁,痛苦;死亡

ciprinidas *s.f. pl.* 〔動〕鯉科

ciranda *s.f.* 篩子;過濾器

cirandar *v.t.* 篩,過濾

circo *s.m.* 〔古羅馬〕圓形競技場;〔馬戲、雜技〕場;馬戲,雜技;圓形階梯戲場;半圓形階梯教室

circuitar *v.t. e i.* 圍繞,環繞;旋轉

circuito *s.m.* 圈內區域;周圍,四周;範圍;環形路;〔電〕電路;循環 △① ~ aberto 開路,斷路 ② ~ fechado 閉合電路 ③ ~ impresso 印刷電路 ④ ~ integrado 集成電路 ⑤ ~ de palavras 婉辭 ⑥ ~ turístico 往返旅程 ⑦curto ~(電)短路 ⑧com ~ s fechado de televisão 閉路電視

circulação *s.f.* 循環;傳播,流傳;流通;交通;旋轉 △① ~ fiduciária 流通之紙幣 ②pôr em ~ 發行,使流通

circular *v.t. e i.* 循環,流動;流通;圍繞,環繞;流傳,傳播 ‖ *adj.* 圓形的;循環的;照會的 ‖ *v.t.* 通知,照會

circulatório, ria *adj.* 循環的 △ aparelho ~ 血液循環系統

círculo *s.m.* 〔幾〕圓,圓圈;圓周;圓圈環境,生活環境;社團,圈子;界,方面,行會;選區 △① ~ diplomático 外交界 ② ~ financeiro 金融界 ③ ~ oficial 官方 ④ ~ polar árctico 北極圈 ⑤ ~ polar antárctico 南極圈 ⑥ ~ vicioso 循環論證,詭辯

circum-navegar *v.t.* 環航,繞……航行;環球航行

circuncisão *s.f.* 〔醫〕包皮切割術術;割包皮;(伊斯蘭教和猶太教)割禮

circunciso, sa *adj.* 行過割禮的,割過包皮的;〔轉〕猶太人的;摩爾人的

circundante *adj. 2 gén.* 環繞的;周圍的,四周的

circundar *v.t.* 圍繞,環繞;包圍

circundutar *v.t.* 作廢,取消

circunferência *s.f.* 〔幾〕圓周,圓周綫,圓綫

circunferencial *adj. 2 gén.* 周圍的;周圍的

circunflexo *s.m.* 閉音符號

circunfuso, sa *adj.* 擴散的, 向四周散佈的

circunjacente *adj. 2 gén.* 周圍的

circunlóquio *s.m.* 轉彎抹角, 繞圈子, 迂迴道語, 婉轉酌語

circunscrever *v.t.* 圍繞, 畫輪廓; 限制, 限定

circunscrição *s.f.* 圍繞, 畫輪廓; 限制, 限定; 界線; 範圍, 境界

circunscrito, ta *adj.* 〔幾〕外切的, 外接的

circunspecção *s.f.* 謹慎, 慎重, 留神, 小心 ◇ leviandade

circunspecto, ta *adj.* 謹慎小心的, 慎重的 ◇ leviado, imprudente

circunstância *s.f.* 情況, 情節; 機會, 條件; 形勢, 環境; 價值, 重要性

circunstancial *adj.* 2 gén. 〔語〕有條件的; 取決一定條件的; 情況的, 景況的 △complemento ~ 景況補語

circunstanciar *v.t.* 詳細描繪, 詳述

circunstante *adj. 2 gén.* 周圍的, 在場的 ‖ *s.2 gén.* 在場者; *pl.* 聽眾, 觀眾

circunvagar *v.i. et.* 流浪, 徘徊

circunvalação *s.f.* 壁壘濠溝; 防禦工事, 城防工事

circunvizinhança *s.f.* 城郊, 近郊, 郊區

circunvizinho, nha *adj.* 周邊的, 附近的, 鄰近的, 周圍的

cirenaísmo *s.m.* 享樂主義

círio *s.m.* 大蠟燭; 〔植〕仙人掌, 仙影拳

cirrípedes *s.m. pl.* 〔動〕蔓脚目

cirro *s.m.* 〔植〕捲鬚; 〔動〕蔓脚; 〔氣象〕捲雲; 〔醫〕惡性瘤, 硬癌; *bras.* 呼吸困難, (死前之)倒氣

cirrose *s.f.* 〔醫〕硬變; 肝硬變; 硬癌

cirurgia *s.f.* 外科手術; 外科; 外科學

cirurgião *s.m.* 外科醫生

cirúrgico, ca *adj.* 外科的; 外科學的, 手術的

cisão, cissão *s.f.* 分割; 核裂變

cisco *s.m.* 煤渣, 煤屑

cisma *s.m* 分裂, 分離; 分裂主義, 分裂派; 分枝, 不和 ‖ *s.f.* 憂鬱症; 幻想; 妄想癡狂症

cismar *v.t.e i.* 苦思冥想; 憂心忡忡; 幻想

cismático, ca *adj.* 分離的, 分裂的; 憂心忡忡的; 幻想的; 癡狂症的

cisne *s.m.* 〔動〕天鵝, 鵠; 〔轉〕名詩人, 名音樂家; 〈M〉〔天〕天鵝星座

cisqueiro *s.m. bras.* 垃圾堆, 垃圾站; 垃圾清理工

cissiparidade, fissiparidade *s.f.* 〔生〕分體生殖, 分裂生殖

cissíparo, ra ; fissíparo, ra *adj.* 分裂生殖的, 分體生殖的

cissura, fissura *s.f.* 〔醫〕小孔, 縫, 裂口, 縫隙, 孔洞; 〔轉〕關係破裂, 破裂

cistáceas *s.f. pl.* 〔植〕半日花科

cisterna *s.f.* 水窖, 水池, 蓄水坑; △ camião-cisterna 罐車(運水、油等)

cisticerco *s.m.* 〔動〕囊尾蚴蟲

cisticercose *s.f.* 〔醫〕囊尾蚴病

cístico, ca *adj.* 膀胱的; 膽囊的

cistite *s.f.* 〔醫〕膀胱炎

cisto *s.m.* 〔醫〕囊腫, 一種瘤

cita *s.f.* 引證, 引文; 語錄; 約會

citação *s.f.* 〔法〕傳票, 傳訊; 引證, 引用; 引文

citado, da *adj.* 被引用或引證的 ‖ *s.m.* 被傳訊者

citadino, na *adj.* 城市的, 市民的 ‖ *s.m.* 城市居民

citar *v.t.* 〔法〕傳訊;引證,引文;引用,引經據典;〔鬥牛〕引逗(牛),招惹,刺激

cítara *s.f.* 〔樂〕西塔拉(一種有九根弦的琴);瑟;琵琶

cítiso *s.m.* 〔西班牙〕腺黃豆

citodiérese *s.f.* 〔生〕胞體分裂,細胞分裂

citogénese, citogenia *s.f.* 〔生〕細胞遺傳

citogenética *s.f.* 細胞遺傳學

citologia *s.f.* 〔生〕細胞學

citoplasma *s.m.* 細胞質

citrato *s.m.* 〔化〕檸檬酸鹽

cítrico, ca *adj.* 〔化〕檸檬酸的;酸的

citrino, na *adj.* 檸檬色的

ciúme *s.m.* 嫉妒;醋意

ciumento, ta *adj.* 嫉妒的,含醋意的 ∥ *s.m.* 妒嫉者

cível *adj. 2 gén.* 〔法〕公民的;有公民權的

cívico, ca *adj.* 公民的;市民的;愛國的,正義的

civil *adj. 2 gén.* 市民的;公民的;非軍事的,非宗教的,平民的;民用的;國內的;有教養的,有禮貌的;〔法〕民事的 △ ① aviação ~民航 ② código ~民法 ③construção ~民用建築 ④direitos civis 民權 ⑤guerra ~ 內戰

civilidade *s.f.* 禮貌,客氣;慇懃;有教養,文明

civilização *s.f.* 文明;開化 ◇ bar-baria

civilizado, da *adj.* 文明的,開化的;有教養的

civilizar *v.t.* 使文明,使開化;傳播文化,教育

civilizável *adj. 2 gén.* 可開化的

civismo *s.m.* 愛國熱忱;熱衷公民義務;公德心,公益心

clã *s.m.* 氏族,部落;〔轉〕集團,黨派

clamar *v.t.* 呼喊,召喚;要求,呼籲 ∥ *v.i.* 大聲喊叫;抗議

clamor *s.m.* 呼喊,呼籲;哀怨;抗議

clandestinidade *s.f.* 秘密性;秘密;地下;暗中

clandestino, na *adj.* 秘密的;隱蔽的,地下的;暗中的 △ ① reunião ~a 秘密會議 ②passageiro ~ 非法入境之旅客

clangor *s.m.* 號響,號角聲

claque *s.f.* 西班牙持戟士兵;彈簧高帽;雇來的捧場者

clara *s.f.* 蛋清,蛋白;〔醫〕鞏膜;空白,空地,空隙 △às ~s 公開化

clarabóia *s.f.* 天窗

clarão *s.m.* 光明,光亮;亮光,光綫;〔轉〕靈光,靈感,敏銳;微光,苗頭

clarear *v.t. e i.* 變白,變亮;使清楚,清晰,天明,天亮;〔轉〕醒悟,明白

clareira *s.f.* 林間空地;空場,空地

clarete(ê) *adj. 2 gén.* 淡紫紅色的,淺紅色的 ∥ *s.m.* 淡色葡萄酒

clareza(ê) *s.f.* 清潔,清晰;光亮,明亮;〔轉〕清醒;敏銳;名聲,聲望

claridade *s.f.* 光明,明亮;光亮;清晰

clarificação *s.f.* 照亮,使光亮;變清澄清,闡明,說明

clarificar *v.t.* 使明晰,使清澄;照亮;澄清,解釋,說明,闡明 ∥ *v.r.* 變明,變清澈;後悔,悔改,懺悔

clarim *s.m.* 號角;喇叭;號手

clarinete *s.m.* 〔樂〕單簧管,黑管;單簧管手

clarividente *adj. 2 gén.* 有洞察力的,敏銳的,遠見卓識的;謹慎的;先知的

claro, ra *adj.* 明亮的；光亮的；清晰的；清楚的；清澈的，透明的；明淨的；目光敏銳的；傑出的，著名的；坦誠的，坦率的；清醒的；(顏色)淡的 ‖ *s.m.* 空場，空地，空白；(物體或畫面之)光亮部分 △ ① às ~ as 公開地，正大光明地 ②dia — 白天，白晝；晴天白日 ③ em ~ 不睡；不理睬；粗略膚淺地 ◇ obscuro, confuso

claro-escuro *s.m.* 〔美〕明暗

classe *s.f.* 階級；階層；類，種，級，等級；〔博物〕綱；年級；課程；課堂，教室

clássico, ca *adj.* 課堂使用的；古典的；經典的；古希臘羅馬文學的 ‖ *s.m.* 經典作家；古典主義者

classificação *s.f.* 分類；分等級

classificar *v.t.* 分類；分等級；評定

clástico, ca *adj.* 〔質〕碎屑狀的；可破碎的；〔解〕(標本)易拆卸的

claudicação *s.f.* 跛行，瘸行；失職，瀆職

claudicante *adj. 2 gén.* 跛的，瘸的；失職的，瀆職的；猶豫不決的，搖擺不定的

claudicar *v.i.* 跛，瘸行；失職，瀆職；失誤

claustro *s.m.* 走廊；修道院，寺院；修行，出家；教師聯合會

cláusula *s.f.* (公私契約之)條款，條件

clausura *s.f.* 幽居生活，出家生活；與世隔絕之地；修道院，寺院

clava *s.f.* 大頭棍，棍棒

clave *s.f.* 〔樂〕譜號

clavícula *s.f.* 〔解〕鎖骨

claviculário *s.m* 掌管鑰匙者；司庫

clavija *s.f.* 掛釘；銷釘，銷子；(車箱之)前軸樞栓

clavina *s.f.* 〔口〕卡賓槍

clematite *s.f.* 〔植〕葡萄葉鐵綫蓮

clemência *s.f.* 寬厚，仁慈，寬大 ◇ rigor

clemente *adj. 2 gén.* 寬厚的，仁慈的，寬大的 ◇rigoroso

clepsidra *s.f.* 漏壺，滴漏(古代的計時器)

cleptomania *s.f.* 盜竊癖，偷竊狂

clerical *adj. 2 gén.* 牧師的，教士的

clericato *s.m.* 牧師、神甫或教士之身份或資格

clérigo *s.m.* 牧師；教士；神甫；〔動〕菱鮃 △cantar de ~ 吹噓，誇耀

clero *s.m.* 教士界，教士階層 △①~ regular 在寺教士 ②~ secular 在俗教士

cliché *s.m.* 〔印〕鉛版；(照像)底片

cliente *s.m.* 被保護人；顧客，主顧；由醫生負責的病員

clima *s.m.* 氣候；氣候帶；〔轉〕氣氛

climatérico, ca *adj.* 體質轉變期的；關鍵時期的；〔醫〕更年期的

climático, ca *adj.* 氣候的

climatizar *v.t.* 調節空氣

climatologia *s.f.* 氣候學

climatoterapia *s.f.* 〔醫〕氣候療法，水土療法

clímax *s.m.* 〔修辭〕漸進法；頂點，(文藝作品中之)高潮

clínica *s.f.* 臨牀教學，臨牀授課；診所，門診部，醫務所；看病，治病；病員

clínico, ca *adj.* 臨牀的，診的，行醫的 ‖ *s.m.* 醫生，大夫 △termómetro ~ 體溫表

clinómetro *s.m.* 〔理〕傾角儀

clister *s.m.* 〔醫〕灌腸法；灌腸劑

clitóride *s.f.*；**clitóris** *s.m.* 〔解〕陰蒂

clivagem *s.f.* 〔礦〕分解性，易分離性

clivo *s.m.* 傾斜;斜坡;山坡

clivoso,sa *adj.* 傾斜的,陡峭的

cloaca *s.f.* 陰溝,下水道;垃圾堆;
〔動〕泄殖腔(禽鳥及爬行動物的)

clorato *s.m.* 氯酸鹽

cloreto *s.m.* 〔化〕氯化物

cloro *s.m.* 〔化〕氯;氯氣

clorofila *s.f.* 葉綠素

cloroformizar *v.t.* 氯仿麻醉

cloromicetina *s.f.* 氯霉素

clorose *s.f.* 〔醫〕萎黃病,綠色貧血

clown *s.m.* 丑角,小丑

clube *s.m.* 俱樂部;會社;社團;協會

clubista *s.2 gén.* 會員;俱樂部成員

coabitação *s.f.* 同居,同住;姘居

coabitar *v.t. e i.* 同居,同住;姘居

coacção *s.f.* 強迫,強制

coactivo,va *adj.* 強制的,強迫的

coacto,ta *adj.* 被迫的,被強制的,免
強的

coadeira *s.f.*; coador *s.m.* 過濾
器

coadjutor *s.m.* 副手,助手,幫手;副
主教

coadjuvação *s.f.* 援助,幫助,輔助

coadjuvar *v.t.* 協助,幫助,輔助

coado,da *adj.* 過濾的;蒙混過去的;
鑄造的;通過的 △①ferro ～鑄鐵,生
鐵 ②toiro ～閹牛

coador *s.m.* 過濾器;濾清器;漏勺,笊
籬

coadunação *s.f.* 聯合,集合,聚集;混
合,合併

coadunar *v.t.* 使聯合,聚集;混合,合
併,攙和 ‖ *v.r.* 同意

coadura *s.f.* 濾,過濾;(洗衣服用)灰
水,鹼水

coagir *v.t.* 強迫,逼迫,強制

coagulação *s.f.* 凝結,凝固

coagulado,da *adj.* 凝結的,凝固的

coagulador *s.m.* (反動動物之)鄒胃,
第四胃 ‖ *adj.* 凝結的,凝固
的

coagulante *adj. 2 gén.* 凝結的,凝固
的

coagular *v.t. , i. e r.* 凝結,凝固

coagulável *adj. 2 gén.* 可凝結的,可
凝固的

coágulo *s.m.* 凝結物,凝結體,凝塊
△～ de sangue 血塊

coaitá, coatá *s.m.* 〔動〕蛛猴

coala *s.m.* 樹熊,攷拉樹熊(澳洲一種
有袋類哺乳動物)

coalescente *adj. 2 gén.* 連接的;黏
合的

coalescer *v.t.* 連接;黏合

coalhado,da *adj.* 凝結的;凝固的

coalhamento *s.m.* 凝結,凝固;凝塊

coalhar *v.t. e i.* 凝結,凝固 ‖(轉)閉
滿,充滿,蓋滿;阻塞,堵塞,淤塞 ‖
v.r. 呆滯,不活躍

coalizão *s.f.* 聯合;聯盟

coalizar *v.i.* 聯合;聯盟,結盟

co-aluno *s.m.* 同學,同窗

co-apóstolo *s.m.* 共同宣教者;共同
倡導者

coaptação *s.f.* 接骨術,接骨;脫臼復
位

coar *v.t.* 濾,過濾 ‖ *v.r.* 〔轉〕混入,
潛入,偷偷進入;從狹窄處鑽過,穿過

coarctação *s.f.* 約束,束縛,限制;縮窄

coarctada *s.f.* 澄清;〔法〕不在犯罪
現場

coarctar *v.t.* 約束,限制;縮窄,弄狹
窄

co-arrendar *v.t.* 共同租賃

co-arrendatário *s.m.* 合租人,共租

人

co-associado *s.m.* 合作者,合伙人

coati *s.m.* 〔動〕南美浣熊

co-autor *s.2 gén.* 合著人;〔法〕共同起訴人

co-autoria *s.f.* 共同著作權

coaxar *v.i.* 蛙鳴,蛙叫;呱呱叫

cobaia *s.f.*; **cobaio** *s.m.* 〔動〕豚鼠

cobalto *s.m.* 〔化〕鈷

cobarde *adj. 2 gén.* 膽小的,怯懦的 ‖ *s.2 gén.* 膽小鬼,懦夫

cobardia *s.f.* 膽怯,怯懦,膽小 ◇coragem, valentia

coberta *s.f.* 覆蓋物,遮蓋物;被褥;〔海〕甲板;〔轉〕遮蓋,遮護,佑護;*bras.* 木篷船 △ ① ~ da cama 淋單 ② ~ da mesa 一桌飯菜

coberto, ta *adj.* 蓋着的,遮蓋的,覆蓋的;蓋滿的,佈滿的;保護的,佑護的;隱蔽的,悄悄的 △ ① a ~ de…免受,不受(某種危險的危害) ②a ~ 順利地,安全地 ③pôr a ~ 保護

cobertor *s.m.* 毯子;淋單;褥子,墊子;淋單

cobertura *s.f.* 毯子;遮棚;覆蓋物;〔建〕上蓋;(酒)濃度

cobiça *s.f.* 貪圖,貪婪,貪求;垂涎

cobiçar *v.t.* 貪求,垂涎,貪婪,切望

cobiçável *adj. 2 gén.* 令人垂涎的,令人貪求的

cobiçoso, sa *adj.* 貪婪的,貪心的;野心勃勃的

cobra *s.f.* 〔動〕蛇;〔轉〕奸佞之徒;拴牲口的繩索 △ ① ~ de água 水蛇 ② ~ de cabelo *bras.* 一種蜥蜴 ③~ de cabelo 眼鏡蛇 ④~ = cascavel 響尾蛇 ⑤ ~ cega 〔口〕眼鏡蛇 ⑥dizer ~ s e lagartos de alguém 詆毀,中傷(某人)

cobrado, da *adj.* 收到的;收集的

cobrador *s.m.* 收款員;收帳人;收稅人;善道捕受傷獵物的狗

cobrança *s.f.* 收款,收賬;收進的款項

cobrar *v.t.* 收,收取;索取(債,稅,費等);重獲得,贏得 ‖ *v.r.* 佈滿,充滿,具有 △ ① ~ ânimo 鼓起勇氣,具有② ~ dívidas 收債 ③ ~ forças 恢復體力 ④ ~ taxas 收稅 ⑤~-se de medo 充滿恐懼

cobrável *adj. 2 gén.* 可收取的;可復得的;取酬的,有償的,收費的

cobre *s.m* 〔化〕銅;*pl.* 銅幣

cobreado, da *adj.* 銅色的,古銅色的

cobrear *v.t.* 包銅;弄成銅色

cobre-nuca *s.f.* (軍帽後部之)遮後頸布

cobrimento *s.m.* 遮蓋;遮蔽物;交配

cobrir *v.t.* 遮蓋,遮掩;掩護,保護;相抵,相償,補償;穿,戴;掩飾;交配 ‖ *v.r.* 戴帽子等;滿載,享有 ◇ descobrir

cobro *s.m.* 收款,收費;收復,收回;末尾,終結,完結 △ pôr ~ 結束,制止

coca *s.f.* 〔植〕(秘魯產有麻醉作用的)古柯,高根;古柯葉,高根葉;〔口〕頭巾,(布)帽子;手在頭上彈擊;恐嚇小兒之語;鏤刻成人頭形狀並內點蠟燭用以嚇人的葫蘆等物 △estar à ~ 窺探,尋找時機

coça *s.f.* 抓,搔,撓;打,棒打,毆打

coca-cola *s.f.* 可口可樂

coçado, da *adj.* 用舊的;陳舊的;〔口〕被打的,挨揍的;磨損的

coçadura *s.f.* 抓,撓;抓痕,撓痕

cocaína *s.f.* 〔化〕古柯鹼,可卡因

cocainismo *s.m.* 可卡因中毒,可卡因過量

cocainomania *s.f.* 古柯癮,可卡因癖

cocanha *s.f.* 富饒,富裕 △①mastro de ~ 爬杆取物遊戲 ②país de ~ 富饒的國家

cocar *v.i.* 埋伏;窺探 ‖ *s.m.* 頂飾,頭飾,帽飾,髮帶;政黨或國家、民族的標志,徽記

coçar *v.t.* 抓,搔,撓;[轉]打 ‖ *v.r.* 抓癢 △não ter tempo para se ~ 很忙,忙得不可開交

coccige, cóccix *s.m.* [解]尾骨

cócegas *s.f. pl.* 癢;發癢;渴望,慾望;急躁,等不及,急不可耐 △①fazer ~ 使發癢,胳肢 ②ter ~ na língua 者急發言

coceguento, ta *adj.* 怕癢癢的,敏感的

coceira *s.f.* 瘙癢;發癢

cochar *v.t.* [海]搓擰繩

coche *s.m.* 馬車;舊時的豪華馬車 △ ~! 驅趕豬之用語

cocheira *s.f.* 馬車庫;馬廄

cocheiro *s.m.* 馬車夫,車把式;(M)[天] 御夫座

cochichar *v.i.* 低語,耳語,竊竊私語

cochicho *s.m.* 低語,耳語;雲雀;小房子;舊帽子

cochinilha *s.f.* [動]胭脂蟲,洋紅蟲;胭脂蟲紅

cocho *s.m.* 灰漿桶;*bras.* 喂牲口的食槽或水槽

cocktail *s.m.* 鷄尾酒會,招待會;鷄尾酒

cóclea *s.f.* [動]蝸牛;[解]耳蝸;耳道;螺旋提水器

coclear *adj. 2 gén.* 螺旋形的,螺狀的

coco *s.m.* [植]椰子樹;椰子,椰仁;[口]頭腦,才智;嚇唬兒童之用語(妖怪);*pl.* 球狀菌 △① cabeça de ~ 健忘者 ②chapéu de ~ 圓頂高帽,禮帽 ③comer do ~ 挨打

cocó *s.m.* (兒童用語)巴巴,屎 △fazer ~ 拉巴巴

coconote *s.m.* 油棕欄仁

cócoras *s.f. e pl.* △de ~ 蹲著;蹲下

cocto, ta *adj.* 煮熟的,燒熟的

cocuruto *s.m.* 頂;頂端,尖端;物體之最高點

coda *s.f.* [樂]樂曲的結尾

códão *s.m.* 冰錐,冰柱

côdea *s.f.* 殼,皮;污痕,污點,髒點;麵包皮 ‖ *s.m.* 石匠的手鋸;午後點心,小吃

codeína *s.f.* [化]可丹因鹼

codejar *v.i.* 結冰;冷凝

codesso *s.m.* [植]西班牙膠莢豆

códex, códice *s.m.* 抄本;手抄古籍

codicilo *s.m.* [法]遺囑附錄;附加物

codificação *s.f.* 匯集,匯編;整理(法律,法令等);編成法典

codificar *v.t.* 匯編;整理(法律,法令等)

código *s.m.* 法典,法規;法規匯編;規則,條例 △① ~ civil 民法 ② ~ Morse 莫爾斯電碼 ③ ~ militar 軍法 ④ ~ penal 刑法 ⑤ ~ postal 郵政編碼 ⑥ ~ de processo civil 民事訴訟法 ⑦ ~ de processo penal 刑事訴訟法

codorniz *s.f.* 鵪,鵪鶉

coeducação *s.f.* 男女同校教育

coeficiente *s.m.* [數,理]系數

coelheira *s.f.* 兔窩,兔窟;兔籠;養兔場;(馬的)頸飾

coelho *s.m.* 兔子 △① matar dois ~ s de uma cajada 一舉兩得,一箭雙鵰 ②ter dente de ~ 解決困難

coentro *s.m.* [植]芫荽,香菜

coerção *s.f.* 強制,強迫,約束

coercibilidade *s.f.* 强制性,强迫性

coercível *adj. 2 gén.* 可强制的,可抑制的;可壓縮的

coercivo, va *adj.* 强迫的,强制性的,约束性的

coerência *s.f.* 關聯,聯貫;諧調,融洽

coerente *adj. 2 gén* 聯貫的;諧調的,融洽的

coesão *s.f.* 黏合力;聚合性;團結

coesivo, va *adj.* 黏合性的,聚合性的;使團結的

coevo, va *adj.* 同時期的,同時代的

coexistência *s.f.* 共存,共處 △ ~ pacífica 和平共處

coexistir *v.i.* 共存,共處

cofiar *v.t.* 理順,梳理,捋順潔 △ ~ o bigode 捋鬍子

cofinho *s.m.* (牲畜的)口套,口絡,口籠

cofre *s.m.* 保險箱;〔轉〕金銀財寶 △ os ~s do Estado 國庫

cogitabundo, da *adj.* 沉思的

cogitar *v.t. ei.* 沉思,冥想,思索

cognome *s.m.* 綽號,諢名

cognominar *v.t.* 起外號,起綽號;用綽號稱呼

cognoscível *adj. 2 gén.* 〔哲〕可認識的,可知性的

cogular *v.t.* 裝滿,充滿,填滿

cogumelo *s.m.* 蕈,真菌,蘑菇;〔轉〕喻指雨後春筍般出現的事物

co-herdeiro *s.m.* 共同繼承人

cói, cóio *s.m.* 匪人藏匿處,賊窩

cóia *s.f.* 〔口〕下流女人,妓女;姘婦

coibição *s.f.* 束縛,制止;克制,控制

coibir *v.t.* 制止,阻止,禁止 ◇permitir

coice *s.m.* (馬等)踢,蹶子;(槍等)後座力;反衝;隊尾;〔轉〕粗暴,野蠻

coifa *s.f.* 髮網;〔海〕檣樓,桅頂平台

coincidência *s.f.* 一致,相合;巧合;同時發生

coincidente *adj. 2 gén.* 一致的,相合的,相同的;巧合的;同時發生的

coincidir *v.i.* 一致,相合,相同;同時發生

coiraça *s.f.* 護胸甲,胸甲

coiraçado, da *adj.* 裝甲的,有防護的;無感覺的,無動於衷的;抵抗的,反對的 ‖ *s.m.* 裝甲艦,鐵甲艦

coiraçar *v.t.* 裝鐵甲 ‖ *v.r.* 變堅強

coiro *s.m.* 皮;獸皮;△ ① ~ cabeludo 頭皮 ② ~ verde 生皮

coisa *s.f.* 物,物品,東西;事情;財產;神秘 △ ① ~s do arco da velha 奇事,怪事 ② ~ e loiças 大雜燴 ③ ~-ruim 巫術

coitado, da *adj.* 悲傷的,痛苦的;可憐的;不幸的 ‖ *s.m.* 妻子不忠者,戴綠頭巾者

coito *s.m.* 領地,封地;性交,交媾 ‖ *adj.* 煮熟的,熟的

col *s.m.* (畫眉之顏料)

cola *s.f.* 漿糊;膠水;膠物;可樂樹(豆);踪跡,痕跡;*bras.* 考試作弊 △ ① ~ de cavalo〔植〕冬木賊 ② ~ de peixe 魚鰾膠

colaboração *s.f.* 合作,協作

colaborador *s.m.* 合作者;協作者

colaborar *v.i.* 合作;合著

colação *s.f.* 黏貼;校對,核對;便宴,酒會;〔法〕歸還,恢復原狀 △ trazer (vir) à ~ 提起,提及

colaço, ca *adj.* 同一奶母奶大的;手足情的 ‖ *s.m.* 同奶兄弟

colagogo *s.m.* 〔醫〕利膽劑

colapso *s.m.* 〔醫〕虛脫,萎陷,衰弱;倒蹋

colar _s.m._ 項鏈；領子，衣領‖_v.t._ 粘貼，粘合

colateral _adj. 2 gén._ 並行的；旁系的，側的 △① linha (parente) ~ 旁系親屬，支親 ②ponto ~ 支點

colcha _s.f._ 牀單，牀罩，帳，幃，幔

colchão _s.m._ 褥子，墊子 △① ~ de molas 彈簧牀墊 ② ~ ortopédico 矯形牀墊

colcheia _s.f._ 〔樂〕八分音符

colchete _s.m._ (衣服)領鉤，掛鈎；(肉案掛肉的)鈎子

coldre _s.m._ 槍套，手槍套

coleante _adj. 2 gén._ 彎曲的，彎彎曲曲的，曲折的，蜿蜒的；起伏的

colear _v.i._ 蛇行，波狀前進；(道路等)蜿蜒曲折‖_v.r._ 偷偷介入

colecção _s.f._ 收集，積存，收藏；匯集，匯編；整套，套

coleccionador _s.m._ 收集者，收藏者 △~ de selos 集郵者

coleccionar _v.t._ 收集，收藏

colecta _s.f._ 稅款；捐款；慈善事業費；(彌撒之)祈禱文

colectânea _s.f._ 文選，文集

colectar _v.t._ 徵收；募集；收集

colectável _adj. 2 gén._ 可徵收的，可收集的

colectividade _s.f._ 集體，集團；集體所有制；集體性

colectivismo _s.m._ 集體所有制；集體主義

colectivo, va 集體的，共同的‖_s.m._〔語〕集合名詞 ◇individual

colector _s.m._ 收集者，收藏者；收稅員，收費人；主渠，幹渠 △〔電〕集電器 △~ de ondas 天綫

colectoria _s.f._ 徵收；bras. 稅務所

coledoquite _s.f._ 〔醫〕膽總管炎

colega _s.m._ 同學；同事；同僚；同仁

colegial _adj. 2 gén._ 學院的；學校的‖_s.2 gén._ 學生(多指中小學生)

colégio _s.m._ 學校；學院；社團，協會；同一選區的選民圈

coleira _s.f._ (狗等用)頸圈，脖套

coleóptero, ra _adj._ 鞘翅目的‖_s.m. pl._ 〔動〕鞘翅目

cólera _s.f._ 發怒，暴怒；憤怒，激怒；〔醫〕霍亂 △~ morbo 霍亂

colérico, ca _adj._ 易怒的；暴怒的；霍亂的，患霍亂病的‖_s.m._ 霍亂病患者

colesterol _s.m._；**colesterina** _s.f._ 膽固醇

coleta _s.f._ (西班牙鬥牛士腦後留的)髮辮；微收(稅、捐款等) △cortar a ~ 不再幹鬥牛士

colete _s.m._ 背心，坎肩‖_s.f._ 一種蜜蜂 △~ de forças 拘束衣(精神病人用的)

colgado, da 吊着的，懸掛着的

colgadura _s.f._ 布簾子，帳幔

colgar _v.t._ 吊，掛；(用簾子或帳幔)裝飾‖_v.r._ 上吊，吊死，自縊

colheita _s.f._ 收獲，收割；年收成；收獲物；收獲期；結果，效果

colher _s.f._ 匙，勺子；勺形物；勺(量詞)‖_v.t._ 收摘，收割；抓住，捉住，擒獲；收獲，獲得，得到

colherada _s.f._ 勺(量詞)，一勺之量 △meter a sua ~ 好管閒事

colibacilo _s.m._ 大腸桿菌

colibri _s.m._ 〔動〕蜂鳥

cólica _s.f._ 絞痛，腹痛；_pl._〔轉〕(對考試等的)害怕心理 △~ intestinal 腸絞痛

colicativo, va _adj._ 〔醫〕溶解性的，液化性的

cólico, ca _adj._ 結腸的

colidir　*v.t.* 磨擦，踏 ‖ *v.i.* 碰撞；自相矛盾

coligação　*s.f.* 聯盟，同盟，聯合會；陰謀，密謀

coligar　*v.t.* 聯合 ‖ *v.r.* 聯盟

coligir　*v.t.* 推論，推斷；聚集，匯集

colimação　*s.f.* 〔天〕瞄準，校準

colimador　*s.m.* 〔天〕準直儀，平行光管

colimar　*v.t.* 〔天〕瞄準，校準；觀測

colina　*s.f.* 土丘，山丘；丘陵

coliquação　*s.f.* 〔醫〕溶化，液化，融解

colírio　*s.m.* 〔醫〕眼藥水

colisão　*s.f.* 碰撞；衝突；抵觸，對立

coliseu　*s.m.* （古羅馬最大的）圓形階梯劇場；馬戲場；娛樂場

colite　*s.m.* 〔醫〕結腸炎

colitigante　*adj. e s. 2 gén.* 共同訴訟人的；共同訴訟人

colmado　*s.m.* 茅草房 ‖ *adj.* 蓋茅草的

colmeia　*s.f.* 蜂巢；蜂箱，蜂房；蜂群；〔轉〕大群，大量

colmilho　*s.m.* 犬牙，犬齒

colmo　*s.m.* （苫蓋房頂的）茅草等植物莖杆；(收割後田地裏的)茬子

colo　*s.m.* 頸，脖子；〔轉〕頸似頸脖的東西 △ao ～ 抱着

colocação　*s.f.* 安置，放置；職務；位置

colocar　*v.t.* 放置，安置；佈置；任用，使用 ‖ *v.r.* 置身；找到工作

colocásia　*s.f.* 〔植〕野芋，芋頭

colocíntida　*s.f.* 〔植〕藥西瓜

colódio　*s.m.* 〔化〕膠棉，火膠棉

colofónia　*s.f.* 松香

colombiano, na　*adj.* 哥倫比亞的 ‖ *s.m.* 哥倫比亞人

cólon　*s.m.* 〔醫〕結腸

colondro, colombro　*s.m.* 〔植〕蛇甜瓜

colónia　*s.f.* 移民；僑民；殖民地，屬地；〔生〕群，集群 △ água de ～ 花露水

colonial　*adj. 2 gén.* 殖民地的，屬地的；海外的

colonialismo　*s.m.* 殖民主義

colonialista　*s.2 gén.* 殖民主義者 ‖ *adj. 2 gén.* 殖民主義的

colonização　*s.f.* 墾殖，開拓；淪爲殖民地，殖民化

colonizar　*v.t.* 墾殖，開拓；使淪爲殖民地，使殖民化

colono　*s.m.* 墾殖者，移民；佃農，佃戶；農民

colóquio　*s.m.* 對話，會話；座談會；報告會

coloração　*s.f.* 上顏色，着色；顏色；色調

colorado, da　*adj. bras.* 紅色的；有顏色的

colorante　*adj. 2 gén.* 染色的 ‖ *s.f.* 顏料

colorar, colorear, colorir　*v.t.* 染色，着色；潤色，修飾；粉飾，掩飾 ‖ *v.r.* 臉紅，靦顏，害羞

colorau　*s.m.* 胡椒粉

colorido, da　*adj.* 彩色的，五顏六色的；〔轉〕鮮艷的 ‖ *s.m.* 色彩，色調；色彩鮮艷，活潑明快

colorímetro　*s.m.* 色度計，比色計

colorização　*s.f.* 染色，塗色，着色

colorizar　*v.t.* 見 colorar

colossal　*adj. 2 gén.* 巨大的，宏偉的；遼闊的；豐裕的 ◇ pequeno，microscópico

colosso (δ)　*s.m.* 巨像；身高體大者，巨人；龐然大物；出類拔萃者

colotipia　*s.f.* 〔印〕珂羅版印刷術

cólquico *s.m.* 〔植〕秋水仙

coltar *s.m.* 瀝青,焦油

coltarizar *v.t.* 塗瀝青(焦油)

columbário *s.m.* (古羅馬墓地之)骨灰龕; *bras.* 鴿房,鴿籠

coluna *s.f.* 柱,圓柱;柱狀物;(報刊雜誌之)欄,段,縱行;隊列,縱隊;後盾,柱石,砥柱 △① ~ de ar 氣柱 ② ~ barométrica 氣壓計液柱 ③ ~ de fumo 一縷青煙 ④ ~ quinta 第五縱隊(指內奸) ⑤ ~ vertebral 脊柱,脊椎

colunário, colunar *adj.* 圓柱式的;有圓柱的

coluro *s.m.* 〔天〕分至圈

colusão *s.f.* (針對第三者之)合謀,陰謀

colutório *s.m.* 〔醫〕含漱劑

colza *s.f.* 〔植〕油菜,蕓薹

com *prep.* 和,同,跟,與……一起;用,使用;儘管;有,含有;由於,因爲;只要 △① ~ licença 請允許;勞駕 ②estar ~ pressa 有急事 ◇ sem

coma *s.f.* (獅子等頭頸上生的)鬣,鬃毛;冠羽;鷄冠;樹之上部幼枝;〔語〕逗號;(樂)小音程,差音程 ‖ *s.m.* 〔醫〕昏迷,不省人事; *pl.* 〔語〕引號

comadre *s.f.* 教母;〔口〕大嫂子,大妹子(鄰里婦女之間的稱呼);湯壺,湯婆子

comandante *s.m.* 指揮官,司令官;長官

comandar *v.t.* 指揮,統帥,領導;命令

comandita *s.f.* 〔商〕合資,合股 △sociedade de ~ 合資公司

comanditário *s.m.* 股東,投資者

comando *s.m.* 指揮,統帥;指揮權;命令,指揮部 △~ militar 陸軍司令部

comarca *s.f.* 教區;法區;地區;鄉

comatoso, sa *adj.* 〔醫〕昏迷的,不省人事的 △estado ~ 昏厥狀態,不省人事

comba *s.f.* 峽谷,山谷

combalido, da *adj.* 生病的,體弱多病的;(水果等)開始腐爛的,變質的;惡化的

combalir *v.t.* 使變弱,使虛弱;使變質,腐爛

combate *s.m.* 戰鬥,格鬥,角鬥;〔轉〕(思想的)矛盾,鬥爭 △① fora de ~ 喪失戰鬥力 ② ~ singular 單人對打

combatente *adj. 2 gén.* 戰鬥的,交戰的 ‖ *s.m.* 戰士,戰鬥員,士兵 △oficiais não ~s 非戰鬥人員

combater *v.t.* 決鬥,打鬥;反對,反駁 ‖ *v.i.* 同……交戰,搏鬥;爲……而鬥爭

combatível *adj. 2 gén.* 能戰鬥的,戰鬥的;爭鬥的

combatividade *s.f.* 戰鬥性,戰鬥精神;好鬥

combativo, va *adj.* 好鬥的,善戰的;有鬥爭性的

combinação *s.f.* 組合,結合,聯合;組合體,聯合體;〔化〕化合,化合物;〔美〕調配(顏色);〔數〕組合,配合;措施,辦法;(與外衣相配的)女內衣

combinado, da *adj.* 約定好的,商定的;協調的,和協的;計劃的,籌劃的;聯合的;結合的;化合的 ‖ *s.m.* 聯合企業,化合物;協定,協議

combinar *v.t.* 聯合,結合;調配(顏色等);協調;計劃;〔化〕化合,使化合;〔數〕組合,配合;議定 ‖ *v.i.* 協調,相符 ‖ *v.r.* 結合

combo, ba *adj.* 彎曲的,彎的 ‖ *s.m.* 不幸,倒楣

comboio *s.m.* 護送(護航)隊;火車,

列車 △ ① ~ ascendente 上行車 ②~ de correio 郵車 ③~ descendente 下行車 ④~ directo 直達車 ⑤~ especial 專列 ⑥~ expresso 特快車 ⑦~ de mercadorias 貨車 ⑧~ misto 客貨混合列車 ⑨~ de recreio 遊覽列車

comborça *s.f.* 姘頭,情婦

comborço *s.m.* 與有夫之婦姘居者

comburente *adj. 2 gén.* 〔化〕助燃的

combustão *s.f.* 燃燒;〔化〕氧化

combustibilidade *s.f.* 可燃性,易燃性

combustível *adj. 2 gén.* 可燃燒的,易燃的‖ *s.m.* 可燃物,易燃物,燃料 ◇incombustível

começar *v.t. e i.* 開始,着手(如補語為動詞則加 de, a 或 por: ~ a falar)

começo *s.m.* 開始,着手;起點;起源,根源; *pl.* 開端 ◇fim

comédia *s.f.* 喜劇,鬧劇,趣劇;〔轉〕滑稽可笑之事;虛偽

comediante *s.2 gén.* 喜劇演員;演員,優伶;〔轉〕騙子,欺詐者

comedido, da *adj.* 謙恭有禮的;溫和的,謙遜的

comedimento *s.m.* 謙恭有禮;溫和,謙遜

comediógrafo *s.m.* 喜劇作家;劇作家

comedir *v.t.* 使之彬彬有禮;使溫和,緩和使謙恭‖ *v.r.* 謙遜,節制,克制

comedoiro, comedouro *s.m.* 野生動物覓食之地;食槽‖ *adj.* 可食的,美食的

comedor *s.m.* 食食者‖ *adj.* 食食的;嘴饞的;吃白食的,寄生的

come-e-cala *s.f.* 一種美味的梨

come-e-dorme *adj.* 懶惰的;麻木的,死氣沉沉的

come-gente *s.m.* 鉋子

comemoração *s.f.* 紀念;紀念活動,紀念儀式,祭;祭奠;慶祝

comemorar *v.t.* 紀念;祭,慶祝

comemorativo, va *adj.* 紀念性的,慶祝性的

comemorável *adj. 2 gén.* 應紀念的,值得紀念的

comenda *s.f.* 委任;騎士、爵士或神職的俸位,銜爵或者領地;騎士的十字銜章;勳章,徽章

comendador *s.m.* 爵士;騎士;〔宗〕教長,主持

comenos *s.m.* △ neste ~ *adv.* 當時;同時;在……時候

comensal *s.2 gén.* 同桌共餐者;食客,白吃者

comensurabilidade *s.f.* 可度量性,可比性;〔數〕可公度性

comensurar *v.t.* 公度;約約;比較;以同一單位度量

comensurável *adj. 2 gén.* 可度量的,可比較的;〔數〕可公度的

comentação *s.f.* 評論;解釋,註解

comentado, da *adj.* 被評論的;遭批判的,批評的,遭非議的

comentador *s.m.* 評論者;註釋者;批評者

comentar *v.t.* 評論;註釋;批評,批判

comentário *s.m.* 註釋;評論;評註;批評; *pl.* 回憶錄,歷史傳記

comer *v.t.* 吃,食;消耗;揮霍;詐取;跳過,略去,遺漏;〔口〕輕信;使發癢‖ *v.i.* 吃飯,進餐‖ *v.r.* 憂愁,煩惱‖ *s.m.* 食物 △ ① ~ como um abade 狼吞虎嚥 ②~ a dois carrinhos 左右逢源,兩面受益 ③~ os olhos a alguém 洗劫一空 ④~ as palavras(讀說)吞音 ⑤~ à tripa-forra 吃得多,多食 ⑥ dar de ~ 喂,喂養

comercial *adj. 2 gén.* 商業的, 商務的, 貿易的；商人的 △① associação ~ 商會 ②direito ~ 商法 ③marca ~ 商標

comerciante *s.m.* 商人, 商買 △①~ de retalho 零售商 ②~ por grosso 批發商

comerciar *v.i.* 經商, 買賣, 貿易；〔轉〕交往, 來往

comerciável *adj. 2 gén.* 有銷路的；暢銷的

comércio *s.m.* 商業, 貿易；商界；交往, 交際 △① câmara de ~ 商會 ② bancário 銀行業務 ③~ de retalho 零售業 ④~ por atacado 批發貿易 ⑤~ livre 自由貿易

comes e bebes *s.m. pl*〔口〕宴席, 盛宴；飲食；吃喝

comestível *adj. 2 gén.* 可食用的, 能吃的 ‖ *s.m. pl.* 食品, 食物

cometa *s.m.*〔天〕彗星

cometidor *s.m.* 肇事者, 犯者

cometer *v.t.* 作, 幹, 行(某事)；犯(罪等)；委託, 責成；建議, 攻擊 ‖ *v.r.* 冒險 △①~ adultério 通姦 ②~ um crime 犯罪 ③~ suicídio 自殺

cometimento *s.m.* 觸犯, 進犯；任務, 使命；英勇業績, 偉績

cometologia *s.f.*〔天〕彗星學

comezinho, nha *adj.* 可食的, 可吃的, 好吃的；〔轉〕易懂的, 易了解的；家常的

comichão *s.f.* 癢, 癢癢；〔轉〕心癢, 熱望, 切望；焦急, 急躁

comício *s.m.* 集會；會議；示威集會

cómico, ca *adj.* 喜劇的, 可笑的, 引人發笑的, 有趣的 ‖ *s.m.* 喜劇演員；演員

comida *s.f.* 食物, 食品；吃飯, 進餐 △~ de urso 棒擊

comido, da *adj.* 被吃了的；被蟲蛀咬的；折磨的, 苦惱的

comigo *pron.* 和我, 同我；在我身上

comilão *s.m.* 貪食者, 老饕

cominação *s.f* 恫嚇；威脅

cominador *adj. 2 gén.* 恫嚇的, 威脅的 ‖ *s.m.* 恫嚇者, 威脅者

cominar *v.t.* 恫嚇；威脅

cominativo, cominatório *adj.* 恫嚇的, 威脅的

cominho *s.m.*〔植〕小茴香；枯萎；*pl.* 小茴香籽；枯萎籽

cominuir *v.t.* 碎裂, 破成碎片

comiseração *s.f.* 憐憫, 同情 ◇ insensibilidade, indiferença

comiserador *adj. 2 gén.* 憐憫的, 有同情心的

comissão *s.f.* 委託, 委任；使命, 受託之事；委員會；受託者, 受命者；[商]代營；代營費, 傭金 △①~ à ~ 代營, 代理 ② casa de ~ 代理店 ③~ administrativa 行政委員會 ④~ de censura 檢查委員會 ⑤~ permanente 常務委員會 ⑥vogal da ~ 委員

comissariado *s.m.* 警察局長(警司)之職；警察局, 警司處；代理處；代表, 特派員身份；代表處

comissário *s.m.* 警察局長；警司；代理人；代表, 特派員；〔舊時莫桑比克或安哥拉〕總督

comissionado, da *adj.* 受委託的, 代表的, 受命的 ‖ *s.m.* 代理人；受託者

comissionar *v.t.* 委託, 委派, 臨時委任

comissionista *s.2 gén.* 受託人, 代理人；代理商, 代營商

comissura *s.f.*〔醫〕縫合；縫隙, 裂縫；縫合處

comité *s.m.* 委員會

comitente *adj. 2 gén.* 委託人的;委託的 ‖ *s.2 gén.* 委託人

comitiva *s.f.* 隨行人員,隨從

como *adv. e conj.* 好像,正如;作爲;如此,大約;同樣;由於,因爲;既然;以……資格;怎樣,怎麽;爲什麽,什麽原因;*interj.* 感嘆:多麽,何等;驚異:怎麽! 甚麽! △assim ~ assim 既然如此,在此情况下 ②assim ~ 同樣 ③a ~? 怎麽賣? 多少錢? ④bem ~ 同樣 ⑤ ~ está? 您好? (問候語) ⑥ ~ assim! 如此! ⑦ ~ fizeres, assim acharás 自食其果 ⑧ ~ se fosse ~ 像……一樣 ⑨ ~ que 好像,似乎;因爲,因此 ⑩ ~ tal 以此身份,以此資格 ⑪ seja ~ for 無論如何 ⑫ tão ~ 似……的;如 ~ 一樣 ⑬ tal ~ 正如;如同;諸如

comoção *s.f.* 激動;(思想)混亂;動搖;晃動;震動;動亂,動蕩

cómoda *s.f.* 衣櫥 △toucador-~ 梳妝台

comodatário *s.m.* 〔法〕借方,借人

comodato *s.m.* 〔法〕借用,借

comodidade *s.f.* 舒適,舒服;便利,便利條件;利益,好處;機會

comodista *adj. 2 gén.* 貪圖安逸的,圖舒服的

cómodo, da *adj.* 舒服的;便利的,方便的;舒適的 ‖ *s.m.* 方便;利益,好處;熱情,款待;房間,隔室

comodoro *s.m.* 海軍上校

comoração *s.f.* 固執己見

comovedor, comovente *adj. 2 gén.* 感動的,動人的

comover *v.t.* 震動;震撼;感動,打動 ‖ *v.i.* 激動人心 ‖ *v.r.* 激動;感動

comovido, da *adj.* 激動的,感動的,不安的

compacto, ta *adj.* 密的,密集的,密度大的,稠密的 △① multidão ~a 密集的人羣 ②página ~a 寫得密密麻麻的一頁文字 ③votação ~a 全票當選

compadecer *v.t.* 同情,憐憫;扶助 ‖ *v.r.* 憐憫;相容,相合

compadre *s.m.* 教父;乾親(指小孩生父與教父母或教父與孩子生父母之間的關係);同鄉;密友

compadrio *s.m.* 乾親;情誼

compaixão *s.f.* 同情;憐憫 ◇ dureza, indiferença

companha *s.f.* 船員,水手;漁民協會

companheira *s.f.* 女伴,女友;妻子;伴侶;形影不離之物

companheiro *s.m.* 同伴,同學,同事,同志,朋友 ‖ *adj.* 相伴隨的,一副的,一雙的,一對的

companhia *s.f.* 陪伴,陪同;公司,企業,商號;劇團;〔軍〕連,中隊;隨行人員,隨從;交際,社交 △① ~ de ～ 陪伴兒,伴當 ② ~ comanditária 合資公司 ③ ~ de Jesús 耶穌會 ④ ~ de seguros 保險公司 ⑤ em ~ de ～ 在……陪同下 ⑥fazer ~ a ～ 陪同……

comparação *s.f.* 比較;對比;比喻;比擬 △① em ~ 相對地 ②grupo de ~ 比較級 ③sem ~ 無與倫比,不可比擬的

comparar *v.t.* 比較,對比,對照;比喻,比擬

comparativo, va *adj.* 比較的,比較上的;相當的 ‖ *s.m.* 形容詞的比較級 △método ~ 比較研究法

comparável *adj. 2 gén.* 可比較的;相似的

comparecer *v.i.* 出庭;出席;出現

comparência *s.f.* 出庭;出席;出現

comparsa *s.2 gén.* 〔劇〕跑龍套者,配角,羣眾角色;無足輕重者,小人物

comparte *s.2 gén.* 參與者;同黨 ‖ *adj. 2 gén.* 參與的;共事的

compartilhar *v.t.* 參與,參加;共享,分享

compartimento *s.m.* 被隔分開之物;間隔;房間;火車車箱的隔室;船的艙室;抽屜 △casa de 4 ~ 四室住房

compassado, da *adj.* 用圓規測量的;等分的,緩慢的 (樂) 有韵律的;(機) 有規律的,有節奏的

compassível *adj. 2 gén.* 令人同情的;有同情心的

compassivo, va *adj.* 有同情心的,軟心腸的,易動惻隱之心的,慈悲的

compasso *s.m.* 圓規,兩腳規;卡鉗,測徑器;(海)羅經,羅盤;(樂)節拍,旋律;節奏;(測量事物的)尺度,標準 △ ① a ~ 有節奏地;按節奏地 ②bater o ~ (樂)打拍子 ③ ~ de espera (樂)休止;暫停 ④ sair do ~ 失職;走調兒,跑調兒

compatibilidade *s.f.* 併立性,相容性,和合

compatível *adj. 2 gén.* 可併立的,可相容的,可共處的 ◇imcompatível

compatrício *s.m.* 同胞,同鄉,同一國人

compatriota *s.2 gén.* 同胞,同國人 ‖ *adj. 2 gén.* 同胞的,同國人的

compelação *s.f.* 〔法〕起訴,控告

compelir *v.t.* 強迫,強制;阻止

compêndio *s.m.* 教本,教科書;綜合,綜述,概要

compenetração *s.f.* 信服,誠服;說服

compenetrado, da *adj.* 心悅誠服的

compenetrar *v.t.* 使密切;使融合;使信服 ‖ *v.r.* 心悅誠服

compensação *s.f.* 補償,賠償;〔法〕(債權、信貸等)相抵,抵銷;抵償物;平等;利益

compensar *v.t.* 使平衡;補償,賠償;抵銷,相抵

compensativo, va *adj.* 補償的,賠償的

compensável *adj.* 可補償的;應補償的;可賠償的;應賠償的

competência *s.f.* 權力,資格,權限,職權;能力,才幹;特長,專長,擅長

competente *adj. 2 gén.* 有能力的,勝任的;有資格的,有權的;精適的,擅長的;應用的,合法的;合適的,適當的 ◇imcompetente

competição *s.f.* 競爭,競賽;比鬥;體育比賽

competidor *s.m.* 競爭者;比賽者;對手

competir *v.t.* 競爭,競賽;屬於,歸於

compilação *s.f.* 匯編,文集;匯集;編輯,編纂

compilar *v.t.* 編輯,編纂;編匯,匯集

compita *s.f.* 一般用於副詞短語:à ~ 爭先恐後,互不相讓

complacência *s.f.* 自滿,滿意;順從;寬容;仁慈

complacente *adj. 2 gén.* 使滿意的,滿足的;順從的;寬容的;仁慈的;殷勤的;討好的

complanar *v.t.* 使成水平,使平坦,使平整

compleição *s.f.* 體格,體質,精神狀況;組織,結構

complementar *adj. 2 gén.* 補充的,補足的;互補的 △ ① ângulo ~ 餘角,②cores ~es 合成色 ◇vencimento ~ 補充薪金

complemento *s.m.* 補充,補足;〔語〕補語;補充物,補足物;完善,完美△ ~ do ângulo 余角 ② ~ aritmético 余

數 ③ ~ circunstancial 景況補語 ④~ directo 直接補語 ⑤~ indirecto 間接補語

completas *s.f.* 〔宗〕晚禱

completar *v.t.* 完成;使完善,使完整

completo, ta *adj.* 完全的,完整的;完美的,十全十美的;完成的;徹底的;全部的,滿的 ‖ *s.m.* 整體,全部,整套

complexidade *s.f.* 複雜性;繁雜

complexo, xa *adj.* 複雜的;複合的,綜合的 ‖ *s.m.* 聯合企業;合成體,綜合體;〔化〕化合物;△ ① ~ de édipo 〔心〕孩童男戀母親,女戀父親的情結;② ~ de inferioridade 自卑感,自卑情結 ③~ de superioridade 自尊感,自負情結 ④número ~ 〔數〕復數

complicação *s.f.* 複雜,複雜性;曲折;苦難;〔醫〕併發症,併發病 ◇ simplificação

complicado, da *adj.* 複雜的;困難的,曲折的;難以理解的,琢磨不透的;牽連的,連累的 ◇simples

complicar *v.t.* 使複雜;使難以理解,使琢磨不透,使混亂;製造困難,設障 ◇simplificar

componedor *s.m.* 〔印〕手托,排字盤

componenda *s.f.* 敕免費,免罪金,贖金

componente *adj. 2 gén.* 組成的,構成的 ‖ *s.2 gén.* 組成部分;〔化〕成分;〔理〕分力

compor *v.t.* 組成,構成;創作,寫作;譜寫(樂曲);修理,修補;整理,收拾;調解,調和;假裝,裝作 ‖ *v.r.* 包括,由……組成;融和,和解

comporta *s.f.* 水閘

comportado, da *adj.* 行為的,表現的;舉止的

comportamento *s.m.* 行為,表現,舉止

comportar *v.t.* 忍受;容忍;允許 ‖ *v.r.* 舉止,表現

comportável *adj. 2 gén.* 可以忍受的,可容忍的

composição *s.f.* 構成,結構,混合,合成;混合物,合成物;成分;作文,寫文章;〔印〕排板;〔樂〕作曲;文學著作,文藝作品;樂曲;協議 △antes uma ~ má do que uma boa demanda 做總比不做強;臨淵慕魚,不如退而結網

compositor *s.m.* 作曲家;〔印〕排字工人

compostas *s.f. pl.* 〔植〕菊科

composto, ta *adj.* 合成的,混合而成的;有條理的;修復的;謹慎的,穩重的 ‖ *s.m.* 合成物,化合物;① palavra ~a〔語〕複合詞 ②tempo ~〔語〕復合時態

compostura *s.f.* 組成,構成;合成;修理,修補;擺假;方法,措施;*pl.* 化妝品

compota *s.f.* 蜜餞水果,果脯 △~ de maças 蜜餞蘋果

compra *s.f.* 買,買東西;買來的東西,賄賂 △① ~ a crédito 賒購,掛帳② ~ a prestações 分期付款 ③~ em primeira mão 新貨 ④ ~ em segunda mão 舊貨,二手貨 ⑤fazer ~s 購物,買東西 ⑥ir de ~s 購物,買東西

comprador *s.m.* 購貨者,買主

comprar *v.t.* 購買,買;賄賂,行賄 △① ~ por atacado 批發買入 ②~ cartas 摸牌,取牌 ③ ~ a dinheiro (de contado) 現金買 ④~ nabos em saco 估布袋買貓 ⑤quem desdenha quer ~ 貶者是買主;阿Q式人物

comprazer *v.i.* 讓步,寬容;縱容;使滿意 ‖ *v.r.* 愉快,滿意 ‖ *s.m.* 親切;殷勤

comprazimento *s.m.* 高興,滿意,滿足

compreender *v.t.* 包括,包含;理解,明白,懂得 ‖ *v.r.* 被包括在内

compreensão *s.f.* 理解力;明白,瞭解

compreensibilidade *s.f.* 可理解性

compreensível *adj. 2 gén.* 可以理解的

compreensivo, va *adj.* 可理解的;有理解能力的,聰明的;綜合的;無所不包的

compreensor *s.m.* 〔神〕洪福通神者,得道者

compressa *s.f.* 〔醫〕壓布,敷布

compressão *s.f.* 壓縮;壓迫;強迫;〔轉〕鎮壓,壓制

compressibilidade *s.f.* 壓縮性;壓縮系數;可壓性

compressível *adj. 2 gén.* 可壓縮的

compressivo, va *adj.* 壓縮性的;壓制的

compressor, ra *adj.* 壓縮的 ‖ *s.m.* 壓縮機,壓氣機;〔醫〕壓迫器

comprido, da *adj.* 長的;久的 ‖ *s.m.* 長,長度 ◇ao — 縱,縱向;全身伸直地 ◇curto

comprimente *adj. 2 gén.* 壓縮的

comprimento *s.m.* 長,長度;(時間之)長短;(距離)遠近 △ — de onda 波長 ◇curteza

comprimido, da *adj.* 壓緊的;被壓縮的;被壓扁的 ‖ *s.m.* 藥片 △ — contra o enjoo 乘暈寧

comprimir *v.t.* 壓縮;縮小;壓迫;抑制 ‖ *v.r.* 捲縮 ◇dilatar, estender

comprimível *adj. 2 gén.* 可壓縮的

comprometer *v.t.* 許諾,承諾;牽連,連累 ‖ *v.r.* 許諾,允諾;擔保;受牽連

comprometido, da *adj.* 約定的,承諾的;受牽連的;受着辱的,羞愧的

compromisso *s.m.* 承諾,允諾;〔法〕仲裁,調解,和解書;約會

comprometente *adj. 2 gén.* 承諾的;立約的 ‖ *s.2 gén.* 承諾者;立約者

comprovação *s.f.* 證實,核實;確定;證明

comprovante *adj. 2 gén.* 證實的,證明的

comprovar *v.t.* 證明,證實;表明,說明;審核,檢驗

comprovativo, va *adj.* 證明的,證實的

compulsação *s.f.* 核對;校對;審查

compulsão *s.f.* 強迫,強制

compulsar *v.t.* 審查;核對,校對

compulsivo, va *adj.* 強迫的,強制的

compunção *s.f.* 內疚,慚愧不安;自譴,悔恨

compungir *v.t.* 使內疚,使慚愧,使痛心 ‖ *v.r.* 內疚,痛心

computação *s.f.* 計算

computador *s.m.* 計算者;計算機,計算器 △ — electrónico 電子計算機

computar *v.t.* 計算

computável *adj. 2 gén.* 可計算的

cômputo *s.m.* 計算;曆法計算,推算

comua *s.f.* 廁所

comum *adj. 2 gén.* 共同的,共有的,公共的;普通的,普通的,常見的 ‖ *s.m.* 大多數,大部分 △ ① câmara dos ~s 眾議院 ② ~ de dois 〔語〕通性的,雙性的(名詞) ③ em ~ 共同,一起 ④ factor ~ 〔數〕公因數 ⑤ fazer causa ~ com……與……和衷共濟 ⑥ lugar ~ 老生常談,陳詞濫調 ⑦ mercado ~ 共同市場 ⑧ substantivo ~ 〔語〕通稱名詞 ◇raro, excepcional, distinto

comuna *s.f.* (舊時外國人如猶太人、摩爾人之)聚集地;(中世紀擺脫封建

主自治的)村社,公社;地區 △ ① ～ deParis 巴黎公社 ② ～ popular 人民公社

comunal *adj. 2 gén.* 市區的;公社的;公共的 ‖ *s.2 gén.* 公社社員;市區居民

comungar *v.i.* 受聖餐,領聖體;[轉]有同感,有相同的看法 ‖ *v.t.* [宗]授聖體

comungatório, ria *adj.* 聖餐的 ‖ *s.m.* 聖餐授領處

comunhão *s.f.* [宗]領聖餐,領聖體;聖餐儀式;共同,共有;一致,志同道合;社團 △ ① ～ de fiéis [宗]天主教徒之統稱 ② ～ de bens [法]夫婦共有財產 ③ ～ dos santos [宗]天主教大家庭

comunicabilidade *s.f.* 可傳達性;可聯絡性,可交往性

comunicação *s.f.* 通知,告告;通道,通路;聯繫,交往;[機]傳遞,轉化;通訊,通報;交通 △ ① ～ de bens [法]共同財產 ②vias de ～ 交通路線

comunicado *s.m.* 公告,公報,通告;消息,～ conjunto 聯合公報

comunicar *v.t.* 通知,告告;使相通,使連接;傳播,傳染 ‖ *v.i.* 相通,相連,聯絡,通往 ‖ *v.r.* 傳播,傳染,蔓延

comunicativo, va *adj.* 易傳染的,傳染性的;愛說話的,直爽的;有感染力的;易交往的 △tinta ～ [印]油墨

comunidade *s.f.* 共有,公有;團體;社團;社會;(同類人之)聚居地 △～ chinesa 華僑界

comunismo *s.m.* 共產主義

comunista *adj. 2 gén.* 共產主義的 ‖ *s.2 gén.* 共產主義者;共產黨員 △ partido ～ 共產黨

comutação *s.f.* 交換;變換;轉換;[法]減輕,減刑

comutador, ra *adj.* 轉換電流的 ‖ *s.m.* [電]整流器;換向器;開關器

comutar *v.t.* 換換,變換,變換;替換;減輕;△～ uma pena 減刑

comutativo, va *adj.* 轉換的;交換的

comutável *adj. 2 gén.* 可轉換的

conatural *adj. 2 gén.* 天生的,固有的

conaturalidade *s.f.* 天生;固有性,本性

concameração *s.f.* [建]拱形圓頂

concani, concanim *s.m.* 原果阿語

concatenação *s.f.* 聯繫,關聯,連結,連接

concatenar *v.t.* 使聯繫,使連接 ◇ soltar, desligar

concavar *v.t.* 使凹陷

concavidade *s.f.* 凹面,凹陷 ◇convexidade

côncavo, va *adj.* 凹面的,凹陷的 ‖ *s.m.* 凹面;凹陷 △ ① espelho ～ 凹面鏡 ② ～-convexo 凹凸的

conceber *v.t.* 生育,生產;想象,設想;清楚,明白,受孕

concebível *adj. 2 gén.* 可以想象的;可以理解的

conceder(ê) *v.t.* 給與,讓給;允許,同意;承認 ◇negar, recusar

conceição *s.f.* 天主教關於聖母受孕的教義;(M) 聖母受孕節(十二月八日)

conceito *s.m.* 概念,觀念;意見,看法;名聲,聲譽;格言,箴句;(寓言或故事之)寓意,教訓

conceituado, da *adj.* 有聲望的,著名的

conceituar *v.t.* 認爲,覺得,判斷;分析

conceituoso, sa *adj.* 格言式的,警句

式的;精關的

concelho *s.m.* 區;市 △paços do ~市
政廳

concento *s.m.* 〔樂〕合唱;泛音,和聲;
諧音,和諧

concentração *s.f.* 集中;集權;〔化〕
濃縮,濃度;隱居,遁世;沉思,思索 △
① campo de ~集中營 ②~ de espírito
凝神沉思 ◇dispersão

concentrado, da *adj.* 〔化〕濃縮的;
〔轉〕不愛交際的,內向的;隱的,潛伏
的,有限制的,集中的,集合的

concentrar *v.t.* 集中,集合;〔化〕濃
縮 ‖ *v.r.* 全神貫注;沉思,凝思,深思

concêntrico, ca *adj.* 〔數〕同心的,△
círculos ~s 同心圓

concepção *s.f.* 孕育,懷孕;觀念,概
念,思想;產生,形成

conceptáculo *s.m.* 〔植〕生殖巢

conceptível *adj. 2 gén.* 可以想像的;
可以理解的;可懷孕的

conceptual *adj. 2 gén.* 概念的;抽象
的

conceptualismo *s.m.* 〔哲〕概念論

conceptualista *adj.* 概念的;概念的,
抽象的 ‖ *s.2 gén.* 概念論者

concernente *adj. 2 gén.* 有關的,涉
及的

concernir *v.i.* 與……有關,涉及,關
於;影響

concertado, da *adj.* 平靜的;和諧的;
有節奏的,有次序的;〔樂〕有條理的;商定
的;約定的;核對的,校對的

concertante *adj. 2 gén.* 〔樂〕合奏
的,合奏的,混聲的 ‖ *s.2 gén.* 〔樂〕協
奏曲;獨奏或獨唱演員

concertar *v.t.* 調整,使協調;有條理;
使一致,使和諧;〔法〕核對;校對,比較
的 ‖ *v.i.* 聲音相和諧;同意,一致;〔法〕相
符,相合 ‖ *v.r.* 與……一致,合爲一

體

concertina *s.f.* 〔樂〕六角形手風琴

concertista *s.2 gén.* 獨奏(獨唱)演員

concerto *s.m.* 協調,匀稱;有條理;梳
妝打扮,修飾儀容;〔樂〕音樂會;協奏
曲;鳥的鳴叫;一致;異口同聲;商定,
約定;〔法〕核對,對質 △① de ~ 一致
地,同心一致地 ②~ ao ar livre 露天
音樂會

concessão *s.f.* 讓與物;(官方給的)特
權,特許;租界,租借地,領地;讓步,退
讓;順從,屈就;〔修辭〕讓步立論法

concessionar *v.t.* (政府)特許

concessionário *s.m.* 〔法〕承讓者,受
讓人 ‖ *adj.* 承讓人的,受讓人的

concessível *adj. 2 gén.* 可給的;可同
意的,可准許的

concessivo, va *adj.* 讓步的;可讓步
的

concessor *s.m.* 給與者,授與者,讓與
者

concha *s.f.* 貝殼,甲殼;龜殼;秤盤,
天平盤;勺 △①~ de sopa 湯勺 ②~
do ouvido 耳穴 ③meter-se na ~ 退
出,隱居,遁世 ④sair da ~ 結束隱居
生活

conchegado, da *adj.* 接近的,靠近
的;受歡迎的;〔轉〕舒服的,舒適的

conchegar *v.t.* 靠近,使接近;款待;
使舒適 △~ o estômago 吃些東西

conchegativo, va *adj.* 好客的,熱情
的;舒服的,舒適的

conchego *s.m.* 款待;舒適,舒服;倚
靠;保護者,捍衛者

concho, cha *adj.* 自信的,自負的 △
sapo-concho 龜

concidadão *s.m.* 同胞,同一國家人;
同鄉,同一城市人

conciliábulo *s.m.* 非官方會議;非法
集會,秘密集會

conciliação *s.f.* 調解,調停;和解,和好

conciliador,ra *adj.* 調停的,和解的 ‖ *s.m.* 調解者,調停者

conciliante *adj. 2 gén.* 調解的,和解的,調停的

conciliar *adj. 2 gén.* 教士會議的;會議的;和好的,和解的 ‖ *v.t.* 使和解,和好,調停;使結合,一致;培植 △~o sono 入睡

conciliável *adj. 2 gén.* 可和解的,可調解的

concílio *s.m.* 會議,委員會,代表會;〔宗〕教士會議

concionar *v.i.* 演講

concisão *s.f.* 簡要,簡潔,扼要 ◇prolixidade, difusão

conciso,sa *adj.* 簡明扼要的,簡短的 ◇difuso, prolixo

concitação *s.f.* 煽動;鼓動;挑動

concitar *v.t.* 煽動;鼓動;挑動

concitativo,va *adj.* 煽動性的,鼓動性的

conclamação *s.f.* 齊呼,歡呼;呼聲,一致要求;吶喊;鼓噪

conclamar *v.t. e i.* 齊呼,歡呼;呼籲,一致要求;吶喊;鼓噪

conclave *s.m.* (紅衣主教選舉教皇之)大會;該會議之會址;〔轉〕會議,秘密會議

concludente *adj. 2 gén.* 結論性的;斷定的;武斷的

concluir *v.t. e i.* 結束,完成,決定,議定;推斷出 ‖ *v.r.* 推斷,推論 ◇encetar

conclusão *s.f.* 結局,結果;決斷,決定;推論,推斷 △em ~ 總之,總而言之

conclusionista *s.2 gén.* 畢業論文答辯者

conclusivo,va *adj.* 結論性的;決定的,斷定的;結束的,完結的

concluso,sa *adj.* 審理完畢的;結束的;完成的

concomitância *s.f.* 相從,相伴;共存,並存 △por ~次要地,附加地

concomitante *adj. 2 gén.* 相伴的;共存的

concordância *s.f.* 協調,一致;許可,同意;〔樂〕諧音,和聲 ◇discordância

concordar *v.t.* 調解,調停;〔語〕使諧調,使一致 ‖ *v.i.* 協調一致;同意,允許

concordata *s.f.* 政教協議;負債人與債主之間的協定

concorde, concordante *adj. 2 gén.* 一致的,協調的;意見一致的

concórdia *s.f.* 和睦,一致;和睦;志同道合 ◇discórdia

concorrência *s.f.* 聚集,匯集,集中;競爭

concorrente *adj. 2 gén.* 聚集的,匯合的;匯集的 ‖ *s.2 gén.* 競爭者,比賽人;追求者 △ ① forças ~s 〔機〕匯交力,共點力 ②linhas ~s〔數〕共點綫

concorrer *v.t.* 協助,援助;競爭,競賽;匯集,聚集,聚於一處;並存,同時存在

concreção *s.f.* 凝結,凝聚;〔理,化〕固結;〔醫〕結石;凝塊,凝結物;現實,實際

concretizar *v.t.* 實現,變爲現實

concreto,ta *adj.* 凝結的;濃的;特定的;具體的,現實的 ‖ *s.m.* 凝結物,凝結;具體事物,現實;鋼筋混凝土

concubina *s.f.* 情婦,姘婦;妾,小老婆

concubinário *s.m.* 有情婦者;納妾者

concubinato *s.m.* 同居，姘居

concúbito *s.m.* 性交，交媾

conculcar *v.t.* 踐踏，踩踏；凌辱；觸犯

concunhada *s.f.* 妯娌；姻姊妹

concunhado *s.m.* 連襟；姻兄弟

concupiscência *s.f.* 淫慾，色慾；貪財

concupiscente *adj. 2 gén.* 淫慾的，色慾的

concupiscível *adj. 2 gén.* 引起淫慾的；引起貪慾的；誨淫誨盜的

concurso *s.m.* 競賽，競爭，比賽；募集，匯集；援助，幫助；考試 △ ~ hípico 賽馬

concussão *s.f.* 震動，震撼；(利用職權)敲詐勒索或侵吞公款；〔醫〕震蕩；腦震蕩

concussionário *s.m.* 敲詐勒索或侵吞公款者 ‖ *adj.* 敲詐勒索的，侵吞公款的；震動的

condado *s.m.* 伯爵之領地(封地)；伯爵之封號

condão *s.m.* 特權；異能神功；能耐 △ vara(varinha) de ~ 魔杖

conde *s.m.* 伯爵

condecoração *s.f.* 勳章；授勳儀式

condecorado, da *adj.* 被授勳的；有勳章的 ‖ *s.m.* 榮獲勳章者

condecorar *v.t.* 授勳；封爵；加封

condenação *s.f.* 判決，定罪；判決書，譴責，指斥；犯罪表象

condenado, da *adj.* 被判決的，被判罪的；註定的 ‖ *s.m.* 囚犯，犯人 △ ① ~ à multa 被判罰款 ②doente ~ 不治之症者，患絕症者

condenar *v.t.* 判決，定罪；指斥，譴責；強制；宣判某病為不治之症；封死(門、窗等)△ ~ à revelia 缺席判決 ◇ absolver

condenável *adj. 2 gén.* 應判罪的，罪有應得的；應受譴責的

condensabilidade *s.f.* 濃縮性；可凝性，簡縮性

condensação *s.f.* 濃縮；凝結；簡縮 ◇dilatação

condensador *s.m.* 〔理〕冷凝器；〔電〕電容器 ‖ *adj.* 濃縮的，冷凝的；簡縮的 △ ① ~ de ar 空氣冷凝器 ② ~ variável 可變電容器

condensar *v.t.* 使濃縮，使凝結；簡縮(文章等) ◇ dilatar, diluir

condensável *adj. 2 gén.* 可濃縮的，可凝結的；可簡縮的

condescendência *s.f.* 遷就，順從，屈就 ◇intransigência

condescendente *adj. 2 gén.* 遷就的，順從的，屈就的

condescender *v.i.* 遷就，順從，屈就；應允，同意

condessa *s.f.* 女伯爵；伯爵夫人；有蓋柳條小筐

condestável, condestabre *s.m.* 御前首臣；軍隊統帥

condição *s.f.* 社會等級，地位；情況，處境；條件；性格，品質，品德；特性，本質；高品位，高等級 △ ① com a ~ de … 只要…… ② ~ sine qua non 必要條件 ③homem de baixa ~ 出身低下者 ④homem de ~ bonançosa 脾氣好的人 ⑤mercancias de boa ~ 優質商品 ⑥sem ~ões 無條件地 ⑦sob a ~ de … 在……條件下，有……條件地 ⑧ na ~ de … 境況之下，有……條件地

condicionado, da *adj.* 有條件的，具備條件的 △ar ~ 空氣調節器，空調

condicional *adj. 2 gén.* 有條件的，附帶條件的 △ ① modo ~ 〔語〕條件式 ②conjunção ~ 〔語〕條件連詞

condicionar *v.t.* 使以……爲條件，定條件；(紡織)鑒定(纖維)的規格

condigno, na *adj.* 應得的,恰如其份的,適當的,當之無愧的

côndilo *s.m.* 〔解〕骨節;骨瘤

condiloma *s.m.* 〔醫〕濕疣,疣子,贅肉

condimentar *v.t.* 加調料,調味;潤色 ‖ *adj.* 加調料的,修飾潤色的

condimento *s.m.* 調味品,佐料

condiscípulo *s.m.* 同學,校友,同窗

condizente *adj. 2 gén.* 適宜的;相匹配的

condizer *v.i.* 協調;適合;相匹配

condoer *v.t.* 可憐;憐憫 ‖ *v.r.* 同情,憐憫

condolência *s.f.* 同情;*pl.* 哀悼,吊唁

condolente *adj. 2 gén.* 哀悼的,吊唁的

condomínio *s.m.* 〔法〕共管,共有;共管之領土

condor *s.m.* 禿鷹,兀鷹;南美洲神鷹

condottiere *s.m.* 意大利雇傭軍首領;雇傭兵

condrina *s.f.* 〔化〕軟骨膠

condrologia *s.f.* 〔解〕軟骨學

condução *s.f.* 駕駛;引,導,傳送;領導 △ carta de ~ 駕駛執照

conduta *s.f.* 駕駛,引導,駕取;被帶往某地的人畜;行為,舉止

condutibilidade *s.f.* 〔理〕導熱性;傳導率;電導率

conductível *adj. 2 gén.* 可傳導的;導電的

condutividade *s.f.* 〔理〕傳導性,傳導率;導電性

condutivo, va *adj.* 可傳導的,可導電的

conduto *s.m.* 〔解〕導管;管道 △ ① ~ auditivo 耳道 ② ~ deferente 輸精管 ③ ~ de fumo 煙囪 ④ ~ de óleo 油管

condutor *s.m.* 車夫,取手,司機,駕駛員

conduzir *v.t.* 駕駛,引導,帶領;傳導;運輸,運載 ‖ *v.i.* (道路等)通向,通往…… ‖ *v.r.* 舉止,表現

cone *s.m.* 錐面,錐體;錐狀物;〔植〕松球 △ ① ~ obliquo 斜錐體 ② ~ truncado 截錐,斜截錐

conectar *v.t.* 使聯在一起;〔機,電〕連接,接合,接通

conectivo, va *adj.* 連結的,連接的;聯絡的

cónego *s.m.* 〔宗〕受俸牧師;〔口〕過優裕生活者;〔口〕有美名者,有肥缺者

conexão *s.f.* 聯繫,連接,連結;相像,相似;交情,友情

conexidade *s.f.* 連接,連結;關聯;附屬物,附帶權益

conexo, xa *adj.* 相關的,相連繫的;牽連的,連結的;依屬的,從屬的

conezia *s.f.* 肥缺,美差;(受俸牧師之)職務或其俸祿

confabular *v.t. e i.* 聊天,交談;講故事

confecção *s.f.* 製作;調配,配製(藥劑);裁縫;完工;製成品

confederação *s.f.* 聯盟,同盟;聯邦;協會,聯合會

confederado, da *adj.* 聯盟的,同盟的;聯邦的;聯合的

confederar *v.t.* 使聯合;使結成聯盟(同盟)、聯邦 ‖ *v.r.* 聯合,聯盟

confederativo, va *adj.* 聯盟的,同盟的,聯合的,聯邦的

confeição *s.f.* 製作,製造;裁縫;調製,調配(藥);混合,混和 △ vinho sem ~ 純酒,不摻水的酒

confeiçoar *v.t.* 製造,製作;調製,調

配(藥劑);製作(糖果點心等);攙和,
攙雜;糖蜜,蜜餞

confeitado, da *adj.* 糖蘸的;蜜餞的

confeitar *v.t.* 蘸糖;把……製成糖
果;(轉)假扮,掩飾;潤色,修飾

confeitaria *s.f.* 糖果廠;糖果店;甜
食工場

confeito *s.m.* 糖果;果仁蘸 ‖ *adj.* 蘸
糖的 △amêndoas ~ 蜜餞果仁;蜜餞
杏仁

conferência *s.f.* 比較,對照,核對;會
談,會商;講座;報告會;會議;(醫生)
會診

conferenciar *v.i.* 商談,會商,會談;
舉行會議;參加會議

conferencista *s.2 gén.* 講演者;報告
人

conferente *s.2 gén.* 講演者,報告人;
與會者

conferir *v.t.* 比較,對照;核對;核實,
校對;商議,會議;授與,授給 ‖ *v.i.* 相
符,相同 △① ~ contas 核報 ②~ a
posse 授職

conferva *s.f.* 〔植〕水藻

confessada *s.f.* 愛向神父告解的女
人

confessado, da *adj.* 告解的,懺悔的,
坦白的 ‖ *s.m.* 懺悔者

confessar *v.t.* 承認,坦白,招供;揭
露;〔宗〕告解,懺悔;(神父)聽取告解
‖ *v.r.* 告解,懺悔;坦白;揭露 ◇ne-
gar, ocultar

confessionário *s.m.* 〔宗〕告解室,懺
悔室

confesso, sa *adj.* 承認有罪的,招供
的,坦白的;改教的,改變信仰的 ‖
s.m. 住在修道院裏的修士 △réu ~
自認有罪者

confessor *s.m.* 聽告解或懺悔的神
父;公開信奉基督者,聖徒,忠實的教

徒

confiado, da *adj.* 有信心的,自信的;
膽大的

confiança *s.f.* 信任,信賴;自信;自
負;親密,過分隨便;〔口〕大膽 ◇
desconfiança, suspeição

confiante *adj.2 gén.* 自信的;有信心
的;講信的;膽大的

confiar *v.t.* 委托,托付;使相信,使信
任 ‖ *v.i.* 相信,信任

confidência *s.f.* 秘密通信,密談;信
任,相信 △em ~ 秘密地 ◇inconfi-
dência

confidencial *adj.2 gén.* 秘密的,秘
密說的,秘密寫的

confidente *adj.2 gén.* 忠實可信的
‖ *s.2 gén.* 忠實可靠者

configuração *s.f.* 外形,輪廓,形狀;
成型

configurar *v.t.* 使形成,使成型;勾
畫

confim *adj.2 gén.* 毗鄰的,接壤的 ‖
s.m. pl. 界限,邊界;邊遠地區,邊緣
地區

confinante *adj.2 gén.* 附近的,毗鄰
的,接壤的邊緣的,邊界的

confinar *v.t.* 限制;幽禁,監禁 ‖
v.i. 接壤,毗鄰;幽居,深居簡出

confinidade *s.f.* 毗鄰,連接

confirmação *s.f.* 證實,證明;確認;
批准;〔宗〕堅信禮,按手禮;(報告或演
說之)核心部分,主體部分

confirmado, da *adj.* 證實的,確認
的,確定的

confirmar *v.t.* 證實,肯定;使堅信;
批准;〔宗〕施堅信禮(按手禮) ◇con-
tradizer, desmentir

confirmativo, va *adj.* 證實的;肯定
的,確認的

confiscação *s.f.* 沒收,充公;沒收之

物

confiscar *v.t.* 沒收，充公；強奪，強佔

confisco *s.m.* 沒收，充公

confissão *s.f.* 坦白，供認，承認；〔宗〕告解，懺悔；〔法〕認罪；公開宣佈信仰

confita *s.f.* △à － 毫無疑問，確實地

conflagração *v.t.* 蔓延的火災；戰亂，動亂；革命，造反，暴亂；(思想，感情)紛亂

conflagrar *v.t.* 製造動亂；引起大火 ‖ *v.r.* 革命，造反，暴亂

conflito *s.m.* 戰鬥，衝突，紛爭；敵對，對抗；矛盾，矛盾；(戰鬥之)最激烈或最關鍵時刻

confluência *s.f.* (道路、河流)匯合，匯合處，交叉處

confluente *adj. 2 gén.* (道路、河流等)匯合在一起的 ‖ *s.m.* 支流，交流；瘡、疱連結成片

confluir *v.i.* (河、路)匯合；聚集，集中，匯合；(思想等)一致

conformação *s.f.* 形態，形狀；結構；順從，屈從 △vicio de － 先天畸形

conformado, da *adj.* 屈從的；順從的，逆來順受的

conformador *s.m.* 帽型(量頭部尺寸之器具)

conformar *v.t.* 使成型，定型；使相符；使和解 ‖ *v.i.e.r.* 同意；服從，順從

conforme *adj. 2 gén.* 形狀相同的；相似的，一樣的；順從的，忍耐的 ‖ *conj.* 根據，依照 ‖ *adv.* 一致地；同樣地 ◇diferente

conformidade *s.f.* 相同，相似；順從，屈從；融治，和睦；同意，贊同 △ ① de ～ 一致地；同樣 ②em ～ 和睦③na ～ de ～ 根據，依據，遵照 ④nesta ～ 在這種情況下，在此條件下

conformista *s.2 gén.* (英國)國教徒，信奉國教者

confortação *s.f.* 振奮，剌激；安慰，鼓舞

confortado, da *adj.* 受到鼓舞的；獲得慰藉的；增添氣力的

confortante *adj. 2 gén.* 令人振奮的；安慰的

confortar *v.t.* 使振奮；鼓舞，激勵；安慰，慰藉 ◇debilitar

confortativo, va *adj.* 振奮性的；鼓舞性的；安慰性的 ‖ *s.m.* 強心劑；強身藥，滋補藥

confortável *adj. 2 gén.* 自在的，舒適的；精神振奮的

conforto *s.m.* 振奮；安慰；舒適，愜意 ◇ desconforto

confrade *s.m.* 教友；同志，同事，同僚，同仁

confrangedor, ra *adj.* 痛苦的，使人痛苦的；折磨人的，使人悲傷的

confrangente *adj. 2 gén.* 使人痛苦的；折磨人的

confranger *v.t.* 折磨，壓迫；使痛苦 ‖ *v.r.* 痛苦，憂傷

confrangido, da *adj.* 受折磨的；受壓迫的

confrangimento *s.m.* 折磨，壓迫；痛苦；悲傷

confraria *s.f.* 教友會，兄弟會；會社，幫，團；兄弟情，兄弟關係，同志關係 △ ～ de S. Martinho 酒徒醉鬼

confraternal *adj. 2 gén.* 兄弟般的，親密的

confraternidade *s.f.* 手足情，兄弟情誼；親密無間的關係；團結

confraternização *s.f.* 兄弟情誼；博愛；關係密切

confraternizar *v.i.* 情同手足；團結一致；友好相處

confrontação *s.f.* 對抗;比較;核對;〔法〕對質,對證;*pl.* 界線,界限,屬界;〔轉〕識別的標誌;特點

confrontar *v.t.* 對抗;比較;核對;〔法〕對質,對證,對證 ‖ *v.i.* 連接,相鄰;反對

confronto *s.m.* 對抗;比較;核對;對比;對質;連接;反對

confucianismo *s.m.* 儒學,孔教

confuciano, na *adj.* 儒學的,孔子的 ‖ *s.m.* 孔教徒,儒學者

confundido, da *adj.* 混亂的,雜亂的;惶惑的;惶惑的

confundir *v.t.* 使雜亂無章;混合;弄混,混淆,搞錯;使狼狽 ‖ *v.r.* 狼狽,惶惑,驚慌失措 ◇ discernir, distinguir

confundível *adj. 2 gén.* 容易混淆的;易混合的,可混合的

confusão *s.f.* 混亂,混雜;模糊不清;混淆,搞錯;狼狽,驚慌失措 △em ～雜亂無章地 ◇clareza, nitidez, ordem

confuso, sa *adj.* 混亂的,混雜的;狼狽的;模糊的,雜糅的 ◇claro, nítido

confutar *v.t.* 反駁,駁斥

confutável *adj. 2 gén.* 可反駁的,可駁斥的

congelação *s.f.* 凍結;冷凝;結冰;〔商〕凍結(資金等)

congelado, da *adj.* 冷凍的,結冰的,凍結的,凝固的;(資金)凍結的

congelador *s.m.* 冷却器;冰箱;冰窖

congelante *adj. 2 gén.* 使冷却的,使結冰的;凍結的

congelar *v.t. e i.* 使冷凝,使結冰;冰藏;凍結(資金);〔轉〕嚇呆,驚呆

congelativo, va *adj.* 冷凍性的;冷藏性的;凍結性的

congénere *adj. 2 gén.* 同類的;同種的;同屬的;相關的

congenital *adj. 2 gén.* 天生的;先天的 △doença ～先天疾病

congénito, ta *adj.* 天生的;先天的 △deformidade ～先天畸形

congérie *s.f.* 堆積

congestão *s.f.* 〔醫〕充血 △～ cerebral 腦溢血

congestionar *v.t.* 聚集;使充血 ‖ *v.r.* 充血

conglobação *s.f.* 成球形;聚集;〔醫〕成圈,成塊

conglobar *v.t.* 使成球狀;聚集,集中 ‖ *v.r.* 成球形;聚成圈

conglutinação *s.f.* 粘合;膠着

conglutinante *adj. 2 gén.* 粘合的;使傷口瘉合的

conglutinar *v.t.* 粘合;膠着;使黏附

conglutinativo, va *adj.* 粘合性的;膠着的

congolês, sa *adj.* 剛果的;剛果人的 ‖ *s.m.* 剛果人;剛果語

congonha (ô) *s.f.* 〔植〕巴拉圭茶樹;巴拉圭茶;巴拉圭飲料

congosta (ô) *s.f.* 窄巷,狹路,小胡同

congraçar *v.t.* 調停;使和解;使和好 ‖ *v.r.* 重歸舊好

congratulação *s.f.* 祝賀,恭喜

congratular *v.t.* 祝賀,恭喜

congregação *s.f.* 集聚;集會;社團,幫會;教友會

congregacionalista, congregacionista *s.2 gén.* (社團,幫會)成員

congregar *v.t. e r.* 集合;集聚;集會,開會;聚合,粘合;聯合

congressista *s.2 gén.* (代表大會)代表;(國會)議員

congresso *s.m.* 代表大會;國會,議會;(國際性專業)會議

congro *s.m.* 〔動〕海鰻,康吉鰻

congruência *s.f.* 相符,相合;與預期目標一致;和諧 ◇incongruência

congruente *adj. 2 gén.* 相符合的;一致的;和諧的

congruidade *s.f.* 相符;相合;一致;和諧性

côngruo, grua *adj.* 相符的;合適的;和諧的;適當其時的,適時的

conguês *s.m.* 剛果人;剛果語 ‖ *adj.* 剛果的

conhaque *s.m.* 白蘭地酒

conhecer *v.t.* 認識,熟悉,知道;分辨,區別;判斷,推測;認出 ‖ *v.r.* 自知,有自知之明 ‖ *v.i.* 有權……◇ignorar

conhecido, da *adj.* 認識的;熟悉的;出名的,著名的;已開發的 ‖ *s.m.* 熟人;相識之人 ◇ignorado, desconhecido

conhecimento *s.m.* 理解,認識;認識的人,熟人;消息,新聞,貨單,憑據,*pl.* 知識,學問,專長,技能 △ ~ de embarque 提貨單 ②dar ~ de… 通知,告知 ③perder o ~ 失去知覺 ④tomar ~ 知道,知曉 ⑤vir ao ~ 探聽,瞭解

conhecível *adj. 2 gén.* 可認識的;可瞭解的,可學會的;可懂得的

cónico, ca 錐體的,圓錐形的

conídia *s.f.* 〔植〕孢子

coníferas *s.f. pl.* 〔植〕松柏科(針葉樹

coniforme *adj. 2 gén.* 圓錐形的,錐形的

conimbricense, conimbrigense *adj. e s.2 gén.* 科英布拉的;科英布拉人

conirrostros *s.m. pl.* 〔動〕厚喙類;厚嘴鳥(麻雀等)

conivência *s.f.* 共謀,同謀;勾結 △ estar de ~ com… 與……共謀

conivente *adj. 2 gén.* 勾結的,狼狽為奸的;〔植〕靠合的,聚生的

conjectura *s.f.* 推測,猜測;假設,設想

conjectural *adj. 2 gén.* 推想的;假設的

conjecturar *v.t.* 推測,猜想;假設;預見

conjugação *s.f.* 聯合;協調;〔語〕動詞變位,變位法

conjugado, da *adj.* 聯合的,協調的;婚姻的,共同的;〔植〕葉子對生的

conjugal *adj. 2 gén.* 夫婦的,夫妻的;婚姻的

conjugar *v.t.* 使聯合;使協調;〔語〕給動詞變位

cônjuge *s.m.* 配偶;丈夫,妻子

conjunção *s.f.* 連結,連接;〔天〕會合;〔語〕連接詞 ◇ disjunção

conjuncional *adj. 2 gén.* 連結的,連接的 △oração ~ 連接句

conjungir *v.t.* 緊密連結;結婚

conjuntar *v.t.* 使聯合;使結合

conjuntiva *s.f.* 〔解〕結膜

conjuntivite *s.f.* 結膜炎

conjuntivo, va 連接的,連繫著的;〔語〕連接詞的,連接作用的 ‖ *s.m.* 〔語〕虛擬式 △tecido ~〔解〕結締組織

conjunto *s.m.* 總體,整體;系列,套;全部;團體,隊,組 ‖ *adj.* 連接的,接合的 △grau ~〔樂〕全音階

conjuntura *s.f.* 機會,時機;時局,局勢

conjura, conjuração, conspiração *s.f.* 陰謀;共謀,密謀;法術,巫術

conjurado, da *adj.* 策劃好的,密謀的;巫術的,法術的;避免的 ‖ *s.m.* 策劃者,陰謀者 △perigo ~ 幸免於難

conjurar *v.t.* 鼓勵,激勵;驅逐(鬼

邪);祈求,懇求;避免,防止(危險等)
‖ *v.i.* 密謀,陰謀;反叛 ‖ *v.r.* 參與
密謀;抱怨,埋怨

conjuro *s.m.* 符咒;咒語;念咒;魔法

conluiar *v.t.* 勾結,串通;與……密謀
‖ *v.r.* 密謀策劃;團謀不軌

conluio *s.m.* 勾結,合謀;串通;陰謀

conóide *s.m.* 錐體;錐形 ‖ *adj.* 2
gén. 圓錐形的,錐形的

connosco, bras. **conosco** *pron.*
與我們,同我們;為我們;在我們身上

conquanto *conj.* 雖然,儘管

conquiliologia *s.f.* 貝殼學

conquista *s.f.* 征服;奪取;獲得;戰
績,繳獲物;[口]戀愛;女戀人

conquistado, da *adj.* 奪取的;佔領
的,征服的

conquistador *s.m.* 征服者,佔領者

conquistar *v.t.* 奪取;佔領;佔領

conquistável *adj.* 2 *gén.* 可征服的;
可得到的

consagração *s.f.* 神化,神聖化;祭
獻;上供;獻身;祝聖儀式;祭獻儀式;
確定,確認

consagrado, da *adj.* 接受祭獻的;供
奉的;被祝聖的;致力於……的 △
hóstia ~a 聖盃,聖肉

consagrar *v.t.* 使神聖化,奉若神明;
祭獻,供奉;[宗]祝聖;獻身,致力於
……;批准,同意 ‖ *v.r.* 獻身,傾力於
……

consanguíneo, nea *adj.* 同血緣的,
血親的;同父異母的 ‖ *s.m.* 血親,宗
族關係

consanguinidade *s.f.* 血親關係,血
緣關係;宗族關係;同父異母關係

consciência *s.f.* 意識,觀念;良心,道
德心;覺悟,自覺;誠實,正直;△ ① ~
nacional 民族意識 ②por ~ 照實地,憑
良心地 ③homem de ~ 正直的人 ④

meter a mão na ~ 反省,捫心自問 ⑤
pesar na ~ 自疚,受良心譴責 ⑥ter ~
larga 魯莽,不慎

consciencioso, sa *adj.* 自覺的;有良
心的,正直的

consciente *adj.* 2 *gén.* 有意識的;有
覺悟的;自覺的;有良心的;正直的

cônscio, cia *adj.* 自覺的;有意識的

conscrição *s.f.* [軍]徵兵

consecução *s.f.* 獲得;如願以償

consecutivo, va *adj.* 陸續的,連續
的;緊接的,隨之而來的

conseguinte *adj.* 2 *gén.* 陸續的,連
續的;隨之而來的;必然的,結果的 △
por ~ 因此,所以

conseguir *v.t.* 獲得,取得;達到目的

conselheiro *s.m.* 最高法院法官;顧
問,參謀,參事,委員,參贊,謀士 ‖
adj. 參謀的,顧問的 △ ① ~ de Es-
tado 國務委員 ②ministro-~ (外交)
公使銜參贊

conselho *s.m.* 勸告,忠誡,咨詢機關;
委員會 △ ① ~ de Estado 國務院 ②
~ fiscal 監察委員會 ③ ~ de
inquisição 宗教法庭 ④~ de ministros
部長會議 ⑤ homem de bom ~ 謹小
慎微者

consenso, consentimento *s.m.* 答
應,同意;贊成,贊同

consensual *adj.* 2 *gén.* 一致同意的,
一致贊成的

consentâneo, nea *adj.* 符合的,適合
的,相配的

consentir *v.t.* 同意,贊成;准許 ‖
v.i. 應允;同意

consequência *s.f.* 後果,必然結果;
重要性 △ ① negócio de grande ~ 十
分重要的交易 ②por ~, em ~ 因此,
由於

consequente *adj.* 2 *gén.* 結果的;必

然的;隨之而來的;合乎邏輯的,推論的∥*s.m.*〔邏〕推論,推斷;〔數〕後項,後件 ◇antecedente

consertar *v.t.* 調整,協調;修理;修補;核對,比較 ◇desconjuntar

conserto *s.m.* 調整,協調;修理,修補

conserva *s.f.* 〔食品〕罐頭;罐裝食品;〔海〕護航 △ navio de ~ 護航船

conservação *s.f.* 保存,保管;保持;保留

conservado, da *adj.* 保存的,保存的,保持的,保留的 △ bem ~ 保存完好的;善保養的,顯得年輕的,面嫩的

conservador, ra *adj.* 保留的,保存的,保管的;保守的,守舊的∥*s.* 保管員,管理人;保守分子,保守黨人,保守主義者 △ ① ~ de biblioteca 圖書管理員 ② Partido ~ 保守黨

conservantismo *s.m.* 守舊性;守舊主義

conservar *v.t.* 保存,保管;保留;保持;保守∥*v.r.* 保養;保持 △ ① ~-se bem 顯得年輕 ② ~ a saúde 保持身體健康 ③ ~ um segredo 保守秘密 ④ ~-se em silêncio 保持肅靜

conservaria *s.f.* 罐頭廠;罐頭店

conservativo, va *adj.* 具有保存性能的,防腐的,防蛀的

conservatória *s.f.* 登記局;登記處;掛號處

conservatório *s.m.* 藝術院校;音樂學院;(孤貧兒童)收容教化院∥*adj.* 具有保存性能的

consideração *s.f.* 思考,衡量;敬重,尊敬;重要之事,有價值之事;*pl.* 深思熟慮;思考 △ ① dar ~ a …重視 ②de ~ 重要的 ③em ~ a …考慮到… ④tomar em ~ 考慮到…

considerado, da *adj.* 考慮周密的;受敬的;重要的;可觀的

considerando *s.m.* 理由,原因;前提,條件

considerar *v.t.* 考慮;權衡;認爲,覺得;尊敬,敬重∥*v.r.* 猜想,設想

considerável *adj. 2 gén.* 可觀的,相當大的,相當重要的;數量大的 △ ① despesa ~ 費用可觀的 ②exército ~ 龐大的軍隊

consignação *s.f.* 委託;寄存;寄賣,託賣;船貨目的地;寫明,註明

consignante *adj. 2 gén.* 委託人;發貨人;貨主

consignar *v.t.* 標明,註明;申明,確定;寄存,寄放;委託;寄賣;記錄,記載;寄送

consignatário *s.m.* 受託人;代理人;收貨人;寄存人;寄存處;寄銷人

consigo *pron.* 與他(她),同他(她);與自己;隨身△dizer ~ 自言自語

consílio *s.m.* 會議,委員會,代表會;〔宗〕教士會議

consistência *s.f.* 堅固性,牢固性;持久性;穩固性;一貫性,一致性 △tomar ~ (謠言、消息)越傳越盛

consistente *adj. 2 gén.* 堅固的,牢固的;堅實的;穩固的;結實耐用的;一貫的,一致的

consistir *v.i.* 概括,由……構成,由……組成

consistório *s.m.* (多指作出重大決策的)會議,委員會;教皇主持的樞機主教會議

consoada *s.f.* 齋戒期之晚點小吃;聖誕節前夜之禮物;聖誕前夜之家宴

consoante *adj. 2 gén.* 〔語音〕輔音的,押韵的,合轍的∥*s.f.* 〔語音〕輔音,子音∥*prep.* 根據,依照

consoar *v.i.* 和諧,押韵

consociar *v.t.* 使聯合;使聯合;使合作,使合伙;調解

consócio *s.m.* 同仁,同事,同伙,合作人

consogro(ô) *s.m.* 兒女親家

consola *s.f.* 〔建〕支托,座架;嵌鑲在牆壁上陳放花瓶等飾物的架子,倚壁桌

consolação *s.f.* 安慰,撫慰,慰藉 △ prémio de ~ 安慰獎

consolável *adj. 2 gén.* 可安慰的,令人慰藉的

consolidação *s.f.* 加固,加強,結實;堅固;結疤

consolidar *v.t.* 使堅固;使結實;使固結;接骨,正骨;使公債轉為長期或使其利息有保障;〔法〕歸併,匯總 ◇ a-balar

consolo *s.m.* 擺放飾物和雜物的小桌子或小架子

consolo(ô) *s.m.* 安慰,寬慰;快樂,高興

consonância *s.f.* 和諧,諧調;〔樂〕諧音 △em ~ com 根據,依照

consonante *adj. 2 gén.* 和諧的,諧調的

consorciar *v.t.* 聯合;團結;接合;和……合作 ‖ *v.r.* 結婚,結為夫婦

consórcio *s.m.* 結婚;〔轉〕康采恩,聯合企業

consorte *s.2 gén.* 共命運者,生死與共者;配偶,丈夫,妻子;〔法〕同案人,同案犯 △ príncipe ~ 女王之夫

conspicuidade *s.f.* 顯眼,突出;傑出;尊貴

conspícuo, cua *adj.* 突顯的;傑出的;尊貴的

conspiração *s.f.* 陰謀,勾結,合謀;謀反,謀叛

conspirar *v.i.* 勾結,合謀;謀反,謀叛

conspurcação *s.f.* 褻瀆;玷污;弄髒;污辱,辱罵

conspurcar *v.t.* 弄髒;玷污;辱罵

constância *s.f.* 持久,耐久;永恒;堅定

constante *adj. 2 gén.* 持久的,耐久的;永恒不變的;確鑿無疑的;由……構成的;〔數〕常數;〔理〕恒量

constar *v.i.* 確實;據説;顯而易見;包括

constatar *v.t.* 肯定;證實,證明

constelação *s.f.* 〔天〕星座;星宿

constelado, da *adj.* 繁星滿天的,星羅棋佈的;星狀物的

consternação *s.f.* 驚恐;失望;沮喪,氣餒

consternado, da *adj.* 悶悶不樂的;沮喪氣餒的

consternar *v.t.* 使驚恐;使沮喪;使灰心喪氣

constipação *s.f.* 〔醫〕傷風,感冒;便秘 △~ intestinal (do ventre) 便秘,肚瀉

constipar *v.t.* 使傷風,感冒 ‖ *v.r.* 患傷風感冒

constitucional *adj. 2 gén.* 憲法的,根據憲法的;立憲派的;立憲制的;體質的,素質的

constitucionalidade *s.f.* 立憲;合憲法性

constitucionalismo *s.m.* 立憲制論;憲政,立憲政體

constituição *(u-i.) s.f.* 成分,構成,結構;〔M〕憲法;章程;體質 △ ① ~ do ar 空氣成分② ~ física 身體素質 ③ ~ da matéria 物質結構

constituído, da *adj.* 構成的;合法建立的;〔法〕正式的,合法的

constituinte *adj. 2 gén.* 構成的,組

成的 ‖ *s.2 gén.* 成分, 要素, 組成部分 ‖ *s.m.* 委託人; 議員 △assembleia ~ 國民議會

constituir *v.t.* 構成, 構成;建立;組織, 組建;〔法〕委託 ‖ *v.r.* 成爲, 成了 ……

constitutivo, va *adj.* 構成的, 組成的;基本的, 典型的

constrangedor, ra *adj.* 壓迫的;強制的;束縛的 ‖ *s.m.* 壓迫者;強制者;束縛者

constranger *v.t.* 壓迫, 壓縮;強制, 強迫;限制, 束縛

constrangido, da *adj.* 被迫的;被束縛的;不舒適的

constrangimento *s.m.* 壓迫;強制;束縛

constrição *s.f.* 收縮, 緊縮;收斂

constringente *adj.2 gén.* 使收縮的;〔醫〕收斂的

constringir *v.t.* 壓迫, 收縮, 束縛;緊緊;使收斂

constritor(ô), ra *adj.* 收縮的, 緊縮的, 束縛的 ‖ *s.m.* 〔醫〕收斂劑;壓迫器;括約肌;〔動〕蟒蛇

construção *s.f.* 建造, 建設;建築物;建築或建造業;〔語〕句法, 造句法 ◇ demolição, destruição

construir *v.t.* 建造, 建設, 建築;創立;制定;〔語〕構詞造句;〔數〕繪製（圖）

construtivo, va *adj.* 建設的, 建設性的

construtor(ô), ra *adj.* 建造的, 建造的建築的 ‖ *s.m.* 建造者, 建造者, 建築者 △① ~ naval 造船工程師 ② ~ engenheiro ~ 建築工程師 ③ ~ civil 民用建築商

consubstanciação *s.f.* 〔宗〕聖體共存論;合衆爲一

consuetudinário, ria *adj.* 習慣的, 慣例的 △ direito ~ 〔法〕習慣法

cônsul *s.m.* 〔古羅馬〕最高執政官;領事 △① ~-geral 總領事 ②vice -~ 副領事 ③~ honorário 名譽領事

consulado *s.m.* 〔古羅馬〕執政官政府;領事之職;領事館 △ ~-geral 總領事館

consular *adj. 2 gén.* 〔古羅馬〕最高執政官的;領事的;領事館的

consulta *s.f.* 請教, 商討;看法, 意見;參考, 參閱;商討性會議;看病, 診治 △① ~ de médicos 〔醫〕會診 ② honorários de ~ 診費, 診金 ③ livros de ~ 參考書, 工具書 ④sala de ~s 診室, 診症室

consultar *v.t.* 求教, 諮詢;參閱, 查閱;商討;求醫, 看病, 延醫;檢查, 檢驗 ‖ *v.i.* 開會商議;認爲 △① ~ um dicionário 查字典 ② ~ o espelho 照鏡子 ③ ~ o médico 看病求治, 延醫

consultivo, va *adj.* 諮詢性的, 顧問性的;上呈的, 上報的 △① ~ comissão ~a 顧問委員會 ②junta ~a 咨詢委員會

consultor *s.m.* 顧問, 參謀 △ ~ jurídico 法律顧問

consultório *s.m.* 諮詢處;診所, 診療室 △ ~ médico 診所;診療室

consumação *s.f.* 結束, 完成;實施, 施行;終了, 結尾 △ ~ dos séculos 世界末日

consumado, da *adj.* 結束的, 已完成的;完美的, 完善的;熟練的, 靈巧的

consumar *v.t.* 結束, 完成;實施, 施行 ‖ *v.r.* 實現, 成爲現實

consumição *s.f.* 消費;毀滅;瘦弱憔悴, 耗盡, 用光;折磨, 抑制;使用;苦惱, 憂愁

consumidor, ra *adj.* 消費的 ‖ *s.m.* 消費者

consumir *v.t.* 消費,消耗;毀壞;使瘦弱,使憔悴;耗盡,用光;使用;折磨,抑制∥ *v.r.* 苦惱,憂愁

consumo *s.m.* 消費;消耗;用掉 △①artigos de ~ 消費品 ②cidade de ~ 消費城市 ③imposto de ~ 消費税

consupção *s.f.* 消費,消耗;〔醫〕日漸消瘦,衰弱

conta *s.f.* 計算;數;賬目,賬單;顧前,考慮;責任;說明;珠子(飛乱眼); *pl.* 念珠 △① à - de 由於,因爲 ②abrir uma - 開立賬戶 ③afinal das ~s 結局 ④ajustar ~s 清賬,結賬;找…… 算賬,清算某人 ⑤apresentar ~ 開列清單 ⑥bicho de ~ 〔動〕潮蟲;胭脂蟲 ⑦boas ~s fazem bons amigos 親兄弟明算賬 ⑧~ corrente 活期存款賬戶;往來賬戶 ⑨~-fios *s.m.* 〔紡〕織物密度分析鏡(儀) ⑩~-gotas *s.m.* 滴管 ⑪~ de lucros e perdas 盈虧賬 ⑫~-passos *s.m.* 計步器,路碼表 ⑬~ pró-forma 估量計算 ⑭~-quilómetros *s.m.* 里程表 ⑮~ regressiva (引爆或進行發射時之)倒數時間計算 ⑯~ saldada 決算,清算 ⑰~ simulada 估量計算 ⑱~s do porto(公共開支中每人分攤之)份額;攤付 ⑲~ de saco 糊塗賬 ⑳dar boa ~ de si 自己辯護 ㉑dar ~ de 注意到;通知,匯報,報告;完結,結束;毀掉,毀壞 ㉒dar ~ do recado 勝任 ㉓dar ~s a Deus 死亡,圓寂,歸天,報銷了 ㉔dar-se ~ de 發覺,察覺,知道 ㉕dar pela ~ 預料,預感 ㉖de ~ maior 最重要的;成年的 ㉗de ~ própria 由某人支付(出錢) ㉘em boa ~ 平價 ㉙estar por ~ *bras.* 發怒,憤怒 ㉚extracção de ~ 結算表 ㉛fazer ~ 計算 ㉜fazer ~ de 打算,意欲 ㉝fazer ~ que ~ 以爲,設想 ㉞ficar muito em ~ 值,便宜 ㉟ficar por ~ 生氣,惱怒 ㊱levar à ~ de 歸罪,加罪於…… ㊲levar a sua ~ 受責備,受打擊 ㊳liquidação de ~s 結賬 ㊴não ser de ~ 與……無關 ㊵no fim de ~s 結果,結局 ㊶pedir ~ 要求付款,索賬 ㊷pedir ~ de …… 在……的賬上 ㊸por fim de ~s 最後,到底,終於 ㊹rezar as ~s 數念珠 ㊺sair em ~ 值,便宜 ㊻sem ~ nem medida 揮霍無度 ㊼saldar ~ 報仇;索賬 ㊽ser a ~ 足夠,滿足 ㊾ter ~ 小心,當心 ㊿ter em boa ~ 敬重 51tomar ~ de 負責 52tomar ~ 審查賬目 53tribunal de ~ 審計院

contabescer *v.i.* (因疾病)日漸羸弱,消瘦

contabilidade *s.f.* 可計算性;會計學,統計學;賬簿;計算

contabilista *s.2 gén.* 會計,會計師

contacto *s.m.* 接觸;聯繫;交往;〔電〕相切;〔轉〕影響 △① ~ do vício 惡習影響 ②ponto de ~ 〔數〕切點

contado, da *adj.* 已計算過的;可數的,少的;講述過的 △① dinheiro de ~ 現金 ②favas ~as 確實無疑,肯定 ③ter os dias ~s 日子屈指可數了;不久於世

contador *s.m.* 會計;出納員;計算者;計數表;②抽屜立櫃;善於講故事的人∥*adj.* 講述的 △① ~ de água 水表 ② ~ de electricidade 電表 ③ ~ de gás 煤氣表

contagiar *v.t.* 傳染;〔轉〕腐敗;變壞;毒害;教壞

contágio *s.m.* 傳染;〔轉〕帶壞,教壞;毒害;感染:不自覺地受到別人影響

contagiosidade *s.f.* 傳染性

contagioso,sa *adj.* 傳染的;傳染性的;有毒害性的(惡習)

contaminação *s.f.* 污染;傳染 △ ~ ambiente 環境污染

contaminar v.t. 污染;傳染;弄髒

contaminável adj. 2 gén. 易污染的;易傳染的

contanto que loc. conj. 只要;一旦,一經

contar v.t. 講述,叙述;數,查點;有,擁有;計算在內,包括;打算 ‖ v.i. 計算;寄希望於……,信賴 △quem conta um conto acrescenta-lhe um ponto 添枝加葉,言過其實

contemplação s.f. 欣賞;考慮;沉思;注視;敬重;贈品,捐贈物;〔宗〕默禱,打坐

contemplar v.t. 欣賞;考慮;沉思;注視;敬重;敬重,尊敬;酬勞,贈與 ‖ v.r. 自負,自持

contemporaneidade s.f. 同時代;同時性

contemporâneo, nea adj. 同時代的;現代的 ‖ s.m. 同時代的人;現代人士 △história ~ 現代史

contemporização s.f. 迎合;順從;寬容,讓步;滿意

contemporizar v.i. 迎合,順從;寬容,讓步 ‖ v.t. 維持,保持 △ ~ esperanças de… 保持對……的希望

contemptível adj. 2 gén. 可鄙的

contempto s.m. 輕蔑,蔑視

contenção s.f. 阻止;控制;克制;鬥爭;鬥爭,爭奪;努力;訴訟

contencioso, sa adj. 好爭辯的;有爭議的;訴訟的

contenda s.f. 爭吵;鬥爭,戰爭

contendedor, ra adj. 鬥爭的;敵對的;爭奪的 ‖ s.m. 鬥爭者;對手

contender v.i. 鬥爭;鬥爭;競爭;爭吵;激憤,挑釁;激怒

contendor s.m. 集裝箱;貨櫃

contensão s.f. 奮力,竭盡全力

contentamento s.m. 滿意;高興;愉快 △a seu ~ 隨便,隨意

contentar v.t. 使滿足;使高興 ‖ v.r. 高興,滿足;自滿

contente adj. 2 gén. 高興的;歡樂的

contento s.m. 滿意;滿足;高興 △ a ~ de 使中意,按意願

conter v.t. 包含;內有;限制;阻止;壓制 ‖ v.r. 抑制

contérmino, na adj. 接近的,鄰近的 ‖ s.m. 邊境,境界,界限

conterrâneo s.m. 同鄉;同胞 ‖ adj. 同鄉的;同胞的

contestação s.f. 辯護;抗議;爭論;回答;答辯

contestado, da adj. 爭論的,爭辯的;抗議的

contestante s.2 gén. 爭論者,爭辯者;辯護者,答辯者

contestar v.t. 辯護;證實;抗議;爭論;回答 ‖ v.i. 反對;爭論

contestável adj. 2 gén. 可爭辯的,可爭論的;可抗爭的;令人懷疑的

conteste adj. 2 gén. 口供相同的;證實的

conteúdo s.m. 內容;內含之物 ‖ adj. 包含的,內含的

contexto s.m. （文章的）思路,構思,結構;文章

contextura(eis) s.f. 組織,結構;衛接;思路,構思

contigo loc. pron. 同你,與你;隨身

contiguidade(gu-i) s.f. 鄰近,附近,毗鄰

coutíguo, gua adj. 鄰近的,相鄰的,附近的,毗鄰的

continência s.f. 節制,抑制;貞節,節操;禁慾;(軍)軍禮,敬禮

continental adj. 2 gén. 大陸的;大陸

性的,內陸的 △clima ~大陸性氣候 ②
plataforma ~ 大陸架 ◇ marítimo,
colonial

continente *s.m.* 大陸;容器 ‖ *adj.* 2
gén. 有節制的;包括的,包含的 △ ~
antigo ~ 舊大陸(指歐、亞、非洲) ~
derivação dos ~s 大陸漂流說 ③ novo
~ 新大陸(指美洲)

contingência *s.f.* 偶然性,意外性;可
能事件,意外事件;不測之事

contingente *adj.* 2 *gén.* 可能的;意
外的;偶然的;無把握的;每人一份的
‖ *s.m.* (攤派的)份額,數量;[商]進
口或出口的配額;分遣隊,支隊

continuação *s.f.* 繼續,連續,延續;
延伸

continuado, da *adj.* 繼續的,不停
的;連續的,延續的,連接的 ‖ *s.m* [語]
名詞加詞;性質形容詞

continuar *v.t.* 使繼續,連續,延長 ‖
v.i. 延伸 ◇cessar

continuidade(u-i) *s.f.* 連續性,持續
性,接續性

contínuo, nua *adj.* 連續的,接續的,
繼續的,不斷的 ‖ *s.m.* (門房或勤雜
工等)低級人員 △de ~ 持續地;不斷
地;經常地;即刻,立刻

contista *s.2 gén.* 小說家

conto *s.m.* 故事;童話;笑話;講述;
(矛,長矛端部之)包頭;康托(葡萄牙
錢幣計量單位,爲一千);*pl.* 謊言,流
言 △ ①~ da carochinha 兒童故事,神
話故事 ②~s largos 事情複雜,一言難
盡 ③~ do vigário 欺騙,詐騙(錢財)
④sem ~ 無數的

contorção *s.f.* 扭曲;彎曲;怪相

contorcer *v.t. e i.* 扭曲;彎曲

contorcionista *s.2 gén.* (雜技中之)
柔術演員

contornado, da *adj.* 被纏繞的,圍繞
的

contornar *v.t.* 畫輪廓;繞,環繞,圍
繞;(使句子)完美;[轉]探查(某人之
真正意圖)

contorno(ô) *s.m.* 輪廓;外形;周緣,
周邊;周圍地區

contra *prep.* 反對;朝着,向着,面向;
儘管;違背 ‖ *adv.* 相反地 ‖ *s.m.* 困
難,障礙;反對;(擊劍)虛晃

contra-almirante *s.m.* [軍]海軍少
將

contra-ataque *s.m.* 反攻,反擊

contra-aviso *s.m.* 撤銷通知;與前相
反之通知;相反命令

contrabaixo *s.m.* [樂]低音提琴;倍
低音;倍低音歌手

contrabalançar *v.t.* 使平衡,使均
衡;[轉]補償,抵消

contrabandear *v.i.* 走私

contrabandista *s.2 gén.* 走私者,走
私犯;[口]小商小販,擺地攤者

contrabando *s.m.* 走私;走私品;違
禁品 △de ~ 秘密地,偷偷地;違法地

contra-bando *s.m.* 反對派,對立面

contrabater *v.t.* 回擊(敵方砲兵);
遮炮

contracâmbio *s.m.* 交換,交易;不等
價交換

contracanto *s.m.* [樂]副歌,副旋律

contracarril *s.m.* [鐵路]護軌

contracção *s.f.* 收縮;[語]縮寫,略
語 ◇dilatação, expansão

contracédula *s.f.* 更新證件

contracifra *s.f.* 密碼本

contraconceptivo, va *adj.* 避孕的 ‖
s.m. 避孕藥

contracorrente *s.f.* 逆流;反向水
(氣)流

contracosta *s.f.* 彼岸;對側海岸;對

岸

contracrítica *s.f.* 反批評

contráctil *adj. 2 gén.* 有收縮性的，能收縮的

contractilidade *s.f.* 收縮性;收縮力

contractível *adj. 2 gén.* 可收縮的，易收縮的

contractivo, va *adj.* 收縮的

contractura *s.f.* [醫]攣縮

contracurva *s.f.* 反曲線

contradança *s.f.* 對舞;對舞舞曲

contradição *s.f.* 矛盾;抵觸;反駁，反對 △ sem ~ 毫無疑問

contraditória *s.f.* 矛盾，抵觸;截然相反的建議或意見

contraditório, ria *adj.* 矛盾的，抵觸的;相反的，對立的

contradizer *v.t.* 反駁，抗辯 ‖ *v.i.* 反對 ‖ *v.r.* 自相矛盾

contradormentes *s.m. pl.* [海]壓板

contra-emboscada *s.f.* [軍]反埋伏

contraente *adj. 2 gén.* 結婚的;訂約的 ‖ *s.2 gén.* 訂婚人;訂約人

contra-erva *s.f.* [植]解毒根;解毒藥

contra-escarpa *s.f.* [軍]壕溝之外沿

contra-espionagem *s.f.* 反間諜;反間諜機關

contrafacção *s.f.* 偽造，假冒;贗品

contrafactor *s.m.* 偽造者，假冒者

contrafazer *v.t.* 模仿;仿造，偽造;強制，壓制 ‖ *v.r.* 假裝，假冒;克制，抑制

contrafé *s.f.* [法]傳票之抄本

contrafeito, ta *adj.* 偽造的，假冒的;[轉]被迫的，不自願的 ‖ *s.m.* [建]樓下之墊木

contraforte *s.m.* [建]護牆，扶垛;(鞋後跟之)加固物;扶強加固物;山之支脈

contra-habitual *adj. 2 gén.* 反常的，異常的

contra-indicação *s.f.* [醫]禁忌

contrair *v.t.* 收縮;承擔(責任、義務等);養成(習慣等);患，染(病) △ ① ~ dívidas 負債 ② ~ uma doença 患病，染疾 ③ ~ matrimónio 結婚 ④ ~ responsabilidade 負責 ◇ dilatar

contralto *s.m.* [樂]女低音 ‖ *s.f.* 女低音歌手

contraluz *s.f.* 背光;逆光;背光處，逆光處

contramandar *v.t.* 廢除;撤消(某項命令)

contramando *s.m.* 撤消令

contramarca *s.f.* [商]副標;劇場入場券(劇間休息時用)

contramarcha *s.f.* 後退，退回

contramaré *s.f.* 逆潮

contramestre *s.m.* 水手長;工頭,監工

contraminar *v.t.* 構築反坑道以襲敵;[轉]針鋒相對，將計就計

contramuro *s.m.* (起加固作用之)副壁

contranatural *adj. 2 gén.* 不自然的，違背自然規律的

contra-ordem *s.f.* 撤消令,收回成命

contra-ordenar *v.t.* 撤消原令;收回成命

contraparente *s.2 gén.* 遠親,姻親

contrapeso *s.m.* 等重,均重;平衡,砝碼

contrapelo *s.m.* 逆毛方向 △ a ~ 倒行逆施

contraponto *s.m.* [樂]音調之和諧，旋律配合法;對位法

contrapor *v.t.* 使對抗，對立;反對

contraproducente *adj. 2 gén.* 適得

其反的,產生相反效果的

contraproposta *s.f.* 反建議;反提案

contraprova *s.f.* 〔印〕二校;〔數〕反證;反駁

contraquilha *s.f.* 〔海〕假龍骨,耐擦龍骨

contra-regra *s.m.* 〔劇〕催場員,提場員

contra-revolução, contra-revolta *s.f.* 反革命

contra-revolucionário, ria *adj.* 反革命的‖*s.m.* 反革命分子

contrariar *v.t.* 反對,反駁;阻礙,阻止;使……不快,掃興‖*v.r.* 自相矛盾◇anuir, admitir

contrariedade *s.f.* 相反,對立;障礙,困難;不快;令人煩擾之事

contrário, ria *adj.* 相反的;不利的,有害的;對立的‖*s.m.* 對手,敵手;對立◇de ~ (em ~, pelo ~)相反,如若不然

contra-safra *s.f.* 農產品收獲不高的年頭,小年

contra-selo *s.m.* 郵戳;副印

congra-senha *s.f.* 暗號,暗語;口令

contra-senso *s.m.* 荒誕不經之言行;荒謬無稽之談

contrastar *v.t.* 反對;對抗;檢驗,檢定;評定,評估‖*v.i.* 反對;同……截然相反◇~ o oiro 檢驗金子成色

contraste *s.m.* 相反,不同,對照;檢驗,檢定;(金,銀成色或度量衡準度之)檢定員;(文藝作品之)檢查官,審查員

contratante *adj. 2 gén.* 立約的,訂合同的‖*s.2 gen.* 締約人

contratar *v.t.* 訂立……契約(合同);雇用;聘用‖*v.i.* 商議,談判‖*v.r.* 受雇,被聘用

contratempo *s.m.* 不幸;災難,橫禍;

〔樂〕切分音法 △a ~ 不合時宜

contratista *s.2 gén.* 承包商,承包人

contrato *s.m.* 契約,合同 △ ① ~ acessório 附加合同 ② ~ aleatório 前提合同 ③ ~ bilateral 雙邊合同 ④ ~ consensual 君子合同 ⑤ ~ formal 正式合同 ⑥ ~ leonino 不平等合同 ⑦ ~ de arrendamento 租約 ⑧redigir ~ 訂合同,立契約

contratorpedeiro *s.m.* 驅逐艦,驅逐艇

contravenção *s.f.* 違反,違背;犯規,違紀,犯法

contraveneno *s.m.* 〔醫〕解毒劑,解毒藥;(轉)解除,擺脫(惡習)之法

contravento *s.m.* 〔海〕逆風,頂風;百葉窗;耐風災難,橫禍

contraventor, ra *adj.* 犯規的,犯法的‖*s.m.* 犯法者,犯規者

contribuição *s.f.* 賦稅;捐贈;貢獻 △① ~ directa 直接稅 ② ~ indirecta 間接稅 ③ ~ industrial 工業稅 ④ ~ predial 不動產稅 ⑤pagar ~ 納稅

contribuinte *adj. 2 gén.* 捐贈的,貢獻的;納稅的‖*s.m.* 納稅人;捐贈人

contribuir *v.i.* 納稅;貢獻;捐贈,捐助;增進,促進,有益……

contrição *s.f.* 悔恨,痛悔,悔罪;懺悔◇impenitência

contristar *v.t.* 使哀哀;使憂傷◇alegrar

contrito, ta *adj.* 憂傷的;悲哀的;愁眉苦臉的

contro! *interj.* 〔海〕搶風轉向之命令

controlar *v.t.* 監督;核查,檢查;控制;駕駛;引導;克制,抑制

controlo *s.m.* 監督;核查,檢查;控制,管制 △① ~ automático 〔電,機〕自動控制 ② ~ remoto 遙控

controvérsia *s.f.* 爭論,辯論;討論;研討 △sem ~ 毫無疑問

controverso, sa *adj.* 有爭議的,有疑問的;可辯論的

contubérnio *s.m.* 共同生活;同居;親密關係

contudo *adv. e conj.* 儘管如此;但,但是

contumácia *s.f.* 違命;頑固,固執;〔法〕抗傳,拒不到庭

contumaz *adj. 2 gén.* 頑固的,固執的;〔法〕拒傳的,拒不聽命的 ‖ *s.m.* 〔法〕拒不出庭者

contumélia *s.f.* 凌辱,侮辱;辱罵;〔口〕深鞠躬,行大禮;獻媚

contundente *adj. 2 gén.* 毆打的,可致內傷的;〔轉〕強有力的

contundir *v.t.* 打傷,使產生內傷;打碎

conturbação *s.f.* 惶惑不安;騷動;暴動,暴亂

conturbar *v.t.* 使騷動不安;使暴動,暴亂

contusão *s.f.* 內傷,挫傷;〔轉〕憤怒

contuso, sa *adj.* 受內傷的,受挫傷的;瘀傷的

conubial *adj. 2 gén.* 婚姻的;婚禮的;夫妻的;夫婦的

conúbio *s.m.* 婚姻;婚禮;結合

convalescença *s.f.* 痊癒,復元,康復期;〔轉〕恢復期

convalescente *adj. 2 gén.* 痊癒的,恢復健康的;康復期的 ‖ *s.2 gén.* 痊癒者

convalescer *v.i.* 痊癒,康復,恢復健康

convecção *s.f.* 〔理〕對流

convenção *s.f.* 協約,協議,協定;會議

convencer *v.t.* 說服,使信服;制服;使順從 ‖ *v.r.* 確信,信服

convencional *adj. 2 gén.* 協約的;因襲的,常規的 ‖ *s.m.* 國民議會議員 △armas ~is 常規武器

convencionar *v.t.* 約定;約定俗成

conveniência *s.f.* 方便,便利;合適;利益;禮節,禮儀;*pl.* 習慣,慣例;合乎△casamento de ~ 爲利而合,銅臭婚姻

conveniente *adj. 2 gén.* 方便的,便利的;合適的;有利的,有好處的;合禮儀的 ◇inconveniente

convénio *s.m.* 協議,協定,協約

conventículo *s.m.* 秘密集會,黑會;陰謀,密謀

convento *s.m.* 修道院;寺院;衆修女,修士;衆僧

convergência *s.f.* 集中,會合,匯集;會合點,匯集點 ◇divergência

convergente *adj. 2 gén.* 集中的,匯聚的;目的一致的,一致的 ◇divergente

conversa *s.f.* 談話,交談;〔口〕閒談,空談;謊言,欺詐;在修道院幽居的婦女 △ ① ~-fiada *bras.* 空談;無價值的談話 ② ~ fútil 閒談

conversação *s.f.* 談話;會話;會談;座談會;空談;講座;親昵

conversada *s.f.* 戀人,情人

conversado *s.m.* 戀人,情人

conversão *s.f.* 改變,變換;兌換;〔軍〕調轉方向;〔宗〕改宗,皈依;改邪歸正;〔法〕冒瀆

conversar *v.i.* 談話;講話;會談;求愛,求婚 *v.t.* 熱心對待;探究

conversável *adj. 2 gén.* 易處的,好接近的,隨和的

conversibilidade *s.f.* 可轉變性,可變換性

conversível *adj. 2 gén.* 可變的;可轉變的

converter *v.t.* 改變,使變成;〔商〕交換,兌換;使改變(宗教信仰、政治觀點等);使改邪歸正‖ *v.r.* 變成;皈依▽perverter

convertibilidade *s.f.* 可變性,可變換性,可兌換性

convés *s.m.* 〔海〕甲板

convexidade *s.f.* 凸,凸狀;突面◇concavidade

convexo(cs), xa *adj.* 凸的,凸狀的;大肚子的 △ lente ～a 凸透鏡◇côncavo

convicção *s.f.* 說服;醒悟;堅信;〔法〕認罪‖ *pl.* 信仰,信條

convicto, ta *adj.* 被證明有罪的‖ *s.m.* 罪犯,犯人

convidado, da *adj.* 被邀請的‖ *s.m.* 來賓,客人 △～ de honra 貴賓,佳賓

convidar *v.t.* 邀請;誘使,吸引

convidativo, va *adj.* 誘人的;有吸引力的;令人羨慕的

convincente *adj. 2 gén.* 有說服力的;令人信服的;結論性的

convir *v.i.* 適合,適宜;商定,約定;同意,贊成;一致;相符

convite *s.m.* 邀請,聘請;宴會,筵席;禮物 △cartão de ～ 請帖

conviva *s.2 gén.* 來賓,佳賓,客人

vonvivência *s.f.* 共同生活;和睦相處;交際,交往

convívio *s.m.* 宴會;交際,交往;同志情誼

convizinhança *s.f.* 毗鄰,鄰居;〔轉〕近似,相似

convizinhar *v.i.* 毗鄰;與……相仿,類似

convizinho, nha *adj.* 毗鄰的,鄰近的;類似的,接近的‖ *s.m.* 鄰居;類似

convocação *s.f.* 召集;召開

convocar *v.t.* 召集;召開;組織;舉辦

convocatória *s.f.* (會議等之)通知,通知單(書)

convocatório, ria *adj.* 召集的,召開的 △aviso ～ 會議通知書

convoluto, ta *adj.* 蓆捲的;捲起來的;旋轉的

convolvuláceas *s.f. pl.* 〔植〕旋花科

convosco *loc. e pron.* 同你們,與你們;隨身

convulsão *s.f.* 〔醫〕痙攣,抽搐;騷亂,動亂 △～ política 政治動亂

convulsar *v.i.* 〔醫〕痙攣抽搐

convulsionar *v.t.* 〔醫〕使痙攣,使抽搐;使騷亂,動亂;刺激

convulsionário, ria *adj.* 抽搐的,痙攣的‖ *s.m. pl.* (十八世紀)宗教狂熱分子

convulsivo, va *adj.* 抽搐性的,痙攣性的;騷動的

convulso, sa *adj.* 抽搐的;痙攣的;發抖的,顫抖的 △tosse ～a 百日咳

coobação *s.f.* 〔化〕回流蒸餾

cooperação *s.f.* 合作,協作;幫助,助

cooperador *s.m.* 合作者;協助者‖ *adj.* 合作的;協助的

cooperar *v.t.* 合作;協助,幫助

cooperativa *s.f.* 合作社

cooperativo, va *adj.* 合作性的;協助性的 △espírito ～ 合作精神

coordenação *s.f.* 協調,調整;配合,一致

coordenadas *s.f. pl.* 〔數、地、天〕座標 △ ① ～ angulares 角座標 ② ～ esféricas 曲綫座標 ③ ～ geográficas 經緯綫 ④ ～ rectilineas 直角座標

coordenar *v.t.* 調整;使協調一致;組織;安排

coorte *s.f.* 〔古羅馬三百至六百人之〕步兵隊;〔轉〕(人、畜)羣;(物)堆

copa *s.f.* 食品室,食品貯藏室;樹梢,帽頂;杯子;*pl.* 紙牌(金花杯) △ fechar-se ～ 沉默無言

copado,da *adj.* 樹冠碩大如蓋的(樹冠狀的;凸出的,凸狀的,鼓漲的

copaibeira *s.f.* 〔植〕苦配巴樹

cópia *s.f.* 豐富,充裕;複製,臨摹,抄寫;抄本,副本,臨摹本;相像,相似;模仿,仿效

copiador *s.m.* 抄寫者;臨摹者,複印機,翻拍機

copiar *v.t.* 複製,複印;臨摹;抄寫;模仿;抄襲 ‖ *s.m.* 〔建〕門廊,暖閣

copiógrafo *s.m.* 複寫機;複寫機

copiosidade *s.f.* 豐富,充裕;大量

copioso,sa *adj.* 豐盛的,豐富的;充裕的;大量的

copista *s.2 gén.* 抄寫員,謄寫員,剽竊者,抄寫者;嗜杯者,醉酒者;〔轉〕摹仿者

copla *s.f.* 〔詩〕段,節,闋;對仗,對聯;民歌,民謠,小令

copo *s.m.* 杯,玻璃杯;〔量詞〕杯;(絲、線等)一束;*pl.* (刀劍之)護手,護擋 △～-d'água 酒會,招待會(不可寫作:copo de água, 否則即爲一杯水之意)

copra *s.f.* 椰子乾

copraol *s.m.* 椰油,椰脂

coproprietário *s.m.* 共有者

coprolalia *s.f.* 穢語狂症

cópula *s.f.* 性交,交媾;聯結,結合;〔語〕聯繫動詞;連接詞

coque *s.m.* 焦炭;(頭部遭受之)打擊,碰撞;男廚師

coqueiro *s.m.* 椰子樹;騙子,投機者

coqueluche *s.f.* 〔醫〕百日咳

coquete *adj. 2 gén.* 妖艷的,狐媚的;賣弄風情的 ‖ *s.f.* 賣弄風情的女人,妖婆

coquetismo *s.m.* 妖艷,狐媚,賣弄風情,風騷

cor *s.f.* 色,顏色;色彩,色調;顏料,染料;借口,托辭 ‖ *s.m.* 心;意願;傾向 △ ① ～ artificial 人造色 ② ～ baça 暗色 ③ ～ de carne 肉色 ④ ～ complementar 補色 ⑤ ～ defensiva 〔動〕保護色 ⑥ ～ macilenta 蒼白 ⑦ ～ de moda 流行色 ⑧ ～ do espectro solar 光譜色 ⑨ ～ de rosa 粉紅色,玫瑰色 ⑩ de ～ 記住的,會背誦的 ⑪ de ～ e salteado 精通熟諳的 ⑫ mudar de ～ 臉色大變 ⑬ ficar de todas as ～ es 面色大變 ⑭ homem de ～ 有色人種 ⑮ jornais de várias ～ es políticas 不同黨派的報紙 ⑯ mudar de ～ 臉變色,變蒼白 ⑰ televisor a ～ es 彩色電視機 ⑱ ter boa ～ 臉色紅潤,身體健康 ⑲ ver tudo cor-de-rosa 百事樂觀,樂天派

coração *s.m.* 心,心臟;心腸;心思;感情,愛情;勇氣;中心,中央 ① ～ nas mãos 坦誠的 ② ～ de ferro 鐵石心腸,無情 ③ ～ de pomba 溫和柔順的心腸 ④ ～ de todo o ～ 全心全意地 ⑤ dilacerar o ～ 傷心 ⑥ do fundo do ～ 由衷地,發自內心地 ⑦ falar ao ～ 使感動 ⑧ fazer das tripas ～ 鼓起勇氣,打起精神 ⑨ homem de ～ 慷慨大方者 ⑩ longe de vista, longe do ～ 人遠情疏,人走茶涼 ⑪ meter no ～ 牢記同情 ⑫ não ter ～ 殘忍的,鐵石心腸 ⑬ no ～ do Inverno 仲冬 ⑭ no fundo do ～ 深深地 ⑮ perder o ～ 灰心 ⑯ rasgar o ～ 憂傷 ⑰ sondar o ～ 查探內情 ⑱ ter o ～ ao pé da boca 易激怒,易動肝火的 ⑲ ter o ～ na boca 襟懷坦蕩,心直口快 ⑳ ter grande ~ 慷慨大度 ㉑ter ~富有同情心 ㉒ter mau ~ 壞心腸 ㉓ter pêlos no ~ 心術不正 ㉔tocar o ~ 動人心弦

corado, da   adj. 有顏色的, 有色的; (因日曬) 褪色的; 紅的, 發紅的 (面頰); 烘烤的; 怕羞的

coragem   s.f. 勇氣; 大膽 ◇cobardia

corajoso, sa   adj. 勇敢的, 大膽的, 有勇氣的 ◇cobarde

coral   s.m. 〔動〕珊瑚; 珊瑚蟲; 珊瑚色 ‖ adj. 2 gén. 合唱的, 合唱隊的 △ ① canto ~ 合唱 ②fino como um ~ 巧奪天工

coralina   s.f. 珊瑚藻; 珊瑚蟲

corante   adj. 2 gén. 染色的 ‖ s.m. 顏料; 染料

corar   v.t. 着色, 上色, 染色; 漂白; 〔轉〕粉飾; 假裝; 辯護 ‖ v.i. 臉變色發紅; 害羞, 怕羞, 羞愧

corbelha   s.f. 花籃; 果籃; 放置禮品的籃筐; 擺放結婚禮品處

corça   s.f. 〔動〕牝鹿; 雌麑

corcel   s.m. 戰馬; 千里駒, 快馬, 駿馬

corcha   s.f. 樹皮; 軟木層; 軟木

corço   s.m. 〔動〕牝鹿; 雌麑

corcova   s.f. 隆肉; 駝背, 曲背; 雞胸; 彎曲的路徑; 一種船

corcovado, da   adj. 駝背的; 雞胸的, 彎曲的

corcovar   v.t. 使彎曲; 使成弓形; 使曲背

corcovear   v.i. (馬等動物曲背) 跳躍, 騰跳; 弓背曲背

corcunda   s.2 gén. 駝背者, 駝子

corda   s.f. 繩子, 繩索; (樂器) 弦; 發條; (數) 弦; 〔解〕腱 △ ① andar à ~ 受人操縱 (擺佈) ②corda-d'água 驟雨 ③~ dorsal 脊椎 ④~ sensível 弱點, 敏感處 ⑤~ de vento 疾風 ⑥dar ~ a alguém 鼓動, 慫恿 ⑦dar ~ ao relógio

給鐘上弦 ⑧estar com a ~ na garganta (或 no pescoço) 倒懸之危 ⑨instrumento de ~ 弦樂器 ⑩mosquitos por ~s 喧嘩, 騷亂 ⑪roer a ~ 失約

cordados   s.m. e pl. 〔動〕脊索類

cordão   s.m. 細繩子; 帶子; 項鏈, 金項鏈; 〔解〕索狀組織 △ ① ~ nervoso 神經 ② ~ sanitário 防疫線 ③ ~ umbilical 臍帶

cordato, ta   adj. 有頭腦的; 謹慎的

cordear   v.t. 用繩子丈量; 使成行, 成排

cordeiro   s.m. 雄羊羔, 小綿羊; 〔轉〕溫順者 △ ~ de Deus 上帝的羔羊 (指耶穌基督)

cordel   s.m. 細繩, 細麻繩 △literatura de ~ 平庸之文學作品

cordelinhos   s.m. pl. 陰謀; 暗中操縱; 圈套 △puxar os ~s 暗中操縱

cordial   adj. 2 gén. 心臟的; 強心的; 衷心的; 親熱的, 熱情的 ‖ s.m. 強心劑, 興奮劑, 補藥

cordialidade   s.f. 衷心; 熱情, 熱心; 坦誠, 真誠

cordierite   s.f. 〔礦〕堇青石

cordifoliado, da   adj. 〔植〕(葉子) 心形的

cordilheira   s.f. 山脈; 山嶺

cordite   s.m. 〔化〕無煙 (線狀) 火藥; 柯達炸藥

cordoagem, cordoalha   s.f. 〔海〕索具

cordoaria   s.f. 繩廠; 繩店

cordómetro   s.m. (樂弦) 測弦儀

cordura   s.f. 理智, 明智; 慎重, 謹慎

coreano, na   adj. 朝鮮的, 韓國的; 朝鮮人的, 韓國人的 ‖ s.m. 朝鮮人; 韓國人; 朝鮮語; 韓國語

coregrafia   s.f. 舞蹈; 舞蹈設計

corégrafo *s.m.* 舞蹈設計者(編導)

coreia *s.f.* 〔醫〕舞蹈病

coreto *s.m.* 小合唱;露天舞台;圓形音樂台

co-réu *s.m.* 〔法〕同謀;從犯

corgo *s.m.* 峽谷,山道

cori *s.m.* 加勒比地區的一種蝙蝠;古巴一種鼠類

coriáceo, cea *adj.* 像皮革般堅韌的

corifeu *s.m.* (古希臘、羅馬悲劇中)合唱隊領隊(隊);〔轉〕首領,頭目(多用貶義)

corimbo *s.m.* 〔植〕傘房花序

coringa *s.m. bras.* 醜人怪;貌醜的侏儒;三角形的小帆

cório, corion *s.m.* 〔動〕卵外膜,漿膜;絨毛膜

coriscante *adj. 2 gén.* 如閃電的,閃光的,發光的

coriscar *v.i.* 打閃,發出閃光;閃電發光 ‖ *v.t.* 燒傷,灼傷

corisco *s.m.* 閃電;雷電;電火花;閃光 △ ① dizer raios e ~s 破口大罵 ② lançar raios e ~s 打雷打閃;〔轉〕大發雷霆

corista *s.2 gén.* 合唱演員,合唱者

coriza *s.f.* 鼻炎,鼻膜炎;感冒

corja *s.f.* 惡棍,歹徒,流氓;賤民;烏合之衆

cormo *s.m.* 〔植〕莖葉體,莖葉志

cormófita *adj. 2 gén.* 莖葉植物的 ‖ *s.f. pl.* 莖葉植物

cornaca *s.m.* 馴象人;趕象的人

cornaça *s.f.* 妻子不忠者,戴綠頭巾者

cornáceas *s.f. pl.* 〔植〕山茱萸科

cornada *s.f.* (動物用角)頂撞,角撞;頂傷

cornado, da *adj.* 有角的,長角的

cornadura *s.f.* 〔動〕角

cornamusa *s.f.* 〔樂〕風笛,號角,喇叭

cornar *v.t.* 用角頂撞

córnea *s.f.* 〔醫〕角膜

cornear *v.t.* 用角頂撞,頂傷;〔口〕使……戴綠頭巾,使……當王八

corneta *s.f.* 喇叭,號角,軍號 ‖ *s.m.* 號手,號兵;〔口〕鼻子 ‖ *adj.* 獨角牛的

corneteiro *s.m.* 號手,吹喇叭者

cornetim *s.m.* 短號,軍號;短號手,號兵

corneto *s.m.* 〔醫〕鼻甲骨

cornífero, cornígero, ra *adj.* 長角的

corniforme *adj. 2 gén.* 似角形的

cornija *s.f.* 〔建〕飛檐;檐板

corninho *s.m.* (昆蟲之)觸角 △ pôr os ~s ao sol 化怯懦爲勇敢

corno *s.m.* 角;(昆蟲之)觸角;(植物之)觸毛,觸鬚,觸子;月牙之尖;(軍隊之)側翼;其妻不忠者,王八 △ ① ~ da abundância (希臘神話中)豐饒杯 ② deitar os ~s de fora 勇敢無畏 ③ pregar ~s 使戴綠頭巾 ④ pôr nos ~s da lua 捧上了天

cornucópia *s.f.* (希臘神話中之)豐饒杯;角狀杯(內裝花束、水果,爲農、貿興旺發達的吉祥物)

cornuda *s.f.* 〔動〕雙髻鯊

cornudo, da *adj.* 有角的,生角的;雙髻鯊的;有尖的,突出的 ‖ *s.f.* 戴綠頭巾者

coro(ô) *s.m.* 合唱曲,合唱;〔宗〕唱詩班;合唱隊 △ ① em ~ 齊聲,一致 ② fazer ~ com alguém 重複,贊同

coroa *s.f.* 冠;王冠,皇冠;花環,花圈;牙冠;山頂;頭頂;〔宗〕敎士之髮式(只剃去頭頂的頭髮);古金幣,古銀幣;王

位;榮譽;光榮;獎賞;[天,氣象]暈

coroação *s.f.* 加冕;加冕禮,即位式,登基式;鹿角

coroar *v.t.* 加冕;使即位,使登寶座;完成;倒滿,裝滿;表彰酬勞

coroca *s.2 gén. bras.* 病秧子,體弱多病者;醜老太婆

corografia *s.f.* (區域)地理;地形圖

coróide *s.f.* [醫]脈絡膜

corola *s.f.* 花冠

corolário *s.m.* [哲]必然結果

coronário,ria *adj.* 冠的;冠狀的;冠狀動脈的;[轉]彎彎曲曲的;轉彎抹角的 △ ① artéria ~ a 冠狀動脈 ②veia ~a 冠狀動脈

coronel *s.m.* [軍]上校;*bras.* 軍閥,酋長,政治首領 △tenente-~ 中校

coronha *s.f.* 槍托;砲架;弩架

coronhada *s.f.* 用槍托打擊;武器的後座反衝

corpanzil *s.m.* 龐然大物,身材高大

corpete, corpinho *s.m.* (女用)背心,乳罩;緊身衣 △em ~ bem feito (衣服薄透)半裸

corpo *s.m.* 身子,身體;屍體;[衣服的]身;[軍]軍團,部隊;[印](鉛字之)型號;團體,機構;濃度;厚度;主體,主要部分;聲音強度 △ ① ~ académico 高校師生 ② ~ celeste 天體 ③ ~ a ~ 肉搏,短兵相接 ④ ~ de delito 罪證 ⑤ de ~ e alma 毫無保留地 ⑥de ~ bem feito 未穿大衣 ⑦em ~ ~ 未蓋東西 ⑧em ~ e alma 親身地 ⑨meio~ 半身像,半身 ⑩ter o ~ fechado *bras.* 刀槍不入

corporação *s.f.* 組織,機構;社團;公司

corporal *adj. 2 gén.* 身體的,肉體的;物質的,實體的 ‖ *s.m.* 聖餐布 ◇ espiritual

corporalizar *v.t.* 使之變為現實;實現

corporativismo *s.m.* 行業合作主義

corporativo, va *adj.* 社團的,公司的

corpóreo, rea *adj.* 身體的;肉體的;有形的;物質的

corpulência *s.f.* 身軀肥大,肥胖

corpulento, ta *adj.* 肥大的,肥胖的

corpuscular *adj. 2 gén.* 微粒的;分子的;原子的;細胞的,血球的

corpúsculo *s.m.* 原子;分子;微粒子;[醫]血球,細胞

correame *s.m.*; **correagem** *s.f.* [集]皮帶;武裝帶

correcção *s.f.* 修正,更正,勘誤,正誤;正確;懲罰,懲治 △ ①casa de ~ 教養所,感化院 ②factor de ~ [理]系數

correccional *adj. 2 gén.* 修正的,更正的,改誤的;懲罰的,懲治的 △ ① prisão ~ 感化監獄 ②tribunal ~ 感化法庭

correctivo, va *adj.* 修正的,更正的,正誤性的;懲罰的,懲治性的;緩解性的 ‖ *s.m.* 修正,更正;懲戒,懲罰

correcto, ta *adj.* 正確的;標準的;完美的;正派的,符合規矩的 ◇ incorrecto

corrector *s.m.* 修正者,更正者;[印]校對員,校對;修道院長,寺院住持

corredeira *s.f. bras.* 激流,急流

corrediça *s.f.* (門窗滑輪的)絞,滑槽;窗簾;(舞台兩側之)佈景

corrediço, ça *adj.* 滑動的;活動的

corredio, dia *adj.* 活動的;滑溜的,易滑動的;平滑的 △ ① cabelo ~ 光滑的頭髮 ②nó ~ 活節,滑結

corredor, ra *adj.* 善跑的 ‖ *s.m.* 走廊,回廊;園中路徑;窄巷;賽跑運動員;[軍]暗道

corredoras *s.f. pl.* 〔動〕鴕形目

correger, corrigir *v.t.* 〔古〕改正, 糾正; 修理, 整理

corregedor *s.m.* 〔古〕地方法官

córrego *s.m.* 山澗, 峽谷; 峽道, 隘道; 溪流; 水灣

correia *s.f.* 皮帶; 繩索; 鏈條

correição *s.f.* 修正, 修改, 更正; 懲罰, 懲治;(地方法官之)巡視; 檢查

correio *s.m.* 郵遞員, 郵差; 郵件; 郵局; 郵袋; 〔轉〕報信人; 先兆, 預兆 △ ① ~ (postal) 郵政信箱 ②~ aéreo 空郵 ③mala do ~ 郵包 ④~ mandar pelo ~ 郵寄 ⑤ marco de ~ 信筒, 信箱

correlação *s.f.* 相互關係, 彼此關連; 相似; 類似

correlacionante *adj. 2 gén.* 相互關連的

correlatar *v.t.* 使相互關連

correlativo, va *adj.* 相互關連的, 相關的

correligionário, ria *adj.* 同宗教的; 同黨派的; 志同道合的 ‖ *s.m.* 志同道合者; 同黨

corrente *adj. 2 gén.* 跑的; 流動的; 現在的, 眼前的; 普通的, 常見的; 通用的; 明曉的; 光滑的 ‖ *s.m.* 流逝, 知曉 ‖ *s.f.* (空氣、水等的)流; 行, 列; 鏈, 鎖鏈 △①~ de água 水流 ②~ alternativa 交流電 ③~ de ar 氣流, 風 ④~ de casas 一排房子 ⑤~ contínua 直流電 ⑥~ eléctrica 電流 ⑦~s maritimas 海流 ⑧estar ao ~ 知道, 瞭解 ⑨~ moeda 流通貨幣 ⑩no mês ~ 本月, 當月⑪pôr ao ~ 使瞭解, 告訴 ⑫preço ~ 現行價格

correnteza *s.f.* 流; 流行, 列, 排; 方便, 順利; 無拘無束

correr *v.i.* 跑; 奔跑;(速度)比賽; 流

淌, 流逝; 流通 ‖ *v.t.* 瀏覽(書等); 輕撫, 輕摸; 追逐; 驅逐; 拉開 ‖ *v.r.* 羞愧 △①a ~ 急速 ②ao ~ da pena 運筆如飛 ③~ atrás de foguetes 勞而無功, 徒勞無益 ④~ os banhos 宣讀婚配紙 ⑤~ boato 謠傳 ⑥~ a mesma sorte 境遇相同 ⑦~ mundo 環遊世界, 旅行 ⑧~ parelhas 並駕齊驅, 難分伯仲 ⑨~ risco 冒險 ⑩~ Ceca e Meca 周遊各地 ⑪~ sobre~ 攻擊 ⑫~ a toque de caixa 趕走 ⑬deixar ~ 聽其自然

correria *s.f.* 亂跑;(對敵方領土的)侵襲, 入侵; 持械襲擊 △~s de piratas 海盜襲擊

correspondência *s.f.* 信件; 通信往來; 對稱, 對應; 交往; 流通 △curso por ~ 函授科

correspondente *adj. 2 gén.* 通訊的; 通信的; 相應的, 適當的; 對應的, 對稱的;(數)同位角的 ‖ *s.2 gén.* 報導員, 通訊員, 記者;〔商〕經紀人; 非正式會員 △①académico ~ 通訊院士 ②ângulo ~ 同位角 ③~ de guerra 軍事記者

corresponder *v.i.* 符合, 相配; 相應, 相稱; 回報 ‖ *v.r.* 同……聯繫; 通信

corretagem *s.f.* 代理, 經紀業; 經紀費, 傭金

corretor *s.m.* 代理人, 經紀人, 掮客, 經理人 △①~ de letras 股票經紀人 ②~ de seguros 保險經紀人

corricas *s.f. pl.* (臉部)皺紋

corrida *s.f.* 跑, 奔跑; 擠兌; 比賽 △①~ de automóveis 賽車 ②~ a um banco 向銀行擠提, 擠兌 ③~ de barreiras 跨欄, 跳欄賽 ④~ de cavalos 賽馬 ⑤~ de estafetas 接力賽 ⑥~ de Maratona 馬拉松長跑 ⑦~ de resistência 長途賽跑 ⑧de ~ 匆忙地

corrigenda *s.f.* 勘誤, 勘誤表; 印刷錯

誤,謬誤

corrigibilidade *s.f.* 可改正性,可改性,易糾性

corrigir *v.t.* 改正,修改,矯正

corrigível *adj. 2 gén.* 可矯正的,可改正的

corrilho *s.m.* 宗教集會;秘密集會;派系集會,小圈子;搬弄是非;閒話

corrimão *s.m.* (樓梯,梯子的)扶手;欄杆

corrimento *s.m.* 流出,流失;〔醫〕流液,滲液;叫罵;羞愧

corriola *s.f.* 〔植〕旋花

corriqueiro, ra *adj.* 普通的;通俗的;卑賤的;消息靈通的,喜聽流言蜚語的

corroboração *s.f.* 證實,證明;加強,支持

corroborar *v.t.* 證實,確證;加強;支持

corroer *v.t.* 腐蝕,侵蝕;蛀蝕破壞,敗壞‖*v.r.* (健康或精力)耗損,漸頹;腐化,墮落;憔悴

corrompedor *s.m.* 腐蝕者;賄賂者;教唆者

corromper *v.t.* 使腐敗;使腐爛;使變質;腐壞,收買;誘騙;誘姦‖*v.r.* 腐爛變質;腐化,墮落

corrompimento *s.m.* 腐爛變質;腐化墮落;賄賂,貪污

corrosão *s.f.* 腐蝕,侵蝕;蛀蝕;耗損;〔質〕剝蝕,風化

corrosibilidade *s.f.* 易腐蝕性;可侵蝕性

corrosível *adj. 2 gén.* 易腐蝕的;可侵蝕的

corrosivo, va *adj.* 腐蝕性的,侵蝕性的‖*s.m.* 腐蝕劑

corrume *s.m.* (木、石上之)溝,槽;〔木〕榫接槽

corrupção *s.f.* 腐爛變質;腐化墮落;賄賂,貪污;誘騙;曲解

corrupio *s.m.* (兒童玩具)風車

corrupixel *s.m.* 探揸器(水果等)

corruptela *s.f.* 腐敗變質;賄賂收買;濫用;〔法〕非法濫用;〔語〕讀寫謬誤

corruptibilidade *s.f.* 腐敗性,易敗性;賄賂性;墮落性

corruptível *adj. 2 gén.* 易腐爛的,易腐敗的;易被收買的,易受賄的

corruptivo, va *adj.* 使腐敗的,使腐爛的;行賄的;教唆的

corrupto, ta *adj.* 腐爛變質的;受賄的,被收買的;道德敗壞的;墮落的

corruptor *s.m.* 腐蝕者;行賄者;教唆者

corsário *s.m.* 海盜;海盜船‖*adj.* 海盜的;劫掠的

corselete *s.m.* (女用)束腹;乳罩,胸衣

corso *s.m.* 〔海〕(官方允許的)海盜行徑;沙丁魚羣;節日遊行的車隊

corta *s.f.* 切,斷,剪;砍伐 △ ① ~-arame *s.m.* 鋼絲鉗(剪) ② ~-bolsos *s.m.* 扒手,小偷 ③ ~-charutos *s.m.* 雪茄煙刀 ④ ~-mão *s.m.* 曲尺,三角板 ⑤ ~-mar *s.m.* 〔海〕防波堤 ⑥ ~-mato *s.m.* 越野障礙跑 ⑦ ~-palha *s.m.* 割草機（飼料用）⑧ ~-papel *s.m.* 切紙刀 ⑨ ~-pau *s.m.* 〔動〕啄木鳥 ⑩ ~-vento *s.m.* (車等)擋風玻璃;風向標

cortadela *s.f.* 切,剪,割;切口,割口;切傷,割傷;(流水的)溝,壑;山谷,峽谷

cortador *s.m.* 屠夫,屠戶,賣肉人;摘採葡萄者

cortadura *s.f.* 切,割;切口,割口;切傷,割傷;(流水的)溝壑;山谷,峽谷

cortante *adj. 2 gén.* 能切割的;(刀)

鋒利的;尖銳刺耳的;凜冽的(風)

cortar *v.t.* 切,割,剪,裁;砍,伐;中斷,阻斷;刪除,刪去;擾亂,解釋;使皮膚龜裂;穿過,橫渡 ‖ *v.i.* (刀刃等)鋒利,快;(風寒)刺骨 ‖ *v.r.* 自傷 △ ① ~ as asas a 挫折②~ em bocado 切碎③~ cabelo 理髮④~ na casaca 啷嘈,背後議論⑤~ o coração 引起憐憫,使同情⑥~ as despesas 減少開支⑦~ direito 公正處理⑧~ mares 航行⑨~ o nó górdio 快刀斬亂麻⑩~ pela raiz 根除⑪~ por largo 揮霍;消除⑫~ rente 剪貼⑬~ a retirada 阻止撤退

corte *s.f.* 宮庭,朝庭;朝廷;宮庭侍從;*pl.* 議會,國會;畜欄,牲口圈 ‖ *s.m.* 切,割,剪裁;切口;刃,刀鋒;〔製圖〕斷面圖,剖面圖;(衣服)裁剪法;(布料)塊,段;減少;縮減;刪除;(頭髮)髮型;追求,獻殷勤 △ ① andar (estar) ruim de ~ 手頭拮据;健康不佳②fazer a ~ 獻殷勤;求愛 ③sofrer um ~ 受傷

cortejador *adj.2 gén.* 討好的,巴結的;求愛的,追求的 ‖ *s.m.* 巴結者,討好者;求愛者,追求者

cortejar *v.t.* 巴結,討好,諂媚;追求,求愛

cortejo *s.m.* 巴結,諂媚;追求,求愛;禮儀,禮物;隨行人員;(天主教)聖像遊行行列;附屬品,附屬物

cortelha *s.f.* 畜欄,畜圈

cortês *adj.2 gén.* 有禮貌的;謙恭的,和藹親切的 ◇grosseiro

cortesã *s.f.* 高等妓女;宮廷侍女

cortesania *s.f.* 禮貌;殷勤

cortesão *s.m.* 朝臣,庭臣;宮廷侍從;馬屁精 ‖ *adj.* 宮庭的;諂媚的,討好的,拍馬的

cortesia *s.f.* 禮貌,禮儀;恭敬;*pl.* 門

牛士向觀眾的致敬;問候,致敬 △ ① de ~ 禮節性的 ②fazer uma ~ 鞠躬

córtex *s.m.* 樹皮;〔動,植〕外皮;下皮質,皮質下部

cortiça *s.f.* 軟木樹皮(如栓木櫟等)

cortical *adj.2 gén.* 皮的,外皮的;軟木的;下皮質的

cortiço *s.m.* 蜂房,蜂箱,蜂巢;〔轉〕(居住人多的)簡陋陋室

cortina *s.f.* 簾,幔,帷,幕;窗簾;〔軍〕(棱堡間之)幕牆;公路之懸崖護欄;排,列 △ ① correr a ~ 拉簾;〔轉〕緘口不言,閉口不提 ②por trás da ~ 暗地裏,悄悄地

cortinado *s.m.* 窗簾架;簾架;簾,幔

cortinar *v.t.* 安裝簾幔;掩飾,掩蓋;遮蓋

cortisona *s.f.* 〔醫〕腎上腺皮質素,考的松,可的松

coruja *s.f.* 〔動〕貓頭鷹;〔轉〕貌醜老嫗;女巫

coruscação *s.f.* 閃光,閃耀,閃爍

coruscante *adj.2 gén.* 閃爍的,閃耀的;光彩奪目的

coruscar *v.i.* 閃爍,閃耀,閃光

coruta *s.f.* ;**coruto** *s.m.* 頂峰,頂端;樹冠

corveta *s.f.* 〔海〕輕型護衛艦

córvidas, corvídeos *s.m. pl.* 〔動〕鴉科

corvina *s.f.* 〔動〕石首魚,繁魚

corvo *s.m.* 烏鴉;〈M〉〔天〕烏鴉座 △ ① ~ marinho 鸕鶿 ②negro como um ~ 像烏鴉一樣黑,漆黑

coscas *s.f. pl.* 胳肢;發癢

coscorão *s.f.* 油炸翹蛋餅

coscoro *s.m.* 乾,硬;〔醫〕結痂;生皮;布疋洗後變挺發硬;外殼

coscuvilhar *v.i.* 說閒話;播弄是非

coscuvilheira *s.f.* 長舌婦

coscuvilhice *s.f.* 閒話;閒談;搬弄是非

co-secante *adj.2 gén.* 〔數〕割的,切的 ‖ *s.f.* 〔數〕餘割

co-seno *s.m.* 〔數〕餘弦

coser *v.t.* 縫,縫製;縫合,接合;〔轉〕(用刀)刺,扎,砍;貼,靠近 ‖ *v.i.* 縫紉 ‖ *v.r.* 修補,補綴;〔轉〕嘴嚴,保密;貼靠,靠近 △ ① ~se com a parede 貼牆 ② ~se com o segredo 守口如瓶

cosmético, ca *adj.* 化妝用的,美容用的 ‖ *s.m.* 化妝品

cosmetologia *s.f.* 化妝術,美容術

cósmico, ca *adj.* 宇宙的,太空的 △ raios ~s 宇宙射線

cosmobiologia *s.f.* 宇宙射綫及太陽黑子學

cosmogonia *s.f.* 宇宙起源學

cosmogónico, ca *adj.* 宇宙起源學的

cosmografia *s.f.* 宇宙學,宇宙結構學,宇宙誌

cosmográfico, ca *adj.* 宇宙誌學的,宇宙結構學的

cosmógrafo *s.m.* 宇宙誌學者;宇宙結構學者

cosmolábio *s.m.* 古觀象儀

cosmologia *s.f.* 宇宙論;宇宙哲學

cosmológico, ca *adj.* 宇宙論的

cosmólogo *s.m* 宇宙論學者

cosmometria *s.f.* 宇宙測量學

cosmonauta *s.m.* 宇宙飛行員,宇航員,太空人

cosmoplano *s.m.* 航天飛機

cosmopolita *adj.2 gén.* 世界主義的;不屬固定國家、四海爲家的 ‖ *s.2 gén.* 世界主義者;世界性;易入鄉隨俗的人

cosmopolitismo *s.m.* 世界主義;世界性;泛指各國人雜居共處的狀況和現象

cosmorama *s.m.* 世界名勝集錦;展示各國風光的西洋景

cosmos *s.m.* 宇宙,世界;〔植〕秋英,大波斯菊

cossaco *s.m.* 哥薩克人(原在頓河、烏克蘭一帶驍勇善戰的居民) ‖ *adj.* 哥薩克人的;凶殘的,野蠻的

cossecante *s.m.* 〔數〕餘割

cosseno *s.m.* 〔數〕餘弦

costa *s.f.* 海岸,海濱;沿海;河岸,河邊;岸;*pl.* 脊背,肩膀;(鞋匠)打磨工具;斜坡;刀背;劍背;肋骨;後部;背面 △ ① andar de ~s 後退 ② andar mouro na ~ 暗中偵察 ③à s ~s 揹,負着 ④~s com ~s 背靠背 ⑤~abaixo *s.f.* 下坡 ⑥~-acima *s.f.* 上坡 ⑦de ~s de alguém 追踪,尾隨 ⑧dar ~s a (fazer ~s a, guardar ~s de) 保護 ⑨dar à ~ 擱淺,觸礁 ⑩defender as ~s 保護 ⑪deitado de ~s 仰卧 ⑫dizer mal pelas ~s 背後議閒話 ⑬ir nas ~s de alguém 追蹤,尾隨 ⑭levar às ~s 揹着,肩負,扛着 ⑮mostrar as ~s 逃跑 ⑯ter ~s quentes (largas) 有靠山 ⑰voltar as ~s 離開

costada *s.f.* (河流或道路的)彎曲處

costado *s.m.* 脊背;(海)舷側外板;側面,邊;祖上兩代長輩;負責,責任 △ ① árvore do ~ 世系圖,家譜 ②de ~ 側着 ③dos quatro ~s 祖祖輩輩的;合法的,完全的,地地道道的 ④ português dos quatro ~s 地道的葡萄牙人

costal *adj.2 gén.* 背骨的,後背的 ‖ *s.m.* (一個人的)背扛量

costalgia *s.f.* 〔醫〕肋痛

costa-riquenho, costa-riquense *s.m.* 哥斯達黎加人 ‖ *adj.* 哥斯達黎

加的，哥斯達黎加人的

costeagem *s.f.* 〔海〕沿岸航行；沿岸貿易

costear *v.i.* 沿(海岸)航行，近海航行 ‖ *v.i.* 〔海〕繞行，環繞

costeiro, ra *adj.* 沿岸的，沿海岸的，海岸的；沿海航行的

costela *s.f.* 肋骨；〔海〕肋材,肋骨；〔植〕葉脈；出身,起源；〔讔〕老婆,妻子；提馬的圈套 △ ① ~s falsas 假肋 ② ~s flutuantes 浮肋

costumado, da *adj.* 習慣的，經常的；通常的,慣常的,常用的 ‖ *s.m.* 習慣

costumagem *s.m.* 習慣；慣例

costumar *v.t.* 使習慣 ‖ *v.i.* 習慣於……

costume *s.m.* 習慣；習俗；慣例,常規；*pl.* 舉止,行為 △ ① de ~ (por ~) 通常；習慣 ②maus ~s 惡劣行為,壞習慣 ③usos e ~s chineses 中國習俗

costura *s.f.* 縫,縫紉；連接,接合；焊接,接縫；傷疤

costurar *v.i.* 縫紉

costureira *s.f.* 女裁縫

costureiro *s.m.* 男裁縫；〔醫〕縫匠肌 ‖ *adj.* 縫匠肌的

cota *s.f.* 盔甲；份額；海拔高度；引用,涉及；刀背；會費,費；分期 △ ~ de malha 鎖子甲

cotação *s.f.* 價格,報價,開價；市價,行價；(交易所股票或債券的)行情,市價；評價；聲譽；重要性

co-tangente *s.f.* 〔數〕餘切

cotar *v.t.* 報價；評價,估價；標出高度；註釋

cote *s.m.* 磨刀石；△de ~ diário(或a ~)每天的

cotejar *v.t.* 比較；核對,校對

coteto *s.m.* 矮胖子

cotidiano, na *adj.* 每天的,每日的,日常的；耗損的,消耗的

cotícula *s.f.* 試金石

cotiledonar *adj.2 gén.* 〔植〕子葉的,有子葉的

cotilédone *s.m.* 〔植〕子葉

cótilo *s.m.* 〔解〕關節臼

cotim *s.m.* 細棉布；細蔴布；açor. 指關節

cotizar, quotizar *v.t.* 按份額(或人頭)分配；按份額收斂 ‖ *v.r.* 交納自己的份額(會費、捐款等)；認購,認捐

coto *s.m.* 〔醫〕殘肢；禽翼生剪處；殘剩物；*pl.* 指關節 △~ de vela 蠟燭尾

cotovelada *s.f.* 肘擊；手臂彎打

cotovelo *s.m.* 肘；(路)彎；牆角；角 △ ① ~ da estrada 公路轉彎處 ②dor de ~ 嫉忌,嫉妒 ③falar pelos ~s 口若懸河

cotovia *s.f.* 〔動〕天鷚,雲雀

coturno *s.m.* 短褲；軍靴；(古羅馬)厚底靴 △de alto ~ 高級的,高貴的,上等的

couce *s.m.* 踢；臋子；後部,後方；脚後跟；〔口〕忘恩負義；粗魯,野蠻

coucear *v.t. e i.* 踢,蹬；尥蹶子

coudelaria *s.f.* 〔古〕騎兵上尉之職位；畜羣；良種站；馬羣；種畜站

coulomb *s.m.* 〔電〕庫倫

coura *s.f.* 護甲,防護物；護膝

couraça *s.f.* 護甲,鐵甲,裝甲；護胸甲；防護物

couraçado, da *adj.* 裝甲的；有護甲的 ‖ *s.m.* 〔海〕鐵甲艦,裝甲艦

couro *s.m.* 皮,獸皮；皮革；皮膚；〔口〕妓女 △① ~ cabeludo 頭皮 ② ~ e cabelo 敵骨吸髓,鞤剝 ③ ~ preparado 熟皮 ④~ em verde 生皮

cousa *s.f.* 物品,東西;事情,事物;
*pl.*財產 △① ~ arromba 異事,引人
注目之事 ② ~ de arco-da-velha 奇事
③ ~ de ouro 實質性的;重要的

couso *s.m.* 某某(人)

couto *s.m.* 禁區,被圈起的地段;庇護
所,避難所

couve *s.f.* 甘藍,捲心菜,椰菜,洋白
菜 △ ~ flor 菜花,椰菜花

cova *s.f.* 洞,穴;孔,腔,眼;(動物之)
洞穴,窩;墳墓,墓穴;牙槽 △ ~
do-ladrão 頸窩 ②estar com os pés na
~ 已半截入士,垂垂老矣

côvado *s.m.* 尺(古時的長度單位,合
0.66 米)

covagem *s.f.* 挖墳墓;挖坑

covalente *adj.2 gén.* 〔化〕共價的

covarde *adj.2 gén.* 膽小的,怯懦的 ‖
s.m. 懦夫,膽小鬼

covardia *s.f.* 膽怯,膽小,害怕

coveiro *s.m.* 掘墓人,仵工

covil *s.m.* 獸穴;〔轉〕賊窩;妓院

covinha *s.f.* 小渦;(面頰上之)酒窩

covo, va *adj.* 凹的,凹陷的;深的 ‖
s.m. 魚簍,魚籠 △prato ~ 深碟

coxa *s.f.* 大腿,股;髀;〔動〕基節
△coxa-da-dama 一種梨

coxal *adj.2 gén.* 大腿的;股骨的;髖
的

coxalgia *s.f.* 〔醫〕髖痛;髖關節結核

coxeadura *s.f.* 瘸,跛;跛行

coxear *v.i.* 瘸,跛;跛行

coxia *s.f.* 〔海〕(船首到船尾之)通道,
通路;(影劇院內)通道;活動椅,折疊
椅(劇場) △correr a ~ 遊蕩,流浪

coxim *s.m.* 靠背的沙發;椅墊,座
墊;〔海〕防擦墊;〔鐵路〕軌本

coxo, xa *adj.* 瘸的,跛的;殘缺不全
的;韻腳不對的 ‖ *s.m.* 瘸子,跛子 △

① mais depressa se apanha um men-
tiro que um ~ 謊言易破 ②mesa ~ a
不穩的桌子,瘸腿桌

cozedura *s.f.* 煮,燉,熬;烘;烤;燒;
湯中稠物

cozer *v.t.* 煮,燉,熬;烘,烤,燒;〔轉〕
消化;燒製 △① ~ loiça 燒製陶瓷器
② ~ uma bebedeira 睡至酒醒

cozimento *s.m.* 煮,燉,熬;烘,烤,
燒;燒(磚瓦等);〔醫〕泡製,煎煮(藥);
湯劑;消化

cozinha *s.f.* 廚房;烹飪術,烹調法;
〔口〕爐竈

cozinhar *v.t. e i.* 烹調;準備,策劃
△① arte de ~ 烹飪術 ② ~ uma in-
triga 策劃陰謀

cozinheira *s.f.* 女廚師

cozinheiro *s.m.* 男廚師,炊事員

craniano, na *adj.* 頭蓋的,顱骨的,頭
骨的

crânio *s.m.* 頭蓋,頭顱,頭骨;聰明者

craniologia *s.f.* 顱骨學,頭骨學

craniotomia *s.f.* 〔醫〕(產科)顱骨切
開術

craniótomo *s.m.* 〔醫〕碎顱鉗

cranque *s.m.* 〔機〕曲軸,曲柄

crápula *s.f.* 放縱,放蕩不羈;放蕩;醉
酒 ‖ *s.m.* 放蕩不羈者;醉鬼

crapuloso, sa *adj.* 放縱的;放蕩不羈
的;酩酊的

craque *s.m.* 〔象聲詞〕(折斷,破裂的)
喀嚓聲;破產;好的,帥的;高貴的

crassidade, crassidão *s.f.* 愚蠢透
頂;粗笨;濃密

crasso, sa *adj.* 肥胖的;濃密的;濃重
的,不透明的;封閉的;粗糙的,粗俗
的;愚蠢的 △ignorância ~a 愚昧無知

crassuláceas *s.f. pl.* 〔植〕景天科

cratera *s.f.* 火山口;地縫,裂縫;災

雕;禍根,禍首

crateriforme *adj.2 gén.* 火山口狀的

cravação *s.f.* 釘,釘住;嵌,鑲;釘子;鑲嵌物

cravadura *s.f.* 釘;鑲嵌;(馬釘掌時之)釘傷;(船之)包鐵

cravagem *s.f.* 〔植〕(小麥等之)黑粉菌病

cravar *v.t.* 釘;鑲嵌;固定;〔轉〕注目,盯住;詐騙(錢財) ‖ *v.r.* 集中,固定;隱没

craveira *s.f.* (體檢)測高器,量腳徑;(馬蹄鐵上穿釘用的)孔眼 △ não chegar à ~ 不夠尺寸;一無所用

craveiro *s.m.* 〔植〕麝香石竹

cravelha *s.f.* 〔樂〕弦軸;(大砲的)火門塞

cravo *s.m.* (釘馬蹄鐵的)釘子;(把人釘在十字架上用的)釘子;濃疱,肉瘤;(瘡瘤的)濃頭;石竹花;〔樂〕古鋼琴

cré *s.m.* 白堊,漂白土 △ ~ com ~, lé com lé 物以類聚

creche *s.f.* 托兒所;育嬰堂

credência *s.f.* 櫃檯,酒櫥;祭器台,供桌

credencial *adj. 2 gén.* 授權的,委任的 ‖ *s.f.pl.* 國書,委任狀 △cartas ~is 國書

credibilidade *s.f.* 確實性,可信性

creditar *v.t.* 貸款;使出名 ‖ *v.r.* 出名

crédito *s.m.* 相信,信任,信用;聲譽,名望;信貸,貸款;債權,償付期限;用證 △ ① a ～ 賒,信貸,賒購,賒銷 ②carta de ～ 信用證,信用卡 ③dar ～ a alguém 相信某人 ④homem de ～ 有名望者,守信用者 ⑤não deixar o seu ～ por mãos alheias 自負,自誇 ◇débito

credível *adj. 2 gén.* 逼真的,可信的;

可接受的

credo *s.m.* 信條,信仰;綱領,學說;教義;基督教禱告起始詞 △ ① com o ~ na boca 危在旦夕 ②~! 呀!(表示驚駭或嫌惡之意) ③em um ~ 一瞬息之間

credor *s.m.* 債主,債權人 ‖ *adj.* 值得的;應該的 ◇devedor

credulidade *s.f.* 輕信,天真,單純

crédulo, la *adj.* 輕信的;天真的,單純的 ‖ *s.m.* 輕信者;天真者

cremação *s.f.* 燒;火葬,焚屍

crematista *s.2 gén.* 火葬場工人

crematologia *s.f.* 政治經濟學

crematório, ria *adj.* 火葬的,火葬場的

creme *s.m.* 奶油;奶油蛋糕;醇膏;果汁;精華;潤膚油膏;刺鬚膏;奶油色 ‖ *adj.* 奶油色的

crença *s.f.* 相信;信仰;信任;信條

crenchas *s.f. pl.* 髮辮,辮子

crendeirice *s.f.* 輕信;迷信

crendice *s.f.* 迷信

crente *adj.2 gén.* 相信的;信仰的 ‖ *s.2 gén.* 信徒,教徒;相信者

creofagia *s.f.* 食肉習俗;食肉癖

creolina *s.f.* 〔化〕克勒奧林,賽林水;臭水(煤酚皂溶液,用以消毒殺菌)

creosolar *v.t.* 用雜酚油進行防腐處理

creosote, creosoto *s.m.* 〔化〕雜酚油;木餾油

crepe *s.m.* 紗,薄紗;(表示哀悼的)黑紗;悲痛,哀傷

crepitação *s.f.* 爆裂的劈啪聲;〔醫〕(折骨間相磨或肺部發出的)捻發音,碎裂音

crepitar *v.i.* 劈啪作響;發出爆裂聲

crepúsculo *s.m.* 曙光,黎明;晚霞,黄

昏;[轉]衰落,沒落,衰退 △o ~ de vi-
da 暮年

crer *v.t.* 相信;估計,認爲 ‖ *v.i.* 崇
信;信教 ◇descrer

crescença *s.f.* 生長;增長,增多;[口]
冒尖,溢出(極言東西裝得滿或多)

crescente *adj.2 gén.* 生長的;增大
的,增多的 ‖ *s.f.* 漲水,漲潮 ‖ *adj.*
新月至滿月期;新月月牙;新月狀之
物;[口]發酵粉 △quarto ~ 上弦(月)

crescer *v.i.* 生長;增長,增大;發展;
剩餘,留下;攻擊,襲擊

créscimo *s.m.* 剩餘物,多餘物,過剩
物

crespão *s.m.* 縐綢

crespidão *s.f.* 粗糙;粗魯;鬈曲

crespo, pa *adj* 鬈曲的;起皺的;粗糙
的;粗魯的,作態作假的;(文風等)晦
澀難懂的;發怒的,發火的;波浪起伏
的;傲慢的 ‖ *s.m. pl.* 鬈紋;褶子,褶
皺 ◇liso, macio

cresta *s.f.* 割蜜,取蜜;[轉]搶掠;侵
吞公款;揮霍;[口]毆打

crestado, da *adj.* 燒烤的,燒焦的;曬
黑的;焦黑的

crestadura *s.f.* 燒烤;曬黑

crestamento *s.m.* 燒烤;曬黑

crestar *v.t.* 燒烤,烘,烤;使皮膚曬
黑;燒焦;割蜜,取蜜;[轉]搶掠

crestomania *s.f.* 花卉集,花譜;文
選,文集,選集

cretinismo *s.m.* [醫]呆小症,愚昧
症;克汀病;優,愚,癡

cretino *s.m.* 呆小症患者,侏儒;傻
子,白癡,笨蛋,蠢貨

cretone *s.m.* 印花棉布,棉布

cria *s.f.* 嬰兒;崽,羔,雛;餵養,撫養

criação *s.f.* 創造,發明;教育,教養;
哺乳,餵奶;飼,餵;文學作品;生殖,生

育;(主要用於食用的)家禽,家畜;種
植 △má-~缺乏教養

criada *s.f.* 女僕,女傭

criadeira *s.f.* 保姆,奶媽

criado *s.m.* 僕役,傭人,傭人 △~-
-mudo *bras.* 牀頭櫃

criador *s.m.* 發明者;飼養者;〈M〉造
物主,上帝 ‖ *adj.* 發明創造的,飼養的

criança *s.f.* 嬰兒;孩子;天真;判斷力
差者 △~ de peito 吃奶的孩子,嬰孩

criancice *s.f.* 孩子舉止;幼稚言行;
孩子氣;天真

criar *v.t.* 創造,發明;教育,教養;組
織,創立;產生;哺乳;生育,繁殖;種
植 △① ~ raizes 生根,長根 ②
~ vícios 養成不良習慣 ③de ~ bicho
重打,痛打

criatura *s.f.* (造物主之)創造物;生
物;人

crime *s.m.* 罪行;犯罪;違法;過失 ‖
adj.2 gén. 犯罪的

criminação *s.f.* 譴責;控告

criminal *adj.2 gén.* 犯罪的;罪行的;
刑事的 ‖ *s.m.* 刑事訴訟;刑事法庭

criminalidade *s.f.* 犯罪性質,犯罪
性;犯罪,罪行;犯罪經過

criminalista *s.2 gén.* 犯罪小說作家;
刑法學家;刑法律師

criminar *v.t.* 譴責;指控,控告

criminologia *s.f.* 犯罪學

criminologista *s.2 gén.* 犯罪學學
者,犯罪學專家

criminoso, sa *adj.* 犯罪的;違法的;
罪惡的;刑法的 ‖ *s.m.* 犯人;罪犯

crina *s.f.* 鬃毛;撐裙布 △~ vegetal
植物纖維

crinolina *s.f.* 撐裙布;毛布

crioilo, crioulo *s.m.* 父母爲歐洲人
且在歐洲以外地區出生者;在美洲出

生的黑人或歐洲人；源於歐洲語言的
當地語 ‖ *adj.* 土著的，土生土長的，本
地的

criolite, criolito *s.m.* 〔礦〕冰晶石

crioplaneto, crioplâncton *s.m.* 冰
雪浮遊生物

crioscopia *s.f.* 〔理〕冰點測定法

cripta *s.f.* 地下室，地窖；墓穴，洞，坑

criptogamia *s.f.* 〔植〕隱花植物

criptografia *s.f.* 密寫法，密碼書寫

criptográfico, ca *adj.* 密碼的，用密
碼寫的

criptograma *s.m.* 密碼文件；暗碼；
暗號

crípton *s.m.* 〔化〕氪

criptónimo, ma *adj.* 匿名的；假名
的，筆名的，藝名的 ‖ *s.m.* 假名字，筆
名，藝名

criquete *s.m.* 〔體育〕板球

cris *adj.2 gén.* 蝕的，被蝕的；昏暗的，
灰色的 ‖ *s.m.* (馬來亞人之) 短劍，匕
首

crisálida *s.f.* 〔動〕蛹；隱藏之事

crisântemo *s.m.* 〔植〕菊；菊花

crise *s.f.* 危機；〔轉〕轉危，危象，發
作；缺乏；關鍵時刻

crisma *s.m.* 聖油 ‖ *s.f.* 堅信禮；綽
號，諢名

crismar *v.t.* 行堅信禮；起綽號

crisoberilo *s.m.* 〔礦〕金綠寶石

crisol *s.m.* 坩鍋；〔轉〕熔爐；嚴峻考驗

crisólito *s.m.* 〔礦〕貴橄欖石，黃玉

crisólogo *s.m.* 善解令者，雄辯家

crisóstomo, ma *adj.* 善於辭令的，雄
辯的，有口才的

crisopeia *s.f.* 煉金術

crispação *s.f.* 痙攣，抽搐；捲縮

crispar *v.t. e i.* 痙攣，抽搐，捲縮

crista *s.f.* 冠毛，冠羽；雞冠；(頭盔

之)翎座；山頂；浪尖 △ ① ~-de-galo
〔植〕雞冠花 ②erguer a ~ 趾高氣揚 ③
jogar as ~s 辯論，爭吵

cristal *s.m.* 結晶，晶體；水晶；透明的
玻璃，〔轉〕潔凈；清澈

cristalino, na *adj.* 水晶的，晶體的；
清澈的 ‖ *s.m.* 〔醫〕水晶體，晶狀體

cristalização *s.f.* 結晶；晶化；結晶體

cristalizar *v.i.e r.* 結晶 ‖ *v.t.* 使結
晶，〔轉〕固定；落實

cristalizável *adj.2 gén.* 可結晶的

cristalografia *s.f.* 結晶學

cristandade *s.f.* 基督教界；基督教性
質

cristão, tã *adj.* 基督的，基督教的，通
情達理的，合適的 ‖ *s.m.* 基督教徒
△ ① ~ novo 新教徒 ②era ~ã 公元
(公曆紀元) ③nome ~ 教名，聖名

cristianismo *s.m.* 基督教；基督教教
義

cristianizar *v.t.* 使基督教化；使信奉
基督教 ‖ *v.t.* 使符合基督教教義

cristo *s.m.* 基督受難像；〈M〉基督，
受難者 △pôr alguém num ~ 折磨，使
受苦

critério *s.m.* 標準；準繩；判斷力；判
別力

criterioso, sa *adj.* 明智的；有判斷力
的；標準的，準確的

crítica *s.f.* 評論；批評；批判；非難 ◇
apologia

criticar *v.t.* 評論；批評，批判；非難，
非議；瞠責 ◇ elogiar

criticável *adj.2 gén.* 可批評的；應批
評的；可批判的；應批判的

criticismo *s.m.* 〔哲〕批判主義；文藝
評論

criticista *adj.2 gén.* 批判主義的 ‖
s.2 gén. 批判主義者

crítico, ca *adj.* 批評的,批判的;關鍵的,重要的;危機的 ‖ *s.m.* 批判家,批評家;評論家

crivado, da *adj.* 洞穿的,打成許多孔的;[轉]鑲嵌的

crivar *v.t.* 使成許多孔洞;篩,過篩子;[轉]諷刺

crível *adj.2 gén.* 可信的

crivo *s.m.* 篩子;過濾器

croché *s.m.* 鈎針編織;鈎針織品

crocodilo *s.m.* [動]鱷魚 △lágrimas de ~ 假泣;鱷魚的眼淚,假慈悲

cromado, da *adj.* [化]鍍鉻的;含鉻的

cromagem *s.f.* 鍍鉻,金屬鍍鉻

cromática *s.f.* 色彩學,調色術

cromático, ca *adj.* 顏色的;[樂]半音階的 △escala ~a 半音階

cromatina *s.f.* [生]染色質

crómio *s.m.* [化]鉻

cromo *s.m.* 石版彩印術;石版彩色畫

cromofotografia *s.f.* 彩色照片

cromosfera *s.f.* [天](太陽之)色球層

cromossoma *s.m.* [生]染色體

cromotipografia *s.f.* 套色印刷術;彩色畫

crónica *s.f.* 編年史;記事;新聞報道;報紙專欄;君王起行錄;醜聞傳

cronicidade *s.f.* [醫]長期性,慢性(病)

crónico, ca *adj.* [醫]長期性的,慢性的;根深蒂固的,經久的

cronista *s.2 gén.* 編年史作者,編年史家;專欄撰稿人;記者

cronografia *s.f.* 編年學,年代學;年表

cronógrafo *s.m.* 編年史學家,年代學家,年表學家;記時器

cronologia *s.f.* 年代學,編年學;年表;計時法

cronológico, ca *adj.* 按時間順序的,按年代的先後的

cronologista *s.2 gén.*; **cronólogo** *s.m.* 編年史學家,年代學家;年表學家

cronómetro *s.m.* 精密測時儀;測時計;[樂]節度計

croque *s.m.* [海]吊艇鈎;(鈎船的)鈎棍

croquete *s.m.* 油炸丸子

crossa *s.f.* 手杖,拐杖

crosta *s.f.* 外皮,硬皮;殼;[醫]痂;[質]地殼;[動]甲殼

crótalo *s.m.* [樂]響板;[動]響尾蛇

cru *adj.* 生的,沒煮熟的,未成熟的;天然的,未加工的;野蠻的,殘忍的;粗糙的 ◇cozido, suave, humano

crucial *adj.2 gén.* 十字形的;[轉]決定性的,關鍵的;轉折性的

cruciante *adj.2 gén.* 使痛苦的;折磨人

cruciar, crucificar *v.t.* 釘於十字架;使痛苦;折磨

crucíferas *s.f. pl.* [植]十字花科

crucificação *s.f.* 釘於十字架;折磨,使痛苦

crucifixo *s.m.* 十字架;耶穌受難的情景

cruel *adj.2 gén.* 殘酷的,殘暴的;嚴酷的

crueldade *s.f.* 殘酷,殘忍;暴行;嚴酷

cruento, ta *adj.* 流血的,浴血的;嗜血的;殘忍的

cruor *s.m.* 血凝;血塊;血色素

cruorina *s.f.* [醫]血紅蛋白

crupe *s.m.* [醫]哮吼

crusta *s.f.* [質]地殼

crustáceos *s.m. pl.* 〔動〕甲殼類，甲殼綱

cruz *s.f.* 十字；十字架；十字狀物；〔轉〕磨難，苦難；十字徽章，勳章 △ ① assinar de ~ 寫畫十字代簽字，白簽 ②entre a ~ e a calderinha 情況危險（危機）③fazer ~es a alguém 詛咒 ④ fazer ~es na boca 守空心齋 ⑤levar a ~ ao calvário 任務艱巨困難

cruzada *s.f.* 〔宗〕聖戰；十字軍；十字軍征伐；〔轉〕運動

cruzado, da *adj.* 交叉的；交織的；橫斷的 △ ① estar com os braços ~s 袖手旁觀 ② linhas ~ as 交叉綫 ③ palavras ~as 縱橫字謎 ④sangue ~ 混血

cruzador *adj.2 gén.* 交叉的，相交的 ‖ *s.m.* 〔海〕巡航艦，巡洋艦

cruzamento *s.m.* 相交，交叉；交叉點，十字路口，街口；雜交；橫過，橫穿

cruzar *v.t.* 橫過，橫穿；使相交叉，使呈十字形；使雜交 ‖ *v.i.* 成十字狀；〔海〕巡弋 ‖ *v.r.* 成十字形；過到，碰到；△~ baioneta 上刺刀

cruzeiro, ra *adj.* 十字的，交叉的 ‖ *s.m.* 村口十字架；巡洋艦；克魯賽羅（巴西貨幣單位）；〔建〕交叉拱；〔天〕〈*M*〉南十字星座 △ ① chegar (levar) ao arco ~ 結婚 ②velocidade de ~ 巡航速度

Cruz Vermelha *s.f.* 紅十字會，國際紅十字會

cu *s.m.* 屁股；肛門；臀部；針鼻兒（縫衣針引線的孔）；〔化〕元素銅的符號

cubagem *s.f.* 求容積法；容積，容量

cuba *s.f.* 大桶；一種煙；機敏強壯者

cubano, na 古巴的；古巴人的 ‖ *s.m.* 古巴人

cubar *v.t.* 求體積；〔數〕使自乘至三冪

cubata *s.f.* （非洲黑人的）茅舍或村落

cúbico, ca *adj.* 立方的；立方體的 △ ① metro ~ 立方米 ②raiz ~a 立方根

cubículo *s.m.* 小房間；寢室；禪房

cubismo *s.m.* 〔美〕立體派

cúbito *s.m.* 〔解〕尺骨

cubo *s.m.* 〔數〕立方體，六面體；三次方，立方

cuco *s.m.* 〔動〕杜鵑；戴綠帽子者，王八；報時鐘

cucúrbita *s.f.* （蒸餾器之）曲頸瓶；〔植〕葫蘆屬

cuecas *s.f. pl.* 男用內褲，男用襯褲

cueiro *s.m.* 尿布；襁褓 △ ① cheirar a ~s 乳臭未乾 ②deixar os ~s 長大成人

cuidado *s.m.* 注意；掛慮；謹慎；*interj.* 小心！留神！

cuidadoso, sa *adj.* 小心的，謹慎的，留神的，注意的

cuidar *v.t. e i.* 關心，注意；照料，看管；擔心，害怕；思索，考慮；認爲，推測 △dar que ~令人擔心

cujo *pron.rel.* 他的；她的；牠的

culatra *s.f.* 槍托；砲尾；火門栓；〔口〕屁股，臀部

cule, culi *s.m.* 苦力

culícidos, culicídeos *s.m. pl.* 〔動〕蚊科

culinária *s.f.* 烹調術

culinário, ria *adj.* 烹調的，烹調術的

culminação *s.f.* 〔天〕中天；天頂；頂點，極點

culminância *s.f.* 頂點，極點，最高點；極盛期；高潮

culminante *adj.2 gén.* 〔天〕中天的；天頂的；極點的，最高點的

culminar *v.i.* 〔天〕達到中天；達到最

高點;達到高潮

culômbio *s.m.* 〔電〕庫倫

culpa *s.f.* 錯誤,過錯;責任,罪責;罪行,罪過 △ter ~s no cartório 犯罪

culpabilidade *s.f.* 有罪,有錯誤;應受責備

culpado,da *adj.* 有罪的;有過錯的;該受責備的 ‖ *s.m.* 犯人,罪人 ◇i-nocente

culpar *v.t.* 指控,譴責;歸罪,歸咎於……‖ *v.r.* 自責,認罪 ◇desculpar

culpável *adj.* 有罪的;有過錯的;該受譴責的◇desculpável

culposo, sa *adj.* 犯罪的;導至過失的;有責任的

culteranismo, cultismo *s.m.* 誇飾文體,綺麗文體

cultivação *s.f.* 耕種,種植;從事;研究;培養,培育;發展;保持

cultivar *v.t.* 耕種,種植;從事;研究,學習;培育,培養;發展;保持,維護

cultivável *adj.2 gén.* 可耕種的;可種植的;可研究的

cultivo *s.m.* 耕種;種植;農作物;培養;〔口〕肥料

culto *s.m.* 宗教禮儀;宗教信仰;崇拜,迷信‖ *adj.* 耕種的;有教養的;受過教育的;文明的;文雅的 ◇ inculto

cultura *s.f.* 文化;教育,培養;耕種,種植;利用,應用;研究,學習;高雅,風藏;文明

cultural *adj.2 gén.* 文化的;文明的;耕種的

cume *s.m.* 山頂,山尖,巔峰;樹梢;〔轉〕高潮,頂點,極盛時期 ◇ base

cumeeira *s.f.* 山脊;〔建〕脊檩

cúmel *s.m.* 枯茗酒

cúmplice *adj.2 gén.* 同謀的 ‖ *s.2 gén.* 〔法〕共犯;同謀犯

cumplicidade *s.f.* 〔法〕同謀;共犯

cumprido,da *adj.* 執行的,實施的

cumpridor *s.m.* 執行者,實施者

cumprimentar *v.t.* 致敬;祝賀,恭賀;問候

cumprimenteiro, ra *adj.* 繁文縟節的,禮儀過分的 ‖ *s.m.* 拘禮者

cumprimento *s.m.* 執行,實施;完成;致敬;*pl.* 致意辭,賀辭;問候;禮儀,禮貌,客氣 △ ① nada de ~ s！別客氣！請隨意！②visita de ~ 禮節拜會

cumprir *v.t.* 實施,實行,執行;滿足;服從;滿……週年‖ *v.i.* 合適;歸於,合

cum-quíbus *s.m. pl.* 〔口〕錢,孔方兄

cumulação *s.f.* 積,攢;堆積;兼職;堆積物

cumular *v.t.* 積,攢,積蓄;堆積,聚積;兼職

cumulativo, va *adj.* 積聚的,積累的;累加的;堆積的

cúmulo *s.m.* 一堆;大量;*pl.*〔氣象〕積雲 △ ~s estelares〔天〕星雲

cunca *s.f.* 木碗,木鉢;飯盒

cuneiforme *adj.2 gén.* 楔形的 ‖ *s.m. pl.* 楔形文字

cúneo *s.m.* 〔軍〕楔形隊形;珠寶盒

cunha *s.f.* 楔子,楔;墊片,有影響者 △à ~ 擁塞,擁擠

cunhada *s.f.* 配偶的姐妹(大姑子,小姑子,大姨子,小姨子);嫂子;弟婦

cunhado *s.m.* 配偶的兄弟(大伯子,小叔子,大舅子,小舅子);姐夫,妹夫

cunhagem *s.f.* 打楔子;鑄造;鑄造錢幣

cunhal *s.m.* 牆角

cunhar *v.t.* 衝壓;鑄幣;打楔子;使著名

cunheira　s.f.（打入楔子的）裂縫

cunhete　s.m.〔軍〕彈藥箱

cunho　s.m. 模具，鑄模，衝模；印，印章

cunículo　s.m. 地下通道；窄路

cunques　s.m. pl. 錢

cupão　s.m.（債券等的）息票；聯券；副券；證券，票證

cupé　s.m. 箱式馬車；封閉式車

cupidez　s.f. 貪慾，貪婪；奢望，野心

cupido　s.m.〈M〉（羅馬神話）丘比特，愛神；愛情；(轉)風流男子

cúpido,da　adj. 貪婪的；如饑似渴的；野心勃勃的

cúprico,ca　adj. 銅的；含銅的，銅質的

cuprífero,ra　adj. 含銅的

cuprite　s.f.〔礦〕赤銅礦

cuproso,sa　adj.〔化〕一價銅的；亞銅的

cúpula　s.f. 圓頂，穹窿形屋頂；〔植〕殼斗；(轉)天空，蒼穹

cura　s.f. 治療；治癒，痊癒；改正，糾正 ‖ s.m. 神父

curabilidade　s.f. 可治癒性；可治癒性

curaçau　s.m. 橘香酒

curado,da　adj. 痊癒的；曬乾的；擺脫或戒除惡習的 ‖ s.m. 牧師，神父

curador　s.m.〔法〕保護人，監護人；獸醫

curadoria　s.f. 監護人職責

curadeira　s.f. 女巫醫，江湖郎中，庸醫

curadeiro　s.m. 巫醫；江湖郎中，庸醫

curar　v.t. 治療；治癒；醃製魚、肉、鞣製皮革；改正，糾正 ‖ v.r. 康復，痊癒 ‖ v.i. 行醫 ◇descurar

curare　s.m. 箭毒(印第安人用以塗抹箭頭的毒藥)

curativo　s.m. 治療；療法；〔醫〕泥敷劑，糊劑 ‖ adj. 治療的，用於治療的

curato　s.m. 教區神父職務；教區

curável　adj.2 gén. 可治療的，可治癒的

curcuma　s.f.〔植〕姜黃

cúria　s.f. 羅馬人聚會處；元老院；民事法庭；(天主敎)宗敎事務所

curial　adj.2 gén. 法庭的；羅馬敎廷的；合適的 ‖ s.m. 法庭職員；敎廷成員

curiosidade　s.f. 好奇，好奇心；求知慾；新奇的事物

curioso,sa　adj. 好奇心的，好打聽的；新奇的，有趣的 ‖ s.m. 好奇者；業餘愛好者

curral　s.m. 畜欄，牲口圈

cursado,da　adj. 習慣的；精通的；畢業的

cursar　v.t. 學習，攻讀；經常經過某處；經常從事某事；射程爲…… ‖ v.i. 旅行；(風)吹

cursista　s.2 gén. 學生，學員

cursivo　s.m. 草書，行書；〔印〕斜體，手寫體

curso　s.m. 年級；班級；課程；流，淌；流通；射程；軌道；過程，進程；期間；價值；流行，現行；腹瀉；水流 △ ① ～ de especialização 進修班，深造班 ② ～ inferior do rio (河的)下游 ③ ～ por correspondência 函 授 班 ④ preparatório 預科 ⑤em ～ de 在…過程中⑥em ～ 目前的；現行的 ⑦o mês em ～ 當月 ⑧moeda em ～ 流通貨幣 ⑨viagem de longo ～ 長途旅行

cursómetro　s.m. 火車測速儀

cursor　s.m.〔某些器具的〕滑板，滑座；滑動部件；(古羅馬)跟車步行隸；〔天〕星徑測微計游絲；敎皇信使 ‖

adj. 滑動的

curta *s.f.* 妓女 △à ~ 輕率地;隨便地

curtas *adj.* 赫茲波的,電磁波的

curtimento *s.m.* 浸革術,鞣皮法

curtir *v.t.* 鞣製(皮革);使皮膚曬黑;使習慣;使……受鍛煉‖ *v.r.* 麻木

curto, ta *adj.* 短的;短促的,短暫的;少的;容易的,便捷的;快速的;簡要的,扼要的;遲鈍的 ① de ~ 快捷地;堅定地 ② ~-circuito〔電〕短路 ③ inteligência ~a 小聰明 ④ reunião ~a 短會 ⑤ vista ~a 近視

curtume *s.m* 鞣製皮革術;鞣皮劑,硝皮劑;*bras.* 妓院

curva *s.f.* 曲綫;彎,彎曲;〔海〕肘材 △ ① ~ de nível〔測〕等高綫 ②estar aí para as ~s 時刻準備……

curvar *v.t.* 使彎曲;低(頭);前傾(身體)‖ *v.r.* 屈身,彎腰;〔轉〕屈服 △~os joelhos 屈膝,跪下

curvatura *s.f.* 彎曲,曲度;〔海〕船的容積

curvilíneo, nea *adj.* 彎的,彎曲的;〔數〕曲綫的△ângulos ~s 曲綫角

curvímetro *s.m.* 曲綫儀,量圖儀

curvo, va *adj.* 彎曲的,曲折的;拱形的

cuscuta *s.f.* 〔植〕菟絲子

cuspe *s.m.* 痰;唾沫

cúspide *s.f.* 山頂,山尖;葉子的尖端;(蜜蜂等)蟄針,毒刺;最高點;鼎盛時期;高潮

cuspideira *s.f.* 痰盂;*bras.* 毒蛇

cuspido, da *adj.* 吐痰的;誹謗的

cuspidor *s.m.* 痰盂‖ *adj.* 愛吐痰的

cuspir *v.t.* 吐,啐;〔轉〕唾棄;唾罵‖ *v.i.* 吐痰,吐唾沫

cuspo *s.m.* 唾沫,口水

custa *s.f.* 費用;*pl.*〔法〕訟訴費 △ ① à ~ de 以……爲代價;靠……出錢 ② aprender à sua ~ 自學

custar *v.t.* 花費,使以……爲代價‖ *v.i.* 費以,困難;使……悲傷;付出代價

custo *s.m.* 價值;成本 △a ~困難地,代價高地

custódia *s.f.* 拘留所;保管室;保護,監護;〔宗〕聖體匣;聖體盒

custoso, sa *adj.* 昂貴的,高價的;代價高的;困難的

cutâneo, nea *adj.* 皮膚的;表皮的

cute *s.f.* (面部)皮膚;臉色;〔動,植〕表皮,表皮層

cuteleiro *s.m.* 刀匠,刀商

cutelo *s.m.* 砍刀;整枝刀

cutículo *s.m.* 表皮;指甲溝的邊皮刺

cutilada *s.f.* 刀擊,刀砍

cutilaria *s.f.* 刀廠;造刀術;刀具

cútis *s.f.* 皮,皮膚;臉色;〔動,植〕表皮,表皮層

czar *s.m.* 沙皇

czarina *s.f.* 俄國女皇;沙皇皇后

D

d *s.m.* 葡文第四個字母;〔數〕微分法 (diferencial);(Dom) 先生或(Dona) 夫人的縮略;〈M〉(羅馬數字)五百; 〈M〉〔化〕元素氘(重氫, dentério)的符

號 ‖ *adj.* (序列中表示)第四的

da *contr. de prep.* 前置詞 de 及冠詞 a 的縮略

da capo *adv.* 〔樂〕從頭反覆一遍 (略作 D.C.)

dação *s.f.* 捐,贈;送;讓

dacriadenite *s.f.* 〔醫〕淚腺炎

dacrióide *adj. 2 gén.* 淚的,似淚的

dacriolina *s.f.* 〔化〕淚素

dactilografia *s.f.* 打字;打字術

dactilógrafo *s.m.* 打字員

dactiloscopia *s.f.* 指紋鑑定法;指紋學

dádiva *s.f.* 贈送,贈與;贈品,禮物

dado, da *adj.* 現存的,既成的;可能的;許可的;免費的,贈與的,贈送的;傾向於……,愛好……‖ *s.m.* 骰子; *pl.* 資料,數據;證據 △① ~ que 既然,鑒於;如果,倘若 ② ser ~ a mentir 愛説謊

dador, ra *adj.* 給與的,讓與的 ‖ *s.m.* 贈送者,授與者

dafne *s.f.* 〔植〕月桂樹

dali *contr. de prep.* 前置詞 de 及副詞 ali 之縮略,從那裏;因爲 ‖ *s.f.* 托盤

dália *s.f.* 〔植〕天笠牡丹;大麗花

daltónico, ca *adj.* 〔醫〕色盲的 ‖ *s.m.* 色盲的人

daltonismo *s.m.* 〔醫〕色盲

dama *s.f.* 婦人;貴婦人,淑女; *pl.* 西洋跳棋 △① ~ de honra 女官 ② fazer ~ 〔國際象棋〕使(兵卒)變皇后 ③ primeira ~ 女主角;第一夫人 ④ soprar a ~ 拿走皇后 ⑤ tabuleiro de ~s 國際象棋盤

damasco *s.m.* 〔植〕杏,蝦子,花緞; 〈M〉大馬士革 (叙利亞首都)

damasqueiro *s.m.* 杏樹

danação *s.f.* 損害;恐水病,狂犬病;憤怒

danado, da *adj.* 恐水病的,狂犬病的;憤怒的;墮落的;無賴的;可厭的

danamento *s.m.* 損害;恐水病,狂犬病;憤怒

dança *s.f.* 舞蹈,跳舞;舞會;〔轉〕工作;難題,複雜事務 △① a ~ de cintas 彩帶舞 ② entrar na ~ 自討麻煩 ③ entrar numa ~ 參加舞會 ④ meter-se em ~s 陷入困境,感到焦急

dançante *adj. 2 gén.* 舞蹈的 △um par ~ 一對舞伴

dançar *v.i.* 跳舞,舞蹈,舞;〔轉〕跳躍;搖晃;旋轉 ‖ *v.t.* 跳舞步 △ ~ uma valsa 跳華爾茲舞

dançarina *s.f.* 舞女

danificação *s.f.* 損害,傷害,損傷

danificar *v.t.* 害,損害,傷害

dano *s.m.* 傷害,損害,破壞; *pl.* 補償 △① O gado entrou na horta e fez grande ~ 牛進到菜園中,造成了很大損失 ② perdas e ~s 〔法〕損失

dantes *contr. de prep.* 前置詞 de 及副詞 antes 之縮略,以前,從前;〔轉〕寧願 △ ~ quebrar que torcer 寧折不彎

danubiano, na *adj.* 多瑙河的

daquele *contr. de prep.* 前置詞 de 及指示代詞 aquele 之縮略,那個的

daqui *contr. de prep.* 前置詞 de 及副詞 aqui 之縮略,從此處 △ ~ em diante 從今以後,由此向前

dar *v.t.* 給,交給,送給;授予,賦予,賜予;施,交,呈;致,轉達;結果,產生,出產 ‖ *v.i.* 打,擊,碰;адреса;向,面向;通達;適應,順應 ‖ *v.r.* 致力;感覺;

融洽;發生;裝 △ ① ~ à costa 駛船擱淺 ② ~ alarme 發警報,警告 ③ ~ à luz 發佈;生産 ④ ~ a mão 幫助 ⑤ ~ a mão da filha 准許女兒結婚 ⑥ ~ às de Vila-Diogo 急馳 ⑦ ~ as mãos à palmatória 承認錯誤 ⑧ ~ à vela 揚帆 ⑨ ~ com a porta na cara 砰然關門 ⑩ ~ com a solução 解決,解中 ⑪ ~ com os olhos 還以眼色 ⑫ ~ com uma coisa 撞着 ⑬ ~ corda ao relógio 上發條 ⑭ ~ corpo 形成;膨大 ⑮ ~ de si 場下 ⑯ ~ em alguém 打某人 ⑰ ~ em doido 變成瘋癲 ⑱ ~ em seco 擱淺 ⑲ ~ entrada 大開戶户 ⑳ ~ fé 發覺,注意 ㉑ ~ fiança 提供保 ㉒ ~ grande peso 重視 ㉓ ~ gritos 叫喊 ㉔ ~ horas (鐘) 鳴 ㉕ ~ licença 准許 ㉖ ~ na vista 使人注意 ㉗ ~ no alvo 擊中目標 ㉘ ~ o lugar 讓位 ㉙ ~ o sim 准許 ㉚ ~ os parabéns 恭祝,祝賀 ㉛ ~ para o jardim 向花園 ㉜ ~ para o tabaco 收入有限 ㉝ ~ para viver 僅可維持生活 ㉞ ~ parte 報案 ㉟ ~ por alguma coisa 擔憂,注意 ㊱ ~ por ali 頑固 ㊲ ~ pêsames 弔慰 ㊳ ~ que falar 提供話題 ㊴ ~ que fazer 使人辛苦 ㊵ ~ remédio 辦妥 ㊶ ~ um abraço 擁抱 ㊷ ~ uma bofetada 打一記耳光 ㊸ ~ uma mão 望一層 ㊹ ~ um ataque 昏迷 ㊺ não se ~ por entendido 佯作不知 ㊻ pouco se me dá 我不管 ㊼ ~ a conhecer 出現 ㊽ ~-se ao luxo 恣意 ㊾ ~-se às letras 專事文學 ㊿ ~-se bem com alguém 與某人友好 ~-se bem no mar 適應海上生活 ~-se por artista 裝作藝術家 ~-se por 自負 失敗,落空 ~ às trancas 逃避,逃跑

dardejar   v.i. 投,擲,發射,放出 ① ~ olhares indignados 投以憤怒的眼光 ② ~ ditos irónicos 投擲譏諷的

話語

dardo   s.m. 鏢槍;短矛;鏢;〔轉〕似槍之物 △passar como um ~ 投鏢,急衝,突進

dasimetria   s.f. 氣壓測量學

dasímetro   s.m. 氣壓測量表

data   s.f. (文件,書信等的) 日期,年月日;多數,大批 △ ① ~ dum documento 證書的日期 ② ~ de livros 大批的書

datar   v.t. 註明日期,寫上年月日 ‖ v.i. 算起;從……時起就有 △ A independência de Portugal data de 1143 葡萄牙從 1143 年起就獨立了

datura   s.f. 〔植〕曼陀羅

D.D.T.   s.m. diclorodifeniltricloretano之省略〔藥〕滴滴涕,雙氯苯三氯乙烷

de   prep. 的,之;自,從,由 △ ① anel ~ ouro 金 (製作的) 戒指 ② dia ~ gala 慶祝(之) 日 ③ chegou ~ Cantão 從廣州來 ④ estar ~ pé 站着 ⑤ chorar ~ contente 高興得哭了起來

deado   s.m. 教長之職;教長之稱號

dealbação   s.f. 使白;漂白

dealbar   v.t. 使白;漂白

deambulação   s.f. 漫步,閒逛

deambular   v.i. 漫步,閒逛

deão   s.m. 〔宗〕教長,地方主教

debagar   v.t. 打穀;收穫 ‖ v.r. 下傾盆大雨

debaixo   adv. 在底下,在下面;不及 △ ① ~ de 在……之下 ② ter ~ de mão 在手底下,擁有

debalde   adv. 徒勞;無效

debandada   s.f. 狼狽而逃;散亂 △ em ~ 凌亂地

debandar   v.t. 使狼狽而逃;使散亂 ‖ v.i. e. r. 解散;狼狽而逃;散開

debate *s.m.* 爭論;辯論;討論 △ os ~s de uma assembleia 議會的討論 ② é questão que não admite ~ 不容討論 的問題

debater (é) *v.t.* 辯論,討論,爭論 ‖ *v.r.* 掙扎 △ o parlamento debateu largamente o projecto 議會廣泛地討論 了計劃

debelação *s.f.* 征服;鎮壓;撲滅;戰勝;根除

debelar *v.t.* 征服,鎮壓;撲滅;戰勝;根除 △ ① ~ uma insurreição 鎮壓叛亂 ② ~ uma doença 消滅一種疾病

débil *adj. 2 gén.* 弱的,虛弱的,衰弱的;微弱的 ◇ forte, vigoroso

debilidade *s.f.* 弱,虛弱,衰弱;懦弱,軟弱;〔轉〕弱點,缺點 △ ~ mental 智力發育不健全

debilitação *s.f.* 虛弱,軟弱,衰弱 ◇ revigoração

debilitante *adj.2 gén.* 使變虛弱的 ‖ *s.m.* 〔醫〕安神劑 △ tónico, reconfortante

debilitar *v.t.* 使變弱,削弱,使虛弱,使衰弱;使不堅固 △ a dieta delibitou-me 節食使我身體變弱了 ◇ revigorar, reconfortar

debitar *v.t.* 記入借方,借款 ◇ creditar

débito *s.m.* 債務,欠款;借方 ◇ crédito

deboche *s.m.* 放蕩;遊蕩;荒淫;縱情聲色

debruado, da *adj.* 有鑲邊的,鑲邊的,有邊的;〔轉〕裝飾的

debruar *v.t.* 縫邊,鑲邊 △ ① ~ um vestido 給衣服縫邊 ② ~ um jardim com buxo 在花園周圍種上一圈黃楊樹

debruçar *v.t. e r.* 向前彎腰;俯身向前;使傾斜 △ ~-se da janela 靠著窗

户

debrum *s.m.* 鑲邊;滾條

debulha *s.f.* 脫粒,剝殼

debulhador (ô) *s.m.* 脫粒者;脫粒機

debulhadora (ô) *s.f.* 脫粒機

debulhar *v.t.* 脫粒;剝殼 △ ① ~ pêssegos 去桃核 ② ~-se em lágrimas 慟哭

debutante *adj. 2 gén.* 初次登台的,首次演出的 ‖ *s. 2 gén.* 初次登台者

debutar *v.i.* 初次登台,首次演出;〔轉〕開始

década *s.f.* 十年;十卷集

decadência *s.f.* 沒落,衰落,衰敗;頹廢 △ ① ~ dos romanos 羅馬人的衰落 ② a ~ dos costumes 風俗的頹廢 ◇ progresso

decadente *adj. 2 gén.* 沒落的,衰落的;頹廢的;頹廢派的 △ ① sociedade ~ 沒落的社會 ② artista ~ 頹廢派藝術家

decaedro *s.m.* 〔數〕十面體

decágono *s.m.* 〔數〕十角形;十邊形

decagrama *s.m.* 十克

decaída *s.f.* 衰弱;衰敗;頹唐;沒落;疾病

decair *v.i.* 減退,減弱;消沉,頹唐;墜落;衰敗 △ ① a sua influência está decaindo 他的影響在減弱 ② a minha saúde decai 我的身體變得虛弱 ◇ progredir

decalcar *v.t.* 寫印,畫印;〔轉〕假冒

decalitro *s.m.* 十升

decálogo *s.m.* 〔宗〕(基督教的)十誡

decalque *s.m.* 寫印,畫印;〔轉〕假冒

decâmetro *s.m.* 十米;公丈

decampamento *s.m.* 〔軍〕拔營,開拔

decampar *v.i.* 〔軍〕拔營,開拔;逃

走,逃亡

decano *s.m.* （社團等的）老前輩 △
~ do corpo diplomático 外交團團長,
使團團長

decantação *s.f.* 讚美,頌揚;過濾

decantar *v.t.* 讚揚,頌揚;過濾 △ to-
dos os jornais decantam o seu heroísmo
所有的報紙都讚頌他的英雄主義

decapitação *s.f.* 斬首,砍頭;斬罪

decapitar *v.t.* 斬首,砍頭;[轉]擒奪
首領,使失去首領

decatlo *s.m.* 十項運動(指百米、四百
米、跳遠、鉛球、跳高、一百一十米跳
欄、鐵餅、撑竿跳、標槍、一千五百米賽
跑),十項比賽

decenal *adj.* 十年的,十年間
的;每十年的

decência *s.f.* 整潔,整齊;端莊,正
派;體面;恰當,適當 △ responder com
~ 回答得很有分寸 ◇ indecência

decêndio *s.m.* 十日,十日之期

decente *adj. 2 gén.* 端莊的,正派的;正
經的,規矩的;體面的;整潔的;與身
份相稱的 △ ① um espectáculo ~ 一
個內容正經的節目 ② casa ~ 整潔的
家 ③ um comportamento ~ 恰當的行
為 ◇ indecente

decepado, da *adj.* 殘廢的,斷肢的

decepamento *s.m.* 殘廢;斷肢

decepar *v.t.* 使殘廢,使斷肢;打斷,
切斷 △ ~ a conversa 打斷談話

decepção *s.f.* 失望,喪氣;覺醒

decerto *adv.* 當然,一定

decidido, da *adj.* 解決了的;決定了
的;勇敢的,果斷的;堅決的,下定決心
的 △ ① um homem ~ 果敢的人 ②
com passos ~ s 堅定的步伐 ◇
indeciso, hesitante

decidir *v.t.* 決定;裁決,使下決心,使
決斷,使解決 ‖ *v.i.* 決定,決心 ‖

v.r. 決定,決心 △ ① ~ ausentar-se
決定不出席 ② ~ da sorte de alguém
決定某人的命運

decifração *s.f.* 猜謎;破譯(密碼,暗
號);解說

decifrador (ô) *s.m.* 猜謎者;解說
者;破譯(密碼、暗號)者

decifrar *v.t. e i.* 猜謎;闡明;破譯
(密碼、暗號等) △ ① ~ um telegrama
譯電報 ② ~ o futuro 猜測未來

decigrama *s.m.* 分克,公厘

decilitro *s.m.* 分升,公合

décima *s.f.* 十分之一;十分之一所得
税;(八音節的)十行詩

decimal *adj. 2 gén.* 十進的,十進制
的;小數的 △ ① fracção ~ 小數,十進
分數 ② sistema ~ 十進制

decímetro *s.m.* 分米

décimo, ma *num. ord.* 第十的;十分
之一的 ‖ *s.m.* 第十個;十分之一

decisão *s.f.* 決定;決心;決議;判決;
果斷 △ ① ~ de peritos 專家的裁決
② com ~ 堅決地,果斷地 ◇ indecisão

decisivo, va *adj.* 肯定的,斷然的;決
定性的;堅決的 △ ① resposta ~a 肯
定的回答 ② batalha ~a 決戰 ③ me-
didas ~as 斷然的措施

declamação *s.f.* 朗誦,朗誦;演說,講
演

declamar *v.t.* 朗讀,朗誦 ‖ *v.i.* 演
說;慷慨陳詞 △ ~ contra algo 激烈地
反對某事

declaração *s.f.* 宣言,聲明;說明,表
白;[法] 供詞,證詞;(納稅品在海關
的) 申報 △ ① fez uma ~ à rapariga
向姑娘表白愛情 ② ~ de guerra 戰爭
宣言 ③ prestar ~ 招供 ④ tomar ~
取供,取證

declarante *s. 2 gén.* 發表聲明者;發
佈宣言者

declarar *v.t.* 宣佈;聲明,說明;表白;(在海關等處)申報;(法)供認 ‖ *v.r.* 發生;開始;表白 △ ① ~ a guerra 宣戰 ② ~ nos jornais 在報紙上公佈 ③ ~ as próprias culpas 承認自己的過錯 ④ ~-se uma epidemia 發生流行性疾病

declinação *s.f.* 傾斜,下傾;(轉)衰落,減弱;(語)詞尾變化;(天)赤緯,方位;拒絕,放棄 △ a ~ do sol 夕陽西下 ② a ~ das artes 藝術的衰落 ③ a ~ da febre 退燒 ◇ ~ magnética 磁偏角

declinador *s.m.* 偏差儀,赤緯儀

declinar *v.i.* 偏斜,傾斜;(轉)衰退,減弱 ‖ *v.t.* 拒絕接受;放棄(榮譽、任命等);(語)使詞尾變化 △ ① com a idade declinam as forças 年紀大了,力量減弱了 ② preços começam a ~ 物價開始下降 ◇ subir, progredir

declinável *adj. 2 gén.* 可傾斜的;(語)詞尾可以變化的

declínio *s.m.* 傾斜;衰退;凋落;腐爛

declive *adj. 2 gén.* 斜坡的,傾斜的 ‖ *s.m.* 傾斜,坡度,斜坡 △ ① ~ do monte 山坡 ② em ~ 傾斜的,有坡的(地面、土地等)

decocto *s.m.* 煎藥,煎劑;(燉或煮東西的)湯

decomponível *adj. 2 gén.* 可分解的;可分析的

decompor (ô) *v.t.* 分解;改變;溶解;還原,使腐爛 ‖ *v.r.* 變化;腐爛;分解 △ ① ~ a água 分解水 ② o tempo tudo decompõe 時間改變一切 ③ os cadáveres decompõem-se 屍體腐爛了 ◇ recompor

decomposição *s.f.* 分解;分析;溶解;改變;腐爛

decoração *s.f.* 裝飾,修飾;舞台佈景,道具;背誦 △ ~ da casa 房子的裝飾

decorar *v.t.* 裝飾,修飾,粉飾;熟讀,記在腦中;背誦 △ ① ~ a lição 背熟一課書 ② ~ uma habitação 裝飾一房間

decorativo, va *adj.* 可裝飾的,適於裝飾的;裝飾性的 △ ~ artes 裝飾藝術

decoro (ô) *s.m.* 尊嚴;體面;自尊,自重 △ ① guardar o ~ 舉止得體 ② homem sem ~ 毫無廉恥之人

decoroso, sa (ô) *adj.* 尊嚴的;體面的;自尊的,自重的

decorrer (ê) *v.i.* (時間)經過;發生 △ ① os factos que decorrem nessa época 當代發生的事情 ② com o ~ dos tempos 隨着時間的推移

decotado, da *adj.* 剪了枝的;剃領的,露頸露背的

decotar *v.t.* 剪枝;剃衣領使之露頸露肩 ‖ *v.r.* 穿露頸露肩的衣服

decote *s.m.* 修剪;露頸露肩的剃領;(無領式女服的)領口

decrepidez *s.f.* 衰老,老邁;衰弱

decrépito, ta *adj.* 衰老的,老邁的;衰弱的;沒落的

decrescente *adj. 2 gén.* 減少的,減小的,漸小的;下弦的(月)

decrescer (ê) *v.i.* 減,減少,變小 △ ① o vento decresce 風減小了 ② decrescem as receitas 收入減少了 ◇ crescer, aumentar

decrescimento *s.m.* 減少,變小,縮小

decretar *v.t.* 發佈(法令、政令);命令;規定 △ ~ a greve 宣佈罷工

decreto *s.m.* 政令,命令,公告;天命,天意 △ ~-lei 法令

decuplar *v.t.* 乘以十,使增至(原來

的）十倍

décuplo, la *adj.* 十倍的；以十計的
‖ *s.m.* 十倍

decuria *s.f.* （古羅馬的）十人組，班

decurião *s.m.* （古羅馬的）十人長，班
長

decurso *s.m.* （時間的）過程；持續；期
間；路綫 △ no ~ do caminho 在路途中

dedada *s.f.* 一手指之量；指印，指紋

dedal *s.m.* 頂針；少量液體 △ um ~
de vinho 一點酒

dédalo *s.m.* 迷宮，迷園；迷魂陣；糾纏
不清的事

dedicação *s.f.* 奉獻；獻身，忘我精
神，專心致志；獻祭儀式；題獻，獻辭

dedicar *v.t.* 奉獻，獻給，供奉，獻上；
題贈，題獻；用於 ‖ *v.r.* 獻身；致力，
從事 △ ① ~ todo o seu amor à pátria
將全部的愛獻給祖國 ② ~ um poema
a alguém 贈某人一首詩 ③ ~-se a 獻
身於，致力於

dedicatória *s.f.* 獻辭，題辭，贈言

dedo (ê) *s.m.* 指；趾 △ ① ~ anular
無名指 ② ~ de Deus 神力 ③ ~ do
pé 腳趾 ④ ~ indicador 食指 ⑤ ~
médio 中指 ⑥ ~ mínimo 小指 ⑦ ~
polegar 姆指 ⑧ conhecer na ponta dos
~s 熟識，精通 ⑨ contar com os ~s
扳着手指頭數 ⑩ dar ao ~ 努力工作
⑪ dois ~s de conversa 簡短的談話 ⑫
escolher a ~ 仔細選擇 ⑬ lamber os
~s 品嘗食品 ⑭ meter os ~s pelos o-
lhos 使產生錯覺，使以是爲非 ⑮
mostrar ao ~ 詳細指指 ⑯ pôr o ~ na
chaga 指出弱點，揭短 ⑰ pôr os ~s 參
與，染指 ⑱ ter ~ para 善於 ⑲ Até os
~s lhe parecem hóspedes 疑神疑鬼，
草木皆兵

dedução *s.f.* 推論，推斷；扣除，減去；

扣除額 ◇ indução

dedutivo, va *adj.* 推斷性的，推論性
的，演繹的 △ método ~ 演繹法

deduzir *v.t.* 推論，推斷；扣除，除去
△ ① da receita ~ a despesa 由收入中
扣除開支 ② ~ a culpa da atitude 由
態度推斷出犯罪

de facto *adv.* 當然；事實上

defecação *s.f.* 洗滌；糞便

defecção *s.f.* 背棄(事業)；不履行(義
務)；脫離(黨派)；叛離，變節

defectivo, va *adj.* 有缺陷(缺點)的，
不完全的，有瑕疵的，[語] 變化不全
的；智力低於正常的 △ verbo ~ 不完
全變化動詞

defeito *s.m.* 缺陷，缺點，弱點；瑕疵，
不足 △ ① ~ físico 生理缺陷 ② em
~ de 由於缺少 ③ por ~ 不足數的，
有缺的

defeituoso, sa (ô) *adj.* 有缺陷的，有
瑕疵的，有毛病的

defender (ê) *v.t.* 保護，保衛；捍衛，
維護；防禦，防守 ‖ *v.r.* 自衛，抵禦
△ ① ~ a posição 守衛陣地 ② ~ a
roupa defende-nos do frio 衣服使我們
抵禦寒冷 ③ ~-se do inimigo 禦敵

defensável *adj. 2 gén.* 可保護的；可
防禦的,可辯護的

defensiva *s.f.* 守勢；辯護 △ ① estar
(pôr-se) em ~ 處於(採取)守勢 ②
ficar na ~ 處於守勢 ◇ ofensiva

defensível *adj. 2 gén.* 可保護的；可
防禦的,可辯護的

defensivo, va *adj.* 防衛的，防禦的；
守勢的，辯護的 ‖ *s.m.* 防禦物 △ ①
uma aliança ~ a 防守同盟 ② um
~ contra sezões 防禦間歇熱敷布 ◇
ofensivo

defensor (ô) *s.m.* 防禦者，保護人；
[法] 辯護律師

deferência *s.f.* 服從;尊重,敬重;屈尊;謙遜 △ ~ cega 盲從② tratar com ~ 謙遜地對待

deferente *adj. 2 gén.* 服從的,遵從的;謙遜的;傳送的,輸送的 △ canal ~ 〔解〕輸精管

deferimento *s.m.* 批准,准許

deferir *v.t.* 批准,准許;讓步 ‖ *v.i.* 順從;服從;敬重 △ ① ~ um requerimento 批准一項要求 ② ~ às sugestões de um amigo 聽從朋友的建議 ◇ indeferir

defesa (ê) *s.f.* 防禦,守衛;保護;抵抗;辯護詞;辯護師;(足球的)防守,後衛隊員 *pl.* 自衛武器;動物的牙,角 △ ① ~ nacional 國防 ② as ~ s do veado 鹿角 ③ em ~ de 保衛,保護 ④ advogado de ~ 辯護律師

defeso, sa (ê) *adj.* 禁止的;防止的 ‖ *s.m.* 禁獵期

défice *s.m.* 不敷,虧損,虧空(額),赤字,欠缺,逆差 △ ① ~ orçamental 預算赤字 ② cobrir ~ 彌補虧欠 ◇ crédito

deficiência *s.f.* 欠缺,缺乏;缺陷,不完全

deficiente *adj. 2 gén.* 不足的,不完全的;有缺陷的,有缺點的

definhado, da *adj.* 瘦的;弱的;用盡(氣力)的

definhamento *s.m.* 變瘦;變弱;用盡氣力

definhar *v.t.* 變瘦;變憔悴 ‖ *v.i.e r.* 變弱;變憔悴,變瘦;枯萎 △ definhou muito com a doença 因病憔悴矛

definição *s.f.* 定界;定義,界說,釋義;決定;明確;清晰度

definido, da *adj.* 確定的,一定的,〔語〕限定的,指定的 ‖ *s.m.* 被確定

的對象 △ artigo ~ 〔語〕定冠詞

definir *v.t.* 爲……立界限,限定,規定;明確;爲……下定義,釋義;決定 △ ① ~ uma lei 解釋一條法律 ② ~ uma situação 明確立場

definitivo, va *adj.* 限定的;明確的,確定的;決定性的;最後的 △ sentença ~a 終審判決 ◇ provisório

definível *adj. 2 gén.* 可立界限的,有界限的;能下定義的

deflagração *s.f.* 突然燃燒,爆燃,焚燒;〔轉〕迅速蔓延

deflagrar *v.i.* 突然燃燒,爆燃,焚燒;〔轉〕迅速蔓延

defloração *s.f.* 折花;採花,破貞,姦

deflorador (ô) *s.m.* 折花人;採花賊;強姦處女之人

deflorar *v.t.* 折花;採花;破貞,強姦 △ o vento deflorou as árvores 風把樹上的花都吹掉了

deformação *s.f.* 畸型,變形;變醜 △ ① ~ passageira 跳回,反跳,反彈 ② ~ permanente 彈性疲乏 ③ ~ unitária 均勻變形

deformar *v.t.* 使變醜;使成畸型;使變形

deforme *adj. 2 gén.* 變了形的;畸型的;醜陋的

deformidade *s.f.* 畸型;殘廢,殘疾;醜陋;變形;〔轉〕(制度、道德、智力等的)缺陷

defraudação *s.f.* 騙取,詐取;逃避;偷、漏(稅等)

defraudador (ô) *s.m.* 詐取者;詐騙犯

defraudar *v.t.* 騙取,詐取;逃避;偷、漏(稅等)

defrontação *s.f.* 面對,相對

defronte *adv.* 面對,相對 △ ~ de 在

……之前,比較

defumado, da *adj.* 燻製的

defumadoiro *s.m.* 燻料;燻爐,燻(肉)室

defunto, ta *adj.* 死了的,故去的;(公司等)倒閉了的;不存在的;已失效的 ‖ *s.m.* 屍體,死者 △ ① pessoa ~ a 死去的人,故人 ② esperanças ~ as 破滅了的希望 ③ o dia dos fiéis ~s 萬靈節

degelar *v.t.* (冰、雪等冷凍物的)融化,融解;〔轉〕變溫暖 △ as suas palavras degelaram-me 您的話溫暖着我的心

degelo (ê) *s.m.* (冰、雪等物的)融化,融解

degeneração *s.f.* 退化,衰退;蜕化,變質;墮落

degenerado, da *adj.* 退化的;蜕化的,變質的;墮落的 ‖ *s.m.* 蜕化變質的人;墮落的人;頹廢的人;變態性慾的人

degenerar *v.i.* 退化;衰退;蜕化,變質;墮落,頹廢

deglutição *s.f.* 吞,嚥,嚥下的能力

deglutir *v.t.* 吞下,嚥下

degolação *s.f.* 斬首,砍頭

degoladoiro *s.m.* 斷頭台

degolar *v.t.* 斬首,砍頭,刎頸

degradação *s.f.* 貶黜,貶謫;降級;(顏色)減弱;墮落;(巖石、土壤的)風化,剝蝕 △ ① sofrer a ~ militar 軍階被降 ② ~ dos costumes 墮落

degradante *adj. 2 gén.* 降級的;免職的;減弱的,墮落的

degradar *v.t.* 貶黜,貶謫;降級;使(光綫、色彩)減弱;墮落;[質] 使風化,使剝蝕 △ ① ~ um oficial do exército 撤掉一個軍官的軍職 ② ~ as cores num quadro 使畫的顏色變淡

degrau *s.m.* 梯級;等級;〔轉〕階梯 △ passou todos os ~s da magistratura 爬上了法官的最高等級

degredado, da *adj.* 被判處流刑的,被流放的 ‖ *s.m.* 被判處流刑的人,被流放的人

degredar *v.t.* 處以流刑,流放

degredo *s.m.* 流刑;充軍;赴流刑地

deicídio (è-i) *s.m.* 殺害耶穌罪

deidade (è-i) *s.f.* 神明,神靈;〔轉〕美婦,美人

deificação (è-i) *s.f.* 奉若神明,視爲神聖;神化,推崇;神的化身

deificar (è-i) *v.t.* 把……祀奉爲神,視若神聖;使神化;〔轉〕推崇 △ ~ prudência 慎重第一

deiscente (è-is) *adj. 2 gén.* 〔植〕植物器官裂口的,裂開的

deitado, da *adj.* 躺着的

deitar *v.t.* 扔,投,擲;噴;推倒;產生;‖ *v.i.* 朝,向 ‖ *v.r.* 躺;睡覺;冒險;投 △ ① ~ fora um charuto 扔一支雪茄煙丟掉 ② ~ sangue pela boca 從嘴裏噴血 ③ ~ o chapéu para trás 把帽子推向後邊 ④ ~ água no chão 把水倒在地上 ⑤ ~ cheiro 發出氣味 ⑥ ~ as culpas a outro 把錯誤推到別人身上 ⑦ as árvores já deitam flores 樹已經開花 ⑧ ~ a mão deitar 捕 ⑨ ~ abaixo 壞⑩ ~ para terra 擲下;破壞 ⑪ ~ bênção a 向某人賜福 ⑫ ~ contas 估計 ⑬ ~ cartas (sortes) 抽籤 ⑭ ~ a perder 破壞 ⑮ ~ ovos 下蛋 ⑯ a janela deita ao jardim 窗子對着花園 ⑰ ~ a fugir 逃走 ⑱ ~ se no chão 躺在地上 ⑲ ~-se ao rio 投河 ⑳ ~-se a alguém 撲向某人某人 ㉑ ~-se aos pés de alguém 跪在某人腳下;求情 ◇levantar

deixar *v.t.* 釋放,放,放開;放下,留下

棄,放置;離開;使遺留;放棄,捨棄,戒;使放棄,戒;使處於;准許 ‖ *v.i.* 停止;放棄;戒;遺下 ‖ *v.r.* 任由,不理;放棄,中斷,不再 △ ① ~ a presa 釋放一名女犯 ② só à meia-noite ~ o trabalho 只有到深夜才停止工作 ③ ~ o emprego 辭職 ④ ~ a família e fugir 離家出走 ⑤ ~ letras pela política 棄文從政 ⑥ ~ alguém pasmado 使某人大吃一驚 ⑦ ~ uma herança 遺下產業 ⑧ ~ fazer 准許做 ⑨ ~ correr 不理睬 ⑩ ~ de fumar 戒煙 ⑪ ~-se a-garrar 任人抓 ⑫ ~-se de literatura 放棄文學 ⑬ Deixa! (阻止某人做某事)放着吧! 別動! ⑭ Deixá-lo! 別說! 別管! 管他呢! 別擔心! ⑮ ~ atrás 超過,勝過 ⑯ ~-se rogar 擺架子 ◇ se-gurar, impedir

dejecção (èç) *s.f.* 排糞; *pl.* 糞便; 排洩物;〔質〕(火山噴出的)岩漿

dejectar (èt) *v.t.* 排洩;噴射

dela *contr. de prep.* 前置詞 de 及代詞 ela 之縮略,她的

delação *s.f.* 告發,檢舉;控告

delapidação *s.f.* 揮霍,浪費;荒蕪

delapidar *v.t.* 揮霍,浪費;荒蕪

delatar *v.t.* 告發,告發;檢舉

delator (ô) *s.m.* 控告人,告發者;檢舉人

dele *contr. de prep.* 前置詞 de 及代詞 ele 之縮略,他的

delegação *s.f.* (代表的)委任;派遣;代表團;代表身份

delegacia *s.f.* 代表權;代表職責;(派駐機構的)辦事處 △ ~ de procuradoria 委託處,代理處

delegado *s.m.* 代表;委員;使者;特派員;代理 △ ~ do Ministério Público 檢察官

delegar *v.t.* 派……做代表;委任,委

派,派遣,授權

deleitar *v.t.* 使愉快,使快樂 ‖ *v.r.* 感到愉快,感到快樂 △ ~-se com a música 音樂使他感到快樂 ◇ afligir, aborrecer

deleite *s.m.* 愉快,快樂,欣喜,歡喜

deletério, ria *adj.* 有毒的,有害的; 致死的;腐朽的 △ doutrinas ~as 腐朽的理論 ◇ vital, salubre

delfim *s.m.* 〔動〕海豚;〔體育〕海豚式(游泳);〔古〕法國皇子

delgado, da *adj.* 細的;薄的;瘦的; 纖弱的 △ ① tábua ~a 薄板 ② meni-na alta e ~a 又高又瘦的女孩 ③ voz ~a 細聲細氣

deliberação *s.f.* 協商,評議;審議,討論;考慮,思忖,故意,蓄意;決議,決定 △ depois de longa ~ 經過長時間的思考之後

deliberado, da *adj.* 故意的,蓄意的;經過深思熟慮的 △ assassino ~ 蓄意謀殺

deliberar *v.t.* 考慮;商議,評議;審議;決定 ‖ *v.i.* 考慮,思忖;協商,討論某事 △ ① ~ estudar 決定學習 ② ~ a questão 考慮那個問題

deliberativo, va *adj.* 考慮過的;慎重的;協商的,評議的;商議性的 △ ① discurso ~ 提案審察報告 ② assem-bleia ~a 協商會議

delicadeza (ê) *s.f.* 優美;斯文;精巧,精緻;柔弱,脆弱;微妙;纖弱;美味;好菜 △ ① ~ de maneiras 方法之巧妙 ② ~ de um pincel 畫筆的嫻熟 ③ ~ de um pensamento 一種思想的微妙 ④ ~ do assunto 問題的複雜 ⑤ falta de ~ 粗魯 ◇ indelicadeza, grossaria

delicado, da *adj.* 巧妙的,優美的,優雅的;柔弱的,脆弱的;精巧的,精緻的;細的,軟的;易壞的,易破的;香甜

的,甘美的;微妙的 △ ① ~ as porce-
lanas精美的瓷器 ② cintura ~a 細腰
③ pessoa muito ~a 非常文雅的人 ④
uma ~a obra de jade 精美的玉雕 ⑤
iguaria ~a 美味佳餚 ⑥ situação ~a
微妙的形勢 ◇ indelicado, grosseiro,
robusto

delícia　*s.f.* 愉快;快感;享受;精美;
賞心悦目之事 △ ① lugar de ~ 景色
優美的地方 ② fazer as ~ s de alguém
使某人開心,使……高興

delicioso, sa (δ)　*adj.* 令人愉快的,
悦人心的;美味的,好吃的,可口的 △
① um sabor ~ 可口的味道 ② uma
anedota ~a 一則趣聞 ◇ execrável

delimitação　*s.f.* 定界,劃界限之;疆
界;限定,圈定,劃定

delimitar　*v.t.* 定界,畫界限,立疆界;
限定,圈定,劃定

delineação　*s.f.* 描寫,描畫;繪製;設
計,計劃;外形,輪廓,略圖;圖形

delineamento　*s.m.* 描寫,描畫,繪
製;設計,計劃;外形,輪廓;略圖;圖形

delinear　*v.t.* 描……的外形,描畫……
的輪廓,勾畫;描寫,叙述;設計,計劃

delinquência (u-ẽ)　*s.f.* 犯罪;犯罪
行為;犯罪率;過失;失職罪 △ ~ in-
fantil 少年犯罪

delinquente (uẽ)　*adj. 2 gén.* 犯罪
的;有過失的 ‖ *s. 2 gén.* 罪犯,犯人;
過失者;失職者

delirante　*adj. 2 gén.* 譫妄的,譫語
的,説胡話的;發狂的,狂妄的 △ desejo
~ 痴心妄想

delirar　*v.i.* 發狂;説譫語,胡説八道;
着迷

delírio　*s.m.* 譫語;精神錯亂;發狂,狂
亂

delirium-tremens　*s.m.* (酒精中毒
引起的)震顫性譫妄

delito　*s.m.* 犯法;不法行為;罪行;錯
誤,過失 △ ① corpo de ~ 罪證 ②
comum 刑事罪 ③ flagrante ~ 當場被
抓住的現行罪犯 ④ ~ de sangue 兇殺

delonga　*s.f.* 耽擱;延遲 △ sem ~ 勿
延,趕快

delongar　*v.t.* 延擱,遷延,遲延

delta　*s.m.* 德爾塔(希臘字母 Δ,δ 的
名稱);(河口的)三角洲 △ ~ do Nilo
尼羅河三角洲

deltóide　*adj. 2 gén.* 三角形的 ‖
s.m. [解]三角肌

demagogia　*s.f.* 蠱惑,煽動;籠絡群衆
的政策

demagógico, ca　*adj.* 煽動(性)的;
造謡生事的,蠱惑的

demagogo (δ)　*s.m.* 煽動者;蠱惑人
心的政客

demais　*adv.* 此外;而且 ‖ *s. 2 gén.*
其餘的人,其他人 △ ① ~ disso 除此
以外 ② ao ~ 此外 ③ por ~ 無用,徒
勞,白費

de mais　*loc.adv.* 過多地 △ quente
~ 太熱

demanda　*s.f.* 要求,請求;需要;銷
路;找尋;[法] 起訴 △ ① em ~ de
找尋 ② relações entre a oferta e a ~
供求關係

demandar　*v.t.* 要求,請求;需要;找
尋;[法] 起訴 △ ① a miséria ~ so-
corros 貧窮需要救濟 ② ~ alguém 起
訴某人

demão　*s.f.* (漆或石灰)層;膜;[轉]
最後修改次,潤色; *pl.* demãos △ dar
uma ~ 塗上

demarcação　*s.f.* 邊界,分界;劃界,
設界限;區分,劃分 △ linha de ~ 分
界線

demarcar　*v.t.* 劃界,定界線;分界;區
分,分開;確定

demasia *s.f.* 過量,過多;放肆,過火行為 △ ① em ～ 過份,過度 ② praticar ～s 放肆

demasiado, da *adj.* 過份的,過量的,過度的 ‖ *adv.* 太,過份,過度 △ ① luxo ～ 過於豪華 ② comer ～ 吃得過飽

demência *s.f.* 瘋狂,瘋狂;精神錯亂;痴呆

demente *adj. 2 gén.* 瘋狂的,瘋狂的;精神錯亂的;痴呆的 ‖ *s.m.* 瘋狂的人,瘋狂的人;精神錯亂的人

demissão *s.f.* 辭職,停止;免職,撤職 △ ① dar a sua ～ 辭職 ② dar a ～ a alguém 撤某人的職

demitir *v.t.e r.* 辭退,革職;放棄 △ ① o governo demitiu-o 政府解除了他的職務 ② ～ de si uma herança 自願放棄遺產

democracia *s.f.* 民主,民主主義;民主政體,民主政治;民主制度;平民階層 ◇aristocracia

democrata *s.m.* 民主主義者;民主政體論者;民主黨黨員 ◇aristocrata

democrático, ca *adj.* 民主,民主主義的,民主的;民眾的,平民的;民主黨的 △ governo ～ 民主政府 ◇aristocrático

democratizar *v.t.* 使民主化;使大眾化

demografia *s.f.* 人口統計學;人口統計

demográfico, ca *adj.* 人口統計(學)的 △ densidade ～ 人口密度

demolição *s.f.* 拆毀(建築物等),破壞,毀滅 ◇ construção

demolir *v.t.* 拆毀(建築物等),毀掉;破壞,毀滅;[轉]取消

demoníaco, ca *adj.* 著魔的;惡魔的,惡魔似的;瘋狂的

demónio *s.m.* 鬼,惡魔;惡棍,惡人;[轉]頑童 △ ① como um ～ 超人地,很大地,非常地 ② fazer o ～ 吵鬧

demonstrabilidade *s.f.* 可證實性;可表明性

demonstração *s.f.* 表明,表示,論證,證明;實證,確證,示威,示威游行;[軍]佯動;示威行動 △ ① ～ de estima 尊敬的表示 ② uma ～ atlética 田徑表演賽

demonstrante *adj. 2 gén.* 論證的;證明的;[語]指示的 ‖ *s. 2 gén.* 示威游行者

demonstrar *v.t.* 表明,表示(感情);論證,證明(示例,實驗)說明;示範,表演;舉行示威運動;[軍]示威;佯動 △ ① ～ a inocência do acusado 證明被告無罪 ② ～ a sua ira 表示憤怒

demonstrativo, va *adj.* 論證的,證明的;感情外露的,易動感情的;[語]指示的 ‖ *pronome* ～ 指示代詞 △ uma pessoa ～a 易動感情的人

demonstrável *adj. 2 gén.* 可表明的;可論證的;可證明的

demora *s.f.* 耽擱,遲延,延誤;停泊 △ ① a ～ do comboio na estação 火車停在車站上 ② sem ～ 立刻,馬上 ◇ brevidade

demorar *v.t.* 推遲,拖後 ‖ *v.i.* 耽擱,逗留 ‖ *v.r.* 遲到;停留 △ ① ～ a responder 推遲作答 ② ～ em París três meses 在巴黎逗留三個月 ③ ～ -se aqui meia hora 在這裏停留半個小時 ◇ apressar, abreviar

demover (ê) *v.t.* 勸阻,諫止;使轉向

demulcente *adj. 2 gén.* 緩和的;鎮靜的;止痛的 ‖ *s.m.* 緩和劑,潤劑

denegação *s.f.* 否認;拒絕

denegar *v.t.* 否認;拒絕

denegrido, da *adj.* 弄黑的;變黑的;

被詆毀的

denegrir *v.t.* 使變黑,使暗;塗黑;
〔轉〕污蔑,誹謗

denodado, da *adj.* 大膽的,勇敢的,
無畏的 ◇ covarde

denodo (ô) *s.m.* 大膽,勇敢,無畏 ◇
cobardia

denominação *s.f.* 命名;名目,名稱;
(度量衡等的)單位;(貨幣的)票面金
額

denominador (ô) *s.m.* 命名者;〔數〕
分母 △ ~ comum 公分母

denominar *v.t.* 爲……命名,給……
取名,把……叫做,把……稱做 ‖
v.r. 自稱,自命爲

denotar *v.t.* 表示;說明;表明;意味
着

densidade *s.f.* 稠密;濃厚;〔理〕密
度;濃度;比重

densímetro *s.m.* 密度計;比重計

denso, sa *adj.* 稠密的;濃的,濃度
的;(物質等的)密度大的,密集的 △ ①
fumo ~ 濃煙 ② floresta ~a 密林 ◇
rarefeito

dentada *s.f.* 咬,咬傷;〔轉〕諷刺的話

dentado, da *adj.* 有齒的,有牙的,鋸
齒狀的 △ roda ~a 齒輪

dentadura *s.f.* 〔集〕全副牙齒;全副
假牙 △ ~ postiça 假牙

dental *adj. 2 gén.* 牙的,齒的;牙科
的;〔語〕齒音的 ‖ *s.m.* (犁的)鏵 ‖
s.f. 齒音字 △ consoante ~ 齒
音的子音

dente *s.m.* 牙,齒;齒狀物 △ ① ar-
mar até aos ~s 武裝到牙齒,全副武裝
② dar ao ~ 吃,嚼 ③ dar com a língua
nos ~s 不慎洩露秘密 ④ dar nozes a
quem não tem ~s 不會利用機會 ⑤ ~
de alho 蒜瓣 ⑥ ~ canino 獠牙,犬齒
⑦ ~ incisivo 門齒 ⑧ ~de-leão 〔植〕

藥用蒲公英 ⑨ ~ de leite 乳齒 ⑩ ~-
de-lobo 玻璃磨光器 ⑪ ~ molar 臼齒
⑫ ~ por ~ 報復,以牙還牙 ⑬ ~
postiço 假牙 ⑭ ~ de siso 智齒,阻生
齒 ⑮ falar entre ~s 嘟噥,講話含糊不
清 ⑯ lutar com unhas e ~s 拼命搏鬥
⑰ meter ~ em 明白 ⑱ mostrar os
~s 威脅,張牙舞爪 ⑲ tomar freio nos
~s 反抗命令

denteação *s.f.* 長牙;用牙咬

dentear *v.t.* 長牙;用牙咬;咬成鋸齒
狀,使凹

dentição *s.f.* 長牙;〔動〕牙系,齒系;
〔集〕(一口)牙齒

dentífrico *s.m.* 牙粉;牙膏

dentista *s. 2 gén.* 牙科醫生;〔輕蔑〕
庸醫

dentre *contr. de prep.* 前置詞 de 及
副詞 entre 之縮略,在……之中

dentro *adv.* 在裏面,在內 △ ① cá ~
在心中 ② de ~ 從裏邊,從內心裏 ③
~ de ou ~ em 在……裏面 ④ para ~
向裏邊 ⑤ por ~ 從內部,在裏邊 ◇
fora

dentudo, da *adj.* 牙齒大的,有巨齒
的 ‖ *s.m.* 〔動〕(古巴)尖吻鯖魚

denúncia *s.f.* 指責,彈劾;控訴,告
發,檢發;公佈;廢止,廢除;廢約通告
△ ~ falsa 誣告

denunciação *s.f.* 指責;彈劾;控訴,
告發,揭發;宣告,公佈;廢除,廢止;廢
約通告

denunciador, ra (ô) *adj.* 控告的,
告發的;指責的 ‖ *s.m.* 控告者,告發
者;指責者

denunciar *v.t.* 指責,譴責,斥責;指責;
責;彈劾;告發;揭發;表明,說明;告發
△ ① ~ um crime 揭發罪行 ② ~ a
guerra 宣戰 ③ ~ maus instintos 露出惡劣本性 ④

~ um tratado 廢除條約

deparar *v.t.* 遇見，碰見；發現 ‖
v.r. 出現 △ ① ~ uma casa 看見一
所房屋 ② ‖ ~-se uma ocasião 機會來臨

departamento *s.m.* 部門；(行政機構
的)局，廳，司；區鎮；(成套)房間 △
~ de Estado 美國國務院

depauperação *s.f.* 貧窮化，貧困化

depauperar *v.t.* 使貧窮化，使貧困；
[醫]虛弱，疲憊

depauperar *v.t.* 使虛弱化，使貧困；
[醫]使虛弱，使疲憊；[轉]用盡

depenar *v.t.* 拔羽毛；[口]敲詐 ‖
v.r. 脫羽毛

dependência *s.f.* 依賴，依靠，依附；
下屬部門，下屬單位；派出單位，分支
機構；*pl.* 附屬領土；附屬物 ◇
independência, autonomia

dependente *adj. 2 gén.* 依靠的，依賴
的；從屬的，依附的，附屬的；下垂的，
懸吊的；由……決定的 △ posição ~
依附地位 ◇ independente, autónomo

depender (ê) *v.i.* 取決於……，因
……而定，靠，憑；依賴，依靠，依附；出
自，來自；與……有關連 △ ① depende
da causa 因果報應 ② dos nos-
sos actos depende a nossa reputação 我
們的聲譽取決於我們的行動

dependurado, da *adj.* 懸掛的，垂吊
的

dependurar *v.t.* 懸掛，垂吊

depilação *s.f.* 拔毛，脫毛脫髮

depilar *v.t.* 使脫毛，除去……的毛；
脫髮，使禿

deploração *s.f.* 難過，惋惜，遺憾；嘆
息

deplorar *v.t.* 爲……難過；爲……感
到遺憾，爲……惋惜

deplorável *adj. 2 gén.* 可嘆的，可悲
的，可惜的，可嘆息的 △ situação ~
可憐的狀況

depoente *adj. 2 gén.* 〔語〕異相的，被
動形式主動詞義的 ‖ *s. 2 gén.* 證人，
證明者 △ verbos ~s 異相動詞

depoimento *s.m.* 證詞，口供；陳述
書；見證 ◇ o ~ da história 歷史的見
證

depois *adv.* 後，……之後；除……之
外 △ ① ~ de 在……之後 ② ~ que
自從；一旦；只要 ③ isso não é correcto
e ~ é mau exemplo 這不正確，此外，
也是一個壞典型

depolarizar *v.t.* 〔理〕減極，消極，退
極化

depor (ô) *v.t.* 放下，放置；把……免
職，罷免；〔法〕宣誓證明；存(款)；呈
遞 ‖ *v.i.* 做證人 △ ① ~ dinheiro
num banco 在一個銀行裏存款 ② ~
um facto 作證明 ③ ~ um fardo 放下
一個包裹 ④ ~ um requerimento 呈交
一份呈文 ⑤ ~ um rei 廢黜一位國王

deportação *s.f.* 流放，充軍

deportado *s.m.* 流放犯，充軍犯

deportar *v.t.* 流放，放逐，判充軍

deposição *s.f.* 放置，安放，(暫時)存
放；免職，罷免，廢黜；〔法〕證詞，口供；
淤積，沉積

depositante *s. 2 gén.* 寄託者，付託
者；存款者

depositar *v.t.* 放置，安放，(暫時)存
放；寄存，委託保管；使淤積，使沉澱；
存(錢) ‖ *v.r.* 沉積，沉澱 △ ① a
menor casa dos parentes 把小孩寄
放在親屬家 ② ~ confiança em 信任
③ ~ segredo em 保守秘密 ④ as fezes
do vinho depositam-se no fundo da
vasilha 酒渣沉積在缸底

depósito *s.m.* 放置，堆積；儲存，貯
藏；存放物；儲存處，倉庫，(倉)室，
貯物室；液體貯存器(池)；沉積，沉澱
△ ① ~ de arma 武器儲備 ② ~ de

combustivel（飛機）燃料箱 ③ ～ de viveres糧倉 ④ ～ mineral 礦淋 ⑤ o ～ de lixo 垃圾堆放處 ⑥ ～ à ordem (a prazo) 活(定)期存款

depravação *s.f.* 惡化；墮落,腐化,(道德)敗壞 △ ～ da enfermidade 病情惡化

depravado, da *adj.* 惡化的；墮落,腐化的,(道德)敗壞的

depravar *v.t.* 使惡化；使墮落,使腐化；敗壞,弄壞 △ o álcool deprava o estômago 酒精對胃有害

deprecar *v.t.* 央求,請求,懇求

depreciação *s.f.* 跌價,減價,貶值,〔轉〕輕視

depreciar *v.t.* 使跌價,使減價,使貶值；貶低,輕視 △ ～ os méritos de alguém 輕視某人的功績

depreciativo, va *adj.* 價值低落的,減價的,貶值的；貶低的；輕視的 △ expressão ～a 輕視的表情

depredação *s.f.* 搶掠,掠奪,洗劫；蹂躪

depredar *v.t.* 搶掠,掠奪,洗劫；蹂躪

depreender (ê) *v.t.* 推理,推論了解知,推定

depreensão *s.f.* 推理,推論,推知,推定

depressa *adv.* 快,急,迅速 △ andar ～ 走得很快

depressão *s.f.* 壓低；陷落,塌陷；凹洼,凹陷,洼地；衰弱；低氣壓,(氣壓水銀柱)下降；〔轉〕蕭條,不景氣,不振；沮喪,消沉 △ ① ～ económica 經濟蕭條 ② ～ tropical 熱帶低氣壓 ③ um vale é uma ～ do solo 山谷是地殼的凹陷

deprimente *adj. 2 gén.* 壓抑的；〔轉〕羞辱人的,侮辱性的

deprimir *v.t.* 使衰弱,使喪失元氣；

抑壓；〔轉〕使受恥辱

depuração *s.f.* 清潔；淨化,提純；淨化作用

depurar *v.t.* 使清淨；淨化,提純,除去……的雜質

depurativo, va *adj.* 淨化的,淨化用的；〔醫〕淨血用的 ‖ *s.m.* 淨化劑,淨血劑

deputação *s.f.* 代理,代表,代表團；委派,派代表 △ receber uma ～ 接待一個代表團

deputado *s.m.* 代理,代表；使臣；議員 △ ～ à Assembleia Nacional 國大代表

deputar *v.t.* 使……做代理,派爲代理,委託代理；派遣代表

de repente *adv.* 突然,忽然

derivação *s.f.* 引出,導出；出處,由來,起源；〔語〕詞源,派生；衍生,衍生物 △ ① ～ eléctrica 電器之支線 ② ～ numérica 數目之導數 ③ ～ do mal 惡劣之源 ④ ～ duma palavra 一個詞的派生 ⑤ ～ dum rio 河故道道

derivado, da *adj.* 導出的,衍生的,導出的 ‖ *s.m.* 派生物,衍生物；〔語〕派生詞；〔數〕導數,記數,微商 △ os ～s do petróleo 石油產品

derivar *v.t.* 得出,導出；改變,引開；〔語〕使派生出 ‖ *v.i.* 來自,源出,起源於 ‖ *v.i. e r.* 漂流,漂蕩；因之而來；〔海〕偏航 △ a conversação derivou-se ao melhoramento da vida do povo 話題轉到改善人民生活上去了

dermatite *s.f.* 〔醫〕皮膚炎,皮炎

dermatologia *s.f.* 皮膚(病)學

dermatologista *s. 2 gén.* 皮膚病學者；皮膚病科醫生

dermatose *s.f.* 皮膚病

derme *s.f.* 真皮；皮,皮膚

dermite *s.f.* 〔醫〕皮膚炎

derradeiro, ra *adj.* 最後的;落後的 △por ～ 最後 ◇ primeiro

derramação *s.f.* 溢出;漏;散落;剪枝;分攤 (捐稅等);傳播;透露

derramamento *s.m.* 溢出;漏;散落;剪枝;分攤 (捐稅等);傳播;透露

derramar *v.t.* 剪枝;撒;使流出;分攤 (捐稅等);噴;傳播 ‖ *v.r.* 傳運,透露 △ ① ～ flores 撒花 ② ～ azeite no chão 把橄欖油弄撒到地上 ③ ～ o sangue de 使死亡 ④ derrama-se um boato 傳播謠言

derrame *s.m.* 流出,漏失,〔醫〕(體液的)滲出,(血液的)溢出,流出;透露 △ ～ cerebral 腦溢血

derreado, da *adj.* 悲悼的;疲倦的;直不起來的

derreter *v.t.* 使溶化,使融解;〔轉〕使憔悴,使愛憐,耗盡,揮霍 ‖ *v.r.* 熔化,融解;〔轉〕傾心,迷戀,鍾情 △ ～-se na boca 在嘴裏溶化了

derretido, da *adj.* 已熔化的;已融解的;〔轉〕傾心的,熱戀的 △ ficar ～ 熱戀着

derretimento *s.m.* 融解;溶化;傾心,熱戀

derribar *v.t.* 弄倒,推倒,拆毀,破壞,使倒塌;打倒,推翻,使垮台 △ ① a oposição derribou o ministro 反對派推翻了部長 ② ～ a porta para entrar na casa 破門而入

derrocada *s.f.* 崩潰;倒塌;毀滅

derrocar *v.t.* 拆毀,毀壞;使破滅 △ ～ ilusões 使幻想破滅

derrogar *v.t.* 廢除,取消 (法律條款);破壞,毀壞

derrota *s.f.* 航向;航線;道路,路徑;敗北,失敗

derrotar *v.t.* 偏離航向;使敗北,使潰散;戰勝,征服

derrubamento *s.m.* 擲下;摔下;倒下;衰弱;拆毀,破壞

derrubar *v.t.* 擲下;摔下;弄倒;弄塌;使虛弱 △ ① ～ um governo 推翻一個政府 ② a febre derrubou-me 發燒使我身體變虛弱

desabafar *v.t.* 使透氣;揭去蓋物使呼吸正常;坦白地說 ‖ *v.i.* 呼吸正常 ◇ abafar

desabafo *s.m.* 放下心來;嘆息,一嘆;透氣 ◇ abafo

desabamento *s.m.* 崩潰;塌下

desabar *v.t.* 推毀;弄碎 ‖ *v.i.* 倒塌,崩潰 △ ① com a ventania desabaram as árvores 大風使樹倒下了 ② todos os meus projectos desabaram 我的全部計劃都失敗了

desabitado, da *adj.* 無人居住的;無人煙的,空的 △ ① casa ～a 空房子 ② região ～a 無人區 ◇ habitado

desabituação *s.f.* 不習慣,不慣 ◇ habituação

desabituar *v.t.* 打破習慣,使……戒除惡習 △ ～ uma criança de mentir 糾正孩子說謊的習慣

desabonado, da *adj.* 無擔保的;無信用的;沒有資金的

desabono (ô) *s.m.* 失信,失信用;中傷,詆毀

desabotoar *v.t.* 解開鈕扣;解開 ‖ *v.i.* (花苞)綻開,開放 ‖ *v.r.* 解開衣服;發芽;〔轉〕直言不諱 ◇ abotoar

desabrido, da *adj.* (待人接物)生硬粗暴的,令人不快的;暴風雨的 △ ① palavras ～as 令人不快的話 ② noite ～a 暴風雨的夜晚

desabrigar *v.t.* 揭掉覆蓋物;拋棄;使無庇蔭 ◇ abrigar

desabrochamento *s.m.* 解開,打開,揭開;開花;表露

desabrochar v.t. 解開,打開,揭開 ‖ v.i. (開始)開花;(開始)表露 ‖ v.r. 放開;解放 △ ① ~ um livro 打開書 ② a sua beleza desabrochava 她的美麗開始表露出來

desacamar v.t. 騷擾,使不安 ◇ acamar

desacampar v.i. 拔營 ◇ acampar

desacatar v.t. 不恭敬,不尊重;輕視;褻瀆 △ ① ~ a religião 褻瀆宗教 ② ~ seus pais 不尊重父母

desacato s.m. 不尊重,不恭敬;輕視;褻瀆

desacautelado, da adj. 不注意的;無準備的,無防備的

desacertado, da adj. 錯誤的,不正確的;不協調的;不準的 ◇ acertado

desacertar v.t. 弄錯;使不協調 ‖ v.i. 出差錯 ‖ v.r. 出格,不準 △ ① não deve ~ nos meios 方法不能錯 ② o relógio desacertou-se 鐘錶走得不準了 ◇ acertar

desacerto (ê) s.m. 錯誤,謬誤;錯誤行為

desacolher (ê) v.i. 拒絕庇護;不歡迎;不好好接待 ◇ acolher

desacompanhado, da adj. 無伴侶的;無羈居的;單獨的

desaconselhado, da adj. 任性的;冒失的;輕率的;不聽勸告的 ◇ aconselhado

desaconselhar v.t. 勸阻(止);使改變念頭

desacordado, da adj. 不調和的,不協調的,不和諧的;昏迷不省人事的

desacordar v.t. 使不一致,使不協調;使昏迷不省 ‖ v.i. 不一致;不和;昏迷不省 ◇ acordar

desacorde adj. 2 gén. 不一致的,不協調的;不調和的,不和諧的 △ ①

cores ~s 不和諧的顏色 ② opiniões ~s 不一致的意見

desacordo (ô) s.m. 不合;不同;不諧;爭論,異議;齟齬 ◇ acordo

desacorrentar v.t. 釋放 ◇ acorrentar

desacostumado, da adj. 不習慣的;不熟習的;不適應的;不常見的;新奇的 ◇ acostumado

desacostumar v.t. 打破習慣;打破常規;使改變習慣 ‖ v.r. 失去習慣,改變習慣,不習慣 △ ~-se de fumar 改變吸煙的習慣

desacreditado, da adj. 失去聲望的,威信掃地的,無面子的 ◇ acreditado

desacreditar 使失去聲譽,使威信掃地,使丟面子 ‖ v.r. 失去信譽 ◇ acreditar

desafamar v.t. 損害名譽 ◇ afamar

desafectação (èt) s.f. 不裝模作樣;自然;真誠 ◇ afectação

desaferrar v.t. 鬆開,放開;[轉]勸止 ‖ v.i. 起錨 ‖ v.r. 鬆開,解脫 △ não pude desaferrá-lo de tal ideia 我未能使他改變道個主意

desaferrolhar v.t. 取下門閂,打開;公開;釋放 ◇ aferrolhar

desafiador (ô) s.m. 挑戰者,挑戰者;決鬥者

desafiar v.t. 挑戰,挑鬥;迎着,冒着(困難、危險等);邀請;使刀變鈍 △ ① ~ o frio 不怕嚴寒 ② ~ todos os perigos 冒着千難萬險 ③ Ele desafiou-me a saltar 他和我比賽跳高

desafinação s.f. 不合,不和諧;走調,走音 ◇ afinação

desafinar v.t. 使不協調 ‖ v.i.e. [樂]走調,走音;[轉]激怒 ◇ afinar

desafio s.m. 挑戰,挑鬥;比賽,競賽

決鬥 △ ① esta lei é um ~ à opinião pública這項法律是向公眾輿論的挑戰 ② ~ de futebol 足球賽

desafogado, da *adj.* 寬大的,寬敞的;寬綽的,寬裕的,富裕的 △ ① casa ~a 寬敞的房子 ② vida ~a 富裕的生活 ◇ acanhado

desafogo (ô) *s.m.* 減輕;舒暢,舒服,安慰,寬慰;坦率 △ ① falar com ~ 坦率地說話 ② viver com ~ 舒服地生活

desafôro (ô) *s.m.* 厚顏無恥;傲慢,嬌橫;無禮

desafortunado, da *adj.* 倒霉的;不幸的;不走運的 ◇ afortunado

desafronta *s.f.* 報仇,雪恨;重新整理,調整;修理 ◇ afronta

desaglomerar *v.t.* 疏散 ◇ aglomerar

desagradável *adj. 2 gén.* 令人不愉快的,令人討厭的;難看的 △ ① ~ de dizer 難以出口的 ② aspecto ~ 樣子不怎麼樣 ◇ agradável

desagradecido, da *adj.* 忘恩負義的;不領情的 ◇ agradecido

desagrado *s.m.* 不愉快,不高興 △ incorrer no ~ 惹人不高興 ◇ agrado

desagravar *v.t.* 賠禮道歉;補償,賠償;消腫 ‖ *v.r.* (對別人的賠禮道歉) 感到滿足,滿意 ◇ agravar, ofender

desagregação *s.f.* 分離,分開,分散 ◇ agregação

desagregar *v.t.* 分離,分開,分散;分解;[質] 崩解,風化 ◇ agregar

desaguamento (àg) *s.m.* 排水,排出,排乾;(河流的)匯入,流入,注入

desaguar (àg) *v.t.* 排水;放乾,排乾 ‖ *v.r.* (河流的)匯入,流入,注入 △ ① ~ a embarcação 把船中的水排出去 ② o Tejo desagua no Atlântico 特茹河流入大西洋

desaire *s.m.* 不優雅,挫折;難堪,下不來台;羞辱

desajeitado, da *adj.* 不靈巧的,笨的;愚蠢的 ◇ ajeitado

desajudar *v.t.* 不援助,不幫助;妨礙,阻擋

desalentar *v.t.* 使透不過氣來;[轉] 使氣餒,使沮喪,使洩氣 ◇ alentar

desalento *s.m.* 氣餒,沮喪,洩氣,失望 ◇ alento

desalgemar *v.t.* 去掉手銬;釋放 ◇ algemar

desalinhado, da *adj.* 邋遢的,衣冠不整的 ◇ alinhado

desalinho *s.m.* 邋遢,衣冠不整;[轉] 疏忽,粗枝大葉 △ cabelo em ~ 頭髮散亂 ◇ alinho

desalistar *v.t.* 除名 ‖ *v.r.* [軍] 開除;退伍 ◇ alistar

desalmado, da *adj.* 殘忍的,不人道的;存心不良的,心術不正的 ◇ bondoso, caridoso

desalojamento *s.m.* 逐出,驅逐,趕走;無家可歸 ◇ alojamento

desalojar *v.t.* 逐出,驅逐,趕走,轟走 ‖ *v.r.* 撤離,撤出;遷走,走開,移居 △ ~ o inimigo à baioneta 用刺刀把敵人趕走 ◇ alojar

desamarrar *v.t.* 解開,鬆開,放開,弄開;勸阻;脫身 △ ① ~ alguém de casa 把某人從家中趕出 ② ~ alguém de uma ideia 勸某人改變主意 ◇ amarrar

desamparado, da *adj.* 無倚無靠的;得不到幫助的;被拋棄的;偏僻的,人煙稀少的,人跡罕到的 △ ① criança ~a 無倚無靠的孩子 ② choça ~a 孤零零的小茅屋 ◇ amparado

desamparar *v.t.* 拋棄,遺棄;灰心,不幫助,不保護;離開 ◇ amparar

desamparo *s.m.* 拋棄;無倚無靠 △ ①ao ~ 放棄地;無保障地 ② morrer no ~ 無倚無靠地死去 ◇ amparo

desancar *v.t.* 亂打,痛打;[轉]痛斥

desancorar *v.t.* 起錨 ◇ ancorar

desandar *v.t.* 使後退,鬆螺釘;使回 ‖ *v.i.* 後退,變亂 △ ① ~ uma bofetada 打一記大耳光 ② precipitação desandou em tolice 鹵莽變爲愚蠢

desanexão (cs) *s.f.* 脫離,分離 ◇ anexão

desanexar (cs) *v.t.* 脫離,分離 ◇ anexar

desanimação *s.f.* 洩氣,沮喪,氣餒 ◇ animação

desanimado, da *adj.* 洩氣的,沮喪的;氣餒的,沒有勇氣的;死氣沉沉的,沒有生氣的 △ rosto ~ 沒有表情的面孔 ◇ animado, corajoso

desânimo *s.m.* 洩氣,沮喪,氣餒

desanuviar *v.t.* 吹去雲霄;[轉]使明朗,澄清 △ ① o vento desanuviou o céu 風把天空中的雲彩吹走了 ② a boa notícia desanuviou-lhe o rosto 好消息驅散了他臉上的陰影 ◇ anuviar

desparafusar *v.t.* 鬆螺釘 ◇ aparafusar

desaparecer (ê) *v.i.* 消失,不見;[轉]死亡;不復存在 △ ① desaparece a superstição 迷信消失 ② o meu livro desapareceu 我的書丟了 ③ o sol desapareceu 太陽落下去了 ④ todos os amigos da minha infância desapareceram 我童年時的朋友都死了 ◇ aparecer

desaparecimento *s.m.* 消失,失去,不見;[轉]死亡 ◇ aparecimento

desaparição *s.f.* 消失,失去,不見 ◇ aparição

desapegado, da *adj.* 不黏着的;超然

的;[轉]失去感情的;不感興趣的;疏遠的 ◇ apegado

desapego (ê) *s.m.* 冷淡,不喜愛;不感興趣;缺乏感情 △ ter ~ à vida 對生活失去興趣 ◇ interesse, amor

desapertar *v.t.* 放鬆,使寬緩,鬆鈕扣;[轉]減輕 △ ~ o coração 減輕心臟的負擔 ◇ apertar

desaperto (ê) *s.m.* 鬆弛,放鬆 ◇ aperto

desapontado, da *adj.* 失望的,沮喪的,失意的

desapontamento *s.m.* 失望,沮喪,失意

desapontar *v.t.* 使失望,使沮喪;瞄錯

desapoquentar *v.t.* 使安靜,安慰 ◇ apoquentar

desapossar *v.t.* 奪取,强奪,剝奪 ◇ apossar

desapreciar *v.t.* 輕視,貶低,蔑視;不喜歡 ◇ apreciar

desaprender (ê) *v.t.* 忘記,忘掉(所學的東西)

desapropositado, da *adj.* 無益的;不適合的 ◇ apropositado

desapropriar *v.t.* 奪取(產業);没收,徵收;捨棄;[轉]不合理地使用 ‖ *v.r.* 割讓,轉讓,捨棄

desaprovação *s.f.* 不承認;不贊成,不同意;責備,譴責 ◇ aprovação

desaprovar *v.t.* 不承認;不贊成,不同意;責備,譴責,責難 ◇ aprovar

desaproveitado, da *adj.* 未被利用的,不利用的浪費的,荒廢的,不求進取的(人) △ ① terreno ~ 荒廢的土地 ② é bom rapaz, mas muito ~ 是個好孩子,但是很不求進取 ◇ aproveitado

desaproveitamento *s.m.* 未利用;浪

費,荒廢;不求進取 ◇ aproveitamento

desaproveitar v.t. 錯用,誤用;浪費,糟踏 ‖ v.i. 退步 ◇ Se não se adiantar no estudo é igual a ~ 在學習上不進則退 ◇ aproveitar

desaprumo s.m. 不垂直 ◇ aprumo

desarborizar v.t. 刨掉樹林,毀掉樹林 ◇ arborizar

desarmamento s.m. 繳械,解除武裝;裁減軍備 △ conferência de ~ 裁軍會議

desarmar v.t. 繳械,解除武裝;裁減軍備;拆除(設施),拆卸,拆開;〔轉〕平息,緩和,消氣;使落空 ‖ v.i. 載軍 ‖ v.r. 〔轉〕鎮靜;失去 △ ① ~ um exército 解除軍隊的武裝 ② ~ projectos de outros 使別人的計劃落空 ③ ~ uma nação 拆除船上的設備 ④ ~ uma espingarda 拆卸一支槍 ⑤ ~-se de paciência 失去耐心 ◇ armar

desarmonia s.f. 不和諧,不協調;〔轉〕分岐,不和 ◇ harmonia

desarmonizar v.t. 使不和諧,使不協調;使不合,使不一致 ◇ harmonizar

desarraigar v.t. 連根拔除,根絕;〔轉〕滅絕,鏟除 △ ~ maus costumes 鏟除壞習慣 ◇ arraigar

desarranjar v.t. 攪亂;弄亂,攪亂 ◇ arranjar

desarreigar v.t. 連根拔,根絕 ◇ arreigar

desarrumação s.f. 紛亂,不整齊;亂堆放

desarrumar v.t. 使亂,攪亂,亂堆放;移動(貨物),搬動;免去(工作,位置) △ ~ as cadeiras 搬動椅子

desarticular v.t. 使脫臼,使(關節)分離;切斷關節,使(機器部件)不咬合;〔轉〕破壞 △ ① ~ um plano 破壞一個計劃 ② ~ uma conspiração 粉碎

一個陰謀 ③ ~ uma organização secreta 破壞一個秘密組織 ◇ articular

desarvorado, da adj. 拆除桅杆的;桅杆被折斷的;沒有裝備的 ◇ arvorado

desasado, da adj. 羽翼耷拉的,被剪去羽翼的;癱瘓的;〔轉〕不中用的;疲倦的 ◇ asado

desasseio s.m. 不清潔,污穢;髒亂 ◇ asseio

desassociar v.t. 解散,分離 ◇ associar

desassossegado, da adj. 不安靜的;不安的,焦慮的 ◇ sossegado

desastrado, da adj. 不幸的;慘敗的;災難(性)的,不幸的;笨手笨腳的 △ ① revolução ~a 血腥的革命 ② morte ~a 不幸死亡 ③ criado ~ 笨備人 ◇ jeitoso

desastre s.m. 災禍,災殃,災難;不幸;失敗,失事;糟糕透頂的事 △ ~ de automóvel 車禍

desastroso, sa (ô) adj. 災難性的;造成災難的,不祥的,不幸的;極壞的,糟糕透頂的

desatacar v.t. 解開(衣服,鈕扣,結等);取出填彈塞;取出通條 △ ① ~ as botas 解開靴子帶 ② ~ o baú 取出 ◇ atacar

desatar v.t. 解開,鬆開;〔轉〕解放,使不受約束;〔轉〕消除,解除,廢除;張,揚;〔轉〕解決 ‖ v.i. 突然;爆發 ‖ v.r. 迸發,涌出;縱情,恣意;放開繩子 △ ① ~ um molho de lenha 解開一捆柴 ② ~ um nó 解開一個結 ③ ~ um enigma 打破疑團 ④ ~ velas ao vento 迎風揚帆 ⑤ a criança desata-se em prantos 小孩大哭起來 ⑥ ~ desata-se entusiasmo 熱情迸發 ◇ atar

desatento, ta adj. 漫不經心的,不留

心的;急慢的;失禮的

desatinado, da *adj.* 失去理智的;不慎重的;神經錯亂的,癲狂的

desatrelar *v.t.* 解開皮條(釋放馬、犬等);釋放 ◇ atrelar

desavença *s.f.* 不合,衝突;對立,不調合;爭吵 ◇ avença

desavindo, da *adj.* 不合的,不一致的,對立的 △ os dois vizinhos andam ~s 兩個鄰居不和 ◇ avindo

desavir *v.t.* 使不合,使不一致,使對立;爭論 ‖ *v.r.* 不一致,不合 △ desavieram-se no preço 價格上不一致

desavisar *v.t.* 使預先沒有準備;給予相反的命令;更改命令,撤消命令

desbaratado, da *adj.* 揮霍的,毀壞了的;潰敗的,敗北的;胡亂的;生活沒有條理的

desbaratamento *s.m.* 浪費,毀壞,破壞;擊潰;敗北;潰散

desbaratar *v.t.* 揮霍,浪費;破壞,毀壞;打敗,擊潰

desbarato *s.m.* 潰敗,敗北 △ ① o ~ do inimigo foi completo 敵人完全潰敗了 ② ao ~ 拋棄;甩賣 ③ vender ao ~ 大甩賣

desbloquear *v.t.* 打破封鎖;開放;〔商〕解除 ◇ bloquear

desbocado, da *adj.* 放肆的,恣意的;出言粗鄙的,滿嘴髒話的 △ cavalo ~ 狂奔的馬

desbotado, da *adj.* 褪色的,變色的;蒼白的;昏暗的 △ ① vestido ~ 褪色的裙子 ② face ~a 蒼白的臉 ◇ corado

desbotar *v.t.* 使褪色,使變色;〔轉〕使遜色 ‖ *v.i.* 褪色,變色 △ ① as insónias desbotam-lhe as faces 失眠使他的臉色蒼白 ② O sol desbotou aquela fazenda 太陽使那塊布料褪色了 ③

a tradução desbotou a obra 翻譯使作品遜色了 ◇ corar

desbravar *v.t.* 使馴服;開墾,墾荒 △ ~ charnecas 開墾荒地

descabido, da *adj.* 遲到的,不及時的;不適合的 △ insinuações ~as 不合適的暗示 ◇ cabido

descair *v.t.* 使落下;垂 ‖ *v.i.* 斜;漸漸落下;滑落,轉向;昏暗;偏航 △ ① ~ a cabeça sobre o peito 頭垂到胸前 ② sentir-se ~ de fome 感到餓得慌 ③ a conversa descaiu noutro assunto 談話轉向另一個話題 ④ a trovoada vai descaindo 雷聲小了

descalabro *s.m.* 重大損失;破壞;不幸;失敗

descalçar *v.t.* 脫(鞋、襪、褲、手套等);撬掉楔子;清除石塊;〔轉〕無倚無靠 △ ① ~ a roda do carro 卸掉車輪 ② ~ uma bota 戰勝困難 ◇ calçar

descalço, ca *adj.* 赤腳的,沒穿鞋的;〔轉〕沒注意的,不留心的;貧窮的 △ ① rua ~a 沒有鋪石頭的路 ~ de pés ~s 赤腳 ② ser apanhado ~ 冷不防地被捉住 ◇ calçado

descaminhar *v.t.* 使誤入歧途;使走錯路 ◇ encaminhar

descampado *s.m.* 原野,曠野;空地

descansado, da *adj.* 休息的;悠閒的;鎮靜的;輕鬆愉快的,從容的;放心的 ◇ estar (ficar) ~ 放心 ◇ fatigado

descansar *v.t.* 使得到休息;放置,置,靠;〔轉〕使放心 ‖ *v.i.* 休息;(土地)休耕;睡覺;以……為基礎,以……為依靠;倚靠 △ ① a tua carta descansou-me acerca do negócio 您的信使我對買賣放心了 ② ~ dos seus trabalhos 休業 ③ ~ em alguém 信賴某人 ④ ~ em paz 安葬 ⑤ sem ~ 不斷地,無休止的

descanso *s.m.* 休息;停止(運動、工作等);休息息了②esta aldeia é o meu predilecto 這個村子是我鍾愛的休息地③ — eterno 安息④ sem — 不斷地,無休止的⑤ — de turco〔海〕文梯繩◇ fadiga

descarado, da *adj.* 厚顔無恥的;傲慢的◇ timido

descaramento *s.m.* 厚顔無恥;傲慢△ ter o — de perguntar 厚着臉皮去問◇ timidez

descarga *s.f.* 卸載,卸;〔醫〕排出;〔軍〕齊射;排檔,排碼;〔理〕放電;一頓打;除名△① dar uma — 打一陣槍② — de mercadorias 卸貨③ levar uma — de pau 挨一陣棍打④ — eléctrica〔理〕放電

descargo *s.m.* 開脱(責任);開釋;履行義務△ por — da consciência 爲良心起見

descarnado, da *adj.* 没有肉的,瘦的

descaroçador (ô) *s.m.* 軋棉機;去籽機

descarregado, da *adj.* 卸下的,空的;減輕的◇ carregado

descarregamento *s.m.* 卸,卸貨,卸除;〔轉〕減輕;〔軍〕發射,射擊;〔醫〕排出◇ carregamento

descarregar *v.t.* 卸,卸貨;〔轉〕減輕;解除,免職;委託;取消;〔醫〕放出,排洩;〔軍〕發射,射擊△① a cólera 發怒② a verba dum crédito 從貨帳中取消一筆款③ — humores 放出膿水④ — a espingarda 放槍◇ carregar

descarrilamento *s.m.* 脱軌,出軌,〔轉〕離正道

descarrilar *v.t.* 使出軌;〔轉〕引入歧

途‖*v.i.* 出軌;〔轉〕離正道;行爲不軌◇ encarrilar

descartar *v.t.* 抛棄;打出無用的牌‖*v.r.* 捨棄或拒絶(某些牌);〔轉〕避開△ ~-se de um maçador 避開討厭鬼

descarte *s.m.* 捨棄的牌;〔轉〕遁辭,託辭

descascar *v.t.* 去皮,剝皮,剝殼

descendência *s.f.* 出身,家世,家族;子孫,後代,後裔◇ ascendência

descendente *adj. 2 gén.* 下降的,向下的;傳下的,派生的;祖傳的,遺傳的‖*s. 2 gén.* 子孫,後代,後裔△① maré — 落潮② comboio — 下行火車◇ ascendente

descender (ê) *v.i.* 下來,下降;下斜,下傾;傳下,來自,是……的後裔,源自◇ ascender

descensão *s.f.* 下降,降落,自上而下,斜坡

descente *adj. 2 gén.* 下降的‖*s.f.* 下坡;河流,河道;斜面;〔水、潮〕退

descentralização *s.f.* 離心;地方分權,職權下放◇ centralização

descentralizador, ra (ô) *adj.* 離心的;分權的,職權下放的‖*s.m.* 分權者;離心者◇ centralizador

descentralizar *v.t.* 使離心;分散權力,使職權下放◇ centralizar

descer (ê) *v.i.* 下降,下來;向下,降下,下去;貶值,減少;〔樂〕降調‖*v.t.* 使低;使向下;取下△① ~ da torre 從塔上下來② vai descendo o sol 太陽漸漸落下去了③ o termómetro desce 溫度表降下來了④ o seu crédito tem descido 他的信譽已經下降了⑤ desce o véu 取下面紗◇ subir,elevar-se

descerrar *v.t.* 撬開,扒開;張開……顯露,使……顯示△① ~ as pálpebras

翻開眼瞼 ② não ~ os lábios 不講話

descida *s.f.* 斜坡；下降；減低，減少 △ ~ de fundos 基金減少 ◇ subida

descingir *v.t.* 解腰帶；鬆開；釋放 △ ① ~ a espada 拔出寶劍 ② ~ a coroa 讓王位

desclassificação *s.f.* 取消資格；取消級別；降格 ◇ classificação

desclassificado, da *adj.* 被取消資格的；降格的；取消級別的 ◇ classificado

desclassificar *v.t.* 取消資格；取消級別；降格 ◇ classificar

descoagulação *s.f.* 溶化，融解 ◇ coagulação

descoagular *v.t.* 溶化，融解 ◇ coagular

descoalhar *v.t.* 溶化，融解

descoberta *s.f.* 被發現的事物；發明，發現，發現的地方 △ ① ~ da pólvora 火藥的發明 ② viagem de ~ 探險之行

descoberto, ta *adj.* 暴露的，没遮掩的；没戴帽子的，没有包頭巾的；易受攻擊的，易於指責的；發現的，發明的；揭發的 △ ① terraço ~ 没有保護地；透支地，支欠過額地 ◇ vender a ~ 空賣 ◇ coberto

descobrimento *s.m.* 發現；發明 △ ~ do Brasil 巴西的發現

descobrir *v.t.* 揭開，掀開；揭露；使之顯露；發現，發明；識破，揭穿；望見；〔軍〕偵察 ‖ *v.i.* 有所發現 ‖ *v.r.* 露出；袒露；脫帽 △ ① ~ um novo motor 發明一種新發動機 ② ~ segredos 識破秘密 ③ ~ a América 發現美洲 ④ o sol descobre 太陽出來了 ⑤ ~ campo 〔軍〕偵察敵人的行動

descoado, da *adj.* 傲慢的；厚顔無恥的；大膽的；無節制的

descoco (ô) *s.m.* 傲慢；無禮；厚顔無

恥；大膽

descolar *v.i.* (飛機)起飛 ‖ *v.t.* 拆開，揭開

descoloração *s.f.* 變色；褪色

descolorir *v.i.* 變色，褪色 ‖ *v.t.* 使褪色

descomedido, da *adj.* 過度的，無節制的；無禮的，不恭的

descompassado, da *adj.* 巨大的；過度的，無節制的

descompor (ô) *v.t.* 弄亂，拆散；破壞；使散開；〔轉〕責罵，譴責 ‖ *v.r.* 擾亂；脫衣；使失常態 △ ① ~ uma força 拆散一股力量 ② ~-se em palavras 言詞激烈

descomposição *s.f.* 弄亂；拆散；紛亂；弄錯；不適當；分解；腐爛

descompostura *s.f.* 弄亂；拆散；紛亂，弄錯；亂堆放（衣服）；責罵，譴責 △ passar uma ~ 訓誡，勸告；責罵

descomprazer (ê) *v.i.* 不滿意，不顧情面

descomunal *adj. 2 gén.* 異乎尋常的；少見的；非常大的，龐大的 ◇ comum, vulgar

desconceituar *v.t.* 不信；貶抑；誹謗 ◇ elogiar, exaltar

desconcertado, da *adj.* 紊亂的，錯的；不受約束的；不合適的；困窘的，為難的

desconcertar *v.t.* 打亂，擾亂；使失調，使困窘，使茫然 ‖ *v.i.* 不調和 ‖ *v.r.* 失調，紊亂；不能自持，不安，手足無措，心煩意亂 △ uma pergunta i-nesperada desconcerta-me 一個突如其來的問題使我不知如何是好

desconchavo *s.m.* 胡說；荒唐；無意義之事

desconcordância *s.f.* 不和，不協調；不一致，分歧，各異的；〔語〕搭配不當 △ ~ nas vozes 聲音不和諧

desconcordar *v.t.* 使不一致；使分歧；使爭論 ‖ *v.i.* 不同意，不一致，不和

desconexão (cs) *s.f.* 不連貫，不衡接；不聯繫；不黏接；分開，切斷 △ ① ~ parcial〔電〕半斷接(線) ② a ~ entre os diversos grupos 各組之間互不通氣

desconexo, xa (cs) *adj.* 不連貫的，不衡接的；不聯繫的；分開的，切斷的

desconfiança *s.f.* 不信任，猜疑，懷疑 △ ① a ~ é a mãe da segurança 猜疑是安全的保證 ② tenho as minhas ~s! 我懷疑！

desconfiar *v.i.* 不信任，猜疑，懷疑 △ ① ~ de si mesmo 不信任自己 ② ~ de que chega a tempo 懷疑他能準時到達

desconforme *adj. 2 gén.* 不一致的，有異議的；龐大的，不可測量的 △ estatura ~ 非常高大

desconformidade *s.f.* 不一致；異議，不均衡；不符合

desconforto (ô) *s.m.* 不適，不安；沮喪；氣餒 ◇ conforto

descongelação *s.f.* 解凍，融解，溶化

descongelar *v.t.* 解凍；使融解，使溶化

desconhecer (ê) *v.t.* 不認識，不知道，不了解；不會，不懂；不承認；不同意；不感謝，忘恩負義 △ ① ~ a língua inglesa 不懂英語 ② ~ que plano tem 不知道他有什么打算 ③ desconhecémo-nos nessa ocasião 那回我們都認不出來了 ④ ~ uma coisa 否認一件事情

desconhecido, da *adj.* 不認識的；不了解的，不知道的；不熟悉的；不出名的，不爲人所知的 △ ① artista ~ 不出名的藝人 ② homem ~ 陌生人 ③ os mundos ~s 不熟悉的世界 ④ este vinho tem um sabor ~ 這種酒有一種說不出來的味道 ◇ conhecido

desconhecimento *s.m.* 不認識；不知道，不了解；不熟悉；忘恩負義，不知報答 △ a meu ~ do assunto impede-me de falar 我不了解這件事情，没法發言

desconjuntar *v.t.* 使脫節；使脫離 ‖ *v.r.* 破裂；破碎 △ ① ~ um braço 使手臂脫節 ② desconjunta-se um prédio 一幢大樓坍塌

desconsentir *v.t.e i.* 不同意，不贊同；取消承諾 ◇ consentir

desconsideração *s.f.* 不尊重，不敬，冒犯 ◇ consideração

desconsiderado, da *adj.* 不尊重他人的，冒犯他人的

desconsolação *s.f.* 難過，痛苦；憂傷，痛心 ◇ consolação

desconsolado, da *adj.* 難過的，痛苦的；憂傷的，傷心的；無法安慰的；無味道的；沮喪的 △ ① aspecto ~ 垂頭喪氣的樣子 ② iguaria ~a 没有味道的菜餚

desconsolar *v.t.* 使難過；使憂傷，使傷心；使沮喪 ‖ *v.r.* 悲傷，憂慮

desconsolo (ô) *s.m.* 難過；憂傷，痛心；令人難過的事情，令人痛心的事情

descontar *v.t.* 打去(若干)折扣；減去，除去；〔商〕把(票據)貼現，(借款時)先扣(若干)利息；〔轉〕打折扣地聽，不能全信；不加考慮，不打在(計劃)內 △ ① ~ as despesas 扣除開支 ② ~ exageros 不大相信誇張

descontentamento *s.m.* 不高興；不滿；不安

descontentar *v.t.* 使不高興，使不滿意，使感不快 ◇ contentar

descontente *adj. 2 gén.* 不高興的，

不滿意的;悲傷的 △ ① ~ com a ingratidãodo filho 對兒子的忘恩負義感到悲傷 ② ~ do mundo 對世界不滿 ◇ contente

descontinência *s.f.* 無節制,不能自制;縱慾,放蕩 ◇〔醫〕失禁 ◇ continência

descontinuar *v.t.e i.* 間斷,中止,不連續 ◇ continuar

desconto *s.m.* 扣除,減去,除去;扣除額;貼現;貼現率;〔商〕(票據)提前貼現,(借款時)先扣(若干)利息;不考慮,不重視,不全信 △ ① dar ~ às noticias dos jornais 不全信報紙上的消息 ② ~ de 10% 九折 ③ ~ pelo pronto pagamento 貼現折扣 ④ em ~ de 扣除,減輕

desconveniência *s.f.* 不便,不利,不適宜;不一致,不均衡;不和;打擾,麻煩

desconveniente *adj. 2 gén.* 不便的,不利的,不適宜的;不一致的,不均衡的,不和的 △ uma conduta ~ 舉止不當

desconvir *v.i.* 不適宜;不一致,不合;不同意 △ ① desconvém-me partir agora 現在我不宜出發 ② não ~ no preço 在這個價格上 ③ dois projectos que desconvêm 兩個內容不一致的方案

descorado, da *adj.* 褪色的;蒼白的

descoroçoar *v.i.* 灰心,失望 ‖ *v.t.* 使沮喪,使氣餒 ◇ animar, alentar

descortês *adj. 2 gén.* 無禮貌的;鹵莽的 △ ① homem ~ 沒有禮貌的人 ② procedimento ~ 鹵莽的行爲

descortesia *s.f.* 無禮貌

descortinar *v.t.* 捲簾;使之顯露;〔轉〕發現,望見 △ ~ um navio que se aproxima 看見一條開來的船

descosido, da *adj.* 綻線的;有裂縫的;〔轉〕嘴不嚴的;語無倫次的,不連貫的;講話過多的 △ discurso ~ 語無倫次的演說 ◇ concatenado, ordenado

descravar *v.t.* 拔釘子;起石頭等 ◇ cravar

descravizar *v.t.* 擺脫奴隸身份;釋放奴隸 ◇ escravizar

descrédito *s.m.* 喪失信用,聲名狼藉;不信,疑惑 △ cair no ~ 聲名狼藉 ◇ crédito

descrença *s.f.* 放棄信仰;不再信教;不信,懷疑

descrer *v.t.* 使不可信;丟……的醜 ‖ *v.i.* 不再相信,懷疑;背教;沒有信仰 ◇ crer

descrever *v.t.* 記述,敘述;描寫,描繪;製圖,劃出運行軌道;闡述 △ ① ~ uma batalha 記述一場戰鬥 ② ~ uma elipse 劃一個橢圓 ③ a bala descreve uma curva 子彈劃出一道曲線

descrição *s.f.* 記述,敘述;描寫,形容;敘事文;(物品)說明書;種類;作圖,繪製 △ ~ dos bens no inventário 清冊上的財產種類

descritivo, va *adj.* 記述的,敘述的;說明的;繪畫的 △ ① geometria ~a 畫法幾何學 ② anatomia ~a 繪圖解剖學 ③ música ~a 敘事音樂

descuidado, da *adj.* 無人關心的,沒有受到應有照顧的;無牽掛的;沒有思想準備的;不整潔的,又髒又亂的 △ uma casa ~a 亂糟糟的屋子

descuidar *v.t.* 不關心,不照料 ‖ *v.r.* 疏忽,大意;忘記;不照料 △ ① ~ os seus negócios 不關心他的買賣 ② ~ se de prevenir de sua chegada 忘了通知他的到來 ③ a pouco que se ~ 稍不注意 ④ Se se ~ ~ 差一點兒

descuido *s.m.* 粗心大意;不關心,不

經心, 疏忽, 過錯; 不修邊幅, 邋遢 △ ① ~ no traje 衣着不整 ② num 一意 外地, 出乎意料地 ③ por ~, perdeu o comboio 由于疏忽, 没有趕上火車

desculpa *s.f.* 辯解; 寬恕, 原諒; *pl.* 道歉, 謝罪 △ ① apresentar ~s 道歉 ② em ~ de 爲⋯辯明 ③ pedir ~s 請求寬恕 ④ sem ~ 無故

desculpar *v.t.* 辯解; 寬恕, 原諒 ‖ *v.r.* 辯解, 辯白; 道歉; 認錯; 藉故推辭 △ ① desculpe-me chegar atrasado 請您原諒我來遲了 ② ~-se de não a-ceitar um convite 借故不接受邀請 ③ Desulpe! 請原諒! 對不起! ◇ acusar, inculpar

desculpável *adj. 2 gén.* 情有可原的, 可寬恕的, 可辯解的, 不無理由的 ◇ culpável

descurado, da *adj.* 不注意的; 不關心的; 不檢點的; 邋遢的, 輕視的 △ é ~ no traje 不講究服飾 ◇ cu-rado

descurar *v.t.* 不注意; 不關心; 輕視; 忽視 ‖ *v.i.* 無視, 不關心, 不照料 △ ~ o estudo 輕視學習 ◇ curar

desde *prep.* 自⋯起, 從⋯開始 △ ① ~ ali 從那裏 ② ~ a manhã até à noite 從早到晚 ③ ~ então 從此, 從那時候起 ④ ~ já 立即, 馬上 ⑤ ~ Lis-boa até ao Porto 從里斯本到波爾圖 ⑥ ~ logo 即刻 ⑦ ~ quando 自從 ⑧ ~ que 自從, 只要, 因爲

desdém *s.m.* 輕蔑, 鄙視, 藐視, 瞧不起; 不修邊幅, 邋遢 △ ① ao ~ 隨便便地; 不整齊地, 邋遢地 ② tratar com ~ 輕視(别人)

desdenhar *v.t.* 輕蔑, 鄙視, 藐視, 瞧不起; 不屑做某事 △ ① ~ propostas vantajosas 不理睬有益的建議 ② ~ um cobarde 鄙棄懦夫 ③ Quem des-denha, quer comprar 誰襄貶誰想買

desdenhoso, sa *adj.* 輕蔑的, 藐視的, 倨傲的 △ ① um olhar ~ 藐視的目光 ② é ~ de dificuldade 藐視困難

desdentado, da *adj.* 没有牙齒的; 缺牙齒的; 掉齒的 ‖ *s.m. pl.* 〔動〕貧齒目

desdentar *v.t.* 拔牙 ‖ *v.r.* 脱牙

desdita *s.f.* 不幸, 倒霉; 災禍, 災難 ◇ dita

desditoso, sa (ô) *adj.* 不幸的, 倒霉的, 運氣不好的; 災禍的, 災難的 ◇ di-toso

desdizer (ê) *v.t.* 反駁; 否認; 否定 ‖ *v.i.* 不一致; 爭論; 退化, 蜕變; 衰變 ‖ *v.r.* 否認; 反悔 △ ① ~ quanto se afirma 否認所説的一切 ② ~ os pre-ceitos da moral 不同意這些道德觀念 ③ ~ da sua raça 從那個種族退化出來 ◇ confirmar, ratificar

desdobramento *s.m.* 展開; 攤平; 弄直; 平分, 分爲等份; 〔軍〕散開

desdobrar *v.t.* 展開, 攤平; 弄直; 平分, 分爲等份; 〔軍〕散開(投入戰鬥) ‖ *v.r.* 伸展, 展開, 展現 △ ① ~ um lenço 打開手絹 ② ~ um regimento 把一個團的軍隊散開

desdoiro; desdouro *s.m.* 瑕疵, 缺點, 污點; 恥辱; 不名譽 △ ① um ~ na sua história 歷史污點 ② sem ~ 十分完美

desejado, da *adj.* 要求的, 所希望的; 祈願的

desejar *v.t.* 想要, 希望, 渴望; 要求, 想得到, 希望實現; 祝願 △ ① ~ a riqueza 渴望財富 ② ~ que chova 希望下雨 ③ ~ boas-festas 祝願節日愉快

desejável *adj. 2 gén.* 令人嚮往的; 值得想望的

desejo *s.m.* 欲, 欲望, 希望, 願望; 要求

△① a medida dos seus ~s 如其所願 ②~ de tranquilidade 希望安寧 ③ ver-te feliz é o meu ~ 我的意願是看到你幸福

deselegante *adj. 2 gén.* 不優美的,不雅的;粗俗的;生硬的 ◇ elegante

desemaranhar *v.t.* 排除糾紛,使脫離煩擾;使自由 △ emaranhar

desembainhar (a-i) *v.t.* 使出劍鞘(刀匣);[轉]拆散衣線(褶線) △① ~ a espada 拔出劍 ② ~ a língua 滔滔不絕地說

desembaraçado, da *adj.* 脫出困窘的,解除困難的;無阻礙的,無困難的;靈敏的,敏捷的;從容的,泰然自得的;安心的 ◇ embaraçado

desembaraçar *v.t.* 解脫,使脫脫(憂慮等),使脫離(困窘等),使安心;清除障礙 ‖ *v.r.* 擺脫,除去,驅除 △① ~ o caminho 清除道路 ② ~ alguém de dificuldade 使某人擺脫困難 ③ ~ meadas 排除糾纏 ◇ embaraçar, enredar

desembaraço *s.m.* 敏捷,迅速,靈敏;解脫,擺脫;自由;快活,從容;急切;勇敢 △ falar com ~ 從容地講話

desembarcadoiro; desembarcadouro *s.m.* 登陸處;碼頭,船埠 ◇ embarcadoiro, embarcadouro

desembarcar *v.t.* 使離船上岸,下船;(從船上)卸下,卸船 ‖ *v.i.* 下車;下船

desembargador (ô) *s.m.* 葡萄牙司法長官;高級法院院長

desembargar *v.t.* [法]啓封;解除禁止通商令;發出;解決 ◇ embargar

desembarque *s.m.* 卸船稅,登陸;卸船 △ direitos de ~ 登陸稅 ◇ embarque

desembocadura *s.f.* (河流的)入海口,匯合口;街口,路口;出口

desembolsar *v.t.* (從口袋中)掏出;[轉]支付,支出,解囊

desembolso (ô) *s.m.* 支付,支出,解囊;花銷,開支

desembrulhar *v.t.* 打開,張開,展開,鋪開;逐漸表露;解釋,說明;弄楚 △① ~ um jornal 打開報紙 ② ~ uma questão 弄清楚一個問題

desempacho *s.m.* 清除障礙;減輕,不拘束,不拘謹,自在

desempacotar *v.t.* 打開(包裹等)從包中取出;拆開,解開,展開 ◇ empacotar

desemparelhar *v.t.* 使不成對,使不成雙,使不成副;使參差不齊,使無敵,使無可比擬 ◇ emparelhar

desempatar *v.t.* 打破平局;決定勝負;解決 ◇ empatar

desempate *s.m.* 打破平局;定勝負,解決 ◇ empate

desempedrar *v.t.* 起掉路面石,起地面石,起石頭 ◇ empedrar

desempenado, da *adj.* 直的,無彎曲的;優美的,文雅的;無憂無慮的 △ rapaz ~ 強壯的男孩 ◇ empenado

desempenar *v.t.* 使直,使變直;整理 ◇ empenar

desempenhar *v.t.* 贖回;擔任,履行,擔負;使擺脫債務,幫助還清債務;演 ‖ *v.r.* 清償;還顧;履行 △① ~ um relógio 贖回一塊錶 ② ~ um dever 履行義務 ③ ~ um cargo 擔任一職務 ④ ~ um papel 扮演一個角色

desempenho (ê) *s.m.* 贖;擔任,履行;抵償,還償;扮演 ◇ empenho

desempestar (pês) *v.t.* 清毒;使擺脫瘟疫 ◇ empestar

desempoar *v.t.* 清除灰塵;去掉粉飾;清除偏見 △① ~ o cabelo 去掉粉飾 ② ~ o espírito 除去猜疑,偏見 ◇

empoar

desempobrecer (ê) *v.t.* 使擺脫貧困 ‖ *v.i.* 擺脫貧困 ◇ empobrecer

desempoeirar *v.t.* 清除灰塵,使潔淨;消除偏見 ‖ *v.r.* 不抱成見,不抱偏見

desempregado, da *adj.* 失業的,無職業者 ‖ *s.m.* 失業者

desempregar *v.t.* 解雇,辭退,開除 ‖ *v.r.* 失業 ◇ empregar

desemprego (ê) *s.m.* 失業,無職業 △ ① fundo de ~ 失業基金 ② seguro contra ~ 失業保險 ◇ emprego

desencabeçar *v.t.* 勸阻;廢除租期;廢除婚約

desencadear *v.t.* 去掉鎖鏈,去掉枷鎖,釋放;〔轉〕激起,引起,激發 ‖ *v.r.* 爆發,迸發 △ ① ~ um cão 放一條狗 ② ~ uma guerra 爆發戰爭 ③ ~ os ódios 激起仇恨

desencaixotar *v.t.* 從箱中取出;開箱 ◇ encaixotar

desencalhar *v.t.* 〔海〕使(擱淺船隻)浮起;清除障礙 ‖ *v.i.* 浮起 △ ~ o caminho 清除路障

desencaminhar *v.t.* 引人迷途,引入岐途,使離正路;逃避關稅;〔轉〕丟失 △ ~ papéis 丟失文件 ◇ encaminhar

desencantação *s.f.* 使不再着迷;破除妖術;尋找失去之物

desencantar *v.t.* 使清醒,使擺脫幻想,使不再着迷;使……從邪學中解脫;尋找失去之物 △ ~ na biblioteca um pergaminho 在圖書館找一份文件 ◇ encantar

desencanto *s.m.* 解迷;破除妖術 ◇ encanto

desencaracolar *v.t.* 使伸直;展開;拆開螺旋或環

desencarcerar *v.t.* 從監牢中放出;釋放 ◇ encarcerar

desencardir *v.t.* 漂白;曬白;恢復骯髒污布的彈性;洗 ◇ encardir

desencarquilhar *v.t.* 使(起皺的東西)變光滑,平整

desencarrilar; desencarrilhar *v.t.* 使出軌 ◇ encarrilar, encarrilhar

desencolerizar *v.t.* 使息怒;使消氣

desencontrar *v.t.* 使……不相遇 ‖ *v.r.* 遇不到;不一致,不同意 △ os nossos gostos desencontram-se 我們的興趣不同

desencontro *s.m.* 不相遇,遠離;不一致,分岐;不符,不平均;反對 ◇ encontro

desencravar *v.t.* 起釘,拔釘 △ ① ~ um cavalo 從馬掌上拔出(使馬腿瘸的)馬掌釘、石頭等 ② ~ uma peça de artilharia 從砲耳上拔掉銷釘 ③ ~ uma unha 拔掉嵌在肉裏的指甲

desenfadar *v.t.* 消遣,娛樂,消除煩悶 ‖ *v.r.* 以……自娛

desenfastiar *v.t.* 引起食慾;〔轉〕引起興趣;消遣;使溫和,使溫順 △ o teatro já me não desenfastia 戲劇已引不起我的興趣

desenfeitiçar *v.t.* 擺脫妖術;使不再着迷;〔轉〕擺脫愛情、相思

desenferrujar *v.t.* 除掉鐵銹,磨光擦亮 △ ~ a língua 饒舌,多嘴多舌

desenfreado, da *adj.* 摘下轡頭的;不守法的;不受節制的,肆無忌憚的;放縱的,縱情的 △ ① manifestar uma alegria ~a 高興得不得了 ② chorar em forma ~a 放聲痛哭 ◇ comedido, moderado

desengaiolar *v.t.* 從籠中放出;〔轉〕從監獄中放出,釋放

desengajar *v.t.* 解約,撕毀(同……的)合約 ◇ engajar

desenganado, da *adj.* 不再上當受騙的,醒悟了的,有過教訓的;不抱希望的;看破紅塵的 △ ～ dos médicos 對醫生不抱希望 ◇ enganado

desenganar *v.t.* 使不再上當受騙;使醒悟,使覺悟;使失去希望,使打破幻想 ‖ *v.i.* ～ dos ～ 領悟到,醒悟過來;對……失望,對……失去信心,對……不抱幻想 △ ① o médico desengana-o 醫生使他醒悟過來 ② por fim tem-se desenganado de ～ 終於明白過來 ◇ enganar

desengano *s.m.* 醒悟,覺悟,經驗教訓;坦率;打破迷夢的東西 △ ① falar com ～ 坦率地談 ② sofrer ～ 覺悟 ③ obra de ～ 完美的著作 ④ os anos são ～s〔諺〕歲月使人清醒

desengarrafar *v.t.* 從瓶中倒出,弄出瓶 ◇ engarrafar

desengastar *v.t.* 取下鑲嵌物 ◇ engastar

desengatilhar *v.t.* 放下槍的板機;繳械 ◇ engatilhar

desengonçado, da *adj.* 脫離樞紐的;取下絞鏈的;分開的,〔轉〕走路搖搖晃晃的;肢體亂動的;混亂的

desengonçar *v.t.* 使脫離樞紐;取下……的絞鏈;使分開 ‖ *v.r.* 肢體亂動 △ ① ～ uma porta 摘下一扇門〔或〕 -se ao andar 走路時四肢亂動

desengordar *v.t.* 減肥,使瘦 ‖ *v.i.* 變瘦 △ a olhos vistos 瘦得十分明顯 ◇ engordar

desengraçado, da *adj.* 不優美的,不雅緻的;粗劣的,沒禮貌的;乏味的,沒樣子的,〔轉〕不風趣的 △ ① pessoa ～a 粗鄙的人 ② conversa ～a 枯燥無味的對話 ③ comida ～a 淡而

無味的食品 ◇ engraçado

desenguiçar *v.t.* 使擺脫……;移去凶兆;用大梳子梳平頭髮

desenhador (ô) *s.m.* 繪圖者,製圖者;設計師,製圖員

desenhar *v.t.* 繪圖,畫畫;〔轉〕勾輪廓;描寫,描繪 ‖ *v.i.* 繪圖,勾畫 ‖ *v.r.* 開始出現,顯示 △ ① ～ uma flor 畫一朵花 ② o vestido desenha-lhe as formas 裙子襯托出她的身段 ③ o busto desenha-se bem 塑像輪廓清晰 ④ já se desenha o seu projecto 他的計劃已經製訂出 ⑤ o futuro desenha-se-lhe sombrio 他的前途暗淡

desenho *s.m.* 圖;畫;圖畫;素描 △ ① classe de ～ 繪畫班 ② ～ de imitação 描摹畫 ③ ～ linear 素描 ④ ～s animados 動畫片 ⑤ ～ de máquina 機械圖 ⑥ papel de ～ 圖畫紙

desenlace *s.m.* 結果,結局;解決 △ ① o ～ de um romance 一篇小說的結局 ② o ～ de um conflito 衝突的解決

desenlutar *v.t.* 使脫去孝服,使脫去喪服;安慰服喪人 ◇ enlutar

desenodoar *v.t.* 清除污點;抹去泥漿;洗 ◇ enodoar

desenraizar (a-i) *v.t.* 拔根,根除,除 ◇ enraizar

desenrascar *v.t.* 使擺脫困窘;排除困難;使自由 ◇ enrascar

desenredar *v.t.* 解散,解開(結中等),解決糾紛;解釋,闡述;解決 △ ① ～ alguém de apuros 搭救某人出危境 ② ～ o mistério 揭開奧妙 ③ ～ meadas 擺脫困擾 ④ ～ uma questão 解決一個問題

desenredo (ê) *s.m.* 解脫,解開;解決糾紛;解釋,說明;結果,結局 ◇ enredo

desenrolar *v.t.* 解開(捲物),展開,打開;伸展;〔轉〕叙述,解釋;使發展,使

發生;開展,擴大 ‖ *v.r.* 展示,顯示 △ ～ o seu triste passado 叙述其不幸的過去 ◇ enrolar

desensoberbecer *v.t.* 打掉傲氣,使之不再盛氣凌人

desensombrar *v.t.* 除去陰暗;驅暗雲濃霧;使明亮,使高興 ◇ ensombrar

desentender (ê) *v.t.* 不知曉,不理解;裝作不懂,裝傻 ◇ entender

desentendido, da *adj.* 無知的,不理解的;佯作不懂的 △ fazer-se ～ 假裝不知道 ◇ entendido

desentendimento *s.m.* 無知,不理解,不明白;誤會,誤解;不和,不一致,爭論 ◇ entendimento

desenterramento *s.m.* 掘起,掘出,掘墓 ◇ enterramento

desenterrar *v.t.* (從墳墓中或地下)掘出,掘取;〔轉〕發掘,揭發出,發現,揭露出 △ ① ～ preciosidade do solo 掘出地下寶物 ② ～ um cadáver 掘出一具屍體 ③ ～ o manuscrito 發現手稿 ④ ～ do lodo o carro 把汽車從泥漿中弄出來

desentoado, da *adj.* 走調的;不和諧的,不悅耳的,聲音嘈雜的 △ sons ～s 嘈雜的聲音 ◇ entoada

desentorpecer (ê) *v.t.* 清除麻痺;使興奮,使蘇醒 ◇ o ânimo 恢復精神 ◇ entorpecer

desentranhar *v.t.* 掏出內臟;〔轉〕……內取出;〔轉〕揭露,暴露;戳穿 ‖ *v.r.* 掏出自己的內臟;〔轉〕傾囊相贈;膨脹;大量産生 △ ① ～ ouro da terra 從土中找金 ② ～ segredos 揭露秘密 ③ ～-se em carinhos 溢與撫愛

desentulhar *v.t.* 從倉庫中取出;取空;清除廢物 ◇ entulhar

desentupimento *s.m.* 弄通,排除(管道等的)阻塞,說清楚 ◇ entupimento

desentupir *v.t.* 拔去……的塞子;排除(管道等的)阻塞;說清楚,明說 △ ～ um cano 疏通一條管道 ◇ entupir

desenvencilhar; desenvencilhar; desenvincilhar *v.t.* 〔轉〕鬆綁;脫掉煩擾;〔轉〕解釋,說明 ‖ *v.r.* 自由,擺脫 △ ① ～ meadas 排除糾紛 ② ～ intrigas 戳穿陰謀 ③ ～-se de compromissos 免受約束

desenvolto, ta (ô) *adj.* 坦然自若的,落落大方的;頑皮的,淘氣的,好搗亂的 △ criança ～a 頑皮的孩子 ◇ envolto

desenvoltura *s.f.* 靈活,靈巧,靈敏;坦然自若,落落大方,無拘無束;頑皮,淘氣 ◇ envoltura

desenvolver (ê) *v.t.* 使發展;使發達;使進化;開展,開發,擴大;〔數,軍〕展開;使發育,使發揮 ‖ *v.r.* 進行,進展,發展,展開 △ ① ～ a agricultura 發展農業 ② ～ a inteligência 增加智慧 ③ ～ esforços 發揮力量 ④ ～ uma série 展開一個系列 ◇ apoucar, encurtar, atrasar

desenvolvido, da *adj.* 發展的,開展的,展開的;發育的,進化的;有教養的 △ ① países ～s 發達國家 ② criança ～a 有教養的孩子

desenvolvimento *s.m.* 發展,發達,進化;展開,開發;發育,擴充;〔數,軍〕展開 △ ① ～ das ciências 科學的發展 ② países em via de ～ 發展中國家

desequilibrar *v.t.* 使失去平衡;使失調 ‖ *v.r.* 失去平衡,精神失常 △ ～ o orçamento 使預算失去平衡 ◇ equilibrar

deserção *s.f.* 私逃,逃走;開小差,逃兵役;〔轉〕退出;脫黨;〔法〕放棄,中斷(訴訟)

deserdar *v.t.* 剝奪繼承權;〔轉〕使不

享受別人所享受的好處

desertar *v.t.* 使荒涼；使無人居住；拋棄，放棄，拒絕 ‖ *v.i.* 開小差，逃兵役；私逃；離開；退出，脫離 △ ① ～ a causa 放棄事業 ② ～ de um partido 脫離一個黨派 ③ ～ da sua aldeia 離開他的村莊

deserto, ta *adj.* 荒蕪的，不毛的；沙漠的，無人的；〔法〕放棄的，中止（訴訟）的 ‖ *s.m.* 沙漠；荒漠，不毛之地 △ ① pregar no ～ 未被理睬，未被聽取 ② ～ Gobi 戈壁灘

desertor (ô) *s.m.* 逃兵；臨陣脫逃的人；脫黨的人

desesperação *s.f.* 絕望；失望；令人絕望的原因(指人或事)；氣惱，憤怒 △ ① com ～ 絕望地，拼命地；憤怒地 ② pôr em ～ 使人失望

desesperado, da *adj.* 絕望的，拼命的，殊死的；悲觀失望的，窮途末路的，無可救藥的；憤火的，惱怒的 △ ① doente ～ 絕望的病人 ② luta ～ 殊死的戰鬥

desesperança *s.f.* 絕望，失望 ◇ esperança

desesperar *v.t.* 使失望；使絕望；使沮喪；使惱火，使惱怒；使焦急 ‖ *v.i.* 失望；絕望；灰心，氣餒 △ ① ～ do futuro 對前途失去希望 ② nunca nos desesperamos ante as dificuldades 在困難面前我們從不氣餒 ◇ esperar

desespero (ê) *s.m.* 絕望；失望；惱火；焦急；拼命，殊死 △ ① este rapaz é o ～ da família 這個男孩是全家人的失望 ② encher-se de ～ 充滿失望 ③ o seu olhar é o ～ dos pintores 他的眼神是畫家們無法描繪的

desestima *s.f.* 不尊重；輕視，藐視；厭惡 ◇ estima

desfaçatez *s.f.* 厚顏無恥；不謹慎 ◇ candura, reserva

desfalcar *v.t.* 使不完全，使不完整；扣除，減去；侵吞公款，偷盜；侵佔；揮霍 △ ～ os bens que administra 侵佔所管理財產

desfalecimento *s.m.* 昏厥，眼花；精疲力竭，減弱 △ foi atacado de ～ 昏過去

desfalque *s.m.* 虧空額，差額；侵吞公款，盜用錢財

desfavorável *adj. 2 gén.* 不適宜的；不順利的，不利的，有害的；否定的，相反的；處於逆境的 △ ① resultado ～ 不利的結果 ② camada ～ 處於逆境的階層 ◇ favorável

desfazer (ê) *v.t.* 拆毀；解開；改變……性質；打碎，破壞；溶解；廢止，取消；解決；揮霍，浪費；打敗；消除，消散，使瘦弱；駁斥，反駁；驅散 ‖ *v.i.* 散開，消散；貶低，處理掉 △ ① ～ um prédio 拆毀一幢大樓 ② ～ um nó 解開一個結 ③ ～ um contrato 廢除合同 ④ ～ uma dúvida 解決一個疑問 ⑤ ～ um património 揮霍一份財產 ⑥ a doença desfez-me em poucos dias 短短幾天病就使我消瘦了 ⑦ ～ objecções 消滅反對意見 ⑧ ～ intrigas 揭穿陰謀詭計 ⑨ ～ nos serviços alheios 輕視別人的工作 ⑩ ～-se em lágrimas 涕淚滂沱 (聲淚俱下) ⑪ sem ～ 不傷感情 ⑫ ～ em alguém 誹謗某人 ⑬ ～-se de alguém 使擺脫某人

desfear *v.t.* 使……變得難看，損傷……的外觀，使醜陋

desfechar *v.t.* 拆，啟封；發射；打擊；發出 ‖ *v.i.* 爆發；終結 △ ① ～ um golpe 打擊 ② ～ uma gargalhada 大笑 ③ ～ numa galopada 飛奔 ④ ～ numa conversa desfechou em injúrias 談話變成

了侮辱 ◇ fechar

desfecho *s.m.* 結果,結局,結論 △ ① ~ de um romance 一本小說的結局 ② ~ desastroso 災難性的結果

desfeita *s.f.* 凌辱,侮慢,欺弄

desfeitear *v.t.* 侮辱,冒犯,傷害

desfeito, ta *adj.* 完全變了形的;毀壞了的,損壞的,取消的;消失的,消散的;溶解了的;無用的;強烈的;改變的;被打敗的軍隊 △ ① cama ~ a 變形的牀 ② esperança ~a 失望 ③ exército ~ 被打敗的軍隊 ④ semblante ~ 變了的相貌 ⑤ temporal ~ 暴風雨

desferir *v.t.* 震動(樂器的弦和聲音);發射;廣播,放射(箭);張,揚(帆) △ ① ~ canções 播出歌曲 ② ~ uma flecha 放箭 ③ ~ as velas 揚帆

desfiar *v.t.* 拆散織物,拆線;拆散,拆開(毛線,繩索等),鬆線;詳細叙述 ‖ *v.i.* 像線一樣地流 ‖ *v.r.* 拆開,解開 (接合的繩、縫、線等) △ ① ~ as contas do rosário 拆玫瑰經念珠 ② ~ o passado 陳述過去 ③ o pranto desfia nas suas faces 眼淚像線一樣地在他的臉上流

desfiguração *s.f.* 變形,走形,改變(形態、外形、容貌等);使難看;損疵 ◇ figuração

desfigurado, da *adj.* 損壞形貌的,改變了的,變形的;有瑕疵的

desfigurar *v.t.* 改變外形或容貌;使變醜,使破相;歪曲 △ ① o tumor desfigura-lhe o face 腫瘤使他的臉變醜 ② ~ factos 歪曲事實

desfiladeiro *s.m.* 峽谷,峽道,關口

desfilar *v.i.* 列隊行進;接踵而行,魚貫而行;游行

desfile *s.m.* 檢閱;游行;列,排 △ ~ das tropas 檢閱軍隊

desfivelar *v.t.* 解帶扣,解扣襻 ◇

afivelar

desfloração *s.f.* 折花;凋謝,凋落;破身,破貞;強姦

desflorar *v.t.* 折花,破污處女,破貞;泛泛談及;接觸表面 △ as andorinhas desfloram o solo 燕子貼著地面飛

desflorecer (ê) *v.t.* 使落花,使凋謝;使失去光澤,使失去鮮艷

desfolhar *v.t.* 使落葉;使落花瓣;(轉)消滅;剝(玉米) ‖ *v.r.* 落葉;消滅,撲滅 △ o Outono desfolha a acácia 秋天使槐樹落葉了 ② as rosas desfolham-se 玫瑰花凋謝了 ③ desfolham-se as últimas esperanças 最後的希望破滅了

desforra *s.f.* 報仇,雪恨,報復 △ ① tirar a ~ 報仇 ② dar a ~ ao parceiro 與對手進行雪恥賽

desforrar *v.t.* 拆除襯裏;報仇,雪恨 ‖ *v.r.* 報仇,報復;奪回比賽中丢失的東西

desfraldar *v.t.* 迎風展開;張,揚(帆、旗等)

desfrutar *v.t.* 享用果實,擁有成果,享有受益權;倚靠……生活;嘲笑某人 △ ~ alguém 嘲笑某人

desfrute; desfruto *s.m.* 享用,享受,享有

desgarrado, da *adj.* 走入迷途的;掉隊的;自由的,隨意的 △ ① ovelha ~a 迷路的綿羊 ② canção ~a 民謠

desgarrar *v.t.* (海)偏航;引人迷途;使反常,使怪癖 ‖ *v.i.e.r.* 迷路,掉隊

desgarre; desgarro *s.m.* 迷路;(海)偏航;無禮,傲慢;活潑,靈敏;優雅瀟灑 △ vestir com ~ 穿著優雅瀟灑

desgastar *v.t.* 消磨,消耗,耗損,磨損;(口)消化 △ ① a ferrugem desgasta o ferro 鐵鏽銹蝕着鐵 ② o mar desgasta as rochas 海水浸蚀着岩石

desgaste *s.m.* 消磨,消耗;耗损,腐蚀 △ ~ interno 内耗

desgelo (ê) *s.m.* 融解,消融

desgostar *v.t.* 使不快;使厌恶;使不惬意 ‖ *v.i.* 不喜欢;不同意 ‖ *v.r.* 對……失去興趣,厭煩 ① não ~ de 喜歡,同情 ② ~-se do estudo 對學習失去興趣 ◇ gostar

desgosto (ô) *s.m.* 不喜歡;不快;不快意;厭煩,嫌惡;悲哀,悲傷 ◇ gosto

desgostoso, sa (ô) *adj.* 不滿意的;令人厭惡的;味道不好的,令人不快的 ◇ gostoso

desgraça *s.f.* 不幸,災禍,災殃,厄運,苦難,可憐或可惡的事;不優雅;不親靈;粗俗;不討人喜歡 △ ① a ~ nunca vem só 禍不單行 ② cair na ~ com alguém 不討某人喜歡 ③ viver na maior ~ 生活在極端貧困中 ④ por ~ 不幸地 ◇ felicidade, ventura

desgraçado, da *adj.* 不幸的,倒霉的;貧窮的;不祥的,不吉利的;不當的,不妥的;可憐的 ‖ *s.m.* 不幸的人;貧窮的人;卑劣的人 △ ① vida ~a 不幸福的生活 ② uma intervenção ~a 不適當的干預 ③ socorrer os ~s 拯救窮人 ◇ feliz

desgraçar *v.t.* 使不優雅,使難看;使不愉快;使不幸;毀壞,把……弄糟 ‖ *v.r.* 遭殃

desgracioso, sa *adj.* 不優雅的,不美的,不討人喜歡的;粗鄙的,沒禮貌的;難看的,没樣子的;笨拙的

desgrenhado, da *adj.* 蓬頭散發的,頭髮散亂的;凌亂的

desguarnecer (ê) *v.t.* 拆除防禦工事;撤除守軍;拆除裝備;拿掉裝飾;搬走像具 △ ① ~ o vestido 取下裙子上的服飾 ② ~ a sala 搬走大廳中的傢具 ◇ guarnecer

desiderato *s.m.* 最迫切的願望,最嚮往的事物

desidratação *s.f.* 除水,脱水 ◇ hidratação

desidratar *v.t.* 使除水,使脱水 ◇ hidratar

desidrogenação *s.f.* 〔化〕脱氫,除氫 ◇ hidrogenação

designação *s.f.* 任命;指派,指定;名稱

designar *v.t.* 任命,指派,指定;預定,預先命名;表……之意 △ ① ~ o dia 定日子 ② ~ uma pessoa para um cargo 派某人擔任一個職務

desígnio *s.m.* 打算,計劃;想法,主意 △ pôr em prática os seus ~s 實施他的計劃

desigual *adj. 2 gén.* 不相同的,有區別的;有變化的;不平的,不平坦的;不平等的;不整齊的,不規整的;與眾不同的,特殊的 △ ① caligrafia ~ 不規整的字迹 ② tratado ~ 不平等條約 ③ combate ~ 力量懸殊的戰鬥 ④ terreno ~ 不平坦的地 ◇ igual

desigualar *v.t.* 使不平等,使不一致,使不整齊 ◇ igualar

desigualdade *s.f.* 不平等,不一致,不齊整;〔數〕不等號;不等 △ ① as ~s sociais 社會的不平等現象 ② ~ do solo 土地高低不平

desiludido, da *adj.* 幻想破滅了的;失望的;醒悟了的 ◇ iludido

desiludir *v.t.* 使幻想破滅,使不再抱幻想;使覺醒,使醒悟 ◇ iludir

desilusão *s.f.* 幻想破滅,不再抱幻想;覺醒,醒悟 △ sofrer ~ 覺醒

desimpedido, da *adj.* 不受束縛的;自由的;無憂無慮的 ◇ impedido

desimpedimento *s.m.* 排除障礙,解

除困擾;整頓,清理 ◇ impedimento

desimpedir *v.t.* 排除障礙,解除困擾;整頓,清理 △ ~ o trânsito 排除路障 ◇ impedir

desinchação *s.f.* 消腫;收縮 ◇ inchação

desinchar *v.t.* 使消腫;使瘦;[轉]打掉傲氣 ‖ *v.i.e r.* 消腫;不再趾高氣揚 ◇ inchar

desinclinar *v.t.* 使不傾斜;使改變傾向;使不再愛好 ◇ inclinar

desinência *s.f.* [語]詞尾;動詞和名稱變化;終止,結局,收尾

desinfecção (èc) *s.f.* 消毒,殺菌 ◇ infecção

desinfectante (èt) *adj. 2 gén.* 消毒的;除臭的 ‖ *s.m.* 消毒劑,殺菌劑;除臭劑 ◇ infectante

desinfectar (èt) *v.t.* 消毒,滅菌;使洗淨 △ ~ água potável 給飲水消毒 ◇ infectar

desinflamação *s.f.* 消炎 ◇ inflamação

desinflamar *v.t.* 爲……消炎;使……消腫 ◇ inflamar

desinquietação *s.f.* 不安靜;憂慮;激動;焦急 ◇ inquietação

desinquietar *v.t.* 使不安靜;令人不安,使憂慮;使煩惱;使發怒,挑釁,刺激 ◇ tranquilar

desinquieto, ta *adj.* 不安靜的;小安分的,頑皮的,淘氣的 ◇ tranquilo, sossegado

desintegração *s.f.* 分裂;分解;瓦解,崩潰;[化]裂變,衰變,蛻變 △ ① a ~ da matéria 物質的分裂 ② a ~ da sociedade 社會的瓦解 ③ ~ radioactiva 放射性蛻變 ◇ integração

desintegrar *v.t.* 使崩潰,使瓦解;使分裂;使分解,分化 △ ~ as tropas

inimigas 瓦解敵軍 ◇ integrar

desinteressado, da *adj.* 不關心的;不感興趣的;無私心的,廉潔的,公平的 △ ① ajuda ~ a 無私的援助 ② decisão ~a 公平的決定 ◇ interessado, ávido

desinteressar *v.t.* 使無利害關係;使無興趣;使不關心,使冷淡 ‖ *v.r.* 置身事外,採取不干涉態度 △ ~-se de uma questão 不參與 ◇ interessar

desinteresse(ê) *s.m.* 無利害關係;無興趣;不關心,冷淡;無私,無偏見,公正 △ testemunhar ~ 證明無私 ◇ interesse

desinteresseiro, ra *adj.* 無私的;公正的;無偏見的,無成見的 ◇ interesseiro

desinvestir *v.t.* 免去職權,免職,革職,罷免 ◇ investir

desirmanado, da *adj.* 不成對的;不成雙的;無襯的,無比的 △ luvas ~ as 不成對的手套 ◇ irmanado

desirmanar *v.t.* 使不成對,拆開;使不成雙;使破兄弟關係,割斷手足情;使無與匹敵 ◇ irmanar

desistência *s.f.* 放棄,棄權;停止;退出

desistir *v.i.* 放棄;停止;退出;斷念 △① ~ de um direito 放棄權利 ② ~ de ir a Shanghai 打消去上海的念頭

desjejuar *v.i.* 停止絕食 ‖ *v.r.* 開齋

desleal *adj. 2 gén.* 不忠的,無信義的;不貞的 △ ① procedimento ~ 不忠誠的行爲 ② amigo ~ 背信棄義的朋友 ◇ leal

deslealdade *s.f.* 不忠誠,不忠;無信義;不貞潔 △ praticar uma ~ 行不義

desleixado, da *adj.* 不留心的;粗心大意的,疏忽的;懶惰的;邋遢的

desleixar *v.t.* 不關心，不留心；粗心大意，忽略 ‖ *v.r.* 不關心；不留心；疏忽，忽略 ◇ esmerar-se, aplicar-se

desleixo *s.m.* 不留心，粗心大意；疏忽，忽略 ◇ esmero, cuidado

desligado, da *adj.* 分開的；斷開的；脫離的；擺脫的，解除的 ◇ ligado

desligadura *s.f.* 解開，鬆開；分開，脫離；解除，擺脫 ◇ ligadura

desligamento *s.m.* 不連接，脫離，支解；分開，鬆開，解開 ◇ ligamento

desligar *v.t.* 分開，解開，鬆開；〔轉〕免除，使解除，使擺脫；使脫離，使分開 ‖ *v.r.* 鬆開，擺脫 ◇ ~ a electricidade 斷電 ② ~ de uma promessa 履行承諾 ③ ~-se de uma associação 脫離一個協會 △ ligar

deslindar *v.t.* 劃界；調查，弄清楚；排除糾紛；解釋，說明 △ ① ~ as esferas de actividades 確定活動範圍 ② ~ uma questão 弄清楚一個問題

deslizar *v.i.* 滑動；滑過；流動；平淡地過去，順利地進行；〔轉〕失足，出差錯 △ ① deslizavam-lhe as lágrimas pela face 淚珠從他的臉上淌過 ② o arroio desliza no vale 小溪在山谷中流着

deslize *s.m.* 滑動，滑過；失足，差錯；疏忽，失檢

deslocação *s.f.* 〔醫〕脫位，脫臼，脫關節；離位，轉位，移位；混亂；遷移，流離

deslocar *v.t.* 使脫離原來位置，使換地方，調動；打亂……的正常秩序；使脫離關節，使脫臼 △ ① ~ um funcionário 調動一位職員 ② ~ um ombro 肩關節脫臼

deslumbramento *s.m.* 目眩，〔轉〕迷惑不解，惶惑；豪華，燦爛

deslumbrante *adj. 2 gén.* 眩目的，使眼花繚亂的；豪華的，燦爛的；迷惑不解的，惶惑的 ◇ festa 豪華的慶典

deslumbrar *v.t.* 使眼花，耀眼，使眼花繚亂；使迷惑不解，使茫然

deslustrar *v.t.* 使晦暗，使失去光澤；使失去聲譽 ◇ ilustrar

desluzir *v.t.* 使失去光線；使失去聲譽；使看不見；〔轉〕貶低，輕視 △ ① o Sol desluz todos os astros 太陽使所有的星星都看不見了 ② ~ o mérito alheio 貶低別人的功績 ◇ luzir

desmagnetização *s.f.* 退磁，除去磁性 ◇ magnetização

desmagnetizar *v.t.* 給……退磁，除去……的磁性 ◇ magnetizar

desmaiado, da *adj.* 昏厥的，失去知覺的；暗淡的，微弱的；蒼白的 △ ① azul ~ 淡藍色 ② semblante ~ 蒼白的面容 ③ suspiro ~ 有氣無力的嘆息

desmaiar *v.i.* 褪色，變色；昏厥，失去知覺；晦暗；變着白 △ ① ~ de susto 嚇昏過去 ② a sua confiança ia desmaiando 他的信心逐漸減弱

desmalhar *v.t.* 弄破網眼；使（針織品）脫線 ◇ malhar

desmamar *v.t.* 使斷奶；〔轉〕解放

desmanchado, da *adj.* 拆散的；混亂的，無秩序的；取消的，廢除的；破壞的

desmanchar *v.t.* 拆散，分散；使離開，使脫臼；〔轉〕使失敗，使毀滅；停止，取消 ‖ *v.r.* 拆散；解除；不合宜，不得體 △ ① ~ um velocípede 拆開一輛腳踏車 ② ~ um testemunho 取消作證 ③ ~ uma combinação 破壞協調 ④ ~ um casamento 解除婚約 ⑤ ~-se a rir 突然笑了起來

desmancho *s.m.* 拆散；取消，廢止；〔口〕小產，流產

desmando *s.m.* 不服從，不聽指揮，違犯命令；犯規；濫用 △ ~ do poder 濫用職權

desmantelado, da *adj.* 拆毀的, 拆除的;毀壞的 △ ① ~ muralhas ~ as 倒塌的城牆 ② ~ navio ~ 設備被拆掉的船

desmantelar *v.t.* 拆除……的設備;拆除……的覆蓋物;拆開, 拆散;摧毀, 夷平 ‖ *v.r.* 例塌 △ ① ~ uma fortaleza 拆除要塞的防禦設施 ② ~ um navio 拆掉船上的設備

desmascarar *v.t.* 除去假面具;〔轉〕使現出本來面目 △ ① ~ alguém 使某人現出本來面目 ② ~ a hipocrisia 揭露偽善(虛偽)

desmastrear *v.t.* 拆除船桅 ◇ mastrear

desmaterializar *v.t.* 使歸無形 ‖ *v.r.* 失去形體 ◇ materializar

desmazelado, da *adj.* 不關心的;疏忽的;不整齊的;懶散的

desmazelo (ê) *s.m.* 不關心;疏忽;不整齊;懶散

desmedido, da *adj.* 過度的,過分的;無節制的;〔轉〕非常的, 龐大的 △ ① ~a ignorância 非常無知 ② ambição ~a 過分貪心

desmembramento *s.m.* 肢解, 解體;分裂, 分割, 瓜分(國土等)

desmemoriado, da *adj.* 健忘的;失去記憶的 ◇ memoriado

desmentido *s.m.* 否認;否定;拒絕 ‖ *adj.* 否認的;反駁的 △ dar um ~ 否認 ◇ confirmado

desmentir *v.t.* 合認;否定, 戳穿謊言;關誌;反駁 △ ① ~ uma notícia 否認一個消息 ② Os factos desmentem as previsões 事實反駁了預見 ◇ confirmar

desmerecer (ê) *v.t.* 不配, 配不上 ‖ *v.i.* 不配, 不如從前, 變差;褪色;失去功勞;輕視 △ ① ~ a estima de alguém 不配得到某人的敬佩 ② este

pano desmerece com o tempo 經過很長時間, 這塊布不如從前了 ③ ~ nos serviços alheios 輕視別人的服務 ◇ merecer, elogiar

desmerecimento *s.m* 不配, 配不上;不值得;變差, 不如從前

desmilitarizar *v.t.* 使非軍事化, 解除軍事組織 ◇ militarizar

desmineralizar *v.t.* 使失去礦物質 ◇ mineralizar

desmobilar *v.t.* 搬走傢具;卸去裝備 ◇ mobilar

desmobilizar *v.t.* 〔軍〕使退伍;使復原;遣散 ◇ mobilizar

desmobilização *s.f.* 〔軍〕退伍;復原;遣散 ◇ mobilização

desmonopolizar *v.t.* 廢除壟斷;取消專利權 ◇ monopolizar

desmontagem *s.f.* 下馬;拆卸;拆毀;擊毀 ◇ montagem

desmontar *v.t.* 使從(車、馬等上)下來;取下, 拆下, 卸下;拆卸;拆毀;〔轉〕打下 ‖ *v.i.e r.* 下馬;下車 △ ① ~ uma peça 拆下一個零件 ② ~ uma ave 擊倒鳥的一個翅膀

desmontável *adj.* 2 gén. 可卸的;可拆開的

desmoralização *s.f.* 敗壞道德;傷風敗俗;墮落;挫傷銳氣;〔軍〕使士氣沮喪 ◇ moralização

desmoralizar *v.t.* 敗壞道德, 傷風敗俗;使墮落;挫傷銳氣;〔軍〕使士氣沮喪 △ a retirada desmoraliza as tropas mais aguerridas 撤退會使能征善戰的軍隊士氣低落 ◇ moralizar

desmoronamento *s.m.* 崩潰, 瓦解, 倒塌

desmoronar *v.t.* 使崩潰, 使瓦解, 使倒塌 △ ~ uma instituição 使一個機構瓦解

desnatar v.t. 提去乳脂，撇去奶油，取去奶皮

desnaturado, da adj. 已變性的,已變質的,不能飲用的;殘忍的 △ ① álcool ~ 變性的酒精 ② proteina ~a 變性蛋白質 ◇ humano, compassivo, puro

desnaturalização s.f. 不自然;改變本性;剝奪國民權利,開除國籍 △ naturalização

desnaturalizar v.t. 使不自然;使改變本性;剝奪國民權利,開除……的國籍 ‖ v.r. 放棄作爲國民的權利 ◇ naturalizar

desnecessário, ria adj. 不必要的,不需要的,多餘的;無用的,無益的 ◇ necessário

desnecessidade s.f. 不必要,不需要;無用,無益 ◇ necessidade

desnível s.m. 不在同一水平;參差不齊,高低不平 ◇ nível

desnivelado, da adj. 不在同一水平的;參差不齊的,高低不平的 ◇ nivelado

desnivelamento s.m. 高低不平,參差不齊 ◇ nivelamento

desnivelar v.t. 使不在同一水平,使參差不齊,使高低不平 ◇ nivelar

desnortear v.t. 使喪失方向,使迷路;使迷惑(誤解);〔轉〕擾亂 ◇ nortear

desnublar v.t. 除去烏雲;使明朗,使清楚 ◇ nublar

desnudez (ê) s.f. 裸體,裸露,幾乎一絲不掛

desnudo, da adj. 裸體的,裸露的,幾乎一絲不掛的

desobedecer (ê) v.i. 不服從,不聽從;違背,反抗;不孝 △ ~ a uma ordem 不服從命令 ◇ obedecer

desobediência s.f. 不服從,不聽從;違背,反抗;不孝 △ ~ à lei 違抗法律 ◇ obediência

desobediente adj. 2 gén. 不服從的,不順從的,不聽話的;違背的,反抗的;不孝的 △ filhos ~s 逆子,不孝順的兒子 ◇ obediente

desobrigação s.f. 解除義務;還債;解除束縛 ◇ obrigação

desobrigar v.t. 解除義務;釋放,解除束縛 ‖ v.r. 清償;遵守規則 ◇ obrigar

desobstrução s.f. 疏通,疏浚;除去障礙 ◇ obstrução

desobstruir v.t. 疏通,疏浚;除去障礙 ◇ obstruir

desocupado, da adj. 空着的,沒人住的;空閒的,沒事的,失業的;〔軍〕未被佔領的;無人佔領的 △ assento ~ 空座位 ◇ ocupado

desocupar v.t. 騰出,騰空,搬空;使自由,使空閒,使沒事 ◇ ocupar

desodorante s.m. 除臭劑,去臭味劑 ◇ odorante

desolação s.f. 荒蕪,荒涼,寂寞,孤獨,淒涼;荒地;廢墟;焦慮 ◇ consolação, alegria

desolador, ra (ô) adj. 荒無人煙的,荒涼的;荒廢的;孤獨的,淒涼的 ◇ consolador

desolar v.t. 使荒無人煙,使荒蕪;使淒涼,使孤單 △ a peste desola a cidade 瘟疫使城市荒無人煙 ◇ consolar, alegrar

desonerar v.t. 免除,解除(職務,責任等);減輕;擺脫 ◇ onerar

desonestidade s.f. 不誠實,不正直;無廉恥,厚顏無恥 ◇ honestidade

desonesto, ta adj. 不誠實的,不正直的;厚顏無恥的;狡猾的;不可靠的;放

薔的 ◇ honesto

desonra *s.f.* 不名譽,不體面,可恥,
丟臉;侮辱 ◇ honra

desonrar *v.t.* 使蒙受恥辱,侮辱;敗
壞名譽,使失體面 ‖ *v.r.* 失去名譽,
名聲敗壞;蒙受恥辱,有失體面

desonroso, sa (ô) *adj.* 不名譽的,恥
辱的,卑鄙的,無恥的 △ procedimento
~ 可恥的行為

desopilar *v.t.* 減輕;排除障礙;使潔
淨△ ~ o fígado 使愉快,安慰 ◇ opi-
lar, obstruir

desopilativo, va *adj.* 減輕的,無阻
礙的;瀉的;令人發笑的,助興的 △
comédia ~a 令人發笑的喜劇

desoprimir *v.t.* 使擺脫壓迫;使獲得
解放 ◇ oprimir

desoras *s.f.pl.* △ a ~ 不合時宜;太
遲的;深夜的

desordeiro, ra *adj.* 混亂的,雜亂的;
騷亂的,動亂的;無秩序的 ‖ *s.m.* 無
紀律者;好吵鬧者;暴亂者 ◇ ordeiro

desordem *s.f.* 紛亂,混亂,雜亂無章;
騷亂,吵鬧;無秩序;功能紊亂 △
vestuário em ~ 衣服雜亂 ② houve
~s na feira 集市上一片吵鬧聲 ③ pro-
duzir ~ no estômago 使胃功能紊亂
◇ ordem

desordenado, da *adj.* 凌亂的,不整
齊的;無條理的;生活無規律的;放蕩
的 △ ① vida ~a 無規律的生活 ②
pessoa ~a 妨害治安者,傷風敗俗者
◇ ordenado

desordenar *v.t.* 擾亂,使混亂;使無
條理,破壞秩序;使(身心等)失調;使
(神經等)錯亂;製造混亂 ◇ ordenar

desorganização *s.f.* 分裂,瓦解;混
亂,紊亂;無組織;破壞組織 ◇
organização

desorganizar *v.t.* 破壞(機體)的組

織,解散,分裂,瓦解;擾亂,攪擾,使無
秩序 △ ① ~ um partido político 使一
政黨瓦解 ② ~ um plano 打亂計劃 ◇
organizar

desorientado, da *adj.* 迷失方向的,
迷路的;神情錯亂的,狂亂的;方法不
對的 ◇ orientado

desorientar *v.t.* 使迷失方向,使迷
路;使精神錯亂;使不知所措 ‖ *v.r.*
迷失方向,迷路;迷惑不解;茫然不知
所措 △ ① esta notícia desorientou-me
這個消息使我不知所措 ② ruas es-
tranhas desorientaram-lhe 生疏的街道
使他迷路 ◇ orientar

desova *s.f.* 產卵;產卵季

desovar *v.t.* 產卵,(魚等)排卵

desoxidação (òcs) *s.f.* 〔化〕除氧,脫
氧;還原 △ acção de ~ 還原作用 ◇
oxidação

desoxidar (òcs) *v.t.* 〔化〕除氧,使脫
氧;還原去銹 ◇ oxidar

desoxigenação (òcs) *s.f.* 〔化〕除氧,
脫氧;還原 ◇ oxigenação

desoxigenar (òcs) *v.t.* 〔化〕除氧,使
脫氧,使還原去銹 ◇ oxigenar

despachado, da *adj.* 批准的,決定
的;派遣的;迅速的,敏捷的;不再爲
……操勞的;〔口〕被殺的 △ requeri-
mento ~ 已批准的呈文

despachante *s. 2 gén.* 寄送者;傳遞
者;海關管理員 △ ~ da alfândega 納
關稅管理員

despachar *v.t.* 批准,解決;調遣;發
送;辦理,處理;〔口〕殺 ‖ *v.r.* 趕快
△ ① ~ mercadorias 納貨物稅 ② ~
um requerimento 批准申請 ③ ~ tele-
grama 發電報 ④ ~ alguém para a
alfândega 派遣某人去海關任職 ⑤ ~
alguém para outro mundo 殺死某人

despacho *s.m.* 批准;批示;公文,函

件；急件，快信；差遣；納税 △ ① a petiçãoobteve ~ favorável 要求獲得批准 ② ~ de alfândega 海關批示（批文）完納關税 ③ ~ telegráfico 電報，電文 ④ dia de ~ 批示之日，批文的日期

desparafusar *v.t.* 鬆螺釘，旋出螺釘 ◇ parafusar

desparecer (ê) *v.i.* 消失，隱没，不見 ◇ parecer

despautério *s.m.* 〔口〕荒謬；莫大謊言；胡説，荒唐

despavorir *v.t.* 恫嚇；驚駭，驚嚇

despear *v.t.* 去掉腳鐐 ‖ *v.r.* 磨損蹄角

despedaçamento *s.m.* 打碎；〔轉〕撕裂，撕碎；裂開；劈開

despedaçar *v.t.* 打碎；撕裂，撕碎；〔轉〕刺痛

despedida *s.f.* 辭行，告別；辭別的話 △ ① a ~, choram 在告別時，大家哭了 ② fazer as suas ~s 辭行 ③ por ~ 終於；在……最後，在……的末尾 ④ ~s-de-verão〔植〕菊花

despedir *v.t.* 辭退，解僱；攆走，趕走；送；發射，發出 ‖ *v.r.* 辭行；送行 △ ① ~ um criado 辭退一個傭人 ② ~-se à francesa 不辭而別 ③ ~-se dos seus amigos 向他的朋友們辭行

despeitado, da *adj.* 懷恨的，怨恨深的；憤怒的，生氣的

despeitar *v.t.* 使怨恨；使憤怒 ‖ *v.r.* 惱怒；感到受輕視（傷害）

despeito *s.m.*（因受侮辱、輕視或挫折）而怨恨，憤恨；不愉快，發怒，生氣 △ ① a ~ de 不管，不顧，雖然 ② por ~ 為泄恨，爲出氣 ③ dispensar ~ pessoal 泄私憤

despejado, da *adj.* 空的；弄空的；空曠的，空蕩蕩的；無恥的 △ ① garrafa

~a 空瓶子 ② a praça ficou ~a 廣場變得空蕩蕩的 ③ mulher ~a 不知羞恥的女人

despejar *v.t.* 騰出，使空出；使没有人，使安空 ‖ *v.i.* 變空，空出，搬遷 △ ① ~ uma rua 清路 ② ~ a garrafa 倒空瓶子 ③ ~ as situações 使形勢明朗

despejo *s.m.* 取出，騰出；移空，搬空；垃圾；無恥；驕傲 △ ① mandato de ~ 搬遷通知書 ② os ~s da cidade 城市垃圾

despender (ê) *v.t.* 花費，消耗；使用；〔轉〕揮霍，浪費 △ ① ~ dinheiro 花錢 ② ~ cuidados 注意

despendurar *v.t.* 取下；把……從釣上取下 ◇ pendurar

despenhadeiro *s.m.* 懸崖，絕壁，斷崖邊；〔轉〕危地；危急處境

despenhar *v.t.* 由高處抛下，墜下；〔轉〕地位下降 ‖ *v.r.* 從懸崖上落下；由高處落下 △ as nuvens despenham água 烏雲變成水落下來

despensa *s.f.* 食品間；酒類及食品貯藏室；食櫃

despenseiro *s.m.* 食品間管理人；救濟人，施捨發放人；〔海〕侍者，茶房

despentear *v.t.* 弄亂頭髮；弄亂髮式，卸下頭髮上的裝飾

desperceber (ê) *v.t.* 没有察覺；没感覺到，不明白；不注意 ◇ notar，atentar

despercebido, da *adj.* 没看見的；没注意到的 △ passar ~ 矓矓 ◇ notado

desperdiçado, da *adj.* 揮霍的，浪費的，用得不當的

desperdiçador (ô) *s.m.* 揮霍者，浪費者；〔轉〕浪蕩子，二流子

desperdiçar *v.t.* 揮霍，浪費 △ ~

dinheiro 耗費金錢 ② ~ tempo 浪費時間 ◇ poupar, aproveitar

desperdício *s.m.* 揮霍,浪費; *pl.* 廢物,殘渣;碎紗 △① ~s de comida 殘羹剩飯 ② não ter ~ 完美,完善

despersonalizar *v.t.* 使失去個性;對……作客觀處理;使失去自我感 ◇ personalizar

despersuadir *v.t.* 勸阻,勸止;勸誡 使改變主意 ◇ persuadir

despertador (ô) *s.m.* 鬧鐘,叫醒器; 負責叫醒的人

despertar *v.t.* 使醒,打斷睡眠;〔轉〕使蘇醒,喚醒;引起,使產生 ‖ *v.i.* 醒;萌發 △① ~ a atenção 引起注意 ② ~ suspeitas 產生懷疑 ③ ~ o interesse do público 使觀眾產生興趣

desperto, ta *adj.* 醒着的;驚戒的;守衛的

despesa (ê) *s.f.* 花費,費用,經費; 〔轉〕消耗,消磨 △① ~s gerais 各種經費 ② ~s imprevistas 不可預知經費 ③ ~s miúdas 小費 ④ ~s de representação 交際費 ⑤ ~s de transporte 運輸費 ⑥ reduzir as ~s 壓縮經費 ⑦ lançar em ~s 浪費 ⑧ livre de todas as ~s 免費 ⑨ não olhar às ~s 不顧費用

despicar *v.t.* 報仇 ‖ *v.r.* 報仇,復仇

despido, da *adj.* 裸的;脫光衣服的; 沒有葉子的(樹);〔轉〕免除的 △ ~ de preconceitos 拋棄偏見 ◇ vestido

despimento *s.m.* 脫衣;裸體;揭去;裸露

despique *s.m.* 報仇

despir *v.t.* 脫衣服,從身上脫下;去掉套子,揭去遮蓋;〔轉〕蛻;去掉 ‖ *v.r.* 脫衣,去掉 △① ~ uma criança 給孩子脫衣服 ② ~ um sofá 去掉沙發套

③ a cobra despiu a pele 蛇蛻皮 ④ a idade despiu-o da ilusão 年齡使他丟掉幻想 ◇ vestir

despistar *v.t.* 使失去踪跡;使迷路, 使迷失方向

desplante *s.m.* (劍術中的)姿勢;傲慢;大膽,勇敢

desplumar *v.t.* 拔掉……的羽毛; 〔口〕偷光、騙光,贏光(某人身上携帶的錢財)

despojar *v.t.* 搶劫,強奪,掠奪;剝奪;去梢;盜竊 △① ~ das folhas uma árvore 摘去樹的葉子 ② ~ uma herança 強奪遺產 ③ ~ um tesouro 盜竊寶藏

despojo (ô) *s.m.* (動物被宰殺後的)皮、毛等;搶劫物,掠奪物,戰利品 △① ~s mortais 屍骸 ② os ~ de combate 戰利品

despolarização *s.f.* 退極化,除去磁極性 ◇ polarização

despolarizar *v.t.* 退極化,除去磁極性 ◇ polarizar

despolir *v.t.* 除去光亮;擦去 ◇ polir

despontar *v.t.* 弄鈍,使失鋒刃,使失鋒芒 ‖ *v.i.* 開始顯現;萌發,想入 △① ~ a seta 使箭尖變鈍 ② despontava a aurora 開始黎明 ③ despontou-lhe uma ideia no célebro 頭腦中想出一個主意

despopularizar *v.t.* 使失人心,使失聲望,使不受歡迎 ◇ popularizar

desportista *s. 2 gén.* 運動員;體育家

desportivo, va *adj.* 運動的;體育的 △① camisa ~a 運動衫 ② notícias ~as 體育消息

desporto (ô) *s.m.* 體育;運動;遊戲;娛樂 △① ~s aquáticos 水上運動 ② ~s atléticos 田徑運動

desposar *v.t.* 舉行訂婚禮;同某人訂

婚;同某人結婚;〔轉〕聯姻

déspota *s.m.* 專制君主,暴君,霸王

despótico, ca *adj.* 專制的,專橫的,霸道的 △ governo ~ 專制政府

despotismo *s.m.* 專制,專制政治;暴政,苛政;專制國家,專制政府

despovoar *v.t.* 消滅(某地)人口,使無居民 △ a miséria despovoa muitas terras 貧窮使許多地方人口減少 ◇ povoar, repovoar

desprazer (ê) *v.i.* 不快,生氣 ‖ *s.m.* 不愉快,不滿意,不高興;發怒,生氣 ◇ prazer

desprecatar-se *v.r.* 不預防,不小心,疏忽

desprecaver (ê) *v.t.* 沒有預備,不小心 ‖ *v.r.* 不提防,不謹慎,未採取預防措施 ◇ precaver

despregar *v.t.* 起釘子;解開,拆開;拆開褶;使平順,展開;〔轉〕伸展 ◇ pregar

desprendado, da 沒有天資的,沒有才幹的,無才能的 ◇ prendado

desprender (ê) *v.t.* 釋放,鬆開;起飛,發出 ‖ *v.r.* 拋棄;放棄;自拔 △ ① ~ o voo 起飛 ② ~-se de preconceitos 拋棄偏見

desprendimento *s.m.* 釋放,鬆開;慷慨,大方;獨立;漠不關心

despreocupação *s.f.* 不掛念,無憂慮;不在乎,無所謂 ◇ preocupação

despreocupado, da *adj.* 不操心的;無所用心的,無憂慮的;不在乎的,△ pessoa ~a 無憂無慮的人 ◇ preocupado

despreocupar *v.t.* 使不關心,使不憂慮,使不注意 ‖ *v.r.* 不操心;不關心 ◇ preocupar

desprestigiar *v.t.* 使失威信;使失聲譽;輕視;使不信任 ‖ *v.r.* 丟掉聲譽

◇ prestigiar

desprestígio *s.m.* 失去威望,失去聲譽,失去名譽;沒有信用 ◇ prestígio

despretenção *s.f.* 無野心;謙讓;不裝模作樣 ◇ pretenção

despretencioso, sa *adj.* 無野心的;謙讓的,不誇耀的;簡單樸素的 △ homem ~ 無野心的人 ◇ pretencioso

desprevenido, da *adj.* 無準備的,無思想準備的,不小心的

desprevenir *v.t.* 使無防備,使無準備;未預先通知 ‖ *v.r.* 不小心,不謹慎

desprezar *v.t.* 輕視,怠慢;不屑;拒絕接受;不畏懼 ‖ *v.r.* 自卑 △ ① ~ a morte 不怕死 ② ~ conselhos 不接受勸告 ◇ respeitar, considerar

desprezível *adj.* 2 *gén.* 應受輕視的,應受怠慢的;慚愧的,卑賤的 ◇ respeitado

desprezo (ê) *s.m.* 輕視,輕蔑;不屑,不畏懼 △ o ~ dos perigos 不懼危險 ◇ respeito, estima

desprimor (ô) *s.m.* 不精美,不雅緻;不精細;粗魯;無禮,不文雅 ◇ primor

desprimoroso, sa *adj.* 不雅緻的,不完美的,不完善的;無禮的,不文明的,鹵莽的 ◇ primoroso

despronunciar *v.t.* 〔法〕取消宣判,使宣判無效 ◇ pronunciar

desproporção *s.f.* 不均衡,不相稱,不相當,不成比例,失調 △ a oferta está em ~ com a demanda 供求失調 ◇ proporção

desproporcionado, da *adj.* 不均衡的,不勻稱的,不成比例的,不相稱的 △ ① altura ~a 過高 ② forças ~as 不等力 ◇ proporcionado

desproporcionar *v.t.* 使不相稱,使失平衡,使不成比例 ◇ proporcionar

despropositado, da *adj.* 没料到的；
不合時宜的；不切題的；鹵莽的 ◇ sen-
sato, prudente

despropósito *s.m.* 不合時宜的言行；
無意義；荒謬；不明智之舉 △ a ~ 不
合時令地 ◇ propósito

desprotecção (èc) *s.f.* 沒有保護，無
庇護；無援助;遺棄 ◇ protecção

desproteger (ê) *v.t.* 不保護，撤消保
護；無援助，不扶持；遺棄 ◇ proteger

desprovido, da *adj.* 缺乏的；無準備
的;無供給的 △ ~ de recursos 缺乏資
源 ◇ provido

desqualificação *s.f.* 無資格，不合
格,取消資格 ◇ qualificação

desqualificar *v.t.* 使無資格；使不合
格,取消……的資格 ◇ qualificar

desquerer (ê) *v.t.* 不再鍾意;厭惡;
遺棄 ◇ querer

desregrado, da *adj.* 無規則的,不規
律的；犯規的;放縱的，縱慾的 ◇ re-
grado

desregramento *s.m.* 違犯規則;放
縱;非禮

desregrar *v.t.* 弄亂,攪亂;使不規則,
放縱 ‖ *v.r.* 縱慾,非禮

desrespeitar *v.t.* 輕視,不尊敬,不尊
重 ◇ respeitar

desrespeito *s.m.* 輕視;不尊敬;怠
慢;失禮,無禮 ◇ respeito

dessabor *s.m.* 乏味,[轉]無興趣 ◇
sabor

dessaborido, da *adj.* 淡而無味的,
乏味的,[轉]無興趣的

dessaboroso, sa (ô) *adj.* 淡而無味
的,乏味的[轉]無興趣的 ◇ saboroso

dessangrar *v.t.* 放出……的所有的
血,[轉]使失去資源 ‖ *v.r.* 流血;流盡血 △ ① ~ um porco 把豬
的血放淨 ② ~ um país com impostos

通過徵稅削弱一個國家

dessecar *v.t.* 使乾;使結疤;[轉]使瘦
削,使無知覺 △ ① ~ uma chaga 使傷
口瘉合 ② ~ um pântano 弄乾沼澤

desselar *v.t.* 解下馬鞍;揭下郵票 ◇
selar

desservir *v.t.* 薄待;損害,傷害;危害
△ ~ a sociedade 危害社會 ◇ servir

dessimetria *s.f.* 不對稱 ◇ simetria

dessimétrico, ca *adj.* 不對稱的 ◇
simétrico

dessossegar *v.t.* 破壞安寧,擾亂安
靜;使不安,使煩躁 ◇ sossegar

destacamento *s.m.* 派遣,調遣;[軍]
分遣部隊,分隊,別動隊

destacar *v.t.* 分遣,派遣;發射,投;
[美]使突出,使醒目 ‖ *v.r.* 突出,出
眾 △ ① ~ um olhar 投去一瞥 ② ~ -
se da mediocridade 超出凡人,不凡

destampar *v.t.* 揭去蓋兒 ◇ tapar

destapar *v.t.* 揭開蓋兒;使暴露真面
目;使吐露真情 ◇ tapar

destaque *s.m.* 突出,明顯,顯著 △ ①
em ~ 特別地,突出地 ② pôr em ~ 放
在明顯位置,突出;指出

destelhar *v.t.* 揭去房瓦,揭去屋頂;
[轉]使無遮擋

destemido, da *adj.* 不畏懼的,勇敢
的,大膽的 △ ① soldados ~s 勇敢的
士兵 ② acto ~ 大膽的行動

destemor (ô) *s.m.* 不畏懼,勇敢,大
膽 ◇ temor

destemperado, da *adj.* 荒謬的;零
亂的;過度的,失調的;不合韻的;沖淡
的;(鋼或鐵)退火的 ◇ temperado

destemperar *v.t.* 降低溫度;減少強
度;沖淡;使(鋼或鐵)退火;使(弦樂
器)失調 ‖ *v.i.e*
v.r. 退火,無節制 △ ~ aguardente 降
低燒酒的度數

desterrar *v.t.* 發配,流放;驅除;〔轉〕使失去

desterro (ê) *s.m.* 發配,流放,驅除

destilação *s.f.* 蒸餾;〔轉〕表露,流露 △ o melhor aguardente provém da ~ do vinho 最好的燒酒是由酒蒸餾出來的

destilador (ô) *s.m.* 蒸餾器;蒸餾者,製酒器

destilar *v.t.* 蒸餾;〔轉〕表露,流露 ‖ 使滴下,使滲出

destilaria *s.f.* 蒸餾室;酒廠

destinar *v.t.* 注定,命定;派定,指定,預定;旨在……,爲了……;把……用於 ‖ *v.r.* 從事;獻身於 △ ① ~ o dia da partida 預定啓程的日子 ② ~ o filho à diplomacia 讓兒子從事外交工作

destinatário *s.m.* 收信人;收件人;收貨人;接受人 ◇ remetente

destingir *v.t.* 漂白;使褪色

destino *s.m.* 命運,天數,定數;目的,目的地,終點;用途,用意 △ ① ninguém escapa ao seu ~ 沒有人逃出自己的命運 ② levar uma carta ao seu ~ 把信送到目的地 ③ sem ~ 無目的地

destinto, ta *adj.* 漂白的;褪色的;〔轉〕卓越的,優秀的

destituição *s.f.* 革職,罷免,廢黜

destituído, da *adj.* 被革職的,廢黜的;沒有頭銜的;缺乏的 △ um argumento ~ de fundamento 一個沒有依據的理由

destituir *v.t.* 罷免,革職,廢黜;剝奪

destoante *adj. 2 gén.* 走調的,不合譜的;分歧的;不一致的

destoar *v.i.* 走調,不合譜,聲音難聽;〔轉〕分歧;不一致

destra *s.f.* 右手;熟練;靈敏

destramar *v.t.* 抽出緯紗,拆開線

〔轉〕戳穿,粉碎(陰謀) △ ~ uma intriga 戳穿一個陰謀 ◇ tramar

destrancar *v.t.* 拔掉門閂,開啓 ◇ trancar

destravar *v.t.* 放開駕動閘;解開羈絆 ◇ travar

destreza *s.f.* 熟練,靈巧;機智;敏捷

destrinça *s.f.* 區別;使有特殊性;列舉;詳述

destro, tra *adj.* 右邊的;敏捷的,熟練的,妙手的

destroca *s.f.* 取消交換 ◇ troca

destrocar *v.t.* 取消交換 ◇ trocar

destroçar *v.t.* 打敗,擊敗,擊潰(敵人);毀壞,破壞;撕成碎片;傾覆 ‖ 〔轉〕潰退 △ ① ~ o inimigo 擊潰敵人 ② este moço destroça vários pares de sapatos por ano 這孩子一年要穿破好幾雙鞋

destroço (ô) *s.m.* 失敗,敗北;破壞,毀壞;*pl.* 殘餘物

destronamento *s.m.* 廢立,廢位;〔轉〕失去權勢

destronar *v.t.* 廢黜,廢立;攆走,推翻;〔轉〕使失去權勢

destruição (u-i) *s.f.* 破壞;滅亡;消滅,撲滅,驅除;打破;破滅;摧毀 ◇ construção

destruir (u-i) *v.t.* 毀壞,摧毀,拆毀;破壞;使破滅;使破產;使落空;消滅,使消失 △ ① ~ um prédio 拆毀一幢大樓 ② ~ searas 毀壞農田 ③ ~ a tranquilidade 打破平靜 ④ ~ o equilíbrio 破壞平衡 ⑤ ~ um exército 消滅一支軍隊 ◇ construir

destrutibilidade *s.f.* 破壞性;破壞力

destrutível *adj. 2 gén.* 可破壞的,可毀壞的,可消滅的 ◇ indestrutível

desumanidade *s.f.* 不人道,無情;殘忍,暴虐;殘忍行爲

desumano, na *adj.* 非人的,不近人情的;殘忍的,野蠻的,無人性的 ◇ humano

desunião *s.f.* 分離,分裂;不一致,不統一;不和,傾軋 △ ~ internal 內部傾軋 ◇ união

desunir *v.t.* 使分離;使分裂,使起紛爭,使不和,使不團結 ‖ *'a partilha dos bens desuniu os irmãos* 分財產使兄弟不和了 ◇ unir

desusado, da *adj.* 已不用的,已廢止的,已廢棄的;反常的;奇特的 △ ① traje ~ 不時興的服裝 ② termo ~ 已不用的詞 ◇ usado

desvairado, da *adj.* 各種各樣的;奇怪的,怪癖的;精神失常的,發狂的,入神的 △ ① interpretações ~as 各種各樣的解釋 ② espírito ~ 失常的精神

desvairamento *s.m.* 精神錯亂,發狂;精神渙散,分心

desvairar *v.t.* 使發狂,使精神錯亂;欺騙,迷惑 ‖ *v.i.e.r.* 發狂,做或說不明智的事或話 △ ~ a opinião pública 欺騙公衆輿論

desvalorização *s.f.* (貨幣)貶值;貶低;低估 ◇ valorização

desvalorizar *v.t.* 使(貨幣)貶值;貶低;低估 ◇ valorizar

desvanecer (ê) *v.t.* 使消散,使消失 ‖ *v.r.* 昏厥,昏迷;驅散,消失;自負 △ ① ~ suspeitas 消除懷疑 ② desvanece-o-o talento dos filhos 兒子們的才智使他自豪 ③ desvaneceu-se toda a esperança 整個希望破滅了

desvanecimento *s.m.* 消失,消散;矜持,自負

desvantagem *s.f.* 不利,不便,不利的處境;(名聲、信用等的)損害,損失 △ é na ~ 處於不利地位,吃虧 ◇ vantagem, proveito

desvantajoso, sa *adj.* 不利的,吃虧的;有害的;不便的 △ condições ~ as 不利的條件 ◇ vantajoso

desvão *s.m.* 頂閣;最高一層樓;斜的、隱藏的角落; *pl.* desvãos

desvario *s.m.* 精神錯亂,發狂;謊妄,乖僻;反常,畸形

desvelar *v.t.* 守夜;使失眠;揭開(面紗等);[轉]透露,說明 ‖ *v.r.* 熱心於;顯露出 △ ① o remorso desvelava--lhe as noites 悔恨使他多夜不眠② ~ uma estátua 爲一雕像揭幕 ③ ~ o seu plano 透露其計畫

desvelo (ê) *s.m.* 關懷;不眠;熱心;關懷的對象 △ os filhos eram os seus ~s 兒子們叫他操心

desvendar *v.t.* 解下繃帶;取下眼罩;揭露 △ ~ o mistério 揭露奧秘 ◇ vendar, ocultar

desventura *s.f.* 不幸,惡運,災難,災禍 ◇ ventura

desventurado, da *adj.* 不幸的,倒霉的,惡運的;災難的;不遇時的

desventuroso, sa (ô) *adj.* 不幸的,倒霉的,惡運的;災禍的,有災禍的 ◇ venturoso

desviado, da *adj.* 遙遠的,遠離的;偏離正路的,離開的;異國他鄉的 △ morar num sítio ~ 居住在遙遠的地方

desviamento *s.m.* 離開;脱離;越軌,胃離;偏僻

desviar *v.t.* 使離開正路;引開,挪動,移動;使消失;使離開;挪用(款項);亂用;勸阻,勸止 ‖ *v.r.* 偏離 △ ① ~ uma vista 轉移視線② ~ uma cadeira 挪動一把椅子 ③ ~ documentos 使文件失散 ④ ~ alguém de projecto 勸某人改變計畫

desvio *s.m.* 離正途;改變方向;偏向,偏差,誤差;[數]偏差數;挪用(款項);

(鐵路)會讓綫 △ ① temos que fazer um～ 我們必須繞道 ② ～ de uma verba orçamental 挪用預算款

desvirtuar *v.t.* 輕視;貶低(德行、美德等);痛斥

detalhe *s.m.* 細節,詳情 △ ao (em) ～ 詳盡地,詳細地

detective *s. 2 gén.* 偵探,密探

detector(ò) *s.m.* 發覺者;偵探,密探;偵查器;[化]檢砒器;[電]檢電器;指示器;檢波器

detença *s.f.* 耽擱,遲慢;阻滯,擱置

detenção *s.f.* 阻止,阻留;扣留,拘留;監禁;[法](非法)佔有 △ ① casa de ～ 青少年罪犯拘留所 ② sob ～ 拘留,扣留

detentor(ò) *s.m.* 阻留者,拘留者;佔有者

deter(ê) *v.t.* 留住,阻住,攔截;扣拘留;耽擱,延誤 ‖ *v.r.* 中斷;耽擱,阻滯 △ ～ alguém como um suspeitoso 把某人當嫌疑犯扣留

detergente *adj. 2 gén.* 去垢的,使潔淨的 ‖ *s.m.* 洗滌劑,洗滌粉,清潔劑

deterioração *s.f.* 惡化,變質;退化;墮落,頹廢;損壞 ◇ melhoramento, aperfeiçoamento

deteriorar *v.t.* 弄壞,使惡化,使變劣;敗壞(風俗);降低(品質等) △ ① a geada deteriora os batatais 霜凍凍壞了甘薯田 ② ～ relações com outros países 惡化同其他國家的關係

determinação *s.f.* 決心,決意;決定,確定;規定,限定;果敢,果斷 △ a ～ de uma data 確定一個日期 ◇ indeterminação

determinado, da *adj.* 確定的,一定的;決定的,毅然決然的;[數]有定值的,有定數的;[語]限定的 △ o carácter ～ 果斷性 ◇ incerto, vago, indeciso

determinante *adj. 2 gén.* 決定性的,限定性的 ‖ *s.m.* [語]限定詞;[數]行列式;[生]決定體,遺傳基因

determinar *v.t.* 確定,規定;測定;決定;招致,造成;認明 △ ① ～ a composição do ar 測定空氣的成份 ② ～ ausentar-se 決定缺席 ③ a negligência determinou essa perdida 粗心是導致那次失敗的原因 ④ ～ se a emigrar 決定移民

determinismo *s.m.* 宿命論;決定論

determinista *adj. 2 gén.* 宿命論的;決定論的 ‖ *s. 2 gén.* 宿命論者,決定論者

detestação *s.f.* 憎惡,嫌惡,討厭

detestar *v.t.* 憎惡,嫌惡;詛咒,咒罵 △ ～ a mentira 對撒謊深惡痛絕 ◇ amar, estremecer

detestável *adj. 2 gén.* 可憎惡的,可厭惡的,令人痛恨的 △ está um tempo ～ 可惡的天氣 ◇ excelente, adorável

detido, da *adj.* 耽擱的;滯留的;被拘留的;扣留的

detonação *s.f.* 爆炸;爆炸聲;瀑鳴

detonar *v.i.* 爆炸;觸發;發出爆炸聲,炸響

detracção *s.f.* 誹謗,中傷;傷害;貶低

detrair *v.t.* 誹謗,中傷;傷害;貶低

detrimento *s.m.* 損害,傷害,損壞;輕侮 △ em ～ de 有損於……,不利於……

detrito *s.m.* 廢物,垃圾;[地]碎石,岩屑

deturpação *s.f.* 破相;外貌醜醜;唆疵;毀形

deturpar *v.t.* 毀損……的外形(外貌),使破相,使變醜;敗壞 △ ～ as palavras de alguém 歪曲某人的話

deus *s.m.* 〈M〉上帝;天主;造物主;偶像;神化的人 △ ① Meu ～! 天啊!

啊呀! ② por amor de ～ 看在上帝的份上 ③ graças a ～ 幸福地,幸好 ④ ao deus-dará 任意地,胡亂地

deusa *s.f.* 女神;非凡的女子;〔轉〕絕色佳人;令人愛慕的婦女

deutão *s.m.* 〔化〕重氫的原子核

deutério *s.m.* 〔化〕重氫,氘

devagar *adv.* 緩慢地,遲緩地 △ ～ se vai ao longe 功到自然成

devaneio *s.m.* 夢想,幻想;譫妄;沉思,默想

devassa *s.f.* 拷問;訊問;查問;偵察,調查 △ abrir ～ 開庭

devassado, da *adj.* 没有保護的,顯而易見的;受偵察的

devassar *v.t.* 擅自闖入;窺視;傳揚;放縱;探查 △① ～ a vida alheia 窺測別人的生活 ② ～ segredos 探查秘密

devassidão *s.f.* 放縱,放蕩;腐敗,墮落

devasso, ssa *adj.* 道德敗壞的;放蕩的;淫亂的 ‖ *s.m.* 放蕩的人,流氓

devastação *s.f.* 蹂躪;破壞;荒廢

devastador, ra (ô) *adj.* 破壞性的,毀滅性的;荒廢的 ‖ *s.m.* 蹂躪者;破壞者;劫掠者

devastar *v.t.* 蹂躪;破壞;使荒蕪,使荒廢

deve *s.m.* 負債;借款;帳薄中的借方,支出欄 ◇ há-de-haver, haver

devedor, ra (ô) *adj.* 負債的 ‖ *s.m.* 債務人 ◇ credor

dever (ê) *v.t.* 應該,應當,必須;歸於……,由於,歸根於……;欠 ‖ *s.m.* *pl.* 義務,任務,本分,責任 △ ① o filho deve respeitar seus pais 子女應尊敬父母 ② ～ muito dinheiro 欠許多錢 ③ deve a fortuna ao trabalho 勞動帶來了幸福 ④ ～ de honra 榮譽感 ⑤ os ～es de cidadão 一個公民的義務 ⑥ Quem não deve não teme 不做虧心事,不怕鬼叫門

deveras *adv.* 的確地;實在地

devidamente *adv.* 當然地;適當地;理應地;公正地

devoção *s.f.* 虔誠,虔敬;獻身,致力;崇敬,崇拜;仰慕;熱愛,摯愛;信仰,信心; *pl.* 祈禱,禱告,朝拜

devolução *s.f.* 歸還;讓與;還原,退回,放回(原處);拒絕,不接受

devolutivo, va *adj.* 可歸還的,可復原的;可傳授的

devoluto, ta *adj.* 歸還的;空的,無人居住的 △① casa ～a 無人居住的房子 ② lugar ～ 空位子

devolver (ê) *v.t.* 歸還,放回(原處),退回,發還;拒絕,不接受(禮物、工作等);讓與 ‖ *v.r.* 返回,恢復 △ ① ～ uma carta 退回一封信 ② ～ um oferecimento 退回禮物 ③ devolve-se largo silêncio no campo 田野恢復了一片平靜

devoniano, na *adj.* 〔質〕泥盆時代的;泥盆系的

devorar *v.t.* (野獸)吞,噬,吞食,狼吞虎嚥;〔轉〕破壞,吞没;焚毀,燒壞;耗費,耗盡;貪婪地看,如饑似渴地閱讀;(感情的)折磨 △ ① o incêndio devorou o prédio 大火燒毀了樓房 ② o mar devorou o navio 大海吞没了船隻 ③ ～ com os olhos 凝視 ④ ～ uma herança 耗費一份遺產

devotado, da *adj.* 立誓貢獻的,獻身……的,熱中……的;深愛的;忠實的

devotar *v.t.* 獻(身),貢獻,專心致力於……,把……專用於…… ‖ *v.r.* 致力於……,專心從事 △ ① ～-lhe a maior estima 對他非常敬佩 ② ～-se às letras 專心從事文學

devoto, ta *adj.* 熱誠的;虔誠的,虔信

宗教的 ‖ *s.m.* 熱愛者;皈依者 △ ①
vida~a 虔誠的生活 ② ~ das letras
文學愛好者 ③ ~ de Baco 嗜酒者

dextra (eis) *s.f.* 右手

dextrina (eis) *s.f.* 〔化〕糊精

dez *num.* 十,十個 ‖ *s.m.* 十日,十
點;*pl.* 十點鐘 △ ① ~ de Maio 五月
十日 ② o ~ de paus 草花十 ③ às ~
十點鐘 ④ ~ mil 一萬

dezanove *num.* 十九 ‖ *s.m.* 十九點
鐘;十九歲 △ o século ~ 十九世紀

dezasseis *num.* 十六 ‖ *s.m.* 十六點
鐘;十六歲

dezassete *num.* 十七 ‖ *s.m.* 十七點
鐘;十七歲

dezembro *s.m.* 十二月

dezena (ê) *s.f.* 十數 △ uma ~ de
pessoas 十個人

dezoito *num.* 十八 ‖ *s.m.* 十八點
鐘;十八歲

dia *s.m.* 日,天,晝夜;日光;白天;節
日;天氣;時刻,日子;*pl.* 歲月,年代;
生日;年紀,歲數 △ ① a ~s 日間地
② bom ~ 早安③ de ~ 日間 ④ ~
a ~ 每日地 ⑤ ~ dos anos 生日,華誕
⑥ lindo ~ 好天 ⑦ por ~ 每天 ⑧ a
questão do ~ 當前的問題 ⑨ um ~
前……

diabete *s.m.*; **diabetes** *s.m. pl.*
〔醫〕糖尿病

diabético, ca *adj.* 糖尿病的 ‖ *s.m.*
糖尿病人

diabo *s.m.* 魔鬼,惡魔;撒旦;〔轉〕惡
人,醜八怪 △ ① ~ 原來如此 ①
② fazer o ~ a quatro 發怒 ③ mandar
para o ~ 驅除,攆走 ④ pobre ~! 可
憐的人! ⑤ isso é o ~! 真見鬼! ⑥
Que ~ 什麼鬼名堂 ⑦ Que o leve o
~! 隨你的便罷! ⑧ ter o ~ no corpo
劇烈震動,不能承受 ⑨ andar o ~ à

solta 真倒霉

diabólico, ca *adj.* 魔鬼的;極壞的,
極惡的,可惡的;窮兇極惡的;複雜的,
難辦的 △ o problema ~ 複雜的問題

diácono *s.m.* 〔天主教的〕助祭;〔基督
教的〕執事

diadema (ê) *s.m.* 〔女用〕冠狀頭箍,
髮箍;〔王冠上的〕環飾,〔象徵帝王尊
嚴的白色束冠帶〕;教皇職位

diafaneidade *s.f.* 透明性,透明度,
透光性

diáfano, na *adj.* 透明的,透光的

diaforese *s.f.* 〔醫〕發汗

diafragma *s.m.* 〔解〕隔膜;〔植〕〔果
實內的〕薄膜狀心皮壁;〔理〕隔板,光
圈;〔電話機等的〕膜片,震動膜

diagnosticar *v.t.* 〔醫〕診斷

diagnóstico *s.m.* 診斷的,診斷下
的,供診斷的 ‖ *s.m.* 診斷,診斷學 △
~ clínico 臨牀診斷

diagonal *adj. 2 gén.* 〔數〕對角線的
‖ *s.f.* 對角線

diagrama *s.m.* 圖表,圖解;簡圖,示
意圖

dialéctica (èt) *s.f.* 〔哲〕辯證法,辯論
術;論證 △ ~ materialista 唯物辯證
法

dialéctico, ca *adj.* 辯證的,辯證法
的;辯論的,雄辯的 △ o materialismo
~ 辯證唯物主義

dialecto (èt) *s.m.* 方言,土語

dialogar *v.t.* 用對話方式訟話或寫
作;使成對話體 ‖ *v.i.* 對話,會話

dialógico, ca *adj.* 對話的,對話體
的,對話形式的

diálogo *s.m.* 對話,會話;對話體文章
△ em ~ 用對話體,照問答體

diamante *s.m.* 金鋼鑽,金鋼石,鑽石
‖ *adj. 2 gén.* 〔印〕鑽石體的 △ ~ de
vidraceiro 劃玻璃刀

diâmetro *s.m.* 〔數〕直徑

diante *adv.* 在前面,前面;之後 △ ① ao ~, em ~ 此後 ② ~ de 在……之前 ③ por ~ 在前,此後 ④ para ~ 向前 ◇ atrás, depois

dianteira *s.f.* 前面 △ ① tomar a ~ 前導 ② ~ de casa 房子前面 ◇ traseira

dianteiro, ra *adj.* 前面的 ◇ traseiro

diária *s.f.* 每日的收支或開支;每日的工錢;每日所需的食品量;旅店每日的費用

diariamente *adv.* 每天,每日

diário, ria *adj.* 每日的,每天的,日常的 ‖ *s.m.* 日報;日記;家庭每日開支 △ capacidade ~a 日產量

diarreia *s.f.* 〔醫〕腹瀉;痢疾 △ sofrer ~ 下痢;瀉肚子

diástole *s.f.* 〔醫〕(心、血管)舒張,舒張期;〔詩歌〕音節延長 ◇ sístole

diatribe *s.f.* 痛罵;嚴厲斥責

dicção *s.f.* 用詞的選擇;措辭,用字

dicionário *s.f.* 字典,詞典 △ ① consultar ~ 查閱詞典 ② ~ vivo 活字典;知識淵博的人

dicotiledóneas *s.f.e pl.* 〔植〕雙子葉科,雙子葉植物

didacta *s. 2 gén.* 教授者;說教者

didáctica *s.f.* 教授法,教學法,教學法

didáctico, ca *adj.* 教導的;啟蒙人的;教授學的,教授法的

dídimo, ma *adj.* 〔植,動〕雙生的,孿生的;〔礦〕錯欽混合物

diedro, ra *adj.* 由兩個平面構成的,二面的 ‖ *s.m.* 〔數〕二面角

diesel *s.m.* 內燃機,柴油機 △ óleo de ~ 柴油

dieta *s.f.* (因病)規定的飲食,飲食物;忌嘴,忌口;〈M〉(日本、丹麥等的)國會、議會;一日的出差費;一日的工作量 △ ① pôr um doente a ~ 限制病人的飲食 ② ~ láctea 禁食奶製品

dietética *s.f.* 飲食衛生法;飲食學,營養學

dietético, ca *adj.* 飲食的,營養的

difamação *s.f.* 誹謗,詆毀,讒言

difamador, ra *adj.* 誹謗的,詆毀的,進讒言的 ‖ *s.m.* 誹謗者,詆毀人名譽者,進讒言者

difamar *v.t.* 誹謗,詆毀,進讒言;中傷,醜化

diferença *s.f.* 差異,差別;不和,爭論;〔數〕差,差額 △ ① não há ~ entre eles 兩者毫無差別 ② um passo falso causará uma grande ~ 失之毫厘,謬之千里 ◇ analogia, semelhança

diferenciar *v.t.* 使有差別,區別;劃分,區分;使分化,使變異;使不同,使不合;〔數〕求……的微分 ◇ identificar

diferencial *adj. 2 gén.* 差別的,區別的;特定的;〔理,機〕差動的,差速的,差示的;〔數〕微分的 ‖ *s.m.* 〔機〕工資差別;〔機〕差動器;〔數〕微分 △ ① cálculos ~is 微分 ② diagnose ~ 鑒別診斷 ③ engrenagem ~ 差動齒輪

diferente *adj. 2 gén.* 不同的;不一致的;有差別的;各種的,各色各樣的 ‖ *s.m.e pl.* 若干;不止一個;不止一次 △ é ~ de ~ 與……不同 ◇ ~ 不同 ◇ análogo, semelhante, idêntico

difícil *adj. 2 gén.* 困難的;艱難的;執拗的,頑固的;難打交道的,不好相處的 △ ① trabalho ~ 困難的工作 ② disposição ~ 執拗的性情 ◇ fácil

dificílimo, ma *adj.* 極困難的,極不容易的

dificuldade *s.f.* 困難;難事,難局,逆境;障礙;異議;爭論,糾葛;*pl.* 財政

困難,經濟拮据 △ ① exprimir-se com
~ 難於表達 ② ver-se em ~ s 處於逆
境 ③ ~ económicas 經濟困難 ◇ fa-
cilidade

dificultar *v.t.* 使變得困難;妨礙,設
置障礙 ‖ *v.r.* 顯得困難;不退讓 ◇
facilitar

difluir *v.i.* 擴散;流傳;傳播

difracção (àç) *s.f.* 〔理〕(光的)折
射;折射帶

difteria *s.f.* 〔醫〕白喉

difundir *v.t.* 散佈,發散;散佈,普及;
傳播;滲出;溶解;使(光)漫射 △ ① o
sol difunde a neve 陽光使雪溶化了 ②
~ conhecimento 散播知識 ③ a
lâmpada difunde 燈泡使光漫射

difusão *s.f.* 散佈,發散;傳播,普及;
〔化〕滲濾;〔理〕擴散,漫射;〔轉〕冗長
△ ① ~ de luz 光的傳播 ② ~ de dis-
curso 演說的冗長

difuso, sa *adj.* 散佈的,擴散的;傳播
的,四散的,散亂的;(文章等)冗長的,
嚕嗦的;鋪張的 ◇ conciso, resumido

digamia *s.f.* 重娶,重婚罪

digerir *v.t.* 消化;助消化;玩味,領
會,體會(文意);〔轉〕忍受,容忍,甘受
(侮辱等);(系統地)整理,匯編(法
律);摘要;〔化〕浸煮,煮解 ‖ *v.i.* 消
化 △ ① ~ mal o jantar 晚飯消化得不
好 ② ~ afrontas 承受恥辱 ③ não di-
gere bem o que aprende 他沒有領會好
所學的東西

digerível *adj. 2 gén.* 易消化的;可摘
要的

digestão *s.f.* 消化;消化力;消化作
用;(精神上的)同化吸收,融會貫通;
〔化〕浸煮(作用),浸提 ◇ apepsia

digestibilidade *s.f.* 消化率,消化率

digestível *adj. 2 gén.* 易消化的;可摘
要的

---

digestivo, va *adj.* 有消化能力的;助
消化的;易消化的;〔化〕浸煮的 ‖
s.m. 消化劑;助消化的食品 △ ①
aparelho ~ 消化器官 ② fluido ~ 消
化液

digesto *s.m.* 摘要,概説;〈M〉學説;
匯纂;羅馬法典

digitado, da *adj.* 有指的,有趾的;指
狀的 △ folhas ~as 掌狀葉

digital *adj. 2 gén.* 手指的;指狀的;
數字的 ‖ *s.m.* (鋼琴等的)琴鍵 △
〔植〕毛地黃,洋地黃 △ ① computador
~ 數字型電子計算機 ② impressões
~ais 指紋

dígito *s.m.* 手指;足趾;〔數〕(一位)
數字;〔天〕蝕分(太陽或月亮直徑的
1/12)

dignar-se *v.r.* 屈尊,俯就,垂顧;惠
請,有勞 △ não se dignou receber-nos
pessoalmente 沒有屈尊親自接見我們

dignidade *s.f.* 威嚴;威風;端莊;尊
嚴,高貴;體面;高位,顯職;高官顯貴
△ ① falar com ~ 談吐莊重 ② ~
personal a ~ 的尊嚴 ◇ indignidade

dignificar *v.t.* 使有威嚴,使高貴;
授以榮譽,飾以美名

digno, na *adj.* 值得的,應得的;恰如
其分的;相配的,相符的;可作為模範
的;莊重的,高貴的,令人尊敬的 △ ①
~ de louvar 值得稱讚 ② homem ~
可以作模範的人 ③ receber o ~ casti-
go 罪有應得 ◇ indigno

digressão *s.f.* 離題;枝節話;偏離;遠
途旅行;〔天〕離角 △ fazer uma ~
pelas províncias 到各省去旅行

dilação *s.f.* 延誤,遲延,耽擱;延長期
限 △ ① marcar a ~ de um mês 延期
一個月 ② sem ~ 立即,即刻

dilaceração *s.f.* 撕裂,撕碎,裂開

dilacerar *v.t.* 撕裂,撕碎;〔轉〕傷害,

敗壞 △ ～ uma reputação 敗壞聲譽

dilapidação *s.f.* 浪費,揮霍;敗壞,腐爛;揩缸,(家產)蕩盡

dilapidar *v.t.* 浪費,揮霍,敗壞,損壞

dilatabilidade *s.f.* 可延性,可膨脹性,可擴大性,可膨脹性 ◇ compressibilidade

dilatação *s.f.* 〔理〕膨脹;〔醫〕擴張(症);擴張術;〔轉〕增加,擴大;延伸,延長 ◇ compressão

dilatado, da *adj.* 廣闊的,寬闊的;已擴展的,已擴大的;已膨脹的;長期的 ◇ limitado, comprimido

dilatar *v.t.* 擴大,使膨脹;〔轉〕延長,延伸;傳播,擴散;散開,延展 ‖ *v.i.* 膨脹 △ ① o calor dilata os corpos 熱使物體膨脹 ② ～ a vida 延長生命 ③ ～ a resposta 拖延回答 ◇ comprimir

dilatável *adj. 2 gén.* 可擴張的;可延伸的,可延長的;可膨脹的 ◇ compressível

dilecção (èç) *s.f.* 尊敬,敬重;情愛,親愛,慈愛

dilema *s.m.* 〔邏〕二難推理,雙關論法;窘境,困境;進退兩難 △ ～ ver-se metido num ～ 處於進退兩難的地步

diletante *s. 2 gén.* (文學、藝術的)愛好者

diligência *s.f.* 勤奮,勤懇,努力;注意,留心;偵查;驛站馬車 △ ① fazer ～ 努力 ② oficiais de ～s 聽差 ◇ negligência

diligenciar *v.t.* 努力,勤奮地從事 ◇ negligenciar

diligente *adj. 3 gén.* 勤奮的,勤懇懇的,刻苦的,努力的;敏捷的,迅速的 △ é ～ no seu estudo 學習勤奮 ◇ negligente

dilúculo *s.m.* 黎明,拂曉

diluente *adj. 2 gén.* 稀釋用的,沖淡

的 ‖ *s.m.* 稀釋劑

diluição (u-i) *s.f.* 沖淡,稀釋;稀度,濃度;稀釋物;減弱

diluir (i) *v.t.* 沖淡,稀釋;〔轉〕消弱,減弱 △ ① ～ vinho com água 用水把酒沖淡 ② ～ as ideias em palavras inúteis 用無用的話使主意不堅定

dilúvio *s.m.* 洪水;〔轉〕大量

dimanar *v.i.* 涌出,流出;起源,來自 △ da ambição dimana o crime 貪心是犯罪的起因

dimensão *s.f.* 尺寸,大小;〔數〕次元,度(數),維(數);〔理〕因次,量綱; *pl.* 容積;面積;規模,範圍

diminuendo *s.m.* 〔數〕被減數 ‖ *adv.* 〔樂〕漸弱

diminuição (u-i) *s.f.* 減少,減縮,縮小;〔數〕減法

diminuidor (u-i-ô) *s.m.* 減少者,縮小者;〔數〕減數

diminuir (u-i) *v.t.* 減少,減低;消弱,縮小 ‖ *v.i.* 減少,縮小 △ ① o vento diminuiu 風減弱了 ② ～ 3 de 12 十二減三 ◇ aumentar, ampliar

diminuto, ta *adj.* 微小的,細小的;不完全的,不完善的

dinamarquês, esa *adj.* 丹麥的,丹麥人的 ‖ *s.m.* 丹麥人,丹麥語

dinâmica *s.f.* 力學,動力學;動力,原動力;動態

dinâmico, ca *adj.* 動力的,動力學的;力學(上)的;動(態)的;起動的;〔轉〕有力的,有生氣的;(工作)效率高的;〔醫〕機能(上)的;〔哲〕動力論的,力本論的 △ ① personalidade ～a 活躍的性格 ② atmosfera ～a 生氣勃勃的景象

dinamismo *s.m.* 〔哲〕物力論,力本學;精力,活力;魄力,勁頭

dinamite s.f. 炸藥

dínamo s.m. 〔理〕發電機

dinamometria s.f. 動力測定法;測力法

dinamómetro s.m. 測力計,拉力表,動力計,功率計,電力測工儀

dinastia s.f. 王朝,朝代;王朝統治,世襲統治;統治家族 △ a ~ Ming 明朝

dinheiro s.m. 金錢,貨幣;〔轉〕錢財 △① ganhar ~ 賺錢 ② o tempo é ~ 時間就是金錢

dinossauro s.m.〔動〕恐龍

dintel s.m. 〔建〕楣

diocesano, na adj. 主教管區的 ‖ s.m. 主教

diocese s.f. 主教管區

dioptria s.f. 〔理,醫〕屈光度

dióptrica s.f. 〔理,醫〕屈光,屈光學

dióspiro s.m. 〔植〕柿屬

diploma (ó) s.m. 特許證,執照;畢業文憑,學位證書;獎狀;公文 △① de curso 文憑 ② ~ de honra 榮譽證書 ③ ~ legislativo 立法條例

diplomacia s.f. 外交;外交手腕;交際手段;權謀,應變之才;外交人員 △① seguir a ~ 從事外交 ② u-tilizar ~ 應用外交手腕

diplomar v.t. 授予文憑 ‖ v.r. 獲得文憑

diplomata s. 2 gén. 外交官;外交家;〔轉〕善於交際的人,有應變之才者

diplomático, ca adj. 有外交手腕的;外交使團的 △① corpo ~ 外交使團 ② imunidade ~a 外交豁免權

dique s.m. 堤,壩,堰;乾船塢

direcção (èç) s.f. 方位,方向;範圍,方面;指導,指揮,管理;指示,用

法說明;領導,領導人 △① tomar a ~ de uma empresa 擔任企業的領導 ② ~ duma associação 協會理事會 ③ em todas as ~ões 四面八方,各方面 ④ ~ dum avião 駕駛飛機 ⑤ sob a ~ de ……領導下,在……指導下

directivo, va adj. 指導的,指揮的,管理的(定向)式的 △① antena ~a 定向天線 ② regras ~as 指導規則

directiva (èt) s.f. 命令,訓令,指令;方針

directo, ta (èt) adj. 筆直的,直綫的;正面的;直接的;直截了當的,直率的 △① caminho ~ 直接 ② discurso ~ 直接演說 ③ descendentes ~s 直系子孫 ④ comboio ~ 直達火車 ⑤ rela-ções ~as 直系親屬 ◇ indirecto

director (etô) s.m. 指導者,指揮者;長官,理事,董事,校長,廠長,局長;〔數〕導線;〔樂〕指揮 △① ~ da escola 校長 ② ~ do hospital 醫院院長 ③ ~-Geral 總監,總裁

directoria s.f. 董事(理事、主任、社長等的)職務;董事會

directório, ria adj. 指導的,指揮的,管理的 ‖ s.m. 指南,手冊;(黨派、團體的)領導機關;地址簿

directriz (èt) adj. 指導的,領導的 ‖ s.f. 方向;方針,綱領;〔數〕準線;女指揮者,女指導員

direita s.f. 右,右面;右手;右邊,右翼;右座議員 △① à ~ 右手的,右邊的 ② ~ e à esquerda 各方面 ③ às ~s 應聽如此的 ◇ esquerda

direito, ta adj. 直的;正直的;正確的;誠實的;右側的,右邊的 ‖ adv. 直接地,誠實無疑地;一直地,始終地 ‖ s.m. 權利;法律;稅;公正,正當 △① estrada ~a 筆直的公路 ② ir ~ ao fim 一直走向終點 ③ a torto e a ~ 胡亂地 ④ ~ civil 民法 ⑤ ~ internacional 國

際法 ⑥ ter ～ de fazer 有權做…… ⑦ pagar os ～s de alfândega 納關稅 ⑧ o ～ de votar 選舉權 ◇ esquerdo, torto

dirigente adj. 2 gén. 領導的, 指導的 ‖ s.m. 領導人, 指導者 △ ① classes ～s 領導階級 ② ～ máximo 最高領導人

dirigir v.t. 引導, 領導, 指導, 管理; 駕駛; 指點某人, 爲某人指示方向; 寄(信等)給……, 寫寄發地址 ‖ v.r. 前往, 走向, (把……)針對(某人), 把……指向某人 △ ① ～ um carro 駕車 ② ～ uma carta 寄信 ③ ～ uma firma 管理商行

dirigível adj. 2 gén. 可操縱的; 可駕駛的; 可管理的; 可指揮的 ‖ s.m. 飛船; 氣球; 飛艇 △ torpedo ～ 可控魚雷

dirimir v.t. 取消, 解除; 使無效; 消滅 △ ～ um pleito 撤回訴訟

discernente adj. 2 gén. 識別的, 分辨的; 眼力好的, 眼光敏銳的

discernimento s.m. 辨別(力); 眼力, 精明; 認識 △ ～ do bem e do mal 辨善惡

discernir v.t. 辨別, 識別; 分清; 看出; 評價; 目睹 △ ① ～ o falso amigo do verdadeiro 分辨真假朋友 ② ～ os méritos de alguém 評價某人的功績

discernível adj. 2 gén. 可辨別的, 可識別的; 可看出的

disciplina s.f. 訓練, 鍛煉; (逆境等的)磨煉; 修養; 教養; 紀律, 風紀; [宗] 宗規, 戒律; 訓誡, 懲戒; 學科; 教育; (懲罰用的)鞭子 △ ① ～ s do liceu 中學的課程 ② sem ～ não há exército 沒有紀律就沒有軍隊 ③ a ～ da escola 校規

disciplinar adj. 2 gén. 訓練上的, 有關紀律的; 懲戒的 ‖ v.t. 訓練, 鍛煉,

操練; 訓導; 使守紀律; 懲戒, 懲罰 △ ① penas ～es 紀律處分 ② ～ um exército 訓練一支軍隊

discípulo s.m. 學生, 學徒, 門徒, 弟子; 追隨者

disco s.m. (運動用的)鐵餅; [機]盤, 圓盤; [天]圓面, 輪; [植]花盤; [動]吸盤; (唱片) 唱片; 路標盤, 圓盤路標 △ ① lançamento do ～ 扔鐵餅 ② muda o ～ 改變態度; 改變調子

discóbolo s.m. 擲鐵餅運動員

discordância s.f. 不一致, 不和, 傾軋; (樂)(音的)不和諧; (質)不整一, 不整合 ◇ concordância

discordante adj. 2 gén. 不一致的, 不和的, 傾軋的; (樂)不和諧的; (質)不整一的, 不整合的 △ opiniões ～s 衆說紛紜

discordar v.i. 不調和; 不一致; 不和, 傾軋; (樂)不和諧, 發雜音 ◇ concordar

discórdia s.f. 不和, 傾軋; 不一致, 不調和; (樂)不諧和(音) △ ① semear ～ 製造不和 ② ～ marital 夫妻不和 ③ pomo de ～ 不和的種子 ◇ concórdia

discoteca s.f. 唱片集; 唱片架; 夜總會; 迪斯科舞廳

discrepância s.f. 差異, 矛盾; 不符合, 不一致; 異議; 分歧 △ sem ～ 一致地 ◇ concórdia, identidade

discreto adj. 嘴緊的, 能守秘密的; 考慮周到的; 用心深遠的; 謹慎的, 慎重的, 小心的; (醫)稀疏的; (數)離散的 △ ① homem ～ 守秘密的人 ② varíola ～a 稀痘天花 ◇ indiscreto

discrição s.f. 謹慎, 慎重, 小心; (行動, 判斷或選擇的)自由, 自行裁決, 斟酌; 嚴守秘密 △ ① à ～ 任意地, 隨意地, 無條件地 ② com ～ 謹慎, 審慎 ③

utilizar a ~ própria 相機處理 ◇ indiscrição

discriminação *s.f.* 辨別,區別,鑒別;辨別力,識別力,鑒賞力,眼力;歧視,不公平的待遇;排斥 △ ① ~ racial 種族歧視 ② bombardear sem ~ 狂轟亂炸

discriminar *v.t.* 區別,鑒別,識別;區分出,辨別法;分別對待;歧視;排斥

discursar *v.t.* 發言 ‖ *v.i.* 講演;論述;爭辯;解釋

discurso *s.m.* 話語,談論;演講,演說;論述,論文;推移,消失 [口] 空話 △ ① o ~ do tempo 時間的流逝 ② um ~ académico 學術論文

discussão *s.f.* 爭論,討論;辯論;審議;詳述,論述 △ ① da ~ sai a luz 真理越辯越明 ② questão em ~ 審議中的問題

discutir *v.t.* 議論,討論;辯論;審議;詳述,論述 ‖ *v.i.* 爭論,爭吵 △ ~ com alguém 同某人爭論

discutível *adj. 2 gén.* 可討論的;可爭執的;值得討論的;有疑問的 ◇ indiscutível

disenteria *s.f.* 赤痢,痢疾

disfarçado, da *adj.* 偽裝的,喬裝的;作偽的,掩飾的

disfarçar *v.t.* 假裝,偽裝,喬裝,裝扮;掩飾;模仿 △ ① ~ alguém em operário 把某人喬裝成工人 ② ~ os seus sentimentos 掩飾他的感情

disfarce *s.m.* 偽裝,喬裝;假面具,偽裝衣;掩飾,模仿

disforme *adj. 2 gén.* 畸形的;醜陋的,難看的;可怕的;巨大的,極大的

disformidade *s.f.* 畸形;殘廢,殘疾;醜陋(制度等的)缺陷

disjunção *s.f.* 分離,折斷;[語] 離接命題;[數](計算機的)折取;邏輯加

法,邏輯和;[邏] 選言,選言命題,選言推理

disjuntivo, va *adj.* 分離的,分離性的;[語] 轉折的;反意的;[邏] 選言的 △ ① conjunção ~a 轉折連結詞 ② proposição ~a 選言命題 ◇ copulativo, conjuntivo

disjuntor (ô) *s.m.* [理] 電路遮斷器

dislate *s.m.* 荒謬,無稽之談,胡言亂語

dismenorreia *s.f.* [醫] 痛經,月經困難

díspar *adj. 2 gén.* 不等的;有分別的,各異的,不同的

disparador (ô) *s.m.* 射擊者;扳機,鐘錶的擒縱叉,快門鈕

disparar *v.t.* 投,擲;發射,射擊;發出 △ ~ uma espingarda 放槍

disparatado, da *adj.* 胡亂的,胡來的,荒謬的;愚蠢的;舉措失當的

disparate *s.m.* 胡說八道;蠢話;胡來,蠻幹;荒唐;大錯 △ ① é um ~ pegado 真荒唐 ② este livro é ~ 這本書不行

disparidade *s.f.* 不同,不等;不一致;有分別;懸殊 ◇ paridade

disparo *s.m.* 射擊,槍擊;槍聲

dispêndio *s.m.* 費用,開支;消耗;[轉] 損害

dispendioso, sa *adj.* 昂貴的,費用龐大的

dispensa *s.f.* 免除,豁免;請求豁免的文件;特免證,許可證;原諒,寬恕;發放(施捨物),施與(恩惠等)

dispensação *s.f.* 分配;分與;分配物;[醫] 處方,配方;豁免,免除;原諒,寬恕 △ ~ de favores 給予恩惠

dispensar *v.t.* 分配,分給;發放(施捨物等);配(藥),配(方);發(藥),施與(恩惠等);免除,豁免(義務等);省

却;原諒,寬恕;暫時讓與 △ ① ~ alguémde um serviço 免除某人的一項工作 ② ~ alguém 原諒某人 ③ ~ favores 給予恩惠

dispensário *s.m.* 配藥處,藥房;醫務室;免費診所(免費給窮人治病、施藥的診所)

dispensável *adj. 2 gén.* 可有可無的,可省的,不重要的;可原諒的,可寬恕的;可施與的 △ o luxo é ~ 豪華大可不必

dispepsia *s.f.* 消化不良;胃病

dispéptico, ca *adj.* 消化不良的;有胃病的 ‖ *s.m.* 患消化不良的人

dispersão *s.f.* 分散;驅散;散佈,傳播;離散;[理]彌散,色散;[化]分散作用;被分散物;[醫]消散 △ ① ~ de calor 熱的擴散 ② a ~ de um exército 軍隊潰散

dispersar *v.t.* 使疏散,使散開;衝散(敵軍等);解散;驅散;傳播,散佈;[理]使(光線)色散;[醫]使消散 △ ① ~ conhecimento 傳播知識 ② ~ a sua atenção 分散他的注意力 ◇ concentrar, centralizar

disperso, sa *adj.* 分散的;散開的;失散的;[理]彌散的 △ ① folhas ~as 散落的葉子 ② tropas ~as 失散了的軍隊 ◇ reunido, concentrado

disponibilidade *s.f.* 可利用性;可安排性;可處置性;充實,使用;零件,狀況;(軍人的)預備役,(文職官員的)後備期,候補期

disponível *adj. 2 gén.* 可利用的,可支配的,可使用的;空着的;未被佔用的 ◇ indisponível

dispor (ô) *v.t.* 安排,配置,佈置;處理,處置;使傾向於,使有意於;裝飾;接待;命令;規定 ‖ *v.i.* 有,擁有;贈送 ‖ *v.r.* 想,打算,做好準備的,準備好

△ ① ~ livros numa estante 把書擺在書架上 ② o que a lei dispõe é o que se deve cumprir 法律規定的東西人們應該履行 ③ o homem põe e Deus dispõe 人算不如天算 ④ estar ao ~ de alguém 隨時聽候某人的命令

disposição *s.f.* 配置,安排;分類;[軍]部署,佈置;計劃,戰略(戰術)計劃;處理,處置;處置權,支配權;性情,素質,氣質;性質;傾向,意向;神意,天命;配置,安排的(人事)聲明 △ ① a ~ de uma casa 一個房子的佈局 ② estar em boa ~ de espírito 精神狀況良好 ③ à ~ de alguém 聽從某人的命令

dispositivo, va *adj.* 整理性的,安置性的 ‖ *s.m.* 裝置,機械裝置法

disposto, ta *adj.* 有次序的,準備好的;規定的;分配好的;已處理的,性情……的;有意於……的;有……傾向的;樂意的,英俊的 ‖ *s.m.* 規定 △ ① tudo está ~ para a partida 做好出發的一切準備 ② bem (mal) ~ 情緒好(壞),身體好(壞) ③ rapaz bem ~ 身材好的男孩

disputa *s.f.* 爭執,爭論,爭吵;異議;口角 △ sem ~ 無疑地,無可爭辯地

disputar *v.i.* 辯論,爭論;爭吵 ‖ *v.t.* 駁斥,抗辯;對……提出質疑,爭論,辯論;爭奪;反對;反抗 △ ① ~ uma proposta 辯論一項建議 ② ~ ca-da polegada de terra 寸土必爭

dissabor (ô) *s.m.* 不快;煩惱;乏味 △ teve não poucos ~es 他沒有少吃苦頭

dissecação; dissecção *s.f.* 解剖;切割作用;詳細分析 △ ~ de um corpo humano 人體解剖

dissecar *v.t.* 解剖;剖開,切開;分割;仔細分析 △ ~ uma ideia 仔細分析一種思想

dissemelhança *s.f.* 不相似;不等;殊異

disseminar *v.t.* 撒,播(種);〔轉〕傳播,散佈;普及 ◇ aglomerar, centralizar

dissertação *s.f.* (專題)論述;論文,學位論文;學術講演 △ uma ~ doutoral 博士學位論文

dissertar *v.i.* 論述,論說;寫論文;講演

dissidência *s.f.* (意見等的)不同,不和諧,不一致;異議,異心 △ ~ política 政治意見的不同

dissidente *adj. 2 gén.* 持不同意見的 ‖ *s. 2 gén.* 持不同意見者;持不同政見者

dissílabo *s.m.* 兩音節詞

dissimilar *adj. 2 gén.* 不同的,不一樣的 ‖ *v.t.* 使不同,使有異點;〔語〕使異化 ◇ similar

dissimulação *s.f.* 假裝(鎮靜);掩飾(感情) ◇ franqueza, sinceridade

dissimular *v.t.* 假裝(鎮靜);掩飾(感情) ‖ *v.r.* 隱藏 △ ~-se atrás de uma árvore 隱藏在樹後 ◇ patentear

dissipação *s.f.* 消散,分散;〔化〕散逸;浪費;消耗,損耗;放蕩,閒遊,浪費 △ ~ do nevoeiro 雲霧消散 ◇ economia, parcimónia

dissipado, da *adj.* 被驅散的;〔化〕散失的;浪費掉的;放蕩的

dissipador (ô) *s.m.* 揮霍者,消耗者;浪子,敗家子

dissipar *v.t.* 使(雲霧)消散,驅散(憂慮等);浪費(時間等);揮霍(金錢等) △ ① o sol dissipou as nuvens 陽光驅散了烏雲 ② ~ uma herança 揮霍一份遺產 ③ ~ a saúde (放縱)損害健康 ◇ poupar, economizar

dissociar *v.t.* 使分離;使脫離;〔化〕使分解;拆散,拆開

dissolução *s.f.* 分解,分離;溶解(作用),融化,液化;解除;廢除,取消;解散;消失,消亡,消滅;崩潰,瓦解;放蕩 △ ① ~ de casamento 取消婚約 ② ~ de Parlamento 解散議會 ③ ~ de corpo 屍體的腐敗

dissoluto, ta *adj.* 放蕩的;自甘墮落的;淫亂的 △ um autor brilhante e ~ 才氣煥發而放蕩不羈的(有才無德的)作家 ◇ austero, virtuoso

dissolúvel *adj. 2 gén.* 可分解的,可分離的;可解散的;可廢除的,可取消的;可溶解的,可融解的 △ açucar é ~ na água 糖溶於水

dissolver (ê) *v.t.* 溶,使溶解,使融化;使分解,使分離;溶解,融化,溶化;消,取消,解除;撤廢,打破;揭開,解開 △ ① ~ sal na água 把鹽溶於水 ② ~ os humores 消氣 ③ ~ um contrato 解除合同 ◇ combinar, compor, reunir

dissolvido, da *adj.* 溶解的;分解的;解散的

dissonar *v.i.* 音調不調和,不協調;不和,不一致

dissuadir *v.t.* 勸阻,勸止,勸誡;說服 ◇ persuadir

dissuasão *s.f.* 勸阻,勸誡,告誡;制止

distância *s.f.* 距離,路程;遠隔,遠離;遠處,遠方;間隔;隔閡,隔膜 △ ① a ~ de um metro 一米的距離 ② a ~ entre a minha opinião e a tua 你我意見上的差別 ③ aproximar ~s 使接近 ④ a ~ 在遠處,從遠處

distanciar *v.t.* 隔開,把……放在一定距離之外;使顯得遙遠;超過,趕過 ‖ *v.r.* 落後,遠離

distante *adj. 2 gén.* 遠的,遠方的;遠離的,分隔的;相距(若干);冷淡的,疏

遠的,有隔閡的;遠族的,遠房的 ◇
contiguo, vizinho

distar *v.i.* 距離……,相距……;差
別,區別,不同 △ a igreja ~ daqui cem
passos 教堂距離這裏一百步

distender (ê) *v.t.* 使繃緊;使擴張,
使膨脹;傳播,散佈 ‖ *v.r.* 鬆弛,放鬆
△ ① ~ boatos 散佈謠言 ② os seus
nervos distendem-se 他神經鬆了

distenção *s.f.* 膨脹(作用),膨大;擴
張;關節的劇烈扭傷

dístico *s.m.* 對聯,對句;雙行詩 ‖
adj. 二列的,列成二縱行的

distinção *s.f.* 辨別,分別,差別,差
異,區別;卓越,優秀,傑出;高貴,有名
聲(榮譽、殊勳) △ ① ~ entre o bem e
o mal 好壞之間的差別 ② ser tratado
com ~ 受到優待 ③ ser promovido
por ~ 由於優秀被晉昇 ④ pessoa de
~ 高貴的人 ⑤ a ~ de 與……不同 ⑥
sem ~ 不加區別

distinguir *v.t.* 區別;辨別,識別;把
……分類;偏愛,器重,重視;使具有特
色;使顯著 ‖ *v.r.* 出類拔萃,突出 △
① o ministro distinguiu-me 部長器重
我 ② ~-se nas letras 在文學方面出類
拔萃

distintivo, va *adj.* 有區別的,區別
性的;獨特的,有特色的 ‖ *s.m.* 標
誌,記號;徽章;特色,獨特性

distinto, ta *adj.* 獨特的,不同的;卓
越的,卓異的,優異的;不尋常的;清楚
的,明顯的;各種各樣的 ◇ confuso,
idéntico, vulgar, medíocre

distorsão *s.f.* 歪曲,扭曲;[理](信
號、波形等的)失真;[透鏡成像產生
的][醫]扭區,扭轉,變形;篡改,
歪曲,曲解

distracção (àç) *s.m.* 精神渙散,分
心;分心的事;心術煩亂;發狂;消遣,

娛樂 △ ① a leitura é a melhor ~ 閱
讀是最好的消遣 ② sem ~ 全神貫注
地,不分心地,心不亂地 ◇ atenção,
aplicação

distraído, da *adj.* 神的,分心的,
分散注意力的;心煩意亂的;精神失常
的;疏忽的;心不在焉的 ◇ atento,
aplicado

distrair (i) *v.t.* 盜用一部分(錢財);
分散(注意力等);岔開(念頭等);使心
不在焉;使消遣,娛樂 ‖ *v.r.* 消遣,娛
樂;走神,心不在焉 △ ① ~ uma
quantia de um depósito 從存款中盜用
一筆款 ② a atenção dos livros 把注
意力從書中引開

distratar *v.t.* 廢除,取消(協議或條
約等)

distribuição (u-i) *s.f.* 分配,分發;配
給;分配裝置(系統);配給品,配給量;
配給方法;配給過程;[印]拆版;分發;
[電]配電;(影片的)發行
△ ① ~ do calor 供熱法 ② boa ~ de
uma casa 房子的佈局良好

distribuidor (u-i-ô) *s.m.* 分發者,分
配者,配給者;散佈者,分佈者;[印]自
動排版機;拆版工人;[電]配電盤

distribuir (u-i) *v.t.* 分配,分發;分
發,配給,分佈,散佈;[印]拆(版),
[電]配(電) △ ① ~ esmola 分發施
捨 ② ~ revistas aos subscritos 把雜誌
分給訂戶

distrital *adj.* 有關區(縣)的

distrito *s.m.* 區,縣;州1地區,區域

distúrbio *s.m.* 動亂,騷亂;煩悶;(心
情)紛亂;(身心)失調;[電]干擾 △ ①
~ político 政治騷亂 ② ~ magnético
磁干擾

disúria *s.f.* 小便困難

dita *s.f.* 幸運,好運 △ tive a ~ de o
encontrar 我幸好遇到他

ditado *s.m.* 聽寫的文字;口述的文字;默寫,聽寫;口授;命令;指令;諺語

ditador (ô) *s.m.* 發號施令者;獨裁者,專政者;口授者;〔古羅馬〕執政者

ditadura *s.f.* 獨裁,專政;獨裁權;專制政府,獨裁政府;專制時期,獨裁時期 △ ~ popular 人民專政

ditame *s.m.* 口述;命令,通告;規則,原理

ditar *v.t.* 口授;聽寫;命令,支配;〔轉〕提示,默示 △ ~ leis ao mundo 向全世界發佈命令

dito, ta *adj.* 提及的;援引的;同前的;〔轉〕約定的 ‖ *s.m.* 話,語言,格言,名言 △ ① ~ livro 所談到的書 ② o ~ mês 同一個月 ③ ~ é feito 一說就做;說到做到

ditongo *s.m.* 雙音;雙音節;二重音

diurético, ca (i-u) *adj.* 〔醫〕利尿的 ‖ *s.m.* 利尿劑

diurnal (i-u) *adj. 2 gén.* 每日的;〔天〕周日的;畫間的,白天的 ‖ *s.m.* 每日祈禱書

diurno, na (i-u) *adj.* 每日的,白天的;〔動〕畫出夜息的;〔植〕畫開夜閉的 ‖ *s.m.* 日課經本 △ ① trabalho ~ 日間工作 ② flores ~as 白天開的花 ◇ nocturno

diuturnidade (i-u) *s.f.* 長時間,長期,持續

divã *s.m.* 土耳其的國務院;土耳其政府;一種無背墊沙發椅,無背沙發

divagação *s.f.* 離題;改道;徘徊,傍徨;遊蕩

divagador (ô) *s.m.* 傍徨者;徘徊者;遊蕩者

divergência *s.f.* 分歧,不合,不一致,背道而馳;分岔,分出;〔數·理〕散度,開度;發散;〔化〕離散 △ ~ de opiniões 意見分歧 ◇ convergência

divergente *adj. 2 gén.* 叉開的,分歧的;背道而馳的;〔數·理〕發散的;〔生〕趨異的 △ ① raios ~s 發散的光線 ② opiniões ~s 分歧的意見 ◇ convergente

divergir *v.i.* (道路等的)分岔;分開;(意見等的)分歧,不合,不一致;〔化〕趨異 △ as nossas opiniões divergem 我們的意見不一致 ◇ convergir

diversão *s.f.* 轉移,轉換,轉向;改道,繞路;〔軍〕牽制;佯攻;明修棧道,暗度陳倉之計;娛樂,消遣

diversidade *s.f.* 不同,異樣,差異;繁多,種種,多樣 △ ① ~ de crenças 信仰不同 ② ~ de ocupações 各種業務

diverso, sa *adj.* 不同的,各種的;形形色色的,多種多樣的 ‖ *s.m.e pl.* 若干,好幾個;雜項;零星雜物 △ ① interpretações ~as 不同的解釋 ② artigos ~s 若干物品

divertido, da *adj.* 不留神的,娛樂的,消遣的;有趣的,滑稽可笑的 △ ① espectáculo ~ 有趣的戲劇 ② passar um tempo ~ 消遣 ◇ fastidioso

divertimento *s.m.* 娛樂,消遣;輕音樂;牽制 △ ~ estratégico 戰略牽制

divertir *v.t.* 轉移注意力;使分心;轉變,改變;使愉快,使快樂,使消遣 ‖ *v.r.* 自娛,消遣;走神,思想開小差 △ ① um rumor divertiu-lhe a atenção 說話的聲音分散了他的注意力 ② ~ de costume 改變習慣 ③ o circo diverte as crianças 馬戲使孩子們快樂 ◇ enfadar, aborrecer

dívida *s.f.* 債,債務,逾期債款;責任,義務;借方;債項 △ ① estar cheio de ~s 負債累累 ② ~ externa 外債 ③ ~ pública 公債 ④ sem ~ 無債的

dividendo, da *adj.* 必須或應當分開的 ‖ *s.m.* 〔數〕被除數;〔商〕獎金,股

息,利息,紅利;(破產清算時的)分配金

dividir *v.t.* 分,區分,劃分;分配,分給,分派;分享,分攤,分擔,分開,隔開,隔離;分裂;使對立,使(意見)分歧;[化]分離;[數]除 △ ① ~ uma herança 分遺產 ② as rivalidades dividem povos 敵對使人民分裂 ③ o navio divide as ondas 船衝破海浪 ◇ reunir, multiplicar

divinal *adj. 2 gén.* 屬神的;奉爲神的,神聖的;由神授的;超然的,非凡的;完美的,怡人的

divindade *s.f.* 神性,神明,神威,神,上帝;神人;美女

divino, na *adj.* 神的,敬神的,奉爲神的,神聖的;神妙的;如神的,非凡的;完美的;迷人的 ‖ *s.m.* 神,上帝 △ ① uma voz ~a 迷人的聲音 ② reino ~ 天國 ③ beleza ~a 國色,絕代佳人

divisa *s.f.* 標記;徽章,紋章,表記;箴言,座右銘;[軍]臂章;外幣,外匯;對換率

divisão *s.f.* 分,分開,分割;劃分,區分;分界;分配,分派;部分,部門;[政府機構等的]司;部門,間室;[數]除法;[軍](陸軍)師;[海]分艦隊;[生]門,類 ◇ multiplicação

divisar *v.t.* 看見;望見,遠遠看見;發現,發覺 △ ~ ao longe um navio 看見遠處有一條船

divisível *adj. 2 gén.* 可分的;[數]可除盡的 ◇ indivisível

divisor, ra (ô) *adj.* 分開的,分割的 ‖ *s.m.* [數]除數;約數 △ ① ~ comum 公約數 ② maior ~ comum 最大公約數

divisório, ria *adj.* 分開的;間隔的;分界的 ‖ *s.m.* 印稿夾持器 △ ①

muro ~ 隔壁牆 ② linha ~a 分界線

divorciar *v.t.* 與……離婚;使離婚;[轉]使分開,使脫離 ‖ *v.r.* 離婚;與……斷絕關係 △ ① a politica divorciou-nos 政治使我們分道揚鑣了 ② ~-se do mundo 與世隔絕

divórcio *s.m.* 離婚;分離;脫離關係,斷絕關係

divulgação *s.f.* 宣佈,公佈;傳播;普及;洩露;走漏 △ ~ de segredos 洩露秘密

divulgar *v.t.* 公佈,傳播,普及;洩露 △ ~ conhecimentos científicos e culturais 普及科學文化知識

dizer (ê) *v.t.* 說,講;告訴;講述;表達;朗誦;談及,談論;斷定;批評;勸告 ‖ *v.i.* 說;發表意見;相稱,配得上 ‖ *v.t.* 傳說;想,尋思 ‖ *s.m.* 話,言語;名言,警句;講話方式 △ ① ~ a sua opinião 發表意見 ② ~ versos 朗誦詩篇 ③ tenho que ~ 我有話要說 ④ digo-lhe que é falso 我可以向你肯定那是假的 ⑤ o azul não diz bem com o amarelo 藍色與黃色不相稱

dizimar *v.t.* 十中殺一,殺十分之一;大量殺戮(生靈);監取一部分(款項);使少 △ a cólera dizimou a população 霍亂使人口減少了

dó *s.m.* [樂]現代音階第一音符,該音符符號;憐憫,同情;哀怨,哀傷

doação *s.f.* 贈送,饋贈,捐贈;贈品,禮物

doador (ô) *s.m.* 贈予者,給予者,捐贈者

doar *v.t.* 贈予,饋贈,贈送,捐贈

dobagem *s.f.* 捲繞(動作);繞綫;紡紗;紡紗車間

dobadoira *s.f.* 繞綫機,繞綫車,紡車;繞綫筒 △ andar numa ~ 非常匆忙

dobra *s.f.* 摺疊,摺褶;褶;多布拉(聖多美與普林西比貨幣)

dobradiça *s.f.* 合頁,鉸鏈;樞紐;中樞;(戲院、電影院等用以增加座位的)活動座位

dobradiço, ça *adj.* 易折疊的,易折彎的,易彎曲的

dobrado, da *adj.* 雙倍的;蟹繞的;摺疊的,摺扇狀的

dobradura *s.f.* 加倍;摺疊;彎曲;彎,摺,摺疊

dobrar *v.t.* 〔紡〕捲(綫),紡(綫);捲繞,纏繞;摺疊,使彎曲;增加一倍,是……的兩倍;complicar 加快 ‖ *v.i.* 加倍,增加;彎曲;退讓 △ ① ~ um número 使數目增加一倍 ② ~ um cabo 繞過一角 ③ ~ o passo 加快步伐 ④ ~ a cerviz 降服 ⑤ carácter que não dobra 寧彎不曲的性格

dobro (ô) *s.m.* 雙倍,兩倍;雙份;雙打 △ pagar o ~ 付雙份

doca *s.f.* 船塢,碼頭 △ ① ~ flutuante 活動船塢(浮塢) ② ~ seca 乾塢 ③ direitos de ~ 入塢費,碼頭費

doce (ô) *adj. 2 gén.* 甜的,溫柔的;悅耳;親切的;甜蜜的;不咸的,淡的 ‖ *s.m.* 糖果;甜食 △ ① ~ voz 柔和的聲音 ② recordações ~s 甜蜜的回憶 ③ água ~ 淡水 ◇ azedo, salgado, rispido

docente *adj. 2 gén.* 教學的,從事教育的 △ corpo ~ 教師團

dócil *adj. 2 gén.* 溫馴的,好管教的,馴服的,溫順的;易處理的;易動或易彎曲的 △ ① cavalo ~ 馴順的馬 ② é ~ na escola 在學校裏聽話 ◇ indócil, rebelde

docilidade *s.f.* 溫順,聽話;馴順性,可教性

documentação *s.f.* 文件匯集;證件;

文獻資料,材料

documentário, ria *adj.* 文件的;公文的;證書的;記錄的,記實的 ‖ *s.m.* 記錄影片 △ ① ~ histórico 歷史文獻 ② prova ~a 文件證明

documento *s.m.* 文獻,文件;公文;證件,證書,憑證 △ ① ~ diplomático 外交文件 ② ~ público 公文 ③ redigir um ~ 起草文件

doçura *s.f.* 甜;溫和,溫柔;甘美,甜密 △ tratar as crianças com ~ 溫和地對待孩子們

doença *s.f.* 疾病;缺點 △ ① ~ contagiosa 傳染病 ② ~ epidémica 流行病 ③ ~ crónica 慢性病

doente *adj. 2 gén.* 病的;有病的;身體不舒服的,不健康的 ‖ *s. 2 gén.* 病人 △ ① pessoas ~s 患病的人 ② vinhas ~s 患病的葡萄樹

doentio, tia *adj.* 有病的,病態的;虛弱的,(面色)蒼白的;易患病的,有礙健康的,易引起疾病的 △ ① aefição ~a 病態 ② criança ~a 多病的孩子

doer *v.i.* 痛,疼痛;難過,痛心 ‖ *v.r.* 難過,感到痛心;呻吟,叫痛 △ ① doía-me a sua tristeza 他的悲傷使我難過 ② ~ uma perna 一隻腿痛

dogma *s.m.* 教條,教義,教理;信條,原則;規則;公理;〔轉〕不容置疑的意見

dogmático, ca *adj.* 教條的,教義的,教理的;教條主義的,固執己見的;武斷的

dogmatismo *s.m.* 教條主義;武斷,獨斷論;公理

dogmatista *s. 2 gén.* 教條主義者;獨斷論者;〔宗〕教義學者

doidice *s.f.* 瘋狂;瘋話;瘋狂行爲;愚蠢 ◇ juízo, moderação

doidivana ou **doidivanas** *s. 2 gén.*

輕佻的人;浮躁的人;愚人

doido, da *adj.* 瘋狂的,狂妄的;極大
膽的;愚笨的;狂熱的;輕率的 ‖ *s.m.*
瘋狂的人,瘋子;誇誇其談的人 △ ~
pelos filhos 溺愛子女

doído, da *adj.* 感覺疼痛的;感到痛
苦的

dois ou **dous** *num. card.* 二;兩個 ‖
s.m. 兩人;兩個東西,兩點鐘

dólar *s.m.* 元,圓(某些國家或地區的
貨幣單位)

dolente *adj. 2 gén.* 悲哀的,哀傷的;
使人傷心(沮喪)的

dolo *s.m.* 欺騙;欺詐

dolorido, da *adj.* 痛苦的;疼痛的;
哀傷的,悲傷的,可哀痛的

doloroso, sa *adj.* 令人痛苦的;令人
憂心的;悲哀的,可憐的,令人
同情的

doloso, sa (ô) *adj.* 欺騙的;詐欺的;
無信義的

dom *s.m.* 贈品,禮物;天資,才能,天
賦;美德,長處;(特權)唐(男子的尊稱,
只用於名字前,一般大寫) △ ter o ~
de falar 有口才

domador (ô) *s.m.* 壓服者;征服者;
馴馬人,馴獸人

domar *v.t.* 壓服;征服;馴服;制服 △
① ~ feras 馴服猛獸 ② ~ povos sel-
vagens 征服野蠻民族

domesticador (ô) *s.m.* 使消除野性
者;馴獸者;使習慣於家養者

domesticar *v.t.* 馴服;教化,使文明,
使性情變得温和,使可以交往

doméstico, ca *adj.* 家庭的,家常的,
日常的;家養的;本國的,國內的 ‖
s.m. 僕人,傭人 △ ① animais ~s 家
畜 ② vida ~a 日常生活

domicílio *s.m.* 住房,住所,住處;住
址;[法]籍貫 △ 永久住址 ‖ a pagar ao

~ 運貨由收貨人支付

dominação *s.f.* 把持,操縱,支配,統
治;優勢 △ ① ~ mundial 世界霸權
② sob a ~ de 在……的支配(統治)下

dominador (ô) *s.m.* 支配者,統治
者,佔優勢者;支配力,統治力

dominante *adj. 2 gén.* 支配的,統治
的;有權威的;最有力的,佔優勢的;主
要的;突出的,超群出衆的 ‖ *s.f.*
[樂]全屬第五音級,主音 ‖ *s.m.* 支配
者,統治者;主要人物,主因,要素 △
① está na posição ~ 居於支配地位 ②
interesse ~ 主要興趣

dominar *v.t.* 把持,操縱,支配,統
治;左右,控制;優於,超出,高出;俯視
‖ *v.i.* 有統治權力,居於支配地位;佔
優勢;高聲 ‖ *v.r.* 抑制 △ ① ~ as
paixões 抑制……的慾望 ② o castelo
domina o vale 古堡俯視者山谷

domingo *s.m.* 星期日,禮拜天;安息
日,主日

domínico *s.m.* [宗]多明我會的修道
士

domínio *s.m.* 統治,控制,掌握;主
權,所有權,支配權;領土,疆域,屬地;
領域,範圍,範疇,方面 △ ① Portugal
exercia ~ em África 葡萄牙曾在非洲
統治過 ② os ~s da teologia 神學領域

dominó (ô) *s.m.* 帶有假面的化裝舞
衣;穿帶有假面具化裝舞衣的人;多米
諾骨牌;多米諾骨牌戲 △ jogar o ~ 玩
多米諾骨牌

dona *s.f.* 主婦;女業主,女主人;太
太,夫人(對婦人的尊稱)

donaire *s.m.* 優美,優雅;文雅;風趣;
瀟灑;嬌愛

donatário *s.m.* 受贈人

donativo *s.m.* 捐贈;捐贈物,捐款,贈
品,佈施

donde *adv.* 從哪裏,由哪裏

doninha (ò)   *s.f.* 伶鼬

dono (ô)   *s.m.* 主人,家主;業主

donzel   *adj.2 gén.* 天真無邪的, 純潔的,善良的 ‖ *s.m.* 高貴而優雅的青年

donzela   *adj.* 未婚的,童貞的 ‖ *s.f.* 未婚少女,處女;淋眉儿 △ ficar ~ 不嫁

dor (ô)   *s.f.* (精神上或肉體上的)苦痛;憂愁,憂傷; *pl.* 神經痛 △ ① ~ de cotovelo 嫉妒 ② ~ de cabeça 頭痛;傷腦筋的事

doravante (dò-rà)   *adv.* 此後,從今以後

dorido, da   *adj.* 疼痛的,苦痛的;憂傷的,悲傷的 ‖ *s.m.* 新近喪失親人者

dormente   *adj. 2 gén.* 睡着的,睡覺的;處於睡眠狀態的;冬眠的,蟄伏的,休眠的;靜止的,休止的;(才能)潜在的,潜伏的;(資金)没有利用的 ‖ *s.m.* 枕木,横材(樑) △ ① água ~ 靜止的水 ② plantas ~s 休眠的植物(夜間葉子捲起來的) ③ a economia ~ 停滯的經濟

dormida   *s.f.* 睡眠;睡眠狀態;留人過夜的客棧;睡眠時間

dorminhoco, ca (ô)   *adj.* 貪睡的 ‖ *s.m.* 貪睡者

dormir   *v.i.* 睡覺;過夜,住宿;(轉)平靜下來,平息,平定;安息,長眠;潜伏,蟄伏 ‖ *v.t.* 睡 △ ① dormiu o vento 風息了 ② o campo onde dormem os mortos 埋葬死者的墓地 ③ ~ a sesta 睡午覺 ④ ~ o sono eterno 死亡 ⑤ ter mau ~ 睡不好 ⑥ Quem muito dorme, pouco aprende 睡多學生不貪睡

dormitar   *v.i.* 打盹,打瞌睡,假寐;(轉)休息

dormitório   *s.m.* 卧室,宿舍

dorsal   *adj. 2 gén.* 脊的,背的,背部的

dorso (ô)   *s.m.* 背,脊背;(轉)背面,反面 △ o ~ da mão 手背

dosagem   *s.f.* 下藥,處方;配藥;劑量,服用量

dosar   *v.t.* 配藥;(按劑量)給……服藥

dose   *s.f.* (藥的)一服,一劑;藥量,劑量,用量;(轉)分量 △ uma ~ de medicamento 一服藥

dossier   *s.m. fran.* 案卷

dotação   *s.f.* 捐助;終身俸祿;嫁妝,妝,奩

dotado, da   *adj.* 收受捐助或嫁妝的;具有……才能的,具備……的 △ pessoa ~ a de talento 有才能的人

dotar   *v.t.* 贈予,賦予,給予;陪嫁 △ pré嫁妝 △ a natureza dota-o com talento 大自然賦予他才能

dote   *s.m.* 嫁妝,妝奩;(僧尼的)出家費,剃度金;(轉) *pl.* 天賦,天才;稟賦,天資

dourado, da   *adj.* 鍍金的;包金的;金黄色的;(轉)幸福的,美好的 △ ① idade ~ a 黄金時代 ② farda ~ a 金光閃閃的制服 ③ sonhos ~s 美夢

dourador (ô)   *s.m.* 鍍金匠

douradura   *s.f.* 鍍金;塗金色;塗於表面之金或金狀物;鍍金物

douto, ta   *adj.* 博學的 △ dissertação ~ a 知識淵博的論文

doutor (ô)   *s.m.* 博士;博學的人;博士,大夫;權威神學家 △ ~ em Direito 法學博士

doutora (ô)   *s.f.* 女博士;博士之妻;女醫生;自稱博學的女子

doutorado, da   *adj.* 有博士學位的 ‖ *s.m.* 博士學位,博士資格

doutoramento *s.m.* 接受博士學位

doutorar *v.t.* 授予博士學位 ‖ *v.r.* 接受(或獲得)博士學位

doutrina *s.f.* (宗教、政治和哲學方面的)教旨，教條，教義，原則，學說，理論，主義 △ ① uma ~ política 一種政治主張 ② ~ sobre evolução 進化論

doutrinação *s.f.* 灌輸學說、信仰或主義；講(宣)道

doutrinador (ô) *s.m.* 教育者；教員，教師

doutrinar *v.t.* 教，教授；傳授理論；灌輸學說、信仰或主義

doze (ô) *num. card.* 十二，第十二(用於章、節、行、頁等詞後) ‖ *s.m.* 十二個東西；十二點鐘；十二歲；十二日

draga *s.f.* 挖泥機；挖泥船(濬深河牀、港口、航道用) △ ~-minas 掃雷艇，掃雷艦

dragagem *s.f.* 濬深河牀、港口和航道

dragão *s.m.* 〔神〕龍；〔動〕飛蜥；壞脾氣的人；〔軍〕龍騎兵 △ ~-marinho 龍腾 ◇ olho de ~ 龍眼(一種水果)

dragar *v.t.* 打撈；清淤，疏濬(河道等) △ ~ um canal 濬通水道

dragona *s.f.* (陸、海軍官佩戴的)肩章

drainagem *s.f.* 排水，放水；排水法；下水道；排水系統，排水設備；〔醫〕引流，導液 △ tubos de ~ 引流管，導液管

draino *s.m.* 排水果；下水道，陰溝，排水管；〔醫〕排膿管，引流管，導液管

drama *s.m.* 戲劇；劇本；〔轉〕悲慘事件，悲惨場面 △ ~ lírico 歌劇

dramático, ca *adj.* 戲劇的，有劇情的；話劇的；戲劇性的；生動的，充滿激情的，激動人心的 △ ① autor ~ 劇作

家 ② situação ~a 激動人心的場面

dramaturgo *s.m.* 劇作家，編劇人

drástico, ca *adj.* 激烈的，猛烈的；急性的；特效的 △ ① o ricino é purgativo ~ 蓖麻是猛瀉藥 ② debate ~ 激烈的辯論

drenagem *s.f.* 排水，放水；排水法；排水系統；〔醫〕引流，導液

drenar *v.t.* 排(水等液體)；使乾竭，使流盡；漸漸排出(水等液體)

drenável *adj. 2 gén.* 可排乾的，能排出的

dreno (ê) *s.m.* 水管，水道，排水果，排水管；〔醫〕排膿管，引流管

droga *s.f.* 藥品，藥物，藥材；化學用原料或染料；麻醉品，毒品；一種劣滷的絲或羊毛織品；瑣事 △ dar em ~ 毀壞

drogaria *s.f.* 藥劑，藥量；藥舖，藥店

droguista *s. 2 gén.* 賣藥人，藥商

dromedário *s.m.* 單峯駱駝

dual *adj. 2 gén.* 二的；二重的；二體的，二圓的；雙重的 ‖ *s.m.* 〔語〕雙數；〔數〕對偶 △ ① a natureza ~ 雙重性 ② a nacionalidade ~ 雙重國籍

dualidade *s.f.* 雙重性；共存；二圓性；〔理〕二象性；〔數〕對偶性

duas *num. card.* dois 的陰性

dubiamente *adv.* 懷疑地；無定見地

dubiedade *s.f.* 疑心；躊躇

dúbio, bia *adj.* 有疑問的；無定見的；曖昧的，難以確定的 ◇ certo, positivo

dubitável *adj. 2 gén.* 可疑的 ◇ indubitável

ducado *s.m.* 公爵領地，公爵封地；大公國；公爵爵位，公爵地位；一種金幣 △ o ~ de Luxemburgo 盧森堡大公國

ducentésimo *num. ord.* 第二百 ‖

s.m. 二百分之一

ducha *s.f.* ; **duche** *s.m.* 噴浴療法，淋浴；〔醫〕灌洗，沖洗

dúctil *adj. 2 gén.* 可延展的；可拉成絲的；有韌性的；〔轉〕馴服的，聽話的，易開導的 △ a platina é muito ~ 鉑的韌性很強

ductilidade *s.f.* 韌性，延展性，拉成絲性 △ a ~ do ouro é notável 金子的延展性很大

duelo *s.m.* 二人決鬥 △ ① ~ judiciário 中世紀被告人與控告人間的司法決鬥 ② ~ de palavras 鬥智 ③ bater-se em ~ 決鬥

dueto (ê) *s.m.* 二重唱；二重奏；雙人舞；〔口〕二人間對話

dulcificar *v.t.* 使甘甜；〔轉〕使甜蜜；使柔和，使和緩 △ ~ pesares 安慰

dulcífico *adj.* 使甜的；甜蜜的，柔和的，悅意的

duna *s.f.* 風吹積成的沙堆（常見於海濱或沙漠中）

duodécimo *num. ord.* 第十二 ‖ *s.m.* 十二分之一

duodécuplo, la *adj.* 十二倍的 ‖ *s.m.* 十二倍

duodeno (ê) *s.m.* 〔醫〕十二指腸

duplicação *s.f.* 加倍；二重；重複；重疊；複製；複印

duplicado, da *adj.* 雙的，二倍的，二重的；複式的，雙聯的，重複的 ‖ *s.m.* 複製品，副本，抄本，謄稿；對號牌子 △ ① em ~ 一式兩份 ② a cópia ~a 副本

duplicador, ra (ô) *adj.* 重複的 ‖ *s.m.* 複印機；複製者

duplicar *v.t.* 使加倍；使成雙；複製，複寫，打印；重疊，雙折 △ ~ documentos 複製文件

duplo, pla *adj.* 二倍的，二重的，雙

的 ‖ *s.m.* 二倍，兩倍數；兩倍物 △ ① o ~ de 9 é 18 九的兩倍是十八 ② crime ~ 二重罪

duque *s.m.* 公爵；(公國的)君主，親王；兩點的牌或骰子

duquesa (ê) *s.f.* 女公爵；公爵夫人；儀表威嚴的婦女

duração *s.f.* 持久，持續；持續時間，存在時間，期間 △ ① doença de longa ~ 長時間的疾病 ② a ~ de vida 生存期間

duradouro, ra *adj.* 經久的，耐久的，耐用的，持久的 △ paz ~a 持久的和平 ◇ efémero, passageiro

durante *prep.* 在……期間，當……之時 ‖ *s.m.* 一種羊毛布(象緞子一樣有光澤)

durar *v.i.* 持續，延續；經久，持久，維持；經用；活 △ ① ~ um ano 持續一年 ② o seu ódio não durou muito 他的仇恨沒有持續多久 ③ este tecido dura muito 這種布耐用 ④ é de lavar e ~ 經久耐用 ◇ acabar

dureza ; **durez** (ê) *s.f.* 堅硬性，硬度；〔轉〕殘酷，嚴厲，嚴苛；心腸硬 △ ① a ~ do mármore 大理石的硬度 ② ~ de coração 狠心

duro, ra *adj.* 硬的，堅硬的；堅固的；凝結的，不柔軟的；持久的，難熬的，艱巨的，艱苦的；生硬的，粗魯的，令人不舒服的；冷酷的，殘酷的，心腸硬的；堅強的，堅韌的；令人痛苦的，令人傷心的，折磨人的；強烈的，刺人的(光線、聲音等)；僵硬的，死板的；固執的，頑固的；〔化〕含鹽的 ‖ *s.m.* 西班牙貨幣(等於五比索) △ ① água ~a 硬水 ② coração ~ 硬心腸 ③ ~ de cabeça 倔強 ④ ~ de ouvido 聽不清 ⑤ ~ de roer 難啃的 ⑥ solo ~ 堅硬的土地 ⑦ Água mole em pedra ~a tanto o (bate) até que fura 滴水穿石 ◇ mole, brando, agradável

dúvida *s.f.* 猶疑不決；猜疑，疑懼；擔心；難以確定，疑問，疑惑；疑點，疑難 △ ① ter ~s acerca de alguém 懷疑某人 ② ter ~s a respeito de 對以相信 ③ levantar ~s 起疑 ④ pôr em ~ 提出疑問 ⑤ sem ~ 無疑地，毫無疑問地 ◇ certeza, convicção

duvidar *v.t.* 懷疑，起疑 ‖ *v.i.* 懷疑，不信任；不確定，疑問，疑懼；遲疑，猜疑，莫衷一是 △ ① ~ de que ele aceite 懷疑他會接受 ② ~ da existência de Deus 不相信上帝的存在 ③ ~ de si 不信任(相信)自己 ◇ crer

duvidoso, sa (ô) *adj.* 可疑的，令人懷疑的，半信半疑的；猶疑不決的；(命運)未定的，(結果)難測的；(工作)無把握的 △ ① costumes ~s 模稜兩可的習慣 ② combate ~ 勝負難卜的戰爭 ◇ certo, evidente, seguro

duzentos *num. card.* 二百

dúzia *s.f.* 一打，十二個 △ ① uma ~ de ovos 一打鷄蛋 ② às ~s 大量地

E

e (ê) *s.m.* 葡文第五個字母；〈M〉東方，第五 ‖ *conj.* 和，及，與，而，且，兼，並

ébano *s.m.* 烏木，黑檀；〔轉〕烏黑 △ cabelos de ~ 烏黑的頭髮

ebonite *s.f.* 〔化〕硬橡膠，硬質膠，硬橡皮

eborense *adj.* 2 gén. 〔葡萄牙〕埃武腊市或區的 ‖ *s.m.* 埃武腊人

ebriedade *s.f.* 醉，酒醉；〔轉〕興奮，激動

ébrio, ria *adj.* 喝醉的，酒醉的；〔轉〕(為某種情感而)陶醉的，沉醉的，興奮的 ‖ *s.m.* 酒鬼，醉漢 △ ① é ~ com vinho 喝醉酒 ② ~ de felicidade 沉醉於幸福之中

ebulição *s.f.* 沸騰；鼓泡；(感情等的)激(沸)發；情緒激昂；〔轉〕暴動，蓬勃發展 △ ① ponto de ~ 沸點 ② multidão em ~ 情緒激昂的人羣 ③ a cidade está em ~ 城市發生了暴動 ④ ter o sangue em ~ 熱血沸騰，發燒

ecce homo (écsè ómó) *s.m.* 戴荊冠的耶穌畫像

ecléctico, ca (èt) *adj.* 折衷的，折衷主義的 ‖ *s.m.* 折衷主義者

eclesiático, ca *adj.* 教會的，神職界的 ‖ *s.m.* 牧師，神父 ◇ traje ~ 教士服

eclipsar *v.t.* 〔天〕蝕，交蝕；遮掩；〔轉〕使暗淡，使黯然失色，消失，不存在 ‖ *v.r.* 再也看不見 △ a nuvem eclipsou a lua 雲彩把月亮遮住了 ◇ deseclipsar

eclipse *s.m.* 蝕(月蝕、日蝕等)；〔轉〕暗晦，暫時消失 △ ① ~ anular 環蝕 ② ~ lunar 月蝕 ③ ~ parcial 偏蝕 ④ ~ solar 日蝕 ⑤ ~ total 全蝕

eco *s.m.* 回音，回聲；反響，共鳴；反映；(雷達的)回波，反射波；餘音；重複；附合；印象，記憶；名譽；〔轉〕應聲蟲，附和者 △ ① ser ~ da opinião geral 是公衆意見的應聲蟲 ② o discurso teve ~ em todo o país 講話在全國引起反響 ③ ficou-me na alma o ~ das suas palavras 他的話留在我的腦海中

ecoar *v.t.* 使(聲音),回響,反響;模擬,重複;反射(聲音等) ‖ *v.i.* 發出回響,共鳴;重複

ecologia *s.f.* 生態學,個體生態學,環境適應學,社會生態學

economia *s.f.* 經濟,經濟學;節省,節約;功能,機能; *pl.* 儲蓄 △① ~ política 政治經濟學 ② ~ social 社會經濟學 ③ ~ rural 農村經濟學 ④ ~ doméstica 家政(學),國內經濟 ⑤ ~ nacional 國民經濟 ⑥ ~ diversificada 多種經營 ◇ dispadição, prodigalidade, dissipação

económico, ca *adj.* 經濟的,經濟方面的;經濟學的,節省的,節約的;便宜的,經濟的 △① ano ~ 經濟年度 ② base ~a 經濟基礎 ③ caixa ~a 儲蓄銀行 ④ crise ~a 經濟危機 ⑤ estrutura ~a 經濟結構 ⑥ política ~a 經濟政策 ⑦ sanção ~a 經濟制裁 ◇ dispendioso, ruinoso, pródigo, dissipador

economista *s. 2 gén.* 經濟(學)家

economizar *v.t.* 節約,節省;積蓄 △ ~ tempo 節省時間

ecónomo *s.m.* 管家,管事,財產管理人;節儉者

ecran *s.m.* 燈罩;銀幕

ectoplasma *s.m.* 〔動〕外胚層質,外質

ectozoário *s.m.* 〔醫〕體外寄生蟲,外皮寄生蟲

ecúleo *s.m.* 刑具,拷問台;〔轉〕痛苦;施刑 △o ciúme é o ~ do amor 嫉妒是愛情的苦楚

ecuménico, ca *adj.* 全世界的,世界範圍的;普遍的 △ concílio ~ 大公會議

eczema(è) *s.m.* 濕疹

edema(ê) *s.m.* 〔醫〕水腫,浮腫

edemático, ca *adj.* 〔醫〕水腫的,浮腫的

edematoso, sa(ô) *adj.* 〔醫〕水腫的,浮腫的

éden *s.m.* (聖經中人類始祖居住的)伊甸園;〔轉〕樂園,樂土,極樂世界

edição *s.f.* 出版,版,版次;版本;〔轉〕翻版,模倣,相像 △① ~ de luxo 精裝本 ② ~ em rústica 平裝本 ③ ~ revista 修訂版 ④ primeira ~ 第一版

edicto *s.m.* 佈告,法令,告示 △ ~ imperial 敕令,上諭

edificação *s.f.* 建設,建築;建築物,大廈;教誨,啓發,感化 ◇ destruição, escândalo

edificante *adj. 2 gén.* 有益的,有教育意義的 △ exemplo ~ 有教育意義的榜樣 ◇ escandaloso

edificar *v.t.* 建築,建造,建設;(作具榜樣)教育,啓發,感化,帶動 △ ~ um hospital 建造一所醫院 ◇ destruir, escandalizar

edifício *s.m.* 建築物,樓房,大廈;〔轉〕組織,構造,體系 △① ~ social 社會結構 ② ~ público 公共建築(物)

edil *s.m.* (古羅馬的)營造官,市政府官員

edilidade *s.f.* (古羅馬的)營造官的職務;市政府官員的職務

edital *adj. 2 gén.* 有關佈告的,發佈告示的 △ ~ 佈告,告示,法令

editar *v.t.* 出版;編輯,編排;剪輯(影片,錄音等)

editor(ô) *s.m.* 編者;編輯;出版者;社論撰寫人 △ ~ geral 總編輯,主編

editorial *adj. 2 gén.* 編輯的,編輯上的;主筆的;社論的 ‖ *s.m.* 社論 △① casa ~ 出版社 ② um artigo ~ 社論 ③ um parágrafo ~ 短評

edredão *s.m.* 鴨絨；鴨絨被子，鴨絨褥子

educabilidade *s.f.* 可教育性

educação *s.f.* 教育；訓導；培養；教育學，教授法 △① ~ física 體育 ② ~ geral 普通教育 ③ ~ moral 德育 ④ ~ profissional 專(職)業教育 ⑤ homem sem ~ 無教養的人

educado, da *adj.* 受過教育的，有教養的；有禮貌的 △ bem ~ 有教養的，受過良好教育的

educador(ô) *s.m.* 教育者，教師；教育(學)家

educando *s.m.* 受教育者，學生

educar *v.t.* 教育；教導，培養，訓練，送……上學；培養……能力 ‖ *v.r.* 自修 △① ~ o gosto artístico 培養藝術愛好 ② ~ o seu ouvido para música 訓練音樂欣賞能力

educativo, va *adj.* 教育的，教導的；有教育意義的，起教育作用的 △① processo ~ 教育過程 ② princípios ~s 教育原則

educável *adj. 2 gén.* 可教育的

eduzir *v.t.* 引出，喚出；引伸，推斷；〔化〕離析

efectivar(èt) *v.t.* 產生，招致，導致，引起；完成，達到，實現(目的等)

efectível(èt) *adj. 2 gén.* 可完成的，可實行的，可施行的

efectivo, va(èt) *adj.* 有效(力)的；靈驗的，效能的，有效的；〔軍〕有戰鬥力的；真實的，真正的；長期的 ‖ *s.m.* 人員，有生力量；〔軍〕現役兵額 △① serviço ~ 長期服役 ② o ~ do exército 軍隊人數

efectuação(èt) *s.f.* 實行，實施；完成，貫徹，進行

efectuar(èt) *v.t.* 使有效，使實現；完成，貫徹，進行 △ ~ uma visita 進行

訪問

efectuoso, sa(èt-ô) *adj.* 有效的，有效果的；靈驗的；有力的

efeito *s.m.* 結果，後果；效果，效能，效力，效應，作用，功效；影響；感觸，印象；目的，意義 △① não há ~ sem causa 沒有因就沒有果 ② o ~ de um discurso 演講的效果 ③ ~s sonoros 音響效果 ④ com ~ 當然的，確 ⑤ levar a ~ 實行，執行

efemérides *s.f.pl.* 帶有星曆的曆書；日誌，大事記

efémero, ra *adj.* 朝生暮死的；短命的；暫時的，一日間的 ‖ *s.m.* 蜉蝣 △① febre ~ 一日熱 ② flor ~ 一天就凋謝的花 ③ a beleza é ~a 漂亮是短暫的

efeminação *s.f.* 女人氣；柔弱；嬌氣

efeminado, da *adj.* 女人似的，女人氣的；柔弱的；淫逸的 ◇ masculino，viril

efervescência *s.f.* 起泡，冒泡，沸騰；〔轉〕騷動；興奮 △ ~ popular 人民的騷亂

efervescente *adj. 2 gén.* 起泡的，泡沫翻滾的，沸騰的；興奮的 △① líquido ~ 沸騰的液體 ② multidão ~ 沸騰的人羣

efervescer(ê) *v.i.* 冒氣泡，起泡沫，沸騰；歡騰，興高采烈

eficácia *s.f.* 效力，功效，效驗 △ a ~ dum remédio 藥的功效

eficaz *adj. 2 gén.* 有效的，生效的；(藥等)靈驗的 △ remédio ~ 靈驗的藥

eficiência *s.f.* 功效；效率；效能；實力，能力；〔理〕性能 △① ~ quántica 〔化〕量子效率 ② curva de ~ 效率曲線

eficiente *adj. 2 gén.* 有效的，有力

的,效率高的;有實力的;有
本領的;能勝任的 △① o Sol é causa
~ do calor 太陽是最大的熱源 ②
causa ~〔質〕動因

efígie *s.f.* 像,肖像,畫像;雕像;模擬
像;俑 △① executar alguém em ~ 處
決模擬像(以洩公憤)② queimar
alguém em ~ 焚燒某人的模擬像

eflorescência *s.f.* 開花,開花期;花
穗;(事業等的)全盛(期);〔化〕風化;
粉化;鹽霜,果霜;〔醫〕疹,皮疹 △ ~
salitrosa 硝鹼,硝霜

eflorescente *adj. 2 gén.* 開花的;
(易風化的)起霜的;〔醫〕發疹的;易
發疹的 △ vegetação ~ 開花的植物

eflorescer (ê) *v.i.* 開花;〔化〕風化,
粉化;(鹽)起霜

efluência *s.f.* (液體、光、電等的)流
出;發出;放出;流出物;發射物

efluente *adj. 2 gén.* 流出的,發出的
‖ *s.m.* 流出物,發出物;(河的)支流;
排水渠;*pl.* 污水,廢水

efluir (i) *v.i.* 流出;發出;散出 △ as
aromas efluem do jardim 香味從花園
裏發散出來

eflúvio *s.m.* 發散;(看不見的)發散
物或氣;惡臭,惡氣,臭氣;電累,放電
△① ~ eléctrico 無聲放電 ② os ~s
da primavera 春天的氣息

efluxão *s.f.* (氣體等的)流出,湧出,
排出;射流;溢出 △

efracção (àc) *s.f.* 顱骨骨折;闖入,侵
入私家;竊盜罪

efundir *v.t.* 瀉出;噴出;發散出;流
溢出;流露,吐露

efusão *s.f.* (血、液體的)流出,流溢;
〔醫〕滲出,溢出;流露,吐露,熱忱,熱烈
激情;流露,吐露 △① abraça alguém
com ~ 熱情地擁抱某人 ② de
sangue 流血

efusivo, va *adj.* 充溢的;流出的,噴
出的,湧出的;吐露心情的;熱情洋溢
的 △① palavras ~ as 熱情洋溢的話
② rocha ~ a〔質〕噴發岩

égide *s.f.* 盾牌;保護,庇護 △① a ~
das leis 法律的盾牌 ② sob a ~ de
……保護下,在……贊助下

egipciano, na *adj.* 埃及的,埃及人
的 ‖ *s.m.* 埃及人

egípcio, cia *adj.* 埃及的 ‖ *s.m.* 埃
及人,埃及語 △ arte ~a 埃及藝術

egiptólogo *s.m.* 古埃及學者

égloga *s.f.* 牧歌;田園詩;牧童歌

egoísmo *s.m.* 〔哲〕自我主義;利己
心;自私自利的心 △① egoísmo
departamental
本位主義 ② ~ nacional 民族利己主
義 ◇ abnegação, altruísmo

egoísta *s. 2 gén.* 自我本位者,利己主
義者,自私自利的人 ‖ *adj. 2 gén.* 利
己的,自私自利的 △① homem ~ 自
私自利的人 ② procedimento ~ 自私
自利行為

egotismo *s.m.* 自我主義,唯我主義,
自我中心,自我吹噓;利己主義

egrégio, gia *adj.* 傑出的,卓越的,超
羣的;高貴的,尊貴的

egresso, sa *adj.* 外出的;離開的;退
出的 ‖ *s.m.* 離開修道院的人;出口,
出路

égua *s.f.* 母馬,牝馬,母騾

eguada *s.f.* 母馬羣

eira *s.f.* (曬或打)穀場 △① Querer o
sol na ~ e a chuva no nabal 既要馬兒
跑,又要馬兒不吃草 ② ter ~ nem
beira 流離失所 ③ não ter ~ nem
beira, nem ramo de figueira 一貧如洗

eirado *s.m.* 露台

eis *adv.* 在道裏;這裏就是 △ ~ o que
deve fazer 這是應該做的

eivado, da *adj.* 有缺點的,有瑕疵

的,有糜爛點的

eivar *v.t.* 污,污染;傳染‖ *v.i.* 開始糜爛;感染

eixo *s.m.* 軸;軸心;軸綫;中心綫,等分綫;樞;[轉]中心;支柱,支撑;〈M〉軸心國;[植]莖軸 △① ~ horizontal 水平軸 ② ~ longitudinal 縱軸 ③ ~ transversal 橫軸 ④ ~ vertical 竪軸 ⑤ andar fora dos ~s 脱節,紛亂

ejaculação *s.f.* 射出;射精;射出流質

ejacular *v.t.* 射出,發出;[轉]説出,説話

ejaculatório, ria 射出的,發出的 △ canal ~ 射精管

ejecção(èc) *s.f.* 逐出,趕出;排出;推出;噴出,吐出;抛出

ejector(ètó) *s.m.* 驅逐者;排出器(管);彈射器;噴射器,噴射泵;[醫]射出器

elaboração *s.f.* 加工;製作;製訂,擬訂;[生]同化 △ ~ da seiva 分泌液體

elaborador(ô) *s.m.* 加工者;製造者;熱心做事的人;苦心經營的人

elaborar *v.t.* 加工,製作;詳述;草擬,構思,推敲;[生理]同化 △① ~ um projecto de lei 精心擬訂法律草案 ② o estômago elabora os alimentos 胃消化食物

elação *s.f.* 驕傲,高傲;振奮;得意洋洋,興高采烈

elasticidade *s.f.* 彈力,彈性;伸縮性,靈活性[轉]肆無忌憚

elástico, ca *adj.* 有彈力的,有彈性的;伸縮的;靈活的‖ *s.m.* 橡皮筋,鬆緊帶,彈力衫(布) △① botas de ~ 橡皮靴 ② corpo ~ 彈性體 ③ força ~a 彈力

elator, ra(ô) *adj.* 舉起的,提高的

ele *s.m.* 葡語第十一個字母的名稱‖(ê)*pron. pess.* 他;它

electivo, va(èt) *adj.* 選舉的,選擇的;由選舉産生的;有選舉權的 △① câmara ~a 選出的委員會 ② curso ~ 選修課程

electrão(èt) *s.m.* [理,化]電子 △ feixe de ~ 電子束

electricidade(èt) *s.f.* 電,電流,電力;電學,電荷;[轉]熱心,高張的情緒 △① ~ estática 靜電 ② ~ negativa 負(陰)電 ③ ~ positiva 正(陽)電

electricismo(èt) *s.m.* 電學

electricista(èt) *s. 2 gén.* 電工;電氣技師;電學家

eléctrico, ca(èt) *adj.* 電的;帶電的,導電的;電動的;[轉]快速的,飛快的;令人激動的;緊張的‖ *s.m.* 電車 △① aparelhos ~s 電氣設備 ② arco ~ 電弧 ③ balão ~ 電動氣艇 ④ cadeira ~a 電椅 ⑤ campainha ~a 電鈴 ⑥ carga ~a 電荷 ⑦ circuito ~ 電路 ⑧ cobertor ~ 電(熱)被 ⑨ corrente ~ 電流 ⑩ olho ~ 電眼

electrificação(èt) *s.f.* 電氣化;起電;充電,帶電

electrificar(èt) *v.t.* 使起電,使通電;使電氣化;使震驚,使興奮,使激動 △ ~ uma audiência 使觀衆激動

electrização(èt) *s.f.* 起電;充電;帶電;導電;[轉]激動,震奮,感動

electrizar(èt) *v.t.* 使電,使充電,使帶電;傳導電,使電化;[轉]使激動;使振奮;使感動 △ a bravura du general electrizou os soldados 將軍的勇敢激勵着士兵們

electrocardiograma(èt) *s.f.* [醫]心電圖,心動電流圖

electrocardiografia(èt) [醫]心電圖描記術

electrocautério(èt) *s.m.* [醫]電烙

器;電烙術

electrocussão (èt) *s.f.* 電刑,電殺;觸電而死

electrocutar (èt) *v.t.* 電死,以電刑處死

electrodinâmica (èt) *s.f.* 電動力學

electrodinâmico, ca (èt) *adj.* 電動的,電動力學的

eléctrodo (èt) *s.m.* 電極 △① ~ negativo 陰極 ② ~ positivo 陽極

electrogalvânico, ca *adj.* 電鍍的;電鍍術的;電池產生的 △ corrente ~a 電池電流

electrogalvanismo (èt) *s.m.* 電鍍;電鍍術

electrogalvanizar (èt) *v.t.* 用鋅電鍍

electrogravura (èt) *s.f.* 電版術

electroíman (èt) *s.m.* 電磁鐵,電磁體

electrolisação (èt) *s.f.* 電解,電流分析

electrolisador (èt…ô) *s.m.* 電解裝置,電解槽,電解池

electrolisar (èt) *v.t.* 電解

electrolise (èt) *s.f.* 電解(作用),電流分析;電蝕;〔醫〕用電針除去腫瘤、痣,毛髮等

electrolítico, ca (èt) *adj.* 電解的,電解質的 △① decomposição ~a 電解作用 ② pilha ~a 電解(電)池

electrólito (èt) *s.m.* 電解質,電解物,電解液

electromagnete (èt) *s.m.* 電磁鐵,電磁體

electromagnético, ca (èt) *adj.* 電磁的,電磁學的 △ fenómeno ~ 電磁現象 ② onda ~a 電磁波

electromagnetismo (èt) *s.m.* 電磁;電磁力;電磁學

electromecânica (èt) *s.m.* 電機學;電力學

electromecânico, ca (èt) *adj.* 電機(學)的,電力學的

electrómetro (èt) *s.m.* 電位計,電勢計,靜電表,量電表

electromotor (èt) *s.m.* 電動機

eléctron (èt) *s.m.* 〔理,化〕電子

electrónica (èt) *s.f.* 電子學

electrónico, ca (èt) *adj.* 電子的,電子操縱的;用電子設備生產(完成)的 △① computador ~ 電子計算機 ② controle ~ 電子控制 ③ música ~a 電子音樂

electrónio (èt) *s.m.* 電子

electroquímica (èt) *s.f.* 電化學

electroquímico, ca (èt) *adj.* 電化學的

electroscopia (èt) *s.f.* 〔理〕驗電術

electroscópio (èt) *s.m.* 〔理〕驗電器

electrostática (èt) *s.f.* 靜電學

electrostático, ca (èt) *adj.* 靜電(學)的 △ gerador ~ 感應起電機,靜電發電機

electrotécnica (èt) *s.f.* 電工學,電工技術

electrotécnico, ca (èt) *adj.* 電工學的,電工技術的

electroterapia (èt) *s.f.* 電療法

electrotérmico, ca (èt) *adj.* 電熱學的

elefante *s.m.* 〔動〕象,大象

elefantíaco, ca *adj.* 〔醫〕象皮病的;患象皮病的 ‖ *s.m.* 象皮病患者

elefantíase *s.f.* 象皮病

elegância *s.f.* 幽雅,雅緻,風雅,文雅;優美,高尚 △ ~ espiritual 高尚品德 ◇ grossaria, vulgaridade

elegante *adj. 2 gén.* 優雅的,雅緻的;優美的,高尚的;講究的,漂亮的 ① arte ~ 優雅的藝術 ② figura ~ 高尚的人 ③ vaso ~ 別緻的花瓶 ④ vestido ~ 漂亮的服裝 ◇ grosseiro, vulgar

eleger (ê) *v.t.* 選舉;挑選,選擇 △① ~ deputado 選舉議員 ② ~ domicilio 挑選住宅

elegível *adj. 2 gén.* 可選的,可挑選的,可選舉的 ◇ inelegível

eleição *s.f.* 選舉,推選,挑選 △① ~ geral 大選,普選 ② ~ de vereadores 市議會選舉

eleito, ta *adj.* 被選的;當選的 ‖ *s.m.* 當選人 △ o presidente ~ 當選總統

eleitor (ô) *s.m.* 選舉人,選民;有選舉權者;選帝侯(德國參加皇帝選舉的諸侯) △ recenseamento dos ~es 選民登記

eleitorado *s.m.* 選民總稱;選區;選帝侯之領地;選民權利

eleitoral *adj. 2 gén.* 選舉的;選舉人的;有選舉權的 △① campanha ~ 競選運動 ② direito ~ 選舉權

elementar *adj. 2 gén.* 初步的,初等的;基本的;根本的;要素的;本質的;自然力的;單元的;單體的 △① compêndio ~ 基本教材 ② conhecimento ~ 基本知識 ③ educação ~ 初等教育 ④ grau ~ 初級 ⑤ transcendente

elemento *s.m.* 要素,成份,構成部分;分子;[化]元素;[數]元素;單元,單體;*pl.* 原理;初步;大綱;自然力;暴風雨;[理]電池,電極;*pl.* 條件;構成知識 ◇① ~ de felicidade 幸福的因素 ② os ~s avançados 先進分子 ③ os quatro ~s (古希臘哲學家認

為組成世界的地、水、火、風)四元素

elenco *s.m.* 目錄;摘要;演員表,戲班 △ ~ governamental 政府班子,政府成員

elevação *s.f.* 高舉;高昇;高處,高地;高度;高尚;增加;抬高;[質]標高;[建]正視圖,立視圖;陛擢,陞級;[宗]捧載聖體 △① ~ de carácter 品質的提高 ② ~ dos preços 提高價格 ③ ~ de voz 提高聲音 ◇ depressão, abaixamento

elevado, da *adj.* 高的;高尚的,崇高的;提高的;昂貴的 △① estilo ~ 高尚的風格 ② edifício ~ 高樓

elevador, ra (ô) *s.m.* 舉高的,使舉高的 ‖ *s.m.* 昇降機;起重機;電梯;[醫]提肌 △① ~ eléctrico 電梯 ② o ~ da pálpebra 眼瞼起子

elevar *v.t.* 舉起,抬高;提陞,提拔;鼓舞;震起;竪立 △① ~ um fardo 提起一個重包 ② ~ o preço 抬高價格 ③ ~ um monumento 竪立一座紀念牌 ④ ~ o nível da vida 提高生活水平 ◇ abaixar, depreciar

elícito, ta *adj.* 靈魂產生的;摘出的;誘出的 ◇ 問出的;已逐出的

eliminação *s.f.* 除去,消除;消滅,肅清,淘汰;排除,逐出;[醫]排出,排洩;[數]消去;消去法

eliminar *v.t.* 排除,逐出;淘汰;除卻;消滅,消除;[生]排洩;[數]消元,消去 △① ~ um candidato 淘汰一候選人 ② ~ uma incógnita 消去未知數 ③ ~ os erros 消除錯誤

eliminável *adj. 2 gén.* 可逐除的,可排除的,可消除的;[數]可消去的

eliminatório, ria *adj.* 抽出的,排除的,消除的;不加考慮的,不受理的;淘汰的,淘汰的;[數]消去的,消掉的;[醫]排洩的 △ competição ~a 淘汰賽

elipse *s.f.* 〔數〕橢圓，橢圓形；〔語〕省略法；〔天〕游星軌道

elíptico, ca *adj.* 橢圓(形)的；省略的 △① curva ~ a 橢圓形曲線 ② expressão ~ a 省略的語言

elísio, sia *adj.* 天堂的，樂土的 ‖ *s.m.* 〔M〕天堂，樂土，福地 △ campos ~s 極樂淨土

élite *s.f.* 精華；精英，傑出人物，優秀分子 △ ~ da sociedade 社會名流

elixir *s.m.* 清凉劑；配劑；長生不老藥；靈丹妙藥；鍊金藥 △① ~ tónico 藥酒 ② ~ de juventude 長生不老藥 ③ um ~ delicioso 味道香醇的酒

elmo *s.m.* 盔；青

elo *s.m.* 鍵；環；扣 △① ~ móvel 活節，轉環(節) ② ~ de uma cadeia 鍵環

elocução *s.f.* 雄辯術；用詞風格；演說術；朗誦法；發聲法；用詞；口才 △① ~ elegante 用詞優美 ② ~ teatral 舞台發聲法

elogiar *v.t.* 頌揚，稱讚，讚揚，稱讚 △ ~ os heróis 歌頌英雄 ◇ censurar, criticar

elogio *s.m.* 頌揚，稱讚，讚揚，稱讚 △① andar à pesca de ~s 沽名的譽 ② digno de ~ 值得稱讚的

elongação *s.f.* 〔醫〕伸長，伸展，牽張；〔天〕距角，大距，離角，離日度

eloquência (ù-en) *s.f.* 雄辯；口才；辯才；言辭，辭令；說服力；〔轉〕感染力 △① a ~ das cifras 數字的說服力 ② forense 庭辯 ③ ~ parlamentar 議會辯論

eloquente (ù-en) *adj. 2 gén.* 善辯的，有口才的，有辯才的，雄辯的；有說服力的，有感染力的；動人的；意味深長的 △① falar com termos ~s 講話有說服力 ② os factos são mais ~s que

nada 事實勝於雄辯 ③ discurso ~ 動人的講話 ④ um olhar ~ 意味深長的一瞥

elucidação *s.f.* 闡明，說明；解釋，釋明

elucidar *v.t.* 闡明，說明；解釋，釋明；使明白 △① ~ uma questão 闡明一個問題 ② ~ alguém 使某人明白

elucidativo, va *adj.* 闡明的，說明的，釋明的

eludir *v.t.* 躲避(危險等)，閃避；逃避，逃避(追捕等)；迴避，使不懂 △① ~ a resposta 避而不答 ② a invitação 拒不受請 ③ ~ a crítica 逃避批評 ④ ~ responsabilidade 逃避責任

em *prep.* 在……之內，在……裏面；在……期間，在……過程中；在……之中；在……方面；呈……狀；在……時候；以；用；成爲；作爲 △① ~ absoluto 絕對地 ② ~ geral 一般地 ③ ~ vida 活着的 ④ armar ~ esperto 裝作聰明 ⑤ estar ~ casa 在家中 ⑥ falar ~ português 用葡萄牙語講 ⑦ fazer ~ três dias 在三日內完成 ⑧ quebrar ~ pedaços 打成碎片

emaciado, da *adj.* 消瘦的，瘦削的

emaciar *v.t.* 使消瘦 ‖ *v.i.* 消瘦；憔悴

emadeiramento *s.m.* 蓋板；鋪板；加板

emadeirar *v.t.* 蓋板；鋪木板

emagrecer (ê) *v.t.* 使消瘦；使憔悴；使衰弱 △① ~ 減少，減弱(內容、效果、魅力、價值、重要性等) △ o tesouro emagrece 財富在減少 ◇ engordar

emagrecimento *s.m.* 消瘦，變瘦；衰弱；憔悴

emanação *s.f.* 流出；放射；散發，出……發出的東西(尤指人的美德、品

質、精神力量);〔化〕放射性元素

emanar *v.i.* (光、氣體等的)發散,放射;起源;出自 △① o poder legislativo emana do povo 立法權來自人民 ② a intrepidez emana do desinteresse 無私才能無畏

emancipação *s.f.* 解放;解脫;釋放;自由 △① Proclamação de ~ (美國歷史上的)奴隸解放宣言② a ~ de toda a humanidade 全人類的解放

emancipado, da *adj.* 解放的,自由的;自主的;不爲習俗所束縛的

emancipar *v.t.* 解脫;使自由;〔法〕使(孩子)脫離父母的管束 △① a ciência emancipa o homem 科學解放了人類 ② ~ a mente 解放思想③ ~ do jugo do colonialismo 使擺脫殖民主義的枷鎖

emaranhamento *s.m.* 混雜,錯綜複雜

emaranhar *v.t.* 使混雜,使亂;使錯綜複雜 △① ~ um novelo 編織陰謀 ② ~ uma questão 使問題複雜化 ◇ desmaranhar

emarelecer (é) *v.t.* 使變黃 ‖ *v.i.* 變黃

embaçar *v.t.* 使(玻璃)模糊;使蒼白;〔轉〕隱瞞,欺騙,欺詐 ‖ *v.i.* (驚嚇得)說不出話來 △① (力量消失 △ os projéteis embaçam na areia 子彈在沙中失去力量

embaciar *v.t.* 使模糊;使失去光澤;〔轉〕使名譽掃地 ‖ *v.i.* 變模糊 △① ~ um espelho 使鏡子變模糊 ② ~ a fama de alguém 使某人名譽掃地

embaidor, ra(à-i-ô) *adj.* 欺人的,騙人的,欺詐的;引誘的 ‖ *s.m.* 騙子,欺人者,欺詐者;引誘者

embainhar (à-i) *v.t.* 把(劍等)放入鞘;縫邊 △① ~ a espada 把劍放入劍

鞘 ② ~ o vestido 縫裙子邊 ◇ desembainhar

embaixada *s.f.* 大使館;大使職位或地位;大使住宅;〔轉,口〕(私人)函件

embaixador (ô) *s.m.* 大使,使節,專使,特使;代表

embaixatriz *s.f.* 女大使;大使夫人

embalagem *s.f.* 包裝,打包,捆裝;收藏 ◇ desembalagem

embalar *v.t.* 搖動(小孩琳等),搖抱於懷(使睡);撫愛,愛撫;〔轉〕使受騙;裝填子彈;包裝,打包;(運動員)衝刺;使(發動機)加速 △① ~ uma criança 撫抱小孩入眠 ② ~ uma encomenda 包一件包裹③ ~ uma espingarda 往槍裏裝子彈

embalsamar *v.t.* 使有香氣,使充滿香味,薰香;(在屍骸上塗防腐香油)使成木乃伊 ◇ 以藥防腐

embalsamamento *s.m.* 薰香;作木乃伊 ◇ 以藥防腐

embalsar *v.t.* 以桶裝(酒或葡萄汁);(在坑、塘中)積存,蓄(水等)

embandeirar *v.t.* 昇旗,懸旗;(玉米)吐穗 ◇ desembandeirar

embaraçado, da *adj.* 令困惑的,使窘迫的,使爲難的;陷於糾紛的,複雜化了的;不便的;受妨礙的;陷於困難的 △① negócio ~ 陷於困難的買賣 ② sente ~ na presença de estranhos 他在生人面前侷促不安 ◇ desembaraçado

embaraçador, ra *adj.* 困惑的,窘迫的,爲難的,侷促不安的

embaraçamento *s.m.* 窘迫,困惑,爲難,侷促不安,狼狽

embaraçar *v.t.* 使窘迫,使困惑,使爲難;使財政困難;使複雜化;使不便;妨礙;懷孕 △① ~ a marcha 阻礙前進② ~ um plano 使計

劃複雜化 ③ ~ a digestão 使消化不良 ④ ~ um caminho 堵住道路 ⑤ aquela pergunta embaraçou-me 那個問題使我困惑不解 ◇ desembaraçar, desimpedir, facilitar

embaraço *s.m.* 窘迫,困惑,爲難;拮据;障礙,妨礙〔口〕懷孕 △① ~ gástrico〔胃〕胃功能障礙,消化不良 ② achar-se em ~s 拮据,窘困 ◇ desembaraço

embaraçoso, sa (ô) *adj.* 令人發窘的,令人爲難的;困難的,難辦的,不易處理的 △① problema ~ 難辦的問題 ② uma situação ~a 困境,窘境

embaralhar *v.t.* 使亂,使紛亂;洗紙牌,抄牌 ◇ desembaralhar

embaratecer (ê) *v.t.* 減價,降價

embarcação *s.f.* 上船,裝船;船隻,船,艇

embarcadouro *s.m.* 碼頭;〔鐵路〕月台,站台

embarcamento *s.m.* 乘船;乘火車;乘飛機;裝貨;開始;從事;啓程 ◇ desembarcamento

embarcar *v.t.* 裝貨,搭載;載客;使上(船、飛機、火車);使乘車,使着手,投資於‖*v.i.* 參與;捲入 △① ~ sal 把鹽裝上船 ② ~ dinheiro numa empresa 投資於某企業 ◇ desembarcar

embargar *v.t.* 封(港),禁止(船隻)出入港口;禁止,停止(通商);對貿易實行禁運;阻礙;扣留 徵用(船隻,貨物) ◇ desembargar

embargo *s.m.* 禁止出(入)港;戰時封港令;禁運(令),停止通商(令),禁止,限制,阻礙 △① remover o ~ sobre 解禁 ② sem ~ 雖然,儘管 ◇ desembargo

embarque *s.m.* 乘(船、飛機、火車);裝載;開始;從事;啓程 △〔航〕placa

de ~ 停機坪 ◇ desembarque

embarreirar *v.t.* 用柵欄圍住‖*v.i.e.r.* 爬上柵欄

embarricar *v.t.* 裝入木桶;用障壁保護

embarrilar *v.t.* 把……裝入大琵琶桶;〔口〕欺騙,欺瞞

embasbacado, da *adj.* 驚奇的,詫異的,張口結舌的 △ ~ de admiração 驚訝得張着嘴

embasbacar *v.t.* 使驚駭,使驚訝‖*v.i.* 驚奇

embate *s.m.* (車、船等)相撞;衝擊;衝突;(浪等的)拍擊;(風、風暴等的)吹打,吹擊;不幸,災殃 △① o ~ das ondas 海浪的拍打 ② o ~ das tropas 軍隊的衝擊

embater (ê) *v.i.* 碰,撞;衝突‖*v.r.* 相撞 △ ~ de frente 抵制,制止

embatocar *v.t.* (以木栓、木塞)塞孔,塞

embatucar *v.t.* 使緘言,使困惑‖*v.i.* 困惑 △ ao ouvir tal notícia embatucou 當聽到這個消息時,他沉默了

embaular (a-u) *v.t.* 裝入櫃;隱藏;保存 ◇ desembaular

embebedar *v.t.* 使醉,使醉酒;〔轉〕使昏迷 ◇ desembebedar

embeber (ê) *v.t.* 浸,泡,弄濕;吸收,吸取液體;嵌,裝;導入,輸入;浸入,暗藏‖*v.r.* 濕,濕透,浸濕;嵌入;聚精會神;學會,掌握;浸透 △① ~ a água 吸水 ② ~ um lenço em sangue 使手帕浸上了血 ③ ~ um prego na madeira 把釘子釘入木頭中 ④ ~-se em funda medição 陷入沉思

embebido, da *adj.* 濕透的,浸透的;嵌在……中的,鑲在……裏面的;浸入……裏面的;〔轉〕聚精會神的,全神貫注的;着迷的,狂喜的

embeiçado, da *adj.* 已鍾情於某人的,熱戀某人的;被愛上的 △ estar ~ 熱戀,迷戀

embeiçar *v.t.* 鍾情於,愛上,熱戀,迷戀,專寵

embelecer (ê) *v.t.* 潤色;使變得高雅

embelezamento *s.m.* 裝飾,修飾;文飾,潤色;美化,使美麗

embelezar *v.t.* 使美麗,使漂亮;美化;修飾,潤色 ‖ *v.r.* 變漂亮

embevecer (ê) *v.t.* 使愉快;使陶醉 ‖ *v.r.* 陶醉,凝思,沉醉,入神 △ ~-se numa contemplação 陷入沉思

embevecimento *s.m.* 歡喜,欣喜,喜悅;陶醉,着迷,出神

embicar *v.t.* 使變尖 ‖ *v.i.* 絆執,摔倒;修改 △ ~ uma frase 修改句子

embirra *s.f.* 倔強,頑固,固執;厭惡,生氣,反氣

embirrar *v.i.* 倔強,頑固,固執;厭惡,反感,憎怒 △ ~ com alguém 憎恨(嫌棄,厭惡)某人

emblema (ê) *s.m.* 標誌,徽章;象徵,記號

emboçador (ô) *s.m.* 泥水匠

embocar *v.t.* 放進嘴裏,接近嘴;飲;使進入;(上(帶)馬嚼子 ‖ *v.i.* 進入,駛入 △ ① ~ um copo 飲一盃水 ② ~ a bola no arco 把球投入球籃中 ③ ~ o cavalo 給馬帶上嚼子

embolado, da *adj.* 角上鑲木球的(牛);已變成球的

embolar *v.t.* 使成球形,(在牛角上)加球

embolia *s.f.* 〔醫〕栓塞症 △ ① ~ cerebral 腦血栓 ② ~ sanguínea 血栓 ③ uma ~ na artéria pulmonar pode causar a morte 肺動脈栓塞可以引起死亡

embolismo *s.m.* 閏;置閏,添閏

êmbolo *s.m.* 〔機〕活塞

embolorecer (ê) *v.i.* 發霉

embolsar *v.t.* 裝入袋中;索還 ◇ desembolsar

embolso (ô) *s.m.* 討還債務;收錢,收帳 ◇desembolso

embonecar *v.t.* 裝飾;打扮得漂漂亮亮

embora *adv.* 及時,適時 ‖ *conj.* 雖,雖然 ‖ *interj.* 不管! 不理! 去! 走開 ‖ *s.m.pl.* 祝賀,賀禮 △ ① vai-te ~! 走吧! 走開! ② ~ me vejas rico não sou feliz 雖然你看到我在富,但我并不幸福 ③ receba os meus ~s 請接受我的祝賀 ④ muito ~ 雖然

emborcar *v.t.* 傾倒;傾斜;弄空;飲

emborque *s.m.* 傾倒;翻過來;弄空

emborrachar *v.t.* 灌醉;使昏沉 ‖ *v.r.* 喝醉 ‖ *v.i.* (麥子)長粗,長壯

emboscada *s.f.* 埋伏;伏擊;伏兵;圈套,陷阱,陰謀

emboscar *v.t.* 使埋伏,設伏;隱藏,隱匿 ‖ *v.r.* 設圈套;埋伏 △ o inimigo embosca-se no desfiladeiro 敵人埋伏在峽道上

embotado, da *adj.* 鈍的,無鋒的,不鋒利的;(轉)不靈敏的,不敏銳的,感覺遲鈍的,呆的 △ paladar ~ 味覺不靈的

embotadura *s.f.* (刀、劍)鈍;魯鈍;愚鈍

embotar *v.t.* 使(刀,劍)變鈍;使切不動,使剌不入;(轉)使遲鈍,使愚鈍 ‖ *v.r.* 變得瘦弱;變呆

embraçadeira *s.f.* 鐵條;鐵絲;角鐵;環,鐵箍

embraçar *v.t.* 擁抱,抱住,摟抱,用手臂挽住 △ ~ o escudo 用手臂挽住盾牌

embrace *s.m.* 挽住窗(門)簾的小環

（或帶）

embraiador (ô) *s.m.* 離合器,罩子,嚙接子

embraiagem *s.f.* 離合器,罩子,嚙接子 ◇ desembraiagem

embraiar *v.t.* 踏離合器,踏嚙接子 ◇ desembraiar

embrancar *v.t.* 使白,漂白

embrandecer (ê) *v.t.* 使溫柔,使溫和;[轉]感動 ‖ *v.i.* 變得溫柔,變得溫和 ◇ endurecer

embranquecer(ê) *v.t.* 漂白;使變白 ‖ *v.i.* 變白 ◇ enegrecer

embravear *v.t.* 使勇敢;激怒 ‖ *v.i.e r.* 大怒,發怒;(海)起風浪 ◇ amansar, desembravecer

embravecimento *s.m.* 激怒;發怒,生氣 ◇ desembravecimento

embrenhar *v.t.* 躲入樹林中,鑽進荊棘叢中 ‖ *v.r.* 鑽入,進入;凝思 △① ～-se na multidão 鑽入人羣中 ② ～-se em meditações 凝思

embriagado, da *adj.* 醉酒的,熱心的;興高采烈的,狂喜的;心醉神迷的,沉湎的

embriagar *v.t.* 灌醉,使醉;[轉]使陶醉;勸興,使狂熱 ‖ *v.r.* 喝醉;[轉]陶醉於,沉溺於,熱衷於

embriaguez (ê) *s.f.* 醉,酩酊大醉;[轉]心醉神迷,沉醉,陶醉 △① a ～ da felicidade 迷戀幸福生活 ② a ～ de glória 陶醉於榮譽中 ③ os fumos da ～ 醉醺醺

embrião *s.m.* [生]胚,胚胎;[轉]萌芽,雛型;起初 △① em ～ 萌芽狀態,醞釀中 ② a família é o ～ do Estado 家庭是國家的雛型

embriologia *s.f.* [生]胚胎學;發育學

embrionário, ria *adj.* [生]胚胎的,胚的;[轉]萌芽的,雛型的;未成熟的,醞釀中的 △ projecto ～ 未成熟的方案

embrulhada *s.f.* 混亂,混合,複雜;雜亂無章;困境;糾葛,麻煩

embrulhado, da *adj.* 已包紮的;有糾葛的;複雜的;混亂的,雜亂的;陰的,雲遮的 △① negócio ～ 糊塗生意 ② tempo ～ 陰暗的天氣

embrulhamento *s.m.* 混亂,雜亂;包紮;糾葛;困境

embrulhar *v.t.* 包,裹,裝;[轉]使混亂,使混雜,使混淆,隱瞞 ‖ *v.r.* 變複雜;糾纏不清;變陰暗;雜亂無章 △① ～ uma boceta 包一個小盒 ② ～ as contas 弄亂帳目 ③ ～ assuntos 混淆問題 ④ o caso embrulhou-se 這個案件複雜了

embrulho *s.m.* 包裹;包起來的東西;困難之事,困境,麻煩

embruscar *v.t.* 使黑暗;使陰暗 ‖ *v.i.e.r.* 變黑;[轉]受壓迫,受虐待,受壓

embrutecer (ê) *v.t.* 使粗魯,使粗野,使粗鄙;使行同禽獸 ‖ *v.r.* 變粗野,變粗魯,行同禽獸 △ o álcool embrutece o homem 酒類使人麻醉 ◇ desembrutecer

embrutecimento *s.m.* 粗魯,粗野;失去感覺

embruxar *v.t.* 對……施巫術,用巫術迷人

embuchar *v.t.* 填料(家禽),使飽食 ‖ *v.i.* 窒息;[轉]沉默;[口]不悅,使悶氣

emburricar *v.t.* 欺騙,詐騙

embustear *v.t.* 說謊,欺騙,欺瞞,詐詐

embusteiro, ra *adj.* 欺騙的,詐騙的,虛偽的 ‖ *s.m.* 騙子;詐騙者;虛

偶的人

embustice *s.f.* 騙,睛,欺詐

embutido, da *adj.* 鑲嵌的,鑲入的
‖ *s.m.* 鑲,嵌;鑲嵌之物 △ móveis
~s 鑲嵌的傢具

embutir *v.t.* 鑲,嵌,嵌入;〔轉〕吞食,
狼吞虎咽

emenda *s.f.* 改正,訂正,校訂,改邪
歸正 △ ~ de um manuscito 校改
一篇稿件 ②o rapaz não toma 一 男孩
未改邪歸正

emendar *v.t.* 校訂,訂正,改正,校
勘;改善,修繕,修補;修訂 ‖ *v.r.* 改
邪歸正 △① ~ os costumes 改變習慣
② ~ provas tipográficas 校樣 ③ ~
um dano que se faz 修補損壞的地方
④ o rapaz emendou-se 男孩改邪歸正
了 ◇ estragar, deteriorar

emendável *adj. 2 gén.* 可改正的,可
修正的,可校訂的

ementa *s.f.* 摘記,摘要;名冊,名單;
菜單,菜肴

ementar *v.t.* 記錄,摘記;提醒;追憶;
點菜

emergência *s.f.* 出現,發生;突然事
件,緊急情況;非常時期 △① em caso
de ~ 在危急時刻,在緊急情況下 ②
fundo de ~ 預備金,應急基金 ③ me-
didas de ~ 緊急措施 ④ ponto de ~
〔理〕出射點 ⑤ porta de ~ 緊急出口
⑥ reunião de ~ 緊急會議

emergente *adj. 2 gén.* 浮現的;發生
的;現出的;意外的,緊急的,突如其來
的;〔理〕出射的 △ raios ~s 出射光
◇ imergente

emergir *v.i.* 出現,顯露;(自困境等
中)擺脫;脱穎而出,發生,暴露 △①
recife emerge na baixa-mar 暗礁浮現
在淺海中 ② o sol emergiu do hori-
zonte 太陽露出了地平線 ③ a verdade

emerge pouco a pouco 真相一點點地
明朗了

emérito, ta *adj.* 保留頭銜而退休的,
光榮退休的;〔轉〕名譽的 △① profes-
sor ~ 名譽教授 ② soldado ~ 榮譽軍
人

emersão *s.f.* 浮現,現出;〔天〕(日、月
蝕後的)復現 ◇ imersão

emerso, sa *adj.* 浮出的,突出的

emigração *s.f.* 僑居,移居國外;移
民,僑民;候鳥的遷徙 △① política de
~ 移民政策 ② a ~ das andorinhas 燕
子的遷徙 ◇ imigração

emigrado, da *adj.* 移居國外的,遷出
境的 ‖ *s.m.* 移居國外者,遷出者

emigrante *adj. 2 gén.* 向國外移民
的,移民的,僑居的 ‖ *s.m.* 移民,僑
民;遷徙的動物 ◇ imigrante

emigrar *v.i.* 移民(國外);〔口〕遷出,
搬出;(候鳥的)遷徙 ◇ imigrar

eminência *s.f.* 高處,高地;高super,卓
越,著名,傑出,顯赫;崇高;〔宗〕閣下
(主教之尊稱) △① um homem de ~
名人 ② ter uma posição de ~ 有顯要
地位 ③ a ~ de um monte da 山的至高點
◇ depressão, baixa

eminente *adj. 2 gén.* 高的;〔轉〕卓越
的,優秀的,傑出的;著名的;突出的,
顯著的 △① lugar ~ 高處 ② serviços
~s 功勛卓著 ③ homem de Estado ~
傑出的政治家 ◇ inferior, baixo

emissão *s.f.* (光、熱、氣體等的)發
出,發射,射出,放射;傳播;〔紙幣等
的〕發行;發行額;發出,發行物,放射,廣
播 △① ~ de acções 發行股票 ② ~
de calor 散熱 ③ ~ de voz 發音 ④ ~
directa (無線電的)直接傳輸

emissário *s.m.* 使者,密使,特使;排
水口,溢洪道;〔醫〕導血管

emissora (ô) *s.f.* 廣播電台

emitir *v.t.* 出(聲);發,放(光等),發射,放射(熱等);發行(紙幣),廣播,播放;發表;表示 △① ~ raios luminosos 發出光線 ② ~ obrigações 發行債券 ③ ~ um parecer 發表意見

emoção *s.f.* 情感,感情;情緒;感動,激動 △① homem de ~ forte 感情强烈的人 ② com ~ 感動地,激動地

emocional *adj. 2 gén.* 情緒的,感情的;容易激動的,易動感情的,感情脆弱的;感動人的,激起感情的 △① actor ~ 善於表情的演員 ② um estado ~ 興奮狀態

emocionante *adj. 2 gén.* 激動人心的,感人的,動人的

emocionar *v.t.* 使激動,使感動 ‖ *v.r.* 激動,感動,動情

emoldar *v.t.* 造型,塑模,塑造

emoldurar *v.t.* 以框嵌配(畫等);加邊

emoliente *adj. 2 gén.* 使(皮膚等)柔軟的,有緩和作用的 ‖ *s.m.* 〔醫〕潤膚劑,(皮膚的)緩和劑

emolir *v.t.* 使(皮膚等)柔軟,使變軟,使軟化;使緩和 ◇ endurecer

emolumento *s.m.* 薪水,工薪,報酬;臨時津貼

emostar *v.t.* 使(葡萄)變甜;使(葡萄)變熟

emotivo, va *adj.* 感人的,動人的;感情的,情緒的;表現感情的;易動感情的 △ pessoa ~a 易動感情的人

empacar *v.t.* 包裝,打包,裝箱 ‖ *v.i.* (牲畜)使性子不走,耍賴不走

empachar *v.t.* 過載,裝載過度;妨礙,阻止 ◇ desempachar

empacotamento *s.m.* 包,包裝

empacotar *v.t.* 包,包裝,捆,裝箱 ◇ desempacotar

empada *s.f.* 餅,麵餅(以肉或魚爲餡);〔口〕無用之人,廢物

empadroar *v.t.* 記入納税人名册,登記户口,註册 ‖ *v.r.* 記入兵籍

empáfia *s.f.* 傲慢,驕傲;妄自尊大 ‖ *s. 2 gén* 傲慢的人,妄自尊大者

empalhação *s.f.* 蓋以禾稈;用禾稈塞填;〔口〕託辭,狡辯之辭

empalhar *v.t.* 撿禾稈;用禾稈蓋;用禾稈塞填;〔口〕阻滯,拖延

empalidecer (ê) *v.i.* (臉色、顏色等)變白,發白,失色,失去光澤;變暗,遜色 △ ~ de susto 臉色嚇得發白

empanada *s.f.* 大餡餅,大麵餅;(用布或紙堵着的)窗框,窗簾

empanadilha *s.f.* 小餡餅,小個麵餅

empanar *v.t.* (用布)遮蓋;〔轉〕使模糊,使晦暗;蒙蔽;使變色,使曇 ‖ *v.r.* 失去光澤 △① ~ um vidro 使玻璃變模糊 ② ~ a vista 擋住視綫,模糊視綫 ③ ~ a glória de alguém 使某人的榮譽失色

empancar *v.t.* 用樁固定住;止住,阻止,停止,塞住;裝載過度

empandeiramento *s.m.* 脹,膨脹,脹大;〔口〕欺騙;辭退,趕走

empandeirar *v.i.* 脹,膨脹,脹大;〔口〕欺騙;辭退,趕走

empandilhar *v.t.* (合謀)欺騙,慣偷,敲詐 ‖ *v.r.* 合夥(在牌局中)作弊

empandinar *v.t.* 膨大,膨脹,脹起

empantufar-se *v.r.* 穿毛絨拖鞋;〔轉〕變驕傲,自誇

empanturrar *v.t.* 暴食,飽餐;令受驚 ‖ *v.r.* 吃得過多

empapado, da *adj.* 變成麵糊;濕透的,打濕的,浸的,漬的 △ terreno ~ 澆濕了的地

empapuçar-se *v.r.* 鼓脹;趨於水腫的;脹,鼓,脹起 △ olhos empapuçados 鼓起的眼睛

emparceirar *v.t.* 令成對,使成夥伴 ‖ *v.i.* 匹配,相配,相一致

emparedar *v.t.* 用牆圍起,用牆隔絕;〔轉〕監禁,禁閉 ‖ *v.r.* 幽居,閉門不出

emparelhado, da *adj.* 成對的,有同伴的;相同的,同等的,水平一樣的,併排的 △ versos ~s 齊頭詩

emparelhamento *s.m.* 成對,成雙,匹配;整齊劃一 △上上,齊頭並進

emparelhar *v.t.* 使成對,使配成雙;使相配;使齊整齊劃一 △上上,齊頭並進;與⋯⋯達同一水平,與⋯⋯旗鼓相當 △ a ambição emparelha a um outro 野心使一個與另一個整齊劃一 ◇ desemparelhar

emparvoecer (ê) *v.t.* 使變愚蠢 ‖ *v.i.* 變愚蠢

emparvoecer (ê) *v.t.* 使變愚蠢 ‖ *v.i.* 變愚蠢

empastamento *s.m.* 成糊狀,漿糊;粘貼;〔美〕塗厚彩色

empastar *v.t.* 使成糊狀;裱糊,粘貼;〔美〕用顏料覆蓋,用厚彩塗 ‖ *v.r.* 成漿糊

empatado, da *adj.* 不分勝負的,無勝負的,打成平局的;停滯的,擱置的 △① jogo ~ 不分勝負的比賽 ② trajecto ~ 中斷的路綫

empate *s.m.* 平局,不分勝負,無勝負 △ o jogo acabou com um ~ de 1 a 1 比賽以一比一平結束 ◇ desempate

empavonar *v.t.* 使變驕傲,使傲慢

empeçar *v.t.* 阻礙,妨礙,阻擋 ‖ *v.i.* 碰撞;阻擋 △① ~ a meada 阻止一個陰謀 ②〔轉〕um projecto 妨礙一項計劃 ③ ~ nas paredes 撞到牆上 ◇ desimpedir

empecer (ê) *v.t.* 製造障礙,阻止,阻礙 ‖ *v.i.* 妨礙 △ ~ à vontade de alguém 阻止某人的意願

empecilho *s.m.* 阻礙,障礙物,妨礙

empeço (ê) *s.m.* 阻礙,妨礙,障礙物

empeçonhamento *s.m.* 放毒,加毒藥;毒殺,中毒

empeçonhar *v.t.* 放毒,放毒藥;毒殺,毒害;〔轉〕使腐敗;敗壞(人心);損害(人的生命、幸福等) △ ~ intenções 消磨志向

empedernido, da *adj.* 變成石頭的;變硬的;〔轉〕冷酷無情的,鐵石一般的,無慈悲心的,不可救藥的 △① um coração ~ 鐵石心腸 ② pecador ~ 不可救藥的罪人

empedernir *v.t.* 使(木等)變成石,使成化石;變硬,使變如石 ‖ *v.i.* 失去人情,失去感情,變得冷酷無情

empedrado, da *adj.* 鋪石的,硬的,硬如石的 ‖ *s.m.* 碎石路,碎石地面

empedrador (ô) *s.m.* 鋪石匠,鋪石工人

empedramento *s.m.* 鋪設磚石

empedrar *v.t.* 鋪石,鋪石板;鋪碎石;使硬如石,使石化 △ ~ um poço 砌井壁

empenachar *v.t.* 用羽毛裝飾的;〔轉〕裝飾

empenado, da *adj.* (木材等)曲撓的,變彎的;傾斜的 △ paredes ~as 傾斜的牆

empenar *v.t.* 使變彎,(木材受潮或受熱)曲撓 ‖ *v.i.* 扭曲,曲撓,傾斜;以羽毛裝飾 ◇ desempenar

empenhado, da *adj.* 典當的,抵押的;承諾的,許諾的;負債的;熱心的,熱誠的 △① ~ em valer ao amigo 熱心幫助朋友 ② palavras ~as 許諾的話

empenhamento *s.m.* 抵押,典當;擔保

empenhar *v.t.* 典當,抵押;熱誠,熱心;努力去做;承諾,許諾 ‖ *v.r.* 負債,努力 △① ~ o relógio 典當鐘錶

② ~ um prédio 抵押房產 ③ ~ uma palavra承諾 ④ ~-se em agradar 盡力悦人意 ◇ desempenhar

empenho s.m. 典當,抵押;熱望,渴望;熱心,熱誠;靠山,後台;關係;保護人,中間人,保人 △① casa de ~ 當鋪 ② ter bons ~s para obter emprego 有好的保人來找職業

empenhorar v.t. 抵押;典當

emperrar v.t. 使頑固,使固執 ‖ v.i. 變頑固,固定住;[轉]頑固堅持,發怒,發火

empertigado, da adj. 僵硬的,挺直的,筆挺的;傲慢的,驕傲的

empertigar-se v.r. 變僵硬;生硬;昂首闊步,趾高氣揚而行

empestado, da (è) adj. 有瘟疫的,疫疾的,傳染的;臭味的;厭惡的;不道德的 ‖ s.m. 感染了瘟疫的人

empestamento (è) s.m. 流行病;傳染

empestar (è) v.t. 傳染,傳染病毒於(空氣或處所);發臭;腐敗;污染;惡化 △ ~ sociedade 污染社會 ◇ desempestar, desinfectar

empezinhar v.t. 用瀝青塗;使變黑

empicotar v.t. 放於高處;拴於山巔;[轉]當衆污辱

empilhado, da adj. 成堆的,成圃的

empilhamento s.m. 砌成堆形

empilhar v.t. 砌成堆形,堆積,積累

empinado, da adj. 挺拔的;高的;陡直的,陡峭的;高傲的,狂妄的

empinar v.t. 使直立,立直,舉起;傾盃而飲,豪飲,痛飲 ‖ v.r. 踮着腳,跳着腳;[轉]高傲

empiorar v.t. 使變得更壞 ‖ v.i. 變壞 △ a situação empiora de dia a dia 形勢一天壞似一天

empíreo, rea adj. 最高天的,天堂

的,天上的 ‖ s.m. 太空;[宗]最高天,天堂,天神所居之處

empírico, ca adj. 經驗(上)的;以經驗爲根據的;實驗經驗論的;經驗主義的 ‖ s.m. 經驗論者,經驗主義者,憑經驗辦事的人;庸醫 △ ① medicina ~a 實驗醫學 ② fórmula ~a 實驗式,經驗式

empirísmo s.m. [哲]經驗論,經驗主義;單憑經驗行事 ◇ dogmatismo, metodismo

emplastar v.t. 貼膏藥,抹藥膏;抹脂粉

emplasto s.m. 膏藥

emplastro s.m. 膏藥

emplumação s.f. 羽毛裝飾

emplumado, da adj. 用羽毛裝飾的 △ chapéu ~ 裝飾有羽毛的帽子

emplumar v.t. 以羽毛裝飾

empoado, da adj. 塗粉的;有塵的

empoar v.t. 塗粉,搽粉;(往頭髮上)撒粉;使蓋滿灰塵

empobrecer (ê) v.t. 使貧窮,使變窮;使枯瘦 ‖ v.i. 變窮,變貧瘠 △① o solo empobreceu 土壤變得貧瘠了 ② o sangue empobrece 血液減少 ◇ enriquecer

empobrecimento s.m. 貧窮,貧乏,貧瘠;枯竭

empocilgar v.t. 把豬等趕入圈中,關入畜攔

empoeirar v.t. 使有灰塵,用灰塵污之

empola (ô) s.f. 水腫;火腫;疱(病);氣泡;砂眼;(裝注射藥水的)小玻璃管,安瓶;[生]胞子,壇狀體

empolar v.t. 起泡沫,[轉]誇大 ‖ v.i. 出水泡,起浪 △① a queimadura faz ~ a pele 變傷使皮膚上起水泡 ② ~ o estilo 誇大文體

empoleirar *v.t.* 位(於高位),棲於高枝;鼓舞,給予重要地位 ‖ *v.r.* 爬(棲)於……處;〔轉〕上台,獲得高的地位 △ uma ave empoleira numa árvore 一隻鳥棲於樹上

empolgadura *s.f.* 拴(牲畜)抓;佔有;吸引;感動;刺激

empolgante *adj. 2 gén.* 刺激的,感動的,吸引人的,使失神的 ◇ drama ~ 吸引人的戲劇

empolgar *v.t.* 用繩子拴牲畜;用爪子抓住;〔轉〕強行佔有;使之入迷,吸引,感動;刺激 △① ~ uma herança 強行佔有一份遺產 ② a cena final da peça empolgou o público 戲劇的末場感動了觀眾

emporcalhar *v.t.* 弄髒,弄污 ◇ limpar

empório *s.m.* 商人雲集的港口或城市;國際貿易中心;商場,商業中心,大市場,大百貨商店;著名的文化中心

empossar *v.t.* 授權,賜權,委任 ‖ *v.r.* 佔有,佔領;霸佔 △ empossou-se dele a ambição 貪婪支配着他

emprazado, da *adj.* 定限的,限期的

emprazar *v.t.* 傳,如喚;限期;租借;圍獵 △① ~ alguém para pagar uma dívida 傳喚某人償還債務 ② ~ uma propriedade 租借一塊地產

empreendedor, ra (ô) *adj.* 有事業心的,有進取心的,有作爲的 ‖ *s.m.* 有事業心的人,有進取心的,有作爲的人

empreender (ê) *v.t.* 開始,着手進行;從事;擔任,承辦;計劃,企圖 ‖ *v.i.* 憂慮 △① ~ um trabalho 着手進行一項工作 ② ~ a marcha 出發

empreendimento *s.m.* 事業,企業,營業;擔任,承受,承擔;投資;試圖

empregado, da *adj.* 有職業的,有工作的;忙的;使用的 ‖ *s.m.* 僱工,職員 △① ~ em estudar 用於學習的時間 ② despesa bem ~a 使用得當的開支 ◇ desempregado

empregar *v.t.* 使用,利用,應用;僱用 △① ~ dinheiro 使用錢 ② ~ o tempo 利用時間 ③ ~ esforços 做出努力 ④ ~ termos impróprios 使用不恰當的詞語

emprego (ê) *s.m.* 職業;使用,應用 △① ~ de uma palavra 一個詞的使用 ② procurar ~ 找職業 ◇ desemprego

empreguiçar *v.t.* 使懶惰,使怠惰

empreitada *s.f.* 事情,工作,工程;事業,承包合同;包工 △ de ~ 承包地,計件地;盡快地

empreiteiro *s.m.* 承包商,建築商

emprenhar *v.t.* 使受孕 ‖ *v.i.* 懷孕 △ ~ pelos ouvidos 顯風就是雨

empresa *s.f.* 事情,工作,工程;事業,企業,營業;公司;承受;承攬 △① ~ arriscada 冒險的工程 ② ~ privada 私人公司

empresário *s.m.* 企業主,企業家,事業主;公司老板,經理,司理

emprestado, da *adj.* 借的,借出的 △① livro ~ 借的書 ② dinheiro ~ 借的錢

emprestador (ô) *s.m.* 出借人;債主,貸主

emprestar *v.t.* 出借,貸;〔轉〕提供,供給,給與 △① ~ dinheiro 借錢 ② ~ livros 借書 ③ ~ abrigo 提供庇護

empréstimo *s.m.* 借貸,借出物,貸款,借貸合同 △① ~ hipotecário 抵押貸款 ② fazer um ~ 墊款,先付,預付 ③ de (por) ~ 以借貸方式(獲得) ④ pedir ~ 請求貸款

emproado, da *adj.* 掌握着舵的;取

程(向某處)的,駛向……的;[轉]驕傲
的,傲慢的

emproar *v.t.* 調轉船頭 ‖ *v.i.* 船首
指向 ‖ *v.r.* 調轉頭;[轉]變驕傲

empubescer *v.i.* 達發情期,春情
萌動;長鬍子

empubescido, da *adj.* 達發情期的,
春情萌動的;[植]有軟毛的

empunhar *v.t.* 緊握,握住;拿起;抓
住;開始執政 △ ① ~ uma espada 緊
握一把劍 ② ~ o ceptro 開始統治,緊
握王權

empurra *s.f.* 推開,推出

empurrão *s.m.* 推,推開,推出;碰撞
△ ① dar um ~ 推 ② ir aos empur-
rões 推着走

empurrar *v.t.* 推出,推出;推進,推開;
使碰撞;[口]脅迫 △ ~ para o lado 推
到一邊,不信任

empuxão *s.m.* 推,拉

empuxar *v.t.* 拖,拉

emudecer (ê) *v.t.* 使緘嘴,使沉默,
使箝口;使(敵人砲台)停止敵對的砲
火 ‖ *v.i.* 止息,聽不到 △ ① o terror
emudeceu-o 嚇得他說不出話來 ② o
vento emudeceu 風停了

emudecimento *s.m.* 不說話;變啞

emulação *s.f.* 競賽,競爭,比賽;媲
美;傚效;好强心,好勝心 △ ① ~ de
trabalho 勞動競賽 ② campanha de ~
競賽運動

emulsão *s.f.* 乳膠,乳狀液;[醫]乳劑
△ ~ fotográfica 感光乳劑

emulsionado, da *adj.* 乳劑的,能
乳化的 △ agente ~ 乳化劑

emulsionar *v.t.* 使乳化,使成乳劑,
作爲乳劑 △ ~ uma poção 使一服藥
變爲乳劑

emurchecer *v.t.* 凋萎,萎謝;乾枯;失
液汁;失鮮艷,失色澤 ‖ *v.i.* 凋謝

enaltecer (ê) *v.t.* 頌揚,讚美,讚揚,
尊崇;提高,增高;使意氣揚揚;使添加
光彩 △ ~ o mérito de alguém 頌揚某
人的功績

enamorar *v.t.* 激起愛情,使產生愛
情,令銷魂;勾引;使迷戀,使喜歡,使
傾心 ‖ *v.r.* 追求;愛上 △ a Primave-
ra enamora os poetas 春天使詩人們迷
戀

enantal *s.m.* [化]蕓麻油精

enarmonia *s.f.* [樂]和諧;等音

enarrar *v.t.* 叙述;講故事,說故事

encabeçar *v.t.* (在卡片上)寫檢索字
頭;(在信件,文件等上)寫台頭;作爲
(詩、文章的)開頭;(在名單上)列在首
位打頭;登記,調查(人口等);更換(樑
柱等已經糟朽的)端頭,把(板、樑、桁
等)接在一起;[轉]領導,率領;課稅,
徵稅 △ ① ~ tábuas 接板子 ② ~
meia 修襪子頭

encabelado, da *adj.* 多毛的;有毛
的;有頭髮的

encabelar *v.t.* 長頭髮;長毛

encabrestamento *s.m.* 戴上籠頭,編
繩;戴上籠頭繩

encabrestar *v.t.* 套上籠頭;使聽從指
使,使服從 ‖ *v.r.* 馬腳被繮繩絆住

encachado, da *adj.* 圍着的;圍有褲
布的

encachar *v.t.* 圍上腰布;使人樺

encadeamento *s.m.* 連接,連結,連
續;聯繫

encadear *v.t.* 用鏈條連接;用鏈條銬
住;使連接,接續,使生關係;聯絡;
牽制,束縛 △ ~ os factos en-
cadeiam-se em sucessão rápida 事情接連發生

encadernação *s.f.* 裝釘(書籍等);
(書的)封面;[轉]皮膜;衣服

encadernador (ô) *s.m.* 裝釘(書籍
的)工人

encadernar *v.t.* 釘書,裝訂;〔轉〕給某人穿新衣服

encafuar *v.t.* 藏,匿;鎖,關 ‖ *v.r.* 關閉;隱藏 △① ~ dinheiro 藏錢 ② ~ na cabeça 死記

encaixamento *s.m.* 鑲,嵌,插,套,安;裝箱;納入金庫;存庫,收納;凹槽,孔,洞

encaixar *v.t.* 鑲,嵌,插,套,安;使牢固地合攏;使用榫接合;整理柄穴;裝箱;納入金庫,存庫,收納;提及;〔轉〕勸阻 ‖ *v.i.* 合適,相符,相一致 ‖ *v.r.* 擠進,鑽進;〔轉〕回(家),進家門;〔口〕干涉 △① ~ o eixo da roda 安車軸 ② a porta encaixa muito bem no caixilho 那扇門很安在門框上正好 ③ a sua proposta encaixa muito bem com este caso 他的建議對這一情況完全適用 ◇ desencaixar

encaixe *s.m.* 柄穴;楔形榫眼;庫存現金

encaixilhar *v.t.* 裝框;鑲邊;放入框中

encaixo *s.m.* 柄穴,榫眼

encaixotamento *s.m.* 裝箱,打包,包裝

encaixotar *v.t.* 裝箱,用箱子裝,打包

encalacrar *v.t.* 使陷入困境;使陷入法律爭執 ‖ *v.r.* 陷入困境;欠(債)

encalcadeira *s.f.* 鑿子,鑿子

encalçar *v.t.* 追,追蹤;跟蹤

encalço *s.m.* 追,追蹤,尾隨;蹤跡 △ ir no ~ de alguém 追蹤某人,追趕某人

encalecer (ê) *v.i.* 起繭,皮膚變硬;〔轉〕習慣;有耐力,有抵抗力

encalhado, da *adj.* 擱淺的;被擱置的;〔轉〕拖延的 △① ~ negócio ~ 被延誤的買賣 ② assunto ~ 被拖延的事情

encalhar *v.t.* 擱淺;遇困難 △ o projecto encalhou 計劃擱淺了

encalhe *s.m.* 擱淺,擱置;拖延,停滯,困繞

encalho *s.m.* 擱淺;〔轉〕處於困境

encalistrar *v.t.* 〔口〕使不祥,使不幸,令遭殃

encalvecer (ê) *v.i.* 變禿,禿頂,頂髮脫落

encalvecido, da *adj.* 禿的,脫頂的

encaminhador (ô) *s.m.* 領路人;領導者,指導者 ◇ desencaminhador

encaminhamento *s.m.* 指路,引導,指導,發達 ◇ desencaminhamento

encaminhar *v.t.* 為(某人)指路;〔轉〕指導;指引 △① ~ um forasteiro 為旅客當嚮導 ② ~ um aluno 引導學生 ③ ~ todos os esforços a全力以赴地…… ◇ desencaminhar

encamisada *s.f.* 身穿白襯衣進行的夜襲;化裝火把晚會;混亂;糾纏

encampanado, da *adj.* 鐘形的,喇叭口狀的

encanamento *s.m.* 開渠,疏浚;(水、煤氣等的)管道設備

encanar *v.t.* 用管道或運河引(水、油等);開掘運河;埋設管道 ‖ *v.i.* 長節 △ o milho já encanou 玉米已經長節

encanastrar *v.t.* 裝進筐,用筐裝;編織成筐;編織

encandear *v.t.* 耀目,使目眩,使眼花繚亂,使眩暈;〔轉〕使迷,使嚮往

encandescer (ê) *v.t.* 使白熱化,使熾熱,使白熱

encanelar *v.t.* 捲繞;繞綫軸

encaniçar *v.t.* 用竹竿或籬笆圍或蓋住;用竹竿保護

encantação *s.f.* 施妖術;妖術;迷惑,著迷;魅力;恐怖的東西,令人驚駭的

東西

encantado, da *adj.* 着迷的,着魔的;迷人的;非常滿意的;大喜的 △① ficou ~ com a notícia 聽到這個消息非常高興 ② palácio ~ (神話中的)魔宮 ③ passar vida ~a 過着冒險般的生活

encantador, ra (ô) *adj.* 迷惑的,迷人的;艷麗的,標緻的 ‖ *s.m.* 施妖術者,妖人,巫士;魔術家;令人銷魂者 △① lugar ~ 非常美麗的地方 ② paisagem ~a 迷人的風光 ③ rapaz ~ 非常令人喜歡的男孩

encantamento *s.m.* 施妖術;妖術;迷惑;着迷,着魔;魅力;令人恐怖的東西,令人驚駭的東西 △① hoje há quem creia em ~s 今天還有人信妖術 ② ~ de música 迷戀音樂 ◇ desencantamento

encantar *v.t.* 對……施行魔法,用妖術迷惑;使心醉,使銷魂,使迷住,使非常喜歡;使驚異 △① ter uma voz que encanta 有一個迷人的嗓子 ② essa notícia encantou-me 那個消息令我非常高興 ◇ desencantar, desiludir

encanto *s.m.* 魔法,妖術,妖力,魅力,符咒;令人喜歡的東西(或人);*pl.* 嫵媚,動人,艷麗,標緻 △① os ~s da Natureza 大自然的美麗 ② quebrar o ~ 破除妖術

encapachar *v.t.* 裝進帶耳筐中,用帶耳筐裝 ‖ *v.r.* 受辱,屈辱

encapelado, da *adj.* 起波浪的;多波浪的

encapelar *v.t.* 使起波浪 ‖ *v.i.e.r.* 起波浪,海面緩慢地起伏;[海]在帆桅等上加護桅索

encapotado, da *adj.* 穿着大衣的,着外套的;(轉)裝扮的,偽裝的,掩飾的

encapotar *v.t.* 穿大衣,穿外套;隱

蔽,[轉]偽裝,掩飾 ‖ *v.i.e.r.* (天氣)變陰暗

encaracolado, da *adj.* (頭髮)鬈曲的,螺旋形的

encaracolar *v.t.* 使(頭髮)鬈曲 ‖ *v.i.e.r.* 盤繞,盤旋,變曲

encarado, da *adj.* 面目的,面貌的,長相的 △① bem~ 美貌 ② mal~ 醜惡面目

encarapinhado, da *adj.* 鬈曲的,盤旋的;(飲料等)開始凝固

encarapinhar *v.t.* 使捲縮,使鬈曲 ‖ *v.i.* (冰淇淋汁)開始凝結

encarar *v.t.* 使面對面,面對,正視;瞄準,觀察,熟思,考究;對抗,對立,當面抗爭 ‖ *v.i.* 面對面 △① ~ alguém 面向某人② ~ os perigos com coragem 大膽地面對危險 ③ ~ a situação 正視形勢 ④ ~ com alguém 與某人面對面

encarcerado, da *adj.* 被監禁的,囚犯的,犯人的 ‖ *s.m.* 囚犯,囚徒,犯人,被監禁者

encarceramento *s.m.* 禁錮,收監,監禁,下獄

encarcerar *v.t.* 禁錮,監禁,收監,監押

encarecer (ê) *v.t.* 使漲價,抬價;[轉]稱讚,讚揚 ‖ *v.i.* 漲價 △① ~ serviços 稱讚服務 ② a carne encareceu 肉類價了

encarecido, da *adj.* 誇張的;非常精緻的;漲價的,昂貴的

encarecimento *s.m.* 漲價;誇張;堅持;懇切 △ pedir com ~ 再三懇求,一再懇求

encaretar-se *v.r.* 化裝;戴假面具

encargar *v.t.* 委託,託付

encargo *s.m.* 委託,託付;責任,義務;任務;負擔;冤情,冤曲;養老金;恩惠

encarnação *s.f.* 化身,顯現;降生,誕生;[美]肉色;[醫]肉芽

encarnado, da *adj.* 肉色的,紅色的,猩紅色的;化身的,具體化的 ‖ *s.m.* 紅色,猩紅色;化身,誕生 △① livro ~ 紅色的書 ② tornar ~ 臉紅 ③ Deus ~ 神的化身

encarnar *v.t.* 使具有形體,使具肉體,使實體化,使人格化;體現,代表,象徵;用肉喂(獵狗);使(雕塑)具有肉色 ‖ *v.i.* [醫]長肉;瘡合 △ o autor encarnou nessa personagem a inteligência do homem 作者通過那個人物來體現人類的智慧

encarniçado, da *adj.* 食肉的;[轉]兇暴的,殘忍的,激烈的,活躍的;變紅的,充血的 △① combate ~ 激烈的戰鬥 ② cabelo ~ 紅色的頭髮

encarniçar *v.t.* 用獵物的肉喂狗;[轉]激怒;使殘暴;使逞兇 ‖ *v.r.* 對……發怒(或發狂),迷惑,痴戀,憎恨 △ os invasores encarniçaram-se nos habitantes desarmados 侵略者對手無寸鐵的居民大施淫威

encarquilhar *v.t.* 使皺 ‖ *v.i.* 起皺紋

encarregado, da *adj.* 負責的 ‖ *s.m.* 主任;代理人;負責人 △① encarregado de negócios 代辦,代理大使 ② estar ~ de 負責……

encarregar *v.t.* 委託,託付;委任;使承擔(責任) ‖ *v.r.* 擔負,承擔責任(義務) △ ~ alguém de administrar uma herança 委託某人管理遺產

encarrilhar *v.t.* 使進入軌道,安放在軌道上;[轉]使走上正軌,使正常進行 ‖ *v.r.* 走上正軌;校正 △① ~ o trabalho 使工作進入正軌 ② ~ os jovens 引導青年走上正道 ◇ descarrilar

encartado, da *adj.* 領有證明書的;

[口]熟練的 △ motorista ~ 熟練的汽車司機

encartar *v.t.* 發(授)證明書 ‖ *v.i.* 出同類牌 ‖ *v.r.* 畢業

encartuchar *v.t.* 製造彈藥;把(紙等)捲成尖角狀口袋;放入尖角狀口袋中

encarvoado, da *adj.* 被炭弄髒的;成為炭的

encarvoar *v.t.* 使變成炭,使變黑;用炭污之 ‖ *v.r.* 變黑

encasacar *v.t.* 穿禮服

encasamento *s.m.* 接合,結合;榫眼

encasar *v.t.* 接合,結合;整榫眼;[醫]使服水土,使隨俗,使扎根

encastalhar *v.t.* 柄穴,嵌,接合(木板等)

encastalho *s.m.* (木板等的)柄穴

encastelado, da *adj.* 置於上面的,埃起來的;設有城堡的;[動]獸蹄乾縮的

encastelamento *s.m.* 構築城堡;堆,埃,壘;搭架子

encastelar *v.t.* 構築城堡;堆,埃,壘;[轉]維持,支持 ‖ *v.r.* 固守城堡,據守;[轉]頑固堅持

encastoado, da *adj.* 鑲的,嵌的,嵌柄的 △ bengala ~ a de prata 鑲銀柄的拐杖

encastoar *v.t.* 鑲,嵌,嵌花

encataplasmar *v.t.* 敷藥膏;[轉]使常患病

encavacar *v.i.* 發怒;噘嘴,努唇

encavalar *v.t.* 堆積,積累;使雌馬搭上雄馬進行交配

encavalgar *v.t.* 騎馬;堆積,積累

encavar *v.t.* 放入洞穴;挖,掘

encavernar *v.t.* 放入洞穴,趕入洞穴

encavilhar *v.t.* 打上楔子,用大釘釘

住;打上釘子

encefálico, ca *adj.* 腦的;頭骨内的

encefalite *s.f.* 〔醫〕腦炎,腦炎症 △① ~ Tipo-B 流行性乙型腦炎 ② ~ letárgica 昏睡性腦炎

encéfalo *s.m.* 〔醫〕腦,腦髓

encefalopatia *s.f.* 〔醫〕腦病

encelar *v.t.* 捕入牢房,投入監獄

enceleirar *v.t.* 貯,藏,儲備,堆積,收集

encenação *s.f.* 登舞台,登台,演出

encenar *v.t.* 登台演出,演,表演

encentrar *v.t.* 集中,集合,召集

encepar *v.t.* 放在砧子上

enceração *s.f.* 打蠟,塗蠟;蠟處理法

encerado, da *adj.* 打蠟的,塗蠟的 ‖ *s.m.* 防雨布,油布

encerador(ô) *s.m.* 塗蠟者

encerar *v.t.* 塗蠟,打蠟;擦亮

encerramento *s.m.* 關閉,封閉,閉塞,結束,結局;閉幕;保存;主押,監禁 △①o ~ de construção 結束建築工程 ② ~ de reunião 會議閉幕式

encerrar *v.t.* 關閉,封閉,閉塞;結束;收存,保存;關押,監禁,禁閉;包含,含有(某種意義);概括 ‖ *v.r.* 隱居,幽居 △① um papel na gaveta 把一件文件放入抽屜 ② ~ uma sessão 結束會議,閉會 ◇ estender, principiar, tirar

encetado, da *adj.* 已開始的,已消耗一部份的

encetar *v.t.* 開始,開創;嘗試;試驗 △① ~ uma carreira 開始跑 ② ~ um queijo 切乾乳酪 ◇concluir

encharcadiço, ça *adj.* 沼澤的;多泥的

encharcar *v.t.* 使成水窪;浸濕;浸透 ‖ *v.r.* 成水窪,投入水坑(沼澤);灌

透 △① a tempestade encharcou os campos 大雨使田地一片汪洋 ② ~-se em suar 汗濕透了衣服

encharetar *v.t.* 用栓固定;放置括號

enchente *adj.* 2 gén. 填的,充的;膨脹的 ‖ *s.f.* 填充,盡量充滿,大量,充溢,過多,過剩;洪水,大潮,滿潮;〔影院〕客滿 △① ~ de gente 人口過剩 ②dar ~ 使反感,使嘲笑 ③ ~ real (觀看節目的)人流

encher(ê) *v.t.* 使滿,裝滿,充滿,充飽,滿足,盈;佔用 ‖ *v.i.* 漲 ‖ *v.r.* 飽餐;獲得;富有 △① ~ a cidade 使全城到處都有 ② ~ as medidas 完全滿足 ③ ~ um copo 把杯子倒滿 ④o estudo encheu-lhe metade do dia 學習佔用他半天的時間 ⑤a maré enche 漲潮 ⑥verbo de ~ 溢詞充數的詞 ⑦ ~-se de frutas 飽餐水果 ⑧ ~-se de medo 膽小 ⑨ ~-se de riquezas 肥飽私囊 ◇esvaziar

enchido *s.m.* 臘腸

enchimento *s.m.* 填,充;填充物,填料;(糕點内的)餡;豐富之詞

enchocalhar *v.t.* 給(牛,羊等)掛鈴

enchouriçar *v.t.* 使成臘腸形;加插;大修改 ‖ *v.r.* 〔動〕毛髮竪立;〔轉〕發怒

enchova *s.f.* 〔動〕鯷魚;藍魚

enchumaçar *v.t.* 填塞(棉花或其他織物)

enciclopédia *s.f.* 百科,百科全書;百科辭典 △① ~ viva 活字典,萬事通,博學的人 ② ~ británica 不列顛百科全書 ③ ~ jurídica 法律百科全書

enciclopédico, ca *adj.* 百科的,博學的,淵博的 ‖ *s.m.* 萬事通 △ ~ dicionário ~ 百科辭典

encilhar *v.t.* 裝馬具;用馬肚帶繫緊;圍繞

encimado, da   *adj.* 放在高處的；上面有的 △①uma ave ~a num choupo 在白楊樹上的鳥 ②um capacete ~ de plumas 有羽毛的盔

encimar   *v.t.* 把(某物)放在上面，置於最高處；使即位

encintar   *v.t.* 加飾，以帶繫

enclaustrar   *v.t.* 使進入修道院，使進寺庵；逮捕入獄；把……關起來

enclausurar   *v.t.* 使進入修道院，進寺庵；逮捕入獄；把……關起來

enclave   *s.m.* (在別國領土包圍中的)被包圍領土；飛地 △o ~ de Cabinda 卡賓達飛地

enclavinhar   *v.t.* 手指互相交叉，把手指相互連接

encoberta   *s.f.* 匿匿處，安身處；障眼物；遁詞，託辭 △a ~s 秘密地，偷偷的

encobertar   *v.t.* 蓋，遮，隱藏，隱蔽

encoberto, ta   *adj.* 遮着的，蓋着的；隱匿的，秘密的，偷偷的；(天氣)陰的 ‖ *s.m.* 讓人看不到的人或東西；神秘的東西 △①intenções ~as 掩飾着的目的 ②o dia está ~ 天氣陰

encobridor, ra (ô)   *adj.* 遮掩的，掩蓋的，掩飾的；包庇的，窩藏的 ‖ *s.m.* 遮掩者，掩蓋者，掩飾者；包庇者；窩主

encobrimento   *s.m.* 遮掩，掩蓋，掩飾；包庇，包藏，窩藏

encobrir   *v.t.* 遮掩，掩蓋，掩飾；包庇，包藏，窩藏 ‖ *v.i.* 隱匿；(天氣)變陰 △①as nuvens encobriram o sol 烏雲遮住了太陽 ②~ um segredo 保守一個秘密 ③~ objectos roubados 窩藏贓物 ◇ descobrir

encodeamento   *s.m.* 結成硬殼；結成硬皮

encodear   *v.t.* 覆以堅硬的皮；使結成硬皮 △①o forno encodeia o pão 烤面

包 ② ~ o solo com geada 霜凍使土地結起一層硬土

encouraçado   *s.m.* 鐵甲艦；戰鬥艦

encouraçar   *v.t.* 裝置鐵甲，裝鋼板

encourar   *v.t.* 外包以皮革 ‖ *v.i.e r.* (傷口)長新皮

encolar   *v.t.* 給(某物)上膠，塗膠，用膠粘 ‖ *v.i.* 懷抱(兒童)，愛撫

encoleirar   *v.t.* 給(狗、牛等)帶脖套；加頸圈

encolerizar   *v.t.* 激怒，惹火，使生氣，使憤怒 ‖ *v.r.* 生氣 ◇ acalmar, serenar

encolha (ô)   *s.f.* 收縮，皺縮，畏縮 △meter-se nas ~s 逃避

encolher (ê)   *v.t.* 使收縮，使皺縮，使畏縮，使膽怯 ‖ *v.i.* 縮，縮回，皺縮 ‖ ~ as garras 把爪子縮回去 ② ~ os ombros 聳肩膀(表示不關心) ③ ~ -se com o frio 凍得縮成一團 ④o menino encolhe-se diante de desconhecidos 那孩子怯生 ◇alargar, estender

encolhido, da   *adj.* 收縮的，縮回的，皺縮的；[轉]畏縮的，膽怯的，羞怯的，侷促的

encolhimento   *s.m.* 縮，皺縮；[轉]畏縮，膽怯，羞怯，侷促

encomenda   *s.f.* 定，定做；定貨，責任；委託；委託的事；庇護，保護 △①a-ceitar ~s 接受定貨 ②fazer uma ~ 定貨 ③ ~ postal 郵包，包裹

encomendação   *s.f.* 委託，托付；喪葬經

encomendado, da   *adj.* 定購的；介紹的，委託的；祈禱的 ‖ *s.m.* 臨時教區長

encomendar   *v.t.* 定購，預定；定做，定貨；委託，托付；介紹；臨時任命區長 ‖ *v.r.* 寄託；請求保護 △① ~ um vestido 定做一套衣服 ② ~ a alma de umdefunto 超度亡靈 ③ ~ -se a Deus 請求上帝保佑

encómio *s.m.* 讚美,稱讚,讚揚

enconchado, da *adj.* 貝殼形的 ‖ *s.m.* 貝殼鑲嵌

enconchar *v.t.* 使縮入殼內 ‖ *v.r.* 縮入殼內;〔轉〕孤立,隱居,遁世,與世隔絕

encontrada *s.f.* 撞擊,碰撞;推,推力

encontrado, da *adj.* 對置的;相反的;相對的,對立的 △①gostos ~s 不同的興趣 ②opiniões ~as 對立的意見 ③fazer-se ~ 裝作偶然相見

encontrão *s.m.* 撞擊,碰撞;推,推力

encontrar *v.t.* 找到;遇到,看見,碰到;發現;發覺 ‖ *v.r.* 會戰,對立,敵對,決鬥;相反;相會;相鑒,相聚;位於,置身,處在 △① ~ a solução de um problema 找到問題的解決辦法 ② ~ um livro antigo 找到一本古書 ③ ~ uma pessoa conhecida 遇到一個熟人 ④as forças encontraram-se 兩軍會戰

encontro *s.m.* 相遇,相遇,相見;相碰,相撞;會戰,戰鬥,遭遇,衝突,決鬥,比賽;*pl.* 〔動〕肩,(鳥的)肢基 △① ~ à pistola 用手槍打決鬥 ② ~ de frente 迎上前去,迎戰,搶先,迎合 ③o ~ de dois comboios 兩列火車相撞 ④ ser largo dos ~s 肩膀寬

encorajar *v.t.* 鼓勵,鼓舞,激勵,助長 △~ uma vocação 激勵一種志向

encordoar *v.t.* 裝琴弦;製繩;繫繩,繫索 △~ uma rabeca 為四弦提琴安弦

encoronhar *v.t.* 安槍托

encorpado, da *adj.* 龐大的;肥滿的,高大粗壯的,結實的 △pano ~ 結實的布

encorpadura *s.f.* 肥;滿;龐大;厚;粗大

encorpamento *s.m.* 肥;滿;龐大;厚;粗大

encorpar *v.t.* 使變得巨大;使肥;使長大;使變厚 ‖ *v.i.er* 變肥,變粗,生長

encorporação *s.f.* 合併,合體,編入

encorporar *v.t.* 結合,合併,收編,使加入

encorrear *v.t.* 用皮帶捆,用皮條縛 ‖ *v.i.er* 變成皮,變堅硬,變硬

encorrilhar *v.t.* 關,閉,塞;起皺

encortiçar *v.t.* 放入蜂房;用樹皮蓋,用軟木蓋;使呈軟木樣 ‖ *v.i.* 長軟木(樹皮),呈軟木樣

encóspias *s.f. pl.* 鞋楦 △ meter-se nas ~ 撤回,改變,縮,不滿足

encosta *s.f.* 斜地,坡,斜坡,山坡

encostadela *s.f.* 傾,倚,靠;偏向,偏袒,倚仗;〔口〕借錢

encostar *v.t.* 支持,支撐,倚靠;〔口〕借錢 ‖ *v.r.* 背靠,拄著,扶著,依賴;傾向,偏向,偏袒 △① ~ uma cadeira à parede 一把椅子靠在牆上 ② ~ -se a um pau 拄著一根棍兒 ③ ~ -se aos clássicos 傾向於古典學者的思想

encosto(ô) *s.m.* 支柱,倚靠,後盾,靠山;支撐物,支持,維持

encouraçar *v.t.* 裝置鐵甲,安裝鋼板

encourar *v.t.* 覆以皮革 ‖ *v.i.er* (傷口)長新皮

encovado, da *adj.* 放在洞裏的;收藏的,隱藏的;凹的,下陷的 △①ficar ~ 隱藏 ②olhos ~ 凹下的眼睛

encovar *v.t.* 放入洞穴,關進洞穴;收藏,埋藏,埋,葬;〔轉〕使啞口無言 ‖ *v.r.* 隱退,隱居,隱匿 △~ a caça 把獵物趕入洞穴

encovilar *v.t.* 把……趕入洞穴

encrava *s.f.* 釘裝;釘緊,釘牢;鉚緊,鉚牢

encravação *s.f.* 釘,釘緊,鉚緊,鉚牢

encravado, da *adj.* 用釘釘牢的;圍繞的,鑲邊的;(轉)欺騙;使陷入困境 ① cavalo ~ 打掌的馬 ②terreno ~ 被圍繞的土地 ③unha ~a 長進肌肉內的指甲

encravadura *s.f.* 蹄鐵;馬刺;(馬刺刺傷的)傷口;釘,釘緊,鑲入

encravar *v.t.* 用釘釘牢;以馬刺刺馬;鑲,嵌入;(轉)欺騙;使陷入困境,損害;在辯論中獲勝 △① ~ uma peça de artilharia 破壞一尊大砲 ②a chave encravou 鑰匙卡在鎖裏了

encravilhar *v.t.* 損壞名譽,使陷入困境

encravo *s.m.* (馬刺刺傷的)傷口;釘馬掌

encrença *s.f.* 困境,難關,進退維谷

encrespado, da *adj.* 鬈曲的,有微波的;(轉)激怒的 △①cabelo ~ 鬈曲的頭髮 ②mar ~ 有微波的大海

encrespador(ô) *s.m.* 捲髮(或衣服)的鉗

encrespadura *s.f.* 捲縮,捲起

encrespar *v.t.* 使(頭髮)鬈曲;使起波紋,掀起(波濤,巨浪);激怒,惹火 ‖ *v.r.* 起波濤,變怒 ◇ alisar

encrostado, da *adj.* 有殼的,結痂的

encrostar *v.t.* 結成外殼,結痂

encrudelecer(ê) *v.t.* 使變得殘忍,使變得殘酷;使惡,激怒

encruzado, da *adj.* 相交叉的,成十字形的;交叉繁殖的;橫穿的

encruzamento *s.m.* 橫斷,橫過;交叉,交叉點

encruzar *v.t.* 相交,橫過,使交叉 △ ~ as pernas 使腿交叉起來

encruzilhada *s.f.* 十字路口,交叉路口

encruzilhar *v.t.* 使相交,使交叉,橫過

encumear *v.t.* 置放於頂上,放在……上面

encurralar *v.t.* 關入畜欄,包圍 △ o inimigo 圍困敵人

encurtado, da *adj.* 短的,摘要的,大略的,提綱挈領的

encurtamento *s.m.* 簡短;大略,摘要

encurtar *v.t.* 使短,縮短,縮減,摘要 △① ~ a saia 把裙子弄短 ② ~ a vida 縮短壽命 ③ ~ um discurso 縮短講話

encurvatura *s.f.* 彎曲;屈曲;曲度

encurvamento *s.m.* 彎曲;屈曲;曲度

encurvar *v.t.* 使彎曲,屈;使屈唇,壓服

endemia *s.f.* 〔醫〕地方病

endémico, ca *adj.* 〔醫〕地方病的;某地方特有的

endereçamento *s.m.* 致書;致辭,演說

endereçar *v.t.* 在……上面寫姓名住址;向……致意;給……講話,向……演說;引導,引見 ‖ *v.r.* 專心於,和……通信 △① ~ uma carta a alguém 寫信給某人 ② ~ uma audiência 對聽眾演說

endereço(ê) *s.m.* (信上的)稱呼,姓名;地址;致辭,寒暄;演說

endiabrado, da *adj.* 似惡魔的,地獄的,恐怖的;頑皮的,淘氣的,易怒的,發火的,惡毒的,刻薄的 △①criança ~a 頑皮的小孩 ②espírito ~ 惡魔

endireita *s.m.* 接骨者,接骨醫生;江湖醫生

endireitar *v.t.* 使直,弄直,扶直,立起;使直走;〔轉〕矯正,使正,整理,整頓,使改邪歸正 ‖ *v.i.* 走正路,直走

‖ *v.r.* 變僵直生硬 ◇ entortar

endividado, da *adj.* 負債的

endividar *v.t.* 借債,負債

endocárdio *s.m.* 〔醫〕心内膜

endocardite *s.f.* 〔醫〕心内膜炎

endógeno, na *adj.* 〔生〕内源的,内生的;〔質〕内成的 △ metabolismo ~ 内源代謝

endoidar ou **endoidecer(ê)** *v.t.* 使發狂 ‖ *v.i.* 發狂

endoidecimento *s.m.* 發狂,癲狂;狂想

endoscopia *s.f.* 〔醫〕内窺鏡檢查法

endoscópio *s.m.* 〔醫〕内窺鏡

endossado, da *adj.* 背簽的,背署的;擔保的,保證的,認可的,批准的,應允的 ‖ *s.m.* 給背簽的人;受讓人

endossador(ô) *adj.* 在票據背面簽名的人,背書人;讓與人

endossar *v.t.* 〔商〕在(支票等)背面簽名,背署;簽署,簽註,批轉,批註(公文等);保證,擔保;贊成,贊成;〔轉〕推托責任 △ ~ em branco 待填,待背書

endosse, endosso(ô) *s.m.* 〔商〕背書,簽名保證;贊同,認可

endurar, endurecer(ê) *v.t.* 使變硬,使變堅强;〔轉〕使變得冷酷無情 ‖ *v.i.* 變硬,變堅忍 ‖ *v.r.* 頑固不化,僵化 △ o pão endurece com o calor 熱使麵包發硬 ② ~-se no vício 惡習不改 ◇ amolecer, abrandar

endurecimento *s.m.* 硬化,堅硬,變硬;〔轉〕頑强

enegrecer(ê) *v.t.* 使黑,使變黑,使暗;〔轉〕中傷(名譽等),誹謗 ‖ *v.i. e r.* 變黑,變暗 ◇ embranquecer

energia *s.f.* 力量;效力;能力;精力,毅力;幹勁,活力;〔理〕能,能量 △ ① ~ cinética 動能 ② ~ de um remédio

藥的效力 ③ ~ eléctrica 電能,電力 ④ ~ potencial 勢能 ⑤ cheio de ~ 精力旺盛 ⑥ conservação de ~ 能量守恒,能量不滅 ⑦ um homem de ~ 一個有毅力的人 ◇ fraqueza, moleza

energético, ca *adj.* 强有力的,堅定的,(措施)積極的,有力的;精力旺盛的,精神飽滿的,精力充沛的;强烈的,猛烈的;頑强的 △ ① ácido ~ 烈性酸 ② falar com tom ~ 講話語氣堅定 ③ homem ~ 精力充沛的人 ④ uma decisão ~ a 一項强有力的決定 ◇ fraco, indolente

enervação *s.f.* 衰弱,柔弱,虛弱,羸弱;〔醫〕神經衰弱

enervamento *s.m.* 衰弱,柔弱,虛弱,羸弱;〔醫〕神經衰弱

enervante *adj. 2 gén.* 衰弱的,柔弱的,虛弱的 △ calor ~ 使人乏力的高温

enervar *v.t.* 使衰弱,使癱軟無力(使意志消沉,使萎靡不振;削弱,使軟弱無力;刺激神經;激怒

enevoado, da *adj.* 被雲霧遮住的;陰的,有霧的;朦朧的,模糊的,濁的,不明淨的 △ vista ~ a 模糊的視線

enevoar *v.t.* 下霧;使朦朧;使陰沉,使暗淡

enfadamento *s.m.* 火氣,怒氣,不快,厭煩,煩擾;打擾

enfadar *v.t.* 激怒,惹火,使生氣,使惱火;使不快,使厭煩;打擾,煩擾 △ enfada-me a ociosidade 懶惰使我厭煩

enfado *s.m.* 火氣,怒氣;生氣,發怒;不快,厭煩;打擾,煩擾;打攪

enfadonho, nha *adj.* 令人煩膩的,令人厭煩的,令人討厭的

enfaixar *v.t.* 用帶子繡,包紮,裹住 △ ~ um recém-nascido 包起新生兒

enfardador, ra(ô) *adj.* 打包的,打綑的 ‖ *s.m.* 打包工,打綑工 ‖ *s.f.* 打包

機

enfardamento *s.m.* 打包,打細,包裝

enfardar *v.t.* 包,細,裝,打包

enfardelar *v.t.* 把……打入背包,裝進行李囊;包,細,裝

enfarinhar *v.t.* 撒粉;被粉弄髒,拌粉;研成粉;給予浮淺的概念 ‖ *v.r.* 獲得一知半解的知識

enfarpelar *v.t.* 穿新衣;穿漂亮的衣服

enfarrapado, da *adj.* 衣服破爛的;穿破衣的,衣衫襤褸的

enfarrapar *v.t.* 穿破衣服

enfartado, da *adj.* 吃飽的,吃得過飽的,(吃、喝)膩的;塞滿吞虎嚥的;〔轉〕阻塞的,(血管)梗塞

enfartamento *s.m.* 吃飽,飽食;狼吞虎嚥

enfartar *v.t.* 使吃飽,使滿足,使厭膩;填塞,使充斥

enfarte *s.m.* 吃飽,飽食;狼吞虎嚥;服大;(血管)梗塞

ênfase *s.f.* 〔語〕強調語勢,加強語氣;強調,着重,重點,突出 △dizer com ~ 着重說 ◇ simplicidade, naturalidade

enfastiar *v.t.* 使厭煩,使厭倦,使發膩 ‖ *v.r.* 厭煩,厭倦

enfastioso, sa *adj.* 厭煩的,厭倦的

enfático, ca *adj.* 加強語氣的,表現有力的;強調的,突出的 △tornar ~ 強調,着重,伸突出 ◇ simples, natural

enfatuado, da *adj.* 被衝昏頭腦的,傲慢的,自大的

enfatuar *v.t.* 衝昏頭腦,弄糊塗;使自大,使自恃

enfebrecer(ê) *v.i.* 發燒;發熱

enfeitado, da *adj.* 化妝的,裝飾的,修飾的;賣弄風情的,搔首弄姿的

enfeitar *v.t.* 化妝,裝飾,修飾;〔轉〕粉飾,掩飾 △① ~ o toiro 給牡牛角安上鋼叉 ② ~ -se para 希望成爲……

enfeite *s.m.* 妝飾,裝飾,修飾

enfeitiçar *v.t.* 迷,迷惑,蠱惑;用邪術迷人;勾引

enfeixar *v.t.* 捆,束,包裹 △① ~ trigo 捆麥子 ② ~ roupa 包衣服 ③ ~ várias pessoas num volume 把一些人集集在一塊兒

enfermagem *s.f.* 〔護士〕護理病人,護理;護士之職;〔集〕護士

enfermar *v.i.* 患病,得病;〔轉〕長毛病 △① ~ de cólicas 患結腸炎 ② ~ de vaidade 變驕傲

enfermaria *s.f.* 病房,醫務室;醫療站,衛生所;育嬰房,育兒室

enfermeira *s.f.* 女護士,女看護 △ ~-chefe 護士長

enfermeiro *s.m.* 男護士,男看護

enfermidade *s.f.* 常見病;疾病,病症;〔轉〕虛弱,衰弱,懦弱;缺點,弱點 △① ~ humana 人的弱點 ② ~ de deficiência 營養缺乏症 △a gota é uma ~ dolorosa 痛風是一種痛苦的病 ◇ saúde

enfermo, ma(ê) *adj.* 有病的,患病的 ‖ *s.m.* 病人,患者 ◇ são, normal

enferrujar *v.t.* 使生銹,(不用的結果)使鈍,使荒廢;變呆;〔植〕害銹病 ‖ *v.i.* 生銹

enfeudar *v.t.* 封與……領土,授與……領地(采邑);〔轉〕轉讓,讓渡

enfezado, da *adj.* 〔醫〕患傴僂病的;〔植〕患萎縮病的

enfezar(ê) *v.t.* 阻礙……的發育,使發育不良;患傴僂病;〔轉〕產生糟粕,令人討厭,令人厭惡

enfiada *s.f.* 一串,行列 △de ~ 一列地,一個接一個地,一氣兒,不休息地

enfiadura *s.f.* 穿一次針所用的綫;

一串珠;針鼻

enfiar *v.t.* 穿,穿過,經過;穿衣,穿靴;穿針錢;〔軍〕(將砲)排成一列,成一串排列起來,縱向射擊,向……進行縱射 ‖ *v.i.* 進入;(臉)變色 △① ~ uma linha 穿針 ②uma rua 穿過一條街 ③ ~ uma trincheira 對戰壕進行縱射 ④ ~ de medo 嚇得臉變色 ⑤ ~ pela porta 進門

enfim *adv.* 最終,最後;畢竟,末了;終於,好容易才,總之

enfitar *v.t.* 用帶子裝飾

enfivelar *v.t.* 用皮帶扣住扣,扣緊,扣上皮帶

enflorescer(ê) *v.t.* 使開花,加花飾;〔轉〕使快樂,使繁榮興旺

enfolhar *v.t.* 在……上裝葉子 ‖ *v.i.* 長葉,生葉

enforcado, da *adj.* 吊斃的,被絞死的,垂下的 ‖ *s.m.* 吊斃的人,被絞死的人 △não se deve falar em corda em casa de ~ 不要自討沒趣

enforcamento *s.m.* 懸吊,吊死,絞刑;〔轉〕放棄

enforcar *v.t.* 懸掛,垂吊,吊死,絞死,〔轉〕放棄;使躊躇不決;賤賣,浪費 △① ~ esperanças 放棄希望 ② ~ a mesada 浪費金錢

enformador(ô) *s.m.* 造型者

enformar *v.t.* 放入模型中,模造,塑造 ‖ *v.i.* 成形,構成,成長

enfornar *v.t.* 放入爐中

enfraquecer(ê) *v.t.* 使虛弱,使衰弱,使柔弱;沖淡,使不夠 △ o doente tem enfraquecido muito 病人的身體衰弱多了 ②a aguardente enfraqueceu 這燒酒沒勁了 ◇ fortalecer

enfraquecimento *s.m.* 變弱,致衰弱;衰弱,虛弱

enfreado, da *adj.* 帶銜的;〔轉〕約束的,抑制的,克制的 △paixões ~as 抑制住的情感

enfreador, ra(ô) *adj.* 約束的,抑制的,制止的 ‖ *s.m.* 結束者,抑制者,制止者

enfreamento *s.m.* 約束,抑制,制止

enfrear *v.t.* 給(馬等)套銜頭;抑制,約束;〔轉〕克制,使適度 △ ~ vícios 改變惡習 ◇ desenfrear

enfrentar *v.t.* 使面對面,面對,對付,反對,對抗,抵抗;勇敢承當,毅然承受 △ ~ os factos 面對事實

enfrestar *v.t.* 開窗;開孔,鑽孔;開縫隙,用縫隙開

enfroixecer, enfrouxecer(ê) *v.t.* 使鬆弛

enfronhar *v.t.* (將枕心)放入枕套;鋪,蓋,加穿(大衣);〔轉〕使精通,使通曉,偽飾 ‖ *v.r.* 致力於 △① ~ um casaco 穿禮服 ② ~ alguém em filologia 使某人精通語言學

enfumado, da *adj.* 烟霧瀰漫的

enfunilar *v.t.* 使成漏斗形;用漏斗灌注

enfurecer(ê) *v.t.* 激怒,使大發雷霆 ‖ *v.i.* 大怒 ‖ *v.r.* 狂怒,大發雷霆,(波濤)洶湧,(風暴)大作 ◇ amansar

enfurecido, da *adj.* 大怒的,暴怒的,大發雷霆的,發狂的

enfurecimento *s.m.* 大怒,暴怒,憤怒

enfuriar *v.t.*, *v.i.er.* 狂怒,暴怒,大發雷霆

enfurnar *v.t.* 放入洞內,放入窖;鎖,關閉,藏,隱匿;〔海〕把桅杆腳放入桅眼

enfuscar *v.t.* 使黑,使暗;〔轉〕使模糊,使困惑 ‖ *v.i.er.* 變黑

engaiolar *v.t.* 放入籠中;〔口〕投入監獄,逮捕入獄

engajado, da *adj.* 聘用的, 約定的;(從事⋯⋯的, 捲入⋯⋯的 ‖ *s.m.* 被聘用的人, 被約定的人

engajador, ra (ô) *adj.* 約定的 ‖ *s.m.* 雇主, 約定者

engajamento *s.m.* 約會, 約定;契約;受聘;職業;經營之事

engajar *v.t.* 使從事, 使忙於;(用約, 義務等)約束, 束縛;雇用, 聘用;預定

engalanar *v.t.* 以彩帶妝飾

engalhardear *v.t.* 懸掛

engalinhar *v.t.* 使不幸, 帶來厄運

enganadiço, ça *adj.* 易受騙的, 易受欺的

enganado, da *adj.* 受騙的, 上當的;被戲弄的, 被捉弄的;錯誤的, 誤解的, 誤會的;被(甜言蜜語)引誘的 △ aí é que está ~! 你就錯在這裏 ◇ desenganado

enganador, ra *adj.* 騙人的, 甜言蜜語的 ‖ *s.m.* 騙人者, 騙子, 甜言蜜語的人, 欺人者

enganar *v.t.* 欺詐;哄騙, 誆, 瞞騙;誘惑 ‖ *v.r.* 自欺欺人, 搞錯, 弄錯 △ as aparências enganam 表面現象蒙騙人 ② ~ um freguês 賍賺顧客 ③ ~ o tempo 弄費時間 ④ ~-se no caminho 迷路 ⑤ ~-se nos cálculos 估計錯誤 ◇ desenganar

enganchar *v.t.* 鉤住, 掛住, 用鉤掛;引人上鉤 ‖ *v.i.* 用角頂起鬥牛士

engano *s.m.* 欺騙, 詭計, 欺騙性言行;迷惑, 錯誤, 誤解, 誤會 △① ~não há ~ possível 沒有錯誤 ②não pode haver ~ 不可能錯 ③por ~ 錯誤地, 誤會地 ◇desengano

engarrafadeira *s.f.* 裝瓶機;裝瓶女工

engarrafamento *s.m.* 裝瓶 △ ~ de trânsito 交通擁擠,(交通易堵塞的)隘道, 狹口

engarrafar *v.t.* 裝瓶

engasgado, da *adj.* 嗜住的, 哽咽的;(講話中間)停住的, 卡住的 △ficar ~ [轉]言哽喉間, 說不出話來, 窘住

engasgamento *s.m.* 哽, 咽;擁塞;窒息

engasgar *v.t.* 哽咽;扼(喉), 堵住;(激動的、緊張的)說不出話來;卡住, 窒息 △o tubo engasgou 管子塞住了

engastado, da *adj.* 鑲的, 嵌的

engastar *v.t.* 鑲嵌, 嵌;[轉]加插;套換 △① ~ citações num discurso 在演講中插話 ② ~ um rubi em ouro 把紅寶石鑲在金子上

engaste *s.m.* 鑲嵌, 鑲嵌物,(寶石等的)鑲嵌座

engatar *v.t.* 用夾子夾緊, 用卡釘接牢;補;箍住;約束, 束縛, 把⋯⋯聯系起來 △① ~ os cavalos 駕馬 ② ~ um jarro quebrado 把打碎的花瓶鋦起來

engate *s.m.* 聯結, 接合;鋦, 夾子, 扣釘, 鋦子;爬釘;(火車的)車鉤;緊箍;聯結器, 觸接 △① ~ de roda cata-rina 平衡輪 ② ~ de fricção 磨擦裝置

engatilhar *v.t.* 扳上扳機;[轉]準備

engatinhar *v.i.* 爬, 匍匐;[轉]開始, 初學

engavelar *v.t.* 捆, 扎, 捆成束

engendrar *v.t.* 生, 長, 產, 養, 繁殖;產生, 引起, 造成;發明;[轉]陰謀, 圖謀 △① a opressão engendra resistência 有壓迫就有反抗 ② ~ uma conspiração 策劃一個陰謀

engenhar *v.t.* 想像, 設想, 發明;[轉]設計;陰謀, 圖謀 △① Idison engenhou o fonógrafo 愛迪生發明了留聲機 ② ~ ciladas 設陷阱

engenharia *s.f.* 工程(技術), 工程學

△① ~ civil 土木工程學 ② ~ de minas礦山工程學 ③ ~ de pontes e calçadas 橋樑和道路工程學 ④ ~ eléctrica 電力工程學 ⑤ ~ mecânica 機械工程學 ⑥ ~ militar 軍事工程學 ⑦arma de ~ 工程兵部隊

engenheiro *s.m.* 技師,工程師,機械師 △① ~ civil 土木工程師 ② ~ de minas 礦山工程師 ③capitão de ~s 工程兵上尉 ④ ~-chefe 總工程師

engenho *s.m.* 才,才能,才干,才智,手腕;人才,賢才;機軸,伶俐;機械,機器;機車;工具 △ ~ especial 導彈

engenhoso, sa *adj.* 機靈的,機智的,足智多謀的,有獨創性的;巧妙的,精巧製成的 ‖ *s.m.* 葡萄牙白金幣 △①espírito~ 機敏的思路 ②maquinismo ~ 精心製作的機器

engessar *v.t.* 塗石膏,塗灰泥於……,用石膏使白;用石膏肥田

englobar *v.t.* 使成圓形;匯總,集合;包括,包含

engodar *v.t.* 以食物引誘;引誘,誘惑,用空洞的許諾欺騙

engodo(ô) *s.m.* 魚餌;[轉]引誘物,誘惑物;誘餌

engolfar *v.t.* 把……捲入旋渦;投入大海;駛入海灣 ‖ *v.r.* 捲入旋渦;鑽進,掉進,生根;[轉]吸收,併吞,陷入 △① ~ -se na funda meditação 陷入沉思 ② ~ -se no vício 染上惡習

engolir *v.t.* 吞,吞下,嚥下;吸收;[轉]耗盡,用盡,消盡;忍耐,忍受;[口]輕信,囫圇吞棗 △① ~ um remédio 嚥下藥 ② ~ um insulto 忍受侮辱 ③ ~ patranhas 輕信謊言 ④ ~ em seco 乾着

engomadeira *s.f.* 上漿女工,熨衣女工

engomado, da *adj.* 漿熨的,貼的,黏的;[轉]剛恢復的,頑固的 ‖ *s.m. pl.* 漿燙的衣服

engomar *v.t.* 給衣服上漿,漿燙,漿硬;使僵硬 [轉]使剛恢復,使厚,使大 △ ~ a voz 使聲音渾厚

engonço *s.m.* (門戶等的)樞紐,鉸鏈 △boneco de ~ 不倒翁

engorda *s.f.* 肥育,育肥;肥育飼料

engordar *v.t.* 使肥,養肥,喂肥;使胖,使發福 ‖ *v.i.* 長肥,發胖,發福;[轉]致富,肥沃 △①a erva engorda os bois 青草使牛肥壯 ②os porcos engordaram no montado 豬在橡樹林中長肥了 ③com trabalho assiduoso ~ 通過辛勤勞動致富 ◇ emagrecer

engordurar *v.t.* 給……塗油,抹油脂;被油弄髒

engraçado, da *adj.* 好玩的,有趣的,詼諧的,可笑的;美麗的,優雅的 △①dito ~ 可笑的話 ②rosto ~ 美麗的面孔

engradamento *s.m.* 裝置格柵;格柵,欄杆,扶手;封籬

engradar *v.t.* 在……裝格柵,用柵欄圍

engrandecer(ê) *v.i.* 變大;變重要,變突出

engrandecer(ê) *v.t.* 使增大,使擴大,放大,誇大;使崇高,使高尚,使偉大 ‖ *v.i. e r.* 變大,增大;自大,自負 ◇ atenuar, apoucar

engrandecimento *s.m.* 增大,放大,擴大;尊崇,自大

engranzar *v.t.* 穿插,拼,扣,鈎;穿針成串;以齒輪連接;[轉,口]欺,騙

engravatar-se *v.r.* 戴領帶;變光滑

engraxadela(àx) *s.f.* 塗,塗脂;擦,擦鞋;薄薄一層鞋油

engraxador(àx…ô) *s.m.* 擦鞋者;擦

媚者

engraxadoria(àx) *s.f.* 擦鞋店;擦鞋攤位;擦鞋箱

engraxar(àx) *v.t.* 塗,塗脂,擦,擦鞋,(轉)染;[口]諂媚 △① ~ calçado 擦皮鞋 ② ~ cabelo 擦頭髮

engrelar *v.i.* 生苗,出芽;開始站立,開始走路

engrenagem *s.f.* [集](齒輪的)齒;齒輪;[集]傳動裝置[轉](事物之間的)聯繫,關聯;陰謀,陷阱 △① as ~ s de um relógio 手錶的傳動裝置 ② ~ cilíndrica 正齒輪 ③ ~ cónica 傘形齒輪 ④ ~ planetária 行星齒輪 ⑤ ser a-panhado na ~ 陷入陷阱

engripado, da *adj.* 傷風的,感冒的,患傷風感冒的 ◇ estar ~ 患感冒

engripar-se *v.r.* 傷風,感冒

engrossamento *s.m.* 膨脹,腫脹;增大,增加,粗大;濃,稠

engrossar *v.t.* 塗,塗脂,擦,使稠;增加,使肥沃 || *v.i.* 變粗,增大,服大;[轉]增加財產 △① ~ o caldo 使湯變濃 ② ~ a multidão 增加人數 ③ ~ o campo 使田地肥沃 ④ ~ a fortuna 增加財產 ⑤ ~ as filas 擴大隊伍 ◇ adelgaçar

enguia *s.f.* [動]鱔魚

enguiçar *v.t.* 帶來不幸,使不祥;使(頭髮)蓬鬆,使發育不良,使看不順眼,[轉]使不利於……

enigma *s.m.* 謎,謎語;[轉]難解的話;費解之處,不可解的人或事 △① n Natureza é um ~ 大自然是個謎 ② ~ figurado 看圖識字 ◇ chave do ~ 謎底

enigmático, ca *adj.* 似謎的,令人迷惑的,費解的;神秘的 △① attitude ~ a 令人費解的態度 ② palavras ~ as 啞謎

enjaular *v.t.* 關進籠子[圈起來;[轉]關進牢房,監禁

enjeitado, da *adj.* 被丟棄的,被拋棄的,被唾棄的 || *s.m.* 棄嬰,棄孩,無人照管的人

enjeitamento *s.m.* 拋棄,遺棄;拒絕;鄙視

enjeitar *v.t.* 拒絕,否認;拋棄;抵制,不接受 △① ~ uma proposta 拒絕一項建議 ② ~ a propaganda do anar-quismo 抵制無政府主義宣傳 ◇ aceitar, adoptar, aprovar

enjoado, da *adj.* 暈船的,反胃的,發嘔的;[轉]討厭的

enjoamento *s.m.* 暈船,發嘔,作嘔,厭惡

enjoar *v.t.* 令作嘔,令噁心;[轉]令討厭 || *v.i.* 噁心;暈船 △① o leito enjoa-me 奶片令我作嘔 ② enjoam-me os hipócritas 虛偽令令我討厭

enjoativo, va *adj.* 令人作嘔的,令人噁心的;令人不適的;令人討厭的

enjoiar *v.t.* 用寶石裝飾,戴首飾

enjoo(jô) *s.m.* 噁心,作嘔,暈船;[轉]厭惡

enlaçado, da *adj.* 紮緊的,縛緊的;連接的,結成結的;纏住的

enlaçamento *s.m.* 用帶(或繩索)縛,捆,束;束帶,束帶;糾纏

enlaçar *v.t.* 用帶或繩索縛,束,捆;結成結;交叉,交織;[轉]捕,捉 || *v.i.* 關聯,牽連,糾纏 △ questão que enlaça com a outra 同其他有關的問題

enlace *s.m.* 用帶(繩、索)縛,捆束;聯繫;牽連,交叉,交織;結婚,婚姻;婚禮 ◇ ~ matrimonial 婚姻

enladeirado, da *adj.* 傾斜的

enlameado, da *adj.* 被泥弄髒的,多泥的,泥濘的;[轉]遭非議的

enlameamento *s.f.* 污泥,淤泥,泥濘

enlamear *v.t.*(用泥)弄污;[轉]破壞名譽

enlaminar *v.t.* 用薄金屬片或薄金屬

板包;打成薄片

enlapar *v.t.* 放入山洞,藏入洞穴;
隱,匿;[轉]使消失,耗盡

enlatado, da *adj.* 罐裝的;裝入罐的
‖ *s.m.* 電視片

enlatamento *s.m.* 裝入罐;製罐頭

enleado, da *adj.* 交叉的,交織的;錯
綜複雜的;[轉]困惑的,迷惑
的;混亂的;恐怖的

enlear *v.t.* 聯結;[轉]使爲難;使困
惑,使糊塗,使失決,使迷惑;使入迷,捲
入,使陷入 △ ~ alguém numa intriga
把某人捲入陰謀中 ◇ desatar,
desembaraçar

enleio *s.m.* 組合,交叉,交織;爲難,
困惑,狼狽;[植]兔絲子

elevação *s.f.* 狂喜,歡天喜地;入神;
嘆賞,感嘆,敬服;崇拜

enlevar *v.t.* 使歡喜,使高興,使快樂,
使心盪神移,欣喜若狂,歡天喜地 ‖
v.r. 歡喜地注視;驚奇

enlevo(ê) *s.m.* 驚異,失神,狂喜;心
醉神迷,神魂顛倒,迷人,欣喜;奇事;
神童;迷人的人 △ ① crianças que é o
~ dos pais 孩子是父母所鍾愛的 ②o-
lhar com ~ 歡喜地注視

enlodar *v.t.* (用泥)弄污,使沾上污
泥;[轉]玷污,敗壞,褻瀆,詆毀,[口]
欺騙,瞞騙 ◇ limpar

enloirecer(ê) *v.t.* 鍍金,塗以金黃
色,使像金黃色

enloisar *v.t.* 鋪石板(瓷磚)用石板
捕捉[陷入陷阱(圈套)

enlouquecer(ê) *v.t.* 使發狂,使發
瘋,使失去理智 ‖ *v.i. e. er.* 失去理智
△fazer ~ 使(人)發狂

enlouquecimento *s.m.* 發狂,發瘋,
癲狂,失去理智

enlutar *v.t.* 使服喪,使戴孝;[轉]使
悲哀,使痛苦 ‖ *v.r.* 變陰暗 △en-

lutou-se o firmamento 天空黑暗下來

enluvar-se *v.r.* 戴手套,戴護手

enobrecedor, ra(ô) *adj.* 使高貴的,
使高尚的,使增色的,使放異彩的 ‖
s.m. 崇高者,高貴者,高尚者,威德者

enobrecer(ê) *v.t.* 使高貴,使高尚;
裝飾,點綴,使增色,使放異彩;授以貴
族頭銜 △①a caridade enobrece-o 仁
慈使他變得高尚 ②o Rio de Janeiro
enobrece-se com belas construções 里
約熱內盧由於它的優美建築而放異彩

enobrecimento *s.m.* 崇高,高尚;點
綴,增色;封爵

enodar *v.t.* 打結,繫結;連接;生節

enodoar *v.t.* 弄髒,染污,沾污;[轉]
玷污(名譽) △ ① ~ o seu nome 玷污
他的名譽 ② ~ uma reputação 毀人的
聲譽

enoitar *v.t.* 天色漸晚,變暗;[轉]使
痛苦,使悲傷 ‖ *v.i.* 日暮,入夜

enoitecer(ê) *v.t.* 天色漸晚,變暗;
[轉]使痛苦,使悲慘 ‖ *r.i.* 日暮,入
夜

enojado, da *adj.* 作嘔的,反胃的,暈
船的;討厭的

enojamento *s.m.* 發嘔,作嘔;暈船

enojar *v.t.* 令發嘔,令作嘔,令惡心;
使暈船;令煩惱,令討厭

enojo(ô) *s.m.* 發嘔,作嘔;暈船;[轉]
悲痛,哀愁

enologia *s.f.* 葡萄酒釀造學,釀酒學

enorme *adj. 2 gén.* 巨大的,龐大的,
非常大的;過分的;[轉]邪惡的,極壞
的,暴戾的 △①o elefante é um animal
~ 大象是一種非常大的動物 ②uma
diferença ~ 很大的分歧 ③ ~ atenta-
do 邪惡的企圖 ◇ pequeno,
microscópio

enormidade *s.f.* 巨大,龐大;很多,大
量;[轉]嚴重性;邪惡,暴行,無道 △

~ de um crime 罪行的嚴重性

enovar *v.t* 更新,更換,重新

enovelar *v.t.* 捲繞,纏繞;[轉]使錯綜複雜 ‖ *v.r.* 糾纏,攪亂,盤旋 △as colunas de fumo enovelaram-se no ar 煙柱在空氣中盤旋

enquadramento *s.m.* 構架,框架,架子;組織

enquadrar *v.t.* 用框鑲,鑲入框;框着,框住,包括;[轉]編製,組織;安排,安置;使適合

enquanto *conj.* 當……之時,於……之際,於……同時 △① ~ eu dormia, velava ele 當我睡覺的時候,他在一旁守候着 ②por ~ 於此時,目前,眼下,現在

enquilhar *v.t.* 安裝龍骨

enquimose *s.f.* 皮膚充血

enquistar *v.i.* 變成囊;[生]包;包在囊內

enrabichar *v.t.* 使成長辮子,編辮子;[口]陷入困境,令不安 ‖ *v.r. bras.* 愛戀;與……相愛

enraivado, da *adj.* 激怒的,狂怒的,極爲憤怒的

enraivar, enraiver(ê) *v.t* 使發怒,令人萬分惱怒,使極爲憤怒,使大怒

enraizar *v.t.* 使紮根,使生根;建立,深植,使根深蒂固

enramar *v.t.* 以花束裝飾,製成花束,束花 △~ uma rua 用花裝飾大街 ② ~ flôres 束花

enrançar *v.t.* 使腐敗,使變得惡臭

enrarecer(ê) *v.t.* 使稀少,使稀疏 ‖ *v.i.* 變稀,變稀薄 △o alfobre enrareceu 秧畦已經稀少了 ◇embastecer

enrascadela *s.f.* 網羅,陷入,詭計,陷阱;窘境,困境

enrascar *v.t.* 張網捕捉,捕捉;使混亂;[口]欺騙,使入圈套,使陷入陷阱

enredar *v.t.* 張網捕捉;[轉]捕,捉,使(線、鐵線、頭髮等)糾纏在一起;[轉]策劃陰謀,誘入圈套,誘捕,陷害;連接,使銜接,使困窘,使窘睏,使麻煩 ‖ *v.i.* 不認真,不嚴肅 ‖ *v.r.* 茫然,不知所措 △o amor enreda os incautos 愛情捕捉着不謹慎者 ② ~ uma meada 把絲束弄亂

enredear *v.t.* 同 enredar

enredo(ê) *s.m.* (線等)的亂圈;陰謀,詭計,奸計,是非;難辦的事,麻煩事情;(事物的)難度,麻煩,症結;[文學作品、戲劇等的]情節

enresinado, da *adj.* 鬆脂的,稠如樹脂的,似樹脂的硬的

enresinar *v.t.* 塗樹脂,使化爲樹脂,使成樹脂,使硬 ‖ *v.i. e r.* 化爲樹脂,化爲樹脂狀的

enriçar *v.t.* 整捲,使鬈曲,使成圈;使錯綜複雜;纏結,連累

enrijamento *s.m.* 硬化,變硬;硬,堅硬;强壯,結實

enrijar *v.t.* 使堅硬,使變硬;使變冷酷 ‖ *v.i.* 變硬,凝固;變堅固;使强,變强壯 △esteve doente, mas vai enrijando 生過病,但身體在逐漸恢復着

enrijecer(ê) *v.t.* 同 enrijar

enriquecer(ê) *v.t.* 使富,致富;使豐富,使增多;裝飾,增光,增大;加護,裝縮 ‖ *v.i.* 變富,富裕,發財 △① o comércio enriqueceu-o 做生意使他變富 ② ~ uma biblioteca 使圖書館的書增多

enriquecimento *s.m.* 致富,富裕,豐富;濃縮

enrobustecer(ê) *v.t.* 使强壯 ‖ *v.i. e r.* 變强壯

enrocamento *s.m.* 基石;縛紡綫桿

enrocar *v.t.* 以亞麻縛紡綫桿;[海

用夾子夾住船桅

enrodilhar *v.t.* 捲起(袖子)，包捲(使成螺旋形)；壓皺，揉皺(衣服等)；使混亂，使糾纏；混淆；在辯論中獲勝 △① ~ uma questão 糾纏一個問題 ② ~ nas saias da mulher 爲妻所制 ③o advogado enrodilha a testemunha 律師限制證人

enroladouro *s.m.* 綫球心

enrolamento *s.m.* 捲繞；盤成圈，一圈(圈、盤)；滾筒(機)，纏腰機

enrolar *v.t.* 使成捲狀；捲裹，包捲，纏繞；[電]繞綫圈，繞緊，絞起，摺叠(成卷)，捲起；起浪 △① ~ à volta de 圍繞着……捲② ~ em cone 捲成錐形 ③o fumo enrola-se espesso 濃煙繚繞 ‖ enrolam-se as ondas 波浪滔滔 ◇ desenrolar

enroscado, da *adj.* 捲曲的，盤繞的，[植]有捲葉病的，螺旋狀的 △o gato está ~ no chão 貓蜷臥在地上

enroscadura *s.f.* 盤繞，捲，捲縮，扭彎；螺旋形，彎彎曲曲

enroscamento *s.m.* 盤繞，捲，絞，彎，扭彎，扭歪；螺旋形，彎彎曲曲

enroscar *v.t.* 繞，捲，盤繞，扭，絞，捧(螺釘等)，纏繞，使成螺旋狀，捲着(身子) ‖ *v.r.* 蜷縮，纏繞(煙等)，彎曲，盤旋而起 △a hera enroscou-se ao tronco 常春藤繞在樹上

enroupar *v.t.* 穿衣，給……穿衣，給……衣服 ‖ *v.i.* 種豆莢等

enrouquecimento *s.m.* 沙啞，嘶啞

enrouxar-se *v.r.* 變成青紫色

enrubescer(ê) *v.t.* 使紅，使臉紅 ‖ *v.i.* 臉紅，羞紅

enrudecer(ê) *v.t.* 使粗魯，使粗俗，使愚笨 ‖ *v.i.* 變愚蠢，變粗魯

enrugamento *s.m.* (皮膚的)皺褶，皺紋；(布等的)摺子，波紋

enrugar *v.t.* 使皺起，起皺紋，使成波狀，使出皺褶 △①a velhice enrugou-lhe a fronte 年老使他額頭起皺 ②o vento enrugou a superficie do mar 風吹得海面起波浪

ensaboadela *s.f.* 用肥皂塗，塗上肥皂；指責，譴責；懲戒；[轉]膚淺的學識 △①dar uma ~ a alguém 訓斥某人，斥誡某人 ②precisa de uma ~ 需要反反覆覆地說 ③recebem em pequeno uma ~ de gramática 他們從小就獲得了一些語法知識

ensaboado, da *adj.* 用肥皂洗過的，塗上肥皂的 △① ~ a água 肥皂洗滌，洗好的衣服 △tinha a cara ~a 滿臉是肥皂，②dia de ~ 洗衣日

ensaboar *v.i.* 用肥皂搓洗，塗上肥皂；[轉]責備，責難，訓斥 △ ~ a cara de alguém 打某人一個大嘴巴

ensacado, da *adj.* 裝入袋的，袋裝的 △carne ~a 臘腸

ensacar *v.t.* 裝入口袋，用口袋裝；保存，打包 △ ~ a carne 製臘腸

ensaiador, ra(ô) *adj.* 試驗的 ‖ *s.m.* 試驗者；[劇]指揮預演者 △ ~ de oiro e prata 貴金屬檢定員，試金者

ensaiamento *s.m.* 試驗；預演，彩排；演習

ensaiar *v.t.* 試驗，檢定(金屬，礦石等)；演習，練習；排練 ‖ *v.r.* 訓練，試驗 △①um novo método 試驗一種新方法 ② ~ uma obra teatral 排演一個劇

ensaibrar *v.t.* 撒砂礫，用石礫鋪

ensaio *s.m.* 試驗；預演，排演，演習；雜文，散文，隨筆，小品文 △①a título de ~ 當作試驗 ② ~ geral [劇]彩排 ③ ~ de força [機] 鋒拳試驗

ensaista *s.2gén.* 試驗者；雜文作家，散文作家，隨筆作家，小品文作家

ensalmourar v.t. 以鹽水浸

ensamarrar v.t. 穿法衣，穿裂袋

ensandalar v.t. 用檀香燻香

ensanguentar (gu-en)，**ensangui-nhar**(gu-i) v.t. 染上血；[轉]弄髒，使黑

ensaque s.m. 裝袋，入袋

ensarilhar v.t. 捲於紡車，繞紗筒 △ ~ armas 架槍；[轉]結束戰事

ensarnecer(ê) v.i. 患疥癬

enseada s.f. 小港；小港灣；小河

ensebar v.t. 給……抹油，抹油；用油弄髒，染上油污；塗油潤滑；[轉]使肥；弄髒；用蠟笆圈

ensecadeira s.f. 圍壩，水底閘(水下作業時使棧橋或建築物變乾用)

ensecar v.t. 放乾水，抽乾水，弄乾；使純；擱淺 ‖ v.r. 變乾；擱淺

ensejar v.t. 等候時機；試驗

ensejo s.m. 機會

ensenhorear v.t. 佔據，霸佔，執管，控制 ‖ v.r. 據為己有，成爲……的主人

ensiforme adj. 2gén. 劍狀的 △folhas ~s 劍狀葉

ensinadela s.f. 懲罰，教訓，斥責，訓斥 △precisa de uma ~ 他需要訓斥

ensinador(ô) s.m. 施教者，教員

ensinamento s.m. 教，教育，教養，教導，經驗教訓

ensinança s.f. 教育，教養，教訓，教旨，教養；教法法，教學法

ensinar v.t. 教，教授，教訓；教育，教養；指示，指出 △ ~ criança 教孩子② ~ matemática 教數學③ ~ o caminho 指路，指導，為表率④ ~ o pai-nosso ao vigário 班門弄斧 ⑤ ~ um atrevido 教訓蠻橫的人 ⑥ a desgraça ensinou-o a ser agradecido 災

禍使他知恩 ⑦ ~-se 自學

ensino s.m. 教育，教學；教授法，教學法；教訓 △①~ inductivo 啟發式教學法 ② ~ primário 初等教育，小學 ③ ~ secundário 中等教育，中學④ ~ superior 高等教育，大學 ⑤dedicar-se ao ~ 從事教學

ensoar v.i. er. 曝，曬，[日射過度；熱得無精打采；熱得過度

ensoberbecer(ê) v.t. 使誇耀，得意，使傲慢 ‖ v.r. 自誇；[轉](海，波濤)翻滾，洶湧

ensobradar v.t. 鋪地板

ensombrar v.t. 使罩上陰影，使某物被暗影籠罩，遮蔽，遮陰；[轉]使憂淡；在(畫上)畫陰影 ‖ v.i. er. 憂鬱悲戚

ensombro s.m. 樹陰，遮陽，遮棚，天幔，陽傘，燈傘，擋風物，擋熱隔子；[轉]庇護，保護

ensonado, da adj. 瞌睡的，睏倦的

ensopar v.i. et. 浸泡，浸濕，蒸麥 ‖ v.r. 濕透，bras. 與某人關係密切，很隨便 △ ~ a espada em sangue 用劍殺人

ensosso, ssa(ô) adj. 淡而無味的，無鹽的

ensurdecência s.f. 聾

ensurdecer(ê) v.t. 使耳聾，震聾，轟鳴 ‖ v.i. 變聾；[轉]變聾作啞，默不作聲

ensurdecimento s.m. 使聾，變聾，聾

entablamento s.m. [建]柱頂盤，楣榫,古典柱式的頂部

entabuamento s.m. 鋪木板；地板

entabuar v.t. 鋪板，鋪地板；用板蓋，擺佈(棋子)；準備開始；在記事牌上寫；[醫]用夾板固定 ‖ v.r. 穩固，固定 △ ~ as negociações 開始談判 ② ~ um negócio 承辦生意

entaipar v.t. 放入圍牆內，用牆圍住；[轉]封存，封閉

entalação; entaladela *s.f.* 用夾板夾夾;〔轉〕困境,困難的局勢 △ver-se em ~ 受拷拘,被苛責,坐冤獄

entalamento *s.m.* 用夾板夾夾;〔轉〕困境,困難的局勢

entalar *v.t.* 用夾板夾夾,用夾板夾緊壓;〔轉〕逼,強迫,使人感到窘迫 ‖ *v.r.* 被壓住,處於困境 △~ o dedo na porta 手指被門夾住了 ◇ desentalar

entalha *s.f.* V字形凹槽;刻痕

entalhador(ô) *s.m.* 雕刻匠;木刻家

entalhar *v.t.* 雕刻,(在木板上)開榫,開卯 △~ uma lámina 塑版

entalhe *s.m.* 雕刻(術);雕刻物,雕刻品;(V字形)槽口,缺口,△com ~ 有凹口的

entanto *adv.* 其時,此際 △no ~ 雖然,然而,不過

então *adv.* 那時,當時,到那時;然後,其次;既然這樣,那麼,因此 ‖ *interj.* 這是怎麼回事! 噯喲! △① até ~ 一直到那時,那時以前 ②desde ~ 那以來,以後 ③ou ~ 否則 否則的話,哼! 否則給你個厲害看看! ④~ ! não tenha medo 噯喲,你不要怕呀!

entardecer(ê) *v.i.* 天色變黑 ‖ *s.m.* 黃昏;太陽下山的時刻

ente *s.m.* 〔哲〕實體,存在 △① ~ de razão 哲理性實體 ②fazer seus ~s de razão 暗自盤算 ③o Ente Supremo 上帝

enteada *s.f.* 前夫之女,前妻之女

enteado *s.m.* 前夫之子,前妻之子 △~ de sorte 不幸者

entejolar *v.t.* 用磚圍住,用磚塞住,用磚砌

entendedor, ra(ô) *adj.* 理解力強的,明白事理的 ‖ *s.m.* 明白人,鑒識家 △a bom ~ meia palavra basta 明人一席話,心領神會
用細說

entender(ê) *v.t.* 懂,明白,理解,認爲,了解 ‖ *v.i.* 懂得,熟悉,知道,通曉 ‖ *v.r.* 自知,明白;同意;融洽,和睦,協調,協商 △① ~ o que se diz 懂您所說的言語 ② ~ mal 誤解 ③dar que ~ 費解 ④ ~ que as coisas vão mal 認爲事情要變糟 ⑤Quem pode ~ os mistérios da Natureza? 誰能了解大自然的奧秘? ⑥ ~ da poda 了解⑦ ~ do seu ofício 專於,精於 ⑧Isso não se entende comigo 不關我的事 ⑨Isso entende-se comigo? 這與我有關嗎? ⑩fazer-se ~ 使明白 ⑪Os dois entendem-se perfeitamente 兩人和睦融洽 ⑫desde que me entendo 我記事的時候起 ⑬a meu ~ 依我看,我認爲 ⑭dar a ~ 暗示 ⑮ dar-se a ~ 表明 ◇ ignorar

entendido, da *adj.* 了解的,熟悉的,懂得的,通曉的 ‖ *s.m.* 鑒識家 △① dar-se por ~ 假裝明白 ②sem se dar por ~ 假裝不知 ③bem ~ 在某種條件下,前提是,條件是,當然,必須

entendimento *s.m.* 理解力;智力,聰明才智;理智;了解;默契,協議,協定 △①homem de ~ 聰明人 ②chegar a um ~ 取得諒解,達成(非正式)協議 ③é capaz de ~ 能夠理解 ◇ estupidez, ignorância

entenrecer(ê) *v.t.* 使軟 ‖ *v.i.* 變軟

enterite *s.f.* 〔醫〕腸炎

enternecedor, ra(ô) *adj.* 感人的,動人的 ‖ *s.m.* 令人憐憫者

enternecer(ê) *v.t.* 使變柔軟(溫和);感動,打動,使之動情 ‖ *v.r.* 變柔軟;垂憐

enternecido, da *adj.* 溫柔的,柔情的;憐憫的,垂憐的

enternecimento *s.m.* 溫柔,柔情;憐憫,垂憐

enterrador, ra(ô) *adj.* 埋葬的 ‖ *s.m.* 掘墓人

enterramento *s.m.* 埋葬;出殯;葬禮

enterrar *v.t.* 埋,埋藏,掩埋,埋葬;扎入,刺入;〔轉〕遺忘,擯棄;埋沒,湮沒 ‖ *v.r.* 自埋,迷途,隱居,埋沒 △① ~ cadáveres 埋屍體② ~ dinheiro 把錢埋藏在地下 ③ ~ um punhal no peito 把匕首深刺入胸膛 ④ ~ os antigos costumes 拋掉舊習俗 ~se numa aldeola 隱居在一個小村莊

enterro(ê) *s.m.* 埋葬,掩埋;葬禮;送葬隊伍

entesar *v.t.* 使硬,使挺,使繃緊,拉緊,拉長,擴大,伸展;使增加強度 ‖ *v.r.* 變硬,變挺直,生硬 △① ~ uma corda 把繩子繃緊 ② ~se com alguém 對某人很生硬

entesouramento *s.m.* 收藏,珍藏

entesourar *v.t.* 收藏,珍藏;牢記;保存 △ ~ recordações 收藏紀念品

entidade *s.f.* 實體;〔轉〕人士,人物;組織,單位,集體 △① ~ oficial 官員 ②é uma ~ na sua terra 他是當地的人物

entisicar *v.t.* 使患肺病;〔轉〕騷擾 ‖ *v.i.* 患肺病;減少 △①não me entisiques mais 勿再騷擾我 ② a minha bolsa entisicou 我的錢不多了

entoação *s.f.* 調子,語調,語氣,聲調,音的抑揚;〔樂〕調音;〔攝〕底版上色;〔美〕色彩協調

entoado, da *adj.* 合調的,校準音的,協調的

entoar *v.t.* (給歌唱等)定音,定調;(合唱時)起音,起調;歌唱,歌頌,吟誦;〔轉〕指揮;〔美〕調色

entonar *v.t.* 傲慢(使高傲地)昂起,矜耀 ‖ *v.r.* 自大,驕傲 △ ~ a cabeça 高傲地昂起頭

entontecer(ê) *v.t.* 使昏暈,使眩暈;使糊塗,使癡呆 ‖ *v.i.* 變暈暈,變愚純,變癡呆

entontecimento *s.m.* 昏迷,癡呆

entornar *v.t.* 使傾斜,使翻轉,使倒出,使溢出,傳播;〔轉〕浪費;〔口〕豪飲 △① ~ o tinteiro 頗倒墨水瓶 ② ~ a água da bacia 使盆內的水溢出 ③o sol entorna luz e calor 太陽傳播光和熱

entorpecer(ê) *v.t.* 使麻痹,使不靈活,使不靈便,使癱瘓,使遲鈍 ‖ *v.i.* 變麻木,覺得麻木 ◇ excitar, animar

entorpecimento *s.m.* 麻木,不靈活,運鈍

entorse *s.f.* 扭傷

entortadura *s.f.* 彎曲

entortar *v.t.* 弄彎,使彎曲;拗彎;轉向,改變方向 △① ~ os olhos 斜着眼看,眯着眼看 ② ~ as pernas 屈膝 ◇ endireitar

entoxicação(cs) *s.f.* 中毒

entoxicar(cs) *v.t.* 投毒,下毒,使有毒

entrada *s.f.* 進入;入口,進口,門口;入場券,門票;起始,開端;(帳目的)收入欄,收入,加入,參加 △①a ~ da casa 家門口 ②pagar a sua ~ 付門票 ③direito de ~ 進口關稅 ④ter ~ na sociedade 加入社會 ⑤ ~s e saídas duma casa comercial 商號的收入與支出 ⑥ ~ proibida 禁止進入 ◇ saída

entrado, da *adj.* 已進入的,闖入的;(用於時間、季節等)深的,晚的;表示(人的年齡)上年紀的,上歲數的;〔口〕有點醉的 △um homem ~ em anos 一個上歲數的人

entrajar *v.t.* 穿衣,著衣

entrança *s.f.* 進入;開始

entrançar *v.t.* 編辮子;編織 △① ~

o cabelo 編辮子 ② ~ palha 編草

entranhado, da adj. 深入的；根深蒂固的；積重難返的，專心的 △①doença ~a 老毛病 ②habito 積習 ③ódio ~ 深仇大恨

entranhar v.i. 深入，進入最深處；透過；(思想、感情等)深入於……，打動 ‖ v.r. 專心於，深入 △① ~ (uma ideia)no espírito 深入心靈，在心中紮根 ② ~se no bosque 深入叢林 ③ ~se no estudo da história 專心從事歷史研究 ◇desentranhar

entranhas s.f. 內臟，心肝，肚子；〔轉〕內部，深處 △①sem ~ 沒心肝的，冷酷無情的，殘忍的 ②dor de ~ 肚子痛 ③ ~ de mãe 憐憫 ④ ~ da terra 土地深處

entrar v.i. 使進入，引進，穿過 ‖ v.i. 進入，刺入；加入，參加，參與；放入，入股 △①O navio entrou na foz do Tejo 船進入特茹河口 ② ~ em casa 進到家 ③ o ferro entrou nas carnes 鐵刺進到肉中 ④ ~ em si 智窮力竭 ⑤ ~ em idade 變老 ⑥ ~ em operação 開戰，進入戰鬥 ⑦ ~ em parte 入股 ⑧ ~ em negociações 商量 ⑨ ~ com alguém 靠弄 ⑩ ~ em convalescência 進入復元期 ⑪ ~ no exército 參軍 ⑫ ~ na universidade 上大學 ⑬ ~ em religião 入教 ⑭ ~ no assunto 開始處理問題 ⑮ ~ na moda 趨時髦 ⑯isso não me entra na cabeça 我人戲心不 ⑰ ~ por um ouvido e sair por outro 左耳進右耳出

entravar v.t. 阻滯,阻礙,阻止

entrave s.m. 約束,束縛,障礙

entre prep. 在……之間,在……之中,在……之內 ‖ ~ por ~ 通過 △①entre Cila e Caríbdis 處於兩個危險之中 ③ ~ a vida e a morte 生死之間 ④estar

entre as dez e as onze 醉醺醺 ⑤ ~ lusco e fusco 在昏暗中,在夕照中

entreaberto, ta adj. 半開的,微開的 △porta ~a 半開着的門

entreabrir v.t. 使半開,微開 ‖ (花)半開 △ ~ os olhos 眯縫着眼睛

entrecena s.f. 〔劇〕幕間;幕間休息;幕間節目

entrechocar-se v.r. 相碰,相撞;〔轉〕相互矛盾,相互衝突 △①os dois comboios entrechocaram-se 兩列火車相撞 ②as opiniões entrechocam-se no debate 討論中意見相互衝突

entrecostado s.m. 〔海〕船幫的木製扶材

entrecruzar-se v.r. 交叉,交織 △os fios que se entrecruzam 交織在一起的綫

entredizer(ê) v.t. 自言自語,喃喃自語

entrefolha(ô) s.f. 空白書頁

entreforro(ô) s.m.〔衣服裏面的〕的襯布,襯料;假屋頂襯頂;(船或房屋的)頂閣,上層樓

entrega s.f. 交給,交出,交付,移交;放棄;投降,服輸,屈服 △① ~ contra documentos 交貨付款 ② ~ imediata 〔商〕即送,即送 ③fazer ~ 交付,移交 ④tomar ~ 負責

entregar v.t. 交,移交,交出,交付;歸還,償還,支付;委託,託付;告發;用無 ‖ v.r. 獻身,專注,致力於;沉溺,沉湎,沉迷;託付,寄託;投降,屈服 △① ~ uma encomenda 遞交一個包裹 ② ~ um amigo 告發一位朋友 ③ ~ meus filhos ao teu cuidado 把我的孩子託付給你照料 ④entregou-se a praça 道城堡投降了 ⑤ ~ -se à letra 從事文學 ⑥receber

entregue adj. 2 gén. 移交的;已付

的;賠償的;專注的;擁有的 △① ~ a
estudo專心學習 ②ficar ~ do livro 擁
有書

entrelaçamento s.m. 編織,交織,糾
纏

entrelaçar v.t. 編,編織,交織

entrelinha s.f. 行間;寫在行間的字;
批准;〔轉〕pl. 含蓄的意義 △ ler nas
~s 體會字里行間之意,看出言外之意

entrelinhar v.t. 在行間書寫;加注
釋,隔行書寫;問間

entremeado, da adj. 混合的,攙雜
的;中斷的,橫斷的 △touchino ~ 肥瘦
肉

entremer v.t. 使混合,使混雜,攙雜,
插入 △ ~ trigo com centeio 把小麥和
青稞混在一起

entremeio s.m. (空間、時間方向的)
間隔,空隙;幕間休息,工間休息 △
neste ~ 此際,當時

entrementes adv. 其間,在那當中,一
會兒功夫,到那個時候以前,一方面,
同時 ‖ s.m. 中間,當中時間 △neste
~ 這時,在這期間

entremesa(ê) s.f. 進餐期間 ‖ adv.
進餐之際

entremeter v.t. 插入,允許進入 ‖
v.r. 干涉,尋釁 △ ~-se na conversa
打斷談話,插嘴

entremetido, da adj. 好干涉的,愛管
閑事的;齒隙的,冒失的

entremetimento s.m. 居間;插入;干
涉

entrenó s.m. 樹節之間

entreolhar-se v.t. 相望;對視

entrepor(ô) v.t. 放在中間,插入

entreposto , entrepósito(ô) s.m.
倉庫;貨棧;批發店,大零售店,貨物集
散地

entressola s.f. 内鞋底

entressonhar v.t. 夢見,想像;預感
‖ v.i. 幻想,夢見

entretalhar v.t. 使成淺浮雕,以淺浮
雕形式雕;雕刻;(在布、紙皮上)摳花,
挖花

entretalho s.m. 淺浮雕;摳花,挖花;
剪裁

entretanto adv. 當時,同時,那時;然
而 ‖ s.m. 其間,同時 △escrevia e
~ suspirava 一邊寫,一邊嘆息 ②no
~ 在那時兒

entretela s.f. (衣服裏面的)硬襯,襯
料;扶襯;裝訂書籍的硬麻布

entretém, entretenimento s.m. 娛
樂,消遣;消遣物,玩具

entreter v.t. 耽擱,拖延;敷衍;維持,
使保持;減輕;消遣,取樂,使開心,使
感到愉快 △① ~ com promessas 用許
諾來敷衍 ② ~ a esperança 抱希望 ③
a leitura entretém-me 閱讀使我消遣

entrevamento(ê) s.m. 麻痹,癱瘓

entrevar v.t. 使肢體麻痹,使癱瘓 ‖
v.i. 變成癱瘓

entrever(ê) v.t. 隱約看見,模模糊糊
地看見;猜測到;預測到 ‖ v.r. 會見,
會商;探討;遇見 △① ~ ao longe um
vulto 隱隱約約地看到遠處有一個影
② os dois chefes de partidos
entreviram-se hoje 兩位黨魁今天舉行
會晤

entrevista s.f. 會見,會晤;會議;採
訪;衣服裏子與透明衣片或衣服摺變
處的襯料

entrevistar v.t. 拜會,拜訪 ‖ v.r.
會見,會晤

entrincheiramento s.m. 濠溝

entrincheirar v.t. 挖濠溝,設防,築
防御工程 ‖ v.r. 挖濠溝自衛;固守,
盤踞

entristecer(ê) v.t. 使悲傷 ‖ v.i. 悲

傷,悲哀;〔轉〕使暗淡,使凋謝

entristecimento *s.m.* 悲傷,悲哀

entrometer-se *v.r.* 干涉;插入; △ ~-se num assunto alheio 管閒事

entronar *v.t.* 使登基,使即位,〔轉〕頌揚,吹捧

entroncado, da *adj.* 强壯的,闊肩的,(人,身體)結實的,有血緣關係的

entroncamento *s.m.* (火車)交軌站,接合點;樞紐站

entroncar *v.t.* 使連接,使接合;使會聚,集中‖*v.i.e.r.* 長驅粗幹,變粗,變壯;交軌;有血緣關係;建立血緣關係

entronização *s.f.* 登基,即位;頌揚,吹捧

entronizar *v.t.* 使即位,使登基,立君主;頌揚,吹捧‖*v.r.* 登基,統治

entronquecer(ê) *v.i.* 長驅粗幹,變粗壯

entrouxar *v.t.* 放入包內,包,裹,打包;匆忙地穿衣

entrouxo *s.m.* 包裹內零碎雜物

entrudada *s.f.* 狂歡游戲

entrudar *v.i.* 慶祝嘉年華會

entrudo *s.m.* 〈M〉嘉年華會,狂歡節

entrujão *s.m.* 虛僞者;騙子

entrujar *v.t.* 欺騙

entrujice *s.f.* 欺騙

entulhar *v.t.* 裝滿,填滿,充滿;客滿;堆積,堆起;貯藏

entumecer(ê) *v.t.* 使腫脹,使腹,使增大‖*v.i.* 腹,膨脹,增大;〔轉〕自誇,自負

entupir *v.t.* 淤塞,堵塞(管道);〔轉〕使困惑;使無感覺‖*v.i.* 困惑 ◇ desentupir

enturvar *v.t.* 使混濁,攪渾,使攪渾,使悲哀‖*v.i.* 攪亂,變混濁 △ ① ~ a alegria 掃興 ② ~ um assunto 把事情

攪亂

entusiasmar *v.t.* 鼓舞,使振奮,使興奮,使非常喜歡‖*v.r.* 興奮,振奮,受鼓舞 △① ~ o auditório 鼓舞聽衆 ②~-se com um cantor 爲歌唱家歡欣鼓舞

entusiasmo *s.m.* 狂熱,熱心,熱情,熱忱;激動;興奮;靈感;極感 △① pôr em jogo o ~ das massas 調動群衆的積極性 ②sentir ~ pela poesia 愛好詩歌 ③acolher com ~ 熱烈地歡迎 ◇ apatia, indiferença

entusiasta *adj. 2 gén.* 充滿熱情的,熱心的,熱忱的,好激動的,好興奮的‖*s.m.* 熱心家 △①alma ~ 熱情的人 ②é um ~ da causa pública 他是個熱心公共事業的人 ◇ frio, indiferente

entusiástico, ca *adj.* 熱情的,熱心的,熱烈的 △①elogio ~ 熱情讚揚 ②apoio ~ 熱情支持 ③um acolhimento ~ 熱烈的歡迎

enumeração *s.f.* 列舉,枚舉;計算;〔修辭〕綜述,概述 △ a ~ dos factos históricos mais destacados 列舉最主要的歷史事件

enumerar *v.t.* 數,點,列載,列舉,計算 △① ~ datas 計數日子 ② ~ as obras recém-publicadas 列舉新出版的著作

enunciação *s.f.* 闡述,說明;宣告,說明

enunciado, da *adj.* 闡明的,表明的,表白的的‖*s.m.* 命題 △tese mal ~ a 未闡述清楚的論文

enunciar *v.t.* 闡述(宗旨等),說明,宣佈,發表(學說等) △① ~ um axioma 闡述一公理 ②Einstein enunciou a Teoria da Relatividade 愛因斯坦提出了相對論

enunciativo, va *adj.* 闡述的,說明

的;宣告的;〔語〕肯定的

envaidar，envaidecer(ê) *v.t.* 使驕傲,使自誇,使虛榮,使自負 ‖ *v.r.* 自大

envalar *v.t.* 用濠溝防護,築防禦工程,設防

envasar *v.t.* (把液體等)裝入容器,灌入容器;使成容器狀 △ ~ azeite 把油裝入容器

envasilhamento *s.m.* 裝入桶,裝瓶,灌注,裝入容器或器皿

envelhecer(ê) *v.t.* 使變老,使衰老;使變舊 ‖ *v.i.* 變老;變舊 △ ① este vestido tem envelhecido em pouco tempo 這套衣服沒穿多久就舊了 ② Tem envelhecido muito nos últimos anos 近年來他老了許多

envelhecimento *s.m.* 變老,長老;變舊

envelhecido, da *adj.* 老的,年邁的;〔轉〕習慣了的;有經驗的,久經鍛煉的

envelope *s.m.* 信封;紙袋;封皮,封套

envenenador, ra(ô) *adj.* 毒害的,毒死的,放毒的 ‖ *s.m.* 毒害者,投毒者

envenenamento *s.m.* 放毒;中毒

envenenar *v.t.* 毒死,毒害;〔轉〕破壞,損害(關係);歪曲,曲解(言行) △ ① ～ a comida 在食物中放毒 ② ～ alguém 毒死某人 ③ ～ as intenções de alguém 曲解某人的意圖

enverdecer *v.t.* 使變綠;恢復青春,返老還童 ‖ *v.i.* 變綠,返青

enverdejar *v.i.* 變成綠色;興旺

enveredar *v.i.* 沿着小徑走;直指,向着;往了上;領導,指導

envergadura *s.f.* 〔海〕帆幅;〔動〕翼展;〔轉〕幅度,規模,重要性;能力,本領,才能 △ ① um movimento de grande ～ 一場大規模的運動 ② um homem de grande ～ 一個本領很大的人

envergamento *s.m.* 結(索);彎曲;穿衣;幅度

envergar *v.t.* 繫(繩索,帆等);弄彎,使彎曲;穿,穿衣

envergonhar *v.t.* 使羞愧,使慚愧,使害臊,使脧悱,損害名譽 ‖ *v.r.* 慚愧,羞愧,脧怯

envermelhar *v.t.* (因羞恥而)臉紅,使臉紅

enverrugar *v.t.* 使皺,使鬆曲,壓皺,摺皺 ‖ *v.i.* 起皺紋;(水果)生皺

envés *s.m.* 背面,反面;脊背 △ ao ～ 相反

enviado, da *adj.* 派出的;寄出的 ‖ *s.m.* 使者,代表;報信者

enviamento *s.m.* 差遣,派遣;寄

enviar *v.t.* 派遣,派遣,差遣;郵,郵寄;發送,送出 △ ① ～ o criado às compras 派傭人去採購 ② ～ tropas a向……派兵 ③ ～ uma carta 寄信 ④ ～ um telegrama 拍電報

envidar *v.t.* 下賭注;邀請;〔轉〕盡力做,竭力辦,努力幹 △ ～ todos os esforços 盡一切努力

envidraçado, da *adj.* 鑲玻璃的;朦朧的,眼光呆滯的 △ ① janela ～ a 玻璃窗 ② olhos ～ os 呆滯的眼睛,沒有神采的眼睛

envidraçar *v.t.* 鑲玻璃,裝玻璃;使(眼睛)蒙上薄翳 ‖ *v.r.* 變模糊,眼光變遲鈍 △ ～ um armário 在櫃子上裝玻璃

enviesado, da(è) *adj.* 傾斜的,歪斜的,偏的;具有不同色彩的 △ material ～ cortado 斜切料,斜開料,斜裁料

enviesar(è) *v.t.* 使傾斜,弄歪料;加以歪斜;使具有傾向性,使帶有某種色彩 △ ～ os olhos 斜着眼看,眯着眼看

envilecer(ê) *v.t.* 貶低(品格等),降

envilecimento 低(品質等),誹謗,使卑賤,使變卑鄙 ‖ *v.i.* 低下,變卑鄙;[轉]降價,貶值;失去價值 △ o vicio envilece o homem 惡習降低人的品質 ◇ enobrecer

envilecimento *s.m.* 卑賤,卑鄙;失身份;貶低;降格

envinagrar *v.t.* 使酸;(往某物裏)加醋,發酵,用醋浸泡;[轉]刺激,激怒; ‖ *v.r.* 變酸;發怒

envincilhar *v.t.* 用濕草繩捆;使錯綜複雜;混淆,陷入羅網

envio *s.m.* 派,派遣;匯寄,寄,送;拍發;送交之物 △① ~ à cobrança 貨到收款 ② recebi o seu ~ 我收到了你送來的東西

enviperar-se *v.r.* 盛怒,暴怒,震怒

enviuvar(i-u) *v.t.* 使喪配偶,使成鰥寡 ‖ *v.i.* 變成鰥寡

envolta *s.f.* 帶,綁帶,綁帶;(嬰兒的)裹布;混亂;p.l. 奸謀,詭計 △ de ~ 合併地,混雜地

envolto, ta(ô) *adj.* 捲入的,陷入的;複雜的,混亂的;包裹的,包的,裹的;涉及到的 △① água ~a 污泥濁水 ② ~ em pranto 淚汪汪的

envoltura *s.f.* 包裹,捲;捲布,包裹,綁帶,包裹足布

envólucro *s.m.* 總苞;外皮;包皮

envolvedor(ô) *s.m.* 包裹布,包裝紙,包封,包袱布,包裹用物;陰謀家,私通者;干涉者

envolver(ê) *v.t.* 包,裹,圍,包含,牽連,連累;[轉]包圍,圍繞,編繞;遮掩,掩飾,隱藏 △① ~ em 捲入,參與;裹起,圍罩 △① ~ uma criança nas faixas 用帶子把孩子裹起 ② a intriga envolve muita gente 陰謀牽連著許多人 ③ ~ o seu pensamento 隱藏他的想法 ④ ~-se numa questão 捲入一場糾紛 ⑤ a

nuvem envolve toda a cidade 烏雲籠罩著全城

envolvimento *s.m.* 封,包;包圍;封皮,封套;包裹

enxabido, da *adj.* 淡而無味的;遲鈍的;無氣力的

enxada *s.f.* 鋤頭;謀生手段 △a pena é a minna ~ 筆是我的謀生手段

enxadada *s.f.* 鋤

enxadrezar *v.t.* 使成棋盤格樣;在……上縱橫交錯地排列,使成花格樣

enxaguadela, enxaguadura (xâ) *s.f.* 沖洗,漂洗;沖刷

enxaguar *v.t.* 沖洗,漂洗;沖刷

enxama *s.f.* (獨木舟等上的)橈架,樂架

enxame *s.m.* 蜂群;(昆蟲的)群;大群,大堆

enxamear *v.t.* 置(蜂)於巢 ‖ *v.i.* 成群,蜜蜂成群;大量出現,成群出現 ‖ *v.r.* 集會,群集

enxaqueca *s.f.* [醫]偏頭痛,前額神經痛

enxarcia [海]支桅索,護桅索

enxerga *s.f.* 粗小褥墊;小床;地鋪

enxergão *s.m.* 稻稈墊子;墊褥

enxerir *v.t.* 插入;引進

enxertadeira *s.f.* 嫁接刀,接枝刀

enxertador(ô) *s.m.* 嫁接者;移植者;接枝者,嫁接刀;接枝刀

enxertadura *s.f.* 嫁接,嫁接法;接植;移植法,接枝法

enxertar *v.t.* 接枝,嫁接;[醫]移植;[轉]不適宜地插入,硬行推薦(某人) △① ~ uma pereira 嫁接梨樹 ② ~ de borbulha 發芽,開始生長,接芽

enxertia *s.f.* 嫁接,移植 △ ~ de encosto 以接近法嫁接 ② ~ de fenda 轉隙嫁接 ③ ~ de escudo 盾狀嫁接 ④

~ de borbulha 芽接

enxerto(ê) *s.m.* (接枝用的)幼枝,幼芽;〔醫〕移植用的皮、肉;嫁接;移植

enxó *s.m.* 手斧

enxofração *s.f.* 用硫磺燻,硫化

enxofrar *v.t.* 用硫磺燻,用硫磺處理(消毒),加硫磺 ‖ *v.r.* 作不悅狀,發愁

enxofre(ô) *s.m.* 〔化〕硫,硫磺;硫磺色

enxotadura *s.f.* 推,驅趕,驅逐;攆,轟;嚇走,嚇跑

enxotar *v.t.* 驅趕,趕走,攆,轟;恐嚇,嚇走,嚇跑 △ ~ as moscas 轟趕蒼蠅

enxoval *s.m.* 嫁妝,嬰(新生)兒的全套用具;全套衣服

enxovalho *s.m.* 污點;變色;瑕疵;侮辱,凌辱,恥辱;誹謗,詆毀

enxugador(ô) *s.m.* 乾燥機;乾燥劑;乾床,乾燥物

enxugadouro *s.m.* 乾燥場

enxugar *v.t.* 把……弄乾,使乾燥,喝乾;幫助,安慰…… ‖ *v.i.* 變乾,乾涸,乾枯 △① ~ roupa 把衣服弄乾 ② ~ uma garrafa 把一瓶酒喝乾 ③ ~ as lágrimas a alguém 安慰某人 ◇ molhar, humedecer

enxurdar-se *v.r* 在泥漿中滾;抹上泥

enxurrada *s.f.* 傾盆大雨,急流,洪流,陣雨

enxurrar *v.t.* 使泛濫 ‖ *r.i.* 大雨傾盆

enxurro *s.m.* 傾盆大雨;陣雨;急流,洪流;連發,爆發,迸發

enxuto, ta *adj.* 乾的,乾燥的,無水分的;乾的;無淚的,不新鮮的;冷淡的,急慢的;乾巴巴的,瘦的;枯燥無味的 ‖ *s.m.* 乾的,乾燥的地方;〔轉〕庇護所 △①dia ~ 乾旱的日子 ②olhos ~s 無眼淚的眼睛 ③rosto

~ 冷淡的面孔④ ~ de carne 瘦肉 ⑤ estar no ~ 在乾燥的地方 ⑥pôr-se no ~ 隱蔽,躲避

eólito *s.m.* 〔考古〕石器時代的石器,石斧

epanáfora *s.f.* 〔修辭〕句首(或詩歌頭)重覆

epêntese *s.f.* 〔語〕插字;增音

epicarpo *s.m.* 〔植〕外果皮

epicentro *s.m.* (地震的)震中;地震點

épico, ca *adj.* 史詩的,史詩般的;英勇的,壯烈的,可歌可泣的;巨大的,極大的 ‖ *s.m.* 史詩詩人 △①poema ~ 史詩 ②estilo ~ 史詩體 ③proezas ~ 史詩般的英雄業迹

epidemia *s.f.* 〔醫〕流行病,時疫,傳染病

epidémico, ca *adj.* 流行性的,傳染病的

epiderme *s.f.* 〔動,植〕表皮,表皮層,真皮

epifania *s.f.* 〔宗〕顯現節(每年一月六日紀念耶穌顯靈);(神的)顯現

epífora *s.f.* 〔醫〕淚溢,流淚

epígrafe *s.f.* (墓碑、塑像等的)題字,碑文,銘文;(書前或章節前的)引語,提要;題目

epigrafia *s.f.* 碑文,銘文;碑銘學,金石學

epigráfico, ca *adj.* 碑文的,銘文的,與碑(銘)文有關的

epigrama *s.m.* 諷刺短詩文;警句,雋語

epilepsia *s.f.* 〔醫〕羊癇瘋,癲癇

epiléptico, ca *adj.* 癲癇的,患癲癇的 ‖ *s.m.* 癲癇患者

epilogar *v.t.* 綜述,概述,概括,總結

epílogo *s.m.* (文藝作品的)尾聲,結

尾部分,後記,跋,(戲劇、廣播和電視節目的)收場白,結束語 ◇ prólogo

episcopado 〔宗〕主教制度,主教職位(任期),主教轄區;〔集〕主教

episcopal *adj. 2 gén.* 主教的,主教管轄的

episódico, ca *adj.* 插曲的,插話(式)的;偶發的,意外的次要的,輔助的

episódio *s.m.* 插話,(小說中的)一段情節;次要情節,輔助情節;(一系列事件中的)一個事件;(樂)插部,間插段;(電影)(回想式的)插話,片斷,事件,故事

epístola *s.f.* 書信,書信體詩文;〔宗〕(聖經中的)使徒書,(彌撒中的)唱誦使徒書;祭壇書右側

epistolar *adj. 2 gén.* 書信的,書信體的;尺牘的,尺牘體的;用書信進行的 △estilo ~ 書信體

epistolografia *s.f.* 書信學,尺牘

epistológrafo *s.m.* 寫信者,書信作者

epístrofe *s.f.* 〔修辭〕(詩歌各句子末的)疊句,結句反覆,尾詞重覆

epitáfio *s.m.* 墓誌銘,墓誌銘式的詩文

epíteto *s.m.* 〔語〕表述事物性質的定語,性質形容詞;稱號,綽號

epítome *s.m.* 梗概,摘要;節錄;縮影

epizoários *s.m. e. pl.* 〔動〕外寄生物,皮上寄生蟲

época *s.f.* 紀元,時代,重要時期,(一年當中的)季節;〔質〕期,紀,世 △①a ~ da reforma agrária 土改時期 ②a ~ da colheita 收獲季節 ③um acontecimento que faz ~ 劃時代的事件 ④ ~ glacial 冰河期

epopeia *s.f.* 史詩;叙事詩;〔轉〕豐功偉蹟;英雄業績

equação *s.f.* 平衡,均衡;平均,相等

〔數〕方程式,等式;〔天〕(時)差,均分;等分;〔化〕反應式 △① ~ algébrica 代數方程式 ② ~ do tempo 〔天〕時差

equador(ô) *s.m.* (地球或天球的)赤道,(平分球形物體的面的)圓,任何大圓 △① ~ celeste 天球赤道 ② ~ terreste 地球赤道 ③ ~ magnético 地磁赤道

equatorial *adj. 2 gén.* 赤道的,赤道附近的 ‖ *s.m.* 赤道儀 △①linha ~ 赤道綫 ②calor ~ 酷熱 ③telescópio ~ 赤道儀

equestre(qu-és) *adj. 2 gén.* 騎馬的;馬的;馬術的;騎士團的 △estatua ~ 騎馬塑像

equiângulo, la (qu-i) *adj.* 等角的 △triângulo ~ 等角三角形

equidade *s.f.* (價格、條件等的)公平;(條約各方之間的)平等,公平,公道,公正;〔法〕衡平法

equidistância(qu-i) *s.f.* 等距,等距離

equidistante(qu-i) *adj. 2 gén.* 等距離的;〔數〕等距的 △todos os pontos da circunferência são ~ s do centro 圓周上的各點與圓心都是等距的

equidistar(qu-i) *v.i.* 處於等距離

equilateral; equilátero, ra(qu-i) *adj.* 等邊的 △triângulo ~ 等邊三角形

equilibrante *adj. 2 gén.* 使平衡的,使均衡的;使對稱的,使均勻的

equilibrar *v.t.* 使平衡,使均衡;保持平衡,保持均衡;〔電〕使均勻,使協調 △① ~ os dois pratos da balança 使天平兩邊的秤盤平衡 ② ~ interesses 使利益均等 ◇ desequilibrar

equilíbrio *s.m.* 平衡,均衡;〔轉〕均勢;均勻,相稱;平和,平靜;穩重,持重;不偏不倚 △① ~ estável 穩定平

衡，② ～ instável 不穩定平衡 ③ ～ indeferente 隨遇平衡 ④ perder o ～ 失去平衡 ⑤ ～ dos poderes 權力均勢 ⑥ ～ politico 政治均勢 ⑦ operar com ～ 辦事穩重 ⑧ fazer ～ 圓滑世故 ◇ desequilíbrio

equilibrista *s.2gén.* 表演平衡技巧者，走鋼絲者

equimose *s.f.* 〔醫〕瘀斑

equino, na *adj.* 馬的；馬性的；似馬的；馬科的 △ ～ 的馬科 〔動〕刺馬腸

equinócio *s.m.* 晝夜平分時；春分，秋分；〔天〕二分點 △① ～ de Primavera 春分，春分點 ② ～ de Outono 秋分，秋分點

equipagem *s.f.* 行李，個人衣物；裝備，配備，用具；〔海·集〕海員；全體船員；馬車及僕從

equipamento *s.m.* 設備，裝備；配件，配備物品 △① ～ laboratório 實驗室設備 ② ～ militar 軍事裝備

equipar *v.t.* 配備，裝備 ‖ *v.r.* 整裝，預備行裝，收拾 △ ～ um exército 裝備一支軍隊 ② ～ para uma viagem 準備旅行用物

equiparar *v.t.* 對比，比較，類比

equiparável *adj. 2 gén.* 可對比的，可比較的，可以類比的

equitação *s.f.* 騎馬術；騎馬

equitativo, va *adj.* 公道的，公正的，公平的 △ juiz ～ 公正的法官 ② sentença ～a 公正的判決 ◇ iníquo, injusto

equivalência *s.f.* 均勢，相等，相當；〔化〕等價，化合價相等，當量；等值，等量；〔數〕等勢，等效

equivalente *adj. 2 gén.* 相當的，相同的；〔化〕等價的，當量的；〔數〕等價的，等量的，等勢的 ‖ *s.m.* 同等物；〔數〕等價，等值；等值物，等量物 △

～ mecânico do calor 熱功當量

equivaler(é) *v.t.* 使同等，使同值，使相當，使等價

equivocar *v.t.* 支吾，用模棱兩可的話掩飾；躲閃，含糊其詞 ‖ *v.r.* 誤斷，誤解，誤會

equívoco, ca *adj.* 歧義的，語義雙關的；多義的；曖昧的，含糊的；不肯定的，不明確的 ‖ *s.m.* 雙關語，模棱兩可，文字遊戲 △① termo ～ 多義名詞 ② virtude ～ 可疑的德行 ◇ claro, categórico inequívoco

era *s.f.* 紀元，年代，時代；〔質〕代 △① marcar uma nova ～ 開(創)新紀元 ② ～ cristã 基督時代 ③ ～ atómica 原子時代 ④ ～ espacial 太空時代

erário *s.m.* 國庫，金庫

erecção *s.f.* 建立，豎立；設立，成立，架設，安裝；〔醫〕勃起 △① ～ de um monumento 豎立紀念碑 ② ～ de um tribunal 成立法院

erecto, ta *adj.* 豎立的，直立的，豎起的，挺起的；〔醫〕勃起的 △① figura ～a（直）立像 ②com cabelos ～s 毛髮直豎 ③com rabo ～ 豎起尾巴

erémita *s.2gén.* 隱士

eremítico, ca *adj.* 隱士的

eretismo *s.m.* 〔醫〕興奮增盛；過敏

erguer *v.t.* 使豎立，使直立；豎起，挺起，舉起；建立，建造；設立，安裝，提高；〔動〕作垂直線；〔醫〕使勃起 ‖ *v.r.* 豎立，直立，聳立，挺立，昇起 △① ～ as mãos 舉起雙手 ② ～ a cabeça 昂起頭 ③ ～ um monumento 豎立紀念碑 ④ ～ uma casa 建造房子 ⑤ ～ uma instituição 設立一個機構 ⑥a lua ergueu-se no firmamento 月亮在天空中昇起

eriçado, da *adj.* (毛髮)豎立的，直立的，發怒的；林立的，叢生的

eriçar *v.t.* 使（毛髮）豎起；給（刷子等）安髮毛；使充滿（困難、障礙、危險等）‖ *v.i.* (毛髮等)倒豎、憂怒

erigir *v.t.* 建立，豎立，建造，造起，設立；使成爲，使變成；提昇；指派，推舉（擔任）‖ *v.r.* 自命，自封；自立 △① ~ um território em província 把一個地區變成省份 ② ~-se em ditador 自立爲獨裁者

ermida *s.f.* (偏僻荒涼地方的)寺廟，庵；小禮拜堂；僻靜的住所

ermitania *s.f.* 隱士生活

ermitão *s.m.* 山僧，隱士，隱遁者

ermitoa *s.f.* 女隱士，女隱遁者；尼姑

ermo, ma *adj.* 荒野的，曠野的，無人居住的，缺少的 ‖ *s.m.* 荒野，曠野 △①sítio ~ 荒涼的地方 ② criatura ~a de afectos 缺少感情的人

erosão *s.f.* 腐蝕，侵蝕(作用)，風化；〔醫〕腐爛，齒質腐損；磨損，擦損 △① ~ fluvial 水蝕 ② ~ eólica 風蝕

erótico, ca *adj.* 性愛的；性慾的；情慾的；色情的；好色的，色情狂的 △poema ~ 情詩，色情詩

erotismo *s.m.* 性慾；性愛；情慾；好色；性衝動，性行爲；〔醫〕性慾亢進

errabundo, da *adj.* 流浪的，游牧的，巡行的 △tribos ~as 流浪的部族

erradicação *s.f.* 根除，連根拔除，鏟除；撲滅，消滅

erradicar *v.t.* 根除，鏟除，連根拔除；撲滅，使斷根

erradio, dia *adj.* 流浪的，徘徊的，變化無常的，不定的；做錯事的，有罪過的，走入歧途的，見異思遷的 ◇fixo

errado, da *adj.* 錯了的，錯誤的，不正確的，不合適的，不對的，效果不好的 △① cálculo ~ 錯誤的估計 ②caminho ~ 錯路 ③mulher ~a 行爲不正派的婦女 ④andar ~ 走錯 ◇ certo

errante *adj. 2 gén.* 流浪的，徘徊的；變化無常的，不定的；做錯事的，走入歧途的，見異思遷的 △①cavaleiro ~ 游俠 ② estrela ~ 游星 ◇ fixo, sedentário

errar *v.t.* 犯錯誤，弄錯，搞錯；未打中 ‖ *v.i.* 漫遊，周遊，漂泊；出錯，失誤 △① ~ uma adição 加錯了 ② ~ o alvo 没打中 ③ ~ a vocação 選錯職業 ④ ~ é próprio do homem 〔諺〕人孰無過 ⑤ ~ pelo mundo 周遊世界 ⑥ O que muito fala muito erra 言多必(有)失 ◇ fixar-se, acertar

errata *s.f.* (書寫或印刷中的)錯誤，勘誤表

errático, ca *adj.* 流浪的，〔醫〕流走的，不規則的，間斷不定的；〔質〕漂移性的，移動的（冒險）流動的，漂泊的；走錯了的，錯誤的，迷路的（行爲等）古怪的，反覆無常的；〔天〕軌道無定的 △①dor ~a 不規則疼痛，遷移性疼痛 blocos ~s 〔質〕漂塊，漂礫

erro(ê) *s.m.* 錯誤，失誤；謬見，誤解；偏過，誤差；錯覺，違法 △① ~ crasso 謬誤，大錯；失策 ② ~ de cálculo 計算錯誤 ③confessar o seu ~ 承認自己的罪過 ④induzir alguém em ~ 迷惑某人 ◇ certeza, realidade

errôneo, nea *adj.* 錯誤的，不正確的，假的 △①opiniões ~as 錯誤意見 ② doutrina ~ 錯誤理論 ◇ verdadeiro, certo

erubescer(ê) *v.t.* 使紅，發紅，使臉紅，使羞愧

erudição *s.f.* 博學，博覽群書；學識；學問

erudito, ta *adj.* 博學的，有學問的，知識淵博的 ‖ *s.m.* 飽學之士，有學問的人 △homem ~ 有學問的人

erupção *s.f.* (火山等的)噴發，噴出；

〔醫〕發疹,疹;(戰爭感情等)爆發,進發

eruptivo, va *adj.* 噴發的,爆發的,噴出的,火山噴發的;疹的,發疹性的 △① rocha ~ 火成岩 ② enfermidade ~a 發疹性疾病

erva *s.f.* 〔植〕草本植物;食草,草,雜草,牧草;*pl.* 蔬菜,一道龍鬚菜 △① ceifar ~ para os bois 爲牛打牧草 ② ~andorinha 白屈菜 ③ ~baboa 蘆薈 ④ ~benta 薔薇科⑤ ~-dos-besteiros 臭毛茛 ⑥ ~carvalhinha 石鸛 ⑦ ~cidreira 香草⑧ ~dedal 實莨若畢斯屬或洋地黃 ⑨ ~doce 大茴香 ⑩ ~-do-espírito-santo 白芷 ⑪ ~leiteira 遠志屬植物⑫ ~midriática 西洋莨菪 ⑬ ~molarinha 菊科 ⑭ ~pimenteira ou ~serra 胡椒草 ⑮ ~-santa ou ~-do-tabaco 烟草 ⑯ ~-são-joão 貫葉闊⑰ ~seráfica ou ~-da-trindade 三色菫 ⑱ ~-das-sete-sangrias 小岩薔薇 ⑲ ~das-sezões 苦艾 ⑳ ~-abelha ou ~-aranha ou ~-vespa ou ~-borboleta ou ~-percevejo 蘭屬 ㉑ ~-botão ou ~-de-burgue ou ~-de-cobra ou ~ grossa ou ~ colégio ou ~-gato ou ~-dos-gatos ou ~-lanceta 銳葉薄荷(巴西一種藥草) ㉒ ~-do-amor 紫花苜蓿 ㉓ ~-burros 馬鞭草 ㉔ ~-dos-calos 紫景天 ㉕ ~-das-esfoladelas 元參科 ㉖ ~gigante 苘麻⑰ ~-heloísa 馬鞭草 ㉘ ~-dos-pegamassos 牛蒡子 ㉙ ~sangue ou ~-do-fígado 牛舌草 ㉚ ~-ulmeira 繡線菊 ㉛ ~ vermicular 蒿蔓 ㉜ ~-das-verrugas 歐洲向日葵 ㉝filho das ~s 棄嬰

ervacal *s.m.* 牧場

ervado, da *adj.* 多草的,用毒草汁泡過的 △① campo ~ 草原,草場 ②setas ~as 有毒的箭

---

ervanário *s.m.* 草藥商,草本植物學家;草藥採集人;草藥醫生,種毒藥的人

ervilha *s.f.* 豌豆 △ ~-de-cheiro 芳香豌豆② ~-de-trepar 豌豆屬

errilhal *s.m.* 豌豆田

esbaforido, da *adj.* (累得)氣喘吁吁的,透不過氣來的;由於緊張而屏住氣息的

esbandalhar *v.t.* 打碎;使成碎布;撕成碎條(片);破壞,毀壞;使混亂;驅散 ‖ *r.v.* 散開,走入歧途,腐敗

esbanjador, ra(ô) *adj.* 非常浪費的,揮霍的,奢侈的;過份大方的 ‖ *s.m.* 浪費者,浪子,揮霍者

esbanjar *v.t.* 揮霍,浪費,亂用(時間、金錢等),慷慨地給予 ◇ poupar

esbarrar *v.t.* 拔鬃關;拋光,打磨;碰撞

esbater(ê) *v.t.* 使高低浮雕感;〔美〕在(畫面上)畫陰影,畫投影

esbelto, ta *adj.* 苗條的,細高的,優美的 △① corpo ~ 苗條的身材 ②moça ~a 苗條的姑娘

esboçar *v.t.* 素描;起草,草擬 △① ~ um retrato 畫像 ② ~ um sorriso 微笑

esboço *s.m.* 草圖,草稿,草案,略圖 △① ~ de um romance 一本小說的草稿 ② ~ biográfico 生平簡歷

esbofado, da *adj.* (累得)氣喘吁吁的,透不過氣來的,(緊張得)屏住氣息的

esbofar *v.t.* 使氣喘吁吁,使透不過氣來;使氣息奄奄 ‖ *v.r.* 喘氣

esboroamento *s.m.* 弄碎,粉碎,破碎

esboroar *v.t.* 弄碎,磨碎,使成灰塵;崩潰,破碎 ‖ *v.r.* 變成灰塵

esborrachar *v.t.* 壓碎,壓扁,壓壞,壓爛,使爆炸,使炸裂

esborralhada *s.f.* 崩潰,潰散,分散

esborralhar *v.t.* 撥火;毀滅;打碎 ‖ *v.r.* 倒塌,陷落,崩潰

esborrar *v.t.* 清理渣滓

esborratar *v.t.* 染上墨漬,被墨漬弄髒,沾上污點

esbranquiçado, da *adj.* 帶白色的,微白的,蒼白色的 △lábios ～s 蒼白的嘴唇

esbravecer ou **esbravejar** *v.t.* 使喪亂 ‖ *v.i.* 掙扎,舞動,憤怒地喊叫

esbugalhado, da *adj.* 凸出的,(眼球)突出的;(轉動的,瞪住的 △olhos ～s 凸眼

esburacar *v.t.* 穿孔,鑽孔,鑿孔,在……上打眼

esbuxar *v.t.* 使脫離

escabeche *s.m.* 鹵(魚、肉等用的)汁;偽裝,粉飾;吵鬧,騷嚷 △galinha em ～ 鹵雞

escabelo(ê) *s.m.* 墊腳櫈,矮櫈

escabichar *v.t.* 窺探;調查;扒地尋物

escabrosidade *s.f.* 粗糙,凹凸不平,崎嶇;(轉)困難;難辦,棘手

escabroso, sa(ô) *adj.* 粗糙的;崎嶇的,坎坷的;(轉)難辦的,棘手的,不好處理的,微妙的 △caminho ～ 崎嶇不平的路 △assunto ～ 微妙的事情(問題)◇ liso, decoroso

escabulho *s.m.* 果皮;籽殼;一堆殼

escada *s.f.* 樓梯;階梯;梯子;第次,序列 △① ～ de caracol 螺旋形樓梯 ② ～ de corda 軟梯 ③ ～ rolante 自動電梯 ④ ～ de portaló 舷梯 ⑤ ～ de mão 手梯 ⑥gente na ～ abaixo 下流社會的人

escadaria *s.f.* 樓梯;梯子;梯狀物

escadório *s.m.* 樓梯;梯子

escadote *s.m.* 小梯子

escafandro *s.m.* 潛水衣,潛水器

escafóide *adj. 2 gén.* 船形的,如船的 △osso ～ 船形骨

escala *s.f.* (尺、稱、儀表等上的)刻度,標度;度數,分度;尺寸,尺度;比例;比例尺;(轉)規模,大小;(樂)音階,音列;天秤盤,秤皿;(轉)次次,序列,等級,級別;中途站 △① ～ de proporção 比例尺 ② ～ móvel (按)物價計算酬法 ③ ～ alcoólica (酒的)度數 ④por ～ 輪流值班 ⑤em grande ～ 大規模地 ⑥fazer ～ 中途停(靠) ⑦ ～ de longitudes 橫尺 ⑧ ～ social 社會地位

escalada *s.f.* 攀登,昇高

escalamento *s.m.* 攀登,昇高

escalão *s.m.* 梯級;階梯,梯陣,梯列 △os ～-es de um emprego 某一職務的級別

escalar *v.t.* 登上,攀登,爬梯而上;向上爬,鑽登;使飛機爬高;掠奪,劫掠 △① ～ os cimos da ciência e da técnica 攀登科技高峰 ② ～ uma fortaleza 攻入要塞

escalavrar *v.t.* 抓傷,擦傷,擊傷;破壞(牆面、頂,);(轉)傷害

escaldadela *s.f.* 燙,燙傷,灼痛

escaldado, da *adj.* 燙傷的;(由於受過教訓而變得)謹小慎微的 △ gato ～ de água fria tem medo 經思患者知所畏,灼傷的兒童懼水 ②ficar ～ 變得謹小慎微

escaldadura *s.f.* 燙,燙傷,灼痛;燙傷,斥責

escalda-pés *s.m.* 熱水洗腳

escaldar *v.t.* 用開水燙,用燒紅的金屬烙;用熱水洗;燒灼;殺菌,以熱力減絕病菌;(轉)責罰,‖ *v.i.* 燙,燙熱 △ a verdura antes de a cozer 青菜在烹煮之前先焯一下 ◇ refrescar

escaler *s.m.* 小艇,小船;救生艇

escalfador(ô) *s.m.* 煨鍋,火鍋

escalfar *v.t.* 在火鍋中加熱，水煮(荷包蛋) ‖ *v.i.* 減少，使不足

escalpar *v.t.* 剝取頭皮;使疲倦,使疲憊

escalpelar ou **escalpelizar** *v.t.* 用手術刀割,解剖;剖開,切開

escalpelo(ê) *s.m.* 外科小手術刀,解剖刀

escalpo *s.m.* 帶髮的人頭皮(印第安人的戰利品)

escalvado, da *adj.* 不毛的,乾旱的,貧瘠的,荒蕪的

escalvar *v.t.* 使禿;〔轉〕使不毛,使不長植物;使不生育,使不妊

escama *s.f.* 鱗,鱗狀物;〔植〕鱗苞,鱗片,甲鱗;氧化鐵皮,鐵鏽;鍋垢,水鏽,齒垢 △ ~s de sabão 皂片

escamação; escamadura *s.f.* 剝鱗;生氣,發怒,憤怒;〔植〕鏽病

escamar *v.t.* 剝……的鱗;刮掉……的鍋垢;給……去鏽 ‖ *v.r.* 憤怒 △ ~ um peixe 刮魚鱗

escameado, da *adj.* 有鱗的

escamífero, ra *adj.* 有鱗動物的

escamíforme *adj. 2 gén.* 〔動〕鱗形的

escamisar *v.t.* 脫觀叶衣;剝果皮,去籽苞

escamoso, sa(ô) *adj.* 有鱗的,鱗狀的;〔植〕有鱗苞的;有鍋垢的

escamotear *v.t.* (魔術師把某物)變沒有,使消失;把……藏於掌中,耍花招,騙取 ‖ 施魔法,變戲法

escampar *v.i.* 雨停,變晴 △ espera que escampe 等着雨停下來

escandalizador, ra(ô) *adj.* 使起反感的,引起反感的 ‖ *s.m.* 誹謗者,惡意中傷者,令人反感者

escandalizar *v.t.* 使發生風波;使喧

鬧,使吵鬧;使不滿,使憤慨,使不能容忍;帶壞,使做出醜事,使道德敗壞,使幹出違反常情的事情 ‖ *v.r.* 做出醜事,做出道德(或違反常情)的事;惱火,憤怒 △ ①a atitude do actor escandalizou o público 演員的態度引起公憤 ② ~ uma ferida 使傷口惡化 ③ ~ se com epigramas 對諷刺詩感到憤怒

escândalo *s.m.* 公憤,眾怒;醜聞,醜事,穢行;舞弊案件;(社會上的)反感,非議,誹謗;風波,喧鬧,吵鬧;不檢點 △ ①causar ~ 引起公憤 ②pedra de ~ 難境,疑點,障礙物

escandaloso, sa *adj.* 可恥的,丟臉的,出醜的,令人反感的;毀謗的,(惡意)中傷的;吵鬧的 △ procedimento ~ 可恥的行為 ‖ *v.* exemplar, edificante

escandência *s.f.* 白熱,發白熱

escandente *adj. 2 gén.* 白熱的,白熾的,發白熱光的

escangalhar *v.t.* 拆散,毀壞;打碎;打亂(次序等) △① ~ uma cadeira 拆散椅子 ② ~-se a rir, com riso 捧腹大笑

escanhoar *v.t.* 刮(臉),剃鬍鬚髭

escapada *s.f.* 匆忙逃跑,逃去,溜掉;輕率行為,過錯

escapadela *s.f.* 逃走,逃跑,規避,逃避;逃避責任

escapar *v.i.* 逃走,逃亡,逃脫,逃避;(液體等)漏出,漏氣,漏掉;忘卻 △① ~ de boa 逃免大難 ② ~ de um perigo 逃脫危險 ③ ~ da cadeia 越獄 ④ ~ por um triz 僅僅幸免 ⑤ ~ um erro 不慎說錯,不慎做錯 ⑥ ~ à vigilância 逃避監視

escapatória *s.f.* 脫身之計,詭計;遁辭,託辭,藉口;道歉,歉意

escapatório, ria *adj.* 能忍受得住的,忍耐力強的,承受得起的,尚好,還好

△concerto ~ 權宜之用具

escape *s.m.* 逃跑,逃脫,溜掉;(水、氣等的)漏出,溢出;(鐘表等的)擒縱機,司行輪;[機]排氣口,排氣閥,排氣管 △①tubo de ~ 排氣管 ②válvula de ~ 排氣閥

escapelar *v.t.* 剝葉,剝籽苞

escapular *adj. 2 gén.* [動]肩胛骨的 △músculos ~es 肩胛肌

escapulir *v.t.* 令逃走,使逃脫 ‖ *v.i. e.r.* 逃跑,越獄,逃脫某人的控制

escara *s.f.* [醫]痂,瘢痂;皮屑,頭皮,頭垢

escaramuça *s.f.* [軍](前哨部隊之間的)衝突,小規模戰鬥;小吵,小爭論

escarapela *s.f.* (爭吵中的)揪,扯,推,操

escarapelar *v.t.* 抓,揪,扯,推,操;抓傷

escaravelho *s.m.* [動]甲蟲

escardear *v.t.* 除掉(田間)雜草,芟草 ‖ *v.i.* (由於爆炸力量大)撒鉛彈

escarduçar *v.t.* 梳(刷)羊毛

escarlata *s.f.* 紅布;紅衣服

escarlate *adj. 2 gén.* 猩紅色,緋紅色,鮮紅色 ‖ *s.m.* 紅布;紅衣服 △lábios ~s 鮮紅的嘴唇

escarlatim *s.m.* 粗紅布;紅呢

escarlatina *s.f.* [醫]猩紅熱 △febre ~ 猩紅熱

escarnação *s.f.* 剜肉

escarnador(ô) *s.m.* 剜肉器

escarnar *v.t.* 剝肉皮,剔骨,扣上板機

escarnecimento *s.m.* 愚弄,嘲弄;笑柄;挖苦;徒勞之事

escarnicador, ra *adj.* 嘲弄的,嘲笑的,譏笑的 ‖ *s.m.* 嘲弄者,嘲笑者,譏笑者

escarnicar *v.i.* 愚弄,嘲弄,嘲笑,戲弄

escárnio *s.m.* 嘲弄,愚弄,譏笑;笑柄;輕視 △fazer ~ de 戲弄某人,嘲笑某人

escarpado, da *adj.* 陡峭的,峻直的 △muralha ~a 陡直的城牆

escarpar *v.t.* 使成陡坡;斜劈(山,地面);使成斜坡

escarpelar *v.t.* 剝葉;抓,抓傷

escarrado, da *adj.* 吐出的;極相似的 △é a cara do pai ~ 酷肖父親

escarradura *s.f.* 吐痰;唾痰,涎沫

escarrador, ra *adj.* 多痰的 ‖ *s.m.* 痰盂

escarrapachar *v.t.* 橫跨,跨坐馬背,黏着 ‖ *v.r.* 躺在地上,摔倒在地上

escarrar *v.t.* 吐(唾沫等);咯(血) ‖ *v.i.* 吐唾沫,吐痰,唾痰,蔑視 △① ~ insultos 侮辱 ② ~ sangue 吐血,咯血 ③ ~ grosso 擺出重要人物的樣子

escarro *s.m.* 痰;唾液

escascar *v.t.* 分離;剝皮,脫皮

escassear *v.t.* 使不足,使稀有,減,免 ‖ *v.i.* 缺乏,不足,短缺

escassez *s.f.* 缺少,不足,短缺,缺陷,虧空,不足額 △① ~ de comida 食物不足 ② ~ de homem(dinheiro) 缺乏人(財) ③ ~ de recursos 缺乏資源 ◇ abundância

escasso, ssa *adj.* 缺少的(數量),不足的,狹小的,稀疏的,微弱的,小量的;心胸狹窄的 ‖ *s.m.* 吝嗇的,吝嗇的人;心胸狹窄的 △①dinheiro ~ 很少的錢 ②luz ~a 微弱的光綫 ◇ abundante

escava ou **escavação** *s.f.* 挖(洞),挖掘,探掘;洞,洞穴,坑道;開採物,發掘物;清除(泥土);[轉]調查,探究

escavar *v.t.* 挖,掘,鑿,發掘,發掘;挖空,使成空洞;[轉]調查,探究 △① ~ árvore 刨樹 ② ~ um terreno 挖地①

~ um tronco 挖空樹幹 ④ ~ o pas-
sado調查過去

escaveirado, da *adj.* 憔悴的, 衰弱
的;消瘦的, 鬼一樣的

escaveirar *v.t.* 使養成頭蓋形, 使頭
的肉減少;〔轉〕變憔悴, 變瘦;使成死
狀

esclarecer(ê) *v.t.* 照亮, 使光亮;闡
明, 使清楚;使心明朗亮, 使增加聲望
‖ *v.i.* (天氣)放晴;破曉, 天亮 △①o
sol esclarece a terra 太陽照亮了大地
② ~ dúvidas 弄清疑問 ◇ escurecer

esclarecido, da *adj.* 明亮的;(天氣
等)晴朗的;明白的;清晰的, 顯著的;
傑出的;開明的;開通的

esclarecimento *s.m.* 解釋;註釋, 明
瞭;清洽

esclarina *s.f.* (婦女用)狹長披肩

esclerose *s.f.* 〔醫〕硬化, 硬化症

escoadouro *s.m.* 排水渠, 下水道, 排
水管, 陰溝, 淺水道, 水槽

escoadura *s.f.* 排流(液體);排放量

escoamento *s.m.* 排放(液體);排放
液體的出口

escoar *v.t.* 排, 排泄, 放乾, 漏, 洩 ‖
v.r. 流, 滑過, 滑走, 消失, 潛逃 △①a
vida escoa-se rápida 人生瞬息即逝 ②
~-se por entre a multidão 消失在人羣
中

escocês, cesa *adj.* 蘇格蘭的 ‖ *s.m.*
蘇格蘭人, 蘇格蘭語

escócia *s.f.* 〔建〕(柱基的)凹凹邊飾;
〈M〉蘇格蘭

escoda *s.f.* 〔建〕打石鎚, 石工鎚

escodear *v.t.* 剝皮, 剝離包皮

escogitar *v.t.* 發明, 創製, 設計, 想
出, 挖空心思(而弄巧成拙);研究

escol *s.m.* 精選品, 精華, 精髓;花, 妙
處 △ ~ da sociedade 社會名流

escola *s.f.* 學校, 書院;學派;教學法

△a ~ primária 小學校 ② andar na ~
修業 ③ir à ~ 上學 ④ter uma ~ 開辦
學校 ⑤ ~ materialista 唯物主義學派

escolar *adj.* 2 gén. 學校的 ‖ *s.2
gén.* 學生 ‖ *s.m.* 〔動〕玉梭魚(鱈
魚), 杖魚 △①idade ~ 學齡 ②regula-
mento ~ 校規 ③trabalho ~ 學校功
課

escolaridade *s.f.* 學歷 △idade da ~
學齡

escolástico, ca *adj.* 學校的, 教育的,
陳舊的, 墨守成規的, 迂腐的 ‖ *s.m.*
經院學者, 迂腐者 △costume ~ 教學
習慣

escolha(ô) *s.f.* 選擇, 挑選, 選舉, 選
拔;喜歡, 看中 △①por ~ 有選擇地
② ~ de um deputado 選舉一議員

escolhedor(ô) *s.m.* 選擇者, 挑選者,
選拔者;選擇器, 波段開關, 拾集器

escolher(ê) *v.t.* 選擇, 挑選, 選舉, 選
拔;揀, 拾 △①entre dois males ~ o
menor 兩弊取其輕 ② ~ o arroz 揀稻
子

escolhimento *s.m.* 選擇, 挑選, 選拔;
喜歡, 看中

escolho(ô) *s.m.* 礁石, 暗礁;〔轉〕危
險, 障礙 △os ~s da vida 生活中的暗
礁

escolta *s.f.* 衛隊;護航艦隊, 護送車
隊, 護送人;隨從(人員) △①o general
e a sua ~ 將軍及其隨從人員 ②o
navio de ~ 護衛艦

escoltar *v.t.* 護送, 護航, 護衛;押送
△ ~ um preso 押送犯人

escombro *s.m.* 瓦礫, 廢料, 廢物;
〔動〕一種鯖魚 △ reduzir a ~s 使變成
廢墟

escondedouro *s.m.* 隱藏處, 躲藏處,
藏匿處

esconder(ê) *v.t.* 藏, 藏匿, 掩藏, 隱

藏,包藏 ‖ *v.r.* 躲藏 △① ~ di-
nheiro藏錢 ② ~ o rosto com as mãos
用手掩住臉 ③ ~ pesares 掩藏痛苦
④ ~-se de uma coisa(alguém) 躲着某
物,躲着不見某人 ◇ patentear, reve-
lar

esconderijo *s.m.* 隱藏處,躲藏處,掩
藏處,藏匿處

escondidas *s.f. e.pl* 捉迷藏 △às ~
秘密地 ‖jogo das ~ 捉迷藏

escopo *s.m.* 眼界;界;目的,目標
△o meu ~ é achar a verdade 我的目
的是找到真理

escopro(ô) *s.m.* 鑿子

escora *s.f.* 支撐柱,斜撐柱

escoramento *s.m.* 用柱支撐;〔集〕支
住,斜撐柱,支撐物

escorar *v.t.* 以柱支撐,支持,把……
靠着,十字支撐 ‖ *v.r.* 倚賴 △ ~-se
na religião 依靠宗教

escorbútico, ca *adj.* 〔醫〕敗血病的

escorbuto *s.m.* 〔醫〕敗血病

escória *s.f.* 〔冶〕礦渣,鎔渣,金屬浮
渣;〔質〕火山岩渣;〔轉〕(社會)渣滓,
廢物

escoração *s.f.* 擦傷,損傷皮膚;清礦
渣,清浮渣

escoriar *v.t.* 擦傷皮膚,清除浮渣,清
除渣滓

escornada *s.f.* 用角刺觸

escornar *v.t.* 〔動〕牴,用角刺觸;驅
擊;輕視;指責

escornear, escornichar *v.i.* 習慣於
用角刺觸

escorpião *s.m.* 〔動〕蝎子;〈M〉天蝎
座,天蝎宮

escorraçar *v.t.* ~ 驅除,驅趕,斥退;否
認,不理睬 △① ~ a fortuna 不承認
天命 ② ~ um cão 驅趕狗 ③ ~ um
intriguista 驅除陰謀家(分子)

escorreduras *s.f. pl.* 沉澱物,沉積
物,渣滓

escorregadela *s.f.* 滑動;〔轉〕疏忽,
過失

escorregadiço, ça *adj.* 滑的,向下滑
的,走下坡路的

escorregadio, dia *adj.* ; **escorregável**
adj. 2 gén. 滑的;危險的;難以把握
的,微妙的 △terreno ~ 險境

escorregadouro *s.m.* 滑路;滑梯

escorregadura *s.f.* 滑;流;滑路

escorregamento *s.m.* 滑;流;滑路

escorregão *s.m.* 滑動;滑路

escorregar *v.t.* 滑,流,滑動 △① ~
numa laje 在一石板上滑倒 ② ~ na
ladeira do crime 在犯罪的路上滑下去

escorreito, ta *adj.* 無損傷的,無瑕
的;好體格的;美觀的 △são e ~ 健康
無恙的 ◇ achacado

escorrer(ê) *v.t.* 排放流體;倒乾淨,
搾乾,瀝乾,使流下(落) ‖ *v.i.* 滴;
摸,輕撫 △① ~ a salada 把色拉中的
水瀝乾 ② a ferida escorre sangue 傷口
在滴血 △as mãos escorriam-lhe indo-
lentemente 雙手懶散地撫摸他 ④ ~
em suor 滴汗

escorrimento *s.m.* 滴下(水,油脂
等),滴落;滑流

escorva *s.f.* 點火藥,起爆藥

escorvador(ô) *s.m.* 注藥器,注油器;
爆管,雷管;火帽,底火

escoteiro, ra *adj.* 輕裝的,無負擔的,
不受束縛的人;童子軍

escotilha *s.f.* 〔海〕(艦船上的)艙口

escotilhão *s.m.* 〔海〕小艙口

escova(ô) *s.f.* 毛刷 △① ~ do cabe-
lo 頭刷 ② ~ dos dentes 牙刷 ③ ~ de
polir 磨(拋)光刷 ④ ~ para unhas 指
甲刷

escovadela　*s.f.* 刷;〔轉〕斥責,譴責 △deu-lhe uma ~ 把他斥責了一頓

escovar　*v.t.* 用刷子刷;〔轉〕打罵,斥責

escovilha　*s.f.* 金屬渣滓

escravaria　*s.f.* 女奴隸;圓筒形寬手鐲

escravaria　*s.f.* 大批奴隸,一大群奴隸

escravatura　*s.f.* 奴隸狀態;奴隸身份;奴隸制;奴隸販賣

escravidão　*s.f.* 奴隸身份,奴隸狀態;俘虜;〔轉〕屈從,束縛 ◇ liberdade

escravizar　*v.t.* 使成爲奴隸;征服;強制,使屈從

escravo,a　*adj.* 奴隸般的;奴性的,卑屈的;無獨創性的 ‖ *s.m.* 男奴隸;……的奴隸,耽迷……的人;苦工 △① ~ do seu dever 拼命盡本份工作的人 ②ser ~ da sua palavra 嚴格履行諾言的人 ③ ~s de moda 拼命趕時髦的人

escravaninha　*s.f.* 寫字檯

escrevente　*s. 2 gén.* 書記,繕寫員

escrever(ê)　*v.t.* 寫,書寫;寫作;拼寫 ‖ *v.i.* 寫信 △①como se escreve esta palavra? 這個詞怎麼拼寫? ② ~ à família 給家人寫信 ③o que ele diz não se escreve 不理睬他說的話 ④está escrito 已經定下來了 ⑤estava escrito 上帝這樣安排的,這是上帝的旨意 ⑥Deus escreve direito por linhas tortas 有備無患 ⑦máquina de ~ 打字機

escrevinhador; escrevedor(ô)　*s.m.* 書記;〔口〕不出名的作家

escrevinhar　*v.t.* 亂寫亂塗,潦潦草草地寫

escriba　*s.2 gén.* (猶太人的)法學家;公證人;法庭書記;書吏,寫書員,繕寫員;蹩腳作家

escrínio　*s.m.* 寫字檯;小櫃;小保險箱;珠寶箱

escrita　*s.f.* 寫,寫作;書法,筆跡;習字;契據,文件 △①fazer a ~ 記帳 ② ~ comercial 帳簿 ③história da ~ 文字史

escrito,ta　*adj.* 書寫的 ‖ *s.m.* 書寫,契據,票據,單據;*pl.* 著作,作品;招租廣告 △①por ~ 書面地,文字的 ②casa com ~ 貼有招租廣告的房子

escritor(ô)　*s.m.* 著作者,作家

escritório　*s.m.* 事務所,辦公室 △ ~ de informação 問訊處

escritura　*s.f.* 寫法,契約;寫,書寫;聖經(新約與舊約) △① ~ de fretamento 租船契約 ② ~ de venda de mercadorias 賣約 ③ ~ sagrada 聖經 ④lavrar uma ~ 立契

escrituração　*s.f.* 簿記;登記;記帳;帳目 △conhecer bem a ~ 熟悉帳目(或記帳)

escriturar　*v.t.* 記帳,登記;聘用,雇用(歌唱家,演員,雜技演員演出)

escrituário　*s.m.* 書記,抄寫員,繕寫員,記帳員

escrivã　*s.f.* 女修道院執事;女書記

escrivania　*s.f.* 書記職位,書寫員職位

escrivaninha　*s.f.* 寫字檯

escrivão　*s.m.* 書記,執事 △① ~ do juiz de direito 法官的書記 ② ~ do crime, do cível 法院書記官 ③ ~ da fazenda 財政廳書記官 ④ ~ da pena grande 褊馬路清潔丁

escrófulas　*s.f. pl.* 〔醫〕淋巴結結核;瘰癧

escrofulose　*s.f.* 〔醫〕淋巴結結核病;瘰症

escrofuloso,sa(ô)　*adj.* 〔醫〕(患)淋巴結結核病的,瘰癧(性)的 ‖ *s.m.* 淋巴結結核患者,瘰症患者

escroto(ô)　*s.m.* 陰囊

escrúpulo *s.m.* 遲疑,疑慮;顧慮,顧忌;精心,一絲不苟,認真;悔悟,悔恨 △①fazer alguma coisa com ~ 認真地做某事 ②homem sem ~s 肆無忌憚(無所不爲)的壞蛋 ③ficar com ~ 後悔 ④~s de consciência 顧慮,顧忌 ⑤não ter ~ 毫不遲疑地去做

escrupuloso, sa(ô) *adj.* 多疑的,顧慮多的,引起疑慮的;嚴謹的,精心的,認真的,一絲不苟的 △①homen ~ 多疑的人 ②procedimento ~ 嚴謹的行爲 ③pesquisas ~as 認真地調查

escrutador, ra(ô) *adj.* 查詢的,查究的 ‖ *s.m.* 查詢者,精細的檢查者 △olhar ~ 查詢的目光

escrutar *v.t.* 察看,查詢,查究 △~ o horizonte 注視看天際

escrutinador(ô) *s.m.* 檢查官,投票檢查官(特指選舉中的檢票人,監票人)

escrutinar *v.t.* 細看,細讀;細察,審查;統計選票,監督投票

escrutínio *s.m.* 細看,細讀;仔細檢查,調查(複查)△demandar o ~ 要求(重新)檢查選票

escudar *v.t.* 用盾牌保護;〔轉〕保護,庇護,護衛 ‖ *v.r.* 倚賴,憑借 △①escudaram-no os parentes 親人們保護了他 ②~-se na influência de alguém 憑借某人的影響

escudeiro *s.m.* 騎士的持盾隨從;侍從,跟班;紳士

escudo *s.m.* 盾,盾牌;國徽;標誌;埃斯庫多(葡萄牙等國的貨幣單位);錢盤;〔轉〕保護,倚託 △①de armas 國(城,族)徽 ②enxertar de ~ 接芽術

esculápio *s.m.* 〔口〕醫生,大夫,治病者

esculpir *v.t.* 雕刻,雕塑;〔轉〕留下深刻的印象 △① ~ uma estátua 雕刻一

塑像 ②traz o pesar esculpido no rosto 滿臉悲傷

escultor; esculpidor(ô) *s.m.* 雕刻者,雕刻家,雕塑家

escultura *s.f.* 雕刻術,雕刻品,雕塑物;雕像,塑像 △obras de ~ 雕刻品

escultural *adj. 2 gén.* 雕刻的,雕塑的 △①arte ~ 雕刻藝術 ②beleza ~ 雕刻美

escuma *s.f.* (煮沸或發酵時發出的)泡沫,浮渣,渣滓 △ ~ de cidade 城市渣滓

escumadeira *s.f.* 撇沫的杓

escumante *adj. 2 gén.* 形成泡沫的,浮沫的

escumar *v.t.* 撇去沫子,除去浮渣 ‖ *v.i.* 形成泡沫,濺沫,啐唾沫;〔轉〕怒,沸騰 △ ~ de raiva 憤怒得口中噴沫

escumoso, sa *adj.* 浮沫的,出沫的

escuna *s.f.* 雙桅輕便船

escurecer(ê) *v.t.* 使黑暗,使暗淡;〔轉〕使困難 ‖ *v.i.* 變黑暗,失去光明 △① ~ a fama de alguém 使某人的名聲下降 ②o seu cabelo tem escurecido 他的頭髮變黑 ③ao ~ 入夜

escuridade; escuridão *s.f.* 黑暗,陰暗;〔轉〕愚蒙,離障,蒙昧無知 △① ~ da noite 夜晚的黑暗 ② a ~ da alma 愚昧無知

escuro, ra *adj.* 暗,黑暗的;淺黑的;〔轉〕陰暗的,愚昧的,蒙昧無知的;神秘的;憂愁的,鬱鬱不樂的;名譽不佳的 ‖ *s.m.* 黑暗,暗處,暗色,愚昧,無知 △①noite ~a 黑夜 ②fato ~ 淺黑色衣服 ③problema ~ 難解的問題 ④som ~ 濁音 ⑤às ~as 在暗處,秘密,暗中,不知 ⑥ficar no ~ 在黑暗中,不明 ⑦meter no ~ 隱藏 ◇ claro, fácil, alegre escusa *s.f.* 道歉,謝罪,辯白,解釋;免除,寬恕,原諒,饒恕 △obter ～ 獲得寬恕

escusado,da *adj.* 不需要的,寬恕的;無用的,多餘的,過剩的 △① é ～ dizer isso 不必說這些了,說了也沒有用了 ②é ～ falares nisso 不需要說這些了 ③trabalho ～ 無益的工作

escusar *v.i.* 原諒,寬恕;免除,寬免;為……辯解,表白 ‖ *v.r.* 替自己辯護 △① ～ faltas 原諒缺點 ② ～ do serviço militar 免除服軍役 ③ ～ se não aceitar o convite 請恕他不接受請帖,請恕不來 ◇ acusar, carecer

escusável *adj.* 2 *gén.* 情有可原的,可以饒恕的;可申辯的,不無理由的 △erro ～ 可以原諒的錯誤

escuso,sa *adj.* 隱藏的,秘密的,神秘的,沒有人去的 △①perigo ～ 隱患 ②ideia ～a 言外之意 ③ ～ de comparecer 免除出席 ④por porta ～a 秘密地,隱藏地 ⑤rua ～ 很少有人走的路

escuta *s.f.* 聽,傾聽 ‖ *s.m.* 聽者;探子,間諜 △①à ～ 防守,戒備 ②aparelho de ～ 助聽器

escutar *v.t.* 聆聽,傾聽;調查,得知 ‖ *v.i.* 注意聽;〔醫〕聽診;照准,服從 △① ～ uma ordem 聽取命令 ② ～ a voz da razão 聽從真理的聲音

escuteiro *s.m.* 童子軍,探子

esfacelar *v.t.* 〔醫〕(組織)壞疽,壞死‖毀壞,損壞,腐敗

esfaimado,da *adj.* 饑餓的

esfaimar *v.t.* 使饑餓,餓死‖*v.r.* 缺糧挨餓,斷炊

esfalfamento *s.m.* 枯竭,用盡;疲憊;衰竭,衰弱

esfalfar *v.t.* 使精疲力盡,使疲憊不堪,使衰弱‖*v.r.* 操勞過度

esfaquear *v.t.* 拿刀切;拿尖刀戳,刺,刺傷;斬

esfarelar *v.t.* 磨碎,粉碎;軋糠‖*v.r.* 變碎,成碎片

esfarpar *v.t.* 切成條片,裂爲碎片

esfarrapado,da *adj.* 撕裂的;斷裂的,襤褸的,不連貫的,無秩序的 △①homem ～ 衣服襤褸的人 ②perna ～a 斷肢 ③discurso ～ 語無倫次的演說

esfarrapamento *s.m.* 撕碎,破裂,破碎

esfarrapar *v.t.* 撕成碎片,撕破

esfera *s.f.* 球,球體,球面,球形;天體,行星;〔天〕天球,天空;地球儀,天體儀;〔轉〕範圍,領域;職位,身份,地位;能力 △① ～ terrestre 地球儀 ② ～ armilar 渾天儀 ③ ～ celeste 天球,天空 ④isso não é da minha ～ 這不屬於我的職權範圍 ⑤homem de grande ～ 能力大的人 ⑥homem de baixa ～ 身份低的人

esférico,ca *adj.* 球形的,球體的,球面的;天體的

esfervilhar *v.i.* 蠕動,急劇,翻轉

esfoladela; esfoladura *s.f.* 剝皮,脫皮,表皮割傷

esfolar *v.t.* 剝……的皮;抓傷;〔轉〕貴賣;課重稅 △① ～ um carneiro 剝綿羊皮 ② ～ um freguês 剝削顧客

esfolhada *s.f.* 剝葉,去殼;剝玉米皮

esfolhar *v.t.* 剝葉子,去殼,剝玉米皮

esfomear *v.t.* 使挨餓,使斷糧

esforçado,da *adj.* 勇敢的,奮勇的,努力的;激勵的,受到鼓勵的,振奮的,強壯的;增強的 △①homem ～ 勇敢的人 ②soldados ～s pelo chefe 受到首長激勵的士兵 ◇fraco, pusilânime

esforçar *v.t.* 使有力,使充滿精力;激勵,鼓勵,增強 ‖*v.r.* 努力,盡力,勉勉 △ ～-se por alcançar os seus companheiros no estudo 努力在學習上

趕上自己的同學 ◇ enfraquecer, entibiar

esforço(ô) *s.m.* 氣力；努力；勇氣；強度 △① ~ de vontade 意志力 ②sem ~ 容易地,不費力地 ③ ~ conjunto 共同努力 ④farei todos os ~s 我一定盡全部力量

esfrangalhar *v.t.* 撕破,撕碎；破碎

esfrega *s.f.* 摩擦,擦洗；〔轉〕苦役；譴責,斥責 △apanhar uma ~ 受到譴責

esfregação *s.f.* 摩擦,摩洗,擦洗,擦光,沖洗

esfregador(ô) *s.m.* 摩擦者,擦洗者；摩擦器

esffregão *s.m.* 抹布,揩布 △ ~ com cabo 有柄刷,拖把

esfregar *v.t.* 摩擦,擦洗,擦光 △ ~ o sobrado 擦地板 △ ~ as mãos de contente 高興地搓手 △o diabo esfrega um olho 一霎,霎時

esfriador(ô) *s.m.* 冷卻器,致冷裝置

esfriamento *s.m.* 變冷,冷卻；〔醫〕(動物的)傷寒病 △sofrer um ~ 患傷寒病

esfriar *v.t.* 使冷卻；〔轉〕減少熱情,使溫和 ‖ *v.r.* 變冷；〔轉〕失去欲望,減弱 △① a velhice esfria as paixões 老年使欲望下降 ②o vento esfria-me 風使我感到冷 ‖ aquecer

esfumado, da *adj.* 陰暗的；曖昧的；陰晦的,晝 ‖ *s.m.* (晝的)陰暗部分

esfumar *v.t.* 用煙抹黑,使(輪廓、綫條)變模糊 ‖ *v.r.* (像煙一樣)消失,消散,(綫條、輪廓)變模糊 △①as nuvens esfumam o céu 烏雲使天空變暗 ②as nuvens esfumam-se no horizonte 烏雲消失在地平綫上 ③as montanhas esfumaram-se na neblina 山巒的輪廓在霧中消失了

esgadanhar *v.t.* 抓傷

esgalgado, da *adj.* 瘦的,獵兔狗似的

esgalgar *v.i.* 變瘦

esgana *s.f.* 勒死,勒緊；〔醫〕百日咳

esganação *s.f.* 勒死,勒緊；饑餓,枵腹,貪婪

esganado, da *adj.* 饑餓的,貪婪的；吝嗇的 △ ~ por dinheiro 貪錢,極其需要錢

esganar *v.t.* 勒死,勒緊,縊死 ‖ *v.r.* 自縊；吝嗇

esganiçar *v.t.* 高喊(近似狗叫)；用大氣力唱出高音符 ‖ *v.i.* 吵,嘯叫

esgaratujar *v.t. e i.* 亂寫,潦潦草草地寫

esgaravatador, ra(ô) *adj.* 抓的……的 ‖ *s.m.* 抓者,扒……的人

esgaravatar *v.t.* (用手)扒土；扒(牙)；掏(耳朵)；扒(爐膛);〔轉〕仔細查找 △① ~ em arquivos 在檔案中仔細查找 ② ~ os dentes 剔牙

esgazeado, da *adj.* 微白的,蒼白的；失神的,(驚訝、恐懼、好奇得)睜大眼睛的 △azul-~ 淺藍色

esgazear *v.t.* 盯看看,目不轉睛地看,凝視,睜大眼睛看

esgotadouro *s.m.* 排水管,下水管,溝道

esgotamento *s.m.* 排水管,下水道；疲憊；衰弱;虛脫

esgotante *adj. 2 gén.* 令人疲憊的 △ um trabalho ~ 極費力氣的工作

esgotar *v.t.* 倒空；喝乾；弄乾,排乾；耗盡；弄空;使竭盡心力,使疲憊 ‖ *v.r.* 變疲憊 △① ~ uma garrafa 倒空瓶子 ② ~ um pântano 排乾沼澤 ③ ~ as forças 使精疲力竭 ④ ~ o cálice da amargura 忍受最大的不快 ⑤ ~ um assunto 詳述一事

esgotável *adj. 2 gén.* 可排放的,可放

乾的,可耗盡的

esgoto(ô)   *s.m.* 排水管,下水道,陰溝,溝道

esgrima   *s.f.* 劍術 △① ~ de baioneta 拼刺刀術 ② ~ de florete 花劍術 ③ ~ de sabre 刀術

esgrimador, ra(ô)   *adj.* 舞劍的 ‖ *s.m.* 舞劍的人,擊劍運動員;劍術家,劍術師

esgrimir   *v.t.* 揮舞刀劍 ‖ *v.i.* 擊劍,舞劍;搏鬥;〔轉〕從事鬥爭,鬥爭;努力,盡力

esgrimista   *s.2 gén.* 劍術家

esguedelhar   *v.t.* 使頭髮散亂,使頭髮蓬鬆

esgueirar   *v.t.* 偏離;小心翼翼地向……‖ *v.r.* 悄悄地離開,偷偷地離開,移去 ◇ ~ os olhos 把目光移開

esguelha   *v.t.* 傾斜 △① andar de ~ 斜行,側身恭行 ② olhar de ~ 側目而視 ③ andar de ~ com alguém 不信任某人

esguelhar   *v.t.* 使歪,扭歪,使傾斜;切成斜面

esguichada; esquichadela *s.f.* 噴灑,噴出的水

esguichar   *v.t. e i.* 噴,噴出,噴射,噴水

esguicho   *s.m.* 噴射出的(水或其他液體)水柱,噴濺

esguio, guia   *adj.* 高瘦的,瘦長的 △ homem ~ 瘦高的人 ② barco 狹長的小船 ③ calças ~as 瘦長的褲子

esmagador, ra(ô)   *adj.* 壓碎的 ‖ *s.m.* 打碎者,擊破器,破碎器(機)

esmagadura   *s.f.* 壓痕,破碎,粉碎,壓碎

esmagamento   *s.m.* 破碎,粉碎,壓碎

esmagar   *v.t.* 壓碎,壓破;搗碎,打碎,研碎,粉碎;〔轉〕戰勝,殲滅;壓迫,壓

榨,使焦慮 △① ~ o inimigo 殲滅敵人 ② ~ um povo com impostos 用稅收壓榨榨人民

esmaltador(ô)   *s.m.* 搪瓷匠,上釉工

esmaltar   *v.t.* 給(器物)上釉,塗琺瑯質;〔轉〕令有色彩,裝點,點綴;提高(增加)光彩 △① os campos estão esmaltados de flores 田野開滿了花朵 ② o talento esmaltou-lhe o nome 才幹提高了他的名望

esmalte   *s.m.* 釉子,搪瓷,琺瑯質,上釉製品,搪瓷製品,(牙的)琺瑯質;〔轉〕光澤,色彩;〔化〕大青

esmechar   *v.t.* 傷害頭部

esmerado, da   *adj.* 精細的,精致的,細致的;整齊的,高雅的;(衣冠)華麗的 △① homem ~ 衣冠整齊的男子 ② trabalho ~ 細致的工作 ◇ grosseiro, defeituoso

esmeralda   *s.f.* 〔礦〕祖母綠,純綠柱石,翠玉,綠寶石;鮮綠色 △ os campos de ~ 翠綠色的田野

esmeraldino, na   *adj.* 翠玉色的,祖母綠色的 △ manto ~ 翠綠色的斗篷

esmerar   *v.t.* 磨光,弄淨 ‖ *v.r.* 盡力,竭力,努力,力圖 △① ~ cuidados 細心照料 ② ~ em obséquios 盡責地款待 ③ ~-se num quadro 認真地作細款

esmeril   *s.m.* (擦金屬等用的)金鋼砂;實砂;(古代一種小口徑)小砲 △ lixa de ~ 砂紙 ② roda de ~ 砂輪

esmerilar   *v.t.* 用金鋼砂打磨;使光滑(用金鋼砂等)使光亮 △① ~ metais 使金屬光滑 ② ~ vidro 使成磨砂玻璃

esmerilhão   *s.m.* 〔動〕鴕隼;古砲,毛瑟槍

esmerilhar   *v.t.* 用金鋼砂打磨,使光滑;精心,仔細,認真;仔細調查,仔細

尋找 ‖ v.r. 注意衣冠整齊

esmero(ê) s.m. 〔工作或穿衣服方面〕的精心，細心，仔細，細緻，周到；準確

esmigalhar v.t. 使破碎，弄碎，壓碎；壓緊，壓迫

esmiuçar; esmiunçar v.t. 弄成小塊，變成粉末；〔轉〕研究，調查；詳盡地解釋

esmo(ê) s.m. 估計 △①a ～ 大約 ② falar a ～ 胡說，亂說

esmoer(ê) s.m. e i. 用牙嚼碎，反芻，再嚼；消化

esmola s.f. 施捨物，佈施，救濟物；〔口〕斥責，災禍 △①dar ～ 佈施 ②～ da missa 做彌撒撒時的佈施

esmolar v.t. 佈施，賑濟，施捨 ‖ v.i. 要求施捨

esmolaria s.f. 施捨者的職務，身份；佈施所，賑濟處

esmoler adj. 2 gén. 仁慈的，好施捨的 s.2 gén. 施捨者，佈施者 △é muito ～ 他非常仁慈

esmordaçar; esmordicar v.t. 咬，咬開

esmorecer(ê) v.t. 使氣餒，使沮喪，挫勇氣 ‖ v.i. 氣餒，灰心，消沉，癱軟，精疲力竭；昏厥；減弱 △ a luz esmoreceu 光線暗下來了 ◇ atentar, fortificar

esmorecido, da adj. 失望的，沮喪的；被嚇住的；鬆弛的，無力的；冷淡的，減弱的，幾乎消失的 △①luz ～a 微弱的光線 ②crença ～a 失去信仰 ◇ atentado, intenso

esmorecimento s.m. 淺氣，灰心，沮喪；失去光明，失去光彩；昏厥

esmurrar v.t. 拳打，戴手套拳擊；〔口〕使〔刀等〕鈍

és-não-és s.m. 毫無 ‖ adv. 幾乎，差不多 △①diferençavam-se pouco num

～ 毫無差別 ②escapou por um ～ 僅以身免 ③por um ～ era atropelado 僅免被輾 ④esteve ～ a acreditar a peta 他幾乎相信了謊言

espaçado, da adj. 有間隔的，間隔開的；推遲的，緩慢的，拉長的，拖長的；持久的 △①sons ～s 間隔的聲音 ② falar ～ 緩慢地說話 ③ficou ～ a sessão 會議延期了

espaçamento s.m. 間隔，隔開；延遲，拖長，拉長

espaçar v.t. 使有間隔，使間隔開；延遲；拖長，拉長，鋪開，展開；休息，間歇 △①～ as cadeiras da sala 把大廳的椅子間隔開 ②～ a resolução de um negócio 推遲決定一宗買賣 ③～ a cultura dos arrozais 擴大稻田種植

espacear v.t. 使有間隔，使間隔開；延遲，拉長，拖長；消遣，娛樂

espacial adj. 2 gén. 空間的，在空間中存在(發生，佔有位置)的，航天的 △ nave ～ 航天飛船

espaço s.m. 太空，宇宙；空間；間隔；空地，場地；距離；時間；延遲；座位，餘地；〔印〕隔條，襯條，空鉛；〔樂〕(譜表上)間空白，線間，區間 △①～ aéreo 領空 ②olhar para o ～ 遙望太空 ③o ～ que uma bala percorre 子彈飛行的距離 ④～ s 有間隔的 ⑤deixar o ～ 留空白 ⑥～ perigoso 危險區域 ⑦de ～ 緩慢地 ⑧～ vital 生存空間

espaçoso, sa(ô) adj. 寬的，廣闊的，寬敞的；廣博的，寬格的；緩慢的，遲緩的 △①casa ～a 寬敞的房子 ②o mundo ～ 廣闊的世界

espada s.f. 劍；〔轉〕軍旅生活，戰爭，武力，權力；〔動〕一種鋸鯛，劍魚，劍手，鬥牛士；pl. f.〔西班牙紙牌的〕劍花，劍花牌 △① bater-se a ～ 用劍決鬥 ②entre a ～ e a parede 不能幸免，進退維谷 ③entregar a ～ 投降 ④

maça do punho da ～ 劍柄 ⑤arrancar da～ 開戰 ⑥embainhar ～ 納劍入鞘 ⑦passar à ～ 劍殺 ⑧à força de ～ 用劍擊 ⑨peixe- ～ 劍魚 ⑩boa ～ 好劍手

espadarte *s.m.* 〔動〕劍魚

espadaúdo, da *adj.* 闊肩的;龐大的;增大的

espadeirada *s.f.* 擊劍

espadeirar *v.t.* 用劍傷人,用劍擊

espadim *s.m.* 小劍,佩劍;〔動〕鰛魚(一種小魚)

espádua *s.f.* 肩,肩頭,肩胛骨

espairecer(ê) *v.t.* 使樂,取樂 ‖ *v.r.* 消遣,娛樂

espairecimento *s.m.* 娛樂,遊戲;漫遊

espalda *s.f.* 背,脊背;肩; *pl.* 背面,背後,反面;椅背;防護牆 △①as ～s do monte 山背後 ②às ～ 背在背上,在背後③ ～ de um baluarte 稜堡背

espaldar *s.m.* 椅子的靠背;(海岸的)防護牆,背甲

espaldeira *s.f.* 蓋椅子靠背的布;樹牆,牆式果樹;樹棚,棚式果樹;背甲

espalhador(ô) *s.m.* 傳播者,散佈者,廣告者

espalhadoira *s.f.* 乾草叉

espalhafato *s.m.* 喊叫,呼號,喧嘩,噪雜;大驚小怪;凌亂

espalhafatoso, sa(ô) *adj.* 喧嘩的,喧鬧的,凌亂的 △vestuário ～ 凌亂的衣服

espalhamento *s.m.* 撒開,散開,傳播,分散,分開

espalhar *v.t.* 把糧食粒與禾稈分開;撒開,使散開;〔轉〕傳播,廣播,流傳,散播;射出(光綫);慶祝 ‖ *v.i.* 娛樂,消失 ‖ *v.r.* 流傳,散佈開,擴散開 △① ～ flores 撒花 ② ～ ideia 傳播主張 ③ ～ boatos 散佈流言 ④ ～ terror 散佈恐怖 ⑤ ～ luz 射出光綫 ⑥a trovoada espalhou 雷聲消失了 ◇ juntar, reunir, concentrar

espanadela *s.f.* 打掃

espanador(ô) *s.m.* 抹布,拂塵布,掃帚

espanar *v.t.* 用掃帚掃,用抹布揩拭

espancar *v.t.* 棒打,用粗棍打擊,連續敲打;〔轉〕使離去,驅散 △o sol espancou as trevas 陽光驅散了黑暗

espanejador(ô) *s.m.* 打帚者;抹布;掃帚

espanejar *v.t.* 打掃 ‖ *v.i.* 搖動羽毛;振翼而飛

espanhol, la *adj.* 西班牙的 ‖ *s.m.* 西班牙人,西班牙語

espantadiço, ca *adj.* 膽小的,易受驚的 △cavalo ～ 易受驚的馬

espantador, ra(ô) *adj.* 使人害怕的,使人恐懼的,嚇人的,易驚的 ‖ *s.m.* 可怕的事,妖怪

espantalho *s.m.* (田裏嚇鳥的)草人,用來嚇唬人的東西;面目可憎的人;無用的人

espantar *v.t.* 使害怕,使驚訝,使驚恐;恫嚇,驅趕,嚇走 ‖ *v.r.* 驚恐,害怕;驚訝,驚異 △ ～ aves 轟鳥

espanto *s.m.* 恐懼,恐怖;恐嚇,驚嚇;受驚;驚訝 △de ～ 非常大的

espantoso, sa(ô) *adj.* 可怕的,令人恐懼的,驚人的;非常大的,極大的 △① crime ～ 可怕的罪惡 ②obra ～a 驚人的作品 ③um ruído ～ 一聲巨響

espargido, da *adj.* 撒開的,散開的,散佈開的,傳播開來的,擴散開來的 △uma notícia ～a 一條廣爲傳播的消息

espargimento *s.m.* 撒,擴散,散開;傳播,射出(光綫),倒出,灑

espargir *v.t.* 撒開,使散開;傳播,使

撒散, 散開, 射出(光綫), 倒出, 灑 △①
~flores 撒花② ~ luz 射出光綫

espargo *s.m.* 〔植〕蘆筍, 龍鬚菜, 石刁
柏 △como o ~ no monte 無倚無靠

esparrela *s.f.* 捕鳥等的繩網(常爲captu-
抽愈緊的活釦);〔轉〕陷阱, 羅網; 船尾
小槳 △cair numa ~ 陷入羅網, 受騙

esparso, sa *adj.* 散開的, 擴散的, 傳
播的 △tranças ~s 散開的辮子

espartilhar *v.t.* 穿胸衣, 穿緊身褡

espartilho *s.m.* 女服胸衣, (婦女的)
緊身褡, 胸衣;〔醫〕胸衣

espasmar *v.t.* 使驚愕, 使驚訝, 使目
瞪口呆;〔醫〕使痙攣, 使抽搐, 使痙攣
‖ *v.i.* 患痙攣, 抽搐

espasmo *s.m.* 痙攣, 抽搐, 一陣(感情
發作), (地震等的)一震 △① ~ de
dor 一陣疼痛 ② ~ do estômago 胃痙
攣 △debater-se nos ~s da agonia 痛苦
地抽搐

espatifar *v.t.* 搗碎, 使破碎, 使成碎
塊;〔轉〕揮霍, 浪費, 揮霍

espátula *s.f.* 〔美〕抹刀, 刮鏟;〔醫〕調
藥刀, 壓舌板;〔動〕白琵鷺

espavorizar *v.t.* 使恐
怖, 使恐懼, 使驚惶萬狀 ‖ *v.r.* 驚恐

especial *adj.* 2 gén. 特別的, 特殊的,
專門的, 特殊的, 特殊的, 臨時
的; 附加的; 非常的, 上乘的 ‖ *s.m.* 專
家, 專門人才 △①autorização ~ 特許
②vinho ~ 上乘的酒 ③em ~ 特別,
尤其 ④ avião ~ 專機 ⑤ geral, co-
mum

especialidade *s.f.* 特殊性, 特性; 專
門, 專門研究, 專業, 專長; 特製品; 特
級產品, 創製品; *pl.* 特點;特別事項; 特
製造之藥 △①este café é uma ~ 這種
咖啡是特產 ② este assunto não é de
sua ~ 這種事情不是他的專長 ~ ge-

neralidade

especialista *adj.* 2 gén. 專門的, 專科
的 ‖ *s.* 2 gén. 專家; 專科醫生

especialização *s.f.* 特殊化; 專門化;
(意義的)限定, 限
制, 派專門用途

especializar *v.t.* 使特殊化, 使專門
化; 專門研究, 專門從事, 專用於; 限定
(意義範圍等); 特別指明, 列舉;〔生
理〕分化, 使特殊, 使專化 ‖ *v.i.* 專門
研究, 專攻, 逐條詳述 △① ~ bem o
que se deseja 特別指明所希望的 ②
~-se na dermatologia 專門研究皮膚
學 ◇ generalizar

especiaria *s.f.* 香料(任何芬芳或辛
辣之調味品) △a canela é uma ~ 桂
皮是一種香料

espécie *s.f.* 種, 屬, 種類, 類型, 類別;
〔宗〕聖餐物; 香料, 調料;〔法〕形式;
pl. 〔商〕硬幣 △①a ~ humana 人類
②uma boa ~ de fruta 一種好水果 ③
pagar em ~s 以實物償還 ④fazer ~
引起注意 ⑤em ~ 用實物; 以同樣方
法, 用原物

especieiro *s.m.* 香料商; 雜貨商

especificação *s.f.* 詳細說明, 逐一登
記, 詳記; 清單, 明細單; *pl.* 規格, 規
範;〔法〕用來加工製成新產品, 所
取得的權力

especificador(ô) *s.m.* 逐一指明者,
詳細叙述者, 分類者

especificar *v.t.* 指定, 具體說明, 詳
細說明, 逐一登記, 列入清單, 分類 △a
lei não pode ~ todos os casos de delito
法律不能詳細說明所有的罪行

específico, ca *adj.* 特有的, 特定的,
特殊的; 專門的, 特殊的, 具體的;〔醫〕
有特效的, 特種病菌引起的, 特異型的
‖ *s.m.* 特效藥, 專治一病之藥 △①
carácter ~ 特性 ②nome ~ 專用名稱

②peso ～ 比重 ④direitos ～s 特別税
⑤a quinina é um ～ contra as febres
palustres 奎寧是治療瘧疾的特效藥

espécime; espécimen *s.m.* 樣品,標本

espectáculo(èt) *s.m.* 奇觀,壯觀;引
人注意的場面,景象,情景;節目,表
演,演出 △①peça de grande ～ 場面
壯觀的戲 ②servir de ～ ou dar-se em
～ 當衆出醜

espectaculoso, sa(èt…ô) *adj.* 奇觀
的,壯觀的;場面富麗的,引人注意的;
轟動一時的

espectador, ra(èt…ô) *adj.* 觀看的,
目睹的 *s.m.* 觀衆,目睹者,看戲人

espectro(èt) *s.m.* 鬼,鬼怪,幽靈;骨
瘦如柴的人;[理]譜,光譜,波譜,頻譜
△① ～ da guerra 戰爭的幽靈 ②é um
verdadeiro ～ 皮包骨的人 ③ ～ solar
(太陽)光譜

espectroscópio(èt) *s.m.* [理]分光
鏡,分光器

especulação(è) *s.f.* 思索,沉思;思
辨;推想,推測;純理論研究;投
機生意,交易 △ arruinar-se em ～ es
temerárias 在魯莽的投機中破產

especulador(è…ô) *s.m.* 投機者;投機商;
思辨者,空談者,純理論家

especular *adj.* 鏡子的,反射的,[醫]
用窺器(檢查)的,鏡檢的 *v.t.* 觀察
v.i. 沉思,思索;思考;設想,推論;
投機 △① ～ em metafísica 研究形而
上學 ②pedra ～ 雲母 ③superfície ～
反射面 ④ ～ com a sua influência
política 利用他的政治影響進行投機

especulativo, va(è) *adj.* 思索的;推
測的;純理論的;投機性質的,冒風險
的 △①conhecimento ～ 理論知識 ②
empresa ～ 投機企業 ③filosofia ～a
思辨哲學

espéculo *s.m.* [醫]窺器,診察鏡;擴
張器 △ ～ nasal 鼻鏡

espedaçar *v.t.* 弄碎,撕碎,砸碎;
[轉]毀壞

espelhar *v.t.* 磨光,擦亮,反射(光) ‖
v.r. 反射,照鏡子;[轉]端詳 △o céu
espelha-se no lago 天空映在湖水中

espelheiro *s.m.* 製鏡者;鏡子商

espelho *s.m.* 鏡,鏡子,可以反射物體
的平面;[轉]典範,楷模,借鑒;[建]凹
綫上面的橢圓飾

espera *s.f.* 等候,等待,延緩,展緩;
[法]緩期;等候室,候車室;候診室;守
獵處 △estar à ～ de 等待

esperado, da *adj.* 盼望的;願望的;期
待的,不及格的 △①ficar ～ no exame
考試不及格 ②o desastre era ～ 這場
災禍是已預見到的 ◇ inesperado

esperançar *v.t.* 使産生希望,給予希
望 ‖ *v.r.* 抱有希望 ◇ desesperançar

esperançoso, sa(ô) *adj.* 給予希望
的,滿懷希望的,有希望的,有前途的
△estudante ～ 有前途的學生

esperar ‖*v.t.* 希望,期望;等候,等待,
待人 *v.i.* 信賴,信任;等候 △① ～
a protecção de alguém 期待某人的保
護 ② ～ a ocasião oportuna 等待適當
時機 ③ ～ em Deus 信賴上帝 ④ ～
por um amigo 等待一位朋友 ◇ deses-
perar

esperdiçado, da *adj.* 揮霍的,浪費
的,耗費的;濫用的

esperdiçar *v.t.* 揮霍,浪費,耗費

esperma *s.m.* [生]精液,精子;種子

espernear *v.i.* 腳抽搐

espertalhão, lhoa *adj.* 狡猾的,詭詐
的,無賴的 ‖ *s.m.* 狡猾者,詭詐者,無
賴

espertar *v.t.* 喚醒,使醒;振奮,鼓
勵 ‖ *v.i.* 睡醒 △ ～ o apetite 引起食

戀

esperteza(ê) *s.f.* 聰明,伶俐;活潑,
敏捷;生氣勃勃;狡猾,詭詐,奸詐 △
~ de rato 表面聰明

esperto, ta *adj.* 醒的;[轉]聰明的,
伶俐的;活潑的;敏捷的;生氣勃勃的,
精神飽滿的 △lume ～ 騰騰的火燄

espessar *v.t.* 使濃;使稠密;使厚 ‖
v.r. 變濃;變密;變厚 △o bosque es-
pessou-se 樹林越來越密了

espesso, ssa(ê) *adj.* 濃的;稠的,稠密
的,濃密的;厚的;濃厚的,茂密的 △①
mata ～a 密林②trevas ～as 漆黑③
cabelo ～ 濃密的頭髮④árvore ～ de
葉茂盛的樹⑤pano ～ 密實的織布⑥
caldo ～ 濃湯⑦espírito ～ [轉]愚鈍
的思想 ◇ raro, ralo, delgado

espessura *s.f.* 濃,濃度;密,密度;厚,
厚度;濃密的頭髮,茂密的樹林;深度

espetadela *s.f.* 叉;詭計

espetar *v.t.* 用鐵籤穿過(肉片等);
[轉](用尖物)刺透,戳穿;[轉]捏住;
強迫,威脅說出(讓人討厭或吃驚的
話) ‖ *v.r.* 陷入困境

espeto(ê) *s.m.* 烤肉鐵籤,烤肉叉,炙
叉;[轉]瘦高的人 △em casa de fer-
reiro, espeto de pau 鐵匠家烤肉反倒
用木叉

espevitadeira *s.f.* ;**espevitador**(ô)
s.m. 剪蠟燭的剪刀;鐵鉗

espezinhar *v.t.* 踐踏,[轉]侮辱,困
窘 △ ～ o orgulho de alguém 殺某人
的威風

espia *s.f.* 拉船之索纜,繫舶之繩索
‖ *s.m.* 秘密觀察他人行動者,偵探,
特務,間諜

espiagem *s.f.* 間諜活動,特務活動

espião *s.m.* 間諜,特務,偵探,秘密探
察他人舉動者

espiar *v.t.* 偵察,偵查,窺探,刺探;秘

密跟蹤;用繩索把船繫牢 △① ～ um
conspirador 偵察一個陰謀家 ② ～ a
ocasião 等待(窺探)時機

espicaçar *v.t.* 啄,以喙啄;以尖銳物
刺,穿孔;[轉]折磨,使焦慮,使不安,
煽動,教唆 △①os pássaros espicaçam
a fruta 鳥啄水果 ② ～ uma tela 弄穿
頂蓬 ③a consciência espicaçou-o 他的
良心使他不安

espiga *s.f.* 穗,穀穗,(柱或杆上的)穗
狀花飾,穗刺狀花飾,任何穗狀物;榫,
釘,銷,栓,無頭釘,木釘,合縫榫;[指
甲根上的]肉刺,(藏的)火門栓

espigado, da *adj.* 已秀穗的,已抽穗
的;[轉]長成的,高的,大釘似的 △①
trigo ～ 已秀穗的麥子 ②rapaz ～ 長
成人的男孩

espigadote *adj. 2 gén.* 高瘦的,細長
的

espigão *s.m.* [動]螫,刺,(盔上的)飾
毛,頂飾;[建]棟樑,棟木,脊飾;木樁,
鐵樁

espigar *v.t.* 打上樁子;用大鐵釘釘;
把小桅的頭弄尖 ‖ *v.i.* 秀穗,抽穗;
[轉]成長,發育

espinafre *s.m.* [植]菠菜;[轉]高瘦的
人

espinal *adj. 2 gén.* [解]脊骨的,脊柱
的,脊髓的;[生理]針的,刺的,棘狀突
起的 △① medula ～脊髓 ②coluna ～
脊柱

espingarda *s.f.* 步槍,來福槍,長銃

espingardão *s.m.* 一種古小砲;大型
步槍,火繩槍

espingardear *v.t.* 用槍射擊;用步槍
殺傷,槍斃

espingardeiro *s.m.* 販賣、製造或修
理步槍的人;步兵

espinha *s.f.* 魚骨;[解]脊柱;[植]
莖,柄,莖狀物,羽莖;刺,臉上的粉刺;

〔轉〕挫折,周折,困難;〔口〕高瘦的人 △①ter uma ~ com alguém 報怨某人 ②trazer uma ~ atravessada na garganta 非常憂慮 ③estar na ~ 皮包骨

espinhal *adj. 2 gén.* 〔解〕脊骨的,脊柱的,脊髓的;針的,刺的,棘狀突起的 ‖ *s.m.* 荊棘林

espinho *s.m.* 棘,刺,動植物上的尖銳突起;〔轉〕棘手之事,麻煩,困難;令人厭煩的印象 △estar sobre ~s 小心翼翼 ②quem abrolhos semeia ~s colhe 種瓜得瓜,種豆得豆

espinhoso, sa(ô) *adj.* 有刺的,多刺的;〔轉〕難作難的,麻煩的,困難的 △①vida ~a 困難的生活 ②assunto ~ 棘手的事情

espionagem *s.f.* 間諜活動,特務活動;〔集〕間諜人員

espionar *v.t.* 偵察,偵查,窺探,刺探,暗中監視

espira *s.f.* 捲線,〔數〕每一條螺旋線;螺旋圈,螺旋釦;〔生〕幼苗的纖莖;〔動〕螺旋部,軟體動物的螺塔

espiral *adj.* 螺旋形的,盤旋的,盤旋上升的;〔數〕螺線的 ‖ *s.f.* 〔數〕螺旋線;〔鐘錶的〕游絲,螺旋形物 △em ~ 螺旋形地

espirar *v.t.* 吹氣,吹 呼出,吐出〔氣〕 ‖ *v.i.* 吹,颳風,吹氣;喘息,有氣息,生活

espírita *adj. 2 gén.* 相信招魂術的;〔哲〕唯靈論的 ‖ *s.2 gén.* 信招魂術的人,唯靈論者

espiritar *v.t.* 使中邪,使被鬼纏住;〔轉〕激怒,惹怒

espiritismo *s.m.* 招魂術;〔哲〕唯靈論,觀念論,精神至上論

espiritista *adj. 2 gén.* 信招魂術的;

〔哲〕唯靈論的 ‖ *s.2 gén.* 信招魂術者,唯靈論者

espírito *s.m.* 精神;心靈;靈魂;靈,神,天使,妖精,鬼怪,幽靈等;元氣,氣概,氣質;勇氣,情緒,性情;精力;聰明,非凡才智;天資,天賦;(文件等的)實質,宗旨;特點,風氣,傾向,潮流;〔化〕酒精,醇;精華 △①render o ~ 死 ②crer em ~ 信鬼神 ③ter o ~ do negócios 有做買賣的天才 ④o ~ da lei 法律的精神 ⑤o ~ da época 時代精神 ⑥o ~ e a matéria 精神與物質 ⑦ ~ público 熱心公共事業的人 ⑧ ~ mau ou ~ das trevas 魔鬼 ⑨ ~s vitais 活力,生命力 ⑩ ~ de justiça 正義感 ⑪ levantar o ~ 振奮精神 ⑫ ~ de vinho 酒精 ⑬ ~ rude 希臘語的送氣符號

espiritual *adj. 2 gén.* 精神(上)的,心靈(上)的;神的,鬼的,宗教(上)的;崇高的,高尚的,不凡的 ◇ material, grosseiro

espiritualidade *s.f.* 精神(性),靈性;〔神〕一切以精神生活為對象的事物 △livro de ~ 精神生活的書籍

espiritualismo *s.m.* 〔哲〕唯靈論,觀念論,精神至上主義 ◇ materialismo

espiritualista *adj. 2 gén.* 〔哲〕唯靈論的,唯心論的,精神至上主義的 ‖ *s.2 gén.* 唯靈論者;唯心論者,精神至上主義者 △ filosofia ~ 唯心主義哲學

espirituoso, sa(ô) *adj.* 含酒精的;精神飽滿的,多智的,聰敏的,詼諧有趣的 △①homem ~ 聰敏的男子 ②frase ~a 詼諧有趣的句子

espirrador(ô) *s.m.* 打噴嚏者

espirrar *v.i.* 打噴嚏;〔轉〕炸裂;噴(出);發脾氣 △lenha espirra na lareira 木柴在爐膛中劈啪作響

espirro *s.m.* 噴嚏,打噴嚏,發噴嚏聲

esplanada *s.f.* (一般指可散步、驅車遊玩的)平地,廣場;〔軍〕(要塞與市鎮間的)空地,(要塞、大廈旁前面的)空地;瞭望台,眺望台

esplandecer; esplender(ê) *v.i.* 發光,放光,閃耀

esplêndido, da; esplendoroso, sa (ô) *adj.* 發光的,發光彩的,燦爛的,輝煌的,豪華的,華麗的;傑出的,名聲顯赫的 △①aurora ~a 燦爛的朝霞 ②festa ~a 盛大的節日 ③talento ~ 傑出的天才 ④traje ~ 華麗的衣服 ⑤vitória ~a 輝煌的勝利

esplendor(ô) *s.m.* 光輝,光耀,光彩,輝煌;豪華,燦爛,壯麗;榮耀,顯赫 △① ~ do sol 太陽的光輝 ②o ~ da festa 節日的盛況

espojadouro *s.m.* 牲畜打滾的地方

espojeiro *s.m.* 牲畜打滾的地方,房屋的四周;〔轉〕Bras. 小型農場

espoleta(ê) *s.f.* 引信,信管,導管,火藥錢

espoliação *s.f.* (特指戰爭中的)搶劫,掠奪;掠奪物,戰利品

espoliador, ra(ô) *adj.*; **espoliante** *adj. 2 gén.* 搶掠的,掠奪的 ‖ *s.m.* 搶掠者,掠奪者

espoliar *v.t.* 搶,奪,劫,掠;詐取 △ ~ um órfão da sua herança 搶奪孤兒的遺產

espoliativo, va *adj.* 搶掠的,掠奪的,詐取的;〔醫〕脫皮劑

espólio *s.m.* 人死後留下的財產;戰利品;劫奪物

esponja *s.f.* 〔動〕海綿;海綿狀物體,泡沫狀物,(洗滌用的)海綿塊;〔生〕荊球花;〔轉〕嗜飲者 △passar a ~ 忘卻,丟到腦後,不再提起

esponjiosidade *s.f.* 海綿狀的,泡沫狀的;多孔性;鬆軟性

esponjoso, sa(ô) *adj.* 海綿狀的,海綿質的;泡沫狀的;多孔的;鬆軟而有彈性的 △①tecido ~ 柔軟有彈性的布 ②solo ~ (吸水的)海綿田

esponsal *adj. 2 gén.* 有關訂婚或婚約的 ‖ *s.m. pl.* 訂婚禮,訂婚儀式;婚約

espontaneidade *s.f.* 自然性;自發(性);自生;任性;*pl.* 自發行為(行動)

espontâneo, nea *adj.* 自發的,一時衝動的,天然發生的,不倚賴人工的,自生的,本能的,自動的;任性的,隨心所欲的 △①declaração ~a 自發的聲明 ②vegetação ~a 天然生長的植物 ③geração ~a 自然繁衍的動物或植物

espora *s.f.* 馬刺;〔轉〕刺激,激勵,驅策;〔生〕毛莨,毛茛花,洋翠雀,洋翠雀花 △①dar de ~a 用馬刺刺激 ②sair a ~ 開始疾馳

esporada *s.f.* (用馬刺)刺;〔轉〕激勵,鞭策;尖銳的譴責,訓斥

esporádico, ca *adj.* 〔醫〕偶發的,非流行性的;分散的;〔轉〕(動、植物)零星的,時有時無的,稀有的

esporão *s.m.* 巨型馬刺;〔鳥〕距,鳥胸部的叉骨;〔生〕花距,花梗,葉柄;〔建〕扶牆;〔海〕船頭的最前部分;戰艦前端之撞角;麥角病

esporear *v.t.* 用馬刺刺;〔轉〕激勵,鼓勵;使搖撼 △① ~ o cavalo 用馬刺刺馬 ② ~ os brios 激勵自尊心 ③o vento esporeia o barco 風使船搖撼

esposa(ô) *s.f.* 未婚妻,妻子

esposar *v.t.* 許配,結婚,嫁,娶;〔轉〕支持,支撐;〔轉〕提倡,主張(一種事業、黨派、某些原則或制度)

esposo(ô) *s.m.* 未婚夫,丈夫;*pl.* 伉儷,夫妻

esposório *s.m.* 訂婚;許婚;訂婚禮,婚約

espraiar *v.t.* 投，抛……上岸；[轉]擴展，延長，伸展，施展 ‖ *v.i.* 退潮 ‖ *v.r.* 散佈，傳播；徬徨，徘徊 △① ~ a vista 遠眺 ② ~ a eloquência 施展口才 ③ ~-se em consideração 對一問題猶豫不決

espreguiçar *v.t.* 喚醒 ‖ *v.r.* (因懶散或困倦)伸懶腰；[轉]延伸，伸展

espreita; espreitança *s.f.* 窺，探查，探索 △ à ~ 警戒

espreitar *v.t.* 窺視；探查，探索 △① ~ os planos de outrem 窺探別人的計劃 ② ~ a direcção do vento 探查風向 ③ ~ a ocasião 窺測時機

espremedor, ra(ô) *adj.* 壓榨的，壓迫的；強迫的，強制的 ‖ *s.m.* 壓榨者，壓迫者，壓榨者，強迫者；壓榨器，榨汁器

espremedura *s.f.* 壓榨，壓迫，壓縮；強迫，強制

espremer(ê) *v.t.* 榨，壓榨，擠壓；[轉]壓迫，強迫，逼迫 ‖ *v.r.* 清楚地表達，表露 △① ~ um limão 榨檸檬汁 ② ~ o assunto 着重強調一問題

espremível *adj. 2 gén.* 可壓榨的，可榨出汁的

espuma *s.f.* 唾沫；泡沫，浮沫，浮渣；各種糖果

espumante *adj. 2 gén.* 起泡沫的，多沫的；[轉]激怒的，憤怒的，受刺激的 ‖ *s.m.* 起泡沫的酒

espumar *v.t.* 撇去泡沫，除去浮渣 ‖ *v.i.* 起泡沫；發怒

espumoso, sa(ô) *adj.* 起泡沫的，多泡沫的，像泡沫似的 △ vinho ~ 起泡沫的酒

esquadra *s.f.* 艦隊；[軍]班，小組，小隊；警察局；丁字規，直角尺；砲兵調正儀

esquadrão *s.m.* [軍]騎兵中隊；(各特種兵的)連；分艦隊；空軍中隊；團體；組；羣

esquadrejar *v.t.* 鋸成或割成直角

esquadria *s.f.* 割成直角，直角，方矩，直角尺，三角形；四方石塊；[轉]規矩，次序；*pl.* [軍]方陣 △ estar em ~ 成直角

esquadrilha *s.f.* 小艦隊，小船隊，小分隊，空軍小隊，戰鬥機小隊

esquadrinhador, ra *adj.* 仔細調查的，觀察的，研究的 ‖ *s.m.* 仔細調查者，觀察者，研究者

esquadrinhar *v.t.* 仔細探查，仔細調查(觀察、研究) △① ~ a vida alheia 仔細調查別人的生活 ② ~ os astros 觀察星體

esquadro *s.m.* 畫綫板，丁字尺，直角尺，矩尺

esquálido, da *adj.* 骯髒的，邋遢的；(道德品質)卑劣的；貧困的；悲慘的，可憐的；清瘦的，憔悴的 △① barba ~a 不整潔的鬍子 ② cara ~a 憔悴的面孔，削瘦的面孔

esquartejamento *s.m.* 四等分；撕碎，肢解；四馬分屍

esquartejar *v.t.* 分成四份，四等分；撕碎，肢解，四馬分屍；[轉]詆毀，損壞名譽

esquecidiço, ça(è) *adj.* 健忘的，記憶力弱的

esquecer(ê…ê) *v.t.* 忘，忘卻，忘掉；遺忘，忽略 ‖ *v.i.* 失記憶，不記得，忽略，遺漏；變麻木 ‖ *v.r.* 忘記，失去記憶力，遺漏，忘掉所得到的知識 △① ~ uma data 忘記日子 ② ~ um amigo 忘記朋友 ③ ~ os seus deveres 忘記自己的義務 ④ ~ as luvas 遺忘手套 ⑤ ~ vários nomes na lista 忘掉單中遺漏許多名字 ⑥ ~-se do inglês 忘記了英語 ⑦ ~-se de fazer a barba 忘了刮鬍子

⑧ ~-se do lugar em que estava 忘記了所在的地方 ◇ lembrar, lembrar-se

esquecido, da(ê) *adj.* 忘(了)的，被遺忘的，被忘卻的；麻木的，失去感覺的；心不在焉的 △①tempos ~s 被忘卻的時間 ②um braço ~ 麻木的胳膊 ③horas ~as 長時間 ◇ lembrado

esquecimento *s.m.* 健忘，忽略；麻木，失去感覺；遺漏

esquelético, ca *adj.* 骨骼的；瘦的，骨瘦如柴的 △figura ~a 骨瘦如柴的人

esqueleto(ê) *s.m.* 骨骼，胴體，骸骨；〔轉〕骨瘦如柴的人；〔轉〕提綱，梗概，要旨；構架，骨架，架子 △①o ~ de uma tragédia 一齣悲劇的梗概 ②o ~ de um prédio 一座樓房的框架

esquema(ê) *s.m.* 圖解，圖表，略圖；計劃，方案；簡介，簡要說明，提綱，綱要 △ ~ de trabalho 工作計劃

esquemático, ca *adj.* 圖解的，簡要的，概要的

esquentação *s.f.* 加熱，加熱的結果，高溫；〔轉〕爭吵，爭鬥

esquentador, ra(ô) *adj.* 加熱的，產生大量熱量的 ‖ *s.m.* 暖鍋，暖水壺；加熱器，熱水器 △① ~ a gás 煤氣加熱器 ② ~ eléctrico 電加熱器

esquentamento *s.m.* 加熱，使熱；〔醫〕淋病，白帶

esquentar *v.t.* 加熱，使熱，使暖；〔轉〕激怒

esquerda(ê) *s.f.* 左手，左側，左邊，左面；(軍隊等的)左翼；(議長席左側的)議員，左派，急進黨，急進派 △à ~ 在左邊 ◇ direita

esquerdista *s.2 gén.* 左派

esquerdo, da *adj.* 左的，在左的，左方的；左側的；左翼的，左撇子的，無技巧的，不靈活的 △①o olho ~ 左眼 ②fazer-se ~ 厭煩，逃避 ◇ direi-

to

esquife *s.m.* 棺材，靈柩

esquina *s.f.* 角，(牆、箱子等的)角，街角 △dobrar a ~ 轉過街角

esquinado, da *adj.* 有角的，角狀的，成角度的；有點降的

esquipamento *s.m.* 〔海〕船上的設施，裝備，設備

esquipar *v.t.* 裝備，配備 ‖ *v.i.* (馬)輕快地跑；(船)輕快地航行

esquisitice *s.f.* 古怪，怪癖，狂態，怪行；反常

esquisito, ta *adj.* 難得的或稀罕的，寶貴的；優雅的；不尋常的，古怪的，怪癖的 △①manjares ~s 稀罕的食品 ②tem sabor ~ este vinho 這種酒有一種不尋常的味道

esquisitório, ria *adj.* 極古怪的，極怪癖的

esquivância *s.f.* 躲避，逃避，鄙視，討厭；冷淡，冷酷；不合群

esquivar *v.t.* 躲避，逃避，鄙視；討厭 ‖ *v.r.* 躲避，逃避 △ ~ o conhecimento de alguém 避免讓某人知道 ② ~-se aos deveres 逃避責任

esquivez ou **esquiveza** *s.f.* 規避，避開；鄙視，討厭；冷淡，不合群，落落寡合

esquivo, va *adj.* 落落寡合的，不容易親近的；不受教養的，野蠻的，兇猛的 △①criança ~a 沒有教養的孩子 ②ave ~a 兇猛的鳥

essa(é) *pron. demonst.* esse 的陰性‖ *s.f.* 有名人物葬儀中所用的葬轎，華飾之棺架 △dá me ~ caixa 把這盒子給我

essência *s.f.* 〔哲〕本質，實質，實體，存在；真髓，要素，精華；精油，香精，香水 △① ~ de rosas 玫瑰精 ② ~ de uma lei 法律的本質 ③em ~ 本質上，

基本上,大體上④quinta ~ 精華,精髓

essencial *adj. 2 gén.* 本質的,實質的,實在的;根本的,必要的,主要的,緊要的,必不可少的;香精的,提煉的,精華的;(藥)基本的 ‖ *s.m.* 本質,要點,要素,要件 △①elementos ~ais 要素 ②ingredientes ~ais 主要成份 ③ ~ais da vida 生活必需品 ④óleo ~ (化)(香)精油,香料油 ⑤proposição ~ [邏]本質的命題 ⑥o ~ é ser honesto 基本的是要正直

essoutro *pron.demost.* 那外那個,另一個

esta *pron.e adj. demonst.* 這個

estabelecedor, ra(ô) *adj.* 設立的,創辦的,建立的 ‖ *s.m.* 設立者,創辦者,建立者

estabelecer(ê) *v.t.* 建立,設立,樹立;創立,建設,開設;制定,規定;安頓,安排,安置;使開業,使固定,使定居,使經營;使承認,使確定,使得 ‖ *v.r.* 定居,制定 △① ~ residência em Lisboa 在里斯本定居 ② ~ acampamento 安營紮寨 ③ ~ um princípio 確立原則 ④ ~-se uma lei 制定一項法律 ◇abolir, destruir

estabelecimento *s.m.* 建立,設立,開設,創設;確立,設置,是;(建立的)機構,家庭,產業,機關,商店,學校等;制度,編制,定職,定員;公共慈善機關;定居;證實

estabilidade *s.f.* 穩定性,穩固性,牢固性,持久性,永久性 ◇ instabilidade

estabulação *s.f.* 養牲畜,圈養

estábulo *s.m.* 牲畜圈,馬廄,畜舍

estaca *s.f.* 椿,椿子;支柱,撐材,支撐物;插條,插枝

estacada *s.f.* 木椿排列,木柵;番欄;決鬥場;苗圃;樹苗;用繩索、木椿等造成的臨時堤或障礙物(以阻止敵船通過)

estação *s.f.* 停留,逗留;居住;(火車等的)站;停留所,歇腳站,停泊地;軍港;分局(派出所);停留的時間;季節,季;[宗]去教堂祈禱,祈禱詞 △① ~ meteorológica 氣象站 ② as quatro ~ões do ano 一年四季 ③ ~ das chuvas 雨季 ④ ~ seca 旱季 ⑤ ~ terminal 終點站

estacar *v.t.* 用木椿固定,用木椿支持,支撐,用柵欄圍住;打椿做柵欄;使停止 ‖ *v.i.* 停止,停止;[轉]猶豫不決 △① ~ uma parede 用椿支撐一面牆 ②o argumento fê-lo ~ 證據使他猶豫

estacaria *s.f.* 大批的木椿;柵欄牆或堤;[集]木椿 △as habitações lacustres eram construídas sobre ~ 湖沼上的房子是蓋在椿子上的

estacionamento *s.m.* 停車場;停頓,停留,停滯不前

estacionar *v.i.* 停留,停頓,駐紮;停滯不前,(車輛)停靠,停放

estacional *adj. 2 gén.* ; **estacionário, ria** *adj.* 停滯的,靜止的,不動的;穩定的,固定的,不變的,不增不減的 △①termómetro ~ 溫度計不昇不降 ②estado ~ 停滯狀態

estada *s.f.* 停留,逗留,滯留;停留時間,逗留時間

estadia *s.f.* 逗留,停留;[法]船舶的滯期期,滯留費;[測量]視距尺

estádio *s.m.* 體育場,運動場;[轉](事物發展中間不同的)時期,階段;[醫]期,(疾病的二個期的)時段

estadista *s.2 gén.* 政治家,國務活動家,政治活動家

estadística *s.f.* 政治學;管理科學;統計學

estado *s.m.* 狀態,狀況;身份,社會地位;身體狀況,健康狀況,婚姻狀況;

〈M〉國家, 政府, (聯邦國家的)州, 自治省份 △① ~ servil 社會地位 ② ~ civil 婚姻狀況 ③ ~ interessante 懷孕 ④ tomar ~ ou mudar de ~ 結婚 ⑤ Estado soberano 主權國家 ⑥ ~ de alma 智力 ⑦ ~ de guerra 戰時狀態 ⑧ ~ de sítio 戒嚴 ⑨ estar em ~ de 有能力, 有條件 ⑩ em bom ~ 狀況良好的 homem de Estado 政治家

estado-maior *s.m.* 參謀部 △ ~ general 總參謀部

estafa; estafadeira *s.f.* 辛勞, 疲勞, 疲倦；辛苦的工作, 煩悶的工作；[口] 詐騙

estafamento *s.m.* 辛勞, 疲勞, 疲倦；辛苦的工作, 煩悶的工作；[口] 欺騙

estafador, ra(ô) *adj.* 致疲倦的, 致疲勞的, 令人厭煩的 ‖ *s.m.* 討厭鬼, 騙子

estafar *v.t.* 使疲勞, 使疲倦, 討厭 ‖ *v.i.* 疲倦

estafermo(é) *s.m.* (古時比賽騎馬劈刺用的)旋轉木偶, 稻草人；[轉] 呆若木雞的人, 呆頭呆腦的人, 無用的人

estafeta *s.m.* 郵差, 送遞快信之郵差；驛差

estagiário, ria *adj.* 實習的 ‖ *s.m.* 實習生 △ período ~ 實習期

estágio *s.m.* (當醫生、律師等的)實習期, 見習期

estagnação *s.f.* 不流動, 停滯；停滯狀態, 不景氣；[轉] 癱瘓, 不動

estagnado, da *adj.* 不流動的, 停滯的；[轉] 癱瘓的, 不動的 △ água ~a 死水 ② comércio ~ 停頓的買賣

estagnar *v.t.* 使(水、液體等)不流動, 使停滯；[轉] 使癱瘓 ‖ *v.r.* 不流動, 停滯；不發展

estai *s.m.* [海]桅杆的支索, 縴繩 △ vela de ~ 支索帆(用支索拉緊的長三角帆)

estalada *s.f.* 爆裂聲；[轉] 嘈雜聲, 暴動, 嘩變；[口] 耳光, 巴掌

estalagem *s.f.* 旅館, 客店, 小客棧, 酒店；集體宿舍

estalar *v.i.* 發出清脆的響聲；爆炸, 爆開, 爆裂；發出巨大響聲 ‖ *v.t.* 破, 打碎 △① a chicotada estalou no ar 鞭子在空中發出清脆的響聲 ② estalou a bomba 炸彈爆炸了 ③ estalaram os aplausos 響起了掌聲 ④ ~ de fome (sede) 饑餓(渴) ⑤ ~ de riso 忍不住笑了 ⑥ ~ por 貪婪……

estaleiro *s.m.* 造船廠, 修船所；造船架；船塢

estalido *s.m.* 爆裂聲, 一連串爆裂聲, 破碎聲

estalo *s.m.* 爆裂聲, 爆炸聲, 破碎聲；[口]大嘴巴, 大耳光 △ coisa de ~ 上等的東西

estampa *s.f.* 印რ, 戳記, 印記；印行, 刊行；圖畫, 相貌, 像, 肖像, 影子, 痕跡 △① dar à ~ 印刷, 發行 ② a viva ~ 楷模

estampador, ra(ô) *adj.* 蓋印的, 印刷的, 印花樣的 ‖ *s.m.* 蓋印的人, 印刷工人, 印花樣工人

estampagem *s.f.* 蓋印, 壓印；印刷；[紡]印花

estampar *v.t.* 蓋印, 印上；[紡]印花；印刷, 刷印, 沖壓；印下痕跡；使印在腦海里, 使牢牢記住 ‖ *v.r.* 印出, 表明

estampido *s.m.* (槍炮的)巨響聲, 巨響；嘈雜之聲

estampilha *s.f.* 圖章, 印章；[印]刻板, 印章, 印花稅票；郵票；[口]大巴, 嘴巴

estancação *s.f.* 停頓, 停滯, 擱置; 不流, 不動；阻止, 阻攔；囤積

estancar *v.t.* 使(液體)停流,使不動,使停滯,使乾;(轉)壓制 ‖ *v.i.* 不流動,乾涸;(轉)癱痪,停頓 △① ~ o sangue 止住血 ② ~ lágrimas 止住眼淚 ③ a fonte estancou 泉水乾涸了

estância *s.f.* 停留處,住宅,房屋,別墅;區域,場所;(船隻)擱淺處,(木材或建材)倉庫,(煤、炭等)的儲藏庫;(詩)段,節;(中美州的)牧場,莊園

estanciar *v.i.* 停留,逗留;居住,休息

estandarte *s.m.* 旗,軍旗,騎兵團旗;徽章,蝴蝶花冠的大花朵;(轉)黨,派 △① ~ de cruz 十字 ②erguer o ~ de revolta 舉行暴動

estanhadura; estanhagem *s.f.* 鍍錫,包鐵,焊錫

estanhar *v.t.* 鍍錫,包鐵,焊錫

estanho *s.m.* 〔化〕錫;平靜的海

estanque *adj. 2 gén.* 不漏的,不漏水的;弄乾的,不流動的 ‖ *s.m.* 中斷,停頓;斷流;壓制;收藏貨物之倉庫;△①navio ~ 不漏水的船 ②lágrimas ~ s 擦乾的眼淚

estante *s.f.* 架;書架;架式傢具;(機床底座的)腿 ‖ *adj. 2 gén.* 固定的,定居的 △ ~ de música 樂譜架

estar *v.i.* (表示狀態)處於;(表示方位,地點)在,存在,位於,有;(表示時間,季節)處在;出席,參加;(與動詞連用表示延續)正在;(與動詞的過去分詞連用表示完成)已經;從事;(衣物等)合適,合身;居住;感覺,感到;(與簡單動詞連用表示即將)就要,馬上,△①o céu está anuveado 天空一片陰雲 ② em Lisboa 在里斯本 ③não está ninguém no teatro 沒有一個人在劇院裏 ④ ~ na festa 參加慶典 ⑤estou levantando-me 我正在起床 ⑥ ~ deitado 已經躺下,已經睡下 ⑦ ~ no campo 住在農村 ⑧a dificuldade está

nisso 困難就在於此 ⑨este acto não lhe está bem 這種行爲不適於你 ⑩ ~ alegre 感到高興 ⑪ ~ por 有待於(做),想做,喜歡 ⑫ ~ que 像是要 ⑬ ~ de 正在進行,處於,擔當 ⑭ ~ em 是,在,取決於;同意;接受;準備,打算;知道,了解;花費

estarrecer(ê) *v.t.* 恐嚇,使大吃一驚,使震驚,使害怕 ‖ *v.i.* 受驚

estase *s.f.* 〔醫〕滯滯,鬱積

estatal *adj. 2 gén.* 國家的;國營的 △aparelho ~ 國家機器

estatelado, da *adj.* 拋在地上的,扔在地上的 △在地上躺直的,在地上伸展的

estatelar *v.t.* 拋在地上,扔於地上 ‖ 打翻在地 ‖ *v.r.* 在地上躺直;辨露事物 △ ~ -se ao comprido 直挺挺地倒下

estática *s.f.* 〔理〕靜力學 △ ~ quimica 〔化〕化學靜力學

estático, ca *adj.* 靜止的,靜態的,靜力的,靜止的 ‖ 〔理〕靜電的;固定的,不活潑的;(轉)驚呆的,怔住的,呆住的 △①electricidade ~a 靜電②energia ~a 靜能,位能

estatística *s.f.* 統計學,統計法;統計數字(資料)

estatístico, ca *adj.* 統計(上)的,統計學(上)的 ‖ *s.m.* 統計者,統計資料中的一項 △①dados ~s 統計資料②figuras ~as 統計數字

estátua *s.f.* 像,雕像,鑄像,塑像;(轉)令人崇拜的人;冷冰冰的人,毫無表情的人

estatuário, ria *adj.* 雕像的,塑像的;可用於雕刻的,可用於塑像的 ‖ *s.m.* 雕刻家,雕塑家;(集)雕像,塑像 △mármore ~ 雕刻用大理石

estatueta(ê) *s.f.* 小像,小雕像,小塑像,小鑄像

estatuir(i) *v.t.* 建立,確立,設立;制

定,規定 △ ～ regras 制定規則

estatura *s.f.* 身材,身長,體高

estatuto *s.m.* 章程,條例,規則;〔法〕法令,法規,成文法 △ os ～ s de um Partido 黨章

estável *adj. 2 gén.* 穩定的,安定的,固定的,意志堅定的,有恒心的,不動搖的;持久的 △①equilíbrio ～〔理〕穩定平衡 ②situação ～ 局勢的穩定 ③opiniões ～eis 堅定的意見 ◇instável

este(ê) *pron.demonst.* 這,這個‖ *s.m.* 東方,東方,東風

estearina *s.f.* 油脂酯,硬脂精,三硬脂精,甘油三硬脂酸酯

esteio *s.m.* 支住,撑住;〔轉〕倚靠,支持

esteira *s.f.* 蓆,蓆子;船駛過後的水痕;路;傳送帶;〔海〕桅杆底部 △ir na ～ de alguém 跟踪某人的樣子

esteireiro *s.m.* 織蓆人,編蓆工;蓆子商

estendal; estendedeiro *s.m.* 鋪放物件之乾的地方;〔轉〕平原,原野,闊述;表演 △fazer ～ da sua ciência 闊述他的科學

estender(ê) *v.t.* 伸展,伸直,伸長,展延;擴張,擴充,擴大(範圍,影響等);打開,張開,鋪開;掛;〔轉〕辯護;傳揚,散佈;投射,打倒‖ *v.i.* 延伸‖ *v.r.* 達,擴展到,延及;散播,傳開,流佈,傳佈;躺直;散開,(演說或考試中)說無意義的事或出大錯 △①～ os seus domínios até a …把其勢力範圍擴大到 …… ②～ a mão 伸出手,贈,幫 ③～ os braços 伸胳膊 ④～ uma toalha na mesa 鋪床單 ⑤～ roupa 掛衣服 ⑥～ os olhos 延伸視綫 ⑦～ benefícios 廣作恩德 ⑧～ a civilização 傳播文化 ⑨～ o prazo estipulado 延長規定的期限 ⑩～ o sentido de uma frase 引伸句子的

含義 ⑪～ alguém com uma cacetada 用棍子把某人打倒 ⑫～ o discurso 長篇大論 ⑬～ a tinta 潑墨 ⑭～ a massa 撒 ⑮estendeu-se o boato 散佈流言 ⑯o som estendeu-se na planicie 聲音在平原上傳播 ⑰a epidemia estendeu--se rapidamente 疾病很快地蔓延 ◇limitar, restringir

estendido,da *adj.* 伸開的,伸直的;張開的,打開的,廣闊的;流傳開來的

estenografar *v.t.* 速記,速寫

estenografia *s.f.* 速記,速記術 △ escrever em ～ 速記

estenógrafo *s.m.* 速記員,速記家

estentor(ô) *s.m.* 聲音洪亮的人,嗓門大的人;傳令官 △voz de ～ 洪亮的聲音

estentório,ria *adj.* 洪亮的,大聲的 △①um grito ～ 一聲大叫 ②orador ～ 聲音洪亮的演說家

estepe *s.f.* 草原,大草原

estercar *v.t.* (在田裏)施糞肥,澆糞‖ *v.i.* (牲畜)排糞,大便

esterco(ê) *s.m.* 畜糞,(用作物的稈等)漚的肥;垃圾;骯髒,污穢;〔轉〕卑劣的人

estereografia *s.f.* 〔美〕立體表現法,立體平面圖;實體畫;立體照片

estereográfico,ca *adj.* 〔美〕立體的,立體畫的,立體攝影術的

estereoscópio *s.m.* 〔理〕立體視鏡,實體鏡,立體照相機

estéril *adj. 2 gén.* 不結果實的,不肥沃的,收成不好的,歉收的;不毛的,不育的,不受孕的(雌);無結果的,無效的,無效果的;〔轉〕作品不多的(作家);無菌的,消過毒的 △①árvores ～reis 不結果實的樹 ②terreno ～ 貧瘠的土地 ③mulher ～ 不生孩子的婦女 ④～ 歉收的年景 ⑤trabalho ～ 無效勞

動 △ fértil, fecundo

esterilidade *s.f.* 不毛;不孕,不育,不結果實;歉收;無效,無菌 △ a ~ de um assunto 問題沒有結果 ◇ fertilidade, fecundidade

esterilização *s.f.* 使不毛,使不肥沃;絕育,消毒,滅菌 △o calor é o melhor agente de ~ 熱是最好的消毒劑 ◇ fertilização

esterilizar *v.t.* 使(土地)荒蕪,使不孕,使絕種,使不起作用,使無效果;殺菌,消毒;[轉]使枯竭,使匱乏,使(思想)貧乏,使(興味)索然 △① ~ uma terra 使土地荒蕪 ② ~ o talento 使無才能 ③ ~ um penso 給繃帶消毒 ◇ fertilizar, fecundar

esterno *s.m.* [解]胸骨;肋骨

estertor(ô) *s.m.* (垂危人的)鼾息,鼾,喉音

estertoroso,sa(ô) *adj.* 像鼾聲的,打鼾的,鼾聲如雷的,鼾息的

esteta *s.2 gén.* 唯美主義者,審美家,美學家

estética *s.f.* 美學

estético,ca *adj.* 美學的,審美的;美的,藝術的 △① princípios ~ 美學原理 ② prazer ~ 美的享受 ③ floresta ~a 風景林

estetoscópio *s.m.* [醫]聽診器,聽胸器

estiada ou **estiagem** *s.f.* 乾旱,[水](河,川,潮泊的)最低水位,枯水期

estiar *v.i.* (氣候)變乾燥,不下雨;水位下降

estibordo *s.m.* [海]右舷(在船上面向船頭時的右邊) △virar a ~ 右轉舵

estica *s.f.* 瘦;瘦人;一種產葡萄酒的葡萄藤

esticador(ô) *s.m.* 伸張器;拉伸機,延伸器,伸張器;繃開用具(鞋繃,帽繃等)

esticar *v.t.* 拉緊,繃緊;伸展,張開 △① ~ muito a corda 過份要求 ② ~ a canela (o pernil) 翹辮子(死)

estigma *s.m.* 痣;傷痕,疤痕,烙印;[轉]污點,恥辱;[生]柱頭,眼點;[動](昆蟲等的)氣門,氣孔,翅痣,(卵的)眼點;[醫]小斑,痣的特徵 △①os ~s da varíola 天花的疤痕 ② ~ do vício 惡習的污點

estigmatizar *v.t.* (往某人身上)打烙印,蓋火印,作上記號;[轉]使聲名狼藉,使名聲不好,污蔑為 △①outrora estigmatizavam-se os escravos fugitivos 過去在逃跑的奴隸身上打烙印

estilete(ê) *s.m.* 尖匕首;[醫]探針;[植]雌蕊;(刻蠟板的)鐵筆;(日晷儀的)晷針;[打眼]錐

estilhaçar *v.t.* 裂成薄片,分成碎片,破碎

estilhaço *s.m.* 碎片 △ ~ de bomba 彈片

estilhar *v.t.* 蛻勞成薄片(木,石等);使之破碎

estilo *s.m.* (刻寫蠟板用的)鐵筆,尖筆;風格,作風,體裁,方式,式樣,型,種類;文體,說話的態度,語調;模範,儀表,風采;風格;時式,時尚;各種稱呼,尊稱;風俗,習慣;[植]花柱 △① ~ narrativo 敘述體 ② ~ pomposo 華麗文風 ③ ~ nacional 民族風格 ④ ~ tradicional 傳統形式 ⑤ ~ de trabalho 工作作風 ⑥em ~ 有樣子,很時興 ⑦fora de ~ 沒有樣子,不時興

estima *s.f.* 重視,看重,尊重,敬重;意見;[海](對船方位的)推算,估計 △merecer a ~ geral 受到普通的尊敬 ◇ desprezo

estimação *s.f.* 重視,看重,尊重,敬重;估計,估量,概算,估價,評價 △ter

em grande ～ 極受尊重

estimadamente *adv.* 尊敬地，敬重地

estimar *v.t.* 重視，看重，尊重，敬重；
估計，估價，估量，評價，判斷；攀愛，喜
愛，喜歡 ‖ *v.r.* 自重，自愛，相互尊重
△① ～ um quadro 估計一幅畫的價錢
② ～ um amigo 喜歡一位朋友 ◇ des-
prezar

estimativa *s.f.* 判斷力；估計，估價；
概算，尊重，重視 △fazer uma ～ 估計

estimável *adj. 2 gén.* 可估計的，可估
價的；有估計能力的；可敬的，可貴的
△①figuras ～eis 估計數字 ②valor ～
估計價格

estimuladamente *adv.* 鼓勵地，鼓舞
地

estimulação *s.f.* 刺激（作用），激勵；
激發，促進；鼓勵；興奮（作用）△ ～
material 物質刺激

estimulante *adj. 2 gén.* 激勵的，鼓
勵的，鼓舞的，刺激的，使興奮的
‖ *s.m.* 刺激物，興奮劑；酒 △①poção
～ 興奮劑 ②palavras ～s 鼓勵的話

estímulo *s.m.* 刺激，激勵，興奮劑；
促進因素；鼓勵，鼓舞，鞭策；〔生理〕刺
激，〔電〕激勵，〔植〕刺毛

estimular *v.t.* 激勵，鼓舞，刺激，使興
奮，激發，促進 △① o interesse estimu-
la o homem 利益激勵着人們 ② ～ o
apetite 開胃，促進食慾 ◇ desalentar,
acalmar

estio *s.m.* 夏季，夏天熱而乾燥的時
候；〔轉〕成熟的年紀(盛年)

estiolado, da *adj.* 因缺乏陽光而失色
及失去活力的；變黃的，孱弱的，面色
蒼白的

estiolar *v.t.* 因缺乏陽光而失色及失
去活力；使植物變黃；使面色蒼白，使
孱弱 ‖ *v.r.* 苟弱

estipendiar *v.t.* 發工資，發薪水，付

報酬；傭備 △ ～ tropas 傭備軍隊

estipendiário, ria *adj.* 領取報酬的，
領薪水的；被收買的，被傭備的 ‖ *s.m.*
有薪水的人 △tropas ～as 傭備軍

estipêndio *s.m.* 工資，薪水，報酬 △ ～
cobrar 得報酬

estipulação *s.f.* 訂約，約定；合同，契
約；(協約的)約定條件，規定，條款 △ ～
expressa 明文規定

estipulado, da *adj.* 約定的，議定的，
規定的；〔植〕有托葉的

estipulador(ô) *s.m.* 訂約人，立合同
人，立約人

estipulante *adj. 2 gén.* 訂約的，約定
的，約定的，規定的 ‖ *s.m.* 訂約人，製
定人

estipular *v.t.* 約訂，約定；(法令、協
約等的)規定，確定(條件等)，規定 △ ～
以……爲協議條件 ‖ *adj.* 〔植〕有托
葉的，似托葉的

estiraçar *v.t.* 拋，投於地上；在地上
躺直；伸展；拉直，拉長，延長

estiraço *s.m.* ；**estirada** *s.f.* 用力
拉，拖(直、長)；長而累的路程

estirado, da *adj.* 拉長的，伸長的；冗
長的，冗長的演説 △① caminho ～
～ 漫長的路 ②arenga ～a 冗贅閒談

estirão *s.m.* 用力拉，拖(直、長)；漫長
的路；〔冶〕拉製，拉拔；〔紡〕牽伸，拉伸

estirar *v.t.* 拉長，伸長；〔冶〕拉製，拉
拔；拉開，張長；〔紡〕牽伸，拉伸；
在地上躺直；伸直，舒展；〔轉〕擴大，擴
展(權力等)；勉強解釋，曲解 ‖ *v.r.*
伸懶腰，躺下 △① ～ uma corda 拉緊
繩子 ② ～ um discurso 使演説冗長 ③
～ alguém com uma paulada 一棍子把
某人打倒在地 ④ ～ a vista pelo cam-
po 在田野中遠望 ⑤ ～ a jurisdição 擴
大轄區 ◇ afrouxar, restringir

estirpe *s.f.* 根系，植物在地下生長的部

份；[轉]家世，家系，世系，門第 △de baixa~ 家世寒微的

estiva *s.f.* 裝載，貯藏；[海]壓艙物，壓艙物，底貨(石、沙等)格子；[理]點陣，網絡；稅表，稅則

estivador(ô) *s.m.* [海]裝貨卸貨工人，碼頭工人，搬運工人

estival *adj. 2 gén.* ; **estivo, va** *adj.* 夏天的，適於夏季的 △ flores ~ ais 夏天開的花

estivar *v.t.* 裝載，貯藏；[海](將貨物等)裝運商船；用壓載物使船平衡

estocada *s.f.* (用劍等)刺戳，刺傷，刺痛；[轉]一種突然的不快的(或痛苦的)感覺

estofa *s.f.* 織物(尤指毛織品及呢絨)；[轉]種類；材料，原料；條件，情況

estofador(ô) *s.m.* 傢具商，供給傢具者；填充者，填塞工人 △ofício de ~ 室內裝飾業，傢具業

estofar *v.t.* 填充，塞滿，塞入填料；裝滿，塞住；絮(衣物) △① ~ cadeiras 填塞椅子 ② ~ um casaco 絮西服上衣

estofo(ô) *s.m.* 絲、毛、棉、麻等織物；填充物，填料，(用於填塞椅子、沙發等的)羊毛、馬鬃毛等；絮墊式傢具 ‖ **fa** (ô) *adj.* 平靜的，靜止的，不動的 △①água ~a 靜水 ②maré ~a 靜潮

estoicidade *s.f.* 沉着，冷靜；堅忍；禁慾

estóico, da *adj.* 斯多噶學派的，禁慾主義的，堅忍的，能克制的，能忍受痛苦的，淡漠的 ‖ *s.* 斯多噶學派人，禁慾(主義)者，堅忍的人

estoirada *s.f.* 一連串的爆炸聲；破碎聲，嗶啪聲；[口]叫罵；爭鬧，扭鬧

estoirar *v.t.* 使爆炸；[轉]使暴怒 ‖ *v.i.* 爆炸，突然轟響，發出清脆的響聲 △① ~ com alguém de inveja 嫉妒得發火 ②a bomba estoirou

炸彈爆炸了 ③estoirou um trovão 突然一聲巨雷 ④ ~ de riso 大笑

estoiro(ô) *s.m.* 爆炸聲，破裂聲，嗶啪聲，巨響；[轉]吵鬧，喧嘩；未曾預料的成績；[口]耳光，嘴巴

estojo(ô) *s.m.* 有分格的小箱(用以收藏用具)；用皮革或厚紙製成的收藏剪刀、刷子等的袋子

estola *s.f.* 祭司和祭司披於肩上而兩邊下垂幾乎及地的絲製長帶；(女用)毛皮圍脖，長圍巾；(古時的)長袍

estolão *s.m.* 又長又大的毛皮圍巾；[植]匍匐莖，生根莖

estomacal *adj. 2 gen.* 胃的；健胃的，助消化的 △①sofrimento ~ 胃痛 ②bebida ~ 健胃飲料 ③medicamento ~ 健胃藥

estômago *s.m.* 胃；[口]肚子；胃口，食慾；嗜好，意願，志趣 △①ter bom ou mau ~ 有好(壞)胃口 ②questão de ~ 物質利益問題 ③não ter ~ para tal empresa 對該企業無興趣 ④fazer ~ a alguma coisa 對某事沒有興趣

estomáquico, ca *adj.* 胃的；健胃的，助消化的

estomatite *s.f.* [醫]口炎，口內炎

estomentar *v.t.* 去掉麻上的絨毛；[轉]使清潔，使乾淨

estontear *v.t.* 使眩暈；使吃驚，使驚訝 △a notícia estonteou-me 這個消息使我吃驚

estopa *s.f.* (桃下米的)麻屑，麻麻，粗麻布；[海]填塞船縫的舊麻繩

estopada *s.f.* 浸了水的麻，用以填塞椅墊、沙發等的麻；[轉]麻煩

estoquear *v.t.* 用劍刺傷，戳傷

estorcegar *v.t.* 用力扭傷，捏

estorcer(ê) *v.t.* 用力扭，挽轉，扭歪 ‖ *v.r.* 改變方向 ‖ *v.r.* 因疼痛或焦慮而彎腰 △ ~-se com cólicas 結腸疼

痛得直不起身來

estore *s.m.* 薄窗簾,紗窗簾;車幫蘆蓆

estorvar *v.t.* 妨礙,阻礙,阻止,阻擋;〔轉〕煩擾,使不舒服 △ ~ a marcha do inimigo 阻止敵人前進

estorvamento ou **estorvo**(ô) *s.m.* 妨礙,阻擋;反對

estorvas *s.f. pl.* 〔海〕船身(上下)接縫

estouvado,da *adj.* 輕率的;不加思索的;頑皮的,好玩的 △criança ~a 頑皮的孩子

estouvamento *s.m.* 輕率;不加思索;不留心

estracinhar *v.t.* 分割成碎片,撕成碎片,使之碎成塊

estrada *s.f.* 路,道路;大道;公路;〔轉〕正路,途徑 △ ~ -de-ferro *bras.* 鐵路 ② ladrão de ~ 攔路強盜 ③ ~ do dever 道德之路,行為規範 ④ beira da ~ 路邊

estrado *s.m.* 室內高壇,大廳中的高台;月台(古);*pl.* 法庭,審判廳 △① citar para ~s 〔法〕傳喚,傳訊 ②fazer ~ 〔法〕聽訊

estragação *s.f.* 破壞,毀壞,損害,腐敗,腐爛;〔轉〕墮落,腐化;揮霍,浪費;大量毀壞物

estragado,da *adj.* 破壞的,損壞的;腐敗的,腐爛的的;墮落的,腐化的;揮霍的 △carne ~a 壞肉 ②costume ~ 墮落的習氣 ③fato ~ 毀壞的衣服

estragador(ô) *s.m.* 損壞者,破壞者,損害者;揮霍者;使墮落者

estragar *v.t.* 破壞,毀壞,損害;〔轉〕揮霍,浪費;使變壞;使墮落 △① as toupeiras estragaram a horta 鼴鼠毀壞了菜園 ② ~ um património 揮霍財產 ③ as más companhias estragaram os

rapazes 壞夥伴使男孩子們變壞了

estrago *s.m.* 破壞,損毀,損害;揮霍;變弱;大量死亡;破壞;災害,災難,災殃 △a chuva fez grandes ~s 雨水造成很大的損失 ②a doença fez-lhe ~s 疾病使他變得虛弱 ③fez grandes ~s no inimigo 他使敵人有很大傷亡

estrágulo *s.m.* 花毯,掛毯

estralar ou **estralejar** *v.i.* 破碎,爆裂‖ *v.t.* 打破,打碎

estrambótico, ca *adj.* 〔口〕奇怪的,荒誕的,離奇的,可笑的

estrangalhar *v.t.* 破壞,損毀;使混亂

estrangeirado,da *adj.* 模仿外國的;使想起外國的東西的;慕外的

estrangeirice *s.f.* 談吐或所作之事乎外國人的風尚或嗜好;慕外癖,外國風

estrangeiro,ra *adj.* 外國的,外交的;外國產(來)的‖ *s.m.* 外國人 △① costumes ~s 外國風氣 ②línguas ~as 外國語 ③Ministério dos Negócios Estrangeiros 外交部 ◇ aborígene,indígena

estrangulação *s.f.* 勒死,掐死,扼殺;窒息,使透不過氣來;〔醫〕鉗住(血脈,導管等),勒住腸子,絞扼,絞梗

estrangulador, ra(ô) *adj.* 使窒息的,使透不過氣來的‖ *s.m.* 勒死,扼殺,窒息(人或事物)者;壓得住者

estrangular *v.t.* 勒死,扼殺,掐死;閉住(塞住)呼吸,窒息,使透不過氣來;壓住,壓制;〔醫〕鉗住(血脈,導管等),勒住腸子;阻止,平息,息滅 △ ~ -gemido 止住呻吟

estranhamento *s.m.* 詫異,驚駭,奇異

estranhar *v.t.* 對……感到詫異;斥責,譴責;對某人(某物)顯露畏怯;感

惡;使驚異,使詫異,使驚懼 △① ~ os
costumes de um país 對一國的風俗感
到詫異 ②a criança estranhou o médico
那小孩對醫生感到畏懼 ③ estranhou-
-me deveras tal resolução 這個決議使
我感到奇怪

estranhável *adj. 2 gen.* 奇怪的,可驚
異的;奇怪的,可譴責的

estranhez;estranheza *s.f.* 奇異性,
新奇性;生疏,疏遠,冷淡

estranho,nha *adj.* 外國的,異鄉的,
別處的;奇特的,奇怪的,奇性的,不可
思議的,不認識的,陌生的,不熟悉的,
生疏的,沒有經驗的;疏遠的,冷淡的,
不親熱的 ‖ *s.m.* 陌生人,不認識的
人;外地人,異鄉人,外國人;局外人;
門外漢,[法]第三者,非當事人 △①
povos ~s 外國人民 ②grandeza ~a 特
別宏大 ③criança ~a 怪癖的男孩 ④
corpo ~ (眼中的)異物

estratagema(é) *s.m.* [軍]戰畧,策
畧,謀畧,計策,詭計

estrategia *s.f.* 戰畧(學),策畧,作戰
方針;[轉]領導藝術 △ ~ política 政
治戰畧

estratégico,ca *adj.* 戰畧的,戰畧上
的;要害的

estrategista *s.2 gén.* [軍]戰畧家,兵
法家,嫻於軍事學的人

estratificaçao *s.f.* [質]層理,分層;
層狀結構;成層作用(現象) △ ~ dos
sedimentos 沉積層 ② ~ de um ter-
reno 地質

estratificar *v.t.* [質]使成層,層叠,
使分層

estratigráfico,ca *adj.* [質]有關地
層(學)的,有關地層排列的

estrato *s.m.* [質]地層;[氣象]雲層;
層;[解]組織層

estreante *s.2 gén.* 初入社會者,涉獵

不深者

estrear *v.t.* 初次用;開始 ‖ *v.r.* 初
次做……事,開始從業,開始任職;
[商]初次成交,開張 △① ~ um fato
第一次穿一套衣服 ② ~ uma época
開始了一個時代 ③ ~-se nas letras 初
次從事文學活動 ④ ~-se no teatro 初
次演戲

estrebaria *s.f.* 廐(牲畜食宿之所)

estrebuchar *v.t.* 拼命搔(手、脚、頭
等)‖ *v.r.* (手、脚、頭等)搔動,挣扎

estreia *s.f.* 首次使用(上演等);處女
作;贈送物 △①este livro é a sua ~ 這
本書是他的處女作 ② ~ de uma
comédia 話劇首場演出

estreitamento *s.m.* 收緊,收縮,縮
小;密切;(物體的)狹窄部位;{轉}緊
縮,減少 △ ~ de despesas 緊縮開支

estreitar *v.t.* 使變狹窄,使變狹小;
[轉]使緊密,使親密;握住,抓住;收
縮,減少 ‖ *v.r.* 挨緊,靠攏,緊制 △①
~ alguém nos braços 抱住某人 ②
os laços da amizade 密切友好關係 ③
~ o cerco de uma praça 縮小包圍圈
◇ alargar, ampliar

estreiteza;estreitura *s.f.* 狹窄;狹
小;(時間)緊迫,(智力、思想)眼界窄
小的局限;貧乏;窘困,困難;親密,密切
△① ~ de meios 缺乏資金,資金拮據
② ~ da vista 眼光短淺 ③ vive em
grande ~ 非常貧困 ◇ largueza,
vastidão

estreito,ta *adj.* 狹的,窄的,狹窄的,
緊的,密的;[轉]親密的,親切的;惡
劣的(天氣);[轉]嚴厲的,嚴格的 ‖
s.m. 海峽 △① rua ~a 狹窄的街 ②
relaçoes ~as 親密關係 ◇ largo, amplo

estrela(è) *s.f.* 星;[天]恒星;星狀物;
星(形)勳章;[印]星形體;[轉]星、命
運,運氣;名演員,明星;[動](馬額等
上的)白斑 △① ~ polar 北極星 ② ~

de raba 彗星 ③ ~ fixa 恒星 ④ ~ fugaz 流星 ⑤ ~ errante 行星 ⑥ ~ móvel〔軍〕(砲上的)游星 ⑦ ~ de tarde 昏星 ⑧ ~ de manhã 晨星 ⑨ ~ de alva 啓明星 ⑩ ~ dúpla 雙星 ⑪ ~ tríplice 三星 ⑫ver ~s ao meio-dia 疼得眼睛冒金星 ⑬pôr nas ~s 吹捧 ⑭ ~ de cinema 電影明星

estrela-do-mar *s.f.* 〔動〕刺海星,海盤車

estrelado, da *adj.* 星狀的,星形的,有星的,佈滿星辰的;飾以星的;額頭上有白斑的(馬等) △①ovos ~s 煎蛋 ②céu ~ 繁星密佈的天空 ③uns nascem com estrelas e outros nascem ~s 人各有命

estrelante *adj. 2 gén.* 星一樣閃亮的,明亮的,燦爛的,閃爍的

estrelar *v.t.* 使佈滿星辰,用星裝飾;使成星形;使成彩色;煎(鷄蛋) ‖ *v.i.* 光耀

estrelejar *v.t.* 佈滿星辰;像星星一樣閃耀

estrema(ê) *s.f.* 地界標記,界石

estremadura *s.f.* 疆界,邊界,國境綫

estremar *v.t.* 定界,劃分;〔轉〕區分,分別;編纂 △① ~ propriedades 給地產定界 ② ~ ovelhas 把綿羊分出來 ③ ~ o bem do mal 區分是非(好壞)

estremecer(ê) *v.t.* 震動;使幌動;動搖;〔轉〕使發抖,使打哆嗦;震驚,使害怕;摯愛,酷愛 ‖ *v.i.* 震顫,戰慄,發抖 △①o vento estremeceu as árvores 風使樹搖動 ②a trovoada estremeceu toda a gente 雷聲使所有的人害怕 ③as mães estremecem os filhos 母親酷愛子女

estremecido, da *adj.* 戰慄的,發抖的,震顫的;〔轉〕最愛的△ o filho ~ 最疼愛的兒子

estremecimento *s.m.* 戰慄,發抖,震顫;摯愛

estrepe *s.m.* 刺,木尖,鐵尖;〔軍〕鐵蒺藜

estrepitante *adj. 2 gén.* 轟響的,震耳欲聾的,喧鬧的,嘈雜的

estrepitar *v.i.* 轟轟作響,發出爆炸聲,喧鬧,嘈雜

estrépito *s.m.* 轟響,震耳的響聲,喧鬧,嘈雜;〔轉〕咋呼 △①o ~ da torrente 激流的轟響 ②o ~ da multidão 人群的嘈雜 ③não saber fazer as coisas sem ~ 他幹甚麼事情都要咋呼一通

estria *s.f.* 〔建〕槽溝,條紋,凹紋,柱溝;〔質〕條痕,擦痕;〔軍〕砲的膛綫;吸血鬼 △ ~ glaciária 冰川痕

estriar *v.t.* 在柱上等刻細槽或細平行綫,刻柱槽

estribeira *s.f.* 馬鐙;(車輛等的)脚踏板 △perder as ~s 失去方向;驚惶失措;講蠢話;做蠢事;脚騰出馬蹬

estribeiro *s.m.* 馬房管理者 △ ~-‑mor 御馬官

estribilho *s.m.* 〔詩〕迭句;重唱的副歌;〔轉〕口頭語 △é sempre o mesmo ~ 說着同樣的話

estribo *s.m.* 馬蹬,(車輛上的)脚踏板,(用於固定接頭的)槽形鐵;〔解〕鐙小骨;〔轉〕支柱,基礎;〔建〕拱柱,墩柱支架

estricto ou **estrito** *adj.* 嚴格的,嚴厲的;精確的,準確的 △①o ~ cumprimento do dever 嚴格履行義務 ②o sentido ~ de uma frase 句子的準確含義

estridente *adj. 2 gén.* 尖厲的,刺耳的(聲音),發出尖聲的;〔轉〕過份的;刺激性的,不諧調的 △gargalhada ~ 尖聲大笑

estridular *v.i.* 發出尖厲的聲音,發

出刺耳的聲音

estrincar *v.t.* 扭斷(指節)

estrinçar *v.t.* 切,割,(特指用牙)咬斷;廢除;毀滅

estripação *s.f.* 剖腹,開膛;取出腸子

estripar *v.t.* 剖腹,開膛;取出腸子,取出內臟

estrofe *s.f.* 〔詩〕節;(希臘抒情詩的)首段

estroina *adj. 2 gén.* 輕佻的,浮躁的;揮霍的 ‖ *s.2 gén.* 輕佻的人,浮躁的人;揮霍者

estroinar *v.i.* 舉止輕佻,浮躁;生活揮霍

estroinice *s.f.* 輕佻,浮躁;揮霍

estrôncio *s.m.* 〔化〕鍶

estrondar ou **estrondear** *v.i.* 喧叫,喧鬧,嘈雜;怒吼,轟鳴;〔轉〕聲名狼藉,臭名昭彰

estrondo *s.m.* 喧鬧,嘈雜,大喊大叫;巨響,轟響;〔轉〕排場,侈靡;豪華;鋪張

estrondoso, sa(ô) *adj.* 喧鬧的,吵鬧的,大聲叫的;巨響的,轟響的;〔轉〕侈奢的,排場的;豪華的 △assuada ~a 大聲喧嘩 ②festa ~a 盛大的節日 ③nome ~ 著名的姓名

estropeada *s.f.* (人群或獸群)亂鬧;(人群或獸群)匆匆走動時的嘈雜聲或腳步聲

estropiar *v.t.* 便肢體殘廢,使傷殘,使疲倦,使疲乏;〔轉〕譯錯;讀錯;〔樂〕唱錯 △uma bala estropiou-lhe uma perna 子彈打傷了他的一條腿

estrotejar *v.i.* 疾馳,奔馳,跑,疾走

estrugido *s.m.* 喧鬧,嘈雜,轟響;〔轉〕用洋蔥或其他調味品的汁

estrugir *v.t.* (因轟響聲)震動,鳴響;〔轉〕(把洋蔥或其他調味品放到油裏)

炸 ‖ *v.i.* 轟響,喧鬧,嘈雜;用力震動,搖動;爆炸 △① ~ os ares 震動空氣 ②os foguetes estrugiram 火箭爆炸了

estrumação *s.f.* 施肥

estrume *s.m.* 肥料,糞肥 △ ~ de curral 圈肥,廄肥

estrumeira *s.f.* 糞坑,糞堆,積糞的地方;〔轉〕不潔的東西;下賤的事物;污穢的地方

estrupada *s.f.* 攻擊,襲擊;小戰,小爭;氣流

estrupido *s.m.* 馬、驢等跑時的蹄聲;喧鬧,嘈雜,突然的轟響

estrutura *s.f.* (建築物的)構架,結構,構造 △①palácio de sólida ~ 構架牢固的宮殿 ② ~ do corpo 人體的結構 ③ ~ económica 經濟結構 ④ ~ de um poema 詩的結構 ⑤ ~ de um organismo 組織機構

estrutural *adj. 2 gén.* 結構的,構造上的 △aço ~ 結構鋼 ②fórmula ~ 結構式

estuário *s.m.* (河岸邊的)潮汐淹區;大河口(潮汐與河流相遇之處)

estucador(ô) *s.m.* 泥水匠,抹灰工人

estucar *v.t.* 抹灰,粉刷,鋪灰泥磚

estudado, da *adj.* 讀過的,研究過的;觀察過的;做作的,矯揉造作的,假裝的

estudantaço ou **estudantão** *s.m.* 好學生

estudantada *s.f.* 學生羣;學生之奸詐、惡作劇

estudante *s.2 gén.* (中學或大專院校的)學生 △ ~ de Direito 法學學生

estudar *v.t.* 學習,研究,攻讀;溫習;背誦;仔細觀察 ‖ *v.i.* 讀書,上學 △① ~ Medicina 學習醫學 ② ~ um autor 研究一位作家 ③ ~ uma lição 背誦一篇課文 ④ ~ um projecto de lei

研究一項法律草案 ⑤ ~ um bomem 仔細觀察一個人

estudioso, sa(ó) *adj.* 用功的, 勤奮好學的, 孜孜不倦的, 求知慾旺盛的 ‖ *s.m.* 學者 △ ~ de antiguidade 古代學者

estudo *s.m.* 學習, 研究; 研究的東西, 學識; 設計; 書房; (樂)練習曲; 習作; (轉)做作, 矯揉造作, 不自然; *pl.* 課程, 專業 △①dedicar-se ao ~ 專心學習 ②revelar grande ~ 表現出很深的學識 ③os ~ s de uma linha férrea 一條鐵路的設計 ④ ~ filológico 博言學 ⑤ ~ de flauta 笛子練習曲 ⑥andar nos ~ s 正在學習, 上學

estufa *s.f.* 火爐, 爐子; 溫室, 暖房, (溫泉療養館的)蒸氣浴室; 加熱消毒器; (古)帶玻璃窗的馬車 △①planta de ~ 溫室植物; 嬌生慣養的人 ②este quarto é uma ~ 這間房間就像一個火爐

estufadeira *s.f.* 蒸鍋

estufado, da *adj.* 在火爐裏的, 在蒸鍋裏的; 用火爐烘乾的, 燉的, 燜的 ‖ *s.m.* 燉肉 △①vinhos ~ s 乾流 ② carne ~ a 燉肉

estufagem *s.f.* 煮, 煎, 燉, 燜

estufar *v.t.* 放在火爐上; 用火爐烘乾; 用火爐加熱; 烟, 燉

estultícia *s.f.* 愚蠢, 糊塗, 蠢笨 ◇ juízo, tino

estulto, ta *adj.* 愚蠢的, 糊塗的, 蠢笨的 ◇ inteligente, sensato

estupefacção *s.f.* (醫)麻醉, 失去知覺; (轉)驚訝, 驚愕

estupefaciente *adj. 2 gén.* (醫)使失去知覺的, 使麻醉的, 使麻木的; (轉)令驚愕的, 令驚愕的 ‖ *s.m.* 麻醉劑, 麻醉品

estupefactivo, va *adj.* (醫)使失去知

覺的, 使麻醉的, 使麻木的; (轉)令驚訝的, 令驚愕的 ‖ *s.m.* 麻醉劑, 麻醉品

estupefacto, ta *adj.* (醫)麻木的, 失去知覺的; 驚訝的, 驚愕的

estupendo, da *adj.* 使人驚異的, 奇異的; 可怖的, 恐怖的; 驚人的, (華惡)大的 △①crime ~ 大罪 ②talento ~ 驚人的才能 ◇ vulgar, trivial

estupidez(ê) *s.f.* 愚蠢, 愚鈍, 愚笨, 笨拙; 愚蠢的言行 ◇ inteligência, sagacidade

estúpido, da *adj.* 愚蠢的, 愚笨的, 笨拙的; (醫)麻木的 △inteligente, esperto

estupor(ô) *s.m.* 麻木, 麻痹; 不省人事, 失去知覺; 僵屍; 驚訝, 驚愕; 賤民 △remo de ~ 中風, 痙攣, 癱瘓

estuporado, da *adj.* 麻痹的, 麻木的, 失去知覺的, 不省人事的; (指平民)醜的, 醜惡的; 下賤的

estuporar-se *v.r.* 麻木不仁, 變成可鄙的(下賤的); 怒, 發狂

estuprador(ô) *s.m.* 强姦(婦女、女童)者, 强姦犯

estupro *s.m.* 强姦(婦女、女童); 騙姦

estuque *s.m.* 細白灰, 灰漿

esturrar *v.t.* 烘焦, 烤乾, 燒焦, 烘焦 ‖ *v.r.* 燒焦; 發怒

esvaecer(ê) *v.t.* 使消散, 驅散 ‖ *v.i.* 失去勇氣 ‖ *v.r.* 消散, 消失, 減弱; (轉)失去勇氣; 耗盡力量 △o sol esvaeceu nevoeiro 太陽驅散了濃霧 ②a visão esvaeceu-se 視緣消失了 ③toda a sua coragem se esvaeceu 他的全部勇氣消失了

esvaído, da *adj.* 消散的, 消失的; 疲憊的, 力氣耗盡的; 失去勇氣的; 昏暈的

esvaimento(a-i) *s.m.* 消散, 消失, 消

發;耗盡;流盡血;疲憊;喪志 △ ~ de
cabeça頭暈,頭暈眼花

esvair-se(i) *v.i.* 消散,消失,散發;耗
盡;流盡血;流盡血;失去光彩;昏暈 △①
~ em sangue 血流盡了 ②a mocidade
esvai-se insensivelmente 青年時期不
知不覺地就過去了 ③esta cor esvai-se
com o tempo 這種顏色隨着時間消失了
了光彩

esvanecer(é) *v.t.* 使消失,驅散 ‖
v.r. 消散,消失,滅弱

esvazamento *s.m.* 弄空;倒淨;弄乾

esvaziar *v.t.* 弄空,倒淨,傾出 △ ~
um copo 把杯子倒淨

esverdeado; esverdinhado, da *adj.*
淺綠色的,帶綠色的 △ pano ~ 淺綠
色的布

esvoaçar *v.i.* 鼓翼而飛,飛翔,振翼
起飛;〔轉〕掠過;迎風飄揚 △① os
passarinhos esvoaçavam no arvoredo
小鳥在樹林中飛翔 ②a bandeira
esvoaça na frente 軍旗在前面迎風飄
揚

etapa *s.f.* 〔軍〕行軍口糧;(行軍途中
的)宿營地,兵站;(停歇點の)間距;
〔轉〕時期,階段,期;某一時期的特殊
事件 △ Qual é a próxima ~ 下一步怎
麼辦

et-cétera *adv.* 等等(表示省畧,常用
其畧寫 etc.)

éter *s.m.* 〔理〕以太,能媒;〔化〕醚,乙
醚;〔詩〕上空,蒼天;〔哲〕靈氣,氣氛 △
~ sulfúrico 乙醚

etéreo, rea *adj.* 〔理〕以太的,能媒的,
〔化〕醚的,乙醚的;〔詩〕太空的,天上
的;〔轉〕純潔的,高尚的,微妙的,輕盈
的,飄邈的;稀薄的乙醚的 △ a abóbada
~a 穹蒼 ②amor ~ 純潔的愛情

eterismo *s.m.* 〔醫〕醚麻醉;乙醚中毒

eterizar *v.t.* 施行乙醚麻醉;〔化〕醚

化,混入乙醚,使成爲乙醚

eternal *adj.* 2 gén;**eterno, na** *adj.*
永恒的,永久的,永存的,不朽的,萬古
不變的;無限期的,無休止的,没完没
了的 ‖ *s.m.* 〈M〉上帝 △①a matéria
é ~a 物質是永恒的 ②discussões ~ais
(as) 無休止的爭論 ③a cidade ~ a 不
朽的都市(指羅馬)④vida ~ a 永生

eternidade *s.f.* 無始無終,永恒,永
我;無窮無盡,無止境;永生,永劫,來
世;〔轉〕長時間,長久 △①pensar na
~ 想來世 ②desde toda a ~ 自由以
來,一向,從來

ética *s.f.* 倫理,道德;倫理學,道德
學;道德觀,道德標準;修身

etilizar *v.t.* 使醉,使興奮

etimologia *s.f.* 詞源,語源;〔語法〕詞
源學,語源學

etimológico, ca *adj.* 詞源(學)的,語
源(學)的

etiologia *s.f.* 〔醫〕病原學,病因學;
〔哲〕原因論

etiqueta *s.f.* 標籤,附籤;禮儀,儀式,
禮節,典禮 △①~ diplomática 外交
禮節 ② legal 法律郡的成規 ③ de
~ 隆重的,隆重郡的,禮儀上的,禮
節性的

étnico, ca *adj.* 人種的,種族的;關於
人種學的;某地(國)居民的;〔宗〕異教
徒的,不信基督教的 △①influências
~as 種族影響 ②nação ~ a 部落民族

etnografia *s.f.* 人種誌,種族誌,民族
誌

etnologista *s.2 gén;* **etnólogo** *s.m.*
人種學家,研究人種學的專家,人類文
化學者

eu *pron.* 我,吾 ‖ *s.m.* 〈M〉〔化〕元素
銪(Europio)的符號

eucaristia *s.f.* 〔宗〕聖體,聖事,聖體
聖事

eucarístico, ca *adj.* 〔宗〕有關聖體聖事的,聖體的;感恩的(文學作品)

eufonia *s.f.* (聲音,語言的)和諧,悅耳;悅耳的言辭;和諧之音 ◇ dissonância, cacofonia

eufónico, ca *adj.* 聲音和諧的,悅耳的,音調好的 △①letra ~a 諧音字母 ②voz ~a 悅耳的聲音

eufono, na *adj.* 好聽的,悅耳的,聲音和諧的 ‖ *s.m.* 一種口風琴

euforia *s.f.* 安樂,幸福感;〔醫〕欣快,精神愉快

eugénia *s.f.* ; **eugenismo** *s.m.* 優生學,人種改良學

eunuco *s.m.* 閹人,太監,宦官

eupepsia(è) *s.f.* 〔醫〕消化良好 ◇ dispepsia

euro *s.m.* 東風

europa *s.f.* 〔M〕歐羅巴洲(簡稱歐洲)

europeizar *v.t.* 使歐洲化,使歐化,使具有歐洲風味

europeu, peia *adj.* 歐洲的,全歐的,歐洲人的 ‖ *s.m.* 歐洲人 △① Comunidade Económica ~peia 歐洲經濟共同體 ②Mercado Comum ~ 歐洲共同市場 ③raças ~peias 歐洲人種

eutanásia *s.f.* 無疾而終,安然去世;〔醫〕安死術,安樂死(對不治之症患者施行的無痛苦致死術)

eutrofia *s.f.* 養生之物,補品,改進營養的藥物

evacuação *s.f.* 騰出,空出,撤出;〔生理〕排洩,瀉洩,排洩;〔醫〕導洩,排洩;〔軍〕撤離,撤退,撤兵 △ hospital de ~ 後送醫院 ② ~ de fezes 大便

evacuante *adj. 2 gén.* 〔醫〕促進排洩的,通便的,清腸的 ‖ *s.m.* 瀉藥,利尿劑

evacuar *v.t.* 抽空,除清,排洩,瀉出(糞便等);撤空,騰出(房子等),(有組織地)撤退,撤離,疏散 ‖ *v.i.* 排洩,大小便 △① ~ a casa 騰出房子 ② ~ feridos 撤走傷員 ③médico evacuou o tumor 醫生排出瘤中液體

evadir *v.t.* 避開,躲避,逃避,遇避;漏(稅) ‖ *v.r.* 逃跑,逃走,逃脫;〔轉〕消失,沉沒,隱藏 △① ~ o perigo 躲避危險 ②evadiu dar-me uma resposta 他避而不答 ③ ~ serviço militar 逃避兵役 ④ ~-se da prisão 越獄

evagação *s.f.* 徬徨,入迷途,離題,徘徊;分心,分散注意力

evangelho *s.m.* 〔宗〕(基督救世的)福音;福音書(共四部:〈馬太福音〉〈馬可福音〉,〈路加福音〉和〈約翰福音〉);〔宗〕(彌撒結束時讀的)福音片斷;〔轉〕確鑿的事實;信仰,信念 △ o que ele diz é para mim ~ 他所講的我認爲是確鑿的事實

evangelista *s.m.* 福音書的作者〔指聖馬太 (San Mateu), 聖馬可 (San Marcos), 聖路加 (San Lucas) 和聖約翰 (San Juan)〕‖ *s.2 gén.* 〔宗〕福音傳教士

evangelização *s.f.* 宣傳福音,宣講福音,傳教

evangelizador, ra(ô) *adj.* 宣講福音的,傳教的 ‖ *s.m.* 宣講福音者,福音傳道師,牧師,傳教士

evangelizar *v.t.* 〔宗〕使信奉基督教;宣傳福音,傳揚福音,傳教,對⋯⋯宣傳福音

evaporação *s.f.* 蒸發(作用),發揮;消散,昇華,沉澱(作用);汽化,脫水,蒸氣,蒸發量

evaporador(ô) *s.m.* 〔化〕蒸發器,蒸化器,揮發器

evaporar *v.t.* 使蒸發,使揮發,使汽化,通過昇華使(金屬等)沉澱;使脫

水;發出氣味;[轉]使消失, 使消散 ‖
v.r.蒸發, 汽化,消散;發出(氣味), 走
味 △①o sol evapora a água 太陽使水
蒸發 ②evaporou-se o entusiasmo 熱情
消失了

evaporável adj. 2 gén. 可蒸發的, 易
蒸的,可揮發的,可汽化的

evasão s.f. 逃走,逃脫;逃避,規避,迴
避;遁辭,託辭;(稅的)偷漏 △① ~
táctica[軍]規避戰術 ② ~ de taxa 偷
稅

evasiva s.f. 遁辭, 託辭 △responder
com ~ 含糊地回答

evasivo, va adj. 逃避的, 迴避的;遁
辭的,推諉的,含糊其辭的,支吾搪塞
的,躲躲閃閃的 △acção ~a [軍]規避
動作 ◇ categórico, positivo

evento s.m. 事件,事情,事變;大事;
偶然事件, 意外事件;[體育](指重要
比賽)項目, 結局, 結果 △ a todo o ~
無論如何,不管怎樣

eventual adj. 2 gén. 可能的, 或許會
的;萬一的,偶然的,意外的;不測的,
變化不定的;臨時的 △rendimento ~
不固定的收入 ◇ certo, infalível

eventualidade s.f. 偶然(性),意外,
不測,變化不定;偶然性;偶然發生的
事情,不測的事情,變化不定的事情,
意外事件

evidência s.f. 明顯,顯而易見,明
顯(性),不可否認性,根據,證據 △
①colocar-se ou pôr em ~ 表明,說明,
證實;使出風頭 ②render-se à
~ 承認事實,服輸 ③ ~ material 物證 ◇ incerteza

evidente adj. 2 gén. 明顯的,顯而易見的,清
楚的,不可置疑的,不可否認的 △ver-
dade ~ 明顯的事實 ◇ incerto duvi-
doso

eviscerar v.t. 取出內臟,切除內臟;

抽去精華,挫傷……的元氣

evitação s.f. 避免,躲避,迴避

evitar v.t. 避免,躲避,迴避,逃避;制
止,阻止 △① ~ um perigo 避免一次
危險 ② ~ um crime 制止一椿罪行 ③
~ palavras ociosas 避免說空話 ◇
procurar

evitável adj. 可避免的,可以躲避的,
應該避免的

evocação s.f. 引起,喚起;呼喚,召
喚;招魂;[法]案件的移送,調案;回
憶,回想 △ ~ dos anos de infância 回
想起童年

evocar v.t. 召喚(鬼,神),喚起,引
起;[轉]使回憶起,使聯想起,招致;
[法]移送(案件) ◇ esconjurar, expul-
sar

evocativo, va adj. 引起回憶的,引起
聯想的,喚起……的,供呼喚用的(如
招魂的儀式) △cerimónia ~a 招魂儀
式

evolar-se v.r. 起飛,飛起;[轉]蒸發,
汽化,消失

evolução s.f. 發展,進展;發育;(思
想,行為,態度的)變化;[生]進化,進
化論;[天](天體)形成,天體演化;
[軍](軍隊,艦艇等)按計劃行動,變換
位置;(成曲綫狀的)運動,轉動 △①
Darwin sustentou a doutrina da ~ 達
爾文提出了進化論 ② ~ social e e-
conómica 社會和經濟的發展

evolucionar v.r. 演變,發展;進化,
演化,進展;變化,改變,轉軌

evolucionismo s.m. [生,哲]進化
論,進化主義,天演論

evoluir(i) v.i. 發展,進展,進化,演
漸形成;引伸出

evolutivo, va adj. 演變的,變化的,變
換的,(促進)發展的;(促進)進化的

evolver-se(ê) v.r. 進化,演變,逐漸

形成;發展,進展;展開

ex-abrupto *adv.* 突然地;〔法〕不合程序地 ‖ *s.m* 唐突的言辭

exabundância(z) *s.f.* 極多,很多,過多,過剩

exabundante(z) *adj. 2 gén.* 極多的,很多的;過多的;過剩的

exabundar(z) *v.i.* 極多,很多;過多,過剩

exacção (z-àç)*s.f.* 苛捐雜稅,橫徵暴斂;強求,苛刻的要求,勒索;準時,準時,按時 △① executar um trabalho com ~ 按時工作 ② referir um facto com ~ 準確地敘述一件事情

exacerbação (z) *s.f.* 激怒;使更殘酷,更兇殘;〔醫〕加重,加劇(病情等)

exacerbar(z) *v.t.* 使更殘酷,更兇殘;激怒,刺激;使(病)更重,加重,加深(痛苦等)‖ *v.r.* 生氣,大怒 △ ~ sofrimento 加深痛苦

exactidão(z…àt) *s.f.* 準確性,精確性,嚴謹性;嚴格,嚴密;準時 △①verificar a ~ de uma conta 審查一項帳目的準確性 ②a ~ é uma das formas de cortesia 守時是一種對人的禮貌 ◇ inexactidão

exacto, ta(z…àt) *adj.* 精確的,準確的,確切的,嚴謹的,嚴密的,嚴格的,一絲不苟的;準時的,按時下班的;一模一樣的,原原本本的,一點不差的 △①cálculo ~ 精確的計算 ②disciplina ~a 嚴格的紀律 ③empregado ~ 準時的雇員 ④cobrador ~ 誠實的稅務員 ◇ inexacto

exactor(zàtô) *s.m.* 收稅員,稅務員;勒索者,強徵捐稅者

exageração(z) *s.f.* 誇大,誇張,誇張手法;虛誇,浮誇 ◇ atenuação

exagerador(z…ô) *s.m.* 誇張者,誇大者,言過其實者 ‖ ra *adj.* 愛誇大的,

愛誇張的,言過其實的

exagerar(z) *v.t.* 誇大,誇張;使過大,過份 ‖ *v.i.* 誇大,誇張,言過其實 △ ① ~ um incidente 誇大一個事件 ② ~ o mérito de alguém 誇大某人的功績 ◇ atenuar

exagero(z…ê) *s.m.* 誇大,誇張,言過其實的言行

exalação(z) *s.f.* 呼氣,蒸發,散發,發出;汽體蒸氣,氣味 ◇ inalação

exalar(z) *v.t.* 呼出,噴出(氣味),散發 ‖ *v.r.* 蒸發,呼氣,發散,消失 △ ~ suspiros 嘆息 ② ~ o último alento 嚥下最後一口氣(死亡)

exalçamento(z) *s.m.* 高舉;升高;讚美,頌揚;激動,得意

exalçar(z) *v.t.* 高舉;昇高;讚美,頌揚

exaltado, da (z) *adj.* 誇大的,過份的;易激動的,興奮的,狂熱的,得意揚揚的;高貴的,高尚的 ‖ *s.m.* 易激動的人

exaltar(z) *v.t.* 高舉;昇高,抬高(地位等),提高(權力等);頌揚;誇大,激怒 ‖ *v.r.* 發怒;自我吹捧 △① ~ a imaginação 提高想像力 ②aquela provocação exaltou-me 那種挑釁激怒了我 ③ele foi exaltado ao céu 他被捧上了天 ◇ rebaixar, aviltar

exame(z) *s.m.* 檢查,考查;考試,測驗;研究 △① ~ de um assunto 仔細審查(或調查)一個問題 ② ~ de um acusado 審問被告 ③ ~ de consciência 自省,反省 ④ ~ médico 診察 ⑤ ~ físico 體格檢查

examinação(z) *s.f.* (問題等)的檢討,考查,檢查,調查;檢驗;考試;觀察;審問;診察

examinador, ra(a…ô) *adj.* 檢查的,考查的 ‖ *s.m.* 檢查員,考查員,審查

員;主考人

examinando(z) *s.m.* 受檢人,受審人,被考人

examinar(z) *v.t.* 檢查,審查,調查;檢驗,測試,檢定;觀察,研究;考試;審問;〔醫〕診察 △① ~ os astros 觀察星宿② ~ uma obra 檢查一項工程 ③ ~ alunos em Inglês 考學生的英語 ④ ~ testemunhas num processo 在一積案件中調查證人

exarar(z) *v.t.* 雕刻;銘刻;刻畫浮雕或表記;登記;說明,提及 △ ~ condições num contrato 在合同中註明條件

exarticulação(z) *s.f.* 關節分離,關節解刺,關節截斷,脫臼

exasperação(z) *s.f.* 憤激,激昂,憤怒,激化,惡化,加劇(病痛等) △ ~ de uma doença 病情加劇

exasperar(z) *v.t.* 激怒,使惱怒;加劇,加重,使惡化 ‖ *v.r.* 暴怒 △ ~ a dor 使疼痛加劇 ◇ acalmar

exaurir(z) *v.t.* 用盡,耗盡,汲盡;使力竭,使疲憊;使一貧如洗 △ a seca exauriu as fontes 乾旱使泉源乾枯了 ◇ encher

exaurível(z) *adj. 2 gén.* 能用盡的,可耗盡的

exaustação;exaustão(z) *s.f.* 用盡,耗盡,疲憊,精疲力盡

exaustivo, va(z) *adj.* 耗盡的,使力竭的 △trabalho ~ 使人精疲力盡的工作

exausto, ta(z) *adj.* 精疲力盡的,耗盡的,竭盡全力的,用盡的 △olhos ~s de vista 失明的眼睛

exautoração(z) *s.f.* 奪權,消除權力;〔軍〕在公開儀式上摘掉軍人的軍階徽章

exautorar(z) *v.t.* 消除……的權力,奪權;〔軍〕在公開儀式上摘掉軍人的軍階徽章 ‖ *v.r.* 失去權力

excedente(is) *adj.* 超過的,超出的,過多的,過剩的,多餘的,編外的(人員) ‖ *s.m.* 剩餘;盈溢 ◇ défice

exceder(is…ê) *v.t.* 超過(限度,範圍等),越出,越過;勝過,優於,凌駕 ‖ *v.r.* 超出許可的範圍 △①o resultado excedeu a minha expectativa 結果超出我的預料 ② ~-se nas bebidas 喝過量的酒 ③ ~-se a si mesmo 精益求精

excedível(is) *adj. 2 gén.* 可超越的,可超過的

excelência(is) *s.f.* 極好,優秀,傑出,卓越;*pl.* 優點,長處,美德;〈M〉閣下(縮寫為 Exc.) △por ~ 極好地,出色地,傑出地

excelente(is) *adj. 2 gén.* 優越的,卓越的,傑出的,優良的,絕妙的,極好的 △①vinho ~ 上等的酒 ②homem ~ 優秀的人 ③iguaria ~ 美味佳肴 ◇ mau, detestável

excelentíssimo, ma(is) *adj.* 極優越的,極卓越的;尊貴的,尊敬的

excelso, sa(is) *adj.* 非常高的;〔轉〕至高的,崇高的 △ ~ virtudes ~as 崇高的道德風尚 ◇ baixo, vulgar

excentricidade(is) *s.f.* 遠離中心;偏僻;反常,古怪,怪癖,怪誕;古怪言行;〔數,天〕偏心率,離心率 △① ~ de uma elipse 橢圓的偏心率 ② ~ de um planeta 行星的偏心率

excêntrico, ca *adj.* 不在中心的,遠離中心的,偏僻的;〔數,機〕偏心的,離心的;不同圓心的;〔轉〕古怪的,怪誕的,怪癖的,反常的人 ‖ *s.m.* 〔機〕偏心輪(盤),偏心器;古怪的人,怪癖的人 △eixo ~ 偏心軸 ◇ concêntrico

excepção(is…èc) *s.f.* 例外,特例;除去,排除;〔法〕(法律程序上的)抗争,抗辯;異議,不服;〔轉〕行動或思想與衆不同的人 △①à ~ de 除……外 ②

não há regra sem ~ 沒有特殊就沒有一般 ③a ~ confirma a regra 特殊確定一般 ④fazer ~ de 把……不算在内，排除 ⑤~ 毫無例外地，一概，全部◇ regra, princípio

excepcional(is…èç) adj. 2 gén. 格外的，例外的；特別的，異常的，稀有的，非常的 △①favor ~ 特別恩惠 ②homem de talento ~ 有特殊才能的人 ③promoção ~ 破格提昇 ◇ normal, regular

excepto(is…èt) prep. 除……之外 △ ①tudo que quiser, ~ isso 除此之外所要的一切 ②~ que conj. 除了……以外

exceptuar(is…èt) v.t. 除去，不計……在内，排除；删去……；〔法〕反對，持異議 △①a lei da morte não exceptua ninguém 任何人都是要死的 ②~ a declaração 反對某項聲明

excessivo, va(is) adj. 過份的，過多的，過大的；非常的，格外的 △①~ trabalho ~ 過量的勞動 ②amor ~ 溺愛

excesso(is) s.m. 多餘，剩餘；多餘部份，剩餘部份；過量，超過數量；pl. 過度，(飲食等)無節制，放縱 pl. 暴行，過份行動 ③~ de peso 行李超重 ②~ de entusiasmo 過份熱心 ③~ de autoridade 越權 ④em ~ 過份地，過多地，過度 ⑤~ na comida 吃得過飽的 ⑥~ de amizade 過份友好 ⑦os ~s encurtam a vida 因放縱而縮短了壽命 ⑧a guerra dá lugar a ~s inevitáveis 戰爭必然帶來暴行◇falta

excisão(is) s.f. 〔解〕切除(術)，摘除，截除，删割

excisar(is) v.t. 切除，摘除，割除；砍去(删去(文章等)

excitabilidade(is) s.f. 〔理〕可激發性；〔醫〕興奮性，敏感性；〔生理〕(感官的)刺激反應性

excitação(is) s.f. 刺激，興奮，激發，鼓舞；〔理〕激發，〔電〕激勵，勵磁；〔植〕激感(現象)

excitador, ra(is…õ) 刺激的，鼓舞的 ‖ s.m. 鼓舞者，鼓動者，煽動者，刺激者；勵磁機，勵電器，放電路

excitamento(is) s.m. 刺激，鼓動，興奮；激發，鼓舞

excitante(is) adj. 2 gén. 有刺激性的，使興奮的 ‖ s.m. 刺激物，興奮劑 △o café é ~ 咖啡是有興奮作用的

excitar v.t. 刺激；鼓勵；鼓舞，煽動，激起；煽動 ◇ acalmar

excitativo, va ou **excitatório, ria** adj. 刺激性的，興奮性的，有刺激作用的，激發的；〔電〕勵磁的

excitável(is) adj. 2 gén. 易激動的，敏感的；可刺激的，可激起的，可激發的，可激動的；可煽動的

exclamação s.f. 驚叫，呼喊，感嘆；〔語〕驚嘆詞，感嘆號 △soltar uma ~ de alegria 高興得叫了起來

exclamador(is…õ) s.m. 叫喊者，驚喊者，驚嘆者，驚嘆者

exclamar v.t. e i. 驚叫，呼喊，叫嚷；大聲疾呼 △ ~ contra 指責

exclamativo, va；exclamatório, ria adj. 喊的，叫的，感嘆的

excluir(is…i) v.t. 開除，除去，排除；拒絕，逐出，把……除外 △①~ de uma associação 從協會中開除出去 ②~ do número dos convidados 從邀請的數目中除去 ③a modestia exclui o orgulho 謙遜排斥驕傲 ④o júri exclui um terço dos candidatos 裁判員淘汰了三分之一的選手 ◇ incluir, admitir, receber

exclusão(is) s.f. 拒絕，杜絕；除去，排除，排斥，趕出 ‖ ①política de ~ 閉關政策 ②com ~ de 除……之外

exclusivismo(is) *s.m.* 排外主義，排他主義；專門性，唯獨性

exclusivista *adj. 2 gén.* 排外主義的，排他主義的 ‖ *s.m.* 排外主義者 △atitude ~ 閉關自守的態度

exclusivo, va(is) *adj.* 專門的，專屬的，唯一的，獨有的，排他的 ‖ *s.m.* 獨家新聞；專刊權 ① direito ~ 專利 ②requerer o ~ de um fabrico 申請生產專利 ③espírito ~ 孤傲的精神 ④direitos ~s 專利(權)

excluso, sa(is) *adj.* 除外的，被逐出的，被除外的；〔生〕確陽種的，專見種的

excogitação(is) *s.f.* 沉思，默想；想出，設計，設法；計劃，計策，方案

excogitar(is) *v.t.* 沉思，默想；想出，發現；調查；探查 △① ~ meios de enriquecer 思索發財致富的方法 ② ~ o que os outros dizem 思考別人說的話

excomungar(is) *v.t.* 〔宗〕革除教籍，逐出教會；〔轉〕開除(會籍等)；把……逐出集體

excomunhão(is) *s.f.* 〔宗〕逐出教會，革除教籍

excoriação(is) *s.f.* 剝皮，擦傷皮；清除；嚴厲指責；〔醫〕表皮脫落

excoriar(is) *v.t.* 剝皮，磨掉，擦傷(皮膚等)；嚴厲指責

excreção(is) *s.f.* 排洩，分泌；排洩物，分泌物

excrementício, cia(is) *idj.* 排洩的，分泌的；糞便的

excremento(is) *s.m.* 糞便，〔口、鼻等的〕排洩物，穢物

excrescência(is) *s.f.* 〔醫〕贅，疣，瘤，贅生物；〔轉〕多餘的東西，無用的東西

excrescer(is…ē) *v.i.* 〔醫〕腫脹，隆起，長瘤

excretar(is) *v.t.* 〔生理〕排洩，分泌

excreto, ta(is) *adj.* 排洩的，分泌的 ‖ *s.m.* 排洩物(特指汗、尿、糞便等)

excruciante(is) *adj. 2 gén.* 使苦惱的，極痛苦的，難忍受的；極度的，劇烈的

excruciar(is) *v.t.* 使苦惱，使痛苦；拷打，折磨

excursão(is) *s.f.* 短途旅行，遊覽，郊遊；〔轉〕離題；〔理〕漂移，偏移 ◇ in cursão

excursionista(is) *s.2 gén.* 旅遊者，遊覽者，郊遊者

excurso(is) *s.m.* 旅行，遊覽；(說話、作文)離題

execração(z) *s.f.* 詛咒，咒罵；憎惡，嫌惡；痛恨，斥責；詛咒，咒罵；被詛咒的人(或物)；〔宗〕(使某處)不再作爲聖地 ◇ amor, adoração, benção

execrando, da(z) *adj.* 該受譴責的，該受詛咒的，可憎的，可惡的

execrar(z) *v.t.* 詛咒，咒罵；憎惡，嫌惡，痛恨；譴責，斥責 ◇ amar, querer, abençoar

execução(z) *s.f.* 實行，實施，貫徹，執行；施行的方法或技巧；演奏，表演；熟練；〔法〕執行死刑，強行死刑 △①passar de projecto à ~ 從計劃到實施 ②a ~ da ópera mereceu gerais aplausos 歌劇的演出受到普遍歡迎 ③ ~ de um devedor 強行拍賣欠債人的財產 ④ ~ capital 正法

executado, da(z) *adj.* 因債務而受到控訴的；實施的；演奏的，表演的；被執行死刑的 ‖ *s.m.* 被告，被執行死刑者

executante(z) *s.2 gén.* 實行者，實施者；〔樂〕演奏者，奏樂者

executar(z) *v.t.* 實行，實施；執行，履行；完成，做成，製成；奏(樂曲)，演(劇)；〔法〕對……執行死刑，正法；

〔法〕讓渡(財產) △① ～ um projecto 實施一項計劃 ② ～ uma ordem 執行一項命令 ② ～ um baixo-relevo 製成一浮雕 ④ ～ um trecho de música 演奏一段音樂 ⑤ ～ um condenado 對犯人執行死刑 ⑥ ～ um devedor 讓發欠債人的財產

executável(z) *adj. 2 gén.* 可執行的，可實行的，可以做成的，切實可行的

executivo, va(z) *adj.* 執行的，實施的，有執行權力的；行政(上的) ‖ *s.m.* 行政部門，行政官，執行委員會 △① autoridades ～as 執行當局 ② conselho ～ 執行委員會 ③ departamento ～ 行政機關；〔軍〕作戰部

executor(z…ð) *s.m.* 執行者；演奏者，表演者；〔法〕指定遺囑執行人；行刑者，劊子手 △～ testamentário 遺囑執行人

executória(z) *s.f.* 會計部，會計室

exempção(z…ç) *s.f.* 免除，解除，豁免，免役(尤指部分所得稅)

exemplar(z) *adj. 2 gén.* 用作模範的，可作爲楷模的，典型的，示範的，警戒性的，鑒戒的，作爲懲戒的，作馬鑒戒的 ‖ *s.m.* 模範，楷模，典型，標本，樣本 △① vida ～ 模範生活 ② castigo ～ 懲戒性的處罰 ③ ～ caligráfico 貼子；謄本 ④ ～ de uma lei 法律的謄本 ⑤ um ～ de 〈Os Lusíados〉一本《葡國魂》

exemplificação(z) *s.f.* 舉例，例解，例證，例示，〔法〕正本，核正謄本

exemplificativo, va(z) *adj.* 舉例的，例解的，例證的，例示的

exemplificar(z) *v.t.* 舉例證明(解釋)，示範，作……的示範；以實例證明，作……例證；〔法〕複印，製正(核正謄本) △① ～ anexins 用格言作例 ② ～ uma regra 舉例證明一條規則

exemplificável(z) *adj.* 可以例解的，

可以舉例說明的，可以作爲例子的

exemplo(z) *s.m.* 例證，實例；標本，樣本；範例，典型；模範，榜樣，楷模，先例 △① este estudante é um belo ～ de aplicação 這個學生是勤奮學習的好榜樣 ② castigar para ～ 懲一警百 ③ por ～ 例如 ④ sem ～ 無先例的，空前的

exequátur(z) *s.m.* (所在國政府發給他國領事或商務代表的)許可證書

exéquias(z) *s.f. pl.* 葬禮，殯儀，出殯行列

exequível(z…qu-i) *adj. 2 gén.* 可實現的，可實施的

exercer(z…ê) *v.t.* 實行，行使(職權)；使活動，運用，發揮(力量)；練習，訓練，操練；使受〔影響等〕 △① ～ uma indústria 開辦工業 ② ～ as forças 施加力量 ③ ～ um cargo 履行職務 ④ ～ influência 施加影響 ⑤ ～ autoridade 使用權威

exercício(z) *s.m.* (精力等的)運用，使用，實行，執行；演習，實習，操練，訓練；體操 △① o ～ da medicina 行醫 ② o ～ é indispensável à saúde 運動對身體健康是必不可少的 ③ ～ de um direito 行使一項權力 ④ entrar em ～ 實行

exercitar(z) *v.t.* 練習，訓練，實習，見習；運用，行使(能力，權力等)；〔轉〕演說練習，論文寫作 △～ a eloquência 練習口才

exército(z) *s.m.* 軍隊，部隊(指一國的正規軍的總體或所統帥的各兵種，一高級軍官最高司令部所帶的軍隊，海陸空三軍之一)；(在行動中的)大軍(人) △～ corpo de ～

exibição(z) *s.f.* 陳列，展覽；展覽會，展覽台；陳列品；〔轉〕表明，顯示；演出，首次公演；〔法〕(證據等的)提出 △① ～ de quadros 畫展 ② ～ de sabedoria 顯出智慧

exibicionismo(z) *s.m.* 表現癖,表現狂,炫耀之狂熱;〔醫〕下體裸露癖

exibicionista(z) *s.2 gén.* 好表現的人,好出風頭的人,受炫耀者的;〔醫〕下體裸露癖患者

exibir(z) *v.t.* 展覽,展示,陳列;〔法〕提出,出示(證件,證據等);〔轉〕表明,顯示,炫耀 △① ~ um passaporte 出示護照 ② ~ erudição 顯學問

exigência *s.f.* 要求,請求;苛求;需要,急需

exigente(z) *adj. gén.* 需要的,急需的;苛求的,要求高的,要求過多的 △ professor ~ 要求高的教師 ◇ condescendente

exigir(z) *v.t.* (權力或倚仗權力)要求;〔轉〕需要 △esta tarefa exige-nos fazer todo o esforço possível 這項任務需要我們全力以赴 ◇ conceder, isentar

exigível(z) *adj. 2 gén.* 可要求的,可強索的,應需要的 △dívida ~ 可強索的債務

exiguidade(zi…qui) *s.f.* 少量,很少,些許,一點兒,貧乏

exilado, da(z) *adj.* 被驅逐的,被流放的,被充軍的 ‖ *s.m.* 流亡者,被充軍者,流犯

exílio(z) 流放,放逐,流刑,充軍,流亡,亡命 △viver no ~ 過着流亡的生活

exímio, mia(z) *adj.* 傑出的,卓越的,優秀的,精良的,極好的 △ ~ pianista 傑出的鋼琴家

existência *s.f.* 存在,實在,繼續存在,生存,生活;生活方式 △ter uma ~ feliz 過着幸福的生活 ② a luta pela ~ 爲生存而鬥爭 ②acabar com a ~ 滅絕,使絕跡

existente(z) *adj. 2 gén.* 存在的,現存的,實在的,現行的,目前的 ‖ *s.m.* 存在物,實在生存之物,生存者 △ condições ~ s 現狀,現況 ② equipamentos ~ s (現)原有設備

existir(z) *v.t.* 存在,有;生存,生活,活着 △neste lugar existe uma cidade 這個地方有一座城市

êxito(z) *s.m.* 結果,成績,成功,成就,結局,好結果 △ ter conseguido grandes ~ s em todas as frentes 在各條戰線上都取得了巨大的成就

êxodo(z) *s.m.* 遷徙,移居;〈M〉《〈聖經·舊約〉》出埃及記

exoneração(z) *s.f.* 免除,解除,罷免(責任,職務);釋免,免罪,昭雪;減輕(負擔,負荷)

exonerar(z) *v.t.* 減輕(負擔,負荷);免除,解除,罷免(責任,職務) △ ~ alguém de um encargo 減輕某人的負擔

exorbitância(z) *s.f.* (價格、收費、要求等)過高,過度;過份;過大;越軌

exorbitante(z) *adj. 2 gén.* 過高的,過份的,過度的,過多的,越軌的 △① um preço ~ 昂貴的價格 ②um calor ~ 酷熱 ③despesa ~ 過高的開支

exorbitar(z) *v.i.* 越軌,越出……範圍;〔轉〕過高,過份,過度 △① ~ das suas autoridades 濫用職權 ② ~ os olhos 使眼睛出了眼眶

exornação(z) *s.f.* 裝飾,修飾,打扮;〔轉〕潤色

exornar(z) *v.t.* 裝飾,修飾,打扮;〔轉〕潤色 △① ~ um altar 裝飾祭台 ② ~ um discurso 給演講潤色

exortação(z) *s.f.* 勸告,規勸;告誡,諫;開導;鼓勵,勉勵

exortador, ra (z…õ) *adj.* 勸告的,規勸的,開導的;鼓勵的,勉勵的 ‖ *s.m.*

勘告者,規勸者,開導者;鼓勵者,勉勵者

exortar(z) *v.t.* 勸告,規勸;告誡,諫;開導;鼓勵,勉勵 ◇ dissuadir

exótico, ca *adj.* 外來的,外國產的;[口]奇異的,異樣的,異國情調的,異乎尋常的;脫衣舞的 △①plantas ~as 從外國移植來的植物 ②doença ~a 從外國傳來的疾病 ③versalhada ~a 劣語,拙句 ◇ indigena

expandir(is) *v.t.* 擴大(範圍),使增加,擴張,使膨脹;展開,張開;擴充,使發展;[軍]擴編;[數]展開;詳述,引伸;寫出(縮本) ‖ *v.r.* 膨脹 △① ~ as velas 張帆 ② ~ ideias 傳播,散佈主張 ③ ~ queixumes 呻吟

expansão(is) *s.f.* 張開,伸展,擴大,展開;遼闊;擴張物,擴大部分;[理]膨脹;[數]展開 △①a ~ de território 領土擴張 ②a taxa de ~ 膨脹率

expansivo, va(is) *adj.* 膨脹性的,擴張性的,擴展性的;坦率的,直率的,胸襟開闊的,豁達的,愛說話的;浩瀚的 △①homem ~ 胸襟開闊的人 ② carácter ~ 直率的性格 ③amizade ~a 誠摯的友誼 ◇ concentrado

expatriação(is) *s.f.* 被逐出國外;移居國外;放棄國籍;[詩]脫離原國籍

expatriar(is) *v.t.* 把……逐出國外 ‖ *v.r.* 移居國外;放棄國籍

expectação(is…èt) *s.f.* 期待,期望,希望;所希望的東西;估計,預期;[醫]期待療法,觀察療法

expectador(is…èt…ô) *s.m.* 期待者,期望者,希望者

expectativa(is) *s.f.* 預期,期望,期待;期望的東西,遠景

expectatoração(is…èt) *s.f.* 吐痰,咳出,痰,咳出物,唾液

expectatorar(is…èt) *v.t.* 咳出,吐出(痰,血,唾液等);[轉]迅猛地說出,吐出 △ ~ injúrias 說出侮辱人的話

expedição(is) *s.f.* 遠征,出征,征伐;探險;發出,發出;迅速,快捷;遠征隊,探險隊;討伐隊;體育遠征隊 △① ~ ao Pólo Norte 北極探險 ② ~ de encomendas 寄包裹 ③ pessoa de grande ~ 非常敏捷的人 ④aviso(despesas) de ~ 裝船通知單(費用)

expedicionário, ria(is) *adj.* 遠征的,探險的 ‖ *s.m.* 遠征隊員,探險隊員;[商]送貨人 △tropas ~as 遠征軍

expedidor, ra(is…ô) *adj.* 發送的,寄送的,發貨的 ‖ *s.m.* 發送者,寄送者,送貨者

expediente(is) *adj. 2 gén.* 方便的,便利的,有利的;權宜的,臨時的;有效率的,辦事迅速的,快捷的 ‖ *s.m.* 急辦法,權宜之計;敏捷,靈敏;文件,文書,公文 △①homem ~ 很有本事的人②adoptar um bom ~ 採用好辦法 ③dar ~ 發公文 ④ter muito ~ 常做辦公文 ④viver de ~ 靠手段過日子

expedir(is) *v.t.* 發送,寄發;簽發,發出;派遣;宣佈(法令、判決等);打發 △① ~ uma carta 寄出一封信 ② ~ um mensageiro 派遣一位信使 ③ ~ negócios pendentes 迅速辦理懸案 ④ ~ um decreto 發佈一項法令 ⑤ ~ alguém para o outro mundo 殺死某人

expedito, ta(is) *adj.* 無阻礙的,通暢的;應急的;敏捷的,迅速的,有效而神速的 △modos ~s 應急的辦法 ◇ vagaroso

expelir(is) *v.t.* 趕出,驅除,開除;射出(子彈等),噴出,排出(氣體等) △① ~ fumo pela boca 口中噴煙 ② ~ balas 射出子彈 ③ ~ um espião 驅除一個間諜

expender(is…ê) *v.t.* 發表(文章,學說等),闡明;使用,花費(金錢,勞力,

時間 等);用光, 耗盡 △ ~ as suas
ideias闡明他的主意

expensas(is) *s.f. pl.* 費用, 開支 △a
~ de 以……爲代價, 由……出錢, 倚
靠

experiência(is) *s.f.* 經驗;體驗, 見
識, 經歷, 閱歷;試驗, 實驗 △① ~
homen de muita ~ 閲歷豐富的人 ②a
~ é a mãe de ciência 經驗爲學問之母
③voo de ~ 試飛 ◇ inexperiência

experiente(is) *adj.* 有經驗的, 經驗
豐富的, 老練的, 熟練的 ‖ *s.2 gén.* 有
經驗的人, 經驗豐富的人, 老練的人

experimentado, da(is) *adj.* 有經驗
的, 經驗豐富的;老練的, 熟練的 △~
um médico — 有經驗的醫生 △~um
condutor — 老練的汽車司機

experimental(is) *adj. 2 gén.* 經驗上
的, 來自經驗的;從經驗出發的;實驗
性的, 試驗性的 △①por via ~ 通過實
驗 ②parcela ~ 試驗田 ③filosofia ~
經驗哲學 ④física ~ 實驗物理學

experimentar(is) *v.t.* 試驗, 實驗,
嘗試, 體驗, 經歷;經受考驗 ‖ *v.r.* 獲
得經驗 △① ~ uma espingarda 試槍
② ~ decepções 感到失望 ③ ~ um
remédio 試驗一種藥

experimento(is) *s.m.* 實驗, 試驗;嘗
試 △ ~ científico 科學試驗

expiação(is) *s.f.* 贖罪, 償罪, 消泰 △
~ suprema 死刑

expiar(is) *v.t.* 贖, 抵償, 補償, 補救
(罪過);承擔……後果, 受到……報
應, 爲……吃苦頭, [轉] 淨化(受到褒
瀆的事物) △① ~ um homicídio 抵償
殺人罪 ② ~ uma leviandade 承擔輕
率的後果 ③ ~ uma igreja 淨化教堂

expiável(is) *adj. 2 gén.* 可償回的,
可抵償的, 可補救的

expiração(is) *s.f.* 呼氣;終止, 期滿

屆滿, 截止 △ ~ de um prazo 期滿 ②
~ de um contrato 合同期滿

expirar(is) *v.t.* 呼氣, 自肺呼出 ‖
v.i. 斷氣, 死;[轉] 終結, 期滿, 屆滿
△o prazo expira amanhã 明天到期 ◇
inspirar

explanação(is) *s.f.* 平整, 弄平, 平
地;解釋, 註釋;闡明, 說明, 辯解, 剖白

explanador(is…ô) *s.m.* 解釋者, 闡
明者, 註釋者

explanar(is) *v.t.* 平整, 弄平;解釋,
說明, 闡述, 詳述;闡明, 說明……的理由
△① ~ um texto 解釋一篇文章 ② ~ as
razões 闡明理由

explicação(is) *s.f.* 解釋, 說明;(觀
點的)闡明, 剖白, 辯白 △ter ~ com
alguém 向某人作解釋

explicador, ra (is…ô) *adj.* 解釋的,
說明的 ‖ *s.m.* 解釋者, 說明者, 講授
者

explicar(is) *v.t.* (詳盡地)解釋, 說
明;講明, 講授;引伸, 發展(概念等) △
① ~ um projecto 說明一項計劃 ② ~
matemática 教數學 ③ ~ o procedi-
mento 解釋行爲

explicativo, va(is) *adj.* 用以解釋
的, 用以闡明的, 用以註釋的

explicável(is) *adj. 2 gén.* 可以解釋
的, 可以說明的, 可以辯明的, 可以說
解的 △caso pouco ~ 難以解釋的事情

explícito, ta(is) *adj.* 明白的, 明
的, 明顯的;直爽的, 顯而易
見的 △①cláusula muito ~a 條款非
常清楚 ②instrução ~a 明確指示 ◇
implícito

explodir(is) *v.i.* 爆炸, 爆發, 激發,
迅速發展

exploração(is) *s.f.* 勘探, 探測, 測
定;[醫](傷處等的)探查;利用, 開發;
[轉] 剝削;偵察 △① ~ de pressão 壓

力分佈測定 ② ~ de espaço 星際探索

explorador(is…ô) *s.m.* 探險者，考察者，勘探隊員，開發者；〔轉〕剝削者，pl. 偵察兵

explorar(is) *v.t.* 利用，勘探，探測，探索，考察；〔醫〕探查(傷處等)；開發，開拓；〔轉〕剝削，偵察 △ ~ regiões antárcticas 南極地區考察(探險)

explosão(is) *s.f.* 爆發，爆裂，炸裂；爆發音；〔語〕爆破 △① ~ de um torpedo 水雷爆炸 ②uma ~ de cólera 發生霍亂 ③ ~ de população 人口爆發

explosível(is) *adj. 2 gén.* 能爆發的，易爆炸的

explosivo, va(is) *adj.* 爆發性的，會引起爆炸的，爆發性的；暴躁；〔語〕爆破音的；極易引起爭論的 ‖ *s.m.* 炸藥，爆破器材 △balas ~as 炸裂彈 ②humor ~ 暴躁易怒的脾氣

exploiação(is) *s.f.* 搶奪，掠劫

exponente(is) *s.m.* (學說，理論等的)代表者，倡導者，闡述者；〔語〕代表變化的音或字母；〔數〕指數；寋 △um ~ de auto-educação 自學成材的代表

expor(is…ô) *v.t.* 展示，擺列(貨物)；展覽，展出；表達，表明，說明，闡明；使暴露，使遭受，使招致(危險，攻擊等)；扔棄(嬰兒) ‖ *v.r.* 冒險，遭受危險，陷於危險，暴露於；展覽，展示 △① ~ géneros à venda 陳列出售商品 ②casa exposta ao norte 朝北的房子 ③ ~ à chuva 使淋雨 ④ ~-se ao fogo do inimigo 暴露在敵人砲火下 ⑤ ~ um segredo 揭穿一個秘密

exportação(is) *s.f.* 出口，輸出；出口商品 ◇ importação

exportador(is…ô) *adj.* 出口的，輸出的 ‖ *s.m.* 出口商，輸出者，輸出國 ◇ importador

exportar(is) *v.t.* 出口，輸出 ◇ im-

portar

exportável *adj. 2 gén.* 可出口的，適於出口的，可輸出的

exposição(is) *s.f.* 展覽，陳列，展覽會，博覽會；朝向，方位，位置；棄嬰；解說，說明，解釋；暴露，曝光 △ ~ uni-versal 國際博覽會 ②esta casa tem boa ~ 這所房子的朝向很好 ③ ~ de um facto 說明一件事實 ④tempo de ~ 曝光時間

exposto, ta(is) *adj.* 無掩飾的，暴露的，顯露的；展覽的 ‖ *s.m.* 棄嬰，棄兒 △objectos ~s 展品

expressão(is) *s.f.* 表現，表示，表達；詞句，語句，措詞，說法；表情，臉色，態度，腔調，聲調；〔數〕式，符號；(油等的)榨出，壓榨 △①a política é a ~ concentrada da economia 政治是經濟的集中表現 ② ~ muito corrente 很常用的詞語 ③ ~ dos olhos 眼色，眼睛的表情 ④ ~ feliz 妙言 ⑤ ~ algébrica 代數式 ⑥sem ~ 無表情地，茫然，惘然

expressar(is) *v.t.* 表示；表現；表達，解釋；‖ *v.r.* 表示意思，達意

expressivo, va(is) *adj.* 表現的，表達的，達意的，富於表達能力的，富於表情的，意味深長的 ①rosto ~ 富於表情的臉 ②olhar ~ 富於表情的眼神

expresso, ssa(is) *adj.* 明白表示的，明確的，明顯的；快速的，快遞的，直達的(列車等) ‖ *s.m.* 快車，專差；快遞郵件，快送貨物 △①lei ~a 明確的法律 ②correio ~ 快遞郵件 ③tomar o ~ 乘快車

exprimir(is) *v.t.* 表示，表明，表達，表露，榨，壓榨，扭絞，使出汁液 ‖ *v.r.* 表示意思，達意 △①este quadro ex-prime a verdade 這幅畫畫得真實 ② ~ um limão 榨檸檬汁

exprobrar(is) *v.t.* 譴責,斥責,訓斥

expropriação(is) *s.f.* 徵用,據爲己有,剝奪所有權,沒收

expropriar(is) *v.t.* 徵用,沒收,奪取,把……據爲己有,剝奪……的所有權

expugnação (is) *s.f.* 攻克,佔領,用武力征服,奪取

expugnar *v.t.* (用武力)奪取,佔領,攻克,征服

expugnável(is) *adj. 2 gén.* 可攻克的,可佔領的,可征服的 ◇ **inexpugnável**

expulsão(is) *s.f.* 逐出,驅除,趕出,開除,攆出,排出 △ ①a ~ de alguém da escola 某人被開除學籍 ②a ~ de ar dos pulmões 從肺中排出空氣

expulso, sa(is) *adj.* 被驅除的,被開除的,被排出的

expulsor, ra(is···ō) *adj.* ; **expultriz** (is) *adj. 2 gén.* 驅除的,排出的 ‖ *s.m.* 驅逐者,排出者;(武器)退殼裝置

expungir(is) *v.t.* 塗掉,刪去,抹掉,除去,洗去 △~ alguns parágrafos do recordo 從記錄中刪去幾段 ②~ nódoas 洗去污點

expurgação(is) *s.f.* 刪改,修正;[醫] 清洗(傷口等),使潔淨 △~ de um trabalho literário 刪改一篇文學作品

expurgador, ra(ls···ō) *adj* 清理的,使純淨的,刪改的 ‖ *s.m.* 清理者,使純淨者;(書籍的)刪改者,刪削者

expurgar(is) *v.t.* 使純淨,清理,清除;刪去(書籍的不妥處),刪改;[醫] 清洗(傷口等);削皮 ‖ *v.r.* 淨化 △ ①~ de malfeitores uma cidade 把壞人從城中清除出去 ②~ uma ferida 清洗傷口 ③~ um livro 刪改一本書 ④~ uma pêra 削梨

exsicar(is) *v.t.* 使乾,使乾涸;去盡濕氣,蒸發濕氣

êxtase(eis) *s.m.* 狂喜,入迷,銷魂,陶醉,心醉神迷,精神恍惚;忘形,(詩人的)忘我境界 △estar em ~ diante de alguém 對某人心醉神迷

extasiado, da(is) *adj.* 狂喜的,入迷的,銷魂的,心醉神迷的,忘形的 △①進入忘我境界的 △estar ~ 對……心醉神迷

extasiar(is) *v.t.* 使狂喜,使人迷,心醉神迷,使銷魂,使人神迷;使忘形 ‖ *v.r.* 歡喜,快樂,喜不自勝,忘形,神魂顛倒,入迷,入神 △~-se diante de um quadro 陶醉於一幅畫

extático, ca(is) *adj.* 陶醉的,入神的,着迷的,欣喜熱狂的,發狂似的;[轉]深的,大的 △①admiração ~a 深深的敬佩 ②doente ~ 病重的病人

extemporâneo, nea(is) *adj.* 不合時宜的,不合適的,不恰當的;臨時作成的;脫口而出的,即席的,無準備的 △①pedido ~ 不合時宜的要求 ②discurso ~ 即席講話 ◇ **oportuno, preparado**

extensão(is) *s.f.* 伸長,伸展;延長,延伸;擴展,廣大;廣度,範圍;長度,期限;面積;延期;延長線(電話的)分機;附加物;[醫] 牽伸術,伸直;[語] (詞句等)的鋪張,意思的引申;(詞延期還債的認可性 △①a ~ do braço 伸直胳膊 ②~ de uma linha 一條線的長度 ③~ de um século 一個世紀的時間 ④uma vasta ~ de oceano 大洋的寬廣 ⑤a ~ de metal 金屬的延展 ⑥~ dos tendões 神筋 ⑦em toda a ~ de palavra 話的整個含義

extensibilidade(is) *s.f.* 可延伸性,可伸展性,伸長率;可伸縮性,可擴展性 △a ~ da borracha 橡膠的伸展性

extensível(is) *adj. 2 gén.* 可伸長的,

可延長的;可擴張的,可擴展的

extensivo, va(is) *adj.* 廣闊的,廣大的,廣博的;(交易等)大量的,範圍廣泛的;[理]廣延的;(農業)粗放的;(邏)外延的 △①a significação ~a de um vocábulo 一個詞的廣闊含義 ②a cultura ~a 粗放耕作 ③uma ordem ~a 大批定貨 ◇ compressivo, intensivo

extenso, sa(is) *adj.* 廣闊的,遼闊的,廣泛的,大範圍的;長的 △①campo ~ 廣闊的田野 ②rua ~a 長路 ③discurso ~ 長篇講話 ④uma leitura ~a 博覽群書 ⑤por ~ 廣泛地,詳盡地

extenuado, da(is) *adj.* 衰弱的,疲憊的,憔悴的;消瘦的,瘦削的

extenuador, ra(is…ô) *adj.* 使衰弱的,使疲憊的;使輕的

extenuante(is) *adj. 2 gén.* 使衰弱的,使疲憊的;使輕的

exterior(is…ô) *adj.* 外部的,外面的,外表的,外界的,外生的,對外的;外交上的;外國的,外來的;外用的 ‖ *s.m.* 外表,外觀,外貌,外面,外層;(人的)容貌,儀表,風姿;[攝,劇] *pl.* 外景 △①um ângulo ~ [數]外角 ② linhas ~ [軍]外綫 ③uma política ~ 對外政策 ④um bom homem com ~ rude 外貌粗魯而內心善良的人 ◇ interior

exteriorização(is) *s.f.* 外表化,外表性,客觀化,客觀性;表明,表露,顯露,外露

exteriorizar(is) *v.t.* 使外表化,使形象化,使具體化;表露,顯露,使外露;剖白(心跡等)

exterminação(is) *s.f.* 根除,滅絕;除盡,消滅;撲滅,夷平,剷絕;驅除,逐出

exterminar(is) *v.t.* 消滅,撲滅,根絕,剷絕,夷平;除盡;逐出,驅除 △①~ uma raça 滅絕一個種族 ②~ os abusos 消除濫

用(職權)

extermínio(is) *s.m.* 毀滅,撲滅,消滅,消除,除盡

externato(is) *s.m.* 走讀學校

externo(is) *adj.* 外部的,外面的,外表的;對外的;外交的;外界的,外在的,外界的;[醫]外敷的 ‖ *s.m.* 走讀生 △①medicamento ~ [醫]外用藥 ②ângulo ~ [數]外角 ③comércio ~ 外貿 ④ dívida ~ 外債 ◇ interno

extinção(is) *sf.* 熄滅,撲滅;取締,取消,消亡,消失;毀滅,(生物等的)滅絕;(法律要求的)廢除 △①~ de um incêndio 滅火 ②~ de pauperismo 消滅貧窮 ③~ de uma dívida 免除債務 ④~ do Estado 國家的消亡

extinguidor(is…ô) *s.m.* 熄滅者,滅滅者,消滅者;滅火器

extinguir(is) *v.t.* 熄滅(燈),滅(火),滅滅(希望等),消滅,撲滅;使消失,使滅亡;取消,廢除 ‖ *v.r.* 熄滅,耗盡,滅亡,完結 △①~ um fogo 滅火 ②~ ordens religiosas 取消教團 ③~ haveres 耗盡財產 ④~ dívidas 債清償務 ⑤~ uma nação 消滅一個民族 ⑥~ a sede 解渴 ◇ acender, atear, avivar

extinto, ta(is) *adj.* 已消滅的,已熄滅的,已絕種的,已滅絕的;[法]已過時效的,廢除的;已經消滅的,已不存在的;已死去的 ‖ *s.m.* 死者

extintor(is…ô) *s.m.* 滅火器

extirpação(is) *s.f.* 根除,根絕,滅滅;撲滅,消滅;[醫]摘除,切除

extirpar(is) *v.t.* 根除,根絕,滅滅,消滅;[醫]摘除,切除 △①~ ervas 拔除雜草 ②~ um tumor 摘除腫瘤 ③~ vícios 杜絕惡習

extirpável(is) *adj. 2 gén.* 可根除的,可絕根的

extorquidor(is…ō)   *s.m.* 敲詐勒索者,強奪者,強取者

extorquir(is)   *v.t.* 強奪,強取;敲詐,勒索;強求,逼迫 △ ~ dinheiro 運用手段勒取某人的錢

extorsão(is)   *s.f.* 強奪,強取;敲詐勒索;橫徵暴斂,苛捐雜稅

extracção(is…àç)   *s.f.* 抽出,拔出;開採;精選,摘要;[轉]銷路,求取;[轉]家世,身世,世系 △①a ~ de um dente 拔牙 ②este livro tem grande ~ 這本書的銷路很大 ③taxa de ~ 提取率 ④ homem de ~ estrangeira 外國血統的人

extracto(is…àt)   *s.m.* 摘要,精華,拔萃;提取物,提煉物,蒸餾物;[化]浸膏;摘錄,摘記,抄;引用文,引證文 △① ~ de carne 牛肉汁 ②tirar um ~ de 把……的要點摘錄下來

extractor (is…àtó)   *s.m.* 提取者;[醫]抽出器,拔出器;[軍]退彈簧,退彈器

extradição(is)   *s.f.* [法]引渡(外國的罪犯);送還(逃犯)

extraditar(is)   *v.t.* 引渡(外國的罪犯),送還逃犯

extrafino, na(is)   *adj.* 上等的,極精細的,特別精致的

extrair(is…i)   *v.t.* (用力)拔出,抽出;開採,拔掉(牙),提取,分離出,蒸餾,榨取;摘出,引出,吸取;[數]開(方),求(根) △① ~ uma bala do corpo 從身上取出子彈 ② ~ mineiro 開礦 ③ ~ um dente 拔牙 ④ ~ o óleo de uma semente 用種子榨油 ⑤ ~ a raiz quadrada 求平方根

extrajudicial(is)   *adj. 2 gén.* 法院職權以外的,法律外的,非法律程序的

extraordinário, ria (is)   *adj.* 非常的,異常的,非凡的;卓絕的,意外的,

離奇的,可驚的;特別的,特派的;額外的,外加的;[轉]極大的,巨大的 ‖ *s.m.* 額外費用,非常之事 △①caso ~ 非常事件 ②opiniões ~as 非同凡響的意見 ③ talento ~ 奇才 ④despesas ~as 額外開支 ⑤Embaixador ~ 特命大使 ◇ ordinário, vulgar

extravagância(is)   *s.f.* 古怪,離奇,古怪言行,離奇舉動 ◇ bom-senso, juízo

extravagante(is)   *adj. 2 gén.* 古怪的,離奇的;奢侈的,揮霍的,鋪張的 ‖ *s.2 gén.* 荒唐的人;揮霍的人 ◇ sensato, normal, económico

extravasar(is)   *v.i.* 放蕩,遊蕩;越軌

extravasante(is)   *adj. 2 gén.* 溢出的,滲出的

extravasar(is)   *v.t.* 使外滲,使滲出,使流溢,使溢出 *v.i.* 泛濫;溢出,外滲 △①o rio extravasa 河水泛濫 ②a seiva extravasa 液體滲出

extraviado, da   *adj.* 迷路的,迷失方向的,走入歧途的;墮落的;丟失的 △ departamento de objectos ~s 失物招領處

extraviar(is)   *v.t.* 引入迷途,使迷路,使迷失方向;使(目光,眼神)消失,迷離;使墮落,丟失 ‖ *v.r.* 迷路,迷失方向,丟失 △①a neve extraviou-o 大雪使他迷路了 ②extraviaram-no as más companhias 壞朋友使他走入歧途 ◇ encaminhar

extravio(is)   *s.m.* 迷途,迷失方向,脫離正軌;丟失,迷失

extremidade(is)   *s.f.* 末端,盡頭;極端,極度;[轉] *pl.* 窘迫,絕境;最後手段,非常手段; *pl.* 臨終,最後; *pl.* 四肢 △① ~ do terreno 土地盡頭 ② ~ da espada 劍的末端 ③ter já as ~ frias 四肢已涼,已死

extremismo(is) *s.m.* 極端主義,激進主義;偏激,極端傾向

extremista(is) *adj. 2 gén.* 極端主義的;偏激的,有極端傾向的 ‖ *s.2 gén.* 極端主義者;偏激的人,好走極端的人

extremo(is···ê), **ma** *adj.* 極端的,過激的;極限的;非常的;末端的,盡頭的,末尾的,最後的;臨終的 ‖ *s.m.* 極端,端頭,首末;〔數〕比例式的首項與末項 △① suspiro ~ 最後的喘息 ②miséria ~a 極端貧困 ③hora ~a 臨終 ④ ~ oriente 遠東 ⑤com ~ 很,非常,極其 ⑥de ~ a ~ 自始至終,從頭到尾 ⑦os dois ~s 兩個極端,截然相反 ⑧os ~s se tocam 殊途同歸 ⑨passar de um ~ a outro 從一個極端轉到另一個極端,面目全非 ⑩em ~ 極端地

extremoso, sa(is···ô) *adj.* 偏激的,過度的;熱情的,親切的,摯情的

extrínseco, ca(is) *adj.* 不屬於本體的,外來的,外加的,外部的,外在的,非本質的,非固有的,附帶的 △① causas ~as de uma doença 疾病的部原因 ②valor ~ de uma moeda 貨幣附帶價值 ◇ intrínseco

exúbere(z) *adj. 2 gén.* 被斷乳的

êxul(z) *adj.2 gén.* 流放的,被逐的,被驅除出國的 ‖ *s.2 gén.* 流放者,被放逐者,被驅逐出國的人,流亡者

exultante(z) *adj.* 狂喜的,興高采烈的,歡欣鼓舞的,雀躍的 △ ~ pela vitória 為勝利而狂喜

exultar(z) *v.i.* 狂喜,歡躍,雀躍 △ ~ pela vitória 為勝利而狂喜

exuviável(z) *adj. 2 gén.* 蛻皮性的;可蛻皮的(動物)

F

f *s.m.* 葡文第六個字母;〔M〕〔電〕法拉;某人 ‖ *adj.* 第六的 △ com todos os ff e rr 小心翼翼地

fã *s.2 gén.* 球迷

fabela *s.f.* 短篇童話;寓言

fabiano *s.m.* 〔口〕某人,張三,李四

fábrica *s.f.* 生產;製造;工場,工廠

fabricação *s.f.* 生產,製造 △ ~ nacional 國產

fabricador *s.m.* 生產者,製造者 ‖ *adj.* 生產的,製造的

fabricante *s.2 gén.* 生產者,製造者;廠主,廠長

fabricar *v.t.* 生產,製造;建造;耕種;編造;設置

fabrico *s.m.* 生產,製造;產品

fabril *adj.* 工廠的;生產的,製造的

fábula *s.f.* 寓言;神話;故事

fabulário *s.m.* 寓言集;神話集

fabulista *s.2 gén.* 寓言作家;神話故事作家;說謊者;胡編亂造者

fabuloso, sa *adj.* 神話般的;虛構的;奇妙的;令人難以置信的;異常的;巨大的;驚人的,駭人的,黑暗的

faca *s.f.* 刀,庖刀 △① ~ de mato 砍人短刀 ② ~ de papel 裁紙刀 ③ ~ de rasto 大砍刀 ④ andar à ~-sola 單獨地;獨行 ⑤pôr a ~ aos peitos 威脅,威逼 ⑥ter a ~ e o queijo na mão 為所欲為

facada *s.f.* 刀砍;刀傷;襲擊;〔轉〕暗害;騙取錢財

facalhão *s.m.* 大刀

façanha *s.f.* 功績;英雄業績;卓越功勳

façanheiro *s.m.* 好吹噓者,吹牛的 ‖ *adj.* 裝模作樣的,吹噓的,吹牛的,自誇的

façanhoso, sa *adj.* 有業績的,功勳卓著的;令人欽佩的

facção *s.f.* 派別,黨派,幫派;匪幫;軍功,戰績

faccionar *v.t.* 分裂;暴動,起義,嘩變

faccionário, ria *adj.* 黨派的,幫派的,派別的 ‖ *s.m.* 幫派分子,黨派成員

faccionismo *s.m.* ; **facciosidade** *s.f.* 派性;宗派主義

faccioso, sa *adj.* 黨派的;拉幫結派的;叛亂的,擾亂治安的 ‖ *s.m.* 幫派分子;黨派分子;叛匪;搗亂分子

face *s.f.* 臉,面孔,面部;硬幣正面;織物正面;〔數〕多面體之面;正面;面積 △em ~ de 鑒於 ②fazer ~ a 反對 ③ ~ a ~ 當面,面對面地 ④à ~ do mundo 公開地 ⑤ por todas ~s 全面地 ⑥perder ~ 丟臉

faceta *s.f.* 多面體或寶石的面;〔轉〕(問題或事情的)方面

facetado, da *adj.* 經加工的,雕琢的,有刻面的

facetar *v.t.* 切出平面;加工,雕琢(寶石)

facha *s.f.* 斧,鉞;火把,火炬;燈籠

fachada *s.f.* (物體的)面,側;(建築物或書的)正面,外表;〔轉〕外表;臉,面孔;斧擊,斧傷

fachis *s.m. pl.* 筷子

facho *s.m.* 火把,火炬;燈籠;明燈

fachudaço, ça *adj. bras.* 非常美麗的,非常漂亮的

facial *adj. 2 gén.* 面部的,面上的 △①ângulo 面角 ②valor ~ (郵票或錢幣的)面值

fácies *s.f.* 〔醫〕面狀,面容,外觀

fácil *adj. 2 gén.* 容易的,簡單的,淺易的;溫順的,聽話的;多變的,易反覆的;舒適的 ◇ difícil

facilidade *s.f.* 簡單,容易;適宜;*pl.* 方便,便利;*pl.* (付款的)寬限期 ◇ dificuldade

facílimo, ma *adj.* 非常容易的

facilitar *v.t.* 使變容易;提供,供給 ‖ *v.r.* 準備好的,隨時可⋯⋯

facínora *s.m.* 歹徒,強盜,罪犯,殺人犯 ‖ *adj.* 兇惡的,狠毒的,殘酷的

facinoroso, sa *adj.* 殘酷的,兇惡的,狠毒的;罪行累累的

fac-similado, da *adj.* 影印的;傳寫的

fac-similar *v.t.* 摹寫;影印;傳真 ‖ *adj.* 摹寫的;傳真的;影印的,複印的

fac-símile *s.m.* 摹本;傳真件;影印件,複印件,複製件

factício, cia *adj.* 人工的;仿製的;生硬的,假的

factível *adj. 2 gén.* 可行的;可達到的,易實行的

facto *s.m.* 事實;事情;事件;情況;結果,結局 △①de ~ 實際上,果然,真實地 ②estar ao ~ 知道,知曉 ③pôr ao ~ 告訴,報告 ④vias de ~ 毆打

factor *s.m.* 要素,因素;〔數〕乘數,被乘數;〔數〕因數,約數;〔理〕係數;〔生〕因子,基因;〔鐵路〕貨運員

factorial *adj. 2 gén.* 階乘積的 ‖ *s.m.* 〔數〕階乘積

factoto, factótum *s.m.* 〔口〕愛管閒事者;包攬一切者

factura *s.f.* 〔商〕帳單,貨單;發票,收據;製作,做工;成品 △preço de ~ 出

廠價

facturar *v.t.* 開帳單,開貨單;開發票;[鐵路]發運,託運(貨物等);製作

fácula *s.f.* [天](太陽或月亮上的)光斑,光點

faculdade *s.f.* 能力,技能;性能,功能;(大學的)系、學院;*pl.* 財產,財富 △ ~ de medicina 醫學院

facultativo, va *adj.* 有權的,被授權的;有資格的,有能力的;學術上的‖ *s.m.* 醫生

facultoso, sa *adj.* 有能力的;殷實的,鉅富的;[轉]豐富的,大量的,充裕的

facúndia *s.f.* 嫻於辭令,有口才;饒舌

facundo, da *adj.* 嫻於辭令的,有口才的;饒舌的,善辯的

fada *s.f.* 仙女;美女,淑女;妖女,巫女 △mãos de ~ 巧手;巧奪天工‖ cá e lá más ~s há 天下烏鴉一般黑

fadado, da *adj.* 註定的,命裏註定

fadar *v.t.* 預言,預示;使命中註定;使着迷,迷惑;幫助,救助

fadário *s.m.* 命運,天意;神諭;辛苦,勞累

fadiga *s.f.* 疲倦,疲勞;[轉]痛苦,苦惱;焦慮,憂慮;煩躁,喪氣;勞累,艱辛

fadigar *v.t.* 使疲勞;煩擾,打攪

fadista *s.2 gén.* 舊時多指葡國里斯本那些下層居民,他們多以彈唱哀怨的法多民歌著稱;現在指街頭獻藝賣唱者;流氓;妓女

fado *s.m.* 命運;預言;葡國歌(多訴哀怨之情);*pl.* 操縱人們命運的力量,神力,老天爺;淫蕩的生活

fáeton, faetonte *s.m.* 四輪敞篷車;敞篷汽車

fagáceas *s.f. pl.* [植]山毛櫸科,殼斗科

fagedénico, ca *adj.* [醫]潰瘍性的

fagedenismo *s.m.* [醫]潰瘍;組織壞死,壞疽

fagócito *s.m.* [醫]吞噬細胞

fagocitose *s.f.* [醫](白血球的)吞噬作用

fagote *s.m.* [樂]巴松管,大管,低音管

fagueiro, ra *adj.* 溫順的,聽話的,溫和的,親切的,甜蜜的

faguice *s.f.* 溫順;溫和

fagulha *s.f.* 火花,火星‖ *s.2 gén.* 性急愛管閒事者

fagulhento, ta *adj.* 冒火花(火星)的;火星四射的;性急的;好管閒事的

faia *s.f.* [植]山毛櫸樹 △① ~-branca [植]銀白楊 ② ~-preta [植]黑楊

faiança *s.f.* 陶瓷;陶器

faina *s.f.* 勞動,勞力工作;雜務,家務勞動;船上工作

faisão *s.m.* [動]雉,野鷄

faísca *s.f.* 火花,火星;光綫;閃閃發光;(河沙中的)沙金,生金 △ ~ eléctrica 雷電

faiscante *adj. 2 gén.* 冒火星的;閃閃發光的,閃爍的

faiscar *v.t.* 放(光),發光;放射,冒出‖ *v.i.* 冒火星;閃閃發光,閃爍;淘金

faixa *s.f.* 帶子;腰帶;飾帶,綬帶;(狹長)地段;[建]雕帶

faixar *v.t.* 捆,紮,綁

fajardice *s.f.* 偷盜;謊言;偷盜之物

fajardo *s.m.* 竊賊,小偷

fala *s.f.* 說話;說話能力;話,語言;對話,交談

falaca *s.f.* 古時一種笞打犯人腳掌的刑具

falaciar *v.i.* 談話,交談;講廢話,廢話連篇

falacioso, sa *adj.* 虛僞的,詎騙的;甜

言蜜語的

faladeira *s.f.* 長舌婦, 饒舌女人

falado,da *adj.* 健談的; 著名的; 談及的, 提及的; 約好的, 說定的

falador *s.m.* 話多者, 饒舌者 ‖ *adj.* 話多的; 多嘴的; 嘴不嚴的

falange *s.f.* 〔軍〕古希臘步兵軍團; 大股部隊; 方陣, 方陣; 〔解〕指骨; 趾骨; 〔轉〕為共同目標聯繫在一起的人事或集團; 政黨, 法朗吉

falangeal *adj.* 〔解〕指骨的; 趾骨的

falangista *s.2 gén.* (古希臘陣方的) 士兵; 西班牙長槍黨員; 〔動〕一種有捲尾的袋鼠

falansterianismo *s.m.* (傅立葉空想社會主義的) 法朗吉社會學說

falansterianista *adj. 2 gén.* 法朗吉主義的 ‖ *s.2 gén.* 法朗吉主義者

falanstério *s.m.* 法倫斯泰爾 (根據傅立葉空想社會主義建立的一種社會基層組織)

falante *adj. 2 gén.* 講話的; 模仿說話的; 善於表達的 △alto-falante 擴音器, 喇叭

falar *v.t.* 說, 講, 談; 談論; 議妥, 說定 ‖ *v.i.* 發言, 講話, 講演; 閒談 ‖ *v.r.* 交談, 交往; 理睬 (常用於否定句) ‖ *s.m.* 語言, 方言 △ ① ~ bem (mal) de alguém 說某人好 (壞) 話 ② ~ ao coração 使感動, 使動心 ③ ~ do coração 肺腑之言 ④ ~ pelos cotovelos (或 pelas estopinhas) 口若懸河 ⑤ ~ no deserto 白說, 對牛彈琴 ⑥ ~ por ~ 空談, 耍談 ⑦ ~ no mau, aparelhar o pau 說曹操, 曹操到 ⑧ ~ de porco 吹牛 ⑨ ~ de poleiro 裝腔作勢 ⑩ ~ com sete pedras na mão 出言不遜, 惡言惡語

falario, falatório *s.m.* 竊竊私語; 人聲嘈雜, 喧鬧聲

falaz *adj. 2 gén.* 騙人的, 虛假的; 狡猾的

falazar *v.i.* 空談

falcão *s.m.* 〔動〕隼, 蒼鷹, 獵鷹

falcatrua *s.f.* 陰謀詭計; 欺詐; 詐騙錢財

falcatruar *v.t.* 欺騙; 欺詐; 哄騙

falcoaria *s.f.* 鷹獵術

falcoeira *s.f.* 〔動〕銀鷗

falcónidas, falconídeos *s.m. pl.* 〔動〕隼科

falda, *s.f.* 山坡, 山麓; (衣服的) 飾邊, 邊沿; 下擺

falecer *v.i.* 死亡; 缺少, 缺乏

falecido,da *adj.* 故去的, 死亡的, 去世的; 缺乏的, 缺少的 ‖ *s.m.* 亡者, 死者

falecimento *s.m.* 死亡; 缺乏, 缺少

falena *s.f.* 〔動〕燈蛾, 蛾子

falência *s.f.* 〔商〕倒閉, 破產; 無償付能力, 停支; 缺少, 缺乏, 差錯, 謬誤

falésia *s.f.* 懸崖峭壁, 陡峭的海岸

falha *s.f.* 裂開, 裂縫; 〔質〕斷裂, 斷層; 〔轉〕錯誤, 缺點; 失約; 失敗; *pl.* 損失費, 賠償費

falhado,da *adj.* 裂開的, 有裂縫的; 失敗的, 落空的; 失約的

falhar *v.t.* 使破裂, 使破碎 ‖ *v.i.* 失敗; 不中; 失算; 失誤, 出錯; 落空; 想不起來; 失約, 食言; 爽約 △ ① ~ um cálculo 失算, 算錯 ② ~ a esperança 失望 ③ ~ a experiência 試驗失敗 ④ ~ a memória 記不起來, 回憶不起 ⑤ o pé 失腳 (拌倒) ⑥ ~ o tiro 射不中, 未中

falhe *s.m.* 上乘絲織物; 大頭巾

falho,lha *adj.* 失敗的; 重量不足的; 落空的; 缺乏的, 缺少的; (撲克牌中) 缺門的

falibilidade *s.f.* (失敗,落空,出錯或失誤的)可能性;受騙的可能性,容易失誤或受騙

falicismo *s.m.* 對男性生殖器的崇拜

falido, da *adj.* 破產的,倒閉的 ‖ *s.m.* 破產者

falir *v.i.* 缺乏;破產,無償付能力,倒閉;失約,食言

falível *adj. 2 gén.* 可能失敗(落空,出錯或失約)的;易受欺瞞的

falo *s.m.* 陰莖,陽具,男性生殖器

faloa *s.f.* 揚聲器,喇叭

falsa *s.f.* 〔樂〕不諧和的音樂

falsa-braga *s.f.* 〔軍〕射擊孔;扶壁

falsa-posição *s.f.* 〔數〕假設法

falsar *v.t.* 假冒,偽造;攙雜,攙假;開裂,碎裂;落空,無效 ‖ *v.i.* 說謊;失敗

falsério *s.m.* (證件,錢幣等的)偽造者,假冒者;食言者,失信者

falseamento *s.m.* 偽造;曲解;篡改

falsear *v.t.* 裂開;欺騙;背叛;使落空,使失敗;曲解;篡改 ‖ *v.i.* 〔樂〕走調,音不準 △① ~ um amigo 背叛朋友 ② ~ as esperanças 使希望落空,使失望 ③ ~ as instituições 篡改國家根本法 ④ ~ a lei 曲解法律

falsete *s.m.* 〔樂〕假聲;〔口〕尖叫,嘶叫

falsidade *s.f.* 虛偽性;謊言虛語 ◇ ~ verdade, lealdade

falsificação *s.f.* 偽造;假冒

falsificador *s.m.* 偽造者;假冒者 ‖ *adj.* 偽造的;假冒的,攙假的

falsificar *v.t.* 偽造(紙幣,證件等);攙混,攙假

falsificável *adj. 2 gén.* 可偽造的;可攙假的;可假冒的

falso, sa *adj.* 不真實的;假的,偽的;

不忠的,不可信的;虛偽的;背叛的;混雜的;人造的 ‖ *s.m.* 虛偽,虛誑;虛偽者 ‖ *adv.* 虛偽地;不真實地 △① boato ~ 謠言 ② chave ~ 撬鎖器具 ③ costela ~ a 人造肋 ④ em ~ 徒勞地;虛假地;表面地;未中目標地 ⑤ jurar ~ 發假誓 ⑥ peso ~ 重量不足,斤少兩 ⑦ teoria ~ a 謬論 ⑧ testemunho ~ 假證,偽證 ◇ exacto, verdadeiro, autêntico

falta *s.f.* 缺乏,不足;缺席;錯誤,過失;罪過;欠缺,缺點;死亡,辭世;〔口,醫〕閉經 △①dar ~s na escola 曠課 ② fazer ~ 缺乏 ③ na ~ de… (或在 ~ de…) 無,缺少… ④ sem ~ 必定,準確地

faltar *v.i.* 沒有,缺少;缺席;不遵守,不履行;去世,死亡;差,缺;失敗,虧缺 △① ~ com 停止,放棄 ② ~ à palavra 食言 ③ ~ pouco para… 差一點就…… ④ ~ à promessa 失約 ⑤ ~ ao respeito a alguém 對某人不敬,輕視

falto, ta *adj.* 欠缺的;貧窮的,貧乏的,不足的 ◇ ~ de juízo 缺乏理智

fama *s.f.* 聲譽,名望;名聲;光榮 △①de ~ 著名的 ② correr-se ~ 謠傳,謠言 ③ cria boa ~ e deita-te a dormir 一旦成名終生受用 ④ ter ~ 聞名於世

famelga *s.f.* 家庭;饑餓者 ‖ *s.m.* 狡猾的人

famigerado, da *adj.* 著名的,馳名的

família *s.f.* 家,家庭;家眷,家屬;家族;派別,團體;種族;同族詞;屬 △①em ~ 親切地,真誠地,毫無拘束地 ② ~ militar 軍界 ◇palavra da mesma ~ 同族單詞

familiar *adj. 2 gén.* 家庭的,家族的;熟悉的;親密的,不拘禮儀的;簡單淺近的;馴服的 ‖ *s.2 gén.* 親人;熟人,常客;家僕,家丁 △ ①animal ~ 家畜

②apelido ~ 姓氏 ③cara ~ 熟面孔 ④ estilo ~ 質樸文風 ◇ cerimonioso, arisco

familiaridade *s.f.* 熟知,精通;親密無間,親切;真摯,坦率;不拘禮節;單純 ◇ cerimónia, soberba

familiarizar *v.t.* 使熟悉;使習慣;普及,使通俗化‖ *v.r.* 習慣於……; 熟悉,掌握

faminto, ta *adj.* 饑餓的;〔轉〕貪婪的,切望的

famoso, sa *adj.* 出名的,著名的;極佳的,優秀的;非同一般的 △ ~ ! *interj.* 好! 妙! ◇ desconhecido

fâmulo *s.m.* 僕人,傭人;廝書

fanático, ca *adj.* 有狂熱信仰的;入迷成癖的‖ *s.m.* 狂熱信徒;對……人迷者 △ ~ por música 音樂迷

fanatismo *s.m.* 宗教狂;狂熱,盲信

fanatizar *v.t.* 使狂熱;使盲信,使迷信

fancaria *s.f.* 紡織品交易 △obra de ~ 爲牟利而粗製濫造之物品或作品

fandango *s.m.* 方丹戈舞,一種古老的西班牙舞蹈或舞曲;十分熾烈活潑 △tropa ~a 雜牌軍,烏合之衆

faneca *s.f.* 〔動〕鱈魚‖ *adj.* 乾瘦的 △ao pintar da ~ 適逢其時

faneco, ca *adj.* 凋萎的‖ *s.m.* 小塊,小片,小段

fanega *s.f.* 穀物計量單位,約合 22.5 或 55.5 升

fanerogamia *s.f.* 〔植〕顯花植物

fanerogâmico, ca *adj.* 〔植〕顯花植物的 ◇ criptogâmico

fanfarra *s.f.* 響亮的嗽叭聲;管樂隊,軍樂隊;管樂;〔轉〕吹捧,阿諛

fanfarrão *adj.* 吹牛的,誇耀的,逞强的‖ *s.m.* 自吹自擂者,大言不慚者

fanfarrear *v.i.* 吹牛,吹嘘,自吹自擂;逞能,逞强

fanfarrice *s.f.* 吹嘘,誇耀;自負

fanfarronada *s.f.* 吹牛,誇口;逞能

fanfarronar *v.i.* 吹牛,吹嘘;逞强,逞能

fanfarronice *s.f.* 吹牛,吹嘘;自負

fanga *s.f.* 葡國的一種量器(古量糧食,現量石灰)

fanicar *v.i.* 追求小利;暈倒,昏迷

fanico *s.m.* 小塊,小段;蠅頭小利;暈厥 △①andar ao ~ 追求蠅頭微利 ②fazer em ~s 破碎,使粉碎

fantasia *s.f.* 想像,想像力;虛構,幻想;〔樂〕幻想曲;(狂歡節等)用以化裝的衣服 △nome de ~ (文人等之)號,雅號

fantasiador *s.m.* 想像者,幻想者;胡說八道者,謊妄者‖ *adj.* 幻想的,謊妄的

fantasiar *v.t.ei.* 想像,幻想‖ *v.r.* 戴假面具;穿上化裝服裝

fantasioso, sa *adj.* 想像的,幻想的;空想的;難以置信的或自負的;浮華的

fantasista *s.2 gén.* 空想家,幻想者‖ *adj. 2 gén.* 想像的,空想的,幻想的

fantasma *s.m.* 幻覺,幻影;鬼魂,幽靈,靈魂;鬼怪;嚇唬人的東西

fantástico, ca *adj.* 憑空想像的;鬼怪的;荒誕的;難以置信的,荒唐的 ‖ *s.m.* 幻想之物

fantil *adj. 2 gén.* 良種馬的

fantochada *s.f.* 木偶戲,傀儡戲;虛僞;洋相,滑稽言行

fantoche *s.m.* 木偶;〔轉〕受人操縱者,傀儡

faqueiro *s.m.* 餐具盒;刀叉盒;餐刀盒,製刀匠

faquir *s.m.* 托鉢僧,行者;苦行僧;教

士

farad, farádio *s.m.* 〔理〕法拉（電容單位）

faradização *s.f.* 〔醫〕感應電流療法

faramalheiro *s.m.* 說空話者，誇誇其談者 ‖ *adj.* 喜吹噓的，喜逗能者

faraó *s.m.* 法老（古埃及王的稱號）

farda *s.f.* 制服，軍裝，官服；軍旅生活 △pôr ~ às costas 當兵，服兵役

fardado, da *adj.* 穿制服的；穿軍服的，穿官服的

fardamenta *s.f.*；**fardamento** *s.m.* 制服；全套制服；軍服

fardar *v.t.* 穿制服，穿軍服，穿官服；配給服裝

fardel *s.m.* 旅行食品；旅行袋，旅行包

fardeta *s.f.* （軍人勤務時穿的）軍服，工作服

fardo *s.m.* 包袱，包裹，〔轉〕重擔，重大責任；重負

farejar *v.t.* 嗅尋，尋跡，追蹤；嗅，聞；詳查，細察；揭露，發現 ‖ *v.i.* 嗅，偵探

farejo *s.m.* 嗅尋；探尋，詳查

farelagem *s.f.* 糠，麩子；〔轉〕無價值之物

farelento, ta *adj.* 多糠的

farelo *s.m.* 糠；麩子；〔轉〕不值錢的東西；瑣事

farfalha *s.f.* （女裝上）大量的裝飾物；*pl.* 刨花，金屬屑；〔轉〕小物件，小玩意兒，不值錢的東西

farfalhar *v.i.* 誇誇其談，空談；炫耀；喧嘩

farfalhice *s.f.* 炫耀；虛榮；誇耀，自負

farfalho *s.m.* 誇誇其談，喧嘩；〔醫〕小兒口腔黏膜紅腫，口瘡；啞嗓；*pl.* 湯中的肉塊

farfante *s.m.* 好吹噓者，好逗能者 ‖ *adj.* 喜吹噓的，喜逗能的

farináceo, cea *adj.* 粉狀的，粉末的，多粉的

farinar *v.t.* 研磨，使成粉末，蓋以粉末

faringe *s.f.* 〔解〕咽，咽部

faríngeo, faríngico *adj.* 〔解〕咽的，咽部的

faringite *s.f.* 〔醫〕咽炎

faringoscópio *s.m.* 〔醫〕咽鏡，咽窺鏡

farinha *s.f.* 粉；麵粉 △① fazer ~ com alguém 和睦相處，一致 ② ser da mesma ~ 同類

farináceo, cea *adj.* 粉狀的

farinhento, ta *adj.* 似粉的；粉狀的

farinhoso, sa *adj.* 似粉的；粉狀的，粉質的

farisaico, ca *adj.* 法利賽人的（fariseu）；〔轉〕虛偽的

farisaísmo *s.m.* 法利賽人習俗；〔轉〕虛偽

fariscar *v.t.ei.* 嗅尋；尋跡追蹤；嗅，聞；細察，詳查

fariseu *s.m.* 法利賽人（古猶太教之一派，伴稱偽守教規）；〔轉〕偽君子；名聲不佳者

farmacêutico, ca *adj.* 藥物的；藥用的；藥物學的；製藥的 ‖ *s.m.* 藥劑師

farmácia *s.f.* 藥物學；製藥業；藥房，藥店 △ ~ de algibeira 簡易藥箱，家庭常備藥箱

farmacologia *s.f.* 藥理學，藥物學

farmacológico, ca *adj.* 藥理學的，藥物學的

farmacopeia *s.f.* 藥典

farnel *s.m.* 旅行食品；旅行袋，背囊，背袋，背包

faro *s.m.* 嗅覺(多指動物,特別是狗);〔轉〕氣味;蹤跡

farofeiro,ra *adj.* 自負的,吹噓的

farófia *s.f.* 鬆糕;蛋白酥;〔轉〕自負,吹噓

farol *s.m.* 燈塔,指示燈;bras. 車燈;嚮導,指南

faroleiro *s.m.* 燈塔看守員;〔轉〕饒舌者,喜閒聊者;說大話的人

farolim *s.m.* 小燈塔;浮標

farolizar *v.t.* 在……建燈塔;照耀

farpa *s.f.* 箭;矛;標;(鬥牛用的)短扎槍;撕裂

farpado,da *adj.* 矛狀的,尖利的,有刺的;叉狀的;齒牙狀的;撕裂的 △① arame ~ 鐵蒺藜,勒線 ②lingua ~ a 分叉的舌頭

farpante *adj. 2 gén.* 刺中的;有棘的

farpão *s.m.* 魚叉;搭鉤;扒釘;掛肉鉤;〔醫〕眼瞼麥粒腫;〔轉〕痛打

farpar *v.t.* 用魚叉扎刺;撕裂,撕碎

farpear *v.t.* 將魚叉刺入

farpela *s.f.* 鉤針;〔口〕衣服,服裝

farra *s.f.* bras. 娛樂,嬉戲;〔動〕白鮭

farragem *s.f.* 雜物堆;破爛堆

farrapagem *s.f.* 破舊衣服堆

farrapão *s.m.* 衣衫襤褸者;乞丐;無賴

farrapar *v.t.* 使破碎,撕碎

farrapeira *s.f.* 估衣商;收購破舊衣物的女人;衣衫破爛的女人;〔口〕一種民樂

farrapeiro *s.m.* 估衣商;收購破舊衣服的人;穿衣衫襤褸者

farrapento,ta *adj.* 衣衫襤褸的,破爛不堪的

farrapo *s.m.* 破布,碎布;〔轉〕窮困潦倒者;憔悴衰弱者

farronca *s.f.* 粗聲粗氣;自誇,吹牛

farrusca *s.f.* 污痕,污漬,污物;生銹的劍

farrusco,ca *adj.* 有污痕的;污穢的

farsa *s.f.* 粗俗的喜劇,滑稽戲;鬧劇,滑稽可笑的言行;謊言,騙局

farsada *s.f.* 喜劇,滑稽戲;洋相,滑稽言行;謊言,欺騙

farsante *s. 2 gén.* 喜劇演員;撒謊者,騙人者

farsista *s. 2 gén.* 喜劇演員;撒謊者,騙人者 ‖ *adj. 2 gén.* 滑稽的,可笑的,有趣的

farsola *s.2 gén.* 吹牛者;逞能者;詼諧者

farta *s.f. à* ~ 充分地,充足地;豐富地

fartar *v.t.* 使吃飽,使飽餐;使滿足;使厭煩;△a ~ 足夠地,過分地

farta-rapazes *s.m.* 〔植〕菜豆,白菜豆

farta-velhaco *s.m.* 〔植〕洋李樹;洋李;△coisa de ~ 指多但粗製濫造的東西

farte,fartem *s.m.* 杏仁餅;奶油餅

farteza,fartura *s.f.* 吃飽;豐足,大量;滿足;pl. 炸糕,油餅

farto,ta *adj.* 吃飽的;充滿的;豐盛的,充裕的;討厭的,煩人的;令人厭倦的;胖的;肥沃的 ‖ *s.m.* 杏仁餅,奶油餅 ◇ faminto, sequioso

fás *s.m.* 正確,合法 △por ~ ou por nefas 無論如何,不管怎樣

fascículo *s.m.* 一簇,一捆,一束;(陸續出版書籍的)分冊;〔解〕肌肉束

fascinação *s.f.* (用目光)迷惑;誘惑,勾引;迷住

fascinador,ra *adj.* 銷魂的,迷惑的,迷人的 ‖ *s.m.* 迷惑者

fascinante *adj. 2 gén.* 迷惑性的;迷人的,令人銷魂的

fascinar *v.t.* (用目光)迷惑;誘惑,勾引;迷住

fascismo *s.m.* 法西斯主義

fascista *s.2 gén.* 法西斯分子,法西斯主義者 ‖ *adj. 2 gén.* 法西斯主義的

fase *s.f.* 〔天〕月相,相位;階段,時期;形勢,局面 △ as ～s da Lua 月之盈虛

fasiânidas, fasiánídeos *s.m. pl.* 〔動〕雉科

fastidioso, sa *adj.* 討厭的,厭煩的,煩人的 ◇ interessante

fastiento, ta *adj.* 討厭的,令人惱火的;苛求的,挑剔的;長疥瘡的,長癩的

fastio *s.m.* 厭食,沒有食慾;厭煩;嫌棄

fasto, ta *adj.* 奢華的,豪華的;吉慶的;幸運的,幸福的 ‖ *s.m.* 奢華,豪華;富貴;*pl.* 古羅馬曆;*pl.* 年鑑,年表

fastoso, fastuoso *adj.* 奢華的,隆重的;壯麗的

fatal *adj. 2 gén.* 命中註定的;不可改變的,不可避免的;不幸的,不吉利的;災難性的,致命的;決定性的 △① doença ～ 不治之症 ②prazo ～ 最後期限

fatalidade *s.f.* 命運;天命,天數;災難,不幸

fatalismo *s.m.* 宿命論

fatalista *s.2 gén.* 宿命論者 ‖ *adj. 2 gén.* 宿命論的

fateixa *s.f.* 〔海〕海錨;鈎子,錨具

fatia *s.f.* 片,薄片,塊;收入,利潤,肥差 △ ～ de presunto 火腿片

fatiar *v.t.* 切片,切塊,分割

fatícano, na *adj.* 預言的;預測的

fatídico, ca *adj.* 有先兆的,預言的

預示的;註定的;不祥的,不幸的

fatigador, ra *adj.* 累人的,煩人的;使人厭倦的

fatigante *adj. 2 gén.* 累人的;煩人的

fatigar *v.t.* 使疲倦;使厭倦;煩擾,騷擾 ◇ descansar

fatigoso, sa *adj.* 疲憊的;累人的,繁重的;煩人的,令人討厭的

fatíloquo, fatiloquente *adj.* 預言的;先兆的

fato *s.m.* 衣服;(牲畜的)羣;財産;動物的腸子;△① ～ de ver a Deus 最好的衣服 ② ～-macaco 工作服,工裝

fatuidade *s.f.* 愚蠢;愚蠢言行;自負,傲慢

fátuo, tua *adj.* 愚蠢的,頭腦簡單的;自負的,傲慢的;短暫的 △fogo ～ 鬼火

faucal *adj.* 〔解〕咽門的

fauces *s.f. pl.* 〔解〕咽門,咽喉

faular *v.i.* 冒火花,迸火星;閃爍

faúlha *s.f.* 火花,火星;麵粉;碎柴,柴火;*pl.* 瑣事,小事

faulhento, ta *adj.* 發光的,發火的;無關緊要的,微不足道的

fauna *s.f.* 〔動〕動物;動物羣;動物區系;動物誌

fausto, ta *adj.* 幸福的,喜慶的 ‖ *s.m.* 奢華,奢侈,華麗

faustoso, faustuoso *adj.* 豪華的,奢華的;有氣勢的,壯觀的

fautor *s.m.* 幫助者,協助者,促進者

fava *s.f.* 〔植〕蠶豆;動物上胃腫大 △①apanhar uma ～ preta 留級;考試不及格 ② ～s contadas 確繫無疑,必定 ③ ～ rica 五香豆 ④ ～ de santo inácio 藥用白花馬錢子 ⑤mandar a ～ 攆走,逐客;疏遠,不理睬

faval *s.m.* 蠶豆地

favo *s.m.* 蜂窩,蜂房,蜂巢;〔解〕扁桃體,〔轉〕紳士,先生

favonear *v.t.* 有益於;袒護

favor *s.m.* 幫助;恩惠;袒護;許可;寬恕;信函;榮幸;有利的條件 △①a ~ de (或 em ~ de) 爲了;借助;贊成;對……有利②fazer o ~ de (多用虛擬式)請,勞駕③gozar ~ no paço 有勢力④pedir um ~ 懇請 ⑤por ~ 請,勞駕

favorável *adj. 2 gén.* 順利的,有利的,便利的;有益的;善意的,溫和的

favorecer *v.t.* 幫助;有助於;保護;讚頌

favorita *s.f.* 寵妃,愛妃

favoritismo *s.m.* 徇情,徇私;偏袒;不公平;任人唯親

favorito *s.m.* 寵兒;寵臣‖ *adj.* 受寵的,受青睞的,受人喜愛的

favosa *s.f.* 〔醫〕癬

fax ⟨ingl.⟩ *s.f.* 傳真,傳真件

faxina *s.f.* 束薪,柴捆;〔軍〕清掃營房;破壞‖ *s.m.* 勤務兵,雜役

faxinar *v.t.* 捆,紮;〔軍〕清掃營房

faxineiro *s.m.* 勤務(兵),雜役

fazedor *s.m.* 製作者,執行者,作爲者

fazedura *s.f.* 製作;作爲,作品,做工,工藝,處理的方法

fazenda *s.f.* 田產,地產;財產,資產;財政部;國庫;布,紡織品

fazendário, ria *adj.* 財政的,國庫的

fazendeiro *s.m.* 耕作者,農家;莊園主,農場主

fazer *v.t.* 製,做,生產;創造,實施,進行;充當,扮演;收拾,整理;做飯‖ *v.i.* 努力,當‖ *v.r.* 變成,成爲;習慣於……△①faz frio (calor) 天氣冷(熱) ②faz o favor de~ 勞駕,請 ③faz bom (mau) tempo 天氣好(壞) ④faz vento 颳風 ⑤faz uma semana que

chegou 他是一個星期前到的 ⑥~ água 漏水,出水 ⑦~ alto 停止 ⑧~ avenida 散步 ⑨~ a barba 刮鬍子 ⑩~ biquinho 惱怒,生氣 ⑪~ a cama 收拾牀鋪 ⑫~ caso 理睬 ⑬~ cocó 大便,拉屎 ⑭~ compras 購物 ⑮~ de conta que 猜想,估計 ⑯~ cruzes na boca 齋戒,戒食 ⑰~ desconto 〔商〕打折扣 ⑱~ diferença *bras.* 打折扣 ⑲~ efeito 有效 ⑳~ espécie 懷疑 ㉑~ fé 生效;有信用 ㉒~ fogo 射擊,開火 ㉓~ um papel 扮演 ㉔~ de parvo 裝傻 ㉕~ por ~ 努力 ㉖~ uma pergunta 提問題 ㉗~ uma permanente 變髮型 ㉘~ de professor 任教員 ㉙~ que 假裝,佯作 ㉚~ as vezes de~代替,替換 ㉛~-se belo 變美 ㉜~-se de novas 佯裝不知 ㉝~-se parvo 詐傻 ㉞~-se ao trabalho 習慣工作

fé *s.f.* 信念,信仰;信任;證明,證書 △①boa ~ 誠意,善意 ②dar ~ de 發覺,注意到 ③digno de ~ 值得信任的 ④em ~ du que 根據……證明 ⑤à falsa ~ 不忠不義地

fealdade *s.f.* 難看,醜;〔轉〕醜行,卑劣,醜惡

feanchão, fearrão *adj.* 奇醜無比的

febra *s.f.* 瘦肉;纖維,神經;細胞;勇氣;精力

febre *s.f.* 〔醫〕發燒,熱度;〔轉〕狂熱,熱潮,激動;渴望‖ *adj.* 量不足的 △① ~-aftosa 〔獸醫〕口蹄疫 ②~-a-marela 黃熱病 ③~ tifóide 傷寒

febrífugo, ga *adj.* 退熱的,退燒的‖ *s.m.* 退燒藥

febril *adj. 2 gén.* 熱病的,發燒的;狂熱的,激動的

fecal *adj. 2 gén.* 糞便的;排泄物的

fecha *s.f.* (信之)結尾,終了

fechado, da *adj.* 關閉的;藏匿的;暗的,朦朧的;圍繞的,禁閉的;〔轉〕議定的,達成的

fechadura *s.f.* 鎖

fechar *v.t.* 鎖,閂;關閉;完畢;封鎖;圍繞 ‖ *v.i.* 接合;(傷口)愈合;停止營業(辦公) ‖ *v.r.* 隱居;閉口不言;變黑;藏匿 △① ~ com chave de ouro 結局良好 ② ~-se em copas 小心謹慎 ③ ~ a sete chaves 慎重保藏

fecho *s.m.* 門,插銷;(槍)栓;保險掣;〔轉〕終末,結束

fécula *s.f.* 澱粉

feculência *s.f.* 澱粉質,沉澱

feculento, ta *adj.* 含澱粉的;有沉澱的

fecundação *s.f.* 受孕;受精;受粉;使肥沃

fecundador, fecundante *adj.* 使受孕的;肥沃的

fecundar *v.t.* 使受孕,使受精,受粉;使多產;使肥沃 ‖ *v.i.* 受孕;生育,繁殖 ◇ esterilizar

fecundidade *s.f.* 生殖力;多產,多生

fecundo, da *adj.* 有生殖力的;多產的;肥沃的 ◇ estéril

fedegoso, sa *adj.* 臭臭的,令人作嘔的 ‖ *s.m.* 〔植〕臭捲莢豆

fedelho *s.m.* 乳臭未乾小兒,孺子;〔口〕毛孩子,小青年

feder *v.i.* 散發臭味;討厭,煩擾

federação *s.f.* 聯合;聯邦,聯盟;聯合會

federado, da *adj.* 聯合的,同盟的,聯邦的

federal *adj. 2 gén.* 聯邦的,聯邦制的;聯合的

federalismo *s.m.* 聯邦制(度);聯邦主義

federalista *s.2 gén.* 聯邦主義者 ‖ *adj. 2 gén.* 聯邦主義的

federar *v.t.* 使聯合;使組成聯邦

federativo, va *adj.* 聯邦性的,聯合的

fedífrago, ga *adj.* 不忠實的;不履行諾言的;不遵守條約的

fedor *s.m.* 臭味,臭氣

fedorento, ta *adj.* 散發臭味的,惡臭的

feição *s.f.* 面孔,臉;形體外觀,外貌;特點,特性;*pl.* 輪廓 △①à ~ de 根據,依照 ②à ~ 時髦的 ③de ~ 好心,熱情的 ④de ~ que … 因此,以致

feijão *s.m.* 〔植〕菜豆;菜豆莢,豆角

feijoada *s.f.* 大量豆子;炒(燒)豆角

feijoal *s.m.* 豆地,豆田

feiroeiro *s.m.* 〔植〕菜豆

feio, ia *adj.* 醜的;卑劣的;不道德的 ‖ *s.m.* 貌醜者;醜陋 △① o diabo não é tão ~ como o pinta 破鼓亂人捶 ②quem o feio ama, bonito lhe parece 情人眼裏出西施

feira *s.f.* 定期集市,市場;交易會,博覽會 △ à ladra 舊貨市場 ②se-gunda- ~ 星期一 ③terça- ~ 星期二

feirante *s.2 gén.* 趕集者 ‖ *adj. 2 gén.* 趕集的

feita *s.f.* 時機,機會;努力 △desta ~ 當時;這時,這樣

feiteira *s.f.* 好買賣,好交易;成功

feitiçaria *s.f.* 魔術,巫術,妖術;〔轉〕神魂顛倒,着迷

feiticeira *s.f.* 巫婆,妖女

feiticeiro *s.m.* 巫師,魔術師 ‖ *adj.* 巫術的,魔術的;迷惑人的

feitiço, ça *adj.* 假的,人造的;假裝的;迷人的 ‖ *s.m.* 巫術,妖術 △ voltar-se o ~ contra o feiticeiro 害人終害己,搬石頭砸自己的腳

feitio *s.m.* 外形,樣子;品質,特性;作品,產品;做工,工藝;手工費 △perder o tempo e o ~ 勞而無功

feito, ta *adj.* 已做好的;習慣的,熟練的;成年的;勻稱的;決定的;著名的 ‖ *s.m.* 行為;事實;業績,功績;作品,產品 △①de ~ 實際上;果真,確實 ②~ de armas 軍功,戰績

feitor *s.m.* 代理人;經理;農場管理人;製作者

feitura *s.f.* 製作;作品,產品;作工,工藝

feixe *s.m.* 把,束,捆,紮;束薪;[轉]部份,少量

fel *s.m.* 膽汁;[轉]苦;苦難 △fazer de ~ e vinagre 使生氣,惹惱

feldspático, ca *adj.* [質]長石的

feldspato *s.m.* [質]長石

felicidade *s.f.* 幸福,幸運;順利

felicitação *s.f.* 祝賀,賀禧 ◇carta de ~ 賀信 ◇censura

felicitar *v.t.* 祝賀;祝願;道喜 ‖ *v.r.* 高興

félidas, felídeos *s.m. pl* [動]貓科

felino, na *adj.* 貓的,貓科的

feliz *adj. 2 gén.* 幸福的;吉利的;快樂的,順利的,成功的 ‖ *s.m.* 快樂者 ◇infeliz, desgraçado

felizão, felizardo *s.m.* 幸運者,福將

feloderma, feloderme *s.f.* [植]栓内層

felonia *s.f.* 背叛,背信棄義;不忠;犯罪

felosa *s.f.* [動]葡萄牙一種鳥;體弱多病的女人

felpa *s.f.* 絨毛;纖毛

felpado, felpudo, da *adj.* 絨毛的;纖毛的

feltragem *s.f.* 製氈,製氈法

feltro *s.m.* 毛氈,氈子;氈製物

felugem, fuligem *s.f.* 煤煙灰,煙垢

felugento, ta *adj.* 有煤煙灰的,有煙垢的

fêmea *s.f.* 雌性動物;雌株,雌性植物;女人;淫婦;[轉](凸凹配件中的)凹件 ◇ macho

femeal *adj. 2 gén.* 雌的,牝的,母的;女的

feminal, feminil *adj. 2 gén.* 女人的,女性的;雌的;牝的,母的

feminino, na *adj.* 雌的,牝的,母的;女的;[語]陰性的;纖弱的 △①género ~ [語]陰性 ②graça ~a 女性美 ③substantivos ~s 陰性名詞 ◇ masculino

feminismo *s.m.* 男女平等論,男女平等主義;女權主義

feminizar *v.t.* 使女性化;[語]變成陰性

fémur *s.m.* [解]股骨;大腿骨

fenacetina *s.f.* [化]非那西汀,乙醯替乙氧苯胺

fenato *s.m.* [化]酚鹽;石碳酸鹽

fenda *s.f.* 裂縫,裂紋,裂口

fender *v.t.* 劈開,砍開,使裂開;[轉]衝開,劃破(空氣或水等)

fene *s.m.* 汽油,揮發油,石油

fenecer *v.i.* 死亡;結束,完結

fenecimento *s.m.* 死亡;結束,完結

fenestral *adj. 2 gén.* 有窗的,有孔的 ‖ *s.m.* 透光孔,窗户,窗子

fenício *s.m.* 腓尼基人,腓尼基語

fénico, ca *adj.* 石碳酸的,酚的

fénix *s.f.* 鳳凰;(埃及神話)不死鳥;[轉]出類拔萃者

feno *s.m.* 飼草,草料;[植]絳車軸草

fenol *s.m.* [化]苯酚;酚,石碳酸

fenologia *s.f.* [生]物候學

fenomenal *adj. 2 gén.* 現象的;非凡的,不常見的,傑出的

fenómeno *s.m.* 現象;奇事,怪事;非凡超眾者

fenomenologia *s.f.* 〔哲〕現象學

fenótipo *s.m.* 〔生〕遺傳環境互應結果;表現型

fera *s.f.* 野獸,猛獸;〔轉〕粗野的人,殘酷的人

feracidade *s.f.* 肥沃

ferais *s.m. pl.* (古羅馬人的)鬼節;葬禮

feral *adj. 2 gén.* 哀悼的,殯葬的

feramina *s.f.* 〔礦〕黃鐵礦,硫化礦

féretro *s.m.* 棺材;屍架;靈車

féria *s.f. pl.* 節假日;(日或週的)工資,報酬;休息

feriado *s.m.* 假期;宗教節日 ‖ *adj.* 假期的,放假的

feriável *adj. 2 gén.* 可放假的

ferida *s.f.* 傷,傷口,創傷;痛苦 △① ao atar das ~s 最後一刻 ②tocar (或 mexer) na ~ 觸動痛處

ferido, da *adj.* 受傷的;(內心)受創傷的,痛苦的的 ‖ *s.m.* 受傷者,傷員

ferimento *s.m.* 傷,傷口;創傷

ferir *v.t.* 使受傷;傷害;挫傷(自尊心等);彈撥(樂器);拼命跑 △① ~ fogo (或 lume) 打火,敲出火星 ② ~ a nota 加重音符號;突出,強調

fermentação *s.f.* 發酵;動蕩;醞釀

fermentáceo, fermentante *adj.* 發酵的

fermentar *v.t.* 發酵;激化,引發

fermentativo, va *adj.* 發酵性的

fermentável *adj. 2 gén.* 可發酵的

fermento *s.m.* 酵素,酵母;發酵粉;〔轉〕萌芽,起源,根源

fermoso, formoso *adj.* 美麗的,令人愉快的,迷人的;完美的

fero, ra *adj.* 兇暴的;野蠻的;殘酷的;強壯的,健康的 ‖ *s.m. pl.* 恐嚇 ◇ manso, brando

ferocidade *s.f.* 兇殘,野蠻;殘酷 ◇ brandura, bondade

feroz *adj. 2 gén.* 兇猛的,殘暴的;猛烈的;殘酷的 ◇ manso

ferra *s.f.* 麵鏟;火鏟;(給馬)釘掌或打烙印

ferradela *s.f.* 咬,啃;咬傷;叮,啄,蜇

ferrador *s.m.* 釘馬掌的匠人,蹄鐵匠

ferradoria *s.f.* 釘掌鋪

ferradura *s.f.* 馬蹄鐵,馬掌;鞋底加固釘;*pl.* 一種甜食

ferragem *s.f.* 鐵器;鐵件;馬蹄鐵

ferragista *s.2 gén.* 鐵器商人

ferrajaria *s.f.* 煉鐵業;鐵工廠;五金店

ferral *adj. 2 gén.* 鐵質的;鐵色的;紅色大粒葡萄的

ferramenta *s.f.* 工具,器具,家什 △ caixa de ~ 工具箱

ferramental *s.m.* 木匠工具架

ferrar *v.t.* (在器物上)包或加鐵皮,鐵活;(給馬等)釘掌或釘印 △① ~ o cão 留下筆筆無法償還的債 ② ~ os dentes 鐵牙 ③ ~ o galho 睡覺 ④ ~ as velas 收緊帆 ⑤ ~-se-lhe uma febre 染上熱病

ferraria *s.f.* 煉鐵廠;鐵工廠;鐵礦場

ferreiro *s.m.* 鐵匠;冶金工人 ‖ *adj. bras.* 鼠色皮膚的(動物)

ferrenho, nha *adj.* 鐵色的;像鐵般硬的,不屈的;專橫的,暴虐的

férreo, rea *adj.* 鐵的;含鐵的;〔轉〕鋼鐵般的,不屈服的

ferro *s.m.* 鐵;扎槍頭;鉻鐵,熨斗;錨;短扎槍;〔轉〕痛苦;爭吵;*pl.* 鐐銬,

鎖鏈；監獄 △①a ～ e fogo 殘酷地 ②
de～ 強壯的；堅強的；嚴厲的 ③ ～
batido 熟鐵，鍛鐵 ④ ～ esmaltado 搪
瓷鐵 ⑤ ～ fundido 生鐵；鑄鐵 ⑥ go-
vernar com mão de ～ 鐵腕統治 ⑦
malhar no ～ enquanto está quente 趁
熱打鐵，機不可失 ⑧ martelar em ～
frio 徒勞無功 ⑨ quem com ～ mata
com ～ morre 玩火者必自焚

ferroada *s.f.* 扎，刺，蜇；刺傷；[轉]尖
酸刻薄的責難

ferroar *v.t. e i.* 扎，刺，蜇

ferroeléctrico, ca *adj.* [理]鐵電的

ferrolhar *v.t.* 上[門]栓，插插銷；謹
慎收藏

ferrolho *s.m.* (門或窗的)栓，插銷

ferromagnético, ca *adj.* [物]鐵磁性
的

ferromangânico, ca *adj.* 鐵錳合金
的

ferropeias *s.f. pl.* 手銬；腳鐐

ferroso, sa *adj.* 含鐵的

ferro-velho *s.m.* 經營舊貨者；*pl.* 廢
物，廢舊物品

ferrovia *s.f.* 鐵路，鐵道

ferroviário, ria *adj.* 鐵路的，鐵道的
‖ *s.m.* 鐵路工人，鐵路職員

ferrugem *s.f.* 鐵銹；[轉](腦子)發
銹；老朽

ferrugento, ta *adj.* 生鐵銹的；[轉]
腦子發銹的；陳舊的

fértil *adj. 2 gén.* 肥沃的；盛產的；富
有的

fertilização *s.f.* 使肥沃

fertilizador, fertilizante *adj.* 有肥
力的 ‖ *s.2 gén.* 肥料

fertilizar *v.t.* 使肥沃，施肥

fertilizável *adj. 2 gén.* 可變肥沃的，
可施肥的

férula *s.f.* 戒尺；[植]大阿魏；[轉]管
教

fervedoiro, fervedouro *s.m.* 起泡，
沸騰；騷動；草裏

fervilhar *v.i.* 徐徐沸騰；[轉]燥動，
不安靜；經常激動

fervença, fervência *s.f.* 沸騰；激昂，
激情，熱情

fervente *adj. 2 gén.* 沸騰的；[轉]熱情的；
激烈的；(騷動的)

ferver *v.t. e i.* 沸騰；[轉](人羣)熙
攘；激昂，激動

fervescente *adj. 2 gén.* 沸騰的；熱情
的；熙熙攘攘的

férvido, da *adj.* 沸騰的；熱情的

fervilha *s.2 gén.* 精力充沛者；忙碌不
閒者，通電導線

fervor *s.m.* 沸騰；熱情，激情

fervoroso, sa *adj.* 滾沸的；熱情的；
激昂的；熱誠的

fervura *s.f.* 沸騰；起泡；熱情；興高采
烈

festa *s.f.* 節日；歡樂；聚會；慶典；喜
事；[口]忙碌，辛勞；*pl.* 親熱 △①
boas ～s 恭賀佳節；節日愉快！② ～
do Natal 聖誕節 ③ ～s móveis 日期不
固定的宗教節 ④ ～ nacional 國慶節
⑤fazer ～s 愛撫，撫摸

festejar *v.t.* 慶祝；紀念；歡迎；歡娛；
撫愛；欽待

festejo *s.m.* 慶祝，紀念(活動)；款待；
愛撫

festim *s.m.* 家宴；華宴；舞會；集會

festinação *s.f.* [醫](震顫麻痺等神
經病患者的)一種病態步伐

festival *adj. 2 gén.* 節日的，節日的；
歡樂的 ‖ *s. 2 gén.* (文藝或體育的)盛會，
會演；遊行；節日

festividade *s.f.* 慶典；歡樂

festivo, va _adj._ 慶祝的;節日的;歡樂的

festo _s.m._ (布帛、呢絨等之)幅寬,幅面

fetação _s.f._ 胚胎發育;懷孕

fetal _adj. 2 gén._ 胎兒的,胚胎的

fétido, da _adj._ 惡臭的,腐臭的

feto _s.m._ 胎兒,胚胎;〔植〕鳳尾草

feudal _adj. 2 gén._ 封地的,采邑的;封建的,封建制度的

feudalismo _s.m._ 封建主義;封建制度

feudo _s.m._ 分封;封地,采邑;貢賦

fevereiro _s.m._ 二月

fevroso, sa _adj._ 纖維質的;肌肉的

fez _s.m._ 阿拉伯無檐圓筒形氈帽

fezes _s.f. pl._ 排洩物,糞便;〔轉〕社會渣滓

fiação _s.f._ 紡紗,紡線;紡紗技術;紡紗廠

fiador _s.m._ 擔保人,保證人;擔保,保證;(防止器物滑脫、丟失或開啓的)保險鏈、帶或門栓

fiadoria _s.f._ 保證

fiambre _s.m._ 火腿

fiança _s.f._ 擔保,保釋金;抵押品

fiandeira _s.f._ 紡紗女工

fiar _v.t._ 紡;擔保;賒銷;吐露(秘密);〔轉〕謀劃,密謀‖ _v.i.e.r._ 信任

fiasco _s.m._ 失敗;落空;大錯

fibra _s.f._ 纖維;神經束;〔轉〕強壯 △ toca a ~ de alguém 觸動某人

fibrila _s.f._ 〔植〕鬚根,胚根

fibrina _s.f._ 纖維朊,纖維蛋白質

fibrinoso, sa _adj._ 纖維朊性的,纖維朊的

fibrocartilagem _s.f._ 纖維軟骨

fibrocimento _s.m._ 〔建〕石棉水泥板(瓦)

fibróide _adj. 2 gén._ 纖維狀的

fibroso, sa _adj._ 纖維的,多纖維的,纖維質的

ficada _s.f._ 居住;停留;留下

ficar _v.i._ 留下,停留;處於某種狀況;保持;留置;繼承;適合,適於;去世‖ _v.r._ 據有;停止 △① ~ a apitar 希望落空 ② ~ em águas de bacalhau 失敗,落空 ③ ~ bem 合適 ④ ~ de boca aberta 目瞪口呆 ⑤ ~ em branco 一點兒也不明白 ⑥ ~ de cara àbanda(或 de nariz torcido) 惱怒,生氣 ⑦ ~ com 繼承;獲得 ⑧ ~ à divina 一無所有 ⑨ ~ de fora 被排除在外 ⑩ ~ limpo 丟失殆盡;花得精光 ⑪ ~ de orelha murcha 印象不佳 ⑫ ~ reprovado(考試)不及格 ⑬ ~ sem pinga de sangue (被嚇得)面如土色 ⑭ ~ para semente 長生不老,長壽 ⑮ ~ teso 身無分文 ⑯ ~ no tinteiro 忘記

ficção _s.f._ 假裝;杜撰,虛構;小說,神話故事

ficha _s.f._ 籌碼;卡片;便箋;病歷;檔案

ficheiro _s.m._ 卡片箱;檔案櫃

ficologia _s.f._ 〔植〕藻類學

fictício, cia _adj._ 虛偽的;臆造的,想像的

fidalga _s.f._ 貴婦,名門女流

fidalgaria _s.f._ 貴族階層,紳士之流;紳士風度;上流社會

fidalgo _s.m._ 貴族,紳士;游手好閒又衣冠楚楚者‖ _adj._ 出身高貴的;貴族的,紳士的;高尚的,豪爽的 △ ~ dos quatro costados 三代貴族出身

fidalgote _s.m._ 小貴族;炫耀裝闊者

fidalguia _s.f._ 貴族身份,紳士身份;慷慨,豪爽

fidalguice _s.f._ 貴族性,紳士風度;自負,炫耀

fidedignidade *s.f.* 可靠性;可信性

fidedigno, na *adj.* 可靠的,可信的

fideicomissário *s.m.* 〔法〕遺産受託人

fideicomisso *s.m.* 〔法〕信託遺産

fideímo *s.m.* 〔哲〕信仰主義

fidelidade *s.f.* 忠誠,忠實;真實,可靠;準確,精確

fidéus *s.m. pl.* 通心粉,麵條

fido, da *adj.* 忠實的;確實的

fidúcia *s.f.* 信任;信託;自信;勇敢;傲慢

fiducial *adj. 2 gén.* 信任的;信託的

fiduciário, ria 信用的;信託的;〔法〕信託遺産的;受託遺産的 ‖ *s.m.* 遺産受託人 ◇ *circulação ～a* 紙幣

fiel *adj. 2 gén.* 忠實的,忠誠的;保險的,可靠的 ‖ *s.m.* (珍貴物品)保管員;(天平的)指針;天主教教徒 ◇ *infiel*

fieldade *s.f.* 忠誠;保險,可靠

figadal *adj. 2 gén.* 肝的;〔轉〕内心的,深處的 △ *ódio ～* 深仇大恨

fígado *s.m.* 肝臟;〔轉〕勇氣,膽量 △ *homem de maus ～s* 壞人,心腸不良者

figaro *s.m.* 〔口〕理髮師

figas! *interj.* 滾! 去! △ *～, canhoto!* 滾開,魔鬼!

figo *s.m.* 〔植〕無花果

figueira *s.f.* 〔植〕無花果樹

figueiral, figueiredo *s.m.* 無花果園,無花果樹地

fígulo *s.m.* 陶器工人

figura *s.f.* 外形,外貌,外貌容貌,相貌;身材,體形;(人或動物等的)圖像,塑像;人物,人士;〔劇〕角色,演員;圖形,圖案;符號

figuradamente *adv.* 象徵地

figurado, da *adj.* 比喻的;形象的

〔語〕轉義的;

figurante *s.2 gén.* 〔劇〕配角演員,羣衆演員,跑龍套者;〔轉〕擺設,可有可無者

figurão *s.m.* 重要角色;〔貶〕好虚榮者,喜出風頭者

figurar *v.t.* 描繪,勾畫;以圖形表示;象徵,表示 ‖ *v.i.* 有名望,顯赫;充當 ‖ *v.r.* 認為,猜想

figurarias *s.f. pl.* (哄逗幼兒的)鬼臉,滑稽表情

figurativo, va *adj.* 象徵的;象形的;代表性的

figurável *adj. 2 gén.* 可想象的;可表現的

figurinha *s.f.* 小塑像;〔轉〕又矮又滑稽者;小人,可鄙者

figurino *s.m.* 服裝圖樣;時裝樣本;紈袴子弟,花花公子;衣着考究者

filadelfo *s.m.* 〔植〕山梅花屬

filamento *s.m.* 細絲,絲狀物;纖維,燈絲,烏絲

filamentoso, sa *adj.* 細絲狀的;有細絲的

filantropia *s.f.* 博愛,仁愛;慈善

filantrópico, ca *adj.* 博愛的,仁愛的;慈善的

filantropismo *s.m.* 博愛主義

filantropo *s.m.* 博愛者;慈善家

filão *s.m.* 〔礦〕礦脈;岩脈

filar *v.t.* 捉,捕獲;咬住

filária *s.f.* 〔動〕絲蟲

filaríase *s.f.* 〔醫〕絲蟲病

filarmónica *s.f.* 音樂界;音樂會;樂隊

filarmónico, ca *adj.* 愛好音樂的 ‖ *s.m.* 樂隊成員

filatelia *s.f.* 集郵;集郵愛好;古印章

學

filatélico, ca *adj.* 集郵的;集郵愛好者的

filatelista *s.2 gén.* 集郵愛好者,集郵家

filatório, ria *adj.* 紡紗的 ‖ *s.m.* 紡車

fileira *s.f.* 排,行,串,列;[軍]縱列,縱隊;△entrar nas ~s 參軍,入伍

filele *s.m.* 阿拉伯人綉皮革上圖案用的金綠或銀綠;中、南非洲一種黃色或紅色皮革

filete *s.m.* 細線;窄帶子;貼邊,飾邊;肉塊,肉條,魚片;[機]螺紋,螺線;[解]神經末梢

filha *s.f.* 女兒

filhação *s.f.* 父子(女)關係;出身,血統;後裔;附屬關係

filhado *s.m.* 收養,收爲養子;抓住,捕捉

filhador *s.m.* 收養者

filhamento *s.m.* 收養

filhar *v.t.* 收養;抓住,捕捉 ‖ *v.i.* 發芽,萌芽

filharada *s.f.* 多子女;大家庭

filho *s.m.* 子,兒子(仔,崽);子女,後裔;(M)聖子,耶穌;萌芽;[轉]作品,效果;(昵稱)親愛的,寶貝;*pl.* 子孫 △① ~ adoptivo 養子 ② ~ bastardo (或 adulterino, 或 natural) 私生子 ③ ~ das ervas 棄兒 ④ ~ primogénito 長子

filhó *s.m.* 油煎餅

filhota *s.f.* 葡古典舞蹈,類似方丹戈舞

filhote *s.m.* 小兒,幼兒;土著,當地人,土生土長者;[轉]養子,寵兒

filiação *s.f.* 收養;父子(女)關係;依屬關係;分支,衍生,分公司

filial *adj.2 gén.* 子女的,像子女的 ‖ *s.f.* 分店,支店,子公司

filiar *v.t.* 收養(子女);接納,吸收;確認血緣關係;派生,衍生 ‖ *v.r.* 參加,加入

filicida *s.2 gén.* 殺自己子女者

filicídio *s.m.* 殺子女罪;殺子女行爲

filiforme *adj.2 gén.* 絲狀的,線狀的,纖維狀的;[醫]脈搏微弱的

filigrana *s.f.* (類似花邊的)金銀線製品;(鈔票等上的)水印圖案

filigraneiro *s.m.* 金銀線工匠

filípica *s.f.* 痛斥;辛辣諷刺言辭

filipino, na *adj.* 菲律賓的,菲律賓人的 ‖ *s.m.* 菲律賓人

filipluma *s.f.* [動]纖羽,毛羽

filistria *s.f.* 海氣;吹牛,吹噓

filmagem *s.f.* 攝製電影

filmar *v.t.* 拍攝(電影)

filme *s.m.* 電影膠片,軟片;影片;膠片,膠捲 △① ~ colorido 彩色電影 ② ~ sem revelar 未沖洗的膠捲

filó *s.m.* 薄紗,絹網;絲網眼紗

filófago, ga *adj.* [動]食葉的(動物)

filogenia *s.f.* [生]系統發育,種系發生;物種演變史,發展史

filogenitura *s.f.* 父愛;愛子情

filologia *s.f.* 語言學;語文學

filológico, ca *adj.* 語言學的;語文學的

filólogo *s.m.*; **filogista** *s.2 gén.* 語言學家;語文學家

filosofal *adj.2 gén.* 哲學的;天方夜譚的,難以實現的;△pedra ~ 點金石

filosofar *v.i.* 以哲理推究;沉思,斟酌

filosofia *s.f.* 哲學;哲理;[轉]智慧,博學

filosófico, ca *adj.* 哲學的;哲學家

的;合理的,理智的

filosofismo *s.m.* 偽哲學;詭辯

filósofo *s.m.* 哲學家;達觀者 ‖ *adj.* 哲學家的

filotaxia *s.f.* 〔植〕葉序

filoxera *s.f.* 〔動〕一種葡萄樹之蚜蟲,膩蟲

filtração *s.f.* 過濾

filtrador *s.m.* 過濾器;濾水器

filtrar *v.t.* 過濾;淨化;煽動(仇恨等) ‖ *v.i.* 滲入,潛入;走漏(消息等)

filtro *s.m.* 過濾器;過濾紙;過濾裝置;迷魂湯;巫術;魅力

fim *s.m.* 盡頭,結束,結尾,終了;目的,動機;死亡 ①com o ~ de (a ou a de⋯)為了⋯⋯ ② ~ da semana 週末 ③no ~ de contas 總之;歸根結底;最後 ④por ~ 終於 ◇ começo,origem

fímbria *s.f.* (衣服)鑲邊,邊飾

finado, da *adj.* 死亡的 ‖ *s.m.* 死人,死者 △dia de ~s 追思節(十一月二日)

final *s.m.* 最後,末端,終點,末尾;結局,結尾 ‖ *s.f.* 〔體育〕決賽 ‖ *adj.* 2 *gén.* 最後的,末尾的,最終的;致命的 △semi-final 半決賽

finalidade *s.f.* 目的,宗旨;目的性;結束,結尾

finalismo *s.m.* 〔哲〕目的論

finalista *s.2 gén.* 〔哲〕目的論者;畢業生;參加決賽者

finalização *s.f.* 結束,結尾;完成

finalizar *v.t. e i.* 結束,完成,使終止 ◇ começar

finalmente *adv.* 最後地;總之

finanças *s.f. pl.* 財政,財務;金融;資金

financeiro, ra *adj.* 財政的;金融的;資金的 ‖ *s.m.* 財政專家;金融家;精

於算計者

financial *adj.* 2 *gén.* 財政的;金融的;資金的

financiar *v.t.* 資助,提供資金

finar *v.i.e i.* 耗盡;去世,死亡;〔口〕切望,渴望

finca *s.f.* 保護;靠山;支持,支持物 △às ~s 努力地

finca-pé *s.m.* 站穩;堅持;頑固,固執;保護 △fazer ~ 堅持⋯⋯

fincar *v.t.* 支持;釘牢 ‖ *v.r.* 堅持

findar *v.t.* 結束,終止;結束 ‖ *v.i.* 結束,完成 ‖ *v.r.* 消失;死亡

findo, da *adj.* 完畢的,結束的,了結的

fineza *s.f.* 精緻;細緻;仁慈

fingidamente *adv.* 虛假地;假裝地

fingido, da *adj.* 假造的;偽造的;虛偽的 ‖ *s.m.* 仿造;仿製品

fingimento *s.m.* 佯裝,假裝;偽善;仿製

fingir *v.t.* 仿製,偽造;佯裝,假扮;創造 ‖ *v.i.* 作假;作態;猜想

finidade *s.f.* 有限性,局限性

finito, ta *adj.* 有限的,局限的;暫時的,短暫的;〔語〕(動詞)定式的 ◇ infinito

finlandês *adj.* 芬蘭的 ‖ *s.m.* 芬蘭人;芬蘭語

fino, na *adj.* 薄的;細的,細小的;精緻的;貴重的;鋒利的,鋒利的;有教養的;溫文爾雅的;靈敏的;機靈的;高級的,上好的;純正的 ①à ~ a força 硬地 ②beber do ~ 洞悉內情 ③ fazer-se ~ 變得優雅迷人 ④ouro ~ 純金 ⑤ouvido ~ 耳朵,耳聰 ⑥pedras ~ as 寶石 ⑦vinho ~ 醇酒,佳釀

finório, ria *adj.* 狡猾的,聰明的 ‖ *s.m.* 機靈鬼,狡猾者

finta *s.f.* 額外的賦稅;〔擊劍〕佯擊;
佯攻

fintar *v.t.* 〔擊劍〕虛擊,佯攻;*bras.*
欺騙‖*v.r.* 自顧捐資(捐獻);信任

fio *s.m.* 絲,線,纖維;(刀劍之)刃,鋒
△①a ～(或 ～ a ～)連續的,魚貫的
②de ～ a pavio 自始至終,由頭到尾
③estar no ～(衣服等)陳舊;壞損;
estar por um ～ 危如累卵,倒懸之危
⑤～ de prumo 垂直線 ⑥perder o ～
de … 中斷 ⑦retomar o ～ de … 繼續

fiolho *s.m.* 〔植〕茴香

firma *s.f.* 署名,簽字,簽名;〔商〕商
號,商行,公司 △má ～(或 fraca ～)
不可靠者

firmação *s.f.* 署名,簽字;肯定,斷
定,確定

firmamento *s.m.* 天空,蒼穹,穹蒼;
〔轉〕基礎

firmar *v.t.* 簽署,簽字;批准,通過;
固定;肯定‖*v.r.* 簽字;注意;依靠

firme *adj. 2 gén.* 堅固的;堅定的;穩
定的;固定的;不可改變的 △①a pé ～
堅定地,毫不猶豫地 ②terra ～ 陸地,
大陸 ◇ fraco, vacilante

firmeza *s.f.* 牢固性,穩定性;堅定
性,堅定;堅決 ◇ fraqueza, froixidão

fiscal *s.m.* 審查,監督,稽查;檢察官,
稽查員;財政官;海關官員‖*adj.* 財
政的,國庫的;財政官的,檢察官的

fiscalização *s.f.* 稽查,監督,檢察,審
查

fiscalizador *s.m.* 稽查者,監督者,審
查者‖*adj.* 稽查的,監督的,審查的

fiscalizar *v.t.* 監視,監督;稽查,檢
查,審查

fiscela *s.f.* (牲畜的)口套,口絡

fisco *s.m.* 國庫;稅務局

fisga *s.f.* 漁叉;(兒童打鳥的)彈弓

fisgada *s.f.* 間歇性劇痛

fisgar *v.t.* 用漁叉扠魚;逮住,抓回;
迅速探悉或捕捉住(某項消息或用意)

física *s.f.* 物理學;自然科學;〔古〕醫
學 △① ～ experimental 實驗物理學
② ～ matemática 數學物理學 ③ ～
nuclear 核物理學 ④ ～ recreativa 趣
味物理學

físico,ca *adj.* 物質的;物理學的;肉
體的,身體的‖*s.m.* 外貌,外表;物理
學家;〔古〕醫生 △① ～ -mor〔古〕主治
醫生 ②mula de ～ 虛僞者,矯揉造作
者

fisiocracia *s.f.* 重農論

fisiocratismo *s.m.* 重農主義

fisiognomonia *s.f.* 相面術

fisiografia *s.f.* 自然地理學,地文學

fisiográfico,ca *adj.* 自然地理學的,
地文學的

fisiologia *s.f.* 生理學

fisiológico,ca *adj.* 生理學的;生理
的

fisiologista *s.2 gén.* 生理學家

fisiólogo *s.m.* 生理學家

fisionomia *s.f.* 相貌,面孔;外貌,外
觀;特點

fisionómico,ca *adj.* 面孔的,外貌
的,外觀的

fisionomista *s.2 gén.* 善觀相者,相
面先生‖*adj. 2 gén.* 善觀相的,相面
的

fisioterapia, fisiopatia *s.f.* 〔醫〕理
療,物理療法

fissiparidade *s.f.* 〔生〕分裂生殖

fissípedes *s.m. pl.* 〔動〕裂足動物,
駢蹄動物

fissura *s.f.* 〔醫〕骨(縱向)裂隙;肛
裂;〔礦〕裂縫;切口,裂口

fístula *s.f.* 管子,管道,〔醫〕瘻,瘻管
△ ～ lacrimal 淚囊瘻

fistular *v.i.* 形成瘻管 ‖ *adj. 2 gén.* 瘻的,瘻管的;管狀的

fistuloso, sa *adj.* 〔醫〕瘻管的

fita *s.f.* 帶子,帶狀物;膠片,軟片;〔轉〕吵鬧,混亂 △①fazer～s 做出醜事(怪事)

fitar *v.t.* 凝視,注視;注意

fiteira *s.f. bras.* 玻璃櫥櫃

fiteiro *s.m.* 織帶者;吹牛的人;〔口〕和風,微風

fito, ta *adj.* 盯視的,目不轉睛的 ‖ *s.m.* 目標,靶子;目的;企圖,打算 △ com o～de… 爲了……

fitólito *s.m.* 植物化石

fitologia *s.f.* 〔植〕植物學

fitólogo *s.m.* 植物學家

fivela *s.f.* (皮帶等之)扣襻,卡子,帶扣

fixa *s.f.* 鈎釘;鉸鏈釘

fixação *s.f.* 確定,固定;〔化〕沉澱,凝結;〔攝〕定影

fixador *adj.* 固定的,確定的 ‖ *s.m.* 〔攝〕定影液;固色劑;黏髮膠,髮蠟

fixar *v.t.* 使固定,使穩定;確定,決定 ‖ *v.r.* 決心;注意;定居

fixativo, va *adj.* 固定的,使牢固的 ‖ *s.m.* 〔攝〕定影劑,定影液;〔美〕固色劑

fixidez *s.f.* 固定性;穩定性;〔轉〕注意,關注

fixo(cs), xa *adj.* 固定的;不變的;不褪色的;〔化〕穩定的

flabelação *s.f.* 搧;通風,換氣

flabelo *s.m.* 扇子;長柄扇

flacidez *s.f.* 軟,鬆弛,虛弱,無力

flácido, da *adj.* 鬆弛的;虛弱無力的,軟的

flagelação *s.f.* 鞭打,鞭笞;折磨,拷打

flagelado, da *adj.* 受鞭笞的;受折磨的 ‖ *s.m. pl.* 〔動〕鞭毛蟲綱

flagelador *s.m.* 鞭笞者

flagelar *v.t.* 鞭笞;折磨,拷打;懲罰

flagelativo, va *adj.* 鞭笞的

flagelo *s.m.* 鞭子;〔動〕鞭毛;災難;折磨

flagício *s.m.* 暴行;醜行

flagicioso, sa *adj.* 畢大惡極的

flagrância *s.f.* 燃燒;明晰,顯而易見;現行性

flagrante *adj. 2 gén.* 燃燒的;明顯的,顯而易見的;現行的;當場的 △① em～〔法〕當場,在作案現場 ② ～delito 現行犯

flaino *s.m.* 漫步,蹓躂 △andar a～散步,蹓躂

flama *s.f.* 火焰,火光;〔轉〕熱情

flamante *adj. 2 gén.* 閃閃發光的;〔轉〕引人注目的,光彩奪目的

flame *s.m.* 〔獸醫〕放血針,血針

flamejar, flamear *v.i.* 燃燒;閃閃發光

flamingo *s.m.* 〔動〕紅鶴(一種火烈鳥)

flâmula *s.f.* 〔海〕三角旗,燕尾旗

flanco *s.m.* 〔軍〕翼,側翼;側,側面;〔海〕船舷 △dar o～招致非議

flanela *s.f.* 〔紡〕法蘭絨

flanquear *v.t. ei.* 〔軍〕從側翼保護;從側翼進攻;並進

flatulência *s.f.* 腸胃氣脹,脹氣

flauta *s.f.* 笛子;笛子演奏者

flautim *s.m.* 高音小笛;高音小笛演奏者

flautista *s.2 gén.* 吹笛者;製笛者;〔轉〕巧舌如簧者,說謊者

flecha *s.f.* 箭,矢;投槍,標槍;箭形符號;〔數〕弧矢,弓形高

flectir *v.t.* 彎曲,撓曲;折摺

flegmão *s.f.* 蜂窩組織炎

fleme *s.m.* 〔獸醫〕放血針,刺血針

fleuma, fleugma *s.f.* 痰;黏液;〔轉〕惛惰;冷淡,無動於衷

fleumático, fleugmático, ca *adj.* 黏痰的,痰的;冷漠的,遲緩的 ◇ caloroso, entusiasta

flexão *s.f.* 彎曲,折摺;〔語〕詞尾變化

flexibilidade *s.f.* 撓性,柔韌性,揉曲性;靈活性,機動性;順從,易管教性;可延展性

flexionar *v.t.* 使折摺,使彎曲;使彎形 ‖ *v.i.* 詞尾變化

flexível, fléxil *adj. 2 gén.* 可彎曲的,可折摺的;可屈撓的;順從的;靈活的,易變通的;可彎的 ◇ inflexível

flexuoxidade *s.f.* 彎曲性;〔轉〕軟,柔軟性

flexuoso, sa *adj.* 彎曲的;〔轉〕柔軟的

flibusteiro *s.m.* 海盜;強盜

flint *s.m.* 〔礦〕燧石,火石;(打火機)電石

flirt *s.m.* 調情;賣弄風情;調情者;賣俏者

floco *s.m.* 簇,絨,薄片;雲團;雪片

flor *s.f.* 〔植〕花;〔轉〕開花植物;精華,精粹;(酒等表面結的)薄膜;青春年華;朝氣勃勃;童貞,貞潔;〔化〕華,昇華物 △①à ~ de … 在……表面 ② em ~ 開花的;極盛時期 ③ ~es brancas〔醫〕白帶 ④ ~ da idade 青年,壯年 ⑤olhos à ~ do rosto 凸眼

flora *s.f.* (某地區之)植物羣,植物誌;植物區系

floração *s.f.* 〔植〕開花;開花期

floral *adj. 2 gén.* 花的;有花的 ‖ *s.m. pl.* 花節,花會 △jogos ~is 文藝作品比賽

floreado, da *adj.* 用花裝飾的;鮮艷的,華麗的;修飾的 ‖ *s.m.* 花形圖案;〔樂〕變奏,變奏曲 △estilo ~ 重詞藻的文體,駢體

florear *v.t.* 以花裝飾;揮舞(武器) ‖ *v.i.* 開花;〔轉〕繁榮,興旺;出衆,超羣

florescer *v.i.* 開花;〔轉〕繁榮,興旺

floreira *s.f.* 花瓶;賣花女

floreiro *s.m.* 花商

florejante *adj. 2 gén.* 以花裝飾的;鮮花盛開的;〔轉〕繁榮的,興旺的

florescência *s.f.* 〔植〕開花;開花期;〔轉〕繁榮;極盛狀態

florescente *adj. 2 gén.* 開花的;繁花似錦的,鮮花盛開的;〔轉〕繁榮昌盛的,興旺的

florescer *v.i.* 開花;〔轉〕繁榮;興旺

floresta *s.f.* 森林;樹林;〔轉〕錯綜複雜,複雜;大量,豐富

florestal *adj. 2 gén.* 森林的

florete *s.m.* (擊劍用之)鈍頭劍,花梢劍

floretista *s.2 gén.* 擊劍手;舞劍者

floricultura *s.f.* 花卉栽培;花藝

florido, da *adj.* 開花的;百花盛開的;〔轉〕華麗的

flórido, da *adj.* 修飾的,多華麗詞藻的;〔轉〕傑出的,興旺的

floriforme *adj. 2 gén.* 花形的

florilégio *s.m.* 收集花;文選,選集

florir *v.i.* 開花,花滿枝頭;〔轉〕繁榮昌盛;發展,興旺

florista *s.2 gén.* 花卉學家;花商;紮假花匠

flostria *s.f.* 消遣,作樂;胡鬧

flostriar *v.i.* 消遣,作樂;胡鬧,嬉鬧

flotilha *s.f.* 小艦隊;小船隊

fluência *s.f.* 流利,流暢;大量,豐富;嫻辭令,有口才;自然性,自然

fluente *adj. 2 gén.* 流利的,流暢的;流動的;有口才的,滔滔不絕的

fluidez *s.f.* 流動性;流暢,流利;自然性

fluido;da *adj.* 流動的,流體的,流質的;流動的 ‖ *s.m.* 流體,流質

fluir *v.i.* 流出,流出;流動;湧出,湧現

fluminense *adj. 2 gén.* 河流的;(巴西)里約熱内盧的 ‖ *s.m.* 里約熱内盧人

flúor *s.m.* 〔化〕氟

fluor *s.m.* 流動性;流暢,流利;自然性

fluorescência *s.f.* 〔理〕螢光

fluorescente *adj. 2 gén.* 〔理〕螢光的

fluorina *s.f.* 〔礦〕螢石

fluoroscopia *s.f.* 〔醫〕螢光檢查法;X 線透視法;用螢光鏡或屏檢查

fluoroscópio *s.m.* 〔醫〕螢光鏡;X 光屏

flutuabilidade *s.f.* 浮動性;漂浮性

flutuação *s.f.* 浮動;飄動;搖動;〔轉〕猶豫不決

flutuador *s.m.* 漂浮儀器;浮標,浮子 ‖ *adj.* 漂浮的;浮動的

flutuante *adj. 2 gén.* 漂浮的;飄動的;搖動的;猶豫不決的;〔商〕浮動的;△cais ～ 浮碼頭,浮塢

flutuar *v.i.* 漂浮;飄動;搖動;〔轉〕猶豫不決

fluvial *adj. 2 gén.* 河流的 △①mapa ～ 水系圖 ②navegação ～ 內河航運

fluviómetro *s.m.* 河流水位測量器

flux *s.m.* △a ～ 大量地

fluxão *s.f.* 〔醫〕充溢(血等液體);充血;傷風,感冒

fluxo *s.m.* 流動;漲潮;(河水)上漲;大量;激流;*pl.* 腹瀉,瀉肚 ‖ *adj.* 流動的;短暫的

fobia *s.f.* 憎惡;恐懼,恐怖

foca *s.f.* 海狗,海豹;*s. 2 gén.* 〔轉〕守財奴,吝嗇鬼

focal *adj. 2 gén.* 焦點的 △distância ～ 焦距

focalização *s.f.* 調焦距;突出;集中

focalizar, focar *v.t.* 調焦距,定焦點;使突出;集中

focinho *s.m.* 動物之口鼻部;〔口〕臉 △torcer o ～ 不滿

foco *s.m.* 聚光點,焦點;中心;光源,熱源;病源

fofo,fa *adj.* 軟的,鬆軟的,蓬鬆的;〔轉〕騙人的;吹牛的;空洞的 ‖ *s.m.* 蓬鬆飾物;絨;墊褥

fogaleira *s.f.* 火鏟,鐵鏟

fogaleiro *s.m.* 輕便爐,小爐具 △～ de gás 煤氣爐

fogão *s.m.* 爐子,竈;壁爐;爐竈

fogo *s.m.* 火;火儘;火災;住戶,人家;燈塔;〔軍〕火力;開火,射擊;〔轉〕熱情;激烈; 活力 △①boca de ～ 火砲 ②brinca com o ～ 玩火 ③cessar ～ 〔軍〕停火 ④ entrar em ～ 投入戰鬥 ⑤estar entre dois ～s 被兩面夾攻 ⑥ fazer ～ 射擊,開火 ⑦fogo! 〔軍〕開火! ⑧～ de artifício (或 de visitas) 煙火,燄火 ⑨ ～ brando 文火,微火 ⑩ trazer (levar) ～ no rabo 怒氣沖沖(去) ⑪tocar a ～ 鳴火警

fogo-fátuo *s.m.* 磷火,鬼火

fogoso,sa *adj.* 炙熱的;熱烈的,熱情的;猛烈的;性烈的,易怒的 △cavalo ～ 烈馬

fogueira *s.f.* 火堆,篝火,營火

fogueiro *s.m.* 司爐,鍋爐工,燒火工人

foguetão *s.m.* 火箭;海難救援火箭

foguete *s.m.* 火箭,煙火;訓誡,勸告 △avião- ~ 噴射機

foguetear *v.i.* 施放火箭

fogueteiro *s.m.* 製造煙火者

foice *s.f.* 鐮刀,長柄大鐮刀

fóio *s.m.* 一種兒童遊戲(類似彈球)

foito, ta *adj.* 勇敢的,果敢的

fojo *s.m.* (捕野獸的)陷阱

folclore *s.m.* 民間諺語,民俗學;民間藝術

folclórico, ca *adj.* 民間的;民俗學的;民間藝術的

fole *s.m.* 風箱;鼓風袋;(衣服的)褶襇;肚子;胃 △① ~ das iscas 饕餮貪食者 ②nascer num ~ 走運,幸運

fôlego *s.m.* 喘氣,呼吸;氣力 △①ter sete ~s 頑強;有耐力 ②tomar ~ 喘口氣,休息

folga *s.f.* 休息,消遣,娛樂;〔機〕間隙

folgado, da *adj.* 休息的,有間隙的,寬裕的,鬆的;悠閒的,懶散的

folgar *v.t.* 使放鬆 ‖ *v.i.* 休息,娛樂;閒散

folgativo, va *adj.* 寬鬆的,寬裕的

folgazão, zona *adj.* 閒散的;好嬉戲的

folguedo *s.m.* 歡鬧,歡娛;消遣,遊戲;空閒

folha *s.f.* 〔植〕葉;(花)瓣;(金屬)薄片;(紙,書等)頁,張;頁格 △①ao cair da ~ 初秋;在秋天 ②a ~s tantas 在某個時刻 ③ ~ corrida 〔法〕前科證明書 ④ ~ diária(一張)日報 ⑤ ~ de navalha 刀片 ⑥novo em ~ 新的,未曾使用過的

folhagem *s.f.* 〔植〕枝葉,葉子;葉狀飾物

folhar *v.t.* 使生葉;飾以葉子 ‖ *v.i.* 長葉,生葉

folhear *v.t.* 翻動(書頁);〔轉〕翻閱,翻看(書等),包裹(金屬片等)‖ *adj.* 葉子的,有關葉子的

folheatura *s.f.* 〔植〕長葉;發葉期

folhetim *s.m.* (報紙之)文學欄;報紙每日小說之連載

folheto *s.m.* 小册子

folhinha *s.f.* 小册子;日曆

folho *s.m.* (衣服之)皺,邊飾

folhoso, sa *adj.* 〔植〕枝葉茂盛的,葉茂的 ‖ *s.m.* (動)(反芻動物之)重瓣胃

folia *s.f.* 歡樂,嬉戲;歡鬧;狂歡

foliar *v.i.* 歡鬧,嬉戲,狂歡 ‖ *adj.* 葉子的

folículo *s.m.* 小葉子;〔醫〕小囊,濾泡,卵泡囊 △ ~ sebáceo 皮脂囊

fome *s.f.* 饑餓,食慾;貧窮,貧困;渴望(青等)△ ~ de rabo(或 ~ canina)極餓;食慾旺盛

fomentar *v.t.* 鼓舞,促進;煽動

fomentativo, va *adj.* 鼓舞的;煽動的,挑動性的

fomentista *s.2 gén.* 鼓舞者;煽動者

fomento *s.m.* 鼓舞,促進;支持,助長;發展;繁榮

fona *s.f.* 火星,火花 ‖ *s.2 gén.* 守財奴,吝嗇者 ‖ *s.m.* 女人氣十足的男人

fonalidade *s.f.* 音質

fonema *s.m.* 〔語〕音素

fonendoscópio *s.m.* 〔醫〕擴音聽診器

fonética *s.f.* 〔語〕語音;語音學

foneticista *s.2 gén.* 語音學家

fonético, ca *adj.* 語音的,語音學的

fonografia *s.f.* 表音法;表音速記法;舊式留聲機的灌音

fonográfico, ca *adj.* 表音的;表音速記法的;唱機的,留聲機的

fonógrafo *s.m.* 唱機,留聲機

fonologia *s.f.* 語音學

fonológico, ca *adj.* 語音學的

fonólogo *s.m.* 語音學家

fonómetro *s.m.* 〔理〕聲強計,測音計

fonoteca, discoteca *s.f.* 有聲資料館

fontal *adj. 2 gén.* 泉的;源泉的;源自……的

fontanal *adj. 2 gén.* 泉的;源泉的

fontanário, ria *adj.* 泉的;源泉的 ‖ *s.m.* 噴泉;自來水管道

fontanela *s.f.* 〔解〕顖門;小泉

fonte *s.f.* 泉;泉源;飲水噴泉裝置;〔解〕顖門,太陽穴;〔轉〕起源,來源;原文 △① ~ de riqueza 財源 ② ~ limpa 可靠的,可信的

fontenário *s.m.* 噴泉;泉源

fontículo *s.m.* 小泉

for *s.m.* 法庭 △à ~ de ~ 像,當作……;根據……的習慣

fora *adv.* 向外,向外面,在外面;在外地,在外國 ‖ *prep.* 除……之外 ‖ *interj.* 滾開! △① de ~ 外地的;外國的 ② de ~ a ~ 自始至終,從頭到尾 ③ de foz em ~ 順利無阻地 ④ ~ de ~ 在……之外;除……之外 ⑤ por dentro e por ~ 徹底地 ⑥ por ~ 表面的,外面的 ⑦ por ~ cordas de viola, por dentro pão bolorento 金玉其外敗絮其中;綉花枕頭

foragido, da *adj.* 在逃的;逃亡的 ‖ *s.m.* 在逃犯;流亡者

foral *s.m.* 法令;憲章 ‖ *adj.* 法令的;憲章的

forâneo, nea *adj.* 外地的,外來的,外國的

forasteiro, ra *adj.* 外來的,外地的,外國的;陌生的 ‖ *s.m.* 外國人,外來人,陌生人

forca *s.f.* 絞架;絞刑;〔轉〕圈套;險境,危局

força *s.f.* 力,力量;活力;勢力;勇敢;強度;*pl.* 軍隊,武裝力量 △① à ~ 強制地;被迫地,不得已地 ② à ~ de……強借…… ③ com toda a ~ 竭盡全力 ④ dar ~ 支持 ⑤ em ~ 大量 ⑥ ~ atractiva 引力 ⑦ ~ centrífuga 離心力 ⑧ ~ elástica 彈力 ⑨ ~ eléctrica 電力 ⑩ ~ gravitacional 重力 ⑪ ~ maior〔法〕不可抗力 ⑫ por ~ 強行地;必定地 ◇ fraqueza, debilidade

forçado, da *adj.* 被迫的;勉強的,不自然的;不可避免的 ‖ *s.m.* 腳鐐;強勞犯,苦役 △① marcha ~ a〔軍〕急行軍,強行軍 ② riso ~ 不自然的笑 ③ trabalhos ~ s 強制勞動

forçar *v.t.* 強迫,強制;強佔,攻佔;撬開,砸開;歪曲 ‖ *v.r.* 努力;盡力

fórceps, fórcipe *s.m.* 〔醫〕產鉗,鉗子,鑷子

forçoso, sa *adj.* 強壯有力的;必須的;不可避免的

foreiro *s.m.* 承租人;租房人 ‖ *adj.* 租佃的

forense *adj. 2 gén.* 法庭的;法律的 △ procuração ~ 委託律師證書

forfait *s.m.* 預定(旅館、機票等);〔體〕棄權

forfalha *s.f.* 〔口〕麵包屑

forja *s.f.* 煉鐵爐;鍛造廠;〔轉〕準備 △estar a ~ 正在準備

forjado, da *adj.* 鍛造的;〔轉〕策劃的,編造的

forjador *s.m.* 鍛工 ‖ *adj.* 鍛造的

forjar *v.t.* 鍛造,鍛煉;製造;〔轉〕策劃;編造,杜撰

forma *s.f.* 形態,形體;形式;模型,模子;方式;方法;行為;〔印〕開本;隊形 △① de ~ alguma 不管怎麼樣 ② de ~

que(或 por ~ que) 這樣,如是…… ③
em — 按規定,按要求地 ④em ~ de
成……形態

forma(ô) *s.f.* (鞋、帽等)楦子,楦頭;
〔印〕模型,模子

formação *s.f.* 形成;組織;組成;隊
列,編隊;教育,培養;〔地〕地層;〔語〕
構詞法

formado,da *adj.* 構成的;(身體)發
育成熟的;畢業的

formal *adj. 2 gén.* 形式的,形態的;
明確的;正式的;儀式的,有禮儀的 ‖
s.f. 〔法〕分割證書

formalidade *s.f.* 儀式,典禮;禮貌;
手續;規矩 △por — 鄭重地;符合規
矩地

formalismo *s.m.* 形式主義;墨守成
規

formar *v.t.* 使成形;組織,建立;培
養,教育;使列隊 ‖ *v.i.* 列隊,排列 ‖
v.r. 畢業;學習,受教育

formativo,va *adj.* 形成的,組成的;
〔語〕構詞的

formato *s.m.* (出版物之)開本

forma-torta *s.2 gén.* 易動肝火者

formatura *s.f.* 組成;列隊;畢業,取
得學位

formicida *s.m.* 滅蟻劑 ‖ *adj.* 滅蟻
劑的

fórmico,ca *adj.* 蟻酸的,甲酸的

formidável *adj. 2 gén.* 巨大的;可怕
的,強大的;非同一般的

formiga *s.f.* 〔動〕蟻,螞蟻;〔轉〕勤儉
者 △①à ～ 暗暗地 ② ～ branca 白蟻

formigante *adj. 2 gén.* 〔醫〕致癢的,
引起蟻走感的

formigão *s.m.* 大螞蟻;〔建〕混凝土

formigar *v.i.* 發癢,有蟻走感;〔轉〕
勤奮;節儉

formigueiro *s.m.* 蟻巢,蟻穴;蟻萃;
〔轉〕(人或畜)麇集處;人羣;畜羣

formol *s.m.*; **formalina** *s.f.*
〔化〕甲醛;甲醛水,福爾馬林水

formoso,sa *adj.* 美麗的;俊俏的;賞
心悅目的;和諧的

formosura *s.f.* 華美;精緻;完美無缺

fórmula *s.f.* 方式;格式;成規;〔數〕
公式;處方,配方 △① ～s de cortesia
客套,禮儀 ② ～ molecular〔化〕分子
式

formular *v.t. e i.* 明確陳述;用公式
表示;開(處方,藥方);提出 ‖ *adj.*
公式化的;例行的,禮節性的 △ ～ vo-
tos 祝願

formulário *s.m.* 公式匯編;處方集,
配方集;禱詞集;表格 ‖ *adj.* 公式的;
規定的

formulismo *s.m.* 公式主義;墨守成
規

fornaça *s.f.* 火爐;烤箱;窰;非常熱
的地方 ② 〔古〕鑄幣器

fornalha *s.f.* 火爐;烤箱;窰;非常熱
的地方

fornalheiro *s.m.* 鍋爐工,司爐之人

fornecedor *s.m.* 承辦者,提供者,供
貨商 ‖ *adj.* 提供的,供給的

fornecer *v.t.* 供給,提供 ‖ *v.r.* 供給
物

fornecimento *s.m.* 供給,提供;供給
物

fornilha *s.f.*; **fornilho** *s.m.* 煙
鍋(煙斗或煙袋盛燃煙處) ‖小煙竈,輕
便竈

forno *s.m.* 爐,爐竈;烤箱;麵包房;非
常熱的地方

foro,fórum *s.m.* (古羅馬)公衆集會
的廣場;法院

foro(ô) *s.m.* 〔法〕房租,地租; *pl.* 豁
免權,特權;法庭

forquilha *s.f.* 叉，草叉；叉形物；叉子；(自行車)前叉

forra(ô) *s.f.* (加圍帆的)布條；襯布，墊布；墊肩 ‖ *adj.* 不懷孕的(尤指羊)

forrado, da *adj.* 有襯的，有裏子的；節約的

forrageal *s.m.* 牧草豐盛處，草場，草原

forragem *s.f.* 草料；青飼料

forrar *v.t.* 給⋯⋯包皮或加襯裏；節約；解放，使自由 ‖ *v.r.* 報復，報仇；節約

forreta *s.2 gén.* 吝嗇鬼，守財奴

forro *s.m.* 外皮，護皮；襯，襯裏；墊充；加襯物 ‖ *adj.* 獲得自由的；恢復自由的；解除義務的；獨立自主的 △ ① à tripa ~a 揮霍無度地；過度地 ② estar ~ de 解除

fortalecer *v.t.* 使强壯；加强，增强 ◇ enfraquecer

fortalecimento *s.m.* 使强壯，增强，加强；增强措施

fortaleza *s.f.* 健壯，承受力，堅固性，强度；要塞，堡壘

forte *adj. 2 gén.* 强壯的；堅固的(氣味)濃的，有份量的 ‖ *s.m.* 健壯者；要塞，城堡，特長 ‖ *adv.* 用力地，使勁地 △①água ~ 硝酸 ② árvore ~ 枝葉茂盛的樹 ③ bebida ~ 烈酒 ④ cabeça ~ 聰明 ⑤ caldo ~ 濃湯 ⑥ calor ~ 酷熱 ⑦ser ~ em 善於⋯⋯ ◇ fraco

fortificação *s.f.* 增强，鞏固；設防；建城設備；構築工事學；要塞，城堡

fortificado, da *adj.* 設防的

fortificar *v.t. e i.* 增强，鞏固；設防，構築工事

fortim *s.m.* 小堡壘

fortuito, ta *adj.* 偶然的；意外的；碰機會的 ◇ fatal, previsto

fortuna *s.f.* 運氣，幸運；命運；財產 △tentar ~ 碰運氣 ◇ desgraça

fortunoso, sa *adj.* 幸運的，僥倖的；有幸的

fórum *s.m.* (古羅馬)聚會議事的廣場；(轉)公共場所

fosco(ô), **ca** *adj.* 黑褐色的；不光亮的；不透明的

fosfato *s.m.* 磷酸鹽；磷酸肥料

fosforeira *s.f.* 火柴盒

fosforejar *v.i.* 發光，發光

fosfóreo, rea *adj.* 磷光的；似磷的

fosforescência *s.f.* 燐光，燐光性

fosforescente *adj. 2 gén.* 發燐光的

fosforescer *v.i.* 發燐光

fosfórico, ca *adj.* 磷的；如發燐光的；(轉)易怒的

fósforo *s.m.* 燐，火柴；*bras.* 愚昧無知

fossa *s.f.* 坑，溝；化糞池，污水坑；[解]孔；凹；酒窩，酒靨 △ ~ s nasais 鼻孔

fóssil *s.m.* 化石；古董；老頑固 ‖ *adj.* 化石的；老而迂腐的

fossilífero, ra *adj.* 含化石的

fossilizar *v.t.* 使變成化石 ‖ *v.r.* 退化，僵化

fosso *s.m.* 溝，坑；[軍]壕溝，護城河；排水溝

foto *s.f.* 照片，像片(fotografia 的縮略)；[理]輻透，厘米燭光(照度單位)

fotocalco *s.m.* 影印圖

fotocartografia *s.f.* 攝影製圖術

fotocópia *s.f.* 影印件，攝影複製件

fotocromia *s.f.* 彩色攝影術

fotoeléctrico, ca *adj.* 光電的

fotoemissão *s.f.* [理]光電發射

fotoflash *s.m.* [攝]閃光燈

fotofobia　*s.f.* 〔醫〕畏光症,羞明

fotofónio　*s.m.* 〔電〕光線電話機,光音機

fotógeno, na　*adj.* 發光的

fotografar　*v.t.* 攝影,照像;[轉]如實描述,詳細描寫

fotografia　*s.f.* 攝影,照像;像片,照片

fotográfico, ca　*adj.* 攝影的;照片的,照相的

fotógrafo　*s.m.* 攝影師,攝影者

fotogravura　*s.f.* 照相版,影印版;照像製版法

fotolitografia　*s.f.* 照像平版印刷術

fotologia　*s.f.* 〔理〕光學

fotológico, ca　*adj.* 光學的

fotomecânica　*s.f.* 〔印〕照像工藝;照相印刷

fotómetro　*s.m.* 光度計;[攝]曝光表

fotomicrografia　*s.f.* 顯微攝影,顯微照相術

fóton, fotão　*s.m.* 〔理〕光子

fotossíntese　*s.f.* 〔植〕光合作用

fototaxia　〔生〕趨光性

fototelegrafia　*s.f.* 傳真電報,傳真圖像

fototerapia　*s.f.* 〔醫〕光療,光線療法

fototerápico, ca　*adj.* 光線療法的

fototipia　*s.f.* 〔印〕照像製版印刷術,珂羅版印刷術

fototipografia　*s.f.* 〔印〕照像製版印刷術,珂羅版印刷術

fototopografia　*s.f.* 攝影測量學

fototropismo　*s.m.* 〔生〕向光性

foyer　*s.m.* (影劇院、旅館、公寓大樓之)門廳;休息室

fouce　*s.f.* 鐮刀　△a talhe de ~ 專門地,故意地

foz　*s.f.* 河口,入海口;(兩河)匯合處

△de ~ em fora 過度地,無節制地

fr.　修士(frei 的縮寫)

fracalhão, lhona　*adj.* 羸弱的;膽小的 ‖ *s.m.* 膽小鬼

fracassar　*v.i.* 失敗;受挫;破產 ‖ *v.t.* 打敗;粉碎

fracasso　*s.m.* 失敗;受挫;粉碎;破產

fracção　*s.f.* 分裂,分割;(分割出的)塊,段,片,部份;碎片;〔數〕分數

fraccionar　*v.t.* 分割;分裂

fraccionário, ria　*adj.* 部份的;零碎的;碎片的;〔數〕分數的　△número misto ~ 帶分數

fraco, ca　*adj.* 瘦弱的;軟弱無力的;無關緊要的;意志薄弱的;無生氣的 ‖ *s.m.* 虛弱者;弱點,短處 ①① exame ~ 考試成績不佳 ② ~ de memória 健忘的 ③ser ~ em … 不善於…… ④sex-o ~ 女子,女性 ⑤ ter um ~ por alguém 與……情誼甚篤

fractura　*s.f.* 折斷,斷;〔醫〕骨折

fracturar　*v.t.* 折斷,弄斷;撬砸 ‖ *v.r.* 骨折

frade　*s.m.* 修道士,僧侶,出家人;界石,界碑;[動]蹼足目鳥

fradinho　*s.m.* [動]鳳頭麥鶲;地位低下的修道士　△ ~-da-mão-furada 魔鬼,鬼怪

fragata　*s.f.* 三桅船;巡洋艦;[動]軍艦鳥

frágil　*adj. 2 gén.* 脆的,易碎的;虛弱的;意志薄弱的,脆弱的

fragilidade　*s.f.* 脆,易碎性;脆弱性

fragmentação　*s.f.* 破碎;分裂

fragmentar　*v.t.* 弄碎;使分裂

fragmentário, ria　*adj.* 碎塊的,破碎的;不完整的,破片的

fragmento　*s.m.* 碎片,碎塊,破片;殘缺遺跡;(書刊等之)片段,節錄

fragor *s.m.* 轟響;爆炸聲;雷鳴聲;噪音,喧嘩聲

fragrância *s.f.* 馨香,香味,芳香;宜人氣味

fragrante *adj. 2 gén.* 馨香的,芳香的;氣味宜人的

frágua *s.f.* 鍛爐;鍛造車間;〔轉〕酷熱

fragura *s.f.* 崎嶇陡峭;蕀荊叢生之地

fralda *s.f.* 〔衣服之〕下擺;尿布,褲襠;山麓 △ ~ do mar 海灘

fraldiqueira *s.f.* 女内衣袋;〔貶〕娼婦

fraldiqueiro, ra *adj.* 女人氣的;愛在女人羣裏混的

framalha *s.f.* 高傲,狂妄

francês *adj.* 法國的;法語的;法國人的;〔口〕虛偽的 ‖ *s.m.* 法國人;法語 △ despedir-se à ~ a 不辭而別 ②à ~ a 法國式

franco, ca *adj.* 坦率的;誠實的;慷慨的;免税的;暢通的,自由的 ‖ *s.m.* 法朗;*pl.* 法蘭克族人(日耳曼人之一支) △ ① guerra ~-prussiana 普法戰争 ② porto ~ 自由港

francófilo, la *adj.* 親法的,崇拜法國的 ‖ *s.m.* 親法者

francófobo, ba *adj.* 仇法的 ‖ *s.m.* 仇法者

francolim *s.m.* 〔動〕一種鷓鴣

franga *ε.f.* 雌雞鷳,未孵蛋的母雞

frangalho *s.m.* 破爛布;衣衫襤褸

franger *v.t.* 弄碎,打碎

frangir, franzir *v.t.* 使起皺,使打褶;使收縮

frangível *adj. 2 gén.* 易碎的,易破的

frango *s.m.* 小雄雞;肉雞

franja *s.f.* 飾帶;流蘇;劉海兒;〔轉〕下垂之物

franquear *v.t.* 免除(賦税或費用等);釋放;清除障礙,打通;貼郵票,付郵資;提供便利 ‖ *v.r.* 開誠佈公,推心置腹

franqueável *adj. 2 gén.* 可免税的;可通過的;可清除的

franqueniáceas *s.f. pl.* 〔植〕瓣鱗花科

franqueza *s.f.* 坦誠;誠懇;慷慨;(税或費用的)免除,豁免;優惠,特權 ◇ dissimulação, avareza

franquia *s.f.* (賦税費用的)免除,豁免;郵資已付;付郵資,貼郵票

franquiar *v.t.* 付郵資;貼郵票

franzido, da *adj.* 緊縮的;褶皺的 ‖ *s.m.* 褶皺之物

fraque *s.m.* 燕尾服,常禮服

fraqueira *s.f.* 瘦弱;羸瘦,虛弱

fraqueiro, ra *adj.* 瘦弱的;體弱多病的

fraquejar *v.i.* 衰弱,瘦弱;氣餒,洩氣

fraqueza *s.f.* 虛弱;瘦弱;軟弱;脆弱,膽小,懦弱;弱點,短處

fraquinho *m.* 弱點;弱者 ‖ *adj.* 弱的;技術差的

frascaria *s.f.* 一堆瓶子

frasco *s.m.* 小口玻璃瓶,小瓶,小藥瓶,大肚短頸瓶

frase *s.f.* 〔語〕句子,短語;〔樂〕樂節,樂句

fraseado, da *adj.* 措詞的;造句的 ‖ *s.m.* 措詞法,句子結構,短語用法

frasear *v.i.* 措詞,造句;表達(思想等);使用短語和詞組

fraseologia *s.f.* 措詞法,句法,句式,用語

frasista *s.m.* 過份考究修辭者

frasqueira *s.f.* 瓶盒;酒瓶架;瓶酒儲

藏室

frasqueiro, ra *adj.* 放蕩的;(衣服) 薄透的

fraternal *adj. 2 gén.* 兄弟的,兄弟般的

fraternidade *s.f.* 兄弟關係;手足情誼;友愛,博愛

fraterno, na *adj.* 兄弟的,兄弟般的;親密的,緊密的

fratricida *s.2 gén.* 犯殺害兄弟姐妹罪者‖ *adj.* 內戰的

fratricídio *s.m.* 殺害兄弟姐妹罪;〔轉〕內戰

fraudador *s.m.* 詐騙者,騙子;走私者;營私舞弊者‖ *adj.* 詐騙的,營私舞弊的

fraudar *v.t.* 詐騙;走私;賴取;盜取;使落空,挫敗

fraudatório, ria *adj.* 詐騙的,欺騙的;營私舞弊的

fraudável *adj. 2 gén.* 易受騙的,可欺的

fraude *s.f.* 詐騙;詭計;營私舞弊者;走私;居心不良

fraudulência *s.f.* 欺騙性,詐騙性

fraudulento, ta *adj.* 欺騙的,欺詐的

frauta *s.f.* 〔樂〕笛子,橫笛

frautear *v.t. e i.* 吹笛

frauteiro *s.m.* 吹笛手,笛子演奏者

frecha *s.f.* 箭

frechada *v.f.* 箭傷;射箭

frechar *v.t.* 射箭‖ *v.t.* 射傷,射殺 *bras.* 直來直去,穿行似箭

frecheiro *s.m.* 射手,弓箭手

freguês *s.m.* 顧客,主顧;教民;〔轉〕名聲不佳者

freguesia *s.f.* 教區;全體教民,教會會徒

frei *s.m.* 修道士,僧侶

freimático, ca *adj.* 急躁的,不耐煩的;焦躁不安的

freio *s.m.* 馬轡;閘,制動器,剎車;〔解〕舌繫帶;〔解〕包皮繫帶;〔轉〕約束,抑制,羈絆 △① não ter ~ na lingua 信口開河 ② tomar o ~ nos dentes(馬)不服控制;(人)放蕩不羈,不服管束

freira *s.f.* 尼姑,修女;〔動〕魴

freiral *adj. 2 gén.* 修道院的,寺院的;修道士的,僧侶的

freire *s.m.* 修道士,僧侶

fremente *adj. 2 gén.* 顫抖的,震顫的,戰慄的

fremir *v.i.* 吼,狂叫;震顫;戰慄,顫抖

frémito *s.m.* 吼叫;震顫;戰栗

frenar *v.t.* 制動,剎(車等);制止,抑制

frenesi, frenesim *s.m.* 瘋狂,暴怒;〔醫〕癲狂;〔轉〕狂熱,激動

frenético, ca *adj.* 狂亂的,發狂的;狂熱的;焦躁的

frenite *s.f.* 〔醫〕膈膜炎,膈炎;腦炎

frenologia *s.f.* 顱相學,骨相學

frenólogo *s.m.* 顱相學家,骨相學者

frenópata *s.2 gén.* 精神病學家

frenopatia *s.f.* 〔醫〕精神病

frenopático, ca *adj.* 精神病的;精神病學的

frente *s.f.* (物體的)前面,(建築物的)正面;面部,臉,額;〔軍〕前線,戰線;陣線;前鋒‖ *s.m. bras.* 淘金者,尋金者 △①à ~ de 在……的前面 ② de ~ 迎面;面朝前方 ③ em ~ 在對面,正面 ④ estar à ~ de 領導 ⑤ fazer ~ 反對;對抗 ⑥ ~ a ~ 朝……,向……;反對……

frequência *s.f.* 經常,頻繁;〔理,電〕

頻率, 週率;上學 △perder a ~ 不及格

frequencímetro *s.m.* 〔電〕頻率計

frequentação *s.f.* 經常;屢至;交往, 交際

frequentador, ra *adj.* 經常的, 頻繁的;常做的;常去的 ‖ *s.m.* 屢至者;常客

frequentar *v.t.* 常做(某事), 常去(某地), 經常與……交往;讀書, 上學 △① ~ direito 讀法律 ② ~ a universidade 讀大學

frequente *adj. 2 gén.* 頻繁的, 經常的, 屢次的;一貫的;常見的 ◇ raro, excepcional

fresa *s.f.* 〔機〕銑牀;銑刀

fresca *s.f.* 涼爽;(早晨或傍晚之)涼風 △tomar a ~ 乘涼

frescalhote *s.2 gén.* 保養好顯得年輕的人

fresco, ca *adj.* 涼爽的, 清涼的;新鮮的, 新的;健康的, 有朝氣的;〔口〕放蕩的;喜修飾的 ‖ *s.m.* 涼爽, 清涼;涼風;〔美〕壁畫;壁畫藝術 △①de ~ 新鮮, 新鮮的 ②história ~a 淫亂故事 ③ peixe ~ 鮮魚 ④pôr-se ao ~ 逃跑 ⑤ tomar o ~ 乘涼 ⑥vestir-se à ~a 穿衣少或薄

frescor *s.m.* 涼爽;微風;〔美〕肉色

frescura *s.f.* 涼爽;生氣勃勃;潔淨;新鮮

fressura *s.f.* (動物)內臟, (食用的)下水, 雜碎

fressureira *s.f.* 賣動物下水(雜碎)的女人;〔口〕搞同性戀的女人

fressureiro *s.m.* 賣雜碎者

fresta *s.f.* 裂縫, 縫隙;又長又窄的窗戶

fretagem *s.f.* 租賃

fretamento *s.m.* 〔海〕租賃;租賃契約

fretar *v.t.* 包租, 租賃;雇傭, 雇請

frete *s.m.* 租船;水路運輸;(船之)貨藏;運費;運輸的貨物;口令話;〔口〕打擾 △fazer um ~ 留個口信

friabilidade *s.f.* 易碎性

friagem *s.f.* 寒冷;涼;植物凍害;冷淡, 冷漠

frialdade *s.f.* 寒冷;涼;〔轉〕冷淡;冷若冰霜

friável *adj. 2 gén.* 易碎的;易粉化的

fricassé *s.m.* 肉塊;燴肉丁;紅燒肉

fricção *s.f.* 摩擦;按摩, 揉搓;〔醫〕擦劑

friccionar *v.t.* 摩擦;按摩;揉, 搓

frieira *s.f.* 凍瘡;剌骨寒風;多食者

frieza *s.f.* 寒冷;涼;〔轉〕冷淡, 冷漠

frigideira *s.f.* 油煎鍋 ‖ *s. 2 gén.* 〔口〕愛出風頭者

frigidez *s.f.* 寒冷性;〔轉〕冷淡性, 無動於衷

frígido, da *adj.* 寒冷的, 冰冷的;〔轉〕冷漠的, 冷淡的, 冷冰冰的

frigir *v.t.* 油煎, 煎;〔轉〕打擾, 煩擾 ‖ *v.i.* 炫耀, 嘩衆取寵

frigorífero, ra *adj.* 見 frigorífico

frigorífico, ca *adj.* 冷凍的, 冷藏的;制冷的 ‖ *s.m.* 冰箱, 雪櫃 △câmara ~a 冷藏室, 冷藏庫

frigoterapia *s.f.* 〔醫〕冷凍療法

frincha *s.f.* 罅隙;裂縫

fringílidas, fringilídeos *s m. pl.* 〔動〕雀科

frio, ria *adj.* 寒冷的;涼的;〔轉〕冷淡的, 冷漠的 ‖ *s.m.* 寒冷;涼;冷淡, 冷漠 △①a sangue ~o 冷靜地, 冷淡地 ②animais de sangue ~ 冷血動物 ③ ~ de rachar 嚴寒 ④soldar a ~ 冷焊 ⑤ter ~ 感覺冷

friorento, ta *adj.* 怕冷的, 畏寒的

frisa *s.f.* 粗呢;〔海〕(縫隙的)充填織物;〔劇〕池座;樓下包廂 △ cavalo de ~〔軍〕鹿砦

frisador *s.m.* 捲髮器,燙髮鉗

frisante *adj. 2 gén.* 捲曲的,波浪狀的;合適的;配合的

frisar *v.t.* 捲髮,燙髮;填塞船的縫隙;設滑稽;強調;適時提及 ‖ *v.i.* 輕輕擦過,掠過

friso *s.m.* 〔建〕腰帶,飾帶;〔護壁板,牆裙

fritar *v.t.* 油炸,油煎

frito, ta *adj.* 油炸的,油煎的 ‖ *s.m.* 油炸食品

frituras *s.f. pl.* 油炸食物

frivolidade *s.f.* 輕浮,輕佻;瑣事,無關緊要的小事

frívolo, la *adj.* 輕浮的;無關緊要的,無足輕重的 ‖ *s.m.* 輕浮 ◇ grave, sério

froixidão, froixeza, froixidade, frouxidão *s.f.* 鬆懈;懶散;疏忽;怠惰

froixo, xa *adj.* 鬆動的,鬆懈的;有氣無力的 ‖ *s.m.* 湧出,噴出;過量 ~ a — 大量地 ② ~ de sangue 大出血 ② ~ de riso 縱聲大笑

frol *s.m.* 浪花 △a ~ 表面地

fronde *s.m.* 棕櫚葉;樹葉,樹枝

frondecer, frondescer *v.i.* 生葉,長葉

frondejar, frondear *v.i.* 生葉,長葉;葉子覆蓋

frondosidade *s.f.* (枝葉)繁茂

frondoso, sa *adj.* 枝葉繁茂的,濃密的

fronha *s.f.* 枕頭;枕套

frontal *adj. 2 gén.* 額的,前額的 ‖ *s.m.* (門窗之)過樑;(猶太人之)纏頭

布;〔解〕額骨;(建築物之)正面

frontar *v.t.* 揭露,告發

frontaria *s.f.* 〔建〕正面,前面,前部;守衛邊疆部隊

fronte *s.f.* 前額;〔轉〕頭;〔建〕正面,前面;△a de ~ 在……前面 ②curvar a ~ 屈服 ③ ~ a ~ 面對面,相對

frontear *v.t. e i.* 面對

fronteira *s.f.* 邊界,國界;界限

fronteiriço, ça *adj.* 國界的;邊境的,邊疆的;毗鄰的,鄰界的,接壤的

frontispício *s.m.* 〔建〕正面;〔印〕扉頁,封一 (一般指印有書名、作者名及印刷日期的那一頁)

frota *s.f.* 船隊;艦隊

frouxo, xa *adj.* 鬆的,鬆動的,柔軟的;軟弱無力的;懶惰的,怠倦的;喪失意志的,鬆懈的 ‖ *s.m.* 漲潮 △a ~ 大量地,豐富地

frugal *adj. 2 gén.* 食水果爲生的;(飲食上)有節制的;簡樸的,節儉的

frugívoro, ra *adj.* 食果的,以果實爲食的(動物)

fruição *s.f.* 享用,享受;享有;享樂

fruir *v.t.* 享用,享受;享有 ‖ *v.i.* 愉快,愜意

fruitivo, va *adj.* 愜意的,令人快活的

frumentário, ria *adj.* 小麥的;穀類的;五穀雜糧的

frumento *s.m.* 小麥;穀物,五穀雜糧

fruncho, frunco, frúnculo *s.m.* 〔醫〕癤子,癤瘡

frustração *s.f.* 失敗;失望;受挫;落空

frustrar *v.t.* 挫敗;使失望,使受挫 ‖ *v.r.* 落空;失敗

fruta *s.f.* 水果,生果,果實 △① ~ do conde *bras.* 一種番荔枝 ② ~ do tempo 時令水果

fruteira *s.f.* 果樹;賣水果女子;水果盤;水果籃

fruteiro *s.m.* 水果商;果盤;果籃 ‖ *adj.* 結果實的;[轉]有成果的

fruticultor *s.m.* 果農

fruticultura *s.f.* 果樹栽培;園藝

frutífero, ra *adj.* 結果實的;[轉]有成效的,有成果的

frutificação *s.f.* 結;果實;[植]結實期

frutificar *v.i.* 結果實;[轉]生利,贏利;產生效果

fruto *s.m.* 果實;*pl.* 土產,農產品;[轉]成果,成效;收益,利益 △① dar ~ 結果實;產生效果 ② ~ s secos 乾果,乾貨

frutuoso, sa *adj.* 有成果的;富有成效的;有利可圖的;多產的;富饒的

fucáceas, *s.f. pl.* [植]馬尾藻科

fúchsia, fúcsia *s.f.* [植]倒掛金鐘

fucsina *s.f.* [化]品紅,洋紅(一種紫紅色染料)

fuga *s.f.* 逃跑;狡猾的逃避手段;(水、氣、油等)浅漏;浅逸孔,排氣口;[樂]賦格曲

fugacidade *s.f.* 短暫性,瞬息性

fugaz, fugace *adj.* 短暫的,轉瞬即逝的;◇ demorado, duradoiro

fugida *s.f.* 逃跑;逃避;託辭,借口

fugidiço, ça; fugidio, dia *adj.* 逃逸的,逃亡的;易逝的;即逝的;消逝的;[轉]孤僻的;兇惡的

fugiente, fuginte *adj. 2 gén.* 逃跑的;消逝的

fugir *v.i.* 逃遁;逃避;迅速消逝;逃散 ‖ *v.t.* 避免,躲避

fugitivo, va *adj.* 逃跑的;在逃的;瞬息即逝的;飛快的 ‖ *s.m.* 逃避者;逃犯

fugueiro *s.m.* 車箱欄板

fuinha *s.f.* [動]貂;[轉]貪吝者;骨瘦如柴者

fula *s.f.* 大量;研光機;迅速 △à ~ 急速地;慌亂地,倉促地

fulano *s.m.* 某人,某某

fulcrado, da *adj.* 支撐的,支持的

fulcro *s.m.* [機]支點;支撐物;(船)槳叉,槳架

fulgência *s.f.* 華麗,耀眼,輝煌

fulgente *adj. 2 gén.* 耀眼的,輝煌的;華麗的

fulgir, fulgurar *v.i.* 發光,閃耀;[轉]出類拔萃

fulgor *s.m.* 光輝,燦爛

fulgurante *adj.* 發光的;光輝的,耀眼的;[醫]突發的,劇烈的(疼痛) △① olhar ~ 目光炯炯 ② raio ~ 閃電

fulharia *s.f.* 欺騙,詭計;遊戲中作弊

fuligem *s.f.* 煙灰,煙油;煙垢

fuliginoso, sa *adj.* 有煙垢的;煙黑的;烏黑的

fulminação *s.f.* 放射(雷電,射線等);雷擊;暴卒,猝死;爆炸

fulminante *adj.* 爆炸性的;閃爍的,突發性的(疾病);激怒的;猛烈的;可怕的 ‖ *s.m.* 發火藥,雷管,導火線

fulminar *v.t.* 雷擊,電擊;使暴卒,猝亡;摧毀,毀滅;恫嚇,威脅 ‖ *v.i.* 爆炸,發光,閃電

fulminato *s.m.* [化]雷酸鹽

fulmíneo, nea *adj.* 閃電般的;[轉]耀眼的

fulo *s.m. pl.* 幾内亞北部的黑人居民 ‖ *adj.* 膚色古銅色的;[轉]驚駭失色的;震怒的

fum *s.m.* 呼呼聲 △nem ~ nem fole

de ferreiro 一聲不吭

fumaça *s.f.* 濃煙,煙霧;一次吸入口中的煙量;水蒸氣;〔轉〕自負,高傲 △ abater as ～s de alguém 教訓某人

fumaçada, fumaceira *s.f.* 濃煙彌漫

fumador *s.m.* 吸煙者

fumar *v.t. e i.* 吸(煙),抽(煙),燻,燻製;〔轉〕暴怒,勃然大怒

fumarar *v.i.* 冒煙‖*v.t.* 噴灑

fumarento, ta *adj.* 冒煙的

fumária *s.f.* 〔植〕延胡索

fumatório *s.m.* 煙斗;吸煙室

fumear, fumegar *v.i.* 出煙,冒煙;冒氣;起泡 △fumegava-lhe o ódio no olhar 眼中充滿仇恨

fumífugo, ga *adj.* 消煙的,驅煙的

fumigação *s.f.* 煙燻消毒或消腫治病

fumigador *s.m.* 煙燻器;煙香爐

fumista *s.2 gén.* 嗜煙者

fumívoro *s.m.* 消煙器,排煙罩

fumo *s.m.* 煙;蒸氣;臭味(表示哀悼之)黑紗;*bras.* 香煙;焦糊的食品;煙雲 △não há ～ sem fogo 無風不起浪,事出有因

fumoso, sa *adj.* 冒煙的;多煙的;〔轉〕高傲的,傲慢的

funâmbulo *s.m.* 走鋼絲的雜技演員;〔轉〕變化無常者

função *s.f.* 官能,機能,功能;職能,職責,職務;宗教儀式;宴會,聚會;〔數〕函數

funcho *s.m.* 〔植〕茴香 △ ～ da China 八角,大料

funcional *adj. 2 gén.* 官能的,機能的;實用的;〔數〕函數的

funcionalismo *s.m.* 公職人員的等級;官階,官制

funcionamento *s.m.* 運行;運轉;活動;行使職能

funcionar *v.i.* 行使職能;運行;運轉;實施

funcionário *s.m.* 官員;公務員,公職人員

funda *s.f.* 投石器,彈弓;〔醫〕疝氣帶

fundação *s.f.* 建設,建立;創立;組織;〔建〕基礎;基金,基金會

fundador, ra *adj.* 創立的,締造的‖*s.m.* 創立者,締造者

fundagem *s.f.* 沉澱物,沉積物

fundamental *adj. 2 gén.* 基礎的;根本的;主要的;△①Lei ～ 根本法 ② pedra ～ 基石

fundamentar *v.t.* 打地基,打基礎;創立,建設;證明,證實;確定,支持‖*v.r.* 依靠,基於……

fundamento *s.m.* 地基;基礎;根據,依據

fundar *v.t.* 建設,建築;建立,創辦;證實,支持,資助;深挖‖*v.r.* 依靠,基於……

fundável *adj. 2 gén.* (可耕土層)厚的,肥沃的

fundeadoiro, fundeadouro *s.m.* 〔海〕可停泊的地方,碇泊處

fundear *v.i.* 停泊,碇泊,拋錨;碰到,觸‖△o navio fundeou nos recifes 船觸礁

fundente *adj. 2 gén.* 熔化的;〔化〕助熔的‖*s.m.* 助熔劑,焊劑

fundição *s.f.* 熔化,融化;鑄造;鑄造廠

fundir *v.t.* 熔化,融解;鑄造;融合;揮霍,消耗‖*v.i.* 獲益,獲利‖*v.r.* 熔化;融合

fundo, da *adj.* 深的;深陷的;深重的,内心的‖*s.m.* 底;底部;深處;深度;舞臺佈景,背景;〔轉〕實質;内心;*pl.* 資金‖*adv.* 深深地 △①a ～ 深

深地,深入地;完全地 ②artigo de ~
社論 ③ dar ~ 拋錨,碇泊 ④ ~s
públicos 公債 ⑤ir ao ~ (或 meter no
~)(船) 沉沒,覆沒;破產 ⑥ ter
pouco ~ 學識淺薄

fundura s.f. 深度,深

fúnebre adj. 2 gén. 悲哀的;喪葬的;
喪禮的

funeral adj. 2 gén. 喪葬的;悲哀的 ∥
s.m. pl. 葬禮,殯儀;[轉]死亡,去世
△①cortejo — 出殯行列 ②em ~ 示
哀,誌哀

funerário, ria adj. 殯葬的;葬禮的;
死人的 △coche — 靈柩車

funestar v.t. 使致命;詆毀,褻瀆

funesto, ta adj. 不幸的,不吉利的;
令人悲痛的,難過的;致命的;命中註
定的◇ propício, favorável

funéu s.m. (衣物上穿帶子的)捲邊或
穿帶;鬆緊帶

funga s.f. [獸醫]鼻疽病,鼻黏膜炎

fungo s.m. [植]蕈,真菌,蘑菇;[醫]
海綿腫

fungoso, sa adj. 蕈狀的;海綿狀的

funicular adj. 2 gén. 用纜索牽引的;
繩索的 ∥ s.m. 纜車,纜索車

funiculite s.f. [醫] 精索炎

funículo s.m. 細繩;[解]臍帶;神經
索;帶狀組織

funiforme adj. 2 gén. 索狀的,帶狀
的

funil s.m. 漏斗;漏斗狀物

funilaria s.f. 馬口鐵舖,白鐵舖;漏
斗舖

funileiro s.m. 馬口鐵匠,白鐵匠;漏
斗製作者

fura-bolo s.2 gén. bras. 好事者,好
管閒事者

fura-bolos s.m. [口]食指

furação s.m. [氣象]颶風,旋風,暴風

furacar v.t. 打孔,打眼,鑽孔

furado, da adj. 有孔洞的;[轉]失敗
的,受挫的

furador s.m. 鑽;鑽頭;穿孔物 ∥
adj. bras. 有進取心的

furão s.m. [動]雪貂

furar v.t. 打眼,穿孔;穿透,透入;
[轉]破壞,擾亂 ∥ v.i. 開路;克服困難

furável adj. 2 gén. 可穿孔的;可透入
的

fura-vidas s.2 gén. 生龍活虎的人

furgão s.m. [鐵路]行李車,輜重車

furgoneta s.f. 小型貨車(一般密封,
後開門)

fúria s.f. 狂怒,暴怒;猛烈,激烈;狂
熱

furibundo, da adj. 暴怒的,憤怒的,
怒氣衝衝的;猛烈的,瘋狂的

furioso, sa adj. 狂怒的;猛烈的;狂熱
的 ◇ tranquilo, sereno

furna s.f. 洞穴;深淵;岩洞;洞室

furo s.m. 孔;縫隙;(解決困難的)方
式或方法 △não ter ~ 絕望,無出路

furor s.m. 暴怒;狂熱;瘋狂;激情

furriel s.m. [軍]上士;司務長,軍需
官

furta-bola s.m. 足球

furta-cor adj. 2 gén. [紡]閃色的,閃
色效應的 ∥ s.m. 閃色,閃光

furtado, da adj. 被偷的;[轉]落落寡
合的;△águas~as 頂樓,閣樓

furta-fogo s.m. △lanterna de ~ 帶
遮光罩的提燈

furta-passo s.m. (馬)溜蹄 △a ~ 謹
慎地,小心地

furtar v.t. 偷,竊;剝取,剝竊;偽造 ∥
v.r. 逃避,躲避

furtivo, va adj. 偷偷的;悄悄的;秘密

的,暗地的 ◇ público, patente

furto *s.m.* 偷,竊;被竊之物 △a ～ 秘
密地;偷偷地

furúnculo *s.m.* 癤瘡,癤子

furunculose *s.f.* 癤瘡病

furunculoso, sa *adj.* 癤瘡的

fusa *s.f.* 〔樂〕三十二分一音符

fusada *s.f.* 〔紡〕錠(指一個紗錠上面
的紗量)

fusão *s.f.* 熔化,融解;聯合;〔理〕合
成,聚變 △ ～ nuclear 核聚變

fusca *s.f.* 〔動〕鳧(一種野鴨)

fusco, ca *adj.* 黑褐色的;暗的

fuselado, da *adj.* 流線型的;紡錘型
的

fuselagem *s.f.* 〔空〕機身

fusibilidade *s.f.* 可熔性;熔度

fusiforme *adj. 2 gén.* 紡錘型的;流
線型的

fusível, fusil *adj. 2 gén.* 可熔化的 ‖
s.m. pl 〔電〕保險盒,熔線盒,保險絲

fuso *s.m.* 〔紡〕紗錠,紗管,紗子;紡
錘;〔機〕滾筒 △ ～ horário 標準時區

fuste *s.m.* 棍,棒;矛柄;〔建〕柱身

fustigação, fustigadela *s.f.* 鞭抽,
棍打;懲戒;教訓;虐待

fustigar *v.t.* 用鞭(或棍)抽打;〔轉〕
懲罰,教訓;虐待

futebol *s.m.* 足球,足球運動 △jo-
gador de ～ 足球運動員

futebolista *s.2 gén.* 足球運動員

futebolístico, ca *adj.* 足球運動的

fútil *adj. 2 gén.* 瑣細的;無足輕重
的;無關緊要的

futilidade *s.f.* 無關緊要,無足輕重;
小事,瑣事

futre *s.m.* 無賴;衣衫襤褸的小流氓

futrica *s.f.* 小雜貨鋪;破爛堆

futricar *v.t.* 干涉;交易,交換;弄亂;
攪起,撥動

futura *s.f.* 〔口〕未婚妻

futuridade *s.f.* 將來,未來;未來性;
將來之事;〔轉〕希望

futurismo *s.m.* 未來派(一種藝術流
派)

futuro, ra *adj.* 將來的,未來的 ‖
s.m. 將來,未來;前途,命運;未婚夫;
〔語〕將來時 △de ～ 將來 ◇ passado,
pretérito

fuxicar *v.t. bras.*（大針腳）縫紉;
〔轉〕草草從事,拙劣的修補工作

fuxico *s.m. bras.* 流言蜚語;陰謀

fuzil *s.m.* 槍,獵槍;打火石,打火機;
鏈子的環;閃電;〔轉〕聯絡

fuzilação *s.f.* 發光;槍斃;槍砲齊鳴,
射擊

fuzilada *s.f.* 發射;用火石打火;強烈
的閃電

fuzilado, da *adj.* 被槍斃的,被處決
的;被雷電擊死的

fuzilador *s.m.* 射擊者,槍手

fuzilamento *s.m.* 槍斃,射擊

fuzilante *adj. 2 gén.* 射擊的;發光的

fuzilar *v.t.* 射擊;槍斃;放射出 ‖
v.i. 閃電;閃光,發光

fuzilaria *s.f.*（槍的）齊射,排槍

fuzileiro *s.m.* 步槍手

G

g *s.m.* 葡文第七個字母 ‖ *adj.* 第七的

gabadela *s.f.* 矜誇,自負

gabador *s.m.* 自誇者,喜歡吹噓的人

gabão *s.m.* 大衣

gabar *v.t.* 矜誇,自誇

gabardina *s.f.* 外套;風雨衣;斜紋呢

gabarola *adj. 2 gén.* 矜誇的,自負的 ‖ *s.m.* 矜誇者,自負者

gabarolice *s.f.* 矜誇,自負,吹牛

gabarra *s.f.* 駁船,平底船

gabarreiro *s.m.* 駁船夫

gabela *s.f.* 鹽稅

gabinete *s.m.* 內閣;私室,密室;〔轉〕全體部長 △ repartição do ~ 祕書處

gadanha *s.f.* 大鐮;〔俗〕手

gado *s.m.* 牲畜,家畜 △ ① ~ bovino 牛類 ② ~ caprino 山羊類 ③ ~ suino 豬類

gafanhoto *s.m.* 蝗蟲;草蜢

gafaria *s.f.* 麻瘋院

gaforina *s.f.* 鬈髮蓬鬆之頭;〔轉〕不整飾的頭髮

gago, ga *adj.* 啞的;口吃的 ‖ *s.m./f.* 啞子;口吃的人

gaguejar *v.i.* 口吃;結舌

gaguez *s.f.* 口吃,結舌

gaguice *s.f.* 口吃,結舌

gaiatar *v.i.* 玩耍,鬧着玩

gaiatice *s.f.* 兒嬉;嬉戲

gaiato *s.m.* 頑童 ‖ -, ta *adj.* 喧鬧的

gaio, ia *adj.* 愉快的,快樂的

gaiola *s.f.* 籠;〔轉〕監獄;〔俗〕小屋

gaioleiro *s.m.* 製造或售籠者

gaiolo *s.m.* 捕鳥之陷阱

gaita *s.f.* 長笛;口風琴;〔轉〕留娘,落第;〔俗〕角 △ ~ de foles 蘇格蘭人用的風笛

gaitada *s.f.* 口風琴音樂

gaiteiro *s.m.* 吹風笛人;吹口琴人 ‖ -, ra *adj.* 喜歡遊戲的

gaiuta *s.f.* 崗亭

gaivota *s.f.* 〔動〕鷗

gaivotão *s.m.* 〔動〕海鷗

gajeiro *s.m.* 〔海〕輪流守桅樓之人 ‖ -, ra *adj.* 善爬的

gajo *s.m.* 狡猾者;傢伙;〔俗〕人

gala *s.f.* 華麗服裝;節日服飾;節日 △ ① dia de grande ~ 國慶日 ② fazer ~ 炫耀 ③ trajos de ~ 大禮服

galã *s.m.* 劇中扮演情郎的演員;情人;〔轉〕喜歡向女人獻殷勤的人

galado, da *adj.* 授胎的(卵)

galadura *s.f.* 交媾,交合

galantaria *s.f.* 斯文,文雅;殷勤話;君子風度

galante *adj. 2 gén.* 高雅的,文雅的;有趣的

galanteador *s.m.* 時髦男子;玩弄女性者

galantear *v.t.* 追求(女人),向(女人)獻殷勤

galanteio *s.m.* 追求,獻殷勤

galão *s.m.* 花邊;飾帶;(表示軍人等

級的)袖章或肩章
galardão *s.m.* 褒獎,賞賜;〔轉〕獎金
galardoador *s.m.* 褒獎者,賞賜者
galardoar *v.t.* 褒獎,賞賜
galé *s.f.* 〔海〕有兩排槳的帆船,〔印〕(長方形之)活字盤 ‖ *s.m.* 在船上划船的受刑罰的人;〔轉〕奴工,罪犯苦工
galeão *s.m.* 〔海〕古代大帆船
galena *s.f.* 〔礦〕方鉛礦
galeno *s.m.* 〔俚語〕醫生
galeota *s.f.* 〔海〕用帆槳之小船
galera *s.f.* 〔海〕大帆船,大艇
galeria *s.f.* 走廊;畫廊,陳列館;陽臺;〔轉〕公衆
galgar *v.t.* 跳,跳過;迅速趕往;〔轉〕刨平
galgo *s.m.* 獵兔狗,賽犬 ‖ **-, ga** *adj. bras.* 願望的,願意的
galhardear *v.i.* 灑脫不凡;越過 ‖ *v.t.* 誇耀,炫耀
galhardete *s.m.* 〔海〕長條旗;三角旗
galhardia *s.f.* 勇敢;瀟灑;高雅
galhardo, da *adj.* 勇敢的;灑脫的;高雅的
galheta *s.f.* 調味瓶
galheteiro *s.m.* 調味瓶架
galho *s.m.* 樹枝,枝芽
galhofa *s.f.* 嬉戲;作樂,歡樂
galhofeiro, ra *adj.* 嬉戲的;作樂的 ‖ *s.m., f.* 作樂的人
galinha *s.f.* 鷄,牝鷄;〔俗〕不幸 △① cerca ~s 酒醉蹣跚 2) deitar-se com as ~s 早睡
galinheiro *s.m.* 養或賣鷄的人;鷄籠;圈養禽畜的地方
galinhola *s.f.* 〔動〕山鷸
galinicultor *s.m.* 養鷄專家
galinicultura *s.f.* 養鷄學
galo *s.m.* 雄鷄;〔轉〕鷄眼,肉瘤 △① ~ de briga 鬥鷄 ② memória de ~ 記憶不佳 ③ missa do ~ 聖誕子時彌撒
galocha *s.f.* 木屐;厚底鞋;橡皮套鞋
galopada *s.f.* 疾馳,飛跑
galopante *adj. 2 gên.* 疾馳的 △ tísica ~ 奔馬癆,百日癆
galopar *v.i. e t.* 〔馬〕奔馳,飛跑;〔轉〕急進
galope *s.m.* 奔馳;〔轉〕急進
galopim *s.m.* 小淘氣,小壞蛋 △ ~ eleitoral 選舉議員之奔走者
galopinagem *s.f.* (選舉等)運動
galopinar *v.i.* 奔走或營求(選舉票)
galrar *v.i.* 多言,空談,誇口
galvânico, ca *adj.* 電池電流的 △ pilha ~a 電堆
galvanismo *s.m.* 電池電流;流電學;〔醫〕流電醫治法
galvanização *s.f.* 通流電;電鍍
galvanizador, ra *adj.* 通流電的 ‖ *s.m., f.* 電鍍之人或物
galvanizar *v.t.* 通流電;電鍍;〔轉〕刺激
galvanómetro *s.m.* 電流計
galvanoterapia *s.f.* 流電療法
galvanotermia *s.f.* 流電熱療法
gama *s.f.* 希臘字母的第三字(與葡文的 G 相當);〔樂〕音階;〔轉〕範圍
gamação *s.f.* 〔巴西俚語〕愛情,狂愛
gamado, da *adj.* 鈎曲的,鈎狀的 △ cruz ~ a 卐字架
gamanço *s.m.* 〔俚語〕偷竊 △ andar no ~ 以偷竊爲生
gamão *s.m.* 西洋雙陸棋(一種雙方各有十五子的擲骰遊戲)
gamar *v.t.* 〔俗〕偷竊
gamba *s.f.* 糠蝦(一種蝦)
gambarra *s.f. bras.* 運牲畜之船;

小艇
gambérria *s.f.* 失足,絆跌;〔俗〕暴動
gâmbia *s.f.* 〔俗〕腿,脛
gambiarra *s.f.* 銀幕上之燈
gambito *s.m.* 〔棋〕犧牲一卒以得優勢之奕棋法
gamboa *s.f.* 〔植〕榅桲
gamboeiro *s.m.* 〔植〕榅桲樹
gamboína *s.f.* 欺騙,狡詐
gamela *s.f.* 飼養牲畜之槽 △ comer da mesma ~ 具有相同意見
gamenho *s.m.* 紈絝子弟,花花公子
gâmeta *s.m.* 〔生〕配子
gamo *s.m.* 〔動〕扁角鹿(產於歐洲)
gamopétalo, la *adj.* 〔植〕合瓣的
gamossépalo, la *adj.* 〔植〕合萼的
gana *s.f.* 飢餓;渴望;〔俗〕憎惡
ganadeiro *s.m.* 牧場主
ganância *s.f.* 穫利;貪婪,貪財
ganancioso, sa *adj.* 貪財的,貪利的
ganapão *s.m.* 有柄小網;散工
ganchar *v.t.* 以鈎鈎住
gancheado, da *adj.* 鈎曲的;鈎狀的
gancheta *s.f.* 小鈎
gancho *s.m.* 鈎,鈎狀物;鈎針;圈套;陷阱;〔俗〕獎勵,刺激 △① ir a ~ 〔俗〕囚禁 ② ser de ~ 爲生活艱難之人
ganchoso, sa *adj.* 帶鈎的;鈎狀的
gandaeiro *s.m.* 撿拾垃圾者,遊惰者,懶散者
gandaia *s.f.* 撿荒者,在垃圾堆中撿拾破布紙屑等之人;〔轉〕無賴,流浪 △ andar na ~ 以撿拾垃圾爲生;遊手好閒
gandaiar *v.i.* 遊惰,遊手好閒;混日子,混飯吃
gândara *s.f.* 低窪荒地,沼澤地
ganga *s.f.* 斜紋布;〔礦〕伴金石,脈石;〔轉〕沙鷄
gânglio *s.m.* 〔解〕神經節;〔醫〕腱鞘囊腫
ganglionar *adj. 2 gén.* 〔解〕神經節的
gangoso, sa *adj.* 鼻音重的
gangrena *s.f.* 〔醫〕壞疽,脫疽;〔轉〕腐敗,行賄
gangrenar *v.t.* 〔醫〕使生壞疽;〔轉〕使腐敗,令墮落
gangrenoso, sa *adj.* 〔醫〕壞疽性的
gânguester 〈*ingl.*〉 *s.m.* 匪徒,强盜
ganhadeiro, ra *adj.* 得勝的,勝利的 ‖ *s.m.*, *f.* 臨時工
ganha-dinheiro *s.m.* 臨時工,散工
ganhador, ra *adj.* 得到的,贏得的 ‖ *s.m.*, *f.* 得勝者
ganhança *s.f.* 穫利,營利;收入
ganha-pão *s.m.* 生計,生活,糊口之道
ganhar *v.t.* 獲得,贏得;勝過;達到;戰勝 ‖ *v.i.* 穫益 △① ~ a dianteira 越過 ② ~ numa coisa e perder noutra 得此而失彼,一得一失 ③ ~ a palma 得勝,勝利 ④ ~ tempo 贏得時間 ⑤ ~ a vida 謀生,糊口 ◇ perder
ganhável *adj. 2 gén.* 可勝的,可得的
ganho *s.m.* 利益,營利
ganhoso, sa *adj.* 唯利是圖的
ganido *s.m.* (狗等的)叫嗥;〔轉〕尖銳的聲音
ganir *v.i.* (狗等)叫嗥;〔轉〕(人)喘息
ganóides *s.m.pl.* 〔動〕硬鱗目
panso *s.m.* 〔動〕鵝 △ andar no ~ 酒醉蹣跚
garafunhas *s.f.pl.* 潦草書寫

garagem *s.f.* 汽車庫;車行

garanhão *s.m.* 種馬;〔轉〕喜歡勾引女性者;使女人傾心的男子

garante *s.m.,f.* 〔法〕保護人,擔保人

garantia *s.f.* 保證;擔保信用 △ ~s constitucionais 憲法保障的公民權利

garantidor, ra *adj.* 起保證作用的 ‖ *s.m.,f.* 保證人,保人

garantir *v.t.* 保證,擔保

garatuja *s.f.* 潦草書寫,亂寫

garatujar *v.i.* 潦草書寫,亂寫

garatusa *s.f.* 取,詐,騙

garavato *s.m.* 長鈎鈎

garbo *s.m.* 壯觀,高貴;宏偉;高雅

garboso, sa *adj.* 優雅的;壯嚴的;高貴的;慷慨的

garça *s.f.* 〔動〕蒼鷺

garço, ça *adj.* 略呈綠色的

gardénia *s.f.* 〔植〕梔子屬

gardunha *s.f.* 〔動〕貂鼠,貂

gare *s.f.* 火車站之月臺 △ bilhete de ~ 站臺票,月臺票

garfada *s.f.* 一叉之量,一叉

garfeira *s.f.* 叉架,叉箱

garfo *s.m.* 叉,肉叉

gargalhada *s.f.* 哈哈笑,大笑

gargalhar *v.i.* 發大笑

gargalho *s.m.* 濃涎,濃唾液

gargalo *s.m.* 瓶口,瓶頸;〔口〕小巷

garganta *s.f.* 咽喉,喉嚨;脖子;狹谷;〔轉〕嗓音

gargantear *v.i.* 用顫聲唱

gargantilha *s.f.* 項鍊,頸飾

gargarejamento *s.m.* 漱喉,漱口

gargarejar *v.i.* 嗽口,漱喉

gargarejo *s.m.* 含漱劑 △ tomar

~s 戀愛

gárgula *s.f.* (杯等之)嘴

garimpar *v.i.* 尋金

garimpeiro *s.m.* 尋金者,探金者

garimpo *s.m.* 金礦地;偷掘金者

garito *s.m.* 賭場,賭窟

garnacha *s.f.* 長袍;長外衣;法衣

garotada *s.f.* 一群孩童

garotice *s.f.* 孩童生活;惡作劇

garoto *s.m.* 頑童;〔俗〕小孩,兒童;小伙子

garoupa *s.f.* 〔動〕石斑魚

garra *s.f.* 爪子;手;(蟹之)鉗;控制;〔轉〕把握;專制 △① deitar as ~ a 捕,抓 ② ~ da fome 飢餓的管制 ③ ter ~ 有能力,有才幹

garrafa *s.f.* 瓶,樽 △① ~ isoladora 絕緣瓶,暖瓶 ② ~ de Leyde 〔電〕蓄電瓶,積電瓶,來頓瓶 ③ ~ térmica *bras.* 暖瓶 ④ conversar com a ~ *bras.* 〔口〕酒醉

garrafada *s.f.* 瓶樽內所盛之物

garrafal *adj. 2 gén.* 瓶形的,樽形的;〔轉〕大的 △ letra ~ 大字

garrafão *s.m.* (以藤包紮之)大瓶,大樽

garrafeira *s.f.* 酒瓶架,酒瓶櫃

garraiada *s.f.* 鬥牛戲

garrar *v.i.* 〔海〕(船)拖錨漂流

garrida *s.f.* 小鈴

garridice *s.f.* 華美,華麗;賣弄風情

garrido, da *adj.* 華美的,華麗的

garrir *v.i.* 衣著華麗;(鳥)叫;喋喋不休

garrocha *s.f.* 〔鬥牛〕刺桿

garrochada *s.f.* (用刺桿)刺(牛)

garrochar *v.t.* (用刺桿)刺(牛)

garrotar *v.t.* 縊,扼……之喉,扼

garrote *s.m.* 絞殺之具,絞架;〔醫〕絞

枲法

garrotilho *s.m.* 〔醫〕格魯布性喉頭炎, 白喉

garrulice *s.f.* 饒舌, 多言, 囉嗦

gárrulo, la *adj.* 饒舌的, 多言的 ‖ *s.m.* 饒舌者, 多言者

garupa *s.f.* (馬之)臀部; *pl.* 綁臀部之帶 △ tirar na ~ *bras.* 擺脫危險、困境

gás *s.m.* 〔理, 化〕氣體, 氣態, 瓦斯, 可燃氣, 煤氣; 〔轉〕活潑, 生氣勃勃; *pl.* 〔生理〕腸胃氣 △ ① aquecedor de ~ 煤氣加熱器 ② balão de ~ 氣袋 ③ bico de ~ 煤氣燈口 ④ bomba de ~ 氣體炸彈 ⑤ fogão de ~ 煤氣爐 ⑥ ir a todo o ~ 疾走 ⑦ máscara de ~ 預防毒氣的面罩, 防毒面具 ⑧ ~de água 〔化〕水煤氣 ⑨ ~ asfixiante 窒息性氣體, 毒瓦斯 ⑩ ~ butano 〔化〕液化石油氣 ⑪ ~ de carvão 煤氣, 石煤氣斯, 二氧化碳 ⑫ ~ hilariante 〔化〕笑氣, 一氧化氮 ⑬ ~ lacrimogéneo 催淚毒氣, 催淚瓦斯 ⑭ ~ natural 天然煤氣 ⑮ ~ dos pântanos 沼氣 ⑯ ~ pobre 發生爐煤氣 ⑰ ~es raros 稀有氣體

gasalho *s.m.* 宿, 宿泊

gascão, -ona *adj.* 法國加斯科尼的 ‖ *s.m., f.* 加斯科尼人

gasconada *s.f.* 誇口, 吹牛

gasear *v.t.* 以氣處理; 以氣毒之

gaseificação *s.f.* 氣化, 氣化法

gaseificar *v.t.* 使氣化, 充二氧化碳等

gaseiforme *adj. 2 gén.* 氣態的, 氣狀的

gasoduto *s.m.* 煤氣管道

gasogénio *s.m.* 煤氣發生爐

gasóleo *s.m.* 柴油

gasolina *s.f.* 汽油, 石油

gasómetro *s.m.* 氣量計

gasosa *s.f.* 汽水

gasoso, sa *adj.* 氣體的, 氣體狀的

gastador, ra *adj.* 揮霍的, 浪費的 ‖ *s.m., f.* 浪費金錢者, 揮霍如土者

gastamento *s.m.* 浪費, 支出, 消費物

gastar *v.t.* 使用; 消耗; 花費; 破費 △ ① ~ cera com ruins defuntos 作出不必要的犧牲 ② ~ a paciência 枉費心機 ③ ~ palavras 廢唇舌 ④ ~ a vida 過一生 ◇ poupar, conservar

gastável *adj. 2 gén.* 可使用的; 可消耗的

gasterópodos *s.m.pl.* 〔動〕腹足動物

gasto, ta *adj.* 支出的; 浪費的 ‖ *s.m.* 浪費; 支出; 消費物

gastralgia *s.f.* 〔醫〕胃疼; 胃病

gastrálgico, ca *adj.* 胃疼的; 胃病的

gastrectomia *s.f.* 〔醫〕胃切除術

gastrenterite *s.f.* 〔醫〕腸胃炎; 胃腸加普兒

gastrepatite *s.f.* 〔醫〕胃及肝炎

gastricismo *s.m.* 〔醫〕胃病, 消化不良

gástrico, ca *adj.* 胃的 △ suco ~ 胃液

gastrintestinal *adj. 2 gén.* 〔醫〕腸胃的

gastrite *s.f.* 〔醫〕胃炎, 胃黏膜炎

gastrocele *s.m.* 〔醫〕胃膨出

gastronomia *s.f.* 烹調法, 美食學

gastronómico, ca *adj.* 烹調法的, 美食法的

gastrónomo, ma *s.m., f.* 講究吃的人, 美食家

gastrópodes *s.m.pl.* 〔動〕腹足類

gastroscopia *s.f.* 〔醫〕胃鏡檢驗法

gastroscópio *s.m.* 〔醫〕胃窺鏡, 胃鏡

gastrotomia *s.f.* 〔醫〕胃切開術, 胃壁栽開

gastrovascular *adj. 2 gén.* 〔動〕兼有消化和循環功能的 △ cavidade ~ 腸腔

gata *s.f.* 〔動〕雌貓，一種魚（屬板鰓類）；〔海〕錨；尾桅；〔俗〕醉酒；（學生）不合格，留級 △① andar de ~s 匍匐而行 ② chegar à ~ *bras.* 疲憊地抵達 ③ ~ borralheira 小家碧玉，無名美女 ④ mastro da ~ 小桅，尾桅 ⑤ não poder com uma ~ no rabo 很羸弱

gatafunhar *v.i.* 潦草書寫，亂書

gatafunhos *s.m.pl.* 潦草書寫，亂書

gatilho *s.m.* （槍）的扳機，彈簧

gatimanhos *s.m.pl.* 諂媚，作怪相；潦草書寫

gatinha *s.f.* 小貓 △ andar de ~s 匍匐而行

gatinhar *v.i.* 匍匐而行

gato *s.m.* 貓；似貓之人，兩腳釘 △① como ~ por brasas 迅速地 ② De noite todos os ~s são pardos 晚上難分散魚 ③ fazer alguém de ~-sapato 愚弄人 ④ ~ escaldado, de água fria tem medo 沸水傷貓畏冷水；一朝被蛇咬，十年怕草繩 ⑤ ~-pingado 件工 ⑥ vender (impingir) ~ por lebre 騙賣，以壞充好，以假冒真 ⑦ viver (dar-se) como cão e ~ lus.; viver como ~ e cachorro *bras.* 始終吵鬧 ⑧ um palmo de ~ 短距離

gatunagem *s.f.* 盜，偷；一班賊

gatunice *s.f.* 盜竊，行竊

gatuno *s.m.* 小偷

gáudio *s.m.* 嬉遊，娛樂，歡樂

gávea *s.f.* 〔海〕第一接桅帆，上帆 △ cesto da ~ 檣樓眺望臺

gaveta *s.f.* 抽屜；鎖櫃；〔口〕監牢

gavetão *s.m.* 大抽屜

gavião *s.m.* 〔動〕鷂，食雀鷹

gavinha *s.f.* 〔植〕捲鬚

gavota *s.f.* 加沃特舞；加沃特舞曲（一種雙人舞及其樂曲）

gaze *s.f.* 紗，羅紗；紗布

gazear *v.i.* 逃學，（鳥）鳴，唧唧叫

gazela *s.f.* 〔動〕瞪羚；〔轉〕年輕漂亮的女子

gazeta *s.f.* 報紙，〔轉〕逃學者 △ fazer ~ 逃學

gazeteiro *s.m.* 新聞記者；賣報者；逃學者

gazua *s.f.* 撬鎖具

gê *s.m.* 葡萄文 G 字母之名稱

geada *s.f.* 結冰，結霜；白霜

gear *v.i.* 結霜，覆以霜

geba *s.f.* 隆肉，瘤；〔俗〕不修飾之女子

gebo, ba *adj.* 衣衫襤褸的 ‖ *s.m., f.* 衣衫襤褸的人

geboso, sa *adj.* 駝背的

géiser *s.m.* 間歇溫泉

gel *s.m.* 〔化〕凝膠體

gelada *s.f.* 白霜

gelado, da *adj.* 結冰的，結凍的 ‖ *s.m.* 冰淇淋，雪糕

gelar *v.t.* 使結冰；使寒慄 ‖ *v.i.* 結冰；寒慄

gelatina *s.f.* 〔化〕明膠，動物膠；肉凍，果糕

gelatinoso, sa *adj.* 膠狀的，膠性的，凍狀的

geleia *s.f.* 動植物肉果糕膠狀物；果醬

geleira *s.f.* 冰河，冰川；製冰機

gélido, da *adj.* 冰冷的，寒冷的，凍結的；〔轉〕麻木的，無感覺的

gelo *s.m.* 冰；〔轉〕不關心，冷淡

gelosia *s.f.* 百葉窗

gema *s.f.* 蛋黃；〔植〕萌芽；〔轉〕寶石；十足 △① ~ de ovo 蛋黃；

português de ~ 十足葡萄牙人

gemada s.f. 卵酒(混合蛋黄牛奶白糖之飲料)

gemar v.t. 製卵酒 ‖ v.i. 發芽,萌芽

gemebundo, da adj. 呻吟的,嘆息的

gemedor, ra adj. 呻吟的 ‖ s.m., f. 呻吟者

gemelípara adj. 雙生的;成雙的

gémeo, a adj. 雙胞的,孿生的;〔轉〕相似的,相像的 ‖ s.m. 雙生子,孿生子的一個〈M〉〔天〕雙子座,雙子宮

gemer v.i. 哼,呻吟;嘆氣

gemido s.m. 哼,呻吟;嘆氣

gaminado, da adj. 二重的;成對的

geminar v.t. 加倍;重複;成雙

geminifloro, ra adj. 〔植〕對狀花的

gemíparo, ra adj. 〔動,植〕發芽生殖的

gemónias s.f.pl. 〔古羅馬城〕放置屍體示眾的梯級;〔轉〕侮辱,無禮,羞辱性懲罰

gémula s.f. 〔植〕微芽,原芽,小芽,幼芽

genal adj. 2 gén. 頰的

genciana s.f. 〔植〕龍膽

gencianáceas s.f.pl. 〔植〕龍膽科

gendarmaria s.f. 憲兵隊

gendarme s.m. 憲兵

gene s.m. 〔生〕遺傳因子

genealogia s.f. 家系;家譜;(動植物的)系統

genealógico, ca adj. 家系的;家譜的

genealogista s. 2 gén. 家系學者,系譜學家

genearca s.m. 族長

genebra s.f. 杜松子酒

general s.m. 陸軍上將;將軍;〔轉〕領袖 ‖ adj. 一般的,概括的 △① tenente-~ 陸軍中將 ② major-~ 陸軍少將 ③ brigadeiro-~ 陸軍准將

generalato s.m. 上將之職位,將軍銜

generalidade s.f. 普遍性,一般性;大多數;〔轉〕概論;pl. 概論,概況,總則

generalíssimo s.m. 最高統帥,大元帥,總司令

generalização s.f. 普及,推廣;歸納,概括

generalizador, ra adj. 普及的,推廣的,概括的

generalizar v.t. 普及,推廣;概括,歸納;使一般化;使廣義化 ◇ particularizar

generalizável adj. 2 gén. 可以普及的,可推廣的

generativo, va adj. 有生殖力的;生產的,有生產能力的

generatriz adj. 有生殖力的;生產的,生殖的 ‖ s.f. 〔數〕母綫,生成元,發生母,發生點

genérico, ca adj. 一般的,共同的,普通的;〔生〕屬的,類的

género s.m. 種,類;種類,類型;性質,方式;〔動,植〕屬,〔語〕性 △① ~ feminino〈masculino, neutro〉陰〈陽,中〉性,女〈男,中〉性 ② ~ humano 人類 ③ ~ da vida 生活方式 ④ ~ s alimentioioe 食料;糧食

generosidade s.f. 高尚;寬宏;慷慨;出類拔萃

generoso, sa adj. 高尚的,寬宏的,慷慨的;有義氣的;出類拔萃的;強烈而質好的(酒) ◇ egoista

génese s.f. 形成,發生;起始,起源,起因

genesíaco, ca adj. 形成的,發生的;

起始的;發源的;[《聖經》]創世紀的

génesis *s.m.* 〈M〉[《聖經》]創世紀

genética *s.f.* 〔生〕遺傳學

genético, ca *adj.* 遺傳學的;形成的,發生的;起始的,創始的 △① método ~ 發生論的方法 ② psicologia ~a 發生心理學

genetista *s. 2 gén.* 研究遺傳進化學者

genetlíaco, ca *adj.* 測八字的,算命的;誕生時天象的,天盤推算的 ‖ *s.m.* 測八字者,算命者,精於星相術者

gengibre *s.m.* 薑,生薑

gengiva *s.f.* 齒齦

gengivite *s.f.* 〔醫〕齒齦炎

genial *adj. 2 gén.* 機敏的,天才的;〔轉〕令人愉快的,使人開心的 ‖ *bras.* 〔口〕極好的,令人讚嘆的 △① poeta ~ 有才華的詩人 ② ideia ~ 妙計 ③ instinto ~ 本能

genialidade *s.f.* 機敏;天才,才華

geniculado, da *adj.* 膝狀的,彎曲如膝狀的;有節的

génio *s.m.* 守護神;神仙;〔轉〕天才,才能,天賦,資質;品性;才華出眾的文人,藝術家 △① bom ~ 好品性 ② bom ~ 之保護神;人之天才 ③ ~ do Nascimento 文藝復興時期的特點 ④ ~ mau 附於人身之惡魔 ⑤ mau ~ 壞品性 ⑥ poeta de ~ 天才的詩人 ⑦ ser ~ 天才人物 ⑧ ter ~ para 善於,有……之才

genital *adj. 2 gén.* △ 生殖的,繁殖的,生產的 △ órgãos ~is 生殖器

genitivo *s.m.* 〔語〕屬格,所有格 ‖ -, va *adj.* 屬格的,所有格的 △ caso ~ 屬格,所有格

genitor *s.m.* 男祖宗;父;生產器

genocídio *s.m.* 種族滅絕,滅絕種族

的大屠殺

genotipo *s.m.* 遺傳型,基因型

genro *s.m.* 女婿

gentaça *s.f.* 百姓

gente *s.f.* 人,人們;人民;百姓;家眷;部隊;*pl.* 人民,民族 △① ~ 我,我們 ② como ~ 像成人一樣 ③ como ~ grande *bras.* 很,很多 ④ direito das ~ 民權,人權 ⑤ ~ grande 成人 ⑥ ser ~ 成年

gentil *adj. 2 gén.* 貴族的,出身良家的;文雅的,有禮貌的 △① moça ~ 窈窕淑女,美女 ② homem ~ 英俊青年,斯文的男人 ③ voz ~ 和諧的聲音 ◇ rude

gentileza *s.f.* 優雅,禮貌;仁慈;彬彬有禮

gentil-homem *s.m.* 溫文有禮之人,斯文人,紳士

gentilício, cia *adj.* 奉異教的,不信宗教的;同族的

gentílico, ca *adj.* 奉異教的,不信宗教的

gentilidade *s.f.* 異教,非基督教的宗教信仰

gentinha *s.f.* 下等民族,賤民;暴徒

gentio, a *adj.* 異教的 ‖ *s.m.* 異教徒

genuflectir *v.i.* 屈膝,跪拜,跪坐

genuflexão *s.f.* 屈膝,跪拜

genuflexório *s.m.* 跪櫈

genuinidade *s.f.* 純粹;真實性

genuíno, na *adj.* 純粹的,真正的,真實的;純正的,自然的 △① vinho ~ 純酒 ② sentido ~ 正確的意思 ◇ adulterado

geocêntrico, ca *adj.* 地心的;〔天〕以地球爲中心的 △① latitude ~a 地心緯度 ② longitude ~a 地心經度 ③ paralaxe ~a 地心視差 ④ teoria ~a

地球中心說

geocentrismo *s.m.* 地球中心說

geode *s.m.* 〔礦〕晶洞,晶球,晶石

geodesia *s.f.* 〔地〕大地測量學,測地學

geodésico, ca *adj.* 〔地〕大地測量的,測地學的;〔數〕最短綫的

geodinâmica *s.f.* 地球力學

geófago, ga *adj.* 食土的

geofísica *s.f.* 地球物理學

geofísico, ca *adj.* 地球物理學的 ‖ *s.m.* 地球物理學家,地球物理學者

geogenia *s.f.* 地球成因學,地球創造學

geognosia *s.f.* 地球構造學

geografia *s.f.* 地理學,地理書 △① ~ astronómica 宇宙學 ② ~ económica 經濟地理學 ③ ~ física 自然地理學,地文學 ④ ~ histórica 歷史地理學 ⑤ ~ matemática 數理地理學 ⑥ ~ política 政治地理學

geográfico, ca *adj.* 地理的,地理學的

geógrafo, fa *s.m.,f.* 地理學家

geóide *s.m.* 地球體,地球之形,大地水準面,平均海平綫

geologia *s.f.* 地質學,地質學論

geológico, ca *adj.* 地質,地質學的,地質學上的

geólogo, ga *s.m.,f.* 地質學家

geomagnético, ca *adj.* 地磁的

geomagnetismo *s.m.* 地磁

geomancia *s.f.* 泥土占卜,地卜

geómetra *s. 2 gén.* 幾何學者,幾何學家

geometria *s.f.* 幾何學;幾何學著作 △① ~ analítica 解析幾何學,解釋幾何學 ② ~ descritiva 畫法幾何學 ③ ~ no espaço 立體幾何學 ④ ~ plana

平面幾何學 ⑤ ~ projectiva 射影幾何學

geométrico, ca *adj.* 幾何的,幾何學的

geomorfologia *s.f.* 地貌學,地形發生學

geopolítica *s.f.* 地理政治論

geoquímica *s.f.* 地球化學

georama *s.m.* 全貌地球儀,內觀地球儀

georgiano, na *adj.* 格魯吉亞的 ‖ *s.m.,f.* 格魯吉亞人

geórgica *s.f.* 田園詩

geórgico, ca *adj.* 關於農業的,農事的

geotectónica *s.f.* 〔質〕屬於地殼岩塊之形狀、層次及構造,大地構造

geotectónico, ca *adj.* 大地構造的

geotermia *s.f.* 地熱;地熱學

geotérmico, ca *adj.* 地熱的,地溫的

geotropismo *s.m.* 〔生〕向地性,屈地性

geração *s.f.* 生殖;生產,產生;家系;代,世代;子孫,後裔;〔轉〕組織,構成 △① árvore de ~ 家系圖,家譜,族譜 ② de ~ em ~ 世世代代地 ③ ~ de calor 熱的發生 ④ ~ espontânea 〔生〕自然發生 ⑤ ~ futura 後代,後世 ⑥ ~ literária 一代作家 ⑦ ~ moderna 新時代

gerador, ra *adj.* 使產生的,使發生的,有產生力的,有生殖力的 ‖ *s.m.* 產生者,生殖者;產生物,發生器;〔電〕發電機;發動機

geral *adj. 2 gén.* 普通的,全面的;普通的,一般的;普遍的,全體的 ‖ *s.m.* 〔宗〕修道會長;公眾 △① cônsul ~ 總領事 ② curso ~ 普通科 ③ eleições ~is 大選,總選舉 ④ em ~ 一般說來,總的說來,大概地 ⑤ estudos ~is 普通

大學 ⑥ regra ～ 通例 ⑦ termos ～ 概括語，總括語 ⑧ diferenciar o ～ de particular 分別總論與各論 ◇ especial, particular

gerânio *s.m.* 〔植〕天竺葵

gerar *v.t.* 生殖;產生;製造;引出 ‖ *v.r.* 生,生殖,繁殖

gerbo *s.m.* 〔動〕跳鼠

gerência *s.f.* 管理,支配,處理,辦理;經理之職務;經理部,管理部

gerente *s. 2 gén.* 管理者,理事,經理 ‖ *adj. 2 gén.* 管理的,處理的,辦理的

gergelim *s.m.* 〔植〕芝麻;芝麻籽;胡麻 △ óleo de ～ 芝麻油,香油,胡麻油

geriatra *s. 2 gén.* 老年病醫生

geriatria *s.f.* 老年病學,老年醫學

gerifalte *s.m.* 〔動〕白隼

gerigonça *s.f.* 妄語;亂語;[轉]粗陋的物品

gerir *v.t.* 管理,處理,辦理

germânico, ca *adj.* 日爾曼的,德國的,德意志的 ‖ *s.m.* 日爾曼語;日爾曼語系

germânio *s.m.* 〔化〕鍺

germanização *s.f.* 日爾曼化,德意志化,德國化

germanizar *v.t.* 使日爾曼化,使德意志化,使德國化

germano, na *adj.* 同父母的,同胞的;[轉]真正的,純正的 ‖ *s.m., f.* 親兄弟,親姐妹;同胞 ‖ *adj.* 日爾曼的,德國的 ‖ *s.m., f.* 日爾曼人,德國人

germe *s.m.* 〔生〕胚;〔植〕幼芽;[轉]起源,開端,萌芽

germicida *adj. e s. 2 gén.* 殺菌的;有殺菌力的 ‖ *s.m.* 殺菌劑

germinação *s.f.* 萌芽;發生;發展

germinador, ra *adj.* 〔植〕使發芽的

germinal *adj. 2 gén.* 胚的,幼芽的 ‖ *s.m.* (M) 法國共和政曆的第七月,芽月 (三月二十一日至四月十九日)

germinar *v.i.* 萌芽,發芽;[轉]發展;發生;出現

germinativo, va *adj.* 發芽的,有發育能力的

gerontocracia *s.f.* 老人政治,執政老人團,老人政府

gerontologia *s.f.* 研究老年人生理、社會、經濟問題的科學

gerúndio *s.m.* 〔語〕除去 〈r〉加 〈ndo〉 於動詞後而造成之名詞;動名詞

gerundivo, va *adj.* 〔語〕動名詞的

gesneriáceas *s.f.pl.* 〔植〕苦苣苔科

gesneriáceo, a *adj.* 〔植〕苦苣苔科的

gessar *v.t.* 貼以白堊,塗膠泥

gesso (ê) *s.m.* 〔礦〕石膏,石膏粉

gesta *s.f.* 偉業,功績;英雄事蹟

gestação *s.f.* 妊娠期,懷胎;[轉]蘊釀,準備

gestão *s.f.* 經營,管理

gestapo *s.m.* 蓋世太保

gesticulação *s.f.* 打手勢,擺姿勢

gesticular *v.i.* 打手勢,擺姿勢

gesto *s.m.* 面部表情,身體舉動,舉止,姿勢;容貌,模樣,神色

gestor *s.m.* 經理者;經辦人;幹事

ghetto 〈ital.〉 *s.m.* (城市中的)猶太人住區;工人聚居區

giba *s.f.* 駝峰,駝背

gibão *s.m.* 緊身上衣;〔動〕長臂猿

gibosidade *s.f.* 凸圓,呈凸狀;佝僂,駝背

giboso, sa *adj.* 凸圓的,佝僂的,駝

背的

giesta　*s.f.*〔植〕金雀花

giesteira　*s.f.*〔植〕金雀枝

giga　*s.f.* 大籃

giganta　*s.f.* 高大的女人，女巨人

gigante　*s.m.* 高大的人，巨人‖*adj.*
2 *gén.* 巨大的，巨人般的 ◇ anão

gigantesco, ca　*adj.* 巨人的，巨大
的，龐大的

gigantomaquia　*s.f.* 巨人之戰

gilete(é)　*s.f.* (老人牌)保險剃刀片

gilvaz　*s.m.* (面上的)傷痕

gimnospermas　*s.f. pl.*〔植〕裸子植
物

gimnoto　*s.m.*〔動〕電棍背鰻，電鰻

ginandro, ra　*adj.*〔植〕雌雄蕊合體
的

ginásio　*s.m.* 體育館；*bras.* 高級中
學

ginasta　*s. 2 gén.* 體操運動員；體操
教師；體操專家

ginástica　*s.f.* 體操，體操術，體育；訓
練，練習

ginástico, ca　*adj.* 體操的；體育運動
員的

gineceu　*s.m.* 閨房；〔植〕雌蕊

ginecocracia　*s.f.* 女人當權，婦人政
治

ginecologia　*s.f.*〔醫〕婦科，婦科學，
婦人病學

ginecológico, ca　*adj.* 婦科的，婦科
醫學的，婦人病學的

ginecologista　*s. 2 gén.* 婦科醫生，婦
科學家

gineta(ê)　*s.f.* 一種騎術；〔動〕麝貓

gingar　*v.t.* 搖曳，動盪

ginja　*s.f.* 櫻桃 ‖*s.m.* 瘦弱老人

ginjal　*s.m.* 種櫻桃樹之地

ginjeira　*s.f.*〔植〕櫻桃樹

giração　*s.f.* 旋轉，旋退，週轉

girafa　*s.f.*〔動〕長頸鹿；〔轉〕長頸而
瘦高個女人；〈M〉〔天〕鹿豹座

girante　*adj.* 2 *gén.* 轉動的;旋轉的

girar　*v.i.* 旋轉;圍繞進行;流通

girassol　*s.m.*〔植〕向日葵

giratório, ria　*adj.* 轉動的,旋轉的

gíria　*s.f.* 俚語；專門術語;粗俗語,市
井語;〔俗〕狡猾,狡獪

girino　*s.m.*〔動〕蝌蚪;蚊蟲屬

gírio, ria　*adj.* 喜用俚語的,喜用市
井語的;〔轉〕狡猾的,狡獪的

giro　*s.m.* 轉動,旋轉;轉圈;散步,(商號
的)業務,週轉

girocompasso　*s.m.*〔理〕旋轉羅盤

girofle　*s.m.*〔植〕印度石竹,丁香

girómetro　*s.m.* 陀螺測速儀

giroplano　*s.m.* 旋翼機

giroscópio　*s.m.*〔理〕陀螺儀,迴旋器

gitano　*s.m.* 吉普賽人

giz　*s.m.* 粉筆

gizar　*v.t.* 用粉筆寫,繪

glabro, bra　*adj.* 禿頂的;沒鬚髮的,
皮膚光滑的

glacial　*adj.* 冰的,冰凍的；嚴寒的;
〔轉〕冷淡的,冷漠的,冷冰冰的

glaciar　*s.m.* 冰河;冰川

glaciário, ria　*adj.* 冰的;冰河的

gladiador　*s.m.* (古羅馬的)角鬥士

gládio　*s.m.* 劍

gladíolo　*s.m.*〔植〕唐菖蒲

glande　*s.f.*〔植〕橡果,橡實;〔解〕龜
頭

glandífero, ra　*adj.* 結堅果的;出橡
實的;有橡實的

glandiforme　*adj.* 2 *gén.* 堅果狀的,
槲實形的

glandívoro, ra　*adj.* 食橡實的

glândula *s.f.* 〔解〕腺;腺细胞 △① ~de secreção interna 内分泌腺 ② ~ pineal 松果腺 ③ ~ pituitária 垂腺 ④ ~ salivar 涎腺,唾液腺 ⑤ ~ supra-renal 肾上腺 ⑥ ~ sebácea 皮脂腺

glandular *adj. 2 gén.* 腺的;腺形的

glanduloso, sa *adj.* 有腺的;腺的

glauco, ca *adj.* 淡绿色的,灰绿色的

glaucoma *s.m.* 青光眼

gleba *s.f.* 土地;〔矿〕含矿地,矿区

glena *s.f.* 〔解〕關節窩;骨孔

glenoidal *adj. 2 gén.* 骨窩的,關節窩的

gleucómetro *s.m.* 糖量計,測糖分量器

glicemia *s.f.* 〔醫〕〔化〕血糖過高,高血糖

glicerato *s.m.* 甘油酸鹽,甘油化鈉

glicerina *s.f.* 〔化〕甘油,丙三醇

glicerofosfato *s.m.* 〔化〕甘油磷酸鹽

glicínia *s.f.* 〔植〕紫藤屬

glicogenia *s.f.* 〔化〕糖原生成;〔生理〕肝糖形成(作用)

glicogenio *s.m.* 〔化〕糖原,肝糖

glicol *s.m.* 乙二醇;甘醇

glifo *s.m.* 溝槽;堅槽

glioxal(cs) *s.m.* 〔化〕乙二醛

glíptica *s.f.* 雕刻,寶石雕刻術

gliptografia *s.f.* 寶石雕刻術

gliptoteca *s.f.* 石雕館;雕塑博物館

global *adj.* 球狀的;全球的

globo *s.m.* 球,球狀體,地球 △ em ~ 總的;全面的;一切;一共

globosidade *s.f.* 球形,球狀

globoso, sa *adj.* 球形的,球狀的

globular *adj. 2 gén.* 球狀的,球狀結構的

globulina *s.f.* 〔化〕球蛋白;血球蛋白

glóbulo *s.m.* 小球,小球體,血球

globuloso, sa *adj.* 球狀的,小球狀的

glomérulo *s.m.* 〔解〕血管小球;神經小球;細管球;〔植〕圓傘花序;團聚球

glória *s.f.* 光榮;榮譽;壯麗,美觀;〔神像後的〕光輪

gloriar *v.t.* 使光榮;使榮耀;讚美 ‖ *v.r.* 自以爲榮;自豪

glorificação *s.f.* 頌揚;使光榮

glorificador, ra *adj.* ; glorificante *adj. 2 gén.* 讚美的;頌揚的 ‖ *s.m.*, *f.* 讚揚者,使光榮者

glorificar *v.t.* 讚美;頌揚 ‖ *v.r.* 自以爲榮;自豪

gloríola *s.f.* 虛榮;驕傲,傲慢

glorioso, sa *adj.* 榮耀的,光榮的;光輝的

glosa *s.f.* 註釋;評註

glosador, ra *adj.* 註釋的;評註的 ‖ *s.m.*, *f.* 註釋家;評註家

glosar *v.t.* 註釋,評註;解釋;批評

glossalgia *s.f.* 〔醫〕舌病,舌痛

glossário *s.m.* 生僻詞表;術語詞典;專門字典

glossite *s.f.* 〔醫〕舌炎

glossofaríngeo, a *adj.* 舌咽的

glossografia *s.f.* 評註

glossógrafo *s.m.* 評註者,註釋者,註解者

glote *s.f.* 〔解〕聲門

glótico, ca *adj.* 聲門的,喉口的

glotologia *s.f.* 語言研究學

glucose *s.f.* 〔化〕葡萄糖

gluglu *s.m.* (火鷄)咕咕叫

gluma *s.f.* 〔植〕穎片,穎苞

glutão, ona *adj.* 食食的 ‖ *s.m.* 貪

食者

glúten *s.m.* 穀朊；麵筋；穀膠

gluteo, a *adj.* 臀的 △ a região ~a 臀部

glutinosidade *s.f.* 黏性；膠性

glutinoso, sa *adj.* 黏質的,黏的

gneisse *s.m.* 〔質〕片麻岩

gnetáceas *s.f.pl.* 〔植〕買麻藤科；裸子植物屬

gnoma *s.f.* 箴言；格言

gnómico, ca *adj.* 箴言的；格言的

gnomo *s.m.* 地神,鬼怪；侏儒

gnómon *s.m.* 〔天〕日晷〔儀〕,指針(或標竿)

gnomónica *s.f.* 日晷原理,日晷製作法,製作日晷,指針術

gnomónico, ca *adj.* 日晷儀的,日晷測時術的

gnose *s.f.* 神秘的直覺；靈感

gnosiologia *s.f.* 〔哲〕認識論

gnosticismo *s.m.* 〔宗〕諾斯替教派；諾斯替教義

gnóstico, ca *adj.* 諾斯替教派的

gnu *s.m.* 〔動〕角馬〔非洲產〕

gobião *s.m.* 〔動〕鰕虎魚

godo, da *adj.* 哥特族的 ‖ *s.m.,f.* 哥特人 ‖ *s.m.* 圓團石；卵石

goela *s.f.* 咽喉；喉嚨

gogo (ô) *s.m.* 禽類喉舌病

goiaba *s.f.* 番石榴

goiabada *s.f.* 番石榴醬

goiabeira *s.f.* 〔植〕番石榴樹

goiva *s.f.* 圓鑿

goivo *s.m.* 〔植〕香羅蘭,丁香石竹

gola *s.f.* 領,衣領；溝；咽喉 △ agarrar alguém pela ~ 扭住某人衣領

golada *s.f.* 河牀；狼吞,吞咽,一口 △ beber de uma ~ 一口吞下

gole *s.m.* 狼吞,一口 △① Emborca dum ~ 一口吞下 ② Quando tiveres sede, bebe um ~ de água 口渴喝口水

goleta *s.f.* 小彎；小港；小海灣；雙桅船

golfada *s.f.* 急流；涌流 △ ~ de sangue 血如泉涌

golfão *s.m.* 〔植〕睡蓮,蓮花 △ ~ branco 白蓮花

golfar *v.t.* 噴出；噴射；嘔出 ‖ *v.i.* 噴出；噴射

golfe *s.m.* 〔體育〕高爾夫球,弔球 △① calças de ~ 高爾夫球褲,燈籠褲 ② jogador de ~ 高爾夫球運動員,打高爾夫球的人

golfinho *s.m.* 〔動〕海豚

golfo (ô) *s.m.* 〔地〕海灣；高爾夫球

golilha *s.f.* 鐵環

golo *s.m.* (球類運動的)中球得分 △① ganhar por 2 ~s 以進兩球(得兩分) ② meter (fazer) um ~ 進一球,得一分

golpe *s.m.* 打,擊；〔轉〕不高興,不快 △① ~ de ariete 被堵截的水流的衝力 ② ~ de Estado 政變 ③ ~ de mão 突襲,偷襲 ④ ~ de vista 看,眺 ⑤ ~ de morte (~ de preto, ~ de misericórdia) 致命之一擊 ⑥ de ~ 突然地

golpear *v.t.* 擊,打,敲,猛擊

goma *s.f.* 樹脂,樹膠 △① ~ arábica 阿拉伯樹膠 ② ~ elástica 彈性樹膠,生橡膠 ③ ~ de peixe 鰾膠 ④ ~ guta 樹脂脂,藤黃 ⑤ ~ laca 蟲膠,蟲脂,蟲漆

gomação *s.f.* 發芽,漿硬

gomar *v.i.* 發芽 ‖ *v.t.* 漿硬

gomeleira *s.f.* 嫩枝,芽

gomil *s.m.* 狹頸水瓶

gomo *s.m.* 芽；蓓蕾

gomosidade *s.f.* 膠性;黏性

gomoso, sa *adj.* 黏性的,膠狀的

gónada *s.f.* 〔解〕性腺,生殖腺,生殖器官

gôndola *s.f.* (航行於威尼斯運河中的)小平底船;*bras.* (裝運煤,礦物等貨物的)火車底車廂;公共汽車(在巴西一些地方);錶鏈(在巴西米納斯吉拉斯)

gondoleiro *s.m.* (小平底船)船夫

goniometria *s.f.* 角度測定,測角術,測向術

goniométrico, ca *adj.* 角度測定的,測角術的,測向術的

goniómetro *s.m.* 測角計,測向器

gonococia *s.f.* 〔醫〕淋病雙球菌感染

gonocócico, ca *adj.* 淋病的

gonococo *s.m.* 〔醫〕淋病雙球菌,淋菌

gonorreia *s.f.* 〔醫〕淋病

gonzo *s.m.* 鉸鏈,樞紐 △ fora dos ~s 紛亂;心緒不寧

gorar *v.t.* 使失敗;使落空;挫敗 ‖ *v.i.* 腐敗;變腐敗

goraz *s.m.* 〔動〕鯛類(鯛顔)

górdio, a *adj.* 哥狄阿斯王的 △① nó — 哥狄阿斯所結的結;〔轉〕難解的結,難解決的事,難克服的困難 ② cortar o nó — 用快刀斬亂麻手段解決困難問題;擺脫困境

gordo, da *adj.* 胖的,肥胖的;肥的,多脂肪的;肥沃的;〔轉〕重要的;可觀的 ‖ *s.m.* (動物的)脂肪 △① domingo — 四旬齋前之星期日 ② terça-feira ~a 聖灰節前日

gorducho, cha *adj.* 發育良好的,胖的

gordura *s.f.* 脂肪;肥胖

gorduroso, sa *adj.*; **gordurento, ta** *adj.* 脂肪多的,肥胖的

gorgolejar *v.i.* (人)發咯咯聲;(流水)作汩汩聲

gorgorão *s.m.* 粗絲綢;粗羊毛布

gorgulho *s.m.* 〔動〕象鼻蟲;蛀蟲

gorila *s.m.* 〔動〕大猩猩

gorjal *s.m.* 護喉甲;頸飾

gorjeador, ra *adj.* (鳥)囀的,啁啾的;發顫聲的

gorjear *v.i.* (鳥)啼叫;發顫聲;人像鳥啼似地唱

gorjeio *s.m.* 顫聲;婉轉聲,婉轉而歌

gorjeta *s.f.* 小費;賞錢

goro, ra(ô) *adj.* 腐敗的;壞的;失效的 △ ovo — 腐敗蛋

gorro *s.m.* 帽子,圓沿帽,有帶子的女帽

gosma *s.f.* (馬,驢等之)黏膜炎症;痰

gostar *v.i.* 喜歡;喜好;喜愛;接納,采納 ‖ *v.t.* 品嘗,嘗味 △① ~ de 喜歡;喜好 ② ~ mais 寧願;更愛

gosto(ô) *s.m.* 味;味覺;嘗味;嘗力;口味;高興;喜歡;滿意;觀點;優雅 △① ~ a任意,隨心所欲 ② uma constipação embota o ~ 傷風失味覺 ③ a clara do ovo não tem ~ 蛋白無味 ④ fazer ~悅意 ⑤ ter ~ por 愛好 ⑥ os ~s diferem 各人之嗜好不同 ⑦ homem de ~ 有鑒賞力者 ⑧ de modo nenhum a meu ~ 完全不對心情 ⑨ muito a meu ~ 極適宜的 ⑩ por ~ 爲娛樂的 ⑪ tomar ~ a 樂於 ⑫ se é do seu ~如對你適宜 ⑬ ~s não se discutem 愛好不能討論

gostoso, sa *adj.* 味美的;〔轉〕愉快的;高興的

gota(ô) *s.f.* 滴,珠兒;一點兒,極少量;〔醫〕痛風 △① ~ a ~ 一滴一滴地,點點滴滴地(喻持之以恒) ② ~ coral 〔醫〕癲癇 ③ ~ serena 〔醫〕黑

朦,全盲

goteira *s.f.* 承霤;(屋頂的)漏雨縫隙

gotejar, gotear *v.i.* 滴,滴落;滴流

gótico, ca *adj.* 哥特族的,哥特人的;哥特式的(藝術、建築)

goto(ô) *s.m.* 〔俗〕氣管 △① dar (或 cair) no ～ 悶死;使窒息 ② dar (或 cair) no ～ de 成爲受歡迎之物;受喜愛

gotoso, sa *adj.* 患痛風的

gourmet *⟨fran.⟩ s.m.* 講究吃的人,美食家

governação *s.f.* 管理,統治;操縱;執政;權能

governador, ra *adj.* 統治的 ‖ *s.m., f.* 統治者;屬地總督,總督,省長,州長;總督之妻,省長之妻,州長之妻 △ ～ civil 省長

governamental *adj. 2 gén.* 統治的;政府的

governança *s.f.* 〔古〕統治,管轄

governanta *s.f.* 管家,主婦

governante *adj. 2 gén.* 統治的;執政的 ‖ *s. 2 gén.* 統治者,執政者

governar *v.t.* 管理,統治;操縱 ‖ *v.i.* 執政

governável *adj. 2 gén.* 可管理的;可統治的;可控制的;可領導的

governo(ê) *s.m.* 管理,治理,統治;政體;政府;內閣 △① ～ de uma casa 家庭管理 ② ～ republicano 共和政體 ③ membro do ～ do país 政府(內閣)成員 ④ queda do ～ 政變 ⑤ reunião do ～ 政府(內閣)會議

gozar *v.t.* 享受;享有;享樂 ‖ *v.i.* 感到愉快

gozo(ô) *s.m.* 享受;愉快

gozoso, sa(ô) *adj.* 高興的;愉快的;喜悅的;令人愉快的

Grã-Bretanha *s.f.* 英國,大不列顛

graça *s.f.* 天惠;恩賜,恩惠;嬌美;嬌媚;舉止嫻雅;風趣 △① ～ divina 救降終生年,耶穌紀元 ② as três ～s (希臘神話中)象徵美麗、嫻雅、歡喜的三女神 ③ cair em ～ 受喜歡 ④ cair em ～ de 獲某人的同情,好感 ⑤ Como é a sua ～? 貴姓名? ⑥ de ～ 免費的 ⑦ estar nas boas ～s de 得某人歡心;得某人寵幸 ⑧ Ele dá ～s antes e depois das refeições 餐前後之謝恩祈禱 ⑨ pela ～ de Deus 聖恩

gracejador, ra *adj.* 打趣的,開玩笑的;愛說笑話的;滑稽的 ‖ *s.m., f.* 愛開玩笑的人,滑稽可笑者

gracejar *v.i.* 講笑話;詼諧;開玩笑;講話風趣

gracejo *s.m.* 笑話;俏皮話;詼諧

grácil *adj. 2 gén.* 纖細的;瘦的;狹長的;細小的;柔弱的;機智的

gracilidade *s.f.* 纖細,柔美;機智

graciosidade *s.f.* 無償;親善

gracioso, sa *adj.* 優美的,迷人的;詼諧的;恩賜的;無償的 ‖ *s.m., f.* 嘲弄者;戲謔者

graçola *s.f.* 不妥之言;中傷他人之玩笑;卑劣的謔語

grã-cruz *s.f.* 大十字章

gradação *s.f.* 依次進行;次第,序列;階級;等級

gradar *v.t.* 耙(地) ‖ *v.i.* 增大

gradaria *s.f.* 籬笆;柵欄

grade *s.f.* 籬笆;籬落;裝瓶之箱 △ uma ～ de cervejas 一箱啤酒

gradeado *s.m.* 籬落;柵欄

gradear *v.t.* 裝籬落;圍以柵欄

gradecer *v.t.* 散布種子;生長

grado, da *adj.* 生長的 ‖ *(轉)*高尚的;顯著的;重要的 ‖ *s.m.* 好感;誠意;

意願 ∥ *s.m.* 〔數〕直角之百分之一 △
① de bom ~ 心甘情願地,自願地 ②
de mau ~ 不情願地,不高興地

graduação *s.f.* 分度;度數;濃度;排
成等級;〔轉〕社會地位;等級

graduado, da *adj.* 分度的;大學畢
業的;名譽的;傑出的,著名的

gradual *adj. 2 gén.* 逐漸的,漸次的

graduando *s.m.* 大學畢業班的學
生,即將獲得學位的學生

graduar *v.t.* 分度,排成等級;測量
(某物的)度數;標出度增,逐漸增減
;〔轉〕分類;授學衡 ∥ *v.r.* 得學位;畢
業

grafia *s.f.* 書寫法;文字符號;拼字;
正字法

gráfico, ca *adj.* 書寫的,圖畫的;圖
示的 ∥ *s.m.* 圖表 △① esquema ~
圖表 ② uma explicação ~a 圖解 ③
artes ~as 印刷術

grafila *s.f.* 徽章或硬幣之邊緣

grafite *s.f.* 〔化〕石墨

grafítico, ca *adj.* 石墨的;含石墨的

grafologia *s.f.* 書法學;筆跡學(根據
筆記判斷人的性格)

grafólogo, ga *s.m.,f.* 筆跡學者

grafomania *s.f.* 書寫癖

grafómano, no *adj. s.m.,f.* 有書
寫癖的(人)

grafómetro *s.m.* 測角器,測角儀

grainha *s.f.* 葡萄核,葡萄種子

gralha *s.f.* 〔動〕小嘴烏鴉;印刷錯誤

gralhar *v.i.* (烏鴉)嘎嘎叫;聲音變
啞;〔轉〕空談

gralho *s.m.* 〔動〕黃嘴鴉

grama *s.f.* 〔植〕狗牙根 ∥ *s.m.*
〔理〕克(衡量單位名);公分

gramática *s.f.* 語法;文法;語法書

gramatical *adj. 2 gén.* 語法的;文法

的

gramático, ca *adj.* 語法的;文法的
∥ *s.m.,f.* 語法學者

gramíneas *s.f.pl.* 〔植〕禾本科;五穀
類

gramíneo, a *adj.* 〔植〕禾本的;似草
的;五穀類的

graminho *s.m.* 畫平行綫儀器(木匠
用的)

graminívoro, ra *adj.* 〔動〕吃草的;
草食性的

gramofone *s.m.* 老式唱機;留聲機

grampo *s.m.* 鐵夾;螺釘夾

granada *s.f.* 榴彈;手榴彈;bras. 石
榴;〔礦〕紅石榴賣石 △① cor de ~ 石
榴紅色 ② ~ de mão 手榴彈

granadeiro *s.m.* 擲彈兵;擲彈手;
〔轉〕高大魁梧之人

granalha *s.f.* 顆粒狀金屬

granar *v.t.* 使成顆粒狀 ∥ *v.i.* 結
粒,結粒狀果實

granate *s.m.* 紅石榴賣石

grande *adj. 2 gén.* 大的,巨大的;重
大的;〔轉〕傑出的 ∥ *s.m.* 顯貴 △①
~ quantidade 許多;大量 ② à ~ (或
de ~) 豪華的,奢侈的,豐富的 ◇ pe-
queno

grandeza *s.f.* 巨大;偉大,高尚;尊
貴;莊嚴

grandiloquência(qu-ên) *s.f.* 大話,
誇口之言;浮誇

grandiloquente *adj. 2 gén.* 大話的,
誇張的,誇大的

grandíloquo, a *adj.* 誇張的,誇大的

grandiosidade *s.f.* 宏偉;壯麗;偉大

grandioso, sa *adj.* 宏偉的;壯麗的,
偉大的

granel *s.m.* 穀倉 △ a ~ 散裝的
;〔轉〕大量地,大批地;按堆地,論份地

granífero, ra *adj.* 有粒的;結粒狀果實的;產粒狀穀類的

graniforme *adj. 2 gén.* 粒狀的,穀形的

granítico, ca *adj.* 花崗岩的;像花崗岩的;由花崗岩形成的;〔轉〕堅硬的;不動搖的

granito *s.m.* 花崗岩石;*bras.* 大雨過後炎熱的太陽或天氣

granívoro, ra *adj.* 食穀的;以種子為食的(鳥類)

granizada *s.f.* 夾電暴雨;雹災;〔轉〕一陣;紛紛而至 △① uma ～ de impróprios 一連串責難 ② uma ～ de notícias 一連串的消息 ③ uma ～ de pedras 一陣石頭 ④ uma ～ de projécteis 一陣彈雨

granizar *v.i.* 降冰雹;〔轉〕像冰雹一樣落下

granizo *s.m.* 冰雹;〔轉〕一陣;紛紛而至

granja *s.m.* 農場;莊園;田莊

granjeador, ra *adj.* 耕作的;培植的 ‖ *s.m., f.* 耕作者;培植者

granjear *v.t.* 耕作;培植;獲得,博得

granjearia *s.f.* 耕作;培植;收益,營利;生產

granjeio *s.m.* 耕作;收成;獲利

granjeiro, ra *s.m., f.* 農夫;農場主

granoso, sa *adj.* 有顆粒的;細粒的

granulação *s.f.* 成粒;使成顆粒

granulado, da *adj.* 粒狀的,細粒的 △ açucar ～ 砂糖

granular *v.t.* 使成顆粒;使成細粒 ‖ *adj. 2 gén.* 顆粒的;成粒的;細粒的

grânulo *s.m.* 細顆粒;小丸劑

granuloma *s.m.* 〔醫〕肉芽腫

granuloso, sa *adj.* 粒狀結構的;細粒的

granza *s.f.* 〔植〕染料茜草,西洋茜草;紅色顏料

grão *s.m.* 穀粒;顆粒;籽粒;粒度;紋理;格令(約合 50 毫克) △① ～ de areia 沙粒 ②〔轉〕微薄貢獻,微小幫助 ② ～ de café 咖啡豆 ③ ～ de chumbo 彈丸 ④ ～ a ～ enche a galinha a papo 集腋成裘,積少成多

grão-ducado *s.m.* 大公國;大公國地

grão-duque *s.m.* 大公

grão-mestre *s.m.* 騎士團領袖

grasnada *s.f.* (烏鴉,鴨子等)嘎嘎叫,呱呱叫;〔轉〕難聽的聲音

grasnar *v.i.* (烏鴉,鴨子等)嘎嘎叫,呱呱叫

grassar *v.i.* 傳播;廣佈;散佈;伸展

grassento, ta *adj.* 肥的;脂肪的;脂肪多的

gratidão *s.f.* 感謝,感恩圖報

gratificação *s.f.* 賞錢;酬金;獎金;小費

gratificador, ra *adj.* 酬射的;補償的 ‖ *s.m., f.* 給賞金者

gratificar *v.t.* 酬謝;給賞金;補償

gratífico, ca *adj.* 感謝的

grátis *adv.* 免費地;無償地

grato, ta *adj.* 感謝的,感激的;令人愉快的

gratuidade(u-i) *s.f.* 免費,無償,無代價

gratuito, ta(úi) *adj.* 免費的,無償的,白得的

gratulação *s.f.* 恭喜;祝賀;慶祝

'gratular *v.t.* 恭喜;祝賀;慶幸

gratulatório, ria *adj.* 祝賀的;致賀忱的

grau *s.m.* 梯級;等級;程度;學位;年級;度;家系 △① álcool a 90 ～ 90 度

的酒精 ② Ele tem ~ de doutor em medicina他有醫學博士學位 ③ parentes em primeiro (segundo) grau 直(旁)系親屬 ④ ~ centesimal 百分度 ⑤ em alto ~ 很;非常;高度地

graúdo, da *adj.* 大的;長大的;重要的;有威望的;充裕的 ‖ *s.m.* 富人;有權者

gravação *s.f.* 凹雕藝術,雕刻;錄製

gravador, ra *adj.* 雕刻的;錄製的 ‖ *s.m.* 雕刻者;雕工;版畫家 ‖ *s.m.* 錄音機

gravadura *s.f.* 雕,刻

gravame *s.m.* 負擔;稅,徭役

gravar *v.t.* 雕,刻;錄製;銘記

gravata *s.f.* 領帶;頸帶

grave *adj. 2 gén.* 重的;嚴重的;重要的;嚴肅的;[語]重音的

graveto(ê) *s.m.* 矮林;叢林;柴;*pl.lus.*〔轉〕細腿 ‖ *s.m. bras.*〔俚語〕細手指

graveza *s.f.* 莊嚴;重要;重力;重量

gravidade *s.f.*〔理〕重力,地心引力;萬有引力;重量;嚴性;嚴肅;重要 △ centro de ~ 重心

gravidar *v.t.* 使懷孕 *v.i.* 懷孕

gravidez *s.f.* 妊娠;懷孕;受胎

grávido, da *adj.* 懷孕的;受胎的;負重的

gravímetro *s.m.*〔理〕重差計,比重計;測重量器

gravitação *s.f.*〔理〕引力作用;引力,重力;地心引力;萬有引力;引力規律 △ ~ universal 萬有引力

gravitar *v.i.* 受重力作用,受重力作用

gravoso, sa *adj.* 沉重的,討厭的,令人難以忍受的(負擔等)

gravura *s.f.* 雕刻;圖畫

graxa *s.f.* 鞋油,滑油

graxear *v.i. bras.* 求愛

grecismo *s.m.* 希臘習語;希臘精神

greco-latino, na *adj.* 希臘拉丁的

greco-romano, na *adj.* 希臘羅馬的

greda(ê) *s.f.* 黏土;陶土

gredoso, sa *adj.* 黏土的;粉筆的

grega *s.f.* 雕花細木片

gregário, ria *adj.* 群居的;喜群居的(野獸,牲畜)

grego, ga *s.m.* 希臘人;希臘語 ‖ *ga adj.* 希臘的;希臘人的;希臘語的;〔轉〕無法聽懂的

gregoriano, na *adj.* 格里高利的(曆法,紀元)

grei *s.f.* 畜群;〔轉〕群黨

grelar *v.i.* 出芽,發芽,出苗

grelha *s.f.*（燒烤燒魚、肉等有柄的）鐵絲格子

grelhar *v.t.* 在鐵架上烤熟;焙;烤

grelo(ê) *s.m.* 芽,苗

grémio *s.m.* 行會,同業公會;行業

grenha *s.f.* 披散着的頭髮;(動物等的)打纏的長毛

grés *s.m.* 砂石,砂岩

greta(ê) *s.f.* 裂縫;裂口;皸裂 △ ~s de mãos 手皸裂

gretado, da *adj.* 有裂口的;有裂縫的

gretar *v.t.* 破裂;裂開 ‖ *v.i. e r.* 出現裂縫;(皮膚)皸裂

grevas *s.f.pl.* 脛甲,護脛

greve *s.f.* 罷工,罷課(等)

grevista *s.m.,f.* 罷工者,罷課者

grifado, da *adj.*〔印〕斜體的(字母,鉛字)

grifar *v.t.* 以斜體字印刷,書寫;使頭髮鬆曲

grifo   *s.m.* 謎；難解之事物；蜷曲的頭髮；〔神話〕獅身鷹頭獸；〔印〕斜體字 ‖ **-, fa**   *adj.* 斜體的(字母,鉛字)

grilhão   *s.m.* 腳鐐

grilheta(ê)   *s.f.* 腳鐐 ‖ *s.m.* 被判服苦役的罪犯

grilo   *s.m.* 〔動〕蟋蟀 △ andar aos ~ s como a raposa 貧窮,生活貧困

grima   *s.f.* 氣憤;憎恨

grimpa   *s.f.* 風標;頂峰;山峰 △ abaixar a ~ 取下;降低

grinalda   *s.f.* 花環;花冠

gripal   *adj. 2 gén.* 〔醫〕流感的 △ sintoma ~ 流感的症狀

gripar   *v.t.* 使患流感 ‖ *v.i.* 患流感;〔機〕(機件)卡住

gripe   *s.f.* 〔醫〕流感,流行性感冒

gris   *adj. 2 gén.* 灰色的

grisalho, lha   *adj.* 蒼白色的;灰色的

griseta(ê)   *s.f.* 燈口;燃頭

grisu   *s.m.* 沼氣,甲烷,炭氣

grita   *s.f.* 喊叫聲;喧嘩;嘈雜

gritador, ra   *adj.* 喊叫的 ‖ *s.m.* 喊叫者

gritar   *v.i.* 高叫,喊叫;大聲疾呼 ‖ *v.t.* 大聲說

gritaria   *s.f.* 吵鬧聲;喧嘩聲

grito   *s.m.* 喊聲,叫聲;(動物的)吼叫

grogue   *s.m.* 酒精和水的混合飲料;酒   *adj. 2 gén.* 酒醉的

grosa   *s.f.* 一籮(十二打);粗銼刀;削皮刀

grosar   *v.t.* 銼滑,銼平,銼光

groselha   *s.f.* 〔植〕紅醋栗;無核葡萄乾

groselheira   *s.f.* 〔植〕紅醋栗樹

grossaria   *s.f.* 粗布;〔轉〕粗話

grosseirão, irona   *adj.* 極爲粗魯的 ‖ *s.m.,f.* 〔轉〕無教養的人;粗暴者

grosseiro, ra   *adj.* 粗糙的,粗劣的;〔轉〕粗魯的,粗俗的,沒有教養的,無禮貌的

grosseria   *s.f.* 粗糙,粗劣;粗魯;粗話

grosso, ssa   *adj.* 厚的,大量的;粗大的(樹);粗糙的;充裕的;粗聲的;〔俗〕酒醉的 ‖ *s.m.* 大部份 ‖ *adv.* 低聲地 △ por ~ e a retalho 批發和零售

grosso modo   〈*lat.*〉粗略地,概括地

grossulária   *s.f.* 〔礦〕鈣鋁榴石

grossulariáceas   *s.f.pl.* 〔植〕醋栗科

grossura   *s.f.* 厚度;〔俗〕醉酒

grotesco, ca   *adj.* 怪誕的,引人發笑的,怪異的

grou   *s.m.* 〔動〕鶴

grua   *s.f.* 鶴;雌鶴;擁臂起重機

grudador, ra   *adj.* 膠黏的,膠附的 ‖ *s.m.* 膠附者

grudadura   *s.f.* 膠附,黏合

grudar   *v.t.* 膠附;黏着 ‖ *v.i.* 黏於;黏附

grude   *s.m.* 粗膠;膠質物;*bras.* 〔俗〕飯 △ ~ de peixe 螺膠

gruir   *v.i.* (鶴)鳴叫

grulha   *s. 2 gén.* 好言者;多言者

grulhada   *s.f.* 鶴鳴聲;喊叫

grulhar   *v.i.* 空談;無聊話;胡說;亂談

grumar   *v.t.* 使成黏液 ‖ *v.i.* 凝結

grumete   *s.m.* 見習水手;船員

grumo   *s.m.* 凝塊;黏液,血塊

grumoso, sa   *adj.* 有塊塊的,凝結的

grunhido   *s.m.* (豬的)哼叫聲,呻吟

grunhidor, ra   *adj.* 哼叫的,呻吟的

grunhir   *v.i.* (豬)哼叫,呻吟

grupeto   *s.m.* 〔樂〕回旋音

grupo   *s.m.* 組,班;群,團;堆

gruta   *s.f.* 洞穴;岩洞;洞室

grutesco, ca *adj.* 怪誕的,奇形的 ‖ *s.m.pl.* 奇花異獸式的裝飾

guadameci , guadamecil, guadame-cim *s.m.* 皮雕工藝品;古式掛毯;掛錦

gualdrapa *s.f.* 馬衣;馬鞍褥

guano *s.m.* 海鳥糞;人造肥料

guante *s.m.* 鑲鐵皮手套

guapice *s.f.* 勇敢;漂亮;文雅

guapo, pa *adj.* 勇敢的;漂亮的;文雅的;高貴的

guarani *s. 2 gén.* 瓜拉尼語;瓜拉尼人(南美洲的一種土著) ‖ *adj. 2 gén.* 瓜拉尼人的

guarapa *s.f.* 甘蔗汁

guarda *s.f.* 看守,看管;保護;維護;遵守;接穗 ‖ *s.m.* 看守人,監守 △① ~ avançada 前衛 ② ~ de armazém 貨倉看守人 ③ ~bosques 樹林看守者,護林人 ④ ~braço 臂章 ⑤ ~ da alfândega 稅關職員 ⑥ ~ de honra 儀仗隊 ⑦ ~ da retaguarda 後衛 ⑧ ~ da ponte 柵欄;攔欄 ⑨ anjo de ~ 守護神 ⑩ estar de ~ 留心;警戒;值班 ⑪ entrar de ~ 當班 ⑫ render a ~ 代班 ⑬ corpo de ~ 守衛所;衛兵室

guarda-barreira *s.m.* 海關稅務員;〔鐵路〕道口看守員

guarda-chuva *s.m.* 雨傘

guarda-cartucho *s.m.* 彈藥箱

guarda-costas *s.m.* 〔海〕海岸巡邏艇,緝私船;保鏢

guardador *s.m.* 看守者;保管人;守財奴

guarda-fato *s.m.* 衣櫥;衣室

guarda-fios *s.m.* 守電電纜者

guarda-florestal *s.m.* 護林員

guarda-fogo *s.m.* 爐前防火欄;防火板;防火牆

guarda-freio *s.m.* 管理制動機之人,制動手

guarda-jóias *s.m.* 珠寶匣;珍寶箱;珍寶保管員

guarda-lama *s.m.* 擋泥板;防泥板;沙板

guarda-livros *s. 2 gén. , 2 n.* 簿記員,記帳員

guarda-mão *s.m.* (刀、劍的)護手或柄

guarda-marinha *s.m.* 海軍准尉;海軍見習生

guarda-meta *s.m. bras.* (足球)守門員

guarda-mor *s.m.* 高級招待員 △ ~-mor de alfândega 海關高級職員

guardanapo *s.m.* 餐巾;食巾;桌巾

guarda-nocturno *s.m.* (工廠等雇用的)守夜人

guarda-pó *s.m.* 防塵衣

guarda-portão *s.m.* 守門員,司閣

guarda-pratas *s.m.* (銀器)餐具櫃

guardar *v.t.* 看守;看管;保管;保護;注意;遵守;避免;防禦;小心 △① ~ ovelhas 看管羊 ② ~ segredo 保守秘密 ③ ainda ~ seus objectos de infância 他還保存兒時的物件

guarda-raios *s.m.* 避雷針

guarda-redes(ê) *s.m.* (體育)守門員

guarda-roupa *s.m.* 衣室;衣櫥

guarda-sol *s.m.* 陽傘

guarda-vestidos *s.m.* 衣櫃,衣室

guardião *s.m.* 看守者;(宗)修道院長;(體育)守門員;〔海〕水手長 △ ~ da nau 水手頭目

guarita *s.f.* 崗亭

guarnecer *v.t.* 裝飾;配備;提供;抹(牆)

guarnição *s.f.* 飾物;衛戍隊;(刀、劍的)護手,護擋
guatemalense *adj. 2 gén.*; **guatemalteco, ca** *adj.* 危地馬拉的 ‖ *s.m., f.* 危地馬拉人
guedelha *s.f.* 長髮;髮綹
guedelhudo, da *adj.* 有成綹長髮的;長髮的
guerra *s.f.* 戰爭;抗爭;戰役;〔轉〕武器;劍 △① ~ atómica 原子戰爭 ② ~ aberta 公開敵視 ③ ~ agressiva 侵略戰爭 ④ ~ civil 內戰,國內戰爭 ⑤ ~ de morte 殊死戰鬥 ⑥ ~ de libertação 解放戰爭 ⑦ ~ fria 冷戰 ⑧ ~ nuclear 核戰爭 ⑨ ~ química 化學戰 ⑩ declarar a ~ 宣戰 ⑪ em ~ com 與……開戰 ⑫ fazer ~ 開戰 ⑬ fazer ~ aos vícios 向惡習開戰
guerreador, ra *adj.* 戰鬥的,好鬥的
guerrear *v.t.* 戰鬥;向……開戰;〔轉〕敵對
guerreiro, ra *adj.* 戰爭的,戰鬥的;好戰的 ‖ *s.m.* 戰士
guerrilha *s.f.* 遊擊戰;遊擊隊
guerrilhar *v.i.* 打遊擊戰
guerrilheiro *s.m.* 遊擊隊員,遊擊兵
guia *s.f.* 指導;指南 ‖ *s.m.* 領路人,嚮導
guiador, ra *adj.* 引導的,指導的 ‖ *s.m.* 引導者;指導者 △ ~ de bicicleta 自行車把,腳踏車之把手;車把
guião *s.m.* (行進隊伍的)前導旗幟;尖尾箕;標幟;電影劇本
guiar *v.t.* 引導,指導;領導;管理,保護;駕駛,駕御
guiché *s.m.* 格子門;賣票窗口;售票處
guiga *s.f.* 細長之賽船,舢板
guilherme *s.m.* 〔木〕窄刨;粗刨
guilhotina *s.f.* 斷頭台;斷頭機;〔印〕裁切機
guilhotinar *v.t.* 在斷頭台上處死;用機器裁切紙張
guinada *s.f.* 〔海,空〕(船舶、航空機)偏航,逸出航綫;一陣一陣的痛,劇痛
guinar *v.i.* (船舶、航空機)偏航
guinchar *v.i.* 驚呼;怒號;發出尖銳刺耳的聲音
guincho *s.m.* 尖聲呼叫;驚呼;怒號;車輪發出的刺耳聲音;起重機
guinda *s.f.* 起重用之繩索;〔海〕桅高
guindalete(ô) *s.m.* 起重機繩索
guindar *v.t.* 吊起;懸掛;用起重機起吊(或搬運)
guindaste *s.m.* 起重機
guineense *adj. 2 gén.* 幾內亞的 ‖ *s. 2 gén.* 幾內亞人
guinhol *s.m.* 木偶戲
guisa *s.f.* 方式,方法,樣子 △①à ~ de 如……之方法,作爲,當成 ② em ~ de 以……方法;爲……之故
guisado *s.m.* 紅燒肉;紅燒魚;燜燒肉
guisante *s.m.* 豌豆
guisar *v.t.* 燜燒;蒸煮;烹調
guita *s.f.* 細麻繩,細繩;綫; *bras.*; 〔轉〕錢
guitarra *s.f.* 〔樂〕吉他,六絃琴
guitarrear *v.i.* 彈吉他
guitarreiro *s.m.* 吉他製做者
guitarrista *s. 2 gén.* 吉他手,彈或教彈吉他的人
guizo *s.m.* 小鈴
gula *s.f.* 暴飲暴食;過飽;飲食無度
gulodice *s.f.* 貪食;甜食;珍饈
guloseima *s.f.* 美味,可口之物
guloso, sa *adj.* 暴飲暴食的;貪食的 ‖ *s.m., f.* 貪食之人

gume *s.m.* 刀口;鋒刃;〔轉〕銳利,敏銳 △ *estar no* — 處於危險之中

gumífero, ra *adj.* 產樹膠的;滲樹膠的

gurupés *s.m.* 〔海〕船頭桅

gusano *s.m.* 蛆;蛀船蟲

gustação *s.f.* 品嘗,試味

gustativo, va *adj.* 味覺的

guta-percha *s.f.* 古搭波膠(馬來群島產赤鐵科樹的樹膠,可作絕緣體、高爾夫球等用)

gutíferas *s.f.pl.* 〔植〕藤黃樹類,藤黃科

gutífero, ra *adj.* 〔植〕藤黃色的

gutural *adj. 2 gén.* 喉的,咽喉的;〔語〕喉部的

H

h *s.m.* 葡文第八個字母;〔M〕〔化〕元素氫之符號;〔電〕亨的符號 ‖ *adj.* 第八的 △ *a bomba* ~ 氫彈

habeas-corpus *s.m.* 〔法〕人身保護權,人身保護命令

hábil *adj. 2 gén.* 熟巧的;有能力的;有才智的;適合的 ◇ *desastroso*

habilidade *s.f.* 熟巧;能力;巧計

habilidoso, sa *adj.* 能幹的;手巧的;機敏的;熟練的

habilitação *s.f.* 資格;能力;權能;學歷 △ ~ões literárias 學歷

habilitado, da *adj.* 有能力的;有資格的

habilitante *s. 2 gén.* 〔法〕原告

habilitar *v.t.* 使有資格;使有技能;使適合;準備

habitabilidade *s.f.* 可居住性

habitação *s.f.* 住宅;寓所

habitacional *adj. 2 gén.* 住房的

habitáculo *s.m.* 小寓所,小住宅

habitante *adj. 2 gén.* 居住的 ‖ *s. 2 gén.* 居民,居住者

habitar *v.t.i.* 住,居住;棲息

habitat *s.m.* (動,植)產地,棲息地;場所;住所

hábito *s.m.* 教士服,袈裟;習慣;實踐,經驗;熟巧 △① adquirir ~ 成辦 ② ~s menores 內衣 ③ O ~ não faz monge 穿上袈裟不等於就是和尚;看人不能只看表面 ④ tomar ~ 出家,修道

habituação *s.f.* 習慣

habitual *adj. 2 gén.* 通常的,一貫的,慣例的,平常的 ◇ *anormal*

habituar *v.t.* 使習慣,使適應;使養成習慣 ‖ *v.r.* 習慣

háfnio *s.m.* 〔化〕鉿

hagiografia *s.f.* 聖徒傳;聖誌,聖書

hagiográfico, ca *adj.* 聖徒傳的,聖書的,聖誌的

hagiógrafo *s.m.* 聖徒傳作者

haitiano, na *adj.* 海地的 ‖ *s.*, *f.* 海地人

halação *s.f.* 〔攝〕暈影

hálito *s.m.* 呵氣;蒸氣;呼出之氣

halo *s.m.* 〔氣象〕(日月等之)暈;(聖像等頭頂上的)光環,(轉)聲譽,榮譽

halófilo, la *adj.* 〔植〕適鹽的,喜鹽質處生長的

halogéneo, a *adj.* 鹵的,鹵素的,鹵化物的 ‖ *s.m.* 〔化〕鹵素

halogénico, ca *adj.* 鹵素的,鹵化物的

halóide *adj. 2 gén.* 〔化〕鹵的,鹵族的

haltere *s.m.* 〔體育〕啞鈴

halterofilia *s.f.* 〔體育〕舉重

hamadríade *s.f.* 〔動〕阿拉伯及阿比西尼亞產之猩猩;〔神〕林精,樹神

hamamelidáceas *s.f.pl.* 〔植〕金縷梅科

hamamélide *s.f.* 〔植,醫〕金縷梅

hamburguês, esa *adj.* 漢堡的 ‖ *s.m.,f.* 漢堡人

hangar *s.m.* 飛機庫

hansa *s.f.* 漢薩同盟(中世紀德國城市的商業同盟)

hanseático, ca *adj.* 漢薩同盟的

harém *s.m.* (穆斯林人家的)閨閣,閨房;女眷

harmonia *s.f.* 〔樂〕和聲,和聲學;和諧,和睦,親密 △ viver em ~ 和睦相處 ◇ cacofonia

harmónica *s.f.* 口琴,口風琴

harmónico, ca *adj.* 諧音的,和聲的;和諧的 △① movimento ~ 〔理〕諧和運動 ② oscilador ~ 〔電〕諧(波)振(盪) ③ som ~ 〔樂〕泛音

harmónio *s.m.* 小風琴

harmonioso, sa *adj.* 和諧的;悅耳的;勻稱的 △① música ~ a 悅耳的音樂 ② conjunto ~ de cores 和諧的彩色

harmonista *s. 2 gén.* 和聲學家

harmonização *s.f.* 協調,和

harmonizar *v.t.* 使協調,使和諧 ‖ *v.r.* 和睦相處 ◇irritar

harmonizável *adj. 2 gén.* 可以調和的

harpa *s.f.* 竪琴

harpejar *v.t.* 彈竪琴

harpia *s.f.* 〔神〕鷹身女妖;〔轉〕壞女子,惡女人

harpista *s. 2 gén.* 竪琴手,竪琴師

harto, ta *adj.* 强壯的;粗壯的 ‖ *adv.* 足夠地,充足地,過份地

hasta *s.f.* 槍;長矛;拍賣 △ ~ pública 開投,拍賣

hastado, da *adj.* 持矛的;戟狀的 ‖ *s.m.* 長矛兵

haste *s.f.* 竿;枝;棒;旗竿;莖;梗 △① ~ do toiro 牡牛角 ② ~ da flor 花莖

hastear *v.t.* 昇舉,舉起,曳起

haurir *v.t.* 汲乾;用盡,竭盡

haurível *adj. 2 gén.* 可汲乾的,可用盡的

hausto *s.m.* 汲盡,出盡;排氣,廢氣;狼吞虎咽

havaiano, na *adj.* 夏威夷的 ‖ *s.m.,f.* 夏威夷人

haver *v.t.* 有,佔有,得到 ‖ *v.imp.* 有,存在,發生(只用單數,其陳述式現在時的形式為 há) ‖ *v.t.* 表現,舉止,動作,行動 ‖ *s.m.* 〔商〕貸方;*pl.* 財產 △① há dias 數天前 ② há pouco tempo 不久前 ③ ~ de 應該,必須 ④ ~ mister 需要 ⑤ ~ por si 爲;估計

hebdómada *s.f.* 七天,一星期;成七的一組

hebdomadário, a *adj.* 每星期的,每週的 △ revista ~ a 週刊,週報

hebraico, ca *adj.* 希伯來人的 ‖ *s.m.* 希伯來語,希伯來人

hebraísmo *s.m.* 希伯來教

hebraísta *s. 2 gén.* 希伯來文學家(或語言學家)

hebraizante(bra-i) *s. 2 gén.* 希伯來文化學家

hebraizar(bra-i) *v.i.* 使用希伯來語

語彙;信奉猶太教

hebreu, eia *adj.* 希伯來的 ‖ *s.m.,*
f. 希伯來人

hecatombe *s.f.* (古希臘、羅馬的)百
姓祭(一次殺百牛);〔轉〕大喪生,大屠
殺

hectare *s.m.* 公頃

héctica *s.f.* 消耗;結核病,癆

héctico, ca *adj.* 患結核病的;結核
病的 ‖ *s.m., f.* 患結核病者

hectógrafo *s.m.* 膠版謄寫版

hectograma *s.m.* 百克,百公分,絈

hectolitro *s.m.* 百升,公升,絈

hectómetro *s.m.* 百公尺,百米,粨

hediondez *s.f.* 醜陋,卑劣,下賤

hediondo, da *adj.* 醜陋的,令人厭
惡的,骯髒的

hedonismo *s.m.* 享樂主義,快樂主
義

hedonista *adj. 2 gén.* 享樂主義的
‖ *2 gén.* 享樂主義者

hegelianismo(guè) *s.m.* 黑格爾主義

hegeliano, na(guè) *adj.* 黑格爾的,
黑格爾學派的

hegemonia *s.f.* 盟主權,霸主權,霸
權

hegemónico, ca *adj.* 霸權的,為霸
主的

hegemonismo *s.m.* 霸權主義

hégira *s.f.* 〈M〉穆罕默德由麥加逃
走;回教紀元(回教國即以此年爲其紀
元,即耶穌紀元 622 年);〔轉〕逃跑

helénico, ca *adj.* 希臘人的;古希臘
的,古希臘文藝的

helenismo *s.m.* 希臘文化;古希臘文
化的影響

helenista *s. 2 gén.* 古希臘語言文化
學者

helenístico, ca *adj.* 用希臘語的;學

希臘風的

helenização *s.f.* 希臘化

helenizar *v.t.* 使希臘化

heleno, na *adj.* 古希臘的 ‖ *s.m.,*
f. 希臘人

heliantina *s.f.* 〔化〕半日花素

helião *s.m.* 〔化〕氦核

hélice *s.f.* 螺旋槳;蝸牛;螺旋線 ‖
s.m. 耳輪

helicoidal *adj. 2 gén.* 螺旋狀的

helicoide *s.m.* 〔數〕螺旋面

helicon *s.m.* 〔樂〕黑里康大號(一種
螺形喇叭)

helicóptero *s.m.* 直昇飛機

hélio *s.m.* 氦

heliocêntrico, ca *adj.* 日心的,以日
心測量的,以太陽爲中心的 △ ponto
~ 日心位置 ◇ geocêntrico

heliocromia *s.f.* 天然色照片,彩色
照片

heliofísica *s.f.* 太陽物理學

heliografia *s.f.* 回光信號法;照相製
版法;〔天〕太陽面記述

heliógrafo *s.m.* 回光反射信號機;日
光信號機;〔氣象〕日照儀

heliolatria *s.f.* 拜日教,太陽崇拜

heliómetro *s.m.* 〔天〕量日儀,太陽
儀

helioscópio *s.m.* 〔天〕太陽目視觀測
鏡,太陽望遠鏡

helioterapia *s.f.* 〔醫〕日光浴療法

heliotropia *s.f.* 〔植,生〕趨光性,向
日性

heliotrópio *s.m.* 〔植〕向日葵;〔礦〕
血玉髓;日照器

heliotropismo *s.m.* 〔植,生〕趨光
性,日光感應,向日性

helioporto *s.m.* 直昇飛機場

hélix(cs) *s.m.* 〔解〕耳輪

helmintíase   *s.f.* 〔醫〕蠕蟲病，腸蟲病

helmíntico, ca   *adj.* 腸蟲的；驅蟲的

helminto   *s.m.* 蠕蟲，腸蟲

helmintologia   *s.f.* 蠕蟲學，寄生蟲學

helvécio, cia；**helvético, ca**   *adj.* 瑞士的 ‖ *s.m., f.* 瑞士人

hematémese   *s.f.* 吐血，咯血

hematia   *s.f.* 紅血球，紅細胞，血紅蛋白

hematidrose   *s.f.* 〔醫〕血汗癥，血汗之排洩

hematina   *s.f.* 〔醫〕正鐵血紅素，血色素

hematite   *s.f.* 〔礦〕赤鐵礦

hematoblasto   *s.m.* 〔生理〕成血細胞，血小板

hematocele   *s.f.* 〔醫〕血腫，血瘤，血囊腫

hematologia   *s.f.* 血液學

hematologista   *s. 2 gén.* 血液學者，血液病學者

hematoma   *s.m.* 〔醫〕血腫

hematopoese   *s.f.* 〔生理〕血生成，造血；血液氧合作用；化馬動脈血，濁血變凈

hematose   *s.f.* 〔生理〕血液氧合作用，血液造成，肺中血液吸氧

hematozoário   *s.m.* 〔動〕血内寄生蟲，血蟲

hematúria   *s.f.* 〔醫〕血尿

hematúrico, ea   *adj.* 血尿的

hemeralopia   *s.f.* 〔醫〕晝盲，晝盲症，夜視症

hemeroteca   *s.f.* 報刊閱覽室

hemiciclo   *s.m.* 半圓形；半圓形大廳

hemiedria   *s.f.* 〔結晶〕半面結晶性，半面像性

hemiédrico, ca   *adj.* 〔結晶〕半面結晶性的，半面性的 △ formas ～as 半面晶形

hemiplegia   *s.f.* 〔醫〕偏癱，半身不遂

hemiplégico, ca   *adj.* 偏癱的，半身不遂的 ‖ *s.m., f.* 患偏癱者，患半身不遂者

hemíptero, ra   *adj.* 〔動〕半翅目的 ‖ *s.m.pl.* 半翅目

hemisférico, ca   *adj.* 半球的，半球形的

hemisfério   *s.m.* 半球體，半球 △① ～ sul, austral ou meridional 南半球 ② ～ norte, boreal ou setentrional 北半球 ③ ～ ocidental 西半球 ④ ～ oriental 東半球 ⑤ ～s cerebrais 大腦半球 ⑥ ～s de magdeburgo 馬德堡半球

hemisferóide   *adj. 2 gén.* 半球狀的，半球狀體的 ‖ *s.m.* 半球體，半球狀體

hemistíquio   *s.m.* 〔詩〕半句，半行，不完句

hemitropia   *s.f.* 〔結晶〕雙晶

hemocianina   *s.f.* 血青朊，血青蛋白，血藍蛋白，血藍素

hemofilia   *s.f.* 〔醫〕血友病

hemoglobina   *s.f.* 〔醫〕血紅蛋白，血色蛋白質

hemopatia   *s.f.* 〔醫〕血液病

hemoptise   *s.f.* 〔醫〕咯血

hemoptísico, ca   *adj.* 〔醫〕咯血的

hemorragia   *s.f.* 〔醫〕出血；流血 △ ～ cerebral 腦溢血，腦溢血

hemorrágico, ca   *adj.* 〔醫〕出血的，出血性的

hemorroidal   *adj. 2 gén.* 〔醫〕痔的

hemorróidas   *s.f.pl.* 〔醫〕痔，痔瘡

hemoscopia   *s.f.* 〔醫〕顯微鏡驗血，血分光鏡檢法

hemostase *s.f.* 〔醫〕止血,血滯,血行停滯

hemostático, ca *adj.* 止血的 ‖ *s.m.* 止血藥,止血劑

hemoterapia *s.f.* 〔醫〕血液療法

hemotórax(cs) *s.m.* 〔醫〕血胸

hendecágono *s.m.* 〔幾〕十一角形,十一邊形

hendecassílabo, ba *adj.* 十一音節的 ‖ *s.m.* 十一音節的詩句

henry *s.m.* 亨,亨利(電感單位)

hepatalgia *s.f.* 〔醫〕肝痛

hepática *s.f.* 〔植〕地錢;獐耳細辛

hepático, ca *adj.* 肝的,肝臟的,肝臟色的 ‖ *s.m.f.* 肝病患者

hepatite *s.f.* 〔醫〕肝炎

hepatização *s.f.* 肝樣變

hepatocele *s.f.* 〔醫〕肝突出,肝臟脫出

hepatogastrite *s.f.* 〔醫〕肝臟及胃炎

hepatologia *s.f.* 肝臟學

hepatomegalia *s.f.* 肝腫大

heptacórdio, heptacordo *s.m.* 〔樂〕七聲音階,七絃音乐,七絃琴

heptaedro *s.m.* 七面體

heptagonal *adj. 2 gén.* 七角形的,七邊形的

heptagono *s.m.* 七角形,七邊形

heptassílabo *s.m.* 七音節之詩句,七綴音之詩節

heptodo *s.m.* 〔電〕七極管

hera *s.f.* 〔植〕常春藤

heráldica *s.f.* 紋章學

heráldico, ca *adj.* 紋章學的

heraldista *s. 2 gén.* 紋章學者,紋章家

heraldo *s.m.* 宣戰官;宣佈媾和之官;傳令官

herança *s.f.* 繼承;遺傳;遺產;繼承物 △ — jacente 無人認領的遺產

herbáceo, a *adj.* 草本的;草質的

herbário *s.m.* 植物標本

herbívoro, ra *adj.* 食草的 ‖ *s.m.* 食草動物

herbolário *s.m.* 植物採集者;草本學者

herborista *s. 2 gén.* 植物採集者

herborização *adj.* 植物採集

herborizador, ra *adj.* 採集植物的

herborizar *v.i.* 採集植物

herboso, sa *adj.* 長滿草的;草本的,草質的

hercúleo, a *adj.* 〔希神〕赫丘利(Hércules, 大力神)的;〔轉〕力量極大的

hércules *s.m.* 〔轉〕大力士;〈M〉〔天〕武仙座

herdade *s.f.* 農場,莊園

herdar *v.t.* 繼承,承繼嗣續;由遺傳而得(性格,特徵等);〔轉〕授

herdeiro, ra *s.m.f.* 繼承人,嗣子(女) △① — aparente 推定繼承人,皇太子 ② — legal 法定繼承人 ③ — presuntivo 假定承繼人

hereditariedade *s.f.* 世襲,遺傳

hereditário, ria *adj.* 繼承的,遺傳的,世襲的 △① direito — 世襲權利 ② doença —a 遺傳病

herege *adj. 2 gén.* 異教的,異端的 ‖ *s. 2 gén.* 異教徒,異端者

heresia *s.f.* 異教,異端,邪教

heresiarca *s. 2 gén.* 異教創始人,異教的祖師;異教首領

herético, ca *adj.* 異教的,異端的 ‖ *s.m.f.* 異教徒,異端者

hermafrodita *adj. 2 gén.* 〔生〕兩性的;雌雄同體的;雌雄同株的 ‖ *s. 2*

gén. 兩性人,陰陽人

hermafroditismo _s.m._ 兩性畸形; 雌雄同體;雌雄同株

hermeneuta _s. 2 gén._ 聖書解釋者, 註釋者

hermenêutica _s.f._ 解釋學,聖書註 解學

hermenêutico, ca _adj._ 解釋學的, 聖書註解學的

hermeticidade _s.f._ 密封,密閉

hermético, ca _adj._ 密封的,密閉的; 深奧的

hérnia _s.f._〔醫〕疝,赫尼亞 △① ~ inguinal 腹股溝疝 ② ~ estrangulada 絞窄性疝

herniado, da _adj._ 患疝的

hernial _adj. 2 gén._ 疝氣的

hernioso, sa _adj._ 患疝的

herói _s.m._ 英雄,勇士,神勇之人

heroicidade _s.f._ 英雄氣概,英雄行 為

heróico, ca _adj._ 英雄的,英勇的;歌 頌英雄的,史詩的 △① acto ~ 英勇行 為 ② tempos ~s〔希臘史〕神人時代 ③ verso ~ 史詩,叙述英雄故事之詩

heroificar _v.t._ 使成爲英雄;使神勇; 讚揚;讚美

heroína _s.f._ 女英雄,女傑;(文學作 品中的)女主角,女主人公;〔醫〕海洛 因

heroinomania _s.f._〔醫〕海洛因癮

heroísmo _s.m._ 英雄主義;英雄氣概; 英雄行爲;勇敢

herpes _s.m.pl._〔醫〕疱疹

herpético, ca _adj._ 疱疹性的;患疱 疹的;有疱疹素質的

herpetismo _s.m._〔醫〕疱疹素質;身 體衰弱

herpetologia _s.f._ 疱疹學;爬蟲學

hertz _s.m._〔理〕赫,赫茲(頻率單位)

hertziano, na _adj._ 赫茲的 △ onda ~a 赫茲波,電磁波;赫茲無綫電波

hesitação _s.f._ 躊躇,猶豫,遲疑 △ sem ~ 毫不猶豫地,毫不躊躇地 ◇ firmeza

hesitante _adj. 2 gén._ 躊躇的,猶豫 的,遲疑的,狐疑的 ◇ firme, resoluto

Hespérides _s.f.pl._〔希神〕看守金蘋 果園的四仙女

hesperídio _s.m._〔植〕柑果

Héspero _s.m._〔天〕長庚星,昏星,金 星

heteróclito, ta _adj._〔語〕不規則的 (名詞);〔轉〕離奇的,古怪的,異常的

heterodino, na _adj._〔電〕外差式

heterodoxia (cs) _s.f._ 異教,異端;非 正統説 ◇ ortodoxia

heterodoxo, xa(cs) _adj._ 異教的,異 端的 ‖ _s.m., f._ 異端者,異説者 ◇ ortodoxo

heterogamia _s.f._〔生〕異配生殖,配 子異型

heterogeneidade _s.f._ 異種構成,異 分子構成,不同質性 ◇ homogeneidade

heterogéneo, a _adj._ 異種的,異質 的,混雜的,不同類的;不統一的 ◇ homogéneo

heterogénese, heterogenesia, hete-rogenia _s.f._〔生〕異配生殖;自然 發生;異型有性世代交替

heteromorfia _s.f._; **heteromor-fismo** _s.m._〔生〕異態性,異形現象, 變形

heteromorfo, fa _adj._〔生〕異形的, 異態的

heteronómico, ca _adj._〔生〕異律 的,異規的;受外界支配的;他治的

heteroplastia   s.f. 〔醫〕異質成形術；他體植皮術

heteróptero, ra   adj. 〔動〕屬於異翅類的 ‖ s.m.pl. 異翅亞目

heteróscio, cia   adj. 〔地〕異影的，在赤道兩側相對的(人)

heurística   s.f. 發現術；探索法

heurístico, ca   adj. 發明術的；探索的，試探的

hexacoraliário, ria(cs)   adj. 〔動〕六角珊瑚亞綱的 ‖ s.m.pl. 六角珊瑚亞綱

hexacordo(cs)   s.m. 六音音階；六音音階的樂器

hexaédrico, ca(cs)   adj. 六面體的

hexaedro(cs)   s.m. 〔幾〕六面體

hexagonal(cs)   adj. 2 gén. 〔幾〕六邊形的，六角形的

hexágono(cs)   s.m. 〔幾〕六角形，六邊形

hexâmetro, tra   adj. 六韻步的 ‖ s.m. 六腳韻，六音步之詩

hexano   s.m. 〔化〕己烷

hexapétalo, la(cs)   adj. 〔植〕六瓣的(花)

hexápode(cs)   adj. 2 gén. 〔動〕六足的(昆蟲)

hiacinto   s.m. 〔植〕風信子

hiades   s.f.pl. 〈M〉〔天〕畢宿星團

hialino, na   adj. 玻璃的，玻璃狀的，透明的

hialite   s.f. 〔礦〕玻璃蛋白石，玉滴石

hialografia   s.f. 玻璃雕刻術

hialóide   adj. 2 gén. 透明的，玻璃狀的 △ membrana ~ 〔解〕玻璃狀體膜(眼)

hialotecnia   s.f.；**hialurgia**   s.f. 玻璃工業，製玻璃術

hialúrgico, ca   adj. 玻璃工業的，製玻璃術的

hiante   adj. 2 gén. 開口的，張開的；〔轉〕飢餓的

hiato   s.m. 〔語〕元音連續；母音衝突；〔解〕裂縫；〔轉〕空隙，縫

hibernação   s.f. 〔動〕冬眠，蟄伏；〔醫〕人工冬眠療法

hibernal   adj. 2 gén. 冬天的，冬天的，冬伏的

hibernar   v.i. 冬眠，蟄居

hibérnico, ca   adj. 愛爾蘭的 ‖ s.m.,f. 愛爾蘭人

hibridação   s.f. 〔動,植〕雜交

hibridez   s.f.；**hibridismo**   s.m. 〔動,植〕雜交，混血

híbrido, da   adj. 〔動,植〕雜交的，混合的；〔語〕混合語的 ‖ s.m.,f. 雜種，混血兒；混合物

hidático, ca   adj. 〔醫〕疱的；包蟲囊的

hidátide   s.f. 〔醫〕泡；包蟲囊

hidatismo   s.m. 〔醫〕滲出液波，腫瘍之波動

hidra   s.f. 〔希神〕七頭蛇；〔動〕水蛇；〔轉〕(難以根絕的)災禍；〈M〉〔天〕長蛇座

hidrácido   s.m. 〔化〕氫酸

hidrargírio   s.m. 汞，水銀

hidratação   s.f. 〔化〕水合作用，水化作用

hidratado, da   adj. 水合的，含水的

hidratante   adj. 2 gén. 滋潤皮膚的

hidratar   v.t. 水合，使成水化物

hidratável   adj. 2 gén. 能成水化物的

hidrato   s.m. 〔化〕水合物 △ ~s de carbono 碳水化合物

hidráulica   s.f. 水力學

hidráulico, ca   adj. 水力學的；水力

的;[建]水凝的,水硬的 ‖ *s.m.*, *f.* 水力學家 △① argamassa ~a 三合土 ② central ~a 水力發電站 ③ cimento ~ 水硬水泥 ④ freio ~ 水壓制動機 ⑤ obras ~as 水利工程 ⑥ prensa ~a 水壓機 ⑦ recursos ~s 水力資源

hidravião, hidroavião   *s.m.* 水上飛機

hídria   *s.f.* 大瓦罐,水瓶

hídrico, ca   *adj.* [化]含氫的,水的;[醫]只能喝水的(病人)

hidróbio, bia   *adj.* 棲於水上的

hidrocarbonato   *s.m.* [化]碳酸氫鹽,含水碳酸鹽

hidrocarboneto   *s.m.* [化]碳化氫,烴

hidrocefalia   *s.f.* [醫]腦積水,水腦

hidrocéfalo, la   *adj.* [醫]患腦積水的 ‖ *s.m.*, *f.* 患腦水腫病者

hidrocele   *s.f.* [醫]鞘膜積水,水囊腫

hidrodinâmica   *s.f.* 流體動力學

hidrodinâmico, ca   *adj.* 流體動力學的

hidroeléctrico, ca   *adj.* 水力發電的,水電的 △ central ~a 水力發電站

hidrofânio   *s.m.* [礦]水蛋白石

hidrófilo, la   *adj.* 親水的,吸水的;需多水的 ‖ *s.m.* [動]適水昆蟲 △ algodão ~ 吸水棉花

hidrofito   *s.m.* 水生植物

hidrofobia   *s.f.* [醫]恐水病;狂犬病

hidrófobo, ba   *adj.* 恐水病的;狂犬病的 ‖ *s.m.*, *f.* 恐水病患者;狂犬病患者

hidrófugo, ga   *adj.* 防潮的,防濕的

hidrogel   *s.m.* 水凝膠

hidrogenação   *s.f.* [化]氫化作用;加氫作用

hidrogenado, da   *adj.* 氫的,含氫的;氫化的

hidrogenar   *v.t.* [化]氫化;使與氫化合

hidrogenião   *s.m.* [化]氫離子

hidrogénio   *s.m.* [化]氫

hidrogeologia   *s.f.* 水文地質學

hidrognosia   *s.f.* 水文地質學

hidrografia   *s.f.* 水文地理學,水路學

hidrográfico, ca   *adj.* 水文地理學的,水路學的

hidrógrafo, fa   *s.m.f.* 水文地理學家,水路學家

hidrólise   *s.f.* [化]水解,水解作用

hidrologia   *s.f.* 水理學,水文學

hidrológico, ca   *adj.* 水文學的

hidrólogo, ga   *s.m.*, *f.* 水文學者,水理學者

hidromancia   *s.f.* 水卜術

hidromedusas   *s.f.pl.* [動]水螅水母綱

hidromel   *s.m.* 蜂蜜水

hidrometria   *s.f.* 液體比重測定法;水速測定法;水量測定法

hidrométrico, ca   *adj.* 液體比重測定法的;水速測定法的,水量測定法的

hidrómetro   *s.m.* 液體比重計;流速表

hidropatia   *s.f.* [醫]水療法,水治病法

hidrópico, ca   *adj.* 水腫的,浮腫的 ‖ *s.m.*, *f.* 水腫病人,浮腫病人

hidropisia   *s.f.* [醫]水腫,浮腫

hidroplano   *s.m.* 水上飛機

hidropneumático, ca   *adj.* 液體氣動式的,液體-空氣的,水氣并用的

hidroquinona   *s.f.* [化]氫醌,對苯二酚

hidroscopia   *s.f.* 地下水勘察

hidrosfera *s.f.* 〔地〕地球周圍之水

hidrossolúvel *adj. 2 gén.* 水溶性的,可溶於水的

hidrostática *s.f.* 流體靜力學

hidrostático, ca *adj.* 流體靜力學的

hidrotecnia *s.f.* 水利工程學,水力利用術

hidroterapia *s.f.* 〔醫〕水療法

hidroterápico, ca *adj.* 〔醫〕水療法的

hidrotérmico, ca *adj.* 熱水的;熱水學的;熱水作用的

hidrotimetria *s.f.* 〔化〕水硬測定法,水硬度滴定法

hidrotórax(cs) *s.m.* 〔醫〕胸膜積水;水胸

hidróxido(cs) *s.m.* 〔化〕氫氧化物

hidroxilo(cs) *s.m.* 〔化〕羥基

hidrozoário, ria *adj.* 〔動〕水螅綱的 ‖ *s.m.pl.* 水螅綱

hiemação *s.f.* 越冬,過冬;〔植〕越冬能力;冬眠

hiemal *adj. 2 gén.* 冬季的

hiena *s.f.* 〔動〕鬣狗;〔轉〕殘忍的人,陰險貪婪的人

hierarquia *s.f.* 教階,教階制度;等級,級別

hierárquico, ca *adj.* 教階的;等級的

hierarquizar *v.t.* 分成等級

hierático, ca *adj.* 僧侶的;神聖的;嚴肅的 △ escrita ~a 古埃及文字〔一種簡化的象形文字〕

hieratismo *s.m.* 神聖;嚴肅,無表情

hieroglífico, ca *adj.* 象形的,象形文字的

hieróglifo *s.m.* 象形文字,圖畫文字;〔轉〕難解之字,難解之事物

hierologia *s.f.* 象形文字學,聖典學,

聖典文學;聖徒傳

hierosolimitano, na *adj.* 耶路撒冷的 ‖ *s.m.,f.* 耶路撒冷人

hífen *s.m.* 連字符(即〈-〉用於音節或複合詞之間)

high life 〈*ingl.*〉 *s.m.* 上流社會

higiene *s.f.* 衛生學,保健學;〔轉〕衛生,清潔 △① ~ privada 個人衛生 ② ~ pública 公共衛生

higiénico, ca *adj.* 衛生的;有利於健康的

higienista *s. 2 gén.* 衛生學家,衛生工作者

higienizar *v.t.* 使衛生

higrógrafo *s.m.* 溫度計

higroma *s.m.* 〔醫〕液囊瘤,水囊瘤

higrometria *s.f.* 濕度測量學,測濕法

higrométrico, ca *adj.* 測濕的,吸濕的

higrómetro *s.m.* 濕度計

higroscopicidade *s.f.* 〔理〕收濕性,吸濕性

higroscópico, ca *adj.* 吸濕的,收濕的

higroscópio *s.m.* 測濕器

hílare *adj. 2 gén.* 愉快的,歡喜的,高興的

hilariante *adj. 2 gén.* 使人快樂的,引人發笑的 △ gás ~〔化〕笑氣

hilaridade *s.f.* 高興,滿意,快樂

hilarizar *v.t.* 使高興,使快樂

hilo *s.m.* 〔植〕(種子的)臍,粒心;〔解〕(血管出入之)門,腎門

hilota *s.m.* 〔希臘史〕斯巴達人最下等之奴隸;〔轉〕社會最下層的人

hilozoísmo *s.m.* 〔哲〕萬物有生論,物活論

himalaico, ca *adj.* 喜馬拉雅山脈的

hímen *s.m.* 〔解〕處女膜

himeneu *s.m.* 婚姻,結婚

himenóptero, ra *adj.* 〔動〕膜翅目的 ‖ *s.m.pl.* 膜翅目

hinário *s.m.* 聖歌集,讚美詩集

hindu *adj. 2 gén.* 印度的 ‖ *s.2 gén.* 印度人

hinduísmo *s.m.* 印度教

hino *s.m.* 聖歌;讚歌,頌歌 △ ~ nacional 國歌

hinógrafo *s.m.* 讚美歌作者

hinologia *s.f.* 讚美歌學,聖歌學

hióide *s.m.* 〔解〕舌骨

hióideo, a *adj.* 舌骨的,舌骨弓的

hiperacidez *s.f.* 〔醫〕胃酸過多症

hipérbato, hipérbaton *s.m.* 〔語〕倒置法

hipérbole *s.f.* 〔語〕誇張法;〔幾〕雙曲綫

hiperbólico, ca *adj.* 誇張的,誇張法的;雙曲綫的

hiperbolizar *v.t. v.i.* 誇張,誇大

hiperbolóide *s.m.* 〔幾〕雙曲面;雙曲面體

hiperbóreo, a *adj.* 極北部的,北極的;極冷的

hipercloridria *s.f.* 〔醫〕胃酸過多

hipercrítica *s.f.* 吹毛求疵

hipercrítico, ca *adj.* 吹毛求疵的 ‖ *s.m.,f* 苛評者;吹毛求疵之批評家

hiperemia *s.f.* 〔醫〕充血

hiperestesia *s.f.* 〔醫〕感覺過敏症

hiperestesiar *v.t.* 引起感覺過敏

hiperfunção *s.f.* 〔醫〕機能亢進

hipergenesia *s.f.* 〔生〕增殖,繁殖過多

hiperglicemia *s.f.* 〔醫〕高血糖

hiperidrose *s.f.* 〔醫〕多汗

hipermetrope *adj. 2 gén.* 〔醫〕遠視的 ‖ *s. 2 gén.* 〔醫〕遠視眼者

hipermetropia *s.f.* 〔醫〕遠視眼

hipermnésia *s.f.* 〔醫〕記憶增强

hipersecreção *s.f.* 〔醫〕分泌過多

hipersensibilidade *s.f.* 〔醫〕過敏性

hipersensível *adj. 2 gén.* 神經過敏的,非常過敏的

hipersónico, ca *adj.* 高超音速的（飛機）

hipertensão *s.f.* 高血壓;情緒過度緊張

hipertenso, sa *adj.* 患高血壓的

hipertermia *s.f.* 〔醫〕體溫過高

hipertiroidismo *s.m.* 〔醫〕甲狀腺機能亢進

hipertrofia *s.f.* 〔生〕肥大,肥厚

hipertrofiar *v.t.* 使肥大,使肥厚

hipervitaminose *s.f.* 〔醫〕維生素過多症

hípico, ca *adj.* 馬的;賽馬的 △ concurso ~ 賽馬

hipismo *s.m.* 〔體育〕馬術運動,賽馬

hipnose *s.f.* 催眠,催眠狀態

hipnótico, ca *adj.* 催眠的 ‖ *s.m.* 催眠藥

hipnotismo *s.m.* 催眠狀態;催眠術

hipnotização *s.f.* 施催眠術

hipnotizar *v.t.* 施催眠術;〔轉〕使着迷

hipnotizável *adj. 2 gén.* 可以催眠的

hipocampo *s.m.* 〔希神〕馬頭魚尾的怪獸;〔動〕海馬類;〔解〕(腦中的)海馬趾

hipocastanáceo, a *adj.* 〔植〕七葉樹科的 ‖ *s.f.pl.* 七葉樹科

hipocausto *s.m.* 〔古〕火炕供暖系統

hipocentro *s.m.* 〔質〕震源

hipocicloide *s.f.* 〔幾〕圓内旋輪綫，内擺綫

hipocloridria *s.f.* 〔醫〕胃酸過少

hipoclorito *s.m.* 〔化〕次氯酸鹽

hipocondria *s.f.* 〔醫〕懷疑病；憶想症

hipocondríaco, ca *adj.* 患懷疑病症的 ‖ *s.m.f.* 懷疑病患者

hipocôndrio *s.m.* 〔解〕季肋部；腰窩

hipocorístico, ca *adj.* 〔語〕愛稱的，昵稱的(詞語)

hipocrisia *s.f.* 虛偽，偽善

hipócrita *adj. 2 gén.* 虛偽的 ‖ *s. 2 gén.* 偽君子

hipoderme *s.f.* 〔解〕皮下，皮下組織

hipodérmico, ca *adj.* 皮下的；(指藥物者)皮下注射的 △ injecção ～a 皮下注射

hipódromo *s.m.* 跑馬場；馬術表演場

hipófago, ga *adj.* 吃馬肉的 ‖ *s.m.f.* 吃馬肉者

hipófise *s.f.* 〔解〕垂體

hipofosfato *s.m.* 〔化〕連二磷酸鹽

hipofosfito *s.m.* 〔化〕次磷酸鹽

hipogástrico, ca *adj.* 下腹部的

hipogástrio *s.m.* 〔解〕下腹部

hipogeu *s.m.* 地下基室；地下建築；地窖

hipologia *s.f.* 馬學

hipólogo *s.m.* 馬學者；馬醫

hipopótamo *s.m.* 〔動〕河馬

hipostenia *s.f.* 〔醫〕衰弱，體力不足

hipossulfato *s.m.* 〔化〕連二硫酸鹽

hipossulfito *s.m.* 〔化〕連二亞硫酸鹽

hipoteca *s.f.* 抵押；抵押財產

hipotecar *v.t.* 以抵押物擔保，抵押(某物)

hipotecário, ria *adj.* 抵押的；有抵押的

hipotecável *adj. 2 gén.* 可以抵押的

hipotensão *s.f.* 〔醫〕低血壓

hipotenso, sa *adj.* 低血壓的 ‖ *s.m.f.* 患低血壓的人

hipotenusa *s.f.* 〔幾〕斜邊，弦

hipotermia *s.f.* 〔醫〕低溫，低體溫，體溫過低

hipótese *s.f.* 假設，假說；前提

hipotético, ca *adj.* 假設的，假定的；作爲前提的

hipotipose *s.f.* 〔修辭〕描述

hipotonia *s.f.* 〔醫〕張力減退；低滲性；低血壓

hipotónica, ca *adj.* 〔醫〕低滲的；低血壓的；張力減退的

hipotrofia *s.f.* 〔醫〕營養不足，發育障礙

hippie ⟨*ingl.*⟩ *s. 2 gén.* 嬉皮士 ‖ *adj. 2 gén.* 嬉皮派的

hipsometria *s.f.* 〔地〕測高術，測高法

hipsométrico, ca *adj.* 測高的，測高術的

hipsómetro *s.m.* 〔地〕沸點測高器

hipúrico, ca *adj.* 馬尿酸的

hircino, na *adj.* 山羊的

hirco *s.m.* 山羊

hirsuto, ta *adj.* 粗硬的(毛髮)；有硬毛的，(轉)粗暴的

hirto, ta *adj.* 僵硬的，直豎的，硬的，(轉)冷酷的；粗暴的

hirundino, na *adj.* 燕子的

hispânico, ca *adj.* 西班牙的

hispanismo *s.m.* 西班牙語彙；對西班牙語言文化的愛好

hispanista *s. 2 gén.* 西班牙語言文化學者

hispanizar *v.t.* 使西班牙化

hispano, na *adj.* 西班牙的

hispano-americano, na *adj.* 西班牙語美洲的；西班牙和美洲的

hispano-árabe *adj. 2 gén.* 阿拉伯統治西班牙時期的

híspido, da *adj.* 有硬毛的，剛毛多的

hissope *s.m.* 聖水揮灑器

histamina *s.f.* 〔化〕組胺

histerectomia *s.f.* 〔醫〕子宮切除術

histerese *s.f.* 〔理〕滯後現象；滯後作用

histeria *s.f.* 〔醫〕癔病；〔俗〕歇斯底里症

histérico, ca *adj.* 癔病的；患癔病的；患歇斯底里症的 ‖ *s.m., f.* 歇斯底里症患者，癔病患者

histerismo *s.m.* 癔病

histerotomia *s.f.* 〔醫〕子宮切開術

histogénese, histogenia *s.f.* 〔動〕組織發生，有機組織之原始及發育

histólise *s.f.* 〔醫〕組織溶解；組織解體

histologia *s.f.* 〔生〕組織學

histológico, ca *adj.* 組織學的

histologista *s. 2 gén.* 組織學家

histoquímica *s.f.* 〔生〕組織化學

história *s.f.* 歷史；史學；史書；故事　△① ~ antiga 上古史 ② ~ geral 通史 ③ ~ da literatura 文學史 ④ ~ medieval 中古史 ⑤ ~ moderna 近代史 ⑥ ~ natural 博物學 ⑦ ~ universal 世界史

historiado, da *adj.* 故事式的；歷史題材的；過份修飾的

historiador, ra *s.m., f.* 歷史學家，歷史學者

historial *adj. 2 gén.* 歷史的，歷史上的 ‖ *s.m.* (事件的)詳細記錄

historiar *v.t. e i.* 編入歷史，載入歷史；講述，叙述；〔轉〕修飾

historicidade *s.f.* 歷史性；真實性

historicismo *s.m.* 歷史論；歷史循環論

histórico, ca *adj.* 歷史的；真實的；應該載入史冊的

historieta *s.f.* 小故事

historiografia *s.f.* 歷史編纂學；〔集〕史書

historiógrafo, fa *s.m., f.* 歷史編纂學者

historiologia *s.f.* 歷史學

histrião *s.m.* 喜劇演員；滑稽演員

histriónico, ca *adj.* 演員的；喜劇演員的

hitlerismo *s.m.* 希特勒主義

hodierno, na *adj.* 今日的；當今的；現在的

hodógrafo *s.m.* 〔機〕速度圖，速矢端跡；速端曲綫

hodómetro *s.m.* 計步器，計矩器，路程計

hoje *adv.* 今天，即日 △① ~ em dia 現在，當前 ② de ~ em diante 從今以後

holanda *s.f.* 潔白亞麻細布，荷蘭麻布

holandês, esa *adj.* 荷蘭的；荷蘭語的 ‖ *s.m., f.* 荷蘭人 ‖ *s.m.* 荷蘭語

holocausto *s.m.* 燔祭；祭品，燒全獸祭祀；犧牲

holoédrico, ca *adj.* 全面的，全對稱的(晶體)

holoedro *s.m.* 完面體，全面體

holofote *s.m.* 遠射燈;聚光燈

hológrafo, fa *adj.* 親筆的(遺囑或證書)

holómetro *s.m.* 測高器,測高計

holotúria *s.f.* 〔動〕海參

hombridade *s.f.* 人之高度;男子漢大丈夫氣,尊嚴;爭勝好強心

homem *s.m.* 人,人類;男子;男人;丈夫 △① ~ de acção 實幹家 ② ~ de armas 兵士, 全副武裝的人 ③ ~ de bem 正派的人 ④ ~ de cor 有色人種 ⑤ ~ de Deus 心地善良的人 ⑥ ~ de Estado 國務活動家,政治家 ⑦ ~ de letras 文人墨客(文士) ⑧ o ~ põe e Deus dispõe 謀事在人,成事在天 ⑨ de ~ para ~ 男子與男子之間;〔轉〕坦率地,真誠地 ⑩ ~ público 社會活動家,政治活動家

homenagear *r.t.* 表示敬意;設宴款待;集會歡迎;忠誠,效忠;尊敬

homenagem *s.f.* 效忠宣誓;尊敬,敬意

homeopata *s. 2 gén.* 順勢療法醫生

homeopatia *s.f.* 順勢療法

homeopático, ca *adj.* 順勢療法的;〔轉〕微小的,微量的

homérico, ca *adj.* 荷馬的;荷馬式的;〔轉〕特別大的;大聲的 △ gargalhada ~a 縱聲大笑

homicida *adj. 2 gén.* 殺人的 ‖ *s. 2 gén.* 殺人者

homicídio *s.m.* 殺人,兇殺

homília *s.f.* 〔宗〕佈道;說教

homiliário *s.m.* 〔宗〕佈道書

hominal *adj. 2 gén.* 人的,人類的

homocêntrico, ca *adj.* 同中心的

homocentro *s.m.* 同心圓

homocerco, ca *adj.* 〔動〕兩葉相同的

homofonia *s.f.* 同音異義性;〔樂〕齊唱;齊奏

homofónico, ca *adj.* 同音異義的(詞)

homófono, na *adj.* 〔語〕同音異義的(詞)

homógamo, ma *adj.* 〔植〕具同形花的,雌雄蕊同熟的

homogeneidade *s.f.* 同類;同種;同性;同質

homogeneização *s.f.* 均質化,均勻化;使同類

homogeneizar *v.t.* 使均質,使均勻;使同種

homogéneo, a *adj.* 同類的,同種的;均質的,均勻的

homografia *s.f.* 同形異義性;〔幾〕單應性

homográfico, ca *adj.* 同形異義的;單應性的

homógrafo, fa *adj.* 同形異義的(詞)

homologação *s.f.* 同意,批准,允許

homologar *v.t.* 同意,批准,認可

homologia *s.f.* 相應,類似;對應;同樣的關係

homólogo, ga *adj.* 相應的,類似的,相似的,對等的〔生〕異體同形的;〔化〕同系的 △ órgãos ~s 對應器官

homonímia *s.f.* 同音異義,同形異義

homónimo, ma *adj.* 同音異義的,同形異義的,同名的

homoplasia *s.f.* 〔醫〕同種移植術,同模成形術

homoplástico, ca *adj.* 同型的,相似的

homopolar *adj. 2 gén.* 同極的,單極的

homóptero, ra adj. 〔動〕同翅類的 ‖ s.m. 同翅亞目

homossexual(cs) adj. 2 gén. 同性戀愛的 ‖ s. 2 gén. 同性戀者

homossexualidade(cs) s.f. 同性戀愛

homotérmico, ca adj. 〔動〕同溫度的(動物)

homotesia s.f. 〔幾〕位似,同位相似

homotético, ca adj. 〔幾〕位似的,同位相似的

homotipia s.f. 〔動〕同型性,對應物間之關係

homotípico, ca adj. 〔動〕同型的

homúnculo s.m. 矮人,侏儒;〔轉〕可卑猥的人

hondurenho, nha adj. 洪都拉斯的 ‖ s.m.,f. 洪都拉斯人

honestar v.t. 尊敬,崇敬;頌揚,獎賞;裝飾

honestidade s.f. 清廉,誠實;正直,正派,清白

honesto, ta adj. 誠實的;正直的,正派的;清白的

honor s.m. 榮譽,光榮;名譽;榮幸;敬重

honorabilidade s.f. 可敬的;光榮;正直,誠實

honorário, ria adj. 名譽的 ‖ s.m.pl. 酬金,筆金

honorificar v.t. 尊敬,使榮耀,給予殊榮

honorífico, ca adj. 光榮的;名義上的,名譽的

honoris causa 〈lat.〉名譽的

honra s.f. 榮譽;聲譽;體面,貞節,貞操(指婦女)△① em ～ de 為招待,為歡迎;為崇祝,為紀念 ② guarda de ～ 儀仗隊 ③ homem de ～ 品德高尚的

人 ④ ～ e proveito não cabem em saco estreito 名譽利益不能兩全 ⑤ palavra de ～ 諾言,君子之言 ⑥ ter a ～ de 榮幸地……,榮譽地……

honradez s.f. 誠實,正直,有德行

honrado, da adj. 有名譽的;體面的;誠實的,正直的

honrar v.t. 尊敬;讚揚;給予榮譽,獎賞;使可敬;使光榮;使高尚 ‖ v.r. 感到光榮

honraria s.f. 高位;顯貴;名譽,體面;自尊心

honroso, sa adj. 光榮的;體面的;使高貴的

hóquei s.m. 〔體育〕曲棍球

hora s.f. 小時,鐘點;時間;時刻;〔轉〕時機;機會 ‖ pl. 〔宗〕祈禱書 △① na～準時,按時;及時 ② a toda a ～ 經常 ③ a～s 準時 ④ ～s e ～s 很久,長時間 ⑤ estar com a barriga a dar ～ a ～s mortas 深夜 ⑦ ～ local 當地時間

horário, ria 時間的;每小時的 ‖ s.m. 時刻表;時間表,作息時刻表

horda s.f. 遊牧部落;群眾;一幫人,一伙人

hordeína s.f. 〔化〕大麥醇溶朊

horizontal adj. 2 gén. 水平的,地平的;橫者的 ‖ s.f. 水平線;地平線;橫線 △① broca ～ 橫軸鑽孔機 ② eixo ～ 水平軸 ③ linha ～ 地平線 ④ plano ～ 水平面,平面

horizontalidade s.f. 水平狀態;橫置狀態;地平面

horizonte s.m. 地平,地平綫,地平圈;〔轉〕視野,眼界;〔轉〕前景 △① ～ aparente (sensível, visível) 現視地平,地平綫 ② ～ artificial 假地平,人造地平 ③ ～ racional 真地平,地心地平

hormona s.f. lus. 〔醫〕激素,荷爾蒙

hormonal *adj. 2 gén.* 激素的

hormônio *s.m. bras.* 〔醫〕激素, 荷爾蒙

hormonoterapia *s.f.* 激素療法

horneblenda *s.f.* 〔礦〕角閃石

horóscopo *s.m.* 占星術; 占星

horrendo, da *adj.* 可怕的, 恐怖的; 驚人的; 醜怪的

hórrido, da *adj.* 可怕的, 恐怖的; 難看的

horrífico, ca *adj.* 可怕的, 恐怖的

horripilação *s.f.* 毛骨悚然; 寒戰

horripilante *adj. 2 gén.* 令人毛骨悚然的, 令人不寒而慄的

horripilar *v.t.* 使人毛骨悚然的; 使打寒戰

horríssono, na *adj.* 響得嚇人的, 發出恐怖之聲的

horrível *adj. 2 gén.* 可怕的, 恐怖的

horror *s.m.* 恐怖; 恐怖的事情; 厭惡;〔轉〕大量

horrorizar *v.t.* 使恐怖

horroroso, sa *adj.* 恐怖的; 極醜的; 極壞的; 令人嫌惡的

hors-d'oeuvre ⟨fran.⟩ *s.m.* 餐前小吃

horse-power ⟨ingl.⟩ 〔機〕馬力

horta *s.f.* 菜園

hortaliça *s.f.* 蔬菜; 青菜

hortelã *s.f.* 〔植〕薄荷

hortelão *s.m.* 園農, 園丁

hortense *adj. 2 gén.* 菜園的

hortênsia *s.f.* 〔植〕紫陽花; 玉繡球

hortícola *adj. 2 gén.* 園藝術的

horticultor *s.m.* 園農家, 園丁

horticultura *s.f.* 園藝, 園藝學

horto *s.m.* 小菜園; 一小塊土地

hosana *s.f.* 〔宗〕和散哪(讚美上帝之語)

hosco, ca *adj. bras.* 黑褐色的

hóspeda *s.m.* 女客; 旅館女主人

hospedagem *s.f.* 住宿, 寄宿, 留宿

hospedar *v.t.* 留宿, 招待 ‖ *v.r.* 住宿, 寄宿

hospedaria *s.f.* 客棧, 客店, 小旅館

hóspede *s. 2 gén.* 客人, 賓客; 房客

hospedeiro *s.m.* 客店主, 客棧主

hospício *s.m.* 養育院; 孤兒院; 濟貧院

hospital *s.m.* 醫院

hospitalar *adj. 2 gén.*; **hospitalário, ria** *adj.* 有關醫院、孤兒院、養老院等的

hospitalidade *s.f.* 熱情好客; 款待

hospitalização *s.f.* 住院

hospitalizar *v.t.* 使住院

hoste *s.f.* 軍隊;〔轉〕一群; 人群

hóstia *s.f.* 聖餅; 供品, 犧牲

hostiário *s.m.* 聖餅盒

hostil *adj. 2 gén.* 懷敵意的, 敵對的

hostilidade *s.f.* 敵意, 敵對; 敵視

hostilizar *v.t.* 攻擊, 騷擾; 敵視

hotel *s.m.* 旅館, 飯店, 酒店

hoteleiro, ra *adj.* 旅館的 ‖ *s.m., f.* 旅館老板

hotentote *adj. 2 gén.* 霍屯督人的 ‖ *s. 2 gén.* 霍屯督人(非洲西南部的土著居民)

hulha *s.f.* 煤, 石煤

hulheira *s.f.* 煤礦; 煤坑

hulheiro, ra *adj.* 煤的, 含煤的

humanal *adj. 2 gén.* 人的, 人類的; 人道的

humanar *v.t.* 使人道; 賦予人性 ‖ *v.r.* 降生爲人

humanidade *s.f.* 人類; 人性; 人道;

〔轉〕善心;仁愛 ‖ pl. 人文學 ◇ desumanidade

humanismo s.m. 人道主義,人文主義;人文學

humanista s. 2 gén. 人道主義者,人文主義者;人文學家

humanístico, ca adj. 人道主義的,人文主義的;人文學的

humanitário, ria adj. 人道的;仁慈的 ‖ s.m. 慈善家

humanitarismo s.m. 人道;博愛

humanizar v.t. 使通情達理,使仁慈,使人道

humano, na adj. 人的,人類的,有人性的 ‖ s.m.pl. 人

humectação s.f. 弄濕

humectador s.m. 濕潤器

humectar v.t. 弄濕;使潮濕

humedecer v.t. 弄濕;使濕潤 ◇ desumedecer

humedecimento s.m. 濕,潮濕

humidade s.f. 濕潤,溫度;濕氣

humidificador s.m. 溫度調節器

húmido, da adj. 潮濕的,濕潤的

humildação s.f. 獻醜,慚愧,丟臉,屈從,謙卑

humildade s.f. 卑微,低賤;謙恭;卑躬屈節

humildar v.t. 使丟臉,侮辱,凌辱;打掉(威風) ‖ v.r. 卑躬屈節

humilde adj ? gén. 卑微的,低賤的;謙卑的;卑躬屈節的

humilhação s.f. 丟臉;凌辱

humilhante adj. 2 gén. 凌辱的,羞

辱的

humilhar v.t. 使丟臉,侮辱,凌辱,羞辱;打掉(威風) ‖ v.r. 卑躬屈節

humo s.m. 腐植土(用作肥料)

humor s.m. 液,體液;膿;〔轉〕情緒,心情;〔轉〕幽默,滑稽 △ ① estar de bom ~ 好情緒,高興 ② estar de ~ para fazer algo 有做某事的情緒,喜歡 ③ ~ aquoso 〔解〕眼淚水,水樣液 ④ ~ vítreo 〔解〕玻璃狀液

humorado, da adj. 情緒的;脾氣的;詼諧的 △ estar bem (mal) ~ 心情好(不好)

humoral adj. 2 gén. 體液的

humorismo s.m. 幽默或詼諧的體裁和風格;體液病理學說

humorista adj. 2 gén. 幽默的;體液病理學的 ‖ s. 2 gén. 幽默家;體液病理學家

humorístico, ca adj. 詼諧的,幽默的

humoroso, sa adj. 有體液的

humoso, sa adj. 腐植土的,腐植質的

húmus s.m. 2 n. 腐植質,腐植土

húngaro, ra adj. 匈牙利的 ‖ s.m.,f. 匈牙利人 ‖ s.m. 匈牙利語

huno, na adj. 匈奴的 ‖ s.m.,f. pl. 匈奴人;匈奴族

huri s.f. (伊斯蘭教的)天仙,天堂裏的美女

hurra interj. 歡呼聲(表示欣喜,歡迎,贊成等)

hússar, hussardo s.m. 輕騎兵

I

i *s.m.* 葡文第九個字母;〈M〉〔化〕元素碘 (iodo) 的符號;〈M〉(羅馬數字) 一 ‖ *adj.* 第九的 △ pôr os pontos nos ii 解釋清楚,免生誤會

iatroquímica *s.f.* 化學醫學派

ibérico, ca *adj.* 伊比利亞半島的,伊比利亞人的

ibero, ra *adj.* 伊比利亞半島的 ‖ *s.m.,f.* 伊比利亞半島人

ibero-americano, na *adj.* 伊比利亞美洲的 ‖ *s.m.,f.* 伊比利亞美洲人

íbis *s.f.* 〔動〕朱鷺 △ ~-sagrada 白鷺(古埃及的神鳥)

içar *v.t.* 升舉,舉起,絞起

icebergue(aice···) *s.m.* 流冰,冰山

icnografia *s.f.* 〔建〕平面圖,平面圖法

icnográfico, ca *adj.* 平面圖的,平面圖法的

icnógrafo *s.m.* 繪平面圖者

ícone *s.m.* 聖像,肖像

iconoclasta *s.2 gén.* 破壞聖像者

iconogénio *s.m.* 〔攝〕顯像劑

iconografia *s.f.* 肖像學,影像術;肖像集

iconógrafo *s.m.* 肖像學家,影像術者

iconólatra *adj.2 gén.* 崇拜偶像的;崇拜聖像的 ‖ *s.2 gén.* 崇拜偶像者,崇拜聖像者

iconolatria *s.f.* 偶像崇拜,聖像崇拜

iconoscópio *s.m.* (電視的)光電攝像管,光電析像管

iconóstase *s.f.* 聖屏,聖壁

icor, ícore *s.m.* 腐液,創液,惡膿

icosaedro *s.m.* 〔幾〕二十面體

icterícia *s.f.* 〔醫〕黃疸,黃病,膽血症

ictérico, ca *adj.* 〔醫〕黃疸的;患黃疸病的 ‖ *s.m.,f.* 黃疸病患者

ictiofagia *s.f.* 食魚習慣;以魚爲食

ictiófago, ga *adj.* 食魚的,以魚爲食的 ‖ *s.m.,f.* 食魚者,以魚爲食者

ictióide *adj.2 gén.* 像魚的,魚形的

ictiologia *s.f.* 魚類學

ictiólogo, ga *s.m.,f.* 魚類學家

ictiose *s.f.* 〔醫〕魚鱗癬

ictiossauro *s.m.* 〔古生〕魚龍;魚龍類動物

ida *s.f.* 離去,起程,出發 △ bilhete de ~ e volta 來回票,往返票

idade *s.f.* 年齡;壽命;時代;時期 △ ① ~ média 中古 (476-1453) ② ~ moderna 近代 (1453-1789) ③ ~ contemporânea 現代

ideação *s.f.* 概念的形成,觀念力

ideal *adj.2 gén.* 概念的,觀念的;理想的;想像的,虛構的 ‖ *s.m.* 典範,理想

idealidade *s.f.* 完美;美好的事物;想像力

idealismo *s.m.* 理想主義;唯心主義

idealista *adj.2 gén.* 理想主義的;唯心主義的 ‖ *s.2 gén.* 理想主義者;唯心主義者

idealização *s.f.* 理想化

idealizador, ra *adj.* 使理想化的 ‖

s.m., *f.* 唯心論者, 觀念主義者

idealizar *v.t.* 使理想化

idear *v.t.* 想像, 想出, 構思; 設計, 創造

ideário *s.m.* 思想, 思想體系

ideável *adj. 2 gén.* 可想像的, 可思料的, 可想出的

ideia *s.f.* 概念, 觀念; 觀點; 念頭, 打算; 想法; 看法, 印象

idem *pron.* 同上, 同前

idêntico, ca *adj.* 完全相同的, 非常相似的 ◇ diferente

identidade *s.f.* 同一性, 一致性; 身份, 正身, 本體, 人格; 〔數〕恒等式 △ bilhete de ~ 身份證

identificação *s.f.* 使等同; 認出, 識別; 證明同一, 鑒定, 辨認

identificar *v.t.* 使等同, 看作一致; 認出, 識別, 辨認, 鑒定 ‖ *v.r.* 一致; 結合, 融為一體

identificável *adj. 2 gén.* 可以等同的; 可以辨認的

ideografia *s.f.* 表意文字學; 表意文字的應用; 表意文字系統

ideográfico, ca *adj.* 表意的

ideograma *s.m.* 表意文字, 表意符號, 意符學

ideologia *s.f.* 思想體系; 意識形態; 觀念學

ideológico, ca *adj.* 思想上的; 意識形態的; 觀念學的

ideólogo, ga *s.m.*, *f.* 思想家; 空想家

idílico, ca *adj.* 牧歌的, 田園的, 山村的

idílio *s.m.* 牧歌, 田園詩, 村歌; 情話; 〔轉〕戀愛

idioma(ô) *s.m.* 方言, 土語; 習慣用語

idiomático, ca *adj.* 方言的, 土語的; 習慣用語的

idiopatia *s.f.* 〔醫〕特發病, 自發症

idiossincrasia *s.f.* (個人之) 特質, 特性, 性情

idiossincrático, ca *adj.* 特質的, 特性的, 性情的

idiota *adj. 2 gén.* 癡呆的, 愚笨的 ‖ *s. 2 gén.* 白癡; 傻瓜, 笨蛋

idiotice *s.f.* 白癡, 癡呆

idiotismo *s.m.* 語風, 慣用語

idólatra *adj. 2 gén.* 崇拜偶像的 ‖ *s. 2 gén.* 偶像崇拜者

idolatrar *v.t.* 崇拜, 非常敬重

idolatria *s.f.* 偶像崇拜; 〔轉〕至愛

idolátrico, ca *adj.* 崇拜偶像的, 異常尊崇的

idolo *s.m.* 偶像; 〔轉〕德高望重者

idoneidade *s.f.* 適合性, 合適性, 相稱; 能力, 才能

idóneo, a *adj.* 適合的, 合適的, 相稱的

idos *s.m.pl.* (古羅馬曆的)望日(三月, 五月, 七月, 十月之十五日, 其他月份之十三日)

idoso, sa *adj.* 老年的, 老的, 老一輩的

igara *s.f. bras.* 獨木舟, 船, 艇

igarapé *s.m. bras.* 支流, (只可通過小船的) 河渠

ignaro, ra *adj.* 不知道的; 無知的, 愚昧的

ígneo, a *adj.* 火的, 火狀的, 如火的, 有火的

ignição *s.f.* 燃燒; 灼熱; 點火, 發火

ignícola *adj. 2 gén.* 喜火的 ‖ *s. 2 gén.* 喜火之人

ignífugo, ga *adj.* 不燃的, 防火的

ignitrão *s.m.* 〔電〕放電管

ignívomo, ma *adj.* 噴火的,吐火的

ignívoro, ra *adj.* 吞火的,食火的

ignóbil *adj. 2 gén.* 賤的;卑賤的;微賤的〔轉〕卑劣的,惡劣的

ignomínia *s.f.* 恥辱,不體面,醜行

ignominioso, sa *adj.* 可恥的,恥辱的,可鄙的

ignorância *s.f.* 無知,愚昧

ignorantão, ona *adj.* 極其無知的 ‖ *s.m., f.* 愚人

ignorante *adj. 2 gén.* 無知的,愚昧的 ◇ inteligente

ignorantismo *s.m.* 蒙昧主義;文盲主義

ignorantista *s. 2 gén.* 蒙昧主義者

ignorar *v.t.* 不知道;不顧,忽視,對……置之不理 ◇ conhecer, saber

ignoto, ta *adj.* 未知的;不知道的;沒開發的;無名的

igreja *s.f.* 教堂,禮拜堂;教會;教派

igual *adj. 2 gén.* 相等的;相符的,相同的;同等的,平等的,公平的,公正的;平的 ‖ *s.m.* 同等之人,同等之物,同量;〔數〕號數 △ ① de ~ a ~ (或 de ~ para ~) 平等地 ② por ~ 同樣地 ◇ diferente

igualar *v.t.* 使相同;使一致;使平等;使平

igualdade *s.f.* 平等,同等,對等,平,直;〔數〕等式

igualitário, ria *adj.* 平等主義的,平均主義的 ‖ *s.m., f.* 平均主義者

igualitarismo *s.m.* 平等主義,平均主義

igualitarista *s. 2 gén.* 平均主義者,平等主義者

iguana *s.f.* 〔動〕(西印度及南美的)鬣蜥

iguanídeos *s.m.pl.* 〔動〕鬣蜥科

iguaria *s.f.* 食物,糧食

ilação *s.f.* 推論,演繹,推定

ilativo, va *adj.* 推論的,推斷的,演繹的

ilegal *adj. 2 gén.* 非法的,違法的 ◇ legal

ilegalidade *s.f.* 非法;非法行爲

ilegibilidade *s.f.* 難以辨認,字跡模糊;難讀 ◇ legibilidade

ilegitimidade *s.f.* 不合法;不合理;不正當;非正常 ◇ legitimidade

ilegítimo, ma *adj.* 不合法的;私生的;不正當的;不合理的 ◇ legitimo

ilegível *adj. 2 gén.* 難以辨認的,字跡模糊的;難讀的 ◇ legível

íleo *s.m.* 〔解〕迴腸

ileo-cecal *adj. 2 gén.* 迴盲的 ‖ 〔解〕迴腸,盲腸

ileso, sa *adj.* 未受傷的

iletrado, da *adj.* 不識字的;沒有文化的,無學識的 ◇ letrado

ilha *s.f.* 島,海島

ilhal *s.m.* 腰窩,脇腹

ilharga *s.f.* 腰窩,脇腹 △① à ~ 在側面 ② rir até rebentar as ~s 大笑

ilhéu, oa 居島上的 ‖ *s.m., f.* 島人,島民

ilhó *s.m.f.* 孔眼,穿繩緣之孔

ilhota *s.f.* 小島

ilíaco, ca *adj.* 髂的,腸骨的 ‖ *s.m.* 〔解〕髂,腸骨

ilibado, da *adj.* 釋放的,放免的,解除的

ilibar *v.t.* 回復,恢復,使復權,恢復名譽

iliberal *adj. 2 gén.* 反對自由的;氣量狹窄的;吝嗇的 ◇ liberal

ilícito, ta *adj.* 不正當的,違法的 ◇ lícito

ilídimo, ma *adj.* 違法的,不法的 ◇

lídimo

ilimitado, da *adj.* 無限的，沒有限制的 ◇ limitado

ilimitável *adj. 2 gén.* 不可限制的，無限的 ◇ limitável

ilíquido, da *adj.* 未結清的，未明確的 △ vencimento ~ 非純薪金 ◇ líquido

iliterato, ta *adj.* 未受教育的，無知的，目不識丁的

ilógico, ca *adj.* 不合邏輯的，不合常理的；無條理的 ◇ lógico

ilogismo *s.m.* 不合邏輯，不合常理

iluminação *s.f.* 照明，照耀，照明度

iluminar *v.t.* 照耀，照亮，照明；用彩燈裝飾；〔轉〕啟發，使領悟

iluminativo, va *adj.* 照明的，光照的，使用亮的，啟發性的

iluminismo *s.m.* 〔宗〕（十八世紀的）自然神論，自然神派；開明教派

iluminura *s.f.* 金銀五色之彩飾；燈飾

ilusão *s.f.* 幻覺，錯覺；幻想，妄想；迷惑

ilusionar *v.t.* 使抱幻想；使嚮往

ilusionismo *s.m.*〔哲〕物質世界幻覺說

iluso, sa *adj.* 充滿幻想的；被迷惑的；受騙的

ilusório, ria *adj.* 幻想的，幻覺的，騙人的

ilustração *s.f.* 表明；解明；例證，說明；文化知識；插圖，圖解；畫報

ilustrado, da *adj.* 有文化的；有插圖的；有學問的

ilustrador, ra *s.m., f.* 插圖畫家；說明者，例證者

ilustrar *v.t.* 表明，說明；以圖說明，圖解；啟發，啟蒙；教育，使有文化；使

出名

ilustrativo, va *adj.* 說明性的，例證性的

ilustre *adj. 2 gén.* 傑出的，著名的；尊貴的

ilustríssimo, ma *adj.* 最尊貴的

imã *s.m. bras.* 磁石，磁鐵；〔宗〕（伊斯蘭教）阿訇；伊斯蘭教國家元首或教長

imaculabilidade *s.f.* 清淨，純潔；無瑕

imaculado, da *adj.* 清淨的，純潔的；無瑕疵的

imaculável *adj. 2 gén.* 不能弄髒的，不能有瑕疵的

imagem *s.f.* 像，畫像；聖像；影像；印象

imaginação *s.f.* 想像，想像力；空想；創作力

imaginar *v.t.* 想像，設想，猜想；想出，創造；以為，相信

imaginário, ria *adj.* 想像的，幻想的，虛構的；〔數〕虛數的 ◇ real

imaginativa *s.f.* 想像力，創作力

imaginativo, va *adj.* 富於想像力的

imaginável *adj. 2 gén.* 可以想像的

imaleável *adj. 2 gén.* 不可延展的，不能鍛薄的

iman *s.m.* 〔理〕磁石，磁鐵；〔轉〕吸引力

imanar *v.t.* 磁化；〔轉〕吸引

imane *adj. 2 gén.* 巨大的；異乎尋常的；兇暴的

imanência *s.f.* 內在，包含 ◇ transcendência

imanente *adj. 2 gén.* 內在的，含有的，內含的，含蓄的 ◇ transcendente

imarcescibilidade *s.f.* 不凋萎；不衰

imarcescível *adj. 2 gén.* 不凋萎的; 不衰的

imaterial *adj. 2 gén.* 非物質的, 無形的, 無實體的 ◇ material

imaterialidade *s.f.* 無形, 虛靈 ◇ materialidade

imaterialismo *s.m.* 無形物存在說; 〔哲〕唯心論, 非物質論 ◇ materialismo

imaturidade *s.f.* 不熟, 未熟 ◇ maturidade

imaturo, ra *adj.* 不熟的, 未熟的; 〔轉〕幼稚的 ◇ maturo

imbecil *adj. 2 gén.* 癡呆的, 愚蠢的 ‖ *s. 2 gén.* 癡呆者, 無知者 ◇ inteligente

imbecilidade *s.f.* 愚蠢, 癡呆 ◇ inteligência

imberbe *adj. 2 gén.* 無髭的; 〔轉〕年少的, 年輕的

imbibição *s.f.* 吸入, 吸收

imbricação *s.f.* 鱗覆狀, 覆瓦狀

imbricado, da *adj.* 鱗覆狀的, 覆瓦狀的

imbuir *v.t.* 使吸入(水分等), 浸濕; 〔轉〕使感染, 灌注

imediação *s.f.* 接連, 鄰近; 臨近; 即時; *pl.* 附近

imediato, ta *adj.* 連接的, 鄰近的; 最近的; 立即的, 即刻的 ‖ *s.m.* 副船長, 大副; 副職 △① causa ~a 直接原因 ② de ~ 立即, 馬上 ③ remédio de efeito ~ 立即見效的藥 ④ sucessor ~ 直系繼承人

imemorável, imemorial *adj. 2 gén.* 人所不能記憶的; 遠古的, 太古的, 上古的 ◇ memorável

imensidade *s.f.* 無限, 無量, 無邊, 無數; 廣闊

imesidão *s.f.* 無限, 無量, 無邊, 無數; 廣闊

imenso, sa *adj.* 無法估量的; 無數的; 廣闊的; 極大的

imensurável *adj. 2 gén.* 不可測量的, 難以計量的 ◇ mensurável

imerecido, da *adj.* 無功而得的, 不相配的, 不當的, 過份的 ◇ merecido

imergência *s.f.* 浸入, 沉入, 没入 ◇ emergência

imergente *adj. 2 gén.* 沉入的, 浸入的, 没入的 ◇ emergente

imergir *v.t.i.* 使没入, 使浸入

imersão *s.f.* 没入, 浸入; 〔天〕潛入, 蝕 ◇ emersão

imerso, sa *adj.* 没入的, 浸入的; 〔轉〕沉弱的, 熱中的

imigo, ga *adj.* 敵對的, 仇視的; 有害的

imigração *s.f.* 入境移居 ◇ emigração

imigrado, da *adj.* 入境移居的 ‖ *s.m., f.* 移民, 外來之移民 ◇ emigrado

imigrante *adj. 2 gén.* 入境移居的 ‖ *s. 2 gén.* 移民, 外來之移民 ◇ emigrante

imigrar *v.i.* 入境移居 ◇ emigrar

imigratório, ria *adj.* 移民入境的

iminência *s.f.* 燃眉之急, 迫切, 危急; 逼近

iminente *adj. 2 gén.* 緊急的, 迫切的, 逼迫的, 危急的

imiscível *adj. 2 gén.* 不可攙雜的, 不可混合的

imiscuir-se *v.r.* 攙和; 干涉; 插手

imitação *s.f* 摹做, 仿造; 仿效; 類似品, 仿造品

imitador, ra *adj.* 摹仿的, 善於摹仿的 ‖ *s.m., f.* 摹仿者, 善於摹仿者

imitar *v.t.* 摹仿,仿造;仿效,假冒

imitativo, va *adj.* 摹仿性的

imobiliário, ria *adj.* 不動産的 ‖ *s.m.* 不動産

imoderação *s.f.* 無節制,過度 ◇ moderação

imoderado, da *adj.* 無節制的,過度的 ◇ moderado

imodéstia *s.f.* 不謙虛;不正派;無廉恥;無顧忌 ◇ modéstia

imodesto, ta *adj.* 不謙虛的;不正派的;無廉恥的 ◇ modesto

imódico, ca *adj.* 過份的,無度的 ◇ módico

imolação *s.f.* 使成祭品;殺以祭神,被作殉死死;[轉]犧牲

imolador, ra *adj.* 被殺以祭神的;作出犧牲的 ‖ *s.m., f.* 殺以祭神者

imolar *v.t.* 使成祭品;殺(牲)以祭神;[轉]犧牲

imoral *adj. 2 gén.* 不道德的;猥褻的,淫穢的 ◇ moral

imoralidade *s.f.* 不道德;猥褻,淫穢 ◇ moralidade

imortal *adj. 2 gén.* 不死的;永垂不朽的 ‖ *s.m.pl.* 不朽之人,神 ◇ mortal

imortalidade *s.f.* 不死,永生;永垂不朽

imortalizar *v.t.* 使不死,使不朽;使永垂不朽

imóvel *adj. 2 gén.* 固定的;不動的;難動的;[轉]堅定的 ‖ *s.m.pl.* 不動産 ◇ móvel

impaciência *s.f.* 急躁,不耐煩,難以忍耐 ◇ paciência

impacientar *v.t.* 使生氣;使不耐煩;使性急

impaciente *adj. 2 gén.* 急躁的;急切的;難以忍耐的 ◇ paciente

impacto *s.m.* 彈擊;衝擊,撞擊;巨大影響

impagável *adj. 2 gén.* 無法支付的;付不起的;[轉]寶貴的,昂貴的

impala *s.f.* [動]羚羊

impalpável *adj. 2 gén.* 感觸不到的,無實質的 ◇ palpável

ímpar *adj. 2 gén.* 無雙的,獨一無二的,奇數的,單數的 ‖ *s.m.* [數]單數,奇數

imparcial *adj. 2 gén.* 公正的,公平的,不偏不倚的 ◇ parcial

imparcialidade *s.f.* 公正,公平,不偏不倚 ◇ parcialidade

impartível *adj. 2 gén.* 不可分的,不可分割的

impassibilidade *s.f.* 無感覺,不知疼痛,麻木不仁

impassível *adj. 2 gén.* 無感覺的,不知疼痛的,無動於衷的

impavidez *s.f.* 勇敢,無畏,大膽

impávido, da *adj.* 勇敢的,無畏的,大膽的

impecável *adj. 2 gén.* 不會有過失的;無瑕疵的,完美無缺的

impedância *s.f.* [電]阻抗

impedição *s.f.* 障礙,妨礙,阻礙

impedido, da *adj.* 不准通行的,封鎖的

impedidor, ra *adj.* 妨害的,阻止的,阻礙的 ‖ *s.m., f.* 妨害者,阻礙者

impedimento *s.m.* 障礙,阻礙,妨礙;[法]婚姻障礙

impedir *v.t.* 阻止,阻撓;妨礙;阻礙

impelente *adj. 2 gén.* 推動的;促進的

impelir *v.t.* 推動;推進;促使;[轉]

促使,驅使

impenetrabilidade *s.f.* 不可穿透
性,不可知性;〔理〕不可入性,癥硬 ◇
penetrabilidade

impenetrável *adj. 2 gén.* 不可穿透
的;難以貫穿的;〔轉〕不能測知的 ◇
penetrável

impenitência *s.f.* 執迷不悟,頑固不
化,不悔悟

impenitente *adj. 2 gén.* 執迷不悟
的,頑固不化的,不悔悟的 ◇ peni-
tente

impensado, da *adj.* 未經考慮的;意
外的,茫然的,未曾料想的

impensável *adj. 2 gén.* 不可想像的

imperador *s.m.* 皇帝,專制之君主;
一種真骨類魚

imperante *adj. 2 gén.* 統治的,控制
的;支配的 ‖ *s. 2 gén.* 統治者,支配
者

imperar *v.t. e i.* 統治,控制;支配

imperativo, va *adj.* 命令的,強制
的;必須的,迫切的 ‖ *s.m.* (強制性
的)原則,命令;〔語〕命令式

imperatriz *s.f.* 女皇;皇后

imperceptibilidade *s.f.* 不可感知
性,難以覺察性 ◇ perceptibilidade

imperceptível *adj. 2 gén.* 感覺不到
的,難以察看的 ◇ perceptível

imperdoável *adj. 2 gén.* 不可寬恕
的,難恕的,不能原諒的 ◇ perdoável

imperecedoiro, ra *adj.* 永遠不會消
失的,不滅的,不朽的

imperfeição *s.f.* 不完美,缺欠,瑕
疵,缺點 ◇ perfeição

imperfeito, ta *adj.* 不完美的,不充
分的,有缺欠的;未完成的

imperfuração *s.f.* 〔醫〕無孔,閉鎖

imperial *adj. 2 gén.* 帝國的;皇帝的

imperialismo *s.m.* 帝國主義

imperialista *adj. 2 gén.* 帝國主義
的 ‖ *s. 2 gén.* 帝國主義者

imperícia *s.f.* 不熟練;無能;笨拙,
不靈巧 ◇ perícia

império *s.m.* 帝國;統治;帝權

imperioso, sa *adj.* 專橫霸道的,必
須的;傲慢的

impermeabilidade *s.f.* 不透水性,
不浸性,防水性

impermeabilização *s.f.* 防水處理

impermeabilizar *v.t.* 作防水處理,
使不透水,使不浸水 ◇ permeabilizar

impermeável *adj. 2 gén.* 不透水的,
防水的 ‖ *s.m.* 雨衣

impermisto, ta *adj.* 不可混合的

impermutabilidade *s.f.* 不可交換
性

impermutável *adj. 2 gén.* 不可交換
的

impersonalidade *s.f.* 無人稱,非人
格性

impertérrito, ta *adj.* 大膽的,毫無
懼色的,無所畏懼的 ◇ tímido

impertinência *s.f.* 不適當;不切題;
無禮;傲慢

impertinente *adj. 2 gén.* 不適當的;
無禮的;無關係的

imperturbabilidade *s.f.* 沉着,冷
靜,不慌亂

imperturbável *adj. 2 gén.* 沉着的,
冷靜的,不可慌亂的 ◇ perturbável

impessoal *adj. 2 gén.* 無人稱的;非
特指某人的;〔語〕無人稱的

impetigem *s.f.* 〔醫〕膿疱病,小膿疱
疹

ímpeto *s.m.* 猛烈,迅猛;果敢;衝動;
熱情;激勵;刺激

impetração *s.f.* 求得,懇求,祈求

impetrante *adj. 2 gén.* 懇求的, 祈求的 ‖ *s. 2 gén.* 懇求者, 祈求者

impetrar *v.t.* 求得;懇求, 祈求

impetratório, ria *adj.* 懇求的, 求得的

impetuosidade *s.f.* 猛烈, 迅猛;激烈

impetuoso, sa *adj.* 猛烈的, 迅猛的;勇猛的;激烈的;衝動的

impiedade *s.f.* 冷酷無情;不敬神;不恭, 不敬;兇惡 ◇ piedade

impiedoso, sa *adj.* 冷酷無情的;不敬神的;不恭的, 不敬的;殘酷的 ◇ piedoso

impigem *s.f.* 〔水疱疹;濕疹

impingir *v.t.* 打擊;強迫, 脅迫;蒙騙

impio, a *adj.* 冷酷無情的;不仁的, 殘忍的 ‖ *s.m., f.* 冷酷無情者;不仁者, 殘忍者

implacável *adj. 2 gén.* 難和解的;殘酷的;無情的

implantação *s.f.* 建立;實行;種植

implantar *v.t.* 建立, 樹立;實行;種植

implemento *s.m.* 器具, 用具;貫徹, 完成;履行(契約, 諾言等)

implicação *s.f.* 參與犯罪;牽連, 連累

implicar *v.t.* 牽連, 連累;意味, 包含

implicativo, va *adj.* 牽連的, 牽涉的;含意的, 包含的

implícito, ta *adj.* 不明言的, 含蓄的;內含的, 不言而喻的 ◇ explicito

imploração *s.f.* 懇求, 哀求

implorante *adj. 2 gén.* 懇求的, 哀求的 ‖ *s. 2 gén.* 懇求者, 哀求者

implorar *v.t.* 懇求, 哀求

implorável *adj. 2 gén.* 可以懇求的

implume *adj. 2 gén.* 無羽毛的

impolidez *s.f.* 無禮貌, 失禮 ◇ polidez

impolido, da *adj.* 無禮貌的, 失禮的 ◇ polido

impolítica *s.f.* 失策;失禮 ◇ cortesia

impolítico, ca *adj.* 失策的, 失算的;不明智的;失禮的 ◇ cortês

impoluto, ta *adj.* 純潔的, 無瑕的, 清淨的, 沒有污染的

imponderabilidade *s.f.* 不可稱量性;無法估量性

imponderável *adj. 2 gén.* 不可稱量的;無法估量的 ‖ *s.m.* 無法估量的因素

imponente *adj. 2 gén.* 給人以深刻印象的, 威嚴的;壯觀的;極大的

impopular *adj. 2 gén.* 不得人心的, 不普及的, 不受歡迎的 ◇ popular

impopularidade *s.f.* 不得人心, 不普及, 不受歡迎 ◇ popularidade

impor *v.t.* 攤臬;強加;徵收(賦稅) ‖ (印)裝(版) ‖ *v.r.* 必須 △ ~ silêncio 使住口(沉默)

importação *s.f.* 〔商〕進口, 輸入;進口貨 ◇ exportação

importador, ra *adj.* 進口的, 輸入的 ‖ *s.m., f.* 進口商 ◇ exportador

importância *s.f.* 重要性;權威, 影響;價值, 費用, 數目;重望, 威望

importante *adj. 2 gén.* 重要的, 重大的;顯赫的, 有地位的;有價值的 ◇ insignificante

importar *v.t.* 進口, 輸入 ‖ *v.i.* 價值, 重要 ◇ exportar

importável *adj. 2 gén.* 可以進口的, 可以輸入的

importe *s.m.* 價值;金額;數目

importunação *s.f.* 打擾

importunar *v.t.* 打擾

importunidade *s.f.* 不適時,打擾

importuno, na *adj.* 不適時的;打擾的

imposição *s.f.* 強迫接受,強加;賦稅;〔印裝版,整版

impositor *s.m.* 〔印〕裝版工

impossibilidade *s.f.* 不可能;無能為力 ◇ possibilidade

impossibilitar *v.t.* 使不可能;使辦不到;阻礙 ◇ possibilitar

impossível *adj. 2 gén.* 不可能的;難以實現的;做不到的 ‖ *s.m.* 不可能的事情,困難的事情 ◇ possível

imposta *s.f.* 〔建〕拱基;層帶

imposto *s.m.* 稅,賦稅,捐稅 △ ~ de sangue 當兵義務

impostor, ra *adj.* 騙人的;詆毀的 ‖ *s.m.,f.* 騙子,欺詐者

impostura *s.f.* 謊言;詆毀;騙,欺詐

impotabilidade *s.f.* 不可飲用

impotável *adj. 2 gén.* 不宜飲用的

impotência *s.f.* 無力,無能;〔醫〕陽萎 ◇ potência

impotente *adj. 2 gén.* 無力的,無能的;〔醫〕陽萎的 ◇ potente

impraticabilidade *s.f.* 不能實行,行不通,不現實性

impraticável *adj. 2 gén.* 不現實的;行不通的;不能通行的(道路) ◇ praticável

imprecação *s.f.* 咒詛

imprecar *v.t.* 咒詛

imprecatório, ria *adj.* 咒詛的

imprecaução *s.f.* 不注意,不小心,不謹慎,疏忽 ◇ precaução

imprecisão *s.f.* 不精確,不明確 ◇ precisão

impreciso, sa *adj.* 不精確的;不明確的 ◇ preciso

impregnação *s.f.* 飽含,充滿,滲浸;〔生〕使懷孕

impregnar *v.t.* 飽含,充滿,滲浸;〔生〕使胎孕,使懷孕,妊娠

impremeditado, da *adj.* 未經考慮的,未經準備的,沒有事先策劃的;偶然的 ◇ premeditado

imprensa *s.f.* 〔印〕印刷機;印刷廠;報界,新聞界;印刷術

imprescindível *adj. 2 gén.* 必需的,必要的,必不可少的

imprescritabilidade *s.f.* 不受約束性

imprescritível *adj. 2 gén.* 不受約束的 ◇ prescritível

impressão *s.f.* 〔印〕印刷;痕跡,印痕;印象;看法,意見;感動

impressionabilidade *s.f.* 易感性,易感動;敏感

impressionante *adj. 2 gén.* 感人的,動人的

impressionar *v.t.* 使有感受,使有印象;感動,打動

impressionável *adj. 2 gén.* 容易受感染的,易感動的;敏感的

impressionismo *s.m.* 印象派,印象主義

impressionista *adj. 2 gén.* 印象派的 ‖ *s. 2 gén.* 印象派畫家,印象派作家

impresso, ssa *adj.* 印刷的 ‖ *s.m.* 印刷品,出版物

impressor *s.m.* 印刷工人;印刷廠廠主

imprevisão *s.f.* 不注意,疏忽;缺乏遠見 ◇ previsão

imprevisível *adj. 2 gén.* 不可預見的,不可預料的

imprevisto, ta *adj.* 未料到的,意外

的 ‖ *s.m.* 意外事,偶然的事

imprimação *s.f.* 打底子,塗底色

imprimar *v.t.* 打底子,上底色,塗底漆

imprimátur *s.m.* 出版許可

imprimir *v.t.* 使留下(印痕);印,印刷;[轉]使留下印象;激起,引起

imprimível *adj.* 2 *gén.* 可印刷的,可出版的

improbabilidade *s.f.* 不可能 ◇ probabilidade

improbidade *s.f.* 壞,邪惡;不誠實,不正直 ◇ probidade

improbo, ba *adj.* 壞的,邪惡的;艱難的;不正直的,不誠實的 ◇ probo

improcedência *s.f.* 非法,無理;無根據

improcedente *adj.* 2 *gén.* 非法的,無理的;無根據的 ◇ procedente

improdutividade *s.f.* 無生產,無收益;無成效,無結果,徒勞 ◇ produtividade

improdutivo, va *adj.* 無出產的,無收益的;無成效的,無結果的,徒勞的 ◇ produtivo

impropério *s.m.* 責備,斥責;公開辱罵;*pl.* 耶穌受難日唱的短詩

improporcionado, da *adj.* 不勻稱的,不均衡的,不成比例的 ◇ proporcionado

impropriedade *s.f.* 不適當,不相應,不合適,不相配

impróprio, ria *adj.* 不適當的,不相應的,不合適的 ◇ próprio

improrrogável *adj.* 2 *gén.* 不可拖延的,不能延期的 ◇ prorrogável

impróspero, ra *adj.* 不繁榮的,不景氣的 ◇ próspero

improvisação *s.f.* 即席之作,即興之作

improvisador, ra *adj.* 即席之作的 ‖ *s.m.,f.* 即席創作者;即席發言者;即興演奏者

improvisar *v.t.* 即席創作;即席發言;即興演奏;驟演,驟作

improviso, sa *adj.* 未料到的,意外的,突然的 ‖ *s.m.* 即席之作,即席之演說 △ de ~ 突然地,意外地

imprudência *s.f.* 不謹慎;冒失 ◇ prudência

imprudente *adj.* 2 *gén.* 不謹慎的;冒失的 ◇ prudente

impúbere *adj.* 2 *gén.* 未到青春期的,未達妙齡的 ◇ púbere

impudência *s.f.* 無恥,厚顏

impudente *adj.* 2 *gén.* 無恥的,厚顏的

impudico, ca *adj.* 不知羞恥的 ◇ pudico

impudor *s.m.* 無恥;無禮儀

impugnação *s.f.* 反駁;指責;反對

impugnador *s.m.* 反駁者;指責者;反對者

impugnar *v.t.* 反駁;指責;反對;非難

impugnativo, va *adj.* 反駁性的;指責性的

impugnável *adj.* 2 *gén.* 可以反駁的;可以指責的

impulsão *s.f.* 推動力;促進

impulsar *v.t.* 推動;促使;促進,增進

impulsionar *v.t.* 推行,推進;刺激

impulsivo, va *adj.* 推動的,推進的;[轉]感情衝動的 ‖ *s.m.,f.* 感情衝動的人

impulso *s.m.* 推動,推進;促進,衝力;衝動;動力;[理]脈衝

impulsor, ra *adj.* 推進的 ‖ *s.m.*

推進之人,推進之物,推進器

impune *adj. 2 gén.* 未受懲罰的

impugnidade *s.f.* 未受懲罰

impureza, impuridade *s.f.* 不純;
不淨,不潔;〔轉〕不道德,不潔之物 ◇
pureza

impurificar *v.t.* 使不純,使不淨,使
不潔 ◇ purificar

impuro, ra *adj.* 不純的,不潔的;有
雜質的;〔轉〕不貞潔的,淫猥的

imputabilidade *s.f.* 可歸罪性

imputação *s.f.* 歸罪

imputar *v.t.* 歸罪;歸咎

imputável *adj. 2 gén.* 可歸罪的

imputrescibilidade *s.f.* 不腐爛性,
不易敗壞

imputrescível *adj. 2 gén.* 不腐爛的
◇ putrescível

imudável *adj. 2 gén.* 不變的,難以
動搖的,不可改變的 ◇ mudável

imundície *s.f.* 骯髒;髒物,垃圾

imundo, da *adj.* 骯髒的,不潔的,污
穢的;〔轉〕不正經的,不貞潔的 ◇
limpo

imune *adj. 2 gén.* 豁免的,免除的;
有免疫力的;不受侵害的

imunidade *s.f.* 豁免,豁免權;免疫
力;不受侵害性 △ ~ diplomática 外
交豁免權

imunização *s.f.* 免疫;不受侵害

imunizador, ra *adj.* 使免疫的

imunizar *v.t.* 使有免疫力;使不受
侵害

imunologia *s.f.* 免疫學

imutabilidade *s.f.* 不變性

imutação *s.f.* 改變

imutar *v.t.* 改變 ‖ *v.r.* 變化

imutável *adj. 2 gén.* 不變的,永不更
改的

inábil *adj. 2 gén.* 笨拙的;無能力的
◇ hábil

inabilidade *s.f.* 笨拙;無能為力,無
能力 ◇ habilidade

inabilitação *s.f.* 無資格;無能力

inabilitar *v.t.* 使無資格,使無能力,
使不合格

inabitado, da *adj.* 無人居住的;不
毛的

inabitável *adj. 2 gén.* 不適於居住
的,不可居住的

inabordável *adj. 2 gén.* 不可近的,
難接近的,不可接觸的

inacabado, da *adj.* 未完成的,未結
束的

inacabável *adj. 2 gén.* 沒完沒了的,
無止境的

inacção *s.f.* 無所事事,不活動,閒散

inaceitável *adj. 2 gén.* 難以接受的;
難以容納的 ◇ aceitável

inacessibilidade *s.f.* 達不到;不可
接近;得不到,辦不到;不可理解;不可
掌握

inacessível *adj. 2 gén.* 達不到的;
不可接近的;得不到的,辦不到的;不可
理解的;不可掌握的 ◇ acessível

inactividade *s.f.* 不活動,不動作,息
惰

inactivo, va *adj.* 不活動的,不活躍
的;怠惰的 ◇ activo

inactual *adj. 2 gén.* 非現時的,非目
前的 ◇ actual

inadaptação *s.f.* 不適應;不可改編

inadaptado, da *adj.* (對環境)不適
應的(人)

inadaptável *adj. 2 gén.* 不能適應
的;不能改編的

inadequado, da *adj.* 不適當的

inadiável *adj. 2 gén.* 不可延期的

inadmissível *adj. 2 gén.* 不能接受的;不能容忍的

inadvertência *s.f.* 不注意;疏忽;漫不經心

inadvertido, da *adj.* 未被注意的;心不在焉的;疏漏的,粗心大意的

inalação *s.f.* 吸入,吸進

inalar *v.t.* 吸入,吸進

inalienabilidade *s.f.* 不可轉讓,不能割讓

inalienação *s.f.* 不可轉讓,不能割讓

inalienável *adj. 2 gén.* 不可轉讓的,不能割讓的

inalterabilidade *s.f.* 不變性,持久性,常恒性

inalterado, da *adj.* 未發生變化的

inalterável *adj. 2 gén.* 不變的,持久的

inamovibilidade *s.f.* 難以移動的;(職務的)不可撤除性,不能罷免性

inamovível *adj. 2 gén.* 難移動的;不可撤換的,不能罷免的(職務)

inane *adj. 2 gén.* 空的,空洞的,空虛的

inânia *s.f.* 空洞性,空洞無物性;*pl.* 無價值之事

inanição *s.f.* 空虛,無實;〔醫〕(營養不足或失血造成的)極度虛弱

inanidade *s.f.* 空虛,無實

inanimado, da *adj.* 無生命的,昏死的;無精神的

inapelável *adj. 2 gén.* 不得申訴的,不得上訴的

inapetência *s.f.* 食慾不振

inaplicável *adj. 2 gén.* 不適用的,不可應用的,不適當的

inapreciável *adj. 2 gén.* 難覺察的,不可評價的,非常細微的;無法估量的;極寶貴的

inapreensível *adj. 2 gén.* 抓不着的,難以領會的

inaptidão *s.f.* 不勝任,無能力;不適宜,不恰當

inarmónico, ca *adj.* 不和諧的,不調和的

inarticulado, da *adj.* 無關節的,不連貫的,斷斷續續的;發音不清晰的,含糊的

in articulo mortis 〈*lat.*〉〔法〕臨終

inatacável *adj. 2 gén.* 無法攻擊的,難以進攻的;無法駁斥的,無懈可擊的

inato, ta *adj.* 天生的,先天的,固有的

inatural *adj. 2 gén.* 非自然的;不自然的

inaudito, ta *adj.* 前所未聞的;駭人聽聞的

inaudível *adj. 2 gén.* 聽不見的

inauguração *s.f.* 落成典禮,開幕式

inaugural *adj. 2 gén.* 開幕的,落成的

inaugurar *v.t.* 舉行開幕式,舉行落成儀式

inavegável *adj. 2 gén.* 不能航行的

inaveriguável *adj. 2 gén.* 無法調查的,無法查明的

inca *s.m.* 印加王公;印加語;*pl.* 印加人

incalculável *adj. 2 gén* 無法計算的,無數的;極大的

incandescência *s.f.* 白熱,白熾;熾烈,火熱;熱情

incandescente *adj. 2 gén.* 白熱的,白熾的;熾烈的;火熱的,熱情的

incansável *adj. 2 gén.* 孜孜不倦的,不知疲倦的

incapacidade *s.f.* 不能,不會;無能

力;沒才幹;〔法〕無資格

incapacitar v.t. 使之不能,使無能
力;使無資格

incapaz adj. 2 gén. 不能的,不會的;
無能力的,無才幹的;蠢笨的;〔轉〕無
用的

incauto, ta adj. 不謹慎的;不注意
的,不小心的

incender v.t. 點火,燃着,燃燒;〔轉〕
刺激

incendiar v.t. 放火,使燃燒;〔轉〕刺
激

incendiário, ria adj. 燃燒的;放火
的,煽動性的 ‖ s.m., f. 放火者

incêndio s.m. 火災,失火

incensação s.f. 用香燻;焚香;〔轉〕
阿諛

incensar v.t. 用香燻;〔轉〕阿諛

incensário s.m. 香爐

incenso s.m. 香,香料;〔轉〕諂媚,阿
諛

incensurável adj. 2 gén. 無可指責
的,無可非議的

incentivo, va adj. 刺激的,鼓勵的;
誘惑的 ‖ s.m. 刺激,鼓勵;誘惑

incerteza s.f. 不定;不確實;不分明,
懷疑

incerto, ta adj. 不定的;不確實的;
不明的,常變的

incessante adj. 2 gén. 不斷的;不停
的;經常的,一再的,頻繁的

incesto s.m. 亂倫;血族相姦

incestuoso, sa adj. 亂倫的

inchação s.f. 脹,膨大;氾濫;隆起;
腫漲

inchado, da adj. 脹的;腫脹的

inchar v.t 脹滿;突出;腫起;〔轉〕
自尊自大

incidência s.f. 落下,投射,入射 △

① ângulo de ~ 入射角 ② ponto de ~
投射點,入射點

incidental adj. 2 gén. 入射的;偶然
的,意外的

incidente adj. 2 gén. 入射的;偶然
的,意外的 ‖ s.m. 意外事件;事變;
事件;〔法〕附帶事項,附隨物

incidir v.i. 入射,投射,照率;射下;
發生

incineração s.f. 火化,火葬

incinerar v.t. 火化,火葬

incipiente adj. 2 gén. 開始的;剛出
現的;初步的

incircunciso, sa adj. 〔宗〕未受割禮
的 ◇ circunciso

incircunscrito, ta adj. 不在範圍之
內的,界外的 ◇ circunscrito

incisão s.f. 切入,切開;切口,刀口,
傷口

incisar v.t. 〔醫〕切入,切開

incisivo, va adj. 切的,割的;〔轉〕尖
銳的,鋒利的;辛辣的 △ dente ~ 切
齒,切牙,門牙

inciso, sa adj. 切入的;〔語〕插入語

incisura s.f. 切割,切割口,切開口;
〔醫〕切跡,切口,刀口

incitação s.f. 激勵;鼓舞;煽動

incitador, ra adj. 激勵的;鼓舞的;
煽動的,激發的 ‖ s.m., f. 激勵者;
鼓舞者;煽動者

incitante adj. 2 gén. 激勵性的,煽動
性的

incitar v.t. 激勵;鼓勵;煽動;激發

incitativo, va adj. 激勵性的,煽動
性的

incivil adj. 2 gén. 未開化的,不文明
的,不禮貌的,野蠻的 ◇ civil

incivilidade s.f. 不文明,沒禮貌

incivilizado, da adj. 未開化的;粗

鄙的

incivilizável *adj. 2 gén.* 不可教化的,不能開化的

inclassificável *adj. 2 gén.* 無法分類的,不可分等級的 ◇ classificável

inclemência *s.f.* 嚴酷,無情,殘忍;(氣候等的)酷烈 ◇ clemência

inclemente *adj. 2 gén.* 嚴酷的,無情的,殘忍的;酷烈的(氣候) ◇ clemente

inclinação *s.f.* 傾斜;斜度,斜角,斜面;〔轉〕傾向;愛好

inclinar *v.t.* 使傾斜;彎,屈,低垂;使傾向 ‖ *v.i.* 傾向

inclinómetro *s.m.* 測斜儀,傾角計

ínclito, ta *adj.* 著名的,聲名顯赫的

incluir *v.t.* 包含,包括;列入,算入 ◇ excluir

inclusão *s.f.* 包含,包括,列入,算入 ◇ exclusão

inclusive *adv.* 包括在內 ◇ exclusive

inclusivo, va *adj.* 包括在內的,包含在內的;包括的 ◇ exclusivo

incoação *s.f.* 開始,着手

incoar *v.t.* 開始,着手

incoativo, va *adj.* 開始的,表示開始的 △ *verbo* ~ 〔語〕表示開始的動詞

incobrável *adj. 2 gén.* 不能收取的,不能取回的 ◇ cobrável

incoercível *adj. 2 gén.* 不可壓制的;不可强迫的 ◇ coercível

incoerência *s.f.* 不連貫;無條理 ◇ coerência

incoerente *adj. 2 gén.* 不連貫的;不黏附的;不凝結的 ◇ coerente

incógnita *s.f.* 〔數〕未知數;〔轉〕隱情

incógnito, ta *adj.* 未知的;用假名的,隱匿姓名身份的

incognoscível *adj. 2 gén.* 不可知的,不能認識的

incolor *adj. 2 gén.* 無色的;〔轉〕無黨無派的

incólume *adj. 2 gén.* 安然無恙的,無傷害的

incolumidade *s.f.* 安然無恙,無傷

incombinável *adj. 2 gén.* 不能結合的;不相容的 ◇ combinável

incombustibilidade *s.f.* 不燃性

incombustível *adj. 2 gén.* 不燃的 ◇ combustível

incomensurabilidade *s.f.* 不可度量;龐大;〔數〕不可通約性

incomensurável *adj. 2 gén.* 不可度量的;龐大的;〔數〕不可通約的

incomerciável *adj. 2 gén.* 非賣的,非貿易性的 ◇ comerciável

incomodador, ra *adj.* 打擾人的,騷擾的

incomodar *v.t.* 使不舒服;打擾;妨礙

incomodidade *s.f.* 不舒服;不舒適;打擾 ◇ comodidade

incómodo, da *adj.* 不舒適的;煩惱的,使人不快的 ‖ *s.m.* 不舒適;不舒服;打擾;〔俗〕月經 ◇ cómodo

imcomparável *adj. 2 gén.* 不可比的,無可比擬的 ◇ comparável

incompassível *adj. 2 gén.* 無同情心的;不仁的;殘忍的 ◇ compassível

incompassivo, va *adj.* 無同情心的;不仁的;殘忍的 ◇ compassivo

incompatibilidade *s.f.* 不相容,不相符;不可融合;〔法〕(職務等的)不能兼任性

incompatível *adj. 2 gén.* 不相容的,不能并存的;〔法〕不可兼任的(職務);〔醫〕配合禁忌的 ◇ compatível

---

incompensável   *adj. 2 gén.* 無法補償的 ◇ compensável

incompetência   *s.f.* 不合適，無權；無能力；不能勝任

incompetente   *adj. 2 gén.* 不合適的；無資格的，無權的；無能力的；不能勝任的 ◇ competente

incompleto, ta   *adj.* 不完全的，不完整的，不完美的 ◇ completo

incomplexo, xa   *adj.* 不複雜的，單純的，簡單的 ◇ complexo

incompreendido, da   *adj.* 誤解的，未被理解的；未受賞識的 ◇ compreendido

incompreensão   *s.f.* 不懂，不理解，不領悟 ◇ compreensão

incompreensibilidade   *s.f.* 費解，不可理解；無法想像 ◇ compreensibilidade

incompreensível   *adj. 2 gén.* 費解的，不可理解的；無法想像的 ◇ compreensível

incompressível   *adj. 2 gén.* 不可壓縮的 ◇ compressível

incomunicação   *s.f.* 隔離，隔絕 ◇ comunicação

incomunicar   *v.t.* 隔離，隔絕 ‖ *v.r.* 與世隔絕 ◇ comunicar

incomunicável   *adj. 2 gén.* 不能通知的；不能聯絡的，交通阻塞的；不可交往的 ◇ comunicável

incomutável   *adj. 2 gén.* 不可調換的 ◇ comutável

inconcebível   *adj. 2 gén.* 不可思議的，難以想像的 ◇ concebível

inconciliável   *adj. 2 gén.* 不可調和的，勢不兩立的

inconcludente   *adj. 2 gén.* 不確定的；無結果的；不合邏輯的 ◇ concludente

inconcusso, ssa   *adj.* 堅定的，無可爭辯的；〔轉〕嚴肅的，端謹的

incondicional   *adj. 2 gén.* 無條件的；無制約的 ◇ condicional

inconexão(cs)   *s.f.* 不連貫；無聯繫 ◇ conexão

inconexo, xa(cs)   *adj.* 不連貫的；不接續的；無聯繫的 ◇ conexo

inconfessável   *adj. 2 gén.* 不可告人的；不可認罪的；不可懺悔的 ◇ confessável

inconfesso, ssa   *adj.* 不公認的，不承認的，不懺悔的

inconfortável   *adj. 2 gén.* 不舒適的，不安樂的 ◇ confortável

inconfundível   *adj. 2 gén.* 不會混淆的，明顯的；不會搞錯的 ◇ confundível

incongruência   *s.f.* 不一致，不相符，不適合 ◇ congruência

incongruente   *adj. 2 gén.* 不一致的，不相符的，不適合的 ◇ congruente

inconquistável   *adj. 2 gén.* 不可征服的，不可戰勝的 ◇ conquistável

inconsciência   *s.f.* 無知覺，無感覺，不省人事；〔轉〕無良心，無慈悲心 ◇ consciência

inconsciente   *adj. 2 gén.* 無意識的，下意識的；不省人事的

inconsequência   *s.f.* 前後矛盾；無呼應；無聯繫；微不足道，無關緊要 ◇ consequência

inconsequente   *adj. 2 gén.* 前後矛盾的，無照應的，無聯繫的；微不足道的，無關緊要的 ◇ consequente

inconsideração   *s.f.* 欠考慮，不注意 ◇ consideração

inconsiderado, da   *adj.* 未經考慮的；輕率的；不替別人着想的 ◇ considerado

inconsistência   *s.f.* 不一致；不堅固

無定見 ◇ consistência

inconsistente *adj. 2 gén.* 不一致的；不堅固的；無定見的 ◇ consistente

inconsolável *adj. 2 gén.* 無法安慰的 ◇ consolável

inconstância *s.f.* 不穩定；易變，多變，反覆無常 ◇ constância

inconstante *adj. 2 gén.* 不穩定的；易變的，多變的，反覆無常的的 ◇ constante

inconstitucional *adj. 2 gén.* 不符合憲法的，違背憲法的 ◇ constitucional

inconsútil *adj. 2 gén.* 無縫的，無接縫的；整塊的

incontaminado, da *adj.* 未受污染的 ◇ contaminado

incontável *adj. 2 gén.* 眾多的，無數的，數不清的 ◇ contável

incontestabilidade *s.f.* 不容爭辯；無競爭 ◇ contestabilidade

incontestado, da *adj.* 沒有爭議的 ◇ contestado

incontestável *adj. 2 gén.* 不容爭辯的，不容置疑的 ◇ contestável

incontinência *s.f.* 無節制，放縱；〔醫〕失禁 ◇ continência

incontinente *adj. 2 gén.* 無節制的，放縱的；〔醫〕失禁的 ‖ *s. 2 gén.* 無節制的人，放縱的人 ‖ *adv.* 立即，馬上 ◇ continente

incontrastável *adj. 2 gén.* 不可戰勝的，不能制勝的 ◇ contrastável

incontrovertível *adj. 2 gén.* 不容爭辯的 ◇ controvertível

inconveniência *s.f.* 方便；不合宜；不合宜的狀況 ◇ conveniência

inconveniente *adj. 2 gén.* 不方便的；不合適的；不相稱的 ‖ *s.m.* 不便，麻煩事 ◇ conveniente

inconvertível *adj. 2 gén.* 不能變換

的，不能兌換的(貨幣) ◇ convertível

incoordenação *s.f.* 不同格，不同等，不相稱 ◇ coordenação

incorporação *s.f.* 併入，攙入；編入；團體，結社

incorporar *v.t.* 併入，攙入；使團結，使結合 ‖ *v.i.* 參加 ‖ *v.r.* 加入團體，入社

incorporeidade *s.f.* 無形，非物質性，不具實體

incorpóreo, a *adj.* 無形的，非物質的，不具實體的

incorrecção *s.f.* 不正確；不確切；錯誤

incorrecto, ta *adj.* 不正確的；不確切的；錯誤的

incorrigibilidade *s.f.* 無法矯正，無法改正

incorrigível *adj. 2 gén.* 無法矯正的，難望改正的

incorrupção *s.f.* 未腐，未爛；不腐敗

incorruptibilidade *s.f.* 不腐，不爛；不腐敗

incorruptível *adj. 2 gén.* 不腐的，不爛的；不腐敗的

incorrupto, ta *adj.* 未腐的，未爛的；不腐敗的，廉潔的；未受腐蝕的

incrassar *v.t.* 使變稠，使變濃

incredibilidade *s.f.* 不可信，難以置信

incredulidade *s.f.* 不相信，懷疑；不信教，不信神

incrédulo, la *adj.* 不相信的，懷疑的；不信教的，不信神的

incrementar *v.t.* 增加，增大；發展，擴展

incremento *s.m.* 增加，增大；發展，擴展

increpação *s.f.* 訓斥，譴責，責罵

increpador, ra   *s.m.,f.* 訓斥者;譴責者,責罵者

increpante   *adj. 2 gén.* 訓斥的,譴責的,責罵者

increpar   *v.t.* 訓斥,譴責,責罵

incriminação   *s.f.* 歸罪;控訴;控告

incriminar   *v.t.* 歸罪;控訴;控告

incrível   *adj. 2 gén.* 可信的,難以置信的

incruento, ta   *adj.* 不流血的

incrustação   *s.f.* 鑲嵌§包殼;覆皮

incrustador, ra   *adj.* 鑲嵌的;包殼的 ‖ *s.m.,f.* 鑲嵌工

incrustar   *v.t.* 鑲嵌;包殼;覆皮 ‖ *v.r.* 黏附

incubação   *s.f.* 孵化,孵蛋

incubadora   *s.f.* 孵化器,孵養箱;早產嬰兒保育箱

incubar   *v.t.* 孵蛋

inculca   *s.f.* 推薦;介紹;諄諄教誨,反覆地講述

inculcar   *v.t.* 推薦;介紹;諄諄教誨,反覆地講述

inculpabilidade   *s.f.* 無辜,清白;無可指責

inculpação   *s.f.* 控告,譴責;非難

inculpado, da   *adj.* 無罪的;被連累的;[法]被控告的

inculpar   *v.t.* 控告;譴責;非難;連累

inculpável   *adj. 2 gén.* 無辜的,清白的,無可指責的

incultivável   *adj. 2 gén.* 無法繁殖的,不能耕種的

inculto, ta   *adj.* 未開墾的;未耕種的;沒教養的,沒文化的

incultura   *s.f.* 無教養,沒文化

incumbência   *s.f.* 任期;責任,義務;現任職權

incumbir   *v.t. ei.* (責任等)落到(某

人)身上,該(由某人)負責;以事務委託

incunábulo   *s.m.* 初版;古版書籍;事物初期

incurável   *adj. 2 gén.* 無法醫治的;[轉]無法改正的;無法挽回的

incúria   *s.f.* 不修邊幅,邋遢;疏忽,忽略

incurioso, sa   *adj.* 不修邊幅的,邋遢的;疏忽的;無好奇心的

incursão   *s.f.* 侵犯,侵入,襲擊

indagação   *s.f.* 調查;研究

indagar   *v.t.* 調查;研究

indébito, ta   *adj.* 不應當的;非法的

indecência   *s.f.* 不適當;不體面;不正派;下流;骯髒

indecente   *adj. 2 gén.* 不適當的,不體面的,不正派的;下流的;骯髒的

indecifrável   *adj. 2 gén.* 不可辨認的,不可翻譯的,無法辨識的

indecisão   *s.f.* 猶豫,躊躇,寡斷;狐疑

indeciso, sa   *adj.* 未定的,未決定的;猶豫不決的,躊躇的;模糊不清的

indeclinável   *adj. 2 gén.* 不可推卸的,不可逃避的

indecoro   *s.m.* 不適當;不雅,不體面;無禮貌

indecoroso, sa   *adj.* 不適當的;不雅的,不體面的;無禮貌的;不正派的

indefectível   *adj. 2 gén.* 無錯誤的;無缺憾的,不可毀壞的

indefensável   *adj. 2 gén.* 無法保衛的;難辯護的,站不住腳的

indefensível   *adj. 2 gén.* 無法保衛的;難辯護的,站不住腳的

indefenso, sa   *adj.* 未設防的;無自衛能力的;無保護的;解除武裝的;空手的

indeferimento　*s.m.* 拒絕;不批准

indeferir　*v.t.* 拒絕接受;不批准;禁止 △ ~ um requerimento 否決一請求

indefeso, sa　*adj.* 無武裝的;空手的;無抵抗力的

indefesso, ssa　*adj.* 不疲勞的,不累的

indefinido, da　*adj.* 不確定的;無限的;[語]不定的

indefinível　*adj. 2 gén.* 難以確定的

indeiscência　*s.f.* [植]不裂開

indeiscente　*adj. 2 gén.* [植]不裂開的

indelével　*adj. 2 gén.* 去不掉的,不能消除的,不能抹去的

indeliberado, da　*adj.* 未經考慮的;無意的

indelicadeza　*s.f.* 不文雅的;放肆;無禮

indelicado, da　*adj.* 不文雅的;放肆的;無禮的

indemne　*adj. 2 gén.* 安然無恙的;未受損失的

indemnidade　*s.f.* 安然無恙;免受損失

indemnização　*s.f.* 賠償;賠償費 △ ~ de guerra 戰爭賠償

indemnizar　*v.t.* 賠償

indemonstrável　*adj. 2 gén.* 不可證明的,不能說明的

independência　*s.f.* 獨立,自立

independente　*adj. 2 gén.* 獨立的,自立的

indescritível　*adj. 2 gén.* 無法形容的,難以描述的

indesculpável　*adj. 2 gén.* 不可原諒的;難以開脫的

indesejável　*adj. 2 gén.* 不希望的;不值得想望的;不受歡迎的 ‖ *s. 2 gén.* 不受歡迎的人

indestrutível　*adj. 2 gén.* 不可毀壞的,堅不可摧的

indeterminação　*s.f.* 不限定,未確指;猶豫不決;寡斷

indeterminado, da　*adj.* 不定的,未確指的;猶豫不決的;寡斷的

indeterminismo　*s.m.* [哲]非決定論;非定命論;自由意志論

indevido, da　*adj.* 不正當的,不恰當的

indiano, na　*adj.* 印度的 ‖ *s.m., f.* 印度人

indicação　*s.f.* 指示,指點,指引;指示物,表示物;徵兆;指定;意見

indicador, ra　*adj.* 指示的,表示的 ‖ *s.m.* 標誌;食指;[化]指示劑;[機]指示器 △ dedo ~ 食指

indicar　*v.t.* 表明,指明;指出;指示;告知;指點,指明;暗示

indicativo, va　*adj.* 指示性的,表示性的;[語]陳述式的

índice　*s.m.* 目錄;索引;指針,時針;指示;指數

indiciar　*v.t.* 控訴,起訴;譴責

indício　*s.m.* 徵兆,跡象;指出,指明

índico, ca　*adj.* 印度的

indiferença　*s.f.* 冷淡;不關心;無動於衷,中立;無足輕重

indiferente　*adj. 2 gén.* 冷淡的;不關心的,無動於衷的;中立的;無足輕重的

indiferentismo　*s.m.* (對宗教的)冷淡主義

indígena　*adj. 2 gén.* 土著的,本土的 ‖ *s. 2 gén.* 土著人

indigente　*adj. 2 gén.* 貧窮的;貧乏的

indigerível　*adj. 2 gén.* 不消化的

indigestão　*s.f.* 消化不良

indigesto, ta *adj.* 未消化的;難消化的;消化不良的;不消化的

indignação *s.f.* 氣憤,憤慨,憤怒

indignar *v.t.* 使氣憤,使憤慨,使氣怒 ‖ *v.r.* 氣憤

indignidade *s.f.* 不相稱,不配,不值;侮辱;蔑視

indigno, na *adj.* 不配的,不相稱的,令人屈辱的

índigo *s.m.* 靛;靛藍

indiligência *s.f.* 疏忽;怠慢;不勤奮

índio, dia *adj.* 印度的;印第安人的 ‖ *s.m., f.* 印度人;印第安人 ‖ *s.m.* 〔化〕銦

indirecto, ta *adj.* 不直接的,間接的

indisciplina *s.f.* 無紀律

indisciplinado, da *adj.* 不服管束的,無紀律的

indisciplinar *v.t.* 使無紀律 ‖ *v.r.* 不守紀律

indisciplinável *adj. 2 gén.* 不可管束的,不可有紀律的

indiscreto, ta *adj.* 不謹慎的,冒失的,不留心的

indiscrição *s.f.* 不謹慎,冒失,不留心,洩露秘密

indiscutível *adj. 2 gén.* 不可爭辯的,明確無疑的

indispensável *adj. 2 gén.* 不可推卸的;必需的,不可少的

indispor *v.t.* 使不舒服;使不適;使不合

indisposição *s.f.* 不舒服,健康失調;不適

indisposto, ta *adj.* 身體不適的,健康失調的;不適的,不和的

indisputável *adj. 2 gén.* 不可爭辯的;無可爭辯的

indissolubilidade *s.f.* 不溶解性,不能分解性

indissolúvel *adj. 2 gén.* 不可溶解的;不能分解的;不能分離的

indistinguível *adj. 2 gén.* 不能區別的,不能辨別的

indistinto, ta *adj.* 無區別的;不清楚的;不能辨別的

individual *adj. 2 gén.* 個人的,個體的,個別的;獨特的,特有的

individualidade *s.f.* 個性,特性;個體,個人特徵

individualismo *s.m.* 個人主義;自我主義;個性

individualista *adj.* 個人主義的,自我主義的 ‖ *s. 2 gén.* 個人主義者;自我主義者

individualização *s.f.* 個性化,賦以個性;具體化

individualizar *v.t.* 使具有個性,賦以個性;使具體化

individuar *v.t.* 使具有個性;使具體化;標指

indivíduo *s.m.* 個體;個人;人

indivisão *s.f.* 未分,不可分

indivisibilidade *s.f.* 不可分性

indivisível *adj. 2 gén.* 不可分的

indiviso, sa *adj.* 未分的,未分開的;整體的

indizível *adj. 2 gén.* 不可言喻的,無法形容的

indochinês, esa *adj.* 印度支那的 ‖ *s.m., f.* 印度支那人

indócil *adj. 2 gén.* 不馴服的;倔强的

indocilidade *s.f.* 不馴服;不服管教;倔强性

indocumentado, da *adj.* 沒有身份證明的

indo-europeu, eia *adj.* 印歐的;印

歐語系的 ‖ *s.m.* 印歐語系

índole   *s.f.* 性格,性情;性質;特性

indolência   *s.f.* 好逸惡勞;冷漠;息惰;懶散;〔醫〕無痛

indolente   *adj. 2 gén.* 〔醫〕無痛的;冷漠的;息惰的;懶散的

indolor   *adj. 2 gén.* 不痛的,無痛苦的

indomado, da   *adj.* 未馴服的,未馴養的

indomável   *adj. 2 gén.* 不馴的,不聽話的,不屈的

indomesticado, da   *adj.* 未馴養的,未馴的;野蠻的

indomesticável   *adj. 2 gén.* 不能馴養的

indoméstico, ca   *adj.* 非家養的,野的,不馴服的

indómito, ta   *adj.* 未馴服的;未馴養的;難控制的;不可戰勝的

indonésio, sia   *adj.* 印度尼西亞的 ‖ *s.m., f.* 印度尼西亞人

indostânico, ca   *adj.* 印度斯坦的

indouto, ta   *adj.* 沒文化的,無知識的

indubitável   *adj. 2 gén.* 無疑的,肯定的

indução   *s.f.* 勸誘;誘導;引導;歸納;〔電〕感應 △ ① ~ electromagnética 電磁感應 ② ~ magnética 磁感應

indulgência   *s.f.* 寬容;赦罪;放縱

indulgenciar   *v.t.* 赦罪;赦免;放縱

indulgente   *adj. 2 gén.* 寬容的;原諒的;赦罪的

indultar   *v.t.* 赦免;免除

indulto   *s.m.* 赦罪;(天主教)特典

indumentária   *s.f.* 服裝史,服裝研究;〔集〕衣服,服裝

indumentário   *adj.* 衣服的,服裝的

indumento   *s.m.* 衣服,服裝;制服

induração   *s.f.* 〔醫〕硬變,硬化

indústria   *s.f.* 工業;行業;實業;工廠,企業;〔轉〕狡猾 △ de ~ 故意地,存心地

industrial   *adj. 2 gén.* 工業的;實業的 ‖ *s. 2 gén.* 工業家,廠商

industrialismo   *s.m.* 工業主義

industrialista   *adj. 2 gén.* 工業主義的 ‖ *s. 2 gén.* 工業主義者

industrialização   *s.f.* 工業化

industrializar   *v.t.* 實行工業化

industriar   *v.t.* 教授,培訓,指導

industrioso, sa   *adj.* 能幹的,聰明的;勤奮的

indutância   *s.f.* 〔電〕電感;感應係數

indutivo, va   *adj.* 歸納性的;推斷性的;〔電〕感應的

indutor, ra   *adj.* 勸誘的;引導的;〔電〕感應的 ‖ *s.m.* 電感繞圈,電感器

induzido, da   *adj.* 感生的,感應的 ‖ *s.m.* 〔電〕感應電路

induzir   *v.t.* 勸誘;引導;歸納出;〔電〕感生,感應

inebriante   *adj. 2 gén.* 致醉的,醉人的

inédia   *s.f.* 節制飲食

inédito, ta   *adj.* 未出版的,未發表的

inefabilidade   *s.f.* 難以表達,不可言喻,難以描繪

inefável   *adj. 2 gén.* 難以表達的,不可言喻的,難以描繪的

ineficácia   *s.f.* 無效

ineficaz   *adj. 2 gén.* 無效的;無用的

inegável   *adj. 2 gén.* 不能否認的,不容爭論的,明顯的

inelegante   *adj. 2 gén.* 不雅的,不漂亮的

inelegível   *adj. 2 gén.* 無當選資格的

inelutável   *adj. 2 gén.* 不能抵抗的；不可戰勝的；不可避免的

inenarrável   *adj. 2 gén.* 難以描述的，不能詳述的

inépcia   *s.f.* 荒謬；愚蠢

ineptidão   *s.f.* 荒謬；愚蠢；無能

inepto, ta   *adj.* 愚蠢的；無能的

inequação   *s.f.* 〔數〕不等，不等式

inequívoco, ca   *adj.* 明確無誤的；明顯的

inércia   *s.f.* 遲鈍；不活動；無生氣，〔化〕惰性；〔理〕慣性，慣量

inerente   *adj. 2 gén.* 固有的；內在的

inerme   *adj. 2 gén.* 無武器的，被解除武裝的，手無寸鐵的；〔動，植〕無刺的 ‖ *s.m.pl.* 鰊蟲，寄生蟲

inerte   *adj. 2 gén.* 不活動的；不活潑的；無生氣的；〔化〕惰性的 △ *gás* ~ 惰性氣體

inescrutável   *adj. 2 gén.* 無法揭示的，無法探知的，神秘的

inesperado, da   *adj.* 意外的，突然的

inestético, ca   *adj.* 不美的；沒有藝術性的

inestimado, da   *adj.* 未估價的，估價不足的

inestimável   *adj. 2 gén.* 無法估價的，寶貴的

inevitável   *adj. 2 gén.* 不可避免的

inexactidão   *s.f.* 不準確；不真實

inexacto, ta   *adj.* 不準確的，不真實的

inexaurível   *adj. 2 gén.* 不會枯竭的，無窮無盡的

inexcusável   *adj. 2 gén.* 不能推卸的，不能寬恕的，不能原諒的

inexecutável   *adj. 2 gén.* 不能實施的，不能實現的，不能履行的

inexistência   *s.f.* 不存在

inexistente   *adj. 2 gén.* 不存在的

inexorabilidade   *s.f.* 硬心腸；無情

inexorável   *adj. 2 gén.* 無情的，毫不寬容的

inexperiência   *s.f.* 無經驗；不熟練

inexperiente   *adj. 2 gén.* 無經驗的，不熟練的

inexpiável   *adj. 2 gén.* 不可贖回的

inexplicável   *adj. 2 gén.* 不能解釋的，無法解釋的，不能說明的

inexplorado, da   *adj.* 未開發的；未勘察的

inexplorável   *adj. 2 gén.* 不可開採的；不可開發的

inexpressivo, va   *adj.* 無表情的；冷漠的

inexprimível   *adj. 2 gén.* 無法形容的，不可言喻的

inexpugnável   *adj. 2 gén.* 堅不可摧的；難攻下的；無敵的，毫不動搖的

inextensibilidade   *s.f.* 無伸展性

inextensível   *adj. 2 gén.* 無伸展的

inextenso, sa   *adj.* 無面積的，不佔空間的；不能擴張的

inextinguível   *adj. 2 gén.* 撲不滅的，不能熄滅的；不可抑制的

inextirpável   *adj. 2 gén.* 不能根除的

in extremis ⟨*lat.*⟩ *adv.* 臨終；死前

inextricável   *adj. 2 gén.* 理不清的；錯綜複雜的；不能解脫的

infalibilidade   *s.f.* 一貫正確；確實可靠；不會出差錯

infalível   *adj. 2 gén.* 不會錯誤的；一貫正確的；確實可靠的

infalsificável   *adj. 2 gén.* 不能假造的；不能偽造的；不能歪曲的

infamação   *s.f.* 敗壞聲譽；詆毀

infamador, ra   *s.m., f.* 誹謗者，詆

毀者

infamante *adj. 2 gén.* 侮辱的;損壞名譽的;詆毀的

infamar *v.t.* 敗壞聲譽;詆毀

infame *adj. 2 gén.* 聲名狼藉的;卑鄙的;極壞的;無恥的

infamia *s.f.* 惡名;醜行,卑鄙行為;卑鄙;聲名狼藉

infância *s.f.* 童年,幼年;(組織,團體等等的)初期;[集]兒童

infantaria *s.f.* 步兵,步兵隊

infante *s.m.* 小孩;王子(帝王長子之外的兒子);[軍]步兵

infanticida *s. 2 gén.* 殺嬰犯

infanticídio *s.m.* 殺害嬰孩,殺嬰罪

infantil *adj. 2 gén.* 兒童的;嬰孩的,幼兒的;幼稚的

infantilidade *s.f.* 稚氣;小兒的言行

infantilismo *s.m.* [醫]幼稚型(成年人的)幼稚病

infarto *s.m.* [醫]梗塞,梗死

infatigável *adj. 2 gén.* 不知疲倦的,孜孜不倦的

infausto, ta *adj.* 倒霉的,不幸的

infecção *s.f.* [醫]傳染;感染

infeccionar *v.t.* 使感染;傳染;毒害

infeccioso, sa *adj.* 感染性的;傳染性的

infectar *v.t.* 使感染;傳染;毒害

infecto, ta *adj.* 被感染的;傳染性的;受毒害的;惡臭的;骯髒的

infecundidade *s.f.* 無生殖力;貧瘠;貧乏;不肥沃;出產不多;不結子;不孕性

infecundo, da *adj.* 無生殖力的;貧瘠的;不肥沃的;出產不多的;不結子的;不孕的

infelicidade *s.f.* 不幸,倒霉;不祥,不吉

infeliz *adj. 2 gén.* 不幸的,倒霉的;不祥的

inferência *s.f.* 推斷;推論;推理

inferior *adj. 2 gén.* 下部的,下面的;低級的;劣等的;少的,小的,下級的 ‖ *s. 2 gén.* 下級;下屬

inferioridade *s.f.* 下面部位;低級;少,小;卑微

inferir *v.t.* 推斷;推論;推理

infernal *adj. 2 gén.* 地獄的;似地獄的;極壞的

infernar *v.t.* 使下地獄;折磨

inferno *s.m.* 地獄;人間地獄;苦難;[轉]恐怖的景像

infestação *s.f.* 侵擾;傳染

infestar *v.t.* 侵擾;傳染

inficionar *v.t.* 使傳染,使感染;毒害

infidelidade *s.f.* 不忠實,不誠實;不貞;背信

infiel *adj. 2 gén.* 不忠的;不誠實的;不貞的;背信的 ‖ *s. 2 gén.* 不信宗教者

infiltração *s.f.* 滲透,滲入;[醫]浸潤角

infiltrar *v.t.* 使滲透;灌輸

ínfimo, ma *adj.* 最低下的,很低級的;很壞的;最壞的

infinidade *s.f.* 無限;無數

infinitesimal *adj. 2 gén.* 極小的;[數]無限小的

infinitivo *s.m.* [語]不定式

infinito, ta *adj.* 無限的;無窮的;無數的 ‖ *s.m.* (空間、時間)的無限

infirmar *v.t.* 使無效,註銷

inflação *s.f.* 膨脹;通貨膨脹

inflacionismo *s.m.* 通貨膨脹

inflacionista *adj. 2 gén.* 支持通貨膨脹政策的 ‖ *s. 2 gén.* 支持通貨膨脹政策的人

inflamabilidade *s.f.* 可燃性,易燃性

inflamação *s.f.* 燃燒;〔醫〕發炎

inflamar *v.t.* 點燃;引起炎症;激起 ‖ *v.r.* 〔醫〕發炎;激奮

inflamatório, ria *adj.* 發炎的,炎症的;使激怒的

inflamável *adj. 2 gén.* 可燃的,易燃的;易激怒的

inflar *v.t.* 使充氣,使膨脹;誇張

inflexão(cs) *s.f.* 彎曲,曲折;(聲音的)變調

inflexibilidade(cs) *s.f.* 不曲性,不彎性;堅定不移

inflexível(cs) *adj. 2 gén.* 不曲的,不彎曲的;堅定不移的

infligir *v.t.* 給予(刑罰,苦痛,創傷等)

inflorescência *s.f.* 〔植〕花序;花簇,花朵

influência *s.f.* 流行性感冒

influência *s.f.* 影響;勢力,權勢

influenciar *v.t.* 影響;對……有作用

influente *adj. 2 gén.* 有影響力的;有權勢的

influenza *s.f.* 流行性感冒

influir *v.t.* 流入;影響,感動;激起

influxo(cs) *s.m.* 流入;影響;漲潮;雲集

in-fólio *s.m.* 對開本書

informação *s.f.* 通知,報告;新聞報導;信息;消息;情報;資料

informador, ra *adj.* 告訴的,通知的;報告的 ‖ *s.m., f.* 告發者;情報人

informante *adj. 2 gén.* 提供消息的,提供情況的 ‖ *s. 2 gén.* 通知者;告發者

informar *v.t.* 通知,報告;發表意見

informática *s.f.* 信息學

informe *adj. 2 gén.* 不成形的,無定形的;粗糙的 ‖ *s.m.* 報告;消息,情報

infortunado, da *adj.* 不幸的,倒霉的

infortúnio *s.m.* 不幸,倒霉;惡運

infracção *s.f.* 違法,違章;罪行;過失

infracto, ta *adj.* 違犯的,破壞的

infractor *s.m.* 違犯者;破壞者

infra-estrutura *s.f.* 底層結構;基礎設施;基礎;基層;經濟基礎

infrangível *adj. 2 gén.* 折不斷的,打不破的;不能違反的

infravermelho, lha *adj.* 〔理〕紅外綫的

infrequência(qu-ên) *s.f.* 不經常;罕見

infrequente(qu-en) *adj. 2 gén.* 不經常的

infringir *v.t.* 違犯;不實現(諾言等)

infrutescência *s.f.* 〔植〕聚花果

infrutífero, ra *adj.* 不結果的;不毛的;〔轉〕無效果的;徒勞的

infrutuoso, sa *adj.* 無成果的;無效果的

infundado, da *adj.* 無根據的,無理由的

infundibuliforme *adj. 2 gén.* 漏斗形的

infundir *v.t.* 注入,灌注;引起,激起

infusão *s.f.* 注入,灌注;泡製成的浸劑,湯,茶等

infusibilidade *s.f.* 不熔性

infusível *adj. 2 gén.* 不熔的

infuso, sa *adj.* 注入的,灌輸的;泡製的

infusório *s.m.* 纖毛蟲;滴蟲類

ingénito, ta *adj.* 先天的,固有的

ingente *adj. 2 gén.* 巨大的

ingenuidade *s.f.* 天真;純樸

ingénuo, nua *adj.* 天真的;純樸的;坦率的

ingerência *s.f.* 干預;插入

ingerir *v.t.* 吃下,吞下 ‖ *v.r.* 介入

ingestão *s.f.* 吃,吞

inglês, sa *adj.* 英國的 ‖ *s.m.*, *f.* 英國人 ‖ *s.m.* 英語

ingovernável *adj. 2 gén.* 難管理的,難領導的

ingratidão *s.f.* 不感謝,不感恩,忘恩負義

ingrato, ta *adj.* 不感謝的,不感恩的,忘恩負義的;討厭的;得不償失的 ‖ *s.m.* 忘恩負義者

ingrediente *s.m.* (混合物的)成份,配料

íngreme *adj. 2 gén.* 壁立的;峻直的,陡的

ingressar *v.i.* 進入,加入

ingresso *s.m.* 進入,加入

inguinal *adj. 2 gén.* [解]腹股溝的

ingurgitação *s.f.* 吞入,吞下;狼吞虎嚥

ingurgitar *v.t.* 吞入,吞下;狼吞虎嚥

inhame *s.m.* [植]薯蕷,山藥,芋

inibição *s.f.* 禁止;阻止;限制

inibir *v.t.* 禁止;阻止;限制

inibitivo, va *adj.* 禁止性的;禁止的;阻止的

iniciação *s.f.* 開始;創始;啓蒙

iniciador, ra *adj.* 開始的,開創的 ‖ *s.m.*, *f.* 創始者

inicial *adj. 2 gén.* 開始的;最初的;初期的 ‖ *s.f.* 詞首之字母;姓名之首字母

iniciar *v.t.* 開始,開創,啓蒙

iniciativa *s.f.* 發起,創導;首創精神;積極性;主動性

iniciativo, va *adj.* 最初的;首創的

início *s.m.* 開端;開始;起始

inimaginável *adj. 2 gén.* 不能想像的;難以想像的;難以置信的

inimigo, ga *adj.* 仇視的;敵對的;反對的 ‖ *s.m.*, *f.* 敵人;反對者

inimitável *adj. 2 gén.* 無法模倣的

inimizade *s.f.* 敵對;敵意;恨惡

inimizar *v.t.* 使成敵人,使敵對

ininteligível *adj. 2 gén.* 晦澀難懂的;不可理解的

ininterrupção *s.f.* 不停,不斷

iniquidade *s.f.* 不公正的行為;不義之舉;罪行

injecção *s.f.* 注射;注射劑

injectar *v.t.* 注射

injector *s.m.* 注射器

injunção *s.f.* 命令;訓論;禁令

injúria *s.f.* 侮辱;傷害

injuriador, ra *adj.* 侮辱人的,傷害人的 ‖ *s.m.*, *f.* 辱罵者,傷害者

injuriar *v.t.* 侮辱;傷害

injurioso, sa *adj.* 侮辱性的

injustiça *s.f.* 不公平,不合理

injustificável *adj. 2 gén.* 不合理的,不正當的;無法解釋的

injusto, ta *adj.* 不公平的

inlandsis *s.m.* [地]大陸冰川

inobediência *s.f.* 不服從,違抗命令

inobediente *adj. 2 gén.* 不服從的

inobservado, da *adj.* 未被覺察的;不遵守的

inobservância *s.f.* 違反;不遵守

inobservável *adj. 2 gén.* 無法覺察的;無法遵守的

inocência s.f. 天真,單純;無辜,清白;頭腦簡單

inocente adj. 2 gén. 天真的,單純的;無辜的,清白的;頭腦簡單的;無害的 ‖ s. 2 gén. 兒童

inocuidade s.f. 無害

inoculação s.f. 〔醫〕接種,種痘;預防注射

inoculador, ra s.m.f. 〔醫〕接種員,注射人;注射器

inocular v.t. 〔醫〕接種,種(痘)

inoculável adj. 2 gén. 〔醫〕可接種的

inócuo, cua adj. 無害的;無毒的

inodoro, ra adj. 無香味的;無氣味的

inofensivo, va adj. 無害的;不傷人的;不觸犯人的

inolvidável adj. 2 gén. 令人難忘的;難以忘卻的

inominado, da adj. 無名的

inoperante adj. 2 gén. 不起作用的,不生效力的

inoperável adj. 2 gén. 不能施手術的

inópia s.f. 貧窮,貧乏

inopinado, da adj. 意外的;突然的

inopinável adj. 2 gén. 不可想像的;料想不到的

inoportunidade s.f. 不合時宜

inoportuno, na adj. 不合時宜的

inorgânico, ca adj. 無生命的;無機體的;〔化〕無機的

inospitalidade s.f. 不好客,不慇懃

inóspito, ta adj. 不慇懃的;不適於居住的

inovação s.f. 改革;革新

inovador, ra adj. 革新的 ‖ s.m., f. 革新者

inovar v.t. 改革;革新

inoxidável adj. 2 gén. 不氧化的;不生銹的

inquebrantável adj. 2 gén. 打不碎的;折不斷的;毀壞不了的

inquérito s.m. 審問,調查;詢問

inquestionável adj. 2 gén. 無可置疑的

inquietador, ra adj. 使人不安的

inquietar v.t. 使不安;攪擾 ‖ v.r. 焦躁,不安

inquieto, ta adj. 焦躁的,不安的

inquietude s.f. 焦躁;心神不安

inquilinato s.m. 房屋租賃;房屋租賃合同

inquilino, na s.m. 房客;住客;〔法〕租方

inquinar v.t. 污染;使感染

inquirição s.f. 調查;詢問;查究

inquiridor, ra s.m., f. 調查者,詢問者

inquirimento s.m. 調查;詢問,查究

inquirir v.t. 調查;詢問;查究

inquisição s.f. 調查,詢問;〈M〉(天主教的)宗教法庭

inquisidor s.m. (宗教法庭的)法官

inquisitivo, va adj. 調查的,詢問的

insaciabilidade s.f. 貪婪,不知足

insaciável adj. 2 gén. 貪婪的,不知足的

insalivar v.t. 使(食物)混涎,和以唾液

insalubre adj. 2 gén. 不衛生的

insalubridade s.f. 不衛生

insanável adj. 2 gén. 無法醫治的,不治的

insânia s.f. 精神病;瘋

insano, na adj. 精神病的,精神錯亂的

insatisfação *s.f.* 不滿足,不滿意

insatisfeito, ta *adj.* 未滿足的,不滿意的

inscrever *v.t.* 書寫;銘刻;登記,註冊

inscrição *s.f.* 書寫;銘刻;登記,註冊;銘文

inscrito, ta *adj.* 書寫的;〔幾〕内接的

insecável *adj. 2 gén.* 離乾的;消耗不盡的;不可分割的;難以排放的

insecticida *adj. 2 gén.* 殺蟲的 || *s.m.* 殺蟲劑

inséctil *adj. 2 gén.* 不可分割的

insectívoro, ra *adj.* 食蟲的 || *s.m.pl.* 〔動〕食蟲目

insecto *s.m.* 昆蟲;*s.pl.* 昆蟲亞綱;〔轉〕小爬蟲,小人

insectologia *s.f.* 昆蟲學

inseguridade *s.f.* 不安全;不可靠

inseguro, ra *adj.* 不安全的;不可靠的;動搖不定的

inseminação *s.f.* 人工授精

inseminar *v.t.* 人工授精

insensatez *s.f.* 不理智;愚蠢;愚笨之言行

insensato, ta *adj.* 不理智的,愚蠢的

insensabilidade *s.f.* 無感覺;無知覺;麻木不仁

insensibilização *s.f.* 失去感覺,麻醉

insensibilizar *v.t.* 使失去感覺,麻醉

insensível *adj. 2 gén.* 無感覺的;失去知覺的;麻木不仁的

inseparabilidade *s.f.* 不可分離

inseparável *adj. 2 gén.* 不可分的;形影不離的

insepulto, ta *adj.* 未埋葬的

inserção *s.f.* 插入;插入物

inserir *v.t.* 使插入,使嵌入,插入;登載

inserto, ta *adj.* 插入的,填入的;登載的

inservível *adj. 2 gén.* 無用的;不能使用的

insídia *s.f.* 埋伏;圈套;詭計;陷阱

insidiador, ra *adj.* 設圈套的,陰謀的 || *s.m.* 設埋伏者,陰謀者

insidiar *v.t.* 設置圈套,埋伏

insidioso, sa *adj.* 陰險的,陰謀的,居心叵測的

insigne *adj. 2 gén.* 傑出的;著名的;顯著的

insígnia *s.f.* 旗幟,旗號;徽章

insignificância *s.f.* 微不足道,價值不大的東西,無關緊要的事務

insignificante *adj. 2 gén.* 微不足道的;不重要的;很小的,很少的;卑微的

insinceridade *s.f.* 不誠摯,不坦率

insincero, ra *adj.* 不誠摯的,不坦率的

insinuação *s.f.* 暗示,影射;暗指;獻媚求寵

insinuador, ra *adj.* 暗示的,影射的 || *s.m.,f.* 暗示者,影射者;獻媚求寵者

insinuante *adj. 2 gén.* 暗示的,影射的;曲意奉承的

insinuar *v.t.* 暗示,影射 || *v.r.* 曲意奉承

insipidez *s.f.* 乏味,淡而無味,平淡無奇

insípido, da *adj.* 淡的,無味的;乏味的,平淡無奇的

insipiência *s.f.* 無知;無智慧;愚蠢

insipiente *adj. 2 gén.* 無知的;不理智的;無智慧的

insistência *s.f.* 堅持,固執

insistente *adj. 2 gén.* 堅持的,固執的

insistir *v.i.* 堅持;強調

insóbrio, ria *adj.* 無節制的;放肆的

insociabilidade *s.f.* 不愛交際,不善交際;難相處

insocial *adj. 2 gén.* 不愛交際的;不善交際的;難相處的

insociável *adj. 2 gén.* 不愛交際的;不善交際的;難相處的

insofrível *adj. 2 gén.* 難以忍受的;難堪的

insolação *s.f.* 曬;〔醫〕日射病,中暑;〔氣象〕日曬,日照

insolar *v.t.* 曬,日曬 ‖ *v.r.* 患日射病,中暑

insoldável *adj. 2 gén.* 無法焊接的

insolência *s.f.* 驕橫,無禮;無禮言行

insolente *adj. 2 gén.* 驕橫的,無禮的;傲慢的

insólito, ta *adj.* 非正常的,異常的

insolubilidade *s.f.* 不溶解;難以解決

insolúvel *adj. 2 gén.* 不溶解的;無法解決的

insolvência *s.f.* 無償付能力;無力清償債務

insolvente *adj. 2 gén.* 無償付能力的

insondável *adj. 2 gén.* 深不可測的;深奧難解的

insone *adj. 2 gén.* 失眠的

insónia *s.f.* 失眠,失眠症

insonorização *s.f.* 無聲;隔音

insonorizar *v.t.* 使無聲;使隔音

insonoro, ra *adj.* 不響的,無聲的;隔音的

insossar *v.t.* 使無鹹味,使無味

insosso, sa *adj.* 無鹽的;無味的

inspecção *s.f.* 觀察;審查;檢查;視察

inspeccionar *v.t. f.* 觀察;審查;檢查;視察

inspector, ra *s.m., f.* 稽查員,督察員,視察員

inspiração *s.f.* 吸氣;啟示,啟發;靈感;神力

inspirado, ra *adj.* 啟發的;使產生靈感的,吸氣的 ‖ *s.m., f.* 鼓舞者

inspirar *v.t.* 吸(氣);啟發;激發;使產生靈感;鼓舞

inspirativo, va *adj.* 啟發性的;鼓舞性的

instabilidade *s.f.* 不堅定,不穩定,不牢固;不持久

instalação *s.f.* 安裝,設置;設備,設施

instalador, ra *s.m., f.* 安裝工

instalar *v.t.* 安裝,設置;安頓,安置;任命 ‖ *v.r.* 安家,定居

instância *s.f.* 請求;申請;申請書;堅持不休;〔法〕(審理的)級別(如初級、中級或高級)

instantâneo, a *adj.* 瞬間的,即刻的,立即的

instante *s.m.* 瞬息,剎那,片刻

instar *v.i.* 堅持;催促,堅決要求;迫在眉睫 ‖ *v.t.* 要求;堅持

instauração *s.d.* 建立,設立;恢復

instaurar *v.t.* 建立,設立;恢復

instável *adj. 2 gén.* 不堅固的,不穩定的

instigação *s.f.* 煽動;鼓勵

instigador, ra *adj.* 煽動的;鼓勵的 ‖ *s.m., f.* 煽動者;鼓勵者

instilação *s.f.* 滴注;逐漸灌輸

instilar *v.t.* 滴注;逐漸灌輸

instintivo, va *adj.* 本能的;天性的

instinto *s.m.* 本能;天性;直覺

institucional *adj. 2 gén.* 組織的,機構的;制度的,體制的

institucionalizar *v.t.* 使制度化

instituição *s.f.* 建立,創立;機構,團體,組織;制度,法制

instituir *v.t.* 創立,成立;制定

instituto *s.m.* 機關,學院;學會,協會

instrução *s.f.* 教育,訓練;知識,學識,文化; *pl.* 指示,指令

instruído, da *adj.* 博學,受過教育的,有文化的

instruir *v.t.* 教育;訓練;通知

instrumentação *s.f.* 〔樂〕給樂器編樂曲;樂器演奏法

instrumental *adj. 2 gén.* 樂器的,器樂的;〔集〕樂器

instrumentar *v.t.* 給樂器編樂曲

instrumentista *s. 2 gén.* 樂器演奏者;器樂家

instrumento *s.m.* 工具;器具,樂器;儀器;〔法〕契約;文件

instrutivo, va *adj.* 有教育意義的;開導的,啓發的

instrutor, ra *adj.* 教育的,指導的‖*s.m.,f.* 教員,指導員,講師

insubmergível *adj. 2 gén.* 不可淹沒的,不能下沉的

insubmisso, sa *adj.* 不屈服的,不順服的

insubordinação *s.f.* 不服從;反抗

insubordinado, da *adj.* 不服從的,反抗的,違抗命令的

insubordinar *v.t.* 使不服從,使反抗‖*v.r.* 不服從,反抗

insubstancial *adj. 2 gén.* 無實質內容的,枯燥無味的

insubstancialidade *s.f.* 無實質內容,枯燥無味

insubstituível *adj. 2 gén.* 不可替代的

insuficiência *s.f.* 不夠用,不充足;能力不足

insuficiente *adj. 2 gén.* 不夠用的,不充足的

insuflação *s.f.* 吹入法;吹(氣等)入腔

insuflador *s.m.* 吹入器

insuflar *v.t.* 吹入

ínsula *s.f.* 島嶼

insular *adj. 2 gén.* 島嶼的

insulina *s.f.* 〔醫〕胰島素

insulinoterapia *s.f.* 〔醫〕胰島素療法

insulsez *s.f.* 無味;枯燥

insulso, sa *adj.* 無鹹味的;無鹽的;枯燥的

insultador, ra *adj.* 辱罵的,侮辱的‖*s.m.,f.* 侮辱者

insultante *adj.* 辱罵性的,侮辱性的

insultar *v.t.* 辱罵;侮辱,冒犯

insulto *s.m.* 辱罵;侮辱;冒犯

insuperável *adj. 2 gén.* 不可戰勝的,不可克服的

insuportável *adj. 2 gén.* 難以忍受的

insurgente *adj. 2 gén.* 起義的,暴動的,造反的‖*s. 2 gén.* 起義者,暴動者,造反者

insurgir-se *v.r.* 反叛;叛變

insurreccional *adj. 2 gén.* 起義的;叛亂的

insurreccionar *v.t.* 起義,叛亂;使暴動‖*v.r.* 起義,暴動

insurrecto, ta *adj.* 起義的;叛亂的;

暴動的 ‖ s.m., f. 起義者,暴動者

intacto, ta　*adj.* 未觸動的;未受損的;完整無缺的

intangibilidade　*s.f.* 不可觸犯性;不可侵犯性

intangível　*adj. 2 gén.* 不可觸犯的;不可侵犯的

íntegra　*s.f.* 完整,完全 △ na ~ 完整地,全部地

integração　*s.f.* 構成;結合,一體化

integral　*adj. 2 gén.* 整個的,全部的,完全的;〔數〕積分的 ‖ *s.f.* 積分

integrante　*adj. 2 gén.* 組成的,構成的,整體的

integrar　*v.t.* 使結合,使成一體;組成 ‖ *v.r.* 結合,加入,參加

integrável　*adj. 2 gén.* 可合成整個的

integridade　*s.f.* 完整,健全;〔轉〕正直,大公無私;童貞

íntegro, ra　*adj.* 完整的,完全的;〔轉〕正直的,誠實的

inteirar　*v.t.* 使成整體;完成

inteiro, ra　*adj.* 整個的,完全的;健全的

intelecção　*s.f.* 理解,瞭解

intelectivo, va　*adj.* 理解的,瞭解的

intelecto　*s.m.* 智力,理解力,才智

intelectual　*adj. 2 gén.* 智力的,腦力的,精神上的 ‖ *s. 2 gén.* 知識分子,腦力勞動者

intelectualidade　*s.f.* 理解力;智力;知識界

inteligência　*s.f.* 智力;才智;聰明;機敏;協調;情報

inteligente　*adj. 2 gén.* 聰明的,機敏的

inteligibilidade　*s.f.* 可以理解性,明白易懂

inteligível　*adj. 2 gén.* 可以理解的,明白易懂的

intemperança　*s.f.* 無節制,放縱;放縱行爲

intemperante　*adj. 2 gén.* 無節制的,放縱的,無度的

intempérie　*s.f.* 惡劣氣候

intempestivo, va　*adj.* 不適時的;不合宜的;不合季節的

intenção　*s.f.* 企圖,打算;用意;目的

intencionado, da　*adj.* 故意的;別有用心的

intencional　*adj. 2 gén.* 故意的,有意的

intendência　*s.f.* 管理;總管;監督;軍需官之職務

intendente　*s.m.* 經理;管家;軍需官

intensidade　*s.f.* 力度,強度;強烈,劇烈;緊張

intensificar　*v.t.* 加強,加劇,加緊

intensivo, va　*adj.* 強烈的,劇烈的,緊張的

intenso, sa　*adj.* 強烈的,猛烈的,劇烈的

intentar　*v.t.* 試圖,意欲,打算,企圖

intento　*s.m.* 意圖,企圖,意向;含意

interaliado, da　*adj.* 盟國間的

interastral　*adj. 2 gén.* 星際的,星間的

intercadência　*s.f.* 斷斷續續

intercadente　*adj. 2 gén.* 斷斷續續的

intercalação　*s.f.* 插入,添加;閏日

intercalar　*v.t.* 插入,添加,閏 ‖ *adj. 2 gén.* 插入的,閏日的 △ dia ~ 閏日

interceder　*v.i.* 代爲請求,說情;調解

intercelular　*adj. 2 gén.* 細胞間的

intercepção　*s.f.* 攔截;截取

interceptar *v.t.* 攔截;截取;阻斷

intercessão *s.f.* 代爲請求,說情,調解

intercessor, ra *adj.* 代爲請求的,說情的 ‖ *s.m., f.* 代爲請求者,說情者,調解者

intercolúnio *s.m.* 〔建〕柱間,柱距

intercomunicação *s.f.* 內部通話,內部電話;相互聯絡;互相溝通

intercontinental *adj. 2 gén.* 洲際的

intercostal *adj. 2 gén.* 〔解〕肋間的

interdição *s.f.* 禁止;停止職權令

interdigital *adj. 2 gén.* 指(趾)間的

interdito, ta *adj.* 禁止的 ‖ *s.m.* 禁止;禁令

interessado, da *adj.* 有利害關係的;有興趣的;關心的 ‖ *s.m., f.* 有關者;關係人

interessante *adj. 2 gén.* 有趣的;引起興趣的

interessar *v.t.* 引起興趣,使感興趣,使人懋 ‖ *v.i.* 涉及;關係

interesse *s.m.* 興趣;利益,利潤

interesseiro, ra *adj.* 自私的;追逐私利的

interferência *s.f.* 干涉,干預,干擾

interferente *adj. 2 gén.* 干擾的

interferir *v.i.* 干涉,干預,干擾

interino, na *adj.* 臨時的,暫時的

interior *adj. 2 gén.* 內部的,在內的,內地的,內心的 ‖ *s.m.* 內部,內地,室內,內心

interjeição *s.f.* 〔語〕感歎詞

interlinear *adj. 2 gén.* 在綫中的,字裏行間的

interlocutor, ra *s.m., f.* 交談者,對話者

intermediar *v.i.* 調解

intermediário, ria *adj.* 調解的 ‖

s.m., f. 調解人

intermédio, dia *adj.* 中間的 ‖ *s.m.* 居間人;媒介 △ por ~ de 通過

interminável *adj. 2 gén.* 無止境的;沒完沒了的;無極的;冗長不堪的

intermitente *adj. 2 gén.* 間歇的,間斷的 ‖ *s.f.* 〔醫〕間歇熱

internacional *adj. 2 gén.* 國際的,世界的 ‖ *s.f.* 〈M〉國際歌

internacionalizar *v.t.* 使國際化,國際共管

internado, da *adj.* 被監禁的,被拘禁的 ‖ *s.m., f.* 被拘禁者,被收容者;[集合名詞]寄宿生;寄宿學校

internamento *s.m.* 拘禁

internato *s.m.* 寄宿學校;孤兒院

interno, na *adj.* 內部的;寄宿的 ‖ *s.m., f.* 寄宿生 △ secreção ~a 內分泌

interpelação *s.f.* 質問,質詢

interpelar *v.t.* 質問,質詢

interplanetário, ria *adj.* 行星際的,星際間的

interpor *v.t.* 置於……之間;插入;干涉 ‖ *v.r.* 居於其間

interporto *s.m.* 中途港

interposição *s.f.* 置於……之間;插入;干預

interposto *s.m.* 大貨倉;國際商業中心

interpretação *s.f.* 翻譯,解釋;表達

interpretar *v.t.* 翻譯,解釋;表達

intérprete *s. 2 gén.* 譯員;口譯者

interrogação *s.f.* 質問,訊問;〔語〕問號

interrogar *v.t.* 問,質問,審問

interrogatório, ria *adj.* 疑問的,訊問的 ‖ *s.m.* 審問,訊問,質問

interromper *v.t.* 打斷,中斷;使之

暫停

interrupção *s.f.* 中斷,打斷

interruptor *s.m.* 〔電〕開關,電鍵

intersecção *s.f.* 交叉綫,交點,橫切

intervalo *s.m.* (時間,空間的)間隔; 期間;間歇,課間休息;幕間休息;〔樂〕音程

intervenção *s.f.* 干涉,干預

intervir *v.i.* 干涉,干預

intestinal *adj. 2 gén.* 腸的

intestino, na *adj.* 内部的;體内的 ‖ *s.m.* 〔解〕腸

intimação *s.f.* 通知,通告

intimar *v.t.* 通知,通告

intimidação *s.f.* 恐嚇,恫嚇,威脅

intimidade *s.f.* 親密

intimidar *v.t.* 恐嚇,恫嚇,威脅

íntimo, ma *adj.* 最裏面的;〔轉〕親密的;内在的

intitular *v.t* 加標題;命名 ‖ *v.r.* 題爲,名叫

intolerância *s.f.* 不容忍

intolerante *adj. 2 gén.* 不能容忍的

intolerável *adj. 2 gén.* 不可忍受的

intoxicação *s.f.* 放毒,毒殺

intoxar *v.t.* 使中毒;放毒,毒害

intranquilo, la(qu-i) *adj.* 不安的,焦慮的,不寧靜的

intransigência *s.f.* 不讓步,不妥協,不調和

intransitável *adj. 2 gén.* 無法通過的

intransmissível *adj. 2 gén.* 不可傳送的,不可轉讓的

intransponível *adj. 2 gén.* 不可越過的

intratável *adj. 2 gén.* 難相處的;固執的

intravenoso, sa *adj.* 靜脈内的

intrepidez *s.f.* 大膽,勇敢,無畏

intrépido, da *adj.* 大膽的,勇敢的

intricado *adj.* 複雜的;紊亂的

intriga *s.f.* 陰謀,詭計

intrigar *v.i.* 策劃陰謀 ‖ *v.t.* 引起興趣

intriguista *s. 2 gén.* 陰謀家,權謀家,密謀者

intrincar *v.t.* 使紛亂

introdução *s.f.* 介紹;引進;前言,導言,緒言;〔樂〕序曲

introduzir *v.t.* 介紹;引進;帶進

intróito *s.m.* (彌撒開始的)導經;開始;序言,序曲

intrometer *v.t.* 插入;介於其中 ‖ *v.r.* 干涉

intrujão *s.m.* 欺騙者

intrujar *v.t.* 欺騙

intruso, sa *adj.* 侵入的,闖入的,不請而入的,强佔的 ‖ *s.m., f.* 不速之客

intuição(tu-i) *s.f.* 直覺;直觀;直覺能力

intuitivo, va(tu-i) *adj.* 直覺的,直觀的

intuito *s.m.* 目的,計劃,意向

intumescência *s.f.* 〔醫〕膨大,腫大

intumescente *adj. 2 gén.* 〔醫〕膨大的,腫大的

inumação *s.f.* 埋葬

inumano, na *adj.* 不人道的;冷漠無情的,殘酷的

inumerável *adj. 2 gén.* 無數的,數不清的

inúmero, ra *adj.* 無數的,數不清的

inundação *s.f.* 水災;泛濫;洪水

inundar *v.t.* 淹没;充滿

inútil *adj. 2 gén.* 無用的,無益的

inutilizar *v.t.* 使成無用,使徒勞無

功

invadir *v.t.* 侵略,侵犯,侵入,侵佔

invalidação *s.f.* 無效;失效

invalidar *v.t.* 使無效;使失效

invalidez *s.f.* 無效;殘廢

inválido, da *adj.* 無效的;殘廢的 ‖ *s.m.,f.* 殘疾人

invariável *adj. 2 gén.* 不變的,堅定的

invasão *s.f.* 侵略,侵犯,入侵

invasor, ra *s.m.,f.* 侵略者

invectiva *s.f.* 抨擊,攻擊,責罵

invectivar *v.t.* 抨擊,攻擊,責罵

inveja *s.f.* 嫉妒,妒忌

invejar *v.t.* 嫉妒,妒忌

invejoso, sa *adj.* 有嫉妒心的,好妒忌的

invenção *s.f.* 發明,創造;杜撰,虛構

invencível *adj. 2 gén.* 不可戰勝的,無敵的

inventar *v.t.* 發明,創造;創作;杜撰,虛構

inventariar *v.t.* 開清單,清點,盤點

inventário *s.m.* (財產等的)清單;清點,盤點;目錄

invento *s.m.* 發明,創造

inventor *s.m.* 發明家,創造者

invernal *adj. 2 gén.* 冬天的;寒冷的

invernar *v.i.* 過冬

invernia *s.f.* 寒冷天氣

inverno *s.m.* 冬天,冬季,寒冷天氣;〔轉〕老年

inverosímil *adj. 2 gén.* 難以置信的;不大可能的

inversão *s.f.* 倒轉,逆轉

inverso, sa *adj.* 反向的,逆向的

inversor *s.m.* 〔電〕反相器,電流方向轉換器

inverter *v.t.* 翻轉,顛倒,倒轉

invés *s.m.* 反面,背面 △ ao ~ 相反地

investida *s.f.* 襲擊,攻擊

investidura *s.f.* 授職,授權,就職儀式

investigação *s.f.* 研究,調查

investigador *s.m.* 調查者,研究者

investigar *v.t.* 調查,研究

investimento *s.m.* 投資;攻擊

investir *v.t.* 攻擊,襲擊;就職,授予職位

inviabilidade *s.f.* 行不通,不可行

inviável *adj. 2 gén.* 行不通的

invicto, ta *adj.* 常勝的;不可戰勝的

inviolabilidade *s.f.* 不可侵犯

inviolável *adj. 2 gén.* 不可侵犯的

invisibilidade *s.f.* 不可見性,非肉眼可見

invisível *adj. 2 gén.* 不可見的

invocação *s.f.* 祈求

invocar *v.t.* 祈求,祈求保佑

invocatória *s.f.* 祈求

involução *s.f.* 退化;復舊

invólucro *s.m.* 〔植〕花被;蒴苞;總苞

involuntário, rio *adj.* 無意的,不自覺的

invulnerabilidade *s.f.* 不受損害,不受影響

invulnerável *adj. 2 gén.* 不會受傷害的

iodeto *s.m.* 碘化物

iodo *s.m.* 碘

íon *s.m.* 〔理〕離子

ionizar *v.t.* 電離,使成離子

ionosfera *s.f.* 電離層

iperite *s.f.* 〔化〕芥子氣

ir *v.i.* 走;去;通向;過去;發生;參加;合適 ‖ *v.r.* 走掉,離開;消失;死 △① ~ a pé 步行 ② ~ ao ar 升空,不翼而飛 ③ ~ ao chão 摔倒 ④ ~ à escola 上學 ⑤ ~se embora 走開 ⑥ ~ desta para melhor 亡亡 ⑦ ~ ao pêlo 擊,打

ira *s.f.* 憤怒;報仇心;怒火

iracundo, da *adj.* 易怒的;憤怒的

irascível *adj. 2 gén.* 易怒的,性情暴燥的

irídio *s.m.* 〔化〕銥

irlandês, esa *adj.* 愛爾蘭的 ‖ *s.m., f.* 愛爾蘭人 ‖ *s.m.* 愛爾蘭語

iris *s.f. 2 gén.* 虹;〔解〕虹膜

irmã *s.f.* 姐妹 △① ~ mais nova 妹 ② ~ mais velha 姐

irmanar *v.t.* 使相等,相配;使……成為兄弟

irmandade *s.f.* 兄弟關係;友愛

irmão *s.m.* 兄弟 △① ~s gémeos 孿生子 ② ~ mais novo 弟 ③ ~ mais velho 兄

ironia *s.f.* 譏諷,諷刺

irónico, ca *adj.* 譏諷的,嘲弄的

irracional *adj.* 不合理的,無理性的;〔數〕無理的(數)

irradiação *s.f.* 輻射,照射;散發

irradiador *s.m.* 散熱器,輻射暖房裝置;(汽車引擎的)水箱

irradiar *v.t.* 發出,發射(光、熱等)

irreal *adj. 2 gén.* 不真實的,不現實的;想像的

irrealizável *adj. 2 gén.* 不能實現的;難以實行的

irredutível *adj. 2 gén.* 不能減少的;〔數〕不可約的

irreflexão (cs ou ss) *s.f.* 輕率;魯莽

irrefutável *adj. 2 gén.* 不可辯駁的

irregular *adj. 2 gén.* 不規則的;不守規矩的

irregularidade *s.f.* 不規則;不守規矩

irremediável *adj. 2 gén.* 無可救治的,不可補救的;不可避免的

irremissível *adj. 2 gén.* 不能原諒的,不能寬恕的

irremovível *adj. 2 gén.* 不可移動的

irreparável *adj. 2 gén.* 不能修補的;不可修理的;不可恢復的;不能彌補的

irrepreensível *adj. 2 gén.* 無可非議的,無可指摘的

irreprimível *adj. 2 gén.* 不可壓制的,壓制不住的

irrequieto, ta *adj.* 不安靜的;騷動的

irresistível *adj. 2 gén.* 不可抵抗的;不可阻擋的;不可控制的

irresoluto, ta *adj.* 未解決的;猶豫的

irresolúvel *adj. 2 gén.* 不能解決的,未解決的

irresponsabilidade *s.f.* 不承擔責任;不負責任

irresponsável *adj. 2 gén.* 不承擔責任的

irreverência *s.f.* 不尊敬

irreverente *adj. 2 gén.* 不恭敬的

irrevogabilidade *s.f.* 不可改變的;不能廢除

irrigação *s.f.* 灌溉;〔醫〕沖洗

irrigar *v.t.* 灌溉

irrisório, ria *adj.* 可笑的;荒誕的;嘲弄的

irritabilidade *s.f.* 易怒

irritação *s.f.* 刺激,激怒

irritante *adj.* 刺激性的;惱人的

irritar *v.t.* 刺激,激怒

irritável *adj. 2 gén.* 易受刺激的,易怒的

irromper *v.i.* 侵入,衝入

isca *s.f.* (釣魚用的)餌;引誘物

isco *s.m.* 發酵粉;釣餌

isenção *s.f.* 免除,豁免

isentar *v.t.* 豁免,免除

isento, ta *adj.* 被免除的;被豁免的

islamismo *s.m.* 回教,伊斯蘭教

isolação *s.f.* 隔離狀態

isolamento *s.m.* 隔離,分隔

isolar *v.t.* 使隔離

isomorfia *s.f.* 同型現象;類質同晶型現象

isonomia *s.f.* 類質同像,同律,同權

isqueiro *s.m.* 打火機,點火器

israelita *adj. 2 gén.* 奉猶太教的 ‖ *s. 2 gén.* 猶太人,以色列人

isso *pron. dem.* 那事,那個,那

istmo *s.m.* 地峽;(解)峽

isto *pron. dem.* 這事,道

italiano, na *adj.* 意大利的 ‖ *s.m., f.* 意大利人 ‖ *s.m.* 意大利語

ítalo, la *adj.* 意大利的,羅馬的 ‖ *s.m., f.* 意大利人

itinerante *adj. 2 gén.* 巡遊的,巡行的 ‖ *s. 2 gén.* 巡遊者,巡行者

itinerário, ria *adj.* 道路的 ‖ *s.m.* 旅行路綫;旅行路綫圖;路程

J

j *s.m.* 葡文第十個字母;(物)焦耳(Joule) ‖ *adj.* (序列中表示)第十的

já *adv.* 現在,此刻;立即;已經 △① ~ que 因爲 ② desde ~ 從現在起

jabuti *s.m.* (動)巴西一種食用龜

jacaré *s.m.* 鱷魚之俗名

jacente *adj. 2 gén.* 卧於……的;躺於……的;葬於……的;位於……的 △ herança ~ 無人認領的遺產 ‖ *s.m.* 橋的過樑

jacinto *s.m.* (植)風信子;(礦)鋯石;寶石

jactância *s.f.* 自負;自誇;吹噓

jactar-se *v.r.* 自負;自誇;吹噓

jacto *s.m.* 抛,擲 △ avião a ~ 噴氣飛機

jacular *v.t.* 抛擲;投射

jade *s.m.* 玉,玉石,碧玉

jagra *s.f.* 黃糖,粗砂糖

jaguar, tigre-do-Brasil, jaguareté *s.m.* (動)美洲豹

jamais *adv.* 從來;絕不

jandaíra *s.f.* (動)bras. 一種可釀優質蜜的蜂

janeiro *s.m.* 一月;*pl.* 年歲(多指老人的年齡)

janela *s.f.* 窗

jangada *s.f.* 杉排,木筏;(幾內亞比紹)渡船;擺渡

janota *adj. 2 gén.* 漂亮的 ‖ *s. 2 gén.* 穿着時髦的人

janotar *v.i.* 穿着時髦

jantar *s.m.* 晚飯,晚宴 ‖ *v.t. e i.* 吃晚飯

japão *s.m.* 日本人

japonês, esa *adj.* 日本的 ‖ *s.m., f.* 日本人 ‖ *s.m.* 日本語

japonesa, nespereira-do-japão *s.f.* 〔植〕枇杷

jaqueta *s.f.* 短上衣, 茄克衫

jarda *s.f.* 碼(英制度量單位)

jardim *s.m.* 花園 △ ① ～ de infância (～-escola) 幼兒園 ② ～ botânico 植物園 ③ ～ zoológico 動物園

jardineiro *s.m.* 園丁

jareré *s.m. bras.* 魚網;皮膚病

jarra *s.f.* 花瓶, 敞口帶耳罐

jarrafa *s.f.* 一種鮭魚

jarrão *s.m.* 大花瓶;大敞口瓶

jarro *s.m.* 高大有耳的盛水壺

jasmim *s.m.* 素馨;茉莉花;茉莉

jaspe *s.m.* 碧玉;斑紋大理石

jaula *s.f.* (鳥、獸的)籠子;牢籠

javali, javardo, porco bravo *s.m.* 野豬

javradeira *s.f.* 〔木〕曲槽鉋,圓槽鉋

jazer *v.i.* 卧;(被)葬於;位於

jazigo *s.m.* 墳墓;盛產金屬或鑽石之地;煤礦

jazz-band 〈ingl.〉*s.m.* 爵士樂隊

jeito *s.m.* 技巧;才能;熟練;瑕疵 △ com ～ 完美地;靈巧地

jeitoso, sa *adj.* 有才幹的, 熟練的

jejum *s.m.* 絕食, 齋戒

jerónimo *s.m.* 聖耶羅米教團教徒

jesuíta *s.m.* 耶穌會教徒

jesuítico, ca *adj.* 耶穌會的

jesus! *interj.* (表示驚訝, 恐懼之辭) 天哪!

jibóia *s.f.* 〔動〕蟒蛇

jingoísmo *s.m.* 狹隘愛國主義, 對外侵略主義, 排外主義

joalharia *s.f.* 珠寶店

joalheiro *s.m.* 珠寶商

jocoso, sa *adj.* 戲謔的;有趣的;詼諧的

joeira *s.f.* 篩子;篩選

joelheira *s.f.* 護膝, 護膝物

joelho *s.m.* 膝 △ de ～s 跪着

jogada *s.f.* 下賭注

jogador *s.m.* 賭博者, 遊戲者, 運動員

jogar *v.t.* 玩(牌),下(棋);賽(球) ‖ *v.i.* 遊戲, 玩耍;賭博, 冒險 △ ～ a pangada 擊打

jogo *s.m.* 賭博;遊戲, 玩耍;比賽, 運動;一套, 一副 △ ① ～s de bola 證券交易 ② ～ de mãos 戲法 ③ ～ de palavras 雙關語 ④ ～s olimpicos 〈M〉 奧林匹克運動會

jogue *s.m.* 〔宗〕瑜伽教徒

jóia *s.f.* 珠寶

joio *s.m.* 毒麥(草本植物)

jornada *s.f.* 一日之旅程;旅程, 路程;征戰

jornal *s.m.* 日報;日工資;日薪水

jornalista *s.2 gén.* 記者

jorrar *v.t.* 噴 ‖ *v.i.* 噴出, 涌出

jorro *s.m.* 噴出, 涌出

jovem *adj. 2 gén.* 年輕的 ‖ *s.2 gén.* 青年人

jovial *adj. 2 gén.* 快活的;開朗的;喜悅的

jovialidade *s.f.* 快活, 開朗;快樂;愉快

jubilação *s.f.* 喜悅;歡天喜地;退休(教師)

jubilar *v.t.* 使喜悅, 使喜樂 ‖ *v.i.* 高興, 喜悅 ‖ *v.r.* 高興;退休

júbilo *s.m.* 歡樂;高興

jubiloso, sa *adj.* 歡樂的;愉快的

judaico, ca *adj.* 猶太人的

judaísmo *s.m.* 猶太教

judas *s.m.* 叛徒, 背信棄義的人;
bras. 衣著寒酸者

judeu, dia *adj.* 猶太的, 猶太教的
‖ *s.m., f.* 猶太人;猶太教徒

judicial *adj. 2 gén.* 司法的, 法官的,
法院的 △ tribunal — 法院

judiciário, ria *adj.* 法官的, 法院
的, 司法的

judo *s.m.* 〔體〕柔道, 柔術

judoca *s 2 gén.* 練柔道的人

jugo *s.m.* 軛;一對(牛);〔轉〕統治,
壓迫, 支配

jugoslavo, va *adj.* 南斯拉夫的 ‖
s.m., f. 南斯拉夫人

juiz(í) *s.m.* 法官, 司法官;裁判者;仲
裁人;裁判員, 裁判長 △① — de direito 法院
院長 ② — da festa 慶祝活動主持人
③ — de paz 保安官

juízo *s.m.* 判斷力, 明智

julgador *s.m.* 判斷者

julgamento *s.m.* 判斷, 裁決

julgar *v.t.* 審判, 判斷 ‖ *v.i.* 推斷,
以為

julho *s.m.* 七月

jumenta *s.f.* 母驢

jumento *s.m.* 驢

junção *s.f.* 聯合, 結合

junco *s.m.* 〔植〕燈心草;中國帆船

junho *s.m.* 六月

júnior *adj. 2 gén.* 年輕的, 小的 ‖ *s.*

2 *gén.* 青年運動員(16-19 歲)

junta *s.f.* 接合處;會議, 委員會

juntar *v.t.* 使連接;匯集;聯合;聚
集;聚積

junto, ta *adj.* 連接的;聯合的;在一
起的;靠近;鄰近;同時

juntura *s.f.* 連接, 接合處;〔解〕關節

Júpiter *s.m.* 〔M〕〔天〕木星

jura *s.f.* 宣誓, 起誓

jurado, da *adj.* 宣過誓的, 發過誓的
‖ *s.m.* 陪審員

juramentar *v.t.* 宣誓, 發誓

juramento *s.m.* 宣誓, 誓言

jurar *v.i.* 宣誓, 發誓

júri *s.m.* 陪審團;考試委員會

jurídico, ca *adj.* 法律上的;法律規
定的

jurisdição *s.f.* 權限;審判權;司法
權;轄區

jurista *s. 2 gén.* 法學家, 法律學家

juro *s.m.* 利息

justiça *s.f.* 公正, 公道, 公平, 正義

justificar *v.t.* 證明有理, 證明正確;
辯解

justo, ta *adj.* 公平的, 公正的;正義
的;公道的;正確的

juvenil *adj. 2 gén.* 青年的, 青春時
期的 ◇ senil

juventude *s.f.* 青年;青春;青年時
間;年輕人

K

k *s.m.* (此字母并非葡文字母, 只用
於外來語, 拼寫外來詞匯)〔M〕〔化〕
元素鉀 (potássio) 符號 △① kg. 千
克, 公斤 (quilograma) ② kl. 千升

(quilolitro) ③ km. 公里 (quilómetro)

kabuki *jap.* *s.m.* 歌舞伎(日本傳
統劇種)

kantismo *s.m.* 〔哲〕康德學說, 康德

哲學

karaté ⟨*jap.*⟩　*s.m.* 拳術;功夫,武打

kart ⟨*ingl.*⟩　*s.m.* 賽車,比賽用汽車

karting ⟨*ingl.*⟩　*s.m.* 汽車比賽

kc (kilociclo 的縮寫)千周,千赫

kermesse *s.f.* 定期集市;義賣集市

khan *s.m.* 〔M〕汗,可汗(王、君主)

kilovolt *s.m.* 〔電〕千伏

kilowatt *s.m.* 〔電〕千瓦,瓩△ ~-ho-ra〔理〕千瓦時,瓩時,度

kimberlito *s.m.* 〔質〕角礫雲橄岩,

金伯利岩

kimono ⟨*jap.*⟩　*s.m.* 和服

king Charles *s.m.* 長毛巴兒狗

k.o. ⟨*ingl.*⟩ (knock-out 的縮寫)〔拳擊〕擊倒

kodak *s.m.* 柯達照像機

kolkhoze *s.m.* (前蘇聯)集體農莊

kominter *s.m.* 共產國際,第三國際

kúmel *s.m.* (一種德國或俄羅斯甜酒)枯茗酒

L

l *s.m.* 葡文第十一個字母;⟨M⟩羅馬數字的 50;公升符號 ‖ *adj.* 第十一的

lá *adv.* 那裏,彼處 ‖ *s.m.* 〔樂〕第六音

lã *s.f.* 羊毛,獸毛;財產 △ ①ir buscar ~ e vir tosquiado 弄巧成拙 ②com ~ (或 em pés de ~) 虛偽地,心口不一地

labareda *s.f.* 火舌;〔轉〕熱烈,熱情;猛烈;〔俗〕忙人

lábaro *s.m.* (羅馬皇帝的)御旗;前導旗

labéu *s.m.* 污名,污辱,恥辱

lábia *s.f.* 以甘言引誘,狡詐,甜言密語

labial *adj. 2 gén.* 唇的

lábio *s.m.* 唇

labirinto *s.m.* 迷宮;〔解〕內耳

labor *s.m.* 勞動;工作;農活

laboração *s.f.* 勞動

laborar *v.i.* 勞動,工作

laboratório *s.m.* 實驗室;化驗室

laboriosidade *s.f.* 勤勞,勤勉;〔轉〕艱難,艱辛

laborioso, sa *adj.* 耐勞的,勤勉的;〔轉〕艱難的,費力的

labrego, ga *adj.* 鄉間的;田舍的 ‖ *s.m.* 農民

labuta *s.f.* 勞作,勞苦,辛苦

labutação *s.f.* 勞作,勞苦,辛苦

labutar *v.i.* 勞作,勤勞,勞苦

labuzar *v.t.* 塗污

laca *s.f.* 松膠,松脂,漆

lacaia *s.f.* 侍女,婢女

lacaio *s.m.* 僕從,侍從;走狗

laçar *v.i.* 以帶穿繞;用帶子捆

laçarote *s.m.* 大結帶

laceração *s.f.* 撕裂,切裂

lacerante *adj. 2 gén.* 撕裂的;切開的,割裂的

lacerar *v.t.* 切裂;撕裂

lacertídeos *s.m. pl.* 〔動〕蜥蜴科

laço *s.m.* 索,繩;關係,聯絡

lacónico, ca *adj.* 簡練的,言簡意賅

的

laconismo *s.m.* 簡潔之語句;簡練的
表達方式

lacrar *v.t.* 蓋火漆,以火漆封固

lacre *s.m.* 火漆,封蠟

lacrimação *s.m.* 流淚

lacrimal *adj. 2 gén.* 淚的,流淚的,
‖ *s.m.* 淚骨

lacrimante *adj. 2 gén.* 淚的,流淚
的,催淚的

lacrimejar *v.i.* 流淚;哭泣

lacrimogéneo, a *adj.* 催淚的 △ ①
bomba~a 催淚彈 ②gás ~ 催淚瓦
斯,催淚氣

lacrimoso, sa *adj.* 好流淚的;令人
落淚的

lactação *s.f.* 乳汁分泌;授乳,乳養,
喂奶

lactante *adj. 2 gén.* 乳汁的;汁養如
乳的

lactar *v.i.* 哺乳,吸乳,乳養,吃奶 ‖
v.t. 授乳,乳養,喂奶,哺乳

lactário, ria *adj.* 乳的,乳狀的,如乳
的

lactato *s.m.* 〔化〕乳酸鹽

lácteo, a *adj.* 乳的,乳狀的 △ Via
~a〔天〕銀河

lactescência *s.f.* 乳汁狀,奶狀;乳汁
色

lactescente *adj. 2 gén.* 乳狀的,如乳
汁的,乳汁色的

lacticínio *s.m.* 乳製食品

lacticinoso, sa *adj.* 乳狀的,乳狀的

láctico, ca *adj.* 乳的,乳狀的

lactífero, ra *adj.* 輸送乳汁的,通乳
汁的,生乳液的

lactose *s.f.* 〔化〕乳糖

lacuna *s.f.* 空隙,裂口;〔解〕陷窩,腔
隙

lacustre *adj. 2 gén.* 湖泊的,生於湖
沼中的

ladaínha(da-i) *s.f.* 〔宗〕禱文;〔轉〕
冗長閒談

ladeamento *s.m.* 側道;託辭,狡辯

ladear *v.t.* 行側道;同行,同伴;包圍

ladeira *s.f.* 斜地,傾斜方向,斜坡

ladinice *s.f.* 狡猾,狡詐

ladino, na *adj.* 狡猾的,狡詐的

lado *s.* 側,面;〔轉〕方面;族;黨;觀
點;〔數〕邊,面 △ ①andar de ~ 側行,
横行 ②ao ~ de 在……旁邊 ③atra-
vessar de ~ 刺穿 ④de ~ 從側
面;側的,旁的 ⑤de ~ a ~ 通過,通
穿,貫穿 ⑥deitar-se de ~ 側睡 ⑦do
~ de 爲……代(某)……⑧dor
dos ~s 腰痛 ⑨estar de ~ 站在……
一邊,站在……方面,支持 ⑩ficar de
cara ao ~ 恥辱 ⑪~ dum dado 骰子
的面 ⑫ ~ direito (esquerdo) 右(左)
邊 ⑬~ dum hexágono 六角形的邊 ⑭
~ materno (paterno) 母(父)系 ⑮
passar para o ~ dos inimigos 背叛 ⑯
pôr de ~ 抛棄;放棄,冷落 ⑰para to-
dos os ~s 從各個方面,四面八方

ladra *s.f.* 女賊,女盜

ladrão *s.m.* 賊,流氓 △ ①com pés
de ~ 偷偷地 ②tubo ~ 排洩喉

ladrar *v.i.* 吠;〔轉〕狂叫;叫罵

ladrilhamento *s.m.* 鋪瓦

ladrilho *s.m.* 瓦片

ladroagem *s.f.* 小偷

ladroeira *s.f.* 偷,偷竊

ladroíce *s.f.* 偷,偷竊

lady 〈ingl.〉 *s.f.* 貴婦;女士

lagar *s.m.* 壓榨場,壓榨池

lagarta *s.f.* 〔動〕毛蟲;〔機〕環帶,履
帶

lagartixa *s.f.* 〔動〕蜥蜴

lagarto *s.m.* 〔動〕蜥蜴

lago *s.m.* 湖

lagoa *s.f.* 小湖

lagosta *s.f.* 〔動〕龍蝦,海蝦

lagostim *s.m.* 小龍蝦

lágrima *s.f.* 淚;〔轉〕一滴,小滴; *pl.* 哭 △ ~ s de crocodilo 鱷魚的眼淚,假慈悲

lagrimal *adj. 2 gén.* 淚的,流淚的

lagrimejar *v.i.* 流淚

lagrimoso, sa *adj.* 流淚的,令人悲傷的

laguna *s.f.* 〔地〕水塘,小湖;礁湖

laia *s.f.* 種類 △ a ~ 如……之方法

laicado *s.m.* 世俗身份;〔集〕在俗信徒

laico, ca *adj.* 常人的,世俗的;非教會的

laja *s.f.* 石板,板石,扁板

laje *s.f.* 石板,板石,扁板

lajeado *s.m.* 石板路

lama *s.f.* 泥,淤泥;污泥 || *s.m.* 〔動〕駱馬,美洲駝 || *s.m.* (西藏的喇嘛 △ ①arrastar alguém pela ~ 污辱 ②tirar alguém da ~ 救濟某人

lamaçal *s.m.* 泥沼,泥濘地

lamacento, ta *adj.* 多泥的,泥濘的

lamaico, ca *adj.* 喇嘛教的,喇嘛的

lamaísmo *s.m.* 喇嘛教

lamaísta *s.2 gén.* 喇嘛教徒

lambada *s.f.* 擊,打,拍,毆打

lambão, ana *adj.* 大食的,貪食的,饕餮的

lambaz *s.m.* 拖把,地拖

lambedela *s.f.* 舐,吮;〔轉〕小費,小賞賜

lambedor, ra *adj.* 舐的,喜舐的 || *s.m.* 吮舐者

lambedura *s.f.* 舐,吮

lamber *v.t.* 舐,吮 || *v.r.* 喜悅;歡樂

lambiscar *v.t.* 少吃;少食多餐;小口地吃

lambisco *s.m.* 少量餐食

lambril *s.m.* 嵌板細工,內壁板

lambugem *s.f.* 殘羹剩飯; *bras.* 小費

lambuzada *s.f.* 污點;污染之處

lambuzadela *s.f.* 污染,食品或飲料之髒點,污點;〔轉〕一知半解,膚淺

lambuzar *v.t.* 污染,弄污

lamela *s.f.* 小片

lamelibrânquio, ia *adj.* 〔動〕瓣鰓類的 || *s.m. pl.* 〔動〕瓣鰓綱

lameliforme *adj. 2 gén.* 薄片形的,似薄片的

lamentação *s.f.* 悲痛,哀嘆,埋怨

lamentador, ra *adj.* 悲痛的,哀嘆

lamentar *v.t.* 為……感到遺憾,惋惜,傷心,難過

lamentável *adj. 2 gén.* 可悲嘆的,令人難過的

lamento *s.m.* 悲痛,哀嘆,埋怨

lamentoso, sa *adj.* 悲痛的,可悲嘆的,哀傷的

lâmina *s.f.* 薄片,薄板;〔植〕葉片;〔解〕板,層

laminação *s.f.* 軋製薄板

lâmpada *s.f.* 燈,電燈泡 △ não ter azeite na ~ 精疲力竭,精力耗盡

lampana *s.f.* 謊言,假話

lamparina *s.f.* 夜燈,長明燈;〔俗〕掌擊,嘴巴

lampejar *v.i.* 發光,閃耀,閃射

lampejo *s.m.* 閃光,閃耀

lampião *s.m.* 燈籠

lampreia *s.f.* 〔動〕鰻魚

lamúria *s.f.* 悲嘆，哀哭

lamuriar *v.i.* 悲嘆，哀悼

lamuriento, ta *adj.* 悲嘆的，哀哭的，悲傷的

lana-caprina *s.f.* 瑣碎事物 △ de ~ 微不足道的，卑微的

lança *s.f.* 槍，矛 △ ①meter uma ~ em África 作驚人之舉；諸事遂順 ② quebrar ～s por (為自衛或為他人而) 爭鬥，辯論

lança-chamas *s.m.* 噴火器，火燄噴射器

lançada *s.f.* 槍刺，矛刺

lançador *s.m.* 投擲之人

lançadura *s.f.* 投，擲

lança-granadas *s.m.* 榴彈發射器

lançamento *s.m.* 投，擲；記入，登記

lança-minas *s.m.* 水雷佈雷艦

lançar *v.t.* 扔，抛，投擲，發射；發出；使問世；散佈；登記，記入；嘔吐 || *v.r.* 衝向，撲向 △ ① ~ o barro à parede 冒險而動 ② ~ poeira nos olhos 掩人耳目

lança-torpedos *s.m. 2.núm* 魚雷發射器

lance *s.m.* 投，擲，抛；事件；衝突；緊要關頭

lancear *v.t.* 用槍刺，用矛刺

lanceiro *s.m.* 長矛手

lanceta(ɛ) *s.f.* 〔醫〕刺血針；柳葉刀

lancetada *s.f.* (用柳葉刀開的)刀口

lancetar *v.t.* 用柳葉刀切開；用刺血針刺

lancha *s.f.* 船，艇，舟；石板，板石

lanchada *s.f.* 一船之載量

lanchar *v.t.e.i.* 吃下午茶點；吃點心

lanche *s.m.* 下午茶點；小吃

lancil *s.m.* 路邊石

lancinante *adj. 2 gén.* 能刺傷的，針刺般的

lancinar *v.t.* 刺傷，刺痛；折磨

lanço *s.m.* 投，擲；出價

landau *s.m.* 四輪馬車

langor *s.m.* 疲倦；疼痛；消沉

langoroso, sa *adj.* 疲倦的，無精打采的

languidez *s.f.* 疲倦，無精打采；無力

lânguido, da *adj.* 疲倦的，無精打采的；無力的

lanhar *v.t.* 亂劃，亂砍；〔轉〕弄傷，弄壞

lanho *s.m.* 刀痕，傷痕

lanolina *s.f.* 羊毛脂

lanosidade *s.f.* 毛茸茸；宛如羊毛

lanoso, sa *adj.* 毛茸茸的；多絨毛的；毛狀的，羊毛的

lantanídeo *s.m.* 〔化〕鑭系元素

lantânio *s.m.* 〔化〕鑭

lanterna *s.f.* 燈，燈籠，提燈 △ ①~ de aristóteles 海膽類之咀嚼器 ② ~ mágica 幻燈，影燈

lanugem *s.f.* 柔毛，絨毛

lanuginoso, sa *adj.* 有絨毛的，有柔毛的

lapa *s.f.* 洞，穴；〔動〕帽貝，蠑

láparo *s.m.* 小兔

lapela *s.f.* 襟

lapidar *v.t.* 用石頭砸；加工，雕琢 (寶石) || *adj. 2 gén.* 石的，關於石的，石細工的

lapidaria *s.f.* 切玉術

lapidário, ria *adj.* 寶石的；石碑的；碑文式的

lápide *s.f.* 墓石，石碑

lapídeo, a *adj* 石頭的，如石的，如石堅硬的

lápis *s.m.* 鉛筆，石筆

lápis-lazúli *s.m.* 〔礦〕天青石, 金青石, 琉璃石

lapso *s.m.* 期間, 時期; 過失, 差錯

laquear *v.t.* 上漆

lar *s.m.* 暖爐, 壁爐; 〔轉〕家庭

laracha *s.f.* 戲言, 笑談

laranja *s.f.* 〔植〕橙, 香橙 △ estar a pão e ~s 不夠吃, 挨餓

laranjada *s.f.* 橙汁

laranjeira *s.f.* 橙樹

larapiar *v.t.* 暗偷, 竊取

larápio *s.m.* 小偷, 小賊

lardo *s.m.* 肥豬肉, 豬脂, 豬油

lareira *s.f.* 暖爐, 壁爐

larga *s.f.* 放棄, 捨棄; 釋放; 〔轉〕自由

largada *s.f.* 鬆開, 放開; 離開; 啟程

largar *s.f.* 放棄, 捨棄; 釋放; 說, 講; 〔海〕張開(帆) ‖ *v.i.* 匆忙離開; 啟程

largo, ga *adj.* 寬的, 闊的; 廣闊的; 慷慨的; 〔樂〕徐緩的(曲) ‖ *s.m.* 廣場 △ ①ao ~ 遠離 ②a passos ~s 闊步而行地, 急促地

largueza *s.f.* 寬闊; 慷慨, 大方

largura *s.f.* 寬度, 廣度, 幅

laringe *s.f.* 〔解〕喉

laringite *s.f.* 喉炎

laringologia *s.f.* 喉科學

larva *s.f.* 〔動〕幼蟲, 幼體

larvicida *adj. 2 gén.* 殺蟲的 ‖ *s.m.* 殺蟲劑

lasca *s.f.* 薄片

lascar *v.t.* 切成小片

lascívia *s.f.* 淫蕩, 好色

lascivo, va *adj.* 淫蕩的, 好色的

lassidão *s.f.* 疲勞, 困倦

lassitude *s.f.* 疲勞, 困倦

lasso, sa *adj.* 疲勞的; 鬆弛的, 寬的

lástima *s.f.* 憐憫, 同情; 遺憾, 可惜; 苦難, 不幸 △ ser uma ~ 可惜

lastimar *v.t.* 可憐, 同情, 懷同情感

lastimoso, sa *adj.* 可憐的, 有惻隱心的; 可惜的

lastrar *v.t.* 裝壓艙物; 〔轉〕使之穩定

lastro *s.m.* 壓艙物

lata *s.f.* 馬口鐵, 鍍錫鐵皮; 聽, 罐頭, 鐵筒

latagão *s.m.* 壯士, 身體強壯的人

latão *s.m.* 黃銅; 大罐頭

látego *s.m.* 鞭打

latejante *adj. 2 gén.* 脈搏跳動的

latejar *v.i.* 脈搏跳動, 搏動, 跳動

latejo *s.m.* 跳動, 脈搏跳動

latente *adj. 2 gén.* 隱蔽的, 潛在的, 潛伏的

lateral *adj. 2 gén.* 旁的, 旁邊的; 次系的; 邊上的, 側面的

látex(cs) *s.m.* 膠乳, 乳狀液

látice *s.m.* 膠乳; 〔植〕乳狀液

laticífero, ra *adj.* 含膠乳的; 〔植〕有乳狀液的

latido *s.m.* 吠聲, 連續吠叫

latifúndio *s.m.* 大莊園, 大地產, 大領地

latim *s.m.* 拉丁語; 〔轉〕難解的事物 △ perder o seu ~ 浪費時間, 白費唇舌

latinismo *s.m.* 拉丁語詞語, 拉丁語表達方式

latinista *s.2 gén.* 拉丁語學者

latinizar *v.t.* 拉丁化 ‖ *v.i.* 用拉丁語

latino, na *adj.* 拉丁的; 拉丁人的; 拉丁語的; 拉丁語系的 ‖ *s.m.*, *f.* 拉丁人, 拉丁美洲人

latino-americano, na *adj.* 拉丁美洲的

latir *v.i.* 吠

latirismo *s.m.* 山黧豆中毒

latitude *s.f.* 〔地〕緯度,緯綫;〔轉〕寬度;幅員

lato, ta *adj.* 廣的,廣泛的

latrina *s.f.* 廁所

latrocinar *v.t.* 偷盗,搶劫,强奪

latrocínio *s.m.* 偷盗,搶劫,强奪

lauda *s.f.* 〔書之〕頁;一頁,一面,一篇

láudano *s.m.* 〔醫〕鴉片酊,阿片酊

laudatório, ria *adj.* 讚美的,頌揚的,褒揚的

laudável *adj. 2 gén.* 值得讚頌的

laudo *s.m.* 〔法〕裁決,判定

laureado, da *adj.* 戴着桂冠的;受嘉獎的

laurear *v.t.* 授以桂冠,嘉獎

laurel *s.m.* 桂冠;榮譽,光榮

lava *s.f.* 鎔巖;〔轉〕感情奔放

lavabo *s.m.* 〔宗〕做彌撒時的洗手禮;洗手時念的經;擦手巾

lavadeira *s.f.* 洗衣婦;洗衣機;〔動〕白鶺鴒

lavadeiro *s.m.* 洗衣者

lava-dente *s.m.* (款待客人的飲料糖果等)小吃

lavado, da *adj.* 洗的;清潔的;濕的;〔轉〕坦白的

lavadouro *s.m.* 洗衣處;洗衣店

lavadura *s.f.* 洗滌,洗;髒水

lavagante *s.m.* 〔動〕大龍蝦

lavagem *s.f.* 洗,洗滌

lavamento *s.m.* 洗,洗滌

lavanda *s.f.* 薰衣草

lavandaria *s.f.* 洗衣店

lavandisca *s.f.* 〔動〕斑鶺鴒

lava-pés *s.m.* 〔宗〕濯足

lavar *v.t.* 洗,洗滌;洗刷,洗清 ‖

v.r. 沐浴,洗澡;〔轉〕恢復名譽

lavatório *s.m.* 洗水池,盥洗池;廁所

lavável *adj.* 可洗的

lavor *s.m.* 刺繡,手工

lavoura *s.f.* 農業;耕作

lavra *s.f.* 農業;耕種;礦業

lavradio, dia *adj.* 適於耕種的

lavrado, da *adj.* 耕種的;雕刻的

lavrador *s.m.* 農家,農夫;農場主

lavragem *s.f.* 細化;耕作

lavrar *v.t.* 耕,耕種;雕刻;刺繡;開採

laxação *s.f.* 鬆,弛;〔轉〕緩解

laxante *adj. 2 gén.* 緩解的,輕瀉的,通便的 ‖ *s.m.* 緩瀉劑,通便劑

laxar *v.t.* 鬆,放鬆;緩解;通便,輕瀉

laxativo, va *adj.* 緩解的,輕瀉的,通便的

laxo, xa *adj.* 鬆弛的;不嚴的,放縱的

lazarento, ta *adj.* 麻瘋病的 ‖ *s.m.* 麻瘋病人;〔俗〕饑餓的

lazareto *s.m.* 麻瘋院;傳染病隔離室

lázaro *s.m.* 麻瘋病人

lazeira *s.f.* 饑饉;苦難;不幸

lazer *s.m.* 閒暇,餘暇

lãzudo, da *adj.* 羊毛的,羊毛製的,毛織的

lé *s.m.* 只用在下句:~ com ~, cré com ~ 物以類聚

leal *adj. 2 gén.* 誠實的,忠厚的;忠誠的,忠貞的

lealdade *s.f.* 誠實,忠厚;忠誠,忠貞

leão *s.m.* 獅;〔轉〕兇猛的人

lebre *s.f.* 野兔 △ ①andar à ~ 無錢,獵食 ②tomar gato por ~ 掛羊頭賣狗肉,騙賣

leccionação *s.f.* 教授,講解,指導

leccionando *s.m.* 學生,弟子,門生

leccionar *v.t.* 教,教授

lectivo, va *adj.* 學校的,上課的 △ ano ～ 學年

ledice *s.f.* 喜悦,歡喜,快樂;*pl.* 戲言,笑談

ledo, da *adj.* 幸福的,喜悦的

legação *s.f.* 公使館,外交使團

legacia *s.f.* 公使之職,公使館

legado *s.m.* 使節;教皇特使;遺産

legal *adj. 2 gén.* 合法的,法律的,法定的

legalidade *s.f.* 合法性;法制

legalização *s.f.* 使合法化;(法)認證

legalizar *v.t.* 使合法化;(法)認證

legar *v.t.* 派遣,委派;遺贈;傳給後代

legatário *s.m.* 遺産繼承人

legenda *s.f.* 聖徒傳,聖徒逸事;傳奇

legendário, ria *adj.* 傳說的,傳奇的

legião *s.f.* 軍團;古羅馬軍團;眾多,大批

legionário, ria *adj.* 軍團的;古羅馬軍團的 ‖ *s.m.* 古羅馬軍團士兵

legislação *s.f.* 立法;法規,法律學;法制

legislador, ria *adj.* 立法的 ‖ *s.m.* 立法人

legislar *v.i. et.* 立法

legislativo, va *adj.* 立法的;法律的;法定的 △ ①Conselho ～ 立法委員會 ②Diploma ～ 立法條例

legislatura *s.f.* 立法機關;立法期

legisperito *s.m.* 懂法律的人,法學家

legista *s.2 gén.* 法學家

legítima *s.f.* (法)法定相續産,遺留份,不能遺贈之份

legitimação *s.f.* 合法化,認證

legitimado, da *adj.* 合法的,正當的 △ filho ～ 嫡子

legitimador, ra *adj.* 使合法的,認證的

legitimar *v.t.* 使合法化;認證

legitimidade *s.f.* 合法,合法性;正統

legitimista *s. 2 gén.* 正統王權擁護者

legítimo, ma *adj.* 立法的;合法的;婚生的;正當的,真正的 ‖ *s.m.* 婚生子

legível *adj. 2 gén.* 可以辨認的;易讀的

légua *s.f.* 里格(合五公里多);(轉)距離很遠 △ ①fugir à ～ 逃跑,逃竄 ②papa-～s 疾走如飛者

legume *s.m.* 莢,豆科植物,豆類;蔬菜

legumina *s.m.* (化)豆球蛋白,豆球朊

leguminoso, sa *adj.* (植)豆科的 ‖ *s.f. pl.* 豆科

lei *s.f.* 法律;規則;準則;定律,規律 △ ①～ Civil 民法 ②～ divina 天條,天主規則 ③～ marcial 戒嚴令 ④～ natural 自然規律;自然法 ⑤～ orgânica 組織法

leicenço *s.m.* (醫)癤

leigo, ga *adj.* 俗人的,世俗的;(轉)無知識的,門外漢的

leilão *s.m.* 拍賣

leiloar *v.t.* 拍賣

leiloeiro *s.m.* 拍賣人

leira *s.f.* (田)壟 △ não ter ～ nem beira 一貧如洗

leitão *s.m.* 乳豬

leitaria *s.f.* 牛乳店

leite *s.m.* 牛奶,奶,乳 △ ①dentes

do ～ 乳齒 ②irmão de ～ 共乳兄弟

leiteiro, ra *adj.* 多乳的,如乳的; ‖ *s.m.* 賣牛奶者

leito *s.m.* 牀;河牀

leitor *s.m.* 讀者;講師,講課者

leitoso, sa *adj.* 如乳的,乳狀的

leitura *s.f.* 讀,閱讀;讀法

lema *s.m.* 〔數〕補題;主題;〔論〕前提

lembradiço, ça *adj.* 好記憶的

lembrado, da *adj.* 念念不忘的

lembrança *s.f.* 記憶,回憶,紀念品; *pl.* 問候

lembrar *v.t.* 提醒,使記起 ‖ *v.r.* 回憶

lembrete *s.m.* 記號;備忘錄;譴責

leme *s.m.* 舵;舵手;〔轉〕領導

lenço *s.m.* 手帕 △ ①～ de bolso 手帕 ②～ de cabeça 頭巾 ③～ de pescoço 頸巾,圍巾 ④～ de seda 絲巾

lençol *s.m.* 被單,牀單 △ ①～ de água 水層 ②estar em maus ～is 處於困境中

lenda *s.f.* 神話;傳奇,傳說

lendário, ria *adj.* 神話的;傳奇的

lenga *s.f.* 〔動〕一種虹魚 △ ～-～ 冗言,贅談

lenha *s.f.* 柴,薪 △ deitar ～ no fogo 火上加油

lenhador *s.m.* 砍柴人,樵夫

lenhar *v.i.* 砍柴,取柴

lenheiro *s.m.* 砍柴者,樵夫

lenho *s.m.* (砍下的)樹幹,粗樹枝

lenhoso, sa *adj.* 木本的,木質的

lenidade *s.f.* 寬大,寬厚,仁慈

lenificação *s.f.* 緩和;減輕

lenificar *v.t.* 緩和;減輕

leniment *s.m.* 緩和劑;輕瀉劑

lenitivo, va *adj.* 緩和的;輕瀉的 ‖

s.m. 緩和劑,輕瀉劑

lente *s.f.* 透鏡,放大鏡 ‖ *s.m.* 教授;讀者 △ ～ de contacto 角膜眼鏡,接觸眼鏡

lentícula *s.f.* 小透鏡

lenticular *adj. 2 gén.* 透鏡狀的

lentidão *s.f.* 遲緩性

lentigem *s.f.* 雀斑

lento, ta *adj.* 慢的,緩慢的,遲緩的;潮濕的

leoa *s.f.* 〔動〕牝獅

leónico, ca *adj.* 獅的

leonino, na *adj.* 獅子的;獅子般的

leoparda *s.f.* 雌豹

leopardo *s.m.* 雄豹

lépido, da *adj.* 欣喜的

lepidólito *s.m.* 〔礦〕鋰雲母

lepidópteros *s.m. pl.* 〔動〕鱗翅目,鱗翅類

leporino, na *adj.* 野兔的;如野兔的

lepra *s.f.* 麻瘋

leprosaria *s.f.* 麻瘋病院

leproso, sa *adj.* 患麻瘋病的 ‖ *s.* 麻瘋病人

leque *s.m.* 扇貝;扇子

ler *v.t.* 讀,閱,朗讀;讀懂,看懂;領會

lerdo, da *adj.* 遲緩的,遲鈍的,蠢笨的

léria *s.f.* 滑稽,詼諧

lés *s.m.* Leste 的縮寫 △ de ～ a ～ 穿透,貫穿

lesador, ra *adj.* 損害的 ‖ *s.m.* 損害者

lesão *s.f.* 損傷,創傷;損害,損失

lesar *v.t.* 損害;傷害;毀損

lesivo, va *adj.* 造成損傷的,可以損傷的;使受損害的,可以造成損害的

lés-nordeste *s.m.* 東北偏東方向

leso, sa *adj.* 受損傷的,受損害的

lés-sueste *s.m.* 東南偏東方向

lestada *s.f.* 東風

leste *s.m.* 東,東方

lesto, ta *adj.* 迅速的,靈敏的

letal *adj. 2 gén.* 致命的,致死的;死一般的

letargia *s.f.* 昏睡,昏睡病

letárgico, ca *adj.* 昏睡的,嗜眠的,迷睡的

letargo *s.m.* 嗜眠症,迷睡;昏睡

letra *s.f.* 字母;活字,鉛字;字體;歌詞;匯票 ‖ *pl.* 信 ① à ~ 依照文字,原原本本地 ② belas ~ s 文學 ③ homem de ~ s 文人 ④ ~ de câmbio 匯票 ⑤~ morta 一紙空文 ⑥ pessoa de ~ s gordas 没文化者,目不識丁者

letrado, da *adj.* 有文化的,博學的,文人的 ‖ *s.m.* 文人,文學家;律師

letreiro *s.m.* 指示牌,路標;提句,碑文

léu *s.m.* 機會 △ ao ~ 暴露地;裸體地

leucemia *s.f.* 白血病

leucocito *s.m.* 白血球

leucocitose *s.f.* 〔醫〕白血球增多症

leucoma *s.m.* 〔醫〕角膜白斑

leucorreia *s.f.* 〔醫〕白帶

leva *s.f.* 〔海〕起錨,出港

levadiço, ça *adj.* 可吊起的,能昇降的 △ ponte ~a 吊橋

levado, da *adj.* 運送的

levantamento *s.m.* 提高,舉起,昇起,建立;取消;暴動,起義;繪製

levantar *v.t.* 抬起,舉起;提高,撤掉,取消;引起;繪製;增加;組織起義,捏造 ‖ *v.i.* 漲價 ‖ *v.r.* 起牀;起義,暴動

levante *s.m.* 東方;〈M〉地中海東部

地區,近東

levantino, na *adj.* 地中海東部的

levar *v.t.* 運,搬運,移走;偷;穿;生活 △ ① ~ a cabo 完成 ② ~ uma vida miserável 勞苦度日,過非人的生活 ③ ~ para tabaco 挨打,受懲罰

leve *adj. 2 gén.* 輕的;輕微的;不嚴重的,淺薄的 △ de ~ 輕輕地,稍微地

levedar *v.i.* 發酵 ‖ *v.t.* 使發酵

levedura *s.f.* 酵母

leveza (ê) *s.f.* 輕,輕率

leviandade *s.f.* 輕浮;無謂

leviano, na *adj.* 輕浮的;無謂的

levitação *s.f.* 昇騰,在空中飄浮

levitar-se *v.r.* 昇騰,浮起,上昇

levulose *s.f.* 〔化〕果糖

lexical (cs) *adj. 2 gén.* 詞匯的;詞典的;詞書的

léxico (cs) *s.m.* 詞匯;詞典;詞書

lexicografia(cs) *s.f.* 詞典編纂法;詞典學

lexicólogo *s.m.* 詞匯學者,詞匯學家

léxicon *s.m.* 詞匯;詞典;詞書

lezíria *s.f.* 沼澤地

lhaneza *s.f.* 真誠;直率;質樸

lhano, na *adj.* 真誠的;直率的;質樸的

lhe *prop.* 他,她,牠,它

li *s.m.* 里

libação *s.f.* 灌酒;奠酒;品酒

libar *v.t.* 渴(酒);品嘗 ‖ *v.i.* 灌(酒);奠酒

libelo *s.m.* 誹謗文章

libélula *s.f.* 〔動〕蜻蜓

liberação *s.f.* 解放;釋放;解除

liberal *adj. 2 gén.* 自由的;自由主義的;慷慨的 ‖ *s.2 gén.* 自由主義者,自

由黨人

liberalidade *s.f.* 慷慨;好施

liberalismo *s.m.* 自由主義

liberar *v.t.* 解放;釋放;解除;免除

liberdade *s.f.* 自由;隨便,無拘無束;放肆;冒昧 △ ① ~ de consciência 信仰自由 ② ~ de imprensa 出版自由 ③ ~ individual 人身自由 ④ tomar a ~ de 冒昧地……

libertação *s.f.* 解放,釋放;拯救,解除

libertador, ra *adj.* 解放的,釋放的 ‖ *s.m.* 解放者,釋放者

libertar *v.t.* 釋放;解放;解救,拯救;解除

libertário, ria *adj.* 主張絕對自由的

libertinagem *s.m.* 放蕩

libertino, na *adj.* 放蕩的 ‖ *s.m.* 放蕩者

liberto, ta *adj.* 獲得自由的(奴隸)

libidinoso, sa *adj.* 好色的,淫蕩的 ‖ *s.m.* 色色之徒

líbio, bia *adj.* 利比亞的 ‖ *s.m.* 利比亞人

libra *s.f.* 磅(重量,合 0.4536 公斤);鎊(貨幣單位);〈M〉〔天〕天秤宮,天秤座 △ ~ esterlina 英鎊

libração *s.f.* 擺動;平衡;〔天〕天平動

lição *s.f.* 功課,課程;教訓

liceal *adj. 2 gén.* 中等學校的,中學的

licença *s.f.* 許可,許可證明;批准,准許;放縱,放肆

licenciado, da *adj.* 獲得學士學位的 ‖ *s.m.* 學士

licenciar *v.t.* 准許,授與學位 ‖ *v.r.* 獲得學位

licenciatura *s.f.* 取得學位

licencioso, sa *adj.* 放蕩的;淫亂的

liceu *s.m.* 中等學校,高級中學;講演廳

licitação *s.f.* (拍賣中)出價,投標

licitar *v.t.* (拍賣中)出價,投標;拍賣

lícito, ta *adj.* 合法的,正當的

licopódio *s.m.* 〔植〕石松

licor *s.m.* 烈酒,白酒

licoreiro *s.m.* 成套酒具

lida *s.f.* 工作,戰鬥

lidar *v.i.* 工作,戰鬥

lídimo, ma *adj.* 合法的,純正的

lido, da *adj.* 已讀的

liga *s.f.* 聯合;襪帶;合金,鎔金;團,社團,協會;同盟,聯盟

ligação *s.f.* 聯合,聯絡;束縛;聯繫;混合

ligadura *s.f.* 繃帶;捆紮;〔樂〕連音

ligamento *s.m.* 捆紮,結紮;聯繫;束縛;〔解〕韌帶

ligar *v.t.* 捆,紮,綁;使鎔合;連接,聯繫;約束,束縛;混合 ‖ *v.i.* 接合;通電流;開(電燈、收音機等)

ligeireza *s.f.* 輕;輕快;敏捷;輕率

ligeiro, ra *adj.* 輕的;輕快的;敏捷的;輕率的 ‖ *adv.* 迅速地

lignificar *v.t.* 木質化,木化

liláceas *s.f. pl.* 〔植〕百合科

liláceo, a *adj.* 百合科的

liliputiano, na *adj.* 小人國的 ‖ *s.m.* 小人國之人

lima *s.f.* 銼,銼刀;〔植〕甜檸檬

limagem *s.f.* 銼平;銼光

limão *s.m.* 檸檬

limar *v.t.* 銼磨,磨光;〔轉〕修飾,潤色

limbo *s.m.* 邊線，邊，緣

limeira *s.f.* 〔植〕甜檸檬樹

limiar *s.m.* 門檻；入口，門口

limitação *s.f.* 限制，限定；界限，限度

limitar *v.t.* 劃定界線，劃定界限；限定，限制；局限

limitativo, va *adj.* 限定性的，限制性的

limite *s.m.* 界線，界限；限度；期限；〔數〕限

limítrofe *adj. 2 gén.* 接壤的；毗連的；邊境的

limo *s.m.* 黏土，黏泥

limoeiro *s.m.* 〔植〕檸檬樹

limonada *s.f.* 檸檬水

limonite *s.f.* 〔礦〕褐鐵礦

limoso, sa *adj.* 泥濘的，泥的

limpa *s.f.* 清潔

limpa-botas *s.m.* 擦鞋匠，擦鞋工

limpador, ra *adj.* 清掃的 ‖ *s.m.* 清潔者，清潔工

limpadura *s.f.* 清潔，清掃；*pl.* 垃圾

limpar *v.t.* 使清潔；打掃；清掃；除掉；清除

limpeza *s.f.* 清潔，清掃；純潔

limpidez *s.f.* 清澈，透明

límpido, da *adj.* 清澈的，透明的

limpo, pa *adj.* 清潔的，乾淨的；純淨的

lináceas *s.f. pl.* 〔植〕亞麻科

lináceo, a *adj.* 〔植〕亞麻科的

lince *s.m.* 〔動〕山貓，猞猁；〈M〉〔天〕天貓座 △ ter olhos de ~ 敏銳的目光（眼睛）；機敏的（人）

linchagem *s.f.* 私刑，私罰

linchar *v.t.* 私刑，私罰

lindeza *s.f.* 漂亮，美麗

lindo, da *adj.* 漂亮的，美麗的；完美的

linear *adj. 2 gén.* 直綫的，綫狀的

linfa *s.f.* 苗液，淋巴液

linfangite *s.f.* 〔醫〕淋巴管炎

linfático, ca *adj.* 淋巴的

lingote *s.m.* 錠，鑄塊

lingoteira *s.f.* 鑄模

língua *s.f.* 舌，舌頭；語言；口才 △ ①~ morta 死的語言〔指無人作爲本族語使用的語言〕 ② ~ materna 本族語，母語 ③ ~ viperina 尖酸刻薄；口似蛇蝎的人 ④não ter papas na ~ 口不擇言，直言 ⑤ puxar pela ~ a alguém 套出某人的話，誘使某人講出知道的事情 ⑥pôr a ~ em alguém 背後說人壞話，議論，非議

linguado *s.m.* 〔動〕鰈，鰨魚

linguagem *s.f.* 語言；表達手段；*pl.* 動詞變位法

lingual *adj. 2 gén.* 舌的

linguareiro, ra *adj.* 好說話的 ‖ *s.m.* 好說話的人

lingueta(gu-ê) *s.f.* 小舌；舌形物；栓

linguete(gu-ê) *s.m.* 〔機〕止回棘爪

linguiça(gu-i) *s.f.* 腸腸

linguista(gu-ís) *s.2 gén.* 語言學者

linguística(gu-ís) *s.f.* 語言學

linguístico, ca(gu-ís) *adj.* 語言學的

linha *s.f.* 綫，綫條；排，列；行；綫路，途徑；路綫；家系；〔軍〕戰鬥隊形 △ ① ~ de batalha 戰綫 ② ~ férrea 鐵路 ③ ~ de prumo 垂直綫 ④ ~ recta 直綫 ⑤em ~ 成行，成排的 ⑥ter ~ 品行端正 ⑦trinta por uma ~ 混亂不堪

linhaça *s.f.* 亞麻子 △ óleo de ~ 亞麻油

linho *s.m.* 亞麻，亞麻織品

linhoso, sa *adj.* 亞麻的

linimento *s.m.* 〔醫〕搽劑,塗抹劑(尤指鎮痛藥)

linóleo *s.m.* 油布;漆布

linotipia *s.f.* 〔印〕萊諾鑄排機,印刷術

linotipista *s. 2 gén.* 〔印〕鑄排工人

lio *s.m.* 捆,捲,束,紮

liquefacção *s.f.* 液化;液態

liquefazer *v.t.* 使液化 ‖ *v.i.* 液化

líquen *s.m.* 〔植〕地衣;〔醫〕苔癬病

liquescer *v.i.* 溶化;溶解

liquidação *s.f.* 結算;清點;償清

liquidar *v.t.* 結算;償清;清點

liquidez *s.f.* 液態;流動資金

líquido, da *adj.* 液態的;〔商〕流動的;〔商〕純的 ‖ *s.m.* 液體

lira *s.f.* 七絃琴;(意大利貨幣)里拉;〈M〉〔天〕天琴座

lírica *s.f.* 抒情詩

lírico, ca *adj.* 可以唱的,適於唱的 ‖ *s.m.* 抒情詩人

lírio *s.m.* 〔植〕百合花,百合

lisboeta(ê) *adj. 2 gén.* 里斯本的 ‖ *s. 2 gén.* 里斯本人

liso, sa *adj.* 平坦的,平滑的;〔轉〕誠實的

lisonja *s.f.* 阿諛,恭維

lisonjeador, ra *adj.* 阿諛的,恭維的 ‖ 阿諛奉承的人

lisonjear *v.t.* 阿諛,恭維,拍馬;使愉悅意,使快樂

lisonjeiro, ra *adj.* 阿諛的,恭維的;令人滿意的;令人鼓舞的 ‖ *s.m.* 阿諛奉承的人

lista *s.f.* 條,條紋;目錄,表;名單;選票 △ ① ~ eleitoral 選舉名單 ② ~ telefónica 電話簿

listão *s.m.* 木匠用之尺;大布條

listra *s.f.* 間條;條紋;紡織品上的斑條

listrado, da *adj.* 間條的,條紋的

listrar *v.t.* 加以條紋,加間條

lisura *s.f.* 平坦,平滑;坦率

literal *adj. 2 gén.* 按字面的;直譯的

literário, ria *adj.* 文學的,文學上的

literato *s.m.* 文學家,文人

literatura *s.f.* 文學;文學作品;文學研究 △ ~ de cordel 無價值文學作品小冊子

litíase *s.f.* 〔醫〕結石病,結石

lítico, ca *adj.* 石的

litigação *s.f.* 訴訟;爭執

litigante *adj. 2 gén.* 訴訟的;爭執的 ‖ *s. 2 gén.* 訴訟者;爭執者

litigar *v.t. e i.* 訴訟,爭訟

litígio *s.m.* 訴訟;爭執

litigioso, sa *adj.* 訴訟的;可以引起爭執的

litina *s.f.* 〔化〕氧化鋰

lítio *s.m.* 〔化〕鋰

litografar *v.t.* 平版印刷,石版印刷,以石印印刷

litografia *s.f.* 平版印刷術,石版印刷術;平版印刷廠,石版印刷廠

litográfico, ca *adj.* 平版印刷的,石版印刷的

litógrafo *s.m.* 平版印刷工人,石版印刷工人

litologia *s.f.* 〔質〕巖石學

litólogo *s.m.* 巖石學者

litoral *adj. 2 gén.* 海岸的,沿海的,湖岸的 ‖ *s.m.* 海岸,沿海地區

litosfera *s.f.* 〔質〕巖石圈

litro *s.m.* 升,公升

liturgia *s.f.* 〔宗〕禮拜儀式

litúrgico, ca *adj.* 禮拜儀式的

lividescer *v.t. e i.* (皮膚)變得青紫

lividez *s.f.* 青紫色,青灰色

lívido, da *adj.* 青紫色的,青灰色的;蒼白的

livramento *s.m.* 解放,解救

livrança *s.f.* 帳單

livrar *v.t.* 解放,解救 ‖ *v.r.* 解脱,脱免

livraria *s.f.* 書店,書局;圖書館

livre *adj. 2 gén.* 自由的,獨立的

livreiro *s.m.* 書商

livrete *s.m.* 小書,小册子;筆記本

livro *s.m.* 書,書籍;著作;卷,部,篇 △ ①~ diário 逐日收支簿 ②~ de caixa 現金出納帳 ③~ de ouro 貴族登記簿;來賓簽名簿;留言簿

lixa *s.f.* 鯊皮,沙紙

lixar *v.t.* 用鯊皮磨光,用沙紙磨得

lixívia *s.f.* 鹼水

lixo *s.m.* 垃圾;廢物

lobo *s.m.* 狼;〈M〉〔天〕豺狼座;〔轉〕貪婪殘忍之人

lobo-marinho *s.m.* 〔動〕海豹

locação *s.f.* 同租,租賃

local *adj. 2 gén.* 當地的,本地的;地方的 ‖ *s.m.* 地點,封閉之地 ‖ *s.f.* 報刊上關於某地的消息

localidade *s.f.* 位置;城鎮;地方,地點,場所

localização *s.f.* 確定位置,定位

localizar *v.t.* 確定位置,定位

loção *s.f.* 洗濯,洗滌皮膚

locatário *s.m.* 房客,租借房屋土地的人

locomotiva *s.f.* 機車,火車頭

locomotor, ra (或 triz) *adj.* 運動的,運輸的

locomóvel *adj. 2 gén.* 自動推進的 ‖ *s.f.* 牽引機

locução *s.f.* 説法;言語表達方式;短語,固定詞組;講話

locutor *s.m.* 發言者,播音員,廣播員

lodaçal *s.m.* 泥塘,沼澤

lodo *s.m.* 污泥,爛泥,泥濘

loesse *s.m.* 〔質〕黄土

logarítmico, ca *adj.* 〔數〕對數的

logaritmo *s.m.* 〔數〕對數

lógia *s.f.* 〔建〕涼廊

lógica *s.f.* 邏輯學;邏輯;推理;論理

lógico, ca *adj.* 邏輯學的;合乎邏輯的;理所當然的 ‖ *s.m.* 邏輯學者

logística *s.f.* 〔軍〕後勤,後勤學

logo *adv.* 立即;過一會兒之後 ‖ *conj.* 所以,因此 △ ~ que ──……就……

lograr *v.t.* 享受;取得;欺騙

logro *s.m.* 享受;取得;欺騙

loiça *s.f.* 陶器,瓦器

loiçaria *s.f.* 陶瓷店,瓦器店

loisa *s.f.* 板石;〔轉〕墓,墳

loja *s.f.* 店鋪,商店

lojeca *s.f.* 小商店

lojista *s. 2 gén.* 店主

lombada *s.f.* 書背;山嶺之背

lombinho *s.m.* 豬腰;嫩豬肉

lombo *s.m.* 背部;書脊 △ ①ir ao ~ a alguém 毆打某人 ②sair-lhe dos ~ s 付出昂貴代價

lombriga *s.f.* 〔動〕蚯蚓

lona *s.f.* 帆布;防水油布

londrino, na *adj.* 倫敦的 ‖ *s.m.* 倫敦人

longarina *s.f.* 車架;砲架

longe *adv.* 遙遠,遠方 △ ①ao ~ 在遠方 ②ir ~ 前程無限 ③~ de 遠離 ④~ disso 遠非如此 ⑤ver ~ 遠見,遠視

longevidade *s.f.* 長壽,長命

longínquo, qua *adj.* 遙遠的

longitude *s.f.* 〔經〕度;長,長度; 〔天〕黃經;〔理〕波長 △ ① ~ leste 東經 ② ~ oeste 西經

longo, ga *adj.* 長的,長久的 △ ao ~ de 沿著……

lontra *s.f.* 〔動〕獺

loquacidade *s.f.* 饒舌,多言

loquaz *adj. 2 gén.* 饒舌的,多言的

lorde *s.m.* 勳爵;英國上議院議員的稱呼;富豪

lorpa(ô) *adj. 2 gén.* 笨拙的;不靈敏的;愚蠢的 ‖ *s. 2 gén.* 笨拙者;愚蠢者

losango *s.m.* 菱形

lotação *s.f.* 船或車之容積

lotaria *s.f.* 彩票,獎券

lote *s.m.* 部份;每份;船之容積;中彩的獎金

lótus *s.m.* 〔植〕蓮,荷花

louça *s.f.* 磁,磁器用具 △ ser de outra ~ 〔口〕絕佳之事

louco, ca *adj.* 精神錯亂的,發瘋的,瘋狂的;冒失的,過度的 ‖ *s.m.* 瘋子,狂人

loucura *s.f.* 瘋狂;神經錯亂;瘋癲

loureiro *s.m.* 〔植〕月桂樹

lourejar *v.i.* 變黃 ‖ *v.t.* 使黃

louva-a-deus *s.m.* 〔動〕螳螂

louvado *s.m.* 評價者

louvar *v.t.* 稱讚,讚美

louvor *s.m.* 稱讚,讚美

lua *s.f.* 〈M〉月球;月亮;月光 △ ① ~ cheia 滿月;月圓 ② ~ de mel 蜜月 ③ andar na ~ 心不在焉 ④ pôr nos cornos da ~ 頌揚,頌讚

luar *s.m.* 月光

lubrificante *adj. 2 gén.* 潤滑的 ‖ *s.m.* 潤滑劑

lubrificar *v.t.* 使潤滑

lucidez *s.f.* 光亮;頭腦清醒

lúcido, da *adj.* 清楚的,明瞭的,神志清醒的;光亮的

lucrar *v.i.* 獲利,獲益 ‖ *v.t.* 獲得,賺得

lucrativo, va *adj.* 有利可圖的,賺錢的

lucro *s.m.* 利潤,贏利

ludibriar *v.t.* 取笑,嘲弄

ludíbrio *s.m.* 取笑,嘲弄,譏笑

lufa-lufa *s.f.* 匆匆;急忙 △ à ~ 急速地,匆忙地

lugar *s.m.* 位置;地方;地點;座位;職務;機會 △ ① dar ~ a 導致,引起 ② em ~ de 代替 ③ ter ~ 發生;舉行

lugar-tenente *s.m.* 代行職務者,代理人

lúgubre *adj. 2 gén.* 悲哀的,悲傷的,凄慘的,陰鬱的;哀悼的

lula *s.f.* 〔動〕魷魚

lume *s.m.* 火;光;光亮;燈光;〔轉〕光輝,光耀,光華 △ ① ter ~ no olho nada 銳,機敏 ② dar à ~ 出版,發行 ③ vir a ~ 出版,發行

luminária *s.f.* 節慶照明燈;燈;〔轉〕聰明者,智者

lunar *adj. 2 gén.* 月亮的 ‖ *s.m.* 痣(皮膚上之痣)

lupa *s.f.* 放大鏡

lupanar *s.m.* 妓院

lusco, ca *adj.* 斜眼的;瞎眼的;獨眼的

lusco-fusco *s.m.* 黃昏,薄暮

Lusíadas *s.pl.* 盧濟亞塔史詩

lusitânico, ca *adj.* 葡萄牙的,葡萄牙人的

lusitanismo *s.m.* 葡萄牙語詞語,葡萄牙人之習俗

lusitano, na; luso, sa *adj.* 葡萄牙的;葡萄牙人的 ‖ *s.m.* 葡萄牙人

lustrar *v.t.* 使有光澤,擦亮,磨亮

lustre *s.m.* 光澤,光亮;光彩,顯赫

lustro *s.m.* 五年時間

lustroso, sa *adj.* 有光澤的,光亮的

luta *s.f.* 摔跤;角鬥;爭執;鬥爭;戰鬥

lutador *s.m.* 角鬥者,鬥爭者,戰鬥者

lutar *v.i.* 角鬥,搏鬥;戰鬥,鬥爭

lutécio *s.m.* 〔化〕鑥

luteranismo *s.m.* 〔宗〕路德教;路德會

luterano, na *adj.* 路德教的 ‖ *s.m.* 路德教徒

luto *s.m.* 哀悼;服喪;喪服;哀傷

lutuosa *s.f.* 訃告

luva *s.f.* 手套; *pl.* 酬報;備金 △ ① assentar como uma ~ 符合,恰合 ② atirar a ~ 挑戰 ③ levantar a ~ 接受挑戰

luxação *s.f.* 脱臼,脱位

luxo *s.m.* 豪華,奢侈,奢華

luxuoso, sa *adj.* 豪華的,奢侈的,奢華的

luxuosidade *s.f.* 豪華,奢侈,奢華

luxúria *s.f.* 淫蕩;茂盛

luxuriante *adj. 2 gén.* 茂盛的,豐盛的

luz *s.f.* 光;火把;燈;〔轉〕光輝;光耀 △ ① ~ artificial 人造光 ② ~ natural 自然光 ③ ~ negra 不可見光 ④ à ~ de 根據,依據;按照 ⑤ a todas as ~es 明顯地,顯而易見地 ⑥ dar à ~ (婦女)生産,分娩;發表(著作) ⑦ lançar ~ sobre 有助於説明,有助於澄清 ⑧ ~ do dia 日光

luzente *adj. 2 gén.* 光亮的

luzidio, dia *adj.* 閃光的,光耀的

luzilume *s.m.* 〔動〕螢火蟲

luzir *v.i.* 發光,照耀

M

m *s.m.* 葡文第十二個字母;〈M〉羅馬數字的一千;小寫爲陽性的縮寫 ‖ *adj.* 第十二的

maca *s.f.* 吊牀;擔架

maça *s.f.* 大頭棒,棍棒

maçã *s.f.* 蘋果 △ ① ~s do rosto 顴骨,頰骨 ② ~-de-adão 〔解〕喉結

macabro, bra *adj.* 可畏的;可怖的;哀悼的

macaca *s.f.* 雌猴;〔轉〕醜女人

macaco *s.m.* 猴;千斤頂; *pl.* (兒童)塗鴉,胡畫

maçada *s.f.* 以大頭棒擊;〔轉〕討厭的事

macadame *s.m.* 碎石路

maçador, ra *adj.* 討厭的,煩擾的

macaense *adj. 2 gén.* 澳門的 ‖ *s.2 gén.* 澳門人

naçagem *s.f.* 按摩

maçagista *s.2 gén.* 按摩師

macambúzio, zia *adj.* 悲愁的

maçaneta *s.f.* 鼓槌;門的把手

macaquear *v.t.* 戲弄;模仿

macaquice *s.f.* 做鬼相

macaquinho *s.m.* 〔動〕小猴 △ ter ~s no sótão 瘋,狂,癲

maçar *v.t.* 舂,搗爲粉末;亂打;[轉] 討厭,騷擾,煩擾

macaréu *s.m.* 高潮,海嘯;潮頭捲浪

macarico *s.m.* 噴火管,吹管,噴燈

macarrão *s.m.* 通心粉

maceração *s.f.* 浸漬,浸軟

macerar *v.t.* 浸漬;[醫] 浸解

macete(ê) *s.m.* 木槌,小鐵槌

machadada *s.f.* 斧劈

machadar *v.i.* 以斧劈

machado *s.m.* 斧

machimbombo *s.m.* (火車)雙層車箱;纜車,纜索車;moçam. 公共汽車

macho *adj.* 公的,男的,雄的 ‖ *s.m.* 雄性動物

machucar *v.t.* 壓服,壓平;搗碎

maciço, ça *adj.* 實心的;結實的,密實的

macieira *s.f.* 蘋果樹

macieza *s.f.* 光滑;柔軟;[轉]溫柔

macilento, ta *adj.* 瘦削的,瘦的,憔悴的 △ rosto ~ 瘦削的面孔

macio, cia *adj.* 柔的,柔軟的,鬆軟的;溫和的

maço *s.m.* 包(煙等),副(牌等);錘

maçonaria *s.f.* 石工技術,泥水匠技術;石匠互助團

maçónico, ca *s.m.* 互助團員

má-criação *s.f.* 失禮,粗野,無教養

maçudo, da *adj.* 大槌形的;[轉]討厭的

mácula *s.f.* 污點;瑕疵;斑點;(太陽的)黑點

macular *v.t.* 玷污,弄污;[轉]污辱名譽

madama *s.f.* 夫人;主婦,太太

madeira *s.f.* 木頭,木料,木材

madeiramento *s.m.* 架子;木架

madeirense *adj. 2 gén.* 馬德拉的 ‖ *s.2 gén.* 馬德拉人

madeiro *s.m.* 樹幹

madeixa *s.f.* 束,辮,辮飾

madona *s.f.* 聖母像

madraço, ça *adj.* 懶的,懶惰的

madrasta *s.f.* 後母,繼母

madre *s.f.* 修女;尼姑;姑娘;[解]子宮

madrepérola *s.f.* 珍珠母

madressilva *s.f.* [植]金銀花,忍冬

madrigal *s.m.* 情歌

madrigalesco, ca *adj.* 情歌的;溫柔的,多情的

madrileno, na *adj.* 馬德里的 ‖ *s.m.* 馬德里人

madrinha *s.f.* 教母,女監護人,誼母;[轉]保護者

madrugada *s.f.* 黎明,拂曉,東方發白

madrugador, ra *adj.* 起早的,有早起習慣的 ‖ *s.m.* 早起者

madrugar *v.i.* 早起

madurar *v.i.* 成熟 ‖ *v.t.* 使成熟;[轉]考慮

madurecer *v.i.* 成熟 ‖ *v.t.* 使成熟

maduro, ra *adj.* 熟的,成熟的;成年的;老成的

mãe *s.f.* 母,母親;[轉]根源,起源 △ a primeira ~ 夏娃

maestro *s.m.* 作曲家;樂隊指揮

máfia *s.f.* (意大利)黑手黨

magala *s.m.* 兵,士兵

maganão, nã *adj.* 滑稽的 ‖ *s.m.* 無賴,惡漢

magarefe *s.m.* 屠牛者,屠夫

magia *s.f.* 魔術;魔法;魔力,魅力

mágica *s.f.* 魔術,妖術,巫術

magicar *v.t. v.i.* 思索,想出

mágico, ca *adj.* 魔法的,魔術的;有魅力的,迷人的 ‖ *s.m.* 魔術師;巫師

magistério *s.m.* 教師職務;教師工作;[集]教師

magistrado *s.m.* 行政官員,長官;法官,審判官

magistratura *s.f.* 行政官員職務;法官職務;行政官員,法官之任期

magnanimidade *s.f.* 寬宏大量,慷慨

magnânimo, ma *adj.* 寬宏大量的,慷慨的

magnate *s.m.* 大官,權貴,貴人,大人物

magnésia *s.f.* [化]氧化鎂

magnésico, ca *adj.* 鎂的

magnésio *s.m.* [化]鎂

magnesite *s.f.* [礦]菱鎂礦

magnete *s.m.* 磁石,磁鐵

magnético, ca *adj.* 磁的,磁性的,磁石的;有魅力的,有吸引力的

magnetismo *s.m.* 磁力,磁性

magnetização *s.f.* 磁化;[轉]吸引

magnetizar *v.t.* 使磁化,磁化

magnificência *s.f.* 宏偉,宏大;莊嚴

magnificente *adj. 2 gén.* 宏偉的,宏大的;莊嚴的

magnífico, ca *adj.* 壯麗的,宏偉的;優秀的,傑出的;極好的

magnitude *s.f.* 大小,體積;重要性

magno, na *adj.* 大的,偉大的;宏偉的;重要的

magnólia *s.f.* [植]木蘭,白蘭

magnoliáceo, a *adj.* [植]木蘭科的 ‖ *s.f. pl.* 木蘭科

mágoa *s.f.* 悲哀;傷痕;[轉]憂愁,悲傷

magoar *v.t.* 致傷,傷害

magote *s.m.* 萃集,萃眾

magreza *s.f.* 瘦;[轉]貧乏

magricela *s.2 gén.* 乾瘦,瘦弱之人

magro, gra *adj.* 瘦的;瘦削的;貧瘠的 ‖ *s.m.* 里脊

maio *s.m.* 五月

maionese *s.f.* 蛋黃醬;[轉]混亂

maior *adj. 2 gén.* 較大的,更大的;年長的,成年的;最大的 ‖ *s.m. pl.* 祖先,先輩

maioral *s.m.* 首長,首領;領班,工頭

maioria *s.f.* 多數;大部分;多數黨,多數派;[轉]賞錢,小帳

maioridade *s.f.* 成年,法定年齡

mais *adv.* 更,越,更加,更大;再,又;非常 ‖ *s.m.* [數]加號 ① ~ e ~ 益更,愈益 ② ~ ou menos 大約 ③ ~ uma vez 再一次,再 ④ nem ~ nem menos 恰好,正好 ⑤ Quanto ~...melhor 多多益善;愈多愈好 ⑥ sem ~ nem menos 無緣無故地

maís *s.m.* [植]玉米,玉蜀黍

maisal (ma-i) *s.m.* 玉米地

maiúscula *s.f.* 大寫字母,大寫

maiúsculo, la *adj.* 大寫的 ◇ minúsculo

majestade *s.f.* 威嚴;莊嚴;陛下

majestoso, sa *adj.* 莊嚴的,威嚴的

major *s.m.* 陸軍少校 △ ~-general 陸軍少將

mal *s.m.* 壞事;惡行;損害,傷害;不幸;災害;疾病 ‖ *adv.* 壞,不好地,困難地;錯誤地 △ a pior 每況愈下

mala *s.f.* 手提皮包,包

malabarismo *s.m.* 雜耍,變戲法

malabarista *s.2 gén.* 雜耍演員;變戲法者

malaga *s.m.* (西班牙產的)馬拉加甜葡萄酒

mal-agradecido, da *adj.* 忘恩負義
的

malagueta *s.f.* 辣椒

malaio, ia *adj.* 馬來亞的 ‖ *s.m.*
馬來亞人；馬來亞語

malandragem *s.f.* 無賴草，無賴圈
夥

malandrice *s.f.* 壞事，惡行

malandrim *s.m.* 惡漢，匪徒

malandro, dra *adj.* 心術不正的，無
賴的 ‖ *s.m.* 心術不正之人，惡漢

mala-posta *s.f.* 郵車馬車

malaquite *s.f.* 〔礦〕孔雀石

malar *adj. 2 gén.* 〔解〕頰的；顴骨的
‖ *s.m.* 頰骨；顴骨

malária *s.f.* 〔醫〕瘧疾；瘴氣

mal-aventura *s.f.* 不幸，背時，不走
運；災害

mal-aventurado, da *adj.* 不幸的，
背時的，不走運的；災害的

malaxação(cs) *s.f.* 揉捏法，按摩法

malaxador(cs) *s.m.* 揉捏器

malaxar(cs) *v.t.* 揉捏，按摩

malbaratador, ra *adj.* 賤賣的；揮
霍的，浪費的 ‖ *s.m.*，*f.* 揮霍者；浪
費者

malbaratar *v.t.* 賤賣；浪費；揮霍

malcasado, da *adj.* 婚姻不協調的；
不匹配的

malcheiroso, sa *adj.* 發惡臭的，臭
的

maldade *s.f.* 惡意，邪惡；卑劣行徑
◇ bondade

maldição *s.f.* 詛咒；咒罵；誹謗

maldiçoar *v.t.* 詛咒；咒罵

maldito, ta *adj.* 被咒的；可恨的

maldizente *adj. 2 gén.* 進讒的；誹謗
的；詛咒的 ‖ *s.2 gén.* 進讒者，誹謗者
的

maldizer *v.t.* 詛咒；咒罵 ‖ *v.i.* 誹

謗；抱怨

maldoso, sa *adj.* 不良的，邪惡的；
卑劣的 ◇ bondoso

maleabilidade *s.f.* 可延展性；可鍛
性；可鎚薄性

maleador, ra *adj.* 鍛的，鍛薄的；
〔轉〕順從的

malear *v.t.* 鍛，鍛薄，鎚展；〔轉〕使
順從，使溫順

maleável *adj. 2 gén.* 可延展的；順從
的

maledicência *s.f.* 非議，誹謗

maledicente *adj. 2 gén.* 非議的，誹
謗的

mal-educado, da *adj.* 沒有教養的

maleficência *s.f.* 邪惡，壞心，惡行
◇ beneficência

maleficiar *v.t.* 損害，傷害 ◇ bene-
ficiar

malefício *s.m.* 惡意；傷害；妖術 ◇
benefício

maléfico, ca *adj.* 有害的，用妖術害
人的 ◇ benéfico

mal-encarado, da *adj.* 面目可憎
的；惡相的

mal-entendido, da *adj.* 誤解的，誤
會的

maleolar *adj. 2 gén.* 〔解〕踝的

maléolo *s.m.* 〔解〕踝

mal-estar *s.m.* 不快，煩惱；不適；不
安

maleta *s.f.* 小提包，手提箱，手袋

malevolência *s.f.* 惡意，毒心；陰謀
用心

malevolente *adj. 2 gén.* 惡意的，毒
心的；用心險惡的

malévolo, la *adj.* 惡意的，毒心的；
用心險惡的

malfadado, da *adj.* 薄命的，苦命

的,不幸的

malfazejo, ja   *adj.* 有惡意的,懷有毒心的

malfazer   *v.t.* 傷害,損害

malfeito, ta   *adj.* 錯誤的,不適合的,拙劣的

malfeitor   *s.m.* 犯罪者,罪人

malga   *s.f.* 缽,大碗

malgastar   *v.t.* 浪費,揮霍

malha   *s.f.* 網眼;斑點

malhado, da   *adj.* 有斑點的,有花紋的

malhadouro   *s.m.* 打穀場

malhar   *v.t.* (以打禾棒等)擊落 △ ~ em ferro frio 白費力氣與時間

malho   *s.m.* 木槌,撞槌;[轉]能手

mal-humorado, da   *adj.* 脾氣不好的;情緒不好的

malícia   *s.f.* 邪惡,陰險;惡意

malicioso, sa   *adj.* 有惡意的;邪惡的;狡猾的

maligna   *s.f.* [俗]惡性熱

maligno, na   *adj.* 惡性的;居心不良的

mal-intencionado, da   *adj.* 居心不良的

malmequer   *s.m.* [植]金盞草

malogrado, da   *adj.* 失敗的;不幸的;無效的

malograr   *v.t.* 破壞,挫敗,使無效 ‖ *v.r.* 落空;成泡影;夭折

malogro   *s.m.* 失敗,不成;破產;落空;夭折

malparir   *v.i.* 流產,小產,早產

malquerença   *s.f.* 惡意,惡毒

malquisto, ta   *adj.* 可憎的,可惡的,可恨的;討人敵視的

malte   *s.m.* 麥芽

maltose   *s.f.* [化]麥芽糖

maltrapilho, lha   *adj.* 衣衫襤褸的 ‖ *s.m.* 衣衫襤褸之人;乞丐

maltratar   *v.t.* 虐待;糟蹋;損壞

maluco, ca   *adj.* 瘋的,癲的,精神錯亂的 ‖ *s.m.* 瘋人,癲人,精神錯亂的人

maluqueira   *s.f.* 癲狂,狂暴

malva   *s.f.* [植]錦葵

malvadez   *s.f.* 邪惡,心地不正

malvado, da   *adj.* 邪惡的,心地不正的

mama   *s.f.* 乳房;汁汁;哺乳期

mamã   *s.f.* 母,母親,媽媽

mamadeira   *s.f.* 餵乳瓶

mamal   *adj. 2 gén.* 乳房的

mamar   *v.t.* 吃奶,飲乳

mamário, ria   *adj.* 乳房的

mamífero, ra   *adj.* [動]哺乳動物的,有乳房的 ‖ *s.m. pl.* 哺乳動物,哺乳綱

mamiforme   *adj. 2 gén.* 乳房狀的

mamilo   *s.m.* 乳頭

mamudo, da   *adj.* 大乳的,大乳房的

mamute   *s.m.* [動]古象,長毛象,猛瑪象

maná   *s.m.* 嗎哪(神賜食物),神饌,天糧,聖餐;[轉]豐富的餐食

manada   *s.f.* 羣;幫;夥;束,把;撮

manancial   *s.m.* 泉,源水;[轉]根源,源泉

manápula   *s.f.* 大手,巨手

mancar   *v.i.* 跛行 ‖ *v.t.* 使破

manceba   *s.f.* 情婦,姘婦,妾

mancebia   *s.f.* 蓄妾,姘居

mancebo   *s.m.* 少年,青年

mancha   *s.f.* 點;污痕;斑點;污點;黑點

manchar   *v.t.* 加污點;弄髒;玷污,

〔轉〕損毀名譽,誹謗

manco, ca *adj.* 殘的,四肢殘廢的,
跛的

mandado *s.m.* 命令,吩咐;口信;傳
言 ‖ **da** *adj.* 聽命的,受差遣的 △
bem ~ 順從的,聽話的

mandamento *s.m.* 命令,指令;戒律
△ os cinco ~s 手之五指

mandante *adj.* 命令的,指揮
的 ‖ *s.2 gén.* 授權者;委任者,委託者

mandar *v.t.* 命令;委託,委派;寄發;
指揮 ‖ *v.i.* 指揮;統治 △ ~ para a
outra vida 殺害

mandarim *s.m.* (中國清朝的)官員;
官僚;官話,中國國語,普通話(歐洲人
對北京方言的稱呼)

mandatário *s.m.* 代理人,代言人

mandato *s.m.* 命令,指令;委託契
約;授權任職,執政;託管權;委任狀;
〔宗〕濯足禮,洗足禮

mandíbula *s.f.* 下頜骨;(鳥的)喙;
(昆蟲的)顎

mandibular *adj.2 gén.* 頜的;(鳥)
喙的;(昆蟲)顎的

mandil *s.m.* 圍裙

mandioca *s.f.* 〔植〕木薯;〔俗〕糧食

mando *s.m.* 指揮,指揮權,執政,任
職;權勢,權能

mandolim *s.m.* 洋琵琶,曼陀林琴

mandrião, ona *adj.* 懶惰的 ‖
s.m. 惰夫,懶漢

mandriar *v.i.* 懶惰,怠惰

mandril *s.m.* 〔機〕心軸,夾盤

manducação *s.f.* 吃,咀嚼

manducar *v.t. e i.* 吃,咀嚼

maneira *s.f.* 方式,方法;形式;舉
止;風格,習俗;*pl.* 態度;禮貌 △ ①à
~ de 像,如……方式;當作 ②de ~
que 結果就;爲了

manejar *v.t.* 用手弄;掌握,使用;經
營,管理;操縱

manejável *adj.2 gén.* 容易使用的,
容易操縱的

manejo *s.m.* 使用,操縱;用手弄;經
營,管理;駕馭

manequim *s.m.* 人體模型;〔轉〕傀
儡

maneta *adj.2 gén.* 缺手的,獨手的,
獨臂的 ‖ *s.2 gén.* 缺手者,殘廢者

manga *s.f.* 袖子;軟管,水龍帶;(車
軸的)軸頭;球狀燈紗;〔植〕芒果;〔氣
象〕風筒

manganato *s.m.* 〔化〕錳酸鹽

manganésio *s.m.* 〔化〕錳

mangânico, ca *adj.* 〔化〕錳的

mangar *v.i.* 嘲弄,戲弄

mangueira(gu-ei) *s.f.* 〔植〕芒果樹;
水龍軟管

mangueiral *s.m.* 種芒果樹的地方

manha *s.f.* 計策,手段;詭計,奸詐

manhã *s.f.* 清晨;上午;黎明

manhãzinha *s.f.* 一早,清早

manhoso, sa *adj.* 精明的;奸詐的,
狡猾的

mania *s.f.* 怪癖,癖好;厭惡;〔醫〕躁
狂症

maníaco, ca *adj.* 躁狂症的 ‖ *s.m.*
躁狂症患者

maniatar *v.t.* 捆住(某人的)手,上
手銬;〔轉〕束縛,抑制

manicómio *s.m.* 精神病院,瘋人院

manicurto *s.m.* 短手的人;〔轉〕吝嗇
鬼

manifestação *s.f.* 表示,顯示;遊行,
示威

manifestante *s.2 gén.* 遊行者,示威
者

manifestar *v.t.* 表示,顯示 ‖ *v.i.e*

r. 遊行,示威

manifesto, ta *adj.* 明顯的,清楚的;公開的 ‖ *s.m.* 宣言,宣告;(呈報海關的)載貨清單

manilha *s.f.* 手鐲;手銬

manipulação *s.f.* 手工,手作

manipulador *s.m.* 手工者,操作者;發報機

manipular *v.t.* 以手處理,以手操作 ‖ *adj. 2 gén.* 手工的

manivela *s.f.* 〔機〕曲柄,搖把

manjar *s.m.* 食品,食物;〔轉〕精神食糧

manjericão *s.m.* 〔植〕羅勒

manjerico *s.m.* 〔植〕羅勒

mano, na *adj.* 親密的,密切的 ‖ *s.m.* 兄弟

manobra *s.f.* 〔軍〕演習,調動;〔海〕駕駛;〔轉〕陰謀,詭計;計策

manobrar *v.t. e i.* 〔軍〕演習,調動;〔海〕駕駛;〔轉〕用計策,施策略

manojo *s.m.* 把,束,握;小撮,葷,莝

manómetro *s.m.* 〔理〕壓力表,氣壓計

manopla *s.f.* 鐵手套,護手;馬鞭;〔俗〕巨手,大手

manquecer *v.i.* 跛,跛行

manqueira *s.f.* 跛;〔轉〕有缺點,缺陷

manquejar *v.i.* 跛行

mansão *s.f.* 住宅,宅第

mansidão *s.f.* 溫和,馴服;寬厚

mansinho, nha *adj.* 細聲的;靜的;溫順的

manso, sa *adj.* 溫和的;寬厚的;馴服的

manta *s.f.* 毯子;絨被;披巾,披風

mantear *v.t.* (把某人)兜在毯子裏拋擲取樂

manteiga *s.f.* 乳酪;奶油;牛油;豬油

manteigueira *s.f.* 奶油盆,牛油盅

manteigueiro *s.m.* 製造或出售乳酪的人;〔轉〕諂媚者

manter *v.t.* 保持,保存;養活,扶養;支撐;支持;繼續;維護;堅持 ‖ *v.r.* 生存,生活;抵抗

mantilha *s.f.* 頭巾,披巾

mantimento *s.m.* 保持,保存,支持,支撐;供養;*pl.* 食物

mantissa *s.f.* 〔數〕假數,(對數的)尾數

manto *s.m.* 披風;禮袍,罩袍

manual *adj. 2 gén.* 手工的;體力的;可攜帶的 ‖ *s.m.* 小本,袖珍書,小書,教科書

manufacto *s.m.* 製造,加工;製作物;製成品

manufactura *s.f.* 製造,加工;工廠,工業;製成品

manufacturar *v.t.* 製造,製作,加工

manufactureiro, ra *adj.* 製造的,製作的

manumissão *s.f.* 解放奴隸

manumitir *v.t.* 解放(奴隸)

manuscrever *v.t.* 手寫,手抄

manuscrito, ta *adj.* 手寫的,手抄的 ‖ *s.m.* 手稿,手寫本,手抄本

manuseamento *s.m.* 手弄,手觸

manusear *v.t.* 用手弄,手觸

manuseio *s.m.* 手弄,手弄,處理

manutenção *s.f.* 保持,保存;養活,扶養;維修;保護,維護

mão *s.f.* 手;爪;柄,邊,側;〔轉〕方式,方法;權能;幫助,救助 △ ① ~ de Deus 天災,神怒,不幸 ② ~ de ferro 嚴厲,殘酷 ③ ~ de mestre 名人 ④ dar a ~ a 幫助 ⑤ pedir a ~ de 求婚 ⑥ dar de ~ 放棄 ⑦ em primeira ~ 第一畫

的,新的 ⑧em segunda ~ 第二手的,
轉手的,舊的 ⑨por baixo de ~ 暗地
裏

mão-cheia *s.f.* 一把,一握 △ de ~
極好的,優等的

maometano, na *adj.* 回教的 ‖
s.m. 回教徒

mãozada *s.f.* 握手

mapa *s.m.* 地圖;圖表;名單

mapa-múndi *s.m.* 世界地圖

maqueta(ē) *s.f.* 設計模型,草圖,畧
圖

maquiavélico, ca *adj.* 狡猾的;虛偽
的;不擇手段的

maquiavelismo *s.m.* 狡猾;虛偽;不
擇手段

máquina *s.f.* 機器;機械;自行車;機
車 △ ① ~ a vapor 蒸汽機 ② ~ de
calcular 計算機 ③ ~ de costura 縫紉
機 ④ ~ de escrever 打字機 ⑤ ~
eléctrica 發電機 ⑥ ~ fotográfica 照像
機

maquinação *s.f.* 陰謀,詭計,奸計

maquinador *s.m.* 陰謀家

maquinal *adj.* 2 gén. 機器的;機械
的;[轉]不動腦子的,無心的,自然的

maquinar *v.t.* 陰謀策劃,策劃,企圖

maquinaria *s.f.* 機器設備,機械裝
置

maquinismo *s.m.* 機械裝置,機械化

maquinista *s.2 gén.* 機械師;機器操
縱者;機器發明者;機器製造者;[劇]
佈景員

mar *s.m.* 海,洋,大湖;[轉]大量,許
多 △ ① ~ alto 公海,遠海,深水海 ②
~ fechado 內海 ③ ~ interior 內陸海
④ ~ territorial 領海

marabu *s.m.* [動]一種禿鸛

marasmo *s.m.* [醫]消瘦;虛脫;[轉]

冷淡,不動心

maratona *s.f.* 馬拉松跑

maravilha *s.f.* 奇事,奇異,奇物,奇
人 △ ① as sete ~s do mundo 世界七
大奇蹟 ②às mil ~s 非常好地

maravilhar *v.t.* 使驚奇,使驚異

maravilhoso, sa *adj.* 神奇的,奇異
的;極好的

marca *s.f.* 標記,記號,符號;商標;
邊境地區 △ ①de ~ 極好的;名牌的
②de ~ maior 極大的,極大的 ③ pas-
sar das ~s 過多的,過份的

marcação *s.f.* 界限,劃定界限;撳印

marcado, da *adj.* 清楚的,顯著的

marcador, ra *adj.* 作記號的,作標
記的 ‖ *s.m.* 計分牌;作記號之人,蓋
印之人

marcar *v.t.* 作記號,作標記;標出,
記下;加印;撥[電話號碼];約定

marcassite *s.f.* [礦]白鐵礦

marcenaria *s.f.* 細木匠業

marceneiro *s.m.* 細木匠

marcescente *adj.* 2 gén. [植]枯凋
的,凋而不落的

marcescível *adj.* 2 gén. 易萎謝的,
易凋落的

marcha *s.f.* 軍隊之行進,行走;行
程,歷程;[樂]進行曲

marchar *v.i.* 進軍,行軍; bras. 付
帳,付款

marchetar *v.t.* 鑲,嵌入

marchete *s.m.* 鑲嵌物

marcheteiro *s.m.* 鑲工,鑲嵌匠

marcial *adj.* 2 gén. 戰爭的,軍事的;
軍人的;英武的;[醫]含鐵的 △ ①lei
~ 軍法,軍事管制法;戒嚴令 ②
medicamento ~ 含鐵的藥物

marciano, na *adj.* [天]火星的 ‖
s.m. (假想的)火星人

márcido, da *adj.* 凋謝的,枯萎的,乾枯的

marco *s.m.* 框,框子;框架;境界標,馬克(德國貨幣)

março *s.m.* 三月

marconigrama *s.m.* 無綫電報,馬可尼式無綫電報

maré *s.f.* 潮,潮汐,潮流;〔轉〕時運,機會

mareante *adj. 2 gén.* 航海的 ‖ *s.m.* 水手,船員

marear *v.t.* 航行,駕駛(船);使頭昏腦脹;使嘔吐 ‖ *v.i.* 暈船嘔吐

marechal *s.m.* 元帥 △ ~-de-campo 陸軍元帥

marechalato *s.m.* 元帥之職位

marégrafo *s.m.* 潮位自記儀,驗潮器

maremoto *s.m.* 海嘯

maresia *s.f.* (退潮期)海之難聞氣味

marfim *s.m.* 象牙;象牙製品 △ deixar correr o ~ 聽任事物自然進行,靜觀其變

marga *s.f.* 泥灰巖,泥灰土

margar *v.t.* 施泥灰土肥

margárico, ca *adj.* 〔化〕十七酸的 △ ácido ~ 十七酸

margarida *s.f.* 〔植〕雛菊

margarina *s.f.* 人造黃油,人造乳酪

margem *s.f.* 邊,邊緣;河邊,河岸;(書頁的)邊白;機會 △ ①dar ~ 給予機會 ②deitar à ~ 置諸不理

marginal *adj. 2 gén.* 邊的;邊上的;海濱的

marginar *v.t.* 留邊白;作邊註

margoso, sa *adj.* 含泥灰的

marialva *adj. 2 gén.* 馬術的 ‖ *s.m.* 優良騎師

maricas *s.m.* 女人氣的人;膽怯的人;懦夫

maridagem *s.f.* 夫妻關係;夫婦生活;婚姻

maridar *v.i.e.t.* 結婚;出嫁;嫁娶

marido *s.m.* 丈夫

marimacho *s.m.* 男人氣的女人;悍婦

marinha *s.f.* 海軍;艦隊;航海術,航海學;△ ①~ de guerra 海軍艦隊 ②~ mercante 商船隊

marinhagem *s.f.* 〔集〕船員,水手

marinhar *v.t.* 配備船員;航海,航行

marinheiro, ra *adj.* 水手的,海員的 ‖ *s.m.* 水手,海員

marinho, nha *adj.* 海的,海洋的

mariola *adj. 2 gén.* 惡的,惡漢的 ‖ *s. 2 gén.* 惡漢,惡人

mariposa *s.f.* 蝴蝶,蛾

marisco *s.m.* 貝類,貝類

marital *adj. 2 gén.* 丈夫的;夫妻的;結婚的

marítimo, ma *adj.* 海洋的,海上的;濱海的;海事的,海軍的 ‖ *s.m.* 水手,海員

marmanjo *s.m.* 惡人

marmelada *s.f.* 榲桲果醬

marmeleiro *s.m.* 〔植〕榲桲樹

marmelo *s.m.* 榲桲果實

marmita *s.f.* 密封鍋;(士兵的)飯盒

mármore *s.m.* 大理石,雲石

marmóreo, a *adj.* 大理石的,像大理石的;〔轉〕冷淡的

maro *s.m.* 〔植〕南歐丹參

marquês *s.m.* 侯爵

marquesa *s.f.* 女侯爵;侯爵夫人

marrar *v.i.* 碰撞;以頭頂撞

marreco, ca *adj.* 曲背的,僂背的

marreta(ê) *s.f.* 槌;小石槌

marretada *s.f.* 槌打;用槌擊破

marroquim *s.m.* 柔皮,皮革

marroquinaria *s.f.* 製革業

marroquino, na *adj.* 摩洛哥的 ‖ *s.m.* 摩洛哥人

marselhês, esa *adj.* 馬賽的 ‖ *s.m.* 馬賽人

marselhesa *s.f.* 〈M〉馬賽曲(法國國歌)

marsupial *adj. 2 gén.* 〔動〕有袋目的,有袋類的 ‖ *s.m.* 有袋類的動物

marta *s.f.* 〔動〕貂,貂鼠;松貂,林貂

marte *s.m.* 〔神〕戰神;〔天〕火星

martelada *s.f.* 槌擊,槌打,敲擊

martelar *v.t.* 槌擊,槌打;〔轉〕煩擾,堅持

martelinho *s.m.* 小槌

martelo *s.m.* 槌子;〔解〕槌骨;〔機〕鐘槌;〔樂〕(鋼琴等調絃用的)調音扳子

mártir *s.2 gén.* 殉教者,殉道者;烈士,殉難者;受苦的人

martírio *s.m.* 捨身,殉教,殉道;犧牲;〔轉〕痛苦,災難

martirizar *v.t.* 使殉教,使殉道,使犧牲,使殉難;折磨

martirológio *s.m.* 殉教者名册,殉難者名册

marujo *s.m.* 水手,海員

marulhar *v.i.* 發出波濤聲;(海浪)洶湧

marulho *s.m.* 波濤聲,海浪拍擊聲

marxismo(cs) *s.m.* 馬克思主義

marxista(cs) *adj. 2 gén.* 馬克思主義的 ‖ *s.2 gén.* 馬克思主義者

mas *conj.* 但是,然而 ‖ *adv.* 是,確實 △ 困難,障礙 △ não só ~ ... ~ também 不僅……而且……

mascar *v.t.* 咀嚼,嚼碎;含糊其詞地說

máscara *s.f.* 面具,面飾;防護面具;偽裝

mascarada *s.f.* 假面舞會;戴假面的人羣

mascarilha *s.f.* 半截面具;面部塑像

mascarrar *v.t.* 玷污;塗粉;繪拙劣之畫

mascavado, da *adj.* 未精製的 △ açúcar ~ 未精製的糖

mascote *s.f.* (被認爲帶來好運的)吉祥物

masculinidade *s.f.* 男性,男性特徵;丈夫氣;剛勇

masculinizar *v.t.* 使男性化,使雄化

masculino, na *adj.* 男的,雄的,公的;男性的,男人氣的;〔語〕陽性的

másculo, la *adj.* 有丈夫氣的;剛勇的,强壯的

maser *s.m.* 〔理〕脈澤,量子放大器

masmorra(ô) *s.f.* 地牢,暗牢

massa *s.f.* 麵團;如生麵團之物;團,堆,塊;總體;*pl.* 羣衆,人羣;財富,錢;〔理〕質量 △ em ~ 總體,全部

massacrar *v.t.* 大屠殺,殘殺

massacre *s.m.* 大屠殺,殘殺

massagem *s.f.* 按摩,推拿

massagista *s.2 gén.* 按摩師,推拿師

massame *s.m.* 〔海〕索具

massaroco(ô) *s.m.* 製麵包的發酵粉

massilha *s.f.* 〔木〕油灰,泥子

massudo, da *adj.* 大塊的;塊狀的;稠的,密的,濃的

mastaréu *s.m.* 小桅

mastigação *s.f.* 咀嚼,嚼碎

mastigada *s.f.* 混亂,混雜

mastigar *v.t.* 咀嚼;〔轉〕沉思,反覆思考

mastigatório *s.m.* 〔醫〕咀嚼劑

mástique *s.f.* 乳香脂,黏膠

mastite *s.f.* 〔醫〕乳腺炎,乳房炎

mastóide *adj. 2 gén.* 乳頭狀的;乳房的

mastreação *s.f.* 桅;旗桿

mastrear *v.t.* 供給桅檣

mastro *s.m.* 桅;竿

masturbação *s.f.* 手淫,自淫

masturbar-se *v.r.* 手淫,自淫

mata *s.f.* 森林;樹林

mata-bicho *s.m.* (俗)小量(酒);早餐

mata-boi *s.m. bras.* 皮革小條

mata-borrão *s.m.* 吸墨紙

mata-cães *s.m.* 毒狗藥;遊手好閒者,懶漢

mata-cão *s.m.* 草地番紅花

matações *s.m. pl.* 側鬢

matador, ra *adj.* 屠殺的,兇手的 ‖ *s.m.* 兇手;鬥牛士

matadouro *s.m.* 屠宰場

mata-fome *s.m. bras.* 一種木薯

matagal *s.m.* 叢林

matagoso, sa *aj.* 樹木叢生的

mata-lobos *s.m.* 〔植〕烏頭

matança *s.f.* 大屠殺;殺豬,宰豬季節

matar *v.t.* 殺死,宰殺;殘殺,殺害;熄滅;(轉)損害健康 ‖ *v.r.* 自殺 △ ①~ o tempo 消磨時間 ②~ a fome 充饑 ③ ~ o bicho 早上飲少量酒,吃早餐

mata-ratos *s.m.* 滅鼠藥;劣質燒酒

mata-sanos *s.m.* 庸醫

mata-sete *s.m.* 牛皮大王;充好漢者;好打架鬥毆者

mate *s.m.* 〔棋〕國王;副將;馬黛茶

matemática *s.f.* 數學

matemático, ca *adj.* 數學的;精確

的 ‖ *s.m.* 數學家

Mater Dolorosa *s.f.* 痛苦之母(聖母)

matéria *s.f.* 物質;物體;材料;內容;題材;原因 △ ①~-prima 原料 ②~ médica 藥物

material *adj. 2 gén.* 物質的;實體的;粗俗的 ‖ *s.m.* 材料,資料

materialidade *s.f.* 物質性;實體性;形體

materialismo *s.m.* 唯物論,唯物主義

materialista *s.2 gén.* 唯物論者,唯物主義者 ‖ *adj. 2 gén.* 唯物論的,唯物主義的

materialização *s.f.* 物質化;實質化;實現,體現

materializar *v.t.* 使物質化;使具體化;實現

maternal *adj. 2 gén.* 母親的;母方的;母親般的

maternidade *s.f.* 母性,母親身份;產科醫院

materno, na *adj.* 母親的;母方的

mático *s.m.* 〔植〕胡椒

matinal *adj. 2 gén.* 早晨的,清晨的,早起的

matinar *v.t.* 使早起 ‖ *v.i.* 早起

matinas *s.f. pl.* 晨禱;晨禱之時刻

matiz *s.m.* 色調;特色;色彩;(轉)政治傾向

matização *s.f.* 調配顏色

matizar *v.t.* 調配,調和(顏色);使成彩色;使具有特色

mato *s.m.* 矮叢林,小樹林

matorral *s.m.* 荊棘叢生的地方;草木叢

matraca *s.f.* 木鈴

matraquear *v.i.* 搖木鈴

matrás *s.m.* 細頸玻璃瓶,曲頸蒸餾器

matreiro, ra *adj.* 狡猾的;機敏的;精明的

matreirice *s.f.* 狡猾;機敏;精明

matriarcado *s.m.* 母權制,母系氏族制

matricária *s.f.* 〔植〕小白菊

matricida *s.2 gén.* 殺母者

matricídio *s.m.* 殺母罪

matrícula *s.f.* 註冊,登記;名冊,登記簿;錄取入學,註冊入學;(汽車的)牌照

matriculação *s.f.* 註冊,登記

matricular *v.t.* 註冊,登記 ‖ *v.r.* 入學

matrimonial *adj. 2 gén.* 婚姻的

matrimoniar *v.t. e r.* 結婚

matrimónio *s.m.* 婚禮;結婚,婚姻

matritense *adj. 2 gén.* 馬德里的 ‖ *s.2 gén.* 馬德里人

matriz *s.f.* 子宮;〔印〕模子;〔數〕矩陣,母式;照片底版;原件 ‖ *adj.* 主要的,母體的;原本的

matrona *s.f.* 已婚女人;主婦;受尊敬的婦女

matulagem *s.f.* 無賴;流浪罪

matulão *s.m.* 無賴漢

matulo *s.m.* 無賴漢

maturação *s.f.* 成熟;化膿

maturar *v.t.* 使成熟,成熟;考慮 ‖ *v.i.* 〔醫〕釀膿,化膿

maturativo, va *adj.* 使成熟的,催熟的;釀膿的

maturescência *s.f.* 成熟

maturidade *s.f.* 成熟;老成;成熟期;到期

mututação *s.f.* 思索;沉思

mututar *v.i.* 思索;沉思;默想

matutino, na *adj.* 清晨的,早晨的

mau, má *adj.* 壞的,不好的;有害的;笨拙的;令人不快的;難的;危險的;邪惡的 ‖ *s.m.* 壞事;壞人,惡人 ‖ *interj.* 糟糕!

mausoléu *s.m.* 陵墓;靈廟

maviosidade *s.f.* 溫和;優雅;親切;柔軟

mavioso, sa *adj.* 溫和的;優雅的;親切的;柔軟的

mavórcio, cia *adj.* 好戰的;勇武的;戰神的

maxila(cs) *s.f.* 上頜骨

maxilar(cs) *adj. 2 gén.* 上頜的

máxima(ss) *s.f.* 格言,箴言;準則;〔樂〕等如兩長音的音符 △ termómetro de ~ 最高溫度

máxime(ss) *adv.* 主要地;首要地

máximo, ma(ss) *adj.* 極限的,最大的,最高的,最多的 ‖ *s.m.* 極限,最大限度;最大值 △ ① ~ divisor comum 〔數〕最大公約數 ②no ~ 最大限度地

maxwell *s.m.* 〔理〕麥,麥克斯韋(磁通量單位)

mazelar *v.t.* 使傷;使痛

mazurca *s.f.* (波蘭的)瑪祖卡舞,瑪祖卡舞曲

me *pron.* 我(用作補語)

meação *s.f.* 共同產業之一部份

mea culpa 〈*lat.*〉 *s.m.* 我的過失,我的罪名

meada *s.f.* 絲束

meado, da *adj.* 中的;中間的;半的 ‖ *s.m.* 中;中央;中間;半 △ no ~ de Agosto 八月中旬

mealheiro *s.m.* 錢箱,積錢罐 ‖ *adj.* 蠅頭小利的

meão, meã *adj.* 中間的;普通大的

mear *v.t. e i.* 中分,對半分開 ‖ *v.r.* 從中間斷開

meato *s.m.* 管,道;導管;〔植〕細胞間隙

mecânica *s.f.* 力學,機械學;機械,機械裝置 △ ①~ ondulatória 波動力學 ②~ celeste 天體力學

mecanicismo *s.m.* 〔哲〕機械論

mecanicista *adj. 2 gén.* 機械論的

mecânico, ca *adj.* 力學的,機械學的;機械的,機動的 ‖ *s.m.* 機修工,機械師

mecanismo *s.m.* 機械,機構,機械結構;機械作用

mecanização *s.f.* 機械化

mecanizar *v.t.* 使機械化

mecanografia *s.f.* 打字

mecanógrafo *s.m.* 打字員

mecanoterapia *s.f.* 〔醫〕機械治療;機械療法

meças *s.f. pl.* 量度;測量

mecenas *s.m.* 慷慨資助文學藝術的人;(文學藝術家的)保護人

mecenato *s.m.* (對文學藝術家的)保護

mecha *s.f.* 燈芯;導火綫;火繩;〔轉〕迅速

mecônio *s.m.* 〔生理〕胎糞;罌粟漿

meda *s.f.* 大堆乾草

medalha *s.f.* 獎章;獎牌;紀念章 △ o reverso da ~ 某事物的力貴面,陰暗面

medalhão *s.m.* 大獎章;大獎牌;小圓珍寶盒

média *s.f.* 〔數〕平均數,中項;中間數 △ ① ~ aritmética 〔數〕平均數 ② ~ proporcional 〔數〕比例中項

mediação *s.f.* 調解,調停,和解

mediador, ra *adj.* 調解的,調停的 ‖ *s.m.* 調解人,調停人;中人,中保

mediana *s.f.* 〔幾〕中綫

medianeiro, ra *adj.* 中間的,調解的,調停的 ‖ *s.m.* 調解人,調停人;仲裁人

mediania *s.f.* 中等,中間;中產,小康;平常,平凡

mediano, na *adj.* 中等的,中間的;普通的,一般的;不好不壞的

mediante *adj. 2 gén.* 插入的;起於其間的;媒介的 ‖ *prep.* 通過,借助,利用,以,依,因

mediar *v.t.* 居間,居中;達到一半;調解,調停

mediatizar *v.t.* 併吞,使名存實亡;使成附庸

mediato, ta *adj.* 間接的;中間的

mediatriz *s.f.* 〔幾〕垂直平分綫

medicação *s.f.* 藥物治療;藥物

medical *adj. 2 gén.* 醫學的;醫療的

medicamentar *v.t.* 開藥

medicamento *s.m.* 藥品,藥劑,醫藥

medicamentoso, sa *adj.* 有藥效的

medição *s.f.* 測量,計量,度量

medicar *v.t.* 開藥,藥治

medicastro *s.m.* 庸醫;巫醫

medicável *adj. 2 gén.* 可醫治的

medicina *s.f.* 醫學;醫療法;△ ~ legal 法醫學

medicinal *adj. 2 gén.* 醫學的;藥用的;有療效的

medicinar *v.t.* 開藥物,藥治

médico, ca *adj.* 醫學的;醫藥的 ‖ *s.m.* 醫生,大夫,醫師

medida *s.f.* 量度,測量,計量;尺寸,分量;方法,措施 △ ①à medida que ~ 隨着……②encher ~s 滿足,使滿意

medidor, ra *adj.* 測量的,計量的,度量的 ‖ *s.m.* 測量之人或物;水表,瓦斯表,電表

medieval *adj. 2 gén.* 中世紀的

medievalidade *s.f.* 中世紀風格

medievalismo *s.m.* 中世紀研究;中古之風氣

medievalista *s.2 gén.* 中世紀史學家,追慕中古遺風者

medievismo *s.m.* 中世紀研究;中古之風氣

medievo, va *adj.* 中世紀的

médio, dia *adj.* 中等的;中間的,居中的;平常的,普通的,一般的 ‖ *s.m.* 中指;[體育](足球的)中線運動員

mediocre *adj. 2 gén.* 平常的,平凡的,平庸的 ‖ *s.2 gén.* 平常的,平凡的人

mediocridade *s.f.* 平常,平凡,平庸;普通,一般;平庸的人

medir *v.t.* 量,測量;衡量,斟酌 ‖ *v.r.* 爭吵,打架 △ ① ~ as palavras 注意其言語舉動;謹言慎語 ② ~ as costelas a alguém 打,毆打 ③ não ter mãos a ~ 忙碌不可開交

meditabundo, da *adj.* 沉思的

meditação *s.f.* 沉思;默想;想法

meditador, ra *adj.* 考慮的,思考的 ‖ *s.m.* 思索者,策劃者

meditar *v.t. e i.* 考慮,思考,沉思;策劃,計劃

meditativo, va *adj.* 沉思的;默想的

mediterrâneo, *adj.* 内地的;被陸地包圍的;地中海的

médium *s.m.* 巫師;通靈之人

medível *adj. 2 gén.* 可測量的

medo(ê) *s.m.* 害怕;擔心;恐怖,畏懼

medonho, nha *adj.* 恐怖的,可怕的,令人可懼的

medra, medrança *s.f.* 發育,生長

medrar *v.i.* 生長 ‖ *v.t.* 使生長

medronho *s.m.* [植]楊梅

medroso, sa *adj.* 驚恐的;膽怯的;膽小的

medula *s.f.* [解]體,骨髓;脊髓;[植]髓部;[轉]精髓,本質 △ ~ espinal 脊髓

medular *adj. 2 gén.* 髓的,骨髓的,脊髓的

meduloso, sa *adj.* 有體的,有骨髓的

medusa *s.f.* [動]水母;[M][希臘神話]美杜莎(蛇髮女怪);[轉]邪惡醜婦

meeiro, ra *adj.* 可分爲二份的 ‖ *s.m.* 共同承繼者

mefistofélico, ca *adj.* 如惡魔的;陰險狡猾的

mefítico, ca *adj.* 有毒的,惡臭的

megaciclo *s.m.* [電]兆周

megafone *s.m.* 擴聲機;喇叭筒,喊話筒

megalítico, ca *adj.* 巨石的

megalito *s.m.* 遠古巨石,史前巨石

megalocéfalo, la *adj.* [動]巨頭的,大頭的

megalomania *s.f.* 誇大狂;妄自尊大

megalomaníaco, ca *adj.* 誇大狂的 ‖ *s.m.* 誇大狂患者

megalómano *s.m.* 誇大狂患者,有尊大病者

megalópteros *s.m. pl.* [動]廣翅目

megâmetro *s.m.* [海,天]測量經度器;一百萬公里

megaohm *s.m.* [電]兆毆

megascópio *s.m.* 顯微幻燈

megatério *s.m.* [古生]大懶獸

megera *s.f.* 潑婦

meia *s.f.* 長襪;襪

meia adriça *s.f.* △ a ~ 降半旗致哀地

meia-cana *s.f.* 銼

meia-esquadria *s.f.* 半直角

meia-idade *s.f.* 中年(40-50 歲);中世紀

meia-laranja *s.f.* 半圓

meia-lua *s.f.* 半月,半月形

meia-missa *s.f.* △ não chegar para ~ 無能,不充分

meia-noite *s.f.* 午夜;子夜

meia-rotunda *s.f.* 半月形建築物

meias *s.f. pl.* 指利益均攤組織 △ ①a ~ 各半的 ②~-palavras 涵蓄語,半句話

meigo, ga *adj.* 柔和的;溫和的;馴良的

meiguice *s.f.* 柔和;溫和;馴良; *pl.* 戀愛,親愛

meio, meia *adj.* 中間的;一半的 ‖ *s.m.* 中間;一半;正中;辦法;環境;策累; *pl.* 資財;資力;財寶 ‖ *adv.* 半,有些 △ ① ~ ambiente 生存環境 ② em ~ 或 pelo ~ 在中間 ③ por ~ de 利用;通過,經過

meio-busto *s.m.* 半身像

meio-corpo *s.m.* 上半身;人體之胸部

meio-dia *s.m.* 中午;南,南方

meio-irmão *s.m.* 異父(或母)兄弟

meio-morto, ta *adj.* 半死的,很累的

meio-relevo *s.m.* 薄浮雕

meio-soprano *s.m.* 女中音 ‖ *s.f.* 女中音歌唱家

meiote *s.m.* 襪;短襪

meio-tom *s.m.* 〔樂〕半音

meirinho *s.m.* 法院之招待員

mel *s.m.* 蜜 △ ① dar ~ pelos beiços a alguém 對某人言語溫柔,取悅某人 ② doce como ~ 甜如蜜 ③ ~ silvestre 野蜜 ④ ~ virgem 原蜜,天然蜜 ⑤ por

dez réis de ~ coado 便宜,價錢低

melaço *s.m.* 糖蜜

melado *s.m.* 糖蜜,糖蜜 ‖ da *adj.* 蜂蜜色的;甜蜜的;愛哭的

melancia *s.f.* 〔植〕西瓜

melancolia *s.f.* 憂鬱,悲傷

melancólico, ca *adj.* 憂鬱的,悲傷的

melancolizar *v.t.* 使憂鬱,使悲傷

melanina *s.f.* 〔動〕黑色素

melão *s.m.* 〔植〕甜瓜,香瓜

melar *v.t.* 煮,熬(糖) ‖ *v.i.* (蜜蜂)釀蜜

meleiro *s.m.* 賣蜂蜜的人

melena *s.f.* 披散的頭髮;黑糞(病)

melhor *adj. 2 gén.* 較好的,更好的;最好的 ‖ *adv.* 較好地,更好地 ‖ *s.m.* 更好,較好 △ ① levar a ~ 勝過,取勝 ② tanto ~ 更好 ③ faltar o ~ 缺錢 ④ ir desta para ~ 死,亡

melhora *s.f.* 好轉,改善;改進

melhoramento *s.m.* 好轉,改善;改進

melhorar *v.t.* 改善,改進;使好轉 ‖ *v.i.* (天氣、健康、處境等)變好

melhoria *s.f.* 好轉;改善,改進

meliáceas *s.f. pl.* 〔植〕楝科,雙子葉植物

meliante *s.m.* 無賴,歹徒

mélico, ca *adj.* 歌曲的;悅耳的;和諧的

melífago, ga *adj.* 食蜜的

melífero, ra *adj.* 產蜜的;有蜜的

melificação *s.f.* 釀蜜,製蜜

melificar *v.t. e i.* 釀蜜,製蜜

melifluidade *s.f.* 甜蜜

melífluo, lua *adj.* 含蜜的;甜蜜的

melindrar *v.t.* 致怒 ‖ *v.r.* 憂怒

melindre *s.m.* 感覺,含羞;小心翼

翼；*pl.*〔植〕鳳仙花

melissa *s.f.*〔植〕蜜蜂花；香液

meloal *s.m.* 大瓜

meloal *s.m.* 瓜圃

melodia *s.f.* 柔和，悅耳；曲調；節拍，旋律

melódica *s.f.*〔樂〕旋律學；一種樂器

melódico, ca *adj.* 美調的；悅耳的；曲調的；旋律的

melodioso, sa *adj.* 好聽的，悅耳的

melodrama *s.m.* 音樂劇

melodramático, ca *adj.* 音樂劇的；情節劇的

meloeiro *s.m.* 瓜果科植物

melografia *s.f.* 作曲術

melomania *s.f.* 音樂癖；音樂狂

melómano, na *adj.* 醉心音樂的 ‖ *s.m.* 音樂迷

melopeia *s.f.* 樂劇；作曲術

meloso, sa *adj.* 甜如蜜的；甜的

membrana *s.f.* 膜；薄膜

membranoso, sa *adj.* 膜的；膜性的；膜狀的

membro *s.m.* 肢體；部份；成員，會員，議員；〔數〕元，項 △ ~ genital (viril) 陰莖

membrudo, da *adj.* 強壯的，健壯的，有力氣的

memento *s.m.* 記事本，筆記本

memorando, da *adj.* 值得紀念的，值得記憶的 ‖ *s.m.* 記事本；備忘錄

memorandum *s.m.* 備忘錄；記事本

memorar *v.t.* 記憶，回憶，回想

memorativo, va *adj.* 回憶的；回想的

memorável *adj. 2 gén.* 可記憶的；值得紀念的

memória *s.f.* 記憶；記憶力，記性；紀念；名聲；學術論文；(計算機的)存儲

器；*pl.* 回憶錄，史料 △ ①de ~ 記住，記得；不假思索地 ②~ de grilo 記性不好的人，健忘的人 ③ refrescar a ~ 重溫 ④varrer da ~ 完全忘記

memorial *s.m.* 記事本；公報，簡報

memoriar *v.t.* 回想，追想，回億

menção *s.f.* 提及，提到；舉述

mencionar *v.t.* 提及，提到，談及

mendicância *s.f.* 乞討，行乞，乞食

mendicante *adj. 2 gén.* 乞討的，行乞的；托缽僧的 ‖ *s.2 gén.* 乞丐

mendicidade *s.f.* 乞討，行乞，乞食

mendigar *v.t. e i.* 行乞，乞討；乞求，央求

mendigo *s.m.* 乞丐

menear *v.t.* 搖動；擺動；管理，經營

menina *s.f.* 少女，女孩；少婦 △ ① ~ de cinco olhos 戒尺 ②~ do olho 眼瞳子

menineiro, ra *adj.* 兒童的；喜愛孩子的

meninge *s.f.*〔解〕腦膜

meníngeo, a *adj.* 腦膜的

meningite *s.f.*〔醫〕腦膜炎

meninice *s.f.* 幼年，童年

menino *s.m.* 嬰孩，幼兒，男孩

menisco *s.m.*〔理〕凹凸透鏡；〔解〕半月板

menopausa *s.f.*〔生理〕絕經期

menor *adj. 2 gén.* 較小的，較少的；更小的，更少的；幼小的；最小的，最少的；未成年的 ‖ *s.2 gén.* 未成年者，未成丁者

menoridade *s.f.* 未成年，未到法定年齡；少數

menorragia *s.f.*〔醫〕月經過多

menos *adj.* 較少的，較小的，較差的 ‖ *pron.* 少數 ‖ *adv.* 少，小，差；更少 ‖ *prep.* 除……之外 ‖ *s.m.* 最少，

減號和負數符號 △ ①nada ~ que 足足②nem mais nem ~ 正好,正是,準確 ③ pouco mais ou ~ 大約 ④ a ~ que 除非

menoscabar *v.t.* 輕視;蔑視;輕侮

menosprezar *v.t.* 輕視;蔑視

menosprezível *adj. 2 gén.* 不值得重視的;可鄙的

menosprezo *s.m.* 輕侮;輕視;蔑視

mensageiro *s.m.* 信使;使者;報信者

mensagem *s.f.* 口信;傳信;信函,文電;電訊;文告

mensal *adj. 2 gén.* 按月的;每月的;為期一個月的

mensalidade *s.f.* 月薪;月費

mensário *s.m.* 月刊

menstruação *s.f.* 月經

menstrual *adj. 2 gén.* 月經的

menstruar *v.i.* 行經,來月經

mênstruo *s.m.* 〔生理〕月經,經血;行經;〔化〕溶媒,溶藥劑

mensura *s.f.* 測量,計量,量度;〔樂〕節拍

mensurabilidade *s.f.* 可測量性,可量性

mensuração *s.f.* 測量,計量,度量

mensurar *v.t.* 測量;計量

mensurável *adj. 2 gén.* 可測量的,可量的,可度量的

mental *adj. 2 gén.* 智力的,腦力的;思想上的;心意的 △ cálculo ~ 心算

mentalidade *s.f.* 智力,腦力;心力;思想方式;精神狀態

mente *s.f.* 智力,頭腦;心;精神;意向 △ ①de boa ~ 善意,好意 ②de má ~ 勉強地,不情願地

mentecapto, ta *adj.* 發狂的;愚蠢的

mentido, da *adj.* 虛假的,虛偽的

mentir *v.i.* 說謊;騙人;偽

mentira *s.f.* 說謊;謊言

mentiroso, sa *adj.* 愛說謊的;虛假的

mento *s.m.* 〔解〕下巴;頦

mentol *s.m.* 〔化〕薄荷醇,薄荷腦

mentolado, da *adj.* 含薄荷醇的

mentor *s.m.* 導師,引導者

menu *(fr.)* *s.m.* 菜單,菜譜

merca *s.f.* 購買

mercadejar *v.i.* 做買賣,做生意

mercado *s.m.* 市場,商場;集市

mercador *s.m.* 商人,商買

mercadoria *s.f.* 商品

mercancia *s.f.* 商品,貨物

mercante *adj. 2 gén.* 貿易的;商務的,商業的;從事貿易的 ‖ *s.2 gén.* 商人

mercantil *adj. 2 gén.* 商業的,貿易的;商品的,商人的;〔轉〕唯利是圖的

mercantilismo *s.m.* 商人氣質;重商主義;唯利是圖

mercantilista *adj. 2 gén.* 重商主義的;唯利是圖的 ‖ *s.2 gén.* 重商主義者;唯利是圖的人

mercar *v.t.* 購買

mercê *s.f.* 寬容;仁慈;恩惠

mercearia *s.f.* 小百貨店,食品雜貨店

merceeiro *s.m.* 小百貨商人

mercenário, ria *adj.* 雇傭的;唯利是圖的 ‖ *s.m.* 雇傭兵

mercerizar *v.t.* 〔紡〕進行絲光處理

mercurial *adj. 2 gén.* 水銀的,汞的;含水銀的 ‖ *s.m.* 水銀劑 ‖ *s.f.* 〔植〕一年生山靛

mercurialismo *s.m.* 〔醫〕水銀中毒,汞中毒

mercúrico, ca *adj.* 〔化〕汞的,水銀

的;含水銀的

mercúrio *s.m.* 〔化〕水銀, 汞;〈M〉〔天〕水星

mercuroso, sa *adj.* 〔化〕亞汞的, 一價亞汞的

merda *s.f.* 大便, 糞

merecedor, ra *v.t.* 應該得到的, 值得的

merecer *v.t.* 應該得到, 應該受到

merecido, da *adj.* 應得的, 應該的

merecimento *s.m.* 值得, 應該;功勞, 功績

merenda *s.f.* 午後點心

merendar *v.t.* 作爲午後點心吃 ‖ *v.i.* 吃午後點心

merengue *s.m. bras.* 蛋白酥

meretriz *s.f.* 妓女, 娼妓

mergulhador, ra *adj.* 潛水的 ‖ *s.m.* 潛水員

mergulhar *v.t.* 潛入水;投入水中 ‖ *v.r.* 投入;跳入

mergulho *s.m.* 投入水;跳入

meridiana *s.f.* 中線, 子午線

meridiano, na *adj.* 子午線的;子午的;正午的 ‖ *s.m.* 子午圈;子午面;子午線

meridional *adj. 2 gén.* 南方的, 南部的;子午線的

meritíssimo, ma *adj.* 最值得的, 最有價值的

mérito *s.m.* 優點;功勞, 功績;價值

meritório, ria *adj.* 應受讚揚的

merlim *s.m.* 〔海〕細麻繩;橫桅索

mero, ra *adj.* 單純的, 僅僅的;真正的, 道地的 ‖ *s.m.* 一種石斑魚

mês *s.m.* 月, 月份;一個月

mesa *s.f.* 桌子, 飯桌;飲食;主席團;高原 △ ① ~ eucarística 祭壇, 供桌 ② ~-de-cabeceira 牀頭桌, 牀頭櫃

mesada *s.f.* 月薪;月費

mesão *s.m.* 〔理〕介子

mesário *s.m.* 兄弟會會員

mesentérico, ca *adj.* 腸系膜的;腸間膜的

mesentério *s.m.* 〔解〕腸系膜;腸間膜

meseta *s.f.* 高原

mesmo, ma *adj.* 同一個的;相同的;本身的 ‖ *adv.* 剛剛, 恰, 正, 就算 △ agora ~ 馬上;遺才;剛才 ② ao ~ tempo 同時

mesnada *s.f.* 禁衛軍;皇帝隨員

mesocárpico, ca *adj.* 〔植〕中果皮的

mesocárpio *s.m.* 〔植〕中果皮

mesocracia *s.f.* 中產階級政治組織;中產階級, 資產階級

mesoderma *s.m.* 〔解〕中胚層, 中胚葉;中層, 中葉

mesolítico, ca *adj.* 中石器時代的

mesologia *s.f.* 生態學

mesosfera *s.f.* 〔氣象〕中間層

mesotórax *s.m.* 〔動〕中胸

mesozóico, ca *adj.* 〔考古〕中生代的

mesquinho, nha *adj.* 吝嗇的;貪吝的

mesquita *s.f.* 伊斯蘭教寺院

messe *s.f.* 收穫

messiânico, ca *adj.* 救世主的

messias *s.m.* 救世主, 基督

messidor *s.m.* (法蘭西共和國曆的)第十個月;穡月, 收月

mester *s.m.* 職業, 行業

mestiçagem *s.f.* 混血;歐亞雜種

mestiçar *v.t.* 使血統混雜, 使成雜種

mestiço, ça *adj.* 混血的, 雜種的 ‖ *s.m.* 混血兒, 混血種人

mestra *s.f.* 女教師

mestre *s.m.* 教師;有學問的人

mestre-de-cerimónias *s.m.* 司儀, 掌禮官

mestre-sala *s.m.* (大家族)餐廳侍者;皇室掌禮官

mesura *s.f.* 敬禮;點頭;鞠躬;恭敬, 有禮

mesurado, da *adj.* 有節制的,有分寸的;有禮貌的

mesurar *v.i.* 鞠躬;點頭;行禮

mesureiro, ra *adj.* 有禮貌的;文雅的;客氣的

meta *s.f.* 限度;界限;目的,目標

metabólico, ca *adj.* 代謝的,新陳代謝的

metabolismo *s.m.* 代謝,新陳代謝

metacárpico, ca *adj.* 〔解〕掌的,手掌的,掌骨的

metacarpo *s.m.* 〔解〕掌,手掌

metacentro *s.m.* 〔理〕穩定中心,定傾中心

metade *s.f.* 半,一半;一部份;中間

metafase *s.f.* 〔生〕(細胞分裂的)中期

metafísica *s.f.* 形而上學;抽象理論

metafísico, ca *adj.* 形而上學的;抽象的

metáfora *s.f.* 〔語〕隱喻,暗喻

metafórico, ca *adj.* 隱喻的,暗喻的,比喻的

metaforizar *v.t.* 用比喻法表達

metagoge *s.f.* 〔修辭〕擬人比喻

metal *s.m.* 〔化〕金屬;金屬元素;〔樂〕銅管樂器

metaldeído *s.m.* 〔化〕介乙醛,聚乙醛,聚乙醛

metálico, ca *adj.* 金屬的;含金屬的;金屬質的

metalífero, ra *adj.* 產金屬的;含金屬的

metalismo *s.m.* 硬通貨論;以金屬代貨幣

metalização *s.f.* 金屬化;化爲金屬

metalizar *v.t.* 使金屬化;使有金屬光澤,給鍍金屬

metalóide *s.m.* 〔化〕非金屬,非金屬元素,類金屬物質

metalurgia *s.f.* 冶金學,冶金術

metalúrgico, ca *adj.* 冶金的,冶金學的 ‖ *s.m.* 冶金學家;冶金工人

metamórfico, ca *adj.* 〔質〕變形的,變質的

metamorfismo *s.m.* 〔質〕變質作用

metamorfose *s.f.* 〔動,植〕變態;變化,變形,變質

metamorfosear *v.t.* 使變化,使變形,使變質

metano *s.m.* 〔化〕甲烷,沼氣

metanol *s.m.* 〔化〕甲醇

metapsíquica *s.f.* 心理玄學

metástase *s.f.* 〔醫〕病毒轉移

metatarso *s.m.* 〔解〕蹠骨

metatórax(cs) *s.m.* 〔動〕後胸,蟲胸的第三節

medediço, ça *adj.* 好干涉的,愛管閒事的

meteórico, ca *adj.* 大氣的,氣象的;隕石的,流星的

meteorismo *s.m.* 〔醫〕腹脹,鼓腸

meteorito *s.m.* 隕石

meteoro *s.m.* 火流星,流星;〔轉〕曇花一現的人物

meteorologia *s.f.* 氣象學

meteorológico, ca *adj.* 氣象學的

meteorologista *s.2 gén.* 氣象學家,氣象工作者

meter *v.t.* 放入,裝入;使進入;引起;

誘致 ‖ *v.r.* 進入,插身;從事;參與
△①~ os dedos pelos olhos 視而不見,
矢口否認 ②~ num chinelo 弄混

meticulosidade *s.f.* 膽小;謹慎,小
心翼翼

meticuloso, sa *adj.* 膽小的;謹慎的

metileno *s.m.* 〔化〕甲叉,甲撑;亞
甲,亞甲基

metílico, ca *adj.* 〔化〕甲基的

metilo *s.m.* 〔化〕甲基

metódico, ca *adj.* 有條有理的,井井
有條的;規矩的;有次序的;有組織的

metodista *adj. 2 gén.* 〔宗〕衛理公會
的,美以美教派的 ‖ *s.2 gén.* 衛理公
會教徒,美以美教徒

método *s.m.* 方法,辦法;條理;基礎
讀物

metodologia *s.f.* 方法論,方法學;教
學法

metonímia *s.f.* 〔修辭〕換喻法

metopa *s.f.* 〔建〕兩飾柱間的壁,排
擋間飾

metragem *s.f.* (以米計的)影片長
度;以英尺表示的英尺長度

metralha *s.f.* 霰彈;彈片

metralhadora *s.f.* 自動步槍,槍關
槍;霰彈礮

métrica *s.f.* 韻律學;作詩法

métrico, ca *adj.* 公制的,米制的,公
尺的;韻律的

metrite *s.f.* 〔醫〕子宮炎

metro *s.m.* 米,公尺;詩韻,韻律;地
下鐵道

metrologia *s.f.* 度量衡學,計量學

metrónomo *s.m.* 〔樂〕節拍器

metrópole *s.f.* 京城,首府;大都會;
宗主國

metropolitano, na *adj.* 宗主國的;
京城的,首府的 ‖ *s.m.* 地下鐵道

meu, minha *adj. pron.poss.* 我的

mexediço, ça *adj.* 活動的

mexer *v.t.* 活動;搖動 ‖ *v.r.* 觸;接
觸;迅速 △ ~ os pauzinhos 施詭計

mexericar *v.t.* 搬弄是非

mexerico *s.m.* 搬弄是非,是非

mexeriqueiro *s.m.* 搬弄是非者

mexicano, na *adj.* 墨西哥的 ‖
s.m. 墨西哥人

mexilhão *s.m.* 〔動〕貽貝

mi *s.m.* 〔樂〕全音階第三長音

mialgia *s.f.* 〔醫〕肌痛

miar *v.i.* 貓叫

miasmas *s.m. pl.* 瘴氣;毒氣,瘴毒

miasmático, ca *adj.* 產生瘴氣的;
瘴氣所致的

miau *s.m.* 喵(貓叫聲)

mica *s.f.* 雲母

micáceo, a *adj.* 雲母的;雲母狀的

micado *s.m.* (日本)天皇

micção *s.f.* 小便;排尿,放尿

micélio *s.m.* 〔植〕菌絲體

micetologia *s.f.* 真菌學

mico *s.m.* 〔動〕小猴,長尾猴

micoderma *s.m.* 酵母

micologia *s.f.* 真菌學

micólogo *s.m.* 真菌學家,真菌學者

micose *s.f.* 〔醫〕霉菌病,真菌病,微
菌病

micra *s.f.* 微米,百萬分之一公尺

micro *s.m.* 微米;微音器,話筒

microbalança *s.f.* 微量天平

microbial *adj. 2 gén.* 〔生〕微生物的

microbiano, na *adj.* 〔生〕微生物的

microbicida *adj. 2 gén.* 殺菌的 ‖
s.m. 殺菌劑

micróbio *s.m.* 微生物;細菌

microbiologia *s.f.* 微生物學

microbiológico, ca *adj.* 微生物學的

microbiólogo *s.m.* 微生物學者,細菌學者

microcefalia *s.f.* 〔醫〕畸形小頭

microcéfalo, la *adj.* 〔醫〕畸形小頭的

microcosmo *s.m.* 〔理〕微觀宇宙

microfilme *s.m.* 微縮膠卷,微縮影片

microfísica *s.f.* 微觀物理學

microfone *s.m.* 傳聲器,微音器,話筒

microfotografia *s.f.* 顯微照相術,微縮照相術

micro-onda *s.f.* 〔理〕微波

microrganismo *s.m.* 微生物

microscópico, ca *adj.* 顯微鏡的;微型的

microscópio *s.m.* 〔理〕顯微鏡 △ ～ electrónico 電子顯微鏡

micrótomo *s.m.* 顯微鏡切片機

mictório, ria *adj.* 利尿的 ‖ *s.m.* 小便池;公共廁所

micturição *s.f.* 〔醫〕多尿;撒尿,小便

midríase *s.f.* 〔醫〕瞳孔開大,瞳孔散大

mielina *s.f.* 〔解〕體磷脂,體鞘質,體素

mielite *s.f.* 〔醫〕脊髓炎

migalha *s.f.* 麵包渣,麵包屑;小塊

migar *v.t.* (把麵包碎塊)泡進(奶、湯等裏)

migração *s.f.* 移居,遷徙;[動]移棲

migrante *adj. 2 gén.* 移居的,遷徙的 ‖ *s.2 gén.* 移居者,移住者

migratório, ria *adj.* 移居的,遷徙的;[動]移棲的

mijada *s.f.* 小便

mijar *v.i.et.* 小便

mijo *s.m.* 小便

mil *num.* 千;[轉]無數的 △ ～ e um [轉]許多

milagre *s.m.* 奇蹟;神奇;奇事,怪事

milagroso, sa *adj.* 奇蹟般的;奇異的,非凡的;創造奇蹟的

milenário, ria *adj.* 千的;千年的 ‖ *s.m.* 千年,一千周年

milénio *s.m.* 千年

milésimo, ma *adj.* 第一千的 ‖ *s.m.* 千分之一

milha *s.f.* 英里;海里

milhafre *s.m.* [動]鳶;蒼鷹;猛鳥

milhão *s.m.* 百萬;大量

milhar *s.m.* 千,大量

milho *s.m.* 〔植〕玉蜀黍,玉米

miliampere *s.m.* 〔電〕毫安,毫安培

miliário, ria *adj.* 英里的;海里的;標里程的

milibar *s.m.* 〔氣象〕毫巴(氣壓單位)

milícia *s.f.* 軍事;兵役;民兵部隊

miliciano, na *adj.* 民兵的 ‖ *s.m.* 民兵

milicurie *s.m.* 〔理〕毫居,毫居里(鐳射氣射量單位)

miligrama *s.m.* 毫克,千分之一公分

mililitro *s.m.* 毫升,千分之一公升

milímetro *s.m.* 毫米,千分之一公尺

milionário, ria *adj.* 極富的 ‖ *s.m.* 大富翁,百萬富翁

milionésimo, ma *adj.* 第一百萬的,百萬分之一的 ‖ *s.m.* 百萬分之一

militante *adj. 2 gén.* 戰鬥的 ‖ *s.2 gén.* 現役軍人;戰士

militar *adj. 2 gén.* 軍事的,軍隊的,軍人的 ‖ *s.m.* 軍人 ‖ *v.i.* 服役;參

加

militarismo *s.m.* 軍國主義;尚武精神

militarista *adj. 2 gén.* 軍國主義的,好戰的 ‖ *s.2 gén.* 軍國主義者;好戰分子

militarizar *v.t.* 使軍事化;使軍國主義化

milorde *s.m.* 老爺(稱呼用語)

mim *pron.pess.* 我

mimar *v.t.* 寵愛,嬌寵,愛撫

mimese *s.f.* 模仿,摹擬;打手勢

mimético, ca *adj.* 模仿的,摹擬的

mimetismo *s.m.* 模倣;學樣

mímica *s.f.* 表情神態表達方式;模倣

mímico, ca *adj.* 表情神態表達方式的;通過表情神態表達的 ‖ *s.m.* 滑稽劇演員

mimo *s.m.* (古希臘、羅馬之)滑稽戲;滑稽劇演員;甜言蜜語;禮物

mimosa *s.f.* 〔植〕含羞草

mimosáceo, a *adj.* 〔植〕含羞草科的 ‖ *s.f. pl.* 含羞草科

mimoso, sa *adj.* 嬌養慣的;寵愛的;優美的;可愛的 ‖ *s.m.* 寵兒;幸福的人

mina *s.f.* 礦,礦井,礦坑;泉水;地雷;〔轉〕富源;寶庫;知識之泉源

minar *v.t.* 掘坑道,挖坑道;佈雷;侵蝕;暗中破壞;〔轉〕置雷

mineral *adj. 2 gén.* 礦物的,無機物的 ‖ *s.m.* 〔礦〕礦物;無機物

mineralogia *s.f.* 礦物學

mineralógico, ca *adj.* 礦物學的

mineralogista *s.2 gén.* 礦物學家

minério *s.m.* 礦砂

minerva *s.f.* 智慧女神;〔印〕四開平壓機

mingau *s.m. bras.* (以白糖、蛋及麵粉等製成之)糊

míngua *s.f.* 缺乏;貧困 △ ①à ~ de 缺乏 ②não fazer ~ 不缺

minguante *adj. 2 gén.* 減小的,縮小的

minhoca *s.f.* 〔動〕蚯蚓;〔轉〕怪念頭;幻覺

miniatura *s.f.* 彩色畫,彩影,縮像,微小畫像;縮小模型

miniaturista *s.2 gén.* 微型畫家,畫縮像之畫家

minifúndio *s.m.* 小莊園

mínima *s.f.* 〔樂〕二分音符;半音

minimizar *v.t.* 縮小;貶低

mínimo, ma *adj.* 最小的;最低的 ‖ *s.m.* 最小量

mínio *s.m.* 〔化〕鉛丹,赤鉛

ministerial *adj. 2 gén.* 部的,部長的,部長級的

ministeriável *adj. 2 gén.* 可能當部長的

ministério *s.m.* 職務;職能,作用;(政府的)部;部長職務

ministrar *v.t.* 供應,提供

ministro *s.m.* 部長;牧師 △ ① ~ plenipotenciário 全權公使 ② ~ sem pasta 不管部部長 ③ primeiro ~ 總理,首相,部長會議主席

minoração *s.f.* 減少,縮小

minorar *v.t.* 減少;縮小;減輕

minoria *s.f.* 少數;少數派;少數民族 ◇ maioria

minotauro *s.m.* 〔希神〕人身牛頭怪物

minúcia *s.f.* 小事,枝節;微細;詳細

minuciosidade *s.f.* 詳細,仔細

minucioso, sa *adj.* 詳細的,仔細的

minuete(ê) *s.m.* 小步舞,小步舞曲

minúsculo, la *adj.* 細小的;無關緊要的,不足道的;小寫的(字母) ◇ maiúsculo

minuta *s.f.* 草稿;原稿

minuto *s.m.* 分鐘;[轉]片刻,頃刻

miocárdio *s.m.* [解]心肌,心肌層

miocardite *s.f.* [醫]心肌炎

mioceno *adj.* [質]中新世的 ‖ *s.m.* 中新世

miografia *s.f.* [醫]肌電圖法

miógrafo *s.m.* [醫]肌電圖機

miolema *s.m.* [解]肌纖維膜

miolo *s.m.* 麵包心;[轉]一事之本質或主要的部份

miologia *s.f.* [解]肌學

míope *adj. 2 gén.* 近視的;目光短淺的 ‖ *s.2 gén.* 近視患者;[轉]目光短淺的人

miopia *s.f.* 近視;[轉]目光短淺;淺見

miose *s.f.* [醫]瞳孔縮小

miosótis *s.f.* [植]毋忘我,毋忘我草

mira *s.f.* 準星,瞄準器,瞄準裝置;注視;[轉]目的,意圖

miraculoso, sa *adj.* 奇異的;神奇的

mirada *s.f.* 看,觀,望;目光;眼光;一瞥

miradouro *s.m.* 瞭望處,瞭望台

miragem *s.f.* 海市蜃樓,幻影;[轉]幻想

mira-mar *s.m.* (向海之)眺望台

mirante *s.m.* 瞭望台

mirar *v.t.* 看,望;注視;注意 ‖ *v.i.* 瞄準 ‖ *v.r.* 照鏡

miríade *s.f.* 一萬;[轉]無數

miriâmetro *s.m.* 萬米,十公里

miriápode *adj. 2 gén.* [動]多足綱的

miríopode *adj. 2 gén.* [動]多足綱的 ‖ *s.m. pl.*[動]多足綱

miristicáceas *s.f. pl.* [植]肉豆蔻科

mirra *s.f.* [醫]沒藥

mirrado, da *adj.* 凋謝的,乾枯的

mirsináceas *s.f. pl.* [植]紫金牛科

mirtáceas *s.f. pl.* [植]桃金孃科

misantropia *s.f.* 厭世,憤世嫉俗;憂鬱

misantrópico, ca *adj.* 厭世的,憤世嫉俗的;憂愁的

misantropo *s.m.* 厭世者,憤世嫉俗者

miscelânea *s.f.* 混合物,混雜物;雜記體;隨筆

miscibilidade *s.f.* 可混合性,可混雜性

miscível *adj. 2 gén.* 可混合的,可混雜的

miserável *adj. 2 gén.* 窮苦的;不幸的;可憐的;吝嗇的;卑鄙的 ‖ *s.2 gén.* 不幸的人;貧窮的人;可鄙的人

miséria *s.f.* 窮苦;窮困;苦難;不幸;吝嗇 △ tirar a barriga de ∼ s 吃飽喝足

misericórdia *s.f.* 慈悲,憐憫

misericordioso, sa *adj.* 慈悲的;憐憫的;有同情心的

mísero, ra *adj.* 可憐的,不幸的;吝嗇的

misoginia *s.f.* 厭女症,厭女癖,厭惡女人

misógino *adj.* 厭惡女人的 ‖ *s.m.* 厭惡女人的人

missa *s.f.* [宗]彌撒 △ ①∼ campal 露天彌撒 ②∼ de alva 晨彌撒 ③∼ do galo 聖誕子時彌撒 ④∼ de réquie 悼亡彌撒 ⑤não saber da ∼ metade 一竅不通,不懂得,不知道 ⑥ouvir ∼ 聽彌撒

missal　s.m.　彌撒書

missanga　s.f.　玻璃珠

missão　s.f.　使命,任務;工作;工作
圈,考查圈;使團;傳教

míssil　s.m.　投射物;導彈,飛彈

missionário　s.m.　傳教士

missiva　s.f.　書信,信函

missivo, va　adj.　寄發的;派送的;拋
擲的

mister　s.m.　職業;工作;需要

mistério　s.m.　奧妙;奧秘,神秘;〔古〕
(中世紀的)神秘劇;聖蹟劇

misterioso, sa　adj.　神秘的;奧秘
的;不可思議的

mística　s.f.　神秘論;神秘文學

místico, ca　adj.　神秘的;神秘主義
的

misto, ta　adj.　混合的 ‖ s.m.　混合
物;混合

mistura　s.f.　混合;混合體

misturar　v.t.　混合;攙雜;混雜(血
統)

mitene　s.f.　露指手套;連指手套;獨
指手套

mítico, ca　adj.　有關神話的;神話的

mitigação　s.f.　減輕,緩解

mitigador, ra　adj.　減輕的,緩解的
‖ s.m.　減輕者;使安靜者;和緩者

mitigar　v.t.　減輕,緩解

mito　s.m.　神話,傳說;虛構的事物

mitologia　s.f.　神話,神話學

mitológico, ca　adj.　神話的,神話學
的

mitologista　s. 2 gén; mitólogo, ga
s.m.　神話學者

mitomania　s.f.　說謊癖;謊語症

mitómano, na　adj.　有說謊癖的 ‖
s.m.　說謊者

mitra　s.f.　主教冠;主教職位

mitridatismo　s.m.　抗毒性

miudeza(mi-u)　s.f.　微小;精細

mixórdia　s.f.　混合;攙有雜液之酒

mnemónica　s.f.　記憶法,記憶術

mnemónico, ca　adj.　記憶法的;助
記憶的

mnemotecnia　s.f.　記憶法,記憶術

mnemotécnico, ca　adj.　記憶法的,
助記憶的

mó　s.f.　磨石;大羣

moagem　s.f.　磨碎

móbil　adj. 2 gén.　移動的 ‖ s.m.　發
動機;原因

mobilar　v.t.　用傢具佈置(房間);供
給傢俱

mobilia　s.f.　傢具,傢俱

mobiliário, ria　adj.　動產的 ‖
s.m.　傢具,傢俱

mobilidade　s.f.　變動性;可動性;流
動性;〔理〕淌度;遷移率

mobilização　s.f.　動員

moca　s.f.　阿拉伯地區產的一種上等
咖啡;短粗的棍

moça　s.f.　女青年;年輕婦女

mocada　s.f.　用短粗棍之打擊

moçambicano, na　adj.　莫桑比克的
‖ s.m.　莫桑比克人

moção　s.f.　移動;動作;推動;衝力;
動力;〔轉〕議會中由議員提出的動議,
提議,提案

mocetão　s.m.　健壯的青年,健美的青
年

mocetona　s.f.　健美的女青年

mochila　s.f.　背包;旅行袋

mocho, cha　adj.　無角或砍去角的
(牲畜)

mocidade　s.f.　青年;青年人

moço, ça　adj.　年輕的;〔轉〕無經驗
的;無閱歷的 ‖ s.m.　青年人;侍應

生, 侍者

moda s.f. 習俗,風尚,時式;時髦;時裝式樣;流行的式樣 △ ①à ~ de 依照……款式 ②andar na ~ 穿着入時 ③ passar de ~ 過時

modal adj. 2 gén. 模特的,樣式的;〔語〕語式的;〔樂〕調式的,八音的

modalidade s.f. 形式,方式,式樣,風格,款式

modelador, ra adj. 塑造的

modelar v.t. 塑,塑製,塑造 ‖ v.r. 模倣,效倣 ‖ adj. 2 gén. 樣板的,榜樣的

modelo(ê) s.m. 典範,樣板;模範,榜樣;型式,類型;模型;模特兒

moderação s.f. 節制,適度;緩和,減輕;慎重

moderado, da adj. 適度的,有節制的;溫和的,保守的;平庸的,普通的

moderador, ra adj. 使有節制的,起緩和作用的 ‖ s.m. 〔理〕減速劑;〔化〕緩和劑

modernidade s.f. 現代性,現代特色

modernização s.f. 現代化

modernizar v.t. 使現代化

moderno, na adj. 現代的;近代的;新式的,現代化的;時髦的 ‖ s.m. 現代化的東西 ‖ s.m. pl. 現代人 ◇ antigo

modéstia s.f. 謙虛;簡樸;莊重;正派;節制

modesto, ta adj. 謙虛的;簡樸的;莊重的;正派的;適度的;無足輕重的

modicidade s.f. 微小,微薄,低微;少量

módico, ca adj. 微小的,微薄的,低微的;少量的

modificação s.f. 變化;改變;修改;更改;〔語〕修飾

modificador, ra adj. 修改的,改變的,變更的;修飾的

modificar v.t. 改變;修改;更改;〔語〕修飾

modificativo, va adj. 修改性的,改變的,變更的;修飾性的

modificável adj. 2 gén. 可修改的,可改變的,可變更的;可修飾的

modista s.f. 女裁縫;服裝設計師

modo s.m. 方法,方式;樣式;樣子;〔語〕(動詞的)式;〔樂〕調式;〔邏〕程式 △ ① ~ conjuntivo 〔語〕虛擬式 ② ~ de falar 諳話方式 ③ ~ de produção 生產方式 ④ ~ de vida 生活方式 ⑤ pelos ~s 似乎,好像 ⑥ a ~ 小心謹慎地

modulação s.f. 調節;〔樂〕轉調;〔電〕調制 △ ~ de frequência 頻率調制,調頻

modulador, ra adj. 調節的,調制的 ‖ s.m. 〔電〕調制器

modular v.t. 調節;〔樂〕變調;〔電〕調制

módulo s.m. (錢幣,徽章的)直徑;〔建〕圓柱的半徑度;〔數〕系數

módulo, la adj. 悠揚的;和諧的

moeda s.f. 硬幣;貨幣 △ ① ~ sonante 硬幣;硬通貨 ②pagar na mesma ~ 以其人之道還治其人之身

moedagem s.f. 鑄幣

moer v.t. 磨碎;壓榨

mofa s.f. 恥笑;嘲弄;譏笑

mofar v.t. e i. 恥笑;嘲弄;譏笑

mofento, ta adj. 發霉的;〔喻〕不幸的,憂傷的

mofina s.f. 不幸;惡運;不幸的女人

mofino, na adj. 不幸的;惡運的;狹隘的

mofo(ô) s.m. 霉

mofoso, sa adj. 發霉的,霉爛的,生

霉的

moído, da *adj.* 疲倦的

moinante *adj. 2 gén.* 懶惰的;遊手
好閒的 ‖ *s.2 gén.* 懶惰的人;遊手好
閒的人

moinho(mo-i) *s.m.* 磨;磨房 △ ①~
de vento 風磨 ②~s de vento 虛幻之
事,假想之敵

moita *s.f.* 叢林 ‖ *interj.* 沉默,靜默

mola *s.f.* 彈簧,發條

moldagem *s.f.* 造模型之事;依模型
造型

moldar *v.t.* 模製,鑄造;作模子;使
成形,使形成

molde *s.m.* 模型,模子;〔轉〕榜樣,楷
模 △ de ~ 非常合適的,非常適時的

moldura *s.f.* 〔建〕凸凹的飾邊;綾
腳;鏡框,畫框;花邊

mole *adj. 2 gén.* 軟的,柔軟的;怠惰
的 ‖ *s.f.* 巨大,大塊;大堆;大量

molécula *s.f.* 〔理、化〕分子

molecular *adj. 2 gén.* 分子的

moleiro *s.m.* 磨坊主人;以磨(穀,麥
等)為業者

molestar *v.t.* 麻煩,打擾;使人討厭,
使人不快;妨礙

moléstia *s.f.* 疾病;痛苦;不安;打擾

molesto, ta *adj.* 令人討厭的;煩人
的;有害的

moleta(ē) *s.f.* 硯;研磨器

moleza *s.f.* 軟,柔軟;怠惰;貪圖安逸

molha *s.f.* 弄濕;浸濕;淋濕;洗澡

molhadela *s.f.* 弄濕;浸濕;淋濕;洗
澡

molhado, da *adj.* 弄濕的;浸濕的;
淋濕的 ‖ *s.m.* 濕地

molhar *v.t.* 弄濕;浸濕;淋濕 △ ~ a
palavra 喝酒話(飲料)

molhe *s.m.* 防波堤

molho(o) *s.m.* 束,捆,紮

molho(o) *s.m.* 湯;汁

molibdenite *s.f.* 〔礦〕輝鉬礦

milibdeno *s.m.* 〔化〕鉬

molície, molície *s.f.* 柔軟;光滑;溫
順

molificar *v.t.* 使變軟;使緩和;使變
柔和

molificável *adj. 2.gén.* 可變軟的;
可緩和的;可變柔和的

molinhar *v.t.* 磨碎 ‖ *v.i.* 下細雨

molusco *s.m.* 〔動〕軟體動物類

momentâneo, a *adj.* 暫時的,瞬息
的;立即的

momento *s.m.* 片刻;瞬息;時機,機
會;重要性;〔機〕力矩 △ ①~ de
força〔機〕力矩 ②~ de inércia〔機〕慣性矩,
轉動慣量

momentoso, sa *adj.* 嚴重的;重要
的

momices *s.f. pl.* 鬼臉;惡作劇

momo(ô) *s.m.* 鬼臉,怪相;〔轉〕愚弄

mona *s.f.* 母猴;〔俗〕醉鬼

monacal *adj. 2 gén.* 修道士的,僧侶
的;修道院的

monacato *s.m.* 修道士身份,僧侶身
份;修道士的生涯

monada *s.f.* 猴相,猴子的表情動作;
怪相

mónada, mónade *s.f.* 〔哲〕單子,單
元;〔牛〕單分體,單蟲;〔化〕一價物,一
價元素

monadelfo, fa *adj.* 〔植〕單體雄蕊
的

monadismo *s.m.* 〔哲〕單子論,單元
論

monarca *s.m.* 君主,帝王

monarquia *s.f.* 君主國家,君主制度
△ ①~ absoluta 君主專制制度 ②~

constitucional 君主立憲制度

monárquico, ca *adj.* 君主的;君主制的;主張君主制的

monástico, ca *adj.* 修道士的,僧侶的;修道院的,寺院的

monção *s.f.* 季候風,季節風;〔轉〕良機

monda *s.f.* 除草,修剪(樹木);除草、修剪樹木的季節

mondadura *s.f.* 修剪(樹木);除草

mondar *v.t.* 除草;修剪(樹木)

monetário, ria *adj.* 貨幣的,金融的

monetizar *v.t. e i.* 鑄(幣);發行(貨幣)

monge *s.m.* 修道;和尚;修士;僧侶

mongol *adj. 2 gén.* 蒙古的 ‖ *s.2 gén.* 蒙古人 ‖ *s.m.* 蒙古語

mongólico, ca *adj.* 蒙古的;蒙古人的;蒙古語的

monismo *s.m.* 〔哲〕一元論

monitor *s.m.* 告誡者;教練員;輔導員;(飛機,電視等儀器的)監視器;〔動〕一種蜥蜴

monja *s.f.* 尼姑,修女

monjal *adj. 2 gén.* 僧侶的;尼姑的

mono(ó) *s.m.* 猴子;〔轉〕醜八怪;笨蛋

monoácido *s.m.* 〔化〕一元酸

monoatómico, ca *adj.* 〔化〕單原子的

monocarpo *s.m.* 有心皮部成單子房

monoclino, na *adj.* 〔植〕雌雄蕊同花的

monocórdio *s.m.* 〔樂〕獨弦琴,一弦琴

monocromia *s.f.* 單色畫法,單彩畫法

monóculo, la *adj.* 單眼用的 ‖ *s.m.* 單片鏡,獨目鏡

monofásico, ca *adj.* 〔電〕單相的

monofilo, la *adj.* 〔植〕單葉的,一葉的

monofisismo *s.m.* 基督一性論

monogamia *s.f.* 一夫一妻制

monógamo, ma *adj.* 一夫一妻制的;〔動〕單配的,一雌一雄的

monografia *s.f.* 專題論文;專題著作

monográfico, ca *adj.* 專題性的

monóico, ca *adj.* 雌雄同株的

monolítico, ca *adj.* 獨石的,獨塊巨石的

monólito *s.m.* 獨石碑

monologar *v.i.* 獨白;自言自語

monólogo *s.m.* 獨白;自言自語;獨腳戲

monomania *s.f.* 偏執,偏癖,偏執狂

monomaníaco, ca *adj.* 偏狂的,偏癖的,偏執的 ‖ *s.* 偏狂患者,偏癖患者;偏執狂患者

monomaquia *s.f.* (一對一地)對打,決鬥

monómero, ra *adj.* 〔化〕單體的 ‖ *s.m.* 單體

monómio *s.m.* 〔數〕單項式,一項式

monopétalo, la *adj.* 〔植〕單瓣的

monoplano *s.m.* 單翼飛機

monopólio *s.m.* 壟斷,專利;壟斷,專利權;獨佔

monopolista *adj. 2 gén.* 壟斷的,專利的 ‖ *s.2 gén.* 壟斷者,專利者

monopolizar *v.t.* 壟斷,專利經營;獨佔

monóptero, ra *adj.* 只有一翼或一鰭的;〔建〕單列圓柱式的(圓形建築)

mono-sábio *s.m.* 〔鬥牛〕刺牛士助手

monospermo, ma *adj.* 〔植〕單種子

的

monossépalo, la *adj.* 〔植〕單萼的

monótipo *s.m.* 〔印〕單字自動鑄排機

monotonia *s.f.* 單調;無變化,千篇一律

monótono, na *adj.* 單調的,無變化的

monovalente *adj. 2 gén.* 〔化〕一價的,單價的

monsenhor *s.m.* 閣下

monstro *s.m.* 怪物,妖怪;奇大之物;畸形動物;醜陋的人;兇惡的人

monstruosidade *s.f.* 畸形;怪異;怪物;可惡之物

monstruoso, sa *adj.* 畸形的;怪異的;殘忍的;奇大的;奇醜無比的

monta *s.f.* 總額;價值,重要性

montada *s.f.* 騎馬,騎術

montador *s.m.* 裝配工

montagem *s.f.* 安裝,裝配

montanha *s.f.* 山,山峰;山地,山區;〔轉〕大量

montanhês, esa *adj.* 山的,山區的 ‖ *s.m.* 山區人,山裏人

montanhismo *s.m.* 登山運動

montanhoso, sa *adj.* 山的,山地的;多山的

montante *s.m.* (需要雙手使用的)大劍;款項;總數;〔地〕漲潮 ‖ *adj. 2 gén.* 上游的

montão *s.m.* 堆

montar *v.t.* 騎;裝配,安裝 ‖ *v.i.* 騎馬;到達

monte *s.m.* 山;荒野;〔轉〕堆,大量 △ de ~ a ~ 穿透,貫穿

montepio *s.m.* 救濟基金,互助基金

montevideano, na *adj.* (烏拉圭)蒙得維的亞的 ‖ *s.m.* 蒙得維的亞人

montículo *s.m.* 小山,小丘

montra *s.f.* 陳列窗,商店的櫥窗

monturo *s.m.* 垃圾堆;糞堆

monumental *adj. 2 gén.* 紀念碑的,紀念性建築物的;紀念性的;宏偉的;極大的

monumento *s.m.* 紀念碑,紀念性建築物;遺蹟,古蹟;文獻

moqueta(ê) *s.f.* 粗毛織物

mor *s.m.* 愛情;原因 △ por ~ de 由於,出於

mora *s.f.* 耽擱,延緩

morada *s.f.* 住宅,住所,居室

moradia *s.f.* 住宅,住所,居室

morado, da *adj.* 深紫色的

morador, ra *adj.* 居住的 ‖ *s.f.* 居民

moral *adj. 2 gén.* 道德的;合乎道德的;精神上的,道義上的 ‖ *s.f.* 倫理學,道德;士氣 ‖ *s.m.* 精神

moralidade *s.f.* 品德,德行;道德;教訓,寓意

moralização *s.f.* 道德化

moralizar *v.t.* 使符合道德準則,教誨

morar *v.i.* 居住

moratória *s.f.* 允許延期償付債;展限期

morbidez *s.f.* 嬌嫩,軟弱;病態

mórbido, da *adj.* 生病的,致病的;病態的

morbo *s.m.* 症症,疾病

morboso, sa *adj.* 病的,疾病的;致病的;病態的

morcego *s.m.* 〔動〕蝙蝠

mordacidade *s.f.* 諷刺性;刺激性,辛辣

mordaz *adj. 2 gén.* 諷刺性的;辛辣的;尖刻的

mordedor, ra   *adj.* 咬人的,好咬人的(動物)

mordedura   *s.f.* 咬;咬傷

mordente   *adj. 2 gén.* 咬的;刺痛的 ‖ *s.m.* 〔化〕媒染劑;腐蝕劑;〔樂〕波音,波音號

morder   *v.t.* 咬;咬住;腐蝕;攻擊,詆毀

mordomo   *s.m.* 管事人;男總管;男管家

moreno, na   *adj.* 褐色的,發黑的;膚色黝黑的;黑白混血的

morfina   *s.f.* 嗎啡,安眠鹼

morfinómano, na   *adj.* 有嗎啡癮的,中嗎啡毒的 ‖ *s.m.* 有嗎啡癮的人,中嗎啡毒的人

morfologia   *s.f.* 形態學;詞法

morfológico, ca   *adj.* 形態學的;詞法的

morfólogo   *s.m.* 形態學者

morgado   *s.m.* 長子

morganático, ca   *adj.* 與王族成員結成的(婚姻);與王族成員成爲親屬的(人)

morgue   *s.m.* 陳屍所,停屍間,太平間

moribundo, da   *adj.* 垂死的;臨終的

morigeração   *s.f.* 節制,移風易俗之行爲

morigerado, da   *adj.* 有節制的,有良好風俗的

morigerar   *v.t.* 節制;移風易俗;教誨;教導

mormente   *adv.* 主要地;首要地

morno, na (ô)   *adj.* 溫熱的;微熱的;〔轉〕無活力的;平靜的;單調的,乏味的

morosidade   *s.f.* 遲緩,遲慢;拖沓

moroso, sa   *adj.* 緩慢的,遲緩的,惰息的;拖拉的

morra   *interj.* 打倒

morrão   *s.m.* 火繩

morrer   *v.i.* 死亡,逝世;〔轉〕枯萎,凋謝

morro   *s.m.* 小山,小丘

morsa   *s.f.* 〔動〕海象

morse   *s.m.* 莫爾斯電碼

mortadela   *s.f.* 大香腸

mortal   *adj. 2 gén.* 致死的;致命的;不共戴天的;極嚴重的 ‖ *s.2 gén.* ; *pl.* 人類

mortalidade   *s.f.* 致命性;死亡率

mortandade   *s.f.* 大量死亡;屠殺,大屠殺

morte   *s.f.* 死,亡;殺害;死刑;滅亡;〔轉〕苦難 △ pensar na ~ da bezerra 心不在焉,不專心

morteiro   *s.m.* 迫擊砲;臼,研缽

morticínio   *s.m.* 大屠殺

mortífero, ra   *adj.* 致命的,殺人的

mortificação   *s.f.* 壞死;折磨;苦修;〔醫〕壞疽

mortificante   *adj. 2.gén.* ; **mortificativo, va**   *adj.* 苦修的;凌辱的;禁慾的

mortificar   *v.t.* 使壞死;折磨;苦修

mortinatalidade   *s.f.* 死產率

morto, ta   *adj.* 死的;被殺的;〔轉〕無生命的;無生氣的 ‖ *s.m.* 死人,死者

mosca (ô)   *s.f.* 蒼蠅;〔轉〕討厭的人

moscatel   *adj. 2 gén.* 麝香葡萄的

moscovita   *adj. 2 gén.* 莫斯科的;俄國的 ‖ *s.2 gén.* 莫斯科人;俄國人

mosqueado, da   *adj.* 有斑點的,有污點的

mosquete (ê)   *s.m.* 毛瑟槍;滑膛槍;火槍

mosqueteiro *s.m.* 毛瑟槍手;滑膛槍手;火槍手

mosquito *s.m.* 蚊

mostarda *s.f.* 芥末,芥子粉

mosteiro *s.m.* 修道院

mostra *s.f.* 顯示;顯露,指示;標誌,表示

mostrador *s.m.* (商店中的)櫃台;錶盤

mostrar *v.t.* 顯露;顯示;出示;表明;說明 ‖ *v.r.* 表現;露面

mostruário *s.m.* 商店的陳列窗

motejador, ra *adj.* 指責的,嘲笑的

motejar *v.t.* 指責;嘲笑

motel *s.m.* (設在公路邊上的)市郊旅館,汽車遊客旅館

motete(ê) *s.m.* 讚美歌,聖樂曲

motilidade *s.f.* 動力;動能

motim *s.m.* 叛變,嘩變,暴亂

motivação *s.f.* 動機,動力;原因,誘因

motivador, ra *adj.* 促成的

motivar *v.t.* 促成,引起,導致;說明原因,說明動機

motivo, va *adj.* 使動的,能動的 ‖ *s.m.* 動機,理由,原因;〔樂〕主題

moto *s.m.* 摩托車;電單車

moto *s.m.* 運動,旋轉 △ de ~ próprio 自然地,自發地

motocicleta *s.f.* 摩托車,電單車

motociclismo *s.m.* 摩托車比賽

motociclista *adj. 2 gén.* 摩托車的,電單車的 ‖ *s.2 gén.* 摩托車運動員,摩托車運動愛好者

motociclo *s.m.* 摩托車,機器腳踏車

motonáutica *s.f.* 摩托艇運動

motor, ra *adj.* 推動的,發動的,運動的;原動的 ‖ *s.m.* 動力,原動力;馬達,發動機;發起者,挑動者

motorista *s.2 gén.* 汽車運動員,汽車駕駛員,摩托車運動員,摩托車駕駛員

motriz *adj. 2 gén.* 原動的,推動的

mouco, ca *adj.* 聾的 ‖ *s.m.* 聾人

mouquice *s.f.* 聾之狀態

mouta *s.f.* 叢林

movediço, ça *adj.* 易動的,易移動的;不穩定的

móvel *adj. 2 gén.* 可移動的,活動的;不穩定的;易變的 ‖ *s.m.* 理由;原因;傢具

movente *adj. 2 gén.* 使動的,推動的,移動的

mover *v.t.* 使動,移動,搖動;推進;促使;感動;引起;激起

movimentar *v.t.* 使動,推動

movimento *s.m.* 運動,行動,活動,動作;暴動;衝動;〔樂〕樂章

movível *adj. 2 gén.* 可活動的,可移動的;不固定的

muar *adj. 2 gén.* 騾屬的 ‖ *s.2 gén.* 〔動〕騾

muchacho *s.m.* 男孩

muco *s.m.* 黏液,黏液膜的分泌物

mucosa *s.f.* 黏膜

mucosidade *s.f.* 黏液;黏性,黏膠液

mucoso, sa *adj.* 黏的,黏膠狀的;分泌黏液的

muçulmano, na *adj.* 伊斯蘭教的,回教的,穆斯林的

muda *s.f.* 改變;搬家;換洗衣服;(鳥)換羽季節;換毛季節;蛻皮季節;啞女

mudança *s.f.* 改變;更換;搬家;換羽;換毛

mudar *v.t.* 改變;更換;改換 ‖ *v.i.* 搬家,遷居;改變;換毛,改毛 △ ① ~ de estado 結婚 ② ~ a água às azeitonas 撒尿,小便

mudável *adj. 2 gén.* 可變的;易變的;無常的

mudez *s.f.* 啞;沉默,緘默

mudo, da *adj.* 啞的;說不出話的;沉默的;無聲的 ‖ *s.m.* 啞巴

mugido *s.m.* 牛叫聲;咆哮,嚎叫

mugir *v.i.* (牛)哞哞叫;咆哮

muito, ta *adj.* 很多的,非常多的,大量的 ‖ *adv.* 很多,大量;很,非常

mula *s.f.* 母騾

mulata *s.f.* 黑白混血女人

mulato, ta *adj.* 黑白混血的 ‖ *s.m.* 黑白混血種人

muleta(e) *s.f.* 拐杖;〔轉〕支持

mulher △ *s.f.* 婦女,女人;成年女人;妻子 △ ①~ da vida 妓女 ②~ de virtude 女巫

mulherão *s.m.* 高大結實的女人

mulheril *adj. 2 gén.* 女人的,女人氣的

mulherio *s.m.* 〔集〕女人;大量女人

mulo *s.m.* 公騾

multa *s.f.* 罰款,罰金

multiangular *adj. 2 gén.* 多角的

multicaule *adj. 2 gén.* 〔植〕多莖的

multicelular *adj. 2 gén.* 〔生〕多細胞的

multicolor *adj.* 多種顏色的,多彩的,五顏六色的

multidão *s.f.* 大量,大羣,很多;羣眾

multifloro, ra *adj.* 〔植〕多花的

multiforme *adj.* 多樣的,多形的

multilateral *adj. 2 gén.* 多方面的,多邊的

multilátero, ra *adj.* 〔數〕多邊的

multimilionário, ria *adj.* 擁有數百萬財富的,腰纏萬貫的

multinacional *adj. 2 gén.* 多國的;多民族的

multíparo, ra *adj.* 〔醫〕經產的;〔動〕一胎多仔的

multiplicação *s.f.* 增加,增多;增殖;乘法

multiplicador *s.m.* 乘數

multiplicando *s.m.* 被乘數

multiplicar *v.t.* 增加;乘 ‖ *v.i.* 數目增大;繁殖;作乘法

multiplicável *adj. 2 gén.* 可增加的;可增殖的;〔數〕可乘的

multiplicidade *s.f.* 複合性,多種性,多樣性;很多,大量

múltiplo, pla *adj.* 複合的;複式的;多重的;多樣的;〔數〕倍數的 ‖ *s.m.* 〔數〕倍數;倍量

multipolar *adj. 2 gén.* 〔電〕多極的

múmia *s.f.* 木乃伊;乾屍;〔轉〕乾枯瘦削之人

mundanal *adj. 2 gén.* 世間的;塵世的;世俗的

mundano, na *adj.* 塵世的;世間的;世俗的

mundial *adj.* 世界的,全世界的,全球的

mundificar *v.t.* 使清潔,使乾淨

mundo *s.m.* 世界;地球;人類,人類社會;陸地;領域,範圍;塵世;環境 △ ①outro ~ 他世,後世 ②correr ~ 周遊列國 ③desde que o ~ é ~ 有天開天闢地以來 ④ir para o outro ~ 死,去世 ⑤o fim do ~ 天涯海角 ⑥vir ao ~ 出生,誕生,出世 ⑦~s e fundos 大量,大批

mungir *v.t.* 擠乳;〔轉〕榨取

munição *s.f.* 軍需物資;彈藥;軍火

municionamento *s.m.* 供給軍需物資

municionar *v.t.* 供給軍需物資;供

給彈藥

municipal *adj. 2 gén.* 城市的，市政的 ‖ *s.m.* 治安警察

municipalidade *s.f.* 市政府，市政廳

múnicipe *adj. 2 gén.* 城市的，市政的 ‖ *s.2 gén.* 市民

município *s.m.* 自治市，自治區；城市；城市居民

munificência *s.f.* 慷慨，大方；寬宏大量

munificente *adj. 2 gén.* 慷慨的，大方的；寬宏大量的

munífico, ca *adj.* 慷慨的，大方的；寬宏大量的

munir *v.t.* 供應；配備；裝備

mural *adj. 2 gén.* 牆的；掛在牆上的；壁畫的

muralha *s.f.* 城牆

murar *v.t.* 修築城牆；圍以牆

murchar *v.t.* 使凋謝；使枯萎 ‖ *v.i.* 凋謝；枯萎

murcho, cha *adj.* 凋謝的，枯萎的

murmulhar *v.i.bras.* (樹葉) 窸窣，颯颯有聲

murmuração *s.f.* 喃喃低語；背後議論；說人壞話；誹謗

murmurador, ra *adj.* 背後議論的

murmurar *v.i.* 發出輕微聲響；竊竊私語，低聲說話，(流水) 潺潺，(樹葉) 窸窣；(風聲) 颯颯；背後議論；誹謗

muro *s.m.* 磚牆；牆，壁 △ *dos* ~ *adentro* 城內，市外；牆外

murro *s.m.* 拳；一拳，一擊

musa *s.f.* 〔希神〕繆斯 (文藝、音樂、天文、科學等為九女神之一)；靈感；詩歌

musáceo, a *adj.* 〔植〕芭蕉科的 ‖ *s.f. pl.* 芭蕉科

musaranho *s.m.* 〔動〕中麝鼩

muscívoro, ra *adj.* 食蠅為生的，食

蠅的

muscular *adj. 2 gén.* 肌肉的

musculatura *s.f.* 肌，肌肉組織

músculo *s.m.* 〔解〕肌，肌肉；〔轉〕力量，勇氣

musculoso, sa *adj.* 肌的，肌肉的；肌肉發達的，健壯的

museologia *s.f.* 博物館學

museólogo *s.m.* 博物館學家

museu *s.m.* 博物館，博物院；展覽館；文物館；繆斯神廟

musgo *s.m.* 苔；蘚；地衣；*pl.* 蘚綱

musgoso, sa *adj.* 苔蘚的；長滿苔蘚的；長滿青苔的

música *s.f.* 音樂；音曲；樂譜；樂理；作曲，演奏；樂隊；和諧的聲音 △ ① ~ *de câmara* 室內樂 ② ~ *electrónica* 電子音樂 ③ ~ *instrumental* 器樂

musical *adj. 2 gén.* 音樂的；和諧的

músico, ca *adj.* 音樂的 ‖ *s.m.* 樂師；音樂家；〔口〕嫻於辭令者，有口才者

musicógrafo *s.m.* 作曲家；音樂評論家

musicologia *s.f.* 音樂理論研究，音樂學

musicomania *s.f.* 音樂癖，音樂迷

musicómano *s.m.* 音樂迷

musselina *s.f.* 一種輕而透明之棉、羊毛或絲之織物；軟棉布；薄洋紗

mutabilidade *s.f.* 易變性，多變性

mutável *adj. 2 gén.* 能變的，可變的；易變的，多變的

mutação *s.f.* 變化，改變；〔劇〕換佈景

mutilação *s.f.* 傷殘；切斷；傷壞

mutilar *v.t.* 割去或解去其肢體；傷殘；殘毀

mutismo *s.m.* 啞；緘默症，不言症；

沉默

mutual *adj. 2 gén.* 互相的

mutualidade *s.f.* 相互關係；互助；互助會

mutuante *adj. 2 gén.* 借予的 ‖ *s.2*

gén. 貸方

mutuar *v.t.* 交換；借貸；借予

mutuário *s.m.* 借方，借貸者

mútuo, tua *adj.* 互相的，彼此的

N

n *s.m.* 葡文第十三個字母；北和北方的縮寫；(M) 某某(用於代表人)；〔數〕不定量；〔化〕元素氮的符號；〔理〕牛頓 (Newton) 的符號 ‖ *adj.* 第十三的

nobabo *s.m.* 總督；省長；大富翁，大富豪

nabiça *s.f.* 〔植〕嫩蕪菁，幼蕪菁

nabo *s.m.* 〔植〕蕪菁；蔓苔；蘿蔔 △ tirar ～s do púcaro 巧問，套取(情況)

nácar *s.m.* 珍珠母；真珠質；青貝；雲母殼

nacarado, da *adj.* 珍珠母色的，紅色的

nacional *adj. 2 gén.* 民族的；國家的；國民的；全國性的 ‖ *s.2 gén.* 國民 △ ①bandeira ～ 國旗 ②hino ～ 國歌

nacionalidade *s.f.* 民族；民族性；民族特點；民族風格；國籍

nacionalismo *s.m.* 國家主義；民族主義

nacionalista *adj. 2 gén.* 民族主義的；國家主義的 ‖ *s.2 gén.* 民族主義者；國家主義者；國民黨員

nacionalização *s.f.* 國有化；歸化；取得國籍

nacionalizar *v.t.* 收歸國有；使取得國籍

naco *s.m.* 塊，團，片

nada *s.m.* 不存在，沒有，無物 ‖ *adv.* 毫不，一點兒都不 ‖ *pron.in-def.* (用在否定句中)任何事物，任何東西

nadador, ra *adj.* 游泳的 ‖ *s.m.* 游泳的人，游泳運動員

nadante *adj. 2 gén.* 能游泳的，習水性的，適於水性的

nadar *v.i.* 游泳；漂，浮 △ ① ～ como um prego 不會水，沉底 ② ～ em … 富有…… ③ ～ em seco 不景氣

mádega *s.f.* 尻，臀部

nadinha *s.m.* 少許，一些，少量

nadir *s.m.* 〔天〕天底，最低點；情緒的最低點

nado *s.m.* 游泳，泅水 △ a ～ 游水，泅水

nafta *s.f.* 〔化〕石腦油；粗揮發油

naftaleno *s.m.* 〔化〕萘

naftol *s.m.* 〔化〕萘酚

náiade *s.f.* 〔神〕女水神

naipe *s.m.* 紙牌；一副牌

naja *s.f.* 〔動〕眼鏡蛇

nalga *s.f.* 尻，臀部

namoração *s.f.* 求愛

namorada *s.f.* 意中的女人，戀人，女朋友

namorado, da *adj.* 多情的，戀愛的 ‖ *s.m.* 意中人，戀人，男朋友

namorar *v.t.* 求愛;求婚

namoricar *v.t.* 假愛愛;賣弄風情

namorico *s.m.* 假愛

namoriscar *v.t.* 假愛

namoro(ô) *s.m.* 求愛,求婚

nana *s.f.* 催眠曲,搖籃曲

nanar *v.i.* (嬰兒)入睡

nanja *adv.* (俗)向未;從未

não *adv.* 不,不是,沒有 ‖ *s.m.* 否絕,否認,拒絕,否絕,不贊成 ◇ sim

napeia *s.f.* 〔神〕森林女神

napeiro, ra *adj.* 思睡的;懶的

napiforme *adj. 2 gén.* 〔植〕蘿蔔狀的,蕪菁狀的

napoleónico, ca *adj.* 拿破崙的

narceína *s.f.* 〔化〕那碎因鹼

narcisismo *s.m.* 〔醫〕自體觀窺恋;自我陶醉;自戀癖;孤芳自賞

narciso *s.m.* 〔植〕水仙

narcoanálise *s.f.* 〔醫〕精神麻醉分析

narcolepsia *s.f.* 〔醫〕發作性睡眠

narcose *s.f.* 〔醫〕麻醉

narcótico, ca *adj.* 麻醉性的 ‖ *s.m.* 麻醉劑

narcotina *s.f.* 〔化〕那可汀,鴉片寧

narcotismo *s.m.* 麻醉

narcotização *s.f.* 麻醉

narcotizar *v.t.* 使麻醉

narguilé *s.m.* 水煙袋

narícula *s.f.* 鼻孔,鼻竅

narigão *s.m.* 大鼻子;有大鼻子的人

narigudo, da *adj.* 鼻子大的

nariz *s.m.* 鼻子;嗅覺 △ ① meter o ～ 干預 ②não ver um palmo adiante do ～ 目光短淺;無遠慮 ③ muito senhor do seu ～ 剛愎自用者

narração *s.f.* 講述,叙述;故事

narrador, ra *adj.* 講述的,叙述的;‖ *s.m.* 講述者,講故事者

narrar *v.t.* 講述,叙述

nasal *adj. 2 gén.* 鼻的;鼻音的

nasalização *s.f.* 鼻音化

nascedouro *s.m.* 誕生地;〔解〕產孔

nascença *s.f.* 出生,誕生;起源,出處

nascente *adj. 2 gén.* 發生的,新興的 ‖ *s.m.* 東方 ‖ *s.f.* 水源,源泉

nascer *v.i.* 生,誕生;昇起;發源,起源;出現

nascido, da *adj.* 天生的;出生的

nascimento *s.m.* 出生;產生;發源地

nascituro, ra *adj.* 成熟的或臨產的(胎兒) ‖ *s.m.* 胎兒

nascível *adj. 2 gén.* 可出生的,可誕生的,可產生的

nata *s.f.* 乳酪;乳皮;乳脂;〔精〕精華,最好的一部份

natação *s.f.* 游泳

natadeira *s.f.* 乳酪分解器

natal *adj. 2 gén.* 出生的,誕生的;出生地的;土著的,祖國的 ‖ *s.m.* 〈M〉耶穌聖誕;聖誕節

natalício, cia *adj.* 生日的,壽誕的 ‖ *s.m.* 生日

natalidade *s.f.* 出生率

natátil *adj. 2 gén.* 會游泳的;浮於水上的,能漂浮的

natatório, ria *adj.* 游泳的;游泳用的 ‖ *s.m.* 游泳池;游泳場

natividade *s.m.* 誕生,出生;〈M〉聖誕節

nativismo *s.m.* 〔哲〕先天論,天性論

nativista *adj. 2 gén.* 〔哲〕先天論的,天性論的 ‖ *s.2 gén.* 先天論者,天性論者

nativo, va *adj.* 出生的;天生的;土著的;本地的 ‖ *s.m.* 土著居民;本地

人

nato, ta *adj.* 天生的;生來的,生來就有的

natrão *s.m.* 〔礦〕泡碱,天然碱

natura *s.f.* 天性,本性

natural *adj. 2 gén.* 大自然的,天然的;自然的,不做作的;當然的;天生的 ‖ *s.m.* 天性,本性,本能,人格;本地人

naturalidade *s.f.* 天然,自然,不拘束;出生地

naturalismo *s.m.* 〔哲〕自然主義;寫真主義

naturalista *adj. 2 gén.* 自然主義的 ‖ *s.2 gén.* 自然主義者;自然科學家;博物學家

naturalização *s.f.* 歸化,入籍;引入,吸收

naturalizar *v.t.* 准予入籍;引入,吸收(外國語言,習俗等)

natureza *s.f.* 自然界,大自然;天性,本性,本能;種,類;體質 △ pagar o tributo à ~ 死亡

naturismo *s.m.* 自然崇拜

naturista *adj. 2 gén.* 自然崇拜的 ‖ *s.2 gén.* 自然崇拜者

nau *s.f.* 軍艦,兵船;大船

naufragante *adj. 2 gén.* 遭沉船之難的

naufragar *v.i.* (船舶等)遇難,失事;〔轉〕失敗

naufrágio *s.m.* (海上的)遇難,失事;損失;災難

náufrago, ga *adj.* (在海上)遇難的,失事的

náusea *s.f.* 噁心,暈船,作嘔;〔轉〕厭惡,反感

nauseabundo, da *adj.* 令人作嘔的,致嘔的;令人厭惡的

nauseante *adj. 2 gén.* 令人作嘔的,致嘔的;令人厭惡的

nausear *v.t.* 令人發嘔 ‖ *v.i.* 作嘔,噁心

nauta *s.m.* 水手,航海者,海員

náutica *s.f.* 航行;航海術

náutico, ca *adj.* 航海的;航海術的

nautilo *s.m.* 〔動〕鸚鵡螺

naval *adj. 2 gén.* 海軍的;航海的

navalha *s.f.* 小刀(折刀)

nave *s.f.* (教堂之)側堂;船,艦;〔轉〕教堂

navegação *s.f.* 航行;航海;航空

navegador, ra *adj.* 航行的;航海的 ‖ *s.m.* 航行者;航海者;駕駛員

navegante *adj. 2 gén.* 航行的;航海的 ‖ *s.2 gén.* 航行者;航海者;駕駛員

navegar *v.i.* 航行;航海

navegável *adj. 2 gén.* 可航行的;船舶可通過的

navícula *s.f.* (船狀的)小零件

navicular *adj. 2 gén.* 船形的,舟形的

navio *s.m.* 船,艦,艇 △ ① ~ mercante 商船 ② ~ de guerra 戰艦 ③ ficar a ver ~ s 失望,失意,沮喪

nazi *s.2 gén.* (德國)納粹黨員,納粹分子

nazismo *s.m.* 納粹主義;納粹黨

nazista *adj. 2 gén.* 納粹的 ‖ *s.2 gén.* 納粹黨員

neblina *s.f.* 霧,濃霧;煙霧

nebulosa *s.f.* 〔天〕星雲

nebulosidade *s.f.* 多雲霧;雲霧狀

nebuloso, sa *adj.* 多雲霧的;陰鬱的

necear *v.i.* 講蠢話,胡言亂語

necedade *s.f.* 愚蠢,愚蠢行為,胡言

necessária *s.f.* 廁所,便所

necessário, ria *adj.* 必需的;必要的;必然的

necessidade *s.f.* 必要性;必然性;必需品;貧困; *pl.* 大小便, 大小解 △ satisfazer as ～s 上廁所, 解手

necessitado, da *adj.* 貧困的

necessitar *v.t.* 需要, 必要, 必需 ‖ *v.i.* 缺乏, 需要

necrófago, ga *adj.* 〔動〕食死肉的;吃腐屍的, 食死屍的

necrofilia *s.f.* 〔醫〕姦屍;姦屍慾

necrofobia *s.f.* 死亡恐怖

necróforo *s.m.* 〔動〕食屍蟲;組

necrologia *s.f.* 死者名單;死者小傳;見之報端的訃聞,訃告

necrológico, ca *adj.* 死亡簿的;死者小傳的

necromancia *s.f.* 關亡術;召亡靈問卜術

necrópole *s.f.* 墓地,陵園

necropsia *s.f.* 驗屍,屍體解剖

necroscopia *s.f.* 驗屍,屍體解剖

necrose *s.f.* 〔醫〕壞死

necrotério *s.m.* 陳屍處,停屍房;殯儀館

néctar *s.m.* 〔希神〕神酒;〔轉〕美酒;〔植〕花蜜

nectáreo, a *adj.* 神酒的;花蜜的

nectarífero, ra *adj.* 分泌花蜜的,分泌甜液的

nectário *s.m.* 〔植〕(花朵的)蜜腺

nediez *s.f.* 豐滿,肥滿

nédio, dia *adj.* 豐滿的,肥滿的

neerlandês, esa *adj.* 荷蘭的 ‖ *s.m.* 荷蘭人,荷蘭語

nefando, da *adj.* 人所不齒的,可憎的

nefário, ria *adj.* 可憎的,兇惡的

nefas *s.f.* 不法,不公平 △ por fás e por ～ 不擇手段;不顧一切地,堅決地 ◇ fás

nefasto, ta *adj.* 有害的;不祥的,不吉的,不幸的;憂愁的

nefelibata *s.2 gén.* 居於雲上的人;〔轉〕作夢者,夢想者

nefelibático, ca *adj.* 空想的

nefelibatismo *s.m.* 宛如夢幻

nefelometria *s.f.* 〔化、醫〕濁度測定法

nefralgia *s.f.* 〔醫〕腎痛

nefrite *s.f.* 〔醫〕腎炎;〔礦〕軟玉

nefrítico, ca *adj.* 腎炎的 ‖ *s.m.* 腎炎患者

nefrocele *s.f.* 〔醫〕腎膨出,腎臟器脫出

nefrólito *s.m.* 〔醫〕腎石

nefrologia *s.f.* 腎臟學

nefrologista *s.2 gén.* 腎病專家,腎病醫生

nefrólogo *s.m.* 腎病專家,腎病醫生

nefrose *s.f.* 〔醫〕腎病,非炎症性腎病

nefrotomia *s.f.* 〔醫〕腎切開術

negação *s.f.* 否定,否認;拒絕

negador, ra *adj.* 否定的,否認的;拒絕的 ‖ *s.m.* 否定者;否認者

negar *v.t.* 否定,否認;拒絕;使無效

negativa *s.f.* 否定,否認;拒絕

negatividade *s.f.* 〔電〕陰極

negativismo *s.m.* 否定論

negativo, va *adj.* 否定的,否認的;反面的;消極的 ‖ *s.m.* 〔電〕陰極;〔攝〕底片,負片;〔數〕負數 ◇ positivo

negatório, ria *adj.* 否定的,否認的

negável *adj. 2 gén.* 可以否認的;可以拒絕的

negligência *s.f.* 疏忽;玩忽行為;怠慢,怠惰

negligente *adj. 2 gén.* 疏忽的;不留心的;怠慢的,怠惰的

negociação *s.f.* 談判,協商

negociador, ra *adj.* 談判的,協商的 ‖ *s.m.* 談判者

negociante *s.2 gén.* 商人,商賈

negociar *v.i.* 做生意,經營 ‖ *v.t.* 談判,協商;買賣

negociarrão *s.m.* 厚利的貿易

negociata *s.f.* 有黑幕的貿易

negociável *adj. 2 gén.* 可協商的,可談判的;可轉讓的

negócio *s.m.* 商業,買賣;事務;談判;交易;貿易

negocioso, sa *adj.* 勤勉的;無暇的

negra *s.f.* 黑女人;女奴

negraço *s.m.* 黑人

negrada *s.f.* 黑人團夥,黑人人羣

negral *adj.* 發黑的,黑色的

negraria *s.f.* 黑人人羣

negregado, da *adj.* 不幸的,不吉的,可憐的

negreiro, ra *adj.* 販賣黑奴的 ‖ *s.m.* 黑奴販子

negrejante *adj. 2 gén.* 黑的;暗的

negrejar *v.t.* 使黑,使暗

negridão *s.f.* 黑暗;黑,黑色

negrito *s.m.* 〔印〕黑體字,粗體字

negro, gra *adj.* 黑的,黑色的;污穢的;黑人的,黑色人種的;〔轉〕憂鬱的;不幸的;窘困的 ‖ *s.m.* 黑人,黑奴;黑色

negróide *adj. 2 gén.* 似黑人的 ‖ *s.2 gén.* 似黑人種之人

negror (ô) *s.m.* 黑;黑暗;憂鬱

negrume *s.m.* 黑暗;憂鬱

negrusco, ca *adj.* 發黑的

nem *conj.* 不,也不,也無 △ ~ que… 不管;儘管……

nemine discrepante 〈*lat.*〉無異議地,一致地

nemoral *adj. 2 gén.* 森林的

nemoroso, sa *adj.* 多樹木的

nené *s.m.* 嬰兒,新生嬰孩

nenhum *pron. indef.* 任何人,任何一個(用於否定句中),任何皆無

nenhures *adv.* 無論何處皆不,各處皆無

nênia *s.f.* 挽歌,鎮魂歌

nenúfar *s.m.* 〔植〕睡蓮,白睡蓮

neocatolicismo *s.m.* 新天主教,新公教

neoclassicismo *s.m.* 新古典主義,新古典派

neoclássico, ca *adj.* 新古典主義的,新古典派的

neocolonialismo *s.m.* 新殖民主義

neocolonialista *adj. 2 gén.* 新殖民主義的 ‖ *s.2 gén.* 新殖民主義者

neófito *s.m.* 新入教者,新信徒;(黨派)新成員 ‖〔轉〕新成員

neofobia *s.f.* 新物恐怖症,恐新症

neogótico, ca *adj.* 新哥特派的

neolítico, ca *adj.* 新石器的,新石器時代的 ‖ *s.m.* 新石器時代

neologia *s.f.* 新詞語的引進,新詞語的使用

neológico, ca *adj.* 新詞語的

neologismo *s.m.* 新詞語;新詞語的使用;舊詞新義

neologista *s.2 gén.* 引進新詞語的人;使用新詞語的人

neólogo, ga *adj.* 新詞語的 ‖ *s.m.* 使用新詞語的人;引進新詞語的人

neomênia *s.f.* 〔天〕新月;新月節

néon *s.m.* 〔化〕氖

neónio *s.m.* 〔化〕氖

neoplasma *s.m.* 〔醫〕贅生物,瘤

neoplatónico, ca *adj.* 新柏拉圖主義的,新柏拉圖學派的

neoplatonismo *s.m.* 新柏拉圖主義,新柏拉圖學派

neopositivismo *s.m.* 新實驗主義,新實證論

neozelandês, esa *adj.* 新西蘭的 ‖ *s.m.* 新西蘭人

neozóico, ca *adj.* 〔質〕新生代的 ‖ *s.m.* 新生代

nepalês, esa *adj.* 尼泊爾的 ‖ *s.m.* 尼泊爾人

nepotismo *s.m.* 裙帶關係,袒護親戚,任人唯親

nereida *s.f.* 〔希神〕海中仙女,海之女神

nervação *s.f.* 脈序

nervado, da *adj.* 有脈的

nerval *adj. 2 gén.* 神經的

nervino, na *adj.* 神經的;鎮定神經的 ‖ *s.m.* 鎮靜樂,安神藥

nervo *s.m.* 〔解〕神經;筋;腱;〔植〕葉脈;〔建〕肋;〔轉〕勇氣,膽量;生氣,精力

nervosidade *s.f.* 神經質;不安,緊張

nervosismo *s.m.* 神經質;神經過敏;心神不定

nervoso, sa *adj.* 神經的,多神經的;神經質的;不安的,激動的;精力充沛的 ‖ *s.m.* 易衝動的人,神經衰弱的人

nervudo, da *adj.* 健壯的;青筋暴出的

nervura *s.f.* 〔植〕脈;〔動〕翅脈;書脊裝訂綫

nescidade *s.f.* 愚蠢言行;固執;無知;狂妄

néscio, cia *adj.* 愚蠢的;固執的;無知的;狂妄的

nesga *s.f.* (用來放大衣物用的)三角形布條,接角布

nêspera *s.f.* 〔植〕歐查果,枇杷

nespereira *s.f.* 歐查樹,枇杷樹

nestor *s.m.* 賢明的老人

neta *s.f.* 孫女,外孫女

neto *s.m.* 孫子,外孫子

neto, ta *adj.* 清潔的,清晰的,明亮的,乾淨的

neural *adj. 2 gén.* 神經的

neuralgia *s.f.* 〔醫〕神經痛

neurálgico, ca *adj.* 〔醫〕神經痛的

neurastenia *s.f.* 〔醫〕神經衰弱症

neurastênico, ca *adj.* 神經衰弱的,患神經衰弱的 ‖ *s.m.* 神經衰弱患者

neurite *s.f.* 神經炎

neurítico, ca *adj.* 神經炎的

neurocirurgia *s.f.* 神經外科,神經外科學

neurocirurgião *s.m.* 神經外科醫生,神經外科專家

neurologia *s.f.* 神經學

neurologista *s.2 gén.* 神經科醫生;神經病專家

neuroma *s.m.* 神經瘤

neuropata *s.2 gén.* 神經病患者

neuropatia *s.f.* 神經病

neuropatologia *s.f.* 神經病理學

neurópteros *s.m. pl.* 〔動〕脈翅目

neurose *s.f.* 〔醫〕神經機能病

neurótico, ca *adj.* 神經機能病的,患神經機能病的 ‖ *s.m.* 神經機能病患者

neurotomia *s.f.* 神經切斷術

neutral *adj. 2 gén.* 中立的

neutralidade *s.f.* 中立;〔化〕中和,中性

neutralização *s.f.* 中立化;中和

neutralizante *adj. 2 gén.* 使中立的,使中立化的

neutralizar *v.t.* 使中立;抵消;中和

neutrino *s.m.* 〔理〕中微子

neutro, tra *adj.* 中立的;中性的;〔動、植〕無性的

neutródino *s.m.* 中和的高頻調諧放大器

nêutron *s.m.* 〔理〕中子

nevada *s.f.* 下雪,降雪;積雪;白雪

nevado, da *adj.* 冰雪覆蓋的,積雪的;雪白的

nevar *v.i.* 下雪,降雪 ‖ *v.t.* 使變白

nevasca *s.f.* 風雪,暴風雪

neve *s.f.* 雪;下雪;雪白

neviscar *v.i.* 下小雪

névoa *s.f.* 霧,煙雲

nevoeiro *s.m.* 霧,霭

nevoento, ta *adj.* 多霧的;朦朧的

nevoso, sa *adj.* 多雪的;被雪覆蓋的;雪白的

nevralgia *s.f.* 〔醫〕神經痛

nevrálgico, ca *adj.* 〔醫〕神經痛的

nevrite *s.f.* 神經炎

nevropata *s.2 gén.* 神經病患者

nevrose *s.f.* 〔醫〕神經機能病

newton *s.m.* 〔理〕牛頓(力的單位)

newtoniano, na *adj.* 牛頓的,牛頓學說的

nexo(cs) *s.m.* 聯繫;團結;附着;前後照應

nicaraguano, na; nicaragüense *adj.* 尼加拉瓜的 ‖ *s.m.* 尼加拉瓜人

nicho *s.m.* 壁龕,凹壇;〔轉〕小屋

nicotina *s.f.* 〔化、醫〕煙鹼,尼古丁

nicotinismo *s.m.* 煙鹼中毒,尼古丁中毒

nicromo *s.m.* 〔化〕鎳鉻合金

nictagináceo, a *adj.* 〔植〕紫茉莉科的 ‖ *s.f. pl.* 紫茉莉科

nictalope *s.2 gén.* 患夜盲者

nictalopia *s.f.* 〔醫〕夜盲,夜盲症

nidificar *v.i.* (鳥禽)築巢,搭窩

nife *s.m.* 〔質〕鎳鐵帶

nigela *s.f.* 〔植〕麥仙翁;烏金鑲嵌飾物

nigeriano, na *adj.* 尼日利亞的 ‖ *s.m.* 尼日利亞人

nigerino, na *adj.* 尼日爾的 ‖ *s.m.* 尼日爾人

nigérrimo, ma *adj.* 極黑的

nigromancia *s.f.* 巫術,妖術;關亡術

nigromante *s.2 gén.* 巫師;關亡術師

nígua *s.f.* 〔動〕穿皮潛蚤

niilismo *s.m.* 虛無主義,虛無論

niilista *adj. 2 gén.* 虛無主義的 ‖ *s.2 gén.* 虛無主義者

nimbar *v.t.* 使有光輪,以光輪裝飾

nimbo *s.m.* 〔氣象〕雨雲;(日月等的)光環,光暈

nimiedade *s.f.* 過多,過剩,多餘

nímio, mia *adj.* 過多的;過剩的,多餘的

ninfa *s.f.* 〔神〕山林水澤之女神;仙女,少女,美女

ninféia *s.f.* 〔植〕睡蓮

ninfeáceo, a *adj.* 〔植〕睡蓮科的 ‖ *s.f. pl.* 睡蓮科

ninfomania *s.f.* 〔醫〕(女人的)淫狂,色情狂,慕男狂

ninguém *pron.indef.* 無人

ninhada *s.f.* 一孵之鳥;一窩,一窠

ninharia *s.f.* 無謂之言;小事,瑣事

ninho *s.m.* 窩 △ fazer o ~ atrás da orilha 欺騙;嘲弄

nióbio *s.m.* 〔化〕鈮

nipônico, ca *adj.* 日本的 ‖ *s.m.* 日本人,日本語

níquel *s.m.* 鎳;*bras.* 鎳幣

niquelar *v.t.* 鍍鎳

niquelífero, ra *adj.* 含鎳的

nirvana *s.f.* (佛教的)涅槃,圓寂

nitidez *s.f.* 清晰;透徹;純潔;靈巧

nítido, da *adj.* 清晰的;透徹的;純潔的;靈巧的

nitração *s.f.* 硝化作用

nitrato *s.m.* 硝酸鹽

nitrificação *s.f.* 硝化作用

nitrificador, ra *adj.* 使硝化的

nitrificar *v.t.* 硝化

nitrito *s.m.* 〔化〕亞硝酸鹽

nitro *s.m.* 硝,硝石

nitrogenado, da *adj.* 含氮的,含氮氣的

nitrogénio *s.m.* 〔化〕氮,氮氣

nitroglicerina *s.f.* 〔化〕硝化甘油,甘油三硝酸酯

nitroso, sa *adj.* 硝石的;含硝的,亞硝的;亞氮氧的

nível *adj. 2 gén.* 生長在雪中的;冬季開花的

nível *s.m.* 水準儀;水平面,水平綫;水平狀態;高度;水平,程度,等級 △ ① ~ de bolha 水器水,水準器 ② ~ de vida 生活水平

nivelação *s.f.* 水準,平坦,相同,同等;平衡

nivelar *v.t.* 鑑定(某物的)水平;使平坦,使成水平;使相同;使平衡

níveo, a *adj.* 雪白的

nó *s.m.* 結,結節;〔海〕海里;節;〔轉〕連結;關繫;(問題的)難點,症結;難題;要點 △ ① ~ cego 死結 ② ~ da garganta 喉結,喉核 ③ ~ górdio 難事

④ ~ da madeira 木節 ⑤ dar o ~ *bras.* 結婚

nobélio *s.m.* 〔化〕鍩

nobiliário, ria *adj.* 貴族的 ‖ *s.m.* 貴族家譜

nobre *adj. 2 gén.* 貴族的;高貴的,崇高的,高尚的;慷慨的 ‖ *s.m.* 貴人,貴族

nobreza *s.f.* 貴族身份;貴族階級;高貴,崇高,尊貴;紳士風度

noção *s.f.* 概念,觀念;思想,念頭

nocente *adj. 2 gén.* 有害的,有毒的

nocividade *s.f.* 有害,害處;有毒

nocivo, va *adj.* 有害的;有毒的

noctambulação *s.f.* 夜遊;夜遊症

noctâmbulo, la *adj.* 夜遊的,夢遊的 ‖ *s.m.* 夜遊的人,夢遊者

noctiluca *s.f.* 月亮;〔動〕夜光蟲

nocturnal *adj. 2 gén.* 夜的,夜間的

nocturno, na *adj.* 夜的,夜間的 ‖ *s.m.* 〔宗〕早禱儀式;〔樂〕夜曲 ◇ diurno

nó-de-adão *s.m.* 喉核,喉節

nodo *s.m.* 〔醫〕結,結節;〔天〕交點;〔理〕波節,節點

nódoa *s.f.* 污點;瑕疵

nodosidade *s.f.* 有節,生節

nodoso, sa *adj.* 有節的,生節的

nódulo *s.m.* 小結,小節

nogada *s.f.* 〔植〕胡桃花;胡桃調味汁

nogueira *s.f.* 〔植〕胡桃樹

noitada *s.f.* 全夜,通宵;守夜

noite *s.f.* 夜晚,夜間;黑暗;愚昧;悲傷 △ ① alta ~ 或 ~ velha, ~ morta 深夜 ② passar a ~ em claro 失眠,通宵未睡 ③ pela calada da ~ 萬籟俱寂

noitecer *v.i.* 入夜

noitinha *s.f.* 日暮,薄暮,黃昏

noiva *s.f.* 新娘,新人;未婚妻

noivado *s.m.* 婚約,婚禮;結婚,婚姻

noivo *s.m.* 新郎;未妻夫

nojento, ta *adj.* 作嘔的;可恶的;骯髒的

nojo *s.m.* 作嘔;痛苦;悲哀,哀悼

nojoso, sa *adj.* 作嘔的;可恶的;骯髒的

nómada *adj. 2 gén.* 遊牧的,流浪的 ‖ *s.2 gén.* 遊牧之民,逐水草而居之人;流浪者

nómade *adj. 2 gén.* 遊牧的,流浪的 ‖ *s.2 gén.* 遊牧之民,逐水草而居之人

nomadismo *s.m.* 遊牧,流浪

nomancia *s.f.* 字卜,卦卜,占卜

nome *s.m.* 名字,姓名,姓氏;名稱,稱號;標題,題目;聲譽,名譽;〔語〕名詞 △ ①~ colectivo〔語〕集合名詞 ② de ~ 名義上的 ③ em ~ de 以……的名義

nomeação *s.f.* 任命,委任;提名

nomeada *s.f.* 名望,名聲,名譽,美名

nomeado, da *adj.* 被委任的,被任命的;著名的,馳名的

nomear *v.t.* 委任,任命;指名;提到

nomenclatura *s.f.* 專門名詞,術語;用語集;命名法

nominal *adj. 2 gén.* 名稱的,名義上的;姓名的;有名無實的;票面的(價值)

nominalismo *s.m.* 〔哲〕唯名論

nominalista *adj. 2 gén.* 〔哲〕唯名論的 ‖ *s.2 gén.* 唯名論者

nominativo, va *adj.* 有名的,署名的 ‖ 〔語〕主格

nonada *s.f.* 小事,瑣事;微不足道的東西

nonagenário, ria *adj.* 九十歲的 ‖

s.m. 九十歲的人,九十多歲的人

nonagésimo, ma *num.ord.* 第九十的 ‖ *s.m.* 九十分之一

nongentésimo, ma *num.ord.* 第九百的;九百分之一的

nónio *s.m.* 游標,游尺

nono, na *num.ord.* 第九的 ‖ *s.m.* 九分之一

nónuplo, pla *adj.* 九倍的,九重的

nopal *s.m.* 〔植〕仙人掌

nora *s.f.* 媳,媳婦;水車,戽水車,抽水裝置

nordestada *s.f.* 東北冷風

nordeste *s.m.* 東北;東北風

nórdico, ca *adj.* 北歐的 ‖ *s.m.* 北歐人

norma *s.f.* 規格,標準,規範;規定,準則;常規,慣例

normal *adj. 2 gén.* 標準的,規格的;正規的,常規的;師範教育的;〔數〕正交的,垂直的 ‖ *s.f.* 法綫,垂直綫 △ ①escola ~ 師範學校 ②linha ~ 法綫,垂直綫 ◇ anormal

normalidade *s.f.* 正常,標準;〔化〕規度 ◇ anormalidade

normalista *adj. 2 gén.* 師範學校的 ‖ *s.2 gén.* 師範學校學生

normalização *s.f.* 標準化;正常化

normalizar *v.t.* 使標準化;使正常化

normando, da *adj.* 諾曼底的 ‖ *s.m.* 諾曼底人

normativo, va *adj.* 規範性的,標準的,規定的

nor-nordeste *s.m.* 北東北;北東北風

nor-noroeste *s.m.* 北西北;北西北風

noroeste *s.m.* 西北;西北風

nortada *s.f.* 北風,朔風;寒冷

norte *s.m.* 北,北部,北方;北極;北極星;北風;指導,方向

norte-americano, na *adj.* 北美的,美國的 ‖ *s.m.* 美國人

nortear *v.t.* 使向北行;領導,指引,嚮導

norueguês, esa *adj.* 挪威的 ‖ *s.m.* 挪威人;挪威語

nós *pron.* 我們

noscómio *s.m.* 醫院

nosofobia *s.f.* 疾病恐怖症

nosogenia *s.f.* 病因學,病源學

nosologia *s.f.* 疾病分類學

nosso, nossa *pron.* 我們的

nostalgia *s.f.* 思鄉病,思家病;懷念,懷舊

nostálgico, ca *adj.* 思鄉的,思家的;懷念的

nota *s.f.* 記號,符號;注意,注目;筆記,摘記;註釋,註解;便條;照會;簡訊;成績;〔樂〕音符;紙幣 △ ①de má ~ 名聲不好的 ②forçar a ~ 誇大,虛誇 ③ ~ diplomática 外交照會

nota bene 〈*lat.*〉注意(用於書面文件)

notabilidade *s.f.* 著名;知名人士

notar *v.t.* 標明,指明;作標記;記錄,注意,注視;感到,察覺;登記

notariado *s.m.* 公證人職業;〔集〕公證人

notarial *adj. 2 gén.* 公證人的,公證的,立契的 △ secretaria ~ 立契處,公證處

notário *s.m.* 公證人,立契官

notável *adj. 2 gén.* 顯著的,著名的;值得注目的;重要的

notícia *s.f.* 消息,信息,新聞

noticiar *v.t.* 通知

noticiário *s.m.* 廣告欄;新聞欄;新聞

noticiarista *s.2 gén.* 新聞記者

noticioso, sa *adj.* 消息的,消息多的

notificação *s.f.* 通知;通報

notificar *v.t.* 通知

notificativo, va *adj.* 通知的

notoriedade *s.f.* 聲名狼籍,臭名昭著

notório, ria *adj.* 臭名昭著的,眾所周知的

nótula *s.f.* 簡短註釋,註解

noutada *s.f.* 全夜,通宵;夜間工作

noute *s.f.* 夜,夜晚,夜間;黑暗

noutinha *s.f.* 日暮,薄暮

nova *s.f.* 消息,新聞;〔天〕新星

novação *s.f.* 改革,革新;續期

novador, ra *adj.* 革新的,改革的

novato, ta *adj.* 新來的,沒有經驗的 ‖ *s.m.* 新手,生手

nove *num.* 九

novecentos *num.* 九百

novel *adj. 2 gén.* 新穎的;初學的,沒有經驗的,初出茅廬的

novela *s.f.* 小說

noveleiro, ra *adj.* 新聞散佈的;喜歡讀小說的

novelesco, ca *adj.* 小說的

novelista *s.2 gén.* 小說家

novelística *s.f.* 小說體裁

novelo *s.m.* 纏捆,纏球,纏紋

novembro *s.m.* 十一月

novena *s.f.* 連續九日的禱告

noveno, na *adj.* 第九的;九分之一的 ‖ *s.m.* 九分之一

noventa *num.* 九十

noviciado *s.m.* 修行,修練;修練期,見習期

noviço, ça *adj.* 初學的,沒有經驗的 ‖ *s.m.* 初學者,新人者;新手

novidade *s.f.* 新奇,新事;新聞,消息;新產品

novilha *s.f.* 牛犢,小牛

novilho *s.m.* 牡犢

novilunar *adj. 2 gén.* 新月的

novilúnio *s.m.* 新月

novíssimo, ma *adj.* 最新的;最後的

novo, va *adj.* 新的;年輕的;新式的,新造的,新出的;最近的 △① ~ mundo 新世界 ② Ano ~ 新年 ③ de ~ 重新,再 ④operário ~ 沒有經驗的工人

nóxio, xia *adj.* 有害的,有毒的

noz *s.f.* 堅果;堅果核;胡桃,核桃

nu, nua *adj.* 裸體的,未着衣服的;赤露的;裸的;〔轉〕坦率的 ‖ *s.m.* 〔藝〕裸體畫,裸體像 △① a olho ~ 裸視 ②árvore ~a 光秃的樹 ③ estar ~ 裸的 ④estilo ~ 簡潔的體裁 ⑤pessoa ~a 裸體的人,裸體 ⑥pôr a ~ 顯露 ⑦verdade ~a e crua 千真萬確的真理

nuança *s.f.* (顏色的)深淺;色彩,色度

nubente *adj. 2 gén.* 締婚的,許嫁的 ‖ *s.2 gén.* 新娘,新郎

nubífero, ra *adj.* 帶來雲彩的

núbil *adj. 2 gén.* 達到結婚年齡的,及笄的

nubilidade *s.f.* 結婚年齡,成丁,嫁娶年齡之到達

nubiloso, sa *adj.* 多雲的;陰的,陰暗的

nublado, da *adj.* 多雲的,陰天的

nublar *v.t.* 烏雲遮住(太陽,天空);遮住,蓋住 ‖ *v.r.* 變陰,變暗

nubloso, sa *adj.* 陰雲密佈的

nuca *s.f.* 後頸,頸項,頸背

nucleal *adj. 2 gén.* 核的

nuclear *adj. 2 gén.* 核的;〔理、化〕原子核的 △①arma ~ 核武器 ② energia ~ 原子能,核能

núcleo *s.m.* 核,果核;核心;細胞核;〔理、化〕原子核;〔天〕彗星核;〔地〕地核 △ ~ atómico 原子核

nudez *s.f.* 裸,赤身,裸體

nudismo *s.m.* 裸體主義,裸體論

nudista *adj. 2 gén.* 裸體主義的 ‖ *s.2 gén.* 裸體主義者

mulidade *s.f.* 無效,無能;無用;無能之人

nulo, la *adj.* 無效的,無價值的;無用的;無能的

numeração *s.f.* 數,計數;計數法;〔數〕命數法

numerador *s.m.* 計算器,號碼機;〔數〕分子

numeradora *s.f.* 記數器

numeral *adj. 2 gén.* 數字的,示數的,‖ *s.m.* 數詞

numerar *v.t.* 數,計數;編號;用數字表示;加入

numerário, ria *adj.* 數的,錢的 ‖ *s.m.* 現金,現款,現錢

numerável *adj. 2 gén.* 可數的,可計算的 ◇ inumerável

numérico, ca *adj.* 數字的,數量的,數值的;用數字表示的,用數字進行的

número *s.m.* 數目,數量;數字,號碼;(報刊出版物的)期,號;演出的節目;〔語〕數,數詞 △① ~ atómico〔理〕原子序數 ② ~ cardinal 基數詞 ③ ~ composto〔數〕複名數 ④ ~ decimal〔數〕小數 ⑤ ~ impar 奇數 ⑥ ~ inteiro 整數 ⑦ ~ par 偶數

numerosidade *s.f.* 許多,多數,大量,眾多

numeroso, sa *adj.* 大量的,許多的,眾多的

numismática *s.f.* 錢幣學;古幣學;古錢研究

numismático, ca *adj.* 錢幣學的

nunca *adv.* 從未;決不

nunciatura *s.f.* 羅馬教皇使節之職務或官邸

núncio *s.m.* 羅馬教皇的使節;使者;前兆

nupcial *adj. 2 gén.* 婚禮的;婚姻的

nupcialidade *s.f.* 結婚率

núpcias *s.f. pl.* 結婚;婚禮

nutação *s.f.* 垂頭,點頭;〔天〕章動;〔植〕轉頭

nutrição *s.f.* 營養;營養物;營養作用;供養

nutrício, cia *adj.* 有營養的,滋養的

nutrido, da *adj.* 滋養的;養得好的,肥的,胖的,健壯的

nutrir *v.t.* 營養,滋養;提供食物 △ ①~ esperanças 懷有希望,抱負 ②~ a inteligência 栽培,灌輸

nutritivo, va *adj.* 有營養的,滋養的

nuvem *s.f.* 〔氣象〕雲;雲狀物;大堆,大羣 △ ①andar nas ~s 聚精會神,凝思 ②cair das ~s 突如其來,自天而降

nylon *s.m.* 〔化〕尼龍,錦綸,人造纖維

O

o *s.m.* 葡文第十四個字母 ‖ *art.def.* 這,那 ‖ *pron.pess.* 他 △ ① ~que 甚麼;那個 ②tudo o que 一切;等等

oásis *s.m.* (沙漠中的)綠洲;(不毛之地中的)沃壤

obcecação *s.f.* 冷酷無情;頑固,執拗

obcecar *v.t.* 使目眩,使昏亂;使模糊

obedecer *v.i.* 服從,順從;遵守 △ às ordens 奉命

obediência *s.f.* 服從,順從,聽從 △ ~ cega 絕對服從

obediente *adj. 2 gén.* 順從的,恭順的;溫順的;聽話的

obelisco *s.m.* 〔建〕方尖形的紀念碑;方尖塔;方尖劍

obesidade *s.f.* 肥胖;〔醫〕肥胖症

óbice *s.m.* 障礙,妨礙,阻礙

óbito *s.m.* 死亡,逝世

objecção *s.f.* 不承認,異議;反駁;反對

objectiva *s.f.* 目標,目的地;着眼點;鏡頭

objectivo, va *adj.* 客觀的;真實的;目的的;對象的 ‖ *s.m.* 目的,目標

objecto *s.m.* 物體;物品;物件

objurgação *s.f.* 譴責,申斥

oblação *s.f.* 〔宗〕祭品;供獻(物);聖餐

oblíqua *s.f.* 傾斜綫

oblíquo, qua *adj.* 傾斜的,斜的

obliteração *s.f.* 消滅;刪除;滅跡;沖刷

oblívio *s.m.* 忘卻;健忘

oblongo, ga *adj.* 長方形的,橢圓形的

obnóxio, xia *adj.* 可憎的;厭棄的

obra *s.f.* 工作;作事;寫作;繪畫;行動;實踐 △ ① em ~s 正在維修 ② mão-de-~ 手工,手藝

obra-mestra; obra-prima *s.f.* 名

作,傑作

obrar v.t. 工作;製造;做;幹;行動;
發生作用;使有效

obreia s.f. 金錢餅

obreira s.f. 女工人;女工作者;〔動〕
雌蜂

obreiro s.m. 工人;工作者

obrigação s.f. 義務;責任;職責

obrigado, da adj. 被迫的;勉強的;
必須的;感激的

obrigatório, ria adj. 強制性的;義
務的;必須的 △ ① serviço militar ～
義務兵役制 ②educação ～ 義務教育

obrigar v.t. 強迫;逼迫;迫使 ‖ v.r.
負義務

obscenidade s.f. 淫亂;淫穢,猥褻,
下流

obsceno, na adj. 猥褻的,淫穢的,下
流的,色情的,黃色的

obscurecer v.t. 使昏暗;遮蔽,隱藏;使
含糊,使模糊 ‖ v.i. 變模糊,隱藏起
來;變暗

obscuridade s.f. 暗;矇矓;不明;含
糊,曖昧

obscuro, ra adj. 陰暗的;黑暗的;矇
矓的;模糊的;不清的

obsecrar v.t. 懇求,懇請;請願

obsequiar v.t. 招待,款待;討好,獻
慇懃

obséquio s.m. 款待;奉承;禮貌

observação s.f. 觀察,注意,發覺

observatório s.m. 觀察所;氣象台;
天文台

obsessão s.f. 著魔;迷念;困擾

obsoleto, ta adj. 過時的,陳舊的;不
用的,舊式的

obstáculo s.m. 障礙,妨礙,阻擋

obstante adj. 2 gén. 妨礙的,阻礙的
△ não ～ 儘管如此;但是

obstar v.t. e i. 阻礙,妨礙

obstetrícia s.f. 〔醫〕產科術;產科學

obstinação s.f. 頑強;頑固;堅持

obstipação s.f. 〔醫〕便秘

obstrução s.f. 梗塞;妨礙;阻止,阻
斷

obtenção s.f. 取得,獲得,獲取

obter v.t. 得到,獲得,取得,提取

obturação s.f. 堵塞,阻塞;封閉

obtusado, da adj. 鈍的,不鋒利的;
不尖銳的

obtusangulado, da adj. 鈍角的,有
鈍角的

obtusângulo, la adj. 鈍角的 △
triângulo ～ 鈍角三角形

obtusão s.f. 無感覺;愚蠢,遲鈍

obtuso, sa adj. 鈍的,不尖的,不鋒利
的;(轉)遲鈍的,愚蠢的

obus s.m. 榴彈礮;榴彈礮彈

obviar v.t. 消除,排除;免除;避免;
預防

óbvio, via adj. 可以看見的,顯而易
見的;顯然的,明顯的;明白的,明顯的

ocarina s.f. 〔樂〕奧卡利那笛(一種
陶製或金屬製卵形吹奏樂器)

ocasião s.f. 機會,時機;場合;時刻;
時節 △ por ～ de 當時;碰巧,適逢

ocaso s.m. 〔天體〕西落,沒落;日落;西
方;(轉)衰落,沒落

occipicial; occipital adj. 2 gén.
〔解〕枕骨的;枕部的;後頂骨的

oceânico, ca adj. 海洋的,大洋的,大
海的,大洋中的;廣闊無邊的;大洋洲
的

oceano s.m. 海洋,洋,大海 △ ① ～
Árctico 北冰洋 ② ～ Atlântico 大西洋
③ ～ Índico 印度洋 ④ ～ Pacífico 太平
洋

oceanografia s.f. 海洋學

oceanologia *s.f.* 綜合海洋學

ocidental *adj. 2 gén.* 西方的,歐美的;西部的,西邊的;西半球的;西方世界的

ocidente *s.m.* 西方;西方世界;歐美,西半球

ócio *s.m.* 閒暇,空間,閒適,安逸

oclusão *s.f.* 閉塞,阻塞;[化]吸臟

oco, ca *adj.* 空的,中空的,空虛的

ocorrência *s.f.* 發生;事件,變故;事變

ocorrer *v.i.* 發生;想起;出現

octaedro *s.m.* 八面體

octaetéride *s.f.* 八年期

octangular *adj.* 八角的,八角形的

octingentésimo, ma *num.ord.* 第八百的

octogésimo, ma *num.ord.* 第八十的

octógono *s.m.* 八角形

octópode *adj. 2 gén.* 有八腳的;八足的

oculista *s.m.* 眼科醫生;眼醫;眼鏡商人

óculo *s.m.* 望遠鏡, *pl.* 眼鏡 △ usar ~s 戴眼鏡

ocultar *v.t.* 遮蔽,隱藏;隱瞞,掩飾

ocultismo *s.m.* 神秘學,神秘論,神秘主義

oculto, ta *adj.* 隱藏的,神秘的,莫測的

ocupação *s.f.* 佔有,佔據,佔領;工作,事務;職業,業務

ocupado, da *adj.* 有業務的;無暇的

ode *s.f.* 頌詩,頌歌;賦

odiar *v.t.* 恨,憎恨,仇恨,痛恨;厭惡,討厭

ódio *s.m.* 憎,怨恨

odómetro *s.m.* 計步器;里程表,計程器

odontalgia *s.f.* [醫]牙痛,齒痛

odontologia *s.f.* 牙科學

odor *s.m.* 味,氣味;香味,臭味

odorante *adj. 2 gén.* 有味的,可以嗅到的,香的

odorífero, ra *adj.* 有香氣的;香的,芳香的

oeste *s.m.* 西,西方;西部;西風

ofegante *adj. 2 gén.* 氣喘的;喘息的;奄奄一息的;不能出氣的

ofender *v.t.* 傷害;侮辱;刺傷;得罪

ofensa *s.f.* 冒犯;傷害;無禮;觸怒;罪過;[法]犯罪,罪行

ofensiva *s.f.* 進攻,攻擊,攻勢 △ tomar a ~ 發起進攻

ofensivo, va *adj.* 侮辱性的,使人不快的,進攻性的;無禮的

oferecer *v.t.* 給予,奉獻;提供;贈與

oferenda *s.f.* 供品,供物,供奉;貢獻;施捨;捐贈

oferta *s.f.* 捐贈,施捨;禮物

oficial *adj. 2 gén.* 官方的;正式的 ‖ *s.m.* 工人;職員;工作人員;公務員;官員;軍官,尉官

oficiar *v.t.* 正式通知;執行職務;發公函

oficina *s.f.* 工房,工場;作坊;冷菜廚

ofício *s.m.* 職業,行業;職務;任務;職能,作用;辦公室 △ ~s de defuntos 追悼會

ofídios *s.m. pl.* [動]蛇類

fiografia *s.f.* 蛇類學;蛇學

oftalmologista *s.2 gén.* 眼科醫生;眼醫

ofuscação *s.f.* 眼花;目眩,模糊;[轉]糊塗的

ogiva *s.f.* [建]尖形拱;尖形穹窿;[軍]彈頭

ohm *s.m.* 歐姆(電阻單位)

oiro;ouro *s.m.* 金,黃金

oitavo *s.m.* 八分之一 ‖ *num.ord.* 第八的

oiteiro *s.m.* 小山;丘;山崗

oitenta *num.* 第八十的 ‖ *s.m.* 數字 八十

oitentão *s.m.* 八十歲的(人)

oito *num.card.* 八 ‖ *s.m.* 數字八

oitocentésimo, ma *num.* 第八百的

oitocentos *num.* 八百

olá! *interj.* 喂! 你好!

oleado *s.m.* 油布 ‖ *adj.* 油的,含油 的

oleagíneo, nea *adj.* 油質的;含油的

oleiro *s.m.* 陶工

óleo *s.m.* 油 △ pintura a ～ 油畫

oleoso, sa *adj.* 油的,含油的;油質的

olfacto *s.m.* 嗅覺;味味

olhada;olhadela *s.f.* 一瞥;瞥見

olhado *s.m.* 魔力;惡眼;惡意的眼光

olhar *s.m.* 一看,一視,一瞥 ‖ *v.t.* 看,視,望;注視;觀看;眺望;照顧;尊 重

olheiro *s.m.* 管理員;監督者;監視者

olho *s.m.* 眼睛;目;瞳孔

oligarquia *s.f.* 寡頭統治;寡頭政 治;寡頭政府;[轉]專制;專制集團

olimpíada *s.f.* 奧林匹克運動會

olímpico, ca *adj.* 奧運會的

olival *s.m.* 油橄欖林;油橄欖園

oliveira *s.f.* 油橄欖樹

ológrafo, fa *adj.* 親筆的,手書的 ‖ *s.m.* 親筆信函;親筆遺囑

olvidar *v.t.* 忘記,遺忘

ombrear *v.i.* 競爭;並肩;比賽

ombreira *s.f.* 門柱;墊肩

ombro *s.m.* 肩,肩部;[轉]力氣;努

力

ómega *s.m.* 歐米加(希臘字母的最 後一個);[轉]末尾;結論;結局

omeleta *s.f.* 煎鷄蛋;炒蛋

ominoso, sa *adj.* 不祥的,不吉利的, 兇兆的;可憎惡的

omissão *s.f.* 遺忘,遺漏;疏忽;失職; 省畧

omitir *v.t.* 遺忘;遺漏;省畧

ómnibus *s.m.* 公共汽車

omniforme *adj. 2 gén.* 各種形式 的,各式各樣的

omnipotência *s.f.* 全能,萬能;[轉] 至高無上的權力

omnipotente *adj. 2 gén.* 無所不能 的;全能的,萬能的

omnisciência *s.f.* 無所不知;博學

omnívoro, ra *adj.* [動]雜食的 ‖ *s.m.* (尤指菜肉均食的)雜食動物

omófago, ga *adj.* 食生肉的

omoplata *s.f.* [解]肩胛骨

onanismo *s.m.* 交媾中斷;手淫

onça *s.f.* 盎司;英两

oncologia *s.f.* [醫]腫瘤學

onda *s.f.* 波,波浪,水波;光波;電波; 聲浪 △ ① ～ média 中波 ② ～ curta 短波 ③ ～ longa 長波

onde *adv.* 哪里;何處

ondulação *s.f.* 波動;起伏;波浪形; 彎曲

onerar *v.t.* 載;裝;使負荷,使負重

onomástica *s.f.* 專有詞匯學;人名 地名研究

ontem *adv.* 昨天;昔日

ontologia *s.f.* [哲]本體論,實體論

ónus *s.m.* 義務;責任;負擔;過失

onzavo *s.m.* 十一分之一

onze *num.* 十一,十一個

onzeneiro *s.m.* 高利貸者;陰謀者;

挑撥者

opa *s.f.* 〔宗〕慈善會會員穿的無袖袍

opacidade *s.f.* 不透明性,不透光性;昏暗,不出色

opaco, ca *adj.* 不透明的;不透光的;無光澤的;昏暗的

opalino, na *adj.* 蛋白石的;蛋青色的;發乳光的

opção *s.f.* 選擇;選擇權;選擇自由

ópera *s.f.* 歌劇;歌劇院 △ ① ~-cómica 喜劇,滑稽劇 ② ~ de Beijing 京劇

operação *s.f.* 操作,進行;作用,效力;軍事行動;交易,買賣;〔醫〕手術

operado, da *adj.* 〔醫〕動過手術的(人);接手術的(人)

operador *s.m.* 手術醫生;施手術者

operário *s.m.* 工人,勞動者

operata *s.f.* 小歌劇

opiado, da *adj.* 含鴉片的;麻醉的

opinar *v.t. e i.* 發表意見;認爲;覺得;主張

opinável *adj. 2 gén.* 可爭辯的;可想像的(可推測的

opinião *s.f.* 意見;見解,看法,主張 △ ~ pública 公衆興論

ópio *s.m.* 鴉片

opiófago *s.m.* 抽鴉片的人,大煙鬼

opiomania *s.f.* 鴉片煙癮;大煙癮

opiomaníaco, ca *adj.* 有鴉片煙癮的

opiómano *s.m.* 抽鴉片的人,中鴉片毒的人

opíparo, ra *adj.* 豪華的;豐盛的(筵席、飯菜等)

opoente;oponente *adj. 2 gén.* 對立的,對抗的;反對的,敵對的 ‖ *s.2 gén.* 對手;敵手;反對者

opor *v.t. e r.* 使相對;使對抗;使相向;使面對;反對

oportunidade *s.f.* 機會;良機;時機 △ ① perder a ~ 失去機會 ② aproveitar a ~ 把握機會

oportunismo *s.m.* 機會主義

oportunista *s.2 gén.* 機會主義者

oportuno, na *adj.* 及時的,適時的;合宜的,適當的

oposição *s.f.* 反對;對立,矛盾;反對派

oposicionista *s.2 gén.* 少數派;反對派

oposto, ta *adj.* 反對的,對立的,敵對的;對抗的;相對的,相反的

opressão *s.f.* 壓,壓迫;按,擠

oprimido, da *adj.* 被壓迫的;受壓迫的

opróbrio *s.m.* 恥辱,侮辱,羞辱;不名譽

optar *v.t.* 挑選,選擇

óptica *s.f.* 光學

opticidade *s.f.* 清晰度;能見度

óptico, ca *adj.* 眼的;視覺的;視力的

optimismo *s.m.* 樂觀主義

optimista *adj. 2 gén.* 樂觀的,樂觀主義的 ‖ *s.2 gén.* 樂觀主義者

óptimo, ma *adj.* 最佳的,最好的;完美的

opugnação *s.f.* 攻擊,進攻,襲擊

opulência *s.f.* 富裕,富有;富饒,豐富

opulento, ta *adj.* 富裕的,富有的;富饒的,豐富的

opúsculo *s.m.* 小書;小冊子;小作品

ora *adv.* 現在 ‖ *conj.* 然而;時而 △ ~……~…… 有時……有時……

oração *s.f.* 講話;演說;禱告,祈禱;〔語〕句子

oráculo *s.m.* 神諭,神命,天意;〔轉〕(權威人物的)決斷,決定

orador   *s.m.* 演說者,演講者 △ ~ sagrado傳教士

oral   *adj. 2 gén.* 口語的,口頭的,口述的;口的 △ exame ~ 口試

orangotango   *s.m.* 〔動〕猩猩

orar   *v.i.* 講演,演說;〔宗〕祈禱,禱告

orate   *s.m.* 瘋子,狂人;精神病患者

oratória   *s.f.* 講演術,演說術

oratório, ria   *adj.* 講演的,演說的

orbe   *s.m.* 圓;球;世界

órbita   *s.f.* 〔天〕軌道;〔解〕眼窩;眼眶

orçamento   *s.m.* 預算

orçar   *v.t.* 預算

ordeiro, ra   *adj.* 和平的,愛好和平的

ordem   *s.f.* 順序,次序;條理;整齊,秩序,規則;階級,等級;種類;團體;命令,指令;訂購;訂單 △ ① ~ do dia 議事日程 ②dar ~s 發命令 ③manter a ~ 維持秩序 ④pôr em ~ 整理 ⑤ ~ económica internacional 國際經濟秩序

ordenação   *s.f.* 程序,順序;安排,佈置;命令

ordenado, da   *adj.* 受命的;整齊而,井井有條的 ‖ *s.m.* 薪俸

ordenança   *s.f.* 條理;規章;命令;安排;〔軍〕勤務兵

ordenar   *v.t.* 整理;組織;命令,指示

ordinário, ria   *adj.* 平常的,一般的,普通的;粗俗的,粗糙的;日常的,日用的 ‖ *s.m.* 日常生活;日常習慣

orelha   *s.f.* 耳,耳朵

orelhudo, da   *adj.* 大耳朵的,長耳朵的

oremus   *s.m.* 〔宗〕(彌撒的)祈禱禱詞

órfã   *s.f.* 孤女

orfanato   *s.m.* 孤兒院

órfão   *s.m.* 孤兒 ‖ *adj.* 失去雙親的

orfeão   *s.m.* 無伴奏合唱團,歌唱隊

orgânico, ca   *adj.* 器官的;有生命的;有機聯繫的,協調的;〔化〕有機的 △ ① química ~a 有機化學 ② vida ~a 有機生命 ③doença ~a 器質性疾病

organismo   *s.m.* 機體;機構;機關

organização   *s.f.* 組織,機構;團體;體制;體系;結構 △ ~ política 政治體制

organizar   *v.t.* 組織;創立,建立

órgão   *s.m.* 〔解〕器官;工具;機關;風琴 △ ① ~s digestivos 消化器官 ② ~s genitais(sexuais) 生殖器官

orgasmo   *s.m.* (器官的)極度興奮;性慾高潮

orgia   *s.f.* 酒神節;縱酒狂歡;縱慾,過度

orgulhar; orgulhecer   *v.t.* 使自豪,使驕傲

orgulho   *s.m.* 自豪;驕傲;傲慢

orgulhoso, sa   *adj.* 驕傲的,自豪的,傲慢的,妄自尊大的

orientação   *s.f.* 向東;方向;方針;趨向,定位

oriental   *adj. 2 gén.* 東方的;東部的

oriente   *s.m.* 東方;東部

orifício   *s.m.* 口;孔;洞;門窗

oriforme   *adj. 2 gén.* 口形的

origem   *s.f.* 開始,起源;起因,由來;出生地;發源地;出身

original   *adj. 2 gén.* 出生的,發源的;原來的,最初的,開始的;新奇的 ‖ *s.m.* 原物;原稿;原本,原文,原件

oriundo, da   *adj.* 出生(於某地)的;原籍(某地)的;原產(某地)的

orizófago, ga   *adj.* 以米為食的

orlar   *v.t.* 鑲邊,作邊飾

ornamentação   *s.f.* 裝飾

ornato   *s.m.* 裝飾,裝飾物;修飾

ornitologia *s.f.* 禽類學,鳥類學

orografia *s.f.* 〔質〕山誌學;山學;山岳形態學

orquestra *s.f.* 管絃樂隊,管絃樂;樂池

orquídeas *s.f. pl.* 〔植〕蘭科

ortodoxia *s.f.* 〔宗〕東正教;〔轉〕正統;傳統觀念

ortografia *s.f.* 書寫規則,書寫方式;〔語〕正字法;〔幾〕正投影法

orvalho *s.m.* 露珠;小雨;毛毛雨

oscilação *s.f.* 搖擺,擺動;搖幅,擺幅;波動,起伏

osculação *s.f.* 親密接吻

ósculo *s.m.* 吻,親吻

ossada *s.f.* 骨骼;骨架;〔建〕建築物的殘骸;廢墟

ossário *s.m.* 骨罐,骨灰;藏骨室

ósseo, ea *adj.* 骨的,有骨的,骨質的

ossificação *s.f.* 〔生〕成骨,骨化;〔轉〕(思想的)僵化

ossinho *s.m.* 〔解,動〕小骨,小骨片

osso *s.m.* 骨,骨骼

ossudo, da *adj.* 骨的;骨骼粗大的;瘦骨嶙峋的

ostealgia *s.f.* 〔醫〕骨痛

ostensão *s.f.* 顯示,炫耀;虛飾

osteologia *s.f.* 〔解〕骨學

ostra *s.f.* 〔動〕牡蠣,蠔

ostrúceo, ea *adj.* 牡蠣的,蠔的

ostracismo *s.m.* 貝殼流放;流放,放逐;排斥

ostreiforme *adj. 2 gén.* 蠔形的;牡蠣狀的

ostreira *s.f.* 養蠔場;賣蠔的女人

otalgia *s.f.* 〔醫〕耳痛

ótico, ca *adj.* 耳的,耳部的

otite *s.f.* 〔醫〕耳炎

otorrinolaringologia *s.f.* 耳鼻喉科學

ou *conj.* 或者,要不然

ouriço *s.m.* 〔植〕(多)刺果;〔動〕猬;豪豬

ouriversaria *s.f.* 金飾店

ourives *s.m.* 金飾匠

ouro *s.m.* 金,黃金

ouropel *s.m.* 傲金箔;假金;假首飾

ousadia *s.f.* 勇敢,大膽,無畏

ousado, da *adj.* 勇敢的,大膽的,無畏的

outeirinho *s.m.* 小山,小丘

outeiro *s.m.* 小山,小崗

outiva *s.f.* 聽

outono *s.m.* 秋,秋季,秋天

outorga *s.f.* 同意,准許,允諾

outrem *pron. indef.* 別人

outro, ra *adj.* 別的,另外的;不一樣的;另一個的;以前的 ‖ *pron.* 另一物;另一人;別的東西;別的人

outrora *adv.* 昔日,以前,過去

outrossim *adv.* 同樣地;此外

outubro *s.m.* 十月

ouvido *s.m.* 聽力,聽覺;耳朵

ouvinte *s.m.* 聽者;(學校的)旁聽生

ouvir *v.t.* 聽,聽見;聽取;注意,留心

ova *s.f.* 魚卵

ovação *s.f.* 熱烈的歡迎;熱烈的鼓掌;歡呼

oval *adj. 2 gén.* 卵形的;橢圓的

ovar *v.i.* 生蛋;產卵

ovário *s.m.* 〔解〕卵果

ovelha *s.f.* 雌綿羊

ovelhão *s.f.* 雌綿羊羣

ovificação *s.f.* 卵的形成

ovíparo, ra *adj.* 〔動〕卵生的

ovívoro, ra *adj.* 〔動〕食卵的

ovo *s.m.* 鷄蛋, 卵 △ ① clara de ~ 蛋白 ②gema de ~ 蛋黃

ovóide *adj. 2 gén.* 卵形的, 橢圓的

ovovivíparo, ra *adj.* 〔動〕卵胎生的

oxalá! *interj.* 但願……(表示願望的嘆語)!

oxidar *v.t.* 〔化〕使氧化 ‖ *v.r.* 氧化

oxidável *adj. 2 gén.* 〔化〕可氧化的

oxigenação *s.f.* 〔化〕用氧處理；氧化

oxigenado, da *adj.* 含氧的

oxigénio *s.m.* 〔化〕氧,氧氣

ozónio *s.m.* 〔化〕臭氧

P

p *s.m.* 葡文第十五個字母

pá *s.f.* 鍬

pacato, ta *adj.* 穩的,沉着的；靜的,冷靜的

pachorra *s.f.* 〔口〕怠慢,懶惰；慢性子

paciência *s.f.* 耐心,耐性；忍耐

paciente *adj. 2 gén.* 耐心的,有耐性的；忍耐的,容忍的；寬容的

pacificação *s.f.* 平定,綏靖；媾和,和解

pacífico, ca *adj.* 和平的,太平的；愛好和平的；溫和的；太平洋的

paço *s.m.* 宮,宮殿；宮廷,朝廷

pacote *s.m.* 包裹,包；小包

pacóvio, via *adj.* 愚蠢的,傻瓜的

pacto *s.m.* 協定,條約,盟約,契約

pactuante *adj. 2 gén.* 同盟的,協約的,同盟國的

padaria *s.f.* 麵包店；麵包房

padecente *adj. 2 gén.* 苦難的,痛苦的 ‖ *s.2 gén.* 痛苦的人,受苦難者

padecer *v.t.* 遭受,經受,體驗到；忍受,忍耐；寬恕,允許

padecimento *s.m.* 痛苦,苦難；不幸；病痛

padeiro *s.m.* 麵包師；出售麵包的人

padiola *s.f.* 擔架；手推車

padrão *s.m.* 紀念碑；樣板；模型

padraria *s.f.* 全體神父

padrasto *s.m.* 繼父,後父

padre *s.m.* 神父,教士

padre-cura *s.m.* 教區長；牧師

padre-santo *s.m.* 教皇

padrinho *s.m.* 教父；保護人

padroeiro *s.m.* 保護者,庇護人

pagador *s.m.* 付款人,交付人

pagamento *s.m.* 支付,交付,付款；償還；報答

pagão *s.m.* 異教徒,邪教徒 ‖ *adj.* 異教的,邪教的,不信教的

pagar *v.t.* 支付,付款；償還,報答

página *s.f.* 葉,頁,面；〔轉〕記錄；書；年史；事件

pago, ga *adj.* 〔口〕得到報償的；已付款的 ‖ *s.m.* 報答,報酬

pagode *s.m.* 塔,寺廟

pai *s.m.* 父親,〔口〕爸爸；〔轉〕創始者,創造者；設計師

painel *s.m.* 〔建〕嵌板,鑲板,綫板；〔畫〕畫板

paio *s.m.* 葡萄牙膃腸；豬肉香腸

paiol *s.m.* 倉庫,貨倉；彈藥庫

país *s.m.* 國家;地區;領土;祖國

paisagem *s.f.* 風景,景色,景物;田野;山川之景;山水畫,風景畫

paisano, na *adj.* 平民的;百姓的 ‖ *s.m.* 平民

paixão *s.f.* 熱情,激情,嗜好;愛慕,愛情,熱戀

pala *s.f.* 帽舌;遮眼罩

palacete *s.m.* 小宮殿;官邸;公館

palácio *s.m.* 宮殿,王宮;貴族府第;大廈,大樓

paladar *s.m.* 〔解〕腭,上腭;〔轉〕味覺,滋味,風味

palangana *s.f.* 大盤,大碗

palanque *s.m.* 柵欄;圍樁;建築物架,(臨時)高台

palavra *s.f.* 詞,單詞;語言;說話,發言;諾言,誓言;信用;祝福

palavrão *s.m.* 粗話,穢語,淫語,罵人的話

palavrório *s.m.* 閒話,多言;贅語

palco *s.m.* 台,看台;〔劇〕包廂

paleio *s.m.* 閒談,空話

palerma *s.2 gén.* 笨人,傻子,蠢貨 ‖ *adj. 2 gén.* 愚味的,笨的,傻的

palestra *s.f.* 角門場,競技場;角門;講座

paleta *s.f.* 調色板,顏料板

palha *s.f.* 稻草,麥稈;〔喻〕小事,瑣事 △ chapéu de ~ 草帽

palhaço *s.m.* 馬戲團等中的)小丑,丑角;鄉下佬,村夫

palheiro *s.m.* 乾草堆

paliativo, va *adj.* 掩飾的;姑息的;〔醫〕減輕的,緩和的,治標的 ‖ *s.m.* 治標藥;暫時應付的措施

palidez *s.f.* 蒼白;無血色

pálido, da *adj.* 蒼白的,無血色的;暗淡的(顏色)

pálio *s.m.* (古希臘人用的)大披肩;(教皇、大主教用的)白肩衣;長袍,斗篷 △ receber com ~ 熱情接待

paliteiro *s.m.* 牙籤筒

palito *s.m.* 牙籤

palma *s.f.* 〔植〕棕櫚;棕櫚葉;勝利,榮譽;(游泳用的)橡皮腳掌;棕櫚葉勳章 △ ① ~ de mão 手掌 ② dar(bater) ~s 鼓掌

palmada *s.f.* 鼓掌,掌聲;(手掌的)拍擊

palmatoada *s.f.* 掌責,用戒尺打手掌

palmatória *s.f.* 戒尺;金屬箍

palmeira *s.f.* 棕櫚樹

palmilha *s.f.* 鞋墊

palmípede *adj. 2 gén.* 〔動〕蹼足目的;蹼足的 ‖ *s.m. pl.* 蹼足目(動物)

palmo *s.m.* 掌尺,一掌之長 △ ① conhecer a ~s 了如指掌 ② ~ a ~ 漸漸地;一點一點地

palpação *s.f.* 摸,觸;〔醫〕觸診

palpável *adj.* 明顯的,明瞭的

pálpebra *s.f.* 〔解〕眼瞼

palpitação *s.f.* 心悸,心跳;抽動,顫動

palpitar *v.i.* 心悸,心跳;抽動,顫動,激動

palrador *s.m.* 多言者;饒舌者

palratório *s.m.* 饒舌,雜談,瞎談,多言

paludismo *s.m.* 〔醫〕瘧疾

pampo *s.m.* 〔魚〕(北美)鯧鰺;鯧魚

panado, da *adj.* 加了麵包的(湯、水)

pan-americano, na *adj.* 泛美的;全美洲的

pança *s.f.* 巨腹,肚子;〔俗〕大肚子

pancada *s.f.* 打,打擊,毆打;敲;

〔俗〕癲狂

pancadaria s.f. 猛擊；亂毆；亂鬥

pâncreas s.m. 〔解〕胰腺

pançudo, da adj. 大腹的,大肚子的

panda s.m. 〔動〕熊貓；魚網的浮標

pândega s.f. 嬉戲,玩樂,遊樂；宴樂

pândego, ga adj. 有趣的,有趣味的 ‖ s.m. 戲樂者；玩樂者；宴樂者

pandeireta s.f. 手鼓；鈴鼓

pandemónio s.m. 羣魔殿,魔窟；地獄

panegírico, ca adj. 讚美的,頌揚的 ‖ s.m. 讚美,頌揚；頌詞

panela s.f. 壺,鉢,深盆；鍋

panfleto s.m. 小册子；小本子；傳單

pânico, ca adj. 〔希神〕牧神的；恐怖的,可怕的 ‖ s.m. 恐怖,驚懼

panificação s.f. 做麵包

pano s.m. 布；織物,布類,毛織品；呢絨；簾,幕；帆；佈景畫布 △ a todo o ~ 全速

panorama s.m. 環形全景圖；全景

pantagruélico, ca adj. 巨人般的；極大的

pantalonas s.f. pl. 長褲

pântano s.m. 沼澤,濕地

pantanoso adj. 如沼的,濕的

panteísmo s.m. 泛神論,泛神崇拜

pantera s.f. 〔動〕豹；黑豹

pantomina s.f. 啞劇；童話劇；手勢,表意動作

pantomimeiro s.m. 啞劇作者；啞劇演員；打手勢的人

pantufa s.f. 室內拖鞋；平底拖鞋；室內便鞋；〔俗〕穿寬大衣服的女人

pantufo s.m. （室內的）拖鞋,便鞋

pão s.m. 麵包；食物；糧食

papa s.m. 教皇,天主教皇,羅馬教皇

papá s.m. 〔口〕爸爸,父親

papa-açorda s.2 gén. 愚人,蠢人

papagaio s.m. 〔動〕鸚鵡；〔植〕鳳仙花；風箏；〔喻〕話多的人；饒舌者

papaia s.f. 〔植〕木瓜

papa-jantares s.2 gén. 食客；寄食者

papalvo s.m. 笨人,愚人,頭腦簡單的人

papear v.i. 饒舌,空談,信口開河

papeira s.f. 〔醫〕流行性腮腺炎

papel s.m. 紙,紙張,紙片；報紙；文件；證件；鈔票,支票；〔劇〕角色；〔轉〕作用,職能,地位 △ ① ~ de embrulho 包裝紙 ② ~ higiénico 衛生紙 ③ ~ de filtro 過濾紙 ④ ficar no ~ 紙上談兵 ⑤ representar um importante ~ 擔任重要的職位或作用

papelaria s.f. 紙張店,文具店

papila s.f. 〔解,植〕乳頭；乳頭狀小突起物；棘；刺

papisa s.f. （傳説中的）女教皇

papoila s.f. 〔植〕罌粟,芙蓉紅

paquete s.m. 郵船,郵務船；使童,侍者

paquiderme s.m. pl. 〔動〕厚皮類,厚皮動物 ‖ adj. 2 gén. 厚皮的,厚皮類的

par adj. 2 gén. 〔數〕偶數的,相同的,相似的；成對的,對稱的 ‖ s.m. 對；雙；副；兩個 △ ① a ~ 同等,對等 ② ~ a ~ 並駕齊驅 ③ estar a ~ 認識 ④ ~ de galhetas 形影不離

para prep. 爲了；(去)往,(去)向；爲,給；當作,作爲；至於；對於；(時間)在

parabém s.m.；**parabéns** s.m. pl. 祝賀,賀禮 △ dar os ~ns 恭賀,祝賀

parábola s.f. 比喻,喻言,譬語；〔幾〕拋物綫

pára-choque *s.m.*（汽車前的）排障器,保險槓

parada *s.f.* 停,停止,停留;(運動的)終止;車站;驛站;〔軍〕閱兵;遊行,集會

paradeiro *s.m.* 下落,所在,住處

paradigma *s.m.* 範例,示例

parado, da *adj.* 停滯的,停止不動的;失業的;不活躍的(沉默的

paradoxal *adj. 2 gén.* 怪誕的,反常的,荒謬的;好作奇論的;自相矛盾的;不可思議的

parafernais *s.m. pl.* 妻子個人的財產;私有財產

parafina *s.f.* 〔化〕石蠟,地蠟

parafuso *s.m.* 螺旋,螺釘

paragem *s.f.* 車站;停止

parágrafo *s.m.*（文章的）段落

paraíso *s.m.*〔宗〕樂園;天堂,天國;〔轉〕極樂世界

paralelipípedo *s.m.*〔幾〕平行六面體

paralelo, la *adj.* 平行的,並行的;相似的 ‖ *s.m.* 平行線

paralisar *v.t.* 使癱瘓,使癱痪

paralisia *s.f.*〔醫〕麻痹,癱痪 △ ~ infantil 小兒麻痹症

paralítico, ca *adj.*〔醫〕麻痹的;癱痪的 ‖ *s.m.* 麻痹患者;癱痪患者

pára-luz *s.f.* 遮光罩

paramento *s.m.* 罩飾;壁毯;帷幔

parámetro *s.m.* 準則,原則;參數

paraninfo *s.m.*（婚禮）男儐相

paranóico, ca *adj.* 妄想狂的,偏執狂的 ‖ *s.m.* 妄想狂患者,偏執狂患者

parapeito *s.m.*〔軍〕胸牆,掩體;障礙;(橋上面的)矮牆;欄杆

pára-quedas *s.m.* 降落傘

paraquedista *s.2 gén.* 跳傘落傘者

parar *v.t.* 停止,中斷;(火車、汽車)到站停留 ‖ *v.i.* 休息

pára-raios *s.m.*〔電〕避雷針

parasita *s.2 gén.* 過寄生生活的人;不勞而食的人 ‖ *adj. 2 gén.* 寄生的,寄生生物的

parasiticida *s.f.* 殺蟲劑

pára-sol *s.m.* 太陽傘

pára-vento *s.m.* 玻璃風屏

parca *s.f.* 死亡

parceiro *s.m.* 夥伴,陪伴;對手

parcela *s.f.* 少量,部分;小數;一片

parceria *s.f.* 合作經營;合夥,合股;公司

parche *s.m.* 膏藥;敷傷的麻布

parcial *adj. 2 gén.* 部分的,局部的 ‖ *s.2 gén.* 偏袒 △ eclipse ~ 偏蝕

parcimónia *s.f.* 吝嗇;節儉,節約

parco, ca *adj.* 吝嗇的;節儉的,節約的

pardal *s.m.*〔動〕麻雀;〔俗〕告密者

pardo, da *adj.* 灰色的 ‖ *s.m.* 混血,雜種

parecer *v.i.* 像,好像,顯得;相似,相像;顯露 ‖ *s.m.* 意見,見解,看法;相貌

parecido, da *adj.* 相似的,類似的

parede *s.f.* 牆,壁;〔俗〕罷工,罷課 △ ① dar com a cabeça na ~ 胡作非為 ② levar à ~ 戰勝,勝利 ③ pôr os pés à ~ 抵抗

parelha *s.f.* 對,雙,一對;〔俗〕相似物,相似的人 ① correr ~s 匹敵,競爭 ② fazer ~ 配成一對;使一樣

parente *s.m.*〔軍〕親戚,親屬;族人 ‖ *adj.* 相似的,同樣的;親戚的,有血統關係的

parentesco *s.m.* 親屬關係,血統關

係;親戚

parêntese   *s.m.* 括弧,括號;插入語;
插句

pária   *s.m.* (印度的)賤民;[轉]下賤
的人;被社會遺棄的人

parida   *s.f.* 產婦

parietal   *adj. 2 gén.* 牆的,牆壁的

parir   *v.t.* 生育,生產,分娩;[轉]產
生

parisiense   *adj. 2 gén.* 巴黎的 ‖ *s.2
gén.* 巴黎人

parlamento   *s.m.* 議會,國會

parlapatão   *s.m.* 誇言者,言過其實
的人

parnaso   *s.m.* 帕那薩斯山(希臘南部
的一座山,傳說是太陽神和掌文藝女
神居住的地方);詩人;詩選

pároco   *s.m.* 教區長

paródia   *s.f.* 對文學作品的滑稽的模
倣;戲弄性的模倣;模倣詩文

parónimo, ma   *adj.* 形音相近的 ‖
s.m. 形音相近詞

paróquia   *s.f.* 教區,教會管區

paroxismo   *s.m.* [醫](疾病的)極
期,發作;(情感的)極點;突然發作

parque   *s.m.* 公園,花園,遊苑 △ ①
~ zoológico 動物園 ② ~ botânico 植
物園

parra   *s.f.* 葡萄藤

parreira   *s.f.* 有架子的葡萄藤

parricida   *s.2 gén.* 弒父母或長輩的
人

parte   *s.f.* 部分,局部;份額;器官;
(文學作品的)部;地方,處所 pl. 黨
派,派別;生殖器官;品德

parteira   *s.f.* 女助產士;接生婆

participação   *s.f.* 參與,參加;通知,
通報 △ ~ de casamento 結婚請柬

particípio   *s.m.* [文]分詞

partícula   *s.f.* 微粒,分子;[文]不變
詞

particular   *adj. 2 gén.* 獨特的,特別
的;少有的,非凡的;特定的;具體的;
私人的;非公開的 ‖ *s.m.* 普通人,平
民 △ ① assunto ~ 私事 ② em ~ 尤
其;祕密地 ③ interesse ~ 個人利益

partida   *s.f.* 離開,動身;出發,起程;
(賭博、遊戲的)場,盤,局;幫,草,夥;
遊戲,比賽;[商]登記

partidário, ria   *adj.* 黨派的,屬於一
黨的 ‖ *s.m.* 黨員,黨派中人,同志

partido, da   *adj.* 分開的;破碎的 ‖
s.m. 黨,政黨,黨,黨派;派,集團;利益,
好處 △ ① ~s democráticos 民主黨派
② tomar o ~ de alguém 擁護…… ③
tirar ~ de 乘機

partilha   *s.f.* 瓜分

partir   *s.f.* 分開,分割;打破,砸碎 ‖
v.i. 起程,出發,離開 △ ① ~ para~
去(某地) ② ~ de~ 從(某地)出發 ③
a partir de~ 從……起;自……始

partitura   *s.f.* [樂]總樂譜

parto   *s.m.* 分娩,生產;[轉]作品,創
作

parturiente   *adj.* 正在分娩的,剛分
娩的 ‖ *s.f.* 產婦

parvo, va   *adj.* 愚昧的,愚蠢的 ‖
s.m. 愚人,蠢人

parvoíce   *s.f.* 愚昧,愚蠢

pascer   *v.t.* 放牧 ‖ *v.i.* 食草

páscoa   *s.f.* [宗]耶穌復活節

pasmado, da   *adj.* 吃驚的,驚愕的

paspalhão   *s.m.* 愚人,蠢人

passa   *s.f.* 葡萄乾

passadeira   *s.f.* 石毯;地毯;燙衣服
的婦人

passado, da   *adj.* 過去的,以往的;
不新鮮的;陳舊的,過時的 ‖ *s.m.* 過

去,昔日;往事; *pl.* 長輩,前輩

passadouro *s.m.* 走廊

passageiro, ra *adj.* 暫時的;路過的;
行人多的 ‖ *s.m.* 旅行者,旅客;乘客

passagem *s.f.* 通過,穿過;通過;通
過之處;通行費;接待;(文章的)章,
節,段落

passa-palavra *s.m.* 暗語,隱語

passaporte *s.m.* 護照;旅行券

passar *v.i.e t.* 移動;經過,通過;終
止,結束;成功;呈送,轉達,轉交;消
逝,死去

pássaro *s.m.* 鳥,禽 *pl.* 鳥類;(俗)
狡猾的人

passatempo *s.m.* 消遣,娛樂;遊戲

passe *s.m.* 通行證,入場許可;傳球

passear *v.t.* 引導 ‖ *v.i.* 散步,步行

passeio *s.m.* 步行,散步;人行道

passional *adj.* 2 *gén.* 感情的,熱情
的;戀愛的 ‖ *s.m.* (宗)耶穌受難始末
記述

passiva *s.f.* (語)被動語態

passividade *s.f.* 容忍;默從;被動
性;消極性

passivo, va *adj.* 被動的,消極的;守
勢的;受損的;(語)被動語態的 ‖
s.m. 債務,虧空

passo *s.m.* 步,一步,一舉足 △ ① ～
a ～ 逐步 ②dar um ～ em falso 失足,
失錯

pasta *s.f.* 漿糊;黏糊;麵團;紙夾,文
書夾;部長之職位 △ ① ～ dentífrica
牙膏 ②Ministro sem ～ 不管部部長

pastagem *s.f.* 牧場,畜牧場;牧草

pastar *v.t.* 放牧 ‖ *v.i.* (牲畜)吃草

pastel *s.m.* 糕點,糕餅;油畫

pastelaria *s.f.* 糕點店,食品店;糕點
作坊

pasteurizar *v.t.* 用巴氏法消毒;施

以巴氏殺菌法,用低熱殺菌消毒

pasto *s.m.* 放牧場;牧草,草料,飼料

pastor *s.m.* 牧人;(宗)(新教的)牧
師 △ O Bom Pastor 耶穌

pastoso, sa *adj.* 粘的,膠黏的,黏稠
的

pataca *s.f.* 澳門圓;巴西古錢幣

pataco *s.m.* 一種葡萄牙古錢幣;蠢
人; *pl.* 錢財

patada *s.f.* 踢,踏,踩;(俗)忘恩負
義;失禮

patamar *s.m.* (建)樓梯平處,梯台;
印度沿海貿易所用的一種船

patarata *s.f.* 謊話,虛言 ‖ *s.2 gén.*
說謊者

patavina *s.f.* 無,無事;一無所有

patear *v.t.* 踹,踏,踩

patente *adj.* 2 *gén.* 開的,公開的;明
顯的;清楚的;顯而易見的 ‖ *s.f.* 證
書;執照;會員證;特許;專利權

paterno, na *adj.* 父親的,如父親般
的;故鄉的

pateta *adj.* 2 *gén.* 蠢笨的 ‖ *s.2 gén.*
蠢人,愚人

patética, ca *adj.* 感人的,動人的;悲
傷的,悲慘的 ‖ *s.m* 感人的場面;悲慘
的場面

patíbulo *s.m.* 斷頭台;刑場;絞刑架

patifaria *s.f.* 卑鄙行為;惡劣;兇悍

patife *adj.* 2 *gén.* 卑鄙的;惡劣的;
下賤的 ‖ *s.2 gén.* 惡漢,歹徒,無賴

patim *s.m.* 冰鞋,旱冰鞋;雪拖;台地

patinar *v.i.* 溜冰,溜旱冰;(車輪)滑
轉

pátio *s.m.* 庭院,院子,天井

pato *s.m.* (動)鴨子 △ cair como um
～ 受騙

patoá *s.m.* 方言,土話

patologia *s.f.* (醫)病理學

patranha *s.f.* 謊話,虛言

patrão *s.m.* 老板,東主;工頭;企業主;庇護神;保護者

pátria *s.f.* 祖國;故鄉,家鄉

patrício, cia *adj.* 貴族的 ‖ *s.m.* (古羅馬)貴族

património *s.m.* 遺產,祖業,世襲;財產

patriota *s. 2 gén.* 愛國者,愛國主義者

patroa *s.f.* 女主人,女東主,老板娘;[俗]老婆

patrocinador *s.m.* 支持者,主持者,贊助者

patrocínio *s.m.* 支持,贊助,保護;光顧

patrulha *s.f.* 巡邏隊;巡邏,巡視;巡邏艇隊,巡邏機隊

pau *s.m.* 木棍,木條;桿,棒;[轉]懲罰,處罰 △ ① ~ s dos carneiros 綿羊角 ② bandeira a meio 一下半旗 ③ jogar com ~ de dois bicos 兩面討好

pau-brasil *s.m.* 巴西木,紅木

paul *s.m.* 沼澤地

paulada *s.f.* 棍擊,棒打

paulatino *adj.* 慢的

pausa *s.f.* 停頓,中斷,暫停;[音]休止符

pauta *s.f.* (紙張的)格綫;表;單;規矩;準則;典範,榜樣;[音]五綫譜

pauzinho *s.m.* 筷,箸 △ mexer os ~ s 暗中操縱

pavão *s.m.* [動]孔雀;[喻]傲慢的人

pavilhão *s.m.* 亭,閣;船頭國旗;庭旗,大天幕;耳殼

pavimentar *v.t.* 鋪(路面,地面)

pavio *s.m.* 導火綫;燈心,燭芯 △ de

fio a ~從頭至尾

pavoa *s.f.* 雌孔雀

pavor *s.m.* 恐懼,恐怖,驚恐

paz *s.f.* 和平,太平;和睦,安寧 △ tratado de ~ 和約

pé *s.m.* [解]足,腳;樹根;[轉]道理,緣故;[動]爪,蹄 △ ① andar a ~ 步行 ② ao ~ de … 在……附近 ③ de ~ 站立 ④ do ~ para a mão 趕緊 ⑤ dos ~ s à cabeça 從頭到腳 ⑥ estar de ~ atrás 留心

peanha *s.f.* 台,座墩

peão *s.m.* 行人,過路人;苦工;農夫;步兵;(國際象棋的)卒

peça *s.f.* 片,塊;部分;碎屑;零件;炮 △ pregar uma ~ 取笑,作弄

pecado *s.m.* (宗教和道德)罪過,罪惡;過錯,過失;[轉]魔鬼 △ ① ~ mortal 大罪 ② ~ venial 輕罪,小罪

pecador *s.m.* 有罪之人

pechincha *s.f.* 便宜之物;[轉]意外收獲

pechisbeque *s.m.* 金色銅,假金,偽物

pecíolo *s.m.* [植]葉柄

peçonha *s.f.* 毒液,毒素,毒藥

pecuária *s.f.* 畜牧業

peculato *s.m.* 盜用公款,侵吞公款

peculiar *adj. 2 gén.* 獨特的,特殊的,獨有的

pecúlio *s.m.* 私有財產;儲蓄金;儲蓄

pecuniário, ria *adj.* 金錢的;罰金的 △ auxílio ~ 資助

pedaço *s.m.* 片,塊,段,部分

pedagogia *s.f.* 教授學;教授法;兒童教育學;教育學

pedagogo *s.m.* 教育學家;教育家;教師,教員

pedal *s.m.* 踏板,腳踏板,腳蹬盤

pedante *adj. 2 gén.* 賣弄的, 喜歡賣弄的; 賣弄學識的

pé-de-meia *s.m.* 儲蓄金; 儲藏之物

pederasta *s.m.* 鷄姦犯; 同性戀

pedestal *s.m.* 墩座; 基礎

pedestre *adj. 2 gén.* 徒步的, 步行的; 足的 △ estátua —— 站立像

pé-de-vento *s.m.* 狂風, 暴風, 颶風

pediatra *s.m.* 兒科大夫

pediatria *s.f.* 兒科學

pedido *s.m.* 要求, 請求, 懇求; 定單, 訂貨 ‖ *adj.* 請求的, 懇求的

pedinchão, ona *adj.* 屢次請求的 ‖ *s.m.* 屢次請求者

pedinte *adj. 2 gén.* 乞丐的, 乞求的 ‖ *s.2 gén.* 乞丐

pedir *v.t.* 請求, 要求; 乞討, 索要 (價錢); 需要, 需求 △ ① —— a mão de…求婚 ② —— em casamento 求婚 ③ —— vénia 請求允許

peditório *s.m.* 捐獻, 捐助; 徵收

pedra *s.f.* 石, 石頭; 火石; 寶石; 紀念石; 〔醫〕結石; 〔轉〕反應遲鈍的人 △ ① —— iman 磁石 ② —— preciosa 寶石 ③ estar com a —— no sapato 懷疑 ④ I-dade de —— 石器時代 ⑤ de fazer chorar as —— s 催人淚下

pedrada *s.f.* 擲石頭; 石擊; 石塊的擊傷

pedregulho *s.m.* 大石頭, 大石塊

pedreiro *s.m.* 石匠, 石工

pedúnculo *s.m.* 〔植〕花梗

pega *s.f.* 掌握, 握持; 把柄; 執持物

pega (ê) *s.f.* 〔動〕喜鵲; 長舌婦; 〔俗〕醜陋的女人

pegadiço, ça *adj.* 黏的, 有黏性的; 傳染的, 傳染性的

pegado, da *adj.* 黏住的; 接合在一起的; 連結的, 聯合的; 連續的

pegajoso, sa *adj.* 黏的, 有黏性的; 傳染的, 傳染性的

pegar *v.t.* 黏貼, 黏合; 聯合; 固定, 接合; 傳染, 使染上 ‖ *v.i.* 黏合; 挨着, 靠着; 相稱, 扎根, 開始

peita *s.f.* 賄賂, 行賄; 受賄

peitar *v.t.* 賄賂

peito *s.m.* 胸, 胸膛; (女人的) 胸脯, 乳房; 〔喻〕心胸, 胸懷; 志氣, 勇氣, 抱負 △ ① —— de —— feito 故意 ② do —— 真心 ③ tomar a —— 關心

peitoral *adj. 2 gén.* 胸的, 胸部的 ‖ *s.m.* 胸甲; 胸板; 胸肌

peixe *s.m.* 魚; 魚類 △ ① estar como —— na água 如魚得水 ② pregar aos —— s 浪費時間

peixeiro *s.m.* 漁民, 魚販, 魚商

pejado, da *adj.* 滿的, 充滿的; 滿腹的; 負荷的

pejamento *s.m.* 充滿; 阻礙, 妨礙

pejorativo, va *adj.* 惡化的 (貶義的); 貶低的

pela 前置詞 por 和冠詞 a 的組合

péla *s.f.* 皮球, 小球

pelar *v.t.* 剝皮, 去皮, 削皮 ‖ *v.r.* 脫皮, 退殼

pele *s.f.* 皮, 皮膚, 外皮; 獸皮

pelejar *v.i.* 打鬥, 搏鬥, 爭執; 戰鬥, 鬥爭; 〔轉〕口角, 爭論

película *s.f.* 表皮, 薄皮; 膠片, 影片

pelintra *s.2 gén.* 冒充富有者; 刺人

pelo *prep.* 前置詞 por 及冠詞 o 的組合

pêlo *s.m.* 毛, 絨毛; 絨羽; 頭髮; 毛皮 △ ① por um —— 幾乎 ② em —— 裸體

peloirinho; pelourinho *s.m.* 刑柱

peloiro; pelouro *s.m.* 球形礮彈; (機關的) 部門

pelota *s.f.* 小球, 小鐵球; 小鉛球; 雪

球;球戲;子彈

pelotão *s.m.* 大球;(軍隊)排;草;組

pelúcia *s.f.* 絲或棉或毛的毛茸織物

peludo, da *adj.* 有毛的;多毛的,毛厚的;〔喻〕多疑的,不信任的 ‖ *s.m.* 多毛的人;新來的人

pelve *s.m.* 〔解〕骨盆

pélvico, ca *adj.* 骨盆的

pena *s.f.* 罰,處罰,懲罰,刑罰;傷心;憐憫;遺憾,可惜;(鳥的)羽毛;筆尖 △ ① ~ capital 死刑 ② ter 一 覺得遺憾 ③ valer a 一 值得

penacho *s.m.* (鳥的)冠毛,冠羽;羽飾;〔喻〕權力,統治

penada *s.f.* 筆跡,筆劃;〔喻〕意見,意思

penal *adj. 2 gén.* 刑罰的,刑法的,刑事的 △ código ~ 刑法

penalidade *s.f.* 處罰;刑罰;罰金;〔喻〕辛勞,艱難,苦難 △ grande ~ (足球、手球等的)罰球

penalizar *v.t.* 處罰,宣告有罪

penates *s.m. pl.* 〔羅神〕家神;〔喻〕家庭,住宅

pencudo, da *adj.* 大鼻的,鉤鼻的

pendão *s.m.* 庭旗,軍旗

pender *v.i.* 掛,垂,弔,落

pendente *s.m.* 墜飾,項鏈墜,耳墜

pêndula *s.f.* (鐘等的)擺;擺鐘

pendurar *v.t.* 懸,掛,垂;垂擺

penedo *s.m.* 巨石,礁石,巖石;〔俗〕笨人;困難;障礙

peneira *s.f.* 篩,篩子;〔喻〕毛毛雨

peneirar *v.t.* 篩,過篩;〔喻〕下毛毛雨

penetrar *v.t.* 穿透,透過,滲入;刺入;侵入;〔喻〕領會,理解 ‖ *v.i.* 進入,鑽入;深入

penha *s.f.* 巖石,巨石,絕壁

penhasco *s.m.* 大石,巨石

penhor *s.m.* 押;當;典當;保證;〔轉〕擔保物

penhorista *s. 2 gén.* 開當鋪者;放高利貸者

penicilina *s.f.* 〔醫〕盤尼西林,青霉素

penico *s.m.* 溺器,便壺

península *s.f.* 半島

pénis *s.m.* 〔解,動〕陰莖;陽具

penitência *s.f.* 〔宗〕懺悔,悔罪;制裁;懲罰;苦行

penitenciária *s.f.* (天主教的)宗教法庭;感化院

penoso, sa *adj.* 令人難過的,令人痛心的;艱難的,艱苦的

pensado, da *adj.* 考慮過的;預想的,預計的 △ de caso ~ 有意的

pensador *s.m.* 哲學家,思想家 ‖ *adj.* 思考的

pensamento *s.m.* 想,思考;思維能力;思想,想法,意圖,打算 △ vir ao ~ 想起

pensante *adj. 2 gén.* 想的,考慮的,思考的

pensão *s.f.* 津貼,養老金;助學金;小客店;公寓;〔轉〕責任;負擔

pensar *v.t.e i.* 思想,考慮

pensativo, va *adj.* 沉思的,默想的

pênsil *adj. 2 gén.* 懸掛着的;懸垂的

pensionista *s.2 gén.* 領津貼的人;養老金的人,領助學金的人;寄宿者,房客

penso *s.m.* 綳帶;膏藥

pentaedro *s.m.* 五面體

pentagonal *adj. 2 gén.* 五角形的,五邊形的

pentágono *s.m.* 五角形,五邊形,五角大樓(美國國防部)

pente *s.m.* 梳子

pentear *v.t.* 梳理,梳洗;〔轉〕準備

pentecostes *s.m.* (猶太人的)五旬節;〔基督教的〕聖靈降臨節

penugem *s.f.* 鳥類的幼毛

penúltimo, ma *adj.* 倒數第二位的

penumbra *s.f.* 半陰影;昏暗,陰暗

penúria *s.f.* 缺乏,不足;貧困,貧窮

peónia *s.f.* 〔植〕牡丹,芍藥

pepino *s.m.* 〔植〕黃瓜,胡瓜 △ ~ no mar 人參

pequenada *s.f.* 孩子羣

pequenino, na *adj.* 小的(有時含有親暱之意) ‖ *s.m.* 小孩

pequeno, na *adj.* 小的,矮小的;年幼的;卑下的 ‖ *s.m.* 小孩 △ ~ almoço 早餐

pequerrucho, cha *adj.* 很小的,年幼的 ‖ *s.m.* 幼兒,小孩

pêra *s.f.* 〔植〕梨

peralta *s.f.* 紈袴子弟;花花公子

perante *prep.* 在……之前

perceber *v.t. e i.* 瞭解,明白,領悟;領取,得到

percentagem *s.f.* 百分率;百分比

percepção *s.f.* 感覺,察覺

percevejo *s.m.* 〔動〕木蝨

percorrer *v.t.* 通過;周遊;跋涉

percurso *s.m.* 通過;道路;路徑

perda *s.f.* 損失,喪失;損害;遺失

perdão *s.m.* 原諒,寬恕;赦免

perder *v.t.* 失去,喪失;損害 ‖ *v.i.* 減少;錯過;輸掉

perdição *s.f.* 墮落,毀滅,滅亡;放縱,放蕩

perdido, da *adj.* 遺失的;無一定方向的;迷途的;無用的;忘記的;無可救藥的;迷戀的

perdiz *s.f.* 〔動〕鷓鴣

perdoar *v.t.* 原諒,寬恕;赦免,免除

perdulário, ria *adj.* 浪費的,揮霍的 ‖ *s.m.* 浪費者,揮霍者,浪子

perdurável *adj. 2 gén.* 耐久的,持久的

perecer *v.i.* 死亡,暴亡,消亡;消失;毀滅

peregrinação *s.f.* 長途旅行,漫遊;朝聖

peregrino, na *adj.* 過路的;奇異的,奇妙的;異常的 ‖ *s.m.* 旅行者,漫遊者;朝聖者

pereira *s.f.* 梨樹

peremptório, ria *adj.* 強制的,專橫的,斷然的,絕對的;最後的

perenal *adj. 2 gén.* 永久的,不間斷的;無止境的;〔植〕多年生的

perfazer *v.t.* 完成;完畢

perfeitível *adj. 2 gén.* 可改善的,可完善的

perfeição *s.f.* 完善,完美,十全十美

perfeito, ta *adj.* 完美的,十全十美的

perfídia *s.f.* 不忠,不義,背信棄義

pérfido, da *adj.* 不忠實的,背信棄義的

perfil *s.m.* 輪廓,側影;側面圖;縱斷面,橫斷面;特點,性質

perfilhação *s.f.* 立嗣,立養子

perfilhar *v.t.* 納爲養子

perfumado, da *adj.* 薰香的;香氣的

perfumador *s.m.* 香爐

perfume *s.m.* 香氣,香味;香料;香水;〔喻〕(令人回味的)美好事物

perfurar *v.t.* 穿透;穿孔;打眼

pergaminho *s.m.* 羊皮紙;羊皮紙文件

pergunta *s.f.* 問;疑問;質問;問題

△ fazer uma ～ a alguém 問某人

perguntar *v.t.* 問;訊問,質問

pericárpio *s.m.* 〔植〕果皮,果被

perícia *s.f.* 專長,技能;實踐經驗;熟巧

periclitante *adj. 2 gén.* 危險的;有危險的;不安全的

periferia *s.f.* 周圍;外面

perigo *s.m.* 危險 △ estar em ～ de vida 生命垂危

perigoso, sa *adj.* 危險的,冒險的

perimir *v.t.* 過期;失效;過時

periodicidade *s.f.* 週期性;定期性

periódico, ca *adj.* 週期性的;定期性的

período *s.m.* 週期;時期,階段;〔生理〕月經;〔語〕句子,完全句;〔數〕循環節;〔質〕紀

peripécia *s.f.*（戲劇或其他文學作品中情節的）突變;意外事件;波折;命運

périplo *s.m.* 周遊,旅程

periquito *s.m.* 〔動〕鸚鵡

periscópio *s.m.* 〔海〕潛望鏡

perito, ta *adj.* 內行的,有專長的,熟練的 ‖ *s.m.* 技師;技術員;專家

peritoneu *s.m.* 〔解〕腹膜

perjurar *v.i.* 違誓,背誓;背叛;作假證

perjúrio *s.m.* 偽誓;假誓;違誓

perjuro, ra *adj.* 發假誓的,違誓的 ‖ *s.m.* 發偽誓者,違誓者,發假誓者

perlenga *s.f.*

permanecente *adj. 2 gén.* 處在（某處）的;停留的;持久的,穩定的;常設的

permanência *s.f.* 停留;耐久,持久,穩定

permanente *adj. 2 gén.* 持久的,穩

定的,不變的

permanganato *s.m.* 〔化〕高錳酸鹽

permeável *adj. 2 gén.* 可滲透的,可滲入的

permeio *adv.* 在……中,在……其間

permissão *s.f.* 允許,許可,准許

permitir *v.t.* 允許,許可,准許;容忍

permuta *s.f.* 交換;變換,變化

permutar *v.t.* 交換;變換,變化

perna *s.f.* 〔解〕腿,小腿

pernicioso *adj.* 有毒的;有害的

pernil *s.m.* 畜牲的細腿 △ esticar o ～ 死亡

pernoitar *v.i.* 過夜

pérola *s.f.* 珠;珍珠 *pl.* 〔轉〕眼淚

peroração *s.f.* 結束語;結論;發言

peróxido *s.m.* 〔化〕過氧化物

perpendicular *adj. 2 gén.* 垂直的,成直角的 ‖ *s.f.* 垂直線

perpetrar *v.t.* 犯(罪),作(惡),施行(詐騙)

perpétuo, tua *adj.* 永久的,永恒的,水存的;終身的

perplexo, xa *adj.* 困惑的;猶疑的;為難的

perro *s.m.* 狗,犬;〔轉〕走狗,卑鄙的人 ‖ *adj.* 極壞的,很糟的,險惡的,卑鄙的

perscrutável *adj. 2 gén.* 可研究的;可探究的;可調查的

perseguição *s.f.* 跟蹤;追擊,追捕;迫害

perseverança *s.f.* 堅持,保持;堅定性,有恒性

persiana *s.f.* 波斯百葉窗,百葉簾

pérsico, ca *adj.* 波斯的 △ Golfo Pérsico 波斯灣

persignação *s.f* 劃十字

persignar-se *v.r.* 劃十字

persistência *s.f.* 堅持;繼續,持續

persistir *v.t.* 堅持,執着;繼續,持續

personagem *s.f.* 人物,角色;大人物,要人,名流 △ ~ negativa 反面人物

perspectiva *s.f.* 配景法,透視畫法;遠景

perspicácia *s.f.* (目光的)銳利,犀利;明察力

perspicaz *adj. 2 gén.* 銳利的,犀利的(目光等);明察的,有分辨能力的

perspiração *s.f.* 出汗

persuadir *v.t.* 說服,勸導;使之信服

persuasivo, va *adj.* 會說服人的;有說服力的

pertença *s.f.* 歸屬,所有權;物權

pertencente *adj. 2 gén.* 屬於(某人或某物)的

pertencer *v.i.* 屬於;(歸(某人)管轄,由(某人)負責;有關,關於

pertinácia *s.f.* 固執,頑固,執拗

pertinaz *adj. 2 gén.* 頑固的,固執的,執拗的

pertinente *adj.* 適當的,貼切的

perto *adv.* 靠近,附近;△ ~ de 接近

perturbação *s.f.* 混亂,動盪,騷亂;障礙;不安,波動

perturbar *v.t.* 攪亂,搗亂;使不平靜

peru *s.m.* 〔動〕火雞

peruano, na *adj.* 秘魯的 ‖ *s.m.* 秘魯人

perversão *s.f.* 變壞,墮落;歪曲,篡改;〔醫〕反常,變態

perversidade *s.f.* 邪惡;狠毒,狡猾,奸詐

perverter *v.t.* 使變壞,使墮落;歪曲,篡改

pesa-cartas *s.m.* 郵件磅

pesadelo *s.m.* 惡夢;夢魘

pesado, da *adj.* 重的,沉的;〔轉〕笨重的,不靈便的;深沉的;艱難的;繁重的;煩人的

pesagem *s.m.* 稱(物)

pêsame *s.m.* 弔唁,哀悼

pesar *v.t.* 稱;權衡,掂量;考慮 ‖ *v.i.* 使覺得沉重;使感到遺憾;使感到難過;壓在上面 ‖ *s.m.* 痛苦,悲痛;遺憾,悔恨

pesaroso, sa *adj.* 感到遺憾的,感到悔恨的,感到痛苦的,感到悲痛的

pesca *s.f.* 捕魚業;捕魚

pescador *s.m.* 漁夫,漁民

pescar *v.t.* 捕魚 △ ~ nas águas turvas 混水摸魚

pescoço *s.m.* 頸,脖子

peseta *s.f.* 比賽塔〔西班牙貨幣單位〕

peso *s.m.* 重量,體重;負荷;負擔,壓力;鉛球

pesquisa *s.f.* 偵察,稽察,調查;搜索

pêssego *s.m.* 〔植〕桃

pessimismo *s.m.* 悲觀,悲觀主義

pessimista *s.2 gén.* 悲觀者;悲觀主義者 ‖ *adj. 2 gén.* 悲觀的,悲觀主義的

péssimo, ma *adj.* 極壞的,極惡的;非常糟糕的

pessoa *s.f.* 人;〔語〕人稱

pessoal *adj. 2 gén.* 個人的,私人的 ‖ *s.m.* 全體人員

pestana *s.f.* 眼睫毛

peste *s.f.* 〔醫〕鼠疫,瘟疫;時疫;〔轉〕臭氣,臭味;壞人,邪說,討厭的東西

pestilento, ta *adj.* 傳疫的;患瘟疫的,有危害的

peta *s.f.* 謊話,虛言

pétala *s.f.* 〔植〕花瓣

petar *v.t.* 說謊, 撒謊

petardo *s.m.* 炸藥包;爆炸物

petição *s.f.* 請求,要求;申請;乞討;需要,需求

peticionário *s.m.* 申請人;要求者

petisco *s.m.* 點心;零食,小吃

petiz *s.m.* 小孩

petrechos *s.m. pl.* 軍需品;器具,工具;設備

petrificação *s.f.* 石化,石化作用;〔轉〕頑固

petróleo *s.m.* 石油

petrolífero, ra *adj.* 產石油的

petulância *s.f.* 傲慢無禮;自以爲是;妄自尊大

peúga *s.f.* 襪子

pevide *s.f.* 〔植〕小種子

pia *s.f.* 盛水壺;水槽;洗臉盆

piada *s.f.* 〔鳥〕唧唧叫;〔喻〕辱罵,嘲弄

pianista *s.2 gén.* 鋼琴家,鋼琴演奏者

piano *s.m.* 〔樂〕鋼琴 ‖ *adv.* 輕輕地;柔聲地

pião *s.m.* 陀螺

piar *v.i.* 〔鳥〕唧唧叫;說謊;抱怨

picada *s.f.* 刺,蜇;叮,咬;羊腸小道

picante *adj. 2 gén.* 刺的;辣的;〔喻〕諷刺的,辛辣的;帶有淫邪意味的(話語、故事等)

picar *v.t.* 刺,扎;扎根,刺孔;〔昆蟲〕叮,蜇;〔禽鳥〕啄;〔喻〕刺激;騷擾;追擊

picareta *s.f.* 尖鎬

picheleria *s.f.* 錫匠作坊

pico *s.m.* 角,尖;山峰,山尖;鎬;〔禽類的〕喙

piedade *s.f.* 虔誠;恭敬,孝順;同情,憐憫,慈悲

piedoso, sa *adj.* 虔誠的,恭敬的;孝順的;憐憫的;慈悲的

piegas *adj. 2 gén.* 多愁善感的;小心謹慎的;柔弱的 ‖ *s.2 gén.* 柔弱的人;懦夫

pieguice *s.f.* 怯懦;膽小;柔弱

pífano *s.m.* 〔軍樂中的〕高音笛,高音笛手

pigmentação *s.f.* 〔醫〕色素沉着;色素形成

pigmeu *s.m.* 〔神〕矮人;〔喻〕矮小的人;小人物

pignoratício, cia *adj.* 典當的,抵押的

pijama *s.m.* 睡衣,睡衣褲

pilão *s.m.* 棒槌;擂木

pilar *s.m.* 柱子,柱木,大柱

pilastra *s.f.* 〔建〕壁柱,方柱

pilha *s.f.* 堆,積堆;〔轉〕能量反應堆;電池

pilhagem *s.f.* 掠奪,強奪

pilhéria *s.f.* 愉快;快活;玩笑,詼諧

pilotagem *s.f.* 駕駛;領港,導航;嚮導

piloto *s.m.* 〔船舶、飛機的〕駕駛員;領港員,導航員;〔海〕大副;〔轉〕領導者,指導者

pílula *s.f.* 〔醫〕藥丸,藥片,丸劑

pimenta *s.f.* 胡椒

pimento *s.m.* 辣椒,胡椒

pimpão, pona *adj.* 高傲的,自負的,自誇的 ‖ *s.m.* 高傲的人,自負的人

pináculo *s.m.* 〔建〕尖頂,塔尖;頂峰,極點;尖端

pinça *s.f.* 鉗子

píncaro *s.m.* 塔尖,頂峰

pincel *s.m.* 畫筆,毛筆;油漆刷;〔轉〕繪畫

pinga *s.f.* 細滴;一滴;酒 △ ① beber uma ~ 喝酒 ②estar com a ~ 飲酒過度

pingado, da *adj.* 有許多滴的;有斑點的;〔俗〕飲酒過度的

pingo *s.m.* 豬油;滴;油污點;〔俗〕錢

pinguim *s.m.* 〔動〕企鵝

pinhal; pinheiral *s.m.* 松林

pinhão *s.m.* 松子

pinheiro *s.m.* 松樹

pino *s.m.* 頂點;頂端;頂峯;至高點

pintado, da *adj.* 繪有畫的;着色的;雜色的

pintassilgo *s.m.* 〔動〕金翅雀

pinto *s.m.* 雛雞;小雞;陰莖 ‖ *adj.* 黑白相間的;斑駁的

pintor *s.m.* 畫家;繪畫者;油漆工

pintura *s.f.* 繪畫,繪畫藝術;顏料;油漆;〔轉〕描寫

pio, ia *adj.* 孝敬的,虔誠的,有同情心的;慈悲的 ‖ *s.m.* 啾啾(雛禽叫聲);磨穀物的工具 △ ① não dar ~ 保密 ② perder o ~ 不答 ③ tirar o ~ a 戰勝

piolho *s.m.* 〔動〕虱子

pioneiro *s.m.* 開路者;開拓者;開路先鋒;少先隊隊員

pior *adj.* 更壞的,更差的,更惡的

piorar *v.t.* 使更壞

pipa *s.f.* 桶,木桶;〔轉〕矮胖的人

piparote *s.m.* 彈指

pipeta *s.f.* 吸量管,吸移管

piquenique *s.m.* 野餐

piquete *s.m.* 突擊隊;工作隊;糾察隊

pirâmide *s.f.* 〔建〕角錐,棱錐;金字塔

pirata *s.m.* 海盜;強盜 △ ~ do ar 劫機者

pirataria *s.f.* 海盜行為;海上搶劫

pires *s.m.* 碟子,茶碟,茶托

pirilampo *s.m.* 〔動〕螢火蟲

piroeléctrico, ca *adj.* 熱電的

pirofobia *s.f.* 恐火症,懼火

pirogravura *s.f.* 烙畫藝術,烙畫

piromancia *s.f.* 占火術;火卜術

pirotécnica *s.f.* 煙火製造術

pirraça *s.f.* 招惹;嘲弄;怨恨

pirueta *s.f.* 〔馬〕的直立旋轉;單腳旋轉;〔轉〕隨機應變

pisadela *s.f.* 踏,踩

pisar *v.t.* 踏,踩,踐

piscar *v.t.* 眨(眼),眼開眼閉;閃爍

piscatório, ria *adj.* 漁業的;漁民的

piscicultura *s.f.* 養魚業;養魚法

piscina *s.f.* 魚塘,養魚池;游泳池;〔宗〕洗禮水傾倒處

piso *s.m.* 踏,踩;步行;地面,路面;表層

pista *s.f.* 足跡;蹤跡;形跡;(飛機的)跑道;場地;公路 △ ir na ~ de 追蹤;調查

pistão *s.m.* 活塞;〔音〕短號

pistilo *s.m.* 〔植〕雌蕊

pistola *s.f.* 手槍

pitada *s.f.* 鼻煙;一撮鼻煙

pitéu *s.m.* 美味食品,美味小吃

pitoresco, ca *adj.* 有畫意的;如畫的;〔轉〕優美的;絕佳的;生動的

pituíta *s.f.* 〔醫〕黏液

pivete *s.m.* (燒的)香

placa *s.f.* (金屬等的)板,片;碟,盤;銀幣

placenta *s.f.* 〔解〕胎盤

plácido, da *adj.* 平靜的;恬靜的,舒適的;溫和的,平和的

plafon *s.m.* 天花板;極限;(金錢等

的)限額

plagiário *s.m.* 剽竊者;抄襲者

plaina *s.f.* 刨子

planalto *s.m.* 高原

plancto; plancton *s.m.* 浮游生物

planear *v.t.* 計劃,打算;設計;計算;作圖

planeta *s.m.* 行星,衛星

plangente *adj. 2 gén.* 哭的,抽泣的;悲傷的

planície *s.f.* 平原,平地

planificação *s.f.* 規劃,計劃;計劃化;△～familiar 計劃生育

planisfério *s.m.* 平面球體圖;世界地圖

plano, na *adj.* 平坦的,平滑的; ‖ *s.m.* 平面,平面圖;畫面;設計,計劃

planta *s.f.* 植物,草木;平面圖;藍圖

plantar *v.t.* 種植;播種

plasma *s.m.* 〔生理〕(血液或淋巴)漿;原生質

plástica *s.f.* 造型藝術;雕塑藝術

plasticidade *s.f.* 可塑性;柔軟性

plástico, ca *adj.* 可塑的;柔軟的;造型的;塑料的 ‖ *s.m.* 塑料

plataforma *s.f.* 台,平台;講台;壇;講壇

plateia *s.f.* 樂池座;正廳前座;觀衆,聽衆

platibanda *s.f.* 平邊;種有花草的邊沿

platina *s.f.* 鉑;白金

platónico, ca *adj.* 柏拉圖的;柏拉圖式的;〔轉〕純精神的;△amor～精神戀愛

plebeu, eia *adj.* 平民的;庶人的;卑賤的

plebiscito *s.m.* (古羅馬)平民法;平

民表決;公民投票

pleitear *v.t. e i.* 打官司,起訴;辯護,辯論,競爭

pleito *s.m.* 起訴,官司;辯論,辯護;爭論,競爭

plenário, ria *adj.* 全數的,全體的;完全的 △reunião～a 全體會議

plenipotência *s.f.* 全權

plenipotenciário, ria *adj.* 有全權的 ‖ *s.m.* 享有全權的人;全權代表 △embaixador extraordinário e～特命全權大使

plenitude *s.f.* 完全,充分;高峰,高潮

pleno, na *adj.* 完全的,充分的 △① a～ 完全地 ② em～ dia 大白天

pleonasmo *s.m.* 〔語〕同義叠用;冗語,累贅

plétorico, ca *adj.* 〔醫〕多血的;多液的

pleura *s.f.* 〔解〕胸膜

pleurisia *s.f.* 〔醫〕胸膜炎

plexo *s.m.* 〔解〕(神經、血管等的)叢;網;糾紛

plissar *v.t.* 褶起,使有褶

pluma *s.f.* 羽毛;羽飾;羽毛筆

plumbagina *s.f.* 石墨;黑鉛

plural *adj. 2 gén.* 〔語〕複數的;複性的;多個的,多樣的 ‖ *s.m.* 〔語〕複數

plurissecular *adj. 2 gén.* 許多世紀的

plutocracia *s.f.* 富豪統治;財閥政治;財閥集團

pluviómetro *s.m.* 雨量計

pluvioso, sa *adj.* 雨的;多雨的 ‖ *s.m.* 雨月(法國共和曆第五月)

pneu *s.m.* 橡皮輪胎

pneumonia *s.f.* 〔醫〕肺炎

pó *s.m.* 粉,末;粉末;塵

poalha *s.f.* 飛塵

pobre *adj. 2 gén.* 貧窮的,貧困的,貧乏的,缺乏的 ‖ *s.2 gén.* 窮人;乞丐

pobreza *s.f.* 貧窮,貧困;貧乏

poça *s.f.* 水坑

poção *s.f.* 〔藥〕湯藥;藥水;(藥的)一次服用量;飲料

pocilga *s.f.* 豬圈,豬欄

poço *s.m.* 井

poda *s.f.* 剪枝;修樹枝

podagra *s.f.* 〔醫〕痛風

poder *v.t.* 能夠;可以;可能 ‖ *s.m.* 政權,權力,實力,兵力;能力,力量;功率 △ ① ~ executivo 行政權 ② ~ judicial 司法權 ③ ~ legislativo 立法權

poderoso, sa *adj.* 強大的,有權勢的;大功率的;強有力的;有錢的

podre *adj. 2 gén.* 腐爛的,枯朽的,腐敗的

podridão *s.f.* 腐爛,枯朽,腐敗;〔轉〕貪污

poedeira *s.f.* 產卵的

poeira *s.f.* 塵,灰塵

poema *s.m.* 詩,詩歌;〔喻〕富有詩意的事物

poente *s.m.* 日落處;西方,西邊

poesia *s.f.* 詩,詩歌;短詩

poeta *s.m.* 詩人

poetisa *s.f.* 女詩人

pois *conj.* 因此;所以

poisada; pousada *s.f.* 旅館,旅舍

poiso; pouso *s.m.* 放置物處;寢室

polaco, ca *adj.* 波蘭的 ‖ *s.m.* 波蘭人;波蘭語

polaina *s.f.* 綁腿,裹腿,護腿

polar *adj. 2 gén.* (南北)極的

polca *s.f.* 波爾卡舞;波爾卡舞曲

polegada *s.f.* 英寸

polegar *s.m.* 拇指

polémica *s.f.* 辯論,論戰,爭論

polémico, ca *adj.* 辯論的,論戰的,爭論的;有爭議的

pólen *s.m.* 〔植〕花粉

poliandria *s.f.* 一妻多夫,一妻多夫制

policarpo, pa *adj.* 〔植〕多心皮的,結多次果的

polícia *s.f.* 治安,公安;治安條例;公安部門;〔集〕警察 ‖ *s.m.* 警察

policlínica *s.f.* (綜合的,多科的)門診部

polidez *s.f.* 禮貌,禮儀,禮讓;文雅

polido, da *adj.* 光滑的,平滑的;磨光的;〔轉〕文雅的,文明的,有禮貌的

poliedro *adj.* 多面的;多面體的

polífago, ga *adj.* 貪食的;雜食的

polifonia *s.f.* 多音,多音節

poligamia *s.f.* 一夫多妻,一夫多妻制

poliglota *adj. 2 gén.* 會多種語言的;用多種語言書寫成的

poligonal *adj. 2 gén.* 多邊形的,多角形的

polimento *s.m.* 磨光;磨平

polir *v.t.* 磨光,擦亮;拋光;〔轉〕使文雅;教導

polissílabo *s.m.* 多音節詞

politécnico, ca *adj.* 多學科技術的;工藝的

política *s.f.* 政治;方針;政策

político, ca *adj.* 政治的,政治上的;〔轉〕有手腕的;精明的;有禮貌的

pólo *s.m.* 天極;地極,電極,磁極;極端;極地

polónio *s.m.* 波蘭人 ‖ *adj.* 波蘭的,波蘭人的

polpa *s.f.* 果肉;髓

poltrão, rona *adj.* 膽怯的;膽小的 ‖ *s.m.* 膽小鬼

poltrona *s.f.* 安樂椅,靠背椅

poluição *s.f.* 污染

polvo *s.m.* 〔動〕章魚

pólvora *s.f.* 火藥

pomada *s.f.* 香脂,油膏,髮油

pomar *s.m.* 果園,果田

pombo *s.m.* 鴿子,白鴿

pomes *s.f.* 輕石,岩石

pomicultor *s.m.* 果樹園丁;果樹栽培者

pomo *s.m.* 〔植〕梨果(指蘋果,梨等的果實)

pompa *s.f.* 榮華,排場,盛觀,壯觀,宏偉

ponche *s.m.* 混合酒(一種用果汁,牛奶,酒調合的酒)

ponderação *s.f.* 稱頌,稱讚;衡量,權衡;穩重,深思熟慮

ponta *s.f.* 尖,尖端;角

pontapé *s.m.* 踢

pontaria *s.f.* 瞄準

ponte *s.f.* 橋,橋標

ponteagudo, da *adj.* 尖的;鋒利的

pontifical *adj. 2 gén.* 教皇的;主教的;(古羅馬)大祭司的 ‖ *s.m.* 主教儀典書;主教服

pontífice *s.m.* (古羅馬的)大祭司;教皇;主教

ponto *s.m.* 點,針;針眼;位置;考試卷,分 △ ① ~ de vista 觀點 ② dar um ~ na boca 閉嘴 ③ livro de ~ 註冊簿 ④ ~ de interrogação 問號 ⑤ ~ final 句號

pontuação *s.f.* 標點,標點符號

pontual *adj. 2 gén.* 有點的,按時的;如期的

popa *s.f.* 船尾;飛機尾部

populaça *s.f.* 老百姓;民衆,平民

população *s.f.* 人口,居民;人數

popular *adj. 2 gén.* 人民的,民衆的;大衆的;受歡迎的;民間的,通俗的;△ ① eleição ~ 民選 ② A República ~ da China 中華人民共和國

popularidade *s.f.* 聲望,名望;通俗,流行;平易

populoso *adj.* 人口多的;人口稠密的

por *prep.* 被,受,由;為;為了;因為,由於,鑒於;在,從;通過;作爲

pôr *v.t.* 置,放;擺,配置;安放;安裝

porão *s.m.* 船艙

porcalhão, ona *adj.* 不潔的,骯髒的 ‖ *s.m.* 不潔,骯髒

porção *s.f.* 部分;份額;分塊,小塊

porcaria *s.f.* 髒物;污穢;垃圾;不潔;破爛;廢品,次品;〔轉〕無價值的東西;無營養的食物

porcento *s.m.* 百分比

porcelana *s.f.* 瓷器

porcino, na *adj.* 豬的

porco *s.m.* 〔動〕豬;〔轉〕骯髒的人

porém *conj.* 但,但是;儘管

porfia *s.f.* 爭論;爭奪;競爭;頑固,固執

porfioso, sa *adj.* 爭論的,好爭的;頑固的,固執的

pormenor *s.m.* 細節,詳情;枝節

pornografia *s.f.* 色情描寫;色情畫

pornográfico, ca *adj.* 色情的,淫淫的

poro *s.m.* 毛孔,細孔,氣孔

porquanto *conj.* 因爲;爲了

porque *conj.* 因爲;爲了

porquê *s.m.* 原因,緣故,理由

porqueira *s.f.* 豬圈,豬窩;女飼養員

porqueiro *s.m.* 豬倌;飼養員

porquice *s.f.* 污穢;髒物,垃圾

porta *s.f.* 門,戶

porta-aviões *s.m.* 航空母艦

porta-bandeira *s.m.* 旗手

portador, ra *adj.* 攜帶(某物)的;持有(某物)的 ‖ *s.m.* 攜帶者,持有者

portagem *s.f.* 通行稅;通行稅徵收所

portal *s.m.* 正門,大門;樓房的正面

portaló *s.m.* (輪船的)舷門,舷梯

porta-moedas *s.m.* 錢包

portanto *conj.* 因此;所以;那麼

portão *s.m.* 大門

portar *v.t.* 攜,帶 ‖ *v.r.* 舉止;行動;動作

portaria *s.f.* 正門,大門

portátil *adj. 2 gén.* 便於攜帶的;輕便的

porta-voz *s.m.* 傳聲筒;擴音器;代言人;發言人,新聞發佈官

porte *s.m.* 攜帶;運輸;行為,舉止;儀表,外表;噸位,體積;運費

porteiro *s.m.* 門房,看門人

porto *s.m.* 港,港口;埠 △ ~ franco 自由港

portucalense *adj. 2 gén.* 葡萄牙人的

portuense *adj. 2 gén.* 〔葡〕波爾圖的 ‖ *s. 2 gén.* 波爾圖人

português, sa *adj.* 葡萄牙的 ‖ *s.m.* 葡萄牙人;葡萄牙語

porventura *adv.* 也許,或許;可能

pós *prep.* 之後

pose *s.f.* (故意擺出來的)姿勢,姿態;裝模作樣,矯揉造作

pós-escrito *s.m.* 附加語;再者(指信末的附言)

posição *s.f.* 姿勢,姿態;位置,地位;陣地;形勢,狀況;立場,態度

positivo, va *adj.* 真實的,確切的;肯定的;積極的,正面的;陽性的 ‖ *s.m.* 確實,實在

posologia *s.f.* 〔醫〕劑量學

pospasto *s.m.* 餐後食物

posponto *s.m.* 扣針腳;倒縫,反針縫紉

possante *adj. 2 gén.* 有力量的;充滿活力的;有權力的;巨大的

posse *s.f.* 物權,所有權;*pl.* 所有物,財產

possessivo, va *adj.* 所有的,佔有的,享有的;〔語〕物主的

possesso, a *adj.* 着魔的;發瘋的,瘋狂的

possibilidade *s.f.* 可能,可能性;*pl.* 財產,資金;能力,才能

possível *adj. 2 gén.* 可能的,可能發生的;可辦到的

posta *s.f.* (魚、肉等的)塊;驛站,驛車,驛馬;郵局

postal *adj. 2 gén.* 郵政的 ‖ *s.m.* 明信片

postergar *v.t.* 擱置,推遲,延緩;貶低

posteridade *s.f.* 後人,後代,後輩,後裔,後世

posterior *adj. 2 gén.* (時間上)後來的;(位置上)後面的;在後的 ‖ *s.m.* 臀部

postiço, ça *adj.* 多餘的;添加的;人工的(指)

postigo *s.m.* 門或窗上的小孔;小門

posto, ta *adj.* 被放置的;被安放的;(太陽)消失的 ‖ *s.m.* 崗位,地位;軍隊駐紮地;職位;臨時救護所

póstumo, ma *adj.* 父親死後出生的,遺腹的;死後出版的,死後發表的

postura *s.f.* 姿勢, 姿態；態度；立場；
產卵, 生蛋

potássio *s.m.* 〔化〕鉀

potável *adj. 2 gén.* 可飲用的, 適合
飲用的

pote *s.m.* 罐, 壺, 瓶

potência *s.f.* 力, 力量；能力, 權力,
權勢；(藥品之)效力；有權勢的人；生
殖力, 性能力, △ ~ mundial 世界強
國

potentado *s.m.* 有權勢的人；當權
者；統治者；君主

potente *adj. 2 gén.* 有權勢的；強大
的；有效力的

potro *s.m.* (四歲以下的)小馬, 馬駒

pouca-vergonha *s.f.* 無羞恥；缺德；
可恥的行為

pouco, ca *adj.* 小量的；少量的；數目
小的；有限的 ‖ *s.m.* 少量, 一會兒
‖ *adv.* 不多

poupar *v.t.* 節省, 節約, 節儉；避免；
款待 ‖ *v.i.* 生活節儉 ‖ *v.r.* 逃避

pousada *s.f.* 旅館, 客棧；飯店

pousio *s.m.* 休耕的土地 ‖ *adj.* 荒蕪
的

povo *s.m.* 人民, 羣衆；(城、區等的)
居民；*pl.* 國家

povoação *s.f.* 移居, 移植；居民；
(城、鎮、村落等)地方

praça *s.f.* 廣場, 市場；圓形競技場；
拍賣

prado *s.m.* 草場, 牧場

praga *s.f.* 詛咒, 咒罵；淫語, 粗話；討
厭的人或物

pragmática *s.f.* 有關禮儀上的規
則；禮儀, 儀式, 典禮

pragmático, ca *adj.* 實用主義的；
禮儀的

praguejar *v.t.* 乞求上帝降禍於

……；詛咒 ‖ *v.i.* 大聲喧嘩

praia *s.f.* 沙灘, 海灘；河岸

praia-mar *s.f.* 漲潮, 高潮

prancha *s.f.* 厚木板；登船及著陸用
的跳板

prancheta *s.f.* 小木板；繪畫用的木
板

pranteador, ra *adj.* 哀悼的, 送喪的

pranto *s.m.* 哀悼, 送喪

pranto *s.m.* 哭泣；哀悼；流淚, 眼淚

prata *s.f.* 銀；*pl.* 銀器

prateleira *s.f.* 碟架；放碗碟的木板
架

prática *s.f.* 實踐, 實際；練習, 訓練；
經驗；習慣, 慣例；實習, 實驗 △ pôr
em ~ 使實行, 實行

praticante *adj. 2 gén.* 實習的, 見習
的 ‖ *s. 2 gén.* 實習者, 見習者；助理藥
劑師

prático, ca *adj.* 實際的, 實踐的；實
用的, 可行的；有經驗的, 熟練的；講求
實際的 ‖ *s.m.* 領航員

prato *s.m.* 碟, 盤；一盤菜

praxe *s.f.* 習慣, 習俗；禮節

prazenteiro, ra *adj.* 愉快的, 歡樂
的, 令人愉快的

prazer *s.m.* 愉快, 快樂, 高興；享樂,
滿意 ‖ *v.i.* 滿意；歡喜, 願意

prazo *s.m.* 期間, 期限

preâmbulo *s.m.* 序言, 前言, 緒論；
引子；開場白

preanunciar *v.t.* 預告, 預先通知

precário, ria *adj.* 不穩定的, 不牢靠
的；不充足的；困難的；弱的

precaução *s.f.* 提防, 預防；小心, 謹
慎

precavido, da *adj.* 小心的, 謹慎的,
預防的

prece *s.f.* 祈禱

precedência *s.f.* 在前,在先;優先,優越

preceito *s.m.* 規定;告誡,訓示;命令;格言

preceituário *s.m.* 格言集成;規矩集成

preceptivo, va *adj.* 規定的;告誡的;訓示的,命令的

preceptor *s.m.* 訓示者,告誡者;教師;家庭教師

precinto *s.m.* 封印;封條;區,區域

precioso, sa *adj.* 珍貴的,寶貴的,貴重的;極好的,美麗的

precipício *s.m.* 懸崖,深淵;〔轉〕毀滅,滅亡

precipitado, da *adj.* 匆忙的;倉促的,草率的,魯莽的;突然下降的 ‖ *s.m.* 〔化〕沉澱物

precípuo, pua *adj.* 主要的,重要的,突出的

precisão *s.f.* 明確;精確,準確;簡練,精細;需要

preciso, sa *adj.* 明確的;精確的,準確的;必須的,必不可免的;恰好的;簡練的

precitado, da *adj.* 上述的,前面講過的

preclaro, ra *adj.* 著名的;出色的;優秀的,卓越的

preço *s.m.* 價格,價錢,價值;代價;報酬

precoce *adj. 2 gén.* 早熟的;提早的;超前的

preconceber *v.t.* 預先構思,預先籌劃,預先估量

preconceito *s.m.* 偏見,成見

preconizar *v.t.* 頌揚;主張;推薦

precursor, ra *adj.* 預示的;先遣的 ‖ *s.m.* 前驅,先導

predecessor *s.m.* 前輩,先輩;前任,前人

predestinação *s.f.* 預定;宿命;命中註定

predial *adj. 2 gén.* 不動產的,田地的,產業的

prédica *s.f.* 說教;講道

predicado *s.m.* 屬性;品質;天賦;〔語〕謂語

predilecção *s.f.* 偏愛,偏好;嗜好,愛好

prédio *s.m.* 房產,田產;不動產;樓房;產業 △ ① ~ rústico 田產,地產 ② ~ urbano 房產

predominante *adj. 2 gén.* 佔優勢的;居主導地位的,居支配地位的,居統治地位的

preencher *v.t.* 充滿;填寫;履行,盡(義務等)

prefário *s.m.* 序言,引言;開場白;(彌撒的)序禱

prefeito *s.m.* (古羅馬的)行政長官;省長;(宗教團體的)教長;監察官

preferência *s.f.* 偏愛;看重,優先

preferir *v.t.* 偏愛;寧願;看重

prefixo, xa *adj.* 預定的 ‖ *s.m.* 前綴

prega *s.f.* 褶;皺褶;皺紋

pregação *s.f.* 釘釘;刺入,說教,講道

pregão *s.m.* 口頭宣告,宣佈;拍賣

prego *s.m.* 釘;當鋪

pregoar *v.t.* 宣佈;宣揚

preguiça *s.f.* 懶惰,怠工;〔轉〕緩慢

preguiçoso, sa *adj.* 懶惰的;遲緩的

pergunta *s.f.* 問題;提問,詢問

pré-história *s.f.* 史前時期,史前史

preia-mar *s.f.* 漲潮

preito *s.m.* 敬意,尊敬;臣服 △ render ～ 表敬意

prejudicial *adj. 2 gén.* 損害的;有害的;致損傷的;使受害的

prejuízo *s.m.* 損害,傷害,損失;成見,偏見

prelado *s.m.* 高級職人員,教長;(葡科英布拉大學的)校長

prelecção *s.f.* 講解;講述,演講

preliminar *adj. 2 gén.* 開始的,初步的;預備的 ‖ *s.m.* 草案,前言

prélio *s.m.* 戰鬥;戰爭

prelo *s.m.* 印刷機

prelúdio *s.m.* 預兆;前奏,開端

prematuro, ra *adj.* 早熟的;提早的,過早的

premeditação *s.f.* 預先考慮;預先謀劃

premente *adj. 2 gén.* 施壓的,緊迫的;急迫的

premiar *v.t.* 獎賞,獎勵;頒獎

prémio *s.m.* 獎賞;獎勵;獎品,獎金;報酬,補償

premir *v.t.* 壓抑,按下,榨取

premissa *s.f.* 前提;假設

prenda *s.f.* 禮物,贈品;〔轉〕美德;才華;才能

prender *v.t.* 抓,拿;逮捕;抓住;絆住;阻止 ‖ *v.r.* 固定,束縛

prenhe *adj. 2 gén.* 懷孕的;〔轉〕充滿的

prenome *s.m.* 名字;教名(以別於姓)

prensa *s.f.* 壓縮機;壓榨機

prenúncio *s.m.* 預言,預報,預告

pré-nupcial *adj. 2 gén.* 婚前的

preocupação *s.f.* 耽心;憂慮;關心;不安;成見,偏見

pré-operatório,ria *adj.* 手術前的

preparação *s.f.* 準備;預備;配藥;華

而不實的產品

preparo *s.m.* 準備,預備

preponderância *s.f.* 佔優;〔轉〕優勢

prepor *v.t.* 置於前面,使先在前面

preposição *s.f.* 〔語〕前置詞,介詞

prepotência *s.f.* 絕對優勢;非常強大

prepúcio *s.m.* 〔解〕包皮

prerrogativa *s.f.* 特權,優越;獨特的優點

presa *s.f.* 抓,拿;捉,逮;獲得,取得;劫掠物;(動物的)利齒;女囚室

presbitério *s.m.* 牧師,神父,長老

presciência *s.f.* 先知,預見

prescindível *adj. 2 gén.* 可放棄的,可不理會的

prescrição *s.f.* 命令,規定,指示;處方

presença *s.f.* 出席;親臨,在場;存在;出現;面前;眼前;風度,外表 △ ① à ～ de 在……前,面對

presente *adj. 2 gén.* 在場的;在座的;現在的,目前的 ‖ *s.m.* 禮物;在場;現在,目前;〔語〕現在時態 ‖ *interj.* 有,到

presépio *s.m.* 馬槽;耶穌誕生的馬槽

preservar *v.t.* 保護,維護;保存;預防,防禦

presidente *s.m.* 主席;總統;最高負責人;會長;總裁

presidiário *s.m.* 囚徒;犯人;苦役犯

preso, sa *adj.* 被囚禁的,被抓的 ‖ *s.m.* 囚徒,犯人

press *s.m.* 新聞社

pressa *s.f.* 快,迅速;緊急;速度

presságio *s.m.* 預兆,徵兆,預感

pressão *s.f.* 壓力,壓迫;強制;氣壓;

電壓 △ ~ arterial 血壓

pressentimento *s.m.* 預感;不祥的預感

pressuposição *s.f.* 設想,假設;猜測

pressuroso, sa *adj.* 急忙的,匆忙的,迅速的

prestação *s.f.* 借貸,貸款;分期付款

prestar *v.t.* 供給,給與,借貸 ‖ *v.r.* 有用,有效;幫助,服務 △ ~ atenção 關心,注意

prestamista *s.2 gén.* 債主,放債人

prestável *adj. 2 gén.* 有用的,適用的;助人的

presteza *s.f.* 敏捷,迅速,輕快,靈敏

prestidigitação *s.m.* 魔術;變戲法;巫術

prestígio *s.m.* 戲法,魔術;欺騙;威信,名望

préstimo *s.m.* 有用,適用;有益;服務;幫助或救濟的行爲

préstito *s.m.* 遊行,行列,巡遊

presumido, da *adj.* 自負的,自大的,傲慢的

presunção *s.f.* 推測,猜測;自負,傲慢

presunto *s.m.* 火腿;燻腿

pretendente *s.m.* 追求者;請求者;候選人;王位繼承人

pretensão *s.f.* 要求;矯飾,做作;意圖,企圖

pretérito, ta *adj.* 過去的,已經發生的 ‖ *s.m.* 〔語〕動詞過去時

pretexto *s.m.* 託詞,借口

preto, ta *adj.* 黑色的;暗的 ‖ *s.m.* 黑人,黑種人 △ pôr o ~ no branco 立證件

pretório *s.m.* 古羅馬法庭;法庭

prevalecente *adj. 2 gén.* 流行的;佔優勢的;出衆的

prevaricação *s.f.* 違背義務;失職;故意犯法

prevenção *s.f.* 預防,防止;阻止;避免;預見;警告

previdência *s.f.* 先見之明;遠見;預見性;預知能力

prévio, via *adj.* 預先的,事前的,前述的

previsão *s.f.* 預見,預知,先見之明

previsto, ta *adj.* 先見的,預知的

prezado, da *adj.* 尊敬的,尊重的

prima *s.f.* 表姊妹,堂姊妹

primacial *adj. 2 gén.* 優越的;優秀的;首要的

primadona *s.f.* (歌劇)女主角;首席歌星

primário, ria *adj.* 首位的,主要的,初級的;小學的

primavera *s.f.* 春季,春天

primazia *s.f.* 大主教的職位;優越,優先

primeiranista *s.2 gén.* 一年級學生

primeiro, ra *adj.* 第一的;首位的;最好的,頭等的;首要的;最早的 ‖ *s.m.* 第一個 ‖ *adv.* 首先

primípara *adj.* 初產的

primitivo, va *adj.* 原始的,原本的;〔轉〕未開化的

primo, ma *adj.* 第一個 ‖ *s.m.* 堂兄弟;表兄弟

primogénito, ta *adj.* 長的,頭生的 ‖ *s.m.* 長子

primordial *adj. 2 gén.* 原始的,最初的;根本的

primórdio *s.m.* 本源,原始,起源

princesa *s.f.* 公主;親王夫人;王妃

principal *adj. 2 gén.* 主要的,首要的;本質的,根本的,基本的 ‖ *s.m.* 最重要方面;本錢

príncipe　*s.m.* 親王,太子,王子;君主

principiante　*adj. 2 gén.* 初學的,剛開始的 ‖ *s.2 gén.* 新手,學徒

princípio　*s.m.* 起始,開頭;原則;根據;基礎

prior　*s.m.* 修道院長

prioridade　*s.f.* 在先,在前;佔先,優先

prisão　*s.f.* 監獄;監禁;逮捕

prisioneiro　*s.m.* 俘虜,囚犯 △ ～ de guerra 戰俘

prisma　*s.m.* 稜柱;稜鏡;〔轉〕角度,方面

privação　*s.f.* 剝奪;缺乏;貧困

privado, da　*adj.* 私人的,個人的;私下的;不公開的

privatizar　*v.t.* 使私有化,使成私人的

privilegiado, da　*adj.* 享有特權的;享受特殊優待的;得天獨厚的

privilégio　*s.m.* 特權,優惠;優先權,職權

proa　*s.f.* 船頭,船首;〔喻〕驕傲,傲慢

probabilidade　*s.f.* 可能性;或然性;〔數〕概率

probatório, ria　*adj.* 有關證據的,有證明的

probidade　*s.f.* 誠實,忠厚,正直

problema　*s.m.* 問題;難題

probo, ba　*adj.* 誠實的;忠厚的,正直的

probóscida; probóscide　*s.f.* 〔動〕(大象等的)長鼻;〔昆蟲的〕喙

procedência　*s.f.* 出處,來源;起點,出發點;家譜,家系,世系

procedimento　*s.m.* 來源,由來;行馬舉止;步驟,程序

procela　*s.f.* 風暴;〔轉〕暴動

prócer; prócere　*s.m.* 要人,顯貴,名人

processamento　*s.m.* 起訴,控告

processo　*s.m.* 進行,進展;過程,程序;方法;訴訟;案件

processual　*adj. 2 gén.* 訴訟的

procissão　*s.f.* (宗教)遊行;列隊行進

proclamação　*s.f.* 莊嚴宣佈,公佈;頒佈

procônsul　*s.m.* (古羅馬的)地方總督

procrastinação　*s.f.* 耽擱,拖延,延期

procriação　*s.f.* 生育,繁殖

procura　*s.f.* 尋找,尋求,搜索;探索;需求 △ ～ e oferta 求與供

procuração　*s.f.* 代理權;委託書,委任

procurador　*s.m.* 代理人;仲裁人;檢察官

prodígio　*s.m.* 怪事;奇蹟,奇觀

pródigo, ga　*adj.* 揮霍無度的;浪費的;慷慨的,大方的 ‖ *s.* 浪費者;浪子

produção　*s.f.* 生產,製造;產品;產量

produto　*s.m.* 產品,作品;產量,收益,收入,利益;利潤;〔數〕乘積;〔化〕生成物

proeminência　*s.f.* 著名,傑出,突出;突出物

proeza　*s.f.* 英勇行為,英雄事蹟

profanação　*s.f.* 褻瀆,不敬;詆毀

profecia　*s.f.* 預言,預見,預測

proferir　*v.t.* 說出,發出;表示;宣讀

professar　*v.t.* 聲稱;教,教授;信仰,信奉

professor　*s.m.* 教師,教授

profeta *s.m.* 預言家,先知;神的代言者

proficiência *s.f.* 精通;諳練,熟練

profícuo, cua *adj.* 有益的,有用的,有利的

profilaxia *s.f.* 〔醫〕預防;預防措施

profissão *s.f.* 職業;行業;謀生之道

profundo, da *adj.* 深的,深入的,深刻的;非表面的;難懂的 ‖ *s.m.* 深度;地獄

profusão *s.f.* 大量,過量;充沛,豐富

progénito, ta *adj.* 傳下的;產生的

progenitor *s.m.* 先輩,父輩,長輩;祖先

prognóstico *s.m.* 預測,預知;病情預測

programa *s.m.* 節目單;程序表;教學安排;節目;計劃,方案;綱領,提綱

progresso *s.m.* 前進,進步;進化,發展,上進

proibição *s.f.* 禁止,禁令

projecção *s.f.* 投擲,射出,發射;投影

projéctil *adj. 2 gén.* 可投擲的 ‖ *s.m.* 投擲物

projecto *s.m.* 計劃;設計,設計圖

projector *s.m.* 放映機

prol *s.m.* 利益 △ em ~ de 爲……

prole *s.f.* 後代,後裔;子女;〔轉〕繼承

proletariado *s.m.* 無產階級

proliferação *s.f.* 繁殖;生殖;繁衍

prolífero *adj.* 有生殖力的;生殖力強的

prolixo, xa *adj.* 冗長的,繁瑣的,囉嗦的

prólogo *s.m.* 序言,緒論;序幕,前奏

prolongamento *s.m.* 延長,加長;連續

prolóquio *s.m.* 格言,警句,箴言

promessa; promissão *s.f.* 諾言,許諾;答應

prometido, da *adj.* 承諾的,允諾的,訂下的 ‖ *s.m.* 允諾的東西;未婚夫

promíscuo, cua *adj.* 混雜的,混亂的;無區別的

promissória *s.f.* 期票,本票

promoção *s.f.* 推動,促進,增進;倡倡,倡導;提拔,提陞;振興,改善;提高

promulgação *s.f.* 宣佈,公佈;頒佈

pronome *s.m.* 〔語〕代詞 △ ① ~ demonstrativo 指示代詞 ② ~ indefinido 不定代詞 ③ ~ interrogativo 疑問代詞 ④ ~ pessoal 人稱代詞 ⑤ ~ possessivo 物主代詞 ⑥ ~ reflexo 反身代詞 ⑦ ~ relativo 關係代詞

prontidão *s.f.* 迅速;敏捷;〔轉〕樂意

pronto, ta *adj.* 快的,迅速的,敏捷的;準備好的;完成的 ‖ *adv.* 迅速地 ‖ *interj.* 完了

prontuário *s.m.* 手冊;筆記本;摘要,材料;匯編;卷宗

pronúncia *s.f.* 發音,讀音;宣判,判決

pronunciação *s.f.* 發音,讀音

propagação *s.f.* 繁殖;散佈,傳播,推廣;推銷廣告;傳教會

propaganda *s.f.* 宣傳,宣揚

propalar *v.t.* 胡說,散佈,宣揚;公佈

propensão *s.f.* 傾向,趨向,趨勢

propício, cia *adj.* 給予保護的;寬厚的,仁慈的;適當的,有利的

propina *s.f.* 學費;會費;小費;禮物

proponente *adj. 2 gén.* 提議的 ‖ *s.2 gén.* 提議者

proporção *s.f.* 比例;勻稱,均衡;*pl.* 大小,體積,規模 △ ① à ~ de 根

據,依照; ② ~ directa 正比例③~inversa反比例

proporcional *adj. 2 gén.* 按比例的;成比例的;〔轉〕有規律的;平衡的

proporcionar *v.t.* 使成比例的;使勻稱;調整;提供,供給

proposição *s.f.* 建議,提議;提出;〔數〕定理;〔修〕主題

propósito *s.m.* 意圖,打算,主意;目的,目標;△ ① de ~ 故意的 ② a ~ de …關於;圍繞着

proposta *s.f.* 提議,建議;爭議;達成協議的條件

propriedade *s.f.* 特性,特徵;本質,本性;所有權,所有物;財富,財產,產業

proprietário, ria *adj.* 所有的,所有權的 ‖ *s.m.* 所有主;物主

próprio, a *adj.* 自己的,私有的,特有的;適當的,恰當的 ‖ *s.m.* 特性;信使

propugnar *v.t.* 保衛;支持

propulsão *s.f.* 推動,推進,促進

prorrogação *s.f.* 延長,延期,推遲

prorrogável *adj. 2 gén.* 可延長的,可延期的

prosa *s.f.* 散文

prosápia *s.f.* 家世,宗族,〔轉〕傲慢,誇張

proscénio *s.m.* 舞台前部

proscrição *s.f.* 流放;禁止;排斥

prosélito *s.m.* (宗教的)新皈依者;新教徒(黨派等的)新支持者;(理論的)新信徒

prospecto *s.m.* 風景;面貌;圖;計劃;說明書

prosperidade *s.f.* 幸福,安樂;繁榮,昌盛;順利,成功

próspero, ra *adj.* 順利的;幸運的

prossecução *s.f.* ; **prosseguimento** *s.m.* 繼續,不斷,連續

prosseguir *v.t. e i.* 繼續;延長;前進;追求

próstata *s.f.* 〔解〕前列腺

prostíbulo *s.m.* 妓院

prostituição *s.f.* 賣淫;皮肉生涯;糟蹋

prostituta *s.f.* 妓女

prostração *s.f.* 打倒;征服;〔轉〕衰弱;疲憊

protagonista *s.2 gén.* 主角,主人公,主要演員

protecção *s.f.* 保護;保護物;救援,救助;保護人

protector *s.m.* 保護者;擁護者;保護器

proteger *v.t.* 保護;保衛;支持

proteína *s.f.* 〔化〕蛋白質

protelar *v.t.* 延期,延緩,推遲

protérvia *s.f.* 驕橫;傲慢;粗野

protestante *adj. 2 gén.* 抗議的;反對的;新教的,耶穌教的 ‖ *s.2 gén.* 抗議者;新教徒

protestar *v.t.* 宣佈;〔商〕拒付 ‖ *v.i.* 抗議;反對;聲明

protocolo *s.m.* 草案,約約;議定書;會談記錄;禮儀

protoplasma *s.m.* 〔生〕原生質;原漿

protótipo *s.m.* 原型,典型,典範

protuberância *s.f.* 隆起,凸起

protutor *s.m.* 監護人;保護人

prova *s.f.* 證明,證據,憑證;考驗,試驗,考試;試樣;(照片等的)樣張 △ ① ~ negativa 底片 ② ~ positiva 正片 ③ ~ escrita 筆試 ④ ~ oral 口試

provação *s.f.* 考驗;試驗;驗證;苦

難;試用期

proveito *s.m.* 利潤;利益;好處

proveniência *s.f.* 來源,出處

prover *v.t.* 準備;儲備;供應,供給;配備;安排;任命 ‖ *v.i.* 防備;預備;預防

provérbio *s.m.* 格言,諺語,俗語

proveta *s.f.* 試管

providência *s.f.* 天意,天命;上帝;保護人;靠山;措施,方法

província *s.f.* 省;部門,地方(首都之外)

provisão *s.f.* 預備;儲備;供給;命令;糧食,食物

provisório, ria *adj.* 臨時的,暫時的

provocação *s.f.* 挑釁;刺激,挑撥;招惹

proxeneta *s.2 gén.* 淫媒;拉皮條的人

próximo, ma *adj.* 臨近的,靠近的;接近的;後繼的,即將到來的

prudente *adj. 2 gén.* 謹慎的,慎重的;有節制的;明智的

pruído; prurido *s.m.* 〔醫〕瘙癢;〔轉〕渴望;心急

pseudo *pref.* 假的;偽的;冒充的

pseudónimo, ma *adj.* 用假名的;用筆名的 ‖ *s.m.* 假名;筆名

psicologia *s.f.* 心理學;心理,心理狀態

psicopata *s.2 gén.* 精神病患者,精神變態者

psicoterapia *s.f.* 〔醫〕精神療法;心理療法

psiquiatra *s.2 gén.* 〔醫〕精神科醫生

psiu *interj.* 噓(用以命令人止聲)

púbere *adj. 2 gén.* 成年的 ‖ *s.2 gén.* 成年人

púbis *s.m.* 〔解〕恥骨;陰部

publicação *s.f.* 宣佈;公佈;發表;出

版,出版物;刊物

pública-forma *s.f.* 抄本;複本

publicidade *s.f.* 公開性;宣揚,宣傳;廣告

público, ca *adj.* 公開的;公有的;公立的;公共的;公眾的 ‖ *s.m.* 公眾,眾人;聽眾;觀眾;讀者

púcaro *s.m.* 小盃,有柄盃

pudibundo, da *adj.* 有廉恥的;害羞的

pudicícia *s.f.* 羞怯;貞潔;貞潔性

púdico, ca *adj.* 羞怯的;有廉恥的;莊重的

pudim *s.m.* 布丁(西餐的一種點心)

pudor *s.m.* 羞怯,羞恥;端莊

puerícia *s.f.* 少年時期,童年

puericultura *s.f.* 幼兒保健法

pueril *adj. 2 gén.* 孩童的;〔轉〕天真的;幼稚的

puérpera *s.f.* 產婦

pugilato *s.m.* 拳擊,打拳

pugna *s.f.* 爭鬥,鬥爭

pujança *s.f.* 強勁;頑強;茁壯

pular *v.i.* 跳;跳躍,跳動

pulga *s.f.* 〔動〕跳蚤

pulha *s.f.* 笑話 ‖ *adj. 2 gén.* 下流的,卑鄙的

pulimento *s.m.* 磨光;擦亮

pulmão *s.m.* 〔解〕肺,肺部

pulmonia *s.f.* 〔醫〕肺炎

pulo *s.m.* 跳,跳躍;跳動 △ de um ~ 非常快的

púlpito *s.m.* 〔宗〕講道台;演講台

pulsação *s.f.* 彈;撥(樂器)等;脈搏

pulseira *s.f.* 手鐲,腳鐲,臂鐲

pulso *s.m.* 手腕;脈搏;〔轉〕力量

pulverização *s.f.* 使成粉末;粉碎

punção *s.f.* 穿刺;刺痛

punctura *s.f.* 刺,刺孔,穿刺

pundonor *s.m.* 自尊心,榮譽感,自愛

pungente *adj. 2 gén.* 刺的,扎的;〔轉〕尖刻的,辛辣的

punhada *s.f.* 拳打,拳擊

punhado *s.m.* 把,撮,串

punhal *s.m.* 匕首;短刀

punho *s.m.* 拳頭;袖口;柄;把;〔海〕帆角 △ pelo próprio ~ 親手

punição *s.f.* 懲罰;刑罰

punk *s.m.* 小流氓,小阿飛

pupila *s.f.* 受人監護的孤女;受監護人;〔解〕瞳孔

puré *s.m.* 菜泥;豆羹,水果醬

pureza *s.f.* 純淨;純粹;單純;潔淨;乾淨;貞潔

purga *s.f.* 瀉藥

purgativo, va *adj.* 清除的;清理的;下瀉的;通便的

purgatório *s.m.* 〔宗〕煉獄;滌罪所;

〔喻〕艱苦的地方

purificar *v.t.* 洗淨,使純潔

puritano, na *adj.* 清教徒的‖*s.m.* 清教徒

puro, ra *adj.* 純的;潔淨的;純粹的;純正的,純潔的;貞潔的

púrpura *s.f.* 紫紅色;紫紅布料;(帝王等的)紫紅衣服;〔醫〕紫癜

purulência *s.f.* 〔醫〕化膿

pus *s.m.* 〔醫〕膿

pusilânime *adj. 2 gén.* 怯懦的;懦弱的,膽小的

putativo, va *adj.* 想像的,假想的,非真正的

putrefacção *s.f.* 腐爛;腐爛狀態;腐爛物;腐朽;腐敗

puxada *s.f.* 拉,曳,拖;扯

puxadeira *s.f.* 靴柄(穿靴時用以拉曳之物)

puxar *v.t.* 拖,拉;曳;〔轉〕引起,招惹

Q

q *s.m.* 葡文第十六個字母

quadra *s.f.* 四方形房屋;四言詩;四點紙牌;〔轉〕季節,一季

quadrado, da *adj.* 方的,方形的;平方的;四角的‖*s.m.* 正四角形;正方形;〔數〕平方

quadragenário, ria *adj.* 四十歲的‖*s.m.* 四十歲的人

quadragésimo *num.* 第四十的‖*s.m.* 四十分之一

quadrante *s.m.* 四分圓;四分球;象限儀;日晷;(鐘錶等的)針面

quadricolor *adj. 2 gén.* 四種顏色的

quadrícula *s.f.* 小方形;小方陣

quadriculado, da *adj.* 方格的;棋盤格的

quadrienal *adj. 2 gén.* 四年的;每四年一次的

quadriénio *s.m.* 四年期

quadriforme *adj. 2 gén.* 有四種形式的

quadril *s.m.* 臀;髖部;股

quadrilátero, ra *adj.* 四邊的;四邊形的‖*s.m.* 四邊形

quadrilha *s.f.* 暴徒;流氓團夥;四組跳舞

quadrimestre *s.m.* 四月期

quadringentésimo *num.* 第四百的；四百分之一的

quadrissílabo, ba *adj.* 四音節的 ‖ *s.m.* 四音節詞

quadro *s.m.* 四面空間；圖畫；風景；黑板；表格

quadrúmano, na *adj.* 〔動〕有四手的；四手類的 ‖ *s.m.* 四手獸

quadrúpede *adj. 2 gén.* 有四足的

quádruplo *num.* 四倍，四次

qual *adj.* 哪個；誰；甚麼 ‖ *pron.* 那個 ‖ *interj.* 胡說，廢話 ‖ *conj.* 等於；即

qualidade *s.f.* 質，質量；性質，特質，品質；身份，地位

qualificação *s.f.* 授權，批准；資格，條件；限制；身份證明書；軛照；評定；形容

qualificativo, va *adj.* 限制的；限定的；形容的 ‖ *s.m.* 限制語；形容詞語

qualquer *pron. e adj. indef.* 任何；無論

quando *adv. e conj.* 何時，幾時；當……的時候 △ de vez em ～ 有時

quantia *s.f.* 定額，金額；數量，定量，量

quantidade *s.f.* 量，分量，數量；額；大量；定量，定額；〔數〕量；〔韵〕音節的長短

quanto *pron. adj. e adv.* 多少，幾多，若干；依照

quarenta *num.* 四十 ‖ *s.m.* 第四十

quaresma *s.f.* 四旬齋，大齋節

quarta *s.f.* 四分之一；〔音〕四分音符 △ quarta-feira 星期三

quartanista *s.2 gén.* 四年級學生

quarteado, da *adj.* 分爲四分的

quarteirão *s.m.* 一百的四分之一；二十五個

quartel *s.m.* 二十五年時間；兵營；住宅；遮蔽所

quarteto *s.m.* 四人合奏；四部合奏

quarto *num.* 第四的 ‖ *s.m.* 四分之一；一刻鐘；室，房間；崗位

quartzo *s.m.* 〔礦〕石英

quase *adv.* 幾乎，大約，差不多

quatro *num.* 四

quatrocentos *num.* 四百 ‖ *s.m.* 第四百；十五世紀

que *pron.rel.* 所 ‖ *pron.interr.* 甚麼 ‖ *adv.* 多麼；何等 ‖ *conj.* 因；爲了

quê *s.m.* 一些，少許；艱難，困難 ‖ *pron. interr.* 甚麼，怎麼

quebra *s.f.* 破裂，破碎；打斷；破壞，破產，倒閉

quebradiço, ça *adj.* 易碎的，脆的，脆弱的

quebra-luz *s.m.* 燈罩；檯燈

quebra-mar *s.m.* 防波堤

quebrar *v.t.* 打碎，打破；使破裂；打斷；破壞；戰勝，克服

queda *s.f.* 墜下，落下；倒台；瀑布；〔巴〕傾斜；〔轉〕毀壞；陷落；倒閉

queijo *s.m.* 乾酪，乳酪

queimadura *s.f.* 燒痕；燒傷；燙傷

queimar *v.t.* 焚燒，燒毀，燒焦，燒傷，燙傷；曬傷

queixa *s.f.* 抱怨，不滿，怨言，牢騷；叫苦，告狀

queixo *s.m.* 顎骨；頰；下頜

queixoso, sa *adj.* 有怨言的；發牢騷的；原告的 ‖ *s.m.* 原告

queixume *s.m.* 哀怨；訴苦，牢騷；呻吟；唱不平

quem *pron.rel ou interr.* 誰，何人；哪個人

quente *adj. 2 gén.* 熱的,炎熱的;高溫的;〔轉〕激烈的,劇烈的

quépi *s.m.* (軍用的)一種平頂帽

quer *conj.* 或;無論△ ~ … ~ 要麼……要麼;或者……或者

querela *s.f.* 控訴,控告;口角,爭吵;訴苦

querer *v.t.* 想要;希望得到;打算,企圖;希望,願意;要求;愛,喜歡 ‖ *s.m.* 願望

querido, da *adj.* 親愛的 ‖ *s.m.* 情人;親愛的

quermesse *s.f.* 露天定期集市;慈善義賣遊藝會

querosene *s.m.* 煤油;燈油

querubim *s.m.* 天使,小天使

quesito *s.m.* 疑問,詢問

questão *s.f.* 問題,疑問,質問,詢問;事務;商業;口角,辯論

questionar *v.t. e i.* 提問;口角;討論,爭論

questionário *s.m.* 一系列問題;調查表;疑問

questiúncula *s.f.* 小問題;無關緊要的爭論

quiabo *s.m.* 茄子;豆莢

quiçá *adv.* 也許,或許

quietar *v.t.* 使安靜,使安靜

quieto, ta *adj.* 靜止的,不動的;安靜的,寧靜的,平靜的

quilate *s.m.* 〔黃金、珠寶計量單位〕開;克拉

quilha *s.f.* (船或禽類的)龍骨;船體

quilo- *pref.* 含"千"之意

quilo *s.m.* 公斤

quilograma *s.m.* 公斤

quilolitro *s.m.* 千公升

quilómetro *s.m.* 公里

quilovátio *s.m.* 〔電〕仟瓦

quimera *s.f.* 噴火怪;妖怪;〔轉〕幻覺,妄想,美夢

química *s.f.* 化學△ ~ aplicada 應用化學

químico, ca *adj.* 化學的 ‖ *s.m.* 化學家

quimono *s.m.* (日本的)和服

quina *s.f.* 角,邊;葡萄牙國旗上的盾;(擲骰子中的)雙五點;〔植〕奎寧,金雞納

quingentésimo *num.* 第五百

quinhão *s.m.* 部分

quinhentista *adj. 2 gén.* 十六世紀意大利藝術的 ‖ *s.2 gén.* 十六世紀文學家和藝術家

quinhentos *num.* 五百;十六世紀

quinina *s.f.* 〔醫〕金雞納霜;奎寧

quinquagenário, ria *adj.* 五十歲 ‖ *s.m.* 五十歲的人

quinquagésimo *num.* 第五十

quinquenal *adj. 2 gén.* 五年的;每五年的

quinquénio *s.m.* 五年期

quinquilharia *s.f.* 小玩物店;好看而不值錢的玩具

quinta *s.f.* 莊園,田莊;鄉間別墅;〔牌〕五張同花順牌

quinta-feira *s.f.* 星期四

quintal *s.m.* 小園地,小空地;百公斤

quintanista *s.2 gén.* 五年級學生

quinteto *s.m.* 五行詩,五重奏,五重唱;五人合唱隊,五部曲

quinto *num.* 第五

quíntuplo, pla *adj.* 五倍的 ‖ *s.m.* 五倍

quinze *num.* 十五

quinzenal *adj. 2 gén.* 每十五日的,半月的 ‖ *s.m.* 半月刊

quiosque *s.m.* 亭子;涼亭,報亭,貨

亭

quiromancia *s.f.* 手相術,手卜

quitação *s.f.* 償還,清還;收據

quorum *s.m.* (會議的)法定人數;定數,定員

quota *s.f.* 部分

quotidiano, na *adj.* 每天的;日常的;平常的

quotização *s.f.* 定價;估價;行情

R

r *s.m.* 葡文第十七個字母

rã *s.f.* 〔動〕青蛙

rabaça *s.f.* 〔植〕歐洲防風草;歐洲防風根

rabanete *s.m.* 〔植〕青蘿蔔;(常作生菜食用的)小蘿蔔

rabeca *s.f.* 四弦琴,小提琴 △ tocar a ～ 說某人壞話

rabecada *s.f.* 四弦琴的一彈,一拉;〔轉〕斥責,責備

rabeção *s.m.* 大低音提琴

rabequista *s.2 gén.* 彈四弦琴的人

rabicho *s.m.* 辮子

rabino *s.m.* 猶太教法師,猶太教教士

rabiosque *s.m.* 〔俗〕屁股,臀部

rabiscar *v.t. e i.* 潦草書寫;亂塗

rabisco *s.m.* 書寫潦草;亂寫;拙書 *pl.* 拙作

rabo *s.m.* 尾巴,尾部;後部;(器具之)柄,把手;〔俗〕屁股,臀部

rabugento, ta *adj.* 疥癬的,畜癩的;〔轉〕挑三揀四的,吹毛求疵的

rabugice *s.f.* 吹毛求疵,挑三揀四;暴躁

rabujar *v.i.* 吹毛求疵,挑三揀四;暴躁

raça *s.f.* 人種;種族,民族,家族;屬,種,類

ração *s.f.* (食物的)份額,定量;每日口糧

racha *s.f.* 裂口,裂縫,裂痕,切口

rachador *s.m.* 伐木者;樵夫

rachadura *s.f.* 切開,裂口,裂縫,裂痕

rachar *v.t.* 剖,劈,切;爆裂,破裂

racial *adj. 2 gén.* 人種的,種族的;家族的

raciocinação *s.f.* 推理,推論,推斷

raciocinador *s.m.* 推理者,推論者,推斷者

raciocinar *v.t.* 推理,推論,推斷,判斷

raciocínio *s.m.* 推理,推論,推斷,判斷

racional *adj. 2 gén.* 有理性的;有理智的,明智的,合理的;〔數〕有理的 ‖ *s.m.* 人類的理性;合理的事物

racionar *v.t.* 按份分發;提供口糧;配給,定量供應

racismo *s.m.* 種族主義

racista *adj. 2 gén.* 種族主義的 ‖ *s.2 gén.* 種族主義者

radar *s.m.* 雷達

radiação *s.f.* 放射,照射,發射;發光,放熱;輻射

radiatividade *s.f.* 放射性,放射現象,輻能能

radiactivo, va *adj.* 有放射性的

radiador *s.m.* 放熱器;冷卻器;散熱器;輻射體

radial *adj. 2 gén.* 輻射狀的,放射性的

radiano *s.m.* 弧度

radiante *adj. 2 gén.* 輻射的;光亮的;發光的;明亮的;〔轉〕滿面春風的;容光煥發的

radiar *v.i.* 發射,發射(光,熱) ‖ *v.t.* 射出;放射;播放,播送

radicação *s.f.* 生根,紮根;確立,固定

radical *adj. 2 gén.* 根的;根本的,徹底的;激進主義的 ‖ *s.m.* 激進主義者;〔語〕詞根;〔數〕根號,根號 △ ① cura ~ 根治 ② mudança ~ 根本變革 ③ partido ~ 激進黨

radicar *v.t.* 生根,紮根;位於,座落;在於

radiciação *s.f.* 解根數

radícula *s.f.* 〔植〕胚根,幼根,小根,根芽

rádio *s.m.* 〔解〕撓骨;〔轉〕撓度;無線電;無線電訊;收音機;〔化〕鐳

radioactividade *s.f.* 〔理〕放射能;輻射能

radioactivo, va *adj.* 放射性的,有輻射的

radiodifundir *v.t.* 通過無線電廣播;播音

radiodifusão *s.f.* 無線電廣播;播音

radiofone *s.f.* 無線電電話

radiofotografia *s.f.* 無線電傳真術

radiografia *s.f.* X光照像術,射線照像術

radiograma *s.m.* 無線電報

radiologia *s.f.* 放射學;輻射學

radiologista *s.2 gén.* 放射學者

radioscopia *s.f.* 射線檢查法, X光

線透視

radiotelegrafista *s.2 gén.* 無線電報務員

radioterapia *s.f.* 〔醫〕放射療法;放射治療

radiouvinte *s.2 gén.* 無線電收聽者;聽眾

rafeiro *s.m.* 牧羊狗

raia *s.f.* 線,紋;螺旋紋,來福線

raiar *v.i.* 發光,放射;昇起,初昇 ‖ *v.t.* 開始;表現

rainha *s.f.* 皇后,王后;女皇,女王;蜂王

raio *s.m.* 光,光線;熱線;射線;〔幾〕半徑 △ ① ~ de esperança 一線希望 ② ~ de visão 眼界 ③ ~s X X射線

raiva *s.f.* 暴亂,瘋狂;狂犬病

raivecer *v.i.* 發怒,狂暴;謾罵

raivoso, sa *adj.* 暴怒的,狂暴的;激烈的;有狂犬病的

raiz *s.f.* 〔植〕根,根莖;〔數〕根源;〔語〕詞根,根基;〔文〕字根;〔解〕髮根 △ ① ~ cúbica 立方根 ② ~ quadrada 平方根

rajá *s.m.* (印度的)君王;君主;首長

rajada *s.f.* 疾風,狂風,陣風;〔巴〕一種植物;〔轉〕機槍一陣掃射

ralador, ra *adj. 2 gén.* 苦惱的,悲傷的 ‖ *s.m.* 銼器,磨具

ralar *v.t.* 磨碎,擦碎;〔轉〕煩擾,折磨

ralé *s.f.* 平民,老百姓;烏合之眾

ralhador *s.m.* 斥責者,責罵者

ralhar *v.i.* 斥責,責罵

ralho *s.m.* 斥責,責罵

ralo, la *adj.* 稀疏的,稀薄的 ‖ *s.m.* 銼器,磨具;粗糙工人

rama *s.f.* (植物的)枝,分支;支系;支綫;支流,支脈;分科,部門

ramada　*s.f.* 樹枝，枝條

ramado, da　*adj.* 多枝的；枝繁的

ramagem　*s.f.* 枝杈，枝條；一簇樹葉

ramalhada　*s.f.* 樹枝，樹杈，樹條

ramalhete　*s.m.* 花球，花束；精選之物

ramaria　*s.f.* 樹枝，樹條，樹杈

rameira　*s.f.* 妓女，娼妓

ramela　*s.f.* 眼裏的髒物

rameloso, sa　*adj.* 眼裏有髒物的

ramificação　*s.f.* 分枝，分權，枝杈，分支；支派；枝節；分類

ramificar　*v.t.* 生枝，分枝，分派，分類

ramo　*s.m.* (植物的)枝，主枝；樹枝，分支，分派，支部；部門；學科，派系，人羣

rampa　*s.f.* 斜坡，斜面；架子；舞台

ranchada　*s.f.* 人羣

rancheiro　*s.m.* 廚師

rancho　*s.m.* 一羣人；軍隊；口糧

ranço, ça　*adj.* 陳的，時間久的，古老的，陳舊的‖*s.m.* 陳年，陳腐，過時；惡臭

rancor　*s.m.* 怨恨，仇恨

rancoroso, sa　*adj.* 怨恨的，仇恨的

rançoso, sa　*adj.* 陳的，時間久的，古老的，陳舊的，過時的

ranger　*v.i.* 軋軋，磨擦‖*v.t.* 磨牙，咬牙

rangido　*s.m.* 軋軋聲；磨牙聲

rangífer　*s.m.* 馴鹿

ranho　*s.m.* 〔俗〕鼻涕，鼻水

ranhura　*s.f.* 細槽，溝，凹線

ranúnculo　*s.m.* 〔植〕毛茛

rapace　*adj. 2 gén.* 掠奪的，強取的，偷盜的

rapado, da　*adj.* 削過的，刮過的

rapagão　*s.m.* 〔口〕壯小夥子

rapar　*v.t.* 刮(鬍鬚)；剃光(頭髮)；〔轉〕偷竊 △ ① ~ fome 忍受饑餓 ② ~ frio 受寒

rapariga　*s.f.* 女孩，女子

raparigada　*s.f.* 一羣女子

rapa-tachos　*s.2 gén.* 〔口〕貪食的人

rapaz　*s.m.* 少年男子；小夥子

rapaziada　*s.f.* 一羣少年男子

rapazinho　*s.m.* 小男孩，少年

rapazola　*s.m.* 青年男子

rapé　*s.m.* 鼻煙

rapidez　*s.f.* 快，迅速

rápido, da　*adj.* 快的，迅速的，敏捷的‖*adv.* 迅速地‖*s.m.* 快車；(河流的)急湍

rapina　*s.f.* 強奪，掠奪 △ aves de ~ 猛禽

rapinação　*s.f.* 強奪，掠奪

rapinador　*s.m.* 強奪者，掠奪者

rapinar　*v.t.* 強奪，掠奪

raposa　*s.f.* 〔動〕狐狸；〔轉〕狡猾的人

raposia　*s.f.* 狡猾，奸詐

rapsódia　*s.f.* 叙事詩片斷；選編，選集；〔樂〕狂想曲

raptador　*s.m.* 強奪者，劫掠者，拐騙者

raptar　*v.t.* 劫掠，強奪；拐騙(婦女，兒童)

rapto　*s.m.* 強奪，劫掠

raqueta　*s.f.* 球拍；(用球拍的)球類運動；雪地防滑鞋；喧嘩，嘈雜

raquidiano, na；raquídio, dia　*adj.* 脊柱的，脊髓的

raquítico, ca　*adj.* 患佝僂病的，病弱的；發育不良的‖*s.m.* 佝僂病患者；〔轉〕非常瘦弱和矮小的人

rarear　*v.t.* 使稀少，使稀疏

rarefacção *s.f.* 稀疏

raridade *s.f.* 稀少,稀疏;少有,罕見;奇物,珍品

raro, ra *adj.* 稀少的,稀疏的;少有的,罕見的;奇特的,古怪的

rasante *adj. 2 gén.* (與某平面)相擦的;緊貼的;平射的,直射的

rasar *v.t.* 刮平

rascadura *s.f.* 抓痕,搔痕

rascar *v.t.* 刮平;擦着,貼着

rascunhar *v.t.* 起稿,起草,制定大綱

rascunho *s.m.* 稿,草案

rasgadela *s.f.* 裂口,破綻,撕裂

rasgado, da *adj.* 大的,破的,分裂的

rasgão *s.m.* 撕裂,破裂,罅隙

rasgar *v.t.* 撕,扯,撕破,破裂,裂開;耕,鋤;〔轉〕廢除,取消 △ ① ~ o contrato 廢除合約 ② ~ as ondas 破浪

rasgo *s.m.* 撕裂,破裂,罅隙;筆劃

raso, sa *adj.* 平的,光的;平坦的,光秃的 ‖ *s.m.* 平地,平原 △ soldado ~ 列兵

rastear *v.i.* 爬行,蛇行;輕步而行

rasto *s.m.* 足跡,蹤跡,痕跡,印記;〔轉〕信號,記號

rasura *s.f.* 擦去,抹去,刪除;碎片

rasurar *v.t.* 擦,抹;刪除,刪去

ratão *s.m.* 大老鼠

rataplão *s.m.* 咚咚嘭嘭(鼓聲),如同鼓聲的聲音

ratazana *s.f.* 大老鼠;〔轉〕詼諧的人

ratear *v.t.* 按比例分配,攤派

rateio *s.m.* 按比例分配,攤派

raticida *s.f.* 殺鼠藥

ratificação *s.f.* 批准,認可,追認

raspa *s.f.* 削,切,刮;碎片,小片

raspadeira *s.f.* 刮刀,削刀,切具

raspadura *s.f.* 削,切,刮;碎片

raspão *s.m.* 輕傷;抓傷

raspar *v.t.* 刮,擦,削,剃,擦掉;磨平;清潔 ‖ *v.r.* 走開,避開

rastejador *s.m.* 追蹤者;研究者;調查者

rastejante *adj. 2 gén.* 匍匐的,爬行的

rastejar *v.i.* 爬行,匍匐 ‖ *v.t.* 追蹤;研究;調查

rastilho *s.m.* 導火綫;雷管;導管;〔轉〕起因,原因

ratificar *v.t.* 批准,認可;追認;承認,承認有效

ratificável *adj. 2 gén.* 可批准的,可認可的,可追認的;可承認有效的

rato *s.m.* 〔動〕鼠,老鼠

ratoeira *s.f.* 捕鼠器

ravina *s.f.* 溝壑,深谷,山澗,峽谷

razão *s.f.* 理智,理性;原因,理由;道理,情理;真理,正義;公正;〔數〕比率 △ ① ~ de Estado 國是,公益 ② ~ directa ③ ~ inversa 反比 ④ ter ~ 有道理,合理

razia *s.f.* 侵襲;掠奪;進攻

razoável *adj. 2 gén.* 合理的,合情合理的;明智的;公道的,適度的;相當的

re- *pref.* 含"再,又;重新,重覆,反覆;逆;反轉"之意

ré *s.f.* 〔樂〕D 調;〔法〕女被告;女犯人

reabertura *s.f.* 重新開放

reabilitação *s.f.* 恢復,復職,復原

reabilitar *v.t.* 恢復,復職,復原

reabsorção *s.f.* 重新吸收

reabsorver *v.t.* 再吸收,再吞

reacção *s.f.* 反應;反力,反應力;反作用;〔化〕反應;〔政〕反對黨;〔轉〕反動

reaccionário, ria *adj.* 反動的,保守的 ‖ *s.m.* 反動者,反動分子

readmissão *s.f.* 重新接納,重新接受,重新批准

readquirir *v.t.* 重新獲得,重新取得

reafirmar *v.t.* 重新加固;重新肯定;重申

reagente *adj. 2 gén.* 反對的,反動的 ‖ *s.m.* 〔化〕試劑,試藥

reagir *v.i.* 起反應,起作用,有影響;反抗,抵抗,還擊

reajustar *v.t.* 調整,重新調節

real *adj. 2 gén.* 真的,真正的;真實的,實際的;國王的,王室的;盛大的 ‖ *s.m.* 現實,現物;葡萄牙的古銀幣 △ ① casa ～ 王室 ② palácio ～ 王宮

realçar *v.t.* 使突出,使明顯;使光彩;稱頌,讚揚;高舉

realce *s.m.* 突出,明顯,光彩,鮮明;重要;誇大;突出部分

realejo *s.m.* 手搖風琴;筒式風琴

realengo, ga *adj.* 王室的,王國的;國家的;無主的

realeza *s.f.* 王位,王權;王族,王室

realidade *s.f.* 真實,實際,現實;實在,實物,事實 △ na ～ 真正地;實際上

realismo *s.m.* 現實主義,寫實主義;保皇主義,保皇黨;〔哲〕實在論

realista *adj. 2 gén.* 現實主義的;保皇主義的 ‖ *s. 2 gén.* 現實主義者;保皇黨人;〔哲〕實在論者

realização *s.f.* 實行,實現;成就,業績

realizado, da *adj.* 實現的,完成的

realizar *v.t.* 實行;實現,使成為現實;變賣

realizável *adj. 2 gén.* 可實現的;可實現的

reanimação *s.f.* 恢復活力;復蘇;激勵,鼓舞

reanimar *v.t.* 使恢復活力;使復蘇;鼓舞,激勵

reaparecer *v.i.* 重新出現;再現

reaquisição *s.f.* 再獲取;再交易

reassumir *v.t.* 重新擔任,重新承擔;復職

reatar *v.t.* 重新捆紮;重建;重新開始;〔轉〕重建關係

reaver *v.t.* 領回,取回;獲得

reavivar *v.t.* 使復活,使復興,使振作,使再記憶

rebaixado, da *adj.* 降低的,減低的;〔轉〕失面子的,丟臉的

rebaixar *v.t.* 降低,減低;減價;〔轉〕侮辱,使失面子

rebanho *s.m.* (動物、牲畜的)羣;〔轉〕教堂會衆,教區的全體教徒

rebaptizar *v.t.* 重新洗禮

rebate *s.m.* 打,打擊,警告;〔轉〕獎勵,刺激;懷疑 △ ① dar ～ 報警 ② ～ falso 虛傳警報

rebater *v.t.* 再擊,再打,再敲;〔轉〕反對,抵抗,還擊;消滅;駁斥,反駁 △ ① ～ argumentos 反駁理由 ② ～ as calúnias 揭露誹謗 ③ ～ a febre 退燒,退熱

rebelde *adj. 2 gén.* 反叛的,造反的;反抗的,抵抗的;不馴的,難管束的;難辦的,難治的 ‖ *s. 2 gén.* 反叛者,造反者,叛逆者

rebeldia *s.f.* 反叛,造反;〔轉〕反抗,抵抗

rebelião *s.m.* 反叛,造反;反抗,抵抗;嘩變;暴動,起義;〔轉〕內戰

rebentar *v.i.* 爆裂,開裂,破裂;爆炸;突發,猝發 ‖ *v.t.* 使破裂;扯斷

rebento *s.m.* 發芽,萌芽;〔轉〕結果,

後果

rebite *s.m.* 兩頭釘,帽釘

reboar *v.t.* 回聲,共鳴,回響,響應

rebocador *adj. 2 gén.* 拉的,拖的; 拖曳的 ‖ *s.m.* 拖船;抹灰泥的工人

rebocar *v.t.* 塗灰泥;拖船

reboco *s.m.* 壁土,灰泥

rebolar *v.i.* 轉,滾;旋轉

rebolir *v.i.* 轉,旋轉;急行,快行

rebombar *v.i.* 轟鳴;雷響

rebombo *s.m.* 轟鳴;雷響,雷聲

reboque *s.m.* 拖曳;拖錨

rebordo *s.m.* 端,邊,緣

rebrilhar *v.i.* 再發光,再閃耀,再照射

rebuçado, da *adj.* 掩蓋的;包裹的 ‖ *s.m.* 紙捲的糖果

rebulício, rebuliço *s.m.* 騷動;喧雜;混亂

rebulir *v.i.* 開始活動,開始移動; 〔轉〕修飾;修改

rebuscado, da *adj.* 再找的,再搜索的;〔轉〕精煉的,精製的,精美的

rebuscar *v.t.* 再找,重新搜索,仔細搜尋;〔轉〕使精美;令高尚

recadista *s.2 gén.* 傳信的人;差使;使者

recado *s.m.* 口信;傳言;文書,便條;問候

recaída *s.f.* 再次倒下;〔轉〕再次病倒;舊病復發;重犯過錯

recair *v.i.* 再倒;復原,復舊;〔轉〕再次病倒,舊病復發;重犯過錯

recalcitrante *adj. 2 gén.* 抗拒的,固執的,頑固的

recambiar *v.t.* 退回,逐回;更換

recanto *s.m.* 暗處,隱蔽處

recapitulação *s.f.* 概括,歸納,總結

recapitular *v.t.* 概括,歸納,總結

recarga *s.f.* 再裝,重新裝;反攻,再攻擊

recasar *v.i.* 再婚

recatado, da *adj.* 謙遜的;端莊的,有禮的

recatar *v.t.* 遮掩,隱藏;仔細搜索

recear *v.t.* 恐懼,畏懼;害怕

recebedor *s.m.* 領收者,受領者;收帳人,徵收者

recebedoria *s.f.* 收稅處,徵收處,繳納處

receber *v.t.* 收到;接納,領取;招待,接待;受苦,受難;獲得;會見 ‖ *v.i.* 接待 ‖ *v.r.* 結婚 △ ① ~ um amigo 款待朋友 ② ~ uma carta 收到一封信 ③ ~ uma herança 繼承一份遺產

recebimento *s.m.* 收領,領取,接受;款待,接待;結婚,婚姻生活

receio *s.m.* 畏懼,恐懼,害怕

receita *s.f.* 收據,收入;收入;藥方,處方,配方,方子 △ ① ~ bruta 總收入 ② ~ e despesa 收支 ③ ~ médica 藥方

receituário *s.m.* 藥方書

recém *adv.* 剛剛,最近,不久之前

recém-casado, da *adj.* 新婚的 ‖ *s.m.* 新婚者

recém-chegado, da *adj.* 新到的,剛到的 ‖ *s.m.* 新手

recém-nascido, da *adj.* 新生的 ‖ *s.m.* 新生兒

recenseador *s.m.* 戶籍員;統計員

recenseamento *s.m.* 人口調查,人口普查;統計數字

recensear *v.t.* 調查人口,統計人口

recente *adj. 2 gén.* 新近的,最近的,近來的

receoso, sa *adj.* 畏懼的,害怕的,膽小的

recepção *s.f.* 接待,接見;歡迎;招待會;接受,接納

receptáculo *s.m.* 容器,器皿;收容所;倉庫;〔植〕花托

receptador *s.m.* 〔法〕窩主

receptar *v.t.* 煽動,教唆

receptor, ra *adj.* 收收的,接受的‖*s.m.* 接收器;容器;受話器

rechaçar *v.t.* 擊退,逐去;抗拒;反斥

recheado, da *adj.* 充滿的,填充到,裝滿的

rechear *v.t.* 填塞,裝塞,貯滿

recheio *s.m.* 填塞,充滿;填充物

rechonchudo, da *adj.* 矮胖的,肥太的,圓大的

recibo *s.m.* 收條,收據,發票

recife *s.m.* 暗礁,礁石

recinto *s.m.* 空間,範圍,區域,疆域

récipe *s.m.* 處方,藥方,方劑,製法;〔轉〕訣竅

recipiente *adj. 2 gén.* 接納的,接受的‖*s.m.* 容器

reciprocidade *s.f.* 相互關係;相互作用;互惠

recíproco, ca *adj.* 相互的;互惠的;對等的

recisão *s.f.* 取銷,刪除,廢除

récita *s.f.* 〔樂〕演唱會,演奏會;獨唱,獨奏

recitação *s.f.* 背誦,朗誦;宣讀

recital *s.m.* 獨奏,獨唱

recitar *v.t.* 背誦,朗誦;宣讀

reclamação *s.f.* 反對,反抗;抗議,不服

reclamador *s.m.* 反對者,抗議者,反駁者

reclamante *adj. 2 gén.* 反對的,抗議的‖*s.2 gén.* 反對者,抗議者

reclamar *v.t.* 反對,抗議‖*v.t.* 要求,申請,請求,呼籲

reclamo *s.m.* 廣告,通告

reclinação *s.f.* 斜靠,倚靠,橫臥

reclinado, da *adj.* 斜靠的,倚靠的,橫臥的

reclinar *v.t.* 使斜靠‖*v.r.* 倚靠,橫臥

reclusão *s.f.* 禁閉,幽禁,幽居;隱退

recluso, sa *adj.* 禁閉的,幽禁的;隱留的;隱退的‖*s.m.* 拘留者;禁閉者

recobramento *s.m.* 恢復,復得;取回;康復,蘇醒

recobrar *v.t.* 恢復,復得;取回,挽回;康復

recobrável *adj. 2 gén.* 可恢復的,可取回的;可挽回的

recobrir *v.t.* 重新覆蓋;再掩蔽

recognição *s.f.* 識別;確認;承認

recognoscível *adj. 2 gén.* 可識別的,可認知的,可承認的

recolha *s.f.* 集合,聚集;安身處,避難所

recolher *v.t.* 集合,聚集;收集;返回,回歸 △ ① ~-se cedo 早睡 ②~-se tarde 晚睡

recolhido, da *adj.* 幽居的,隱遁的

recolhimento *s.m.* 集合,聚集,收集;安身所;隱遁;幽居

recomeçar *v.t.* 重新開始,從新做起

recomendação *s.f.* 勸告,建議;委託;推薦,介紹;*pl.* 稱讚,恭維 △ carta de ~ 介紹信

recomendador *s.m.* 勸告者;推薦人,介紹者

recomendar *v.t.* 勸告,建議;委託;推薦,介紹;稱讚,恭維

recomendável *adj. 2 gén.* 可勸告的,可建議的;可推薦的;可稱讚的

recompensa *s.f.* 補償;報酬,報答

recompensação *s.f.* 補償，賠償；報酬

recompensador, ra *adj.* 酬報的；賞賜的 ‖ *s.m.* 酬報者，賞報者

recompensar *v.t.* 補償；酬報，賞賜

recompensável *adj. 2 gén.* 可補償的；值得酬報的，值得賞賜的

recompor *v.t.* 重建，重修；修理；重新組成，再排，再作；使和解

recomposição *s.f.* 重建，重修；修理；重新組合；再排，再作；和解

recomposto, ta *adj.* 重新的，重修的；重新組合的

recôncavo *s.m.* 穴；洞；凹穴；獸窩

reconcentração *s.f.* 聚集；集中；凝聚

reconcentrar *v.t.* 聚集；集中，集合 ‖ *v.r.* 聚精會神；沉思，默想

reconciliação *s.f.* 調停，和解；和睦，和好

reconciliador *s.m.* 調停者；和解者

reconciliar *v.t.* 調停，使和解

reconciliável *adj. 2 gén.* 可調停的；可和解的

reconciliatório, ria *adj.* 調停的；和解的

recôndito, ta *adj.* 深處的；隱秘的 ‖ *s.m.* 深處；隱秘處 △ ～s do coração 心靈深處

recondução *s.f.* 放回原處；(法)延長(租期)；重新當選，續任

reconduzir *v.t.* (將某物)放回原處；重新當選，續任；(法)延長(租期)

reconfortante *adj. 2 gén.* 使精神振奮的；使心情爽快的的 ‖ *s.m.* 興奮劑

reconforto *s.m.* 激勵；撫慰；爽心，頤神養息

reconhecer *v.t.* 認出；辨認，識別；承認；感激，感謝

reconhecido, da *adj.* 感謝的，感激的；感恩的

reconhecimento *s.m.* 認出；承認；感謝

reconhecível *adj. 2 gén.* 可辨認的，可認出的；可承認的

reconquista *s.f.* 光復，收復；再征服

reconquistar *v.t.* 光復，收復；再征服

reconsiderar *v.t.* 重新考慮；重新審議

reconstituinte *adj. 2 gén.* 重新組織的；重編的，重設的；滋補的，提神的

reconstrução *s.f.* 重建，再建；改建，改造

reconstruir *v.t.* 重建，再建，改建，改造

reconstrutor *s.m.* 重建者，改建者，改造者

recontar *v.t.* 重數；清點；詳細叙述

recontro *s.m.* 戰鬥，爭鬥

recordação *s.f.* 追憶，記憶，回憶，回想；聯想；紀念

recordar *v.t.* 追憶，回憶，回想；聯想

recorrer *v.t.* 再次走過，重新通過；瀏覽 ‖ *v.i.* 求助；上訴

recortar *v.t.* 修剪；修飾；剪斷

recorte *s.m.* 修剪；修剪之物

recostar *v.t.* 倚；靠；俯身

recosto *s.m.* 靠背，躺臥

recozer *v.t.* 重新煮；再鍛燒

recreação *s.f.* 消遣，散心，娛樂

recreador, ra *adj.* 消遣的，娛樂的的 ‖ *s.m.* 消遣者，娛樂者

recrear *v.t.* 使感到愉快，使過得愉快 ‖ *v.r.* 感到愉快；消遣，娛樂

recreativo, va *adj.* 愉快的；消遣的，

娛樂的

recreio *s.m.* 消遣,娛樂,休息 △ viagem de ～ 漫遊,遊覽

recrescente *adj. 2 gén.* 增加的;增多的

recrescer *v.i.* 再增加,再增多;再擴大

recrescimento *s.m.* 增加,增多,擴大

recrestar *v.t.* 再燒

recriação *s.f.* 再創造;改造

recriar *v.t.* 再創造;重造;改造

recriminação *s.f.* 反訴,反控;指責,譴責

recriminar *v.t.* 反訴,反控;指責,譴責

recriminatório, ria *adj.* 反控性的;指責性的

recrudescência *s.f.* 加劇;加深;增加

recrudescer *v.i.* 加劇;加深;增加;復發,復活;再次爆發

recruta *s.m.* 新募兵;新來者;新成員

recrutador *s.m.* 招募新兵者;招聘人員

recrutamento *s.m.* 招募新兵;新兵募集

recrutar *v.t.* 招募(新兵);補充;招聘

recruzar *v.t.* 再穿過;再橫過

recta *s.f.* 直線

rectal *adj. 2 gén.* 〔解〕直腸的

rectangular *adj. 2 gén.* 直角的;矩形的

rectângulo, la *adj.* 直角的,矩形的 ‖ *s.m.* 長方形,矩形

rectidão *s.f.* 正,正直;端正

rectificação *s.f.* 糾正,修正,改正,更正,矯正;整頓

rectificador, ra *adj.* 糾正的,改正的,更正的;整頓的 ‖ *s.m.* 改正者,更正者

rectificar *v.t.* 使直,使成直綫;糾正,改正,更正;矯正

rectilíneo, nea *adj.* 直的,直綫的

rectitude *s.f.* 正,正直;端正

recto, ta *adj.* 直的;成直綫的;垂直的;直接的;〔轉〕正直的,公正的;合法的 ‖ *s.m.* 〔解〕直腸

récua *s.f.* 駄馬;馬羣,馬幫

recuar *v.i.* 倒退,後退;反跳,反回 ‖ *v.t.* 使倒退,使回頭;使後退

recuo, recuamento *s.m.* 倒退,後退,反跳

recuperação *s.f.* 重新得到,收復;回收,取回;康復,復原

recuperador *s.m.* 收復者;康復者,復原者

recuperar *v.t.* 重新得到,收復;回收,取回 ‖ *v.r.* 康復,復原

recuperativo, va *adj.* 用於復得的;收復性的;恢復性的

recuperável *adj. 2 gén.* 可復得的;可恢復的;可回收的

recurso *s.m.* 求救,借助;依靠,使用;手段,措施;〔法〕控告,起訴;*pl.* 財富,資源

recurvar *v.t.* 再彎;彎曲;使彎曲

recurvo, va *adj.* 彎的;彎曲的

recusar *v.t.* 拒絕;不承諾;不答應

recusável *adj. 2 gén.* 可拒絕的,可不承諾的

redacção *s.f.* 撰寫,草擬;編輯;編輯部;文體

redactor *s.m.* 編輯人員

rede *s.f.* 網;魚網;髮網;網兜;柵欄;羅網 △ ① armar uma ～ 張網 ② cair na ～ 落網 ③～ ferroviária 鐵路網 ④

~ de pescar 魚網 ⑤ ~ de dormir 吊床

rédea *s.f.* 韁;駕馭;控制

redeiro *s.m.* 織網者,編網者

redemoinho *s.m.* 旋轉;旋渦;旋風

redemoinhar *v.i.* 旋轉

redenção *s.f.* 贖回,買回,收回;解除;免除;拯救,償還

redentor *s.m.* 贖回者,收回者;拯救者;基督,救世主

redigir *v.t.* 寫;撰寫;創作;著作

redil *s.m.* (牲畜的)欄;圈

redimir *v.t.* 贖回,買回,收回;解除,免除;拯救

redimível *adj. 2 gén.* 可贖回的,可收回的;可解除的;可免除的;可拯救的

redizer *v.t.* 再說,反覆地說

redobrar *v.t. e i.* 使再加倍,增多;倍加;複製

redoma *s.f.* 玻璃櫥櫃;玻璃鐘罩

redondamente *adv.* 圓地;完全地;確實地

redondel *s.m.* 鬥牛場地

redondez, redondeza *s.f.* 圓,圓形;圓面;球面 △ ~ da terra 地球面積

redondilha *s.f.* 四或七音節詩

redondo, da *adj.* 圓形的;球形的;整數的;圓滿的

redopio *s.m.* 旋轉,迴轉

redor *s.m.* 周圍,四周;輪廓;環境 △ ao ~ de 大約,將近

redução *s.f.* 減少;減縮;減輕;減價;減低;簡化;[化]還原;[數]換算,折合

redundância *s.f.* 過多,過量;繁瑣,囉嗦

redundar *v.i.* 溢出,流溢 ‖ *v.r.* 結果,發生

reduplicar *v.t.* 加倍,使重覆

redutibilidade *s.f.* 可減性,可縮性;可提煉性

redutível *adj. 2 gén.* 可減的,可縮的

reduto *s.m.* 方形堡;角面堡;多面堡

reduzir *v.t.* 減少,減輕;減價;減低;簡化;復原;歸納;使變成;僅局限於;[化]使還原;[數]換算,折合

reduzível *adj. 2 gén.* 可減的,可縮小的;可簡化的;[化]可還原的

reedição *s.f.* 再版;重刊

reedificação *s.f.* 重建,重修;復興

reedificador *s.m.* 重建者,重修者;復興者

reedificar *v.t.* 重建,重修;復興

reeditar *v.t.* 重刊;再版

reeleger *v.t.* 重選;連選;再次當選

reelegível *adj. 2 gén.* 可重選的;可連選的

reeleição *s.f.* 重選;連選;再選

reeleito, ta *adj.* 重選的;連選的;再次當選的

reembarcar *v.i.* 再乘船,再上船

reembarque *s.m.* 再乘船,再上船

reembolsar *v.t.* 償還,賠償,歸還

reembolso *s.m.* 賠償;償還;歸還

reencher *v.t.* 再注滿,再裝滿

reencontrar *v.t.* 再遇見;重逢

reencontro *s.m.* 再次會晤;重逢;再戰

reentrância *s.f.* 再入,重新進入

reentrante *adj. 2 gén.* 再入的;重新進入的

reenvidar *v.t.* 竭盡全力;盡力

reescalonamento *s.m.* 重安排,重分階段

reestruturação *s.f.* 重組,調整

reexaminar *v.t.* 重新檢查;重新考

試;重新考查

reexpedir *v.t.* 再送;再寄;再派

reexportação *s.f.* 再出口;再輸出

reexportador *s.m.* 再出口者;再輸出者

reexportar *v.t.* 再出口,再輸出

refazer *v.t.* 重做;再做;改做;使恢復 ‖ *v.r.* 恢復

refega *s.f.* 小戰 △ ~ de vento 疾風

refeição *s.f.* 餐;飲食;佳餚美食

refeito, ta *adj.* 重做的;恢復的;復原的

refeitório *s.m.* 食堂,膳堂

refém *s.m.* 人質;擔保物;抵押品

referência *s.f.* 講述,叙述;參照;報告;查詢 △ com ~ a 關於

referendar *v.t.* 副署,附簽;簽發;公認,認可

referendo *s.m.* 公民投票,全民公決;徵詢公眾意見

referente *adj. 2 gén.* 有關的;相關的;關於……的

referir *v.t.* 講述,叙述;使聯繫;歸結 ‖ *v.r.* 言及;談及

refilador, ra *adj.* 反抗的,抵觸的

refilão *s.m.* 反抗者,抵觸者

refilar *v.t. e i.* 反抗;反駁;抵觸;攻擊

refinação *s.f.* 精煉,精製,提煉

refinado, da *adj.* 精製的;純淨的;精細的,精緻的;完美的;高雅的

refinamento *s.m.* 精煉,精製

refinar *v.t.* 精煉,精製;提煉,提煉;使精美,使完美

refinaria *s.f.* 精煉廠;提煉廠;煉油廠

reflectir *v.t.* 反射,反照;反映;表現 ‖ *v.i.* 回想;沉思

reflector *s.m.* 反射器,反射鏡 ‖

adj. 反射的

reflexamente *adv.* 有反省力地;有自省作用地

reflexão *s.f.* 反射;反照;反映;反省,思索

reflexibilidade *s.f.* 反射性;反射力

reflexionar *v.t.* 反省,思索,考慮

reflexível *adj. 2 gén.* 可反射的,反射性的

reflexo, xa *adj.* 反射的;反應的;反省的 ‖ *s.m.* 映像;反應;反光

reflorescer *v.i.* 再開花;〔轉〕復興,再繁榮

reflorir *v.i.* 再開花

refluxo *s.m.* 回流,逆流;倒退;退潮

refogar *v.t.* 紅燒;用文火燜煮

reforçar *v.t.* 增強;加強

reforço *s.m.* 增強,加強;援兵

reforma *s.f.* 重組,改組;修正,修改;改革,改良,革新;改造

reformado, da *adj.* 改革的,改良的;新教徒的;退伍的 ‖ *s.m.* 退役軍官;改革者;新教徒

reformador, ra *adj.* 改革的,改良的;改造的 ‖ *s.m.* 改革者,改良者

reformar *v.t.* 改革,改良;革新;改造;重組,改組;修正,修改 ‖ *v.r.* 改過自新;退役

reformista *s.m.* 改良主義者;改革者

refracção *s.f.* 折射;折射作用

refractário, ria *adj.* 倔强的;不聽話的;難駕馭的;耐熔的,耐火的 ‖ *s.m.* 倔强者;難以駕馭的事物或人

refreamento *s.m.* 忍住;抑制,控制

refrear *v.t.* 忍住;抑制,控制

refrega *s.f.* 小規模的衝突;小戰鬥

refrém *s.m.* (詩歌或樂曲的)迭句,副歌

refrescante *adj. 2 gén.* 涼爽的,清

涼的

refrescar *v.t.* 使變涼,使冷卻;回想起;使恢復‖*v.i.* 變涼,冷卻;恢復活力‖*v.r.* 變涼;變得有精神

refresco *s.m.* 冷飲,冷食,小吃,點心

refrigeração *s.f.* 冷卻,冷凍,清涼

refrigerador *s.m.* 冰箱,冰櫃

refrigerante *adj. 2 gén.* 冷的,降溫的‖*s.m.* 清涼飲料

refrigerar *v.t.* 冷卻,使降溫;冷凍,冰鎮‖*v.r.* 恢復體力

refrigério *s.m.* 清涼,爽快;輕鬆

refugar *v.t.* 拒絕;退回;拒絕接受

refugiado, da *adj.* 避難的,隱匿的‖*s.m.* 難民;避難者;逃亡者

refugiar-se *v.r.* 逃亡,避難;躲避;尋求庇護

refúgio *s.m.* 庇護所,避難所,隱匿處

refugo *s.m.* 廢物;廢棄物;垃圾

refulgência *s.f.* 光,光亮,光輝

refulgente *adj. 2 gén.* 發光的,光亮的,光耀的

refulgir *v.i.* 發光,發亮;燦爛

refutação *s.f.* 反駁,辯駁;駁倒;駁斥

refutar *v.t.* 反駁,辯駁;駁倒;駁斥

refutável *adj. 2 gén.* 可反駁的,可駁倒的;可駁斥的

rega *s.f.* 灌溉;灌注;澆灌

rega-bofe *s.m.* 狂歡;快樂

regaço *s.m.* 膝部;懷抱(指人坐着時腰至膝的部分)

regadeira *s.f.* 灌溉溝渠

regador *s.m.* 噴壺‖*adj.* 灌溉的

regalado, da *adj.* 安逸的,舒適的;愉快的

regalar *v.t.* 使愉快,使歡喜;討好;款待‖*v.r.* 享受

regalia *s.f.* 王權;特權

regalismo *s.m.* 王權至上論

regalo *s.m.* 愉快,享受;賞賜;禮品;款待

regar *v.t.* 灌溉,灌注,澆灌

regata *s.f.* 賽船,競舟

regatear *v.t. e i.* 講價,論價

regato *s.m.* 小河;小溪

regador *s.m.* 教區管理人

regadoria *s.f.* 教區管轄範圍;教區辦公處

regelado, da *adj.* 凍的,冰凍的

regelar *v.t.* 使凍;使冰凍;使結冰‖*v.i.* 結冰

regência *s.f.* 統治;攝政,攝政期;攝政權

regeneração *s.f.* 再生;復生,恢復;新生

regenerar *v.t.* 使再生,使復生,使恢復;使獲新生

regente *s.2 gén.* 攝政者;統治者‖*adj. 2 gén.* 攝政的 △ principe ~ 攝政王

reger *v.t.* 統治;攝政;管理;[樂]指揮

régia *s.f.* 皇宮;皇室

região *s.f.* 地區,地帶,區域;領域,範圍

regicida *s.2 gén.* 弒君;弒君者

regicídio *s.m.* 弒君;弒君者

regime *s.m.* 政體,政權;社會制度;規章,規律;養生法

regimentar *adj. 2 gén.* [軍]團的;聯隊的

regimento *s.m.* [軍]團;羣,統治;管轄

régio, gia *adj.* 皇的,王的,皇室的 △ água ~ a 王水(硝酸和鹽酸混合物,溶化力很强)

regional *adj. 2 gén.* 地區的,局部

的;區域性的

regionalismo *s.m.* 地方主義;地方特色

regionalista *adj. 2 gén.* 地方主義的;地方特色的 ‖ *s.2 gén.* 地方主義者

registador, ra *adj.* 紀錄的,登記的 ‖ *s.m.* 紀錄者;登記者

registar *v.t.* 紀錄;掛號;登記;註冊;錄製

registo *s.m.* 紀錄;登記;掛號;註冊;錄製

rego *s.m.* 溝;犁溝;山谷

regozijar *v.t. e r.* 使高興;使快樂;使欣喜

regozijo *s.m.* 高興;快樂;欣喜

regra *s.f.* 規則,準則;原則;規定,紀律;尺子,標準;劃線;*pl.* 月經 △ ① em ~ 大致;常規 ② por via de ~ 通例;通則

regrado, da *adj.* 正式的;符合規定的;節制的;循序的

regressar *v.i.* 回歸;回來

regresso *s.m.* 回歸;回來;倒退

régua *s.f.* 尺 △ ① ~ de cálculo 計算尺 ② ~ graduada 分度尺

regulador, ra *adj.* 調整的,調節的;管理的 ‖ *s.m.* 調整者;管理者;調節器,校準器

regulamentar *adj. 2 gén.* 管理的;規定的;調整的,調節的

regulamento *s.m.* 規則,規章;法規,管理,控制;調整,調節;校準

regular *adj. 2 gén.* 規則的,有規律的;固定的;齊整的;定期的;習慣性的;正式的,正規的;普通的,一般的 ‖ *v.t.* 調整,調節;使正常,使有規律;規定,決定;控制;節制 ‖ *v.i.* 正常運作

regularidade *s.f.* 規則性,規律性;整齊;勻稱;正規;定期,經常

regularização *s.f.* 規則化;系統化;調整;整頓

regularmente *adv.* 規則地;經常地;正常地;一般地,普通地

régulo *s.m.* (小國的)君主,小王;首長;[動]戴菊

regurgitar *v.i.* 回流,回湧;反胃;[動]反芻 ‖ *v.t.* 使回流,使回湧,吐出;[動]使反芻

rei *s.m.* 王,國王;(部落的)首領;[轉](某範圍內)最有權勢的人

reimpressão *s.f.* 再版;重印

reinadio, dia *adj.* 嬉戲的;滑稽的;有趣的

reinado *s.m.* 君主統治;統治;王權,統治時期;王國

reinante *adj. 2 gén.* 統治的;王權的 ‖ *s.2 gén.* 統治者;國王,王後

reinar *v.i.* 統治;管理;稱王;[俗]開玩笑;盛行

reincidência *s.f.* 重犯;再犯;故態復萌

reincidente *adj. 2 gén.* 重犯的,再犯的

reincidir *v.i.* 重犯,再犯(錯誤等);復發(疾病)

reino *s.m.* 王國;國度;界,領域

reintegração *s.f.* 復原;復舊;歸還;復興

reintegrar *v.t.* 使重新完整;使復原;歸還;復興,重建

reiterar *v.t.* 反覆做;反覆講;重申;重做

reitor *s.m.* 校長;牧師;教區長

reitoria *s.f.* 校長之職;校長之銜;教區長或校長的住宅

reivindicação *s.f.* 收回;恢復;要求

reivindicar *v.t.* 收回,重新得到,恢復;要求

reixa, rixa *s.f.* 爭吵;爭鬥

reizete, reizinho *s.m.* 小王

rejeitar *v.t.* 拒絕;謝絕;退回;抛棄;
駁回,否決

rejubilar *v.t.* 使欣喜;使高興 ‖
v.r. 欣喜;高興

rejuvenescer *v.t.* 使變年輕;使返老
還童 ‖ *v.i. e r.* 返老還童;回春

relação *s.f.* 關係,聯繫;交往,事務;
叙述,故事;告發, *pl.* 男女關係 △
em ～ a 有關於

relacionado, da *adj.* 有關的;相識
的;叙述的

relacionar *v.t.* 叙述;使聯繫 ‖ *v.i.*
有關聯;涉及;符合

relâmpago *s.m.* 閃電;閃光;[轉]一
閃即逝的事物

relance *s.m.* 一瞥,粗略一看

relancear *v.t.* 瞥見 ‖ *s.m.* 一瞥

relapso, sa *adj.* 重犯舊罪的;倒退
的 ‖ *s.m.* 重犯舊罪;改信舊教者;舊病
復發

relatador *s.m.* 講述者;叙述者

relatar *v.t.* 講述,叙述

relatividade *s.f.* 相對性;[理]相對
論

relativismo *s.m.* 相對論性;相對論;
[哲]相對主義

relativo, va *adj.* 相對的,比較而言
的;相應的;一定程度的;有限的;有關
聯的;[語]表示關係的

relato *s.m.* 叙述;報告,記錄

relator *s.m.* 叙述者;報告者

relatório *s.m.* 書面報告;叙述

relaxação *s.f.* 放鬆;鬆弛;寬容

relaxado, da *adj.* 放鬆的;鬆弛的 ‖
s.m. 懶散的人;做事馬虎的人

relaxador, ra *adj.* 放鬆的 ‖ *s.m.*
放鬆的人

relaxamento *s.m.* 放鬆;鬆弛;寬容

relaxar *v.t.* 放鬆;鬆弛;寬容;使鬆
懈 ‖ *v.i.* 放鬆;緩和

relé *s.m.* 轉播,中繼;[電]繼電器 ‖
s.f. 下等人,賤民

relegar *v.t.* 流放,放逐,驅逐;棄置;
把……置於次要地位

relembrança *s.f.* 記憶,回憶,紀念,
追懷

relembrar *v.t.* 記得;想起;牢記;提
醒

relento *s.m.* 露水,夜露 △ dormir ao
～ 露宿

reler *v.t.* 重讀,再讀,再閱

reles *adj. 2 gén.* 不佳的;下賤的;貧
窮的

relevação *s.f.* 赦免,赦罪;原諒,免
除

relevador, ra *adj.* 赦免的,寬容的
‖ *s.m.* 救助者;寬容者

relevância *s.f.* 關聯;貼切,中肯,適
當

relevante *adj. 2 gén.* 有關的;貼切
的,適當的

relevar *v.t.* 赦免,赦罪;寬容,原諒;
免除;使突出 ‖ *v.i.* 應該

relevo *s.m.* 凸起,突出;浮雕

relha *s.f.* 犁頭

relicário *s.m.* 聖骨堂,聖骨盒,聖物
匣

religar *v.t.* 重新捆紮;再縛

religião *s.f.* 宗教;信仰;教義;教派

religionário *s.m.* 熱心宗教者;宗教
狂者

religiosa *s.f.* 修女;尼姑

religioso, sa *adj.* 宗教的,宗教上
的;虔誠的,信宗教的;修道的,出家的
‖ *s.m.* 修道士和尚

relimar *v.t.* 重新銼;反覆銼

relinchar *v.i.* (馬)嘶叫

relincho *s.m.* (馬)嘶叫,嘶叫聲

relíquia *s.f.* (聖徒的)遺骸,遺物;聖骨;遺跡;(轉)紀念物

relógio *s.m.* 鐘;錶;時計

relojoaria *s.f.* 鐘錶店;鐘錶業;製錶廠

relojoeiro *s.m.* 鐘錶匠;鐘錶商

relutância *s.f.* 勉強,反抗,反對;〔電〕磁阻

relutante *adj. 2 gén.* 勉強的;反抗的,反對的;不願意的

reluzente *adj. 2 gén.* 閃閃發光的;超羣的,出衆的;反光的

reluzir *v.i.* 閃閃發光;超羣,出衆;反光

relva *s.f.* 草,牧草

relvado *s.m.* 草地;草皮

relvar *v.t.* 使長草 ‖ *v.i.* 長草

relvejar *v.i.* 鋪草皮;鋪草土

relvoso, sa *adj.* 草的;多草的;有草覆蓋的

remada *s.f.* 划槳,蕩槳;划船

remadela *s.f.* 划槳;划船

remador *s.m.* 划槳人,划船者

remanescente *adj. 2 gén.* 剩餘的;剩下的 ‖ *s.m.* 剩餘,剩下

remanescer *v.i.* 剩餘,剩下;遺留

remar *v.i.* 划船;蕩槳

remascar *v.t.* 再咬;再嚼

remastigar *v.t.* 再嚼;再咬

rematado, da *adj.* 完成的,實現的;完全的

rematar *v.t. e i.* 完成;終結;完畢;發射

remate *s.m.* 終結,完結;發射

remediado, da *adj.* 富裕的,富饒的;補救的

remediar *v.t.* 治療;補救;糾正;修補

remediável *adj. 2 gén.* 可治療的;可補救的;可糾正的

remédio *s.m.* 治療,治療法;藥物;救濟 △ não há ~ 無法

remeiro *s.m.* 划手,蕩槳人

remela *s.f.* 眼濕症(眼睛經常有分泌物)

remelado, da *adj.* 眼睛模糊的;濕眼的

remelão, lona *adj.* 濕眼的

remelar *v.i.* 眼變濕;變淚眼

remeloso, sa *adj.* 濕眼的;淚眼的

rememoração *s.f.* 記憶;回憶,回想;追念

rememorar *v.t.* 想起,記起,回憶起

rememorável *adj. 2 gén.* 可記得的;可記住的;可想起的;可紀念的

remendado, da *adj.* 有補釘的;有斑點的

remendão *s.m.* 補綴者;補綴工人;補鞋匠

remendar *v.t.* 補綴,修補;修理;修鞋

remendeira *s.f.* 補綴女工

remendeiro, ra *adj.* 補布的,補釘的;斑點的 ‖ *s.m.* 補布者;補綴工

remendo *s.m.* 補釘;補布;補綴

remendona *s.f.* 補綴女工

remessa *s.f.* 匯寄;匯寄物;匯款

remesso *s.m.* 投;擲

remetente *adj. 2 gén.* 匯寄的 ‖ *s.2 gén.* 匯寄者

remeter *v.t.* 匯寄;交付;推遲 ‖ *v.i.* 開始;猛進 ‖ *v.r.* 保持;落入

remetida *s.f.* 攻擊;猛進

remexer *v.t.* 再攪;使重新混合 ‖ *v.i.* 動起來

remígio *s.m.* (鳥的)飛羽

reminiscência *s.f.* 記憶,回想;朦朧的印象

remir *v.t.* 收回;買回;取回;拯救

remirar *v.t.* 反覆查看;注視,凝視 ‖ *v.r.* 觀察

remissa *s.f.* 休會;延期

remissão *s.f.* 赦免;赦罪;免除;減輕

remissível *adj. 2 gén.* 可赦的;可免的;可減的

remisso, ssa *adj.* 漫不經心的;怠惰的,懶散的

remissório, ria *adj.* 赦免的;免除的

remível *adj. 2 gén.* 可收回的;可買回的

remo *s.m.* 槳;櫓

remoçador, ra *adj.* 返老還童的 ‖ *s.m.* 返老還童者

remoção *s.f.* 移動,轉移,遷移

remodelação *s.f.* 改塑;改作

remodelar *v.t.* 改塑;改作

remoer *v.t.* 再嚼;反芻

remoinhar *v.i.* 急轉;旋渦

remoinho *s.m.* 旋渦,旋流;旋轉

remoque *s.m.* 嘲弄,愚弄;辱罵

remorso *s.m.* 悔恨;後悔;自責

remoto, ta *adj.* (時間,空間)的遠離的,遙遠的;遠隔的;偏僻的

remover *v.t.* 移動;遷移;取消;除去

removível *adj. 2 gén.* 可移動的;可轉移的;可除去的

remuneração *s.f.* 報酬,酬勞

remunerador, ra *adj.* 有報酬的;有利益的 ‖ *s.m.* 給報酬者;給酬勞者

remunerar *v.t.* 酬勞;報償;償付

rena *s.f.* 〔動〕馴鹿

renal *adj. 2 gén.* 腎臟的,腎的

renascença *s.f.* 再活,復活;復興;文藝復興;文藝復興時代

renascente *adj. 2 gén.* 再生的;復活的;復興的

renascer *v.i.* 再生;復活;復興

renascimento *s.m.* 再生;復活;復興;文藝復興;文藝復興時代

renda *s.f.* 花邊;租金,租費;收益,收入

rendado, da *adj.* 有花邊的

rendeira *s.f.* 製作花邊的女人;租房的女人

rendeiro *s.m.* 製作或賣花邊的人;租房的男人

render *v.t.* 戰勝,征服,使降服;交給;移交,交還;產生(成果、利益等) ‖ *v.i.* 見效;收益 ‖ *v.r.* 投降;屈服,認輸

rendição *s.f.* 戰勝,征服;交給;交還;收益;投降,屈服

rendilha *s.f.* 美麗的小花邊

rendilhar *v.t.* 用花邊修飾

rendimento *s.m.* 收益,收穫;收入;投降,屈服

rendoso, sa *adj.* 有利的;有利益的;有成效的

renegado *s.m.* 背教者;叛徒

renegar *v.t. e i.* 背叛,背棄;憎惡;否認;反對

renhido, da *adj.* 頑強的;頑固的;暴烈的

renitência *s.f.* 抵抗,反對,反抗,反感

renitente *adj. 2 gén.* 抵抗的,反對的,反感的

renome *s.m.* 名聲,名譽

renova *s.f.* 筍,芽

renovação *s.f.* 革新,更新;恢復;修繕

renovar *v.t.* 革新,更新;恢復;修繕,

重建;重復‖ *v.i.* 重生;重現

renque *s.m.* 排;行

rente *adj. 2 gén.* 近的;接近的‖ *adv.* 接近

rentear *v.i.* 撒嬌

renúncia *s.f.* 放棄,抛棄

renunciador, ra *adj.* 放棄的,抛棄的‖ *s.m.* 放棄者;抛棄者

renunciar *v.t. e i.* 放棄;抛棄;拒絕;否認;〔牌〕有牌不跟

renunciável *adj. 2 gén.* 可放棄的,可抛棄的;可否認的

reocupação *s.f.* 再佔領;收復

reocupar *v.t.* 再佔領,收復

reóforo *s.m.* 〔電〕導線,接線

reómetro *s.m.* 〔電〕電流計

reordenar *v.t.* 重新安排;改組;再次命令

reorganização *s.f.* 改組;改編;整頓;改革

reorganizador *s.m.* 改組者;改編者;改革者

reorganizar *v.t.* 改組,改編;整頓;改革

reóstato *s.m.* 〔電〕可變電阻器

reparação *s.f.* 修繕,修理;彌補,補救;補償,賠償

reparador, ra *adj.* 修繕的;修理的;彌補的‖ *s.m.* 修繕者;修理者;賠償者

reparar *v.t.* 修繕,修理,修補;彌補,補救,補償,賠償‖ *v.i.* 觀察,注意

reparável *adj. 2 gén.* 可修繕的,可修理的;可補救的;可賠償的

reparo *s.m.* 修繕,修理,修補;補救;觀察;注意 △ fazer ~ 注意

repartição *s.f.* (重新)分配,(重新)劃分;(重新)瓜分;分割;分枝;部門;分部

repartir *v.t.* 分配,劃分,瓜分;分割‖ *v.r.* 被分配

repassado, da *adj.* 浸透的

repassar *v.t.* 浸透;再經過;復查‖ *v.i.* 灌滿‖ *v.r.* 充滿

repasto *s.m.* 飲食;宴會;酒宴

repatriação *s.f.* 遣送回國

repatriar *v.t.* 把……遣送回國‖ *v.r.* 回國

repelão *s.m.* 強推,強拉,衝撞 △ de ~ 粗略地;粗暴地

repelente *adj. 2 gén.* 排斥的;令人反感的;防水的

repelir *v.t.* 擊退;排斥;拒絕;抗,防

repensar *v.t.* 再思,重想

repente *s.m.* 突然動作;突然説話;不意 △ ① de ~ 突然地 ②falar de ~ 即席講話

repentino, na *adj.* 突然的;意外的;飛快的

repercussão *s.f.* 反彈,反射;回響,反響;影響

repercussivo, va *adj.* 反彈的;反射的;反響的

repercutir *v.t.* 使反彈,使反響,使反射‖ *v.i.* 回響‖ *v.r.* 反應

repetente *adj. 2 gén.* 反覆的;重複的‖ *s.2 gén.* 重複者;留級生

repetição *s.f.* 反覆,重複

repetidor, ra *adj.* 重複的‖ *s.m.* 重複者

repetir *v.t.* 重説,跟着别人説‖複述;重複‖ *v.i.* 再現,再發

repicar *v.t. e i.* 反覆扎刺;連續敲擊;移植

repimpar *v.t.* 塞滿,飽食‖ *v.r.* 倚靠

repique *s.m.* 鐘聲;警鐘聲;鐘聲齊鳴

repisar *v.t.* 再踩,再踏 ‖ *v.r.* 堅持

replantar *v.t.* 再栽;再種植

repleção *s.f.* 充滿,充實;飽滿

repleto, ta *adj.* 充滿的,充實的;飽滿的;豐實的

réplica *s.f.* 回答;反駁;答辯

replicador, ra *adj.* 回答的;反駁的 ‖ *s.m.* 回答者

replicar *v.t.* 回答;駁斥;答辯

repolho *s.m.* 圓白菜,捲心菜

repontar *v.t.* 使開始退 ‖ *v.i.* 再現;抱怨

repor *v.t.* 重新放回;使復職;補充,更換;退還

reportagem *s.f.* 報導;通訊;報告文學;報告

reportar *v.t.* 帶來;撤回;克制,節制 ‖ *v.r.* 提及

repórter *s.m.* 報告人;記者,通訊員;新聞廣播員

reposição *s.f.* 放回,復職;退還,交還

reposteiro *s.m.* 門簾;皇家傢具保管員

repousar *v.t.* 使休息,使安靜 ‖ *v.i.* 休息

repouso *s.m.* 休息;安息;安寧

repovoar *v.t.* 再移民

repreender *v.t.* 譴責;斥責;懲戒

repreensão *s.f.* 譴責;斥責;懲戒

represa *s.f.* 水庫,堤壩;水閘

represália *s.f.* 報復,懲罰,制裁

representação *s.f.* 表演,演出;代表;象徵;形象,概念;代表團;〔法〕代理;代理繼承權

representante *s.2 gén.* 代表,代理人;典型 ‖ *adj. 2 gén.* 表現的;代表的;代理的

representar *v.t.* 表現,表示;象徵;

代表;演出;扮演;代理;描寫 ‖ *v.i.* 提出抗議 ‖ *v.r.* 出現;表示

repressão *s.f.* 制止,抑制,阻止;鎮壓;壓服

repressivo, va *adj.* 制止性的;抑制性的;阻止性的;鎮壓性的

reprimenda *s.f.* 嚴斥;斥責,譴責

reprimidor *s.m.* 制止者;阻止者;鎮壓者 ‖ *adj.* 制止的,抑制的;鎮壓的

reprimir *v.t.* 制止,抑制,阻止;鎮壓

réprobo, ba *adj.* 墮落的,放蕩的;邪惡的 ‖ *s.m.* 墮落者;放蕩者;惡棍,無賴

reprodução *s.f.* 再生(產);繁殖,生殖;複製;複製品

reprodutivo, va *adj.* 再生(產)的;生殖的;複製(品)的

reprodutor *s.m.* 使再生者;生殖者;複製者;(動物的)種(如種馬) ‖ *adj.*

reproduzir *v.t.* 再生產,再造;複製;生殖;複製 ‖ *v.r.* 繁殖

reprovação *s.f.* 譴責,申斥;責備;拒絕

reprovado, da *adj.* 拒絕的;失敗的;不及格的

reprovar *v.t.* 譴責,責屬,責備;非難,不贊成

reptação *s.f.* 挑戰;爬行

reptador *s.m.* 挑戰者;爬行者

reptante *adj. 2 gén.* 挑戰的;爬行的 ‖ *s.m.* 爬行動物

reptar *v.t.* 挑戰 ‖ *v.i.* 爬行,匐匐

réptil *adj. 2 gén.* 爬行的 ‖ *s.m.* 爬行動物

repto *s.m.* 挑戰;挑釁

república *s.f.* 共和國;國家,國務,國事

republicanismo *s.m.* 共和論;共和主義;共和政體;共和制;共和派

republicano, na *adj.* 共和國的,共和政體的;共和論的,共和主義的 ∥ *s.m.* 共和主義者;共和黨員;共和政體贊成者

repudiar *v.t.* 離婚;遺棄,拋棄;絕交;否認;批駁

repúdio *s.m.* 離婚;絕交,拋棄;否認

repugnância *s.f.* 厭惡,反感;反對;矛盾

repugnante *adj. 2 gén.* 令人厭惡的;令人反感的;可恥的;敵對的;矛盾的

repugnar *v.t.* 使厭惡,討厭;拒絕 ∥ *v.i.* 反感,厭惡;對立,矛盾

repulsa *s.f.* 打退,擊退;斷然拒絕

repulsar *v.t.* 打退,擊退;拒絕;厭惡

repulsivo, va *adj.* 排斥的;嚴拒的;令人厭惡的,可憎的;[物] 排斥的,斥力的

reputação *s.f.* 名譽,名聲;聲望;榮譽;信譽

reputar *v.t.* 認爲;把……稱爲;評價

repuxo *s.m.* 噴水池;反擊

requebrar *v.t.* 獻媚,討好

requentar *v.t.* 再熱;再暖 ∥ *v.r.* 燒焦

requerente *adj. 2 gén.* 申請的;要求的,請求的 ∥ *s.2 gén.* 申請者;要求者,請求者

requerer *v.t.* 申請;請求,要求;需要;值得

requerimento *s.m.* 申請,請求,要求;需要;申請書

réquiem *s.m.* [宗] 安靈彌撒;安靈歌,安靈曲;挽歌,哀悼歌

requintado, da *adj.* 有教養的;十分有禮的;極度講究的

rquintar *v.t. e i.* 提煉,提純;使精煉,使純;過度講究

requinte *s.m.* 精煉;過度講究

requisição *s.f.* 正式需求,要求;申請;申請書,調撥單;需要;使用,徵用

requisitar *v.t.* 請求,要求;申請;需要,使用,徵用

requisito *s.m.* 必需品;必要的條件;資格 ∥ *adj.* 必需的;必要的;請求的

rês *s.f.* 家畜;牲口

rés *adj. 2 gén.* 平坦的;貼近的,貼地的 ∥ *adv.* 低

resbordo *s.m.* [船]艙口

rescaldar *v.t.* 再煮沸,再燙洗

rescaldo *s.m.* 餘火,餘燼;灰燼;熱氣,熱浪

rescendente *adj.* 有香味的

rescindir *v.t.* 解散;廢除;取銷;撤回,撤銷

rescisão *s.f.* 解散;廢除;取銷;撤回,撤銷

rés-do-chão *s.m.* (房)底層,樓底

reserva *s.f.* 儲存,留存;儲備,備用品;預訂;保留;保留物;預備役

reservação *s.f.* 保留;收藏;預訂

reservado, da *adj.* 保留的,留作專用的;預訂的,預備的;慎重的,含蓄的;緘默的;隱藏的

reservar *v.t.* 儲備,保存;保留;留給;推遲;預訂 ∥ *v.r.* 等待

reservatório *s.m.* 蓄水池;貯液器

reservista *s.m.* 後備役軍人;保留之物

resfriado, da *adj.* 涼的,冷的 ∥ *s.m.* 感冒,傷風

resfriar *v.t.* 使變冷;使冷卻;使涼,使冷淡 ∥ *v.i.* 變冷,變涼,冷卻 ∥ *v.r.* 感冒

resgatador, ra *adj.* 贖的,贖回的,贖救的;釋放的 ∥ *s.m.* 贖者,贖回者

resgatar *v.t.* 贖回,贖出;贖救;釋放

resgate *s.m.* 贖,贖回,贖出;贖金;釋放

resguardar *v.t.* 保護;衛護;抵擋 ‖ *v.r.* 防備,防衛,戒備

residência *s.f.* 居住,居留;住處,寓所

residente *adj. 2 gén.* 居住的,居留的;駐留的 ‖ *s.m.* 居民;駐外官員

residir *v.r.* 居住;僑居;存在於

resíduo, dua *adj.* 剩餘的,殘餘的 ‖ *s.m.* 剩餘,殘餘物,殘渣

resignação *s.f.* 辭職,辭呈;放棄,屈從,屈服;聽從,任從

resignado, da *adj.* 放棄的;屈從的,聽從的

resignante *adj. 2 gén.* 辭職的;放棄的 ‖ *s.2 gén.* 辭職者

resignar *v.t.* 辭去;交讓 ‖ *v.r.* 屈從,忍受;聽從

resina *s.f.* 〔植〕樹膠,樹脂

resinado, da *adj.* 含樹脂的

resinoso, sa *adj.* 含樹脂的,樹脂性的

resistência *s.f.* 抵抗,反抗;抵抗方法;抵抗力,耐力;抵制,反對;阻力;〔電〕電阻 △ ~ passiva 消極抵抗

resistente *adj. 2 gén.* 抵抗的,反抗的;有抵抗力的;持久的;反對的 ‖ *s.2 gén.* 抵抗者;有抵抗力的東西;反對者

resistir *v.i.* 抵抗,反抗,抵制;反對;阻擋;不屈

resma *s.f.* 令(紙張的計數單位,一般為 500 張左右)

resmungão, gona *adj.* 發怨言的,發牢騷的 ‖ *s.m.* 發怨言者,發牢騷者

resmungar *v.t. e i.* 發怨言,發牢騷

resolução *s.f.* 堅決;決心;決定,決議;解決,消除;分解,解體;轉變;〔醫〕

消散

resoluto, ta *adj.* 堅決的,堅定的;果斷的;大膽的;已分解的,已消散的;已溶解的

resolutório, ria *adj.* 可分解的,可溶解的;可解決的

resolvente *adj. 2 gén.* 使溶解的,使分解的;〔醫〕消散性的 ‖ *s.m.* 消散藥;溶劑

resolver *v.t.* 使分解,使解體;解決,解答;消除,消退;決心,決定;使變爲 ‖ *v.i.* 決心,決定;分解,溶解;消退,變爲 ‖ *v.r.* 解體;決定;堅持;變成

respectivo, va *adj.* 各自的;個別的;分別的;有關的

respeitador, ra *adj.* 恭敬的;尊敬人的;尊重人的 ‖ *s.m.* 尊敬者;尊重者

respeitar *v.t.* 尊敬,尊重,恭敬;重視;關心;遵守,不妨害 ‖ *v.i.* 關於

respeitável *adj. 2 gén.* 可敬的,值得尊敬的;應受尊重的;正派的;高尚的;像樣的;重要的

respeito *s.m.* 尊敬,尊重;觀點;關係;留意;關心 ‖ *pl.* 問候 △ a ~ de 關於

respeitoso, sa *adj.* 恭敬的;尊重的,表示尊敬的

respiração *s.f.* 呼吸,呼吸作用;生物的氧化作用

respiradoiro, respiradouro *s.m.* 氣孔,通風管;天窗;風洞

respirar *v.i.* 呼吸;〔轉〕鬆一口氣;休息一下;放下心來

respiratório, ria *adj.* 呼吸的;呼吸器官的;△ ① aparelho ~ 呼吸系統 ②órgão ~ 呼吸器官

respiro *s.m.* 呼吸;〔轉〕歇息,休息;通氣口

resplandecência *s.f.* 燦爛;光輝;輝

煌

resplandecente *adj. 2 gén.* 燦爛的；光輝的；輝煌的

resplandecer *v.i.* 發光，閃光；突出，出色

resplendor *s.m.* 光芒，光輝，光亮；光彩；[轉]美好；名譽；光榮；光輪

respondão, dona *adj.* 愛頂嘴的 ‖ *s.m.* 愛頂嘴者

respondente *adj. 2 gén.* 回答的 ‖ *s.2 gén.* 回答者；[法]被告人

responder *v.t.* 回答；反駁 ‖ *v.i.* 報答；反對，反抗；作出反應；發出回聲；保證，擔保；負責

responsabilidade *s.f.* 責任，責任心；職責，任務，義務；負責

responsabilizar *v.t.* 使負責，使擔任 ‖ *v.r.* 對……負責

responsável *adj. 2 gén.* 有責任的，應負責的；負責的，可靠的；責任重大的 ‖ *s.2 gén.* 負責人

responso *s.m.* [宗]安魂祈禱，超度經

resposta *s.f.* 回答，答覆，答案；解答

ressaca *s.f.* 回水，回流；死水；波浪冲擊

ressacar *v.t.* [商]反匯票

ressair *v.i.* 再出；伸出；突出

ressaltar *v.i.* 跳；伸出，突出；傑出，卓越 ‖ *v.t.* 使突出；提高

ressalto *s.m.* 反彈；突出；卓越，顯著

ressalva *s.f.* 免服兵役的證明文件；保證書；保護書；特別條文

ressalvar *v.t.* 提出例外；保護；謹慎；聲明更改

ressecar *v.t.* 使再乾；使很乾

ressentido, da *adj.* 傷心的，痛苦的，悲憤的；[俗]開始腐爛的

ressentimento *s.m.* 憤恨，憤怒，反感，怨恨

ressentir *v.t.* 重新感覺；憤恨；反感 ‖ *v.r.* 感到痛；感到不適；感到不滿；感到氣憤

ressequido, da *adj.* 很乾的；乾枯的

ressoar *v.t. e i.* 發回聲；回響；共鳴；[轉]彈，唱

ressonador *s.m.* 共鳴器，諧振器；鼾聲如雷者 ‖ *adj.* 共鳴的，共振的；反響的

ressonância *s.f.* 回聲，反響；[物]共振，諧振；共鳴；[醫]叩響

ressonante *adj. 2 gén.* 反響的；共鳴的；共振的；回響的；洪亮的

ressonar *v.t. e i.* 共鳴，共振；回響，反響 ‖ *v.i.* 打鼾

ressorver *v.t.* 再吞入，再吸入，再吸收

ressurgimento *s.m.* 再現，重現；復活；恢復，復興

ressurgir *v.i.* 再現，重現；復活；恢復；蘇醒；康復

ressurreição *s.f.* 復活；復興；恢復；來生；[宗]復活節；[轉]重新起用

ressuscitação *s.f.* 復活，蘇醒；恢復；復興

ressuscitador *s.m.* 使蘇醒（或復活）的人；復興者

ressuscitar *v.t.* 使蘇醒；使復活；使復興；使恢復精力 ‖ *v.i.* 蘇醒，復活，復興，恢復

restabelecer *v.t.* 再建立；再立，再興；恢復 ‖ *v.r.* 恢復，復元，痊愈

restabelecimento *s.m.* 恢復，復元，痊愈，再立

restante *adj. 2 gén.* 剩餘的；剩下的 ‖ *s.m.* 剩餘物；剩下；生還者

restar *v.i.* 剩餘，剩下；生還

restauração *s.f.* 恢復；復位，復辟；修復

restaurador, ra *adj.* 恢復的;復位的;修復的 ‖ *s.m.* 恢復者;復位者;修復者

restaurar *v.t.* (使)恢復,(使)復位,(使)復辟;修復,重建

restaurante *s.m.* 飯店

restinguir *v.t.* 重新熄滅

restituição *s.f.* 歸還,賠償;恢復,收復;回復,復原

restituidor, ra *adj.* 歸還的;回復的 ‖ *s.m.* 歸還者;回復者

restituir *v.t.* 歸還,賠償;恢復,回復,復原

resto *s.m.* 剩餘,殘餘,其餘;剩餘部分;*pl.* 遺跡,古蹟;殘羹;屍體

restrição *s.f.* 限制,限定;約束,拘束;束縛

restringência *s.f.* 限制性;約束性;收斂性

restringente *adj. 2 gén.* 限制的;約束的;收斂的 ‖ *s.m.* [醫]收斂劑

restringir *v.t. e i.* 限制,限定,約束;拘束;束縛

restritiva *s.f.* [語]限制語

restrito, ta *adj.* 受限制的,受約束的;限定的

resultado *s.m.* 結果,效果,成果;後果;[數][計算的]結果;答案

resultante *adj. 2 gén.* 作爲結果的,[物]合成的 ‖ *s.m.* 結果;[物]合力,組合,合量

resultar *v.i.* 發生,產生;結果,終歸;導致

resumidamente *adv.* 簡短地;概略地

resumir *v.t.* 縮短,刪節,概略,集中;省略,節略 ‖ *v.r.* 縮減

resumo *s.m.* 摘要,梗概,概略

resvaladeiro *s.m.* 滑地,滑路;滑坡;

[轉]危險

resvaladiço, ça;resvaladio, dia *adj.* 滑的;滑溜的;易滑脫的;[轉]危險的

resvalar *v.i.* 滑跌;滑動;流;失足,錯過

retaguarda *s.f.* 後部,後面;背面,背後;[軍]後方;後衛

retalhado, da *adj.* 切成碎片的;割開的;砍劈開的

retalhador *s.m.* 切者;剪者;砍劈者

retalhadura *s.f.* 切;割;剪;切痕;割痕;剪痕

retalhar *v.t.* 切成碎片,割;剪;傷害,使之受傷

retalheiro *s.m.* 零售商

retalhista *s. 2 gén.* 零售商

retalho *s.m.* 碎片,碎塊;部分;零售 △ vender a ～ 零售

retaliação *s.f.* 報復,反擊;以牙還牙

retaliar *v.t.* 報復,回報;反擊

retardar *v.t.* 延遲;放慢;使停滯;妨礙;阻止 ‖ *v.i.* 延期;減速

retardatário, ria *adj.* 使延遲的;阻止的;妨礙的;減速的;遲到的;落後的

retemperar *v.t.* 再調制,再調和,再調節;再調味;回復,使復元,使痊愈

retenção *s.f.* 保持;保留;扣留;記憶;[醫]停滯,固結

retentor *s.m.* 保持者;保留者;扣留者

reter *v.t.* 保持;保留;扣住;保存;留;抑制;記憶,記住 ‖ *v.r.* 自制,停止

retesado, da *adj.* 硬的;緊的;拉緊的;頑强的

retesar *v.t.* 拉緊;拉直;使變硬 ‖ *v.r.* 變硬

reteso, sa *adj.* 拉緊的;綳緊的;拉直的

reticência *s.f.* 沉默，緘默；保留；*pl.* 虛點

retinir *v.i.e t.* 發出叮鈴聲；發出回聲

retinite *s.f.* 〔醫〕視網膜炎

retirada *s.f.* 撤退，退卻；退避

retirado, da *adj.* 退休的，幽寂的；寂寞的；獨居的

retirar *v.t.* 撤退，撤回；使引退，辭退；收回，取回；移開 ‖ *v.r.* 離開；退出；隱退；回家

retiro *s.m.* 隱退，退卻；退隱所；僻靜去處；隱居地方；幽靜處

retocar *v.t.* 潤飾，潤色，點綴；改進；修正

retomada *s.f.* 收復；收回；取回；再捕獲

retomar *v.t.* 收復，收回，取回，再捕獲

retoque *s.m.* 潤飾，潤色，點綴；改進；修正

retorcer *v.t.* 扭；搏；搓；絞，扭曲 ‖ *v.r.* 扭動

retorcido, da *adj.* 扭過的，搏過的；絞過的，扭曲的

retórica *s.f.* 修辭；修辭學

retornar *v.i.* 回到，回歸 ‖ *v.t.* 歸還；退款

retorno *s.m.* 回到；歸還；退款

retorquir *v.t.* 反駁，反問；反擊

retorsão *s.f.* 扭轉，擰轉；反駁，反斥

retorta *s.f.* 曲頸瓶；曲頸甑

retostar *v.t.* 重烤；重烘

retractar *v.t.* 縮回，撤回，收回；取消；撤消

retráctil *adj. 2 gén.* 縮回的；收縮的；可縮進的

retractilidade *s.f.* 收縮性，縮回性；縮入性

retractivo, va *adj.* 縮回的；易縮回的

retraído, da *adj.* 縮回的，縮入的；沉默寡言的；腼腆的

retrair *v.t.* 縮回，撤回，收回，取銷；使退後 ‖ *v.r.* 隱居；退後；收縮

retratar *v.t.* 畫像，照像；描繪；表露 ‖ *v.r.* 反映；表露

retratista *s.2 gén.* 畫像者

retrato *s.m.* 畫像，肖像；描寫

retrete *s.f.* 廁所

retribuição *s.f.* 回報；報酬，報答；報應

retribuidor *s.m.* 回報者；酬報者；報答者

retribuir *v.t.* 回報；酬報；報答

retro *s.m.* 後幅，背後 ‖ *pref.* 表"向後"之意

retroactivo, va *adj.* 倒行的；反動的，反作用的；追溯既往的

retroceder *v.i.* 後退；引退；〔轉〕衰退 ‖ *v.t.* 退讓

retrocesso *s.m.* 後退；引退；退化，退步

retrógrado, da *adj.* 後退的；向後的；逆行的；退步的

retrós *s.m.* 絲線；經紗

retrospecção *s.f.* 回顧，回想，追溯

retrospectivo, va *adj.* 回顧的；回想的；追溯的

retrospecto *s.m.* 回顧，回想，追溯

retrosseguir *v.i.* 後退，逆行；退步；退化

retrotrair *v.t.* 使返回，使倒退，使追溯

retroversão *s.f.* 〔語〕轉譯，照原樣譯回；〔醫〕後傾

retroverter *v.t.* 再翻譯；照原樣譯回；使翻轉；使後傾

retrucar　v.t. 回答,答覆;答應,答辯

retumbância　s.f. 蟲鳴;回響,回聲

retumbante　adj. 2 gén. 蟲鳴的;回響的;浮誇的;名譟一時的

réu　s.m. 犯人,罪犯 ‖ adj. 有罪的

reumático, ca　adj. 風濕病的,患風濕病的 ‖ s.m. 風濕病患者

reumatismo　s.m.〔醫〕風濕病,關節炎

reunião　s.f. 再結合;再聯合;再會合;重聚;團聚;集合;聯會

reunir　v.t. 重新結合;連接;聚集,匯集;召集;集合;收集 ‖ v.r. 聯合;集合;集會

revacinação　s.f.〔醫〕再接種;再種牛痘

revacinar　v.t. 再接種,再種牛痘

revalidação　s.f. 重新生效;確認;批准

revalidar　v.t. 使重新生效;確認,批准

revel　adj. 2 gén. 拒不從命的;謀反者的 ‖ s.2 gén. 拒絕出庭的罪犯;謀反者

revelação　s.f. 展現,顯露;展示;揭露;揭穿;透露

revelado, da　adj. 展現的,顯露的;揭露的;〔宗〕天啓的

revelador, ra　adj. 展現的,顯露的;揭露的 ‖ s.m. 展示者;揭露者;〔攝〕顯影劑

revelar　v.t. 展現,顯露;揭露,展示;透露;〔攝〕使(影像)顯現

revelho　adj. 年邁的,年紀很老的

revelia　s.f. 拒不出庭;缺席;拒不從命

revenda　s.f. 再賣;轉賣;倒賣

revendão, dona　adj. 倒賣的 ‖ s.m. 倒賣者

revendedor　s.m. 轉賣者;倒賣者

revender　v.t. 再賣;轉賣;倒賣

revenerar　v.t. 極尊敬;極崇敬

rever　v.t. 再看;察看;修正;改正;校正 ‖ v.r. 照鏡;反照;快慰 ‖ v.i. 滲出;顯露

reverberação　s.f. 回響,反響;反射,反射物;〔物〕混響

reverberante　adj. 2 gén. 回響的,反響的;洪亮的;〔物〕混響的;反射的

reverberar　v.t. 使回響,使反響;反射 ‖ v.i. 回響,反響;光耀;反光

revérbero　s.m. 回響,反響;反光

reverdecer　v.t. 使再綠起來 ‖ v.i. 變綠;發綠;〔轉〕恢復生機;復活

reverdejar　v.i. 變綠;返青

reverência　s.f. 尊敬,崇敬;敬意;鞠躬;△ sua ~ 大人;閣下(對主教的尊稱)

reverenciador, ra　adj. 崇敬的,尊敬的 ‖ s.m. 尊敬者;崇敬者

reverendíssima　s.f. 對主教等高級教士的尊稱

reverendíssimo, ma　adj. 最尊敬的(對大主教等高級教士的尊稱)

reverendo, da　adj. 可敬的;尊敬的;對牧師(或神父)的尊稱 ‖ s.m. 教士;牧師

reverente　adj. 2 gén. 恭敬的,尊敬的;虔誠的;虔敬的

reversão　s.f. 回復,復原;倒轉;〔律〕(財產等的)歸還,歸屬;繼承權

reversar　v.t. 反轉,倒轉

reverso, sa　adj. 反轉,倒轉;顛倒的;相反的;背面的,反面的 ‖ s.m. 背面,反面;反轉

reverter　v.i. 回復,還原;〔律〕(財產等的)歸還,歸屬(原主)

revertível　adj. 2 gén. 可回復的;可

逆的;可顛倒的;可反轉的;〔律〕可歸還原主的

revés *s.m.* 背面,反面;手背的擊打;反手擊打;挫折;災難;不幸;失敗 △ ao ～ 相反地

revesso, ssa *adj.* 反轉的,倒轉的;顛倒的;相反的

revestimento *s.m.* 鋪面,敷面,護面;護牆,擋土牆

revestir *v.t.* 再穿,加穿(衣服);覆蓋;鋪;敷;使具有(某種外表);具有 ‖ *v.r.* 穿著;裝飾

revezadamente *adv.* 輪流地;交替地

revezado, da *adj.* 輪流的

revezamento *s.m.* 輪流;交替

revezar *v.t.* 替換,更換 ‖ *v.i.* 輪換,輪流

revezes *s.f. e pl.* 相隔,交替,輪流

revigorar *v.t.* 使振作;使重有生氣,使復蘇

revindicta *s.f.* 再報怨;再報復;再報仇

revingar *v.t.* 再替……報仇;再爲……雪恥

reviramento *s.m.* 扭轉;調轉;搶風調向

revirar *v.t.* 再翻轉;扭轉,調轉 ‖ *v.i.* 再轉向 ‖ *v.r.* 返回;轉向;叛變

reviravolta *s.f.* 轉向;翻轉;突變

revisão *s.f.* 檢查;修改;修正;校正;校對;復查,複冒

revisionismo *s.m.* 修正主義

revisionista *adj. 2 gén.* 修正主義的 ‖ *s. 2 gén.* 修正主義者

revisor *s.m.* 校對者;修正者;檢票員

revista *s.f.* 檢查;檢察;清點;審閱;雜誌,報刊

revistar *v.t.* 檢查;視察;清點;審閱

revisto, ta *adj.* 已檢查的;已修改

的;已修正的;已校對的

reviver *v.i.* 復活;蘇醒;再生;恢復精力;復興 ‖ *v.t.* 記憶,回想

revivificação *s.f.* 復活;蘇醒;再生;恢復精力

revivificar *v.t.* 使復活;使振作;使恢復精力

revocação *s.f.* 撤回,召回,取消,廢除

revocar *v.t.* 撤回,召回;取消,廢除;回想

revocatório, ria *adj.* 廢除的;撤銷的;取銷的

revocável *adj. 2 gén.* 可廢除的;可撤回的;可取銷的

revogação *s.f.* 撤回;廢除;取銷;〔律〕撤銷

revogador *s.m.* 撤回者;取銷者;撤銷者

revogar *v.t.* 撤回;解除,廢除;取銷;撤銷

revogatório, ria *adj.* 廢除的,解除的;撤銷的;取銷的

revogável *adj. 2 gén.* 可廢除的;可撤回的;可取銷的

revolta *s.f.* 反抗,造反;起義,暴動;反叛

revoltado, da *adj.* 起來反抗的;起義的;反叛的

revoltante *adj. 2 gén.* 反抗的;造反的;起義的,反叛的;令人厭惡的

revoltar *v.t.* 使造反,使反叛;使憎惡;使起反感;令人厭惡 ‖ *v.r.* 叛變;起義,暴動

revolto, ta *adj.* 動盪的;混亂的;叛亂的;動亂的

revoltoso, sa *adj.* 暴動的,起義的;叛變的;反叛的 ‖ *s.m.* 暴動者,起義者;反叛者

revolução　*s.f.* 革命;劇變;變革;旋轉;〔天〕公轉

revolucionar　*v.t.* 使革命化;徹底改革

revolucionário, ria　*adj.* 革命的;大變革的 ‖ *s.m.* 革命者;革命黨人

revolvedor, ra　*adj.* 旋轉的,翻轉的 ‖ *s.m.* 旋轉者;翻轉者

revolver　*v.t.* 使旋轉;翻轉;細察,細想,默想 ‖ *v.i.* 旋轉,繞轉

revólver　*s.m.* 左輪手槍

reza　*s.f.* 祈禱,禱告;祈禱式

rezar　*v.i.* 祈禱,禱告

ria　*s.f.* 支流;小溪

riacho　*s.m.* 小河;溪流

riba　*s.f.* 堤岸,高堤;[俗]上面

ribalta　*s.f.* (舞台照明用的)灰光燈

ribamar　*s.m.* 海濱

ribanceira　*s.f.* 陡峭的河岸

ribeira　*s.f.* 河岸;河邊

ribeiro　*s.m.* 小河;小溪

ribombar　*v.i.* 轟鳴;雷鳴;怒吼

ribombo　*s.m.* 轟轟聲

ricaço, ça　*adj.* 極富有的 ‖ *s.m.* 富豪,大富翁

rícino　*s.m.* 〔植〕蓖麻

rico, ca　*adj.* 富有的,有錢的;富饒的,豐富的;富麗的;珍貴的;濃的;繁茂的 ‖ *s.m.* 富人

ricochete　*s.m.* (石片、子彈等的)回跳,跳飛

ricochetear　*v.i.* 跳飛,彈跳

rico-homem　*s.m.* 大貴族

ridicularia　*s.f.* 滑稽可笑的言行;無價值的東西

ridicularizar　*v.t.* 嘲笑,嘲弄;取笑,譏笑

ridiculizar　*v.t.* 嘲笑,譏笑;取笑,嘲弄

ridículo, la　*adj.* 滑稽的,可笑的,荒謬的 ‖ 可笑;荒謬

rifa　*s.f.* 彩票;抽簽;抽彩;對獎售物

rifador　*s.m.* 抽簽者;抽彩者

rifão　*s.m.* 諺語,格言

rifar　*v.t.* 抽彩;抽彩售貨;抽簽

rigidez　*s.f.* 硬,硬度,堅硬;嚴厲,嚴格,嚴肅

rígido, da　*adj.* 硬的,堅硬的;嚴格的;堅強的

rigor　*s.m.* 嚴格,嚴厲;嚴峻;嚴酷;艱苦;嚴密,精確

rigorismo　*s.m.* 嚴肅主義;嚴格的作風

rigoroso, sa　*adj.* 嚴厲的,嚴格的,嚴正的;嚴峻的;嚴酷的;嚴密的,精確的

rijamente　*adv.* 嚴厲地,嚴格地;堅硬狀

rijeza　*s.f.* 硬,硬度;嚴厲,嚴格,堅強

rijo, ja　*adj.* 硬的,堅硬的;嚴厲的;嚴格的,堅強的

rim　*s.m.* 腎,腰子

rima　*s.f.* 韻,韻腳;押韻;韻文

rimado, da　*adj.* 押韻的,音韻鏗鏘的

rimar　*v.i.* 押韻,合韻 ‖ *v.r.* 使押韻;作詩

rincão　*s.m.* 角落;幽靜處,偏僻之地

rinchar　*v.i.* 馬嘶

rincho　*s.m.* 馬嘶聲

rinoceronte　*s.m.* 〔動〕犀牛

rio　*s.m.* 河;江;河流;[轉]大量;流

ripa　*s.f.* 木板條;屋簷板,條板

ripado　*s.m.* 木板柵欄;斜條格欄

ripar　*v.t.* 蓋板條;作木柵欄

ripostar　*v.i.* 敏捷地回刺;回擊;反駁

riqueza　*s.f.* 財富,財產;富有;豐富;肥沃,富饒;珍貴;華麗

rir *v.i e r.* 笑;歡笑;取笑,嘲笑;歡喜

risada *s.f.* 高聲大笑;一陣笑聲

risadinha *s.f.* 微笑

risca *s.f.* 綫條;條紋;畫綫;界綫 △ ～ 嚴格地

riscado, da *adj.* 有綫條的;有條紋的;有畫綫的 ‖ *s.m.* 有條紋的織品

riscadura *s.f.* 綫條;條紋;畫綫

riscar *v.t.* 劃,劃去;刪去,取銷,除去 ‖ *v.r.* 被除名 ‖ *v.i.* 消失

risco *s.m.* 危險,風險;筆觸,條紋 △ correr o ～ 冒險

riso *s.m.* 笑,笑容,笑聲;笑料,笑柄

risonho, nha *adj.* 微笑的,含笑的;快樂的;可喜的

risota *s.f.* 〔口〕嘲笑

risote *adj. 2 gén.* 嘲笑的 ‖ *s.2 gén.* 嘲笑者;譏笑者;冷笑者

rispidez, rispideza *s.f.* 粗糙;粗暴;生硬;嚴厲

ríspido, da *adj.* 粗糙的;粗暴的;嚴厲的,生硬的

riste *s.m.* 矛托;槍座

ritmado, da *adj.* 有韻律的;有節奏的

rítmica *s.f.* 韻律學

rítmico, ca *adj.* 有韻律的;有節奏的

ritmo *s.m.* 韻律,格律;節奏;〔樂〕節拍,節奏;〔醫〕節律

rito *s.m.* 儀式,典禮;〔宗〕禮拜式;膜拜

ritual *adj. 2 gén.* 儀式的;典禮的 ‖ *s.m.* 儀式書;儀式,典禮;宗教儀式

ritualismo *s.m.* 儀式主義;〔宗教〕儀式研究

ritualista *s.2 gén.* 儀式主義者;精通（或研究）儀式的人 ‖ *adj. 2 gén.* 儀式主義的

rival *adj. 2 gén.* 競爭的,敵對的,對抗的 ‖ *s.2 gén.* 競爭者;對手;匹敵者

rivalidade *s.f.* 競爭,競賽;對抗

rivalizar *v.i.* 競爭,競賽;對抗

rixa *s.f.* 爭吵,爭鬧,爭鬥;喧嚷

rixador, ra *adj.* 爭吵的,爭鬧的 ‖ *s.m.* 爭吵者,爭鬧者

rizar *v.t. e i.* 〔海〕收帆

rizes *s.m. pl.* 〔海〕收帆索

robalo *s.m.* 〔動〕鱸魚

robô, robot *s.m.* 機器人;盲目執行者

roboração *s.f.* 加強,鞏固;證實;認可

roborante *adj. 2 gén.* 加強的,鞏固的 ‖ *s.m.* 〔醫〕强壯劑

roborar *v.t.* 加強,鞏固;證實;認可

robustecedor, ra *adj.* 加強的;鞏固的

robustecer *v.t.* 加強,鞏固;使健壯

robustez, robusteza *s.f.* 强壯,健壯;結實;鞏固;堅强

robusto, ta *adj.* 强健的,强壯的;有力的;大力的,堅强的,堅定的;粗魯的;牢固的

roca *s.f.* 紡綫桿,繞綫桿;岩石

roça *s.f.* 農場;新開墾的土地

roçagante *adj. 2 gén.* 拖地的;輕輕經過的

roçagar *v.i.* 拖地,拖着;輕輕地經過

rocambolesco, ca *adj.* 允滿驚險的;複雜的;奇怪的

roçar *v.t.* 割平;清除 ‖ *v.r.* 輕輕掠過

rocha *s.f.* 岩,岩石;礁石;石頭

rochedo *s.m.* 大岩石;大磐石;懸崖;〔解〕顳骨,顱蓋骨

rochoso, sa *adj.* 岩石的;多岩石的;

鐵石心腸的;冷酷無情的

rocinante *s.m.* 劣馬,瘦馬

rocio *s.m.* 露

roda *s.f.* 輪;圈;階層;界;拷問,輪刑;一片 △ à ~ de ……周圍

rodada, da *adj.* 有輪的;有輪印的 ‖ *s.m.* 車轍;踏成的路

rodagem *s.f.* 轉動,旋轉,滾動;輪機

rodante *adj. 2 gén.* 滾動的,轉動的

rodapé *s.m.* 〔建〕牆腳板;帷幔

rodar *v.t. e i.* 滾動,轉動,週轉;環繞;旋轉;運轉;搖擺

rodear *v.t.* 環繞;包圍,圍住;週遊 ‖ *v.r.* 圍繞,集合

rodeio *s.m.* 繞圈,繞行,彎路;〔轉〕遁辭;籍口

rodela *s.f.* 小圈,小輪,小圓盾

rodízio *s.m.* 活動小輪;水輪,水車

rodopiar *v.i.* 旋轉,迴旋,急旋;轉圈

rodopio *s.m.* 旋轉,迴旋;轉圈

rodovia *s.f.* 公路;大道

rodoviário *adj.* 公路的

roedor, ra *adj.* 鮫的,齦的;〔動〕齧齒目的 ‖ *s.m. pl.* 齧齒類動物

roedura *s.f.* 鮫,咬,齦;鮫痕,齦痕

roer *v.t.* 鮫,咬,齦;侵蝕,消耗;折磨;使煩憂 △ ~ a corda 食言

rogador, ra *adj.* 請求的,祈求的,懇求的 ‖ *s.m.* 請求者,祈求者,懇求者

rogar *v.t. e i.* 請求,祈求,懇求

rogativa *s.f.* 祈求,祈求辭

rogatório, ria; rogativo, va *adj.* 請求的,祈求的,懇求的

rogo *s.m.* 請求,申請,祈求,懇求 △ a ~ de alguém

rol *s.m.* 名册,名單;目錄;案卷,檔案

rola *s.f.* 〔動〕雌斑鳩

rolamento *s.m.* 旋轉;滾軸,軸承

rolante *adj. 2 gén.* 滾動的;轉動的;旋轉的

rolar *v.t.* 使滾動,使滾下,使轉動;割成段 ‖ *v.i. e r.* 滾動,滾下,轉動

roldana *s.f.* 滑輪;滑車

roldão *s.m.* 紊亂;雜亂;混亂 △ de ~ 混亂地

roleta *s.f.* 輪盤賭

rolha *s.f.* 軟木塞,塞子;〔俗〕惡漢,壞蛋

rolhado, da *adj.* 已塞住的;封口的(瓶)

rolhagem *s.f.* 加塞子

rolhar *v.t.* 加塞子,用塞子塞緊,塞住

roliço, ça *adj.* 圓筒形的,圓形的

rolo *s.m.* 圓筒;卷,卷狀物;捲曲的頭髮;(波浪的)翻滾;壓路機;壓型機;包裹;〔轉〕民眾,人羣;〔動〕雄鳩

romã *s.f.* 〔植〕石榴

romagem *s.f.* 朝聖,朝觀;進香;巡禮;遊遊

romança *s.f.* 抒情樂曲;浪漫曲

romance *s.m.* 虛構的故事,冒險故事,想像的小說;傳奇,浪漫文學;〔轉〕虛構,虛擬

romancismo *s.m.* 浪漫主義;小說體;傳奇體

romancista *s.2 gén.* 傳奇作家;小說家

romanesco, ca *adj.* 小說般的,傳奇式的;浪漫的,幻想的,虛構的;羅馬式的;羅曼語的 ‖ *s.m.* 羅馬式建築;羅曼語,拉丁系語言

romanização *s.f.* 羅馬化,拉丁化;用羅馬字體寫

romanizar *v.t.* 使羅馬化,使拉丁化;用羅馬字體寫

romano, na *adj.* (古)羅馬的;(古)

過;打斫;破壞,違反;開始;解散;開墾 ‖ *v.i.* 襲擊;進攻;裂開;開始;暴發 ‖ *v.r.* 分開;破碎,打破 △ ① ~ com 絕交 ② ~ a aurora 破曉 ③ ~ o contrato 違背條約 ④ ~ o segredo 泄漏秘 密 ⑤ ~ do dia 早晨

rompimento *s.m.* 打破;打碎;破裂; 毀壞;斷絕;裂口,裂孔

roncador *s.m.* 打鼾的人 ‖ *adj.* 打 鼾的

roncadura *s.f.* 打鼾;鼾聲

roncar *v.i.* 打鼾;〔轉〕怒吼,轟鳴

ronceiro, ra *adj.* 磨磨蹭蹭的;懶洋 洋的;緩慢的;懶惰的,懈怠的;緩緩而 行的

ronco *s.m.* 打鼾,鼾聲及吼聲

ronda *s.f.* 〔軍〕巡邏;巡邏隊;查崗; 查哨;偵察;繞圈子

rondante *adj. 2 gén.* 巡邏的,查崗 的;偵察的 ‖ *s.2 gén.* 巡邏者,查崗 者;偵察者

rondar; rondear *v.t.* 巡邏;巡視 (崗哨);偵察;轉圈 ‖ *v.i.* 巡邏;打圈 子,繞圈;放哨

roque *s.m.* (國際象棋的)車 △ sem rei nem ~ 無法無天

ror *s.m.* (俗)很多,許多;大量

rosa *s.f.* 〔植〕玫瑰花,薔薇花;玫瑰 色 ‖ *adj.* 玫瑰色的;玫瑰紅的;粉紅 色的 △ não há ~s sem espinhos 没有 不帶刺的玫瑰

rosáceo, cea *adj.* 〔植〕薔薇科的;薔 薇花形的;玫瑰色的

rosado, da *adj.* 玫瑰色的,粉紅色 的;用玫瑰做成的

rosal *s.m.* 玫瑰花壇,玫瑰花叢

rosário *s.m.* (天主教的)念珠;念珠 祈禱;玫瑰經

rosbife *s.m.* 烤牛肉;烤牛排

rosca *s.f.* 螺旋;螺絲,螺釘;螺狀物;

羅馬人的;羅馬天主教的 ‖ *s.m.* 古羅 馬人,羅馬人;羅馬天主教徒;羅馬字 體,正體字 △ ① império ~ 羅馬帝國 ②número ~ 羅馬數字 ③alfabeto ~ 羅馬體活字

romântico, ca *adj.* 浪漫的;荒唐 的;風流的;熱烈的;傳奇的;虛構的, 幻想的;浪漫主義的;浪漫派的

romantismo; romanticismo *s.m.* 浪 漫主義;浪漫精神

romaria *s.f.* 朝聖;參拜;漫遊,徒步 旅遊

romãzeira *s.f.* 〔植〕石榴樹

rômbico, ca *adj.* 菱形的,斜方形的

rombiforme *adj. 2 gén.* 菱形的;斜 方形的

rombo *s.m.* 〔幾〕菱形;斜方形;破 口,空缺;〔轉〕貪污,大的犯罪行爲 ‖ *adj.* 不銳利的,鈍的;(轉)愚蠢的

romboédrico, ca *adj.* 菱形體的;斜 方六面體的,菱柱體的

romboedro *s.m.* 〔幾〕菱形體;斜方 六面體

romboidal *adj. 2 gén.* 長菱形的;長 斜方形的

rombóide *s.m.* 〔幾〕長菱形;長斜方 形

romeira *s.f.* 女朝聖者;〔植〕石榴樹

romeiro *s.m.* 朝聖者;香客;〔動〕舟 鰤魚

romeno, -na *adj.* 羅馬尼亞的 ‖ *s.m.* 羅馬尼亞人;羅馬尼亞語

rompante *adj. 2 gén.* 驕傲自大的, 自負的;傲慢的 ‖ *s.m.* 高傲,自大;衝 動,狂怒;傲慢

rompedor *s.m.* 破壞者;打破者;衝 破者,毀壞者

rompedura *s.f.* 破,裂;裂口,裂隙

romper *v.t.* 弄斷,撕破,打破;撕碎, 打碎;衝破,突破;阻斷;打穿,穿過,通

圈形麵包;[俗]醉

roscar *v.t.* 使成螺旋狀;摔緊,扭緊 (螺絲)

roseira *s.f.* 玫瑰

roseiral *s.m.* 玫瑰花壇

róseo,sea *adj.* 玫瑰花的,玫瑰香的, 玫瑰色的

roseta *s.f.* 小玫瑰花;玫瑰形飾物;玫 瑰花飾

rosete *adj. 2 gén.* 玫瑰色的;粉紅色 的

rosita *s.f.* 小玫瑰;小薔薇

rosmaninho *s.m.* [植]迷迭香

rosnadela *s.f.* 咆哮,猙猙;吠,嗥

rosnador *s.m.* 咆哮者;抱怨的人;狂 吠的動物;猙獰的動物

rosnadura *s.f.* 咆哮,猙猙;狂吠,嗥

rosnar *v.t. ei.* (狗嗥)吠,嗥;喃喃低 語;(人)咆哮

rossio *s.m.* 廣場;購物區

rosto *s.m.* 臉,面部;前面,正面

rota *s.f.* 失敗,潰敗;[植]藤;[宗]羅 馬法庭(天主教最高法庭);[海]航向 △ de ~ batida 全速;疾駛

rotação *s.f.* 旋轉,轉動;循環,輪流

rotário, ria *adj.* 旋轉的,轉動的;循 環的,輪流的 ‖ *s.m.* 扶輪社

rotativo, va *adj.* 旋轉的,轉動的;循 環的,輪流的

rotatório, ria *adj.* (使)旋轉的, (使)轉動的;(使)循環的,(使)輪流的

roteiro *s.m.* 旅程;路線,旅行指南; [海]航線,航程指南

rotina *s.f.* 日常工作;常規,慣例;例 行程序;習慣性

rotineira *s.f.* 常規,慣例;例行公事; 例行程序

rotineiro, ra *adj.* 日常的;例行的; 常規的 ‖ *s.m.* 墨守成規者;事務主義

者

roto, ta *adj.* 衣服破爛的,衣衫襤褸 的;破碎的 ‖ *s.m.* 衣衫襤褸者

rótula *s.f.* [解]髕,髕骨,膝蓋骨

rotulado, da *adj.* 有標題的;有標簽 的;有商標的

rotular *adj. 2 gén.* 髕骨的 ‖ *v.t.* (給某物)加標題;加標簽;貼商標

rótulo *s.m.* 標題,標簽,商標;招牌

rotunda *s.f.* [建]有圓形頂的建築 物;圓形大廳;圓形廣場

rotundidade *s.f.* 圓;圓形物;圓胖

rotundo, da *adj.* 圓的;圓形的;圓 胖的

rotura *s.f.* 破裂,裂開;暴裂,決裂; 中斷

roubador *s.m.* 搶劫者;強盜;盜賊

roubalheira *s.f.* 搶劫,劫掠;盜取

roubar *v.t. ei.* 搶劫,劫掠,盜取;掠 奪;使失去

roubo *s.m.* 搶劫;盜取;偷竊

rouca *s.f.* [動]涉水鳥

rouco, ca *adj.* 嘶啞的,沙啞的

roufenhar *v.i.* 帶鼻音說話;發聲嘶 啞

roufenho, nha *adj.* 說話帶鼻音的; 發聲嘶啞的

roupa *s.f.* 布料製品;簾,幔,罩;衣 服,服裝 △① ~ de cama 牀上用品 ② ~ branca 襯衣,貼身衣

roupagem *s.f.* 衣服;布料;牀褥的統 稱;外衣

roupão *s.m.* 寬大的衣服;浴袍

rouparia *s.f.* 成衣商店;存衣室;大 量衣服

roupeira *s.f.* 衣物保管員

roupeiro *s.m.* 衣物保管員

rouqueira;rouquidão *s.f.* 聲音嘶 啞

rouquejar *v.i.* 發音嘶啞;變啞;(使)變粗

rouquenho, nha *adj.* 聲音嘶啞的

rouxinol *s.m.* 〔動〕夜鶯

roxear *v.t.* 使成紫紅色 ‖ *v.i.* 變成紫紅色

roxo, xa *adj.* 紫紅色的,紫的

rua *s.f.* 街道;街坊;街坊的人;〔轉〕馬路 ‖ *interj.* 滾! 出去! △ pôr na ~ 趕出

rúbeo, bea *adj.* 鮮紅的

rubéola *s.f.* 〔醫〕風疹

rubi *s.m.* 紅寶石,紅玉;紅寶石色,紅玉色

rubicão *s.m.* 障礙,妨礙;困難

rubim *s.m.* 紅玉,紅寶石

rublo *s.m.* 盧布(俄羅斯貨幣單位)

rubor *s.m.* 臉紅,害羞

ruborescer *v.i.* 臉紅,害羞;慚愧

ruborizar *v.t.* 使成紅色;使臉紅 ‖ *v.r.* 臉紅,害羞

rubrica *s.f.* 紅字標題;紅標簽;紅標記;簡短的簽名,用首字母簽名

rubricador *s.m.* 加紅標題者;作簡短簽名者

rubricar *v.t.* 加紅標題於;簽字;簽署;證明,證實

rubro, ra *adj.* 紅的,鮮紅的

rude *adj. 2 gén.* 未開化的,粗野的,粗魯的;無禮貌的

rudez; rudeza *s.f.* 粗野,粗魯,無禮,野蠻

rudimental; rudimentar *adj. 2 gén.* 基本的;初步的,起碼的;發展不完全的,退化的

rudimento *s.m.* 基本;初步,入門;萌芽,發育不全的器官;退化器官

ruela *s.f.* 小路;小徑

rufar *v.t. e i.* 擊鼓;起皺褶

rufia; rufião *s.m.* 流氓,暴徒,無賴;靠女人養活的人

rufiar *v.i.* 爲女人而爭鬥;靠女人活命

ruga *s.f.* 起皺,皺紋,皺褶

rugar *v.t.* 使起皺紋,作褶

rugido *s.m.* (獅的)咆哮聲;呼嘯;怒吼

rugidor, ra *adj.* 吼叫的,咆哮的,呼嘯的 ‖ *s.m.* 吼叫者;咆哮者

rugir *v.i.* (獅子)咆哮;呼嘯,澎湃;〔轉〕怒吼,叫囂

rugosidade *s.f.* 皺,多皺

rugoso, sa *adj.* 有皺的,多皺的

ruibarbo *s.m.* 〔植〕大黃

ruído *s.m.* 噪音,嘈雜聲,喧嘩聲,響聲;〔轉〕名望,聲譽;演出

ruim *adj. 2 gén.* 卑鄙的,卑劣的;很壞的,邪惡的;下賤的,下等的,下等的

ruína *s.f.* 毀滅,崩潰;毀壞;倒塌;沒落;瓦解;破產;衰落;*pl.* 廢墟;遺跡

ruinoso, sa *adj.* 毀滅性的,破壞性的;沒落的,將倒塌的;廢墟的

ruir *v.i.* 倒塌;沒落;崩潰,瓦解

ruivo, va *adj.* 黃褐色的;赤褐色的;紅髮的 ‖ *s.m.* 紅髮的人

rum *s.m.* 糖酒,甜酒

rumar *v.t.* 將船駛向;操舵導行

ruminação *s.f.* 反芻;再嚼;沉思

ruminante *adj. 2 gén.* 反芻動物的,反芻的;沉思的,反覆思索的 ‖ *s.m.* 反芻動物

ruminar *v.i. e t.* 反芻;再嚼;沉思,反覆思索

rumo *s.m.* (船的)航向,羅經方位,羅盤方向;途徑,前途

rumor *s.m.* 傳聞,流言;謠言

rupia *s.f.* 盧比(印度等國的貨幣單位)

ruptilidade *s.f.* 可裂性;可裂開

ruptura *s.f.* 破裂,裂開;決裂,斷絕;〔醫〕破裂;疝氣

rural *adj. 2 gén.* 農村的,鄉間的;田園的

rusga *s.f.* 噪音,嘈雜,混亂;搜查,搜捕

russo, ssa *adj.* 俄羅斯的;俄國的;俄羅斯人的,俄羅斯族的;俄語的 ‖

s.m. 俄羅斯人;俄國人;俄羅斯族;俄語

rústico, ca *adj.* 鄉村的,農村的;鄉村式的,田園的;粗俗的 ‖ *s.m.* 農村人;鄉下佬

rutilação *s.f.* 光耀,閃耀,閃光

rutilância *s.f.* 閃光,閃耀,光輝

rutilante *adj. 2 gén.* 閃光的;閃耀的

rutilar *v.t. e i.* (使)閃光;(使)閃耀

S

s *s.m.* 葡文第十八個字母

sábado *s.m.* 星期六,禮拜六

sabão *s.m.* 肥皂,胰皂;〔轉〕責罵,斥責

sabat *s.m.* 〔宗〕安息日,主日

sabatina *s.f.* 星期六的定期複習課;週六禮拜式

sabatinar *v.t. e i.* 討論,研究,切磋

sabedor, ra *adj.* 有學問的,博學的,精通的,瞭解的 ‖ *s.m.* 學者;博學的人

sabedoria *s.f.* 知識,學問;常識;智慧

saber *v.t.* 知道,瞭解,懂得;會,能夠,善於 ‖ *v.i.* 有(某種味道;瞭解,通曉 ‖ *s.m.* 知識,學問

sabichão, ona *adj.* 博學的;自作聰明的 ‖ *s.m.* 炫耀學問者

sabido, da *adj.* 有學問的,有學問的;通曉的,智慧的,聰明的;萬能的

sábio, bia *adj.* 博學的,有學問的;賢明的;通曉的,智慧的;深慮的 ‖ *s.m.* 學者;賢人,哲人;智者

saboaria *s.f.* 肥皂廠;肥皂庫;肥皂店

saboeiro *s.m.* 肥皂製造者;〔植〕石鹼草

sabonete *s.m.* 香皂

saboneteira *s.f.* 香皂盒

sabor *s.m.* 味,滋味;風味;味覺;〔轉〕風格,特色;品格,性質 △ a ~ de 依照

saborear *v.t.* 嘗試味道;享受

saboroso, sa *adj.* 有滋味的,有風味的;味美的,味道好的;饒有趣味的

sabotagem *s.f.* 損毀,故意毀壞;破壞活動

sabotar *v.t.* 搗毀,毀壞,破壞

sabre *s.m.* 馬刀,軍刀,佩刀

sabre-baioneta *s.m.* 剌刀

sabugal *s.m.* 西洋接骨木林

sabugo *s.m.* 〔植〕西洋接骨木;〔解〕角髓

sabugueiro *s.m.* 〔植〕西洋接骨木

sabujar *v.t.* 諂媚,阿諛,奉承

sabujice *s.f.* 諂媚,阿諛,奉承

sabujo *s.m.* 一種獵犬;〔轉〕諂媚者;阿諛者;奉承者

saca *s.f.* 包,袋,囊

sacada *s.f.* 〔建〕陽臺;看臺;滿滿一

袋

sacado *s.m.* 〔商〕受票人,(匯票)接受人

sacador *s.m.* 〔商〕開票人,(匯票)發票人

sacar *v.t.* 抽,拉,曳,没收;〔商〕提款

sacarificação *s.f.* 使糖化,使轉化成糖

sacarificar *v.t.* 使轉化成糖;使糖化

sacarina *s.f.* 糖精

saca-rolhas *s.m.* 塞鑽,螺絲錐

sacarose *s.f.* 〔化〕蔗糖

sacerdócio *s.m.* (神父、牧師、教士、祭司,僧侶的)職位或身份;(教會的)全體教士(或牧師等);〔轉〕高尚的職業

sacerdotal *adj. 2 gén.* 神父的,牧師的,教士的,祭司的,僧侶的

sacerdotalismo *s.m.* 祭司制度,神甫制度,僧侶政治

sacerdote *s.m.* 神父,牧師,教士;〔轉〕盡職之人

sacerdotisa *s.f.* 尼姑,女教士,女祭司

sacha *s.f.* 鋤,鑱

sachadela *s.f.* 耙地,鋤地

sachão *s.m.* 大鋤,大鑱

sacho *s.m.* 鋤,鑱

sachola *s.f.* 小鋤,小鑱

saciar *v.t.* 使充分滿足;使飽享;使滿意;充饑,解渴 ‖ *v.r.* 吃飽

saciável *adj. 2 gén.* 可充饑的,可解渴的;可使充分滿足的,可使滿意的

saco *s.m.* 袋子,包,囊;〔俗〕胖子,肥人;〔解〕囊

sacola *s.f.* 背包,挂包

sacolejar *v.t.* 搖動,震動,震盪

sacolejo *s.m.* 搖動,震動,震盪

sacramentado, da *adj.* 已接受聖事的

sacramental *adj. 2 gén.* 聖禮的,聖餐的;神聖的,受聖禮約束的

sacramentar *v.t.* 授聖事,給與聖禮 ‖ *v.r.* 受聖禮,拜領聖禮

sacramentário *s.m.* 聖禮書

sacramento *s.m.* 〔宗〕聖禮;聖事;聖餐

sacrário *s.m.* 神龕,聖器保存處;〔轉〕庇護所

sacratíssimo, ma *adj.* 非常神聖的,極神聖的

sacrificar *v.t.* 犧牲,獻出,貢獻,獻身;供奉,獻祭 ‖ *v.i.* 獻祭

sacrifício *s.m.* 犧牲,犧牲品;供品,祭品;貢獻,獻身

sacrilégio *s.m.* 瀆聖,瀆聖罪;褻瀆神聖

sacrílego, ga *adj.* 瀆聖的;褻瀆神聖的

sacripanta; sacripante *s. 2 gén.* 無用的人;歹徒,暴徒

sacrista *s.m.* 教堂司事(下級職員)

sacristã *s.f.* 教堂女司事;聖器看管人之妻

sacristão *s.m.* 教堂司事,聖器看管人

sacristia *s.f.* (教堂裏的)聖器收藏室

sacro, ra *adj.* 〔宗〕上帝的,神的,神聖的;宗教的;〔轉〕神聖的,鄭重的,莊嚴的;〔解〕骶骨,薦骨

sacrossanto, ta *adj.* 極神聖的;不可侵犯的

sacudida *s.f.* 搖動,震動;搖動,抖動

sacudidela *s.f.* 搖動,輕震,輕抖

sacudir *v.t.* 搖撼,搖動;抖動;使顫動;抖落,搖落;擺脱;敲打,擊打

sádico, ca *adj.* 虐淫的,性虐待狂

的;虐待狂的 ‖ *s.m.* 施虐淫者;性虐待狂者;殘忍的人

sadio, dia *adj.* 健康的,健全的,完整的

sadismo *s.m.* 施虐淫,性虐待狂,殘暴色情狂;虐待狂,極度殘暴

safa! *interj.* 啊!呀!

safanão *s.m.* 搖,振;用力搖動,振盪;[俗]巴掌,拍

safar *v.t.* 除去,擦掉;取走;穿破 ‖ *v.r.* 擺脫,逃脫

safardana *s. 2 gén.* 無恥的人,卑鄙的人;惡棍,賤人

safena *s.f.* 下肢一靜脈

safira *s.f.* 〔礦〕藍寶石;青玉;寶石藍(色),天藍色

safo, fa *adj.* 清潔的;自由的;準備的 △ pôr ～ 作好準備

saga *s.f.* 中世紀的北歐傳說,英雄傳記;女巫

sagacidade *s.f.* 精明,明智,睿慧,聰明;有遠見;伶俐

sagaz *adj. 2 gén.* 精明的,明智的,睿慧的,聰明的;有遠見的;伶俐的

sagração *s.f.* 獻祭,供神;奉獻;任聖職的儀式

sagrado, da *adj.* 神聖的,宗教的;莊嚴的,鄭重的;神聖不可侵犯的;不可褻瀆的 ‖ *v.t.* 奉獻,貢獻,獻身;供神;加冕;賜福

sagrar *v.t.* 奉獻,貢獻,獻身;供神;加冕;賜福

sagu *s.m.* [植]西(穀)米

saguão *s.m.* 門廊;(旅館、劇院入口處的)大廳

sagueiro *s.m.* 西(穀)米樹

saia *s.f.* 裙子,女裙;[俗]女子

saibrão *s.m.* 黏土,泥地

saibrar *v.t.* 鋪粗砂

saibreira *s.f.* 粗砂場,粗砂地

saibro *s.m.* 粗砂

saibroso, sa *adj.* 含粗砂的

saída *s.f.* 出口,門口,出路;出去,離開,退場,下台;銷路;[軍]突圍,衝出 △① beco sem ～ 死胡同,絕路 ② ter ～ 暢銷

saiote *s.m.* 襯裙,底裙

sair *v.t.* 出去,出門;離開,離家;出籠;告退,退出;(芽)長出,萌芽;發出;成功;結果,中獎;相似;公佈 ‖ *v.r.* 逃避 △① ～ ao pai 像父親 ② ～ da cadeia 出獄 ③ ～ barato 低價 ④ ～ bem 成功 ⑤ ～ um livro 出版一本書 ⑥ ～-se do perigo 脫險

sal *s.m.* 〔轉〕風味,風味;諷刺,辛辣;機智;*pl.* 鹽類;瀉鹽

sala *s.f.* 房間,室 △ ① ～ de espera 候車(船、機)室 ② ～ de estar 起居室 ③ ～ de jantar 餐廳 ④ ～ de visitas 會客廳

salada *s.f.* 色拉,沙律;生菜;[俗]大雜燴,混合物

saladeira *s.f.* 色拉碟;盛生菜的碟子

salamaleque *s.m.* 額手禮

salamandra *s.f.* 〔動〕蠑螈;火蛇,火怪

salame *s.m.* 意大利香腸

salão *s.m.* 大會客室;大廳;沙龍

salário *s.m.* 薪水,薪金;日薪;工資

salaz *adj. 2 gén.* 好色的,淫亂的,猥褻的

saldar *v.t.* 結帳,清償;清理(債務);甩賣,減價處理

saldo *s.m.* (債務的)結清,清償;餘額,差額;對照;(商品的)甩賣,減價處理;處理品,便宜貨

saleiro *s.m.* 鹽盅,鹽瓶;鹽商,製鹽的人 ‖ *adj.* 鹽的,有鹹味的

salésia *s.f.* [宗]慈幼會修女

salesiano, na *adj.* 慈幼會的,薩雷斯會的

saleta *s.f.* 小廳,小室,小房

salga *s.f.* 加鹽,腌,調鹽

salgação *s.f.* 腌,加鹽,調鹽

salgadeira *s.f.* 腌鹽罐,腌盤

salgado, da *adj.* 鹽腌的;有鹽味的;鹹的;[轉]詼諧的,辛辣的,昂貴的 ‖ *s.m.* 含鹽的土地

salgadura *s.f.* 腌,調鹽

salgar *v.t.* 加鹽於;腌;以鹽喂(動物)

salgueiral *s.m.* 柳樹林

salgueiro *s.m.* [植]楊柳,柳樹

salicilato *s.m.* [化]水楊酸鹽;水楊酸酯

salicílico, ca *adj.* [化]水楊酸的

saliência *s.f.* 凸起;突出;特點,特色

salientar *v.t.* 使凸起;使突出;使顯著,使成為卓著

saliente *adj. 2 gén.* 凸起的,突出的;顯著的;跳躍的,卓著的

salífero, ra *adj.* 產鹽的,含鹽的

salina *s.f.* 鹽田;鹽盤;鹽坑;鹽場

salinidade *s.f.* 鹽濃度,鹹度;鹽分,含鹽量

salino, na *adj.* 鹽的;含鹽的;鹹的

salitre *s.m.* [化]硝石,鉀硝,硝酸鉀

saliva *s.f.* 涎,唾液;吐涎;流唾液

salivação *s.f.* 流涎,流唾液;唾液過多

salivar *adj. 2 gén.* 涎的,唾液的 ‖ *v.i.* 分泌唾液

salmão *s.m.* [動]鮭;鮭肉

sálmico, ca *adj.* 唱讚美詩的,唱聖歌的

salmo *s.m.* [宗]讚美詩,聖詩,聖歌

salmoira ; salmoura *s.f.* 用鹽水腌;調鹽

salmoirar ; salmourar *v.t.* 用鹽水腌;調鹽

salobro, ra *adj.* 稍鹹的,微有鹹味的

saloiada *s.f.* 鄉下人,農民;村夫

saloio, ia *adj.* 鄉下的,農村的;[轉]愚昧的,無知的 ‖ *s.m.* 鄉下人,村夫;[轉]愚昧的人

salol *s.m.* [醫]水楊酸苯酯

salpica *s.f.* 撒,散播,散佈;噴灑,飛濺

salpicado, da *adj.* 撒的,散播的,散佈的;噴濺的,飛濺的;有斑點的

salpicadura *s.f.* 撒;散佈;噴濺;飛濺

salpicar *v.t.* 撒,散播,散佈;噴灑,濺污,使濺上;[轉]污辱

salpico *s.m.* 撒;散佈;噴灑;飛濺;潑撒

salsa *s.f.* [植]歐芹,荷蘭芹

salsada *s.f.* 混亂,紊亂;紛爭;狼藉

salsicha *s.f.* 臘腸,香腸;熱狗

salsichão *s.m.* 大臘腸,大香腸

salsicharia *s.f.* 臘腸店,香腸店

salsicheiro *s.m.* 製臘腸的人;賣臘腸的人

saltada *s.f.* 跳,跳躍;衝出,突擊,進攻;搶劫,掠奪;突訪

saltador, ra *adj.* 跳的,跳躍的,善跳的 ‖ *s.m.* 跳者;跳躍者

saltante *adj. 2 gén.* 跳的,跳躍的

saltão *s.m.* [動]蝗蟲,蚱蜢;[轉]善跳的人(或動物)

saltar *v.i.* 跳,跳躍;跳上,跳下;跳過;彈跳;發光,發火;脫落;掉下;爆炸;衝進;進攻 ‖ *v.t.* 跳過,越過;漏過,使脫落

salteada *s.f.* 攻擊,襲擊;搶劫,掠奪

salteado, da *adj.* 受到攻擊的,受到

襲擊的,被搶劫的,被掠奪的;挑選的,
選擇的

salteador *s.m.* 攔路賊;攔路打劫的
人;強盜

saltear *v.t.* 攔路打劫;突然襲擊;搶
劫,掠奪‖ *v.i.* 以盜為生

saltimbanco *s.m.* 庸醫,江湖醫生;
江湖藝人;〔轉〕不可相信的人,不能信
任的人

saltitante *adj. 2 gén.* 跳的,跳動的;
跳躍的

saltitar *v.i.* 跳,不停地跳動;〔轉〕不
安定;思慮

salto *s.m.* 跳,跳動;跳的距離,跳的
高度;(地面上的)坎坷;障礙物;瀑布;
激變,突變;跳躍,跳躍,跳動,掠奪;鞋
後跟 △ ① ～ em comprimento 跳遠
② ～ em altura 跳高 ③ ～ mortal 翻
筋斗 ④ ～ à vara 撑竿跳高

salubérrimo, ma *adj.* 非常健康的;
極衛生的

salubre *adj. 2 gén.* 有益健康的;
衛生的

salubridade *s.f.* 健康,衛生;有益於
健康;衛生

salubrificar *v.t.* 使有益於健康;使
適於衛生

salutar *adj. 2 gén.* 有益健康的,增
進健康的;有益的

salva *s.f.* 〔植〕鼠尾草屬植物;托盤;
致敬,歡呼;〔軍〕鳴槍致敬

salvação *s.f.* 救助,拯救;〔宗〕靈魂
的拯救;救世 △①bóia de ～ 救生圈
②exército de ～ 救世軍

salvador, ra *adj.* 救助的,拯救的‖
s.m. 救助者,拯救者;救星;〔宗〕救世
主,耶穌基督

salvaguarda *s.f.* 保護,保護;防衛,
防護,防備;維護,捍衛;保護措施;安
全通行證;安全裝置;護衛兵

salvaguardar *v.t.* 保護,維護;保衛,
捍衛

salvamento *s.m.* 救助,拯救;救護;
安全地點,避險地點;〔轉〕好結果

salvar *v.t.* 救,救出;挽救,拯救,搭
救;保全;保護,救命‖ *v.r.* 鳴
放禮砲‖ *v.r.* 得救

salva-vidas *s.m.* 救生,救生圈,救生
器具 △ barco ～ 救生艇

salve! *interj.* 好啊! (表示歡呼,祝
賀等)

salve-rainha *s.f.* 〔宗〕聖母頌

salvo, va *adj.* 安然的,無恙的,平安
的‖ *prep.* 除⋯⋯之外;除非 △①a
～ 安全,無事 ②estar ～ 平安無事

salvo-conduto *s.m.* 通行證;護照

samarra *s.f.* 法衣,袈裟;綿羊皮衣
服

samba *s.f.* 桑巴舞(一種源自巴西民
間舞的交誼舞)

sampana *s.f.* 〔海〕舢舨

samurai *s.m.* (日本封建時代的)武
士

sanação *s.f.* 治療,治愈,醫改

sanador, ra *adj.* 醫治的,治療的,
治愈的‖ *s.m.* 醫治者

sanar *v.t.* 醫治,治療,治愈;〔轉〕增
強

sanativo, va *adj.* 醫治的,治療的,
治愈的

sanatório *s.m.* 療養院;康復中心

sanção *s.f.* (法令等的)批准;確認,
認可;處分,懲罰,制裁;報應

sancionado, da *adj.* 受到處分的,
受到制裁的;〔轉〕已批准的;已認可的

sancionador, ra *adj.* 批准的;認可
的;處分的,制裁的‖ *s.m.* 批准者,認
可的;制裁者

sancionar *v.t.* 認可,批准;同意;支

持‚鼓勵

sandalha ；sandália *s.f.* 涼鞋‚便鞋‚(有扣帶的)拖鞋

sândalo *s.m.* 〔植〕檀香(木)

sandejar *v.i.* 語無倫次‚胡言亂語

sandeu, dia *adj.* 愚蠢的 ‖ *s.m.* 愚蠢的人

sandice *s.f.* 愚蠢‚蠢笨；愚行

sandio, dia *adj.* 愚蠢的‚愚笨的

sanduíche *s.f.* 三明治；夾肉麵包

saneamento *s.m.* 衛生；養生‚修理‚轉移

sanear *v.t.* 使衛生‚使符合衛生條件；使養生；補救‚改正‚修改；使健全

saneável *adj. 2 gén.* 可使衛生的；可使養生的‚可使健全的

sanefa *s.f.* 帳‚幔；掛布‚窗簾

sangrado, da *adj.* 用放血法治療的；〔轉〕損傷的

sangrador, ra *adj.* 放血的 ‖ *s.m.* 放血師

sangradouro *s.m.* 〔解〕肘窩；放血刀口

sangradura *s.f.* 放血；放血法；放出液體‚流血‚出血

sangrar *v.t.* 放血‚使出血；放出液體；傷害；強取‚敲詐(錢財)‖ *v.i.* 流血‚出血

sangrento, ta *adj.* 血的‚含血的；血腥的‚血淋淋的；殘忍的‚好殺戮的

sangria *s.f.* 放血；放水‚排水；淡葡萄酒飲料(用水加葡萄酒、糖和檸檬調製的清涼飲料)

sangue *s.m.* 血‚血液；體液‚組織液；〔轉〕生命；家族；血統；生氣；紈袴子弟 △ ① ~ arterial 動脈血 ② ~ venoso 靜脈血 ③ ~ real 皇族 ④ derramar ~ 流血 ⑤ estancar o ~ 止血

sanguessuga *s.f.* 〔動〕水蛭；吸血鬼

sanguinário, ria *adj.* 血淋淋的‚血腥的；好殺戮的‚殘忍的‚嗜血成性的

sanguíneo, nea *adj.* 血的‚含血的；血紅的‚有血色的 △ ① corpúsculo ~ 紅血球 ② grupo ~ 血型 ③ placa ~a 血小板 ④ plasma ~ 血漿 ⑤ pressão ~a 血壓 ⑥ soro ~ 血清 ⑦ vaso ~ 血管

sanguino, na *adj.* 血的‚含血的；血紅的‚有血色的；嗜血成性的‚殘忍的；血腥的 ‖ *s.m.* 血紅色

sanguinolência *s.f.* 嗜血；混血‚帶血‚多血；〔轉〕殘忍；好殺

sanguinolento, ta *adj.* 帶血的‚多血的；嗜血的‚〔轉〕嗜血的‚好殺戮的

sanidade *s.f.* 心智健全；神志正常；明智‚穩健；康健；衛生

sanificar *v.t.* 使合衛生‚使清潔

sanitário, ria *adj.* 關於環境衛生的；清潔的‚衛生的

sansão *s.m.* 大力士‚力大無比的人

sanscrítico, ca *adj.* 梵文的‚梵語的

sanscritismo *s.m.* 梵語詞

sanscritista *s. 2 gén.* 梵語學者‚梵文學者

sânscrito *s.m.* 梵文‚梵語

santa *s.f.* 女聖徒‚聖女；〔轉〕聖人；慈善的女人

santarrão, rona *adj.* 假聖者的‚偽君子的 ‖ *s.m.* 假聖者‚偽君子

santelmo *s.m.* 〔海〕檣頭電光

santidade *s.f.* 聖潔；神聖‚聖德；尊嚴；神聖不可侵犯性

santificação *s.f.* 使神聖‚使成神明；使聖潔；洗清罪孽

santificado, da *adj.* 被神聖化的‚被視爲神的

santificar *v.t.* 使神聖；使成神明；使聖潔‚洗清……的罪孽；尊崇‚供奉 ‖

v.r. 成爲神聖

santíssimo, ma　*adj.* 至聖的,最神聖的 ‖ *s.m.* 聖禮;聖餐;聖餅

santo, ta　*adj.* 神聖的,上帝的;宗教的;祭神的;聖潔的;不可侵犯的,不可褻瀆的 ‖ *s.m.* 聖人,聖者;聖徒像;(轉)品德高尚的人,純善的人 △ ① o ~ padre 教皇 ② Dia de Todos-os-Santos〔宗〕萬聖節(十一月一日)

santo-e-senha　*s.m.*〔軍〕口令

santola　*s.f.*〔動〕蜘蛛蟹

santonina　*s.f.*〔化〕山道年

santuário　*s.m.* 聖所,聖殿;教堂,寺院;避難所,庇護所

são, sã　*adj.* 健康的,健全的;完好的,正確的;堅固的,可靠的;忠實的 ‖ *s.m.* 健康的人;完好狀態 ‖ *adj.* 與santo 意義相同

são-bernardo　*s.m.* 雪山救人犬

sapa　*s.f.* 鑊,鍬;(軍)挖坑道;(俗)矮而醜的女子

sapador　*s.m.* 工兵;挖坑道者

sapata　*s.f.* 粗糙的鞋;(建)橫支柱;地基

sapatada　*s.f.* 用鞋擊打

sapatão　*s.m.* 大而笨重的鞋

sapataria　*s.f.* 鞋店;製鞋業

sapateada　*s.f.* 踏腳,頓足

sapateiro　*s.m.* 鞋匠;補鞋匠

sapatilha　*s.f.* 拖鞋;便鞋

sapato　*s.m.* 鞋;蹄鐵;鞋狀物

sapeca　*s.f.* 中國古銅錢

sapecar　*v.t.* 微燒,燎焦;使風乾

sapiência　*s.f.* 智慧,知識,學識

sapiente　*adj. 2 gén.* 智慧的,聰明的,有學識的

sapinho　*s.m.* 小青蛙;(植)紫堇;*pl.*〔醫〕鵝口瘡

sapo　*s.m.*〔動〕蟾蜍,癩蛤蟆

sapo-concho　*s.m.*〔動〕鱉;水魚

saponáceo, cea　*adj.* 肥皂的,肥皂質的;像肥皂的

saponificação　*s.f.*〔化〕皂化(作用)

saponificar　*v.t.* 使皂化

saponina　*s.f.*〔化〕皂草甙,皂角甙式

saporífero, ra　*adj.* 生味的,提味的

saporífico, ca　*adj.* 有味的,加味的,增味的

saque　*s.m.*〔商〕提款,取款;掠奪,強取

saqueador, ra　*adj.* 掠奪的,強取的,燒殺的,‖ *s.m.* 掠奪者,燒殺者;盜賊

saquear　*v.t.* 洗劫,掠奪,搶奪,強取

saqueio　*s.m.* 掠奪,搶奪;盜;燒殺

saquinho　*s.m.* 小袋,小皮包,書包

saquitel ; saquito　*s.m.* 小背包,小提包,小皮包

saracotear　*v.i.* 閒蕩,徘徊,走動 ‖ *v.t.* 搖動;擰,扭

saracoteio　*s.m.* 擰,扭;搖動,擺動

saraiva　*s.f.* 雹子,冰雹

saraivada　*s.f.* 雹暴

sarampão　*s.m.* 出麻疹,生疹

sarampelo　*s.m.*〔醫〕風疹

sarampo　*s.m.*〔醫〕麻疹,風疹

sarar　*v.t.* 治愈,使復原 ‖ *v.i.* 痊愈,復原

sarau　*s.m.* 晚會;舞會;音樂晚會

sarcasmo　*s.m.* 諷刺,挖苦,嘲笑;譏諷語;諷刺性

sarcástico, ca　*adj.* 諷刺的,挖苦的,嘲笑的

sarcófago　*s.m.* 棺,石棺,石墓

sarda　*s.f.* 雀斑,斑點;(動)跳魚

sardento, ta　*adj.* 斑點的;雀斑的

sardinha　*s.f.*〔動〕沙丁魚 △ ①

chegar a brasa à sua ~ 唯利是圖 ②
como~s em lata 擁擠不堪

sardoso, sa *adj.* 斑點的,雀斑的

sargaceiro *s.m.* 拾海帶和海藻的人

sargaço *s.m.* 〔植〕海藻,海帶

sargento *s.m.* 士官,軍士長;司務長
‖ *s.f.* 粗暴之女人

sarilhar *v.t.* 捲成……;〔軍〕架槍

sarilho *s.m.* 捲綫車,捲綫器,紡車;
〔機〕滑輪;〔軍〕槍架

sarja *s.f.* 斜紋布;〔醫〕手術排血,排
膿

sarjeta *s.f.* 水渠,水溝

sarna *s.f.* 疥瘡;發癢

sarnento, ta *adj.* 發癢的;長疥瘡的

sarnoso, sa *adj.* 發癢的,生疥瘡的

sarraceno, na *adj.* 回教徒的,伊斯
蘭教徒的 ‖ *s.m.* 回教徒,伊斯蘭教徒

sarrafo *s.m.* 板條,木片,木屑

sassafrás *s.m.* 〔植〕美洲檫木

satanás *s.m.* 魔鬼,惡魔,撒旦

satânico, ca *adj.* 魔鬼的;〔轉〕險惡
的;狂妄的 △ ① ~ plano ~ 險惡的計劃
② intenção ~a 用心險惡 ③ orgulho
~ 狂妄 ④ riso ~ 狂笑

satanismo *s.m.* 窮兇極惡;險惡行
徑;撒旦主義,崇魔主義

satélite *s.m.* 衛星 ‖ *adj. 2 gén.* 衛
星的 △ ① ~ artificial 人造衛星 ②
países ~s 衛星國,附庸國 ③ cidade ~
衛星城

sátira *s.f.* 諷刺,嘲弄

satírico, ca *adj.* 諷刺性的,喜歡諷
刺的,寫諷刺詩文的(作家)

satirizante *adj. 2 gén.* 諷刺的,嘲弄
的;〔轉〕批評的

satirizar *v.t.* 諷刺,嘲弄,譏諷

sátiro *s.m.* 半人半羊怪,森林之神;
〔轉〕好色之徒,色情狂

satisfação *s.f.* 高興,愉快;滿足,滿
意 ◇ descontentamento

satisfatório, ria *adj.* 滿意的,滿足
的,愉快的,如意的

satisfazer *v.i.* 使滿足,使滿意,使愉
快;償還 ‖ *v.t.* 遵守;保證 ‖ *v.r.* 飽
食;答應(要求);自我滿足 △ ① ~ as
dívidas 償還債務 ② ~ uma ordem 服
從命令 ③ ~ a um pedido 答應請求
④ ~ uma pessoa 使人滿足,使人欣慰
⑤ ~ uma promessa 允諾 ⑥ ~-se
com frutas 飽食水果 ⑦ ~-se por mão
própria 報私仇 ⑧ ~ as perguntas 解
答問題 ◇ descontentar

satisfeito, ta *adj.* 滿足的;快樂的;
食飽的

saturação *s.f.* 充滿,飽和

saturar *v.t.* 使充滿,使飽和

saturnal *adj.* 農神的,土星的 ‖ *s.f.*
〔古羅馬〕農神節;〔轉〕縱情狂歡,恣意
歡鬧

saturniano, na *adj.* 土星的;農神的

saturnino, na *adj.* 土星的,農神的,
鉛的;〔醫〕鉛中毒的

saturno *s.m.* 農神;〔天〕土星;〔化〕
鉛(舊稱)

saudação *s.f.* 問候;致敬;寒喧;歡迎

saudade *s.f.* 思念,懷戀,想念;渴望,
pl. 問候,致候

saudar *v.t.* 致敬,致意,問候;寒喧;
歡迎

saudável *adj. 2 gén.* 健全的;健康
的;有意義的;〔轉〕有價值的;良好的,
有用的,有益的 ◇ doentio

saúde *s.f.* 健康,健全,衛生 △ ①
Junta de ~ 健康檢查委員會 ②
Repartição Provincial dos Serviços de
~ 衛生廳 ③ À sua saúde (祝酒詞)祝
您健康;乾杯!

saudoso, sa *adj.* 思鄉的,戀家的;渴

望的

sáurios *s.f. pl.* 〔動〕蜥蜴類

savana *s.f.* 無樹的草原;牧場

saxofone *s.m.* 〔樂〕薩克管

sazonação *s.f.* 成熟

sazonado, da *adj.* 成熟的

sazonar *v.i.* 熟,成熟 ‖ *v.t.* 使成熟,完成 △O sol sazona os frutos 太陽使果子成熟 ◇ dessazonar

se *conj.* 若,假如,如果,是否 △ ① irei, ~ puder 如有可能,我去 ② não sei ~ me será possível 對我而言,不知是否能行 ③ ~ bem que 雖然

sé *s.f.* 主教堂,中央寺院 △Santa ~ 羅馬教堂,梵蒂岡,羅馬教廷

seara *s.f.* 糧田,農田,稻田 △Meter a foice em ~ alheia 干涉

sebáceo, a *adj.* 油脂的,脂肪的 △Glândulas ~as 皮脂腺

sebe *s.f.* 籬笆,柵欄,隔牆

sebento, ta *adj.* 多脂,脂肪濃厚;不潔的,污穢的

sebo *s.m.* 脂肪;油垢

seborreia *s.f.* 〔醫〕皮脂溢出

seboso, sa *adj.* 多脂肪的;油垢的

seca *s.f.* 乾旱,旱季;(俗)討厭,無趣

secação *s.f.* 烘乾,蒸發,乾燥

secadeira automática *s.f.* 自動乾燥機

secadoiro *s.m.* 烘乾室

secador *s.m.* 烘乾機;(理髮用)吹風機

secadouro *s.m.* 烘乾室

secagem *s.f.* 烘乾,蒸發,曬乾

secante *s.m.* 乾燥劑,催乾劑;〔轉〕討厭之人 ‖ *adj. 2 gén.* 使變乾的;〔數〕切割的 △ ① criança ~ 淘氣的孩子 ② linha ~ 〔幾〕割線

secar *v.t.* 曬乾,擦乾,烘乾,變乾

secativo *s.m.* 乾燥劑,催乾劑 ‖ *adj.* 促使乾燥的

secção *s.f.* 切割,切口,部分,片斷,册,(書籍之)章,節,項;(政府機關)科,股,部門;〔建〕剖面圖,截面;〔幾〕切面,剖面,平面;〔軍〕小隊,分隊,班

seccionar *v.t.* 劃分,分割,瓜分,切開,斷開

seco, ca *adj.* 乾的,枯的;凋謝的;無知覺的;〔喻〕瘦的;簡陋的 ‖ *s.m.* 沙灘,沙洲 △ ① a ~ 不包括膳食之薪金 ② ama ~a 保姆,(照料小孩的)阿姨 ③ carne ~a 肉,乾肉 ④ em ~ 擱淺 ⑤ ficar em ~ 駛上岸;擱淺 ⑥ estação ~a 旱季 ⑦ lavar a ~ 乾洗 ⑧ pessoa ~a 不敏覺的人,寡言之人 ⑨ planta ~a 乾枯的植物 ⑩ resposta ~a 簡短的回答 ⑪ riso ~ 苦笑,獰笑,冷笑 ⑫ roupa ~a 乾衣服 ⑬ vento ~ 疾風,刺骨的風 ⑭ vinho ~ 烈酒,白酒 ◇ molhado, húmido

secreção *s.f.* 〔生〕分泌;分泌物;分泌作用 △ ~ interna 內分泌

secreta *s.f.* (古時大學之)學位考試;〔宗〕獻禱經;〔口〕廁所;秘密警察

secretaria *s.f.* 秘書室,秘書處,書記處;部 △ ① ~ do Estado 内閣總理 ② ~ Notarial 公證處

secretária *s.f.* 女秘書,女文書,女書記;寫字檯,書檯

secretariado *s.m.* 秘書處,秘書處;書記之職,秘書之職;秘書之任期

secretário *s.m.* 秘書,書記,秘書(官);(某些國家的)部長或大臣 △ ~ do Estado (美國)國務卿

secreto, ta *adj.* 秘密的,機密的 △ ① doença ~a 性病 ② negócio ~ 秘密交易 ③ pacto ~ 秘密協議,秘約 ④ inimigo ~ 隱藏之敵 ⑤ porta ~a 暗門

sectário, ria *adj.* 宗派的;教派的;

sector *s.m.* 〔數〕扇形;方面;部門;部分;領域;階層;職級;派別;〔軍〕戰區

secular *adj. 2 gén.* 世紀的,每百年一次的,長期的;古老的,世俗的,歷時百年的,跨越世紀的 ‖ *s.m.* 俗人,凡人,俗人 △ ① festa — 百年節 ② árvore — 古樹

século *s.m.* 百年,世紀,時代;〔轉〕久,永久,長久 △ Há um ~ que não o vejo 很久沒有見到你了

secundar *v.t.* 支持,幫助,贊助;贊成,贊同 △ Todos nos secundaram com entusiasmo 大家都熱情地支持我們

secundário, ria *adj.* 第二位的,第二級的,中等的;次要的,輔助的；陪伴的 △ ① escola — a 中學 ② instrução ~a 中等教育 ③ época ~a 中世紀 ④ motivo ~ 次要理由 ⑤ produto ~ 副產品 ◇ principal

secundanista *s. 2 gén.* 大學二年級學生

secundinas *s.f. pl.* 〔解〕胞衣,胎盤;〔植〕內種皮

secundo, da *adj.* 第二的

secura *s.f.* 乾燥,乾涸;無趣味;〔轉〕冷淡,無感情 ◇ humidade, afabilidade

secure *s.f.* 大斧,板斧

seda *s.f.* 絲,蠶絲,生絲,絲織品,絲綫,綢緞 △ ~ artificial 人造絲

sedativo, va *adj.* 〔醫〕緩解性的,鎮靜的 ‖ *s.m.* 鎮靜藥

sede *s.f.* 座位,座席,(機構等)所在地,總部,本部;窗前放置的石櫈

sede(ê) *s.f.* 渴,口渴;渴望 △ ① fazer ~ 刺激,挑動 ② matar ~ 使滿足 ③ ter ~ a alguém 仇恨

sedentariedade *s.f.* 不動,固定;不

活潑;安靜,安寧,坐得住

sedentário, ria *adj.* 安坐的,常坐少動的;固定不動的 △ ocupação ~a 坐著幹的工作

sedição *s.f.* 暴動,叛亂,嘩變

sedicioso, sa *adj.* 騷動的,暴動的,叛亂的 ‖ *s.m.* 騷動者,暴動者,叛亂者

sedimentação *s.f.* 沉澱,沉積,下沉

sedimentar *adj.* 沉澱物的,沉積物的 ‖ *v.i.* 沉澱,沉積

sedimento *s.m.* 沉渣,沉積物,沉澱物

sedimentoso, sa *adj.* 沉澱物的,沉積物的

sedoso *adj.* 絲的,絲製的,如絲的;綢的,如綢的

sedução *s.f.* 引誘,勾引;誘惑;誘惑力,吸引力,魅力;唆使

sedutor, ra *adj.* 引誘的,勾引的,具有魅力的 ‖ *s.m.* 引誘者,勾引者;誘姦者,騙姦者

seduzir *v.t.* 迷惑,誘惑,引誘,勾引;誘姦,騙姦;吸引;唆使

sega *s.f.* 收割,收穫;犁頭鐵,犁刀

segada *s.f.* 收割;收穫;收割期

segadeira *s.f.* 收割機,聯合收割機

segador *s.m.* 收割者,收穫人

segar *v.t.* 收,收割,收穫

sege *s.f.* 古代二輪馬車;現指一般二輪馬車,驛車

segmentação *s.f.* 〔生〕分裂;分割;切斷

segmentar *v.t.* 分裂,分成小部分

segmento *s.m.* 塊,斷,段,片;〔動〕弓形;〔動〕體節,環節;〔機〕活塞環

segredar *v.t.* 耳語,秘密傳述,低聲說話

segredeiro, ra *adj.* 耳語的,密語

的,告密的

segredinho　*s.m.* 耳語,低語

segredo　*s.m.* 秘密;機密;拘留所 △ ① os ~s da Natureza 大自然的奧秘 ② ~ de Estado 國家機密 ③ em ~ 秘密地④ pôr um preso no ~ 把犯人關進拘留所

segregação　*s.f.* 隔離,分離;分斷;分泌物 △ ~ racial 種族隔離

segregar　*v.t.* 使分離,使分開;分泌; [解]割,切;[轉]移開,推開,放在一旁

seguida　*s.f.* 連續,不斷,連綿 △ de ~ (或 em ~)以後,隨即

seguidamente　*adv.* 連貫地,不間斷地;緊接着,隨後;以後,其後,後來

seguido, da　*adj.* 連貫的,不間斷的;隨即的;經常的

seguidor　*s.m.* 追隨者,門徒,信徒,黨羽;(女性的)求婚者,追求者

seguimento　*s.m.* 跟蹤,追逐;連接;繼續;後果,結果

seguinte　*adj.* 次的,繼續的,下列的 ‖ *s.m.* 繼續者,隨後的事物 △ ① dia ~ 次日 ② mês ~ 下個月

seguir　*v.t.* 跟蹤,追隨;注視,跟蹤;效法,遵從;奉行,仿效 △ ① a ~ 接着,相繼而起 ② ~ um animal 追逐野獸 ③ ~ um caminho 順路而行 ④ ~ um exemplo 效仿樣本 ⑤ ~ uma moda 追時髦兒 ⑥ ~ a ordem 依照秩序 ⑦ ~ uma pessoa 追隨某人

segunda-feira　*s.f.* 星期一

segundo, da　*adj.* 第二位的;副的 ‖ *prep.* 按照,依照,根據 ‖ *s.m.* 第二,次者;副手,助手;[時間,弧度,經緯度之秒];[轉]瞬間,刹那 △ ① Classificar-se em ~ lugar num exame 考試獲第二名 ② D. João Segundo 約翰皇二世 ③ O hóspede deve agir ~ as conveniências do anfitrião 客隨主便 ④

Esperar um ~ 等一秒鐘,稍候 ⑤ sem ~ 無可匹敵的,無與倫比的,舉世無雙的 ⑥ vinte ~s 二十秒鐘 ⑦ andar 三樓 ⑧ ~a classe 二年級 ⑨ ~ classificado 亞軍 ⑩ ~a edição 再版,第二版 ⑪ ~ filho 次子 ⑫ ~a Guerra Mundial 第二次世界大戰 ⑬ ~ prémio 亞軍獎

segundogénito　*s.m.* 次子

segurado, da　*adj.* 已辦保險的,已人保險的 ‖ *s.m.* 投保者,參加保險者,被保險者

segurador　*s.m.* 保險者,保人,保證人;保險裝置

segurança　*s.f.* 安全,平安;安穩 △ ① com ~ 安然,安全,穩固 ② em ~ 安穩地 ③ Estar em ~ 安然無恙 ④ para ~ 小心地 ⑤ perigo

segurar　*v.t.* 使安全;使牢靠;使保險;使結實 ‖ *v.r.* 拉緊,握緊;預防,預防 △ ① ~ um animal 縛住一隻野獸 ② ~ uma dívida 以某物擔保 ③ ~ uma informação 證實一則消息 ④ ~ um prédio 辦理房屋保險 ⑤ ~ se contra um perigo 預防危險 ⑥ ~ -se a tempo e horas 常備不懈

seguro　*adj.* 安全的,可靠的 ‖ *s.m.* 保險;保險業 △ ① o ~ morreu de velho 小心駛得萬年船 ② ~ contra ~ de velda 生命保險,人壽保險 ④ ~ contra acidentes 意外傷害保險 ⑤ ~ marítimo 海上保險 ⑥ ~ contra incêndios 火災保險 ⑦ anular um ~ 取消保險 ⑧ apólice de ~ 保險單 ⑨ companhia de ~s 保險公司

seio　*s.m.* 胸部;乳房;懷抱;內部,裏面;海灣;心;*pl.* 乳躰 △ ① dar o ~ 哺(給)乳 ② ~ de Deus 天堂 ③ meter a mão no ~ 捫心自問 ④ no ~ de 在……之中

seis　*num.* 六,六的 ‖ *s.m.* 六個

seiscentos *num.* 六百,六百的

seistavado, da *adj.* 六角形的;六邊六角的

seita *s.f.* 宗派;教派

seiva *s.f.* 汁,液,各種植物的汁;〔轉〕青春活力;精華

seivar *v.t. e v.i.* 擺脫,掙脫;放開,解開,打開

seivoso, sa *adj.* 多汁的

seixal *s.m.* 碎石很多的地方

seixo *s.m.* 小石塊;卵石;火石

seixoso, sa *adj.* 多碎石的

sela *s.f.* 鞍 △ cavalo da ~ 坐在車夫左側的馬

selado, da *adj.* 有鞍的;蓋印的

selar *v.t.* 裝鞍;蓋印;終結;締盟

selecção *s.f.* 挑選,選擇,選拔;精選物,集錦,選集 △ ① ~ das obras militares clássicas 古代軍事文選 ② ~ natural 〔生〕自然選擇,自然淘汰

seleccionar *v.t.* 選擇,挑選,選拔,選舉

selecta *s.f.* 文選

selecto, ta *adj.* 挑選出來的,精選的;精美的,精良的;高級的,最佳的,優秀的,出類拔萃的

selector *s.m.* 〔電話〕選擇器;挑選者

seleiro *s.m.* 做馬鞍之工匠;製馬具之工匠

selenita *s. 2 gén.* (假設中的)月球人

selha *s.f.* 木盆,木桶

selim *s.m.* (自行車、單車、摩托車)鞍座

selo *s.m.* 印,印章 △ ~-de-salomão 〔植〕玉竹

seltz *s.m.* △água de ~ 礦泉水,蘇打水

selva *s.f.* 叢林,森林

selvagem *adj. 2 gén.* 野的,野生的;粗魯的;沒有文化的‖ *s. 2 gén.* 野蠻人,未開化者的,野人

selvagíneo, nea *adj.* 森林中的;野生動物的

selvagino, na *adj.* 同 selvagíneo

selvajaria *s.f.* 野蠻,兇暴,兇殘;不開化;野生

selvático, ca *adj.* 出生在森林中的;野生動物的;〔轉〕野蠻的,獸性的

sem *prep.* 無,不,缺 △ ① ~ fim 沒頭兒,沒完 ② ~ conta 無法計算的,無數的 ③ ~ conta nem medida 過分 ④ ~ dinheiro 無錢,貧窮 ⑤ ~ dúvida 無疑 ⑥ ~ emprego 無業 ⑦ ~ embargo 雖然,但是 ⑧ ~ casa 無家可歸 ⑨ passar ~ … 無……亦可過得去 ⑩ ~ que 若不,若無 ⑪ ~ sentidos 無感覺 ⑫ ~ tir-te nem guar-te 未得警告而…… ⑬ senão 無缺點 ⑭ ~ mais 別無他言,就此而已

semafórico, ca *adj.* 信號裝置的

semáforo *s.m.* 交通信號燈,交通指揮信號燈,紅綠燈;〔海〕海岸信號機,海岸信號塔;〔鐵路〕臂板信號機

semana *s.f.* 一星期,一週間 △ ① ~ dos nove dias 不可能之事 ② ele está de ~ 本週他值班 ③ daqui a uma ~ 一星期後 ④ ~ a ~ 按星期計算 ⑤ uma ~ de viagem 一星期旅行 ⑥ dentro duma ~ 一週內 ⑦ os dias da ~ 週日(一週中除星期日外之日子)⑧ ~ santa 〔宗〕聖週(聖誕節前的一週)

semanal *adj.* 一週的,週的

semanário, ria *adj.* 每週的‖ *s.m.* 週刊

semantema *s.m.* 〔語〕詞根;字義,語義

semântica *s.f.* 〔語〕語義學;字義

semântico, ca *adj.* 語義學的;字義的

semblante *s.m.* 相貌;表面;方面

sem-cerimónia *s.f.* 隨便,任意;不必客氣

sêmea *s.f.* 麥粉,麵粉 △pão de ~ 麵包

semeado, da *adj.* 播種的;散佈的

semeador, ra *adj.* 播種的 ‖ *s.m.* 播種者,播種機

semeadura *s.f.* 播種

semear *v.t.* 播種 △ ① quem semeia vento colhe tempestade 玩火自焚 ② à mão de ~ 垂手可得;近在眼前

semelhança *s.f.* 相似,相近 △ à ~ de 仿效 ◇ dissemelhança

semelhante *adj.* 相似的,類似的 △o nosso ~ 別的人,其他人 ◇ dissemelhante, diferente

semelhar *v.t.* 相似,類似 ◇ diferir

sémen *s.m.* 精液;種子

semente *s.f.* 種子;精子

sementeira *s.f.* 已播種之田地;〔轉〕根源,根子

semestral *adj. 2 gén.* 半年的,歷時半年的;每半年一次的

semestre *s.m.* 半年;一學期

semi *pref.* 一半,半

semiaberto, ta *adj.* 半開的

semianual *adj. 2 gén.* 每半年的

semianular *adj. 2 gén.* 半圓的

semibreve *s.f.* 〔樂〕全音符

semicircular *adj. 2 gén.* 半圓的

semicírculo *s.m.* 半圓

semicolcheia *s.f.* 〔樂〕十六分音符

semicúpio *s.m.* 浴盆,浴缸

semideus *s.m.* 半神,半神半人

semidivino, na *adj.* 半神的

semifusa *s.f.* 〔樂〕雙三十二分音符

semi-homem *s.m.* 半人

semi-interno, na *adj.* 走讀的 ‖ *s.m.* 走讀生

semilunar *adj. 2 gén.* 半月的;半月形的

semilúnio *s.m.* 半月(亮)

semimorto, ta *adj.* 半死半活的,不死不活的

seminação *s.f.* 播種法

seminal *adj. 2 gén.* 種子的;精液的;〔轉〕產品

seminário *s.m.* 神學院;討論會;研究班;苗畦,秧田

seminarista *s.m.* 神學院學生

semínima *s.f.* 四分音符

seminu, nua *adj.* 半裸體的

semita *adj. 2 gén.* 閃米特族的 ‖ *s. 2 gén.* 閃米特族人

semitismo *s.m.* 閃米特族語;閃米特族勢力;猶太人的觀念或勢力

sem-justiça *s.f.* 不公正,不公道,不公平

semovente *adj. 2 gén.* 可自動移動的 △bens ~s 動產(指牲畜,奴隸等)

sem-par *adj. 2 gén.* 無敵的,無雙的

sempiterno, na *adj.* 永久的,永恒的,永遠的;無窮的

sempre *adv.* 往往在地,常常地,經常地,始終地 △ ① para ~ 永遠 ② ~ que 無論何時,每次 ③ ~ nem ~ 不常 ④ quase ~ 幾乎經常 ⑤ ~ há cada pateta 常有這種笨人 ⑥ ~ é certo que 到底是真的 ⑦ até ~ 回見 ⑧ ~-noiva 或~-verde 或~-viva)四季常青

senado *s.m.* 參議院

senador *s.m.* 參議員

senão *conj.* 否則,不然,只(是、有)‖ *s.m.* 缺點;*pl.* 困難 △ ① não tenho ~ que esperar 我只有等候 ② não se ouviam ~ gritos 只聽到喊聲 ③ não come ~ fruta 他只吃水果 ④não vi lá ninguém~ o meu amigo 我只見我的朋友在那兒 ⑤ fuja, ~ morre (快)逃, 否則會死亡 ⑥ não gosta de ninguém~ da mãe 只愛母親 ⑦não há beleza sem ~ 有樂必有苦或沒有十全十美的

senas s.f. (骰子)六點

senda s.f. 路, 羊腸小道, 田間小徑, 庭院過道 ;(轉)道路, 途徑

sendeiro s.m. 又老又瘦的馬;二流子, 無用之輩; 小路

sene s.m. (植)山扁豆, 決明

senha s.f. 暗號;記號, 標記;(軍)口令

senhor s.m. 家主, 主人;先生;領主;⟨M⟩上帝;(口)丈夫 △ ① estar ~ de alguma coisa 擁有, 掌握 ② ~ do seu nariz 任性, 一意孤行 ③ ser ~ de si 自決自主

senhora s.f. 女士, 婦人, 太太;主婦;(口)妻子, 老婆 △ Nossa ~ 聖母

senhoraça s.f. 胖婦女;模仿貴婦人而穿着華麗的婦女

senhorear v.i. 善於玩弄權勢‖v.t. 壓制, 控制

senhoria s.f. 女主人 △ A Vossa ~ 閣下

senhorio s.m. 大人, 閣下;領主;領地

senhorita s.f. 小姐

senil adj. 老年的, 高齡的, 年邁的

senilidade s.f. 老年, 高齡, 年邁

sénior adj. 2 gén. 年長的(與人名連用, 以區別其他同名者)‖s.m. (體育)(一般指十八歲以上的)運動員 ◇ júnior

seno s.m. (數)正弦

sensação s.f. 感覺, 感動, 激動;震動, 轟動

sensacional adj. 2 gén. 可以感覺到的;引起震動的, 引起轟動的, 聲人聽聞的;(口)極好的, 非常好的 △ uma notícia 一個聲人聽聞的消息

sensabor, ra adj. 淡而無味的‖s.m. 無趣味, 無味

sensaborão s.f. 淡而無味, 無趣味;極為煩惱

sensatamente adv. 明智地, 聰明地;審慎地

sensatez s.f. 明智, 聰明;審慎

sensato, ta adj. 有見地的, 明智的, 聰明的;審慎的

sensabilidade s.f. 敏感性, 敏感;感覺, 感覺能力;過敏, 過敏性;情感, 情感脆弱, 多愁善感;(攝)靈敏度;(攝)感光度 △ ① ~ afectiva 情感 ② ~ artística 藝術感 ③ ~ orgánica 機體感受

sensibilizar v.t. 使敏感;使靈敏;使易感光

sensitiva s.f. 含羞草, 敏感性的植物

sensitivo, va adj. 有感覺的

sensível adj. 易感覺的, 敏感的;怕痛的 △ corda ~ 弱點, 痛處

senso s.m. 理智, 官能, 知覺, 判斷力 △ bom ~ 明智

sensorial adj. 2 gén. 感官的, 知覺的

sensório, ria adj. 感官的‖s.m. 感覺中樞

sensual adj. 2 gén. 感官的, 感官上(享樂)的, 激起身體上快感的(事物);好色的, 淫蕩的

sensualidade s.f. 性感, 好色, 淫蕩, 荒淫

sensualismo s.m. 感覺論;肉慾主義

sensualista s. 2 gén. 感覺論者;肉慾主義者, 好色之徒

sensualizar v.t. 使沉醉於色情;使

性感化

sentar *v.t.* 使人座,使就座 ‖ *v.r.* 坐,入座,就座

sentença *s.f.* 意見,觀點;判斷;決定;看法,見解;[法]判決

sentenciado, da *adj.* 判決的,判定的

sentenciar *v.i. et.* 判決,判定;宣告定論

sentido *s.m.* 感覺;五官;知覺 ‖ *adj.* 敏感的;悲哀的 △ ① sentido! 注意![軍]立正! ② Tomar ～ 留心 ③ no ～ de 關於……,在……方面 ② pôr todos os cinco ～s 全神貫注,竭盡全力 ⑤perder os ～s 失去知覺

sentimental *adj. 2 gén.* 傷感的,多愁善感的,多情的,感情用事的,情意綿綿的

sentimentalismo *s.m.* 多愁善感,多情主義,情意綿綿;感傷主義

sentimentalista *adj. 2 gén.* 感情主義者,多愁善感者

sentimento *s.m.* 感覺,情感,感情;哀傷

sentina *s.f.* [海]底艙;[轉]陰溝,污水溝,航髒的地方;[轉]鹽穢場所

sentinela *s.f.* 哨兵,守兵

sentir *v.t.* 感覺,感到,覺察,感受,體會;對某事感到遺憾,感到疼心,感到抱歉,感到惋惜,感到後悔 ‖ *v.i.* 有感覺,有知覺 △ ① ～ o cheiro das flores 聞到花香 ② ～ frio 感覺冷 ③ ～ calor 感覺熱

senzala *s.f.* 黑人居住的房屋;黑人之村落

sépala *s.f.* [植]萼片

separação *s.f.* 分離,別離,分別 ◇ união, reunião

separado, da *adj.* 分開的,分離的,分別的 △em ～ 分別地

separar *v.t.* 分,分離,分開 ‖ *v.r.* 離別;分離

separata *s.f.* (報刊文章之)單行本,小冊子

separatismo *s.m.* 分裂主義

separatista *adj. 2 gén.* 分裂主義的;傾向分裂的 ‖ *s. 2 gén.* 分裂主義者

sépia *s.f.* [動]烏賊,墨斗魚;深棕色;烏賊墨顏料

septenal *adj. 2 gén.* 七年的;七年間的;七年一次的

septénio *s.m.* 七年之期

septicémia *s.f.* 敗血病,敗血症

septicémico, ca *adj.* 敗血的

séptico, ca *adj.* 導致腐敗的,催腐的

septuagenário, ria *adj.* 七十歲的,七旬的 ‖ *s.m.* 七旬老人,古稀之人

septuagésima *s.f.* [宗](四旬齋前三週的)星期日祭

septuagésimo, ma *adj.* 第七十的;七十分之一的

septuplicar *v.t.* 七倍;乘七

séptuplo, pla *adj.* 七倍的,七重的;乘七的

sepulcral *adj. 2 gén.* 墳墓的,陵墓的;[轉]陰森的

sepulcro *s.m.* 墓;陵墓;墓碑

sepultador *s.m.* 埋葬者,掘墓人,殯葬工人

sepultar *v.t.* 埋葬,安葬;[轉]掩藏,隱藏

sepultura *s.f.* 墳墓,墳穴

sepultureiro *s.m.* 殯葬工人

sequaz *s.m.* 黨員;同黨人,黨羽,追隨者,黨徒,走狗

sequeiro, ra *adj.* 乾的;旱的 ‖ *s.m.* 烘乾機,乾燥器;曬衣場,晾曬場 △culturas de ～ 旱田作物

sequência *s.f.* 後續，後繼，繼續，連續，系列

sequente *adj. 2 gén.* 隨後的，後續的，繼續的，接在後面的

sequer *adv.* 最少，至少 △ ① nem ~ me falou 對我亦不說 ② nem ~ um pode 無 ③ podia ~ ser delicado 最低限度你可以有禮貌 ④ suspeita ele ~ o perigo? 他亦懷疑有危險？

sequestração *s.f.* 沒收，扣押，劫持，要挾，挾持

sequestrador, ra *adj.* 扣押財產的，沒收財產的 ‖ *s.m.* 沒收財產者，劫持者

sequestrar *v.t.* 扣押，劫持，挾持 ‖ *v.r.* 隔離，隱退

sequestro *s.m.* 扣押，沒收，劫持，引退

sequidão *s.m.* 乾燥，乾涸，渴，渴望 △ ~ de espírito 精神不振

sequioso, sa *adj.* 口渴的，乾旱的，渴望的 △ ① terras ~as 乾旱的土地 ② ~ de saber 渴求知識

séquito *s.m.* 隨從人員，隨行人員

ser *v.i.* 是，存在，存在之物 ‖ *pl.* 生靈 △ ① a não ~ 除⋯⋯之外 ② a não ~ que 除非 ③ a como é o quilo? 一公斤多少錢？ ④ ~ de ⋯ 屬於⋯⋯所有，由⋯⋯（材料）製成 ⑤ ~ de ver 值得注意 ⑥ não poder ~ 不可能 ⑦ pensante 人，生物 ⑧ ~ vivo 生物 ⑨ mercadoria em ~ 商品，貿易品

seráfico, ca *adj.* 天使的，天使般的，上等的

serafim *s.m.* 六翼天使；〔轉〕美人，絕代佳人

serão *s.m.* 晚；晚會；夜班；夜班報酬

serapilheira *s.f.* 粗麻布

sereia *s.f.* 美人魚，喇叭，汽笛

serenar *v.t.* 使安靜；使平靜 ‖ *v.r.* 安靜，鎮靜

serenata *s.f.* 小夜曲，夜歌

serenidade *s.f.* 晴朗，晴和；安詳，寧靜；沉着，冷靜；平和，平靜

sereníssimo, ma *adj.* 睛朗的，晴空萬里的；尊貴的（殿下，陛下，閣下）

sereno, na *adj.* 晴朗的，無雲的 ‖ *s.m.* 夜露；更夫，守夜巡邏

seresma *s.f.* 又老又醜的女人；廢物；病秧子

serial *adj. 2 gén.* 連續的，順序的，繼續的

seriar *v.t.* 按順序排列；使連續不斷

sericícola *adj. 2 gén.* 養蠶的；養蠶業的 ‖ *s. 2 gén.* 蠶農

sericicultor *s.m.* 養蠶家，養蠶人，蠶農

sericicultura *s.f.* 養蠶業

série *s.f.* 連續；系列；組，套，批；〔數〕級數；〔化〕系，列，型；〔電〕串聯 △ em ~ 成批地；不斷地

seriedade *s.f.* 嚴肅，莊重，正經，認真

seringa *s.f.* 注射器；*bras.* 橡膠；〔口〕不速之客，不受歡迎者

seringadela *s.f.* 注射

seringar *v.t.* 注射；〔轉〕煩擾，打擾

seringueira *s.f.* 巴西橡膠樹

sério, ria *adj.* 莊重的，嚴肅的 ‖ *s.m.* 嚴肅，正經 △ ① a ~ 嚴肅地 ② tomar a ~ 重視，關注，費心

sermão *s.m.* 說教，規勸，訓誡

sermonário *s.m.* 經文集，經書

serôdio, dia *adj.* 晚熟的；晚生的，晚成的；遲到的 △ ~ temporão

serosa *s.f.* 〔醫〕漿膜

serosidade *s.f.* 漿液；血清

seroso, sa *adj.* 漿液的，血清的

seroterapia *s.f.* 〔醫〕血清療法

serpeante *adj. 2 gén.* 似蛇的,曲繞的,螺旋狀的

serpear *v.i.* 波浪式前進,曲流;(道路等)曲折蜿蜒

serpejante *adj. 2 gén.* 似蛇的,曲折的,螺旋狀的

serpejar *v.i.* 同 serpear

serpentão *s.m.* 大蛇,蟒蛇

serpentária *s.f.* 能治蛇咬傷的草藥

serpentário *s.m.* 〔動〕鷺鷹;(M)〔天〕蛇夫座;飼蛇處

serpente *s.f.* 大蛇;〔轉〕惡人

serpenteante *adj. 2 gén.* 螺旋狀的;似蛇的;曲折的

serpentear *v.i.* 同 serpear

serpenticido, da *adj.* 殺蛇的 ‖ *s. m.* 殺蛇者

serpentígero, ra *adj.* 產蛇的,有蛇的

serpentina *s.f.* (舊式火槍的)點火器;冷卻蛇形管;〔礦〕蛇紋岩;(節日中互擲的)五彩紙卷;多枝燭台

serra *s.f.* 鋸;山脈 ‖ irà à ～ 不舒服

serrabulho *s.m.* 喧嘩,騷擾

serração *s.f.* 鋸(木);鋸木廠

serrador *s.m.* 鋸木者

serradura *s.f.* 鋸屑,鋸末

serra-fila *s.f.* 最後,最末

serralharia *s.f.* 修鎖店;製鎖廠

serralheiro *s.m.* 鎖匠,鎖工

serralho *s.m.* (伊斯蘭教徒家中的)閨房,女眷住處;〔轉〕妓院

serrana *s.f.* 山裏人,山婦;〔轉〕鄉下佬;愚婦

serrania *s.f.* 山脈;山地

serrano, na *adj.* 山的,山區的,住在山裏的 ‖ *s.m.* 山裏人

serrar *v.t.* 鋸

serraria *s.f.* 鋸木廠;(電)鋸

serrátil *adj. 2 gén.* 鋸齒形的;鋸形的

serrote *s.m.* 手鋸

sertã *s.f.* 平鍋,煎鍋

sertanejo, ja *adj.* 內地的 ‖ *s.m.* 內地人

sertão *s.m.* 內地,邊遠地區;(巴西東北部的)半沙漠地帶

sérum *s.m.* 血清,槳液

serumterapia *s.f.* 血清療法

serva *s.f.* 女僕,保姆;女奴 △ ～ de Dios (修女自謙之詞)上帝的奴僕

servente *adj. 2 gén.* 服務的,侍奉的 ‖ *s. 2 gén.* 僕人,招待員,服務員

serventia *s.f.* 道路,通道,出入道 △ Isso não tem ～ nenhuma 無用的,無益的

serventuário *s.m.* 僕人;代理人

serviçal *adj. 2 gén.* 服務的,侍奉的;友好的 ‖ *s. 2 gén.* 僕人

serviço *s.m.* 服務;機關;供職;侍奉;餐具 △ ① ao ～ de 爲……服務 ② ao seu ～ 聽君使喚,爲您服務 ③ estar ao ～ de 侍奉某人,爲某人服務 ④ estar de ～ 值班,當班 ⑤ prestar ～ a 爲人做事,照料

servil *adj. 2 gén.* 奴隸的,奴隸般的,下賤的,奴性的,奴性十足的,卑躬屈膝的,奴顏媚骨的;亦步亦趨的

servilismo *s.m.* 奴性,奴顏媚骨,卑躬屈膝

servir *v.i.e t.* 工作,供職;服侍;幫助;服兵役 ‖ *v.r.* 利用,使用 △ ① ～ a Pátria 爲祖國服務 ② gostar de ～ os amigos 願意招待朋友們 ③ ～ no ultramar 在海外服役 ④ a sua palavra serviu de garantia 他說話算數 ⑤ o casaco serve-me 這件衣服我穿合適 ⑥ ～ de exemplo 作爲楷模 ⑦ Serve a

Deus 崇拜上帝 ⑧ ～ de lição 汲取教訓

servo   *s.m.* 僕人;奴隸;服務員,侍者 ‖ *adj.* 奴隸的;服侍的

serzidor   *s.m.* 精細縫綴者

serzidura   *s.f.* 精細縫綴

sésamo   *s.m.* 〔植〕芝蔴

sesamóide   *adj. 2 gén.* 芝蔴粒狀的

sesgo, ga   *adj.* 斜的,偏斜的

sesma   *s.f.* 六分之一

sessão   *s.f.* 會議;會期;(文藝演出的)場次;部分,部門

sessenta   *num.* 六十的;六十個

séssil   *adj. 2 gén.* 〔植〕無柄的(葉)

sesta   *s.f.* 午睡,打盹

sestro, ra   *adj.* 左邊的,左側的;〔轉〕不祥的,不吉的,壞的

seta   *s.f.* 箭;指針(鐘錶)

setada   *s.f.* 箭傷

sete   *num.* 七的 ‖ *s.m.* 七個 △ ～ maravilhas do mundo 世界七奇

setear   *v.t.* 以箭射傷

setecentos   *num.* 七百,七百的

sete-estrelo   *s.m.* 七星,七曜之星

seteira   *s.f.* 槍眼,射孔;〔建〕通風口,換氣口

seteiro, ra   *adj.* 射箭的,射擊的 ‖ *s.m.* 射手,弓箭手

setembro   *s.m.* 九月份

setenta   *num.* 七十,七十的

setentrião   *s.m.* 北,北方,北部;北風;北方人

setentrional   *adj. 2 gén.* 北面的,北方的,北部的 ‖ *s.2 gén.* 北方人

setia   *s.f.* 無頭小釘;水磨槽

setim   *s.m.* 緞,綾 △ papel ～ 有光紙

sétimo, ma   *adj.* 第七的 ‖ *num.* 第七;七分之一

setinoso, sa   *adj.* 假緞的

seu, sua   *adj. e poss.* 他的

seu-vizinho   *s.m.* 〔口〕無名指

sevandija   *s.f.* 蟲子(尤指那些令人作嘔的小爬蟲);〔轉〕卑鄙的小人,寄生蟲

sevandijar   *v.t.* 窺視,輕視 ‖ *v.r.* 卑躬屈節

severidade   *s.f.* 嚴格,嚴肅,正經

severo, ra   *adj.* 嚴格的,嚴肅的;嚴酷的

sevilhano, na   *adj.* 塞維利亞的 ‖ *s.m.* 塞維利亞人

sevo, va   *adj.* 殘酷的,兇狠的,殘忍的

sexagenário, ria   *adj.* 六十歲的 ‖ *s.m.* 六十歲之人

sexagésima   *s.f.* 〔宗〕六旬節最後之星期日(即大齋節前的第二個星期日);六十分之一

sexagesimal   *adj. 2 gén.* 六十的;六十進位的

sexagésimo, ma   *adj.* 六十分之一;第六十的

sexangular   *adj. 2 gén.* 六角形的

sexcentésimo, ma   *adj.* 六百的;六百分之一的 ‖ *s.m.* 六百分之一

sexo   *s.m.* 性,性別 △ sem distinção de idade ou ～ 不分男女老幼 ② ～ forte 男人 ③ ～ fraco 女人

sexologia   *s.f.* 性學

sexta   *s.f.* 〔宗〕午禱告;〔樂〕六度音程 △ ～-feira 星期五

sextante   *s.m.* 六分儀

sexteto   *s.m.* 六重唱,六重奏

sextilha   *s.f.* 六節詩

sexto, ta   *num.* 第六的 ‖ *s.m.* 第六

sextuplicar   *v.t.* 六倍,乘六

sêxtuplo, pla   *adj.* 六倍的,六重的

sexuado, da *adj.* 有性的,有性別的

sexual *adj. 2 gén.* 性的,性別的 △ dimorfismo ~ 副性徵

sexualidade *s.f.* 性,性別,有性狀態,性徵

sexualismo *s.m.* 男女之分,性別之分

sexy 〈*ingl.*〉 *adj.* 引起性慾的;色情的;性感的

sezão *s.f.* 間歇熱;間日瘧

sezonático, ca *adj.* 患瘧疾的;間歇熱病的;瘧病區的

sezonismo *s.m.* 瘧疾

shampoo(xampu) *s.m.* 洗髮香波

si *s.m.* 音階之音 ‖ *pron. e refl.* 他自己,他本身 △ ① de ~ mesmo 獨自自; ② de per ~ 獨自;③ de ~ para ~ 獨自;④ voltar a ~ 蘇醒 ⑤ estar fora de ~ 暴跳如雷;憤怒;精神錯亂;不自覺

siamês, sa *adj.* 暹羅的,暹羅人的(即今泰國人)‖ *s.m.* 暹羅人,暹羅語,泰語 △irmãos ~es 暹羅雙胞胎,劍突聯胎

siberiano , na *adj.* 西伯利亞的;〔轉〕酷寒的 ‖ *s.m.* 西伯利亞人

sibila *s.f.* 〔古希臘,羅馬的〕女預言家,女先知;〔轉〕神巫,女巫

sibilante *adj. 2 gén.* 噝噝的(聲音);〔醫〕帶噝音的呼吸

sibilar *v.i.* 發噝噝聲;吹口哨

sibilismo *s.m.* 預卜術

sicário *s.m.* (受僱的)刺客,兇手,殺手

sicativo, va *adj.* 乾的,催乾的

sicrano *s.m.* 某人 △ fulano e ~ 張三和李四(泛指某某人等)

sida *s.m.* 愛滋病(全稱爲:Síndroma de Imunodeficiência Adquirida)

side-car, sidecar 〈*ingl.*〉 *s.m.* (三輪摩托車的)邊車或斗

sideral *adj. 2 gén.* 〔天〕恒星的

siderite *s.f.* 〔礦〕菱鐵礦

siderurgia *s.f.* 鋼鐵工業;冶煉術

sidra *s.f.* 蘋果酒;蘋果汁,蘋果飲料

sifão *s.m.* 虹吸管,U形管,曲管

sífilis *s.f.* 〔醫〕梅毒

sifilítico, ca *adj.* 梅毒的,患梅毒的 ‖ *s.m.* 梅毒病人

sifilizar *v.t.* 傳染梅毒

sigilar *v.t.* 蓋章,蓋印

sigilo *s.m.* 秘密,隱密

sigla *s.f.* 交織字母,花押字;(代表全詞的)詞首字母;縮寫,略寫;筆名,藝名

signa *s.m.* 旗,符號,標誌,徽記

signatário, ria *adj.* 簽字的,簽署的 ‖ *s.m.* 簽署人

significação *s.f.* 意義,真意,含義,重要性

significado *s.m.* 意義,含義,内涵

significador, ra *adj.* 重要的,有影響的;有意義的,示意的;意味深長的

significante *adj. 2 gén.* 有所表示的,有意義的,含有特別意味的,意味深長的

significar *v.t.* 意謂,表明,說明;含義爲……;意味著……

significativo, va *ad.* 有代表意義的,表示的,示意的;意味深長的

signo *s.m.* 標誌,表示;符號;徵兆,跡象;生肖,屬相

signo-saimão; signo-samão *s.m.* 護身符

sílaba *s.f.* 音節;字音,綴音;片言隻語

silabar *v.i.* 分綴音,分音節

silabário *s.m.* 綴音表,字音表,音節

表

silenciar *v.t.* 使靜

silêncio *s.m.* 沉默,安靜,肅靜,沉寂,寧靜 △ ① ~! 請安靜! 肅靜! ② em (或 com) ~ 安靜地

silencioso, sa *adj.* 不發音的,沉默的,安靜的

sílex *s.m.* 燧石;(史前人使用的)石器

silha *s.f.* (成片)蜂巢;(鹽田)隔牆;〔古〕椅子

sílica *s.f.* 硅土

silicato *s.m.* 硅酸鹽

silícico, ca *adj.* 硅的,硅土的,似硅土的

silício *s.m.* 〔化〕硅

silicioso, sa *adj.* 硅的,含硅土的;硅質的

silo *s.m.* 糧庫,穀倉,儲存窖;地下室,地窖

silogismo *s.m.* 〔邏〕三段論法,推論

silva *s.f.* 〔植〕黑莓;雜記,雜錄;雜亂無章之作

silvado *s.m.* 黑莓地;叢林

silvano *s.m.* 〔神話〕森林神,原野神

silvar *v.i.* 吹口哨,(火車)鳴笛

silvestre *adj. 2 gén.* 野生的;森林的;野蠻的,未開化的

silvicultor *s.m.* 造林人;林學家

silvicultura *s.f.* 林業;林業學

silvo *s.m.* 發嘶嘶聲;哨聲;尖銳的聲音

silvoso, sa *adj.* 叢林的,密林的

sim *adv. e s.m.* 是(表示肯定,同意之義) △ ① não dizer ~ nem não 沒表態② pois ~！(表示懷疑或保留)是啊！③ pois ~ 或 ~ (表示贊許,同意)是的,當然 ④ dar o ~ 結婚 ◇ não

simbiose *s.f.* 〔生〕共生,共存,共棲

共生現象

simbiótico, ca *adj.* 共生的,共存的,共棲的

simbólico, ca *adj.* 象徵的,象徵性的,表象的

simbolizar *v.i.* 象徵,表示,代表 △a oliveira simboliza a paz 橄欖樹象徵和平

símbolo *s.m.* 象徵,標誌,記號;〔化〕符號;〔宗〕信條

simetria *s.f.* 對稱;勻稱;諧和 ◇ assimetria

simétrico, ca *adj.* 對稱的;勻稱的;諧和的

simiesco, ca *adj.* 似猿的,類人猿的;像猴子般的

similar *adj. 2 gén.* 相仿的,相似的 ‖ *s.m.* 相似物

similaridade *s.f.* 相似性,類似性

símile *adj. 2 gén.* 相似的,相仿的 ‖ *s.m.* 似,類似;明喻

símio *s.m.* 猴,猿;*pl.* 猿猴亞目

simpatia *s.f.* 好感;喜愛,愛好;同情,支持;可親可愛;〔醫〕交感,共感 ◇ antipatia

simpático, ca *adj.* 給人好感的,可親可愛的,同情的;同感的;和諧的 △o grande ~〔解〕交感神經系統

simpatizante *adj. 2 gén.* 同情的,支持的 ‖ *s.2 gén.* 同情者,支持者

simpatizar *v.i.* 產生好感,懷有好感,同情

simples *adj. 2 gén.* 單一的,簡單的;唯一的;樸素無華的;天真的,單純的 ‖ *s.m.* 簡樸者,單純者

simplesmente *adv.* 簡單地,樸素地;單純地

simplicidade *s.f.* 簡單,簡便;單純,樸素;老實,憨厚

simplificação *s.f.* 單純化, 簡單化 ◇ complicação

simplificar *v.t.* 使單純; 使簡單, 簡化 ◇ complicar

simplório, ria *adj.* 過於天真的, 愚蠢的, 單純的 ‖ *s.m.* 愚人; 輕信者

simpódio *s.m.* 〔植〕合軸

simpósio *s.m.* (古希臘)宴會; (專題性之)座談會, 討論會

simulação *s.f.* 模擬, 假裝, 裝作

simulacro *s.m.* 類似物品; 模擬, 演習; 幻象, 幻覺

simuladamente *adv.* 假裝地, 模擬地, 佯裝地

simulado, da *adj.* 假裝的, 模擬的 △ ofensiva ~a 佯攻

simular *v.t.* 假裝, 佯裝; 模擬

simultaneidade *s.f.* 同時性; 同時發生

simultâneo, nea *adj.* 同時的, 一齊的, 同時發生的

simum *s.m.* 熱風, 沙風, (非洲或阿拉伯沙漠的)乾熱風, 西蒙風

sina *s.f.* 天命, 命運, 運氣

sinagoga *s.f.* 猶太人教堂; 猶太人會堂; *bras.* 雜亂無章

sinal *s.m.* 記號, 符號, 標誌

sinalar *v.t.* 強調; 使突出, 使顯著

sinal da cruz *s.m.* 十字徽章, 十字符號

sinaleiro *s.m.* 信號旗手, 信號員, 信號兵

sinalética *s.f.* 肖像圖, 人像畫; 畫像術

sinalização *s.f.* 交通信號

sinalizar *v.t.* 安放路標; 打信號

sinantropo *s.m.* 〔考古〕中國猿人

sinapismo *s.m.* 〔醫〕芥子泥, 芥末糊; 〔轉〕令人厭煩的人或事

sinapizar *v.t.* 加芥末

sinartrose *s.f.* 〔解〕不動關節

sinceridade *s.f.* 真誠, 誠意, 誠實

sincero, ra *adj.* 真誠的, 誠意的, 誠實的

síncício *s.m.* 〔生〕合胞體; 多核體

síncopa *s.f.* 〔語〕中略(指將一個詞中間的字母省略) 例如: 用 imigo 代替 inimigo; 〔樂〕切分音

sincopar *v.t.* 縮略, 減縮, 調節, 壓縮; 〔語〕使成中略詞; 〔樂〕使切分

síncope *s.f.* 〔語〕中略; 〔醫〕假死, 暈厥

sincretismo *s.m.* 〔哲〕調和主義

sincronização *s.f.* 同步, 同期, 使同時進行

síncrono, na *adj.* 同步的, 同期的, 同時發生的

sindicalismo *s.m.* 工團主義, 工聯主義

sindicalista *s.2 gén.* 工團主義者, 工聯主義者; 工會會員

sindicância *s.f.* 調查, 審查

sindicante *adj. 2 gén.* 調查的, 檢查的 ‖ *s. 2 gén.* 舉辦人, 贊助人; 調查者

sindicar *v.t. ei.* 調查, 檢查; 組織工會

sindicato *s.m.* 工會, 企業聯合組織

síndico *s.m.* (企事業選出代表其利益的)代表, 理事, 董事

síndromo *s.m.* 〔醫〕綜合病, 症候群

sinecura *s.f.* 閒差事, 美差, 肥缺, 輕閒職務

sineiro *s.m.* 搖鈴者, 鳴鐘者; 鑄鐘匠

sineta *s.f.* 小鈴, 鈴鐺

sinete *s.m.* 印, 印章, 鋼印

sínfise *s.f.* 〔醫〕黏連, 黏合

sinfonia *s.f.* 交響樂, 交響曲, 大合奏; 〔轉〕各種色彩的融合

sinfónico, ca *adj.* 交響樂的,交響曲的,大合奏的 ‖(轉)各種色彩融合的

singalês, sa *adj.* 錫蘭(斯里蘭卡)人的 ‖ *s.m.* 錫蘭人,錫蘭語

singelo, la *adj.* 單的,單純的;誠實的

singrante *adj. 2 gén.* 準備啟程的,鼓帆待航的

singrar *v.i.* 航行,前進

singular *adj. 2 gén.* 單一的,單獨的;〔語〕單數的 ‖ *s.m.* 單一,單獨,單數

singularidade *s.f.* 單一,獨特,特殊,獨一無二

sinistra *s.f.* 左邊;左手

sinistrado, da *adj.* 遭難的,受災的 ‖ *s.m.* 災民,難民

sinistro, ra *adj.* 不祥的,不幸的;左手的 ‖ *s.m.* 災難,災害,意外

sino *s.m.* 鐘 ‖ *adj.* 中國的 △ ①~ do mergulhador 潛水器 ②andar num ~ 興高采烈,十分高興

sinologia *s.f.* 漢學,中國語言學

sinológico, ca *adj.* 漢學的,中國語言學的

sinólogo *s.m.* 漢學家

sinónimo, ma *adj.* 同義的 ‖ *s.m.* 同義詞

sinópse *s.f.* 提要,梗概,概要,大意

sinóptico, ca *adj.* 提要的,梗概的,概要的,要略的

sintáctico, ca *adj.* 〔語〕造句法的,句法的

sintaxe *s.f.* 〔語〕造句法,文章法,句法

síntese *s.f.* 綜合,概括,綜述;〔化〕合成;〔邏〕綜合法

sintético, ca *adj.* 綜合的,概括的,綜述的;〔化〕合成的;〔邏〕綜合法的

sintetização *s.f.* 綜合,併合;概括;合成

sintetizar *v.t.* 綜合,概括;〔化〕使合成

sintó *s.m.* (日本)神道,神道教

sintoísta *s. 2 gén.* (日本)神道家,信仰神道之人

sintoma *s. 2 gén.* 〔醫〕症狀,症候;(轉)徵兆,徵候

sintomático, ca *adj.* 徵候的,症狀的;(轉)徵兆的

sintomatologia *s.f.* 徵候學,症狀學

sintonia *s.f.* 〔理〕共振,諧振;調諧(收音機波段) △ ~ automática 自動調諧

sintonização *s.f.* 調諧(收音機的波段)

sintonizar *v.t.* 調諧(收音機波段);使共振,使諧振

sinuosidade *s.f.* 曲折,曲折性,蜿蜒曲折

sinuoso, sa *adj.* 蜿蜒的,曲折的,彎曲的

sinusite *s.f.* 〔醫〕鼻竇炎

sionismo *s.m.* 猶太復國主義,猶太復國主義運動

sipaio *s.m.* (歐洲軍隊中之)印度兵

sire *s.m.* 閣下,陛下

sirga *s.f.* 〔海〕拖纜,絆纜

sirigaita *s.f.* 一種小鳥的俗稱;(轉)輕佻的女性

sírio, ria *adj.* 敘利亞的 ‖ *s.m.* 敘利亞人;〔天〕天狼星;bras. 裝木薯的口袋

siroco *s.m.* 〔氣象〕西羅科風,(從地中海颳起的)熱風,熱風

sisal *s.m.* 西沙爾麻,劍蔴,波羅蔴

sísmico, ca *adj.* 地震的,地震引起的

sismo   *s.m.* 地震

sismografia   *s.f.* 地震測驗法

sismógrafo   *s.m.* 地震儀

sismologia   *s.f.* 地震學

sismólogo   *s.m.* 地震學者

siso   *s.m.* 裁判, 判定, 判斷; 審慎; 見識 △ ① de ~ 認真 ② dente de ~ 智慧齒, 智齒 ③ vender ~ a Catão 班門弄斧 ④ sem ~ 不理智, 瘋狂

sistema   *s.m.* 方法; 制度, 體制; 體系; 系統

sistemático, ca   *adj.* 有組織的, 有系統的; 體制的, 體系的

sistematização   *s.f.* 系統化, 系統法

sistematizar   *v.t.* 使系統化, 使成體系

sístole   *s.f.* 〔生理〕收縮 ◇diástole

sistólico, ca   *adj.* 收縮的

sisudo, da   *adj.* 聰明的, 明智的, 博學的

sitiante   *adj. 2 gén.* 圍攻的 ‖ *s. 2 gén.* 圍攻者

sitiar   *v.t.* 攻, 圍攻

sítio   *s.m.* 包圍, 圍攻; 地方, 地點

sito, ta   *adj.* 位於, 坐落在……地方的

situação   *s.f.* 位於, 位置; 形勢, 情況, 狀況, 處境

situar   *v.i. e t.* 位於, 處於; 放置, 放

snobe   *s.m.* 趕時髦的人

snobismo   *s.m.* 趕時髦癖

só   *adj. 2 gén.* 唯一的, 單獨的 ‖ *adv.* 唯一地, 單獨地 △ ①a sós 獨自地 ②só por só 逐個地

soalhado   *s.m.* 地板

soalhar   *v.t.* 鋪地板; 晾曬; 傳播, 宣傳

soalheira   *s.f.* (一天中日光最充足的)時刻; 晾曬; 熱

soalheiro, ra   *adj.* 曬太陽的, 當陽的 ‖ *s.m.* 曬焦處, 向陽地方

soalho   *s.m.* 地板

soante   *adj. 2 gén.* 響的, 響亮的, 發響的 △ ①bem ~ 悅耳的 ②mal ~ 刺耳的

soão   *s.m.* 東風

soar   *v.i. e t.* 使發音, 鳴叫, 出聲響; 敲; 頌揚

sob   *pref.* 在……之下, 低於 △ ① ~ pena 以……罰之 ② ~ os auspícios 由……提偆

sobalçar   *v.t.* 使高, 高舉; 〔轉〕讚揚; 感謝

sobejar   *v.i.* 餘下, 剩餘, 多餘; 溢滿

sobejo   *s.m.* 多餘, 剩餘 ‖ *adj.* 剩餘的; 大量的

soberania   *s.f.* 主權, 統治權; 至高無上

soberano, na   *adj.* 君主的; 至高無上的; 獨立自主的, 享有主權的 ‖ *s.m.* 君主, 元首

soberba   *s.f.* 狂妄, 驕傲, 專橫; 雄偉, 壯觀

soberbaço, ça   *adj.* 狂妄自大的, 高傲的

soberbão, bã   *adj.* 驕橫跋扈的 ‖ *s.m.* 驕橫跋扈者

soberbia   *s.f.* 高傲, 自大, 妄自尊大; 專橫

soberbo, ba   *adj.* 狂妄的, 高傲的, 跋扈的

sob-pena   *loc. adv.* 以……之罪罰之

sobra   *s.f.* 剩餘, 過剩; *pl.* 殘剩物品, 殘渣, 廢料 △ de ~ 充足的, 有餘的

sobrado, da   *adj.* 足夠的, 有剩餘的 ‖ *s.m.* 地板

sobrancear   *v.i.* 在……之上, 高懸在……之上, 高於……

sobranceiro, ra *adj.* 高尚的,高傲的;雄踞在上的

sobrancelha *s.f.* 眉,眉毛 △Franzir a ~ 蹙眉

sobrar *v.i.* 剩餘,多餘,留下

sobre *prep.* 在上;關於;超過;由於

sobreaviso *s.m.* 提防,警惕,小心,注意 △estar de ~ 時刻提防

sobrecarga *s.f.* 負擔過重,超負荷,超載

sobrecarregado, da *adj.* 負擔過重的,超載的

sobrecarregar *v.t.* 使負擔過重,使超載;壓迫

sobrecenho *s.m.* 緊蹙眉頭;臉色不悅;憤怒

sobrecomum *adj. 2 gén.* 〔語〕通性的,雙性的(即無陰陽性之分的名詞,如：criança, testemunha 等)

sobreiro *s.m.* 軟木樹,栓皮櫧樹

sobrejacente *adj. 2 gén.* 橫於上端的,在……之上的

sobrelevar *v.t.* 凌駕於……之上;超越,突出;揚名

sobrelotação *s.f.* 超額,超載

sobremaneira *adv.* 極端,過度地,特別地

sobremão *s.m.* (馬的)前蹄骨瘤 △de ~ 十分注意地

sobremesa *s.f.* 餐後甜食,飯後水果,飯後點心

sobre-modo *adv.* 過度地,極端地

sobrenadar *v.i.* 漂浮,浮游;游泥

sobrenatural *adj. 2 gén.* 超自然的,神奇的 ‖ *s.m.* 超自然之物,神異之物

sobrenome *s.m.* 別名;綽號,諢名;姓氏

sobrenumerável *adj. 2 gén.* 無數的,不計其數的,無法計算的

sobreolhar *v.t.* 輕視,藐視;斜視

sobressair *v.i.* 超出,溢出;傑出,突出

sobressaltado, da *adj.* 驚慌的,震驚的

sobressalente *adj. 2 gén.* 突出的,超出的 ‖ *s.m.* 零配件;候補者,替角

sobressaltar *v.t.* 使驚嚇,使震驚,使驚奇

sobressalto *s.m.* 震驚,驚慌,驚恐

sobretaxa *s.f.* 附加稅;郵資補欠費

sobretudo *s.m.* 大衣,外衣 ‖ *adv.* 尤其,特別,主要地

sobrevir *v.i.* 隨後發生;突然到來

sobrevivência *s.f.* 生存,倖存,殘存 △direito de ~ 承替權(職務職業等)

sobrevivente *adj. 2 gén.* 倖存的,尚活的 ‖ *s. 2 gén.* 生還者,倖存者

sobreviver *v.i.* 繼續生存,倖存

sobrevoar *v.t.* 飛越過,飛過,越界

sobriedade *s.f.* 節制,適度,有節

sobrinha *s.f.* 侄女,外甥女

sobrinho *s.m.* 侄兒,外甥

sóbrio, ria *adj.* 適度的,節制的,能自制的

sobrolho *s.m.* 眉毛 △carregar ~ 蹙眉,慍怒

soca *s.f.* 木屐,木底鞋;*bras.* 甘蔗之二茬收穫 △não ter ~ 身無分文,一貧如洗

socalco *s.m.* 路基;梯田,坪

socapa *s.f.* 借口,託辭 △à(或 de)~ 偷偷地,假裝地

socar *v.t.* 用拳打,拳擊

sócia *s.f.* 女會員,女夥伴,合股人

sociabilidade *s.f.* 善交際;好交際;社會性,群居性

sociabilizar *v.t.* 使合群;教育,使開化

social *adj. 2 gén.* 社會的;合群的;公共的

socialismo *s.m.* 社會主義

socialista *adj. 2 gén.* 社會主義的 ‖ *s. 2 gén.* 社會主義者

socializar *v.t.* 使社會化,公有化

sociável *adj. 2 gén.* 好交際的,善交際的,和氣的,群居性的

sociedade *s.f.* 社會,世間;社團,協會,會社;公司

sócio *s.m.* 會員,夥伴;合股人,股東 △ ① ~ honorário 名譽會員 ② ~ ordinário 普通會員 ③ ~ vitalício 永久會員

sociologia *s.f.* 社會學

sociólogo *s.m.* 社會學者,社會學家

sociopolítico, ca *adj.* 社會政治學的

soco(ô) *s.m.* 拳擊,拳打;傷害,損害;拖鞋;[建]磚基

socorrer *v.t.* 援助,救助,保護 ‖ *v.r.* 逃命

socorro *s.m.* 幫助,援助,救助;[軍]援軍,救兵;救急物品 △ ~! 救命!

soda *s.f.* 鹼打,碳酸鈉;蘇打水,汽水

sódio *s.m.* [化]鈉

sodomia *s.f.* 鷄姦;男色關係

sodomita *s. 2 gén.* 鷄姦者,鷄姦犯

sodomítico, ca *adj.* 鷄姦的

soerguer *v.t.* 略舉起,略抬起,稍提起

sofá *s.m.* 沙發,長沙發椅(可躺的)

sofisma *s.m.* 巧辯,詭辯,狡辯;似是而非的理由,謬論

sofismar *v.t. e i.* 詭辯,強詞奪理,狡辯

sofista *s. 2 gén.* 詭辯家;詭辯學家

sofisticar *v.t.* 編造;偽造,摻假;詭辯

sofístico, ca *adj.* 偽造的,摻假的;詭辯的

sofrear *v.t.* 拉緊繮,拉住;抑制住(情感)

sofredor, ra *adj.* 克制的;容忍的 ‖ *s.m.* 忍耐者,忍受者,容忍者

sôfrego, ga *adj.* 暴飲暴食的;野心勃勃的;貪婪的

sofreguidão *s.f.* 暴飲暴食;野心勃勃;貪婪

sofrimento *s.m.* 痛苦,苦難;忍耐,忍受

sofrível *adj. 2 gén.* 可容忍的,可支持的,尚好的 ‖ *s.m.* 中等,及格

sogra *s.f.* 岳母;婆婆

sogro *s.m.* 岳父;公公

soirée *s.f.* 社交;晚會;[劇]晚場

soja *s.f.* 黃豆,大豆

sol *s.m.* 〈M〉太陽,日;日光,陽光 △ de ~ a ~ 整天,全天

sola *s.f.* 鞋之皮底,鞋底

solar *adj. 2 gén.* 太陽的;輻射狀的;鞋底的 ‖ *s.m.* 祖地,祖宅 ‖ *v.t. e i.* (給鞋)釘掌,換底 △ ① clipse ~ 日蝕 ② mancha ~ 太陽斑點 ③ sistema ~ 太陽系

solarengo, ga *adj.* 土地的,領地的;祖宅的,祖業的

solavanco *s.m.* 顛簸

solda *s.f.* 銲料

soldada *s.f.* [古]付給士兵的報酬,軍餉;薪水,工錢

soldadesca *s.f.* 一群士兵

soldadesco, ca *adj.* 一群士兵的,散兵游勇的

soldado *s.m.* 士兵,軍人,戰士,列兵

soldador, ra *arj.* 銲工的 ‖ *s.m.* 銲

工;銲槍

soldadura *s.f.* 銲接,銲;銲接處,銲
縫

soldagem *s.f.* 銲,銲接

soldar *v.t.* 銲接,銲合

soldável *adj. 2 gén.* 可銲接的

soldo *s.m.* 軍人的薪俸 △ a ~ 有償
的,受雇佣的

soleira *s.f.* 門檻;(窗或門上之)過
樑;(車之)踏腳板

solene *adj. 2 gén.* 隆重的,莊嚴的,
肅靜的

solenidade *s.f.* 莊嚴的儀式;莊嚴隆
重

solenizar *v.t.* 使莊嚴,使隆重

solenóide *s.f.* 〔電〕螺綫管;電磁綫
圈

soletrar *v.t.* 拼寫,一個音階一個音
階地拼讀,慢慢讀;〔轉〕讀錯

solfa *s.f.* 〔音〕音階發音法;〔轉〕音樂

solfejar *v.i.* 唱全音階之音調

solfejo *s.m.* 音階符,練習唱音符

solha *s.f.* 〔動〕鰈

solicitação *s.f.* 請求,請願;引誘,煽
動

solicitador *s.m.* 請求者;律師;訟狀
律師

solicitante *adj. 2 gén.* 申請的,請求
的 || *s. 2 gén.* 請求者,申請人

solícito, ta *adj.* 殷勤的,熱心的,勤
勞的

solicitude *s.f.* 關心;掛念,焦慮

solidão *s.f.* 孤獨,寂寞,幽靜

solidar *v.t.* 鞏固,加強

solidariedade *s.f.* 共同性,一致性;
休戚相關,團結一致;同情,贊助,支持

solidário, ria *adj.* 團結一致的,共
同的

solidez *s.f.* 堅實,結實,堅固

solidificação *s.f.* 凝固,固化;加固,
加強

solidificar *v.t.* 使凝固,使固化

sólido, da *adj.* 堅固的,堅硬的 ||
s.m. 立體;〔物理〕固體 △ corpo ~
固體

solilóquio *s.m.* 獨白,自言自語

solípede *adj. 2 gén.* 奇蹄的,奇蹄科
的 || *s.m. pl.* 單蹄獸

solista *s. 2 gén.* 〔音〕獨唱者,獨奏者

solitária *s.f.* 絛蟲

solitário, ria *adj.* 單獨的;幽靜的,
孤獨的

solo *s.m.* 土地,土壤;〔樂〕獨唱曲,獨
奏曲;獨唱;獨奏

sol-posto *s.m.* 日落,日末

solsticial *adj. 2 gén.* 〔天〕夏至的,冬
至至點的

solstício *s.m.* 至日,至點 △ ① ~ de
inverno 冬至 ② ~ de verão 夏至

solta *s.f.* 解開,放開,開放

soltar *v.t.* 解開,釋放,放鬆

solteira *s.f.* 未婚之女,閨女

solteirão *s.m.* 老單身漢

solteiro, ra *adj.* 未婚的 || *s.m.* 未
婚男子,單身漢

solteirona *s.f.* 老處女

solto, ta *adj.* 被釋放的,自由的,放
縱的

soltura *s.f.* 放開,釋放;迅速,敏捷

solubilidade *s.f.* 溶解性;可解決性

solubilizar *v.t.* 使溶解;使解決

solução *s.f.* 分解,解決,溶液;〔數〕
解,解法

soluçar *v.t.* 嗚咽,啜泣;打呃;〔轉〕
嗚咽而言

solucionar *v.t.* 解決,決定

soluço *s.m.* 嗚咽,啜泣,打呃

solutivo *s.m.* 瀉藥;藥水

soluto, ta *adj.* 溶解的 ‖ *s.m.* 溶解

solúvel *adj. 2 gén.* 可溶解的,可解決的

solvência *s.f.* 解決;凝凍力,溶解力;支付能力

solvente *adj. 2 gén.* 解決的,可解散的;有支付能力的,資力的,財力的

solver *v.t.* 解開,解散,分解;償還;解決

som *s.m.* 聲音,響聲,調子

soma *s.f.* 總計,合計

somatório *s.m.* 總數,總計

sombra *s.f.* 影,陰影,黑暗,幻影;〔轉〕陰暗,黑暗;隱居,隱退 ◇ luz, claridade

sombreado, da *adj.* 黑暗的

sombrear *v.i.* 遮蔽 ‖ *v.t.* 遮,蓋

sombrinha *s.f.* 小太陽傘

sombrio, ria *adj.* 弱光的,黑暗的,陰暗的;憂愁的 ‖ *s.m.* 陰暗之地

somenos *adj. 2 gén.* 平常的,質低的,價值低的

somítico, ca *adj.* 守財的,吝嗇的

sonambulismo *s.m.* 夢遊病,夢遊

sonâmbulo *s.m.* 夢遊病患者

sonância *s.f.* 聲音,音樂之聲,佳調

sonante *adj. 2 gén.* 發聲的,有音的 △ metal ~ 硬幣

sonata *s.f.* 鋼琴樂;奏鳴曲

sonatina *s.f.* 精簡鋼琴樂,小奏鳴曲

sonda *s.f.* 探測器;〔醫〕導管;〔建〕鑽探器

sondagem *s.f.* 探測 △ Sistema de ~ remota (衛星的) 遙測系統

sondar *v.t.* 探測,細查,尋找

soneca *s.f.* 小睡,打盹兒,午睡

sonegação *s.f.* 隱瞞,偷(稅),作弊,違法

sonegador *s.m.* 隱瞞者,作弊者,偷

(稅)者,違法者

sonegar *v.t.* 隱瞞,偷(稅),作弊,違法

soneto *s.m.* 短詩,十四行詩

sonhador, ra *adj.* 作夢的,夢見的 ‖ *s.m.* 作夢者,夢見者

sonhar *v.i.* 夢,白日作夢,夢想 ‖ *v.t.* 夢見,幻想

sonho *s.m.* 夢,夢想,幻想

sono *s.m.* 睡,睡眠,安息

sonolência *s.f.* 半睡半醒

sonolento, ta *adj.* 半醒半睡的,昏昏欲睡的,思睡的

sonoridade *s.f.* 響亮,響亮程度

sonorizar *v.t.* 使發出響聲,(電影)配音

sonorização *s.f.* 使發出響音

sonoro, ra *adj.* 響亮的,高音的

sonsa *s.f.* 口是心非,奸猾,假裝,虛偽

sopa *s.f.* 羹,湯,汁

sopapo *s.m.* 擊,拳打,耳光

sopé *s.m.* 牆腳;山麓;基礎

sopeira *s.f.* 盛羹器皿;(俗)女僕

soporífero, ra *adj.* 麻醉的;致睡的,催眠的

soprano *s. 2 gén.* 高音歌手

soprar *v.i.* 吹,噴氣,噴水 ‖ *v.t.* (用氣)吹滿,吹熄,吹去,吹掉;〔轉〕使順利,煽動

sopro *s.m.* 吹,吹氣,風吹 △ instrumento de ~ 管樂器

soquete *s.m.* 輕擊

soquetear *v.t.* 拳擊

sordidez *s.f.* 骯髒;卑鄙;卑劣

sorna *adj. 2 gén.* 懶惰的,沒精打采的 ‖ *s. 2 gén.* 懶惰者,憔悴者 ‖ *s.f.* 懶惰,沒精打采,憔悴

soro *s.m.* 〔生〕血清,漿液,乳漿 △

① ~ albuminóide 血清白蛋白 ② ~ anticolérico霍亂血清 ③ ~ anticolibacilar 大腸菌血清 ④ ~ antidiftérico 白喉菌血清 ⑤ ~ antipneumónico 肺炎球菌血清 ⑥ ~ antitetánico 破傷風血清 ⑦ ~ anti-tifo-paratífero 副傷寒血清 ⑧ ~ antiftico 斑疹傷寒血清 ⑨ ~ curativo 治療血清 ⑩ ~ antitóxico 抗毒血清 ⑪ ~ inactivado 減能血清 ⑫ ~ monovalente 單價血清 ⑬ ~ natural 健康血清 ⑭ ~ polivalente 多價血清 ⑮ ~ preventivo 複效血清 ⑯ ~ profiláctico 預防血清 ⑰ ~ sanguíneo 血清 ⑱ ~ terapéutico 療病血清

sóror s.f. 修女, 尼姑

sorrateiro, ra adj. 靜悄悄做事的; 小偷的 ‖ s.m. 小偷

sorridente adj. 2 gén. 微笑的; 歡樂的; 欣喜的

sorrir v.i. 微笑

sorriso s.m. 微笑, 笑容

sorte s.f. 命運, 幸運; 彩, 彩數; 抽籤, 獎, 魔法, 偶然 △ ① Apanhar à ~ 抽籤 ② de ~ que 因此, 所以, 結果 ③ desta ~ 如此, 這樣, 如此道路 ④ Estar com ~ 幸運, 運佳 ⑤ Ir às ~ 抽籤服兵役 ⑥ ~ das armas 武運 ⑦ grande 頭獎, 首獎 ⑧ Ter ~ 有好運 ⑨ Tirar à ~ 抽籤

sorteamento s.m. 抽籤; 抽彩

sortear v.t. 抽籤式選舉; 抽彩

sorteio s.m. 抽籤, 抽彩

sortida s.f. 突擊, 衝出, 衝擊

sortilégio s.m. 法術, 巫術

sortílego, ga adj. 魔法的; 巫術的 ‖ s.m. 魔術師

sortimento s.m. 供應, 供給; 各種, 不同種類

sortir v.t. 供應, 供給, 補給, 提供

sorvedoiro s.m. 漩渦

sorvedouro s.m. 漩渦

sorvedura s.f. 一吸, 一吸

sorver v.t. 吸, 吸飲

sorvete s.m. 冰淇淋, 雪糕

sorveteira s.f. 製雪糕之機器

sorvo s.m. 一吸, 一吸

S.O.S s.m. 求救信號, 失事信號

sósia s.f. (某人的)化身, 替身; 對應之人或物

sós loc.adv. 單獨地

soslaio s.m. 斜視; 側目 △ ① de ~ 斜地 ② olhar de ~ 側目

sossegado, da adj. 安靜的, 寧靜的

sossegar v.i. 平靜

sossego s.m. 安寧, 寧靜, 安靜

sotaina s.f. 法衣, 裂裝, 道袍

sotão s.m. 閣樓, 頂樓

sota-patrão s.m. 副船長

sotaque s.m. 方言, 土腔, 特有的口音

sotavento s.m. 〔海〕背風側, 背風弦, 下風之方向

soterrado, da adj. 埋藏的, 活埋的; 藏於地下的

soterramento s.m. 活埋

soterrâneo, nea adj. 地下的 ‖ s.m. 地窖, 地窟

soterrar v.t. 藏於地下; 活埋

soturno, na adj. 陰沉的

sova s.f. 鞭打, 毆打

sovaco s.m. 腋, 腋窩

sovadura s.f. 打, 擊

sovar v.t. 打, 毆打

sovela s.f. 尖錐

soviético, ca adj. 蘇聯的; 蘇維埃的

sovina adj. 2 gén. 吝嗇的, 心胸狹隘的

sozinho, nha　*adj.* 單獨的，獨一的，自己的

sua　*pron.* 她的；他的；它的；他們的

suã　*s.f.* 脊骨肉，里脊肉

suadela　*s.f.* 流汗，發汗

suador, ra　*adj.* 流汗的，發汗的，出汗的

suadoiro　*s.m.* 流汗，發汗藥

suadouro　*s.m.* 流汗，發汗藥

suão　*s.m.* 南風

suar　*v.i.* 流汗，發汗

suarda　*s.f.* (羊毛的)脂肪成份

suástica　*s.f.* 卍型符號，德國納粹的徽章

suave　*adj. 2 gén.* 溫柔的，溫和的，輕舒的，令人愉快的

suavidade　*s.f.* 溫柔，溫和

sub　*pref.* 在……之下；副；下級的；次等的

subalterno, na　*adj.* 附屬的，下級的，低級的 ‖ *s.m.* 副官

subaquático, ca　*adj.* 水中的，水下的

subarrendador　*s.m.* 轉租者

subarrendamento　*s.m.* 轉租

subarrendar　*v.t.* 轉租

subarrendatário　*s.m.* 轉租人，轉租戶

subaxilar　*adj. 2 gén.* 在腋下的

subchefe　*s.m.* 副首領，副首長

subcomissão　*s.f.* 小組委員會

subconsciência　*s.f.* 潛在意識，朦朧之覺，下意識

subconsciente　*adj. 2 gén.* 潛在意識的，朦朧之覺的，下意識的

subcutâneo, nea　*adj.* 皮下的

subdirector　*s.m.* 副校長，副社長，副理事長，副首令，副司長

súbdito, ta　*adj.* 隸屬的，屬下的 ‖ *s.m.* 市民，公民，子民

subdividido, da　*adj.* 再分的，細分的

subdividir　*v.t.* 再分

subdivisão　*s.f.* 再分，細分；分支，分部

subentender　*v.t.* 推測，暗示；體會，領會

subida　*s.f.* 上升，上漲；斜坡

subinspector　*s.m.* 副視察員

subir　*v.i.* 上升，升高，登高

súbito, ta　*adj.* 突然的，意外的，料想不到的

subjectivo, va　*adj.* 主觀的，自我的

subjugação　*s.f.* 征服，壓服

sublevação　*s.f.* 暴動，造反

sublevar　*v.t.* 暴動，煽動，鼓動

sublimação　*s.f.* 昇華，讚美，頌揚

sublimar　*v.t.* 使昇華，讚美，頌揚

sublime　*adj. 2 gén.* 崇高的，高尚的，偉大的

sublingual　*adj. 2 gén.* 舌下的

sublinhar　*v.t.* 畫綫於……之下；強調；指出

sublocação　*s.f.* 轉租

sublocar　*v.t.* 轉租

sublocatário　*s.m.* 轉租人

submarino, na　*adj.* 海中的，海底的 ‖ *s.m.* 潛水艇

submaxilar　*adj. 2 gén.* 頜下的，頜下骨的

submergir　*v.t.* 置於水下，掩蓋，沉於水中，沉沒，沉溺

submersão　*s.f.* 沉下，沉沒，沉溺

submersível　*adj. 2 gén.* 可沉水的，可潛航的 ‖ *s.m.* 潛水艇 ◇ insubmersível

submerso, sa　*adj.* 被水淹的，沉入

水中的

submeter *v.t.* 置……於下；征服；使隸屬

submissão *s.f.* 順從，屈服，服從，征服

submisso, sa *adj.* 屈服的，服從的，順從的

submúltiplo *s.m.* 次倍數；約數；因數

subordinação *s.f.* 從屬，附屬，依賴

subordinado, da *adj.* 附屬的，下級的 ‖ *s.m.* 屬下，直屬

subordinar *v.t.* 使附屬於

subornação *s.f.* 賄賂，收買

subornar *v.t.* 收買，賄賂，教唆

suborno *s.m.* 收買，賄賂，教唆，舞弊

subpor *v.t.* 放於……之下

sub-reptício, cia *adj.* 詭騙的，隱秘的，非法所得的

subscrever *v.i.* 署名於……之下

subscrição *s.f.* 簽名，署名；捐助；訂購，訂閱

subscritor *s.m.* 簽署人；認捐人，義捐人；認購者

subsecção *s.f.* 分支，分段，分部

subsecretário *s.m.* 副書記，副秘書

subsequência *s.f.* 隨後，接着；隨後發生的事

subsidiar *v.t.* 津貼，補助

subsidiário, ria *adj.* 補助的，補貼的，津貼的

subsídio *s.m.* 補助金，津貼；〔轉〕附加條件

subsistência *s.f.* 繼續存在，生存，生計，生活必需品

subsolo *s.m.* 底土，下層土

substabelecer *v.t.* 代表，代替；委託；轉權

substabelecimento *s.m.* 委託；代理，代替；轉權

substância *s.f.* 物質，物體，精華，營養，重要部分；〔哲〕本質，本體，實體

substancial *adj.* 本質的；有營養的；重要部分的，主要的

substantivo *s.m.* 名詞，實詞

substituição *s.f.* 替代，代用，掉換

substituir *v.t.* 代替，代用

substituto, ta *adj.* 代替的 ‖ *s.m.* 代替人

subterfúgio *s.m.* 花招，詭計；託辭；手段

subterrar *v.t.* 活埋；埋人

subterrâneo, nea *adj.* 地下的，地裏的

subtil *adj. 2 gén.* 細微的，精巧的，微妙的

subtileza *s.f.* 微細，微妙

subtítulo *s.m.* 副標題，小標題

subtracção *s.f.* 盜用；減法；扣除 ◇ adição

subtractivo *s.m.* 減數，欲減之數

subtrair *v.t.* 盜用；扣除，減去

subúrbio *s.m.* 郊區，郊外，城外

subvenção *s.f.* 補助金，獎金

subvencionar *v.t.* 津貼，給補助金

subversão *s.f.* 顛覆，搗亂

subversivo, va *adj.* 有顛覆傾向的，叛亂的

subverter *v.t.* 顛覆，擾亂

sucata *s.f.* 廢鐵，廢棄的廢銅爛鐵

sucção *s.f.* 吸，吸引，吸上

sucedâneo, nea *adj.* 代用的 ‖ *s.m.* 代用品

suceder *v.i.* 跟隨，繼承，承接，發生

sucedido, da *adj.* 發生過的 ‖ *s.m.* 發生之事

sucessão *s.f.* 繼續，繼承，繼任

sucessivo, va *adj.* 連續的

sucesso *s.m.* 成績,成就,成果

sucessor *s.m.* 繼承人,接班人

sucessório, ria *adj.* 繼承的,相繼的
△Imposto ~ 遺產稅

súcia *s.f.* 匪徒,烏合之衆,歹徒

sucinto, ta *adj.* 簡潔的,簡短的,簡略的,簡明的

suco *s.m.* 汁,液汁

sucoso, sa *adj.* 多汁的,多水分的

suculência *s.f.* 多水分;鮮美多汁

suculento, ta *adj.* 多汁的,多水分的

sucumbido, da *adj.* 失敗的;屈服的,屈從的

sucumbir *v.t.* 屈服;失敗;滅亡

sucursal *adj. 2 gén.* 分行的,分社的,分店的 ‖ *s.f.* 支行,分店,分社,分館

sudanês, sa *adj.* 蘇丹的 ‖ *s.m.* 蘇丹人

sudário *s.m.* 汗巾;(死人的)蓋臉巾;裹屍布

sudeste *s.m.* 東南

sudoestada *s.f.* 狂暴的西南風

sodoeste *s.m.* 西南,西南部;西南風 ‖ *adj.* 西南的

sudorífero, ra *adj.* 使發汗的 ‖ *s.m.* 發汗藥

sueca *s.f.* 一種四人玩的紙牌戲

sueco, ca *adj.* 瑞典的 ‖ *s.m.* 瑞典人;瑞典語

sueste *s.m.* 東南

suficiência *s.f.* 充分,充足,足夠

suficiente *adj. 2 gén.* 充足的,充分的 ‖ *s.m.* 成績合格 △ fazer um exame ~ 或 ter um ~ no exame 考試成績合格 ◇ insuficiente

sufixo *s.m.* 詞尾 △ Muitos advérbios portugueses têm o ~ mente 葡萄

牙語的許多副詞是以 mente 結尾的

sufocação *s.f.* 窒息

sufocador, ra *adj.* 使窒息的 ‖ *s.m.* 使人窒息者

sufocante *adj. 2 gén.* 令人窒息的 △ calor ~ 悶熱

sufocar *v.i.* 失去呼吸;窒息 ‖ *v.t.* 使窒息

sufragar *v.t.* 投票支持,投票贊成;幫助,協助

sufrágio *s.m.* 投票,讚許,選舉

sufragista *s. 2 gén.* 主張普選者的 ‖ *s.f.* 爲婦女的選舉權而奮鬥的婦女

sugador, ra *adj.* 吸的,吸的

sugerir *v.t.* 提示,暗示,啓示,提建議

sugestão *s.f.* 提示,暗示,啓示,建議,想法

sugestionar *v.t.* 提示,暗示

sugestivo, va *adj.* 提示的,暗示的

suíça *s.f.* 面部兩旁之鬢,側鬢

suicida *s. 2 gén.* 自殺者,自盡

suicidar-se *v.r.* 自殺

suicídio *s.m.* 自殺,自盡

suíço, ça *adj.* 瑞士的 ‖ *s.m.* 瑞士人

suíno, na *adj.* 豬的 ‖ *s.m.* 〔動〕豬

sujar *v.t.* 使污穢,弄污 ‖ *v.i.* 大便 ‖ *v.r.* 變成污穢的 △ A criança sujou-se 這孩子變成了小髒人兒 ◇ limpar, purificar

sujeição *s.f.* 征服,控制

sujeitar *v.t.* 征服;使服從 ‖ *v.r.* 屈服

sujeito, ta *adj.* 屈服的,隸屬的 ‖ *s.m.* 人,公民;[語]主語

sujidade *s.f.* 污穢;穢物

sujo, ja *adj.* 污穢的,骯髒的,不潔的

sul *s.m.* 南方,南部,南風

sulcar *v.t.* 挖溝,掘溝;犁行;航海

sulco *s.m.* 溝,畦;*pl.* 皺紋

sulfamida *s.f.* 〔化〕硫酸胺,磺胺

sulfato *s.m.* 〔化〕硫酸鹽

sulfídrico, ca *adj.* 〔化〕氫硫的

sulfito *s.m.* 〔化〕亞硫酸鹽

sulfonal *s.m.* 〔藥〕索佛拿(一種催眠藥)

sulfur *s.m.* 〔化〕硫,硫磺

sulfureto *s.m.* 〔化〕硫化物

sulfúrico, ca *adj.* 硫磺的 △ ácido ~ 硫酸

sulista *s.2 gén.* 南方人

sultana *s.f.* 蘇丹的母親、妻子、王妃或姐妹;(在土耳其的)戰艦

sultanado *s.m.* 蘇丹王位,蘇丹國

suma *s.f.* 摘要,總和 △ em ~ 總之,總和

sumarento, ta *adj.* 多汁的

sumário, ria *adj.* 摘要的,簡要的 ‖ *s.m.* 摘要

sumaúma *s.f.* 〔植〕木棉樹

sumição *s.f.* 消失,消散

sumiço *s.m.* 消失,消散

sumidade *s.f.* 頂點,頂峰;〔轉〕著名的人,傑出之人士

sumidouro *s.m.* 陰溝

sumir *v.t.* 使消失 ‖ *v.r.* 消失,沉沒,隱藏

sumo, ma *adj.* 最高的,最大的,崇高的 ‖ *s.m.* 汁液 △ ~ pontífice 羅馬教皇

sumoso, sa *adj.* 有汁液的

sumptuosidade *s.f.* 華麗,豪華

sumptuoso, sa *adj.* 華麗的,豪華的,侈奢的

súmula *s.f.* 簡短的摘要,簡短之提要

suor *s.m.* 汗 △ com o ~ do seu rosto 辛勞度日

super *pref.* 在上;在頭上;在表面;過多;超越

superabundância *s.f.* 過剩,過多

superabundante *adj. 2 gén.* 過多的

superar *v.t.* 克服,超過,越過,戰勝

supravit *s.m.* 順差,入超,盈餘

superficial *adj. 2 gén.* 表面的,表面上的,不深入的;〔轉〕膚淺的,淺薄的

superfície *s.f.* 表面;面積;外觀

superfino, na *adj.* 很精細的,細微的,質地精良的

supérfluo, flua *adj.* 多餘的,無用的,不必要的 ‖ *s.m.* 奢侈品

super-homem *s.m.* 超人,能力非凡的人

super-humano, na *adj.* 超人的,人所不及的

superintendência *s.f.* 監督,監督處

superintendente *s. 2 gén.* 監察員,監督者

superintender *v.t.* 監督,監查,監管

superior *adj. 2 gén.* 優秀的,上等的,高級的 ‖ *s.m.* 上級;長官

superiora *s.f.* 〔宗〕女修道院院長

superioridade *s.f.* 優越性,優勢

superlativo, va *adj.* 卓越的,最高級的

supernumerário, ria *adj.* 額外的,編外的 ‖ *s.m.* 定員以外之人,編制以外之人

supersónico, ca *adj.* 超音速的

superstição *s.f.* 迷信

supersticioso, sa *adj.* 迷信的 ‖ *s.m.* 迷信的人

superstrutura *s.f.* 上層建築

supervisão *s.f.* 管理,監督,檢查;預

見

supervivência s.f. 殘存

suplementar adj. 2 gén. 補充的,增補的,追加的

suplemento s.m. 補充,增刊

suplente adj. 2 gén. 候補的 ‖ s. 2 gén. 候補委員,候補人員

súplica s.f. 請求,請求書;申請、申請書

suplicação s.f. 請求,申請,懇求

suplicante adj. 2 gén. 請求的,申請的 ‖ s. 2 gén. 請求者,申請者

supliciar v.t. 處以死刑;處以刑罰;施以酷刑

suplício s.m. 刑罰,處罰;死亡;〔轉〕折磨,痛苦

supor v.t. 假定,假設;預料,估計,忖度

suportar v.t. 維持,承擔;容忍;保持,支撐;贊成

suportável adj. 2 gén. 可承受的,可支持的,可忍受的

suporte s.m. 支撐,支持;支柱,支撐物

suposição s.f. 假設,假定;預料,推測

supositório s.m. 〔醫〕栓劑;坐藥

supra pref. 超越,在前,在上

supracitado, da adj. 上述的

supradito, ta adj. 上述的

supramencionado, da adj. 上述的

supremo, ma adj. 最高的,至高無上的 ‖ s.m. 最高法院

supressão s.f. 取消,廢除,刪掉

supressivo, va adj. 取消的,廢除的;禁止的

suprimento s.m. 供給,補充,補遺;增補部分

suprimir v.t. 取消,廢除;制止;刪略

suprir v.t. 補充,填補,增補,補遺

suprível adj. 2 gén. 可補充的;可供給的;可增補的

supuração s.f. 化膿

supurado, da adj. 化膿的

supurante adj. 2 gén. 化膿的,流膿的

supurar v.i. 化膿

supurativo, va adj. 化膿的,釀膿的 ‖ s.m. 化膿藥

surdez s.f. 聾,重聽,悶聞

surdina s.f. 〔樂〕弱音器,遏音器 △ à ~ 秘密地,細聲地

surdo, da adj. 耳聾的,重聽的 ‖ s.m. 聾子

surdo-mudo, da adj. 聾啞的 ‖ s.m. 聾啞人

surgir v.i. 浮出;突出,突然出現 ‖ v.t. 〔海〕拋錨,停泊

surpreender v.t. 使驚慌,使吃驚,使意外

surpresa s.f. 驚奇,出乎意料;意外之事;突然襲擊

surra s.f. 打,鞭打

surrado, da adj. 鞣製的;破爛的,殘舊的;航髒的

surrador s.m. 皮革鞣製匠

surripiar v.t. 偷,暗中取

surtida s.f. 突圍,出擊,衝出包圍

surtir v.t. 產生,發生,引起,導致

surto, ta adj. 拋錨的,停泊航行的 ‖ s.m. 高飛;雄心勃勃

susceptibilidade s.f. 敏感;多心;易感性

susceptível adj. 2 gén. 敏感的;多心的;易感受的

suscitação s.f. 激起,引起

suscitar v.t. 激起,引起,惹起

suserania s.f. 宗主權,保護權

suserano, na *adj.* 宗主的 ‖ *s.m.* 宗主,領主,封建君主

suspeição *s.f.* 懷疑,不信任,疑慮

suspeita *s.f.* 懷疑,不信任,疑慮

suspeitador, ra *adj.* 懷疑的,不信任的

suspeitar *v.i.* 懷疑,不信任

suspeito, ta *adj.* 受懷疑的,令人懷疑的

suspender *v.t.* 吊,掛,懸;中止;禁止;暫停;限制

suspensão *s.f.* 掛,懸,停止

suspenso, sa *adj.* 吊着的,懸着的;停學的;停止的,中止的

suspensório, ria *adj.* 吊着的,掛着的,提起的 ‖ *s.m.* 懸掛物; *pl.* 〔醫〕吊帶,掛傴

suspirado, da *adj.* 熱切期望的,渴望的

suspirar *v.i.* 嘆息,熱切期望,渴望

suspiro *s.m.* 嘆息,嘆氣,長吁短嘆

sussurar *v.i.* 耳語;沙沙作聲;(醜聞)傳開

sussurro *s.m.* 低聲說話,耳語;潺潺聲

sustar *v.i.* 停止,阻止 ‖ *v.t.* 使停步;使停止

sustenido *s.m.* 〔樂〕升半音;升半音的符號;耳光

sustentação *s.f.* 支撐物;支持

sustentáculo *s.m.* 支撐物;支撐;支持;棟樑

sustentar *v.t.* 支撐,支持;瞻養,供養;(轉)防衛,保護 ‖ *v.r.* 抵抗……攻擊……爲生

sustento *s.m.* 糧食,食物,維持生命之物;支持;保持;保護

suster *v.t.* 支持,支撐;節制;制止;抵抗 ‖ *v.r.* 自制,抑制

susto *s.m.* 驚恐,害怕;震驚,受驚

sutura *s.f.* 〔醫〕縫,縫合;縫隙,骨縫

suturar *v.t.* 〔醫〕縫,縫合

suxo, xa *adj.* 鬆弛的,放鬆的

T

t *s.m.* 葡文第十九個字母

tabacal *s.m.* 煙田

tabacaria *s.f.* 香煙店

tabacino, na *adj.* 煙草的,煙葉的

tabaco *s.m.* 煙草,煙葉,香煙 △ levar para o seu ～ 接受教訓

tabajia *s.f.* 吸煙區,吸煙室

tabajismo *s.m.* 煙草中毒

tabaquear *v.i.* 吸煙,抽煙

tabaqueira *s.f.* 煙盒,煙袋 △ ir às ～s de alguém 給某人幾拳

tabaqueiro, ra *adj.* 煙草的 ‖ *s.m.* 吸煙者;卷煙工人;賣煙人 △ lenço ～ 大手帕

tabaquista *s. 2 gén.* 煙鬼

tabaxir *s.m.* 〔植〕竹黃

tabela *s.f.* 告示牌;時刻表;名單;情況一覽表 △① chegar à ～ 準時到達 ② jogar por ～ 聲東擊西 ③ por ～ 間接地

tabelar *v.t.* 定價

tabelião *s.m.*; **tabelioa** *s.f.* 公證人

tabelioa *adj.* 冗長無味的(語句)△ palavras(frases) ~s 千篇一律的話,套話

taberna *s.f.* 酒館,酒鋪

tabernáculo *s.m.* 神龕,聖龕

tabernal *adj. 2 gén.* 酒館的;〔轉〕髒的,不潔的

taberneira *s.f.* 酒館老板娘

taberneiro *s.m.* 酒館老板;賣酒的人

tabescência *s.f.* 〔醫〕削瘦

tabi *s.m.* 平紋綢

tabique *s.m.* 隔牆;隔板

tabla *s.f.* 小木板;平板

tablado *s.m.* 舞台;台

tablilha *s.f.* (台球的桌邊)檔板;間接方式

tabua *s.f. bras.* 拒絕;拒絕求婚

tábua *s.f.* 木板;案子;檯面;圖表 △ ① ~ de logaritmos 對數表 ② ~ da Lei 摩西十誡板 ③ ~ de multiplicação (Pitágoras) 乘法表

tabuada *s.f.* 目錄,索引;九九表,乘算表

tabuão *s.m.* 大厚木板,地板

tabuinha *s.f.* 薄板△ salvar-se por uma ~ 幸免於難,九死一生

tabulador *s.m.* 製表機;(打字機上的)跳格鍵

tabulageiro *s.m.* 賭場主

tabulagem *s.f.* 賭場,賭館

tabular *adj. 2 gén.* 木板的,平板的

tabuleiro *s.m.* 托盤;棋盤;平台;橋面

tabuleta *s.f.* 招牌;區

taça *s.f.* 開口酒杯;獎杯;銀杯

tacada *s.f.* (桌球的)棒擊球

tacanho, nha *adj.* 小氣的,吝嗇的;愚蠢的

tacão *s.m.* 鞋跟,腳後跟 △ meio ~ 中跟

taceira *s.f.* 陳列櫃,櫥窗

tacha *s.f.* 污點;大鍋,大鑊

tachada *s.f.* 滿鍋;醉酒

tachar *v.t.* 使污辱;批評 ‖ *v.r.* 醉酒

tachinha *s.f.* 小釘;小污點;缺點

tacho *s.m.* 平底鍋;肥缺,美差

tácito, ta *adj.* 沉默的;不言而喻的,不明言的

taciturnidade *s.f.* 沉默寡言;孤獨;憂鬱

taciturno, na *adj.* 沉默的,悲傷的 ◇ expansivo, falador, alegre

taco *s.m.* 馬球棍;馬球棍;下午茶

tactear *v.t.* 用手觸;撫摸;試探

táctica *s.f.* 戰術,策略 △ ter ~ da vida 知識淵博

táctico, ca *adj.* 戰術的 ‖ *s.m.* 軍事戰術家 △ armas nucleares ~s 戰術核武器

táctil *adj. 2 gén.* 觸覺的,感官的,手摸的

tacto *s.m.* 接觸;感覺;機靈 △ pelo ~ 摸地

tacuru *s.m. bras.* 蜘蟻山

tael *s.m.;* **taéis** *s.m.pl.* 兩(重量單位);兩(中國古代銀幣) △ dois ~s de prata 二兩銀子

tafetá *s.m.* 塔夫綢

tafiá *s.m.* 甘蔗酒(一種烈性糖酒)

taful, la *adj.* 愛打扮的,納袴的

tafulo *s.m. bras.* 喜歡打扮的人;花花公子

tagantada *s.f.* 鞭撻,鞭策

tagarela *adj. 2 gén.* 饒舌的,愛說話的 ‖ *s. 2 gén.* 饒舌者

tagarelar *v.i.* 饒舌;洩密;空談

tagarelice *s.f.* 喜空談,愛饒舌的習

慣

taimado, da *adj.* 惡毒的, 奸詐的

taipa *s.f.* 泥牆；隔牆

taipal *s.m.* 護壁；護櫺窗板

tal *adj.* 這樣，一樣的，如此的；類似的 ‖ *pron.* 某人, 這個 △① ~ pai, ~ filho 有其父必有其子 ② ~ qual (como) 就像 ③ ~ e qual (~ qual) 毫無區別 ④ outro que ~ 同樣 ⑤ um ~ sujeito 某人

tala *s.f.* 夾板；薄木條 △ ver-se em ~s 處於困境

talabarte *s.m.* 佩刀帶，劍帶

talambor *s.m.* 保險鎖，安全鎖

talante *s.m.* 意願，願望，意志

talão *s.m.* 腳後跟；存根，票據，副本

talapão *s.m.* (佛教之)和尚

talar *v.t.* 耕，犁；[轉]破壞 ‖ *adj. 2 gén.* 長及腳後跟的

talassocracia *s.f.* 制海權，海上霸權

talassofobia *s.f.* 恐海症

talassoterapia *s.f.* [醫]海洋療法

talco *s.m.* 滑石；雲母；爽身粉

taleiga *s.f.* 小口袋，小布袋

taleigo *s.m.* 小包

talentaço *s.m.* 高天資；能人

talento *s.m.* 才能，才智，才幹；天才

talentoso, sa *adj.* 富有才能的

talha *s.f.* 切，砍；木雕；[海]纜

talhado, da *adj.* 切開的；合適的

talha-mar *s.m.* 防波堤

talhar *v.t.* 切割；裁剪；雕刻；使適合 ‖ *v.i.* 變質 △ ~ pelo largo 浪費

talharim *s.m.* 麵條

talhe *s.m.* 身材，體形，式樣

talher *s.m.* 一套餐具(刀，叉，杓)；刀叉；餐桌席位

talho *s.m.* 疤痕；切 △① a ~ de可

及之處 ② a ~ de foice 有意地

talião *s.m.* 以牙還牙的懲罰法

talinga *s.f.* [海]纜繩

tálio *s.m.* [化]鉈

talismã *s.m.* 護身符，符咒

talismânico, ca *adj.* 護身符的，符咒的

talmude *s.m.* 猶太教法典

talmúdico, ca *adj.* 猶太教法典的

talmudista *adj. 2 gén.* 信守猶太教法典的 ‖ *s. 2 gén.* 解釋猶太教法典的人

talo *s.m.* [植]柄，莖，梗

talocha *s.f.* [建]托泥板

talófitos *s.m.pl.* 藻類植物

taloso, sa *adj.* 有莖的；如莖的

taluda *s.f.* 頭獎

talude *s.m.* 傾斜，斜坡，斜牆

taludo, da *adj.* 有硬莖的；發達的；壯健的

talvez *adv.* 大概，或許

tamanca *s.f.* 拖鞋，木屐 △ pôr-se nas suas ~s 堅持，不屈

tamanco *s.m.* 木屐

tamanhão *adj.* 巨大的，肥大的 ‖ *s.m.* 巨人

tamanhinho, nha *adj.* 極小的，細小的 △ ficar ~ de 害怕……

tamaninho, na *adj.*；**tamanino, na** *adj.* 極小的

tamanho, nha *adj.* 如此大的；這樣顯著的 ‖ *s.m.* 大小，尺寸，體積

tamanquear *v.i.* 穿屐走路

tamanqueiro *s.m.* 製木屐匠；賣木屐商

tâmara *s.f.* [植]椰棗

tamareira *s.f.* [植]椰棗樹

tamarga *s.f.*；**tamargueira** *s.f.*

〔植〕欅柳

tamarindeiro *s.m.*; **tamarineiro** *s.m.*; **tamarinheiro** *s.m.* 〔植〕羅望子樹

tamarindo *s.m.*; **tamarinho** *s.m.* 〔植〕羅望子

também *adv. e. conj.* 同樣,也,又,亦

tambor *s.m.* 鼓;鼓手;鼓聲

tamborete *s.m.* 椅子

tamboril *s.m.* 長鼓

tamborilada *s.f.* 擊鼓

tamborilar *v.i.* (用手指)敲,擊

tamborileiro, ra *adj.* 敲鼓的 ‖ *s.m.* 鼓手

tamborilete *s.m.* 小長鼓

tamborim *s.m.* 鼓鼓

tamis *s.m.* 篩子;濾布

tamisação *s.f.* 篩,過濾

tamisar *v.t.* 篩,濾,淨化

tampa *s.f.* 蓋,罩,頂蓋 △ levar com a ~ 失敗

tampão *s.m.* 大蓋子,大罩

tampo *s.m.* (容器的)頂或底 △ meter os ~s dentro 痛打

tanado, da *adj.* 棕褐色的,茶色的

tanatofobia *s.f.* 恐死症

tandem *s.m.* 雙座自行車

tanga *s.f.* 腰布,遮羞布

tanganhão *s.m.* 奴隸販子;大個子

tangedor, ra *adj.* 彈奏的 ‖ *s.m.* 彈奏者

tangência *s.f.* 〔數〕相切 △ ponto de ~ 切點

tangente *adj. 2 gén.* 〔數〕相切的 ‖ *s.f.* 切綫 △ escapar-se pela ~ 艱難擺脫困境;勉強及格

tanger *v.t.* 敲,彈 ‖ *v.i.* 彈奏

tangerina *s.f.* 〔植〕蜜橘,橘子

tangerineira *s.f.* 〔植〕橘子樹

tangibilidade *s.f.* 可觸,感知;確實 ◇ intangibilidade

tangível *adj. 2 gén.* 可觸的;可確定的 ◇ intangível

tango *s.m.* 探戈舞,探戈舞曲

tangomão *s.m.*; **tangomau** *s.m.* 奴隸販子;客死異國的人

tânico, ca *adj.* 〔化〕鞣質的,丹寧酸的

tanino *s.m.* 〔化〕丹寧酸,鞣酸

taninoso, sa *adj.* 〔化〕有丹寧酸的,含鞣酸的

tanjão *s.m.* 懶人

tanoã *s.f.* ; **tanoa** *s.f.*; **tanoaria** *s.f.* 製桶的職業;製桶廠

tanoeiro *s.m.* 製桶匠

tanque *s.m.* 水池,水塘;坦克

tanso, sa *adj.* 蠢的 ‖ *s.m.* 笨蛋

tantã *s.m.* 鑼,銅鑼;(非洲的)手鼓

tantálico, ca *adj.* 〔化〕鉭的

tantalite *s.m.* 鉭礦

tântalo *s.m.* 〔化〕鉭

tantíssimo, ma *adj.* 大量的,許多的

tantito, ta *adj.* 少量的;小的;少許

tanto, ta *adj.* 這么多的;這樣大的 ‖ *s.m.* 數量,大小 ‖ *pron. indef.* 一些 ‖ *adv.* 如此,同樣 △① outro ~ 同樣 ② ~ que 馬上 ③ ~ assim que 以致 ④ ~ mais que 而且,尤其是

tão *adv.* 如此地,這樣地 △① ~ ... que ... 如此...以至於 ... ② ~ ... como ... 和 ...一樣 ③ ~-pouco 幾乎不 ④ ~ -só 唯一地

tão-balalão *s.m.* 叮噹的鐘聲

tapa *s.f.* 塞子;耳光

tapa-boca *s.m.* 一記耳光,打一掌

tapada *s.f.* 牧場

tapado, da *adj.* 阻塞的;愚蠢的

tapadoiro *s.m.*; **tapadouro** *s.m.* 蓋,罩

tapar *v.t.* 蓋,罩,塞,遮擋 △ ～ a boca 堵住嘴,無言◇ destapar

tapa-sol *s.m.* 百葉窗;窗簾

tapear *v.t. bras.* 欺騙,哄騙

tapeçaria *s.f.* 掛氈,壁毯

tapeceiro *s.m.* 製地毯的人;賣地毯的人

tapete *s.m.* 地毯,花毯,掛毯

tapeteiro *s.m.* 製地毯的人

tapicuri *s.m. bras.* 木薯酒

tapioca *s.f.* 木薯澱粉;木薯澱粉湯

tapir *s.m.* 〔動〕貘

tapona *s.f.* 打,毆打

tapume *s.m.* 圍牆,柵

taqueógrafo *s.m.* 測距儀

taqueometria *s.f.* 測距術

taqueómetro *s.m.* 準距速測儀;轉數計

taquicardia *s.f.* 〔醫〕心博過速

taquicardíaco, ca *adj.* 心搏過速的 ‖ *s.m.* 心搏過速的人

taquigrafar *v.t.* 速記,速寫

taquigrafia *s.f.*; **estenografia** *s.f.* 速記法,速寫法

taquigráfico, ca *adj.* 速記法的

taquígrafo *s.m.* 速記者,速寫人;速記員

taquilha *s.f.* 放桌球棍的架子

taquímetro *s.m.* 測速計

tara *s.f.* (貨物的)皮重,包裝重量

tarado, da *adj.* 有缺點的,精神錯亂的

taramelar *v.t.*; **taramelear** *v.t.* 話多,饒舌

tarameleiro *s.m.* 話多的人,饒舌者

tarântula *s.f.* 〔動〕意大利的毒蜘蛛 △ estar picado da ～ 暴躁的

tarar *v.t.* 計算皮重

tarara *s.f.* (簸穀)風機,風選機

tarasca *s.f.* 塔拉斯各龍(法國的傳奇怪獸);醜女人

tardada *s.f.* 推遲,拖延

tardador *s.m.* 遲到者,遲來者

tardança *s.f.* 遲到,推遲

tardão *s.m.* 遲到者

tardar *v.i.* 遲到,延誤 ‖ *v.t.* 拖延,遲遲;耽擱 △ sem mais ～ 立刻

tarde *s.f.* 下午 ‖ *adv.* 遲,晚 ◇ Mais vale ～ que nunca. 亡羊補牢,猶時未晚 ◇ manhã, cedo

tardeza *s.f.* 遲

tardinha *s.f.* 黃昏,傍晚

tardinheiro, ra *adj.* 怠慢的,懶散的

tardio, ia *adj.* 緩慢的,遲到的;[植]晚成的,晚熟的 △ arroz ～ 晚稻 ◇ rápido, activo, precoce

tardívago, ga *adj.* 行動遲緩的

tardo, da *adj.* 緩慢的;遲鈍的;懶散的;笨拙的

tareco *s.m.* 無賴;流浪漢; *pl.* 舊傢具,破爛

tarefa *s.f.* 任務,工作

tarefeiro *s.m.* 承擔任務者;承包人,包工

tarega *s.m.* 酋貨商

tareia *s.f.* 打;任務

tarelo *s.m.* 鬧稅舌之人

tarifa *s.f.* 關稅,稅率;鐵路運費表

tarifar *v.t.* 定稅率,作價表

tarimba *s.f.* (兵營中士兵睡的)通鋪,木床

tarimbar *v.i.* 入伍,當兵

tarimbeiro *s.m.* 生活在兵營的人;

由兵卒晉升的軍官

tarlatana   *s.f.* 蚊帳布

taró   *s.m.* 冷;寒風

tarouco, ca   *adj.* 糊涂的

tarouquice   *s.f.* 糊涂,蠢

tarrafa   *s.f.* 魚網

tarrafar   *v.i.* 用網捕魚

tarraxa   *s.f.* 螺絲釘;捧緊

tarrenego!   *interj.* 滾! 去!

tarro   *s.m.* 盛奶桶

tarsalgia   *s.f.* 〔醫〕跗痛

tarso   *s.m.* 跗骨

tartamelear   *v.i.*; **tartamudear** *v.i.* 口吃,結結巴巴地說話

tartamelo   *s.m.* **tartamudo** *s.m.* 口吃,結舌之人

tartamudez   *s.f.* 訥訥,結舌

tartana   *s.f.* 單桅三角帆船

tartáreo, ea   *adj.*; **tartárico, ca** *adj.* 地獄的,如地獄般的

tártaro   *s.m.* 地獄;〔化〕酒石;韃粗人

tartaroso, sa   *adj.* 酒石的

tartaruga   *s.f.* 〔動〕海龜,烏龜;老人

tarugo   *s.m.* 楔子,木釘,暗榫

tasca   *s.f.* 飯館;酒館;小旅店;打蔴

tascadeira   *s.f.* 打蔴女工

tassalho   *s.m.* 大塊,大片

tatamba   *s. 2 gén.* 說粗話的人,粗魯之輩

tataraneto   *s.m.* 玄孫之子

tataraneta   *s.f.* 玄孫之女

tataravó   *s.f.* 高祖父之母

tataravô   *s.m.* 高祖父之父

tátaro   *s.m.* 口吃的人,結舌者

tate!   *interj.* 注意! 小心!

tatu   *s.m.* 〔動〕犰狳

tatuador   *s.m.* 紋身匠

tatuagem   *s.m.* 紋身,刺花

tatuar   *v.t.* 紋身,黥墨

tauismo   *s.m.* 道教

tauista   *s. 2 gén.* 道教徒

taumaturgia   *s.f.* 幻術,魔術

taumatúrgico, ca   *adj.* 幻術的,魔術的

taumaturgo, ga   *adj.* 幻術師的 ‖ *s.m.* 幻術師,魔術師

táureo, ea   *adj.* 公牛的,牡牛的

taurífero, ra   *adj.* 飼養公牛的(地方)

tauriforme   *adj. 2 gén.* 公牛般的

taurino, na   *adj.* 公牛的,如公牛的

tauro   *s.m.* 〈M〉金牛座,金牛宮

tauromaquia   *s.f.* 鬥牛

tauromáquico, ca   *adj.* 鬥牛的

tautofonia   *s.f.* 同音反覆

tautologia   *s.f.* 同義反覆

taverna   *s.f.* 小酒館;旅店;客棧

taverneiro   *s.m.* 酒館老板

távola   *s.f.* 棋子,棋

tavolagem   *s.f.* 賭場,賭館

taxa   *s.f.* 稅,稅率,租稅

taxação   *s.f.* 徵稅,課稅

taxador   *s.m.* 徵稅者

taxar   *v.t.* 徵稅,課稅 △ ~ de 責備

taxativo, va   *adj.* 徵稅的

táxi   *s.m.* 出租車,的士,計程車

taxidermia   *s.f.* 動物標本剝製術

taxidérmico, ca   *adj.* 動物標本剝製術的

taxímetro   *s.m.* 的士計程器,記時計

taxiologia   *s.f.* 分類學

taxista   *s. 2 gén.* 出租汽車司機,的士司機,計程車司機

taxo   *s.m.* 〔植〕紫杉

taylorismo   *s.m.* 〔經〕泰羅製,泰羅主義

tcheco *s.m. bras.* 捷克人

tcheco-eslovaco *s.m. bras.* 捷克斯洛伐克人 ‖ *adj.* 捷克斯洛伐克的

teáceo, ea *adj.* 〔植〕山茶科的

tear *s.m.* 織布機 △ ~ do relógio 錶的所有齒輪

teatino, na *adj.* 無主的(牲畜)

teatral *adj. 2 gén.* 劇場的,戲劇的

teatralidade *s.f.* 戲劇性

teatrículo *s.m.* 小劇場

teatrista *s. 2 gén.* 戲迷

teatro *s.m.* 劇場;表演藝術,演技 △ rei de ~ 統治無力的國王

teatrofone *s.m.* 揚聲器,傳聲器

tebaida *s.f.* 孤寂,淒涼

tecedeira *s.f.* 織布女

tecedor *s.m.* 織布者

tecedura *s.f.* 織布

tecelagem *s.f.* 織,織布

tecelão *s.m.* 織布工,織布人

tecer *v.t.* 織;編;(轉)搞(陰謀)

tecido, da *adj.* 紡織的 ‖ *s.m.* 布,織物

tecla *s.f.* 鍵 △ bater sempre na mesma ~ 老生常談,老話題

teclado *s.m.* 鍵盤;琴鍵

técnica *s.f.* 技術,技藝

tecnicismo *s.m.* 技術性

técnico, ca *adj.* 技術的 ‖ *s.m.* 技術人員,專家 △ um ~ em ⋯⋯方面的技術人員

tecnografia *s.f.* 工藝美術學

tecnográfico, ca *adj.* 工藝美術學的

tecnologia *s.f.* 工藝學,工藝

tecto *s.m.* 天花板,屋頂 △ viver dedaixo do mesmo ~ 住在一起

tectónica *s.f.* 築造學;工藝學

tectónico, ca *adj.* 築造的,工藝學的

tedéu *s.m.* 〔宗〕感恩讚,讚美歌

tédio *s.m.* 厭倦;厭煩;冗長無味

tedioso, sa *adj.* 厭倦的,令人厭煩的,冗長的

tegumentar *adj. 2 gén.* 〔動,植〕皮的,外皮的

tegumento *s.m.* 〔動,植〕皮,外皮

teia *s.f.* 布;網物;蛛網;陰謀

teiforme *adj. 2 gén.* 茶狀的

teima *s.f.* 頑固,固執,剛愎

teimar *v.i.* 堅持,不順從 ‖ *v.t.* 固執

teimosia *s.f.* 頑固透頂,極端固執

teimoso, sa *adj.* 頑固的,固執的 ‖ *s.m.* 固執的人 ◇ obediente, dócil

teína *s.f.* 茶鹼

teísmo *s.m.* 一神論;有神論;(因茶引起的)事故

teísta *s. 2 gén.* 一神論者;有神論者

tejadilho *s.m.* 車篷,篷蓋

tejupá *s.m. bras.* 稻草屋

tela *s.f.* 紡織品,亞麻布;畫布

télamon *s.m.* 〔建〕人像柱

teleautografia *s.f.* 傳真電報術

teleautógrafo *s.m.* 傳真電報機

gelautograma *s.m.* 傳真電報

tele⋯ *pref.* "遠"的意思

telecámara *s.f.* 電視攝像機

telecinematógrafo *s.m.* 電視電影發射機

telecomando *s.m.* 遙控

telecomunicação *s.f.* 電信

telecópia *s.f.* 電話傳真

telediário *s.m.* 電視新聞

teledifusão *s.f.* 電視廣播

teledinâmica *s.f.* 遙控動力學

teledinâmico, ca *adj.* 遙控動力學

的

telefilme *s.m.* 電視片

telefonar *v.t.* 通電話,打電話

telefone *s.m.* 電話,電話機

telefonema *s.m.* 電話通話

telefonia *s.f.* 電話技術

telefónico, ca *adj.* 電話的

telefonista *s. 2 gén.* 接线生,話務員,報務員

telefote *s.m.* 傳真機

telefoto *s.m.* 傳真照片

telefotografia *s.f.* 電傳照像

telefotógrafo *s.m.* 電傳照像機

telegrafar *v.t.* 發電報,打電報

telegrafia *s.f.* 電報學

telegráfico, ca *adj.* 電報的

telegrafista *s. 2 gén.* 報務員,電報生

telégrafo *s.m.* 電報機;電報,電訊

telegrama *s.m.* 電報 △ ~ cifrado 密碼電報

telémetro *s.m.* 測距儀

telenotícia *s.f.* 電視新聞

telenovela *s.f.* 電視小說,電視連續劇;肥皂劇

teleologia *s.f.* 〔哲〕目的論,目的學

teleológico, ca *adj.* 〔哲〕目的論的,目的學的

telepatia *s.f.* 傳心術,心靈感應,通靈術

telepático, ca *adj.* 傳心術的,通靈術的

telescópico, ca *adj.* 望遠鏡的

telescópio *s.m.* 望遠鏡

telescritor *s.m.* 電傳打字機

telespectador *s.m.* 電視觀眾

televisão *s.f.* 電視

televisionar *v.t.* 電視播放

televisor *s.m.* 電視接收機,電視機

telha *s.f.* 瓦,瓷磚;〔轉〕神經不正常,奇癖 △ de ~s abaixo 在房內

telhado *s.m.* 屋頂 △ quem tem ~s de vidro não atira pedra aos dos vizinhos 自己有短處莫議他人非

telhador *s.m.* 泥瓦匠

telhar *v.t.* 砌瓦,用瓦鋪蓋

telheira *s.f.* 瓦廠

telheiro *s.m.* 製瓦者

telhudo, da *adj.* 有瓦的;發神經的

teluriano, na *adj.* 來自地球的

telúrico, ca *adj.* 地球的

telurismo *s.m.* 地域影響論

tema *s.m.* 題目,主題;課題

temático, ca *adj.* 主題的,專題的,題目的

temente *adj. 2 gén.* 害怕的,恐懼的;信仰的 △ ~ a Deus 虔誠信教

temer *v.t.* 害怕,恐懼 ◇ afrontar

temerário, ia *adj.* 鹵莽的,膽大妄為的

temeridade *s.f.* 冒失,鹵莽

temeroso, sa *adj.* 可怕的,嚇人的

temido, da *adj.* 可畏的

temível *adj. 2 gén.* 可畏的,可怕的

temor *s.m.* 怕,敬畏

temoroso, sa *adj.* 敬畏的

têmpera *s.f.* 錘煉,鍛煉

temperado, da *adj.* 錘煉的;調味的

temperamento *s.m.* 性情,氣質 △ ① ~ bilioso 膽汁質 ② ~ linfático 黏液質 ③ ~ nervoso 神經質 ④ ~ sanguíneo 多血質

temperança *s.f.* 節制 ◇ intemperança

temperante *adj. 2 gén.* 節制的 ◇ intemperante

temperar *v.t.* 調和, 緩解;鍛煉;(使鋼鐵)淬火

temperatura *v.t.* 溫度

temperilha *s.f.* 調味品;[轉]解悶, 消悉

temperilho *s.m.* 粗劣調味品

tempero *s.m.* 調味品

tempestade *s.f.* 暴風雨;風暴;動盪

tempestear *v.i.* 起風暴 ‖ *v.t.* 騷動

tempestivo, va *adj.* 適時的, 及時的, 恰好的

tempestuosidade *s.f.* 風暴,暴風雨

tempestuoso, sa *adj.* 風暴的,暴風雨的 ◇ calmo

templário *s.m.* [宗]聖殿騎士

templo *s.m.* 寺,廟宇

tempo *s.m.* 時間,時期,時代;天氣, 氣象 △① a ~ 及時, 按時 ② com ~ 緩慢 ③ de ~ a ~ 經常 ④ em ~ 以前 ⑤ atrás do ~, ~ vem 來日方長

temporal *adj. 2 gén.* 時間的;世俗的;短暫的 ‖ *s.m.* 暴風雨

temporâneo, ea *adj.*; **temporário, ia** *adj.* 一時的, 暫時的, 臨時的, 短暫的

temporão, na *adj.* 提前的

têmporas *s.f.pl.* 季初齋日

temporizar *v.t.* 拖延,延後;推托 ‖ *v.i.* 延期 △ ~ com alguém 與某人妥協

temulento, ta *adj.* 喝醉的

tenacidade *s.f.* 堅韌,堅韌;不屈不撓

tenaz *adj. 2 gén.* 堅固的, 牢固的;頑固的 ‖ *s.f.* 夾鉗

tenção *s.f.* 意志;問題;目的;打算

tencionar *v.t.* 意欲, 計劃

tencionário *s.m.* 有定期收入者,拿工資的人

tenda *s.f.* 小店, 攤位, 檔位;涼蓬

tendão *s.m.* [解]腱 △ ~ de Aquiles 跟腱

tendedeira *s.f.* 麵板

tendeiro *s.m.* 小商,小販

tendência *s.f.* 傾向,趨勢

tendencioso, sa *adj.* 有傾向性的

tendente *adj. 2 gén.* 傾向的,旨在……的

tender *v.i.* 傾向;愛好 ‖ *v.t.* 展開,開展

tênder *s.m.* (鐵路上用的)煤水車

tendinoso, sa *adj.* 腱的

tenebricidade *s.f.* 陰暗;陰謀

tenebroso, sa *adj.* 陰暗的;恐怖的;難明白的

tenente *s.m.* 中尉;副職;副手 △ ① à mão-~ 迫在眉睫地 ② ~-coronel 中校 ③ ~-general 中將 ④ segundo ~ 少尉

ténia *s.f.* 豬肉絛蟲

teníase *s.f.* [醫]絛蟲病

ténis *s.m.* 網球

tenor *s.m.* [樂]男高音;男高音歌手;要旨,大意

tenorino *s.m.* [樂]假聲男高音

tenro, ra *adj.* 易斷的;柔軟的;嫩的;幼稚的 ◇ duro

tensão *s.f.* 緊張;電壓

tenso, sa *adj.* 緊張的, 拉緊的, 抽緊的

tentação *s.f.* 嘗試;引誘,誘惑;企圖

tentaculado, da *adj.* [動]有觸鬚的,有觸角的

tentacular *adj. 2 gén.* [動]觸手的,觸鬚的

tentáculo *s.m.* [動]觸手;觸角;觸鬚

tentado, da *adj.* 引誘的,誘人的

tentador, ra *adj.* 誘惑的,勾引人的

tentar *v.t.* 引誘,勾引;嘗試 △ ~ a sorte 碰運氣

tentativa *s.f.* 試圖,企圖

tentativo, va *adj.* 嘗試的

tentear *v.t.* 探,觸;試

tento *s.m.* 小心 △① a ~ 小心翼翼地 ② sem ~ 毫不在意

ténue *adj. 2 gén.* 細的,薄的;弱的;無足輕重的

teocracia *s.f.* 神權政治,神政

teocrata *adj. 2 gén.* 神權執行者;擁護神權政治者

teodolito *s.m.* 經緯儀

teofania *s.f.* 神的顯現

teofilantropia *s.f.* 自然神論

teogonia *s.f.* 神譜

teologal *adj. 2 gén.* 神學的

teologia *s.f.* 神學

teológico, ca *s.m.* 神學的

teologismo *s.m.* 濫用神學

teólogo *s.m.* 神學家

teomancia *s.f.* 占卜

teomania *s.f.* 宗教狂

teor *s.m.* 內容;含量;要旨,要領

teorema *s.m.* 定理,原理

teoria *s.f.*; **teórica** *s.f.* 理論,學說

teórico, ca *adj.* 理論的,理論上的 ‖ *s.m.* 理論家 ◇ prático

teorista *s. 2 gén.* 理論家

teosofia *s.f.* 神智學,通神論

tepidez *s.f.* 暖和,微溫

tépido, da *adj.* 溫暖的,微熱的

ter *v.t.* 有,獲,具有 △① ~ de, ~ que 必須,應當 ② ~-se 自負,自稱

terapeuta *s. 2 gén.* 〔醫〕治療學家,理療專家

terapêutica *s.f.* 理療學

terapêutico, ca *adj.* 治療的,理療學的

terapia *s.f.* 理療學

teratologia *s.f.* 〔生〕畸形學,畸胎學

teratológico, ca *adj.* 畸形學的

teratologista *s. 2 gén.* 畸形學家

terça *adj. 2 gén.* 第三 ‖ *s.f.* 星期二

terçado, da *adj.* 三種混合的

terçador *s.m.* 中間人,調解人,仲裁者

terça-feira *s.f.* 星期二

terceiranista *s. 2 gén.* 大學三年級學生

terceiro, ra *adj.* 第三的

terceto *s.m.* 〔樂〕三重唱,三重奏

terciário, ia *adj.* 第三的,第三位的,第三級的

terço *s.m.* 三分之一;念珠

terebintina *s.f.* 〔植〕松節油;松脂

terebrante *adj. 2 gén.* 鑽孔的,穿孔的

terebrar *v.t.* 打洞,鑽孔

teres *s.m.pl.* 財產,財富

tergiversação *s.f.* 搪塞,兜圈子,支吾

tergiversante *adj. 2 gén.* 搪塞的,兜圈子的

tergiversar *v.i.* 搪塞,兜圈子,推托,支吾

teriacal *adj. 2 gén.* 解毒藥的

teriaga *s.f.* 解毒藥

termal *adj. 2 gén.* 溫泉的;熱的

termas *s.f.pl.* 溫泉浴場,公共浴場

termia *s.f.* 百萬卡(煤氣熱量單位)

térmico, ca *adj.* 熱的,熱量的

termidor *s.m.* 熱月(法國共和曆)

terminação *s.f.* 結束,終止,完成 ◇ começo

terminal *adj. 2 gén.* 終端的,結尾的,頂的

terminante *adj. 2 gén.* 結束的,終結的;斷然的

terminar *v.t.* 結束,終結 ‖ *v.i. e r.* 完成,結論 ◇ começar, principiar

terminativo, va *adj.* 終結的,完成的

término *s.m.* 界限;終點站;結局

terminologia *s.f.* 術語,專門用語

terminológico, ca *adj.* 術語的

terminologista *s. 2 gén.* 術語學家

térmite *s.f.* 〔動〕白蟻

termiteira *s.f.* 白蟻窠

termo *s.m.* 學期;範圍;界限;期限,證明;*pl.* 條件 ① a ~s, em ~s de 在……條件下 ② sem ~ 沒有條件 ③ estar em bons ~s com 和……有良好的關係

termobarómetro *s.m.* 溫度氣壓計

termocautério *s.m.* 〔醫〕熱烙器

termodinâmica *s.f.* 〔理〕熱力學

termodinâmico, ca *adj.* 熱力學的

termoelectricidade *s.f.* 〔理〕熱電,熱電流

termoeléctrico, ca *adj.* 熱電的,熱電學的

termogéneo, ea *adj.* 〔生理〕生熱的;發生體溫的

termógrafo *s.m.* 自記溫度計

termologia *s.f.* 〔理〕熱學

termológico, ca *adj.* 熱學的

termomagnético, ca *adj.* 熱磁的

termomagnetismo *s.m.* 〔理〕熱磁

termomecânica *s.f.* 〔理〕熱力學,熱重學

termometria *s.f.* 溫度測法

termométrico, ca *adj.* 溫度測法的

termómetro *s.m.* 溫度計 △ ① ~ centigrado 攝氏溫度計 ② ~ Fahrenheit 華氏溫度計

termonuclear, ra *adj.* 〔理〕熱核的

termoquímica *s.f.* 〔化〕熱化學

termóstato *s.m.* 恒溫器

termoterapia *s.f.* 熱療法

termotropia *s.f.* 〔植〕趨溫,向熱

termotropismo *s.m* 〔植〕趨溫性,向熱性

ternário, ia *adj.* 三的,三重的

terno, na *adj.* 柔軟的;溫柔,溫和的 ◇ seco, duro

ternura *s.f.* 軟;溫柔;嬌嫩

terra *s.f.* 土地;〈M〉地球;陸地;祖國 △ ① dar ~ para feijões 逃跑 ② a ~ 沿岸航行 ③ ~ firme 大陸 ④ ~ da Promissão 巴勒斯坦 ⑤ ~ de verdade 極樂世界

terraço *s.m.* 露天平台,屋頂平台,台地,坪

terracota *s.f.* 赤陶

terrado *s.m.* 平屋頂,平樓頂

terral *adj. 2 gén.* 土地的,地球的

terramicina *s.f.* 〔醫〕土霉素

terramoto *s.m.*; terremoto *s.m.* 地震

terraplenagem *s.f.* 平整土地

terraplenar *v.t.* 平整土地

terrapleno *s.m.* 平整土地

terráqueo, ea *adj* 地球的

terreal *adj. 2 gén.* 地球的;世界的 △ Paraíso ~ 伊甸園

terreiro *s.m.* 廣場,空地,場地 △ chamar a ~ 挑戰

terreno, na *adj. 2 gén.* 地球的,土地的 ‖ *s.m.* 土地,地皮,地方 △ sondar o ~ 探索

terrento, ta *adj. 2 gén.* 土色的

térreo, ea   *adj. 2 gén.* 泥土的,土地的

terrestre   *adj. 2 gén.* 地球的;陸地的

terribilidade   *s.f.* 可怕,恐怖

terrícola   *adj. 2 gén.* 居住陸地的人,栖居陸地的動物

terrificante   *adj. 2 gén.* 可怕的,恐怖的

terrificar   *v.i.* 使害怕,使恐怖

terrífico, ca   *adj.* 可怕的,恐怖的

terrígeno, na   *adj.* 陸生的,來自陸地的

terrina   *s.f.* 湯盆;砂鍋

territorial   *adj. 2 gén.* 領土的

território   *s.m.* 領土,領地,地區

terrível   *adj. 2 gén.* 可怕的,恐怖的;特別的

terror   *s.m.* 恐怖;危險

terrorismo   *s.m.* 恐怖主義

terrorista   *s. 2 gén.* 恐怖主義者,恐怖分子

terrorizar   *v.t.* 恐怖統治;使恐怖

terroso, sa   *adj.* 泥土的,沾了泥的

terso, sa   *adj.* 簡潔的,乾淨的;簡明的

tertúlia   *s.f.* 聚會

tertulianista   *s. 2 gén.* 參加聚會的人

tesão   *s.m.* 堅硬,堅強;[轉]力量

tese   *s.f.* 論文;論題 △ em ~ 總之

teso, sa   *adj.* 拉緊的;硬的;強烈的;強壯的 △ em ~ 堅固地 ◇ bambo, froixo

tesoura   *s.f.* 剪刀

tesourada   *s.f.* 裁剪;剪;壞話,誹謗

tesourar   *v.t.* 裁剪,剪,修剪

tesouraria   *s.f.* 金庫,出納處;財政部

tesoureiro   *s.m.* 司庫,出納

tesouro   *s.m.* 財寶;國庫;寶藏

testa   *s.f.* 前額;額頭,前部 △ ~-de-ferro 傀儡

testaça   *s.f.* 寬大的額頭

testador, ra   *adj.* 立遺囑的 ‖ *s.m.* 立囑人

testamental   *adj. 2 gén.* 遺囑的

testamentaria   *s.f.* 執行遺囑

testamentário, ia   *adj.* 遺囑的,遺書的 ‖ *s.m.* 承繼人

testamenteiro   *s.m.* 遺囑執行人

testamento   *s.m.* 遺囑,遺訓,遺言 △ ① Novo ~ 新約全書 ② Velho ~ 舊約全書

testante   *s. 2 gén.* 立囑人

testar   *v.t.* 遺贈;遺留 ‖ *v.i.* 立遺囑

teste   *s.m.* 試驗,考驗,測驗 ‖ *s.f.* 證人

testeira   *s.f.* 前部

testemunha   *s.f.* 證人,證據 △ sem ~s 單獨地

testemunhador   *s.m.* 證人

testemunhal   *adj. 2 gén.* 證據的

testemunhar   *v.t.* 證明;作證;表示 ‖ *v.i.* 立證

testemunhável   *adj. 2 gén.* 作證的,確切的

testemunho   *s.m.* 證言,證明;表示,陳述

testicular   *adj. 2 gén.* 睾丸的

testículo   *s.m.* 〔解〕睾丸

testiculoso, sa   *adj.* 睾丸大的

testificação   *s.f.* 證明,確切

testificador   *s.m.* 證明人

testificar   *v.t.* 作證,證實

testilha   *s.f.* 打,鬥,角力

testo, ta   *adj.* 有力的;堅固的

testudo, da   *adj.* 大額的;大頭的

tesura *s.f.* 硬；堅定，倔强

teta *s.f.* 乳頭，橡皮奶嘴

tetânico, ca *adj.* 破傷風性的

tetanismo *s.m.* 〔醫〕破傷風炎

tétano *s.m.* 〔醫〕破傷風(病)

tetra … *pref.* 含"四"之義

tetraciclina *s.f.* 〔醫〕四環素

tetraedro *s.m.* 〔數〕四面體

tetrágono *s.m.* 〔數〕四角形，四邊形

tetragrama *s.m.* 〔樂〕四綫譜；四個字母組成的詞

tetralogia *s.f.* 四聯劇(由三悲劇和一喜劇組成)；〔樂〕四部曲

tetraneto *s.m.* 玄孫之子

tetrápode *adj. 2 gén.* 四足的

tetravó *s.f.* 高祖父之母

tetravô *s.m.* 高祖父之父

tétrico, ca *adj.* 悲傷的；憂鬱的；陰暗的

tetro, ra *adj.* 黑的，暗的

teu, tua *adj.* 你的 ‖ *s.m. e pl.* 你的家人

têxtil *adj. 2 gén.* 紡織的，織物的 △ indústrias ~teis 紡織業

texto *s.m.* 課文，文章，正文，(文章的)內容

textual *adj. 2 gén.* 正文的，文章的，原文的

textuário *s.m.* 課本，教課書

textura *s.f.* (織品的)質地，織法；組織

texugo *s.m.* 〔動〕豬獾；〔俗〕胖子

tez *s.f.* 臉部皮膚，臉皮

ti *pron.* 你(用於前置詞之後，在 com 之後爲 contigo)

tia *s.f.* 姑，姨，嬸，阿姨

tiara *s.f.* (教皇的)冠

tibetano, na *adj.* 西藏的 ‖ *s.m.* 西藏人；藏語

tibete *s.m.* 西藏

tíbia *s.f.* 〔解〕脛骨

tibial *adj. 2 gén.* 〔解〕脛骨的

tibieza *s.f.* 不熱心，不熱烈；冷淡；懦弱

tíbio, ia *adj.* 溫的；冷淡的；弱的

tição *s.f.* 燃木；魔鬼

tífico, ca *adj.* 斑疹傷寒的

tiflite *s.f.* 〔醫〕盲腸炎，闌尾炎

tiflografia *s.f.* 盲文書法

tiflologia *s.f.* 盲文學

tifo *s.m.* 〔醫〕斑疹傷寒

tifóide *adj. 2 gén.* 〔醫〕斑疹傷寒的，傷寒的

tigela *s.f.* 碗

tigelinha *s.f.* 小碗

tigre *s.m.* 〔動〕老虎；〔轉〕殘忍兇惡的人

tigrino, na *adj.* 老虎的

tijoleira *s.f.* 方磚，階磚

tijoleiro *s.m.* 製磚匠

tijolo *s.m.* 磚 △ fazer ~ 餡媚

tílburi *s.m.* 〔植〕椴樹

tília *s.f.* 〔植〕椴樹

tilintar *v.i.* 作叮玲聲

timbale *s.m.* 〔樂〕定音鼓

timbaleiro *s.m.* 定音鼓手

timbrado, da *adj.* 有特別標記的；加蓋印章的

timbrar *v.t.* 蓋章，加印，蓋戳

timbre *s.m.* 音色；印，章，戳記；標記

timbroso, sa *adj.* 音色的；印記的；標記的

timidez *s.f.* 懦怯，膽怯 ◇ *audácia*

tímido, da *adj.* 膽小的；弱的 ‖ *s.m.* 膽小鬼 ◇ *audacioso, corajoso*

timocracia *s.f.* 金錢政治，財力政體

timocrata   *s. 2 gén.* 主張金錢政治的人

timoneiro   *s.m.* 舵手,領導

timorato, ta   *adj.* 膽小的,懦弱的

tímorense   *adj. 2 gén.* 帝汶的 ‖ *s. 2 gén.* 帝汶人

timpanal   *adj. 2 gén.* 〔解〕鼓膜的,耳膜的

timpanismo   *s.m.*; **timpanite** *s.f.* 〔醫〕中耳炎,鼓脹

timpanítico, ca   *adj.* 鼓脹的

tímpano   *s.m.* 〔解〕鼓膜,中耳 ‖ *s.m.pl.* 耳朵

tina   *s.f.* 浴盆,浴缸,桶,盆

tinalha   *s.f.* 小酒缸

tinção   *s.f.* 染色,着色

tinelo   *s.m.* 食堂,餐廳

tineta   *s.f.* 怪癖,奇想

tingar-se   *v.r.* 逃跑,躲避

tingidor   *s.m.* 染匠,染色工

tingidura   *s.f.* 染,染色,染紡業

tingir   *v.t.* 染,着色 △ — as mãos no sangue de alguém 殺某人

tinha   *s.f.* 〔醫〕頭瘡,頭皮癬

tinhoso, sa   *adj.* 患頭瘡的,患皮炎的 △ cão ~ 魔鬼

tinido   *s.m.* 玎玲聲

tinir   *v.i.* 作玎玲聲 △ estar a ~ 身無分文

tino   *s.m.* (敏銳的)感覺;智慧;判斷力,謹慎 △ ① a ~ 大約 ② dar ~ de 了解 ③ sem ~ 粗心地

tinta   *s.f.* 墨水;顏料 △ ~ simpática 顯隱墨水

tinteiro   *s.m.* 墨水瓶

tintim por tintim   *adv.* 逐一地,一個不漏地

tinto, ta   *adj.* 已染色的;骯髒的 △ vinho ~ 紅酒

tintorial   *adj. 2 gén.*; **tintório, ia**   *adj.* 用於染色的

tintura   *s.f.* 染料,染色;〔醫〕酊劑

tinturaria   *s.f.* 染業,印染廠

tintureira   *s.f.* 女洗染工

tintureiro   *s.m.* 印染廠老板;染匠

tio   *s.m.* 伯,叔叔,舅,姨父

típico, ca   *adj.* 獨特的,特別的,典型的

tipo   *s.m.* 種類,型式,樣子;活字,字體

tipocromia   *s.f.* 彩色印刷術

tipofotografia   *s.f.* 照像印刷術

tipografar   *v.t.* 印刷,活字印刷

tipografia   *s.f.* 活字印刷術;印刷廠

tipográfico, ca   *adj.* 活字印刷的

tipógrafo   *s.m.* 排字工,印刷工,印刷者

tipóia   *s.f.* 輪子;舊客車

tipómetro   *s.m.* 〔印〕活字尺

tique   *s.m.* 〔醫〕(面部肌肉)抽搐;怪動作

tique-taque   *s.m.*; **tique-tique**   *s.m.* 滴嗒聲

tiquira   *s.m. bras.* 木薯酒

tira   *s.f.* 帶,條;條紋布

tiracolo   *s.m.* 肩帶,飾帶

tirada   *s.f.* 拿出;間隔,距離

tira-fundo   *s.m.* 道釘,錐子

tira-linhas   *s.m.* 直綫筆,鴨嘴筆

tiragem   *s.f.* 取出,拔;〔印數,銷售量

tirana   *s.f. bras.* 壞女人,悍婦

tirania   *s.f.* 非法統治;暴政,專制

tiranicida   *s. 2 gén.* 誅殺暴君的人

tiranicídio   *s.m.* 誅殺暴君

tirânico, ca   *adj.* 專制的,暴政的

tiranizador   *s.m.* 暴君,獨裁者

tiranizar *v.t.* 獨裁,專制

tirano *s.m.* 暴君,專制者;兇殘的人

tirante *adj. 2 gén.* 牽的,拉的,牽引的

tirão *s.m.* (用力)拉,曳,拖

tira-olhos *s.m.* 〔動〕蜻蜓

tira que tira *adv.* 反覆地

tirar *v.t.* 取,拉,拔,放 △① não ~ 沒有關係,沒有影響 ② ~-se de cuidados 決定

tira-teimas *s.m.* 有力的證明;字典

tira-vergal *s.m.* 馬韁

tirete *s.m.* 破折號;連接號

tiritante *adj. 2 gén.* 震顫的,顫抖的

tiritar *v.i.* 哆嗦,發抖,震顫,戰慄

tiro *s.m.* 子彈;射擊,發射 △ de um ~ 一下子

tirocinante *s. 2 gén.* 實習生,見習生,學徒

tirocinar *v.i.* 見習,實習

tirocínio *s.m.* 見習期,實習,學徒期

tiróide *adj.* 〔解〕甲狀腺的

tiroidectomia *s.f.* 〔醫〕甲狀腺切除術

tiroteio *s.m.* 連續射擊,齊射

tirso *s.m.* (酒神的)葡萄葉杖

tisana *s.f.* 湯藥,水藥

tísica *s.f.* 肺結核,痨病

tísico, ca *adj.* 肺結核的,痨病的

tisiologia *s.f.* 肺結核病學

tisioterapia *s.f.* 肺結核病療法

tisna *s.f.* 顏料,染料

tisnado, da *adj.* 染黑的

tisnar *v.t.* 染黑,燒焦

tisne *s.m.* (煙囱內的)黑色,煙粒,油煙

titã *s.m.* 巨人;重型起重機

titânico, ca *adj.* 强大的

titânio *s.m.* 〔化〕鈦

títere *s.m.* 木偶;傀儡

titereiro, ra *adj.*;**titeriteiro, ra** *adj.* 耍木偶的;傀儡的

titi *s. 2 gén.* 姨媽,姑姑

titular *v.t.* 命名,稱呼 ‖ *adj. 2 gén.* 標題的,正式的 ‖ *s. 2 gén.* 有稱號的人 △ médico ~ 正式醫生

título *s.m.* 名稱,標題;學位;頭銜 △ a ~ de 以……資格

toa *s.f.* 縴繩 △ à ~ 胡亂地

toada *s.f.* 聲,聲音;曲,曲調

toalha *s.f.* 毛巾,浴巾

toalheiro *s.m.* 賣毛巾的人

toalhete *s.m.* 小手巾,小方巾

toalhinha *s.f.* 小毛巾

toar *v.i.* 出聲,作聲

toca *s.f.* 賊窩,獸窩

tocadela *s.f.* 觸,碰,接觸

tocado, da *adj.* 手觸的,碰的

tocador *s.m.* 彈奏者,演奏人

tocaia *s.f.* 埋伏,伏兵

tocaiar *v.t. bras.* 伏擊

tocaio, ia *adj. bras.* 同名的,同音異義的

tocante *adj. 2 gén.* 關於 △ no ~ a 關於

tocar *v.i.* 觸,碰 ‖ *v.t.* 撫,摸 △ vá a pedra a quem ~ 一人做事一人當

tocarola *s.f.* 握手,手拉手

tocha *s.f.* 大蠟燭,火炬

tocheira *s.f.*;**tocheiro** *s.m.* 蠟燭台

tocologia *s.f.* 〔醫〕產科學

todavia *conj.* 然而,但是,仍然,尚

todo, da *adj.* 全部的,所有的 ‖ *s.m.* 任何,全體,一切 △① ao ~ 總共 ② de ~, de ~ em ~ 完全地

todo-nada *s.m.* 幾乎沒有，極少

todo-poderoso, sa *adj.* 全能的，萬能的 ‖ *s.m.* 全能的上帝

toga *s.f.* (法官、教授等的)長禮袍，法衣

togado, da *adj.* 穿禮袍的 ‖ *s.m.* 法官

tolda *s.f.* 帳篷，布篷

toldado, da *adj.* 陰暗的；遮蓋的

toldar *v.t.* 遮蔽，掩蔽

toldo *s.m.* 篷，篷帳

toledana *s.f.* (西班牙)托萊多劍

toleima *s.f.* 愚昧，沒有主見

toleirão *s.m.* 笨拙，愚蠢

tolerância *s.f.* 容忍，忍耐 ◇ intolerância

tolerante *adj. 2 gén.* 容忍的，忍耐的

tolerantismo *s.m.* 信教自由

tolerar *v.t.* 容忍，容許，忍耐；忍受 ◇ proibir, impedir

tolerável *adj. 2 gén.* 可忍的，可容忍的，容許的 ◇ intolerável

tolhedura *s.f.* 妨礙，阻礙

tolher *v.t.* 阻礙，禁止，停止 ◇ consentir, tolerar

tolhido, da *adj.* 阻礙的，禁止的，不容許的

tolice *s.f.* 荒謬，胡說，無稽

tolo, la *adj.* 不聰明的，愚蠢的 ◇ inteligente

tolontro *s.m.* (頭上的)肉瘤，腫塊

tom *s.m.* 聲音，音質，語氣 △① bom -~ 斯文的 ② dar o ~ 作榜樣 ③ sem ~ nem som 荒謬，無頭無尾

toma *s.f.* 拿，取；(藥的)劑量

tomada *s.f.* 奪取，佔有；[電]插頭

tomado, da *adj.* 取得的，擁有的

tomar *v.t.* 取，拿；佔；吃；飲 △① ~

caldo 喝湯 ② ~ remédio 吃藥 ③ mais vale um ~ que dois te darei 雙鳥在林不如一鳥在手

tomatada *s.f.* 番茄醬；番茄湯

tomatal *s.m.* 番茄地

tomate *s.m.* 番茄，西紅柿

tombamento *s.m.* 跌倒，落下

tombar *v.t.* 落下，倒下，掉下

tombo *s.m.* 跌，落，倒 △ andar aos ~s 跌跌撞撞地走

tômbola *s.f.* (以實物作獎品的)摸彩，搖彩，抽獎

tombolar *v.i.* 中獎

tomento *s.m.* 絨毛，綿毛

tomo *s.m.* (書的)卷，冊，分冊

tona *s.f.* 表皮；殼 △à ~ 表面地

tonadilha *s.f.* (輕快的)小曲，小調

tonal *adj. 2 gén.* 音調的，音色的

tonalidade *s.f.* 音調，音色；色調

tonante *adj. 2 gén.* 雷鳴的；強烈的

tonar *v.i.* 雷鳴，打雷

tonel *s.m.* 木桶，大桶

tonelada *s.f.* 噸

tonelagem *s.f.* 噸位，總噸數

tónica *s.f.* 重音；[樂]主音，主調

tonicidade *s.f.* [醫](肌肉)緊張

tónico, ca *adj.* 帶重音的；[樂]主音的 ‖ *s.m.* 補藥

tonificante *adj. 2 gén.* 滋補的，強身的

tonificar *v.t.* 滋補，使強壯

toninha *s.f.*；**toninho** *s.m.* [動]海豚

tono *s.m.* 音，音調；歌謠

tonsila *s.f.* [解]扁桃體

tonsilar *adj. 2 gén.* [解]扁桃體的

tonsilite *s.f.* [醫]扁桃體炎

tonsura *s.f.* [宗]削髮式，剃度，出家

tonsurado, da *adj.* 剃度的,削髮的
‖ *s.m.* 僧侶

tonta *s.f.* 蠢女人

tontaria *s.f.* 蠢話,幹蠢事

tontear *v.i.* 說蠢話,做傻事

tontina *s.f.* 養老儲金會

tontineiro *s.m.* 參加養老儲金會會員

tonto, ta *adj.* 愚蠢的,不明智的 △
às ~s 混亂地

tontura *s.f.* 頭暈眼花,眩暈

topar *v.t.* 遇見,碰,撞

tope *s.m.* 碰撞;頂點,高峰;極端

topetada *s.f.* 撞,(用頭)撞

topetar *v.t.* (用頭)撞

topiária *s.f.* 園藝

topiário *s.m.* 園丁,園藝工人

tópica *s.f.* 〔醫〕外用藥學,外敷藥學

tópico, ca *adj.* 局部的;話題的 ‖
s.m. 外用藥

topo *s.m.* 頂,端,頂848

topografia *s.f.* 地形學,測繪學

topográfico, ca *adj.* 地形學的,測繪的

topógrafo *s.m.* 測繪員

topologia *s.f.* 〔數〕拓撲學

toponímia *s.f.* 地名學

topónimo *s.m.* 地名

toque *s.m.* 觸,摸,碰;打;彈 △ a ~
de caixa 迅速地

torácido, ca *adj.* 〔解〕胸的,胸部的

torar *v.t.* 切成木砧狀;*bras.* 切成
木塊

tórax *s.m.* 〔解〕胸,胸腔

torção *s.m.* 扭曲,彎曲;扭傷

torcaz *s.m.* (花脖的)鴿子,斑鳩

torcedela *s.f.*;**torcedura** *s.f.* 扭
曲,彎曲

torcedor *s.m.* 彎曲器具

torcer *v.t.* 弄彎曲,扭曲;改變 △①
antes quebrar que ~ 寧死不屈 ② aqui
torce a porca o rabo 困難關鍵所在

torcida *s.f.* 燭捻,燈芯

torcido, da *adj.* 扭曲的,彎曲的

torcimento *s.m.* 彎曲

torda *s.f.* 〔動〕雌鵝,母鵝

tordo *s.m.* 〔動〕雄鵝,公鵝 △ cair
como ~s 大批同時倒下

toreuta *s. 2 gén.* 雕刻匠

torêutica *s.f.* 〔美〕雕刻藝術

tormenta *s.f.* 暴風驟雨;動盪;〔轉〕
苦難

tormento *s.m.* 苦難,痛苦,煩惱

tormentório, ia *adj.* 暴風驟雨的;
動盪的

tormentoso, sa *adj.* 苦難的;暴風驟
雨的;可怕的,恐懼的

torna *s.f.* 補償

torna-boda *s.f.* 婚禮翌日

tornada *s.f.* 返回,回歸

tornado *s.m.* 颶風,颱風

tornar *v.i.* 回返;回答;重新 ‖
v.t. 使變成,使變化 ‖ *v.r.* 返回;變
得

tornassol *s.m.* 〔植〕向日葵

torna-viagem *s.f.* (由海上)返回,返
程;返航

tornear *v.t.* 用車床加工,車 ‖ *v.i.*
馬戲,騎戰舞

torneio *s.m.* 比賽,馬戰

torneira *s.f.* 龍頭,水籠開關

torneiro *s.m.* 車工

tornejar *v.t.* 搖,旋轉

tornel *s.m.* 萬向節

tornilheiro, ra *adj.* 逃兵的,開小差
的

torno *s.m.* 車床,旋床 △① em ~ 環
繞 ② em ~ de 在……周圍

tornozelo *s.m.* 踝,踝部;踝骨

toro *s.m.* 柱腳圓盤,木砧

torpe *adj. 2 gén.* 麻木的;無恥的,卑鄙的

torpecer *v.i.* 麻木,失去知覺

torpedear *v.t.* 用魚雷攻擊

torpedeiro *s.m.* 魚雷艇

torpedo *s.m.* 〔動〕電鰻;魚雷,水雷

torpente *adj. 2 gén.* 麻木的,失去知覺的

torpeza *s.f.* 惡名,醜行

torpor *s.m.* 麻木,遲鈍,麻痹

torquês *s.f. bras.* 鉗,鋏

torra *s.f.* 烤,烘,焙

torrada *s.f.* 烤麵包片

torrado, da *adj.* 烤的,烘乾的

torrador *s.m.* 烤具,烤爐

torrão *s.m.* 土塊,泥塊 ‖ *s.m.pl.* 土地

torrar *v.t.* 烤,烘乾

torre *s.f.* 塔,塔樓,堡,城樓;〔國際象棋〕車

torreante *adj. 2 gén.* 塔似的,高大的

torrencial *adj. 2 gén.* 湍激的,猛烈的 △ chuva ~ 瀑雨

torrente *s.f.* 急流,洪流,激流

torrentoso, sa *adj.* 湍急的,水流急的

tórrido, da *adj.* 燥熱的,炎熱的

torrificação *s.f.* 葡萄烘

torrificar *v.t.* 加熱,烤,烘

torrija *s.f.* 烤蛋皮麵包片

torso *s.m.* 〔美〕雕像的軀體

torta *s.f.* 西餅;西班牙式麵包

torteira *s.f.* 製餅的模型

torto, ta *adj.* 斜的,偏的,歪的;粗魯的 △ a ~ e a direito 無論如何 ◇ di-reito

tortuoso, sa *adj.* 扭曲的,曲折的,彎的

tortura *s.f.* 扭曲,酷刑,拷打

torturante *adj. 2 gén.* 扭曲的;酷刑的,拷打的

torturar *v.t.* 刑訊,酷刑;折磨

torvar *v.i.e r.* 不安,焦躁,困窘

torvelinho *s.m.*; **torvelino** *s.m.* 旋轉

torvo, va *adj.* 恐怖的,嚇人的

tory *s.m.* (英國的)保守黨員

tosa *s.f.* 剪毛;漫駡;打

toscanejar *v.i.* 瞇,昏昏欲睡

tosco, ca *adj.* 粗糙的;拙劣的 △ em ~ 原始地,自然地

tosquia *s.f.* 剪毛;剪毛期

tosquiado, da *adj.* 已剪毛的 △ ir buscar lã a vir ~ 弄巧成拙,偷鷄不成蝕把米

tosquiador *s.m.* 剪毛者

tosquiar *v.t.* 剪,割

tosse *s.f.* 咳嗽 △ ~ convulsa 百日咳

tossegoso, sa *adj.* 咳嗽的

tossidela *s.f.* 咳嗽

tossir *v.i.* 咳嗽,咳出

tostado, da *adj.* 烤的;曬的;黑的

tostadura *s.f.* 烤,烘

tostão *s.m.* 0.1 葡盾(貨幣單位)

tostar *v.t.* 烤,烘,焙

toste *s.m.* 祝酒,乾杯

total *adj. 2 gén.* 總的,全體的,總共的 ‖ *s.m.* 總共,全部,一共

totalidade *s.f.* 全部,總數

totalitário, ia *adj.* 整體的;專制的,極權的

totalitarismo *s.m.* 極權主義,專制

統治

totalitarista *s. 2 gén.* 極權者,獨裁者

totalizador *s.m.* 加法計算器

totalizar *v.t.* 總計,一共,共達

totelimúndi *s.m.* 集景薈萃;世界雜景

totem *s.m.*；**tóteme** *s.m.* 圖騰

totemismo *s.m.* 圖騰崇拜

totó *s.m.* 小狗,幼犬

touca *s.f.* 頭巾,頭帕

toucado *s.m.* 頭飾,髮卡

toucador *s.m.* 梳妝台,化妝室

toucar *v.t.* 帶頭巾;梳妝

toucinheiro *s.m.* 賣肥豬肉的人

toucinho *s.m.* 肥豬肉,肥膘

toupeira *s.f.* 〔動〕鼹鼠;〔轉〕細眼女人

tourada *s.f.* 鬥牛

toureador *s.m.* 鬥牛士

tourear *v.i.* 鬥牛

toureio *s.m.* 鬥牛

toureiro *s.m.* 鬥牛士

tourejar *v.i.* 鬥牛

touril *s.m.* 牛欄,牛圈,牛舍

tournée *s.f.* 巡回;巡行

touro *s.m.* 兇猛的牛

touta *s.f.* 頭

toutinegra *s.f.* 〔動〕鶯類

toxemia *s.f.*；**toxicemia** *s.f.* 〔醫〕毒血症

toxicidade *s.f.* 毒性

tóxico, ca *adj.* 〔醫〕有毒的,含毒的

toxicologia *s.f.* 毒理學,毒物學

toxicológico, ca *adj.* 毒理學的,毒物學的

toxicólogo *s.m.* 毒理學者,毒物學者

toxidermia *s.f.* 〔醫〕毒性皮膚病

toxina *s.f.* 〔醫〕毒素

trabalhadeira *s.f.* 女工,女勞動者

trabalhado, da *adj.* 勞累的;雕刻的

trabalhador, ra *adj.* 勤勞的 ‖ *s.m.* 男工,勞動者

trabalhão *s.m.* 艱辛的勞動,苦工

trabalhar *v.i.* 工作,勞動;(機器)運轉

trabalhismo *s.m.* 工人經濟狀況論;勞工黨

trabalhista *adj. 2 gén.* (英國)工黨的 ‖ *s. 2 gén.* (英國)工黨黨員

trabalho *s.m.* 勞動,工作,職業;工程,作品

trabalhoso, sa *adj.* 困難的;費力的;辛勞的

trabucar *v.t.* 放弩炮 ‖ *v.i.* 辛勤勞動

trabuco *s.m.* 投石機,弩炮

trabuqueiro *s.m.* 弩炮手

traça *s.f.* 〔動〕飛蛾

traçado *s.m.* 外形,草圖,略圖

traçador *s.m.* 描圖人,繪圖者

traçar *v.t.* 勾畫;描繪;起草

tracção *s.f.* 牽引,拉,拖

tracejar *v.t.* 畫綫,標出

tracista *s. 2 gén.* 畫綫工,描圖員

traço *s.m.* 綫條;畫綫;足跡,痕跡

tracoma *s.m.* 〔醫〕沙眼

tracto *s.m.* 地域;間隔

tractor *s.m.* 拖拉機

trade union 〈*ingl.*〉 *s.m.* 工會

tradição *s.f.* 傳統;傳說;習俗

tradicional *adj. 2 gén.* 傳統的;傳說的

tradicionalismo *s.m.* 傳統主義

tradicionalista *s. 2 gén.* 傳統主義者

tradicionário, ia *adj.* 傳統的

tradução *s.f.* 翻譯,譯文,譯著 △ ① ～ literal 直譯 ② ～ livre 意譯

tradutor *s.f.* 譯員,譯者,翻譯

traduzidor *s.m.* 低水準的翻譯

traduzir *v.t.* 翻譯,表達 ‖ *v.r.* 反映

traduzível *adj. 2 gén.* 可翻譯的

trafegar *v.i.* 交易,買賣,貿易

tráfego *s.m.* 交易;貨運;運輸

traficância *s.f.* 交易;販賣,倒賣

traficante *s. 2 gén.* 奸商,倒販

traficar *v.t. ei.* 交易,買賣;倒賣

tráfico *s.m.* 貿易,交易;易貨貿易

tragar *v.t.* 吞,嚥;忍受;輕信

tragédia *s.f.* 悲劇,災難,不幸

trágica *s.f.* 女悲劇演員

trágico, ca *adj.* 悲劇的,悲慘的 ‖ *s.m.* 男悲劇演員

tragicomédia *s.f.* 悲喜劇

tragicómico, ca *adj.* 半悲半喜的

trago *s.m.* 一口(一次喝的量),吞服量

traição *s.f.* 背叛,叛變,叛逆 △ à ～ 背信棄義地

traiçoeiro, ra *adj.* 背叛的,叛逆的;假的

traidor, ra *adj.* 背叛的;陰險的 ‖ *s.m.* 叛徒

traina *s.f.* 拖網(捕沙丁魚);魚網

traineira *s.f.* (捕沙丁魚)拖網船

trair *v.t.* 告密,出賣,洩露

trajar *v.t.* 穿衣 ‖ *v.i.* 穿,覆蓋 ‖ *s.m.* 衣服

traje *s.m.* 衣服,服裝,外衣

trajecto *s.m.* 路綫,航綫

trajectória *s.f.* 彈道,路綫,軌道

trajo *s.m.* 衣服,服裝

trama *s.f.* 〔紡〕緯綫;陰謀;有軌電車

tramado, da *adj.* 受騙上當的

tramar *v.t.* 織;策畫

trambolhão *s.m.* 摔倒;衰落,下降

trambolhar *v.i.* 跌跌撞撞,跌跤

tramelo *s.m.* 〔動〕老鼠;頑童

trâmite *s.m.* 手續,程序,(合法)途徑

tramóia *s.f.* 陰謀,欺騙;〔劇〕佈景更換器

tramontana *s.f.* 北極星;北風 △ perder a ～ 迷失方向,失去理智

tramontar *v.i.* (太陽)落山,日落

trampolim *s.m.* 跳板

trampolina *s.f.* 欺騙,詐騙

trampolinar *v.i.* 行騙,詐

trampolineiro *s.m.* 騙子

trampolinice *s.f.* 欺騙,奸詐

trâmuei *s.m.* 有軌電車

tranca *s.f.* 門閂,栓,棒 △ casa roubada, ～ s à porta 放馬後砲

trança *s.f.* 辮子

trancada *s.f.* 捧打

trançadeira *s.f.* 髮帶,頭繩

trancar *v.t.* 閂門;〔喻〕刪去,取消

trancinha *s.f.* 絲帶;小辮子

tranqueta *s.f.* 插鎖,門閂

tranquilidade *s.f.* 平靜,安靜,平和 ◇ agitação, desassossego

tranquilizar *v.t.* 使安靜,使安靜 ◇ agitar, desassossegar

tranquilo, la *adj.* 安靜的,平靜的 ◇ inquieto, desassossegado

transacção *s.f.* 妥協;交易,貿易

transaccionar *v.i.* 交易,買賣

transacto, ta *adj.* 過去的,剛才的,以前的

transalpino, na *adj.* 阿爾卑斯山那

邊的 ◇ cisalpino

transatlântico *s.m.* (橫渡大西洋的)輪船;大船

transbordador *s.m.* 輪渡,擺渡船

transbordar *v.i.* 溢出,流出,流露

transbordo *s.m.* 溢出,流露;換(車、船),轉載

transcendência *s.f.* 超越;重要性,卓越

transcendental *adj. 2 gén.* 卓越的,重要的

transcendentalismo *s.m.* 〔哲〕先驗論

transcendentalista *s. 2 gén.* 〔哲〕先驗論者

transcendente *adj. 2 gén.* 卓越的;超出範圍的

transcender *v.t.* 超出,超越;高於 ‖ *v.i.* 突出

transcoar *v.t.e i.* 滲透,透過,浸潤

transcontinental *adj. 2 gén.* 橫貫大陸的

transcorrer *v.i.* 經過

transcrever *v.t.* 抄錄,謄寫

transcrição *s.f.* 抄寫,謄寫

transcrito, ta *adj.* 抄寫的

transcritor *s.m.* 抄寫員,謄寫員

transcurar *v.t.* 疏忽,忘記

transcurso *s.m.* 流逝,度過

transe *s.m.* 困苦,危難 △ ~ de morte 生命攸關之際

transeunte *adj. 2 gén.* 路過的,過路的 ‖ *s. 2 gén.* 過客,路人

transferência *s.f.* 遷,轉移,轉讓;(銀行)轉帳

transferir *v.t.* 轉移,遷移;轉報

transferível *adj. 2 gén.* 可轉移的

transfiguração *s.f.* 變形,變樣,變容

transfigurado, da *adj.* 變形的,變樣的

transfigurar *v.t.* 使變形,使變樣

transformação *s.f.* 變化,轉變

transformador *s.m.* 〔電〕變壓器

transformante *adj. 2 gén.* 使轉變的,使變化的

transformar *v.t.* 使變化,改變

transformismo *s.m.* 種變說;進化論

transformista *s. 2 gén.* 種變說學者;進化論者

trânsfuga *s. 2 gén.* 叛徒,背叛者

transfúgio *s.m.* 背叛,叛變

transfusão *s.f.* 輸液,輸血

transgredir *v.t.* 違反,違犯,違令

transgressão *s.f.* 違犯,違反,犯罪

transgressor *s.m.* 違反者,違犯者,犯罪者

tansiberiano, na *adj.* 橫貫西伯利亞的

transição *s.f.* 轉化,變化,轉移

transido, da *adj.* 受到(某種折磨)的;麻木的;發呆的

transigência *s.f.* 妥協,通融,讓步 ◇ intransigência

transigente *adj. 2 gén.* 通融的,妥協的,俯就的 ◇ intransigente

transigir *v.i.* 通融,妥協;俯就 ‖ *v.t.* 和解

transigível *adj. 2 gén.* 可通融的,可妥協的 ◇ intransigível

transistor *s.m.* 半導體管,晶體管

transitar *v.i.* 通過,經過;移動

transitável *adj. 2 gén.* 可通行的,可經過的 ◇ intransitável

transitivo, va *adj.* 通過的;〔語〕及物的

trânsito *s.m.* 交通;通過;中間站,中

轉站

transitório, ia *adj.* 暫時的,短暫的

translação *s.f.* 調動;翻譯;轉動

transladação *s.f.* 調動;翻譯

transladar *v.t.* 移動;翻譯;抄寫

translatício, ia *adj.*; **translato, ta** *adj.* 借喻的,形容的

translator *s.m.* 〔無〕譯碼器;翻譯

transliteração *s.f.* 按字母翻譯,音譯;直譯

transliterar *v.t.* 音譯;直譯

translucidez *s.f.* 半透明性 ◇ opacidade

translúcido, da *adj.* 半透明的 ◇ opaco

transluzir *v.i.* 透出,表露 ‖ *v.r.* 流露,顯露

transmarino, na *adj.* 海外的

transmeável *adj. 2 gén.* 可通過的,可透過的

transmigração *s.f.* 移居,遷徙

transmigrador *s.m.* 移民,移居者

transmigrante *adj. 2 gén.* 移居的,移民的

transmigrar *v.i.* 移居,遷徙

transmissão *s.f.* 傳送,傳導;轉移,轉讓;遺傳

transmissibilidade *s.f.* 可轉移性;可遺傳性

transmissível *adj. 2 gén.* 可傳送的,可轉移的

transmissivo, va *adj.* 傳送的,傳導的

transmitir *v.t.* 傳送,傳播;遺傳;傳遞

transmudar *v.t.* 轉化,變化

transmutação *s.f.* 轉變,改變

transparecer *v.i.* 透明,透出,流露

transparência *s.f.* 透明,透明度 ◇

opacidade

transparente *adj. 2 gén.* 透明的;明顯的;清澈的

transpiração *s.f.* 出汗,流汗;〔植〕蒸騰作用

transpirar *v.t.* 使排出;使散發出 ‖ *v.i.* 出汗,流汗

transplantação *s.f.* 移植,移栽

transplantador, ra *adj.* 移植的 ‖ *s.m.* 移植的人

transplantar *v.t.* 移植,移栽

transplantável *adj. 2 gén.* 可移植的

transpor *v.t.* 移位;橫過;運送

transportação *s.f.* 運輸,輸送,搬運

transportar *v.t.* 運輸,運送,搬運

transportável *adj. 2 gén.* 可運送的,可搬運的

transporte *s.m.* 運輸;交通工具,運輸艦

transposição *s.f.* 移位;顛倒;〔樂〕轉調

transposto, ta *adj.* 移位的,移動的,挪動的

transtornado, da *adj.* 混亂的;毀壞的,變化的

transtornar *v.t.* 使混亂;更改;擾亂

transtorno *s.m.* 混亂;困擾;損害

transubstanciação *s.f.* 變質

transubstancial *adj. 2 gén.* 變質的

transudação *s.f.* 流出,滲漏;流露

transudar *v.i.* 流,漏;流露

transvazar *v.t.* 流出,溢出;灌注

transversal *adj. 2 gén.* 橫的,橫斷的,橫切的

transversalidade *s.f.* 橫向性

transverso, sa *adj.* 橫的,橫向的 ‖ *s.m.* 〔解〕橫肌

transviado, da *adj.* 遺失的;〔轉〕迷

出的,泛濫的

transviar *v.t.* 使迷途;腐蝕,敗壞

transvio *s.m.* 腐蝕,腐化;引入歧途

tranvia *s.f.* 有軌電車

trapaça *s.f.* 欺騙,騙局,詐騙

trapacear *v.t.* 欺騙,行騙

trapaceiro, ra *adj.* 欺騙的 ‖ *s.m.* 騙子

trapalhada *s.f.* (一堆)破布;嘈雜;紊亂

trapalhão *s.m.* 衣着不整的人;騙子

trapalhice *s.f.* 欺騙;破衣爛衫

trapeira *s.f.* 撿破布的女人,拾荒的女人

trapeiro *s.m.* 撿破爛的人

trapeziforme *adj. 2 gén.* 不規則四邊形的,梯形的

trapézio *s.m.* 梯形,不規則四邊形

trapezista *s. 2 gén.* 表演空中飛人的雜技演員

trapezóide *adj. 2 gén.* 梯形的

trapiche *s.m.* (碼頭邊的)倉庫;堆棧

trapista *s. 2 gén.* 〔宗〕苦修會教徒

trapo *s.m.* 破布,爛布;舊衣服

traqueano, na *adj.* 氣管的

traqueia *s.f.* 〔解〕氣管

traqueíte *s.f.* 〔醫〕氣管炎

traqueotomia *s.f.* 〔醫〕氣管切開術

traquina *adj. 2 gén.*; **traquinas** *adj. 2 gén* 頑皮的,不安靜的 ‖ *s. 2 gén.* 頑童

traquinar *v.i.* 不安靜,坐不住,喜歡蹦蹦跳跳

traquinice *s.f.* 頑皮;坐不住

trás *prep.* 之後,在……背後

trasantontem *adv.*; **trás-anteon-tem** *adv.* 大前天

trasbordante *adj. 2 gén.* 溢出的,流

trasbordar *v.t.* 流出,流露

trasbordo *s.m.* 換(船,車);轉載

traseira *s.f.* 後面,後部,背面

traseiro, ra *adj.* 後面的,後部的 ‖ *s.m.* 屁股

trasfega *s.f.* 輸導;倒入,注入

trasfegar *v.t.* 倒入;轉注;傾注

trasfego *s.m.* 倒入,轉注

traslação *s.f.* 移動;抄寫

trasladação *s.f.* 移動;表達;翻譯

trasladar *v.t.* 移,搬;調動(人員);抄

traslado *s.m.* 抄本,抄件;搬遷

trasmudar *v.t.* 改變,使之變化

traspassação *s.f.*; **traspassamen-to** *s.m.* 穿透;轉讓

traspassar *v.t.* 穿透,穿過;轉讓

trastalhão *s.m.* 大傢具;大猾頭,大壞蛋

traste *s.m.* 傢具,猾頭,狡猾的人

trastejar *v.i.* 小交易;修傢具

tratado *s.m.* 條約,協定,協議,契約

tratador, ra *adj.* 管理的,料理的 ‖ *s.m.* 飼養員

tratamento *s.m.* 接待;對待,處理;治療

tratante *s. 2 gén.* 猾頭;奸商;無賴

tratantice *s.f.* 狡猾,欺騙

tratar *v.t* 對待,處理;治療 ‖ *v.r.* 保養,照料 △① ~ por 專稱 ② ~-se à grande 生活奢侈 ③ ~-se de 是……的問題,是關於……

tratável *adj. 2 gén.* 可交往的,可處理的

trato *s.m.* 交往;協議,接待;處理

trauma *s.m.* 〔醫〕創傷,外傷,傷口

traumático, ca *adj.* 〔醫〕創傷性的,

外傷性的

traumatismo *s.m.* 〔醫〕創傷,外傷

traumatologia *s.f.* 創傷學,外傷學

trautear *v.i.* 低聲唱;顫唱

trauteio *s.m.* 低聲唱;顫唱

travadinha *s.f.* (穿緊身裙的)婦女

travão *s.m.* 刹車;車閘;制動器

travar *v.t.* 刹車;阻止;制動

trave *s.f.* 〔建〕樑;橫樑

través *s.m.* 傾斜;橫樑;橫越 △ ao ～ 橫貫着

travessa *s.f.* 〔建〕橫樑;巷

travesseira *s.f.* 小枕頭;墊子

travesseiro *s.m.* (與床同寬的)長枕頭

travessia *s.f.* 橫過,橫渡

travesso, sa *adj.* 淘氣的,活潑的

travessura *s.f.* 淘氣,頑皮,惡作劇

travesti *s.m.* 改裝,女扮男裝,男扮女裝;有異性裝扮癖

trazer *v.t.* 帶來,取來,送來 ◇ levar

trazida *s.f.* 帶來;進口,運入

trecentésimo, ma *adj.* 第三百;三百的

trecho *s.m.* 一段(時間,距離) △① a ～, a ～s 斷斷續續地 ② a breve ～ 一會兒,不久

trégua *s.f.* 停戰;休息,中斷,暫停

treinado, da *adj.* 訓練的;熟練的,有經驗的

treinar *v.t.* 訓練,教練,操練 ‖ *v.r.* 訓練

treino *s.m.* 訓練

trejeito *s.m.* 動作;怪模樣;扮鬼臉

trela *s.f.* 牽狗帶;許可;自由 △① dar ～ 放鬆 ② soltar a ～ a alguém 給某人自由

trem *s.m.* 行李,輜重,財物;船列,火車

trema *s.m.* 〔語〕分音符

tremar *v.t.* 加分音符

tremebundo, da *adj.* 可怕的,恐怖的

tremedor, ra *adj.* 害怕的,顫抖的

tremelear *v.i.* 害怕;猶豫

tremelica *adj. 2 gén.* 害怕的,膽小的

tremelicar *v.i.* (因冷)發抖,(因驚嚇)打顫

tremelique *s.m.* 發抖

tremeluzente *adj. 2 gén.* 發光的

tremeluzir *v.i.* 閃光,閃爍

tremendo, da *adj.* 可怕的,恐怖的,驚人的

tremer *v.i.* 震動,抖動 ‖ *v.t.* 發抖 △ ～ como varas verdes 全身發抖

tremês *adj. 2 gén.* 三個月的,一季度的

tremó *s.m.* 〔建〕窗間牆

trémolo *s.m.* 〔樂〕顫音,震音

tremonha *s.f.* 漏斗機,播種器

tremor *s.m.* 發抖,顫動

tremulação *s.f.* 發抖,顫動

tremular *v.t.* 發抖,抖動 ‖ *v.i.* 顫抖;猶豫

trémulo, la *adj.* 發抖的,顫動的

tremura *s.f.* 震動,震顫

trena *s.f.* (金,銀,絲)髮帶

trenó *s.m.* 雪橇,長橇

trepa *s.f.* 毆打;嚴斥

trepadeira *s.f.* 爬藤草

trepador, ra *adj.* 爬的,攀登的

trepar *v.i.* 爬,登,攀

trepidação *s.f.* 震動,抖動

trepidante *adj. 2 gén.* 震顫的,顫抖的

trepidar *v.i.* (因怕)發抖,害怕;猶

豫

tréplica *s.f.* 〔法〕(原告)第三辯護

três *adj.* 三，第三 ‖ *s.m.* (牌、骰子上的)三點，三個

tresandar *v.i.* 發臭 ‖ *v.t.* 使向後退，阻擋

tresdobrado, da *adj.* 三倍的

tresdobrar *v.t.* 使增至三倍 ‖ *v.i.* 變成三倍

tresdobre *s.m.*；**tresdobro** *s.m.* 三倍

tresgastar *v.t.* 揮霍；濫用

tresloucado, da *adj.* 瘋狂的 ‖ *s.m.* 瘋子

tresloucar *v.i.* 失去理智 ‖ *v.t.* 使變瘋狂

tresnoitar *v.i.* 徹夜不眠

trespassar *v.t.* 穿過，穿透

tressuar *v.i.* 汗流浹背

treta *s.f.* 計謀，計策

treva *s.f.*；**trevas** *s.f.pl.* 漆黑；〔轉〕無知 △ nas ~s 隱蔽地，秘密地

treze *num.* 十三 ‖ *s.m.* 第十三

trezena *s.f.* 十三天

trezeno, na *adj.* 第十三的

trezentos, tas *adj.pl.* 三百

triácido *s.m.* 〔化〕三元酸

tríada *s.f.*；**tríade** *s.f.* 三人小組，三個一組

triangular *adj. 2 gén.* 三角的，三角形的

triângulo *s.m.* 三角形

tribásico, ca *adj.* 〔化〕三元的

tribo *s.f.* 部族，部落

tribul *adj. 2 gén.* 部族的，部落的，宗族的

tribulação *s.f.* 憂傷；苦難；痛楚

tribuna *s.f.* 講臺，看臺，觀禮臺

tribunal *s.m.* 法院，法庭 △ ~ da penitência 懺悔室

tribuno *s.m.* (古羅馬的)護民官，演說家

tributação *s.f.* 納稅，賦稅；徵稅

tributar *v.t.* 納稅，繳稅；課稅

tributário, ia *adj.* 納稅的 ‖ *s.m.* 納稅人

tributo *s.m.* 貢品，賦稅 △ pagar o ~ à natureza 死

tricana *s.f.* 村姑，農家女

tricéfalo, la *adj.* 三個頭的，有三頭的

tricenal *adj. 2 gén.* 三十年的；三十年間的

tricentenário, ia *adj.* 三百年的 ‖ *s.m.* 三百週年

tricentésimo, ma *adj.* 第三百的，三百分之一的

tricicleta *s.f.* 小三輪車

triciclo *s.m.* 三輪車，兒童三輪車

tricologia *s.f.* 毛髮學

tricolor *adj. 2 gén.* 三色的

tricórnio *s.m.* 三角帽

tricotomia *s.f.* 〔邏〕三分法

tricúspide *adj. 2 gén.* 〔解〕三尖的

tridáctilo, la *adj.* 〔動〕三趾的；三指的

tridente *adj. 2 gén.* 三齒的，三叉的

triduano, na *adj.* 三天的；三日間的

tríduo *s.m.* 連續三天時間；〔宗〕三日祈禱

triebdomadário, ia *adj.* 每週三次的(刊物)

triedro, ra *adj.* 三面的 ‖ *s.m.* 三面角，三面體

trienado *s.m.*；**triénio** *s.m.* 三年時間，三年間

trienal *adj. 2 gén.* 三年的，歷時三年

的

trifásico, ca adj. 〔電〕三相的

triforme adj. 2 gén. 有三種形態的

triga s.f. 三駕馬車

trigal s.m. 麥田

trígamo s.m. 三次結婚者

trigémeo, ea adj. 三胞胎的 ‖ s.m. 三胞胎

trigémino, na adj. 三次雙胞胎的

trigésimo, ma adj. 第三十的

trigo s.m. 小麥,麥子

trigonometria s.f. 〔數〕三角,三角學

trigonométrico, ca adj. 〔數〕三角的,三角學的

trigueiro, ra adj. 褐色的

trilateral adj. 2 gén.; **trilátero, ra** adj. 三邊的

trilha s.f. 足跡,印跡;模式

trilhado, da adj. 走過的,經過的;已知的

trilhar v.t. 踐踏;經過;跟踪

trilião s.m. (舊)兆,萬億;(現)百億億

trilingue adj. 2 gén.; **trilíngue** adj. 2 gén. 三種語言的 ‖ s. 2 gén. 講三種語言者

trimensal adj. 2 gén. 一季度的,三個月的

trimestral adj. 2 gén. 一季度的;每三月一次的

trimestre s.m. 一季度,三個月

trimotor s.m. 三引擎飛機

trinado s.m. 〔樂〕顫音

trinar v.i. 發顫音 △ ficar a ～ 不知所云

trinca-espinhas s. 2 gén. 高而瘦的人

trinca-pintos s. 2 gén. 〔動〕狐狸

trincar v.t. 咬,吃,用力咀嚼 ‖ v.r. 發怒

trincha s.f. 拔釘鉗;片,塊

trinchar v.t. 切片,切塊

trincheira s.f. 戰壕,深溝,壕溝

trincho s.m. 門閂

trindade s.f. 〔宗〕三位一體,三聖一體

trineta s.f. 玄孫女

trineto s.m. 玄孫

trinómio s.m. 〔數〕三項式

trinta adj. 三十

trintanário s.m. 僕役

trintena s.f. 三十,大約三十

trio s.m. 〔樂〕三重奏,三重唱;三人

tripa s.f. 腸子

tripanossoma s.m.; **tripanossomo** s.m. 〔動〕錐體蟲

tripanossomíase s.f. 〔醫〕錐體蟲病

tripartido, da adj. 一分爲三的,三方參加的 △ comissão ～ 三方委員會

tripartir v.t. 分爲三份;一分爲三

tripartismo s.m. 三黨聯合政府制

tripe s.m. 粗毯,平絨

tripé s.m. 三腳櫈

tripeiro s.m. 賣下水的人;吃雜碎的人

tripleta s.f. 三座腳踏車,可供三人騎的自行車

triplicação s.f. 使增至三倍

triplicado, da adj. 三倍的

triplicar v.t. 使增至三倍

triplicata s.f. 第三副本,第三聯

triplo, pla adj. 三倍的

trípode s.f. 三腳架 ‖ adj. 2 gén. 三條腿的

tripolitano s.m. 的黎波里人

tríptico *s.m.* 三折畫,三聯畫

tripúdio *s.m.* 蹈踏舞

tripulação *s.f.* 全體船員

tripulante *s. 2 gén.* 船員

tripular *v.t.* 駕駛船,駛船

trisavó *s.f.* 高祖母

trisavô *s.m.* 高祖父

trissecção *s.f.* 三等分

trissector, ra *adj.* 三等分的 ‖ *s.m.* 三等分器

trissilábico, ca *adj.* 三音節的

trissílabo *s.m.* 三音節字

triste *adj. 2 gén.* 悲慘的,悲哀的,痛苦的,傷心的 ‖ *s. gén.* 傷心的人,憂愁者 ◇ alegre, contente

tristeza *s.f.* 悲哀,憂愁,傷心,不幸 ◇ alegria, contentamento

tristonho, nha *adj.* 憂傷的,傷心的,不快的

tritão *s.m.* 〔希神〕人魚

tritura *s.f.*; **trituração** *s.f.* 粉碎,磨碎

triturador *s.m.* 粉碎機

triturar *v.t.* 粉碎,輾磨;折磨

triturável *adj. 2 gén.* 可輾碎的

triunfador, ra *adj.* 凱旋的,勝利的 ‖ *s.m.* 凱旋者

triunfal *adj. 2 gén.* 勝利的,凱旋的

triunfante *adj. 2 gén.* 取勝的,激動人心的;決定性的

triunfar *v.i.* 凱旋,勝利,戰勝

triunfo *s.m.* 勝利,凱旋,成功 △ em ~ 凱旋地

triunvirado *s.m.*; **triunvirato** *s.m.* 三人政治,三人執政;三人同盟

triunviral *adj.* 三人執政的

trivial *adj. 2 gén.* 平凡的,普通的,平常的,無足輕重的 ‖ *s.m.* 常事,瑣事

trivialidade *s.f.* 平凡,普通

trívio *s.m.* 三岔路口

triz *s.m.* 瞬息,即刻 △ por um ~ 轉眼間

troada *s.f.* 砲聲,爆炸聲

troante *adj. 2 gén.* 砲聲的;雷鳴的

troar *v.i.* 打砲聲

troca *s.f.* 交換,調換,兌換

troça *s.f.* 嘲笑,譏笑,戲弄

troca-baldrocas *s.f. pl.* 騙局,騙人的交易

trocado, da *adj.* 改變的,替換的

trocar *v.t.* 交換,調換,變換 △ ~ o dinheiro 兌換錢

troçar *v.t.* 嘲弄,戲弄

troca-tintas *s.m.* 笨手笨腳幹活的人;拙劣的畫家

trocável *adj. 2 gén.* 可交換的

trocista *s. 2 gén.* 戲弄者

troco *s.m.* 零錢

troféu *s.m.* 戰利品;勝利紀念品

trófico, ca *adj.* 營養的,滋補的

trofologia *s.f.* 營養學

trogládita *s. 2 gén.* (史前)穴居人

tróica *s.f.* 三駕馬車

troixe-moixe *adj. 2 gén.* 雜的,亂的,凌亂的

trólei *s.m. ang.* 吊車,纜車;(電車)觸輪

trolha *s.f.* 托泥板;泥水匠

trolleybus 〈*ingl.*〉 無軌電車

tromba *s.f.* 像鼻狀物,鼻子 △① estar de ~s 生氣 ② fazer ~ 做鬼臉

trombeta *s.f.* (樂)喇叭,號

trombeteiro *s.m.* 號手;製號者

trombone *s.m.* 〔樂〕長號,拉管,長喇叭

trombonista *s. 2 gén.* 長號手,拉管

手

trombudo, da *adj.* 悲哀的

trompa *s.f.* 喇叭, 號;〔解〕管 △① ～ de Eustáquio〔解〕耳咽管 ② ～ de Falópio〔解〕輸卵管

tronante *adj. 2 gén.* 打雷的

tronar *v.i.* 打雷

tronco *s.m.* 樹幹,軀幹;身軀,軀體

trono *s.m.* 寶座,王位

tropa *s.f.* 軍隊,部隊 △ em ～ 集合地

tropeada *s.f.* 腳踏聲, 踩腳聲, 腳步聲

tropear *v.i.* 踏步, 踩腳

tropeçamento *s.m.*; **tropeção** *s.f.* 失足, 過失

tropeçar *v.i.* 撞上;失足,犯錯

tropeço *s.m.* 困難,阻礙

trôpego, ga *adj.* 步履艱難的;難以移動的

tropel *s.m.* 混亂,紊亂

tropical *adj. 2 gén.* 熱帶的

trópico *s.m.* 回歸綫 △① ～ de Câncer 北回歸綫,夏至綫 ② ～ de Capricórnio 南回歸綫,冬至綫

tropo *s.m.*〔修〕比喻,轉義

tropologia *s.f.* 比喻語言

troposfera *s.f.*〔氣象〕對流層

trotada *s.f.* (馬的)小跑;快步

trotador *s.m.* 小跑的馬;奔跑的人

trotar *v.i.* (馬)小跑

trote *s.m.* 小步快跑

trova *s.f.* 詩歌,抒情詩

trovador *s.m.* 詩人,行吟詩人;抒情詩人

trovão *s.m.* 雷霹聲

trovejar *v.i.* 響雷;訓斥

trovejante *adj. 2 gén.* 響雷的,大聲

的

trovoada *s.f.* 響雷;〔轉〕大聲辯論

trovoar *v.i.* 打雷

truanice *s.f.* 滑稽,詼諧

truão *s.m.* 小丑,丑角

trucagem *s.f.*〔電影〕特技

trucidar *v.t.* 屠殺,殺戮,謀害

truncado, da *adj.* 截斷的

truncar *v.t.* 截斷,割斷

trunfa *s.f.* (婦女的)頭巾;頭髮蓬鬆

trunfada *s.f.* 勝牌,將牌

trunfar *v.i.* 出將牌;〔轉〕有重要作用,有影響

trunfo *s.m.* 將牌

truque *s.m.* 訣竅,竅門

trust 〈*ingl.*〉*s.m.* 托拉斯;聯合企業

truta *s.f.*〔動〕鱒魚 △ não se pescam ～s a bragas enxutas 一分耕耘一分收穫

truz *interj.* 砰然一聲 ‖ *s.m.* 打,擊 △ de ～ 上等的;豪華的

tsar *s.m.* (俄國)沙皇

tsarevitch *s.m.* (俄國)皇太子

tsé-tsé *s.f.*〔動〕舌蠅

tsigano *s.m.* 吉卜賽人,遊民

tu *pron. pess.* 你

tua *pron. pess.* 你的

tuba *s.f.*〔樂〕大號

tubáceo, ea *adj.* 大號形狀的

tubagem *s.f.* 管,管道;管道系統;水管設備

tubarão *s.m.*〔動〕鯊魚;〔轉〕貪婪的人

tuberculina *s.f.*〔醫〕結核菌素

tubérculo *s.m.*〔植〕塊莖;〔醫〕結核

tuberculose *s.f.*〔醫〕結核,結核病 △ ～ pulmonar 肺結核

tuberculoso, sa *adj.* 結核的 ‖

s.m. 結核病人

tubiforme *adj. 2 gén.* 管狀的

tubo *s.m.* 管子,筒;管道

tubulação *s.f.* 安裝管子

tubulado, da *adj.* 管狀的,有接管口的

tubuladura *s.f.* 接管口

tubular *adj. 2 gén.* 管狀的

tucano *s.m.* 〔動〕大嘴鳥

tudo *pron. indef.* 一切,所有,全部 △① em ~ 完全地 ② mais que ~ 主要地

tudo-nada *s.m.* 極少

tufão *s.m.* 颶風,颱風

tufo *s.m.* 一束,一卷,一簇

tugir *v.i.* 低語,喃喃細語

tugúrio *s.m.* 茅屋,草棚,小屋

tule *s.m.* 薄紗,絹網

tulipa *s.f.*;**túlipa** *s.f.* 〔植〕鬱金香

tumba *s.f.* 陵墓;棺材架,靈柩車

tumecer *v.i.* 腫脹

tumefacção *s.f.* 腫大,腫脹物

tumefazer *v.t.*;**tumeficar** *v.t.* 使腫,膨脹

tumeficante *adj. 2 gén.* 使腫的

tumor *s.m.* 〔醫〕腫塊,瘤

tumoroso, sa *adj.* 有腫瘤的

tumular *v.t.* 出殯;入墓

túmulo *s.m.* 墳墓,墳丘

tumulto *s.m.* 騷亂,混亂,喧鬧

tumultuante *adj. 2 gén.* 騷亂的,喧鬧的

tumultuar *v.i.* 騷亂 ‖*v.t.* 使騷亂

tumultuoso, sa *adj.* 混亂的,動亂的

tuna *s.f.* 學生樂隊,巡遊樂團

tunda *s.f.* 痛打,毆打

tundra *s.f.* 凍原

túnel *s.m.* 隧道,地道

túnica *s.f.* 長衫;長達膝蓋的裝束

turba *s.f.* 混亂的人群;烏合之眾 △ em ~ 大量地

turbante *s.m.* 包頭布;(穆斯林和錫克教徒的)包頭巾

turbar *v.t.* 弄渾,搞亂

turbilhão *s.m.* 暴風驟雨,旋風

turbina *s.f.* 渦輪機

turbomotor *s.m.* 氣輪機

turbulência *s.f.* 搗亂;動蕩

turbulento, ta *adj.* 搗亂的;混亂的

turca *s.f.* 土耳其女人

turco, ca *adj.* 土耳其的 ‖*s.m.* 土耳其人

turcomano *s.m.* 土庫曼語

turf 〈*ingl.*〉*s.m.* 賽馬場

túrgido, da *adj.* 腫脹的

turgimão *s.m.* (駐近東使館或使團的)翻譯

turismo *s.m.* 旅遊,旅行 △ agência de ~ 旅行社

turista *s. 2 gén.* 旅遊者,遊客

turístico, ca *adj.* 旅遊的;遊客的

turma *s.f.* 班,組,群,隊

turmalina *s.f.* 〔礦〕電氣石

turno *s.m.* 輪流,次,依次 △ por seu ~ 輪到某人

turquês *s.f.* 鉗子

turquesa *s.f.* 藍寶石,綠松石

turvação *s.f.* 混濁;混亂;心緒不寧

turvar *v.t.* 攪混,使失去光澤

turvo, va *adj.* 混混的,亂的

tuta-e-meia *s.f.* 極小,微小

tutano *s.m.* 〔解〕骨髓;〔轉〕精華

tutela *s.f.* 保護,監護,守護

tutelado *s.m.* 被監護人

tutelar *adj. 2 gén.* 保護的,監護的 ‖*v.t.* 保護,監護,守護

tutor　*s.m.* 保護人,監護人

tutora　*s.f.* ; **tutriz** *s.f.* 女監護人

tutorar　*v.t.* ; **tutorear** *v.t.* 監護

tutoria　*s.f.* 監護人職責

U

u　*s.m.* 葡文第二十個字母

ubiquidade　*s.f.* 普遍存在性,無所不在

ubiquista　*s. 2 gén.* 無處不在的人

ucraniano　*s.m.* 烏克蘭人

udómetro　*s.m.* 雨量計

ufa !　*interj.* 啊!

ufanar　*v.t.* 自豪,得意;誇耀,炫耀

ufania　*s.f.* 自豪,得意;自負,炫耀

ufano, na　*adj.* 自豪的,得意的,自誇的

ui!　*interj.* 唉喲!

uivador, ra　*adj.* 咆哮的,吼叫的 ‖ *s.m.* 咆哮的人

uivar　*v.i.* 咆哮,吼叫

uivo　*s.m.* (野獸)吼叫,怒號

úlcera　*s.f.* 〔醫〕潰瘍

ulcerado, da　*adj.* 潰瘍的;刺傷的(心)

ulcerar　*v.i.* 潰瘍 ‖ *v.t.* 使成潰瘍

ulceroso, sa　*adj.* 潰瘍性的

uliginário, ia　*adj.* 生長在潮濕地方的

ulmáceas　*s.f.pl.* 〔植〕榆科

ulterior　*adj. 2 gén.* 那邊的;以後的,後來的 ◇ anterior

ultimar　*v.t.* 完成,結束 ◇ começar

últimas　*s.f.pl.* 終端,完結;臨終

ultimato　*s.m.* 最後通牒

último, ma　*adj.* 最後的,末的;最近的 △ por ~ 最終 ◇ primeiro

ultra…　*pref.* 超,非常,極

ultracurto, ta　*adj.* 極短的

ultra-humano, na　*adj.* 超人的

ultrajador, ra　*adj.* 侮辱的,非禮的

ultrajante　*adj. 2 gén.* 侮辱性的

ultrajar　*v.t.* 侮辱,非禮

ultraje　*s.m.* 凌辱;非禮;憎惡

ultraliberal　*adj. 2 gén.* 極自由的

ultraliberalismo　*s.m.* 極端自由主義

ultramar　*s.m.* 海外;海外領土

ultramarino, na　*adj.* 海外的

ultramicroscópio　*s.m.* 超顯微鏡

ultramontanismo　*s.m.* 教皇極權主義

ultra-oceânico, ca　*adj.* 大洋那邊的

ultrapassar　*v.t.* 超過,超越

ultrapressão　*s.f.* 〔理〕超高壓

ultra-romântico, ca　*adj.* 極浪漫的

ultra-som　*s.m.* 〔理〕超聲波

ultravioleta　*adj.* 〔理〕紫外(線)的

ululação　*s.f.* 吼,嗥叫;哀鳴,悲泣

ululante　*adj. 2 gén.* 吼的,嗥叫的;哀鳴的,悲泣的

ulular　*v.i.* 吼叫,嗥叫;哀鳴,悲泣

um　*num.* 一,一個 ‖ *pron.* 某個; *pl.* 某些

uma　*num.* 一,一個 ‖ *pron.* 某個; *pl.* 某些

umbela　*s.f.* 傘

umbigo　*s.m.* 〔解〕肚臍

umbilicado, da　*adj.* 臍狀的

umbilical　*adj. 2 gén.* 〔解〕臍的,臍

帶的

umbral *s.m.* 門框；門檻

unânime *adj. 2 gén.* 一致的，統一的，同心的

unanimidade *s.f.* 一致，統一，同心

unção *s.f.* 〔宗〕塗油禮

unciforme *adj. 2 gén.* 〔解〕鈎狀的

undação *s.f.* (河水)流，洪流

undecágono *s.m.* 十一邊形

undécimo *num.* 第十一；十一分之一

undécuplo *num.* 十一倍

undícola *adj. 2 gén.* 水生的

undoso, sa *adj.* 有浪的

ungido, da 〔宗〕受過塗油禮的

ungir *v.t.* 塗油

unguento *s.m.* 油膏，軟膏

unguiculado, da *adj.* 〔動〕有爪的

unguífero, ra *adj.* 有指甲的，有爪的

unguiforme *adj. 2 gén.* 指甲狀的，爪狀的

unha *s.f.* 指甲，爪 △ a ~ de cavalo 飛快地

unhada *s.f.* 抓傷，抓痕

unhar *v.t.* 抓傷；撕碎

união *s.f.* 聯合，團結，聯盟，一致 △ a ~ faz a força 團結就是力量 ◇ desunião, discórdia

unicelular *adj. 2 gén.* 〔生〕單細胞的

único, ca *adj.* 單獨的，唯一的，獨有的

unicolor *adj. 2 gén.* 單色的

unicorne *adj. 2 gén.* 獨角的 ‖ *s.m.* 獨角獸

unidade *s.f.* 單一，一致，統一；單位

unido, da *adj.* 聯合的，團結的 ◇ desunido

unificação *s.f.* 統一，一致，合爲一體

unificar *v.t.* 統一，使一致

uniforme *adj. 2 gén.* 一致的，同樣的，單一的 ‖ *s.m.* 制服，軍裝

uniformidade *s.f.* 一樣，一致

uniformizar *v.t.* 使一樣，使一致；穿制服

unigénito, ta *adj.* 獨生的 ‖ *s.m.* 獨子

unilateral *adj. 2 gén.* 單方面的；一側的

uninominal *adj. 2 gén.* 單名的

unionismo *s.m.* 聯合主義

unionista *adj. 2 gén.* 聯合主義的 ‖ *s. 2 gén.* 聯合主義者

uníparo, ra *adj.* 每胎一子(女)的

unipedal *adj. 2 gén.* 獨腳的，只有一足的

unipessoal *adj. 2 gén.* 單人的，唯有一身的

unipolar *adj. 2 gén.* 單極的

unir *v.t.* 聯合，合併，團結，一致 ◇ desunir

unissexo, xa *adj.* 中性的，不分雌雄的；單性的

unissexuado, da *adj.*；**unissexual** *adj. 2 gén.* 單性的

uníssono, na *adj.* 同音的，同聲的 ‖ *s.m.* 同音，同聲

unitário, ia *adj.* 單一的，統一的，一元的

unitarismo *s.m.* 一元論；中央集權論；一黨專政主義

unitarista *s. 2 gén.* 中央集權論者；一神論主義者；一黨專政

universal *adj. 2 gén.* 宇宙的，普遍的，全世界的，共同的

universalidade *s.f.* 共性，普遍性

universalismo *s.m.* 普遍論；普救論

universalista *s.* 2 *gén.* 普遍論者

universalizar *v.t.* 使普遍，使通用

universidade *s.f.* 大學，高等學府

universitário, ia *adj.* 大學的 ‖ *s.m.* 大學教師

universo *s.m.* 宇宙，世界，人類，萬物，乾坤

unívoco, ca *adj.* 統稱的；單意的

uno, na *adj.* 單一的，唯一的

unóculo, la *adj.* 獨眼的，單眼的

untar *v.t.* 塗脂，搽油 △ ~ as mãos (unhas) 賄賂

unto *s.m.* 油脂，油膏

untura *s.f.* 塗油，搽油

upa *interj.* 起來 ‖ *s.f.* 跳躍

uranologia *s.f.* 〔天〕天文學

urbanidade *s.f.* 禮儀，禮貌，斯文

urbanismo *s.m.* 城市規劃，市政建設

urbanista *adj.* 2 *gén.* 市民，城里人；城市規劃學者

urbanização *s.f.* 城市化，都市化

urbanizar *v.t.* 使城市化，使都市化

urbano, na *adj.* 都市的，城市的 ◇ rural

urbe *s.f.* 都市，城市

urbícola *s.* 2 *gén.* 市民

urdidura *s.f.* 〔紡〕把紗排整成經；〔轉〕陰謀

urdir *v.t.* 整經；陰謀

ureia *s.f.* 〔化〕尿素

uremia *s.f.* 〔醫〕尿毒症

urémico, ca *adj.* 尿毒症的

uréter *s.m.* 〔解〕輸尿管

urético, ca *adj.* 〔醫〕輸尿管的

uretra *s.f.* 〔解〕尿道

uretral *adj.* 2 *gén.* 〔解〕尿道的

urgência *s.f.* 緊急，急迫，急需 △ estado de ~ 緊急狀態

urgente *adj.* 2 *gén.* 緊急的，迫切的，急需的

urgir *v.i.* 急迫，急需，緊急；要求，極力主張

úrico, ca *adj.* 尿的

urina *s.f.* 尿，小便

urinar *v.i.* 排尿，小便

urinário, ia *adj.* 尿的

urinol *s.m.* 小便池；尿盆，便壺

urna *s.f.* 罐，箱；投票箱

urologia *s.f.* 〔醫〕泌尿學

urologista *s.* 2 *gén.* 泌尿科醫生

urrar *v.i.* 吼，咆哮，嘯

urro *s.m.* 吼叫聲，嘯聲

urso *s.m.* 〔動〕熊；〔轉〕乖戾的人

urticária *s.f.* 〔醫〕蕁麻疹

urtiga *s.f.* 蕁麻

usado, da *adj.* 舊的，用過的

usança *s.f.* 習慣，用法，慣例

usar *v.t.* 用，使用，習慣於

usina *s.f.* 工廠，大工廠

uso *s.m.* 使用，用處，用法 ◇ desuso

usual *adj.* 2 *gén.* 常用的，經常的，習慣的

usuário *s.m.* 有權得到者，享有用益的人

usucapião *s.f.* 〔法〕時效承襲法

usufruir *v.t.* 享有收益權

usufruto *s.m.* 收益權，用益權

usufrutuário, ia *adj.* 收益的 ‖ *s.m.* 享有收益權者

usura *s.f.* 高利，高利貸

usurar *v.i.* 放高利貸

usurário, ia *adj.* 放高利貸的 ‖ *s.m.* 高利貸者

usurpação *s.f.* 篡奪，强奪，僭取

usurpador, ra *adj.* 篡奪的 ‖ *s.m.* 篡奪者

usurpar *v.t.* 僭取,篡奪

utensílio *s.m.* 工具,器具,用具

uterino, na *adj.* 〔解〕子宮的;同母異父的(兄弟姐妹)

útero *s.m.* 〔解〕子宮

uteromania *s.f.* 色情狂,色狼

uterorragia *s.f.* 子宮出血

uterotomia *s.f.* 子宮切除

útil *adj. 2 gén.* 有用的,有益的 △ dias ~s 工作日 ◇ inútil

utilidade *s.f.* 利益,好處,用處

utilitário, ria *adj.* 實用的 ‖ *s.m.* 功利主義者

utilitarismo *s.m.* 功利主義

utilização *s.f.* 使用,應用

utilizar *v.t.* 使用,利用 ◇ inutilizar

utilizável *adj. 2 gén.* 可用的,可利用的 ◇ inutilizável

utopia *s.f.* 烏托邦,空想的理想社會

utópico, ca *adj.* 烏托邦的,空想的

utopista *s. 2 gén.* 理想主義者,空想家

uva *s.f.* 葡萄

uvada *s.f.* 葡萄醬

uval *adj. 2 gén.* 葡萄的

uviforme *adj. 2 gén.* 葡萄狀的

uxoricida *s. 2 gén.* 殺妻子的人

uxoricídio *s.m.* 殺妻

uxório, ia *adj.* 已婚婦女的

V

v *s.m.* 葡文第二十一個字母

vaca *s.f.* 母牛;牛肉

vacação *s.f.* 中斷工作,休息,休假

vacância *s.f.* 空缺,(職位)空額

vacante *adj. 2 gén.* 空的,空缺的

vacar *v.i.* (職位)空缺

vacaria *s.f.* 牛欄,牛舍;牛群

vacatura *s.f.* 空缺,空職

vacilação *s.f.* 動搖,遲疑,猶豫

vacilante *adj. 2 gén.* 動搖的,遲疑的,猶豫的

vacilar *v.i.* 動搖,懷疑,搖擺不定

vacina *s.f.* 〔醫〕疫苗,痘苗

vacinação *s.f.* 接種疫苗,種痘

vacinador *s.m.* 牛痘接種員

vacinar *v.t.* 〔醫〕為……接種牛痘

vacínico, ca *adj.* 接種牛痘的,疫苗的

vácuo, ua *adj.* 空的,空虛的 ‖ *s.m.* 真空

vade-mécum *s.m.* 隨身攜帶物;手冊,指南

vade-retro! *interj.* 滾開! 走!

vadiagem *s.f.* 遊蕩,無所事事

vadiar *v.i.* 遊蕩,閒逛

vadio *s.m.* 無業游民,流浪者

vaga *s.f.* 波濤;空缺,空職

vagabundagem *s.f.* 遊手好閒

vagabundear *v.i.* 流浪,漂泊

vagabundo, da *adj.* 流浪的,遊蕩的 ‖ *s.m.* 流浪者

vagalhão *s.m.* 巨浪,浪濤洶湧

vagão *s.m.* (火車)車箱;鐵路貨車

vagão-cama *s.m.* ; **vagão-leito** *s.m.* 臥鋪車

vagão-cisterna *s.m.* ; **vagão-reser-**

vatório *s.m.* 槽車,(油、水)罐車

vagão-restaurante *s.m.* 餐車

vagar *v.i.* 空,空閒 ‖ *s.m.* 空閒;緩慢 △ de ~ 慢慢地

vagaroso, sa *adj.* 慢的;遲緩的;無精打采的

vagido *s.m.* (新生嬰兒)啼哭;號泣

vagina *s.f.* 〔解〕陰道

vaginal *adj. 2 gén.* 陰道的

vaginismo *s.m.* 〔醫〕陰道痙攣

vaginite *s.f.* 〔醫〕陰道炎

vagir *v.i.* 啼哭,哀鳴;嘆息

vago, ga *adj.* 空的;含糊的,不定的 ‖ *s.m.* 模糊 ◇ preciso, claro

vagoneta *s.f.* 翻斗車

vagueação *s.f.* 徘徊,遊蕩

vaguear *v.i.* 流浪,遊蕩

vaia *s.f.* 嘲弄,取笑,愚弄

vaiar *v.t.* 嘲弄,取笑,愚弄

vaidade *s.f.* 驕傲,自負,自滿;虛榮 ◇ modéstia

vaidoso, sa *adj.* 驕傲的,自負的,虛榮的 ◇ modesto

vala *s.f.* 溝,壕,堤堰

valado, da *adj.* 有溝的 ‖ *s.m.* 壟

valar *v.t.* 挖溝

valdevinos *s.m.* 流浪者,遊民;無賴

vale *s.m.* 帳單,票據;山谷

valedor *s.m.* 保護者,後盾

valência *s.f.* 〔化〕原子價

valentão *s.m.* 逞能的人;勇士

valente *adj. 2 gén.* 勇敢的,大膽的,強壯的 ‖ *s.m.* 勇士 ◇ covarde, medroso

valer *v.i.* 值得;價值;有益 ‖ *v.r.* 使用

valeroso, sa *adj.* 勇敢的,英勇的;強健的

valeta *s.f.* 下水道,水溝

valetudinário, ia *adj.* 體弱的,虛弱的

valia *s.f.* 價值

validação *s.f.* 有效,生效

validade *s.f.* 效力,用處 ◇ invalidade

validar *v.t.* 使有效,使生效 ◇ invalidar

validez *s.f.* 有效;健康,健全

valido, da *adj.* 受青睞的,受尊敬的,得人望的

válido, da *adj.* 有效的,有作用的;健康的 ◇ inválido

valimento *s.m.* 價值,重要性

valioso, sa *adj.* 有價值的,貴重的,有效的

valor *s.m.* 價值,價格;重要性;益處

valorização *s.f.* 增值,提高價值;評價,估價

valorizar *v.t.* 使有價值,增值

valorosidade *s.f.* 作用,效力;勇敢,大膽

valoroso, sa *adj.* 有效的,有價值的;勇敢的

valsa *s.f.* 華爾茲舞,華爾茲舞曲

valsar *v.i.* 跳華爾茲舞

válvula *s.f.* 閥門

vampirismo *s.m.* 對吸血鬼的迷信

vampiro *s.m.* 吸血鬼;無情的掠奪者;〔動〕吸血蝙蝠

vandalismo *s.m.* 破壞文物,破壞藝術

vândalo *s.m.* 破壞文物者,破壞藝術者

vanglória *s.f.* 自負,虛榮

vangloriar-se *v.r.* 自負,虛榮,盛氣凌人

vanglorioso *adj.* 自負的,虛榮的,自

以爲是的

vanguarda *s.f.* 前鋒,先鋒,先驅 ◇ retaguarda

vantagem *s.f.* 利益,好處,優越,優勢 ◇ desvantagem

vantajoso, sa *adj.* 有利的,有好處的,合算的 ◇ desvantajoso

vão, vã *adj.* 空的;虛假的;徒然的;無用的 △ em ~ 白白地,徒然地

vapor *s.m.* 蒸氣;霧氣 △ a ~ 飛快地,迅速地

vaporação *s.f.* 蒸發,汽化

vaporar *v.t.* 使汽化,使蒸發

vaporável *adj. 2 gén.* 可蒸發的

vaporímetro *s.m.* 揮發度計,蒸汽表

vaporização *s.f.* 汽化,蒸發

vaporizar *v.t.* 使蒸發,使汽化

vaporoso, sa *adj.* 有蒸氣的,似蒸氣的,多蒸氣的

vaqueiro *s.m.* 牧牛人,牧童

vara *s.f.* 枝條,細枝;職權,權力

varada *s.f.* 抽,鞭笞

varadoiro *s.m.* (船)的維修處;擱淺處

varanda *s.f.* 門廊,迴廊,走廊;陽臺

varandim *s.m.* 小迴廊,小陽臺

varão *s.m.* 男子,男人,成年男子

varapau *s.m.* 棍子;長桿;[轉]瘦長的人

varar *v.i.* (船)擱淺,登岸

varejo *s.m.* 撑打,棍打;鞭笞,檢查(違禁品等)

vareta *s.f.* 小棍子,短棍

vária *s.f.* (作品)選集,匯編

variabilidade *s.f.* 多變,易變;可變性;詞尾變化 ◇ invariabilidade

variação *s.f.* 變化,變動,更改

variado, da *adj.* 有變化的,不同的,多樣的

variante *adj. 2 gén.* 可變的,易變的

variar *v.t.* 改變,變換,使多樣化 ‖ *v.i.* 變化,變動,變形

variável *adj. 2 gén.* 可變的,多變的,不定的 ◇ invariável

varicela *s.f.* [醫]水痘

varicocele *s.f.* [醫]精索靜脈曲張

varicoso, sa *adj.* 靜脈曲張的

variedade *s.f.* 品種,種類,類別;區別

varina *s.f.* 女魚販子

varinha *s.f.* 竿,棍,桿

vário, ia *adj.* 不同的,各種各樣的;*pl.* 許多

varíola *s.f.* [醫]天花,痘瘡

variólico, ca *adj.* 天花的,痘瘡的

varioliforme *adj. 2 gén.* 天花狀的

variolização *s.f.* [醫]天花病毒接種,接種牛痘

varioloso *s.m.* 天花患者 ‖ *adj.* 天花的

variz *s.f.* [醫]靜脈曲張

varonil *adj. 2 gén.* 男性的;剛毅的;丈夫氣慨的

varredor *s.m.* 清潔工

varrer *v.t.* 清掃,清潔

varrido, da *adj.* 清潔的,乾淨的;[轉]瘋的,癲的

varsoviana *s.f.* (波蘭)華沙舞

varsoviano, na *adj.* 華沙的 ‖ *s.m.* 華沙人

várzea *s.f.* 耕地,水田

vasa *s.f.* 泥濘,泥漿

vascolejador, ra *adj.* 搖動的,震蕩的 ‖ *s.m.* 搖動者

vascolejamento *s.m.* 搖動,攪動,震蕩

vascolejar *v.t.* 搖,提;使動蕩

vascular *adj. 2 gén.* 〔動〕血管的,脈管的

vascularização *s.f.* 〔醫〕血管形成

vascularhar *v.t.* (用長掃帚)清掃;搜索

vasculho *s.m.* 長掃帚

vaselina *s.f.* 〔化〕凡士林

vasilha *s.f.* 壺,罐,瓶,容器

vaso *s.m.* 容器,杯,壺,瓶

vassalagem *s.f.* 臣屬,從屬,僕人

vassalo, la *adj.* 從屬的,附庸的 ‖ *s.m.* 諸侯,藩臣;侍從

vassoura *s.f.* 掃帚

vassourar *v.t.* 掃,拂拭

vassoureiro *s.m.* 製掃帚的人;賣掃帚的人

vastidão *s.f.* 寬廣,遼闊,廣大

vasto, ta *adj.* 寬闊的,廣闊的,廣泛的

vate *s.m.* 詩人;先知

vaticano, na *adj.* 梵蒂岡的 ‖ *s.m.* 梵蒂岡,羅馬教廷

vaticinação *s.f.*; **vaticínio** *s.m.* 預言,預測,預卜

vaticinador, ra *adj.* 預言的 ‖ *s.m.* 預言家

vaticinante *adj. 2 gén.* 預言的,預卜的

vaticinar *v.t.* 預言,預測

vátio *s.m.* 〔電〕瓦特

vau *s.m.* 淺灘,可涉水而過之處,渡口

vaudeville *s.m.* 滑稽歌舞劇

vazadoiro *s.m.*; **vazadouro** *s.m.* 清潔場

vazante *s.m.* 落潮,退潮

vazão *s.f.* 排放,流出,倒出

vazar *v.t.* 弄空,流出,排出,倒出

vazio, ia *adj.* 空的,無物的 ◇ cheio

veada *s.f.* 〔動〕雌鹿

veado *s.m.* 〔動〕雄鹿

vector *s.m.* 〔數〕向量,矢量

vedação *s.f.* 禁止,制止,不允許;禁令

vedado, da *adj.* 禁止的 ‖ *s.m.* 禁區,圍場

vedar *v.t.* 禁止,不允許,阻礙

vedável *adj. 2 gén.* 可圍起來的,可防止的

vedeta *s.f.* 主要演員,明星;步哨

vedismo *s.m.* 〔宗〕(印度的)吠陀教

veemência *s.f.* 熱烈,猛烈,激烈 ◇ doçura

veemente *adj. 2 gén.* 熱烈的,熱切的

vegetação *s.f.* 生長,發芽,植被

vegetal *adj. 2 gén.* 植物的,植被的 ‖ *s.m.* 植物

vegetalina *s.f.* 椰子油

vegetalismo *s.m.* 素食主義

vegetalista *adj.* 主張素食的,素食主義的 ‖ *s. 2 gén.* 素食主義者

vegetante *adj. 2 gén.* 生長的,有生長力的

vegetar *v.i.* 生長,發芽

vegetariano, na *adj.* 素食的 ‖ *s.m.* 素食者

vegetarismo *s.m.* 素食主義

vegetativo, va *adj.* 植物的;生長的,有生長力的

veia *s.f.* 〔解〕靜脈;道路,幹道

veicular, ra *adj.* 車的

veículo *s.m.* 車輛,運載工具,乘具

veiga *s.f.* 良田;禾田,水田

veio *s.m.* 紋,紋路,條紋;礦脈

vela *s.f.* 蠟燭;帆;守夜,看更

velame *s.m.*；**velámen** *s.m.* 帆的總稱

velar *v.i.* 守夜，熬夜 ‖ *v.t.* 保衛，夜間守護

velário *s.m.* (劇場的)布蓬；遮陽帳蓬

veleiro, ra *adj.* 用帆的；輕快的

velejar *v.i.* 揚帆，坐帆船航行

velha *s.f.* 老太太，老婦人

velhaças *s.m.* 老頭，老翁

velhaco, ca *adj.* 無賴的，惡漢的 ‖ *s.m.* 惡徒，騙子

velhice *s.f.* 老年；老人 ◇ mocidade

velho, lha *adj.* 老的，古的，舊的 ‖ *s.m.* 老翁 ◇ novo, jovem

velhote *s.m.* (健壯的)老翁

velocidade *s.f.* 速度 ◇ lentidão

velocípede *adj. 2 gén.* 快速的 ‖ *s.m.* 腳踏車，自行車

velocipedista *s. 2 gén.* 騎腳踏車的人，自行車手

velocíssimo, ma *adj.* 飛快的

velódromo *s.m.* 自行車賽車場

velomotor *s.m.* 輕型摩托車，輕騎，小型電單車

veloso, sa *adj.* 多毛的

veloz *adj. 2 gén.* 迅速的，敏捷的，飛快的

veludo *s.m.* 天鵝絨，絨毛，絲絨

venal *adj. 2 gén.* 可賣的，出售的

vencedor, ra *adj.* 勝利的，獲勝的 ‖ *s.m.* 勝利者 ◇ vencido

vencer *v.t.* 戰勝，征服，打敗，克服 ‖ *v.r.* 到期 △ ~-se uma letra 支票到期

vencido, da *adj.* 失敗的，被戰勝的 ‖ *s.m.* 失敗者 ◇ vencedor

vencimento *s.m.* 工資，薪水；克服，戰勝

vencível *adj. 2 gén.* 可戰勝的；可克服的；定期的 ◇ invencível

venda *s.f.* 賣，販賣；繃帶；雜貨店

vendar *v.t.* 紮繃帶

vendaval *s.m.* 大風，強風

vendedeira *s.f.* 女店員，女售貨員

vendedor *s.m.* 男店員，男售貨員

vender *v.t.* 賣，出售，販賣 ◇ comprar

vendido, da *adj.* 被賣的，售出的

vendilhão *s.m.* 小販，行商

vendível *adj. 2 gén.* 可賣的 ◇ invendível

veneno *s.m.* 毒物，毒藥，毒液

venenosidade *s.f.* 毒性

venenoso, sa *adj.* 有毒的，含毒的；〔轉〕惡毒的

veneração *s.f.* 尊敬，尊重，崇拜

venerador, ra *adj.* 尊敬的，崇拜的

venerando, da *adj. 2 gén.*；**venerável** *adj. 2 gén.* 可尊敬的，值得敬仰的

venerar *v.t.* 尊敬，尊重，崇拜

venéreo, ea *adj.* 性病的，性愛的 ‖ *s.m.* 性病，梅毒

veneziano, na *adj.* 威尼斯的 ‖ *s.m.* 威尼斯人

vénia *s.f.* 允許；寬恕，原諒

venial *adj. 2 gén.* 可寬恕的，可原諒的

venialidade *s.f.* 可原諒性

venoso, sa *adj.* 〔解〕靜脈的

ventana *s.f.* 窗口

ventania *s.f.* 強風，暴風

ventar *v.i.* 颳大風，狂風大作

ventilação *s.f.* 通風，通氣

ventilador *s.m.* 通風機；風扇

ventilante *adj. 2 gén.* 通風的

ventilar *v.t.* 使通氣,使通風

ventilativo, va *adj.* 有通風設備的

vento *s.m.* 風,氣流;腸胃脹氣

ventoinha *s.f.* 風扇

ventosa *s.f.* 吸盃,(拔)火罐

ventosidade *s.f.* 氣脹,腸氣

ventoso, sa *adj.* 多風的,颳風的

ventral *adj. 2 gén.* 腹的,腹部的

ventre *s.m.* 腹,腹部

ventricular *adj. 2 gén.* 〔解〕室的,胃的

ventrículo *s.m.* 〔解〕室,胃

ventriloquia *s.f.* 腹語術(一種口技,使語音像從說話者腹中而出)

ventríloquo *s.m.* 腹語演員,會腹語的人

ventrudo, da *adj.* 大腹便便的

ventura *s.f.* 運氣,幸福,命運

vénus *s.f.* 維納斯,美女

ver *v.t.* 看;欣賞;拜訪;觀察,了解 ‖ *v.r.* 處於

veracidade *s.f.* 真實,確實性,可靠性

veranear *v.i.* 避暑,消夏

veraneio *s.m.* 避暑;避暑勝地

verão *s.m.* 夏季,夏天

veras *s.f.pl.* 真實,真理,確實

veraz *adj. 2 gén.* 真實的,誠實的

verba *s.f.* 項目,條目,條款;經費

verbal *adj. 2 gén.* 口頭的,語言的;〔語〕動詞的

verbalismo *s.m.* 咬文嚼字;冗長

verbalizar *v.t.* 使成口語;用文字表達

verberação *s.f.* 鞭打;指責,責備

verbo *s.m.* 語言,詞語;〔語〕動詞

verborreia *s.f.* 話多,饒舌

verbosidade *s.f.* 囉嗦;累贅;冗長;空話

verboso, sa *adj.* 囉嗦的;累贅的

verdade *s.f.* 真實,真理,事實,正確

verdadeiro, ra *adj.* 真的,真實的

verde *adj. 2 gén.* 綠的,綠色的 ‖ *s.m.* 綠色

verdejar *v.i.* 變綠

verde-mar *s.m.* 海藍色,淺綠色

verdete *s.m.* 銅綠

verdugo *s.m.* 殺手,劊子手;殘忍的人

verdura *s.f.* 蔬菜,青菜

vereação *s.f.* 市政委員會,市議會

vereador *s.m.* 市議員,市政委員,高級市政官

verear *v.i.* 任市政委員之職

vereda *s.f.* 小路;近路

veredicto *s.m.* 判決,裁決

verga *s.f.* 軟條;金屬棒

vergar *v.t.* 折,曲,彎

vergasta *s.f.* 鞭;枝條

vergastada *v.t.* 鞭打,鞭笞

vergastar *v.t.* 鞭打;懲罰

vergel *s.m.* 果園

vergonha *s.f.* 害羞,羞怯,羞恥 ◇ u-fania, glória

vergonhoso, sa *adj.* 不好意思的,慚愧的;害羞的

verídico, ca *adj.* 誠實的;真實的 ◇ mentiroso

verificação *s.f.* 驗證,證實,實現

verificador *s.m.* 證實者

verificar *v.t.* 檢驗,證實,實現

verificativo, va *adj.* 可作證明的

verificável *adj. 2 gén.* 可證實的

verisímil *adj. 2 gén.* 真實的,可信的

verismo *s.m.* 寫實主義

verista *s. 2 gén.* 寫實主義者

verme　*s.m.*　〔動〕蠕蟲;蛆;體外寄生蟲

vermelhão　*s.m.*　朱紅色,鮮紅

vermelhar　*v.t.*　使變紅,染紅

vermelho, lha　*adj.* 紅的 ‖ *s.m.* 紅色

vermicida　*s.m.*　殺蟲藥;驅腸蟲藥

vermute　*s.m.*　苦艾酒

vernáculo, la　*adj.*　本國的;當地的,故鄉的

vernal　*adj. 2 gén.*　春天的;少年的

verniz　*s.m.*　清漆;罩光漆;光亮

vero, ra　*adj.*　真的,真正的

verosímil　*adj. 2 gén.*　真實的,逼真的

verruga　*s.f.*　〔醫〕疣;痣

verrugoso, sa　*adj.*　多疣的;多痣的

versado, da　*adj.*　精通的

versal　*adj. 2 gén.*　大寫的 ‖ *s.m.* 大寫字母

versão　*s.f.*　譯文,翻譯

versar　*v.t.*　研究,論述 ‖ *v.i.* 交談

versátil　*adj. 2 gén.*　反覆無常的,易變的

versatilidade　*s.f.*　變化不定,可變性

versejar　*v.i.*　作詩

versicolor　*adj. 2 gén.*　雜色的,多色的

versículo　*s.m.*　段,節;聖詩

versificação　*s.f.*　作詩

versificar　*v.i.*　作詩,寫詩,吟詩

verso　*s.m.*　的文;詩體;詩作

vértebra　*s.f.*　〔解〕椎骨,脊椎

vertebrado, da　*adj.*　〔動〕脊椎動物的 ‖ *s.m.* 脊椎動物

vertebral　*adj. 2 gén.*　脊椎的

vertente　*adj. 2 gén.*　向外流的,外溢的 ‖ *s.m.* 山坡

verter　*v.t.*　倒,灌;溢出

vertical　*adj. 2 gén.*　垂直的 ‖ *s.f.* 垂直綫

verticalidade　*s.f.*　垂直性

vértice　*s.m.*　頂點,頂峰,最高點

vertigem　*s.f.*　〔醫〕眩暈,頭暈

vertiginoso, sa　*adj.*　頭暈的,眩暈的

verve　*s.f.*　狂熱,激情,衝動

vesânia　*s.f.*　〔醫〕精神病

vesânico, ca　*adj.*　精神病的,瘋狂的

vesgo, ga　*adj.*　斜眼的,斜視的 ‖ *s.m.* 斜眼的人

vesical　*adj. 2 gén.*　泡的,囊的;膀胱的

vesicante　*adj. 2 gén.*　發泡的

vesicar　*v.t.*　起泡

vesícula　*s.f.*　〔醫〕泡;〔解〕囊

vesicular　*adj. 2 gén.*　泡狀的

vespão　*s.m.*　〔動〕大黃蜂

vespeiro　*s.m.*　黃蜂巢,馬蜂窩

véspera　*s.f.*　傍晚;前夜,前夕

vesperal　*adj. 2 gén.*　傍晚的,黃昏的

vespertino, na　*adj.*　下午的,傍晚的 ‖ *s.m.* 晚報

vestais　*s.f.pl.*　竈神節

vestal　*s.f.*　信奉竈神的處女;〔轉〕貞女,處女

veste　*s.f.*　衣服,西服,外套

véstia　*s.f.*　短外套

vestiário　*s.m.*　衣帽間

vestibular　*adj. 2 gén.*　前廳的,門廳的,前堂的

vestíbulo　*s.m.*　門廳,前廳

vestido　*s.m.*　衣服,(女式)套裙

vestígio　*s.m.*　痕跡,印跡

vestimenta　*s.f.*　衣服,服裝,外套

vestir　*v.t.*　穿衣,裝束

vestuário　*s.m.*　衣服,服裝

vetar *v.t.* 否決,拒絕

veteranice *s.f.* 老練

veterano, na *adj.* 老練的,有經驗的 ‖ *s.m.* 老手

veterinária *s.f.* 獸醫學

veterinário, ia *adj.* 獸醫學的 ‖ *s.m.* 獸醫

veto *s.m.* 否決

vetustade *s.f.* 古老,陳舊

vetusto, ta *adj.* 古老的;陳舊的

véu *s.m.* 面紗,紗巾;[轉]藉口,託詞

vexador *s.m.* 使恥辱者,使困惱者

vexame *s.m.* 恥辱,羞愧

vexar *v.t.* 侮辱,羞辱

vez *s.f.* 次;倍;機會;時候 △① de ~ 決定性的,永遠 ② em ~ de 代替

via *s.f.* 道路;辦法,手段

viabilidade *s.f.* 可行性

viação *s.f.* 路程;運輸網;運輸工具

viaduto *s.m.* 高架橋,立交橋,高架鐵路

viagem *s.f.* 旅行,行程,路程 △ boa ~ 一路順風

viajante *adj. 2 gén.* 旅行的 ‖ *s. 2 gén.* 旅行者

viajar *v.i.* 旅行,漫遊,遊歷

vianda *s.f.* 肉類;食品

viandante *s. 2 gén.* 旅行者,遊客;行人

viatura *s.f.* 車輛;交通工具

viável *adj. 2 gén.* 可行的,可為的

viba *s.f.* 甘蔗

víbora *s.f.* [動]蝰蛇,毒蛇;[轉]惡毒之人

vibração *s.f.* 震動,顫動

vibrador *s.m.* 振動器

vibrante *adj. 2 gén.* 顫動的,抖動的

vibrar *v.i.* 震動,顫動,搖動

vibrátil *adj. 2 gén.* 可顫動的,可震動的

vibratilidade *s.f.* 抖動性,顫動性

vibratório, ia *adj.* 抖動性的,震動的

vicarial *adj. 2 gén.* 牧師的

vicariato *s.m.* 牧師之職

vice *pref.* 副;次;代理

vice-almirante *s.m.* 海軍中將

vice-cônsul *s.m.* 副領事

vice-governador *s.m.* 副總督,副省長

vicejante *adj. 2 gén.* 茂盛的,旺盛的

vicejar *v.i.* 茂盛,興旺

vicenal *adj. 2 gén.* 二十年的,二十年一次的

vicénio *s.m.* 二十年時間,二十年期

vice-presidente *s.m.* 副總統,副主席,副會長

vice-reitor *s.m.* 副校長

vice-versa *adv.* 反之,反過來,反之亦然

viciação *s.f.* 變壞,變形;變質

viciado, da *adj.* 改動的;變質的,損壞的

viciar *v.t.* 使變壞,破壞,篡改 ◇ purificar

vício *s.m.* 惡習,毛病,敗行 ◇ virtude

vicioso, sa *adj.* 有惡習的,有毛病的,不良的 ◇ virtuoso

vicissitude *s.f.* 變化,變遷;曲折

viço *s.m.* 茂盛

viçoso, sa *adj.* 茂盛的

vida *s.f.* 生命,生活,人生 △① à boa ~ 不勞動地 ② para a ~ e para a morte 經常地 ◇ morte

vide *s.f.* 參見,看見

videira　*s.f.* 葡萄藤,葡萄蔓

vidência　*s.f.* 遠見,預見

vidente　*adj. 2 gén.* 有遠見的,預見的

vídeo, ea　*adj.* 視頻的,影像的 ‖ *s.m.* 錄像機

videocassette　*s.m.* 盒式錄像帶,盒帶式錄像機

vídeo-disco　*s.m.* 鐳射影碟

videófono　*s.m.* 可視電話

vidraça　*s.f.* 玻璃窗,玻璃門

vidraçaria　*s.f.* 玻璃商店

vidraceiro　*s.m.* 玻璃匠,玻璃店老板

vidrar　*v.t.* 裝玻璃;將……蓋上玻璃

vidraria　*s.f.* 玻璃廠

vidreiro　*s.m.* 造玻璃的人

vidro　*s.m.* 玻璃

viela　*s.f.* 小道,小徑;巷

viga　*s.f.* 樑;棟樑

vigamento　*s.m.* 樑的結構

vigar　*v.t.* 架樑,上樑

vigência　*s.f.* 現行性,有效期,有效性

vigente　*adj. 2 gén.* 現行的,有效的

viger　*v.i.* 有效,現行

vigésimo, ma　*adj.* 第二十的;二十分之一的

vigia　*s.f.* 瞭望窗;觀察;守望

vigiar　*v.t.* 看守,看管,監視

vigilância　*s.f.* 警戒,警惕;守衛,守夜

vigilante　*adj. 2 gén.* 看守的,守衛的;警惕的,警戒的

vigília　*s.f.* 不眠,熬夜

vigor　*s.m.* 活力,精力,氣力;效力 △ estar em ~ 生效 ◇ fraqueza

vigorante　*adj. 2 gén.* 有力的,精力充沛的

vigorar　*v.t.* 使有力,增強

vigoroso, sa　*adj.* 強壯的,有活力的 ◇ fraco

vil　*adj. 2 gén.* 無價值的,低劣的,卑鄙的 ‖ *s. 2 gén.* 卑鄙小人 ◇ nobre

vila　*s.f.* 小鎮;別墅

vilania　*s.f.* 鄉下人習性;卑劣行為,惡行

vilão　*s.m.* 鄉下人,農民;卑鄙的人,流氓

vilela　*s.f.*; vileta　*s.f.* 小鎮

vileza　*s.f.* 卑劣,卑鄙

vilificar　*v.t.* 使變得卑鄙,使墮落

vilipendiador, ra　*adj.* 輕視的,侮辱的

vilipendiar　*v.t.* 侮辱,蔑視

vilipêndio　*s.m.* 侮辱的,蔑視

vilória　*s.f.*; vilório　*s.m.* 無名小鎮

vinagre　*s.m.* 醋

vinagreiro　*s.m.* 製醋者,賣醋者

vinário, ia　*adj.* 葡萄酒的

vincada　*s.f.* 摺痕,皺痕

vincar　*v.t.* 使摺成痕,折疊

vinco　*s.m.* 摺痕

vinculado, da　*adj.* 聯繫的,關連的,相連的

vincular　*v.t.* 聯繫,連結

vínculo　*s.m.* 聯繫,聯繫,連結

vinda　*s.f.* 到達,到來 ◇ ida

vindicação　*s.f.* 要求收回;維護;報仇

vindicador, ra　*adj.* 要求收回的,恢復的

vindicar　*v.t.* 復仇,恢復,維護

vindicta　*s.f.* 報仇,復仇

vindima　*s.f.* 葡萄收獲;收獲

vindimador　*s.m.* 收葡萄的人

vindimar　*v.t.* 收割(葡萄),收摘

vindo, da　*adj.* 到達的，由……來的

vindoiro, ra　*adj.*；vindouro, ra
adj. 將來的，將要發生的

vingador, ra　*adj.* 報仇的 ‖ *s.m.*
復仇者

vingança　*s.f.* 報仇，復仇，雪恨

vingar　*v.i.* 達到目的 ‖ *v.t.* 復仇，
報復

vingativo, va　*adj.* 報復性的，有報
復心的

vinha　*s.f.* 葡萄園；利潤，賺錢

vinhaça　*s.f.* 劣酒，劣質葡萄酒

vinhal　*s.m.* 葡萄園

vinhão　*s.m.* 上等葡萄酒

vinhateiro, ra　*adj.* 種植葡萄的

vinho　*s.m.* 酒，葡萄酒

vinhoca　*s.f.* 劣酒，劣質葡萄酒

vínico, ca　*adj.* 葡萄酒的

vinícola　*adj. 2 gén.* 釀酒業的，產葡
萄酒的

vinicultor　*s.m.* 釀酒者

vinicultura　*s.f.* 釀酒業，葡萄酒釀造
業

vinífero, ra　*adj.* 釀葡萄酒的

vinificação　*v.t.* 葡萄酒的釀造

vinificar　*v.t.* 釀酒

vintaneiro, ra　*adj.* 二十年的，每二
十年一次的

vinte　*adj.* 二十的，第二十的

vintém　*s.m.* 古銅幣；[轉]金錢

vintena　*s.f.* 二十，約二十

viola　*s.f.* 中提琴，吉他

violação　*s.f.* 違背，違犯；損壞；強姦

violáceo, ea　*adj.* 紫色的

violador　*s.m.* 違犯者；強姦犯

violão　*s.m.* 吉他

violar　*v.t.* 違反；侵犯；強姦

violeiro　*s.m.* 製琴匠；提琴或吉他演

奏家

violência　*s.f.* 猛烈，強烈，暴力 ◇
doçura

violentar　*v.t.* 逼，強制，施加壓力

violento, ta　*adj.* 猛烈的，暴力的 ◇
doce, manso

violeta　*s.f.* [植]堇菜；紫色

violinista　*s. 2 gén.* 小提琴手

violino　*s.m.* 小提琴

violoncelista　*s. 2 gén.* 大提琴手

violoncelo　*s.m.* 大提琴

vipéreo, ea　*adj.* 惡毒的

viperino, na　*adj.* 毒蛇一樣的；[轉]
惡毒的

vir　*v.i.* 來，來自；歸，返 ◇ ir

viração　*s.f.* 清風，微風

viradela　*s.f.* 轉變，反轉

viragem　*s.f.* 轉變，轉折，變化

virar　*v.t.* 轉變方向

viravolta　*s.f.* 筋斗，翻筋斗；轉折

virgem　*adj.* 貞潔的，純潔的，處女的
‖ *s.f.* 處女，聖母瑪利亞

virginal　*adj. 2 gén.* 純潔的，處女的

virgindade　*s.f.* 童貞，純潔

virgíneo, ea　*adj.* 處女的；純潔的

vírgula　*s.f.* 逗號

virgulação　*s.f.* 加逗號

virgular　*v.t.* 加逗號

virilidade　*s.f.* 男性特點，男子氣概

virilizar　*v.t.* 使有男子氣

virtual　*adj. 2 gén.* 事實上，實際上；
潛在的，內在的

virtualidade　*s.f.* 實際，實效；潛在性

virtude　*s.f.* 品德，道德；貞操 ◇ vício

virtuosidade　*s.f.* （藝術和音樂方面
的）才華，天賦

virtuoso, sa　*adj.* 有道德的；貞節的；
有效的

virulência *s.f.* 毒性

virulento, ta *adj.* 有病毒的

vírus *s.m.* 病毒

visagem *s.f.* 臉,面貌,表情

visão *s.f.* 視力,視覺;幻覺

visar *v.t.* 簽發;瞄準

víscera *s.f.* 〔解〕内臟

visceral *adj. 2 gén.* 〔解〕内臟的

visconde *s.m.* 子爵

viscondessa *s.f.* 女子爵

viscosidade *s.f.* 黏性,黏度

viscoso, sa *adj.* 黏的,有黏性的

viseira *s.f.* 帽舌,帽簷

visibilidade *s.f.* 能見度,視程;可見性

visionar *v.t.* 幻想,空想;仿佛看見

visionário, ia *adj.* 幻覺的,空想的 ‖ *s.m.* 空想者

visiotelefonia *s.f.* 可視電話系統

visita *s.f.* 訪問,拜會,拜訪,賓客

visitação *s.f.* 訪問,探訪

visitador *s.m.* 訪問者,拜訪者

visitante *s. 2 gén.* 參觀者,觀光者

visitar *v.t.* 訪問,參觀

visível *adj. 2 gén.* 可見的,明顯的

vislumbrar *v.t.* 隱約看見,朦朧可見 ‖ *v.i.* 發微光

vislumbre *s.m.* 微光

visor *s.m.* (照相機的)取景器

vista *s.f.* 視力,眼力,風景 △ a ～ de 根據

visto *s.m.* 簽證,(證件的)簽署

vistoria *s.f.* 檢驗,審計

vistorizar *v.t.* 檢查,檢驗,審計

vistoso, sa *adj.* 顯眼的,華美的,引人注目的

visual *adj. 2 gén.* 視力的,視覺的

vital *adj. 2 gén.* 生命的,生死攸關的;根本的

vitalício, ia *adj.* 一生的,終生的

vitalidade *s.f.* 活力,生命力

vitalizar *v.t.* 使有活力,使精力充沛

vitamina *s.f.* 維生素,維他命

vitaminose *s.f.* 〔醫〕維生素過多症

vitaminoterapia *s.f.* 〔醫〕維生素療法

vitatório, ia *adj.* 應避免的

vitela *s.f.* 〔動〕牝牛犢,小母牛

vitelo *s.m.* 〔動〕小公牛

vítima *s.f.* 被害者,遇難者,受害者

vitimar *v.t.* 殘害,殺死

vitória *s.f.* 勝利

vitoriar *v.t.* 歡呼,喝彩

vitorioso, sa *adj.* 勝利的

vitral *s.m.* 彩色玻璃

vítreo, ea *adj.* 玻璃的,玻璃狀的

vitrificação *s.f.* 製造玻璃

vitrificar *v.t.* 使成玻璃

vitrina *s.f.* 櫥窗,陳列櫥窗

vitríolo *s.m.* 〔化〕硫酸,硫酸鹽

vitualhar *v.t.* 供應,供給糧食

vitualhas *s.f.pl.* 口糧,糧食

vituperação *s.f.* 責罵,指責

vituperar *v.t.* 責罵;羞辱

vitupério *s.m.* 責罵;侮辱

viúva *s.f.* 寡婦

viuvar *v.i.* 成為寡婦或鰥夫

viuvez *s.f.* 寡居,鰥居

viúvo *s.m.* 鰥夫

viva! *interj.* 萬歲!

vivace *adj. 2 gén.* 〔樂〕活潑的,歡快的

vivacidade *s.f.* 敏捷,活潑 ◇ moleza, apatia

vivandeira *s.f.* 隨軍女商販

vivandeiro *s.m.* 隨軍商販

vivaz *adj. 2 gén.* 活潑的；長命的；多年生的

vivedoiro, ra *adj.* ; **vivedouro, ra** *adj.* 長壽的；持久的；耐用的

viveiro *s.m.* 養殖場，苗圃

vivenda *s.f.* 住所，居室

vivente *adj. 2 gén.* 有生命的，活的，現存的

viver *v.i.* 生活，生存；居住 ◇ morrer

víveres *s.m.pl.* 口糧，糧食

vívido, da *adj.* 生動的，活躍的，逼真的

vivificante *adj. 2 gén.* 復蘇的，賦予生命的

vivificar *v.t.* 使復蘇，使有生氣

vivíparo, ra *adj.* 〔動〕胎生的

vivo, va *adj.* 有生命的，活的，生動的，活潑的 ◇ morto

vizinhança *s.f.* 附近，近鄰；鄰居；近似

vizinhar *v.i.* 鄰近

vizinho, nha *adj.* 附近的 ‖ *s.m.* 鄰居

vizir *s.m.* 大臣，大官

voador, ra *adj.* 飛行的；會飛的；迅速的

vocabulário *s.m.* 詞匯表，詞匯；字典

vocabularista *s. 2 gén.* 詞匯學者

vocábulo *s.m.* 詞，詞匯

vocação *s.f.* 職業，志向，愛好；〔宗〕神的召喚

vocal *adj. 2 gén.* 口頭的，發聲的

vocálico, ca *adj.* 元音的，母音的

vocalização *s.f.* 〔樂〕練腔，發聲

vocalizar *v.t.* 〔樂〕練腔，發聲

vocativo *s.m.* 〔語〕呼格，呼語

você *pron.* 您；你

vociferação *s.f.* 喊叫，吆喝，喧嚷

vociferador, ra *adj.* 喊叫的，喧嚷的

vociferar *v.i.* 喊叫，喧嚷

vodka *s.f.* 伏特加酒

voejar *v.i.* 飛翔，隨風飄動

voga *s.f.* 風行，流行

vogal *s.f.* 元音，母音

vogar *v.i.* 航行，漂流

volante *adj. 2 gén.* 飛行的，會飛的；漂流的；活動的 ‖ *s.m.* 舵，方向盤

volatear *v.i.* 飛翔，隨風飄動

volátil *adj. 2 gén.* 飛的，可飛的；易揮發的

volatilização *s.f.* 蒸發，揮發

volatilizante *adj. 2 gén.* 蒸發的，揮發的

volatilizar *v.t.* 使蒸發，使揮發

voleibol *s.m.* 排球

volfrâmio *s.m.* 〔化〕鎢

volição *s.f.* 意志，意志力

volt *s.m.* 〔電〕伏特

volta *s.f.* 回來，回歸；重現；圈

voltagem *s.f.* 〔電〕電壓；伏特數

voltaico, ca *adj.* 電流的

voltâmetro *s.m.* 〔電〕電量計

voltar *v.t.* 轉，翻轉 ‖ *v.i.* 回歸，返回 ‖ *v.r.* 轉變，轉向 △ não saber para onde ~ 不知所措 ◇ ir

voltear *v.t.* 繞行，環繞，旋轉

volteio *s.m.* 旋轉，繞行

voltímetro *s.m.* 〔電〕電壓表

vóltio *s.m.* 〔電〕伏特

volubilidade *s.f.* 多變性；不穩定性

volume *s.m.* 册，卷，本；體積，容量；音量；數量

volumétrico, ca *adj.* 體積測定的，容積測定的

volumoso, sa *adj.* 大部頭的,厚的; 很多卷的

voluntário, ia *adj.* 自願的 ‖ *s.m.* 自願者

voluntariosidade *s.f.* 自願

volúpia *s.f.* 快感,滿足;淫逸,肉慾

voluptuosidade *s.f.* 快感,享樂;淫逸

voluptuoso, sa *adj.* 有快感的,淫蕩的

volúvel *adj. 2 gén.* 易變的,多變的

volver *v.i.* 返回,回歸 ‖ *v.t.* 轉動,翻轉

vomitado, da *adj.* 嘔吐的 ‖ *s.m.* 嘔吐物

vomitador *s.m.* 嘔吐者

vomitar *v.t.* 吐,嘔吐

vomitivo, va *adj.* 使嘔吐的,催吐的

vómito *s.m.* 嘔吐,嘔吐物

vomitório, ia *adj.* 使嘔吐的 ‖ *s.m.* 催吐劑

vontade *s.f.* 願望,自願,想法,意向 △ à ~ 隨意

voo *s.m.* 飛,飛行

voracidade *s.f.* 食吃,食得無厭

voragem *s.f.* 旋渦

voraz *adj. 2 gén.* 貪吃的;能吃的;貪婪的

vórtice *s.m.* 旋風;旋渦

vos *pron. pess.* 你(受格)

vós *pron. pess.* 你們

vosselência *pron.* 閣下

vosso, sa *adj.* 你們的

votação *s.f.* 投票選舉,表決

votado, da *adj.* 獲多數票的,過半數票的

votar *v.i.* 投票 ‖ *v.t.* 選舉,表決 ‖ *v.r.* 獻身

votante *adj. 2 gén.* 有選舉權的

voto *s.m.* 誓言,選票,投票權,表決權

vovó *s.f.* 姥姥,外婆(兒語)

vovô *s.m.* 姥爺,外公(兒語)

voz *s.f.* 聲音;發言,意見;語調

vozeador *s.m.* 說話聲大的人,嗓門高的人

vozear *v.i.* 大聲説,喊叫 ‖ *v.t.* 喊叫

vozearia *s.f.* 喊叫,呼喊

vozeirão *s.m.* 粗而洪亮的聲音

vulcanicidade *s.f.* 〔質〕火山作用,火山力,噴火力

vulcânico, ca *adj.* 火山的

vulcanismo *s.m.* 〔質〕火山成因論,火山起源

vulcanização *s.f.* 橡膠硬化法,硫化作用

vulcanizar *v.t.* 使硬化,進行硫化處理

vulcanologia *s.f.* 火山學

vulcanologista *s. 2 gén.*; **vulcanólogo** *s.m.* 火山學者

vulcão *s.m.* 火山;大火

vulgar *adj. 2 gén.* 普通的,平常的;庸俗的

vulgaridade *s.f.* 普通,一般性;庸俗

vulgarizar *v.t.* 使一般化,使通俗化;使庸俗化

vulgo *s.m.* 平民,普通人,老百姓

vulnerabilidade *s.f.* 易傷性,易損性

vulneração *s.f.* 傷害,損害,創傷

vulnerário, ia *adj.* 〔醫〕外傷用藥

vulnerável *adj. 2 gén.* 易受傷的

vulto *s.m.* 臉,面孔;身體,身材;大人物

vultuoso, sa *adj.* (面部)充血腫脹的

vulva *s.f.* 〔解〕外陰,陰門

vulvite *s.f.* 〔醫〕外陰炎

W

w 葡語中的外來語字母

wagneriano, na *adj.* (德國作曲家)瓦格納的 ‖ *s.m.* 瓦格納的崇拜者

water-polo *s.m.* 水球

watt *s.m.* 〔電〕瓦特

week-end *s.m.* 週末

whisky *s.m.* 威士忌酒

X

x *s.m.* 葡文第廿二個字母

xadrez *s.m.* 國際象棋,西洋象棋

xadrezista *s. 2 gén.* 棋手,下國際象棋的人

xale *s.m.* 圍巾,頭巾,披肩

xantofila *s.f.* 〔化〕黄色素

xantogénico, ca *adj.* 變黃的

xaropada *s.f.* (一劑)糖漿;止咳藥

xarope *s.m.* 糖漿

xaroposo, sa *adj.* 含糖漿的

xelim *s.m.* 先令(英國貨幣)

xeque *s.m.* 首長,族長

xeque-mate *s.m.* 〔棋〕將軍,逼將

xerife *s.m.* (英國)郡長;(美國)縣的司法行政長官

xerodermia *s.f.* 〔醫〕皮膚乾燥症

xícara *s.f.* 茶杯

xilino, na *adj.* 木的,木質的

xilofone *s.m.* 〔樂〕木琴

xilografia *s.f.* 木刻術;刻版術

xilográfico, ca *adj.* 木刻的,木版印刷的

xilógrafo *s.m.* 木刻工人

xilorgão *s.f.* 〔樂〕木琴

xinto *s.m.* ; **xintoísmo** *s.m.* (日本的)神道

xis *s.m.* X 的讀音;未知的事物

xixi *s.m.* 小便,尿

xó *interj.* 停下! (趕車人吆喝牲口的用語)

Y

y *s.m.* 葡文中的外來語字母

yuan *s.m.* 元(中國貨幣單位)

Z

z　*s.m.* 葡文第廿三個字母

zabra　*s.f.* 小船

zabumba　*s.m.* 大鼓；大高帽

zagal　*s.m.* 牧人

zanaga　*s. 2 gén.* 內斜視的人

zanga　*s.f.* 生氣，憤怒，不高興

zangado, da　*adj.* 生氣的，憤怒的

zangar　*v.t.* 使生氣，使發怒

zanzibar　*adj. 2 gén.* 桑給巴爾的 ‖ *s. 2 gén.* 桑給巴爾人

zaragata　*s.f.* 吵鬧，喧嘩

zaranza　*s. 2 gén.* 笨人；健忘的人

zarcão　*s.m.* 桔黃色

zarco, ca　*adj.* 有黑眼圈的(馬)

zarelho　*s.m.* 愛管閒事的人，好事之徒

zarolho, lha　*adj.* 斜眼的；獨眼的

zarpar　*v.t.* 起錨，啓航

zás!　*interj.* 嗖! (形容很快)

zebra　*s.f.* 〔動〕斑馬

zebrar　*v.t.* 畫斑馬似的條紋

zelador　*s.m.* 稽查員；看門人；看管人

zelar　*v.t.* 熱心從事，管理；嫉妒

zelo　*s.m.* 熱心，熱情，積極；嫉妒

zeloso, sa　*adj.* 熱心的，關心的，熱情的，積極的

zenital　*adj. 2 gén.* 最高點的，頂端的

zénite　*s.m.* 最高點，頂峰，極盛時期

zepelim　*s.m.* 徐柏林式飛艇

zé-pereira　*s.m.* 鼓手

zé-povinho　*s.m.* 人民，百姓

zero　*s.m.* 零

ziguezague　*s.m.* Z字形，之字形

ziguezaguear　*v.i.* 成之字形，曲折前進

zimbório　*s.m.* 圓屋頂

zincagem　*s.f.* 鍍鋅，塗鋅

zincar　*v.t.* 鍍鋅，塗鋅

zinco　*s.m.* 〔化〕鋅

zincogravura　*s.f.* 鋅刻術，鋅版印刷

zingrar　*v.t.e i.* 嘲弄，揶揄，嘲笑

zinho　*suf.* "小"的尾留；後綴

zodiacal　*adj. 2 gén.* 〔天〕黃道帶的

zodíaco　*s.m.* 〔天〕黃道帶

zombar　*v.i.* 嘲弄，嘲笑

zombaria　*s.f.* 嘲弄，嘲笑

zombeirão　*s.m.* 嘲弄者

zombeteiro, ra　*adj.* 愛嘲弄人的 ‖ *s.* 嘲弄者

zona　*s.f.* 地區，區域，領域，地帶

zoo　*s.m.* 動物園的簡稱

zoobiologia　*s.f.* 動物生物學

zoofagia　*s.f.* 〔動〕食肉性，以動物爲食

zoofobia　*s.f.* 〔醫〕動物恐怖症

zoófobo　*s.m.* 動物恐怖症患者

zoografia　*s.f.* 動物誌學

zoolítico, ca　*adj.* 動物化石的

zoólito　*s.m.* 動物化石

zoologia　*s.f.* 動物學

zoológico, ca　*adj.* 動物學的

zoólogo　*s.m.* 動物學家

zootecnia　*s.f.* 動物飼養學

zootécnico, ca　*adj.* 動物飼養學的

zooterapêutica　*s.f.* 動物治療學

zooterapia　*s.f.* 動物治療

zooterápico, ca   *adj.* 動物治療學的

zootomia   *s.f.* 動物解剖學

zootómico, ca   *adj.* 動物解剖學的

zoroatrismo   *s.m.* 〔宗〕拜火教,祆教,陰陽教

zoroatrista   *adj. 2 gén.* 拜火教的,祆教的,陰陽教的 ‖ *s. 2 gén.* 拜火教徒,祆教徒

zorra   *s.f.* 貨車,抬架,木板車

zorro, ra   *adj.* 狡猾的

zuarte   *s.m.* 藍棉布,棉織品

zulo   *s.m.* (南非的)祖盧語;祖盧人

zumbar   *v.i.* 嗡嗡響

zumbido   *s.m.* 嗡嗡聲

zumbir   *v.i.* 嗡嗡作響

zupar   *v.t.* 打;以角撞

zurrar   *v.i.* 驢叫,驢嘶

zurro   *s.m.* 驢叫聲,刺耳的聲音

附錄一

動 詞 變 位

說明：表中的略語

Cond. = Condicional Conj. = Conjuntivo (Subjuntivo)

Fut. = Futuro G. = Gerúndio

Indic. = Indicativo Perf. = Perfeito

P.p = Particípio passado Pret. = Pretérito

(一) 規則動詞變位表

例：Lavar, bater, unir

lavar		bater	unir
G.	lavando	batendo	unindo
P.p.	lavado	batido	unido
Modo Indic.			Presente
lavo		bato	uno
lavas		bates	unes
lava		bate	une
lavamos		batemos	unimos
lavais		bateis	unis
lavam		batem	unem
Pret. imperfeito			
lavava		batia	unia
lavavas		batias	unias
lavava		batia	unia
lavávamos		batíamos	uníamos
laváveis		batíeis	uníeis
lavavam		batiam	uniam

Pret. perf.		
lavei	bati	uni
lavaste	bateste	uniste
lavou	bateu	uniu
lavámos	batemos	unimos
lavastes	batestes	unistes
lavaram	bateram	uniram
Pret. mais-que-perf.		
lavara	batera	unira
lavaras	bateras	uniras
lavara	batera	unira
laváramos	batêramos	uníramos
laváreis	batêreis	uníreis
lavaram	bateram	uniram
Fut. imperfeito		
lavarei	baterei	unirei
lavarás	baterás	unirás
lavará	baterá	unirá
lavaremos	bateremos	uniremos
lavareis	batereis	unireis
lavarão	baterão	unirão
Modo Conj.	Presente	
lave	bata	una
laves	batas	unas
lave	bata	una
lavemos	batamos	unamos
laveis	batais	unais
lavem	batam	unam
Pret. imperfeito		
lavasse	batesse	unisse
lavasses	batesses	unisses
lavasse	batesse	unisse
lavássemos	batêssemos	uníssemos
lavásseis	batêsseis	unísseis
lavassem	batessem	unissem

Fut. imperfeito		
lavar	bater	unir
lavares	bateres	unires
lavar	bater	unir
lavarmos	batermos	unirmos
lavardes	baterdes	unirdes
lavarem	baterem	unirem

Modo Cond.	Presente	
lavaria	bateria	uniria
lavarias	baterias	unirias
lavaria	bateria	uniria
lavaríamos	bateríamos	uniríamos
lavaríeis	bateríeis	uniríeis
lavariam	bateriam	uniriam

Modo Imperativo	Afirmativo	
lava (tu)	bate	une
lave (você)	bata	una
lavemos(nós)	batamos	unamos
lavai(vós)	batei	uni
lavem(vocês)	batam	unam

Negativo		
não laves (tu)	não batas	não unas
não lave(você)	não bata	não una
não lavemos(nós)	não batamos	não unamos
não laveis(vós)	não batais	não unais
não lavem (vocês)	não batam	não unam

(二)常用不規則動詞變位表

	dar	dizer	estar
G.	dando	dizendo	estando
P. p.	dado	dito	estado
Modo Indic.		Presente	
	dou	digo	estou
	dás	dizes	estás
	dá	diz	está
	damos	dizemos	estamos
	dais	dizeis	estais
	dão	dizem	estão
Pret. imperfeito			
	dava	dizia	estava
	davas	dizias	estavas
	dava	dizia	estava
	dávamos	dizíamos	estávamos
	dáveis	dizíeis	estáveis
	davam	diziam	estavam
Pret. perf.			
	dei	disse	estive
	deste	disseste	estiveste
	deu	disse	esteve
	demos	dissemos	estivemos
	destes	dissestes	estivestes
	deram	disseram	estiveram

Pret. mais-que-perf.		
dera	dissera	estivera
deras	disseras	estiveras
dera	dissera	estivera
déramos	disséramos	estivéramos
déreis	disséreis	estivéreis
deram	disseram	estiveram

Fut. imperfeito		
darei	direi	estarei
darás	dirás	estarás
dará	dirá	estará
daremos	diremos	estaremos
dareis	direis	estareis
darão	dirão	estarão

Modo Conj.	Presente	
dê	diga	esteja
dês	digas	estejas
dê	diga	esteja
dêmos	digamos	estejamos
deis	digais	estejais
dêem	digam	estejam

Pret. imperfeito		
desse	dissesse	estivesse
desses	dissesses	estivesses
desse	dissesse	estivesse
déssemos	disséssemos	estivéssemos
désseis	dissésseis	estivésseis
dessem	dissessem	estivessem

Fut. imperfeito		
der	disser	estiver
deres	disseres	estiveres
der	disser	estiver
dermos	dissermos	estivermos
derdes	disserdes	estiverdes
derem	disserem	estiverem

Modo Cond.		Presente
daria	diria	estaria
darias	dirias	estarias
daria	diria	estaria
daríamos	diríamos	estaríamos
daríeis	diríeis	estaríeis
dariam	diriam	estariam
Modo Imperativo		Afirmativo
dá(tu)	dize	está
dê(você)	diga	esteja
demos(nós)	digamos	estejamos
dai(vós)	dizei	estai
dêem(vocês)	digam	estejam
Negativo		
não dês	não digas	não estejas
não dê	não diga	não esteja
não demos	não digamos	não estejamos
não deis	não digais	não estejais
não dêem	não digam	não estejam

	fazer	haver	ir
G.	fazendo	havendo	indo
P.p.	feito	havido	ido
Modo. Indic.			Presente
faço		hei	vou
fazes		hás	vais
faz		há	vai
fazemos		havemos	vamos
fazeis		haveis	ides
fazem		hão	vão

Pret. imperfeito		
fazia	havia	ia
fazias	havias	ias
fazia	havia	ia
fazíamos	havíamos	íamos
fazíeis	havíeis	íeis
faziam	haviam	iam

Pret. perf.		
fiz	houve	fui
fizeste	houveste	foste
fez	houve	foi
fizemos	houvemos	fomos
fizestes	houvestes	fostes
fizeram	houveram	foram

Pret. mais-que-perf.		
fizera	houvera	fora
fizeras	houveras	foras
fizera	houvera	fora
fizéramos	houvéramos	fôramos
fizéreis	houvéreis	fôreis
fizeram	houveram	foram

Fut. imperfeito		
farei	haverei	irei
farás	haverás	irás
fará	haverá	irá
faremos	haveremos	iremos
fareis	havereis	ireis
farão	haverão	irão

Modo Conj.		Presente
faça	haja	vá
faças	hajas	vás
faça	haja	vá
façamos	hajamos	vamos
façais	hajais	vades
façam	hajam	vão

Pret.	imperfeito	
fizesse	houvesse	fosse
fizesses	houvesses	fosses
fizesse	houvesse	fosse
fizéssemos	houvéssemos	fôssemos
fizésseis	houvésseis	fôsseis
fizessem	houvessem	fossem

Fut.	imperfeito	
fizer	houver	for
fizeres	houveres	fores
fizer	houver	for
fizermos	houvermos	formos
fizerdes	houverdes	fordes
fizerem	houverem	forem

Modo Cond.		Presente
faria	haveria	iria
farias	haverias	irias
faria	haveria	iria
faríamos	haveríamos	iríamos
faríeis	haveríeis	iríeis
fariam	haveriam	iriam

Modo Imperativo		Afirmativo
faze		vai
faça	haja	vá
façamos	hajamos	vamos
fazei	havei	ide
façam	hajam	vão

Negativo		
não faças	não hajas	não vás
não faça	não haja	não vá
não façamos	não hajamos	não vamos
não façais	não hajais	não vades
não façam	não hajam	não vão

	ler	ouvir	passear
G.	lendo	ouvindo	passeando
P.p.	lido	ouvido	passeado

Modo. Indic.		Presente	
leio		ouço	passeio
lês		ouves	passeias
lê		ouve	passeia
lemos		ouvimos	passeamos
ledes		ouvis	passeais
lêem		ouvem	passeiam

Pret. imperfeito			
lia		ouvia	passeava
lias		ouvias	passeavas
lia		ouvia	passeava
líamos		ouvíamos	passeávamos
líeis		ouvíeis	passeáveis
liam		ouviam	passeavam

Pret. perf.			
li		ouvi	passeei
leste		ouviste	passeaste
leu		ouviu	passeou
lemos		ouvimos	passeamos
lestes		ouvistes	passeastes
leram		ouviram	passearam

Pret. mais-que-perf.			
lera		ouvira	passeara
leras		ouviras	passearas
lera		ouvira	passeara
lêramos		ouvíramos	passeáramos
lêreis		ouvíreis	passeáreis
leram		ouviram	passearam

Fut. imperfeito		
lerei	ouvirei	passearei
lerás	ouvirás	passearás
lerá	ouvirá	passeará
leremos	ouviremos	passearemos
lereis	ouvireis	passeareis
lerão	ouvirão	passearão

Modo Conj.		Presente
leia	ouça	passeie
leias	ouças	passeies
leia	ouça	passeie
leiamos	ouçamos	passeemos
leiais	ouçais	passeeis
leiam	ouçam	passeiem

Pret. imperfeito		
lesse	ouvisse	passeasse
lesses	ouvisses	passeasses
lesse	ouvisse	passeasse
lêssemos	ouvíssemos	passeássemos
lêsseis	ouvísseis	passeásseis
lessem	ouvissem	passeassem

Fut. imperfeito		
ler	ouvir	passear
leres	ouvires	passeares
ler	ouvir	passear
lermos	ouvirmos	passearmos
lerdes	ouvirdes	passeardes
lerem	ouvirem	passearem

Modo Cond.		Presente
leria	ouviria	passearia
lerias	ouvirias	passearias
leria	ouviria	passearia
leríamos	ouviríamos	passearíamos
leríeis	ouviríeis	passearíeis
leriam	ouviriam	passeariam

Modo Imperativo		Afirmativo
lê	ouve	passeia
leia	ouça	passeie
leiamos	ouçamos	passeemos
lede	ouvi	passeai
leiam	ouçam	passeiem
Negativo		
não leias	não ouças	não passeies
não leia	não ouça	não passeie
não leiamos	não ouçamos	não passeemos
não leiais	não ouçais	não passeeis
não leiam	não ouçam	não passeiem

	pedir	poder	pôr
G.	pedindo	podendo	pondo
P. p.	pedido	podido	posto
Modo. Indic.		Presente	
peço	posso	ponho	
pedes	podes	pões	
pede	pode	põe	
pedimos	podemos	pomos	
pedis	podeis	pondes	
pedem	podem	põem	
Pret. imperfeito			
pedia	podia	punha	
pedias	podias	punhas	
pedia	podia	punha	
pedíamos	podíamos	púnhamos	
pedíeis	podíeis	púnheis	
pediam	podiam	punham	

Pret.	Perf.	
pedi	pude	pus
pediste	pudeste	puseste
pediu	pôde	pôs
pedimos	pudemos	pusemos
pedistes	pudestes	pusestes
pediram	puderam	puseram
Pret.	mais-que-perf.	
pedira	pudera	pusera
pediras	puderas	puseras
pedira	pudera	pusera
pedíramos	pudéramos	puséramos
pedíreis	pudéreis	puséreis
pediram	puderam	puseram
Fut.	imperfeito	
pedirei	poderei	porei
pedirás	poderás	porás
pedirá	poderá	porá
pediremos	poderemos	poremos
pedireis	podereis	poreis
pedirão	poderão	porão
Modo Conj.		Presente
Peça	possa	ponha
peças	possas	ponhas
peça	possa	ponha
peçamos	possamos	ponhamos
peçais	possais	ponhais
peçam	possam	ponham

Pret. imperfeito		
pedisse	pudesse	pusesse
pedisses	pudesses	pusesses
pedisse	pudesse	pusesse
pedíssemos	pudéssemos	puséssemos
pedísseis	pudésseis	pusésseis
pedissem	pudessem	pusessem
Fut. imperfeito		
pedir	puder	puser
pedires	puderes	puseres
pedir	puder	puser
pedirmos	pudermos	pusermos
pedirdes	puderdes	puserdes
pedirem	puderem	puserem

Modo Cond.		Presente	
Pediria	poderia	poria	
pedirias	poderias	porias	
pediria	poderia	poria	
pdeiríamos	poderíamos	poríamos	
pediríeis	poderíeis	poríeis	
pediriam	poderiam	poriam	

Modo Imperativo		Afirmativo	
pede		põe	
peça		ponha	
peçamos	(não há)	ponhamos	
pedi		ponde	
peçam		ponham	

Negativo			
não peças		não ponhas	
não peça		não ponha	
não peçamos	(não há)	não ponhamos	
não peçais		não ponhais	
não peçam		não ponham	

querer		saber	sair
G.	querendo	sabendo	saindo
P.p.	querido	sabido	saído
Modo. Indic.			Presente
quero		sei	saio
queres		sabes	sais
quer		sabe	sai
queremos		sabemos	saímos
quereis		sabeis	saís
querem		sabem	saem
Pret. imperfeito			
queria		sabia	saía
querias		sabias	saías
queria		sabia	saía
queríamos		sabíamos	saíamos
queríeis		sabíeis	saíeis
queriam		sabiam	saíam
Pret. Perf.			
quis		soube	saí
quiseste		soubeste	saíste
quis		soube	saiu
quisemos		soubemos	saímos
quisestes		soubestes	saístes
quiseram		souberam	saíram
Pret. mais-que-perf.			
quisera		soubera	saíra
quiseras		souberas	saíras
quisera		soubera	saíra
quiséramos		soubéramos	saíramos
quiséreis		soubéreis	saíreis
quiseram		souberam	saíram

Fut.	Imperfeito	
quererei	saberei	sairei
quererás	saberás	sairás
quererá	saberá	sairá
quereremos	saberemos	sairemos
querereis	sabereis	saireis
quererão	saberão	sairão

Modo Conj.		Presente
queira	saiba	saia
queiras	saibas	saias
queira	saiba	saia
queiramos	saibamos	saiamos
queirais	saibais	saiais
queiram	saibam	saiam

Pret.	imperfeito	
quisesse	soubesse	saísse
quisesses	soubesses	saísses
quisesse	soubesse	saísse
quiséssemos	soubéssemos	saíssemos
quisésseis	soubésseis	saísseis
quisessem	soubessem	saíssem

Fut.	imperfeito	
quiser	souber	sair
quiseres	souberes	saíres
quiser	souber	sair
quisermos	soubermos	sairmos
quiserdes	souberdes	sairdes
quiserem	souberem	saírem

Modo Cond.		Presente
quereria	saberia	sairia
quererias	saberias	sairias
quereria	saberia	sairia
quereríamos	saberíamos	sairíamos
quereríeis	saberíeis	sairíeis
quereriam	saberiam	sairiam

Modo Imperativo		Afirmativo
quere	sabe	sai
queira	saiba	saia
queiramos	saibamos	saiamos
querei	sabei	saí
queiram	saibam	saiam
Negativo		
não queiras	não saibas	não saias
não queira	não saiba	não saia
não queiramos	não saibamos	não saiamos
não queirais	não saibais	não saiais
não queiram	não saibam	não saiam

seguir		ser	ter
G.	seguindo	sendo	tendo
P.P	seguido	sido	tido
Modo. Indic.		Presente	
sigo		sou	tenho
segues		és	tens
segue		é	tem
seguimos		somos	temos
seguis		sois	tendes
seguem		são	têm
Pret. imperfeito			
seguia		era	tinha
seguias		eras	tinhas
seguia		era	tinha
seguíamos		éramos	tínhamos
seguíeis		éreis	tínheis
seguiam		eram	tinham

Pret. perf.		
segui	fui	tive
seguiste	foste	tiveste
seguiu	foi	teve
seguimos	fomos	tivemos
seguistes	fostes	tivestes
seguiram	foram	tiveram

Pret. mais-que-perf.		
seguira	fora	tivera
seguiras	foras	tiveras
seguira	fora	tivera
seguíramos	fôramos	tivéramos
seguíreis	fôreis	tivéreis
seguiram	foram	tiveram

Fut. imperfeito		
seguirei	serei	terei
seguirás	serás	terás
seguirá	será	terá
seguiremos	seremos	teremos
seguireis	sereis	tereis
seguirão	serão	terão

Modo Conj.		Presente
siga	seja	tenha
sigas	sejas	tenhas
siga	seja	tenha
sigamos	sejamos	tenhamos
sigais	sejais	tenhais
sigam	sejam	tenham

Pret. imperfeito		
seguisse	fosse	tivesse
seguisses	fosses	tivesses
seguisse	fosse	tivesse
seguíssemos	fôssemos	tivéssemos
seguísseis	fôsseis	tivésseis
seguissem	fossem	tivessem

Fut.	imperfeito	
seguir	for	tiver
seguires	fores	tiveres
seguir	for	tiver
seguirmos	formos	tivermos
seguirdes	fordes	tiverdes
seguirem	forem	tiverem

Modo Cond.		Presente	
seguiria	seria	teria
seguirias	serias	terias
seguiria	seria	teria
seguiríamos	seríamos	teríamos
seguiríeis	seríeis	teríeis
seguiriam	seriam	teriam

Modo Imperativo		Afirmativo	
segue	sê	tem
siga	seja	tenha
sigamos	sejamos	tenhamos
segui	sede	tende
sigam	sejam	tenham

Negativo			
não sigas	não sejas	não tenhas
não siga	não seja	não tenha
não sigamos	não sejamos	não tenhamos
não sigais	não sejais	não tenhais
não sigam	não sejam	não tenham

trazer		ver	vir
G.	trazendo	vendo	vindo
P. p.	trazido	visto	vindo
Modo. Indic.		Presente	
trago		vejo	venho
trazes		vês	vens
traz		vê	vem
trazemos		vemos	vimos
trazeis		vedes	vindes
trazem		vêem	vêm
Pret. imperfeito			
trazia		via	vinha
trazias		vias	vinhas
trazia		via	vinha
trazíamos		víamos	vínhamos
trazíeis		víeis	vínheis
traziam		viam	vinham
Pret. Perf.			
trouxe		vi	vim
trouxeste		viste	vieste
trouxe		viu	veio
trouxemos		vimos	viemos
trouxestes		vistes	viestes
trouxeram		viram	vieram
Pret. mais-que-perf.			
trouxera		vira	viera
trouxeras		viras	vieras
trouxera		vira	viera
trouxéramos		víramos	viéramos
trouxéreis		víreis	viéreis
trouxeram		viram	vieram

Fut.	imperfeito	
trarei	verei	virei
trarás	verás	virás
trará	verá	virá
traremos	veremos	viremos
trareis	vereis	vireis
trarão	verão	virão

Modo Conj.	Presente	
traga	veja	venha
tragas	vejas	venhas
traga	veja	venha
tragamos	vejamos	venhamos
tragais	vejais	venhais
tragam	vejam	venham

Pret.	imperfeito	
trouxesse	visse	viesse
trouxesses	visses	viesses
trouxesse	visse	viesse
trouxéssemos	víssemos	viéssemos
trouxésseis	vísseis	viésseis
trouxessem	vissem	viessem

Fut.	imperfeito	
trouxer	vir	vier
trouxeres	vires	vieres
trouxer	vir	vier
trouxermos	virmos	viermos
trouxerdes	virdes	vierdes
trouxerem	virem	vierem

Modo Cond.	Presente	
traria	veria	viria
trarias	verias	virias
traria	veria	viria
traríamos	veríamos	viríamos
traríeis	veríeis	viríeis
trariam	veriam	viriam

Modo Imperativo		Afirmativo
traze	vê	vem
traga	veja	venha
tragamos	vejamos	venhamos
trazei	vede	vinde
tragam	vejam	venham
Negativo		
não tragas	não vejas	não venhas
não traga	não veja	não venha
não tragamos	não vejamos	não venhamos
não tragais	não vejais	não venhais
não tragam	não vejam	não venham

附錄二

葡語國家及世界部分地名表

Abijão	阿比讓(科特迪瓦經濟首都)
Abu Zabi	阿布扎比(阿拉伯聯合酋長國首都)
Açores	亞速爾(葡)
Acra	阿克拉(加納首都)
Acre	阿克里(巴)
Adem	亞丁(也門共和國首都)
Adis Abeba	亞的斯亞貝巴(埃塞俄比亞首都)
Atenas	雅典(希臘首都)
Afeganistão	阿富汗(亞洲)
África	非洲
África do Sul	南非(非洲)
Aganha	阿加尼亞(關島首府)
Água Grande	阿瓜格蘭德(聖普)
Alagoas	阿拉戈斯(巴)
Albânia	阿爾巴尼亞(歐洲)
Alemanha	德國(歐洲)
Amapá	阿馬帕(巴)
Amã	安曼(約旦首都)
Amazonas	亞馬孫(委內瑞拉、巴西等)
América	美洲;(有時指)美國
América Central	中美洲
América do Norte	北美洲
América do Sul	南美洲

América Latina	拉丁美洲
Amesterdão(Amsterdão)	
	阿姆斯特丹(荷蘭首都)
Ancara	安卡拉(土耳其首都)
Andorra	安道爾(歐洲)
Angola	安哥拉(非洲)
Anguilla	安圭拉(西印度群島)
Antárctida	南極洲
Antigua e Barbuda	安提瓜和巴布達(美洲)
Apia	阿皮亞(西薩摩亞首都)
Arábia Saudita	沙特阿拉伯(亞洲)
Árabes Unidos (Estados dos Emirados)	
	阿拉伯聯合酋長國(亞洲)
Argélia	阿爾及利亞(非洲)
Argentina	阿根廷(美洲)
Arger	阿爾及爾(阿爾及利亞首都)
Aruba	阿魯巴(美洲)
Ásia	亞洲
Assunção	亞松森(巴拉圭首都)
Austrália	澳大利亞(大洋洲)
Áustria	奧地利(歐洲)
Avarua	阿瓦魯阿(庫克群島首府)
Aveiro	阿威羅(葡)
Bafatá	巴法塔(幾比)
Bagdad(Bagodá)	巴格達(伊拉克首都)
Bahamas(Baamas)	巴哈馬(美洲)
Bahia	巴伊亞(巴)
Bamaco	巴馬科(馬里首都)

Bandar Seri Begawan	斯里巴加灣市(文萊首都)
Bangladesh(Bangla Desh)	
	孟加拉(亞洲)
Banguecoque	曼谷(泰國首都)
Bangui	班吉(中非首都)
Banjul(原 Bathurst)	班珠爾(岡比亞首都)
Barbados	巴巴多斯(美洲)
Barcelona	巴塞羅那(西班牙)
Barém	巴林(亞洲)
Basse Terre	巴斯特爾(瓜德羅普首府)
Beira	貝拉(莫)
Beirute	貝魯特(黎巴嫩首都)
Beja	貝雅(葡)
Bélgica	比利時(歐洲)
Belgrado	貝爾格萊德(南斯拉夫首都)
Belize	伯利茲(美洲)
Belmopan	貝爾莫潘(伯利茲首都)
Bengo	本戈(安)
Benguela	本格拉(安)
Benim	貝寧(非洲)
Berlim	柏林(德國首都)
Bermudas	百慕大群島(美洲)
Berna(Bern)	伯爾尼(瑞士首都)
Bie	比耶(安)
Biombo	比翁博(幾比)
Birmânia	緬甸(亞洲)
Bissau	比紹(幾比首都)
Blumefontaina	布隆方丹(南非司法首都)

Boa Vista	博阿維斯塔(巴、佛)
Bogotá	波哥大(哥倫比亞首都)
Bolama-Bijagós	博拉馬-比熱戈斯(幾比)
Bolívia	玻利維亞(美洲)
Bona	波恩(德國)
Botsuana	博茨瓦納(非洲)
Braga	布拉加(葡)
Bragança	布拉干薩(葡)
Brasil	巴西(美洲)
Brasília	巴西利亞(巴西首都)
Brava	布拉瓦(佛、索馬里)
Brazzaville	布拉柴維爾(剛果首都)
Bridgetown	布里奇頓(巴巴多斯首都)
Brunei	文萊(亞洲)
Bruxelas(Brussel)	布魯塞爾(比利時首都)
Bucareste	布加勒斯特(羅馬尼亞首都)
Budapeste	布達佩斯(匈牙利首都)
Buenos Aires	布宜諾斯艾利斯(阿根廷首都)
Bujumbura	布瓊布拉(布隆迪首都)
Bulgária	保加利亞(歐洲)
Burkina Faso (原 Alto Volta)	
	布基納法索(非洲)
Burundi	布隆迪(非洲)
Butão	不丹(亞洲)
Cabinda	卡賓達(安)
Cidade do Cabo	開普敦(南非立法首都)
Cabo de Boa Esperança	好望角(南非)
Cabo Delgado	德爾加杜角(莫)

Cabo Horne	合恩角(智利)
Cabo Verde	佛得角(非洲)
Cabul	喀布爾(阿富汗首都)
Cacheu	卡謝烏(幾比)
Caiena	卡宴(法屬圭亞那首府)
Caimãs	開曼群島(美洲)
Cairo	開羅(埃及首都)
Camarões	喀麥隆(非洲)
Camberra	堪培拉(澳大利亞首都)
Camboja	柬埔寨(亞洲)
Cantagalo	坎塔加洛(聖普)
Caracas	加拉加斯(委內瑞拉首都)
Cartum	喀土穆(蘇丹首都)
Castelo Branco	卡什特羅-布蘭科(葡)
Catar	卡塔爾(亞洲)
Catmandu	加德滿都(尼泊爾首都)
Caué	考埃(聖普)
Ceará	西阿拉(巴)
Centrafricana	中非(非洲)
Chade	乍得(非洲)
Changtok	甘托克(錫金首都)
Checoslováquia	捷克斯洛伐克(歐洲)
Chile	智利(美洲)
China	中國(亞洲)
Chipre	塞浦路斯(亞洲)
Coimbra	科英布拉(葡)
Colômbia	哥倫比亞(美洲)
Columbo	科倫坡(斯里蘭卡首都)

Comores	科摩羅(非洲)
Conacri	科納克里(幾内亞首都)
Congo	剛果(非洲)
Cook	庫克群島(大洋洲)
Copenhaga	哥本哈根(丹麥首都)
Coreia	朝鮮(亞洲)
Coreia do Sul	韓國(亞洲)
Costa Rica	哥斯達黎加(美洲)
Côte d'Ivoire (原 Costa do Marfim)	
	科特迪瓦(原象牙海岸)(非洲)
Cuando-Cubango	寬多庫班戈(安)
Cuanza-Norte	北寬扎(安)
Cuanza-Sul	南寬扎(安)
Cuba	古巴(美洲)
Cunene	庫内内(安)
Daca	達卡(孟加拉首都)
Dacar	達喀爾(塞内加爾首都)
Damasco	大馬士革(叙利亞首都)
Dar es-Salam	達累斯薩拉姆(坦桑尼亞首都)
Dili	帝力(東帝汶首府)
Dinamarca	丹麥(歐洲)
Doa	多哈(卡塔爾首都)
Dominica	多米尼加(美洲)
Dublim	都柏林(愛爾蘭首都)
Egipto	埃及(非洲)
El Aiún	阿尤恩(西撒哈拉首府)
Equador	厄瓜多爾(美洲)
Espanha	西班牙(歐洲)

Espírito Santo	聖埃斯皮里圖(巴)
Estados Unidos da América	
	美利堅合眾國,美國
Estocolmo	斯德哥爾摩(瑞典首都)
Estónia	愛沙尼亞(歐洲)
Etiópia	埃塞俄比亞(非洲)
Europa	歐洲
Evora	埃武拉(葡)
Faro	法魯(葡)
Fiji	斐濟(大洋洲)
Filipinas	菲律賓(亞洲)
Filândia	芬蘭(歐洲)
Fogo	福戈(佛)
França	法國(歐洲)
Freetown	弗里敦(塞拉利昂首都)
Fucuoca	福岡(日本)
Fuji Yama	富士山(日本)
Gabāo	加蓬(非洲)
Gaborone	哈博羅內(博茨瓦納首都)
Gabu	加比(幾比)
Gâmbia	岡比亞(非洲)
Gana(Costa do Ouro)	加納(非洲)
Gaza	加扎(莫)
Genebra	日內瓦(瑞士)
Georgetown	喬治敦(圭亞那首都;開曼群島首府)
Gibraltar	直布羅陀
Goa	果阿(印度)
Godthaab	戈德霍普(格陵蘭首府)

Goiás	戈亞斯(巴)
Grã-Bretanha e Irlanda do Norte (Reino Unido)	
	大不列顛及北愛爾蘭聯合王國,英國
Grenada	格林納達(美洲)
Grécia	希臘(歐洲)
Gronelândia	格陵蘭
Guadalupe	瓜德羅普(美洲)
Guam	關島
Guarda	瓜爾達(葡)
Guatemala	危地馬拉(美洲)
Guiana	圭亞那(美洲)
Guiana Francesa	法屬圭亞那(美洲)
Guinara	金納拉(幾比)
Guiné	幾內亞(非洲)
Guiné-Bissau	幾內亞比紹(非洲)
Guiné Equatorial	赤道幾內亞(非洲)
Haia	海牙(荷蘭)
Haiti	海地(美洲)
Hamburgo	漢堡(德國)
Hamílton	哈密爾頓(百慕大首府)
Hanói	河內(越南首都)
Harare	哈拉里(津巴布韋首都)
Havana	哈瓦那(古巴首都)
Helsínquia	赫爾辛基(芬蘭首都)
Holanda(Países Baixos)	荷蘭(歐洲)
Honduras	洪都拉斯(美洲)
Honiara	霍尼亞拉(所羅門群島首都)
Hong Kong	香港

Huambo	萬博(安)
Huíla	威拉(安)
Hungria	匈牙利(歐洲)
Iémen	也門(亞洲)
Índia	印度(亞洲)
Indonésia	印度尼西亞(亞洲)
Inhambane	伊尼揚巴内(莫)
Irão	伊朗(亞洲)
Iraque	伊拉克(亞洲)
Irlanda	愛爾蘭(歐洲)
Islamabad	伊斯蘭堡(巴基斯坦首都)
Islândia	冰島(歐洲)
Israel	以色列(亞洲)
Itália	意大利(歐洲)
Jacarta	雅加達(印度尼西亞首都)
Jamaica	牙買加(美洲)
Jamestown	詹姆斯敦(聖赫勒拿首府)
Japão	日本(亞洲)
Jerusalém	耶路撒冷
Jibuti	吉布提(非洲)
Jordânia	約旦(亞洲)
Jugoslávia	南斯垃夫(歐洲)
Kampala	坎帕拉(烏干達首都)
Kigali	基加利(盧旺達首都)
Kingston	金斯敦(牙買加首都)
Kiribati	基里巴斯(大洋洲)
Koweit	科威特(亞洲)
Kuala Lumpur	吉隆坡(馬來西亞首都)

La Paz	拉巴斯(玻利維亞議會和政府所在地)
La Valeta	瓦萊塔(馬耳他首都)
Lagos	拉各斯(尼日利亞首都)
Laus(Laos)	老撾(亞洲)
Leiria	萊里亞(葡)
Lembá	倫巴(聖普)
Lesotho(Lesoto)	萊索托(非洲)
Letónia	拉脫維亞(歐洲)
Líbano	黎巴嫩(亞洲)
Líberia	利比里亞(非洲)
Líbia	利比亞(非洲)
Libreville	利伯維爾(加蓬首都)
Lilongwe	利隆圭(馬拉維首都)
Lima	利馬(秘魯首都)
Lisboa	里斯本(葡萄牙首都)
Listenstaina	列支敦士登(歐洲)
Lituânia	立陶宛(歐洲)
Lobata	洛巴塔(聖普)
Lobito	洛比托(安)
Lome	洛美(多哥首都)
Londres	倫敦(英國首都)
Luanda	羅安達(安哥拉首都)
Luanda-Norte	北羅安達(安)
Luanda-Sul	南羅安達(安)
Lusaca	盧薩卡(贊比亞首都)
Luxemburgo	盧森堡(歐洲)
Macau	澳門
Madagáscar	馬達加斯加(非洲)

Madeira	馬德拉(葡)
Madrid	馬德里(西班牙首都)
Maio	馬尤(佛)
Malabo	馬拉博(赤道幾內亞首都)
Malange	馬蘭熱(安)
Malásia	馬來西亞(亞洲)
Malavi(Malawi)	馬拉維(非洲)
Maldivas	馬爾代夫(亞洲)
Malé	馬累(馬爾代夫首都)
Mali	馬里(非洲)
Malta	馬耳他(歐洲)
Malvinas(Falclânda)	馬爾維納斯群島(福克蘭群島)
Managua	馬那瓜(尼加拉瓜首都)
Manama	麥納麥(巴林首都)
Manica	馬尼卡(莫)
Manila	馬尼拉(菲律賓首都)
Maputo	馬普托(莫桑比克首都)
Maranhão	馬拉尼翁(巴)
Marrocos	摩洛哥(非洲)
Marselha	馬賽(法國)
Martinica	馬提尼克(美洲)
Mascate(Muscate)	馬斯喀特(阿曼首都)
Maseru	馬塞盧(萊索托首都)
Mato Grosso	馬托格羅索(巴)
Mato Grosso do Sul	南馬托格羅索(巴)
Maurícias	毛里求斯(非洲)
Mauritânia	毛里塔尼亞(非洲)
Mbabane	姆巴巴納(斯威士蘭首都)

México	墨西哥(美洲)
Mé-Zochi	梅索西(聖普)
Minas Gerais	米納斯吉拉斯(巴)
Moçambique	莫桑比克(非洲)
Mogadíscio	摩加迪沙(索馬里首都)
Mónaco	摩納哥(歐洲)
Mondevideu	蒙得維的亞(烏拉圭首都)
Mongólia	蒙古(亞洲)
Monróvia	蒙羅維亞(利比里亞首都)
Montserrate	蒙特塞拉特(美洲)
Moroni	莫羅尼(科摩羅首都)
Moscovo	莫斯科(俄羅斯首都)
Moxico	莫希科(安)
Nagasáqui	長崎(日本)
Nagóia	名古屋(日本)
Nairobi	内羅畢(肯尼亞首都)
Namibe	納米貝(安)
Namíbia	納米比亞(非洲)
Nampula	楠普拉(莫)
Nassau	拿騷(巴哈馬首都)
Nauru	瑙魯(大洋州)
N'Djamena	恩賈梅納(乍得首都)
Nepal	尼泊爾(亞洲)
Neves	内維斯(聖普)
Niamey	尼亞美(尼日爾首都)
Niassa	尼亞薩(莫)
Nicarágua	尼加拉瓜(美洲)
Nicósia	尼科西亞(塞浦路斯首都)

Níger	尼日爾(非洲)
Nigéria	尼日利亞(非洲)
Noruega	挪威(歐洲)
Nouakchott	努瓦克肖特(毛里塔尼亞首都)
Nova Caledónia	新喀里多尼亞(大洋洲)
Nova Deli	新德里(印度首都)
Nova Zelândia	新西蘭(大洋洲)
Nucualofa	努庫阿洛法(湯加首都)
Oceânia	大洋洲
Oceano Atlântico	大西洋
Oceano Glacial Antárctico	南冰洋
Oceano Glacial Árctico	北冰洋
Oceano Índico	印度洋
Oceano Pacífico	太平洋
Omana	阿曼(亞洲)
Oio	奧約(幾比)
Oranjestad	奧蘭也斯塔德(阿魯巴首府)
Ósca	大阪(日本)
Oslo	奧斯陸(挪威首都)
Otava	渥太華(加拿大首都)
Pagué	帕蓋(聖普)
Palestina	巴勒斯坦(亞洲)
Panamá	巴拿馬(美洲)
Papuásia-Nova Guiné	巴布亞新幾內亞(大洋洲)
Paquistão	巴基斯坦(亞洲)
Pará	帕拉(巴)
Paraíba	帕拉伊巴(巴)

Paramaribo	帕拉馬里博(蘇里南首都)
Paraná	巴拉那(巴,阿根廷)
Paris	巴黎(法國首都)
Pemba	彭巴(莫)
Pernambuco	伯南布哥(巴)
Peru	秘魯(美洲)
Piauí	皮奧伊(巴)
Pnom Penh	金邊(柬埔寨首都)
Polinésia Francesa	法屬波利尼西亞(大洋洲)
Polónia	波蘭(歐洲)
Porto	波爾圖(葡)
Portalegre	波塔萊格雷(葡)
Porto Alegre	阿雷格里港(巴、聖普)
Porto de Espanha	西班牙港(特立尼達和多巴哥首都)
Port-Louis	路易港(毛里求斯首都)
Porto Moresby	莫爾斯比港(巴布亞新幾內亞首都)
Porto Novo	新港(佛)
Porto-Novo	波多諾伏(貝寧首都)
Porto Príncipe	太子港(海地首都)
Port Villa	維拉港(瓦努阿圖首都)
Portugal	葡萄牙(歐洲)
Praga	布拉格(捷克斯洛伐克首都)
Praia	普拉亞(佛得角首都)
Pretória	比勒陀利亞(南非行政首都)
Puerto Rico	波多黎各(美洲)
Punaca	普那卡(不丹)
Pyong Yang	平壤(朝鮮首都)
Quénia	肯尼亞(非洲)

Quinxassa	金沙薩(扎伊爾首都)
Quioto	京都(日本)
Quito	基多(厄瓜多爾首都)
Rangum	仰光(緬甸首都)
Rawalpindi	拉瓦爾品第(巴基斯坦)
Rebate(Rabat)	拉巴特(摩洛哥首都)
Reiquejavique	雷克雅未克(冰島首都)
Reunião	留尼汪(非洲)
Riade	利雅得(沙特阿拉伯首都)
Ribeira Grande	大里貝拉(佛)
Riga	里加(拉脫維亞首都)
Rio de Janeiro	里約熱内盧(巴)
Rio Grande do Norte	北里約格朗德(巴)
Rio Grande do Sul	南里約格朗德(巴)
Roma	羅馬(意大利首都)
Roménia	羅馬尼亞(歐洲)
Rondônia	朗多尼亞(巴)
Roseau	羅索(多米尼加聯邦首都)
Roterdão	鹿特丹(荷蘭)
Ruanda	盧旺達(非洲)
Saint John's	聖約翰斯(安提瓜和巴布達首都)
Sal	薩爾島(佛)
Salomão	所羅門群島
Salvador	薩爾瓦多(美洲)
Samoa Americanas	美屬薩摩亞
Samoa Ocidentais	西薩摩亞(大洋洲)
Santa Catarina	聖卡塔林納(巴)
Santa Helena	聖赫勒拿(大西洋)

Santa Lúcia	聖盧西亞(美洲)
Santa Lúzia	聖盧西亞(佛)
Santarém	聖塔倫(葡)
Santiago	聖地亞哥(智利首都)
Santo Antão	聖安唐(佛)
Santo António	聖安東尼奧(巴,安,聖普)
S. Cristóvão e Nevis	聖克里斯托弗和尼維斯(美洲)
Sᵗ.-Pierre e Miquelon	聖皮埃爾和密克隆群島(美洲)
S. Vicente e Granadilhos	聖文森特和格林納丁斯(美洲)
São Dinis	聖但尼(留尼汪首府)
São Domingo	聖多明各(多米尼加共和國首都)
São João	聖胡安(波多黎各首府)
São Jorge	聖喬治(格林納達首都)
São José	聖約瑟(哥斯達黎加首都)
São Marinho	聖馬力諾(歐洲)
São Nicolau	聖尼古拉(佛)
São Paulo	聖保羅(巴)
São Salvador	聖薩爾瓦多(薩爾瓦多首都)
São Tomé	聖多美(聖普首都)
São Tomé e Príncipe	聖多美和普林西比(非洲)
Sapporo	札幌(日本)
Senegal	塞內加爾(非洲)
Sergipe	塞爾希培(巴)
Serra Leona	塞拉利昂(非洲)
Setúbal	錫土巴爾(葡)
Seul	漢城(韓國首都)
Seychelles	塞舌爾(非洲)
Singapura	新加坡(亞洲)

Síria	叙利亞(亞洲)
Siquim	錫金(亞洲)
Sofala	索法拉(莫)
Sófia	索非亞(保加利亞首都)
Somália	索馬里(非洲)
Sri Lanka (原 Ceilão)	斯里蘭卡(原錫蘭)(亞洲)
Suazilândia	斯威士蘭(非洲)
Sucre	蘇克雷(玻利維亞法定首都)
Sudão	蘇丹(非洲)
Suécia	瑞典(歐洲)
Suiça	瑞士(歐洲)
Suriname(Surinão)	蘇里南(美洲)
Suva	蘇瓦(斐濟首都)
Tailândia	泰國(亞洲)
Tallin	塔林(愛沙尼亞首都)
Tananarive	塔那那利佛(馬達加斯加首都)
Tanzânia	坦桑尼亞(非洲)
Tarawa	塔拉瓦(基里巴斯首都)
Tarrafal	塔拉法爾(佛)
Teerão	德黑蘭(伊朗首都)
Tegucigalpa	特古西加爾巴(洪都拉斯首都)
Telavive	特拉維夫(以色列)
Tete	太特(莫)
Thimphu	廷布(不丹首都)
Tibete	西藏(中國)
Timor Leste	東帝汶(亞洲)
Tirana	地拉那(阿爾巴尼亞首都)
Tocartins	托卡汀斯(巴)

Togo	多哥(非洲)
Tombali	東巴里(幾比)
Tonga	湯加(大洋洲)
Tóquio	東京(日本首都)
Torshaven	曹斯哈恩(法羅群島首府)
Trindade e Tobago	特立尼達和多巴哥(美洲)
Trípolis	的黎波里(利比亞首都)
Tunes	突尼斯(突尼斯首都)
Tunísia	突尼斯(非洲)
Turks e Caicos	特克斯和凱科斯群島(美洲)
Turquia	土耳其(亞洲)
Tuvalu	圖瓦盧(大洋洲)
Uagadugu	瓦加杜古(布基納法索首都)
Uganda	烏干達(非洲)
Uige	威熱(安)
Ulan-Bator	烏蘭巴托(蒙古首都)
Uruguai	烏拉圭(美洲)
Vaduz	瓦杜茲(列支敦士登首都)
Vally	瓦利(安圭拉首府)
Vanuaatu	瓦努阿圖(大洋洲)
Varsóvia	華沙(波蘭首都)
Vaticano	梵蒂岡(歐洲)
Venezuela	委內瑞拉(美洲)
Viana	維亞納(葡)
Victoria	維多利亞(塞舌爾首都)
Viena	維也納(奧地利首都)
Vientiane	萬象(老撾首都)
Vietname	越南(亞洲)

Vílnio	維爾紐斯(立陶宛首都)
Virgens	維爾京群島(美洲)
Washington	華盛頓(美國首都)
Wellington	惠靈頓(新西蘭首都)
Windhoek	溫德和克(納米比亞首都)
Yamoussoukro	亞穆蘇克羅(科特迪瓦政治首都)
Yaunde	雅溫得(喀麥隆首都)
Zaire	扎伊爾(非洲)
Zâmbia	贊比亞(非洲)
Zambézia	贊比西亞(莫)
Zimbabwe	津巴布韋(非洲)

說明：(1) 地名後的括號內註明所在國或洲

(2) 葡萄牙、巴西、佛得角、安哥拉、莫桑比克、幾內亞比紹及聖多美和普林西比分別簡稱"葡"、"巴"、"佛"、"安"、"莫"、"幾比"和"聖普"

實用葡語圖說

（1）Arvores　樹

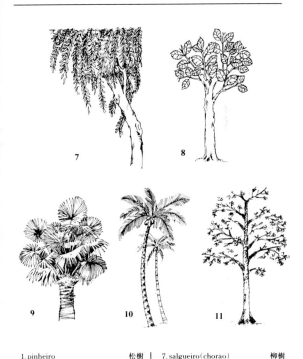

1. pinheiro	松樹	7. salgueiro (chorão)	柳樹
2. cipreste	柏樹	8. amoreira	桑樹
3. abeto	冷杉, 樅樹	9. palmeira	棕櫚, 棕樹
4. caucho	橡膠樹	10. coqueiro	椰子樹
5. plátano	梧桐	11. sumaumeira-macaco	木棉
6. baniano	榕樹		

（2）Frutas　水果

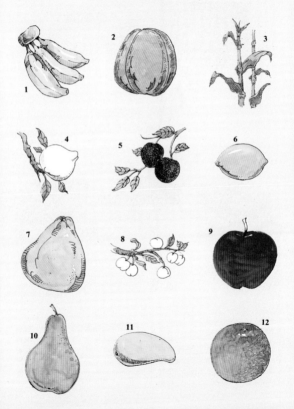

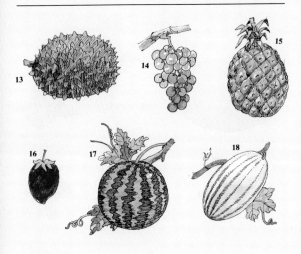

1. banana	香蕉	10. pêra	梨
2. noz-de-coco	椰子	11. manga	芒果
3. cana-de-açúcar	甘蔗	12. tangerina（橙為laranja）	橘子
4. pêssego	桃	13. duriango（durião）	榴蓮
5. litchi	荔枝	14. uva	葡萄
6. limão	檸檬	15. ananás	菠蘿
7. toranja	柚子	16. morango	草莓
8. ameixa	李子	17. melancia	西瓜
9. maçã	蘋果	18. melão	蜜瓜, 甜瓜

（3）Legumes　蔬菜

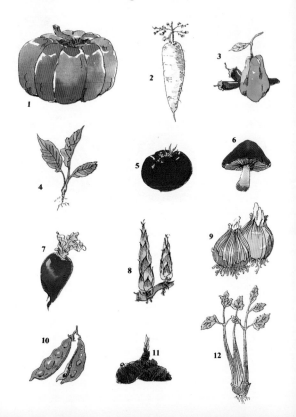

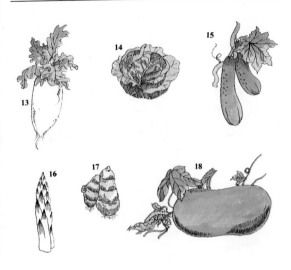

1. abóbora-jırimu	南瓜	10. ervilha	豌豆
2. cenoura	胡蘿蔔	11. gengibre	薑
3. pimento	柿子椒,燈籠椒	12. aipo	芹菜
4. espinafre	菠菜	13. nabo	蘿蔔
5. tomate	蕃茄,西紅柿	14. couve	捲心菜,椰菜
6. cogumelo	蘑菇	15. pepino	黃瓜
7. rabanete	水蘿蔔,小红蘿蔔	16. espargo	蘆筍
8. rebento de bambu	竹筍	17. taro	芋頭
9. cebola	洋葱	18. cabaça branca	冬瓜

（4）Flores　花

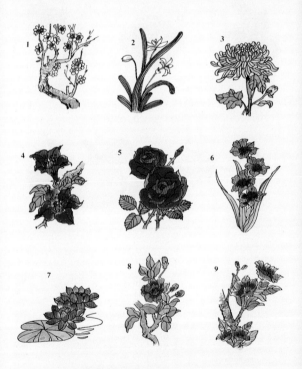

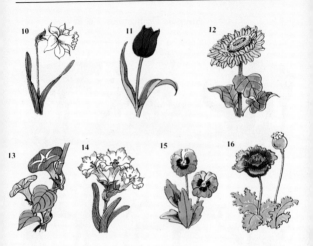

1. flor de ameixa	梅花	9. flor de pessegueiro	桃花
2. orquídeas	蘭花	10. narciso	水仙
3. crisântemo	菊花	11. túlipa	鬱金香
4. azálea	杜鵑花	12. girassol	向日葵
5. rosa	玫瑰	13. campainha	牽牛花
6. gladíolos	菖蘭	14. lírio	百合花
7. lódão	荷花	15. amor-perfeito	三色堇
8. flor de cerejeira	櫻花	16. papoila	罌粟花

（5）Animais Domésticos　家畜

1. búfalo	水牛	7. porco	豬
2. touro	公牛	varrão	公豬
3. vaca	母牛	porca	母豬
vitelo	牛犢	bácoro, leitão	豬崽
4. gado ovelino	綿羊類	8. gato	貓
ovelha	母羊	9. pato	雄鴨
carneiro	公羊	pata	雌鴨
cordeiro	小綿羊	patinho	小鴨
5. gado cabrino	山羊類	10. ganso	鵝
bode	公山羊	11. galo	公鷄
cabra	母山羊	galinha	母鷄
cabrito	小山羊	pintainho, frango	小鷄
6. cavalo	馬	12. cão-pastor	牧羊犬
garanhão	公馬	13. galgo	獵兔狗
égua	母馬	14. buldogue	牛頭犬, 喇叭狗
potro	馬駒	15. pekinois	小獅子狗

（6）Animais Selvagems　野獸

1. leão	獅子	12. leopardo	豹
2. tigre	虎	13. lobo	狼
3. raposa	狐狸	14. morsa	海象
4. pangolim	穿山甲	15. esquilo	松鼠
5. panda	熊貓	16. foca	海豹
6. urso	熊	17. lebre	兔子
7. gorila	大猩猩	18. zebra	斑馬
8. elefante	象	19. girafa	長頸鹿
9. camelo	駱駝	20. veado	鹿
10. macaco	猴子	21. canguru	袋鼠
11. ouriço	刺猬	22. hipopótamo	河馬

（7）Aves　鳥類

1. águia	鷹	9. garça-real	蒼鷺
2. andorinha	燕子	10. pica-peixe	翠鳥
3. papagaio	鸚鵡	11. pinguim	企鵝
4. mocho	貓頭鷹	12. avestruz	鴕鳥
5. pardal	麻雀	13. cuco	杜鵑
6. pelicano	鵜鶘	14. pica-pau	啄木鳥
7. cisne	天鵝	15. corvo	烏鴉
8. gaivota	海鷗		

（8）Produtos Aquáticos　水產

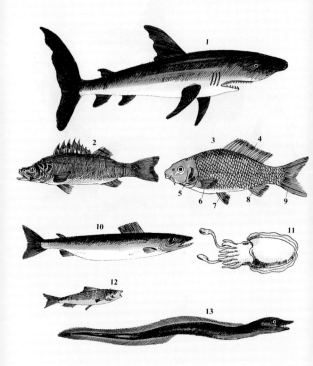

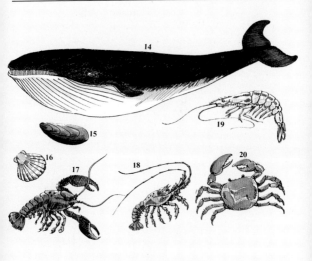

1. tubarão	鯊魚	11. choco	烏賊，墨魚
2. perca	鱸魚	12. sardinha	沙丁魚
3. carpa	鯉魚	13. enguia	鰻魚
4. barbatana dorsal	背鰭	14. baleia	鯨魚
5. guelras	鰓	15. mexilhão	貽貝，淡菜
6. barbatana peitoral	胸鰭	16. vieira	扇貝
7. barbatans ventral	腹鰭	17. Lagostim	小龍蝦
8. barbatana anal	臀鰭	18. lagosta	龍蝦
9. barbatana caudal	尾鰭	19. camarão	蝦
10. salmão	鮭魚	20. caranguejo	蟹

(9) Corpo Humano　人體

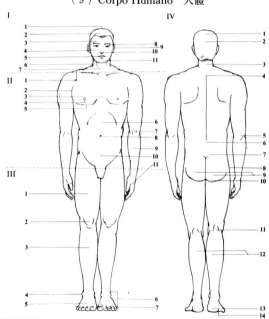

Ⅰ. cabeça 頭

1. vértice da cabeça	頭頂
2. cabelo	髮
3. testa	額
4. bochecha	頰
5. boca	口
6. pescoço	頸
7. garganta	喉(龍)
8. olho	眼
9. orelha	耳
10. nariz	鼻
11. queixo	頦
face	面

Ⅱ. tronco 胴，軀幹

1. ombro	肩
2. axila	腋窩
3. peito	胸
4. mamilo	乳頭
5. seio	乳房
6. abdómen	腹
7. braço	上臂
8. umbigo	臍
9. antebraço	下臂
10. virilha	腹股溝
11. mão	手

Ⅲ. perna 腿

1. coxa	股，大腿
2. joelho	膝
3. perna	脛，小腿
4. tronozelo	踝
5. peito do pé	趾，足背
6. pé	足，腳
7. dedo do pé	腳趾

Ⅳ. costa 背面

1. occipício	枕骨部
2. costa da cabeça	頸後部
3. nuca	項(部)
4. costas	背
5. cotovela	肘
6. rim	腰,骶骨部
7. cintura	腰部
8. anca	髖,胯骨
9. nádega	臀部,屁股
10. cu	臀
11. jarrete	膕,膝彎
12. barriga da perna	腓,腿肚
13. calcanhar	踵腳後跟
14. planta do pé	跖,腳掌

Ⅴ. mão 手

1. polegar	拇指
2. indicador	食指
3. dedo médio	中指
4. dedo anular	無名指
5. dedo mínimo	小指
6. unha	指甲
7. lua	(指甲的)新月形白斑
8. costas da mão	手背
9. pulso	腕
10. barriga do dedo	指頭肚兒
11. palma	手掌
12. linha de vida	生命綫
13. eminência tenar	大魚際，拇指，腕，掌
14. pulso	脈

(10) Sala de Estar, Sala de Jantar e Quarto de Dormir

起居室、飯廳和臥室

1. prateleira	組合櫃, 壁櫃	19. giratória	旋轉面
2. planta em vaso	盆栽	20. toalha de mesa	檯布, 桌布
3. busto	半身人像	21. cadeira	餐椅
4. televisão	電視機	22. cortina	窗簾
5. poltrona	扶手椅	23. toucador	梳妝檯
6. mesinha	茶几, 咖啡檯	24. espelho	鏡子
7. tapete	地毯	25. gaveta	抽屜
8. mocho	橙	26. tamborete	梳妝椅
9. canapé	長沙發	27. armário	衣櫃
10. lâmpada	檯燈	28. lamparina	床頭燈
11. desserte	小几	29. mesinha de cabeceira	床頭櫃
12. balcão	酒吧	30. tábua de cabeceira	床頭板
13. pintura	畫	31. almofada	枕頭
14. cortina	簾	32. cobertor	被子
15. lustre pendente	吊燈	33. colcha	床罩
16. armário mural	吊櫃	34. cama	床
17. aparador	碗櫥, 餐具櫥	35. colchão	床墊
18. mesa	飯桌		

Referência　備考

sala de estar	起居室	biblioteca	書櫃
sala de recepção	接待室	fixa-livros	書檔
entrada	門廊, 小門廳	cinzeiro	烟灰缸
cozinha	廚房	vaso	花瓶
sala de estudo	書房	tapete	床前小地毯
sofá	沙發	cobertor	毛毯
papel de parede	牆紙	mola	彈簧
calendário	掛曆	lençol	床單
termómetro	溫度計	fronha	枕套
lampadário	落地燈	plantas	室内植物
almofada	墊子	telefone	電話

(11) Refeição　餐食

1. jarro	水壺	22. fatia de carne	肉片
2. cafeteiro	咖啡壺	23. guardanapo	餐巾
3. prato	盤子	24. pires	餐碟
4. açucareiro	糖缸	25. sobremesa	餐後點心, 甜品
5. jarro de leite	牛奶壺	26. taça	馬鈴薯盤
6. tenaz	塊糖夾	27. faca	乾酪(芝士)刀
7. copo para ovo	蛋杯	28. queijo	乾酪, 芝士
8. copo	杯子	29. manteiga	奶油, 黃油
9. colher de chá	茶匙	30. açucareiro	糖缸(罐)
10. pão	麵包	31. sanduiche	三明治
11. cesto	麵包籃	32. chávena	茶炊
12. colher	湯匙	33. prato de pão	麵包盤
13. garfo	叉	34. fatia de pão	麵包片
14. faca	餐刀	35. compoteira	果盤
15. colher de sopa	湯勺	36. chávena	茶杯
16. terrina	(有蓋)大湯碗	37. pires	淺碟, 茶碟
17. prato de sopa	湯盤	38. pimenteira	胡椒瓶
18. molheira	(船形)調味汁杯	39. saleiro	鹽瓶
19. saladeira	色拉(沙律)盆	40. ovo, fiambre e pão	
20. prato	大盤子		鷄蛋、火腿和麵包
21. garfo de carne	肉叉		

Referência 備考

pequeno almoço	早餐	gelado	冰淇淋, 雪糕
almoço	午飯	fruta cozida	燉水果
jantar	晚餐, 正餐	salsicha	香腸, 紅腸
salada	色拉, 沙律	carne defumada	燻肉
sopa	湯	torrada	吐司(麵包)
frango guisado	燒鷄	patata frita	薯條
bife	牛排	costeleta de porco	炸豬排

(12) Aqarelhos Domésticos　家用器具

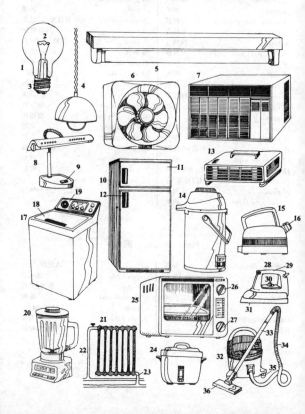

1. lâmpada	電燈泡	20. misturadora	攪和器
2. filamento	鎢絲	21. radiador	暖氣片
3. parafuso espiral	螺旋	22. tubo de admissão	供水管
4. lustre	吊燈	23. tubo de escape	回水管
5. fluorescente	光管	24. panela eléctrica	電飯鍋
6. ventilador	抽風機	25. forno eléctrico	電烤爐
7. ar condicional	冷氣機, 空調機	26. controle de temperatura	
8. candeeiro	檯燈		溫度選擇器
9. interruptor	開關	27. minutor	定時裝置
10. frigorífico	電冰箱, 雪櫃	28. ferro eléctrico	電熨斗
11. congelador	冰藏箱	29. punhado	熨斗手把
12. punhado	把手	30. selector de temperatura	
13. radiador eléctrico	電暖爐		溫度選擇器
14. termo eléctrico	電暖水瓶	31. pé	底板
15. chaleira	燒開水的壺	32. aspirador	吸塵器
16. apito	汽笛	33. alonga	伸縮管
17. máquina de lavagem	自動洗衣機	34. tudo flexível	軟管
18. cobertura	洗衣機滾筒蓋	35. rolete	腳輪
19. tabla de programa	程序選擇表板	36. sugador	吸塵嘴

Referência　備考

ferro com vapor	蒸汽熨斗	seca-louca	乾碗機
tábua para passar	熨燙架	lavador de louça	洗碗機
prancha para passar	熨燙板	cafeteiro	咖啡壺
escova	刷子	panela chata	平鍋
balde	水桶	prensa de lagar	榨汁器
secador	烘衣櫃	prensa de fruto	(柑橘)榨汁機
secadouro		corta-carne	絞肉機
	晾衣架,(洗衣房的)乾燥裝置	mexedor	攪拌器
vassoura	掃帚	forno de pão	烤麵包箱
fogão eléctrico	電爐	panela com alta pressão	壓力鍋
fogão de gaz	煤氣爐		

(13) Equipamento Audio-visual 視聽器材

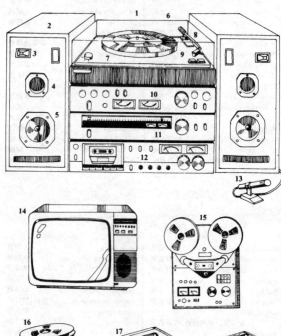

1. estereofonia	立體聲系統	12. quarto de cassette	錄音座
2. alto-falante	揚聲器, 喇叭	13. microfone	傳聲器, 麥克風
3. alto-falante agudo	高音喇叭	14. televisão	電視機
4. alto-falante médio	中音喇叭	15. gravador	開卷式錄音機
5. alto-falante grave	低音喇叭	16. bobina	開卷式錄音帶
6. fonógrafo	唱機	17. cassette	盒式錄音帶
7. girador	轉盤	18. mini-cassette	微型盒式錄音帶
8. braço	唱臂	19. vídeo magnético	磁帶錄像機
9. cabeça de leitura	唱頭	20. video-cassette	盒式錄像機
10. amplificador	放大器, 擴音器	21. disco fonográfico	唱片
11. torneiro	調諧器	22. radio-gravador	收音錄音機

(14) Secretaria　辦公室

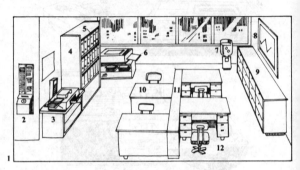

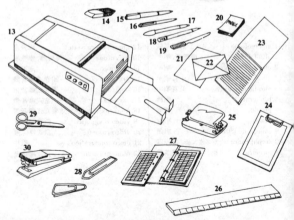

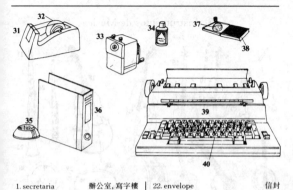

1. secretaria	辦公室, 寫字樓	22. envelope	信封
2. registador	出勤記錄鐘	23. papel de escrever	書寫紙
3. máquina de endereço	地址複製機	24. chapa de escrever	書寫板
4. arquivo	檔案櫃	25. perfurador	打孔機
5. dossier	文件夾, 卷宗	26. régua	直尺
6. fototelégrafo	傳真電報機	27. pasta com quatro orifícios	四孔文件夾
7. água destilada	蒸餾水	28. clipe	回型針, 曲別針
8. tabela	圖表	29. tesoura	剪刀
9. classificador	矮櫃	30. grampeadora	釘書機
10. secretária	辦公桌	31. porta-adesivo	膠紙座
11. vedação	隔板, 隔牆	32. adesivo	膠紙
12. cadeira	辦公椅	33. afila-lápis	轉筆刀
13. máquina de fotocópia	自動複印機	34. líquido corrector	塗改液
14. borracha	橡皮	35. esponja	濡濕器
15. caneta	墨水筆	36. pasta	文件夾
16. esferográfica	圓珠筆	37. selo	圖章, 籤子鋼印
17. feltro	氈尖筆	38. almofada	印台
18. lápis	鉛筆	39. máquina de escrever	打字機
19. corta-papel	裁紙刀	40. teclado	鍵盤
20. bloco-nota	記事簿		
21. papel de carta	信紙		

(15) Instrumentos de Música　樂器

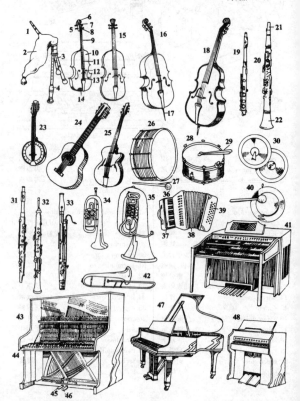

1. gaita-de-foles	風笛	25. guitarra de jazz	爵士樂吉他
2. fole	風囊	26. tambor surdo	大鼓
3. nota-baixa	低音管	27. maço	（大鼓的）鼓槌
4. canudo	指管	28. caixa clara	（扁平）小鼓
5. violino	小提琴	29. baquetas	鼓槌
6. voluta	琴頭	30. cimbalo	鈸，大鑔
7. cravelho	弦軸	31. flauta	長笛
8. caixa de cravelho	弦軸箱	32. oboé	雙簧管
9. braço	琴頸	33. fagote	巴松，大管
10. tampo harmónico		34. trompete	小號
	（小提琴的）面板	35. saxofone tenor	次中音號
11. corda	琴弦	36. acordeão	手風琴
12. buraco	音孔	37. teclado	琴鍵
13. cavalete	琴馬	38. fole	風箱
14. mento-apoio	腮托	39. teclas baixas	低音鍵鈕
15. viola	中提琴	40. gongo	鑼
16. violoncelo	大提琴	41. órgão electrónico	電子琴
17. ponta	支柱	42. trombone	長號
18. contrabaixo	低音大提琴	43. piano de armário	
19. picolo	短笛		立式鋼琴，豎式鋼琴
20. clarinete	單簧管	44. teclado	琴鍵
21. embocadura	吹口	45. pedal esquerdo	左踏板
22. pavilhão	喇叭口	46. pedal direito	右踏板
23. banjo	班卓琴	47. piano de cauda	（演奏用）大鋼琴
24. guitarra	吉他	48. harmônium	風琴，簧風琴